Nouveau dictionnaire encyclopédique des sciences du langage

Oswald Ducrot
Jean-Marie Schaeffer

Nouveau dictionnaire encyclopédique des sciences du langage

avec la collaboration de Marielle Abrioux,
Dominique Bassano, Georges Boulakia,
Michel de Fornel, Philippe Roussin et Tzvetan Todorov

Éditions du Seuil

La première édition de cet ouvrage,
dirigée par Oswald Ducrot et Tzvetan Todorov,
a paru en 1972 sous le titre
Dictionnaire encyclopédique des sciences du langage.

Une nouvelle édition, dirigée par
Oswald Ducrot et Jean-Marie Schaeffer,
a été publiée en 1995 sous le titre
Nouveau Dictionnaire encyclopédique
des sciences du langage.
Elle est ici intégralement reproduite.

ISBN 2-02-038181-8
(ISBN 2-02-005349-7, 1re édition reliée)
(ISBN 2-02-014437-9, nouvelle édition reliée)

INTRODUCTION

Cet ouvrage prend la suite du *Dictionnaire encyclopédique des sciences du langage* d'Oswald Ducrot et Tzvetan Todorov paru en 1972.

Les sciences du langage se sont tellement développées depuis une vingtaine d'années que, dans le détail, on ne retrouvera plus grand-chose ici du livre de 1972, même si l'organisation générale et le titre d'un grand nombre d'entrées restent les mêmes. D'une part, du point de vue de l'information, nous avons introduit un grand nombre de concepts, de théories et de références nouvelles, et du même coup nous avons été amenés à en éliminer d'autres qui ne semblaient plus d'actualité. D'autre part, un certain nombre de positions qui, il y a vingt ans, apparaissaient comme des évidences, n'apparaissent plus que comme des étapes historiques. Ainsi la linguistique n'a plus pour personne le rôle de science pilote qu'on croyait pouvoir lui donner autrefois : si les études littéraires continuent à se tourner vers la linguistique, c'est pour y trouver un instrument d'analyse plutôt qu'un modèle. Par ailleurs, pendant les années soixante-dix, il était assez généralement admis que les sciences humaines – notamment les sciences du langage – pourraient être construites sur le modèle des sciences de la nature. Cette assimilation – à supposer qu'elle ne conduise pas à des réductions inacceptables – n'apparaît plus maintenant comme un programme immédiat, mais plutôt comme un idéal qui peut avoir tout au plus dans la recherche un rôle régulateur.

Cela dit, notre ouvrage, comme le précédent, comporte dès son titre deux particularités, qui répondent à deux options fondamentales, qu'indiquent le pluriel de *sciences* et le singulier de *langage*.

Nous continuons à donner au mot *langage* le sens restreint

– et banal – de « langue naturelle » : non celui, fort répandu de nos jours, de « système de signes ». Il ne sera donc pas question ici, sauf pour des comparaisons, ni des langues documentaires, ni des différents arts considérés comme langages, ni de la science prise pour une langue bien ou mal faite, ni du langage animal, gestuel, etc. La raison principale de cette restriction est la suivante : en quittant le terrain du verbal, nous aurions été obligés de traiter d'un objet dont les limites sont difficiles à fixer et qui risque, de par son indétermination même, de coïncider avec celui de toutes les sciences humaines et sociales – sinon de toutes les sciences en général. Si tout est signe dans le comportement humain, la présence d'un « langage », en ce sens large, ne permet plus de délimiter un objet de connaissance parmi d'autres. Une telle extension du mot « langage » aurait impliqué l'affirmation d'une identité principielle entre les différents systèmes de signes ; nous nous sommes refusés à ériger cette hypothèse au rang de postulat.

Si le mot *langage* est donc pris ici en un sens restrictif, le pluriel de *sciences* marque, au contraire, un désir d'ouverture qui est plus que jamais d'actualité. Nous n'avons voulu, à aucun moment, séparer l'étude de la langue de celle de ses *productions* – entendant par ce terme à la fois la mise en *fonctionnement* du langage (d'où la place accordée à l'énonciation, aux actes linguistiques, au langage en situation) et les séquences *discursives* qui en résultent, et dont l'organisation n'est plus directement régie par le seul mécanisme de la langue (d'où l'inclusion du domaine de la littérature). Toute tentative d'isoler l'étude de la langue de celle du discours se révèle, tôt ou tard, néfaste à l'une et à l'autre. En les rapprochant, nous ne faisons d'ailleurs que renouer avec une longue tradition, celle de la philologie, qui ne concevait pas la description d'une langue sans une description des œuvres. On trouvera donc représentées ici, outre la linguistique au sens étroit, la poétique, la rhétorique, la stylistique, la psycho- et la sociolinguistique, voire certaines recherches de sémiotique et de philosophie du langage. Nous souscrivons par là au credo énoncé naguère par Roman Jakobson : *Linguista sum : linguistici nihil a me alienum puto.*

Bien que nous n'intervenions pas comme tenants d'une école, nous avons été amenés, plus souvent qu'il n'est d'usage dans ce genre d'ouvrages, à prendre une position personnelle, et même à présenter, ici ou là, des recherches originales, si incomplètes et provisoires que nous les sachions. Nous l'avons fait lorsque cela nous semblait nécessaire pour donner une vue d'ensemble cohérente des problèmes – ce qui exige toujours le choix d'un point de vue.

Pour étudier les problèmes du langage, nous avons choisi de les envisager dans une perspective essentiellement *sémantique*. Les problèmes de la signification, de ses niveaux, de ses modes de manifestation, de ses rapports avec l'action sont au centre de tout l'ouvrage. Cela entraîne plusieurs conséquences :

1. Comme dans l'ouvrage de 1972, nous avons donné une large place à la théorie générative de Chomsky – même si elle n'a plus actuellement la position dominante qui était la sienne il y a vingt-cinq ans. C'est que, d'une part, elle a dès son origine contribué à lever la méfiance dont les questions sémantiques ont longtemps été l'objet de la part des linguistiques « scientifiques ». D'autre part, son évolution, on pourrait même dire ses avatars, sont liés à sa rencontre de la sémantique, qui a été pour elle un perpétuel défi. Enfin, la controverse qui l'oppose à la linguistique cognitive débouche sur ce qui est peut-être le problème essentiel de la sémantique. Est-il possible de constituer une science linguistique de la signification qui soit autonome et qui ne cherche pas à s'appuyer sur une connaissance préalable de la pensée ?

2. De même, il est souvent question ici de l'histoire des sciences du langage. C'est que les débats qui l'occupent tournent, eux aussi, en dernière analyse, autour des rapports entre la langue et la signification : même le débat entre Saussure et la linguistique historique du XIXe siècle, qui se cristallise autour de questions techniques précises, met en jeu, en fin de compte, deux conceptions différentes de l'acte de signifier.

3. Nous exposons, à propos de divers problèmes – la référence, la modalité, par exemple –, le point de vue de certains logiciens. Certes, les logiciens ne s'occupent pas de décrire la langue, mais d'énoncer des règles concernant son utilisation. Il nous semble cependant que les recherches logiques peuvent être fort révélatrices pour le linguiste ; car les difficultés que le logicien rencontre pour énoncer les lois du raisonnement

font apparaître, par contraste, la spécificité des langues naturelles.

4. Nous avons refusé d'introduire dans notre *Dictionnaire* une entrée particulière « Pragmatique »[1]. Nous avons préféré exposer, pour la plupart des questions dont nous traitons (littéraires ou linguistiques), les recherches pragmatiques dont elles sont l'objet. C'est que, pour nous, le sens tel qu'il s'exprime dans les langues naturelles est, de façon constitutive, une attitude vis-à-vis d'autrui, une façon de réagir à lui, de l'influencer, de le construire. Sans doute est-ce là une caractéristique essentielle qui distingue la signification linguistique de la signification, purement représentative, postulée par les logiciens.

5. Les questions « littéraires » côtoient l'examen des catégories linguistiques, malgré une certaine inégalité dans le niveau de rigueur atteint ici et là. Nous avons adopté ce parti parce que nous croyons au profit que peuvent tirer l'une et l'autre science de leur étude conjuguée. Une des principales raisons qui peuvent faire préférer telle description linguistique à telle autre également possible, est que la première contribue mieux que la seconde à comprendre l'utilisation de la langue dans la parole. Notamment l'analyse linguistique se priverait d'une justification essentielle, si elle se refusait de servir à l'analyse littéraire. Quant à une étude de la littérature qui prétendrait faire l'impasse sur la nature verbale des œuvres, elle perdrait toute légitimité et se réduirait à juxtaposer les unes aux autres différentes lectures d'un même texte.

6. En contrepartie, il était inévitable de faire une part plus restreinte aux problèmes de l'expression phonique et de la parenté historique des langues ; nous avons essayé cependant de présenter, concernant ces thèmes, les notions qui sont devenues le bien commun et la référence constante des linguistes, et qui sont indispensables pour comprendre les travaux actuels sur le langage.

Il y a une certaine témérité à présenter, en quelques centaines de pages, une vue d'ensemble sur les sciences du langage.

1. Pour un exposé plus détaillé des problèmes pragmatiques, on pourra se reporter au *Dictionnaire encyclopédique de pragmatique* de Jacques Moeschler et Anne Reboul, Paris, Éditions du Seuil, 1994.

Ceci surtout à cause de leur aspect à la fois systématique – chaque notion doit se comprendre par rapport à une multitude d'autres –, et chaotique – on ne trouve ni principes ni terminologie fixes. Pour faire face à ces difficultés, nous avons procédé de la manière que voici.

Notre ouvrage, comme celui de 1972, est organisé non selon une liste de mots, mais selon un *découpage conceptuel* du domaine étudié. Nous présentons donc une cinquantaine d'*articles* dont chacun, consacré à un *thème* bien délimité, constitue un tout, et peut être l'objet d'une lecture suivie. À l'intérieur de ces articles, un certain nombre de *termes* (mille cent environ) sont définis : un index, placé à la fin de l'ouvrage, donne la *liste alphabétique* de ces termes, avec une référence – et une seule – au passage du livre où se trouve la définition. Par ailleurs, le lecteur qui cherche des renseignements sur une doctrine particulière, trouvera un *index des auteurs*, avec renvoi aux passages où se trouvent des développements les concernant (nous avons laissé de côté, dans ces renvois, les remarques purement allusives ou bibliographiques dont les mêmes auteurs peuvent être l'objet ici et là).

Enfin, lorsqu'il a été nécessaire, dans le courant même des articles, d'utiliser des termes ou de faire allusion à des thèmes présentés ailleurs, des numéros entre crochets indiquent la page où ces termes ou thèmes sont expliqués.

Les articles se suivent selon un ordre *analytique* et non alphabétique.

La première section, « Les écoles », suit les principales tendances dont l'enchaînement constitue *l'histoire de la linguistique moderne* (grammaires générales, linguistique historique, glossématique, etc.). Nous avons d'autre part introduit une entrée consacrée aux différentes tendances des études littéraires. Faute de place nous nous sommes contentés de donner, en appendice, quelques renseignements succincts sur les conceptions antiques et médiévales.

La seconde, « Les domaines », décrit *l'ensemble des disciplines dont le langage constitue l'objet :* les différentes parties de la linguistique, la poétique, la stylistique, la psycholinguistique, la sociolinguistique, la philosophie du langage…

Les deux dernières sections sont consacrées à la *description* des principaux concepts utilisés. La distinction entre *domaines* et *concepts* est cependant plus apparente que réelle : en effet, ce qui permet de délimiter un domaine et de lui donner une identité, c'est qu'on a décidé de voir à une certaine époque un certain nombre de concepts comme apparentés. Un domaine est un ensemble de concepts dont les relations sont admises, alors que les concepts de la troisième et quatrième section entretiennent toujours entre eux des relations problématiques.

Dans la troisième section nous présentons « Les concepts transversaux », en entendant par là qu'ils sont susceptibles d'être appliqués dans différents domaines. L'ordre dans lequel ils apparaissent va du plus général au plus particulier, sans que leur succession puisse être justifiée dans le détail.

La dernière section, enfin, est consacrée aux « Concepts particuliers », dont l'application actuelle se fait à l'intérieur d'un domaine bien délimité. Ici encore, l'ordre de présentation n'est pas justifiable article par article. Nous avons essayé cependant de partir des concepts désignant les objets les plus simples pour arriver à ceux qui désignent les objets les plus complexes.

Il nous est impossible, on l'a vu, de motiver entièrement l'ordre des articles dans les deux dernières sections. Si nous l'avons cependant préféré à l'arbitraire absolu de l'ordre alphabétique, c'est qu'il permet une progression à l'intérieur de notre livre et doit par là en faciliter une lecture suivie.

Ainsi construit, l'ouvrage nous semble susceptible d'une double lecture : il peut s'utiliser comme dictionnaire ou comme encyclopédie, et ceci dans chacun des domaines qui vont de la linguistique aux études littéraires.

La langue dans laquelle les articles sont écrits vise à être aussi peu technique que possible. La linguistique – et, plus encore, les autres disciplines représentées ici – ne possède pas de terminologie unifiée. Si nous utilisions un langage technique, nous devions donc, ou bien mélanger des terminologies diverses, ou bien choisir l'une d'entre elles, ce qui équivalait à privilégier *a priori* la doctrine qui l'a construite. Nous avons préféré utiliser le langage le moins spécialisé, et, à l'aide de ce langage commun, donner la définition des termes techniques. Par exemple, tout en proposant, pour les termes *signification*, *langue*, *langage*, des définitions étroites et restrictives, nous utilisons ces termes, dans le cours de l'ouvrage, selon l'acception plus lâche qu'ils ont dans le langage ordinaire. Lorsque, cependant, il nous est nécessaire d'employer une expression technique, ou d'employer une expression dans un sens technique, nous renvoyons à la page où l'on trouve sa définition. Lorsque le chiffre de renvoi est suivi de *s.*, la page désignée est la première d'une suite à laquelle il faut se référer.

Les *bibliographies* – données à l'intérieur des articles, à la fin de chaque développement – ne visent pas à l'exhaustivité, mais seulement à indiquer des textes qui nous semblent marquants.

Pour certains articles, nous avons demandé le secours d'autres collaborateurs, à savoir Marielle Abrioux, Dominique Bassano, Georges Boulakia, Michel de Fornel et Philippe Roussin. Nous tenons à les remercier ici. Nous sommes d'autre part très reconnaissants à Tzvetan Todorov de nous avoir permis de garder un certain nombre de passages écrits pour le *Dictionnaire* de 1972 [1]. Les auteurs des articles sont identifiés dans le sommaire.

Oswald DUCROT
Jean-Marie SCHAEFFER

1. Les passages repris des textes de T. Todorov sont identifiés par la référence *(Todorov 1972)* à la fin du passage correspondant, à l'exception de l'article « Linguistique ancienne et médiévale » qui garde la signature conjointe qui avait été la sienne dans le *Dictionnaire* de 1972.

LES ÉCOLES

GRAMMAIRES GÉNÉRALES

Après avoir rédigé diverses grammaires (grecque, latine, espagnole), un professeur des « Petites Écoles » de Port-Royal-des-Champs, Claude Lancelot, écrit en 1660, en collaboration avec Antoine Arnauld, une *Grammaire générale et raisonnée*, appelée souvent par la suite *Grammaire de Port-Royal*. La **grammaire générale** vise à énoncer un ensemble de principes auxquels obéissent toutes les langues, et à expliquer à partir d'eux les usages des langues particulières. L'exemple de Port-Royal a été suivi par un grand nombre de grammairiens, surtout français, du XVIIIe siècle, pour qui, si on ne se fonde pas sur une grammaire générale, l'apprentissage des langues se réduit à un exercice purement mécanique, où n'entrent en jeu que la mémoire et l'habitude. Pour certains, comme Beauzée, ces principes universels ne représentent pas seulement une série de contraintes auxquelles les langues doivent se plier, mais sont assez reliés les uns aux autres pour constituer un véritable **langage**, dont les langues seraient des réalisations particulières : « Tous les peuples de la terre, malgré la diversité des idiomes, parlent absolument le même langage, sans anomalie et sans exception. » (Cette distinction *des* langues et *du* langage est sans doute à relier à un fait historique. Depuis le XVIe siècle, les grammairiens européens ont entrepris de décrire un très grand nombre de langues tout à fait différentes, comme les langues indiennes de l'Amérique du Sud, dont les missionnaires rédigent des grammaires ; les écoles linguistiques précédentes – cf. « Appendice » – étaient au contraire toujours centrées sur une seule langue.)

Si toutes les langues ont un fondement commun, c'est qu'elles ont toutes pour but de permettre aux hommes de se « signifier », de se faire connaître les uns aux autres leurs pensées. Or Lancelot et Arnauld admettent implicitement, et certains grammairiens postérieurs (comme Beauzée) affirment explicitement, que chaque phrase est destinée à communiquer une pensée, et doit, pour ce faire, en être une sorte de « tableau », d'« imitation ». Quand ils disent que la langue a pour fonction la **représentation** des pensées, ce mot doit donc être pris dans son sens le plus fort. Il ne s'agit pas seulement de dire que la parole est signe, mais qu'elle est miroir, qu'elle comporte une analogie interne avec le contenu qu'elle véhicule. Comment se fait-il, maintenant, que des mots, qui n'ont « rien de semblable avec ce qui se passe dans notre esprit », puissent cependant imiter « les divers mouvements de notre âme » ?

Il ne s'agit pas, pour les auteurs de grammaires générales, de chercher dans la matérialité du mot une imitation de la chose ou de l'idée (bien que la croyance à la valeur imitative des sons du langage se retrouve à toutes les époques de la réflexion linguistique, et, au XVIIe siècle même, dans certains textes de Leibniz). C'est seulement l'organisation des mots dans l'énoncé, qui, pour eux, a un pouvoir représentatif. Mais comment est-il possible justement qu'un assemblage de mots séparés puisse représenter une pensée dont la caractéristique première est l'« indivisibilité » (terme employé par Beauzée) ? Le morcellement imposé par la nature matérielle de ce qui représente ne contredit-il pas l'unité essentielle de ce qui est représenté ? Pour répondre à cette question (la même qui, au XIXe siècle, guide la réflexion de Humboldt sur l'expression de la relation [326]), les grammaires générales posent que *chaque pensée* est une manifestation de *la pensée*, de l'esprit. Or les philosophes savent analyser *la pensée* d'une façon qui, tout en la décomposant, respecte son unité. C'est ce que fait par exemple Descartes, pour qui la pensée comporte deux facultés dont la distinction n'est pas de type substantiel, car elles se définissent nécessairement l'une par rapport à l'autre : l'*entendement* conçoit des idées, qui sont comme des images des choses, la *volonté* prend des décisions à propos de ces idées (elle affirme, nie, croit, doute, craint, etc.). Si nos différentes pensées possèdent aussi cette structure liée à la pensée en général, leur représentation par des phrases peut respecter leur unité : il faut et suffit pour cela que l'organisation des mots dans la phrase reflète les catégories et les relations entre catégories découvertes dans une analyse de *la* pensée, analyse appelée quelquefois « logique », quelquefois « métaphysique grammaticale ». C'est ainsi que « l'art d'analyser la pensée est le premier fondement de l'art de parler, ou, en d'autres termes, qu'une saine logique est le fondement de l'art de la grammaire » (Beauzée).

Du même coup, on comprend qu'il puisse y avoir une grammaire « générale ». Elle est générale d'une part parce que son niveau le plus profond est une analyse de *la* pensée, qui est universelle. Elle est générale d'autre part, à un second niveau, en ce sens qu'il doit y avoir des principes, également universels, que toutes les langues doivent respecter lorsqu'elles s'efforcent – ce qui est leur tâche commune – de rendre sensible, à travers les contraintes de la communication écrite ou orale, la structure de la pensée. On comprend aussi que la connaissance de ces principes puisse être obtenue de façon « raisonnée », déductive, à partir d'une réflexion sur les opérations de l'esprit et sur les nécessités de la communication (même si l'observation des langues réelles peut ici guider la déduction). On voit enfin que cette grammaire générale et raisonnée permet, à son tour, de rendre raison des usages observés dans les différents idiomes : il s'agit alors d'« appliquer aux principes immuables et généraux de la parole prononcée ou écrite, les institutions arbitraires et usuelles » des langues particulières.

Quelques exemples

Les principales catégories de mots correspondent aux constituants fondamentaux de la pensée. Supposons ainsi qu'on adopte, comme fait Port-Royal, la philosophie cartésienne, selon laquelle « la plus grande distinction de ce qui se passe de notre esprit est de dire qu'on peut y considérer l'objet de notre pensée, et la forme ou manière de notre pensée » (i.e. l'entendement et la volonté). Il faut aussi admettre alors que « la plus générale distinction des mots soit que les uns signifient les objets des pensées, et les autres, la forme ou la manière de nos pensées » : les noms et adjectifs sont représentatifs de la première classe, les verbes, de la seconde. De même, l'acte intellectuel fondamental étant le jugement, où la volonté décide d'attribuer une propriété à une chose (l'une et l'autre conçues par l'entendement), les mots du premier type se divisent en deux catégories principales, selon qu'ils désignent les choses (substantifs) ou les propriétés (adjectifs). En ce qui concerne l'acte volontaire d'attribution, il est signifié par le verbe *être* ; les autres verbes représentant, selon Port-Royal, un amalgame du verbe *être* et d'un adjectif : « le chien court » = « le chien est courant ». D'autres catégories, tout en étant, elles aussi, fondées sur une analyse de la pensée, sont déterminées de plus par les conditions de la communication. Ainsi l'impossibilité d'avoir un nom pour chaque chose impose le recours à des noms communs dont l'extension est ensuite limitée par des articles ou par des démonstratifs. On énoncera de même, en combinant principes logiques et contraintes de communication, certaines règles présentées comme universelles. Par exemple l'accord entre le nom et l'adjectif qui le détermine, accord utile pour la clarté de la communication (il permet de savoir de quel nom dépend l'adjectif), doit être, dans les langues qui y recourent, une concordance (identité du nombre, du genre et du cas) parce que, selon leur nature logique, l'adjectif et le nom se rapportent à une seule et même chose. Ou encore, il y a un ordre des mots (celui qui place le nom avant l'adjectif, et le sujet avant le verbe) qui est naturel et universel, parce que, pour comprendre l'attribution d'une propriété à un objet, il faut d'abord se représenter l'objet : ensuite seulement il est possible d'affirmer quelque chose de lui.

Cette dernière règle – dans la mesure où les contre-exemples apparaissent aussitôt (le latin et l'allemand ne respectent guère cet « ordre naturel ») – fait comprendre qu'une théorie des figures est indispensable à toutes les grammaires générales. Une figure de rhétorique [577 s.] est conçue à l'époque comme une façon de parler artificielle et impropre, *substituée* volontairement, pour des raisons d'élégance ou d'expressivité, à une façon de parler naturelle, *qui doit être rétablie* pour que la signification de la phrase soit comprise. Selon les grammaires générales on trouve de telles figures, non seulement dans la littérature, mais dans la langue elle-même : elles tiennent à ce que la langue, destinée primitivement à représenter la pensée pure, se trouve en fait mise au service des passions. Celles-ci imposent par exemple des abréviations (on sous-entend les éléments logiquement nécessaires, mais affectivement neutres), et, très fréquemment, un renversement de l'ordre naturel (on met en tête, non le sujet logique, mais le mot important). Dans tous ces cas, les mots sous-entendus et l'ordre naturel avaient d'abord été présents à l'esprit du locuteur, et doivent être rétablis par l'auditeur (le Romain qui entendait *Venit Petrus* était obligé, pour comprendre, de reconstruire en lui-même *Petrus venit*). C'est pourquoi le latin ou l'allemand sont appelés langues **transpositives** : elles renversent un ordre d'abord reconnu. L'existence de figures, bien loin de contredire les principes généraux, en constitue donc plutôt la confirmation : elles ne remplacent pas les règles, mais se superposent à elles.

■ Quelques textes essentiels : A. Arnauld, C. Lancelot, *Grammaire générale et raisonnée*, Paris, 1660, fac-similé publié à Paris, 1969, avec une préface de M. Foucault ; N. Beauzée, *Grammaire générale*, Paris, 1767, fac-similé, avec une introduction de B.E. Bartlett, aux Éditions Friedrich Fromann, Stuttgart, 1974 ; C. Chesneau du Marsais, *Logique et principes de grammaire*, Paris, 1769. – Nombreux renseignements dans G. Sahlin, *César Chesneau du Marsais et son rôle dans l'évolution de la grammaire générale*, Paris, 1928 ; G. Harnois, *Les Théories du langage en France de 1660 à 1821*, Paris, 1929 ; R. Donzé, *La Grammaire générale et raisonnée de Port-Royal*, Berne, 1967 ; J.-C. Chevalier, *Histoire de la syntaxe*, Genève, 1968 ; P. Juliard, *Philosophies of Language in Eighteenth-century France*, La Haye, 1970 ; B.E. Bartlett, *Beauzée's « Grammaire Générale »*, La Haye, 1975 ; M. Dominicy, *La Naissance de la grammaire moderne*, Bruxelles, 1984. – Sur les rapports entre la grammaire de Port-Royal et divers problèmes généraux de linguistique, de logique et de philosophie : N. Chomsky, *Cartesian Linguistics*, New York, 1966 (trad. fr. *La Linguistique cartésienne*, Paris, 1969) ; J.-C. Pariente, *L'Analyse du langage à Port-Royal*, Paris, 1985.

Quelle est l'importance historique de la grammaire générale ? D'abord, elle marque, en intention au moins, la fin du privilège reconnu, aux siècles précédents, à la grammaire latine, dont on avait tendance à faire le modèle de toute grammaire : la grammaire générale n'est pas plus latine qu'elle n'est française ou allemande, mais elle transcende toutes les langues. On comprend que ce soit devenu, au XVIIIe siècle, un lieu commun (répété dans beaucoup d'articles linguistiques de l'*Encyclopédie*) de condamner les grammairiens qui ne savent voir une langue qu'à travers une autre (ou, comme dira, au XXe siècle, O. Jespersen, qui parlent d'une langue en « louchant » sur une autre). D'autre part, la grammaire générale évite le dilemme, qui semblait jusque-là insurmontable, de la grammaire purement philosophique et de la grammaire purement empirique. Les nombreux traités *De modis significandi* au Moyen Âge se consacraient à une réflexion générale sur l'acte de signifier. D'un autre côté, la grammaire, telle que l'entendait Vaugelas, n'était qu'un enregistrement des usages, ou plutôt des « bons usages », la qualité de l'usage étant jugée surtout à la qualité de l'usager. La grammaire générale, elle, cherche à donner une explication des usages particuliers à partir de règles générales déduites. Si ces règles peuvent prétendre à un tel pouvoir explicatif, c'est que, tout en étant fondées sur une analyse de la pensée, elles ne se contentent pas de la répéter : elles expriment sa transparence possible à travers les conditions matérielles de la communication humaine.

LINGUISTIQUE HISTORIQUE AU XIXe SIÈCLE

Naissance de la linguistique historique

Bien qu'il soit facile de constater (ne serait-ce qu'en comparant des textes) que les langues se transforment avec le temps, c'est seulement vers la fin du XVIIIe siècle (donc peu avant qu'on ne pose l'évolution des espèces vivantes) que cette transformation est devenue l'objet d'une science particulière. Deux idées semblent liées à cette attitude.

a) Le changement des langues n'est pas dû seulement à la volonté consciente des hommes (effort d'un groupe pour se faire comprendre d'étrangers, décision des grammairiens qui « épurent » le langage, création de mots nouveaux pour désigner des idées nouvelles), *mais aussi à une nécessité interne*. La langue n'est pas seulement transformée, mais elle se transforme (Turgot, dans l'article « Étymologie » de l'*Encyclopédie*, parle d'un « principe interne » de changement). Cette thèse est devenue explicite lorsque les linguistes ont commencé à distinguer deux relations possibles entre un mot *a* d'une époque *A*, et le mot *b* qui lui correspond à une époque *B* ultérieure. Il y a **emprunt** si *b* a été consciemment formé sur le modèle de *a*, qu'on est allé exhumer : ainsi *hôpital* a été fabriqué, à une époque déterminée, par imitation du latin *hospitale* (plus exactement, on a fabriqué, très anciennement *hospital*, devenu *hôpital*). Il y a **héritage** en revanche lorsque le passage de *a* à *b* est inconscient, et que leur différence, s'il y en a une, tient à une progressive transformation de *a* (*hôtel* est le produit d'une série de modifications successives subies par *hospitale*). Dire qu'un mot peut venir, par héritage, d'un mot différent, c'est donc admettre qu'il y a des causes naturelles au changement linguistique. D'où il découle que la filiation de deux langues *A* et *B* n'implique pas leur ressemblance. *B* peut être radicalement différente de *A*, et venir pourtant de *A*. Auparavant, au contraire, la recherche des filiations linguistiques ne faisait qu'un avec la recherche des ressemblances, et, à l'inverse, on se servait des différences pour combattre l'hypothèse d'une filiation. La croyance au changement naturel va au contraire amener à rechercher à l'intérieur même des différences, la preuve de la parenté.

b) Le changement linguistique est régulier, et respecte l'organisation interne des langues. Comment prouver la filiation de deux langues, si on renonce à prendre pour critère la ressemblance ? En d'autres termes, sur quoi se fonder pour décider que les différences entre elles sont le produit de changements et non de substitutions ? (NB : C'est là la face linguistique d'un problème très général, que rencontre toute étude du changement ; la physique et la chimie le résolvent, vers la même époque, en donnant pour critère au changement, qu'à travers lui quelque chose se « conserve ».) La solution vers laquelle on se dirige à la fin du XVIIIe siècle, et dont l'acceptation explicite constituera la linguistique historique comme science, consiste à ne considérer une différence comme un changement que si elle manifeste une certaine régularité à l'intérieur de la langue. Comme la croyance à la conservation de la matière fait passer de l'alchimie à la chimie, le principe de la régularité du changement linguistique marque la naissance de la linguistique à partir de ce qu'on appelait alors **étymologie**. Celle-ci, même lorsqu'elle se présentait comme *historique* (ce qui n'était pas toujours le cas [322]), et qu'elle expliquait un mot en trouvant, dans un état *antérieur*, le mot dont il provient, étudiait chaque mot séparément, en en faisant un problème isolé. Cette démarche rendait très difficile de trouver des critères, car il est fréquent que différentes étymologies semblent possibles pour un même mot. Et, dans ce cas, comment choisir ? La linguistique historique, en revanche, n'explique un mot *b* par un mot *a* précédent que si le passage de *a* à *b* est le cas particulier d'une règle générale valable pour bien d'autres mots, et fait comprendre aussi que *a'* soit devenu *b'*, *a"* devenu *b"*, etc. Cette régularité implique que la différence entre *a* et *b* tient à tel ou tel de leurs constituants, et que, dans tous les autres mots où ce constituant apparaît, il soit affecté par le même changement. On peut tirer de là deux conséquences :

b_1) On peut exiger que l'explication d'un mot s'appuie sur une analyse grammaticale de ce mot, et explique séparément les différentes unités signifiantes (morphèmes [432]) dont il est composé. C'est pourquoi Turgot refuse, par exemple, l'explication du latin *britannica* (« britannique ») par l'hébreu *baratanac* (« pays de l'étain »), avec l'argument que le mot latin est composé de deux unités (*britan*, et la terminaison *ica*) : il faut donc les expliquer séparément, tandis que l'étymologie alléguée expliquait le mot dans sa totalité (voir, ici même, un autre exemple, pris à Adelung, p. 431). Pour que le changement linguistique possède cette régularité qui est sa seule garantie possible, il semble donc nécessaire qu'il respecte l'organisation grammaticale de la langue, et ne concerne le mot qu'à travers sa structure interne (on voit comment l'article de Turgot, consacré à la recherche de critères pour l'étymologie, est amené à dépasser l'étymologie).

b_2) On peut aller plus loin encore dans l'analyse du mot, et chercher la régularité non seulement au niveau des composants grammaticaux, mais à celui des composants phonétiques. C'est dans cette tâche que la linguistique historique a obtenu, au XIXe siècle, ses plus beaux succès, en arrivant à établir des **lois phonétiques**. Énoncer une loi phonétique concernant deux langues (ou états d'une même langue) *A* et *B*, c'est montrer qu'à *tout* mot de *A* comportant, dans une position déterminée, un certain son élémentaire *x*, correspond un mot de *B* où *x* est remplacé par *x'*. Ainsi, lors du passage du latin au français, les mots latins contenant un *c* suivi d'un *a* ont vu le *c* changé en *ch* : *campus-champ*, *calvus-chauve*, *casa-chez*, etc. – NB : *a)* Il se peut que *x'* = zéro, et que le changement soit une suppression. *b)* Il serait difficile de préciser le terme « correspond » employé plus haut : généralement, le mot de *B* n'a plus le même sens que celui de *A* – car la signification, elle aussi, évolue –, et il en diffère matériellement par autre chose que par la substitution de *x'* à *x* – car d'autres lois phonétiques relient *A* et *B*. *c)* Les lois phonétiques ne concernent que les changements liés à un héritage, et non les emprunts : l'emprunt *calvitie* a été directement calqué sur le latin *calvities*. *d)* Certains mots de *A* peuvent disparaître sans laisser de traces en *B* : la loi ne concerne donc pas vraiment *tous* les mots de *A*, mais ceux seulement qui se maintiennent en *B*.

■ Un échantillon amusant d'histoire pré-linguistique des langues : « Discours historique sur l'origine de la langue française », *Le Mercure de France*, juin-juillet 1757.

La grammaire comparée (ou comparatisme)

Malgré certaines intuitions de Turgot ou de Adelung, on donne d'habitude comme date de naissance à la linguistique historique un ouvrage de l'Allemand F. Bopp sur le *Système de conjugaison de la langue sanscrite, comparé à celui des langues grecque, latine, persane et germanique* (Francfort-sur-le-Main, 1816). Pour désigner les recherches analogues menées, en Allemagne surtout, pendant la première moitié du XIXe siècle, on emploie souvent l'expression **grammaire comparée** ou **comparatisme** : en font partie notamment les travaux de Bopp, des frères A.W. et F. von Schlegel, de J.L.C. Grimm, de A. Schleicher, ceux enfin – souvent précurseurs, mais qui ont eu peu d'audience – du Danois R. Rask. Ils ont en commun les caractères suivants :

1. Suscités par la découverte, à la fin du XVIIIe siècle, de l'analogie existant entre le sanscrit, langue sacrée de l'Inde ancienne, et la plupart des langues européennes anciennes et modernes, ils sont essentiellement consacrés à cet ensemble de langues, appelées soit indo-européennes, soit indo-germaniques.

2. Ils partent de l'idée qu'il y a, entre ces langues, non seulement des ressemblances, mais une **parenté** : ils les présentent donc comme des transformations naturelles (par héritage) d'une même langue-mère, l'**indo-européen**, qui n'est pas directement connue, mais dont on fait la **reconstruction** (Schleicher a même cru pouvoir écrire des fables en indo-européen). – NB : Les premiers comparatistes ne se défendaient pas toujours contre l'idée que le sanscrit *est* la langue-mère.

3. Leur méthode est comparative, en ce sens qu'ils essaient avant tout d'établir des correspondances entre langues : pour cela ils les comparent (quelle que soit leur distance dans le temps), et cherchent quel élément *x* de l'une tient la place de l'élément *x'* de l'autre. Mais ils ne s'intéressent guère à réta-

blir, stade par stade, le détail de l'évolution qui a mené de la langue-mère aux langues modernes. Tout au plus sont-ils conduits, pour les besoins de la comparaison, à tracer les grandes lignes de cette évolution : si l'on a à comparer le français et l'allemand, on arrive à des résultats beaucoup plus clairs en procédant de façon indirecte, en comparant d'abord le français au latin et l'allemand au germanique, puis le latin au germanique : d'où l'idée que la langue-mère s'est subdivisée en quelques grandes langues (italique, germanique, slave, etc.), dont chacune s'est ensuite subdivisée, donnant naissance à une **famille** (avec, encore, des subdivisions pour la plupart des éléments de ces familles).

4. La comparaison de deux langues est avant tout comparaison de leurs éléments grammaticaux. Déjà Turgot avait présenté comme une garantie nécessaire pour l'étymologiste, qu'il ne tente pas d'expliquer les mots pris globalement, mais leurs éléments constitutifs [25]. De ces éléments, maintenant, lesquels sont les plus intéressants ? Ceux qui désignent des notions (*aim* dans *aimeront*, *troupe* dans *attroupement*), et qu'on appelle souvent **radicaux** (ou éléments **lexicaux**), ou bien les éléments **grammaticaux** dont les premiers sont entourés, et qui sont censés indiquer les rapports ou points de vue selon lesquels la notion est considérée ? La discussion sur ce point a commencé dès la fin du XVIIIe siècle, dirigée par l'idée qu'il faut éliminer de la comparaison tout ce qui risque d'avoir été emprunté par une langue à une autre (et qui ne peut donc servir à prouver une évolution naturelle). Or les éléments grammaticaux ne présentent guère ce risque, puisqu'ils constituent, dans chaque langue, des systèmes cohérents (système des temps, des cas, des personnes, etc.). Vu leur solidarité réciproque, on ne peut pas emprunter un élément grammatical isolé, mais seulement tout un système, et le bouleversement qui en résulterait rend la chose peu vraisemblable. C'est pourquoi la comparaison des langues a été considérée essentiellement, au début du XIXe siècle, comme comparaison de leurs éléments grammaticaux (d'où le terme « *grammaire* comparée »).

La thèse du déclin des langues

Le projet de la linguistique historique était lié à l'idée d'une double conservation lors du changement (ici même p. 23 s.). Conservation de l'organisation grammaticale : il faut que l'on puisse soumettre les mots de l'état *A* et de l'état ultérieur *B* à la même décomposition en radical et éléments grammaticaux (sinon la comparaison doit prendre les mots globalement, méthode dont on connaissait l'incertitude). Conservation aussi de l'organisation phonétique, pour que des lois phonétiques puissent faire correspondre les sons élémentaires de *A* et de *B*, et montrer comment varie la forme phonique des composants des mots. Mais les faits ont rendu difficile le maintien de cette double permanence. Car les comparatistes ont cru découvrir que les lois phonétiques détruisent progressivement – par une sorte d'érosion – l'organisation grammaticale de la langue qui leur est soumise. Ainsi elles peuvent amener la confusion, dans l'état *B*, d'éléments grammaticaux distincts en *A*, amener même la disparition de certains éléments (la disparition des cas latins en français tiendrait à l'évolution phonétique qui a entraîné la chute de la partie finale des mots latins, partie où apparaissent les marques de cas) ; enfin la séparation, dans le mot, entre radical et éléments grammaticaux (séparation dont la netteté en sanscrit émerveillait les premiers comparatistes) s'atténue souvent du fait des changements phonétiques.

D'où le pessimisme de la plupart des comparatistes (à l'exception de Humboldt) : l'historien des langues ne trouve à retracer que leur déclin – amorcé déjà dans les langues de l'Antiquité –, et Bopp se plaint souvent de travailler dans un champ de ruines. Mais ce pessimisme a des commodités : il permet de comparer un mot moderne avec un mot ancien dont la structure est apparemment fort différente, tout en maintenant que la comparaison doit respecter les organisations grammaticales. Il suffit – et Bopp ne s'en prive pas – de supposer que les deux mots ont une structure analogue en profondeur, et, plus généralement, de considérer l'état ancien comme la vérité grammaticale de l'état nouveau : n'est-il pas raisonnable, pour l'archéologue qui fait le plan d'un champ de ruines, d'essayer d'y retrouver le tracé de la ville ancienne ? Ce que le comparatisme ne pouvait pas, en revanche, sans abandonner ses principes méthodologiques fondamentaux, c'était croire que les langues, en se transformant, créent des organisations grammaticales nouvelles.

Comment expliquer ce déclin des langues au cours de l'histoire ? La plupart des comparatistes – Bopp et Schleicher notamment – l'attribuent à l'attitude de l'homme historique vis-à-vis de la langue, qui est une attitude d'utilisateur : il traite la langue comme un moyen, comme un instrument de **communication**, dont l'utilisation doit être rendue aussi commode et économique que possible. Les lois phonétiques auraient justement pour cause cette tendance au moindre effort, qui sacrifie la clarté de l'organisation grammaticale au désir d'une communication à bon marché.

S'il y a eu une période positive dans l'histoire des langues, il faut donc la rechercher dans la préhistoire de l'humanité. Alors, la langue n'était pas un moyen, mais une fin : l'esprit humain la façonnait comme une œuvre d'art, où il cherchait à se *représenter* lui-même. À cette époque, à jamais révolue, l'histoire des langues a été celle d'une création. Mais c'est seulement par déduction que nous pouvons nous en imaginer les étapes. Pour Schleicher, par exemple, les langues humaines ont dû successivement prendre les trois principales formes que fait apparaître une classification des langues actuelles fondée sur leur structure interne (= typologie). D'abord, elles ont toutes été **isolantes** (= les mots sont des unités inanalysables, où on ne peut même pas distinguer un radical et des éléments grammaticaux : c'est ainsi qu'on se représente, au XIXe siècle, le chinois). Puis certaines sont devenues **agglutinantes** (comportant des mots avec radical et marques grammaticales, mais sans qu'il y ait de règles précises pour la formation du mot. Survivance actuelle de cet état : les langues amérindiennes). Enfin, parmi les langues agglutinantes, se sont développées des langues **flexionnelles**, où des règles précises, celles de la morphologie [119], commandent l'organisation interne du mot : ce sont essentiellement les langues indo-européennes. Dans ce dernier cas seulement, l'esprit est véritablement représenté : l'unité du radical et des marques grammaticales dans le mot, cimentée par les règles morphologiques, représente l'unité du donné empirique et des formes *a priori* dans l'acte de pensée. Malheureusement cette réussite parfaite, attribuée généralement à la langue-mère indo-européenne, a été remise en cause, dès l'Antiquité classique, lorsque l'homme, préoccupé de faire l'histoire, n'a plus considéré la langue que comme un instrument de la vie sociale. Mise au service de la communication, la langue n'a plus cessé de détruire sa propre organisation.

■ Quelques grands traités de grammaire comparée : F. Bopp, *Grammaire comparée des langues indo-européennes*, trad. fr., Paris, 1885 ; J.L.C. Grimm, *Deutsche Grammatik*, Göttingen, 1822-1837 ; A. Schleicher, *Compendium der vergleichenden Grammatik der indogermanischen Sprachen*, Weimar, 1866. – Sur le déclin des langues, voir par exemple : F. Bopp, *Vocalismus*, Berlin, 1836 ; A. Schleicher, *Zur vergleichenden Sprachgeschichte*, Bonn, 1848. – Ce déclin est mis en question par W. von Humboldt, par exemple dans *De l'origine des formes grammaticales et de leur influence sur le développement des idées*, trad. fr., Paris, 1859, rééditée à Bordeaux, 1969 (texte commenté dans O. Ducrot, *Logique, structure, énonciation*, chap. 3, Paris, 1989). – Un exemple de recherche moderne en grammaire comparée : É. Benveniste, *Hittite et indo-européen*, Paris, 1962.

Les néo-grammairiens

Dans la deuxième moitié du XIXe siècle, un groupe de linguistes, surtout allemands, a tenté d'introduire dans la linguistique historique les principes positivistes qui triomphaient dans la science et dans la philosophie contemporaines. Espérant ainsi renouveler la grammaire comparée, ils se sont nommés eux-mêmes **néo-grammairiens**. Leurs principales thèses sont les suivantes :

1. La linguistique historique doit être explicative. Il ne s'agit pas seulement de constater et de décrire des changements, mais de trouver leurs *causes* (préoccupation que n'avait guère Bopp).

2. Cette explication doit être de type positif, analogue à celles des sciences de la nature. On se méfiera de ces vastes explications philosophiques où Schleicher (lecteur de Hegel) se complaisait.

3. Pour mener à bien cette recherche des causes, on doit

étudier de préférence les changements qui s'étendent sur une durée limitée. Au lieu de comparer des états de langue très distants, on prendra pour objet le passage d'un état à celui qui le *suit*.

4. Un premier type de cause est d'ordre articulatoire. Les « lois phonétiques » sont en effet justiciables d'une explication *physiologique*. Aussi leur action est-elle absolument mécanique (« aveugle ») : lorsqu'un changement s'opère à l'intérieur d'un état, aucun mot ne peut lui échapper, quelle que soit sa situation sémantique ou grammaticale propre, et les exceptions (que Schleicher se contentait d'enregistrer) sont, pour un néo-grammairien, l'indice d'une loi de même nature, mais qui est encore à chercher.

5. Un deuxième type de cause est *psychologique*. C'est la tendance à l'**analogie**, fondée sur les lois de l'association des idées. Les locuteurs ont tendance : *a)* à grouper les mots et les phrases en classes, dont les éléments se ressemblent à la fois par le son et par le sens ; *b)* à créer des mots ou des phrases nouvelles susceptibles d'enrichir ces classes. D'où, par exemple, la création de « solutionner » et « actionner », sur le modèle de « fonctionner », ou de « se rappeler de », sur le modèle de « se souvenir de ».

6. Non seulement l'histoire des langues doit être explicative, mais il n'y a pas d'autre explication linguistique qu'historique. Ainsi, parler du sens fondamental sous-jacent aux différentes acceptions d'un mot, cela n'est explicatif que si ce sens se trouve être le sens chronologiquement premier. De même on ne parlera de **dérivation** [735] que si on peut prouver qu'un mot *vient* d'un autre, que « maisonnette » *vient* de « maison », ce qui exige que le mot source (« maison ») préexiste au mot dérivé (« maisonnette »).

■ Le maître dont se réclament la plupart des néo-grammairiens est G. Curtius (*Grundzüge der griechischen Etymologie*, Leipzig, 1858-1868). – Le principal théoricien est H. Paul (*Prinzipien der Sprachgeschichte*, Halle, 1880). – La recherche systématique des lois phonétiques apparaît particulièrement dans K. Brugmann, *Grundriss der vergleichenden Grammatik der indogermanischen Sprachen*, Strasbourg, 1886-1900. – Un recueil de textes, traduits en anglais, de comparatistes et de néo-grammairiens : W.P. Lehmann, *A Reader in Nineteenth-century Historical Indo-european Linguistics*,

Bloomington, 1967. – Pour situer les néo-grammairiens dans l'histoire de la linguistique : K.R. Jankowsky, *The Neogrammarians : A Reevaluation of their Place in the Development of Linguistic Science*, La Haye, 1972 ; W.P. Lehmann et Y. Malkiel (ed.), *Perspectives on Historical Linguistics*, Amsterdam, Philadelphie, 1982.

La sémantique historique

À son origine, la linguistique historique s'est intéressée surtout à l'aspect phonétique des langues : c'est là que la régularité du changement apparaît de la façon la plus évidente. Mais son projet impliquait en fait la recherche de lois dans l'évolution de la signification des mots. En effet, dire qu'un son s'est transformé dans tous les mots lors du passage de l'état *A* à l'état *B*, cela suppose qu'on puisse identifier un mot de *A* et un mot de *B* malgré la transformation phonétique, par exemple le nom latin *casa* (maison) et la préposition française *chez*. Mais comment faire cette identification si le sens des mots a lui aussi changé, comme c'est habituel ? Pour être rigoureuse, la phonétique historique implique donc une **sémantique historique**, qui découvre des lois dans la transformation de la signification : le passage de *A* à *B* se manifesterait alors par une double régularité du changement, concernant à la fois le sens et l'aspect phonétique des mots.

On trouve notamment chez Michel Bréal, à la fin du XIXe siècle, cette recherche de principes généraux gouvernant le changement du sens des mots. L'idée directrice de Bréal est que ces principes sont à chercher, non pas dans la langue, mais dans l'intelligence et la volonté des usagers de la langue (volonté qui n'est pas consciente et délibérée, mais « obscure »). Ainsi il combat l'idée qu'il y ait dans les mots eux-mêmes une « tendance péjorative » qui aurait fait passer, par exemple, du sens « noble » qu'avaient au XVIIe siècle les termes *amant* et *maîtresse*, désignant les partenaires de la relation d'amour, au sens « péjoratif » que leur donne le français du XIXe, où ils sont réservés aux rapports illégitimes. Pour Bréal, ce changement tient à une tendance psychologique à l'« euphémisme », qui a fait appliquer des mots « nobles » à une réalité qui ne les méritait pas et a ensuite déteint sur les termes utilisés pour la désigner. D'une façon générale, toutes les tendances gouvernant l'évolution du vocabulaire (spécialisation des mots, recours à la métaphore...) sont à rapporter, selon Bréal, à la nature de l'esprit, individuel ou collectif.

Ceci amène Bréal à s'opposer à l'épistémologie régnante chez les linguistes du XIXe siècle, qui intégrait la linguistique aux sciences de la nature en y cherchant exactement le même type de lois. Bréal insiste au contraire sur l'idée que, tout en étant une science, elle appartient au groupe des sciences humaines et historiques, et cherche à définir un type de causalité entièrement distinct de celui qui gouverne la « nature ». Par contrecoup, il en vient même à mettre en doute l'aspect « naturel » reconnu à l'époque aux « lois phonétiques ». Il suggère qu'elles relèvent, elles aussi, de la psychologie. De ce fait il est amené à réinterpréter les « exceptions » qu'on leur découvre, et à propos desquelles comparatistes et néo-grammairiens se demandaient seulement s'il faut les traiter comme des accidents non significatifs, ou les réduire en remaniant et complétant les lois précédemment admises. Pour Bréal, elles montrent qu'on n'a pas découvert la vraie causalité régissant le domaine linguistique. Elles s'expliquent par les tendances générales de l'esprit humain, tendances qui sont également à l'œuvre dans les cas réguliers, mais qui, dans ces derniers, prennent les apparences trompeuses d'une nécessité mécanique.

■ L'ouvrage principal de M. Bréal, *Essai de sémantique : science des significations* (Paris, 1890), a été réédité en fac-similé aux Éditions Slaktine, Genève, 1976. – Il est commenté notamment par B. Nerlich, *Change in Language : Whitney, Bréal and Wegener*, Londres, New York, 1990. – À l'époque de Bréal se développait en Allemagne une linguistique également psychologique, mais appuyée sur une « psychologie des peuples » : W. Wundt, *Völkerpsychologie*, 1 : *Die Sprache*, Leipzig, 1900. – Pour un rapprochement entre cette histoire psychologique de la langue et la moderne « linguistique cognitive » [328 s.] : D. Geeraerts, « Cognitive restrictions on the structure of semantic change », in J. Fisiak (ed.), *Historical Semantics, Historical Word-Formation*, Berlin, La Haye, 1985.

SAUSSURIANISME

Après avoir écrit, à vingt et un ans, un *Mémoire sur le système primitif des voyelles indo-européennes* (Paris, 1878), œuvre qui compte parmi les réussites de l'école néo-grammairienne [30], le linguiste suisse Ferdinand de Saussure abandonne presque totalement les recherches de linguistique historique, trouvant leur fondement incertain, et pensant qu'elles doivent être suspendues jusqu'à une refonte d'ensemble de la linguistique. Ayant lui-même tenté cette refonte, il présente les résultats de ses travaux dans trois cours professés à Genève entre 1906 et 1911, et qui ont été publiés, trois ans après sa mort, par quelques-uns de ses élèves, sous le titre *Cours de linguistique générale* (Paris, 1916).

■ Un recueil des *Publications scientifiques de Saussure* (à l'exclusion du *Cours*) a été publié aux éditions Slatkine, Genève, 1970. – Pour une comparaison entre les notes manuscrites de Saussure, celles prises par les étudiants, et le *Cours* publié, voir R. Godel, *Les Sources manuscrites du « Cours de linguistique générale » de F. de Saussure*, Genève, Paris, 1957. – Une édition critique du *Cours* a été réalisée par T. de Mauro, Paris, 1972.

La pratique comparatiste avait pour fondement théorique la croyance à la désorganisation progressive des langues sous l'influence des lois phonétiques, elles-mêmes liées à l'activité de communication [28]. Cette thèse, qui autorise à lire en filigrane, dans l'état présent, la grammaire de l'état passé, permet en effet d'identifier, pour les comparer, des éléments grammaticaux anciens avec des éléments de l'état ultérieur, même si ceux-ci ont un statut grammatical apparemment fort différent. C'est justement ce que Saussure met en question.

D'abord pour une raison générale. L'idée que la langue soit

destinée à représenter la pensée est, pour Saussure, intenable (que cette représentation soit conçue, à la manière des comparatistes, comme fonction première, ou, à la manière de Port-Royal, comme le moyen de la communication). Elle présuppose en effet qu'il existe, et que l'on connaisse, une structure de la pensée indépendante de sa mise en forme linguistique. Ce qui est incompatible avec la thèse saussurienne d'un arbitraire linguistique fondamental [329] – à distinguer de l'arbitraire de chaque signe isolé [323] : il tient à ce que la pensée, considérée avant la langue, est comme une « masse amorphe », une « nébuleuse » (*Cours*, chap. 4, § 1), qui se prête à toutes les analyses possibles, sans privilégier l'une par rapport aux autres, sans imposer de considérer telle et telle nuance de sens comme deux aspects d'une même notion, et de séparer telle et telle autre, comme relevant de deux notions différentes (pour les grammaires générales au contraire, il existe une analyse logique ou philosophique de la pensée qui s'impose de plein droit, et que le langage doit imiter à sa façon ; et de même, pour les comparatistes, l'unité du radical et des éléments grammaticaux dans le mot représente l'unité de l'acte intellectuel soumettant l'expérience aux formes *a priori* de l'esprit [432]). Si donc, pour Saussure, chaque langue, à chaque moment de son existence, présente une certaine forme d'organisation, ce n'est certainement pas l'effet d'une fonction représentative préexistant à son emploi pour la communication.

Cet argument très général est renforcé si l'on examine en détail le rôle de l'activité linguistique dans l'évolution des langues. Car il n'est pas vrai, selon Saussure, que le fonctionnement du langage – son utilisation par les sujets parlants pour les besoins de la communication – soit une cause de désorganisation, qu'il aboutisse à ce cataclysme grammatical déploré par Bopp. Tout en maintenant, comme les néo-grammairiens [30], que l'utilisation du code linguistique par les sujets parlants – c'est-à-dire, selon la terminologie du *Cours*, la « parole » [292 s.] – est une des causes essentielles de son changement, Saussure refuse de voir ce changement comme une destruction. Ainsi les lois phonétiques n'ont pas l'effet anarchique que les comparatistes leur attribuaient. Ce que Saussure illustre par l'histoire du pluriel en allemand. Dans un état ancien, il était marqué régulièrement par l'adjonction d'un *i* : *Gast* (« hôte »)-*Gasti* (« hôtes »), *Hand* (« main »)-

Handi (« mains »). Puis différents changements phonétiques ont transformé *Gasti* en *Gäste*, et *Handi* en *Hände*. De même, en vieux français, le *s* marquait le pluriel plus régulièrement qu'aujourd'hui (on avait *animal-animals*). Une mutation phonétique ayant, d'une façon générale, changé, entre voyelle et consonne, le son *l* en *u* (elle a, notamment, produit *haut* à la place du latin *altum*), *animals* est devenu *animaux*. Ces changements, s'ils ont modifié matériellement la marque du pluriel, n'ont donc pas atteint le fait grammatical lui-même, la dualité du singulier et du pluriel, dualité qui a été simplement transposée, et qui se réalise aussi bien sous son aspect nouveau (*gast-gäste*, *animal-animaux*) que sous l'ancien. Une organisation grammaticale donnée, chassée par l'évolution phonétique d'une certaine réalisation phonique, peut ainsi toujours se rétablir dans une autre (pour plus de détails, voir p. 338). Quant à la création analogique [31], qui est un des effets les plus clairs de la parole, elle ne fait qu'étendre, enrichir, une catégorie dont elle présuppose l'existence. La création de « solutionner » à partir de « solution », ajoute un couple supplémentaire dans la série où se trouvent déjà « addition »-« additionner », « fonction »-« fonctionner », etc. Ainsi l'analogie, selon Saussure, renforce, plus qu'elle ne détruit, les classifications linguistiques. Saussure n'est jamais allé jusqu'à envisager le changement comme créateur d'organisations nouvelles, mais cette idée ne serait pas en contradiction avec l'esprit du *Cours*.

Le fonctionnement du langage n'est donc pas, selon Saussure, un facteur anarchique, qui mettrait en danger son caractère organisé. D'une façon positive, maintenant, Saussure montre que le langage, à tout moment de son existence, *doit* se présenter comme une organisation. Cette organisation inhérente à toute langue, Saussure l'appelle **système** (ses successeurs parlent souvent de **structure**). La nuance particulière que les saussuriens introduisent dans ces termes (et qui s'ajoute à l'idée générale d'ordre et de régularité), est que les éléments linguistiques ne préexistent pas aux rapports qu'ils entretiennent à l'intérieur de l'organisation d'ensemble de la langue. Celle-ci ne se surajoute pas à eux, mais les *constitue*, les « termes » n'ayant de réalité linguistique que par leurs relations mutuelles. Un « système » ou « structure » est ainsi une organisation dont les éléments n'ont aucun caractère propre indépendamment de leurs relations mutuelles à l'intérieur du tout.

C'est cette idée que Saussure exprime en disant que l'unité linguistique est une **valeur**. En appelant un objet, une pièce de monnaie par exemple, une « valeur », on pose en même temps : *a)* qu'il peut être échangé contre un objet de nature différente (une marchandise), *b)* que certains rapports ont été établis entre lui et des objets de même nature (le taux de change entre la pièce de monnaie et les autres monnaies du même pays et des pays étrangers), *c)* que son pouvoir d'échange est conditionné par ces rapports (une dévaluation de la monnaie modifie son pouvoir d'achat). Il en est de même de l'élément linguistique. Cet élément, pour Saussure, c'est le signe, c'est-à-dire (au moins dans une première approximation, que Saussure affinera ensuite) l'association d'une image acoustique (signifiant) et d'un concept (signifié). Ainsi il répond à la condition *(a)* : son pouvoir d'échange, c'est la possibilité de désigner, au moyen de son signifiant, une réalité extra-linguistique (réalité atteinte par l'intermédiaire du signifié, mais qui est aussi étrangère au signifié qu'au signifiant, cf. p. 360 s.). Le signe satisfait aussi *(b)*, dans la mesure où l'organisation générale de la langue établit des rapports fixes entre lui et les autres signes. Enfin *(c)* : son pouvoir de désignation est strictement conditionné par ces rapports. Si *animaux* désigne une pluralité d'objets, c'est parce qu'il appartient au couple *animal-animaux*, lui-même analogue à tous les couples (*ami-amis*, etc.) manifestant la distinction du singulier et du pluriel. – NB_1 : Cette notion de valeur interdit de définir, à la manière des comparatistes, les éléments de l'état *B* par rapport à l'organisation de l'état *A* antérieur : *B* n'aurait plus alors d'organisation propre, et ses éléments ne satisferaient donc pas à la condition *(b)*, ni non plus, par suite, à *(c)* : même s'ils avaient le pouvoir de désignation exigé par *(a)*, ils ne l'auraient pas en tant que valeurs. – NB_2 : On voit pourquoi Saussure ne maintient pas la caractérisation, donnée à titre provisoire, du signifié comme « concept ». Si le signifié est ce par l'intermédiaire de quoi le signifiant a le pouvoir de désigner, il doit, en vertu de *(c)*, être identifié aux rapports intégrant le signe dans l'organisation d'ensemble de la langue, et non pas à une réalité psychologique particulière. – NB_3 : La terminologie de Saussure est, dans le *Cours*, assez flottante. Quelquefois le signifié est identifié à *la* valeur du signe, tantôt signifiant et signifié sont présentés comme étant, l'un et l'autre, des valeurs, possibilité exploitée notamment par Hjelmslev [43 s.].

D'une façon plus concrète, l'activité effective qui permet au linguiste de déterminer les éléments de la langue (les signes) exige, selon Saussure, que l'on fasse apparaître en même temps le système qui leur confère leur valeur. C'est que, malgré les apparences, la détermination des signes est une opération compliquée et indirecte, qui demande bien plus que le sentiment linguistique immédiat (*Cours*, 2e partie, chap. 2, § 3) : les signes ne sont pas, pour le linguiste, des données. Même leur repérage fait déjà difficulté, dans la mesure où ils n'ont pas toujours de manifestation matérielle nettement délimitée. C'est le cas, par exemple, lorsque le signifiant d'un signe n'est pas un élément matériel isolable, mais une **alternance**, c'est-à-dire lorsqu'il est constitué par la possibilité d'un certain choix entre deux formes d'un même mot. Ainsi le signifiant de la notion grammaticale de pluriel, en français, n'est pas identifiable avec le *s*, il est aussi constitué par la possibilité de choisir à l'intérieur du couple *cheval-chevaux*, ou entre deux prononciations du mot *os*. De même le signifiant de la notion grammaticale de passé, en anglais, n'est pas identifiable à la terminaison *ed* observée dans les verbes « réguliers », mais il est constitué aussi par le choix possible de *I bound*, « j'attachais », par rapport à *I bind*, « j'attache » : dans ce dernier cas, où le choix se fait entre deux voyelles à l'intérieur du mot, on parle souvent d'**apophonie** (en allemand, **Ablaut**). Ici le signifiant « n'a rien de positif », c'est la simple différence entre *bind* et *bound*, entre *cheval* et *chevaux*. Dans ces cas, qui, pour Saussure, rendent seulement plus évidente une situation générale, le signe « passé » n'est déterminable que par rapport au signe « présent », le signe « pluriel » que par rapport au signe « singulier », de sorte qu'on ne saurait reconnaître un signe sans, du même coup, le classer parmi ses concurrents.

Il en est de même pour une seconde opération, la **délimitation** des unités, c'est-à-dire la **segmentation** de la chaîne, opération qui consiste à découvrir les signes minimaux, et, par exemple, à chercher si les verbes *défaire, déchirer, délayer* doivent être décomposés ou considérés comme des signes élémentaires. Dans ce cas, assez simple, on « sent » que la bonne solution est d'analyser *dé-faire* et lui seul. Mais la justification de cette solution ne peut pas être d'ordre intuitif, car les trois verbes possèdent le même élément phonique *dé*, et il est toujours accompagné d'une certaine idée de destruction, ce qui peut suggérer de reconnaître en eux un signe « dé ». On est donc obligé de faire intervenir des faits plus complexes. On remarquera par exemple que le *dé* de *déchirer* ne peut pas être supprimé (il n'y a pas de verbe *chirer*, alors qu'il y a *faire*), ni remplacé par un préfixe différent (il n'y a pas *rechirer*, alors qu'il y a *refaire*) : *déchirer* n'appartient donc pas à une série du type *<faire, défaire, refaire>*. Pour justifier de ne pas décomposer *délayer*, alors qu'il y a un couple *<délayer, relayer>*, il faudrait faire intervenir d'ailleurs un classement plus complexe, et noter que le couple *<défaire, refaire>* fait partie d'un ensemble de couples {*<délier, relier>*, *<déplacer, replacer>...*}, qui comportent la même différence de sens entre les deux termes, mais que ce n'est pas le cas pour *<délayer, relayer>*. On retiendra de cet exemple que la simple segmentation *dé-faire* exige que l'on reconnaisse dans ce verbe un schéma combinatoire général en français, ou, ce qui revient au même, qu'on le replace dans une classification d'ensemble des verbes français : reconnaître les signes qui le composent, ce n'est rien d'autre que le situer dans cette classification.

Une dernière tâche indispensable pour la détermination des unités, c'est l'**identification**, c'est-à-dire la reconnaissance d'un seul et même élément à travers ses multiples emplois (dans des contextes et dans des situations différentes). Pourquoi admettre qu'il y a la même unité « adopter » dans « adopter une mode » et « adopter un enfant » ? Et, lorsqu'un orateur répète « Messieurs, Messieurs », avec des nuances différentes, aussi bien dans la prononciation que dans le sens, pourquoi dit-on qu'il utilise deux fois le même mot ? (*Cours*, 2e partie, chap. 3). Le problème devient plus aigu, si on remarque que les différentes nuances de sens que prend « Messieurs » (ou « adopter ») sont souvent aussi éloignées l'une de l'autre qu'elles ne le sont de certaines significations de « Mes amis » (ou de « accepter »). Alors pourquoi décide-t-on de réunir telle et telle nuance de sens en les attribuant à un même signe ? Là encore, la réponse saussurienne est que l'identification renvoie à l'ensemble de la langue. Si une certaine acceptation sémantique doit être attribuée au signe « adopter », même si elle est très éloignée du sens habituel de ce mot, c'est seulement dans la mesure où aucun des signes coexistants (« accepter », « prendre »,...) ne se trouve être compatible avec cette nuance. Elle n'appartient à « adopter » que parce qu'elle n'appartient pas à un autre signe. Aussi Saussure déclare-t-il que la « plus exacte caractéristique des signes est d'être ce que les autres ne sont pas ». Une forme faible – et plus facile à défendre – de ce principe consiste à préciser que l'unité est, non pas *tout* ce que les autres ne sont pas, mais qu'elle n'est *rien de plus* que ce que les autres ne sont pas. Autrement dit, elle ne se définit que par ses « différences » (d'où son caractère « différentiel »), elle n'est fondée sur rien d'autre « que sur sa non-coïncidence avec le reste » (*Cours*, 2e partie, chap. 4, § 3). On obtient alors le principe d'**oppositivité**, selon lequel on ne doit attribuer à un signe que les éléments (phoniques ou sémantiques) par lesquels il se distingue d'au moins un autre signe (un signe est fait seulement de ce qui l'« oppose » à un autre).

Cette conclusion n'est pas exactement celle qui ressortait à l'examen des opérations de repérage et de délimitation. Tout à l'heure l'unité apparaissait comme purement « négative » et « relationnelle », constituée seulement par sa place dans le réseau de relations qui organise la langue. Maintenant elle semble posséder une réalité positive, réalité réduite certes à ce en quoi elle se différencie des autres, mais qui n'en garde pas moins une consistance propre. Cette ambiguïté commande le débat institué, parmi les successeurs de Saussure, entre les glossématiciens [42 s.] et les fonctionalistes [49 s.]. Ce qui reste cependant commun à tous les saussuriens, c'est l'idée que l'unité linguistique, par son aspect phonique et par son aspect sémantique, renvoie toujours à toutes les autres : il n'est possible ni de reconnaître ni de comprendre un signe sans entrer dans le jeu global de la langue.

■ Sur l'attitude de Saussure vis-à-vis de la linguistique historique : ici même, p. 337 s. – Sur le contraste entre la conception purement relationnelle et la conception oppositive du signe : R.S. Wells, « De Saussure's system of linguistics », *Word*, 3, 1947. – Pour une présentation générale du système de Saussure, voir É. Benveniste, « Saussure après un demi-siècle », in *Problèmes de linguistique générale*, Paris, 1966, chap. 3, l'introduction et le commentaire de la traduction italienne du *Cours* (*Corso di linguistica generale*) par

T. De Mauro, Bari, 1968, F. Gadet, *Saussure, une science de la langue*, Paris, 1987, ainsi que le recueil *Présence de Saussure*, Actes du Colloque de Genève, 1990. – Sur les continuateurs suisses de Saussure : R. Godel, *A Genova School Reader in Linguistics*, Bloomington, 1969.

GLOSSÉMATIQUE

Élaborée par le linguiste danois L. Hjelmslev, la théorie **glossématique** se présente comme l'explicitation des intuitions profondes de Saussure. Cette fidélité fondamentale lui fait abandonner, d'une part, certaines thèses de Saussure, jugées superficielles, et, d'autre part, l'interprétation fonctionaliste, notamment phonologique, de la doctrine saussurienne – qui serait un travestissement. Hjelmslev retient avant tout, du *Cours*, deux affirmations : 1° La langue n'est pas substance, mais forme. 2° Une langue diffère d'une autre non seulement sur le plan de l'expression mais aussi sur celui du contenu.

Ces deux thèses s'unissent, pour Saussure, dans la théorie du *signe*. Si une langue doit être caractérisée *à la fois* au niveau de l'**expression** (par les sons qu'elle choisit pour transmettre la signification), et du **contenu** (par la façon dont elle présente la signification), c'est qu'elle est un ensemble de signes, entités à deux faces, possédant un double aspect, phonique et sémantique. Que les signes d'une langue diffèrent, en ce qui concerne le son, de ceux d'une autre, cela justifie de décrire chacune, comme on l'a fait depuis bien longtemps, sur le plan de l'expression. Mais les *signes* d'une langue sont originaux aussi, Saussure y insiste, du point de vue du sens, car ils ont rarement des équivalents sémantiques exacts dans une autre : l'allemand *schätzen*, traduit d'habitude par *estimer*, comporte en fait des nuances étrangères au mot français. Une langue n'est donc pas une **nomenclature**, un jeu d'étiquettes servant à désigner des choses ou des concepts préexistants – ce qui revient à dire qu'il faut la décrire aussi sur le plan du contenu.

C'est encore une réflexion sur le *signe* qui amène Saussure à déclarer que la langue est avant tout **forme**, et non **substance**. En quoi consiste par exemple, du point de vue sémantique, la différence entre deux langues ? Certainement pas dans l'ensemble de significations qu'elles permettent de communiquer, puisqu'on arrive à les traduire : rien n'empêche de désigner en français cette nuance qui se trouve dans *schätzen* et non dans *estimer*. Ce qui fait la différence, c'est que telle et telle nuances qui, dans l'une, s'expriment par le même signe, doivent être, dans l'autre, exprimées par des signes différents. Ainsi s'introduit, dans la réalité substantielle du sens communiqué, un découpage original, issu directement du système des signes, configuration que Saussure appelle parfois la *forme* de la langue (*Cours*, 2e partie, chap. 6). On voit que le primat donné à cette forme découle du principe d'oppositivité [40]. Dire en effet qu'un signe se caractérise seulement par ce qui le distingue des autres, par ce en quoi il est différent, c'est dire notamment que les frontières de sa signification constituent un fait premier, imprévisible, impossible à déduire d'une connaissance du monde ou de la pensée, c'est donc considérer la « forme » de la langue comme l'objet d'une science autonome et irréductible. (NB : Ce qui a été montré ici à propos de l'aspect sémantique du signe est également applicable, selon Saussure, à son aspect phonique : ce qui, dans un signe, est porteur de signification, c'est ce qui le distingue des autres, de sorte que les signes d'une langue projettent aussi dans le domaine du son une configuration originale, qui relève de la forme de cette langue. Ce qui conduit parfois Saussure à décrire le signe comme l'association de deux valeurs [37].)

Si Hjelmslev approuve l'intention qui guide l'opposition saussurienne de la forme et de la substance, il veut aller, dans cette distinction, plus loin que Saussure. À coup sûr, les unités linguistiques introduisent un découpage original dans le monde du son et de la signification. Mais, pour pouvoir le faire, il faut qu'elles soient autre chose que ce découpage, autre chose que ces régions du sens et de la sonorité qu'elles se trouvent investir. Pour qu'elles puissent se projeter dans la réalité, il faut qu'elles existent indépendamment de cette réalité. Mais comment le linguiste va-t-il les définir, s'il impose de faire abstraction de leur réalisation, tant intellectuelle que sensible ? Certainement pas en recourant au principe d'oppositivité (recours que nous appellerons la conception 1 de Saussure), puisque ce principe amène en fin de compte à caractériser l'unité d'une façon positive, exigeant seulement qu'on la réduise à *ce en quoi* elle diffère des autres.

La solution hjelmslevienne est de développer à l'extrême une autre conception saussurienne (conception 2), selon laquelle l'unité, purement négative et relationnelle, ne peut pas se définir en elle-même – la seule chose importante, c'est *le simple fait qu'elle soit différente des autres* – mais seulement par les rapports qui la relient aux autres unités de la langue : de même, on ne demande aux symboles d'un système formel que d'être distincts les uns des autres, et reliés entre eux par des lois de fonctionnement explicites (on fait donc abstraction à la fois de leur signification et de leur manifestation perceptible). Si la langue est forme et non substance, ce n'est donc plus en tant qu'elle introduit un découpage original, mais en tant que ses unités doivent se définir par les règles selon lesquelles on peut les combiner, par le jeu qu'elles autorisent. D'où l'idée qu'une langue peut rester fondamentalement identique à elle-même, lorsqu'on modifie à la fois les significations qu'elle exprime et les moyens matériels dont elle se sert (par exemple, lorsqu'on transforme une langue parlée en langue écrite, gestuelle, dessinée, en un système de signaux par pavillons, etc.).

Bien que cette thèse s'appuie sur certains passages de Saussure (*Cours*, 2e partie, chap. 4, § 4), Hjelmslev pense être le premier à l'avoir explicitée, et surtout élaborée (pour la définition des relations constitutives de toute langue selon Hjelmslev, voir p. 272). Elle amène à distinguer trois niveaux, là où Saussure n'en voyait que deux. La substance saussurienne, c'est-à-dire la réalité sémantique ou phonique, considérée indépendamment de toute utilisation linguistique, Hjelmslev l'appelle **matière** (anglais : *purport* ; la traduction française des *Prolégomènes* parle, non sans hardiesse, de « sens »). La « forme » qui apparaît dans la conception 1 de Saussure – entendue donc comme découpage, configuration – Hjelmslev l'appelle **substance**, et il réserve le terme de **forme** pour le réseau relationnel définissant les unités (= la « forme » selon la conception 2 de Saussure). Pour relier les trois niveaux, la glossématique utilise la notion de **manifestation** : la substance est la manifestation de la forme dans la matière.

Cette réinterprétation du principe saussurien « La langue est forme et non substance », amène en même temps Hjelmslev à réinterpréter l'affirmation que les langues se caractérisent à la fois sur le plan de l'expression et sur celui du contenu. Cette affirmation signifie, pour Saussure, que la façon dont les signes d'une langue se répartissent entre eux la réalité phonique et la réalité sémantique, introduit dans celles-ci un découpage original. Mais Hjelmslev veut justement aller au-delà de ces découpages, considérés comme des faits de substance, pour ne plus considérer que les relations combinatoires entre unités, c'est-à-dire, pour lui, la forme authentique. S'il faisait du signe, comme Saussure, l'unité linguistique ultime, il ne pourrait plus alors distinguer expression et contenu : les rapports combinatoires reliant les signes relient aussi bien leurs significations que leurs réalisations phoniques. Pour sauver la distinction de l'expression et du contenu, Hjelmslev doit donc abandonner le privilège donné au signe. La tâche lui est d'ailleurs facilitée par le fait que les phonologues ont mis en évidence – grâce à la commutation [50] – des unités linguistiques plus petites que le signe, les phonèmes [388] (analysé du point de vue de l'expression, le signe *veau* comprend les deux phonèmes /v/ et /o/). La même méthode, mais appliquée au contenu, permet de distinguer, dans ce signe, au moins les trois éléments sémantiques (dits parfois sèmes [534]) /bovin/, /mâle/, /jeune/. Or il est clair que les unités sémantiques et phoniques ainsi repérées peuvent être distinguées du point de vue formel : les lois combinatoires concernant les phonèmes d'une langue et celles qui concernent les sèmes ne sauraient être mises en correspondance, c'est ce que Hjelmslev exprime en disant que les deux plans ne sont pas conformes. (NB : Cette absence de **conformité** n'empêche pas qu'il y ait **isomorphisme** entre eux, c'est-à-dire que l'on retrouve des deux côtés *le même type* de relations combinatoires.) Matière, substance et forme se dédoublent donc selon qu'il est question de l'expression ou du contenu, ce qui donne finalement six niveaux linguistiques fondamentaux. On notera particulièrement que Hjelmslev parle d'une forme du contenu. Son formalisme, contrairement à celui des distributionalistes [59 s.], n'implique donc pas un refus de considérer le sens, mais la volonté de donner une description formelle aux faits de signification.

■ L'opposition de la forme et de la substance a été au centre de nombreuses discussions linguistiques jusqu'à 1960 ; parmi les textes les plus intéressants : C.E. Bazell, *Linguistic Form*, Istanbul, 1953. – Sur les rapports entre glossématique et phonologie : O. Ducrot,

Logique, structure, énonciation, Paris, 1989, chap. 5. – On trouvera chez A. Culioli une tentative pour construire une « sémantique formelle », sur des bases tout à fait différentes de celles de Hjelmslev, et à partir de la notion d'« énonciation » : cf. *Pour une linguistique de l'énonciation : opérations et représentations*, Paris, 1990.

NB : Si Hjelmslev utilise la méthode phonologique de commutation pour combattre le primat du signe, il la soumet cependant à la même critique qu'il adresse au principe d'oppositivité – dont elle découle. Car, pour lui, la commutation sert seulement à repérer les éléments linguistiques inférieurs au signe, mais elle ne permet pas de dire ce qu'ils sont : alors que le phonologue définit chaque phonème par ce en quoi il se distingue des autres, Hjelmslev ne définit les éléments que par leurs relations combinatoires (voir, ici même, sa distinction du schéma et de la norme, p. 313). Pour bien marquer cette différence avec la phonologie, Hjelmslev a créé une terminologie particulière. L'élément linguistique mis au jour par la commutation, mais défini formellement, est appelé **glossème** ; les glossèmes de l'expression (correspondant respectivement aux traits prosodiques et aux phonèmes) sont appelés **prosodèmes** et **cénèmes** ; ceux du contenu (correspondant respectivement aux signifiés des éléments grammaticaux et lexicaux) sont les **morphèmes** et les **plérèmes**. (La notion de **taxème**, utilisée de façon sporadique seulement, fournit un correspondant formel au trait dit distinctif ou pertinent [390].)

Dans la mesure où la glossématique donne un rôle central à la forme, épurée de toute réalité sémantique ou phonique, elle relègue nécessairement au second plan la fonction, notamment le rôle de la langue dans la communication (car ce rôle est lié à la substance). Mais cette abstraction permet du même coup de rapprocher les langues naturelles d'une multitude d'autres langages fonctionnellement et matériellement fort différents. Si elle est menée d'une façon suffisamment abstraite, l'étude des langues naturelles débouche donc, comme le voulait Saussure, sur une étude générale des langages (sémiologie). Hjelmslev propose ainsi une typologie d'ensemble des langages, fondée sur leurs seules propriétés formelles. Si on définit un langage par l'existence de deux plans, on parlera de **langue conforme** lorsque les deux plans ont exactement la même organisation formelle, et ne diffèrent que par la substance (ce serait le cas des langues naturelles, si leurs unités fondamentales étaient les signes ; c'est le cas des systèmes formels des mathématiciens, dans l'image que s'en fait Hjelmslev, pour qui leurs éléments et leurs relations sont toujours en correspondance bi-univoque avec ceux de leurs interprétations sémantiques). Parmi les langues non conformes, on parlera de **langue dénotative** lorsqu'aucun des deux plans n'est lui-même un langage (exemple : les langues naturelles, dans leur usage habituel). Lorsque le plan du contenu est, par lui-même, un langage, on se trouve en présence d'une **métalangue** (exemple : la langue technique utilisée pour la description des langues naturelles). Enfin, si c'est le plan de l'expression qui est déjà un langage, il s'agit d'une **langue connotative**. Il y a connotation en effet, pour Hjelmslev, lorsque l'élément signifiant est le fait même d'employer telle ou telle langue. Lorsque Stendhal emploie un mot italien, le signifiant, ce n'est pas seulement le terme utilisé, mais le fait que, pour exprimer une certaine idée, l'auteur ait décidé de recourir à l'italien, et ce recours a pour signifié une certaine idée de passion et de liberté, liée, dans le monde stendhalien, à l'Italie. On a étendu la notion aux cas où le signifiant est, non pas seulement un langage, mais l'allusion à un discours déjà tenu, ou à celui-là même qu'on est en train de tenir. Dans ce cas, les langues naturelles, dans leur usage littéraire et bien au-delà, fournissent un exemple constant de langage connotatif : souvent ce qui est signifiant, c'est moins le mot choisi que le fait de l'avoir choisi. L'effort d'abstraction que s'impose Hjelmslev, a ainsi pour contrepartie un considérable élargissement du champ linguistique, dont a profité toute la sémiologie moderne.

■ Roland Barthes a le premier montré l'utilisation possible de la connotation hjelmslevienne en critique littéraire : *Éléments de sémiologie*, publié à la suite de *Le Degré zéro de l'écriture*, Paris, 1965. – J. Rey-Debove a étudié systématiquement, sous le nom de **connotation autonymique**, les effets de sens liés à ce qu'un mot fait allusion à son propre emploi : *Le Métalangage*, Paris, 1978, chap. 6.

Cet effort d'abstraction reste d'autre part un modèle pour tous les linguistes qui posent une originalité irréductible de l'ordre linguistique, et admettent donc un « primat » de la langue au sens où le philosophe Merleau-Ponty parlait d'un primat de la perception, c'est-à-dire refusait de la décrire à partir d'une connaissance préalable de la réalité perçue (*Phénoménologie de la perception*, Paris, 1945). Si, de même, on refuse de décrire la langue à partir d'une connaissance préalable de la pensée communiquée, on ne peut plus la considérer comme un « découpage » particulier de celle-ci : on doit abandonner les descriptions « substantielles », et s'en tenir à des relations intralinguistiques entre des termes eux-mêmes définis par les seules relations qui les unissent. Vouloir les définir autrement, ce serait leur attribuer une réalité extralinguistique. Mais il devient difficile, du même coup, de comprendre que la langue sert à parler du monde, fonction qui semble supposer une sorte d'« ancrage » dans la réalité. En même temps qu'elle sert de modèle, la glossématique joue ainsi souvent, pour les linguistes, le rôle de limite.

■ Principaux ouvrages de Hjelmslev : *Prolégomènes à une théorie du langage* (Copenhague, 1943), trad. fr., Paris, 1968 ; *Le Langage* (Copenhague, 1963), trad. fr., Paris, 1966 ; *Essais linguistiques* (recueil d'articles écrits en français), Copenhague, 1959. – Commentaires importants : A. Martinet, « Au sujet des fondements de la théorie linguistique de L. Hjelmslev », *Bulletin de la Société de linguistique*, 1946, p. 19-42, publié en livre aux Republications Paulet, Paris, 1968 ; B. Sierstema, *A Study of Glossematics*, La Haye, 1953 ; P.L. Garvin, Compte rendu de la traduction anglaise des *Prolégomènes*, *Language*, 1954, p. 69-96. Cf. aussi le n° 6 de *Langages*, juin 1967.

FONCTIONALISME

L'idée de fonction ne joue pas un rôle positif dans la linguistique de Saussure. Elle intervient seulement dans une double négation :

1. La langue n'a pas pour fonction de représenter une pensée existant indépendamment d'elle.
2. La fonction de la langue dans la communication n'est pas, contrairement à ce que disent les comparatistes, une cause de désorganisation.

Partant de cette deuxième négation, certains successeurs de Saussure soutiennent, d'une façon positive cette fois, que l'étude d'une langue est avant tout la recherche des fonctions que jouent, dans la communication, les éléments, les classes et les mécanismes qui interviennent en elle. Pour eux, ces fonctions seraient à l'origine de l'organisation, de la structure interne des langues. (NB : La prise en considération de la fonction amène ainsi à l'idée que l'étude d'un état de langue, indépendamment de toute considération historique, peut avoir valeur explicative, et pas seulement descriptive.)

Cette tendance apparaît particulièrement dans la méthode d'investigation des phénomènes phoniques définie d'abord, sous le nom de phonologie, par N.S. Troubetzkoy (1890-1938), et développée notamment par R. Jakobson, A. Martinet et le « Cercle linguistique de Prague », fondé en 1928. (Sur les divergences entre Martinet et Jakobson, cf. p. 394). Quelle est la fonction essentielle, dans la communication, des sons élémentaires dont la combinaison constitue la chaîne parlée ? Ils ne sont pas eux-mêmes *porteurs de signification* (le son [a] de *bas* n'a, pris isolément, aucun sens) – bien qu'ils puissent, à l'occasion, le devenir (cf. le [a] de la préposition *à*). Leur fonction est donc, avant tout, de permettre de distinguer des unités qui, elles, sont pourvues de sens : le [a] de *bas* permet de distinguer ce mot de *bu*, *beau*, *boue*, etc., et on ne le choisit que pour rendre possibles ces distinctions. Cette remarque, élémentaire, est de conséquence. Car elle fournit au linguiste un *principe d'abstraction* : les caractères physiques qui apparaissent lors d'une prononciation de [a] n'ont pas tous en effet cette valeur distinctive (= leur choix n'est pas toujours guidé par une intention de communication). Que l'on prononce le [a] long ou court, en avant ou en arrière de la cavité buccale (= antérieur ou postérieur), il se trouve, en français contemporain, que cela ne change pas l'identité du mot où ce [a] apparaît (il en était autrement autrefois, où l'on distinguait couramment, par la prononciation du [a], *bas* et *bât*). D'autre part le voisinage de [b] impose au [a] certains traits (qu'on retrouve dans le [u] de *bu*), et qui, étant obligatoires, en français au moins, ne répondent pas à une intention de communication. Le fonctionalisme conduit donc à isoler, parmi les traits phonétiques *physiquement* présents dans une prononciation donnée, ceux qui ont une valeur distinctive, c'est-à-dire, qui sont choisis pour permettre la communication d'une information. Eux seuls sont considérés comme **phonologiquement pertinents**.

Pour leur détermination, les phonologues ont mis au point la méthode dite de **commutation**. Soit à étudier le [a] français. On part d'une prononciation particulière d'un des mots où il intervient (une prononciation de *bas* par exemple). Puis on fait varier dans toutes les directions phonétiques possibles le son qui a été prononcé dans ce mot. Certains changements n'entraînent pas de confusion avec un autre mot : on dit que les sons alors substitués à la prononciation initiale ne *commutent* pas avec elle (ni, par suite, entre eux) ; commutent, au contraire, avec elle ceux dont l'introduction entraîne la perception des signes *beau*, *bu*, etc. On répète ensuite l'opération sur les autres signes contenant [a] (*table*, *car*, etc.), et l'on remarque – ce qui n'était pas prévisible, et constitue une justification empirique de la méthode – qu'il y a tout un ensemble de prononciations de cette unité phonique qui, en français, ne commutent *dans aucun signe*. Cet ensemble est appelé le phonème français /a/, ses éléments sont dits variantes de /a/, et les traits qui les différencient sont considérés comme *non pertinents* : parmi eux, on appelle **contextuels** ou **redondants** ceux qui sont imposés par le contexte (ceux qui sont imposés par le voisinage de [b] par exemple), et les autres sont nommés **variantes libres** (par exemple les prononciations de /a/ différant par la seule longueur). Sont retenus comme *pertinents* les caractères phoniques existant dans toutes les variantes de /a/, et qui distinguent donc une quelconque prononciation de /a/ d'une prononciation de /o/, /u/, /p/, etc. (pour plus de détails sur ces notions, voir p. 388 s.).

En partant du principe que les éléments du langage doivent être étudiés selon leur fonction dans la communication, les phonologues en sont ainsi venus à appliquer un principe saussurien, celui d'oppositivité [40], selon lequel une entité linguistique quelconque n'est constituée que par ce qui la distingue d'une autre. On notera, à propos de cette démarche :

a) Qu'elle est un peu différente de celle du Polonais J.N. Baudoin de Courtenay (1845-1929), souvent considéré comme le précurseur de la phonologie. Celui-ci, étudiant les sons élémentaires du langage du point de vue de leur fonction pour la communication, conclut qu'il faut s'intéresser avant tout à la façon dont ils sont perçus (plutôt qu'à leur réalité physique). Or cette abstraction n'est pas équivalente à l'abstraction phonologique : on a même pu montrer que les caractéristiques perçues se distinguent, et par excès et par défaut, de leurs caractéristiques physiques différentielles.

b) Que les unités étudiées par les phonologues sont justement des unités distinctives (= qui servent à distinguer l'une de l'autre des unités porteuses de signification, par exemple des mots) : il est donc naturel que l'aspect fonctionnel, dans ces unités, soit ce par quoi elles diffèrent entre elles. Le passage du principe fonctionnel au principe oppositif va moins de soi si on étudie des unités elles-mêmes porteuses de sens (= signes), et, à plus forte raison, des unités strictement sémantiques.

c) Même les éléments purement phoniques du langage peuvent avoir d'autres fonctions que la fonction distinctive. C'est le cas pour les traits redondants, qui peuvent permettre l'identification correcte du message lorsque la transmission est mauvaise (dans la terminologie de la théorie de l'information, ils permettent de lutter contre le **bruit**). C'est le cas aussi de nombreux phénomènes de prosodie [408 s.], et il est donc inévitable que des traits phoniques non pertinents aient cependant une fonction indispensable dans la communication.

■ Sur la méthode phonologique, voir *Unités non significatives*. – Sur les fondements théoriques : K. Bühler, « Phonetik und Phonologie », *Travaux du Cercle linguistique de Prague*, 4, 1931, p. 22-53 ; L. Prieto, « La découverte du phonème », *La Pensée*, n° 148, déc. 1969, p. 35-53.

G. Gougenheim a tenté d'appliquer à la description grammaticale les méthodes du fonctionalisme phonologique. Son idée essentielle est que, pour définir la fonction d'un élément grammatical (personne, temps, mode, conjonction, préposition, etc.), il faut le comparer aux autres éléments grammaticaux de la langue, puisque le locuteur le choisit par rapport à eux, et que seul ce choix joue un rôle dans la communication. Gougenheim appelle *opposition* tout couple d'éléments grammaticaux, et distingue, selon la trichotomie phonologique [50], trois types d'oppositions. Dans certains cas, le choix d'un des deux éléments est imposé (l'indicatif est imposé après « Je sais que », le subjonctif, après « Je veux que » : il y a alors **servitude grammaticale** (cf. la redondance phonologique). Dans d'autres cas les deux éléments sont possibles, mais leur choix n'introduit pas de différence de sens (en français parlé actuel, on dit, à volonté, « Si tu viens et que je sois là », ou « Si tu viens et que je suis là » : c'est la **variation stylistique**, comparable à la variation libre des phonologues. Enfin le choix peut introduire une différence de sens (« Je cherche un livre qui a été écrit au XVIe siècle » / « Je cherche un livre qui ait été écrit au XVIe siècle » : il y a alors **opposition de sens** (cf. les différences pertinentes). Selon Gougenheim, seules ces dernières oppositions permettent de définir le sens des morphèmes étudiés (comme seuls les traits pertinents définissent les phonèmes).

On voit, dès ces exemples, la difficulté qu'il y a à étendre aux unités significatives les concepts mis au point par les phonologues pour les unités distinctives. On admet facilement de distinguer radicalement les traits du [a] de *bas* qui tiennent au voisinage de [b], et ceux qui sont phonologiquement pertinents. Mais peut-on faire la même séparation entre la servitude qui impose le subjonctif après « Je veux que » et le choix libre de ce subjonctif dans « Je cherche un livre qui ait été écrit au XVIe siècle » ? En grammaire, servitude et choix libre semblent avoir le même fondement, et pour choisir une description, parmi d'autres possibles, du subjonctif « libre », on peut lui demander de convenir aussi aux emplois où le subjonctif est imposé (ce qui amène par exemple à attribuer au subjonctif en général une indication d'incertitude). Quelquefois, ce sont même les cas de « servitude » qui sont les plus instructifs. Ainsi É. Benveniste, étudiant la voix « moyenne » en grec ancien, tire essentiellement ses conclusions des verbes où cette voix est nécessaire (= qui n'ont ni actif ni passif). De sorte que le souci fonctionaliste, ici, ne conduit plus aussi directement qu'en phonologie au principe d'oppositivité et de valeur différentielle.

C'est la raison également pour laquelle un phonologue comme A. Martinet, lorsqu'il entreprend de construire une syntaxe fonctionnelle, y introduit des principes d'analyse qui n'ont pas de contrepartie en phonologie. Il admet, par exemple, que tout énoncé a pour fonction de communiquer une expérience (en l'analysant et en la schématisant), et qu'il est par suite constitué d'un prédicat (désignant le procès que le locuteur tient pour central dans cette expérience), accompagné éventuellement d'une série de compléments (dont le sujet), chaque type de complément ayant pour fonction d'apporter, concernant le procès, un type particulier d'information [457 s.]. Or ces fonctions ne peuvent généralement pas être établies par commutation. Par exemple, la plupart des expressions qui peuvent jouer le rôle de complément de temps ne peuvent pas jouer celui de complément de lieu : il n'y a donc pas de sens à se demander si ces deux fonctions commutent ou non (de même pour la fonction-sujet et la fonction-prédicat qui, en français au moins, sont rarement remplies par le même morphème). Ainsi le fonctionalisme, en grammaire, ne permet guère de retrouver l'axiome saussurien « Dans une langue, il n'y a que des différences ».

Cette conclusion est encore renforcée si on considère le plus célèbre apport grammatical du *Cercle linguistique de Prague*, la notion de **perspective fonctionnelle de la phrase**, généralement désignée par le sigle FSP de l'expression anglaise *functional sentential perspective.* Partant de l'idée que la fonction principale d'un énoncé est d'apporter au destinataire une information qu'il ne possédait pas, on caractérisera les constituants de l'énoncé par leur contribution à cette tâche ; ainsi on distinguera (cf. Mathesius) ceux qui se contentent de rappeler un savoir préexistant (lié par exemple au contexte de la communication), le « déjà connu » (cf. thème [541]), et ceux qui, à propos de ce donné, apportent des connaissances « nouvelles » (cf. rhème [541]), répartition qui commanderait, partiellement au moins, l'ordre des mots (on aurait tendance à commencer par les mots qui actualisent le « déjà connu »). Firbas a par la suite généralisé cette idée en construisant une notion graduelle de **dynamisme communicationnel** (désignée souvent par le sigle CD de l'anglais *communicative dynamism*) : un segment d'énoncé possède d'autant plus de CD qu'il donne plus d'information nouvelle, la quantité de CD pouvant être déterminée par bien d'autres facteurs que l'ordre des mots.

C'est également au nom du fonctionalisme que beaucoup de linguistes se sont opposés récemment à la grammaire générative [77 s.]. Ainsi l'Américain Kuno cherche à décrire les possibilités anaphoriques [548] des pronoms, non pas à partir de règles combinatoires formelles, mais à partir de la notion de point de vue, elle-même liée à l'idée de fonction informative : un énoncé sert à présenter un événement au destinataire, et il ne peut le faire qu'en décrivant l'événement comme le perçoit tel ou tel spectateur. Selon Kuno, l'angle de vue choisi détermine la façon dont les pronoms sont utilisés pour désigner les participants de l'événement, et cela en vertu de contraintes générales liées à la nature de la perception humaine. La fonction communicative du langage, dont Saussure avait montré, contre les comparatistes, qu'elle ne détruit pas la structure interne des langues, sert maintenant à rattacher la langue à ses conditions externes d'emploi.

■ Sur la grammaire fonctionaliste de Martinet, voir p. 457 s. et *Studies in Functional Syntax. Études de syntaxe fonctionnelle*, Munich, 1975. – Nous nous référons au livre de G. Gougenheim, *Système grammatical de la langue française*, Paris, 1938, commenté dans G. Barnicaud *et al.*, « Le problème de la négation dans diverses grammaires françaises », *Langages*, 7, septembre 1967. – L'étude de É. Benveniste sur le moyen se trouve dans les *Problèmes de linguistique générale*, chap. 14. – Sur les recherches non proprement phonologiques de l'école de Prague : J. Vachek (ed.), *A Prague School Reader in Linguistics*, Bloomington, 1964, et, du même auteur, *Dictionnaire de linguistique de l'école de Prague*, Anvers, Utrecht, 1966. – Sur la FSP et le CD : *Papers on FSP*, La Haye,

Paris, 1974 (articles de Danes et de Firbas) ; ces notions sont discutées dans J.-C Anscombre et G. Zaccharia (eds.), *Fonctionalisme et pragmatique*, Milan, 1990. – Principal ouvrage de S. Kuno : *Functional Syntax : Anaphora, Discourse and Empathy*, Chicago, Londres, 1987.

La même chose peut se dire de la sémantique. Certains linguistes ont tenté d'y introduire, presque telles quelles, les méthodes de la phonologie. Ainsi Prieto pense que la commutation peut être appliquée aussi bien au sens qu'à l'aspect phonique du langage (cette idée se trouve déjà dans Hjelmslev). Appelons **message** l'information totale communiquée lorsqu'un énoncé est employé dans des circonstances déterminées. Ainsi, dans certaines circonstances, l'énoncé « Rendez-le-moi » sert à communiquer le message « Ordre de rendre le crayon du locuteur ». Le linguiste doit alors se demander quelle fonction a été jouée, dans la communication de ce message, par l'énoncé lui-même (considéré indépendamment des circonstances). C'est ici que Prieto recourt à la commutation. Mais, au lieu de faire varier, comme en phonologie, la manifestation phonique, il fait varier le message, et note quelles sont les modifications qui exigeraient un changement matériel de l'énoncé. Ainsi la substitution de l'idée de cahier ou de livre à celle de crayon n'exige pas un tel changement. « Crayon » est alors appelé un élément linguistiquement non pertinent du message. En revanche, l'idée qu'un seul objet est demandé, est pertinente, puisque son remplacement par l'idée de pluralité exigerait que *le* soit remplacé par *les*. Les traits pertinents, et eux seuls, sont, selon Prieto, attachés à l'énoncé lui-même, ce qui amène à l'idée que la fonction sémantique de l'énoncé se révèle – non pas directement, par les messages dont il est susceptible – mais par la différence entre ces messages et ceux des autres énoncés. On notera que l'application de la commutation amène Prieto à se représenter chaque énoncé comme un « paquet » de caractères pertinents indépendants les uns des autres (semblables, en cela, aux traits pertinents des phonèmes). Or il est clair que la fonction d'un énoncé dépend de la façon dont sont reliés entre eux ses éléments sémantiques. Mais pour tenter de définir cette organisation sémantique, Prieto doit recourir à des notions qui ne sont plus fondées sur la commutation. Ainsi, à côté des traits pertinents, il parle de **traits contrastifs** qui expriment « le point de vue » selon lequel le trait pertinent est envisagé : dans le contenu de « Rendez-le-moi », il posera une unité « (objet) singulier », où l'expression entre parenthèses est un trait contrastif, indiquant que c'est à l'objet du verbe que revient le caractère « singulier ». Or on voit mal quelle commutation ferait apparaître cet élément. Ici encore, le fonctionalisme et le principe d'oppositivité ne se rejoignent que pour un court moment.

■ Les idées de L. Prieto sont présentées de façon simplifiée dans *Messages et signaux*, Paris, 1966, et développées en théorie générale de l'**idéologie** dans *Pertinence et pratique*, Paris, 1975. Ce dernier livre insiste sur l'idée que choisir une classification (parmi la multitude de celles qui sont possibles), c'est présenter les critères retenus comme pertinents – sans que soit généralement explicitée la fin pratique pour laquelle ils sont pertinents. Cette implication de pertinence constitue l'idéologie liée à la classification. Ceci vaut non seulement pour une classification comme celle des hommes selon leur couleur, mais aussi pour la classification du monde inhérente au lexique d'une langue. On notera l'extension donnée ici au mot *pertinence*, repris à la phonologie. Pour connaître l'ensemble des recherches de Prieto : *Saggi di semantica*, Parme, 2 vol., 1989 et 1991.

Leur séparation apparaît encore plus nettement dans la « linguistique fonctionnelle » définie par un élève de Saussure, H. Frei. Frei cherche moins à décrire la langue que le fonctionnement de la langue, c'est-à-dire la façon dont elle est utilisée en fait, à une époque donnée. Pour cette raison, il étudie non seulement le langage dit « correct », mais « tout ce qui détonne par rapport à la langue traditionnelle, fautes, innovations, langage populaire, argot, cas insolites ou litigieux, perplexités grammaticales, etc. ». C'est même surtout par ces **écarts** qu'il est intéressé, dans la mesure où ils révèlent ce que le sujet parlant attend de la langue, et n'y trouve pas : ils deviennent donc l'indice des besoins qui commandent l'exercice de la parole. Les principaux besoins linguistiques tendraient à :

a) L'assimilation : qui conduit à uniformiser à la fois le système des signes (ce qui donne la création analogique [31] source de nombreux néologismes), et les éléments qui se suivent dans le discours (d'où, par exemple, le phénomène d'accord grammatical).

b) La différenciation : pour assurer la clarté, on a tendance à distinguer phoniquement les signes ayant des sens différents, à distinguer sémantiquement les signes ayant une réalité phonique différente, et à introduire des séparations dans la chaîne parlée.

c) La brièveté : cause à la fois d'ellipses, de sous-entendus, de la création de mots composés (qui évitent des prépositions).

d) L'invariabilité : qui amène à donner, autant que possible, à un même signe, une même forme, quelle que soit sa fonction grammaticale.

e) L'expressivité : le locuteur cherche à marquer son discours de sa personnalité, malgré l'objectivité du code. D'où une perpétuelle invention de figures [577 s.], d'où une distorsion constante des signes et des locutions, par lesquelles le sujet parlant se donne l'impression de reprendre possession de la langue commune.

Toutes ces fonctions, souvent antagonistes, qui expliquent, selon Frei, non seulement les fautes, mais aussi de nombreux aspects du « bon usage » (constitué par les fautes d'hier), entraînent la linguistique assez loin du cadre proposé par Saussure, beaucoup plus encore que ne le font la grammaire de Martinet ou la sémantique de Prieto. Elles repoussent même au second plan le caractère systématique de la langue, que Saussure jugeait essentiel. C'est sans doute que le départ est difficile à faire, une fois que l'on a commencé à recenser les fonctions du langage, entre celles qui s'exercent *à l'occasion* de l'acte de communication, et celles qui sont liées nécessairement à lui (voir « Langage et action », p. 777 s.). En utilisant la notion de fonction pour étudier le langage, les linguistes espéraient sans doute prendre sur leur objet un point de vue qui serait imposé par la nature de celui-ci : les caractéristiques fonctionnelles de la langue pourraient ainsi être attribuées à la langue « elle-même » et participer d'une description « intrinsèque ». En fait la multitude des fonctions possibles de la langue oblige toujours le fonctionaliste à en privilégier certaines, sans que ce choix soit justifiable à partir de l'objet. En supposant qu'il y ait un sens à étudier la langue, comme le demande Saussure, « en elle-même », ce n'est pas la recherche de ses fonctions qui peut y conduire.

■ L'ouvrage principal de H. Frei est *La Grammaire des fautes*, Bellegarde, 1929. Il s'inspire d'idées déjà formulées par un autre élève direct de Saussure, C. Bally, *Le Langage et la vie*, Paris, 1926.

DISTRIBUTIONALISME

Dans les années 1920, à une époque où l'œuvre de Saussure commence à peine à être connue en Europe, l'Américain L. Bloomfield (spécialiste, à l'origine, des langues indo-européennes) propose, de façon indépendante, une théorie générale du langage qui, développée et systématisée par ses élèves sous le nom de **distributionalisme**, a dominé la linguistique américaine jusqu'à 1950. Or il se trouve que cette théorie présente pas mal d'analogies – à côté de différences flagrantes – avec le saussurianisme, surtout avec l'interprétation formaliste, glossématique [42 s.], de ce dernier.

L'anti-mentalisme

La linguistique de Bloomfield prend son départ dans la psychologie behavioriste, qui triomphait aux États-Unis depuis 1920. Un acte de parole n'est qu'un comportement d'un type particulier (selon l'apologue de Bloomfield, le langage, c'est la possibilité, pour Jill, voyant une pomme, au lieu de la cueillir, de demander à Jack de le faire). Or le behaviorisme soutient que le comportement humain est totalement explicable (= prévisible) à partir des situations dans lesquelles il apparaît, indépendamment de tout facteur « interne ». Bloomfield conclut de là que la parole, elle aussi, doit être expliquée par ses conditions externes d'apparition : il appelle cette attitude le **mécanisme**, et l'oppose au **mentalisme**, impraticable à ses yeux, selon lequel la parole doit s'expliquer comme un effet des pensées (intentions, croyances, sentiments) du sujet parlant. Comme préalable à cette explication mécaniste des paroles – qui n'est pas de sitôt réalisable –, Bloomfield demande qu'on se contente pour l'instant de les décrire (d'où un descriptivisme, opposé à la fois à l'historicisme des néo-grammairiens [30 s.] et au fonctionalisme [49]). Et, afin que cette description ne soit pas infléchie par des préjugés qui rendraient l'explication ultérieure impossible, il demande qu'elle se fasse hors de toute considération mentaliste, et notamment qu'elle évite de faire allusion au sens des paroles prononcées.

■ Outre de nombreuses études de détail, Bloomfield a écrit trois ouvrages théoriques essentiels : *Introduction to the Study of Language*, Londres, 1914, sous l'influence encore de la psychologie classique ; *Language*, New York, 1933, où il présente ses thèses les plus originales (trad. fr., Paris, 1970) ; *Linguistic Aspects of Science*, Chicago, 1939, où il apporte une contribution linguistique au néo-positivisme.

L'analyse distributionnelle

Étudier une langue, c'est donc avant tout réunir un ensemble, aussi varié que possible, d'énoncés effectivement émis par des utilisateurs de cette langue à une époque donnée (cet ensemble = **le corpus**). Puis, sans s'interroger sur la signification des énoncés, on essaie de faire apparaître des régularités dans le corpus – afin de donner à la description un caractère ordonné et systématique, et d'éviter qu'elle ne soit un simple inventaire. Le recours à la fonction et à la signification étant exclu, la seule notion qui serve de base à cette recherche des régularités, est celle de contexte linéaire, ou d'**environnement**. Indiquer l'environnement d'une unité a_i dans un énoncé *E*, c'est indiquer la suite d'unités a_1, a_2, ..., a_{i-1}, qui la précède dans *E*, et la suite a_{i+1}, a_{i+2}, ..., a_n qui la suit. À partir de là, on définit la notion d'**expansion**. Soit *b* un segment (unité ou suite d'unités) de l'énoncé *E*. Soit *c* un segment d'un autre énoncé *E'* du corpus. On dira que *b* est une expansion de *c*, si : 1° *c* n'est pas plus complexe que *b* (en ce sens que *c* ne comporte pas plus d'unités que *b*), 2° la substitution de *c* à *b* dans *E* produit un énoncé *E"* du corpus (*b* et *c* ont donc un environnement commun). Par une extension familière aux mathématiciens, on admettra qu'un énoncé est un segment de lui-même, ce qui permet de le considérer comme expansion de tout autre énoncé qui n'est pas plus complexe que lui. L'environnement sert aussi à définir la **distribution** d'une unité : c'est l'ensemble des environnements où on la rencontre dans le corpus (le rôle fondamental de ce concept a conduit les linguistes qui se réclament de Bloomfield, notamment Wells et Harris au début de leurs travaux, à s'appeler distributionalistes).

Des notions précédentes, le distributionaliste tire d'abord une méthode pour décomposer les énoncés du corpus. Il s'agit de l'analyse en **constituants immédiats** (par abréviation : CI). Cette analyse attribue à la phrase une construction hiérarchique, en ce sens qu'elle décompose d'abord l'énoncé en segments, qui sont appelés ses CI, puis subdivise chacun de ceux-ci en sous-segments, qui sont les CI de ce CI, et ainsi de suite jusqu'à arriver aux unités minimales. Pour découper un segment *b* sans se fonder sur son sens, et d'une façon qui ne soit pas pour autant arbitraire, on le compare à un segment *c* dont *b* est une expansion, et dont l'analyse s'impose par le fait que *c* est composé seulement de deux unités minimales *c'* et *c"*. On découpe alors *b* en deux segments *b'* et *b"*, choisis pour être, respectivement, des expansions de *c'* et de *c"*. Analysons l'énoncé *E* « Le président de la République a ouvert la séance ».

a) On note qu'il y a aussi dans le corpus un énoncé « Georges bavarde », fait de deux unités, et dont l'analyse est évidente. On cherche alors quels segments de *E* sont expansions [60] de « Georges » et de « bavarde ». Ce sont, respectivement, « le président de la République » et « a ouvert la séance », puisqu'on a aussi dans le corpus « Georges a ouvert la séance » et « Le président de la République bavarde ». D'où une première segmentation en deux CI : « Le président de la République/a ouvert la séance ».

b) On décompose ensuite le premier CI en le comparant par exemple avec le segment « mon voisin » dont l'analyse est évidente. On voit que « le » est expansion de « mon », et « voisin », expansion de « président de la République ». D'où l'on tire une nouvelle décomposition : « Le/président de la République ».

c) La comparaison de « président de la République » avec « chef auvergnat » amène une nouvelle segmentation : « président/de la République », etc.

L'analyse finale peut être représentée par le schéma suivant, où chaque « boîte » représente un CI, et peut elle-même contenir d'autres boîtes :

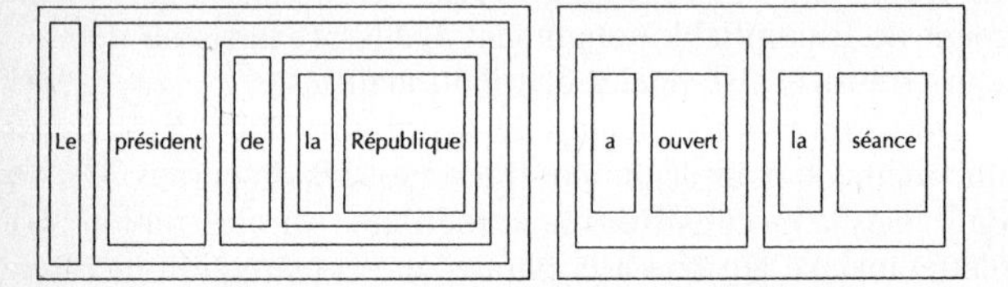

Une deuxième tâche pour le distributionaliste, préoccupé de mettre en ordre le corpus, est d'arriver à une classification des CI. Pour cela, on tente de regrouper en **classes distributionnelles** tous les CI à distribution identique. Mais ce travail est compliqué par le fait qu'on trouve rarement dans un corpus deux segments ayant exactement la même distribution, et qu'il faut décider quelles différences distributionnelles sont à négliger, et lesquelles sont à retenir. Or ce sont, dans la linguistique traditionnelle, des critères fonctionnels ou sémantiques, inutilisables pour le distributionaliste, qui fondent cette décision, et font juger important que l'on trouve, après « ouvre », « la séance », « la porte » ou « la route », et non pas « facile » ou « beau », et moins important que, trouvant « la porte », on ne trouve guère « la chaise », « le bâton », « la chanson ». Le distributionaliste procédera par étapes. Pour une première série de classes, très larges, on exigera seulement qu'on puisse les relier par des règles du type : pour tout élément de la classe *A*, on trouve au moins un élément de la classe *B* tel que leur juxtaposition constitue un CI dans le corpus – et réciproquement (avec l'exigence que les CI obtenus aient des propriétés distributionnelles analogues). Autrement dit, on constitue des classes telles qu'il y ait des régularités dans leur combinaison mutuelle (et pas nécessairement dans la combinaison de leurs éléments). Ainsi *le bâton* et *la séance* pourront appartenir à la même classe *A*, tandis que *casse* et *ouvre* appartiendront à la même classe *B*. Dans une deuxième étape, on subdivisera selon le même principe les classes principales obtenues auparavant. On subdivisera *A* et *B*, respectivement, en A_1 et A_2, et en B_1 et B_2, de façon à ce que tout élément de A_1 puisse être associé à au moins un élément de B_1, et réciproquement, et de même pour A_2 et B_2. Puis on recommencera avec A_1, A_2, B_1 et B_2, et ainsi de suite. (NB : La démarche effective est bien plus compliquée : notamment on caractérise les classes *A* et *B* d'après les propriétés distributionnelles des CI obtenus en joignant leurs éléments.)

Certains distributionalistes pensent qu'en explicitant rigoureusement cette démarche, on arriverait à la rendre automatisable, et à définir ainsi une **procédure de découverte** qui produirait mécaniquement une description grammaticale à partir d'un corpus. Le postulat de cette méthode est que, lorsqu'on poursuit, étape par étape, le processus de subdivision, on aboutit à des classes de plus en plus homogènes du point de vue distributionnel : autrement dit, les éléments des classes obtenues à une étape quelconque, se ressemblent plus entre eux, quant à leur distribution, que les éléments des classes obtenues à l'étape précédente, de sorte que le processus total conduit, avec une approximation sans cesse améliorée, vers la détermination de classes distributionnelles rigoureuses. Pour Harris, admettre ce postulat, c'est attribuer à la langue une **structure distributionnelle**. Ce qui réfuterait l'existence d'une telle structure, ce serait donc de constater qu'à partir d'une certaine étape, aucune nouvelle subdivision ne peut plus améliorer l'approximation, mais qu'une amélioration exigerait l'abolition de subdivisions faites à une étape précédente, exigerait donc le regroupement d'éléments séparés auparavant.

■ Sur les principes et la méthode du distributionalisme : Z.S. Harris, « Distributional structure », *Word*, 1954, p. 146-162, et *Methods in Structural Linguistics*, Chicago, 1951 (réédité sous le titre *Structural Linguistics*). – Sur l'analyse en CI : R.S. Wells, « Immediate constituents », *Language*, 1947 ; cf. aussi le chapitre 10 de l'*Introduction à la linguistique* de H.A. Gleason, trad. fr., Paris, 1969. – Les textes les plus importants de l'école se trouvent dans M. Joos (ed.), *Readings in Linguistics*, 1 (« The development of descriptive linguistics in America », 1952-1956), Chicago, 1957, rééd. 1966.

Le projet du distributionalisme (décrire les éléments d'une langue par leurs possibilités combinatoires) reçoit, à partir de 1968, une autre forme de réalisation grâce à la notion de **transformation** mise au point par Harris (cf. aussi [483]), et appliquée systématiquement au français, avec diverses modifications, par M. Gross. Dans la mesure où il apparaît impraticable de prendre *directement* en compte les occurrences d'un élément dans *toutes* les phrases de la langue, on définit d'abord un ensemble de phrases élémentaires, dont les phrases complexes sont dérivées par des transformations (substitution d'un pronom à un nom, passage de l'actif au passif, enchâssement d'une phrase dans une autre par subordination...), les types de transformations admises étant en petit nombre, et définies formellement par la structure syntaxique des phrases de départ et d'arrivée. Pour décrire un mot, on étudie d'abord son comportement dans ces phrases simples : ainsi on distingue les verbes selon qu'ils ont ou n'ont pas besoin d'un complément d'objet (*exprimer* par opposition à *parler*), selon que ce complément peut ou non être introduit par une préposition (*réfléchir* par opposition à *connaître*), etc. À ces critères, dont certains sont traditionnels, mais que les harrissiens définissent avec une très grande minutie, s'en ajoutent d'autres, liés aux possibilités de transformation des phrases où intervient le mot étudié : ainsi les compléments d'objet de *parler* et de *penser* ne se pronominalisent pas de la même façon : « Luc pense à Rita » devient « Luc pense à elle », alors que « Luc parle à Rita » devient « Luc lui parle ». En combinant un nombre assez restreint de critères de ce type, Gross montre qu'il n'y a pas deux verbes français ayant le même comportement distributionnel, et en même temps qu'on peut les regrouper en classes ayant des analogies significatives de comportement.

■ Z.S. Harris a introduit les transformations dans le distributionalisme à partir de *Mathematical Structures of Language*, New York, 1968 (trad. fr., Paris, 1971). Cf. aussi son recueil *Papers in Structural and Transformational Linguistics*, Dordrecht, 1970, et le n° 99 de *Langages*, sept. 1990, qui présente également les développements ultérieurs de sa théorie. – La méthode de M. Gross est présentée, avec application aux constructions complétives, dans *Méthodes en syntaxe*, Paris, 1975, et dans les trois volumes de sa *Grammaire transformationnelle du français*, publiés à Paris, respectivement en 1968 *(Le Verbe)*, en 1977 *(Le Nom)* et en 1990 *(L'Adverbe)*.

Distributionalisme et saussurianisme

Du point de vue de la linguistique saussurienne, le distributionalisme soulève certaines difficultés, dont la plus souvent signalée concerne la détermination des unités. Pour Saussure, les éléments ne sont jamais donnés, et leur découverte ne fait qu'un avec celle du système [36 s.]. Or une étude distributionnelle semble impliquer, par définition, la connaissance préalable des éléments : pour établir la distribution d'une unité, il faut avoir déterminé cette unité (i.e. l'avoir délimitée [38] dans la chaîne parlée, et être capable de l'identifier [39] à travers ses diverses occurrences), et avoir déterminé aussi les unités qui constituent ses environnements. Une partie de cette objection tombe certes si la recherche des classes distributionnelles est précédée par une analyse en CI : car cette analyse, qui s'appuie sur des critères distributionnels élémentaires (étude de certains environnements particuliers), permet de délimiter les segments dont on fera ensuite une étude distributionnelle plus poussée. Il reste cependant :

a) Que l'analyse en CI arrive difficilement à délimiter des unités plus petites que le mot. Et si on essaie, moyennant retouches, de l'adapter au problème de la segmentation du mot, elle risque d'imposer des segmentations qu'un saussurien refuserait pour leur caractère sémantiquement contestable. Ainsi, une fois admise la segmentation habituelle *dé-faire*, une analyse en CI semble imposer la segmentation *re-layer* : il y a en effet des énoncés où *relayer* peut être remplacé par *défaire*, et on peut dire alors que *re* est une expansion [60] de *dé* (puisqu'on a *délayer*), *layer* étant une expansion de *faire* (puisqu'on a *refaire*). On aboutirait de même à *re-noncer*, *re-caler*.

b) Que l'analyse en CI laisse démuni devant le problème de *l'identification* des occurrences d'une même unité. Pour pallier cette lacune, on a certes élaboré des méthodes de type distributionnel permettant d'identifier : 1° les variantes d'un même phonème (le /a/ de *bas* et celui de *la*) ; 2° les diverses manifestations d'un même élément significatif (le *in* de *indistinct* et le *i* de *immobile* – voir allophones p. 393, et allomorphes p. 433). Mais ces méthodes, peu maniables, ne peuvent guère que justifier des décisions prises selon d'autres critères.

D'autre part elles s'appliquent mal au cas où une même réalisation phonétique semble, pour des raisons sémantiques, appartenir à des unités différentes (diront-elles s'il y a ou non le même *re-* dans *rejeter* et dans *refaire* ?). Ce problème se retrouve au niveau du mot. Gross distingue le verbe *voler* de « L'avion vole » et celui de « Pierre vole une pomme » avec ce critère, notamment, que seul le second admet un complément d'objet. Mais rien n'empêcherait, si l'on ne savait pas à l'avance que les deux occurrences ont des sens bien distincts, d'y voir un seul verbe – utilisé, comme cela est fréquent, tantôt avec complément d'objet, tantôt sans : les critères distributionnels corroborent une distinction déjà faite pour des raisons de sens, mais ne sauraient l'imposer.

■ Sur le problème de la segmentation, du point de vue distributionnel, Z.S. Harris, « From phoneme to morpheme », *Language*, 1955, p. 190-220 ; une critique saussurienne de Harris : H. Frei, « Critères de délimitation », *Word*, 1954, p. 136-145.

Si le distributionalisme répond mal au problème, essentiel pour Saussure, de la détermination des unités, des analogies subsistent cependant entre le distributionalisme et certains aspects de la linguistique saussurienne, notamment la glossématique. Pour Hjelmslev, comme pour les distributionalistes, ce qui caractérise une langue, c'est un ensemble de régularités combinatoires, c'est de permettre certaines associations et d'en interdire d'autres : on peut même trouver des ressemblances assez précises entre les relations combinatoires glossématiques [272] et celles qui dirigent l'analyse en CI ou la constitution de classes distributionnelles. Deux grandes différences subsistent néanmoins :

a) Le formalisme hjelmslevien concerne à la fois le plan de l'expression et celui du contenu [42] ; le formalisme distributionaliste, au contraire, ne concerne que le premier (il est donc formel, non seulement au sens des mathématiciens, mais aussi en ce sens, banal, qu'il concerne le simple aspect perceptible de la langue).

b) Contrairement à la combinatoire distributionnelle, celle de Hjelmslev – puisqu'elle doit s'appliquer aussi au domaine sémantique – n'est pas de type linéaire ; elle ne concerne pas la façon dont les unités se juxtaposent dans l'espace ou le temps, mais la pure possibilité qu'elles ont de coexister à l'intérieur d'unités d'un niveau supérieur.

Il est significatif que l'opposition, parmi les disciples de Saussure, des glossématiciens et des fonctionalistes, a son corrélatif dans l'école américaine, où la théorie **tagmémique** de Pike s'oppose au distributionalisme strict. Selon Pike, il y a, lorsqu'on a à décrire un événement humain, deux attitudes possibles, l'une dite **étique**, qui consiste à s'interdire toute hypothèse sur la fonction des événements relatés, à les caractériser seulement à l'aide de critères spatio-temporels. La perspective **émique**, au contraire, consiste à interpréter les événements d'après leur fonction particulière dans le monde culturel particulier dont ils font partie. (NB : Les termes anglais *etic* et *emic* ont été forgés à partir de *Phonetics* [= *phonétique*] et *Phonemics* [=*phonologie*].) D'après Pike, le distributionalisme est l'exemple d'un point de vue étique, extérieur, sur le langage. À ce titre il ne peut fournir à la description qu'un point de départ ; pour choisir parmi les multiples règles et classifications qui sont également admissibles du point de vue distributionaliste, il faut lui superposer une étude émique, qui caractérise en outre les unités par la fonction que leur donne le sujet parlant. Une étude de détail retrouverait, dans l'opposition de Pike et de Harris, la plupart des arguments utilisés dans la controverse phonologie-glossématique.

■ K.L. Pike a donné une vue d'ensemble de son projet dans *Language in Relation to an Unified Theory of Human Behavior*, 2e éd. revue, La Haye, 1967. Il a rédigé une bibliographie commentée de la tagmémique dans T.A. Sebeok (ed.), *Current Trends in Linguistics*, 3, La Haye, 1966, p. 365-394. On trouve une présentation et une application au français de la linguistique de Pike dans E. Roulet, *Syntaxe de la proposition nucléaire en français parlé*, Bruxelles, 1969, et une étude générale dans V.G. Waterhouse, *The History and Development of Tagmemics*, La Haye, 1975.

PSYCHOMÉCANIQUE DU LANGAGE

La **psychomécanique**, appelée encore **psychosystématique**, est une théorie linguistique construite par le Français Gustave Guillaume entre 1919 et 1960. À une époque où il était presque obligatoire de se situer par rapport à Saussure, Guillaume a développé ses recherches sans se référer, ni positivement ni négativement, au courant dominant. Comme il écrivait, de plus, dans un style peu exotérique, il a été relativement tenu à l'écart, sa vie durant, de la collectivité universitaire. La revanche est venue de ses disciples. Bien implantés dans les universités du Québec, de France et de Belgique, ils ont présenté ses idées de façon plus accessible (sans s'autoriser à les discuter), et les ont appliquées à divers domaines que « Monsieur Guillaume » n'avait pas abordés.

■ Ouvrages de G. Guillaume : *Le Problème de l'article*, Paris, 1919 ; *Temps et verbe*, Paris, 1929 ; *Architectonique du temps dans les langues classiques*, Copenhague, 1945 ; *Langage et science du langage*, Paris, Québec, 1961, recueil d'articles, dont certains, presque exotériques, réunis, introduits et commentés par Roch Valin. Les cours donnés par Guillaume à l'École pratique des hautes études à partir de 1938 sont, depuis 1971, publiés progressivement par Valin, dans une série de volumes parus et à paraître à Québec sous le titre *Leçons de linguistique*.

Signifié d'effet et signifié de puissance

Pour présenter les idées de Guillaume, son élève Roch Valin remarque qu'il a introduit, dans l'étude des états de langue (c'est-à-dire en synchronie [334]), une façon de penser que la grammaire comparée [26 s.] appliquait à l'histoire des langues.

Celle-ci part du fait qu'il existe des ressemblances phoniques entre certains mots qui, dans des langues différentes, représentent la même idée, par exemple entre le français *nuit*, l'italien *notte*, l'espagnol *noche*, le portugais *noite*. Pour expliquer cela, ayant exclu qu'il puisse s'agir d'une « harmonie imitative » inventée par ces langues indépendamment l'une de l'autre, la grammaire comparée postule une « langue-mère », qui aurait possédé un terme (en l'occurrence **nocte*) dont les mots en question seraient des réalisations différentes, produites par des règles de dérivation, propres à chacune des langues concernées, et dont l'effet rend compte également de la ressemblance entre d'autres mots (cf. *huit*, *otto*, *ocho*, *oito*). Le point essentiel à retenir, pour comprendre l'analogie établie par Roch Valin, est que le mot-« source » *(*nocte, *octo)* n'appartient pas nécessairement à une langue antérieure existante, mais constitue seulement un principe d'intelligibilité – même si, dans l'exemple choisi, on a tendance à l'attribuer à un « latin vulgaire », qui aurait été parlé dans les milieux populaires de l'époque post-classique, langue qui, faute d'attestations écrites, reste d'ailleurs tout à fait hypothétique (ce caractère « reconstruit » de la langue-mère est encore plus évident lorsqu'il s'agit de l'indo-européen, aussi imaginaire que les particules de la physique moderne). C'est ce que note la grammaire comparée, en plaçant, devant le mot-source, un **astérisque** (*) signifiant qu'il n'est ni attesté ni attestable. Il faut encore, avant de développer l'analogie, rappeler que le mot-source n'appartient à aucun des états de langue comparés, mais leur est logiquement antérieur : c'est par infidélité à leurs propres principes que certains comparatistes ont identifié l'indo-européen, langue reconstruite pour les besoins de l'explication, avec le sanscrit, langue observée.

L'originalité de Guillaume, selon Valin, a été d'appliquer la même méthode comparatiste, non plus à différents états de langue, mais à l'intérieur de chaque état. Le fait initial est alors qu'un même élément d'une langue prend, dans le discours, une multitude de valeurs sémantiques différentes. Qu'on pense à la diversité des emplois de l'imparfait des langues romanes *(L'année dernière, il faisait de la gymnastique tous les jours. Quand je suis allé le voir, il marchait sur les mains. Un pas de plus et il tombait...)*. Le postulat premier de Guillaume est que ces valeurs particulières (marquer l'action habituelle, la simultanéité, l'éventualité non réalisée...) sont toutes produites à partir d'une même signification fondamentale, très abstraite, qui se manifeste de façon différente selon son environnement. Cette valeur générale de l'unité linguistique, Guillaume l'appelle **signifié de puissance**, et il considère comme **effets de sens** les valeurs effectives qu'elle prend dans le discours. L'analogie avec la grammaire comparée conduit à rapprocher le premier du mot-source de la langue-mère reconstruite, et les seconds des mots effectivement observés dans les langues existantes. C'est dire que le signifié de puissance est un « être de raison », impossible à constater directement dans l'expérience, et seulement postulé pour rendre intelligible l'observable : l'identifier avec un des effets de sens, jugé particulièrement représentatif, naturel, ou, comme on dit actuellement, « prototypique » [288 s.], serait répéter l'erreur des comparatistes, lorsque certains, par admiration pour le sanscrit, voulaient y voir la langue-mère. La description d'une langue, pour un guillaumien, consiste à déterminer les « signifiés de puissance » de ses unités, et sa difficulté principale est, bien évidemment, de justifier ce choix : il ne peut être justifié que par son pouvoir explicatif, mais comment lui reconnaître un tel pouvoir s'il est, par définition, entièrement hétérogène aux effets de sens qu'il doit expliquer ? C'est à cette question que Guillaume répond en présentant une conception tout à fait originale des rapports entre la langue et la pensée.

■ Notre exposé utilise une introduction au guillaumisme écrite par R. Valin : *La Méthode comparative en linguistique historique et en psychomécanique du langage*, Québec, 1964.

Langue et pensée

Guillaume reprend certes à son compte l'idée, sous-jacente aux Grammaires générales [17 s.] et à la Linguistique historique [23 s.], selon laquelle la langue est, par nature, une représentation de la pensée, en utilisant même quelquefois l'expression « peinture fidèle », courante aux XVIIe et XVIIIe siècles. Mais son originalité consiste dans la façon dont il conçoit à la fois l'objet représenté et son mode de représentation. Au départ de sa théorie, il y a l'affirmation que toute pensée s'effectue dans le temps. Non seulement la combinaison des idées en propositions, mais la conception même des idées est une opération intellectuelle qui demande un certain espace de temps, si minime soit-il. On est donc à l'opposé de la thèse cartésienne selon laquelle les idées sont éternelles, situées hors du temps, et perçues par l'esprit dans une vision instantanée : la psychomécanique se situe au contraire dans une philosophie représentée à l'époque, en France, par H. Bergson ou L. Brunschvicg, qui, dans des perspectives d'ailleurs bien différentes, tiennent le mouvement pour essentiel à la pensée. Selon Guillaume, penser une notion, c'est la construire, et il appelle **temps opératif** le temps nécessaire à ce travail. Si les mots, considérés dans leur signifié de puissance, représentent la pensée, c'est dans la mesure où ils sont organisés en systèmes, et où chaque système représente le temps opératif impliqué par la pensée d'une notion, en faisant apparaître, par les différents mots qu'il contient, différentes étapes du développement de cette notion. Ce développement lui-même prend toujours, selon Guillaume, la forme d'un double mouvement, qui va d'abord, pour saisir dans son entier le domaine recouvert par la notion, du maximum au minimum d'étendue (« marche à l'étroit »), puis du minimum au maximum (« marche vers le large »). On a ainsi le schéma général :

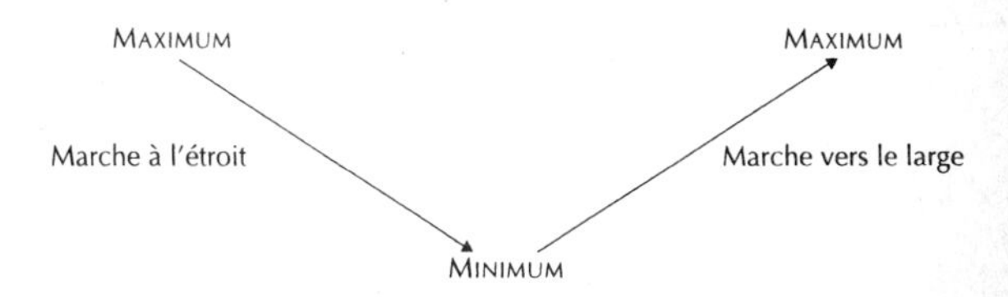

Chaque mot du système représente ou l'un de ces deux mouvements pris globalement, ou une portion de l'un d'entre eux, mais il est essentiel de voir qu'il ne marque jamais un point fixe. C'est l'emploi particulier d'un mot dans un discours qui peut marquer un point, par une sorte de « coupe » horizontale que le discours effectue à l'intérieur du mouvement de pensée représenté globalement par le système linguistique. Ces coupes discursives constituent les « effets de sens » attachés à l'emploi des mots. Si l'on peut considérer qu'ils sont *expliqués*

par le signifié de puissance attaché aux mots, c'est dans la mesure où ils retiennent en eux, *malgré* leur caractère ponctuel, la direction, l'orientation du mouvement général dont le mot est le siège. Mais en même temps, et cette fois *à cause* de leur caractère ponctuel, ils permettent au discours de communiquer des informations précises, ce qui est sa fonction primordiale, distincte de la fonction représentative de la langue, mais rendue possible par elle. Deux exemples simples (ou plutôt simplifiés) vont le montrer.

Le système de l'article en français

La notion représentée par ce système est l'extension possible d'un concept. Le maximum, dans ce domaine, est l'universel et le minimum est le singulier. Les deux mouvements à distinguer dans le temps opératif servant à construire la notion sont donc la particularisation et la généralisation. Le premier est représenté par l'indéfini *un*, le second, par le défini *le*, selon le schéma :

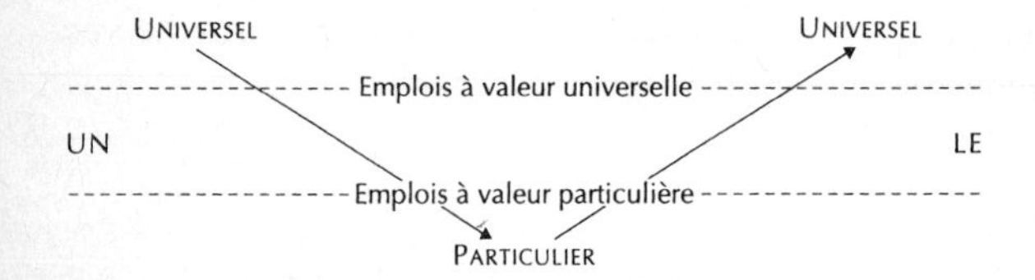

La coupe représentée par le trait horizontal supérieur est celle qui, dans le discours, attribue à l'un et à l'autre des articles la valeur universelle : *le* (ou *un*) *soldat français sait résister à la fatigue*. Il s'agit, dans le cas de *un*, d'une coupe (ou encore « visée », « saisie ») dite « précoce », en ce sens qu'elle se situe au début du mouvement représenté par l'article, alors qu'elle est « tardive » dans le cas de *le*. Le trait inférieur représente au contraire la coupe qui permet aux deux articles, dans le discours, de renvoyer, l'un comme l'autre, à un objet singulier : *le* (ou *un*) *soldat que je connais m'a dit...* Mais, cette fois, c'est pour *un* que la visée est tardive, alors qu'elle est précoce dans l'autre mouvement. Le point important, car il justifie la fonction explicative attribuée au signifié de puissance, est que les deux articles, pris dans une visée qui leur permet de représenter, en discours, le même état de choses, produisent néanmoins des effets de sens différents, qui sont pour ainsi dire la trace du mouvement où ils apparaissent. Guillaume le montre en analysant les effets universels de *le* et de *un*. L'énoncé selon lequel *un* soldat français résiste à la fatigue peut être mis dans la bouche d'un soldat qui refuse de se plaindre, et s'applique à lui-même, dans un « fier » mouvement de particularisation, l'image de la vertu nationale. L'énoncé avec *le*, au contraire, conviendrait à un expert militaire, qui conclut, par induction généralisante, à partir d'observations réalisées sur des cas particuliers. L'orientation du temps opératif contenu dans le signifié de puissance, et définie en langue, se maintient ainsi dans l'effet de sens instantané produit par le discours.

« Peu » et « un peu »

Le même schéma permet aux guillaumiens, par exemple à R. Martin, de traiter un problème devenu crucial dans la sémantique actuelle, celui des quantificateurs *peu* et *un peu* (dont on trouve des équivalents dans les langues romanes modernes de l'Europe occidentale, ainsi qu'en anglais et en allemand). Le problème tient à ce que, substitués l'un à l'autre dans un énoncé, ils semblent désigner la même quantité (on a autant mangé, qu'on ait mangé peu ou un peu), contribuant de la même façon à l'information apportée par l'énoncé, mais que leur fonction dans le discours est tout à fait opposée : un médecin donne des conseils de nature bien différente selon qu'il recommande à son malade de manger peu ou un peu. La solution guillaumienne consiste à supposer que le système grammatical dont ces mots font partie (et où l'on trouve aussi *beaucoup*, *énormément*, *presque rien*, etc.) représente le temps opératif dans lequel la pensée développe la notion de quantité. Le maximum, dans ce développement notionnel, est l'infini, le minimum est le zéro. Ce qui permet de prévoir deux mouvements, l'un, négativisant, qui se dirige vers zéro, l'autre, positivisant, qui se dirige vers l'infini. *Peu* représente une portion du premier mouvement, *un peu*, une portion du second, et dans les deux cas, il s'agit d'une zone proche de zéro :

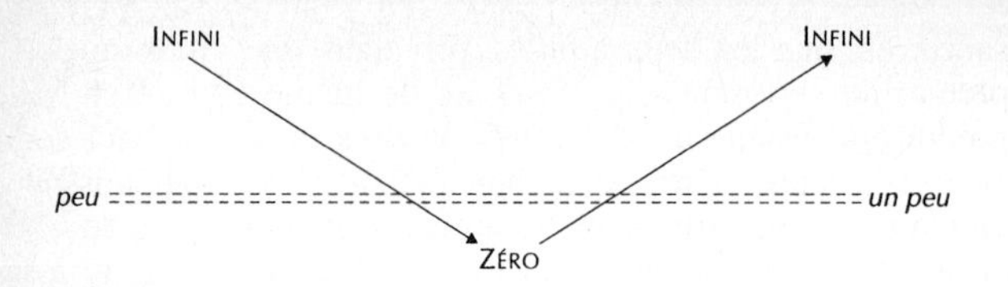

La principale différence entre ce cas et le précédent est que, dans le second exemple, les mots, éléments de la langue, représentent déjà une coupe horizontale (mais comportant une épaisseur) à l'intérieur d'un mouvement de pensée. C'est un deuxième type de coupe, linéaire et opéré cette fois par le discours, qui apparaît lorsque les mots sont employés, permettant à des quantités diverses d'être désignées, selon le contexte, par le mot *peu*, mais toujours avec l'orientation négative liée à la position de ce mot dans le système. De même, dans la branche positive, pour *un peu*.

Remarques

1. Dans la constitution d'une phrase, une multitude de systèmes linguistiques différents sont employés, celui, par exemple, où s'inscrit l'opposition entre verbe et nom, celui qui organise les différents temps du verbe, celui où s'opposent le singulier et le pluriel des noms, etc. Cette pluralité des systèmes amène les guillaumiens à se poser deux types de problèmes, qui ne peuvent pas être développés ici. Comment ces systèmes s'articulent-ils les uns avec les autres à l'intérieur de la langue – qui, considérée dans sa totalité, est un « système de systèmes » ? Comment se combinent, dans un énoncé donné produit lors du discours, les diverses coupes opérées, à l'occasion de chaque mot, dans les différents systèmes mis en œuvre ? (Cette dernière question a amené les guillaumiens à concevoir le concept d'**incidence**. Une unité linguistique est incidente à une autre, dans une phrase, si le contenu de la première doit être rapporté au contenu de la seconde, l'inverse n'étant pas vrai : l'adjectif est incident au substantif, et le substantif est incident à lui-même – en ce sens qu'il qualifie seulement l'objet qu'il désigne, et non l'objet désigné par un autre mot.)

2. Une grande partie des recherches de Guillaume est consacrée à l'étude des temps verbaux. Les schémas, extrêmement complexes, auxquels il aboutit sont un peu différents du schéma prototypique (en « V ») qui vient d'être présenté. Une des raisons en est que la pensée humaine, selon Guillaume, ne *construit* pas la notion du temps, comme elle construit, par exemple, celle de quantité. L'esprit en a seulement « l'expérience » (et cela déjà à l'intérieur du temps opératif qui lui sert à construire les autres notions). Tout ce que l'esprit peut faire, pour penser le temps, c'est en construire une image sur le modèle de l'espace, en le pensant par exemple comme une ligne (thème bergsonien par excellence). De sorte que les systèmes temporels construits par les langues sont des « représentations d'une métaphorisation ».

3. Comme les « Grammaires générales », le guillaumisme donne pour fonction aux langues de décrire la pensée, mais il n'en conclut pas qu'il faille décrire les langues particulières à partir d'une réflexion sur la pensée humaine universelle. C'est une façon de penser spécifique qui est représentée par chaque langue, un mode particulier de construire certaines notions, sans qu'il soit même nécessaire de supposer ces notions communes à toutes. Il ne s'agit donc pas de « partir de la pensée » pour comprendre les langues, mais de découvrir, à partir des langues (qui en sont les représentations), différentes possibilités de « mécanique » intellectuelle. En ce sens, Guillaume pourrait souscrire au slogan saussurien de « l'autonomie » de la linguistique, slogan qui va à l'encontre du projet des Grammaires générales.

4. La science du langage, telle que la pratique Guillaume, est fondée, en ce qui concerne sa méthode, sur l'opposition entre observation et explication. On observe des faits de discours (les effets de sens), et on les explique à partir des signifiés de puissance dont on a postulé l'existence en langue. Ce problème de méthode est constamment retravaillé par Guillaume (les deux textes par lesquels s'ouvre et se clôt le recueil *Langage et science du langage* ont le même titre « Observation et explication »). Le point sur lequel porte le plus sa réflexion est l'impossibilité de considérer l'observation (lieu du *voir*) comme rigoureusement indépendante de l'explication (lieu du *concevoir*) : on voit un fait à travers la façon dont on conçoit son éventuelle explication (thème repris par divers linguistes

– cf. notamment O. Ducrot, avant-propos et chap. 11 de la 3e édition de *Dire et ne pas dire*, Paris, 1991). Mais, même en se résignant à cette dure situation, on a pu reprocher aux guillaumiens de ne pas toujours se demander si leurs « explications » étaient vraiment explicatives, et s'ils n'accordaient pas aux schémas dont leurs exposés sont ornés une valeur un peu magique. Dessiner n'est pas nécessairement expliquer. Ainsi, lorsqu'ils tracent une ligne horizontale coupant les deux branches d'un V, et que les deux points d'intersection obtenus sont à égale distance du sommet du V, les guillaumiens donnent parfois l'impression d'avoir *expliqué* les ressemblances entre les deux effets de sens représentés par ces points, en les attribuant à une seule et unique visée. Or l'équidistance entre les points d'intersection et le sommet du V est une simple conséquence, géométriquement nécessaire, de la façon dont ce dernier a été dessiné (en prenant soin que ses deux branches fassent le même angle avec l'horizontale). Il n'est pas évident que les propriétés de la représentation graphique *expliquent* celles de la chose représentée. Si un dessin peut visualiser un « voir » ou un « concevoir », il ne met pas pour autant en rapport le voir et le concevoir.

■ Quelques exemples de recherches inspirées, directement ou indirectement, par la psychomécanique : A. Jacob, *Temps et langage*, Paris, 1967 (interprétation philosophique du guillaumisme) ; G. Moignet, *Systématique de la langue française*, Paris, 1981 ; R. Martin, *Pour une logique du sens*, Paris, 1983 ; J. Picoche, *Structures sémantiques du lexique français*, Paris, 1986 ; A. Joly, *Essais de systématique énonciative*, Lille, 1987. – Une confrontation avec la grammaire générative a été tentée dans A. Joly (ed.) : *Grammaire générative transformationnelle et psychomécanique du langage*, Lille, Paris, 1973.

LINGUISTIQUE GÉNÉRATIVE

Linguistique générative et distributionalisme

Élève d'abord de Z.S. Harris, qui a poussé le distributionalisme [59 s.] jusqu'à ses conséquences les plus extrêmes, l'Américain N. Chomsky, après s'être intéressé lui-même à la formalisation (au sens logico-mathématique de ce terme) des notions distributionalistes de base, a proposé une conception nouvelle, dite **générative**, de la linguistique, conception qui contredit les dogmes distributionalistes, et a dominé, entre 1960 et 1985, la recherche américaine – et une bonne partie de l'européenne.

Du distributionalisme, Chomsky souhaite retenir le caractère **explicite**. Le distributionalisme est explicite en ce sens que les descriptions de langues auxquelles il aboutit, n'utilisent, comme concepts élémentaires (= non définis), aucune notion dont la compréhension implique déjà la connaissance, soit de la langue décrite, soit du langage en général : son concept de base, la notion d'environnement (telle unité, dans tel énoncé, est entourée par telles et telles unités) est compréhensible pour qui, par une hypothèse absurde, n'aurait aucune expérience personnelle de la parole. C'est là, pour Chomsky, la supériorité du distributionalisme sur les grammaires traditionnelles, et aussi sur la linguistique dite fonctionaliste [49 s.], qui recourent à des notions comme la dépendance (« tel mot se rapporte à tel autre ») ou l'opposition thème-rhème (« telle suite de mots représente ce dont on parle, telle autre, ce qu'on veut communiquer ») [541], dont la compréhension est partie intégrante de la faculté du langage, et qu'on ne saurait donc, sans cercle vicieux, utiliser pour décrire cette faculté.

Mais Chomsky reproche au distributionalisme de payer son caractère explicite par des abandons impossibles à admettre.

D'abord, par une limitation excessive du domaine empirique qu'il prend pour objet. Car une langue est tout autre chose qu'un corpus [60].

a) Alors qu'un corpus est par définition un ensemble *fini* d'énoncés, toute langue rend possible une *infinité* d'énoncés : puisqu'il n'y a pas de limite au nombre de propositions que l'on peut introduire dans une phrase française, on peut, à partir de tout énoncé français, en fabriquer un autre, aussi régulièrement construit (en ajoutant, par exemple, une proposition relative). Le distributionalisme est condamné par sa méthode à ignorer ce pouvoir d'infini inclus dans toute langue (Chomsky appelle **créativité** cette possibilité que la langue donne à ses locuteurs de *construire* des énoncés nouveaux au lieu d'avoir simplement à choisir à l'intérieur d'un stock de phrases préexistant).

b) Bien plus, une langue n'est pas seulement un *ensemble* d'énoncés (fini ou infini), mais tout un savoir à propos de ces énoncés. Car on ne dira pas de quelqu'un qu'il connaît une langue, s'il ne sait pas distinguer les énoncés ambigus des énoncés à une seule interprétation, s'il ne sent pas que tels et tels énoncés ont des constructions syntaxiques semblables, tels autres, des constructions très différentes, etc. Or ce savoir des sujets parlants concernant leur propre langue, les distributionalistes l'excluent délibérément de leur champ descriptif, et se contentent de décrire la façon dont les unités se combinent dans les énoncés (sur la *compétence* selon Chomsky, voir p. 295 s.).

Même si l'on admettait cette réduction du domaine décrit (on ne peut prétendre tout décrire), il y a un deuxième abandon que Chomsky reproche au distributionalisme, c'est justement de se contenter de décrire, et de renoncer à *expliquer*. En cela, les successeurs de Bloomfield seraient fidèles à une conception empiriste selon laquelle la science a seulement à décrire les phénomènes, en cherchant à mettre un peu d'ordre dans leur désordre apparent : la tâche essentielle du chercheur serait alors la classification, la **taxinomie**. C'est bien là en effet l'objet unique des distributionalistes, pour qui une grammaire est simplement une classification des segments (phonèmes, morphèmes, mots, groupes de mots) qui apparaissent dans les énoncés du corpus. Et, dans la mesure où le principe de cette classification est de regrouper les éléments à distribution [61] identique (ou voisine), on peut la considérer, selon l'expression de Harris, comme une « description compacte » du corpus : une fois en possession de cette classification, il doit être possible en effet de reconstituer tous les énoncés du corpus. Selon Chomsky, au contraire, toute science, en se développant, est conduite à se fixer un but plus ambitieux que la description et la classification. Il doit en être de même pour la linguistique, qui peut prétendre présenter des hypothèses à valeur *explicative*. Il ne suffit pas de dire, même de façon compacte, quels sont les énoncés possibles et impossibles, quels sont les énoncés ambigus, syntaxiquement apparentés, etc., mais il faut que toutes ces remarques de détail, faites sur telle ou telle langue particulière, puissent être reliées à la nature générale de la faculté humaine du langage (sur ce point, Chomsky reprend à son compte l'ambition des *Grammaires générales* [17 s.]). C'est pour réconcilier le souci d'être *explicite* et celui d'être *explicatif*, que Chomsky a été amené à proposer une nouvelle définition de ce qu'est une grammaire et de ce qu'est une théorie linguistique.

L'idée de grammaire générative

En quoi consiste, selon Chomsky, la description syntaxique (ou **grammaire générative**) d'une langue particulière ? C'est un ensemble de règles, d'instructions, dont l'application mécanique produit les énoncés admissibles (= grammaticaux) de cette langue, et eux seuls. (Sur la notion d'énoncé admissible, voir p. 315 s. ; sur le détail des règles, voir p. 464 s.) Le caractère mécanisable, automatisable, de la grammaire, assure qu'elle sera explicite : pour comprendre une grammaire, qui est une espèce de système formel (au sens mathématique), il n'est besoin de rien d'autre que de savoir opérer les manipulations, tout à fait élémentaires, prescrites par les règles (essentiellement : remplacer un symbole par un autre, en effacer, en ajouter). C'est justement parce qu'elle ne présuppose chez son utilisateur aucune connaissance linguistique, qu'une grammaire pourra être considérée comme une description totale d'une langue.

Pour qu'une grammaire, entendue en ce sens, soit **adéquate**, deux exigences doivent être satisfaites :

a) Que la grammaire engendre effectivement tous les énoncés de la langue, et eux seuls, sans exception. Lorsque cette exigence est satisfaite, on a un premier degré d'adéquation, dite **observationnelle**. Selon Chomsky, cette adéquation est faible, car, pour une même langue, une multitude de grammaires différentes peuvent y parvenir. Elle est d'autant plus faible que de nombreux énoncés ne sont ni nettement admissibles, ni nettement inadmissibles, et que l'on devra donc accepter, à ce niveau, aussi bien les grammaires qui les engendrent que celles qui les excluent.

b) Que l'on puisse représenter, dans cette grammaire, le savoir intuitif que les sujets parlants possèdent concernant les énoncés de leur langue. Autrement dit, ce savoir doit pouvoir être traduit en termes de mécanismes génératifs. Ainsi l'ambiguïté d'un énoncé devra avoir une marque particulière dans le processus selon lequel il est engendré (Chomsky demande par exemple que chaque énoncé ambigu puisse être engendré d'autant de façons différentes qu'il a de sens différents). Ou encore, si deux énoncés sont sentis comme syntaxiquement proches, cela devra se lire en comparant simplement la façon dont ils sont engendrés (Chomsky demande par exemple que les processus qui les engendrent soient, pendant un certain temps, identiques). Une grammaire répondant à cette exigence sera dite **descriptivement adéquate** (on parle aussi d'adéquation forte).

NB : *a)* Exiger cette adéquation forte, c'était, pour Chomsky, abandonner l'ambition distributionaliste d'établir des procédures mécanisables pour la *découverte* des grammaires [63], des procédures qui fabriqueraient des grammaires à partir de corpus. Il est clair en effet que le type de données commandant l'adéquation forte – et qui concerne l'intuition des sujets parlants –, n'est pas directement décelable par une machine : la grammaire ne peut donc être découverte que par le travail effectif du grammairien – ce qui n'empêche pas que, une fois découverte, elle consiste en une procédure automatique de production de phrases.

b) Bien qu'une grammaire générative soit une machine (abstraite) produisant des phrases, Chomsky ne prétend pas que le sujet parlant, lorsqu'il produit une phrase, *hic et nunc*, le fasse selon le processus qui engendre la phrase dans la grammaire générative : la grammaire générative n'est pas un *modèle de production* des phrases dans le discours quotidien (qui fait intervenir, sans doute, bien d'autres facteurs). Il s'agit seulement, Chomsky insiste sur ce point, de fournir une *caractérisation mathématique* d'une compétence possédée par les utilisateurs d'une langue donnée (et non pas un *modèle psychologique* de leur activité). – Cependant, en exigeant que ce soient les mêmes règles qui produisent les phrases et représentent des phénomènes comme l'ambiguïté, en exigeant de plus que cette représentation soit assez « naturelle » (comme celle qui donne à une phrase ambiguë autant de générations qu'elle a de sens), Chomsky invitait à l'interprétation psychologique qui assimile les processus génératifs définis dans la grammaire, et les mécanismes cérébraux liés à l'émission des phrases. Si en effet on abandonne cette interprétation, pourquoi ne pas choisir les modes de représentation les plus arbitraires ?

L'idée de théorie linguistique

L'adéquation forte qui vient d'être définie laisse encore, pour une même langue, la possibilité de plusieurs grammaires, et laisse donc ouvert le problème du choix. Ce problème, la théorie linguistique doit aider à le résoudre. On peut en effet classer les grammaires selon le type de mécanismes qu'elles utilisent pour engendrer les phrases, ou, plus précisément, selon la forme des règles qu'elles comportent (sur cette classification, voir « Règles et principes génératifs », p. 464 s.). Chomsky appelle **théorie linguistique** chacun des principaux types de grammaires possibles. Une théorie est donc une sorte de moule qui sert à fabriquer des grammaires. Il va de soi que, si on avait des raisons de choisir une théorie plutôt qu'une autre, on pourrait déjà faire une sélection sévère parmi les grammaires possibles pour une langue donnée, celles-ci étant souvent de formes très différentes. À quelles exigences principales une théorie **adéquate** doit-elle donc satisfaire ?

1. Pour chaque langue, il doit être possible de construire, sur le modèle de cette théorie, une grammaire à la fois observationnellement et descriptivement adéquate. La théorie doit donc être universelle. Mais cette condition n'est pas encore suffisante : il reste possible qu'une théorie universelle puisse

autoriser plusieurs grammaires différentes pour une langue donnée. Aussi ajoutera-t-on une seconde exigence :

2. On doit pouvoir associer à la théorie une procédure mécanisable permettant, pour chaque langue, d'évaluer les différentes grammaires conformes à la théorie, et donc d'aider à choisir entre elles (en recourant par exemple à un critère de simplicité formelle, rigoureusement défini). Mais il faut encore que cette évaluation ne soit pas arbitraire. D'où le critère suivant :

3. Soit G_1 et G_2 deux grammaires d'une langue *L*, conformes à la théorie *T*, et possédant l'une et l'autre l'adéquation observationnelle. Il faut que la procédure d'évaluation associée à *T* privilégie, sur le simple examen de G_1 et de G_2, et, donc, *indépendamment de toute considération d'adéquation descriptive*, celle qui se trouve, *par ailleurs*, être la plus descriptivement adéquate. Et ceci, pour toutes les grammaires de type *T*, et pour toutes les langues. La théorie doit donc, pour ainsi dire, être capable de « deviner » la grammaire qui représente le mieux les intuitions du sujet parlant. Supposons qu'une théorie *T* satisfasse à ce troisième critère (trop peu de langues ont encore reçu une description générative complète pour que la vérification soit possible actuellement : le critère sert simplement de perspective à long terme guidant l'élaboration de la théorie linguistique). On attribuerait alors à *T* l'adéquation dite **explicative**.

Pour justifier ce qualificatif (ce que Chomsky ne fait pas de façon explicite), on peut procéder de la façon suivante. Dans une première étape, on montre que la théorie T satisfaisant aux trois critères précédents, représente la faculté humaine du langage, innée et universelle. Dans une seconde, on remarque que T permet de déduire certaines caractéristiques des langues particulières, caractéristiques qui se trouvent donc, de ce fait, « expliquées », en ce sens qu'elles apparaissent désormais comme des conséquences nécessaires de la nature humaine.

C'est sur le premier point que nous insisterons le plus. Selon Chomsky, l'enfant qui apprend sa langue maternelle construit une grammaire générative : il invente un ensemble de règles qui engendrent les phrases grammaticales de cette langue, et elles seules. Autrement dit, il accomplit le même travail qu'un linguiste étudiant une langue. Son point de départ, pour ce faire, est constitué par les phrases qu'il entend prononcer et que les adultes lui présentent comme acceptables, et aussi par le fait que certaines des phrases qu'il produit sont jugées incorrectes. Son « donné » est donc du même ordre que celui qui s'offre à l'*observation* du linguiste (en prenant « observation » au sens défini plus haut, par opposition à « description », i.e. en excluant les sentiments ou intuitions sur la structure syntaxique des énoncés).

Ceci étant, l'enfant et le linguiste ont chacun une facilité que l'autre n'a pas. Selon Chomsky, l'enfant est guidé, dans sa construction spontanée d'une grammaire, par une connaissance innée de la forme générale à donner aux règles de cette grammaire, c'est-à-dire qu'il utilise une « théorie linguistique » particulière (au sens précédemment donné à ce terme) ; le linguiste, lui, qui travaille au niveau de la réflexion explicite, doit choisir une théorie, parmi de multiples possibilités. Mais le linguiste a aussi un avantage : comme il parle déjà le langage qu'il étudie, il possède un donné plus riche que celui de l'enfant, et qui englobe, outre les acceptabilités et inacceptabilités fournies par l'« observation », les divers sentiments grammaticaux qui sont l'objet de la « description » (informations que l'enfant acquiert seulement peu à peu, au fur et à mesure qu'il construit sa grammaire). Un schéma résumera les deux situations :

	ENFANT	LINGUISTE
DONNÉ	Acceptabilités et inacceptabilités Théorie	Acceptabilités et inacceptabilités Intuitions grammaticales
PRODUIT	Grammaire Intuitions grammaticales	Grammaire Théorie

Pour l'enfant, les intuitions grammaticales sont un sous-produit de la grammaire générative qu'il a construite. Il utilise spontanément une théorie qui, pour engendrer l'ensemble des phrases dont il a observé l'acceptabilité, impose une certaine grammaire, et celle-ci lui fournit, après coup, des informations sur l'ambiguïté, la proximité syntaxique, etc. Pour le linguiste, au contraire, ces dernières sont un point de départ. Supposons maintenant qu'un linguiste définisse une théorie qui, pour chaque langue, amène à sélectionner, à partir du simple donné observationnel, une grammaire rendant compte, par surcroît, des intuitions grammaticales (donc descriptivement adéquate) : cette théorie aurait alors le même pouvoir que celle spontanément mise en œuvre par l'enfant. Elle serait ainsi une bonne représentation de cette faculté universelle au moyen de laquelle un enfant (français, japonais, indien...) construit une grammaire pour sa propre langue.

Pour justifier le caractère « explicatif » reconnu à une telle théorie, il reste à mentionner un second point. Une théorie n'arrive à fournir une grammaire pour une langue donnée, que si cette langue possède certaines propriétés. (Ainsi une théorie ne comportant pas de symboles récursifs [468] est incapable d'engendrer un langage dont le nombre des phrases grammaticales serait infini.) S'il est possible, comme il vient d'être suggéré dans la première étape, de construire une théorie linguistique représentant un aspect de la nature humaine, et si, de plus, les diverses langues possèdent les propriétés déductibles de cette théorie, alors ces propriétés peuvent être considérées comme « expliquées » : elles apparaissent comme des conséquences nécessaires de la faculté du langage, elle-même partie intégrante de la nature humaine.

NB : *a)* Certains adversaires de Chomsky lui reprochent de recourir, pour départager les diverses grammaires possibles à partir d'une même théorie, à la notion de *simplicité*. D'une part, disent-ils, rien n'oblige à penser qu'une langue soit construite selon des règles « simples » : si un penseur comme Malebranche, au XVIIe siècle, pose que les lois de la nature sont les plus simples possible, c'est à partir d'une réflexion théologico-philosophique (elles sont simples parce qu'elles sont l'œuvre de Dieu, et que la perfection divine implique la simplicité de ses voies). D'autre part, fait-on remarquer, il y a de multiples façons de concevoir la simplicité d'une grammaire (petit nombre de symboles élémentaires, petit nombre de règles, simplicité intrinsèque de chaque règle), de sorte que le critère de simplicité est peu opérant. Ce reproche repose en fait sur un contresens. Quand un chomskiste définit un critère de « simplicité » pour évaluer les grammaires, il ne s'agit pas de la notion intuitive de simplicité, qui serait privilégiée par une décision *a priori*. Il s'agit d'une notion formelle, qui fait partie de la théorie linguistique, et qui a été construite de façon à rendre cette théorie « adéquate » (au sens précis donné à ce terme p. 81 s.).

b) Il reste que la construction de ce critère (encore programmatique à l'heure actuelle) est d'importance vitale pour toute la linguistique chomskiste. Lui seul peut justifier le projet, très ambitieux, et qui ne s'appuie sur aucune évidence, de décrire les phénomènes comme l'ambiguïté, la proximité syntaxique, etc., en termes de processus génératifs.

c) Le mot « transformation » n'a pas été utilisé dans le présent chapitre, bien qu'il ait été habituel de prendre pour synonymes les expressions « grammaire générative » et « grammaire transformationnelle ». C'est que le transformationalisme n'est qu'une des théories génératives possibles (celle que Chomsky a d'abord soutenue, puis progressivement abandonnée – à force de la remanier). D'autre part on peut parler de « transformations » en dehors du cadre générativiste, et même dans une perspective distributionaliste étendue [63].

d) Pour une définition formelle de la notion de transformation, telle que l'ont construite les chomskistes, voir p. 468 s. Sur l'organisation d'ensemble d'une grammaire générative transformationnelle, voir p. 485 s.

■ La littérature sur la linguistique générative est considérable. Ouvrages de Noam Chomsky marquant les principales étapes de l'histoire de la théorie : *Syntactic Structures*, La Haye, 1957 (trad. fr., Paris, 1969) ; *Current Issues in Linguistic Theory*, La Haye, 1964 (le chap. 2 est consacré aux différents types d'adéquation présentés ici) ; *Aspects of the Theory of Syntax*, Cambridge (Mass.), 1965 (trad. fr., Paris, 1971) ; *Some Concepts and Consequences of the Theory of Government and Binding*, Cambridge (Mass.), 1982 (trad. fr. *La Nouvelle Syntaxe*, Paris, 1987, avec une « Introduction » et un « Post-script » de A. Rouveret). – La théorie a été introduite en France principalement par N. Ruwet : *Introduction à la grammaire générative*, Paris, 1967, et le n° 14 de *Langages* (juin 1969) qu'il a dirigé. – Applications, notamment à l'étude du français : N. Ruwet, *Théorie syntaxique et syntaxe du français*, Paris, 1972 ; R.S. Kayne, *Syntaxe du français*, Paris, 1977 ; J.-C. Milner, *De la syntaxe à l'interprétation*, Paris, 1978 ; N. Ruwet, *Grammaire des insultes et autres études*, Paris, 1982 ; voir aussi le recueil de J. Guéron, H. Obenhauer et J.Y. Pollock, *Grammatical Representations*, Dordrecht, 1986. – Présentations critiques : B. Grunig, « Les théories transformationnelles », *La Linguistique*, 1965, n° 2, et 1966, n° 1 ; O. Ducrot, « Logique et langage », *Langages*, 2, juin 1966, p. 21-28 ; C. Hagège, *La Grammaire générative : réflexions critiques*, Paris, 1976 ; A. Berrendonner, *Cours critique de grammaire générative*, Fribourg, Lyon, 1983. – N. Ruwet, dont le livre de 1982 s'éloigne déjà de l'orthodoxie, en expose certaines difficultés générales dans « À propos de la grammaire générative : quelques considérations intempestives », *Histoire, épistémologie, langage*, vol. 13, n° 1, 1991.

ÉTUDES LITTÉRAIRES

La réflexion sur la littérature semble inséparable de la pratique littéraire elle-même, du moins lorsque cette pratique passe par l'écriture : outre l'Occident, toutes les grandes civilisations à écriture, qu'il s'agisse de l'Inde, de la Chine, du Japon, ou encore la vaste aire culturelle de l'Islam, ont connu une réflexion indigène sur les faits littéraires. Il est vrai que depuis le XIXe siècle, parallèlement à l'expansionnisme politique et économique de la civilisation occidentale, le mode de réflexion développé en Occident a eu tendance à supplanter les modes natifs : il est d'autant plus important de souligner que, de même que la civilisation occidentale n'a pas le monopole de la réflexion sur le langage [108 s.], les concepts descriptifs et méthodologiques de sa tradition critique ne sauraient prétendre être le seul mode de réflexion littéraire valide.

Ce n'est pas le lieu ici de faire l'histoire de la réflexion sur la littérature en Occident qui, depuis Aristote, n'a cessé d'accompagner, sous des formes diverses, l'évolution de la littérature, y compris (contrairement à une idée reçue) durant le Moyen Âge (voir Klopsch 1980 et Haug 1985). On se bornera à rappeler quelques faits généraux, qui peuvent aider à mieux comprendre la situation actuelle.

Le paradigme classique

Depuis l'Antiquité jusqu'à, en gros, la fin du XVIIIe siècle, la réflexion sur la littérature, malgré des accents posés différemment selon les époques, s'est exercée pour l'essentiel selon trois pôles :

1. *La poétique*, c'est-à-dire l'étude des faits littéraires sous l'angle de l'*art* verbal. Inaugurée par Aristote, la réflexion

poétologique est présente à toutes les époques, même si en tant que mode d'approche spécifique elle perdra très vite l'autonomie que lui avait conférée l'auteur de *La Poétique* et sera absorbée par la rhétorique. Il faudra attendre la Renaissance et la redécouverte du texte d'Aristote pour la voir retrouver un début d'autonomie [193 s.].

2. *La rhétorique*, c'est-à-dire l'analyse des discours, et plus précisément de l'ensemble des moyens mis en œuvre pour garantir leur communication efficace. Discipline technique liée à la vie publique d'abord (il s'agit d'apprendre quels moyens linguistiques employer pour atteindre le but visé), elle possède cependant dès l'origine une composante analytique, puisque l'apprentissage de l'art oratoire passe par l'étude de modèles discursifs d'excellence. Pour des raisons historiques (dont notamment le déclin de la vie démocratique antique), les textes littéraires au sens restreint du terme (fiction et poésie) finiront par occuper une place de plus en plus importante au niveau des exemples discursifs discutés ; en même temps, le discours littéraire prendra une place de plus en plus centrale parmi les genres discursifs analysés. Cette évolution se poursuivra à l'ère chrétienne pour aboutir à un lent mais implacable appauvrissement de la rhétorique qui se verra peu à peu réduite aux problèmes de l'*elocutio*.

3. *L'herméneutique*, c'est-à-dire la théorie de l'interprétation. Bien que limitée originairement aux textes sacrés, elle aborde aussi dès l'époque alexandrine le problème philologique de l'établissement des textes littéraires profanes. Par ailleurs il se trouve que les textes sacrés de la tradition juive et chrétienne ont beaucoup d'affinités structurales avec les textes profanes ludiques (narrations et poèmes) : certains des problèmes plus spécifiques abordés par l'herméneutique sacrée interviennent aussi dans la compréhension des textes littéraires au sens restreint du terme, notamment la question du symbolisme et de l'allégorie. Enfin à partir de la Renaissance la critique philologique supplante de plus en plus l'herméneutique sacrée, même si en un premier temps elle se limite aux œuvres de l'Antiquité.

Dans une étude classique de la tradition critique occidentale, M.H. Abrams (1953) a distingué non pas trois mais quatre orientations critiques. Selon que le critique met l'accent sur l'artiste créateur, l'œuvre créée, la réalité dénotée par elle ou le public auquel elle s'adresse, Abrams distingue : les *théories expressives*, qui définissent l'œuvre comme expression de la subjectivité artistique ; les *théories objectives*, qui l'identifient à sa structure textuelle immanente ; les *théories mimétiques*, qui la déterminent en relation à la réalité qu'elle représente ; les *théories pragmatiques* enfin, qui l'analysent quant à ses effets sur le récepteur. La poétique relève bien entendu des théories objectives et la rhétorique des théories pragmatiques. Du moins en est-il ainsi lorsqu'on accepte les délimitations classiques de ces deux disciplines, bien que ces délimitations puissent paraître problématiques, du fait de l'indissociabilité des facteurs syntaxiques et pragmatiques dans l'analyse discursive. Quant aux théories mimétiques, dans la mesure où on peut y voir un modèle spécifique d'analyse sémantique (en fait, une analyse en termes de référence), elles sont apparentées au pôle de l'herméneutique. Les théories expressives ne se développeront de manière conséquente qu'à partir du romantisme.

Le paradigme romantique

Le champ des études littéraires tel qu'il se présente actuellement a été défini pour l'essentiel au XIXe siècle, et plus précisément par le romantisme (Todorov 1977). Plusieurs points méritent d'être soulignés, parce qu'ils permettent de mieux comprendre la géographie actuelle de la critique littéraire, dans ses liens et ses différences avec la critique classique :

1. Dans la tradition « classique », les théories qu'Abrams appelle *expressives* étaient pratiquement absentes. Elles jouent en revanche un rôle de plus en plus important à partir du romantisme, à tel point que de nos jours l'idée que l'œuvre littéraire exprime la subjectivité de l'écrivain fait partie des évidences rarement interrogées. Cette idée présuppose une conception spécifique non seulement de l'œuvre littéraire, mais encore de l'intériorité subjective, qui elle aussi semble indissociable de l'évolution récente de la civilisation occidentale.

2. En concurrence avec cette conception expressive de l'œuvre littéraire, le romantisme défend la thèse de sa nature autotéléologique, thèse dont la compatibilité avec la première

n'est pas évidente, puisque si l'œuvre trouve sa finalité en elle-même, elle devient autoréférentielle, et donc ne saurait exprimer autre chose qu'elle-même. En tout cas, cette conception est sans conteste à la source du développement de la poétique (sous toutes ses formes) au XXe siècle. De ce fait celle-ci mettra longtemps à se défaire de la confusion entre la thèse (discutable) de l'autotéléologie de l'œuvre littéraire et le principe méthodologique de l'autonomie de l'*étude* de l'œuvre littéraire en tant qu'exemplification de l'art verbal.

3. Si la pratique herméneutique remonte à l'Antiquité, il faut pourtant attendre le romantisme pour la voir appliquée de manière conséquente aux textes littéraires médiévaux et contemporains. Ce déplacement de l'herméneutique des textes sacrés et des œuvres antiques vers les textes profanes et post-antiques s'est accompagné parfois d'une sorte de sacralisation indirecte des textes littéraires. Par ailleurs, l'herméneutique d'inspiration romantique a pris deux directions fort divergentes :

a) *L'herméneutique intentionaliste :* liée notamment au nom de Schleiermacher, elle a donné naissance à la **philologie** moderne, c'est-à-dire en fait à un art interprétatif au service de la *compréhension* des textes, cette dernière se définissant comme reconstruction de la signification intentionnelle, c'est-à-dire auctoriale, des textes. Il arrive qu'on définisse la philologie de manière restrictive comme une technique au service de la critique textuelle historique. En fait, comme l'avait déjà noté August Boeckh, elle comporte deux parties : la *théorie* herméneutique, c'est-à-dire une théorie de la reconstruction de la signification textuelle (à travers l'interprétation grammaticale, individuelle, historique et générique) et la *critique* herméneutique, dont l'objet essentiel est l'établissement et le rétablissement des textes. La critique présuppose évidemment la validité de la théorie interprétative, dont elle est une application.

La critique génétique [209] actuelle s'inscrit d'une certaine manière dans la filiation philologique, puisqu'elle est fondée sur des comparaisons d'états textuels. Cependant, alors que la philologie vise à (ré)établir un texte original à partir d'états textuels éditorialement hétérogènes (dus, par exemple, à différents copistes), la critique génétique au contraire étudie les passages entre différents états textuels tous référables à une même source auctoriale, sans qu'elle tente de les réduire à un état canonique. Il s'agit en fait d'une étude des procédés créateurs tels qu'ils se manifestent dans les différents états textuels manifestant des transformations auctoriales : la critique génétique relève donc pleinement de la poétique [209].

b) *L'herméneutique anti-intentionaliste*, dont on pense souvent qu'elle ne s'est développée qu'au XXe siècle dans le sillage du philosophe M. Heidegger et de son élève H.G. Gadamer, mais qui existe en fait dès le XIXe siècle (par exemple dans l'esthétique hégélienne). Son noyau méthodologique réside dans la thèse de la réductibilité des significations intentionnelles dégagées par la compréhension textuelle à des significations sous-jacentes, non contraintes par la structure intentionnelle « de surface ». L'herméneutique anti-intentionaliste aboutit en fait à une lecture symptomale des œuvres, ce en quoi elle s'accorde avec certaines variantes de la théorie expressive de l'œuvre littéraire (voir *infra*).

4. Paradoxalement, et contrairement à ce qu'on soutient souvent, la thèse de l'autonomie de l'œuvre littéraire n'a pas amené les romantiques à développer une histoire *autonome* de la littérature : ils lui ont en général appliqué une herméneutique anti-intentionaliste fondée sur l'idée que les œuvres révèlent une réalité cachée, en sorte que comprendre la littérature signifie remonter à ce contenu latent. La démarche se trouve déjà chez Friedrich Schlegel pour qui l'évolution des genres de la littérature grecque doit être expliquée par l'évolution politique de la société globale dont les genres sont des indices. Elle sera systématisée par Hegel, et sous des formes diverses elle a largement contribué à façonner le destin de l'histoire littéraire, y compris au XXe siècle (voir *infra*).

5. Le développement du paradigme herméneutique s'accompagne de la disparition de ce qui restait de la rhétorique classique, accusée de disloquer l'unité organique de l'œuvre : seule survivra la théorie des figures (souvent d'ailleurs réduite à une théorie de la métaphore), reprise dans le cadre de la stylistique et de la poétique. Il faudra attendre la deuxième moitié du XXe siècle pour assister à une réactivation de la problématique d'une rhétorique générale et pour que conjointement la dimension pragmatique de la littérature soit de nouveau envisagée sérieusement.

■ HISTOIRES DE LA CRITIQUE LITTÉRAIRE :

a) GÉNÉRALES – G. Saintsbury, *History of Criticism and Literary Taste in Europe*, 3 vol., Londres, 1900-1904 ; W.K. Wimsatt, C. Brooks, *Literary Criticism. A Short History*, New York, 1957.

b) PAR PÉRIODES – L'Antiquité : J.W.H. Atkins, *Literary Criticism in Antiquity*, 2 vol., Cambridge, 1934 ; G.M.A. Grube, *The Greek and Roman Critics*, Londres, 1965 ; D.A. Russell et M. Winterbottom (eds.), *Ancient Literary Criticism*, Oxford, 1972 ; G.A. Kennedy, *Classical Criticism*, Cambridge, 1989 ; M. Fuhrmann, *Die Dichtungstheorie der Antike* ; Darmstadt, 1992. – Le Moyen Âge : E. Faral, *Les Arts poétiques des* XIIe *et* XIIIe *siècles*, Paris, 1923 ; E. de Bruyne, *L'Esthétique du Moyen Âge*, 3 vol. (1947), Genève, 1975 ; E.R. Curtius, *La Littérature européenne et le Moyen Âge latin*, Paris, 1956 ; P. Klopsch, *Einführung in die Dichtungslehren des lateinischen Mittelalters*, Darmstadt, 1980. – La Renaissance et l'Âge classique : J.E. Spingarn, *A History of Literary Criticism in the Renaissance*, New York, 1899 ; M. Fumaroli, *L'Âge de l'éloquence*, Genève, 1980. – Le Romantisme : M.H. Abrams, *The Mirror and the Lamp. Romantic Theory and the Critical Tradition*, New York, 1953. – Les Temps modernes : R. Wellek, *A History of Modern Criticism 1750-1950*, 6 tomes, New Haven, 1955-1986.

c) PAR PAYS – L'Inde : S.K. De, *History of Sanscrit Poetics*, 2 vol., Calcutta, 1960 ; M.C. Porcher, « Théories sanscrites du langage indirect », *Poétique*, n° 23, 1975 ; Id., « Systématique de la comparaison dans la poétique sanscrite », *Poétique*, n° 38, 1979. – La Chine : J.J.Y. Liu, *Chinese Theories of Literature*, Chicago, 1975. – Le monde islamique : J.E. Bencheikh, *Poétique arabe*, Paris, 1989. – Italie : B. Weinberg, *A History of Literary Criticism in the Italian Renaissance*, 2 vol., Chicago, 1961. – Allemagne : S. von Lempicki, *Geschichte der deutschen Literaturwissenschaft*, Göttingen, 1920 ; B. Markward, *Geschichte der deutschen Poetik*, 3 vol., Berlin, 1936-1958 ; P.U. Hohendahl (ed.), *Geschichte der deutschen Literaturkritik (1730-1980)*, Stuttgart, 1985. – Angleterre et États-Unis : J.W.H. Atkins, *English Literary Criticism*, 2 vol., Londres, 1947-1951 ; A.P. Franck, *Einführung in die britische und amerikanische Literaturkritik und -theorie*, Darmstadt, 1983. – Espagne : M. Menendez y Pelayo, *Historia de las ideas estéticas en Espana*, 5 vol., Madrid, 1883-1889. – France : F. Brunetière, *L'Évolution de la critique depuis la Renaissance jusqu'à nos jours*, Paris, 1890 ; R. Fayolle, *La Critique littéraire*, Paris, 1978.

d) Discussions critiques et théoriques : M.H. Abrams, *The Mirror and the Lamp*, Londres, 1953 ; G. Genette, *Figures III*, « La rhétorique restreinte », Paris, 1972 ; T. Todorov, *Théories du symbole*, Paris, 1977.

Géographie actuelle des études littéraires

À première vue, le spectre des types de critique littéraire pratiqués actuellement paraît extrêmement vaste, voire chaotique, à la fois quant aux méthodes utilisées et quant aux buts poursuivis. Malgré tout, on peut sans doute ramener cette diversité à quatre orientations fondamentales, qui sont : *a) la critique évaluatrice* des œuvres, généralement intégrée dans une mission de transmission scolaire de l'héritage (ou de quelque contre-héritage) littéraire ; *b) l'analyse historique et institutionnelle* de la littérature comme ensemble de pratiques sociales ; *c) les disciplines interprétatives* s'inscrivant généralement dans l'une ou l'autre des herméneutiques anti-intentionalistes actuelles ; *d)* les théories de la lecture et plus généralement de la réception littéraire ; *e) l'analyse formelle* sous toutes ses formes (narratologie, thématique, stylistique, analyse rhétorique, critique génétique, étude métrique, faits de textualité, étude des genres, etc.), à orientation synchronique ou diachronique, et qui s'inscrit dans le projet d'une *poétique* au sens aristotélicien du terme.

Les multiples variantes de la critique évaluatrice des œuvres ne seront pas prises en compte ici, puisque leur projet est persuasif plutôt que cognitif : valorisation du canon littéraire accepté ou subversion de celui-ci au nom de divers contre-canons. Quant aux orientations critiques actuelles qui s'inscrivent dans une perspective globalement descriptive, toutes n'ont pas la même pertinence du point de vue de l'étude de la littérature comme *fait verbal*, point de vue qui délimite le champ d'investigation du présent dictionnaire. Ce sont évidemment les diverses disciplines qu'on peut ranger dans le cadre de l'analyse formelle (au sens vaste du terme) des procédés créateurs – donc dans le cadre de la poétique [193 s.] – qui s'intéressent de la manière la plus directe à l'étude des œuvres littéraires comme exemplifications de l'usage créateur du langage : comme elles sont au centre des diverses entrées de ce dictionnaire consacrées au versant littéraire de l'étude du langage, on ne les prendra pas en compte dans ce survol global. On se bornera donc ici à une mise au point succincte concernant les trois autres orientations majeures des études littéraires actuelles, l'analyse historique et institutionnelle, les théories de la lecture et de la réception ainsi que les disciplines interprétatives.

L'analyse historique et institutionnelle

1. En France, au tournant du siècle, l'histoire littéraire s'impose contre la tradition rhétorique et la culture des belles-lettres à la faveur des remaniements profonds du système d'enseignement supérieur et secondaire par la République. La littérature cesse de relever essentiellement d'un discours sur les normes de discours ou d'un jugement de goût, pour faire l'objet d'une analyse positive et historique. Ainsi pour Lanson, l'histoire littéraire est une partie de l'histoire de la civilisation. Le rapprochement avec l'histoire, alors dominante, et la sociologie n'implique ni l'alignement du statut du texte littéraire sur celui de l'archive (la littérature est à la fois du passé et du présent) ni le renoncement à l'hypothèse d'une science des individualités.

La détermination de l'œuvre littéraire est double ; elle se définit :

a) par son « caractère intrinsèque » : elle « se compose de tous les ouvrages dont le sens et l'effet ne peuvent être pleinement révélés que par l'analyse esthétique de la forme » (Lanson, « La méthode de l'histoire littéraire », 1910). En fait, l'histoire littéraire reste fondamentalement tournée vers la justification d'un canon d'œuvres consacrées que la critique textuelle va permettre de fixer, en étendant à la littérature moderne les techniques de la philologie classique allemande introduites en France et appliquées au domaine du français ancien par G. Paris (voir B. Cerquiglini 1989 ; M. Werner et M. Espagne 1990-1994). L'histoire littéraire se consacre à l'établissement d'éditions critiques, à la rédaction de bibliographies, à l'étude des « sources » et des « influences » ;

b) par rapport au public : l'histoire littéraire entend faire l'histoire de ceux qui lisent, à côté de celle des individualités qui écrivent ; elle s'intéresse programmatiquement à l'histoire sociale de la lecture et de la culture. En fait, les historiens de la littérature auront rapidement renoncé à ce volet de leur programme (voir L. Febvre, « De Lanson à Mornet un renoncement », 1941 ; *Combats pour l'histoire*, 1953), et l'histoire des « conditions sociales de la production des œuvres littéraires » (Lanson), de l'institution littéraire et de la lecture reviendra en France aux historiens et aux sociologues. Parmi les études récentes qui s'inscrivent dans cette orientation, on peut citer les travaux consacrés à la genèse de la figure institutionnelle de l'écrivain (Viala 1985) et du champ littéraire moderne (Charles 1979, Bourdieu 1992), les recherches historiques sur les pratiques de lecture (Chartier 1985, Lough 1987) ou encore sur l'histoire de l'édition (Chartier et Martin, eds., 1982-1986). La langue et les pratiques discursives (y compris les pratiques littéraires) *étant* des réalités socio-historiques, aucune analyse littéraire ne saurait faire l'impasse sur ces facteurs institutionnels et historiques.

2. Aux États-Unis – à la suite des études féministes, influencé par l'anthropologie de la culture (C. Geertz) et les travaux de M. Foucault – le *New Historicism* a produit un autre renouvellement de l'histoire littéraire. Il traite la littérature et les textes littéraires à l'égal d'autres formations discursives qu'il convient de resituer à l'intérieur des ensembles culturels plus larges dont ils faisaient à l'origine partie. L'approche anthropologique permet de remédier à l'une des faiblesses chroniques de l'histoire littéraire : le présupposé qui lui fait traiter la littérature comme un donné, une catégorie identique à elle-même à travers l'histoire et non comme un artefact ou un concept normatif. Les études féministes (et plus récemment les études afro-américaines) interrogent l'histoire littéraire comme construction, l'autorité du texte littéraire, les partages entre textes canoniques et non canoniques de même qu'entre les genres de la fiction et du document (E. Showalter 1977). À l'exemple des travaux de Foucault sur les pratiques discursives et les hiérarchies de pouvoirs à l'âge classique, les travaux du *New Historicism* portent préférentiellement sur l'apparition et l'invention de la littérature (à la Renaissance, l'âge élisabéthain et l'âge classique), ainsi que sur l'historicisation de son concept (S. Greenblatt 1988, H.U. Gumbrecht 1992, T.J. Reiss 1992).

Si ces dernières décennies il y a donc eu des progrès considérables dans la connaissance historique de la littérature, on constate cependant qu'ils ont concerné surtout l'histoire sociale et institutionnelle. En France, l'histoire littéraire conçue comme histoire des pratiques créatrices et des œuvres semble toujours relativement stagnante (voir Moisan 1987). Les raisons en sont sans doute multiples. Certaines sont méthodologiques : l'histoire littéraire continue à privilégier le découpage chronologique et les périodisations – pourtant deux aspects inessentiels de la méthodologie historique (Veyne 1971) – et à ne pas tirer tout le profit souhaitable des outils d'analyse *quantitative* actuellement disponibles, telles la bibliométrie (Vaillant 1990) ou la lexicologie statistique (Brunet 1990). D'autre part, elle n'a jamais réussi à se doter d'un *objet* spécifique, se limitant à faire la navette entre une histoire institutionnelle de la littérature, une chronologie des œuvres, une biographie des auteurs, une histoire des formes et une critique des œuvres (voir Compagnon 1983). Enfin, elle présume souvent de manière non critique que « la littérature » est un donné historique qu'il s'agit d'analyser, alors que la notion même de « littérature » est un *artefact* savant fondé sur un canon restrictif qui a été institué (du moins en partie) par la discipline qui prétend l'analyser.

Une difficulté fondamentale tient à la nature problématique du lien entre l'histoire de la littérature et l'histoire. Dans la philosophie de l'histoire d'héritage hégélien qui a influencé l'histoire de la littérature, les textes littéraires, le réalisme et le grand art sont un medium à portée cognitive, permettant l'accès à la connaissance de la totalité d'une situation historique (G. Lukacs, F. Jameson 1981). Avec la disparition de cette conception de l'histoire comme processus objectif et continu, qui permettait également d'expliquer l'évolution historique de la littérature, l'histoire littéraire n'est plus en mesure de dire de quelle totalité historique ou de quelle histoire collective singulière (R. Koselleck 1990) elle est une partie ; même si se poursuit une identification historique des œuvres dans le cadre des diverses histoires nationales et des histoires culturelles (Lanson : *la littérature française est un aspect de la vie nationale*), sa pratique se fonde sur une conscience de l'histoire obsolète. Et, dans la mesure où il était lui-même lié à une telle conception, le concept métahistorique de la littérature comme phénomène présent dans toute société ne peut subsister en tant que tel. (H.U. Gumbrecht 1985 ; voir aussi M. Beardsley 1973 ; le même problème se pose en histoire de l'art, comme l'a montré H. Belting, 1989.)

H.U. Gumbrecht, dans ces conditions, propose de séparer la perspective historique et l'appréciation esthétique confondues dans l'histoire littéraire traditionnelle, pour parvenir à une histoire *pragmatique* de la littérature. L'hypothèse est que les textes littéraires sont l'objectivation de situations de communication spécifiques et un objet privilégié pour la reconstruction des *mentalités*. La relation du texte littéraire à son environnement étant déterminée par des situations historiques, une telle histoire consisterait dans la reconstruction des relations entre situations de communications littéraires et quotidiennes propres à chaque période – les démarcations entre périodes ne pouvant être fondées seulement sur des critères intra-littéraires dans la mesure où les textes « littéraires » (correspondant à notre concept de la situation littéraire de communication) n'ont pas nécessairement été des media dans les contextes passés d'interaction.

■ R. Wellek et A. Warren, « L'histoire littéraire », in *La Théorie littéraire* (1962, 3e éd.), Paris, 1971 ; R. Barthes, « Histoire ou littérature », in *Sur Racine*, (1963), Paris, 1979 ; P. Veyne, *Comment on écrit l'histoire*, Paris, 1971 ; G. Genette, « Poétique et histoire », in *Figures III*, Paris, 1972, p. 13-20 ; J.-M. Goulemot, « Histoire littéraire », in J. Le Goff *et al.*, *La Nouvelle Histoire*, Paris, 1978, p. 308-313 ; J. Lough, *L'Écrivain et son public* (1978), Paris, 1987 ; M. Riffaterre, « Pour une approche formelle de l'histoire littéraire », in *La Production du texte*, Paris, 1979, p. 89-109 ; C. Charles, *La Crise littéraire à l'époque du naturalisme*, Paris, 1979 ; A. Compagnon, *La Troisième République des lettres. De Flaubert à Proust*, Paris, 1983 ; R. Chartier et H.-J. Martin (eds.), *Histoire de l'édition française* (1982-1986), Paris, rééd. 1989 ; A. Viala, *Naissance de l'écrivain*, Paris, 1985 ; C. Moisan, *Qu'est-ce que l'histoire littéraire ?*, Paris, 1987 ; R. Chartier et C. Jouhaud, « Pratiques historiennes des textes », in C. Reichler (ed.), *L'Interprétation des textes*, Paris, 1989 ; B. Cerquiglini, *Éloge de la variante*, Paris, 1989 ; H. Béhar et R. Fayolle (eds.), *L'Histoire littéraire aujourd'hui*, Paris, 1990 ; A. Vaillant, « L'un et le multiple. Éléments de bibliométrie littéraire », in H. Béhar et R. Fayolle (eds.), *L'Histoire littéraire aujourd'hui*, Paris, 1990 ; E. Brunet, « Apport des technologies modernes à l'histoire littéraire », in *ibid.* ; P. Bourdieu, *Les Règles de l'art. Genèse et structure du champ littéraire*, Paris, 1992 ; M. Werner et M. Espagne, *Philologiques I-III*, Paris, 1990-1994.

S. Greenblatt, *Renaissance Self-Fashioning, From More to Shakespeare*, Chicago, 1980 ; S. Greenblatt, « Towards a poetics of culture », in H.A. Veeser (ed.), *The New Historicism*, New York, 1989 ; A. Liu, « The power of formalism : the New Historicism », *English Literary History*, 56, 1989, p. 721-772 ; T.J. Reiss, *The Meaning of Literature*, Ithaca et Londres, 1992 ; H.U. Gumbrecht, *Making Sense in Life and Literature*, Minneapolis, 1992.

M.C. Beardsley, « The concept of literature », in F. Brady, J. Palmer et M. Price (eds.), *Literary Theory and Structure, Essays in Honor of W.K. Wimsatt*, New Haven et Londres, 1973, p. 23-39 ; F. Jameson, *The Political Unconscious, Narrative as a Socially Symbolic Act*, Ithaca, 1981 ; H.U. Gumbrecht, « History of literature. Fragment of a vanished totality ? », *New Literary History*, 1985, p. 467-479 ; H. Belting, *L'histoire de l'art est-elle finie ?*, Nîmes, 1989 ; R. Koselleck, *Le Futur passé. Contribution à la sémantique des temps historiques*, Paris, 1990.

E. Showalter, *A Literature of their Own : Women Writers from Brontë to Lessing*, 1977, Princeton.

Théories de la réception et de la lecture

Les travaux de l'*esthétique de la réception* de l'école de Constance, du *Reader-Response Criticism* et du *New Historicism* (S. Greenblatt, A. Liu, T.J. Reiss...) sont issus d'une critique à la fois de l'histoire littéraire traditionnelle et de l'analyse formaliste.

1. Fondateur de l'**esthétique de la réception** – dont les autres représentants marquants sont W. Iser, K.H. Stierle et R. Warning –, H.R. Jauss (1978) a critiqué à la fois l'histoire littéraire d'inspiration marxiste et l'analyse structurale, contestant la théorie du reflet à l'aide de laquelle la première prétendait expliquer l'évolution historique de la littérature, mais aussi la « réification » du texte induite à son avis par la seconde. Le modèle alternatif qu'il propose est inspiré par

l'herméneutique gadamerienne : déplaçant l'accent de l'œuvre comme résultat d'un faire artistique vers la réception de l'œuvre, c'est dans les figures historiquement changeantes de cette réception, donc dans la tradition (fût-elle conflictuelle), qu'il prétend découvrir le lieu de thématisation de l'histoire littéraire. On notera cependant que la thèse qui situe l'identité de l'œuvre non pas dans l'identité syntaxique du texte, mais dans la sommation des constructions lectoriales historiquement changeantes, n'est nullement incompatible avec le formalisme : ainsi la théorie de l'interprétation proposée par M. Riffaterre admet le même postulat de base (à savoir que la signification de l'œuvre n'est pas la signification auctoriale, mais celle construite par le lecteur), ne se distinguant de la démarche de Jauss que par le privilège quasi exclusif qu'elle accorde au niveau formel de la lecture (Riffaterre 1979).

L'esthétique de la réception a profondément renouvelé l'histoire littéraire, ceci surtout en abordant frontalement la question de l'interprétation historique des textes (notamment grâce à l'introduction de la notion d'*horizon d'attente*). Elle rencontre cependant un certain nombre de limites, notamment au niveau de ses méthodes d'analyse : relevant en gros de l'herméneutique *textuelle*, elles semblent parfois mal adaptées à l'objet d'analyse que l'esthétique de la réception se donne, à savoir la réception historique des œuvres. On voit mal comment une étude de cette réception historique des œuvres pourrait se faire autrement qu'à travers une analyse empirique (historique) des pratiques de lecture effectives pour autant qu'on puisse les reconstituer (analyse qu'on chercherait en vain dans les travaux de Jauss, et pour laquelle il faut se tourner vers les travaux des historiens, par exemple ceux de Chartier). L'autre possibilité réside peut-être dans un dépassement de l'esthétique de la réception par un projet résolument anthropologique, comme tente de le faire W. Iser dans ses travaux récents.

2. Le *Reader-Response Criticism* peut reconnaître dans les travaux de I.A. Richards (*Practical Criticism : A Study of Literary Judgement*, 1929) ou de L. Rosenblatt sur la relation particulière de tout lecteur aux textes littéraires (*Literature as Exploration*, 1937) un avant-goût de ses préoccupations. Il s'oppose surtout à la tendance du *New Criticism* à considérer le texte littéraire comme une donnée objective et à distinguer entre *ce qu'est* un poème et ses *effets* sur le lecteur (Wimsatt

et Beardsley, « The affective fallacy », *The Verbal Icon*, 1954) et partage le présupposé phénoménologique d'une impossibilité de séparer l'objet du sujet. Le terme de *Reader-Response Criticism* englobe un ensemble d'approches (phénoménologique, transactionnelle, structurale, déconstructionniste, rhétorique...) dont l'unique point commun est d'être centrées sur le procès lectorial. Quelques-unes envisagent des lecteurs singuliers (N. Holland, D. Bleich), d'autres postulent des communautés de lecteurs unies par des stratégies partagées (S. Fish, J. Culler). Toutes substituent à l'analyse du texte en lui-même celle de l'interaction du lecteur et du texte et de l'activité cognitive du lecteur ; l'attention critique est ainsi déplacée vers la temporalité de la lecture comme processus d'anticipation et de rétrospection, actualisation progressive de la signification de l'œuvre, opposée à la spatialité du texte ou du poème, à la forme statique de la page imprimée.

Les variantes du *Reader-Response Criticism* se partagent entre celles qui avancent que les réponses des lecteurs sont en grande partie fonction des conventions textuelles (J. Culler), le sens étant donné par le texte en tant qu'il contrôle et régule les réponses lectoriales, et celles qui mettent l'accent sur les différences entre lectures et *communautés interprétatives*. Ainsi, l'activité du lecteur est tantôt décrite comme instrumentale au regard de la compréhension du texte littéraire, qui demeure l'objet final de l'attention critique, tantôt comme *équivalent* du texte – l'interprète constituant proprement le texte au cours de la lecture (S. Fish 1980). La relation entre objet textuel et activité d'interprétation est dans ces conditions inversée : entité indépendante de l'interprétation, le texte devient conséquence de l'activité interprétative, laquelle n'est plus un après-coup de la lecture mais informe le texte comme outil de la lecture.

Quelles que soient les réserves que l'on puisse nourrir à l'égard du subjectivisme et du relativisme professés par le *Reader-Response Criticism*, il faut cependant lui reconnaître le modèle de la communication littéraire qu'il propose (et qui suppose, par ailleurs, l'accessibilité à une intention auctoriale ; cf. S. Mailloux 1982). Là où le *New Criticism* faisait de l'œuvre l'équivalent du littéral et défaisait la référence au lecteur, le *Reader-Response Criticism*, défaisant le concept d'œuvre dans la référence au lecteur, présente encore l'intérêt d'envisager cette œuvre selon la structure d'une question et d'une réponse.

Cela dit, ni l'histoire littéraire, ni l'analyse des œuvres, ne sont réductibles à une histoire de la réception ou à une histoire des lectures. La réception présuppose l'existence d'une œuvre, c'est-à-dire (pour le moins) d'une structure syntaxico-sémantique susceptible d'être « reçue », et de ce fait l'analyse de l'œuvre ne saurait être rabattue sur l'analyse des réceptions : l'histoire des lectures n'est pas l'histoire de la *création* des textes, mais celle de leurs appropriations par les lecteurs.

■ Esthétique de la réception : H.R. Jauss, *Literaturgeschichte als Provokation*, Francfort, 1970 (traduit dans Jauss, 1978) ; W. Iser, *Der implizite Leser. Kommunikationsformen des Romans von Bunyan bis Beckett*, Munich, 1972 ; R. Warning (ed.), *Rezeptionsästhetik*, Munich, 1975 ; H.R. Jauss, *Ästhetische Erfahrung und literarische Hermeneutik*, Munich, 1977 ; H.R. Jauss, *Pour une esthétique de la réception*, Paris, 1978 ; K.H. Stierle, « The reading of fictional texts », in S. Suleiman et I. Crosman (eds.), *The Reader in the Text : Essays on Audience and Interpretation*, Princeton, 1980 ; W. Iser, *L'Acte de lecture. Théorie de l'effet esthétique*, Bruxelles, 1987.

Reader-Response Criticism : N. Holland, *The Dynamics of Literary Response*, New York, 1968 ; S. Fish, *Self Consuming Artifacts, the Experience of Seventeeth Century Literature*, Berkeley, 1972 ; D. Bleich, *Subjective Criticism*, Baltimore, 1978 ; S. Fish, *Is There a Text in this Class ? The Authority of Interpretive Communities*, Cambridge (Mass.), 1980 ; S.R. Suleiman et I. Crosman (eds.), *The Reader in the Text : Essays on Audience and Interpretation*, Princeton, 1980 ; J.P. Tompkins (ed.), *Reader-Response Criticism*, Baltimore, 1980 ; S. Mailloux, *Interpretive Conventions. The Reader in the Study of American Fiction*, Ithaca, 1982.

Les disciplines interprétatives

1. La plupart des disciplines interprétationnelles actuellement pratiquées s'inscrivent dans un cadre anti-intentionaliste. Cet anti-intentionalisme a des origines diverses, mais sa source

la plus récente est sans doute le structuralisme des années soixante.

On peut distinguer plusieurs formes d'**anti-intentionalisme** :

a) La forme la moins radicale consiste à réduire l'Intentionalité « de surface » à des représentations inconscientes sous-jacentes, qui, bien que restant Intentionnelles au sens husserlien du terme (c'est-à-dire au sens où elles sont elles-mêmes des entités sémiotiques), sont réputées être inaccessibles à l'émetteur. Ainsi les signifiants opérant au niveau de l'Intentionalité de surface renvoient en réalité non pas à leurs corrélats supposés (leur signification ouvertement accessible), mais à une deuxième structure intentionnelle, inconsciente celle-là, c'est-à-dire opérant à l'insu de l'Intentionalité de surface et accessible uniquement à l'aide d'outils d'analyse privilégiés. L'interprétation psychanalytique, mais aussi de nombreux types d'interprétation idéologique (notamment toutes celles qui réfèrent les structures discursives à une volonté de pouvoir ou des stratégies de classe) relèvent de cette tendance (voir F. Jameson, *op. cit.*).

b) Le réductionnisme peut être poussé plus loin, en ce qu'on peut vouloir réduire l'**Intentionalité** comme telle à une simple « expression » de facteurs causaux non intentionnels : toute doctrine interprétative partant d'une « théorie du reflet », postule une telle réduction, encore que les critiques qui l'adoptent oscillent en général entre une réduction causale et une réduction à une Intentionalité « inconsciente », bien que les deux soient fort différentes : être « au service » de telle ou telle « classe » (relation intentionnelle « inconsciente ») n'est pas la même chose qu'« être produit » par tel ou tel état social (relation causale). Les interprétations marxistes relèvent souvent d'une combinaison plus ou moins heureuse de ces deux réductionnismes.

c) Troisième forme d'anti-intentionalisme enfin, celle qui consiste à nier la pertinence comme telle de la notion d'Intentionalité. Elle a été formulée notamment par J. Derrida dans sa critique de la théorie des actes de langage de J.L. Austin [781 s.] : à la « juridiction téléologique d'un champ total dont l'intention reste le centre organisateur », il oppose ce qu'il appelle la *dissémination*. Ainsi, la communication des signes « n'est pas le moyen de transport du sens, l'échange des intentions et des vouloir-dire » : « ... l'écriture se lit, elle ne donne pas lieu, en dernière instance, à un déchiffrement herméneutique, au décryptage d'un sens ou d'une vérité » (Derrida 1972, p. 392). Seule est réelle la circulation infinie des signes, la relation d'interprétance toujours relancée, le sens toujours repoussé. Autrement dit, l'anti-intentionalisme va de pair ici avec la thèse du caractère indéterminé de la signification. Ces deux thèses sont logiquement indépendantes : ainsi la réduction causale de l'intentionalité maintient l'hypothèse d'une signification déterminée. La théorie de Derrida a été reprise surtout aux États-Unis, où elle a donné lieu à une école critique influente, dont le représentant le plus important a été Paul de Man (*Allégories de la lecture*, 1979, trad. fr. 1989). Par ailleurs, du fait de son insistance sur le caractère infini de la relation d'interprétance, le déconstructionnisme a trouvé des échos favorables dans certaines théories pansémiotiques inspirées de Peirce (qui avait déjà mis l'accent sur le caractère potentiellement infini du processus interprétatif) [215], ou encore chez les tenants du *Reader-Response Criticism*. Du fait de son relativisme enfin, il a pu séduire certains tenants du pragmatisme (Rorty 1985).

L'anti-intentionalisme radical est une position auto-réfutante : si la signification d'un texte n'est pas celle que lui a donnée son auteur, alors la signification de l'énoncé qui asserte la thèse en question (à savoir que la signification d'un texte n'est pas celle que lui a donnée son auteur) n'est pas non plus celle que lui a donnée son auteur, mais celle, quelle qu'elle soit, que lui donne tel ou tel lecteur. Pour échapper à cette position intenable, beaucoup d'anti-intentionalistes limitent la thèse de la non-pertinence de l'Intentionalité ou de l'indétermination du sens à certains textes, les œuvres littéraires. Ils postulent donc une « spécificité ontologique » (Hirsch 1967) du texte littéraire par rapport aux autres messages verbaux.

On trouve cette conception notamment dans le célèbre texte de Wimsatt et Beardsley, « L'illusion de l'intention » : selon les auteurs, la poésie diffère des messages pratiques en ce que les seconds ne sont réussis que si nous inférons correctement l'intention, alors que pour les premiers l'intention ne compte pas (Wimsatt et Beardsley 1954). M. Riffaterre défend une séparation du même type, puisque ce qui d'après lui distingue une œuvre (un monument) d'un texte normal (un document), c'est le fait que l'œuvre est capable d'imposer sa structure au lecteur (Riffaterre 1979). Il se produit un phénomène identique dans certaines des manières de considérer les textes littéraires dérivées de la théorie des actes de langage de J.L. Austin et de J.R. Searle et qui cherchent à définir des conventions qui s'appliqueraient *uniquement* au discours littéraire (confondant du même coup – contrairement à Searle – texte littéraire et texte de fiction). Décrit comme appartenant à un contexte non informatif et profondément atypique au regard des classes répertoriées d'actes de langage, il consisterait en « un discours sans force illocutoire ; une œuvre littéraire est un discours dont les phrases sont dépourvues des forces illocutoires qui leur sont normalement attachées. Sa force illocutoire est mimétique. Une œuvre littéraire imite (ou rapporte) à dessein un ensemble d'actes de langage sans autre existence » (R. Ohmann 1971). C'est à ce défaut de contextualisation du discours littéraire que peuvent être ensuite imputées l'indétermination et la pluralité sémantiques du texte. On a souvent relevé que la tentative de distinguer entre littérature et discours ordinaire sur cette base (actes de langage véritables, imitation d'actes de langage) était une façon de conserver les définitions essentialistes de la littérature (M.L. Pratt 1977, S. Fish 1980).

En fait, les herméneutiques anti-intentionalistes omettent de distinguer la **signification** des œuvres, c'est-à-dire leur structure intentionnelle créée par l'auteur, de leur **signifiance**, c'est-à-dire de la mise en relation de cette signification avec les préoccupations, les intérêts, les manières de voir, etc., du récepteur (Hirsch 1967). La diversité des récepteurs expliquerait ainsi la diversité de signifiance qu'acquièrent les œuvres, ceci notamment dans leurs usages esthétiques. Il est vrai que la distinction entre signification et signifiance n'est sans doute pas toujours facile à tracer, mais elle indique au moins que le choix n'est pas tant entre détermination et indétermination du sens qu'entre différents niveaux de construction de ce sens.

2. Le succès actuel des stratégies interprétatives fondées sur une herméneutique anti-intentionaliste ne saurait masquer le fait que la question de l'Intentionalité est le talon d'Achille des études littéraires. En effet, *toute* étude de la littérature passe nécessairement par la pratique interprétative, puisque son

« matériau » est un ensemble de discours : cela vaut pour l'étude historique et sociale tout autant que pour l'analyse formelle. En ce sens l'analyse herméneutique est le socle de toute étude littéraire quelle qu'elle soit (Molino 1985). Encore faudrait-il distinguer entre **compréhension** et **interprétation** (Hirsch 1967) et, en ce qui concerne la seconde, entre « **interprétation de surface** » et « **interprétation profonde** » (Danto 1993). La compréhension est l'acte primaire, en général « muet », de la *reconstruction* de la signification *intentionnelle* d'un texte : sans activité de compréhension, pas de relation sémiotique. La signification intentionnelle d'un texte n'est évidemment pas celle que l'auteur a voulu lui donner, mais celle qu'il lui a donnée effectivement : il s'agit (voir Searle 1984) de l'*intention en action* telle qu'elle est sanctionnée par les règles linguistiques et pragmatiques et non pas de l'*intention préalable* dont la relation avec l'Intentionalité incarnée textuellement peut être des plus diverses. L'interprétation de surface est une *explication* de cette signification à l'aide d'une *paraphrase*. L'interprétation profonde est toujours une interprétation seconde qui fait fond sur l'identification de la signification intentionnelle reconstruite par l'activité de compréhension et explicitée par l'interprétation de surface : cela vaut aussi pour les stratégies interprétatives anti-intentionalistes qui en pratique présupposent toujours déjà une compréhension « commune » du texte. Ceci implique notamment que la validité d'une interprétation textuelle, quelle qu'elle soit, doit se mesurer par rapport à sa capacité de faire fond sur les mécanismes de la compréhension commune tels qu'ils sont étudiés par la linguistique, la psycholinguistique, etc.

La reconstruction de la signification textuelle ne saurait être une activité purement immanente : la compréhension des textes présuppose à son tour des connaissances d'ordre historique et social aussi bien que poétologique, seules capables d'individuer la structure sémantique de l'œuvre. Dans cette interaction permanente entre analyse textuelle immanente et « connaissance d'arrière-fond » *(Hintergrundwissen)* se trouve l'aspect le plus crucial de ce qu'on appelle couramment le **cercle herméneutique** : la compréhension des textes est impossible sans mobilisation d'une connaissance d'arrière-fond d'ordre historique et générique, alors que la connaissance que nous avons de cet arrière-fond et des contraintes génériques est elle-même tirée des textes (Stegmüller 1972). Depuis Dilthey on voit souvent dans le cercle herméneutique (dont le dilemme ci-dessus ne constitue qu'un des aspects) le trait distinctif du domaine des humanités comparé à celui des sciences naturelles : distinction qu'on formule comme une opposition entre *compréhension* et *explication.* Il faut pourtant rappeler que pour l'herméneutique classique du XIXe siècle, le cercle herméneutique devait être *évité* afin de garantir la validité des résultats de la reconstruction de la signification textuelle. Ainsi le philologue A. Boeckh, tout en reconnaissant la nécessité d'allers et retours permanents entre l'analyse immanente du texte et l'arrière-fond cognitif, insistait sur le fait que le cercle était évitable pour autant qu'aucun élément extrait de l'œuvre pour élaborer une notion d'arrière-fond ne soit réappliqué à la même œuvre pour identifier d'autres éléments (la même règle vaut en sens inverse lorsqu'on se sert d'un élément de l'arrière-fond déjà constitué pour identifier un élément inconnu de l'œuvre) – étant entendu que l'élément en question peut évidemment être utilisé comme instrument d'analyse pour une autre œuvre, cette analyse par sériation constituant d'ailleurs le seul moyen de confirmer sa justesse éventuelle. Cependant Boeckh reconnaissait aussi qu'il y avait des situations dans lesquelles il était impossible d'échapper à toute circularité : il y voyait une des *limites* inhérentes à l'activité herméneutique.

Une deuxième limite est plus fondamentale : toute reconstruction de la signification d'un texte ne saurait avoir qu'un caractère probabiliste, étant donné que nous n'avons jamais d'accès direct aux états Intentionnels exprimés par la chaîne signifiante (Husserl 1901, Hirsch 1967). Cette caractéristique n'est pas spécifique des textes littéraires, elle n'est même pas spécifique des textes fixés par écrit (et donc survivant à leur contexte d'origine) : elle est absolument générale et vaut aussi pour les échanges verbaux les plus quotidiens. Elle tient au fait que l'Intentionalité des énoncés linguistiques est une « Intentionalité dérivée » (Searle 1985) : la signification n'est jamais « donnée » dans l'énoncé mais doit être reconstruite par le récepteur à partir du signal physique que constitue la chaîne verbale.

Ces considérations suggèrent qu'il n'existe pas de « signification littéraire » qui serait différente des processus de signification « normaux ». Le corollaire en est que l'étude de la signification des textes littéraires doit obéir aux mêmes principes que ceux qui guident l'analyse de la signification verbale comme telle, même si la spécificité pragmatique ou formelle de la plupart des types de textes littéraires (les textes de fiction d'un côté, les poèmes de l'autre) nécessite qu'on apporte des inflexions spécifiques à cette analyse.

■ E. Husserl, *Recherches logiques*, II (1901), Paris, 1969 ; W.K. Wimsatt Jr. et M.C. Beardsley, « L'illusion de l'intention » (1954), in D. Lories (ed.), *Philosophie analytique et esthétique*, Paris, 1988 ; A. Boekh, *Enzyklopädie und Methodenlehre der philologischen Wissenschaften*, Darmstadt, 1966 ; E.D. Hirsch Jr., *Validity in Interpretation*, New Haven, 1967 ; J. Derrida, *Marges*, « Signature événement contexte », Paris, 1972 ; W. Stegmüller, « Der sogenannte Zirkel des Verstehens », in K. Hübner et A. Menne (eds.), *Natur und Geschichte*, Hambourg, 1973 ; M. Riffaterre, *La Production du texte*, Paris, 1979 ; J. Culler, *On Deconstruction. Theory and Criticism after Structuralism*, Ithaca, 1982 ; R. Rorty, « Texts and lumps », *New Literary History*, vol. 17, Number 1, Autum 1985 ; J. Molino, « Pour une histoire de l'interprétation : les étapes de l'herméneutique », *Philosophiques*, vol. 12, n° 1 et 2, 1985 ; J. Searle, *L'Intentionalité*, Paris, 1985 ; A. Danto, *L'Assujettissement philosophique de l'art*, Paris, 1993 ; M. Charles, *Introduction à l'étude des textes*, Paris, 1995.

APPENDICE : LINGUISTIQUE ANCIENNE ET MÉDIÉVALE

Il n'a été question, dans ce qui précède, que d'écoles récentes. Non pas que la linguistique « sérieuse » commence, à nos yeux, avec Port-Royal. Nous penserions plutôt, au contraire, que le travail des linguistes, à chaque époque, consiste surtout à intégrer des découvertes anciennes à un système conceptuel nouveau. Simplement, ni la place dont nous disposons, ni les connaissances historiques actuelles ne permettent de présenter la multitude d'écoles concurrentes qui se sont affrontées tout au long de l'Antiquité et du Moyen Âge, comme nous l'avons fait pour l'époque récente. D'autre part, il aurait été absurde de mettre sur le même plan, par exemple, « la » linguistique arabe, qui comprend des siècles de controverses, et telle école moderne particulière. Nous avons donc préféré présenter les recherches plus anciennes à propos des problèmes exposés dans les sections suivantes, et nous contenter, ici, d'orientations générales et de renseignements bibliographiques.

La réflexion sur le langage s'étend sur toute l'histoire de l'humanité. Souvent cette réflexion n'annonce qu'indirectement la linguistique moderne, en ce sens qu'elle ne prétend pas se fonder sur une étude systématique du donné empirique : ce sont plutôt des considérations sur l'origine, la forme et la puissance de tel ou tel mot isolé ou des langues en général. Le thème de l'origine des langues, particulièrement, reste un objet de discussion au moment où apparaissent les premières grammaires, et l'est encore tout au long de l'histoire occidentale, jusqu'à la première moitié du XIXe siècle (un signe en est que la *Société de linguistique de Paris* juge bon de spécifier, lors de sa fondation en 1869, qu'elle refusera toute communication sur ce thème). Mais l'étude empirique des langues est également l'objet de textes très anciens. Indépendamment d'eux, elle est d'ailleurs nécessairement au moins aussi ancienne que l'homme historique, si celui-ci, par définition, *écrit* son histoire, et si la constitution d'une écriture implique une analyse préliminaire du langage (peut-être le sentiment d'un rapport entre connaissance des langues et écriture explique-t-il que le mot grec *grammatikè*, « science de la grammaire », dérive de *gramma*, « lettre »).

■ A. Borst, *Der Turmbau von Babel*, Stuttgart, 1957-1963, retrace l'histoire des théories sur l'origine et la diversité des langues. Cf. aussi M. Olender, *Les Langues du paradis*, Paris, 1988. – Pour un panorama de la linguistique avant Saussure : premières sections de R.H. Robins, *A Short History of Linguistics*, Londres, 1967, et B. Malmberg, *Histoire de la linguistique : de Sumer à Saussure*, Paris, 1991. – Études plus détaillées : H. Parret (ed.), *History of Linguistic Thought and Contemporary Linguistics*, Berlin, New York, 1975, S. Auroux (ed.), *Histoire des idées linguistiques*, Bruxelles, 1989.

Le premier texte de linguistique dont nous disposons est la grammaire sanscrite de Pāṇini (environ IVe siècle avant notre ère). Et ce livre, peut-être le premier ouvrage scientifique de notre histoire, fait aujourd'hui encore autorité dans son domaine. Soucieux de fixer la prononciation correcte des prières védiques – correction nécessaire à leur efficacité – alors que la langue sanscrite n'est déjà plus guère parlée sous la forme qu'elle avait à l'époque des textes sacrés, le traité de Pāṇini comporte une description phonétique minutieuse de cette prononciation, fondée sur une analyse articulatoire dont l'Occident ne donne pas d'exemples avant le XIXe siècle. En même temps il est amené, pour distinguer les latitudes de prononciation acceptables et inacceptables, à utiliser un critère de pertinence [390 s.] qui fait penser à celui des phonologues (mais qui concerne avant tout la communication avec les dieux). Cette idée de la variation superficielle d'une unité restant identique à un niveau plus profond est appliquée d'autre part à l'analyse morphologique [119]. Elle permet d'admettre qu'un même élément grammatical se réalise de façons différentes selon les éléments avec lesquels il est en contact à l'intérieur du mot ou de la phrase : c'est le phénomène du **sandhi**. Grâce à cette notion, Pāṇini peut établir un inventaire des radicaux, et énoncer des lois précises sur leurs combinaisons possibles, entre eux et avec les désinences grammaticales. Ces lois facilitent de plus la décomposition du mot en unités plus élémentaires : si les philologues du XVIIIe et du XIXe siècle ont tant admiré la clarté de l'organisation interne du mot sanscrit, c'est sans doute qu'ils l'ont d'emblée connu à travers l'analyse de Pāṇini, et ont attribué spontanément à l'objet les propriétés de sa description. Le fait que le sandhi, qui semble cimenter les composants du mot, ait été d'abord découvert à propos du sanscrit, une des plus anciennes langues indo-européennes, explique peut-être aussi que des comparatistes comme Schleicher aient tenu cette unité interne du mot, image, selon eux, de l'unité de la pensée, pour spécifique de toutes les langues anciennes [29] : la chronologie de la connaissance a déteint sur l'objet connu.

La linguistique sanscrite ne se limite pas à la phonétique et à la morphologie. La concision des formulations de Pāṇini a en effet rendu nécessaire une multitude de commentaires (le plus célèbre est celui de Patañjali, au IIe siècle avant notre ère, lui-même commenté par Bhartṛhari, au Ve siècle de notre ère). Or ces grammairiens sont en même temps des philosophes, qui ont élaboré certains concepts essentiels pour théoriser la pratique des linguistes. Il s'agit pour eux de préciser la nature des objets que la grammaire décrit. Un premier pas est de voir explicitement que la plupart des mots intervenant dans l'énoncé d'une règle de grammaire (« le pluriel de cheval est chevaux ») y ont un statut particulier, et de nombreux textes sont consacrés à commenter l'affirmation de Pāṇini : dans une règle de grammaire « les mots qui ne sont pas des termes techniques [i.e., dans la règle ci-dessus, *cheval*, *chevaux* et non pas *pluriel*], désignent leur propre forme ». Ce premier pas consiste ainsi à définir le langage des linguistes comme métalangage où les mots de la langue sont seulement cités. Un deuxième pas est pour préciser en quoi consiste cette « forme propre » dont parle la grammaire. Ici intervient la distinction entre **sphoṭa**, entité linguistique abstraite, qui est l'objet décrit par la grammaire, et **dhvani**, réalisation individuelle de cette entité dans un discours, qui est le phénomène observé. Très générale, cette distinction, qui annonce l'opposition moderne entre le « type » et l'« occurrence », et s'accompagne de discussions pour savoir si « sphoṭa » désigne une classe de

« dhvani » ou une entité singulière, concerne à la fois la phrase, le mot et le son (dans ce dernier cas, on pense à l'opposition des phonologues entre le phonème de la langue et la multitude de sons physiques qui peuvent le réaliser [50]). Réfléchissant sur le mot, Bhartṛhari y distingue par suite trois niveaux d'abstraction. Car il y a, dans ce cas, deux types de dhvani. L'un correspond aux prononciations réelles (qui diffèrent, par exemple, selon qu'on parle vite ou lentement), l'autre est la structure phonologique du mot, identique quelle que soit la prononciation (si le mot comporte une voyelle brève, elle reste brève quand le mot est prononcé lentement, et la voyelle longue le reste dans une prononciation rapide). En tant que sphoṭa, le mot est une unité indivisible, où il n'y a aucune succession : c'est cette unité qui est porteuse de sens. On doit la reconnaître pour comprendre la phrase, et c'est elle l'objet de la description linguistique du mot (on retrouve cette tripartition en linguistique moderne : pour A. Martinet, par exemple, le monème, unité signifiante, tout en étant manifesté par une suite de phonèmes, est autre chose que cette suite, et les phonèmes eux-mêmes, manifestés par des sons physiques, sont autre chose que ces sons [434 s.]).

■ L. Renou a édité, traduit en français et commenté *La Grammaire de Pāṇini*, Paris, 1966 ; on trouve une interprétation de Pāṇini en termes de linguistique moderne dans D. Joshi, P. Kiparski, *Pāṇini as a Variationist*, Cambridge (Mass.), 1980. – Sur Patañjali, voir T. Yagi, *Le Mahābhāsya ad Pāṇini*, Paris, 1984. – Ouvrages plus généraux : P.C. Chakravarti, *The Linguistic Speculations of the Hindus*, Calcutta, 1933 ; W.S. Allen, *Phonetics in Ancient India*, Londres, 1953 ; D.S. Ruegg, *Contributions à l'histoire de la philosophie linguistique indienne*, Paris, 1959 ; K.K. Raja, *Indian Theories of Meaning*, Madras, 1963 ; *A Reader of the Sanskrit Grammarians*, textes anciens et modernes sur la linguistique hindoue, rassemblés par J.F. Staal, Cambridge (Mass.), Londres, 1972 ; J. Bronkhorst, *Tradition and Argument in Classical Indian Linguistics*, Dordrecht, 1986 ; *Panels of the VIIth World Sanskrit Conference*, sous la direction de J. Bronkhorst et A. Tand, Leyde, 1990.

En Grèce, l'étude du langage est inséparable de la philosophie du langage (chez les présocratiques, Platon, Aristote, les stoïciens) ou du commentaire des textes littéraires (l'école d'Alexandrie). En dehors des discussions générales, sans cesse présentes, sur les rapports du langage et de la pensée, les deux grandes directions dans lesquelles se développent des recherches plus immédiatement empiriques sont l'étymologie et la morphologie. En étymologie prend place la célèbre controverse sur l'origine naturelle ou conventionnelle des mots. Mais si, dans cette controverse, on prend souvent pour exemple et argument l'étymologie de mots individuels, on ne justifie pas ces étymologies par une étude historique : on les fonde seulement sur le fait qu'elles permettent de mieux comprendre le mot étudié, qu'elles en explicitent le « vrai » sens (*etymos* signifie « véritable ») : ainsi, dans le *Cratyle* de Platon, le nom du dieu Dionysos est rapproché, d'une façon dont on ne sait pas à quel degré elle est humoristique, d'une expression grecque ayant avec ce nom une très vague ressemblance phonétique, et qui veut dire « qui donne le vin ». Mais la partie la plus développée des études linguistiques est la théorie des parties du discours, c'est-à-dire la classification des mots de la langue d'après leur rôle dans la phrase. Inaugurée par Platon et Aristote, poursuivie par les stoïciens, elle sera présentée systématiquement par l'auteur du premier traité grammatical grec, Denys de Thrace (IIe siècle avant notre ère), qui distingue huit principales parties du discours (nom, verbe…). À quoi il ajoute des catégories secondaires (genre, nombre, cas…), ce qui permettrait d'envisager une analyse interne du mot – qui n'est pas développée en détail par les Grecs comme elle l'est par les hindous. Les problèmes de syntaxe, déjà abordés par Denys, seront plus tard l'objet d'études détaillées, notamment dans l'œuvre d'Apollonios Dyscole (IIe siècle de notre ère), et de ses continuateurs byzantins.

Les grammairiens romains reprennent et poursuivent les travaux grecs. Varron (IIe siècle de notre ère), auteur d'une volumineuse description de la langue latine, témoigne de l'influence fertile de toutes les écoles grammaticales grecques ; Donat et Priscien (Ve siècle) codifieront la grammaire latine pour la postérité, déterminant déjà en grande partie la forme de nos manuels scolaires. Parallèlement se développe (depuis la plus haute Antiquité) une théorie rhétorique dont l'influence se perpétuera également jusqu'au XIXe siècle.

■ L. Lersch, *Die Sprachphilosophie der Alten*, Bonn, 1838-1841 ; E. Egger, *Apollonius Dyscole. Essai sur l'histoire des théories grammaticales dans l'Antiquité*, Paris, 1854 ; H. Steinthal, *Geschichte der Sprachwissenschaft bei den Griechen und Römern*, Berlin, 2e éd., 1890 ; L. Hjelmslev, *La Catégorie des cas*, Copenhague, 1935, Munich, 1972 (les premières pages discutent la notion de cas chez les Alexandrins et les Byzantins) ; M. Pohlenz, « Die Begründung der abendländischen Sprachlehre durch die Stoa », texte de 1939 repris dans *Kleine Schriften*, 1, Hildersheim, 1965, p 39-86 ; R.H. Robins, *Ancient and Medieval Grammatical Theory in Europe*, Londres, 1951 ; J. Collart, *Varron grammairien latin*, Paris, 1954 ; L. Romeo, G.E. Tiberio, « The history of linguistics and Rome's scholarship », *Language Sciences*, 1971, p. 23-44 ; M. Baratin, *La Naissance de la syntaxe à Rome*, Paris, 1989.

Les recherches sur le langage ont commencé très tôt dans le monde islamique (le *Kitāb* de Sībawayhi, grammaire complète de la langue arabe, est du VIIIe siècle de notre ère) et se sont poursuivies sans cesse jusqu'au XVe siècle, avec une période particulièrement vivante autour du XIIe siècle. Même si elles se sont développées en théorie générale du langage, elles ont essentiellement pour objet la langue arabe, celle de la poésie préislamique et surtout du Coran, langue *a priori* parfaite, puisque c'est celle dans laquelle Dieu s'est adressé aux hommes. Il s'agit de la maintenir dans sa pureté et de pouvoir l'enseigner aux peuples conquis à l'Islam : les langues non arabes et les dialectes d'origine arabe ne sont qu'exceptionnellement objet d'études.

Le trait le plus frappant de ces recherches est le rôle central qu'elles attribuent à l'activité d'énonciation (l'accent mis sur cette activité tenant peut-être à ce que le Coran, objet par excellence de la réflexion linguistique arabe, est un texte impossible à lire en oubliant ou effaçant la situation d'énonciation : il doit, à chaque lecture, être compris comme une parole adressée par Dieu aux hommes). Même lorsqu'il est question de l'organisation interne de la phrase, celle-ci n'est pas décrite comme une combinatoire d'éléments associés selon des règles formelles (en ce sens, les grammairiens arabes travaillent d'une façon opposée à celle des hindous et des modernes distributionalistes [59 s.] et annoncent au contraire le fonctionalisme [49 s.] et la théorie des actes de langage [782]). Cette tendance apparaît dès la description de la phrase : le *Kitāb* vise à expliciter, non pas une structure, mais un ensemble d'opérations permettant au locuteur de construire un énoncé conforme à ce qu'il veut dire. Elle explique d'autre part que les discussions sur le langage soient à chercher, non seulement dans les grammaires, au sens étroit du terme, mais aussi dans les traités de droit (où il est question du pouvoir de l'acte de parole), et de rhétorique (dont une partie est destinée à établir « les modalités permettant à l'expression arabe d'être adéquate aux exigences de la situation de communication »). La même tendance explique aussi pourquoi les linguistes arabes se sont souvent opposés aux logiciens : ceux-ci, considérant le sens comme une représentation de la réalité, à juger selon le critère du vrai et du faux, voulaient réduire les grammairiens à être les « gens de l'expression », et leur soustraire le domaine sémantique, alors que ces derniers, définissant le sens comme une activité de communication, tenaient son étude pour inséparable de la grammaire, telle qu'ils la concevaient.

La place centrale donnée à l'énonciation a amené les linguistes arabes à insister sur des faits importants, longtemps oubliés ensuite, et redécouverts depuis peu. Notamment on trouve chez eux toute une théorie des actes de langage, dont on a pu montrer qu'elle a évolué selon des étapes analogues à celles qu'a connues la théorie moderne. D'abord ils distinguent l'affirmation, qui demande à être jugée selon son adéquation à la réalité, de l'ordre, qui vise à transformer la réalité, et des déclarations (cf. « Je te répudie », répété trois fois, ou « Je te vends cet objet », dit pour conclure une négociation), qui produisent par elles-mêmes l'état de choses qu'elles décrivent. Puis ils regroupent les deux derniers, non susceptibles de vérité et de fausseté, et les opposent au premier (on pense à la séparation austinienne entre le constatif et le performatif [781]). Enfin certains reconnaissent dans l'énoncé assertif lui même, en plus du jugement asserté, l'acte du locuteur qui asserte, acte qu'ils rapprochent alors de l'ordre et de la déclaration, en ce sens qu'on ne saurait non plus lui appliquer les notions de vrai et de faux.

■ Très peu d'ouvrages linguistiques arabes ont été traduits dans des langues occidentales. On trouvera des renseignements dans les différentes histoires de la linguistique, dans J. Bohas et J.-P. Guillaume, *Étude des théories des grammairiens arabes*, Damas, 1984, et dans le n° 56 de la série *Studies in the History of the Language*

Sciences, consacré à l'histoire de la grammaire arabe (Amsterdam, 1990). Cf. notamment, dans ce volume, l'article de P. Larcher, « Éléments pragmatiques dans la théorie grammaticale arabe post-classique », p. 195-212. Voir aussi, de ce dernier : « Dérivation délocutive, grammaire arabe, grammaire arabisante et grammaire de l'arabe », *Arabica*, t. 30, fasc. 3, p. 246-266, 1983 (Larcher a été un des premiers à voir l'analogie, maintenant évidente, entre la théorie arabe et la philosophie du langage anglaise).

La spécificité de la recherche linguistique médiévale occidentale (qui semble n'avoir pas été au courant, et qui en tout cas, ne tient pas compte du travail des Arabes dans ce domaine) est obscurcie par le fait qu'elle se présente la plupart du temps comme un commentaire des grammairiens latins, notamment de Priscien. Mais cette constante référence à l'autorité (qui, au Moyen Âge, fait partie de la rhétorique scientifique) n'empêche nullement les grammairiens – pas plus que les logiciens ou les philosophes – de développer une réflexion originale.

C'est à partir du Xe siècle que cette originalité a commencé à se manifester le plus nettement. Deux thèmes sont particulièrement significatifs de la nouvelle grammaire. D'abord la volonté de constituer une théorie générale du langage, indépendante de telle ou telle langue particulière, et notamment du latin – alors que Priscien se fixait explicitement pour objectif une description de la langue latine. D'autre part, le rapprochement opéré entre la grammaire et la logique, discipline redécouverte à la même époque, et qui tend de plus en plus à se présenter comme l'instrument universel de toute pensée. Parmi les grammairiens les plus célèbres, entre le Xe et le XIIe siècle, on peut citer Gerbert d'Aurillac, saint Anselme, Abélard, Pierre Hélie.

La deuxième, et la plus remarquable, période de la linguistique médiévale s'ouvre au XIIIe siècle, et est dominée par l'école dite **modiste**. Tout en se donnant, eux aussi, pour objectif de constituer une théorie générale du langage, les modistes croient à l'autonomie absolue de la grammaire par rapport à la logique (lorsque les grammairiens de Port-Royal, quatre siècles plus tard, subordonneront partiellement l'étude des langues à la logique, ils reviendront en fait à un point de vue que les modistes avaient voulu dépasser). L'indépendance de l'approche linguistique se manifeste essentiellement dans le concept, introduit à cette époque, de **mode du signifier** *(modus significandi)*. Un élément grammatical (par exemple une partie du discours [439 s.]) ne doit pas être défini par son signifié, mais par la façon dont ce signifié est visé, par le type de rapport institué entre mots et choses. La théorie grammaticale est donc avant tout un inventaire détaillé, et une classification, de ces modes possibles d'accès aux choses (ainsi la différence entre l'adjectif et le substantif réside moins dans leur objet que dans le point de vue selon lequel ils présentent cet objet). Parmi les principaux modistes, il faut signaler Siger de Courtrai, Jean Aurifaber, Thomas d'Erfurt.

■ Un très petit nombre de textes grammaticaux du Moyen Âge ont été publiés. Parmi eux se trouvent les traités de Siger de Courtrai (édité par Wallerand, Louvain, 1913), de Thomas d'Erfurt (dans les œuvres de Duns Scot, Paris, 1890), de Jean le Dace (édité par A. Otto, Copenhague, 1955). Quelques études importantes : C. Thurot, *Notices et extraits pour servir à l'histoire des doctrines grammaticales du Moyen Âge*, Paris, 1868 ; M. Heidegger, *Die Kategorien und Bedeutungslehre des Duns Scotus*, Tübingen, 1916, trad. fr., 1970 (il s'agit en fait de Thomas d'Erfurt) ; H. Ross, *Die Modi significandi des Martinus de Dacia*, Münster-Copenhague, 1952 ; J. Pinborg, *Die Entwicklung der Sprachtheorie im Mittelalter*, Münster-Copenhague, 1967 ; G.I. Bursill-Hall, « Speculative Grammar of the Middle Ages », in *Approach to Semiotics*, dirigé par T.A. Sebeok, La Haye, 1971 ; I. Rosier, *La Grammaire spéculative des modistes*, Lille, 1983. Renseignements dans J.-C. Chevalier, *Histoire de la syntaxe*, Genève, 1968, 1re partie, chap. 1, et dans R.H. Robins, K. Koerner et H.J. Niederehe (eds.), *Studies in Mediaeval Linguistic Thought*, Amsterdam, 1980.

LES DOMAINES

COMPOSANTS DE LA DESCRIPTION LINGUISTIQUE

Quelles sont les principales tâches à remplir lorsqu'on veut décrire une langue, prise à un moment déterminé de son histoire ? La tradition occidentale répartit le travail sous trois grandes rubriques et distingue, en allant de ce qui est le plus extérieur à ce qui touche de plus près la signification :

1. Les moyens *matériels* d'expression (prononciation, écriture).

2. **La grammaire,** qui se décompose en deux chapitres :

2_a. **La morphologie** traite des mots, pris indépendamment de leurs rapports dans la phrase. D'une part, on les distribue en différentes classes, nommées « parties du discours » (nom, verbe, etc.). D'autre part, on indique les variations qu'un même mot peut subir, en donnant les règles pour la conjugaison, pour la déclinaison (les « cas »), pour la modification selon le genre (féminin, masculin…) et le nombre (singulier, pluriel…).

2_b. **La syntaxe** traite de la combinaison des mots dans la phrase. Il y est question à la fois de l'ordre des mots et des phénomènes de rection (c'est-à-dire de la façon dont certains mots imposent des variations à certains autres – phénomène particulièrement visible dans les langues indo-européennes. Le verbe y prend généralement le nombre de son sujet ; de plus, dans les langues romanes, l'adjectif prend le nombre et le genre du nom qu'il modifie, et, en latin ou en allemand, le verbe et les prépositions déterminent le cas des mots qui dépendent d'eux). Enfin la syntaxe, depuis le XVIIIe siècle surtout, traite des principales fonctions que les mots peuvent remplir dans la phrase [449 s.].

3. **Le dictionnaire,** ou lexique, indique le ou les sens que possèdent les mots. À ce titre, il apparaît comme la partie sémantique par excellence de la description (le dictionnaire donne aussi, mais c'est seulement pour des raisons de com-

modité, des renseignements sur les variations morphologiques particulières à chaque mot).

Le développement de la linguistique au XXe siècle a conduit à faire à cette répartition diverses critiques (parfois incompatibles entre elles) :

a) Elle est fondée sur la notion de *mot*. Or le mot n'est pas toujours considéré comme l'unité significative fondamentale [430 s.]. Le privilège donné aux mots dans le schéma traditionnel est particulièrement inadmissible du point de vue de la *glossématique* [42 s.]. Pour deux raisons. D'abord, parce que les unités intrinsèques de la langue sont soit des unités de contenu **(plérèmes)**, soit des unités d'expression **(cénèmes)**, chaque plérème étant défini par ses relations avec les autres plérèmes, chaque cénème, par ses relations avec les autres cénèmes. Les mots au contraire ne se définissent que par l'union d'éléments appartenant à des plans distincts. Cette association d'un signifiant et d'un signifié ne produit donc que des unités extrinsèques, qui relèvent non pas de la langue même, mais de ses conditions d'utilisation. Rien n'assure par exemple que les signifiés des mots constituent des unités élémentaires du contenu, ni même des unités complexes : peut-être qu'une description authentique du contenu linguistique ne rencontrerait, *à aucun moment*, les signifiés lexicaux. Une deuxième raison est que le mot doit se définir de façon « substantielle » : il est constitué d'un concept et d'une suite phonétique. Or la description linguistique est d'abord « formelle », et ne caractérise les unités que par leurs combinaisons possibles dans la langue. En application de ces principes, la description devra être divisée selon deux lignes de clivage. On commencera par distinguer deux composants principaux, indépendants l'un de l'autre, et consacrés respectivement au contenu et à l'expression. Puis chacun sera subdivisé en deux parties : une étude des relations formelles existant entre les unités, et une étude, subordonnée à la précédente, des réalisations substantielles de ces unités. En annexe seulement on pourra ajouter la description, purement utilitaire, des rapports entre les deux plans, c'est-à-dire de ce qui fait traditionnellement l'objet du dictionnaire et de la morphologie.

■ Voir surtout L. Hjelmslev, « La stratification du langage », *Word*, 1954, p. 163-188.

C'est encore l'importance donnée traditionnellement au concept de mot qui a amené à réduire la description sémantique à la constitution d'un dictionnaire attribuant un sens à chaque unité significative considérée l'une après l'autre. Or un des enseignements les moins contestés de Saussure est que l'étude la plus fructueuse est celle des rapports entre éléments. Rapports paradigmatiques : la sémantique actuelle prend moins pour objet les mots ou morphèmes que les catégories de mots ou de morphèmes relatifs à un même domaine (champs sémantiques). Rapports syntagmatiques aussi : un problème qui apparaît aujourd'hui essentiel, est de déterminer comment les significations des éléments de la phrase se combinent pour constituer son sens total, ce qui ne se produit certainement pas par simple addition. Cf. « Combinatoire sémantique ».

■ Sur la conception moderne de la morphologie, voir le n° 78 de *Langages*, juin 1985. – Sur l'étude théorique du mot (ou **lexicologie**) : le recueil de A. Rey, *La Lexicologie. Lectures*, Paris, 1970, et, dans le domaine français, J. Picoche, *Précis de lexicologie française*, Paris, 1977. – Sur la technique de construction de dictionnaires (ou **lexicographie**) : J. et C. Dubois, *Introduction à la lexicographie*, Paris, 1971.

b) La tripartition classique met sur le même plan les *contraintes* que la langue impose au locuteur et les *options* qu'elle lui propose. Ainsi les rections – qui constituent de pures servitudes (on est obligé, en français, d'accorder le verbe avec le sujet) – coexistent dans la syntaxe avec l'inventaire des fonctions – qui représente au contraire un éventail de possibilités. Cette coexistence était peu choquante à une époque où l'objet premier de la langue semblait être de « représenter » la pensée [18]. Port-Royal par exemple, et plus tard G. de Humboldt, accordent une place éminente aux phénomènes de rection, car ils considèrent cette action d'un mot sur un autre comme l'image sensible de la liaison des concepts dans l'esprit. Mais si la fonction première du langage est « la communication », il est difficile de donner la même place à un mécanisme comme la rection, qui, étant obligatoire, ne peut être utilisé pour donner une information à l'auditeur, et à un système d'options, qui permet au contraire au locuteur de faire connaître ses intentions.

Ainsi le fonctionalisme de *A. Martinet* n'accorde guère d'importance à la répartition classique, dans la mesure où il met l'accent sur la notion de *choix*, qui commande notamment la théorie de la **double articulation**. Décrire une langue, c'est décrire l'ensemble des choix que peut faire celui qui la parle, et que peut reconnaître celui qui la comprend. Ces choix sont de deux types :

1. Ceux de la première articulation ont valeur significative, c'est-à-dire qu'ils concernent des unités pourvues de sens : cf., dans l'énoncé « Jean a commencé après toi », le choix de « toi » plutôt que « moi », « lui », « la guerre », etc. Dire que ces choix constituent une articulation, c'est faire une double hypothèse. D'une part qu'il existe des choix minimaux (choix d'unités significatives élémentaires, les *monèmes* [434 s.], par exemple « toi »), et d'autre part que les choix plus larges (comme celui de « après toi ») se laissent comprendre à partir du choix des monèmes (on fait donc l'hypothèse, très forte, que la différence de sens entre « a commencé après toi » et « a commencé après la guerre » tient à celle existant entre « toi » et « la guerre » : il resterait à expliquer que l'on ait les deux paraphrases « après que tu as eu commencé », « après que la guerre a eu fini »).

2. Les choix de la deuxième articulation sont ceux d'unités seulement distinctives, les *phonèmes* [388], dont l'unique fonction est de permettre la distinction des monèmes : ainsi le choix du « t » de « toi » ne relève pas directement d'une volonté de signification, mais indirectement seulement, dans la mesure où il est rendu nécessaire par le choix du monème « toi », qu'il distingue par exemple de « moi ». (Quand Martinet parle du *choix* des phonèmes, c'est donc en se plaçant du point de vue de l'auditeur : celui-ci, ne déchiffrant les intentions du locuteur qu'à travers la successive apparition des phonèmes, a l'impression que le locuteur les choisit. En fait, du point de vue du locuteur, les phonèmes sont imposés par le choix préalable des monèmes.) Ici encore, Martinet fait l'hypothèse qu'il y a articulation, c'est-à-dire qu'on a des choix minimaux (ayant pour objets les phonèmes) et que leur succession rend compte du choix des segments supérieurs, par exemple des syllabes.

La description linguistique aura donc deux composants essentiels. La *phonologie*, qui étudie la deuxième articulation, fait la liste des phonèmes, détermine leurs traits pertinents

[390], les classe selon ces traits et indique les règles qui commandent leur combinaison. Et, d'autre part, la **syntaxe**, consacrée à la première articulation, qui fait la liste des monèmes, indique pour chacun les fonctions qu'il peut remplir dans l'énoncé, et les classe en catégories de monèmes à fonctions identiques. À ces deux composants, qui décrivent des possibilités de choix, s'ajoutent deux études pratiquement indispensables, mais théoriquement marginales, qui indiquent les conditions imposées par la langue pour la manifestation de ces choix. Une étude *phonétique* détermine les traits non pertinents dont sont accompagnés les traits pertinents des phonèmes [390], et une étude **morphologique** indique comment les monèmes se réalisent phonologiquement selon les contextes où ils apparaissent. On retrouvera là, à la fois, une partie de la morphologie traditionnelle (donner la conjugaison du verbe *aller*, c'est dire que le même monème « aller » se réalise comme *i* lorsqu'il est accompagné du monème « futur », comme *all*, lorsqu'il est accompagné du monème « imparfait », etc.), et aussi la portion de la syntaxe traditionnelle consacrée aux phénomènes de rection : dire qu'en français l'article s'accorde en nombre avec le nom, et de même le verbe avec son sujet, c'est dire que l'unique monème « pluriel » présent dans *les chevaux boivent*, se réalise par une succession de trois marques discontinues (le *es* de *les*, le *aux* de *chevaux*, le *vent* de *boivent*).

■ Cf. A. Martinet, *La Linguistique synchronique*, Paris, 1965, chap. 1. La notion de *sphoṭa*, de Bhartṛhari [110], donne au mot, distinct de ses réalisations, tant phonologiques que phonétiques, un statut semblable à celui du monème de Martinet – dont on doit bien comprendre qu'il n'est pas « articulé » en phonèmes, mais manifesté par des phonèmes.

c) La séparation entre latitudes et servitudes linguistiques, qui amène Martinet à s'opposer à la tradition grammaticale, se manifeste aussi, mais de façon différente, dans certains concepts, et dans l'évolution interne, de l'école *générative* (bien que celle-ci préfère fonder ses positions sur des arguments dits « empiriques »).

1. Le concept, maintenu à travers toute l'histoire de la théorie, de **composant phonologique**. Pour Chomsky la **grammaire** d'une langue, c'est la totalité de sa description. Elle

comporte trois composants principaux. La **syntaxe** (qui est la partie générative de la grammaire, la « grammaire générative » au sens propre) est chargée d'engendrer, selon des mécanismes purement formels [464 s.], toutes les suites de morphèmes considérées comme grammaticales, et elles seules. Dans les suites engendrées par la syntaxe, les morphèmes sont alignés les uns à côté des autres (l'article contracté *au* serait représenté comme *à*, *« article défini »*). De plus, certains phénomènes d'accord ne sont pas pris en considération (*les chevaux boivent* serait représenté comme une suite *« article défini » « pluriel »*, *cheval « pluriel »*, *boire « présent » « pluriel »*, organisée selon une structure déterminée). Enfin la représentation des morphèmes, au niveau syntaxique, est purement conventionnelle et ne constitue en rien une représentation phonétique. Une fois engendrées par la syntaxe, ces suites doivent être traitées, compte tenu de leur structure, par deux autres composants, qui n'ont plus pouvoir génératif, mais seulement interprétatif : le **composant sémantique** traduit les suites en un métalangage sémantique, de façon à donner une représentation du sens des phrases, et le composant phonologique les traduit en un métalangage phonétique, rendant compte ainsi de leur prononciation. Le composant phonologique de Chomsky regroupe ainsi tout un ensemble de servitudes d'expression dont Martinet répartit l'étude entre la phonétique, la phonologie et la morphologie. Pour cette raison, on l'appelle parfois **morpho-phonologique**. Par ailleurs il ne représente aucun choix du locuteur – à part certaines variantes « stylistiques » considérées comme marginales (le choix entre *je peux* et *je puis*, ou entre les prononciations *il est ici* et *il est* t*ici*). Si l'on considère la grammaire d'une langue comme une simulation partielle de la production des énoncés (interprétation refusée par Chomsky, mais qui réapparaît constamment dans les travaux des générativistes), on peut donc dire que ce composant simule un processus quasi automatique par lequel le locuteur convertit en une suite de sons un ensemble de choix opérés à un niveau antérieur.

NB_1 : Troubetzkoy appelait morpho-phonologie, ou **morphonologie**, une partie de la description linguistique chargée d'étudier comment les sons, plus exactement les phonèmes [388], sont utilisés pour l'expression des notions ou catégories grammaticales. Elle étudierait par exemple le phénomène de l'alternance, c'est-à-dire les modifications que cette expression peut entraîner, notamment dans les langues indo-européennes, à l'*intérieur même* du radical [27] : pour faire du nom allemand *Tag* (« jour »), l'adjectif *täglich* (« quotidien »), on change en *ä*, prononcé comme le français *è*, le *a* du radical de *Tag*.

NB$_2$: Pour Chomsky, le refus d'une structure purement phonologique du langage (au sens traditionnel de *phonologie*) se justifie par des arguments d'économie : pour construire la représentation phonétique d'une phrase à partir de sa représentation comme suite structurée de morphèmes, ce serait une inutile complication de passer par l'intermédiaire d'une représentation phonologique retenant les traits pertinents et eux seuls. Du fait notamment des phénomènes de jointure [409] (modifications phoniques qui se produisent à l'intérieur d'un mot aux frontières de deux morphèmes, cf. le sandhi [109] de la grammaire hindoue), il serait possible de formuler des lois plus simples et plus générales lorsqu'on déduit directement la suite de sons constituant physiquement le mot à partir de son organisation en morphèmes, que lorsqu'on construit d'abord la suite de phonèmes qui le manifestent et ensuite seulement, à partir des phonèmes, les sons physiques.

■ Le rapprochement phonologie-morphologie est proposé par exemple par E. Sapir, *Le Langage*, trad. fr., Paris, 1967, chap. 4. – Sur la conception chomskiste de la phonologie : N. Chomsky, *Current Issues in Linguistic Theory*, La Haye, 1964, chap. 4, et M. Halle, « Phonology in generative grammar », *Word*, 1962, trad. fr. dans *Langages*, 8 décembre 1967. – Sa forme moderne est présentée dans le recueil de F. Dell, D. Hirst et J.-R. Vergnaud, *Forme sonore du langage*, Paris, 1984. – A. Martinet critique l'idée de morphonologie dans « La morphonologie », *La Linguistique*, 1, 1965, p. 15-30.

2. Le souci de séparer servitudes et latitudes commande peut-être aussi certaines réorganisations qu'a connues le composant syntaxique au cours de l'évolution de la théorie générative. Dans la première version, celle de *Structures syntaxiques*, ce composant est divisé en deux constituants opérant l'un à la suite de l'autre dans la génération des phrases, et fonctionnant chacun avec un type particulier de règles. Le premier, la base, met en œuvre des « règles de réécriture » [465], le second applique des « transformations » [468] aux structures engendrées par le premier. Parmi ces transformations, certaines, « obliga-

toires », n'ont pas d'effet sémantique, d'autres, « optionnelles », comme la négation ou l'interrogation, en ont un évident. Mais ces deux types de transformations ne constituent pas deux sous-composants distincts : leurs interventions sont entremêlées. Cette situation disparaît dans une seconde version, dite **standard**, de la théorie, développée particulièrement dans *Aspects de la théorie syntaxique* (1965). Plus de transformations facultatives : négation, interrogation et, d'une façon générale, toutes les structures syntaxiques à fonction sémantique sont engendrées par les règles de réécriture de la base. Les structures que celle-ci engendre sont alors considérées comme les « structures profondes » des énoncés, et ce sont elles que le composant sémantique aura directement à interpréter. Quant au sous-composant transformationnel, il agira sur elles pour produire, en déplaçant des morphèmes par exemple, et sans que cela détermine aucun effet sémantique, des « structures superficielles », que le composant phonologique convertira ensuite en séquences sonores. D'où le schéma général bien connu :

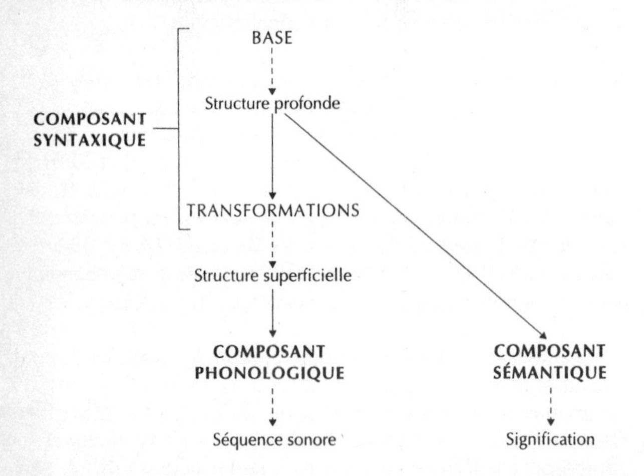

(En majuscules grasses : les composants. En majuscules normales : les sous-composants du composant syntaxique. En minuscules, les différentes représentations de l'énoncé produites par la grammaire. Les flèches pleines indiquent l'entrée dans un constituant de la grammaire, les flèches pointillées, la sortie.)

Ce schéma de la description linguistique montre clairement la séparation entre ce qui est choisi et se manifeste dans le sens, et ce qui n'est pas choisi, ou choisi seulement au titre de variation stylistique, et influe seulement sur la forme sonore. La même séparation sera maintenue, mais sous une forme modifiée, dans une troisième version de la théorie, dite **standard étendue**, mise au point à partir de 1970. À l'origine de ces modifications, il y a le fait que certains phénomènes, qui ne peuvent être traités qu'au moyen de transformations, possèdent pourtant un impact sémantique certain : c'est le cas notamment pour certains changements dans l'ordre des mots, par exemple pour l'effet différent qu'a la négation dans *Pas un de mes amis n'est venu* et *Un de mes amis n'est pas venu*. Les faits de ce type, extrêmement nombreux, ont amené à une réorganisation de la grammaire, permettant un nouveau regroupement des phénomènes correspondant à des choix à valeur sémantique, et à leur séparation de ce qui est soit une servitude, soit un choix sémantiquement neutre. Pour cela on introduit un niveau supplémentaire de représentation, la « S-Structure », issu des transformations. Le schéma est le suivant :

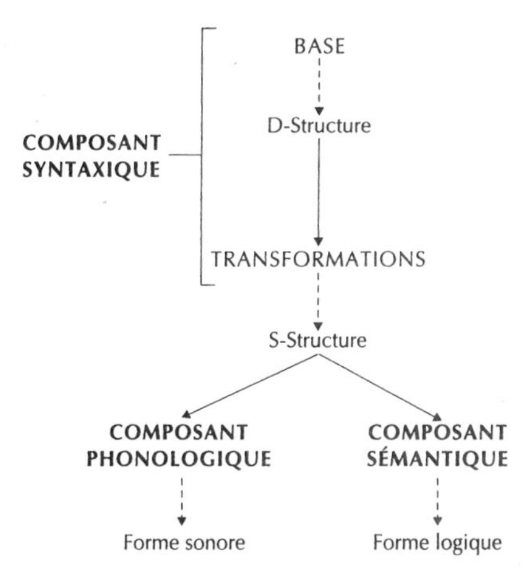

C'est la **S-Structure** qui est interprétée par le composant sémantique (dit encore logique) de façon à obtenir la signification (« forme logique »). Mais la S-Structure sert d'autre part d'entrée à un composant phonologique élargi (dans lequel sont effectués, outre l'habillage sonore proprement dit, des variations stylistiques et des effacements dépourvus d'effet sémantique, celui par exemple du pronom de première personne sujet virtuel de l'infinitif *venir* dans *Je promets de venir*). C'est ce composant qui produit la forme sonore, quelquefois appelée aussi, maintenant, « Structure de surface ». La lettre *S* de S-Structure rappelle que ce niveau a, formellement, un point commun avec l'ancienne « Surface Structure » – il est issu de transformations –, mais, pour des raisons fonctionnelles, il ne peut pas être déclaré « superficiel », puisqu'il a un effet sémantique. De même, dans l'expression **D-Structure**, qui désigne le niveau de représentation produit par la base, le *D* rappelle l'analogie formelle de ce niveau avec l'ancienne « Deep Structure » (structure profonde) : l'un et l'autre sont produits par les règles de réécriture de la base. Mais, fonctionnellement, il ne peut plus être caractérisé comme « profond » puisqu'il n'est plus le seul à nourrir le composant sémantique. On voit que l'organisation de la grammaire cherche à la fois à s'appuyer sur une détermination formelle de ses mécanismes, et à refléter les types de fonctionnement, soit obligatoire (ou, s'ils sont facultatifs, comme les variations stylistiques, peu pertinent), soit sémantiquement motivé, des processus langagiers représentés (seule différence, de ce point de vue, avec la théorie standard : ce qui est sémantiquement motivé est maintenant pris en charge par l'ensemble des deux sous-composants de la syntaxe, alors qu'autrefois il relevait uniquement du premier). – NB : La quatrième version de la théorie générative (dite « Théorie du gouvernement et du liage » [472 s.], et développée à partir de 1980), maintient le schéma précédent, et modifie surtout – mais de façon radicale – la structure interne des composants.

d) La séparation de la syntaxe et de la sémantique est institutionalisée dans la linguistique occidentale (chacune fait l'objet d'enseignements et de manuels distincts). Mais elle suscite de nombreux débats.

D'une façon générale, on notera qu'elle rapproche les langues naturelles des **langages formels** construits par les logiciens. Lorsqu'un logicien construit un langage, il distingue en effet soigneusement deux façons d'évaluer les propositions de ce langage. D'une part (c'est le point de vue syntaxique), on peut se demander si elles se déduisent des axiomes et des règles définissant le langage. D'autre part (c'est le point de vue sémantique), on peut les mettre en correspondance, une à une, avec les objets d'une théorie, dite modèle, définissable sans référence au langage. Les propositions sont alors évaluées d'après les propriétés des objets qui leur correspondent dans le modèle. La « théorie des modèles » est consacrée à étudier les rapports entre ces deux évaluations, interne et externe, mais ces recherches supposent toujours que le langage et ses modèles puissent être caractérisés indépendamment. Transposer cette méthode en linguistique, cela impliquerait que le domaine sémantique dont parlent les phrases de la langue puisse être défini sans référence à ces phrases, ou encore, que l'on soit capable d'appréhender et de représenter le sens transmis par une phrase sans faire intervenir dans cette représentation la structure syntaxique de la phrase. Les chomskistes y parviennent en caractérisant le sens en termes de concepts empruntés à la logique (d'où l'expression « forme logique » utilisée pour désigner la signification). On peut imaginer aussi de se servir de concepts psychologiques. Mais, dans les deux cas, la séparation de la syntaxe et de la sémantique s'accompagne d'une conception non linguistique de la signification – ce qu'un saussurien, par exemple, refuserait.

Même d'ailleurs si on l'accepte, et tout en restant dans le cadre le plus général du chomskisme, certains « dissidents » ont été amenés à identifier le composant sémantique et une partie du composant syntaxique. Leur réflexion prenait pour point de départ la « théorie standard », selon laquelle la « structure profonde », issue de la base, comportait toutes les informations utiles pour le travail du composant sémantique, et elles seules. Comme ce dernier est de plus conçu comme « purement interprétatif », on voit mal pourquoi distinguer la forme logique et la structure profonde, ou encore, la base et le composant sémantique. On arrive alors à l'idée, soutenue par exemple par J.R. Ross et G. Lakoff aux alentours de 1970, d'une **sémantique générative**. Un composant génératif engendrerait, selon un processus analogue à celui de la syntaxe profonde dans le chomskisme orthodoxe, toutes les structures sémantiques possibles. C'est à elles que s'appliqueraient les transformations et les lois morpho-phonologiques, sorte de machinerie qui leur donnerait un revêtement phonique. Dans cette perspective on peut facilement concevoir que le premier composant soit universel (il représente l'ensemble des significations constructibles par un homme), et que les langues se distinguent seulement par le second. Même si elle a été rapidement abandonnée, la sémantique générative illustre un enchaînement d'idées auquel un linguiste ne peut échapper, dans quelque théorie qu'il se situe. Si la description d'une langue cherche à représenter la façon dont un locuteur construit ses énoncés, si d'autre part le premier choix fait par le locuteur est celui d'un sens à communiquer, on voit mal comment le premier constituant de la grammaire ne serait pas d'ordre sémantique.

■ U. Weinreich a été un précurseur de la sémantique générative, en même temps qu'il proposait de rapprocher les transformations du composant phonologique : « Explorations in semantic theory », in T.A. Sebeok (ed.), *Current Trends in Linguistics*, 3, La Haye, 1966. – Une forme extrême est présentée par J.D. McCawley, « The role of semantics in a grammar », in E. Bach et R. Harms (eds.), *Universals in Linguistic Theory*, Londres, New York, 1968. – Un exposé d'ensemble de la doctrine : M. Galmiche, *La Sémantique générative*, Paris, 1975. – L'orthodoxie chomskiste est défendue par J.J. Katz, « Interpretative semantics, *vs* generative semantics », *Foundations of Language*, mai 1970, p. 220-259. – La sémantique générative a reçu le coup de grâce, à l'intérieur de l'école générativiste, quand la « théorie standard étendue » a redonné un effet sémantique aux transformations. Pour une vue d'ensemble de ces problèmes, cf. le n° 40, 1984, de *Communications*, « Grammaire générative et sémantique ».

Le fait que la sémantique comprenne l'étude du lexique donne une raison encore de restreindre son opposition avec la syntaxe. Plus, en effet, l'étude des mots devient minutieuse, plus on s'aperçoit que chaque mot pose des contraintes à son entourage. C'est ainsi que M. Gross [63] a mis en évidence, en étudiant les verbes français, que presque chacun a des particularités de construction qui lui sont propres. On peut alors se demander quelle place reste pour une syntaxe qui établirait les schémas d'organisation régissant les phrases d'une langue. En tout cas ces schémas devraient être d'une très grande généralité : rapidement, lorsqu'on descend dans le détail, l'organisation semble être commandée par le lexique. En insistant sur l'importance de ce dernier, Gross lui-même n'entend pas promouvoir une sémantique définie comme étude du sens. Mais si l'on admet en outre que les catégories utilisées pour établir les propriétés distributionnelles du lexique (verbes d'état, de processus…, noms désignant des objets animés, inanimés, humains, comptables, massifs, abstraits, concrets…) doivent être définies en termes de signification, ce qui est réduit, c'est non seulement la place de la syntaxe par rapport à l'étude du lexique, mais la place même accordée à une description linguistique indépendante des considérations de sens. Un exemple. On observe qu'on peut dire *Je suis resté tard*, *Le magasin ne ferme que tard*, *Il est tard et pourtant Jean est encore là*, alors que ces énoncés deviennent pour le moins « bizarres » si l'on y remplace *tard* par *tôt*. Il semble bien s'agir là d'une régularité, et non d'un phénomène accidentel, dans la construction des phrases françaises. Mais, pour en rendre compte, il faut 1° passer par une analyse lexicale des mots *tard* et *tôt*, 2° conduire une telle analyse en termes de signification, en cherchant ce qui, dans le sens de ces mots, permet ou interdit de les insérer dans les contextes formés par *rester*, *ne … que*, *pourtant*, *encore…* Si en effet on ne se contente pas de faire une liste de ces contextes, on doit leur chercher des points communs, compatibles avec le sens de *tard* et pas avec celui de *tôt*. L'étude des régularités syntaxiques se transforme ainsi, via le lexique, en étude sémantique.

e) De nombreux débats concernent actuellement la nécessité d'introduire dans la description linguistique un composant **pragmatique**. Discussion obscurcie par la multitude de sens donnés à ce terme. En simplifiant, on peut distinguer deux acceptions fondamentales. La pragmatique$_1$ (cf. « Situation de discours », p. 764 s.) étudie tout ce qui, dans le sens d'un énoncé, tient à la situation dans laquelle l'énoncé est employé, et non à la seule structure linguistique de la phrase utilisée. À peu près tous les chercheurs, depuis 1960, insistent sur l'immense étendue de ce domaine, en montrant combien le sens est sous-déterminé par le matériel linguistique mis en œuvre. Connaître la situation est nécessaire par exemple pour établir le référent désigné par un pronom (qui est désigné par *nous* dans *Nous partirons* ?), l'acte de langage accompli (en disant *Je viendrai*, le locuteur donne-t-il une information, fait il une promesse, agite-t-il une menace ?), les domaines de quantification (en disant *Seul Pierre viendra*, quel est l'ensemble de personnes dont on dit qu'elles ne viendront pas ?), les conclusions visées (quelle conclusion éventuelle permet d'opposer les deux propositions conjointes par *mais* dans *Je verrai Pierre mais Jean sera là* ?), etc.

On pourrait penser que cette pragmatique$_1$ est, par définition, étrangère à la linguistique, puisqu'elle concerne ce qui s'ajoute du dehors aux phrases de la langue. Mais il se trouve que le recours à la situation pour l'interprétation est souvent prévu et régi par le matériel linguistique lui-même. Ainsi le pronom *nous* semble bien contenir, dans sa signification intrinsèque, des instructions pour la recherche du référent : il doit s'agir de personnes appartenant à un groupe dont le locuteur déclare faire partie. De même la conjonction *mais* demande à l'interlocuteur, pour comprendre l'énoncé, d'imaginer une troisième proposition qui, étant donnée la façon de penser attribuée au locuteur au moment où il parle, apparaîtrait justifiée par ce qui précède *mais*, et ne peut plus être maintenue vu ce qui le suit (dans l'exemple donné plus haut, ce pourrait être, par exemple, l'éventualité d'avoir avec Pierre une conversation – que la présence de Jean rendra impossible). De telles analyses montrent la nécessité d'intégrer à la description linguistique des indications pragmatiques$_1$, qui déterminent, étant donné une phrase, le type d'enquête à effectuer à l'intérieur de la situation de discours, lorsqu'on a à interpréter une quelconque de ses occurrences.

Reste à savoir si ces indications doivent être engendrées par un composant pragmatique surajouté à un composant sémantique indépendant, ou si elles ne constituent pas la description sémantique elle-même. Lorsque, par exemple, on attribue aux phrases une « forme logique », comme font les générativistes, on opte pour la première solution : on admet qu'il y a un niveau fondamental de signification qui, en lui-même, ne fait pas référence à la situation, mais peut seulement être enrichi par des apports tirés de celle-ci. Ce choix permet une grande simplification du composant sémantique, qui produit des représentations très proches de celles formalisées dans les systèmes logiques, et on charge le composant pragmatique de rendre compte, à titre d'*effets de sens*, de tout ce qui s'en écarte (voir

B. de Cornulier). On choisit au contraire la deuxième option si on considère la signification des phrases comme la simple indication d'une stratégie pour exploiter la situation de discours. Cette idée implique notamment, étant donné l'infinité des situations possibles, que la signification d'une phrase comporte une typologie de ces situations, permettant de les faire entrer dans un nombre fini de catégories : c'est par rapport à ces catégories générales qu'on peut définir l'enquête à mener pour interpréter telle ou telle occurrence particulière de la phrase.

La pragmatique$_2$ (cf. « Langage et action », p. 776 s.), concerne non pas l'effet de la situation sur la parole, mais celui de la parole sur la situation. La plupart de nos énoncés, en même temps qu'ils donnent des renseignements sur le monde, instaurent, ou prétendent instaurer, entre les participants au discours, un type particulier de rapports, différents selon l'acte de langage accompli [782] (selon, par exemple, qu'il s'agit d'une interrogation ou d'un ordre), selon aussi le niveau de discours choisi (selon que la parole est déférente ou familière). D'autre part ils imposent une certaine image du locuteur au moment où il parle (dans une affirmation, le locuteur peut se présenter comme *à distance* de ce qu'il dit, ce qui est incompatible avec l'exclamation [732], où il semble totalement engagé dans sa propre parole). Et ils imposent également au destinataire une image de lui-même, en lui attribuant, au moment où on s'adresse à lui, telle ou telle attitude : une négation *Pierre n'est pas là* représente le destinataire comme croyant ou pouvant s'attendre à la présence de Pierre, un énoncé comportant des contenus présupposés [543 s.] (au sens où *Pierre a cessé de fumer* présuppose que Pierre fumait) fait comme si le destinataire en était déjà au courant (comme s'il savait déjà que Pierre fumait autrefois), un enchaînement argumentatif [562] *(Il fait chaud, tu devrais donc sortir)*, fait comme si le destinataire admettait un principe général conseillant de sortir quand il fait chaud. La pragmatique$_2$ concerne cette transformation, *par le discours lui-même*, de l'environnement où il est produit (même si cette transformation n'est que *prétendue*, elle a toujours un effet bien réel sur le discours ultérieur).

Comme pour la pragmatique$_1$, on discute pour savoir *a)* si ces faits doivent être introduits dans la description d'une langue, *b)* quels sont leurs rapports avec la sémantique. Sur le premier point, et d'après les exemples qui viennent d'être donnés, il est difficile de nier que l'action, ou l'action prétendue, de la parole soit, partiellement au moins, déterminée par les mots et la structure de la phrase énoncée. De plus il est clair que ses modes diffèrent de langue à langue : les actes de langage ne sont pas partout les mêmes, et la façon dont ils sont indiqués varie aussi largement. Il en va de même pour la façon dont le locuteur établit la distance qui le sépare du destinataire : la distinction du *tu* et du *vous* n'existe pas en anglais et en arabe, elle n'est pas exactement équivalente à celle du *du* et du *Sie* allemands, et des langues comme le japonais ou le coréen disposent de moyens beaucoup plus subtils pour situer les interlocuteurs les uns par rapport aux autres (on n'utilise pas le même mot pour parler du livre qu'on a écrit et de celui qu'ont écrit l'interlocuteur ou un tiers de position sociale supérieure [766]). La deuxième question est plus débattue. Certains, par exemple les générativistes, croient pouvoir déterminer un niveau sémantique indépendant de toute pragmatique$_2$, et qui fournirait seulement des représentations de la réalité, susceptibles d'être vraies ou fausses : c'est ce qu'exprime l'expression « forme logique ». Mais on peut se demander si la représentation des choses ne passe pas par l'établissement de relations intersubjectives dans le discours, si la langue ne donne pas une sorte d'appréhension énonciative du monde. On serait alors amené à parler d'un composant sémantico-pragmatique, ou encore d'une pragmatique intégrée à la sémantique.

NB$_1$: Si l'on admet que l'influence exercée par l'énoncé est avant tout une influence *prétendue*, la construction imaginaire d'une sorte d'environnement idéal, et si l'on admet d'autre part que la situation déterminant le sens est en grande partie celle projetée par l'énoncé lui-même, on est amené à établir d'étroites relations entre les deux pragmatiques : elles concernent l'une et l'autre la construction du monde par la parole.

NB$_2$: Dans cet aperçu des problèmes pragmatiques, il n'a été question que des rapports d'un énoncé avec la situation dans laquelle il apparaît, et non de ses rapports avec le texte dont il fait partie : la « linguistique textuelle », quelquefois considérée comme une partie de la pragmatique, sera présentée dans le chapitre « Texte » [599 s.]. De même, les processus d'apprentissage de la langue et de production de la parole, dont l'étude est parfois englobée dans la pragmatique, sont traités dans « Psycholinguistique » [149 s.] et « Sociolinguistique » [143 s.].

■ Sur les problèmes particuliers traités par la pragmatique, voir notamment les sections « Référence », « Énonciation », « Situation de discours », « Langage et action ». – Sur les aspects philosophiques et logiques de la pragmatique : F. Latraverse, *La Pragmatique : histoire et critique*, Bruxelles, 1987. Sur ses aspects linguistiques : O. Ducrot, *Dire et ne pas dire*, Paris, 1972 (le chap. 4 développe l'idée que la signification, hors situation, est faite d'instructions pour l'interprétation en situation) ; B.N. Grunig, « Pièges et illusions de la pragmatique linguistique », *Modèles linguistiques*, 1979, p. 7-38 ; C. Kerbrat Orechioni, *L'Énonciation de la subjectivité dans le langage*, Paris, 1980 ; A. Berrendonner, *Éléments de pragmatique linguistique*, Paris, 1982 ; S.C. Levinson, *Pragmatics*, Cambridge, 1983 ; B. de Cornulier, *Effets de sens*, Paris, 1985 ; P. Sgall, E. Hajicova et J. Panevova, *The Meaning of the Sentence in its Semantic and Pragmatic Aspects*, Dordrecht, 1986 ; S. Golopentia, *Les Voies de la pragmatique*, Saratoga, 1988. – Une théorie générale des rapports entre phrase et situation est présentée dans D. Sperber et D. Wilson, *La Pertinence : communication et cognition*, Paris, 1989, voir p. 773 s. – On trouvera une bibliographie complète dans J. Nuyts et J. Verschueren, *A Comprehensive Bibliography of Pragmatics*, Amsterdam, Philadelphie, 1987. – Signalons enfin que le *Journal of Pragmatics*, fondé en 1977 (Amsterdam), traite sans exclusive de tous les problèmes liés au langage et qualifiés, en quelque sens que ce soit, de pragmatiques.

GÉOLINGUISTIQUE

Parler de *la* langue française, de *la* langue allemande, etc., c'est opérer une abstraction et une généralisation considérables (souvent inconscientes).

Car il y a, en réalité, autant de parlers différents qu'il y a de collectivités utilisant une langue, et même, si on est rigoureux, qu'il y a d'individus à l'utiliser (sans exclure la possibilité qu'il y ait, linguistiquement, plusieurs individus dans chaque homme). On peut appeler **géolinguistique** la caractérisation des parlers en rapport avec leur localisation, à la fois sociale et spatiale (la frontière est souvent indécise avec la « linguistique variationniste », qui étudie les variations d'un même parler selon la situation sociale de ses locuteurs, cf. p. 143 s.).

Définir les termes utilisés dans une telle étude est rendu difficile par le fait que la plupart, tout en appartenant au langage des linguistes, à prétention scientifique, servent aussi, dans le langage quotidien, à qualifier et à évaluer les façons de parler. Leur emploi a alors souvent un enjeu idéologique ou politique qui fait oublier ce qu'ils désignent.

Langue nationale ou **officielle.** C'est une langue reconnue par un état comme langue de communication interne (avec la possibilité qu'il y en ait plusieurs, comme en Belgique ou en Suisse). Établie de façon généralement assez tardive, et due à la suprématie d'un parler local, elle est imposée par l'organisation administrative et par la vie culturelle (c'est elle qui est enseignée, et souvent elle est seule à avoir donné lieu à une littérature : certains parlers régionaux sont même difficiles à écrire, faute de conventions orthographiques). Il n'est pas rare que la langue soit utilisée par le pouvoir comme instrument politique (la lutte contre les « patois » locaux fait partie d'une politique centralisatrice, et le nationalisme, sous toutes ses formes, s'accompagne souvent de tentatives pour « épurer » la langue des contaminations étrangères : cf. les efforts des nazis pour extraire de l'allemand les mots empruntés [23], et, d'une façon moins autoritaire mais aussi passionnée, les tentatives actuelles, en France et au Québec, pour se défendre contre l'invasion des mots anglais).

Dialecte ou (avec une nuance quelquefois péjorative) **patois.** On entend par là un parler régional (l'alsacien, le picard, les formes d'arabe parlées en Afrique du Nord...) à l'intérieur d'une nation où domine officiellement (c'est-à-dire, au regard de l'administration, de l'école, etc.) un autre parler. D'où le caractère très politique de la notion. Revendiquer pour un dialecte un usage officiel, c'est en même temps vouloir lui retirer son statut de dialecte.

NB : *a)* Chaque dialecte est lui-même constitué par une multitude de parlers locaux, assez différents, souvent, pour que les usagers de l'un aient des difficultés à comprendre ceux d'un autre. Cette large variabilité tient, notamment, à ce que la coexistence avec la langue nationale, toujours utilisable en cas de besoin, rend la standardisation moins nécessaire.

b) Quand on qualifie un parler de dialecte, on le *perçoit* en même temps comme apparenté à une « langue officielle » : c'est un dialecte *de* telle ou telle langue. Ainsi pour l'alsacien, visiblement apparenté à l'allemand, ou le picard, au français. En revanche le breton, le berbère (qui n'a qu'un rapport très indirect avec l'arabe) et, encore plus, le basque (que l'on ne peut introduire avec certitude dans aucune famille linguistique) sont plus souvent appelés des langues (mais l'opposition *langue-dialecte* n'a ici aucune signification objective et marque une simple différence de point de vue, voire d'évaluation).

c) La parenté existant entre les patois et une « langue officielle » ne signifie en rien que les premiers soient dérivés de la seconde, qu'il y ait d'elle à eux une filiation. Le plus souvent, la langue officielle est simplement un parler régional qui a été étendu autoritairement à l'ensemble d'une nation (ainsi l'allemand moderne est un parler germanique particulier qui a été imposé à toute l'Allemagne – extension facilitée notamment par le fait que Luther l'a utilisé pour traduire la Bible).

d) On comprend alors l'intérêt des patois pour étudier l'origine des « langues officielles », cette origine étant commune souvent aux uns et aux autres. Les néo-grammairiens [30] ont notamment insisté sur l'utilité de l'étude dialectale, nécessaire pour reconstituer *dans le détail* l'évolution linguistique (alors que les comparatistes [26] mettaient en correspondance des états de langue souvent très distants dans le temps). Cette étude, nommée **dialectologie**, a amené à établir des **atlas linguistiques**, dont l'initiateur, en France, a été J. Gilliéron ; pour établir l'atlas d'une région, on définit d'abord un questionnaire, comportant d'habitude trois types principaux de questions : « Comment telle *notion* s'exprime-t-elle ? », « Comment tel *mot* se prononce-t-il ? », « Comment telle *phrase* se traduit-elle ? ». Puis on envoie des enquêteurs dans un certain nombre de localités de la région (le choix des localités soulève des problèmes difficiles), et ceux-ci s'efforcent, en interrogeant et en observant, de répondre à toutes les questions pour chacune des localités choisies. – On notera que cette étude dialectale, recommandée par les néo-grammairiens, a amené Gilliéron à mettre en doute certaines de leurs thèses, notamment la croyance au caractère aveugle des lois phonétiques [25].

■ Exemples d'études dialectologiques françaises : J. Gilliéron et M. Roques, *Études de géographie linguistique*, Paris, 1912 ; J. Pohl, *Les Variations régionales du français : études belges*, Bruxelles, 1979. – Sur les rapports avec l'histoire des langues : *Historical Dialectology : Regional and Social* (actes de la Conférence internationale de dialectologie historique de 1986), Berlin, New York, Amsterdam, 1988. – Sur la dialectologie en général : E. Sapir, *La Notion de dialecte*, article de 1931, traduit dans *La Linguistique*, Paris, 1968, p. 65-72 ; S. Popp, *La Dialectologie*, Louvain, 1950 ; U. Weinreich, « Is a structural dialectology possible ? », *Word*, 10, 1954, p. 388-400 ; dans la mouvance chomskiste : Y. Roberge et M.T. Vianet, *La Variation dialectale en grammaire universelle*, Sherbrooke, 1986. – Dans le cadre de la linguistique de Gustave Guillaume : Gabriel Guillaume, *Langages et langue : de la dialectologie à la systématique*. Angers, 1987.

Jargon. On entend par là les modifications qu'un groupe socio-professionnel apporte à la langue nationale (surtout au lexique et à la prononciation). À la différence du dialecte, il est donc vu comme un écart *volontaire* à partir du parler d'une collectivité plus large. Dans cet écart, il n'est pas toujours possible de distinguer ce qui tient à la nature particulière des choses dites, à une volonté de ne pas être compris, au désir du groupe de marquer son originalité. Il y a un jargon des linguistes, des notaires, des alpinistes, des dandys, etc. L'**argot** peut être considéré comme un cas particulier de jargon : c'est un jargon qui se présente lui-même comme signe d'une situation sociale – non seulement particulière – mais marginale (en termes hjelmsleviens, le recours à l'argot dans une situation où il n'est pas de mise, entraîne une connotation [47] « asociale »). – NB : Du sens donné ici au mot « argot » on passe insensiblement à l'emploi souvent fait du terme pour désigner le parler d'une classe ayant un statut social inférieur (sans que ceux qui le parlent aient le sentiment de le choisir pour un effet particulier).

■ Sur l'argot en général : P. Guiraud, *L'Argot*, Paris, 1966. – Sur l'ancien argot français : C. Nisard, *De quelques parisianismes et autres locutions non encore ou plus ou moins imparfaitement expliquées des* XVIIe, XVIIIe, XIXe *siècles*, Paris, 1876, reproduit en fac-similé, Paris, 1980 ; L. Sainéan, *Les Sources de l'argot ancien*, Paris, 1915, reproduit en fac-similé, Genève, 1973. – Sur l'argot, au dernier sens signalé plus haut : W. Labov, *Language in the Inner City : Studies in the Black English*, Philadelphie, 1972, trad. *Le Parler ordinaire : la langue dans les ghettos noirs des États-Unis*, Paris, 1978.

Idiolecte. Ce terme désigne la façon de parler propre à un individu, considérée en ce qu'elle a d'irréductible à l'influence des groupes auxquels il appartient. Certains linguistes nient que l'étude des idiolectes relève des méthodes habituelles de la linguistique ; ils nient même qu'un idiolecte soit un langage. Si on considère en effet un langage comme un instrument de communication, comme un code, il est absurde de parler de langage individuel. En termes phonologiques, on dira que les particularités de chaque idiolecte sont des variantes libres [51] – dépourvues, par définition, de toute pertinence : elles ont, au plus, la fonction, très marginale pour ces linguistes, de permettre à chaque individu de marquer son originalité par rapport aux autres. En revanche, lorsqu'on voit dans la langue une tentative d'imitation de la pensée [18], on ne peut exclure que la création idiolectale relève de la même attitude humaine qui est à l'origine de toute langue (cf. les incorrections « voulues », que certains écrivains croient rendues nécessaires par la fidélité à l'objet). Par ailleurs la notion de variation inhérente [143], mise au point par certains sociolinguistes, permet de donner une forme plus précise à l'idée d'idiolecte.

■ Les linguistes ont peu étudié la notion d'idiolecte (voir cependant C.F. Hockett, *A Course in Modern Linguistics*, New York, 1958, chap. 38). Plus de renseignements chez les romanciers (Proust) et les critiques littéraires.

Mélanges de langues. L'existence de relations régulières entre deux communautés parlant des langues différentes, amène souvent la création d'une **langue mixte**, permettant une communication directe, sans recours à la traduction. Lorsque la langue résultante ne devient pas elle-même langue maternelle d'une collectivité mais reste limitée à la communication avec des étrangers, on l'appelle souvent **sabir** (non sans nuance péjorative). Ce terme s'emploie d'autant plus que la langue 1° sert seulement pour des relations épisodiques, à objet limité (comme la *lingua franca* utilisée, jusqu'au XIXe siècle, par les marins et les commerçants sur le pourtour du bassin méditerranéen), 2° n'a pas de structure grammaticale bien définie et permet surtout des juxtapositions de mots.

Du cas précédent il faut distinguer les langues **créoles**, qui, pour les personnes qui les parlent, sont la (ou une) langue maternelle. (Le mot **pidgin** peut désigner à la fois les créoles et certains sabirs bien développés et stabilisés.) Les créoles existant actuellement sont tous issus du contact entre une population colonisatrice (anglaise, espagnole, française, portugaise) et les esclaves amenés dans la colonie (cf. les créoles des Antilles ou des îles françaises de l'océan Indien). Dans la plupart des cas, le vocabulaire est massivement dérivé de celui des colonisateurs, et il y a un vif débat pour mesurer l'importance de la langue originelle des esclaves en ce qui concerne les structures grammaticale et sémantique. Plusieurs raisons expliquent le grand développement actuel des recherches sur les langues créoles. D'une part un enjeu politique : l'indépendantisme peut trouver un argument dans l'importance du fonds linguistique venu de la langue des esclaves (d'une façon générale, l'idée, très vague, qu'une langue « vient » d'une autre est souvent liée à des attitudes politiques). D'autre part, les traces, dans le créole actuel, de la langue des colonisateurs peuvent servir à reconstituer le parler de ceux-ci à l'époque de la colonisation, par exemple le français populaire du XVIIIe siècle, très mal connu par ailleurs. Enfin l'étude des créoles peut fournir des hypothèses sur les processus ayant amené la formation de diverses langues modernes, issues elles aussi du contact entre une population dominante et une population dominée : c'est bien une sorte de créolisation du latin qui a produit les premières formes de l'espagnol, du français, etc.

NB : Même lorsqu'il n'y a pas constitution d'une langue mixte, on a observé que la proximité géographique de plusieurs communautés linguistiques amène souvent dans leurs parlers respectifs certains traits communs, dits **affinités**, qui permettent de grouper ces parlers en **associations** linguistiques. Ces traits peuvent avoir un caractère structural, c'est-à-dire consister en une modification d'ensemble des langues considérées (il peut s'agir ainsi de modifications du système phonologique, et pas seulement de la matérialité phonétique de la langue [293 s.]). Ils sont d'autre part observables même lorsque les langues parlées par les collectivités ne sont apparentées que de façon lointaine.

■ C'est à partir de la fin du XIXe siècle que les linguistes se sont intéressés aux créoles : cf. H. Schuchardt, *Kreolische Studien*, Vienne, 1890. – Sur les problèmes généraux posés par ces langues : L. Hjelmslev, « Les relations de parenté des langues créoles », *Revue des études indo-européennes*, 1938, p. 271-286 ; A. Valdman, *Le créole : structure, statut et origine*, Paris, 1978 ; J. Holm, *Pidgins and Creoles*, Cambridge (Mass.), 1989 ; R. Chaudenson, « Les langues créoles », *La Recherche*, n° 248, 1992. – Sur les associations linguistiques, voir les appendices III et IV, dus respectivement à N.S. Troubetzkoy et à R. Jakobson, de la traduction française des *Principes de phonologie* de N.S. Troubetzkoy, Paris, 1957.

Multilinguisme. Un individu est dit multilingue (bi-, trilingue...) s'il possède plusieurs langues, apprises l'une comme l'autre en tant que langues maternelles (en ce sens, un polyglotte n'est pas nécessairement multilingue, mais la différence n'est pas toujours nette en fait entre l'apprentissage « naturel » et l'apprentissage « scolaire » d'une langue par un enfant). On s'est souvent interrogé sur l'influence du multilinguisme sur la psychologie intellectuelle ou affective de l'individu (certains parlent d'un handicap dû au multilinguisme, d'autres, au contraire, d'un avantage pour le développement intellectuel). Le problème théorique le plus intéressant pour le linguiste est de savoir si, et dans quelle mesure, la situation de plurilinguisme influence la connaissance de chacune des langues concernées. Elle est intéressante, surtout, parce que cette influence, quand elle existe, n'est pas toujours apparente (le bilingue peut « parler parfaitement » les deux langues), mais peut se jouer à un niveau relativement abstrait : système phonologique (par opposition aux réalisations phonétiques [391]), règles grammaticales appliquées (sans influence visible sur les phrases produites), catégories de pensée (s'il est vrai que chaque langue implique une catégorisation particulière de la signification).

■ On trouvera des renseignements sur le multilinguisme dans l'ouvrage, classique, de U. Weinreich, *Languages in Contact*, New York, 1953. Voir aussi le *Colloque sur le multilinguisme (Brazzaville, 1962)*, Londres, 1964, le n° 61 (mars 1981) de *Langages*, « Bilinguisme et diglossie », et l'ouvrage de J. F Hamers et M.H.A. Blanc, *Bilingualité et bilinguisme*, Bruxelles, 1983 (une version révisée a été traduite en anglais, *Bilinguality and Bilinguism*, Cambridge, Mass., 1989). Un grand nombre d'études de cas, publiées notamment en Angleterre et aux États-Unis, sont citées dans la bibliographie de ce livre.

SOCIOLINGUISTIQUE

La sociolinguistique comme discipline est apparue dans les années soixante aux États-Unis sous l'impulsion de William Labov, John Gumperz et Dell Hymes. Cette discipline, qui a bénéficié des apports de certains courants de la sociologie (l'**interactionnisme** d'Erving Goffman et l'**ethnométhodologie** [159]), se propose d'étudier la langue dans son contexte social, à partir du langage concret plutôt qu'à partir des seules données de l'introspection. Elle s'est développée dans trois directions principales, la *sociolinguistique variationniste*, l'*ethnographie de la communication* et la *sociolinguistique interactionnelle*.

La **sociolinguistique variationniste**, dont William Labov est le fondateur, se définit comme une linguistique qui prend en compte l'hétérogénéité de la langue. Elle s'oppose à l'approche chomskiste, qui se donne comme objectif de décrire la compétence d'un locuteur-auditeur idéal dans une communauté homogène en s'appuyant sur les jugements de grammaticalité. Étant donné qu'elle s'intéresse à la languc telle qu'elle est parlée dans une communauté linguistique, la sociolinguistique ne peut postuler une homogénéité des structures grammaticales. Elle s'intéresse à tout ce qui varie dans la langue et étudie la structuration sociale de cette variation.

La sociolinguistique variationniste a décrit toutes les formes de variations constatées qui ne sont pas d'ordre strictement individuel. Elle a montré qu'il existe une **variation sociale**, qui s'exprime par la stratification sociale d'une variable linguistique et une **variation stylistique**, qui apparaît lors des changements de registres de discours (du formel au familier) par un même locuteur. Elle a aussi fait apparaître qu'il existe une **variation inhérente** chez un même locuteur dans un style donné. Cette variation inhérente est irréductible à la variation sociale et stylistique et se déduit de l'hétérogénéité interne au système.

L'unité d'analyse de la sociolinguistique est la **variable socio-linguistique** qui est un élément linguistique qui co-varie avec des variables extralinguistiques, telles que la classe sociale, le sexe, l'âge, le registre de discours. Pour identifier une variable, on étudie l'ensemble des variantes qui constitue autant de façons possibles de dire « la même chose ». On fait alors apparaître les contraintes extralinguistiques qui régissent le comportement de chaque variante et on procède à l'étude quantitative de la distribution sociale et stylistique des variantes linguistiques. On procède aussi à l'étude des facteurs linguistiques qui influencent le choix de ces variantes. L'analyse sociolinguistique ne se réduit donc pas à l'étude des facteurs extralinguistiques et considère la langue comme un système *intrinsèquement* variable. La variation linguistique n'est pas étudiée pour elle-même mais pour la contribution qu'elle peut apporter à l'étude des structures de la langue et du changement linguistique.

Pour décrire la structuration sociale de l'hétérogénéité linguistique et intégrer à la grammaire les faits de variation, Labov a proposé le format des **règles variables**. À la différence des règles catégoriques de la grammaire générative, les règles variables sont des règles quantifiées qui permettent d'indiquer les contextes structuraux, linguistiques et extralinguistiques, qui favorisent ou défavorisent l'apparition d'une variante. La variation linguistique s'intègre ainsi au formalisme des règles grammaticales. Le format des règles variables proposé par Labov et développé par David Sankoff a permis de postuler une grammaire unique pour l'ensemble d'une communauté sociale tout en y inscrivant les processus de différenciation sociale et stylistique qui parcourent cette dernière. La notion de règle variable a fait l'objet de nombreux débats et controverses. Sa remise en cause, en particulier dans les travaux de Pierre Encrevé, a entraîné la recherche de modèles linguistiques qui puissent rendre compte de la relation entre la structure et la variation sans pour autant supposer une approche probabiliste des règles de la grammaire.

L'analyse sociolinguistique s'appuie sur des données attestées recueillies de façon systématique. L'approche variationniste recourt à l'enquête sociologiquement contrôlée, depuis le choix du terrain, la construction de l'échantillon jusqu'à l'étude quantitative et qualitative des données. L'enquête par entretiens est le plus souvent complétée par une étude ethnographique de la communauté linguistique. La sociologie de la situation d'enquête, en particulier l'analyse des conditions de l'observation, a permis de surmonter ce que Labov appelait le paradoxe de l'observateur : comment est-il possible qu'un enquêteur recueille des données naturelles, alors même que la condition d'un tel recueil serait que les échanges linguistiques se déroulent sans qu'il soit présent ? Ce problème s'est posé tout particulièrement quand la sociolinguistique a voulu étudier le **vernaculaire**, la langue parlée par un groupe de pairs dans leurs interactions quotidiennes (par exemple le vernaculaire noir américain parlé à Harlem). Ce dernier tend en effet à se désagréger dès qu'il est soumis à observation. Pour résoudre ce problème, il a fallu modifier les techniques d'enquête et privilégier le recueil d'interactions ordinaires.

L'approche variationniste a aussi renouvelé les études sur le changement linguistique en développant des méthodes d'enquêtes et des outils d'analyse permettant de traiter les motivations sociales des changements linguistiques en cours. Grâce à l'observation directe des changements linguistiques, les signes du changement linguistique ont pu être recherchés avant même qu'ils n'apparaissent à la conscience des locuteurs. On peut distinguer trois étapes du changement linguistique qui correspondent à trois étapes de la variation linguistique : les **indicateurs** qui sont totalement inconscients et qui constituent des signes avant-coureurs d'un processus de changement, les **marqueurs** qui sont conscients et les **stéréotypes** qui sont des stigmates sociaux. Les études sociolinguistiques du changement linguistique ont permis d'isoler les groupes sociaux responsables de la diffusion de l'innovation linguistique et de décrire la direction du changement linguistique.

■ W. Labov, *Sociolinguistique*, Paris, 1976 ; *Le Parler ordinaire*, 2 vol., Paris, 1979 ; W. Labov (ed.), *Locating Language in Time and Space*, New York, 1980 ; P. Thibault, *Le français parlé : études sociolinguistiques*, Edmonton, 1979 ; D. Sankoff (ed.), *Linguistic Variation : Models and Methods*, New York, 1978 ; P. Encrevé, *La Liaison avec et sans enchaînement*, Paris, 1988 ; L. Milroy, *Language and Social Networks*, Oxford, 1980 ; *Langue française*, n° 34, « Linguistique et sociolinguistique », 1977 ; *Actes de la recherche en sciences sociales*, n° 46, « L'usage de la parole », 1983.

L'ethnographie de la communication est un domaine de recherches issu de la tradition anthropologique dont le point de départ est l'étude comparative des événements de parole propres à chaque société et à chaque culture. Son objet d'étude est ce que Hymes a appelé la **compétence communicative**, soit l'ensemble des règles sociales qui permet d'utiliser de façon appropriée la compétence grammaticale. L'ethnographie de la communication a montré la diversité des performances verbales et des fonctions sociales de la parole ainsi que les normes sociales et culturelles qui les régissent. Elle s'est attachée à décrire le **répertoire linguistique** des membres d'une communauté ainsi que les caractéristiques des situations de communication où ce dernier peut se déployer.

■ R. Bauman et J. Sherzer (eds.), *Explorations in the Ethnography of Speaking*, Cambridge University Press, 1974 ; D. Hymes, *Foundations in Sociolinguistics*, Philadelphie, University of Pennsylvania Press, 1974 ; *Vers la compétence de communication*, Paris, 1982 ; C. Bachmann, J. Lindenfeld et J. Simonin, *Langage et communications sociales*, Paris, 1981 ; S. Heath, *Ways with Words : Language, Life and Work in Communities and Classrooms*, Cambridge University Press, 1983 ; E. Goody (ed.), *Questions and Politeness : Strategies in Social Interaction*, Cambridge University Press, 1978.

La sociolinguistique interactionnelle (ou interprétative) qui se situe dans le prolongement de l'ethnographie de la communication, s'est préoccupée d'intégrer les dimensions pragmatique et interactionnelle dans l'analyse des faits de variation sociale. Dans un échange conversationnel, la variation linguistique ne constitue pas seulement un indice de comportement social. Elle est aussi une ressource communicative à la disposition des participants et elle contribue à l'interprétation de ce qui se produit dans l'échange conversationnel. Les travaux de John Gumperz ont mis en évidence les fonctions communicatives de la variabilité linguistique. Ils ont montré que les variables socio-linguistiques ne se présentent pas de façon isolée dans le discours et que l'apparition d'une variable est contrainte par la sélection antérieure d'autres variables. Ces regroupements de variables sociolinguistiques sont liés à la poursuite de fins communicatives particulières et fonctionnent en particulier comme des signes indexicaux qui guident et orientent l'interprétation des énoncés.

La sociolinguistique interactionnelle s'attache à décrire la signification pragmatique des variables en analysant la manière dont elles contribuent à l'interprétation des énoncés dans l'échange conversationnel. Les études réalisées ont porté en particulier sur les **indices de contextualisation** qui sont des formes linguistiques diverses appartenant au répertoire linguistique des locuteurs. Les indices de contextualisation interviennent dans le signalement des présupposés contextuels et contribuent à indiquer la manière dont les énoncés doivent être interprétés. L'inférence conversationnelle correspond à ce processus d'interprétation située par lequel un locuteur détermine l'intention véhiculée par l'énoncé de son interlocuteur et indique, par la réplique qu'il fait, l'interprétation qu'il a donnée.

La sociolinguistique interactionnelle étudie les processus par lesquels les énoncés se voient ancrés dans des contextes, contextes, qui, à leur tour, rendent possible l'interprétation de ces énoncés. Elle se veut une théorie de la contextualisation des énoncés en décrivant comment les contextes sociaux sont constitués interactionnellement par les participants au moyen d'activités sociales verbales et non verbales qui sont à leur tour rendues interprétables par ces mêmes contextes. Cette perspective considère que le contexte social n'est pas donné, mais qu'il est rendu disponible en tant que résultat des actions conjointes des interactants.

Les processus de contextualisation qui sont au centre des recherches sociolinguistiques sont les processus de contextualisation prosodiques (rythme, tempo, intonation, etc.) en particulier en tant qu'ils portent sur les aspects contextuels du tour de parole et de la pertinence thématique, les processus de contextualisation non verbaux (en particulier gestuels), les processus de contextualisation verbaux (lexicaux, segmentaux et séquentiels) en particulier dans leur relation à des genres discursifs. L'analyse détaillée d'interactions dans des contextes institutionnels et bureaucratiques a permis de montrer que de tels processus jouent un rôle important dans les malentendus communicatifs et que les différences interculturelles correspondent souvent à des divergences dans l'utilisation des indices de contextualisation.

■ Sur la sociologie interactionnelle voir : J. Gumperz. et D. Hymes (eds.), *Directions in Sociolinguistics*, New York, 1972 ; J. Gumperz, *Discourse Strategies*, Cambridge University Press, 1982 ; *Language and Social Identity*, Cambridge University Press, 1982 ; P. Auer et A. Di Luzio, *The Contextualisation of Language*, Amsterdam, 1992 ; C. Goodwin, *Conversational Organisation*, New York, 1981 ; I. Joseph *et al.*, *Le Parler frais d'Erving Goffman*, Paris, 1989 ; A. Duranti et C. Goodwin (eds.), *Rethinking Context*, Cambridge University Press, 1991.

PSYCHOLINGUISTIQUE

L'étude des processus psychologiques par lesquels les sujets humains élaborent et mettent en œuvre le système de leur langue constitue un domaine de recherche relativement récent. L'acte de naissance de la **psycholinguistique** – ainsi dénommée en 1954 par Osgood et Sebeok – est un séminaire de l'Université Cornell réunissant au début des années cinquante des psychologues et des linguistes désireux de définir un champ de recherche commun. La discipline issue de cette rencontre a depuis lors connu un essor considérable, s'est diversifiée, réorganisée, spécialisée et a développé des techniques d'investigation originales, devenant ainsi l'une des sciences cognitives les plus vivantes et les plus riches. Les opérations impliquées dans la compréhension ou la production des messages verbaux, constitutives de l'activité langagière, ne sont en général pas directement accessibles à la simple observation ni à l'introspection. Pour les analyser, la psycholinguistique dispose de deux principales voies d'approche : l'étude expérimentale du **traitement du langage chez l'adulte** [495], qui permet de distinguer et manipuler des variables et d'en déduire certaines lois d'organisation des conduites langagières ; et l'approche développementale centrée sur l'**acquisition du langage chez l'enfant** [507], qui permet de découvrir certains ordres d'acquisition et d'en déduire des niveaux de complexité. À ces deux principales approches s'ajoute en outre celle de la neurolinguistique qui, s'attachant aux **aspects pathologiques du langage** [520], fournit des éléments tant sur son organisation cérébrale que sur son fonctionnement.

Les tendances générales de la psycholinguistique : du behaviorisme aux perspectives actuelles

Pour que la psycholinguistique se constitue en discipline scientifique, il fallait non seulement que la linguistique se débarrasse de considérations d'ordre psychologique, mais aussi que la psychologie élabore des concepts descriptifs et explicatifs du comportement compatibles avec une activité aussi complexe que l'activité langagière. Le **behaviorisme** fondé en 1924 par Watson, en constituant la psychologie expérimentale comme l'étude du comportement observable, avait créé certaines des conditions nécessaires à cette élaboration (attachée notamment au nom de Skinner), mais en avait aussi singulièrement borné le développement. Le langage est en effet dans cette perspective réduit à n'être qu'un ensemble de réponses verbales associées à des situations types, selon le schéma stimulus-réponse caractéristique du réflexe conditionné. Or, si le schéma du conditionnement peut expliquer la formation de certaines habitudes verbales, il ne peut rendre compte de la spécificité de l'activité langagière dont le propre est d'être productive, structurante et structurée. Bien que les théories médiationnistes aient tenté de dépasser le modèle S-R en introduisant la notion de « variables intermédiaires », c'est surtout sous l'égide de la **théorie de l'information**, issue des travaux de Shannon, que va se développer la discipline nouvelle définie par Osgood et Sebeok. Le langage va être considéré comme un comportement de communication, et la psycholinguistique comme l'étude des processus de codage et de décodage des messages verbaux. L'une des préoccupations principales des travaux de cette époque est ainsi d'évaluer les effets de la structure probabiliste du code linguistique sur les performances des sujets dans différentes tâches d'identification, de rappel, d'anticipation, etc.

Les insuffisances de cette approche apparaîtront toutefois assez vite. Comme le souligne Chomsky – dont les *Syntactic Structures* paraissent en 1957 –, il est patent que les processus de codage et de décodage doivent fonctionner sur des messages sans cesse nouveaux, et que les modèles d'« automates finis » ne sont pas compatibles avec le caractère productif des conduites langagières. Et ainsi la deuxième époque de la psycholinguistique est dominée par le modèle chomskiste de la grammaire générative [77 s.] qui va constituer tout au long des années soixante la base quasi exclusive des travaux psychologiques, attachés à mettre en évidence la réalité psychologique des transformations et le rôle de la structure profonde dans le traitement du langage. Le bilan de ces travaux est assez négatif, puisque la réalité psychologique des transformations n'a pu être établie, pas plus que l'existence d'une structure profonde syntaxique, mais du moins les psychologues y ont-ils trouvé l'idée qu'on pouvait chercher à construire des modèles du fonctionnement de l'esprit humain sans retomber dans les illusions du mentalisme ou de l'introspection.

À partir des années soixante-dix, la psycholinguistique parfois dite « de troisième génération » va réagir contre la domination du modèle générativiste et se donner comme objectif de construire un (ou des) modèle(s) psycholinguistique(s) du locuteur, en centrant davantage sa recherche sur l'analyse des processus proprement psychologiques sous-jacents à l'utilisation du savoir linguistique. La psycholinguistique se trouve ainsi plus étroitement intégrée à l'étude des processus cognitifs, et analyse le traitement du langage en liaison avec d'autres systèmes cognitifs tels que perception, mémoire, raisonnement. Après avoir accordé un privilège quasi exclusif à l'examen du traitement syntaxique, la psycholinguistique, d'une part s'est engagée dans l'étude des niveaux élémentaires du traitement – par exemple des mécanismes présidant à la perception de la parole et à l'identification des mots –, et a d'autre part intégré de plus en plus à son champ d'investigation les aspects sémantiques et pragmatiques du langage et cherché à rendre compte non seulement du traitement des phrases mais aussi d'unités plus larges telles que les organisations discursives. À travers la diversité des objets, ainsi qu'à travers aussi la diversité des modèles dont témoigne par exemple le débat toujours ouvert entre les tenants de la **modularité** et ceux de **modèles interactifs** comme le connexionnisme [350 s.], l'approche en termes de **traitement de l'information** s'est progressivement imposée. La psycholinguistique aujourd'hui s'attache à déterminer la nature et le mode de fonctionnement des opérations mobilisées dans le traitement des différents composants du langage, phonologique, lexical, syntaxique, sémantique ou pragmatique. Correspond-il à ces différents niveaux de l'analyse des unités de traitement distinctes, « processeurs » autonomes ou non, hiérarchisés ou non ? Ces unités de traitement fonctionnent-elles de façon séquentielle (en série), ou bien de manière interactive (en parallèle), chaque composant communiquant au fur et à mesure ses résultats à tous les autres, directement ou par l'intermédiaire d'un processeur central ? Dans quelle mesure les processus de traitement du langage sont-ils automatiques ou au contraire contrôlés ? Sont-ils des formes particulières des processus cognitifs généraux, ou bien engagent-ils des mécanismes spécifiques relevant de dispositifs spécialisés ? Telles sont les questions principales qui, parmi d'autres, se posent actuellement à la recherche psycholinguistique (cf. section « Traitement du langage », p. 495 s.).

Pour y répondre, de nombreuses techniques d'expérimentation ont été développées, essentiellement dans l'étude des processus de compréhension. L'étude de la perception de la parole utilise des méthodes qui visent à déterminer les conditions d'identification du stimulus verbal et jouent sur des manipulations contrôlées des caractères physiques du stimulus, telles que masquage, filtrage de fréquence, etc. Dans l'étude des niveaux supérieurs du traitement, les méthodes les plus classiques, dites parfois « **off-line** », explorent le produit du traitement résidant en mémoire à court terme ou plus souvent à long terme : on utilise des tâches de rappel ou de reconnaissance, de complètement de phrases ou de textes, de paraphrase, de jugement métalinguistique portant sur l'acceptabilité syntaxique, sémantique ou contextuelle d'un énoncé, etc. À côté de ces méthodes, les techniques d'**analyse en temps réel** (« **on-line** ») se sont récemment beaucoup développées. S'appuyant sur des mesures chronométriques très précises, elles donnent accès aux procédures de traitement au moment même où elles s'effectuent et fournissent des indications sur la complexité relative de ce traitement : tâches de « décision lexicale » (on mesure le temps que le sujet met à déterminer si un stimulus est un mot ou non), « shadowing » (répétition immédiate d'un message), « détection d'erreurs » (mesure du temps nécessaire au repérage d'une erreur syntaxique), etc. À cela peuvent s'ajouter enfin des mesures physiologiques telles que les fixations oculaires ou les mesures électroencéphalographiques comme les potentiels évoqués.

■ Une introduction très complète à la psycholinguistique de l'adulte : J. Caron, *Précis de psycholinguistique*, Paris, 2e éd., 1992 ; voir aussi à J.-P. Bronckart, *Théories du langage*, Bruxelles, 1979, et J.-A. Rondal et J.-P. Thibaut (eds.), *Problèmes de psycholinguistique*, Bruxelles, 1987. – Sur le behaviorisme, les textes représentatifs sont : J.B. Watson, *Behaviorism*, New York, 1924, et B.F. Skinner, *Verbal Behavior*, New York, 1957. – Sur la première étape de la psycholinguistique : C.E. Osgood et T.A. Sebeok (eds.), *Psycholinguistics : A Survey of Theory and Research Problems*, Bloomington, 1954, et un état de la question dans F. Bresson, « Langage et communication », in P. Fraisse et J. Piaget (eds.), *Traité de psychologie expérimentale*, Paris, 1965. – Sur la psycholinguistique chomskiste : J. Mehler et G. Noizet (eds.), *Textes pour une psycholinguistique*, La Haye, 1974. Sur les recherches actuelles, voir les bibliographies des pages 496, 504, 506.

L'approche développementale en psycholinguistique

La psycholinguistique développementale, axée sur le problème de l'**acquisition du langage** [507], examine l'élaboration progressive de celui-ci chez l'enfant en analysant comment les activités et capacités langagières se transforment avec l'âge et comment elles s'intègrent à l'économie d'ensemble du développement. En effet, si l'être humain peut avant tout apprentissage identifier les objets dans l'espace et reconnaître ses congénères, en revanche il ne vient pas au monde avec un système linguistique opérationnel et doit progressivement acquérir celui de son environnement au cours de la petite enfance et de l'enfance. Partant de cette constatation simple, la recherche en psycholinguistique développementale s'est assigné un double propos : d'une part, déterminer la succession et l'articulation des étapes par lesquelles passe le sujet humain pour constituer son système linguistique et identifier ainsi certains ordres d'acquisitions, et d'autre part dégager les processus et les facteurs qui sous-tendent et expliquent ce développement. Dans cette entreprise, elle trouve des appuis, non seulement dans la linguistique théorique qui l'aide à définir les différents composants de la compétence langagière, mais aussi dans la neurophysiologie qui détermine les bases biologiques du langage et les étapes de la maturation neurale, et dans l'intelligence artificielle qui, par les simulations qu'elle réalise, peut fournir certains modèles partiels d'apprentissage.

Deux types de méthodes sont principalement utilisées dans les recherches sur le développement du langage. Depuis longtemps, le recueil de productions en situation naturelle constitue une source de données irremplaçables, riches et dégagées de tout artefact expérimental. Ces études sont coûteuses et difficiles à gérer, mais elles ont dans les dernières années gagné en précision et en systématicité avec l'essor des techniques audio-visuelles et informatiques et avec la création de réseaux internationaux qui assurent la standardisation des codages et permettent l'échange des données. Deuxième source d'information, l'expérimentation permet de tester l'effet de variables strictement déterminées. L'éventail très varié des tâches de compréhension et de production utilisées dans les recherches sur l'adulte est aussi mis à contribution en psycholinguistique développementale, adapté aux possibilités de l'enfant (mimes, choix d'images associés à des phrases, récits de films, etc.). Les expériences de traitement en temps réel commencent aussi maintenant à apparaître, bien que, pour des raisons évidentes, elles soient encore à l'heure actuelle beaucoup moins utilisées que dans les recherches sur l'adulte.

Divers débats ont animé au cours des dernières décennies l'étude de l'acquisition du langage, parmi lesquels on peut retenir trois problèmes fondamentaux : la question de l'inné et de l'acquis, celle de la spécificité ou de la non-spécificité du langage, et enfin celle de l'universalité ou de la variabilité des processus d'acquisition. **La question de l'inné et l'acquis** est sans doute le problème le plus ancien, renouvelé surtout par les apports de la biologie. Il y aurait peu de sens à se demander de façon aussi dichotomique si la capacité langagière est innée ou acquise. Il n'est guère contestable que l'homme naisse avec des dispositions à comprendre et parler une langue naturelle, ni que l'environnement linguistique et social soit nécessaire pour que s'actualise cette disposition. Le problème est donc de déterminer la part respective des contraintes génétiques et de l'expérience dans l'acquisition, et les modalités de l'interaction entre l'organisme et son milieu. À la question de l'innéité du langage se trouve historiquement liée **la question de sa spécificité**, problème qui recouvre en réalité deux acceptions distinctes. On peut en effet se demander si l'acquisition du langage est un phénomène spécifique à l'espèce humaine, ou si on peut faire apprendre celui-ci à d'autres espèces animales. Mais on peut aussi se demander – et c'est cette deuxième acception qui fait surtout l'objet des débats actuels entre les partisans de la modularité et ceux de l'interaction [347 s.] – si le développement linguistique repose sur des capacités particulières qui lui sont spécifiques, ou bien s'il est dépendant du développement d'autres capacités ou de capacités cognitives générales. Enfin, aux problèmes de l'innéité et de la spécificité s'en est ajouté un troisième, **la question de l'universalité**. Définir des étapes et des processus universels dans l'acquisition du langage est sans doute l'objectif fondamental de la psycholinguistique développementale. Mais cette recherche des invariants s'est trouvée renouvelée par l'intérêt progressivement accru dans la dernière décennie pour l'étude de la variabilité, inter-langues et interindividus. Quel est le poids, dans le processus d'acquisition, des structures particulières de la langue qu'apprend l'enfant ? Et de quelle nature sont les variations inter-individuelles dans le cours du développement du langage ?

La manière dont ces problèmes fondamentaux sont abordés, modulés et traités détermine différentes approches théoriques, où se retrouvent les grandes tendances de la psycholinguistique. Les premières approches systématiques de l'acquisition du langage étaient behavioristes, reposant sur l'idée que l'enfant apprend essentiellement le langage par imitation et renforcement, perspective dans laquelle le facteur principal de l'acquisition est l'apprentissage et la compétence linguistique considérée comme un comportement parmi d'autres, sans spécificité particulière. En réaction contre ce type d'explication et dans le sillage du modèle générativiste de Chomsky se sont développées des approches résolument linguistiques et innéistes de l'acquisition. Le langage est assimilé à la syntaxe, considérée comme un ensemble fini de règles que l'enfant va déduire ou découvrir, indépendamment de tout usage de la langue. Les années soixante sont ainsi marquées par une explosion de recherches visant à caractériser les grammaires du langage enfantin. Ces approches linguistiques sont généralement **innéistes**, expliquant l'acquisition du système linguistique, jugé trop complexe pour être appris, par l'existence de mécanismes innés : l'enfant serait génétiquement équipé d'un

« dispositif d'acquisition du langage » qui lui donnerait accès aux catégories grammaticales et aux structures syntaxiques de base. L'innéisme reste une caractéristique fondamentale des actuels courants de recherche sur l'acquisition de la syntaxe, dits « néo-nativistes », tels que les théories de la « learnability » ou du « parameter setting ». L'acquisition du langage s'effectuerait à partir d'un ensemble de principes universels et de paramètres qui spécifient les variations de ces principes à travers les langues, principes et paramètres faisant tous deux partie de l'équipement génétique de l'enfant.

Cependant, les années soixante-dix et quatre-vingt ont surtout vu se développer des recherches qui accordent leur place à d'autres aspects que la syntaxe et réintroduisent la dimension fonctionnelle dans l'acquisition du langage. Elles s'intéressent en particulier aux aspects sémantiques du langage de l'enfant, et aux contextes – linguistique, cognitif, social – dans lequel celui-ci émerge et se construit. Ces approches dites « fonctionalistes » ou **interactionnistes**, considérant que le développement langagier est déterminé par des facteurs multiples et interdépendants, peuvent ainsi constituer un compromis entre les positions extrêmes du behaviorisme et de l'innéisme. Une première forme d'approche interactive est celle qui, prenant appui sur la théorie piagétienne, met surtout l'accent sur les relations entre le développement langagier et le développement cognitif général. Cette approche, surtout répandue en Europe, partage avec l'approche linguistique l'idée que le développement est avant tout guidé par une structuration interne et que le langage est un système symbolique gouverné par des règles. Mais elle considère que celui-ci est une des formes d'expression de la cognition et que son acquisition est contrainte par le développement des capacités cognitives générales. Le débat sur le langage et l'apprentissage qui opposa en 1975 Piaget et Chomsky est resté célèbre : tandis que Chomsky argumentait en faveur de la spécificité et de l'innéité des structures linguistiques, Piaget défendait une théorie constructiviste où les structures du langage de l'enfant ne sont ni innées ni acquises mais résultent de l'interaction entre un certain niveau de développement cognitif et un certain environnement linguistique et social.

C'est tout particulièrement sur le rôle de l'environnement et de l'input linguistique et sur l'importance du contexte dans lequel s'élabore le langage qu'insistent ceux qui étudient « l'interaction sociale », définissant une deuxième forme importante d'approche interactionniste, partiellement inspirée quant à elle par l'œuvre de Vygotsky. Dans cette perspective, une importance particulière est attachée à l'étude du développement pragmatique et des fonctions de communication, à l'étude des interactions de l'enfant avec l'entourage et des formes particulières du langage adressé à l'enfant. Parmi les développements récents des approches interactives, la théorie de l'acquisition du langage la plus connue et la plus élaborée est sans doute le « modèle de compétition » proposé par Bates et MacWhinney, qui soutient que « les formes des langues naturelles sont créées, gouvernées, contraintes, acquises et utilisées en relation avec les fonctions communicatives ». Ainsi fondé sur une grammaire fonctionnelle qui met en correspondance les fonctions et significations et les formes linguistiques, ce modèle tente d'expliquer à la fois le traitement du langage par l'adulte et son acquisition par l'enfant en tenant compte des variations impliquées par les propriétés particulières des différentes langues naturelles.

■ Introductions à l'étude développementale du langage : P. Oléron, *L'Enfant et l'acquisition du langage*, Paris, 1979 ; M.-L. Moreau et M. Richelle, *L'Acquisition du langage*, Bruxelles, 1981 ; J. Berko-Gleason (ed.), *The Development of Language*, Colombus, 1985 ; D. Ingram, *First Language Acquisition. Method, Description and Explanation*, Cambridge, 1989. – Sur le débat entre Piaget et Chomsky : M. Piatelli-Palmarini (ed.), *Théories du langage, théories de l'apprentissage*, Paris, 1979. – Sur les courants actuels de l'approche linguistique de l'acquisition du langage, voir : S. Pinker, *Language Learnability and Language Development*, Harvard, 1984 ; T. Roeper et E. Williams (eds.), *Parameter Setting*, Dordrecht, 1987 ; J. Weissenborn, H. Goodluck et T. Roeper (eds.), *Theoretical Issues in Language Acquisition : Continuity and Change in Development*, Hillsdale (NJ), 1992. – Les approches interactionnistes sont très diversifiées. Parmi les textes représentatifs, on peut mentionner, outre ceux de J. Piaget (*Le Langage et la pensée chez l'enfant*, Neuchâtel, 1923, et *La Formation du symbole chez l'enfant*, Neuchâtel, 1945) : H. Sinclair-de Zwart, *Acquisition du langage et développement de la pensée*, Paris, 1967 ; E. Bates, *Language and Context : Studies in the Acquisition of Pragmatics*,

New York, 1976 ; A. Karmiloff-Smith, *A Functional Approach to Child Language*, Londres, 1979 ; J. Bruner, *Le Développement de l'enfant : savoir faire, savoir dire*, Paris, 1983, ainsi que des ouvrages collectifs tels que E. Ochs et B.B. Schieffelin (eds.), *Developmental Pragmatics*, New York, 1979, et M. Hickmann (ed.), *Social and Functional Approachs to Language and Thought*, New York, 1987. – On peut se référer aussi, en français, à : J. Beaudichon, *La Communication sociale chez l'enfant*, Paris, 1982 ; J. Rondal, *L'Interaction adulte-enfant et la construction du langage*, Bruxelles, 1983 ; J. Bernicot, *Les Actes de langage chez l'enfant*, Paris, 1992. E. Bates et B. MacWhinney ont présenté leur approche fonctionaliste notamment dans Ochs et Schieffelin, 1979, référence *supra*.

ANALYSE DE CONVERSATION

L'analyse de conversation s'est développée depuis une quinzaine d'années dans le prolongement d'un courant sociologique, l'**ethnométhodologie**. Ce courant, dont le fondateur est Harold Garfinkel, considère qu'il est essentiel d'étudier l'interaction en tant que processus complexe de coordination des actions et en tant qu'accomplissement pratique. Lorsqu'ils sont en relation de co-présence, les participants à une interaction se rendent mutuellement intelligibles le sens de leurs actions et la compréhension qu'ils ont de ce qui se passe. L'ethnométhodologie a montré que cette attribution réciproque de sens dépend de la maîtrise de *méthodes*, de règles qui permettent aux participants de reconnaître les traits constitutifs de l'interaction dans laquelle ils sont engagés.

L'objet de l'analyse de conversation est le discours *dans* l'interaction, le discours en tant qu'il a été produit conjointement par deux ou plusieurs participants. Harvey Sacks est le fondateur de ce courant et il est, en collaboration avec Emanuel Schegloff et Gail Jefferson, à l'origine des recherches sur l'**organisation séquentielle** de la conversation. L'analyse de conversation part du fait que l'interaction verbale procède de façon ordonnée et qu'elle possède, à ce titre, une structure complexe organisée séquentiellement au moyen du **système des tours de parole**. Les participants à une interaction peuvent utiliser comme ressource fondamentale l'existence de cette structure pour organiser et accomplir de façon située leurs interactions.

■ Les textes fondateurs de ce courant sont : H. Sacks, *Lectures on Conversation* (1964-72), 2 vol., G. Jefferson (ed.), Oxford, 1992 ; H. Garfinkel, *Studies in Ethnomethodology*, Englewood Cliffs (NJ), 1967 ; H. Garfinkel et H. Sacks, « On formal structures of practical actions », in J.C. McKinney et E.A. Tiryakian (eds.), *Theoretical Sociology*, New York, p. 338-366, 1970 ; G. Psathas (ed.), *Everyday Language : Studies in Ethnomethodology*, New York, 1979 ; J.N. Schenkein (ed.), *Studies in the Organization of Conversational Interaction*, New York, 1978.

L'analyse de conversation a élargi le champ d'investigation traditionnel de la linguistique en développant des études détaillées sur les différents niveaux d'organisation de la conversation : organisation des paires adjacentes ou des séquences d'actions, organisation des tours de parole, organisation globale de la conversation, organisation thématique. Les études se caractérisent par une description fine et précise des formes d'organisation propres aux conversations, à partir de transcriptions détaillées d'interactions authentiques.

De nombreux travaux portant sur des conversations attestées ont montré que l'interprétation des énoncés dans la conversation est le plus souvent dépendante de leur placement au sein de séquences d'actions. En particulier, il est apparu que l'interprétation d'un acte accompli par la parole dépend largement de sa place à l'intérieur de la séquence conversationnelle. Un énoncé comme « bonjour » est une salutation lorsqu'il ouvre une conversation mais constitue un retour de salutation s'il est fourni en réplique à un premier « bonjour ». Il ne reçoit donc pas la même interprétation selon la position séquentielle qu'il occupe et il n'a pas la même **implicativité séquentielle**. Dans le premier cas, il « projette » une action que l'interlocuteur est invité à réaliser (un retour de salutation), alors que dans le second cas il clôt la séquence de salutation.

L'analyse de conversation a montré l'importance dans l'interaction des **paires adjacentes**, telles que le couple question-réponse, les échanges de salutations, une offre et son acceptation ou son refus. À la différence de la théorie des actes de parole [782 s.] en pragmatique, les actes de langage sont étudiés en tant qu'ils s'intègrent à des paires d'énoncés. Une paire adjacente est une séquence de deux énoncés qui sont adjacents et produits par des locuteurs différents. Cette séquence est ordonnée : une première action d'un type catégoriel donné exige une seconde action appartenant à un même type catégoriel. L'action accomplie par le premier énoncé « projette » une action appropriée de la part du destinataire de l'énoncé. La réplique de ce dernier peut donc être examinée pour déterminer si l'action attendue a bien été réalisée ou si elle a été au contraire éludée.

La sélection d'une paire adjacente dépend aussi de l'environnement conversationnel. Un énoncé de type « qu'est-ce que tu fais ce soir ? » pourra être interprété comme une pré-invitation ou une pré-requête dans un contexte séquentiel donné ou comme une simple requête d'information dans un autre contexte. Les conséquences séquentielles de cet énoncé ne sont pas les mêmes selon l'interprétation qui aura été faite. Si le placement séquentiel a permis d'interpréter la question comme une pré-invitation, le destinataire pourra répondre « rien » s'il désire répondre positivement à l'invitation. Si au contraire il ne veut pas ou il ne peut pas accepter une telle invitation, il répondra en donnant des informations sur ses activités de la soirée. L'énoncé « qu'est-ce que tu fais ce soir ? » n'a donc pas seulement servi à accomplir un acte, il constitue une pré-séquence, le premier élément d'une paire adjacente destiné à servir de préliminaire à une autre paire adjacente (l'invitation et son acceptation ou son refus). Dans le cas où le placement séquentiel a entraîné l'interprétation de l'énoncé « qu'est-ce que tu fais ce soir ? » comme une requête d'information, ce dernier a aussi des conséquences sur le plan séquentiel, puisque le locuteur est invité à fournir un développement thématique sur ses activités de la soirée. En répondant « rien », il indiquera qu'il ne souhaite pas initier un tel thème.

■ On se reportera à : J.M. Atkinson et J. Heritage (eds.), *Structures of Social Action*, Cambridge University Press, 1984 ; E. Schegloff, « Preliminaries to preliminaries : "Can I ask you a question ?" », *Sociological Inquiry*, 50 (3/4), p. 104-152, 1980 ; M. de Fornel, « Remarques sur l'organisation thématique et les séquences d'actions dans la conversation », *Lexique*, 5, PUL, p. 15-36.

Les recherches en analyse de conversation ont porté sur l'ensemble des actions qui peuvent être réalisées dans la conversation (séquences de compliment, d'accusation, de reproche, etc.). Elles ont montré l'existence d'une **organisation préférentielle** des répliques. Selon le type d'action réalisé dans le tour de parole précédent, certaines répliques seront préférées à d'autres. Prenons l'exemple du couple question-réponse. L'examen de données conversationnelles montre que les réponses de type « oui » sont beaucoup plus fréquentes que les réponses de type « non », même en cas de désaccord (la réplique prenant alors la forme « oui, mais... »). Si la question est formulée de telle façon qu'elle requière préférentiellement une réponse de type « oui » ou de type « non », la réponse au tour suivant tendra à garder cette orientation préférentielle et à s'orienter vers un choix du même type. Lorsque la réplique s'accorde avec la préférence, elle est réalisée immédiatement, généralement dès le début du tour de parole, alors que si elle ne s'accorde pas avec la préférence, elle est soit repoussée à la fin du tour de parole soit dans des tours de parole ultérieurs. Cette organisation préférentielle n'est pas sans influence sur le premier membre de la paire adjacente, comme le montre le fait que les accusations ou les critiques prennent souvent une forme atténuée de façon à anticiper un refus possible par l'interlocuteur et à restreindre ainsi les possibilités de rejet.

■ Sur les actions conversationnelles, voir : A. Pomerantz, « Compliment responses », in J.N. Schenkein (ed.), *Studies in the Organization of Conversational Interaction*, New York, 1978 ; S. Levinson, *Pragmatics*, Cambridge University Press, 1983 ; M. de Fornel, « Sémantique du prototype et analyse de conversation », *Cahiers de linguistique française*, 11, Université de Genève, p. 159-178, 1990. – Ainsi que divers articles recueillis dans : *Lexique*, 5, « Lexique et faits sociaux », 1986 ; G. Button et J.R. Lee (eds.), *Talk and Social Organisation*, Clevedon, Multilingual Matters, p. 54-69, 1987 ; B. Conein, M. de Fornel et L. Quéré (eds.), *Les Formes de la conversation*, 2 vol., Paris, 1991.

Les recherches conversationnelles ont aussi porté sur l'une des caractéristiques fondamentales de la conversation, à savoir le fait qu'elle progresse par les prises de tour successives des divers co-participants. Elles ont proposé des principes d'enchaînement séquentiel des tours de parole qui rendent compte de ce que le transfert de tour est réalisé, dans les conversations ordinaires, par un chevauchement minimum entre les deux tours de parole et par l'absence de silences prolongés, ce qui semble indiquer que les interlocuteurs n'ont pas pris leur tour de parole à l'aveuglette mais qu'ils ont obéi à des règles précises. Les procédures d'allocation de tour permettent au détenteur du tour de parole en cours de sélectionner non seulement le prochain locuteur, mais aussi l'action que ce dernier doit effectuer. Bien que constituant un niveau d'organisation propre, l'organisation des paires adjacentes est donc dépendante du système d'organisation des tours de parole. Ce système fonctionne de façon locale : il permet de gérer la relation entre le tour de parole actuel et le prochain tour de parole.

Certains travaux ont porté sur les situations formelles ou institutionnelles telles que les débats, les conférences de presse, les interviews, dans lesquelles les règles d'allocation des tours de parole se voient modifiées et régies par des conventions de circulation de la parole préétablies.

■ Voir en particulier les trois volumes suivants : J.M. Atkinson et P. Drew, *Order in Court : The Organisation of Verbal Interaction in Judicial Settings*, Londres, Macmillan, 1979 ; D. Boden et D.H. Zimmerman (eds.), *Talk and Social Structure*, Cambridge, Polity Press, 1991 ; P. Drew et J. Heritage (eds.), *Talk at Work*, Cambridge University Press, 1992.

Les études réalisées en analyse de conversation ces dernières années se sont aussi préoccupées de décrire et d'analyser les séquences liées à l'**organisation globale** de la conversation. Les séquences d'ouverture et de clôture ont constitué à cet égard un « terrain » d'étude fondamental et ont permis la découverte des traits structuraux les plus importants. La possibilité d'ouvrir et de clore une conversation utilise, de façon complexe, l'existence de paires adjacentes (salutations, échanges de « comment ça va », clôtures, etc.).

■ E. Schegloff et H. Sacks, « Opening up closings », *Semiotica*, 8 (4), p. 289-327, 1973 ; E. Schegloff, « Identification and recognition in telephone openings », in G. Psathas (ed.), *Everyday Language : Studies in Ethnomethodology*, New York, 1979, p. 23-78 ; « The routine as achievement », *Human Studies*, 9, 1986, p. 111-152 ; M.H. Goodwin, *He-Said-She-Said*, Indiana University Press, 1990 ; C. Goodwin, *Conversation Organization : Interaction between Speakers and Hearers*, New York, 1981.

Un courant de recherche important en analyse de conversation étudie l'organisation sociale du comportement visuel et gestuel dans l'interaction et ses conséquences sur la relation d'engagement mutuel entre les participants. Il est apparu en particulier que certains aspects du comportement visuel et gestuel du locuteur contribuent à organiser les modes de participation de l'interlocuteur (ou des interlocuteurs) à l'activité en cours. Certains gestes peuvent aussi contribuer, quand ils sont réalisés dans certains environnements séquentiels, au développement d'un rythme interactionnel stable et mutuellement coordonné de « mouvements corporels » entre les interactants et à l'établissement d'un cadre interactionnel partagé.

■ Voir en particulier : C. Heath, *Body Movement and Speech in Medical Interaction*, Cambridge University Press, 1986 ; C. Goodwin, *Conversational Organization : Interaction between Speakers and Hearers*, New York, 1981 ; M. de Fornel, « Gestes, processus de contextualisation et interaction verbale », *Cahiers de linguistique française*, 12, p. 31-51, 1991.

L'étude des conversations a été aussi abordée par des traditions influencées par l'analyse du discours, qui proposent une extension des concepts linguistiques au discours. La structure de la conversation est décrite au moyen des structures arborescentes de constituants que l'on a postulées pour l'organisation de la phrase [465 s.]. Ces approches considèrent que la conversation ne se caractérise pas tant par une organisation séquentielle que par la présence d'une structure hiérarchique et de contraintes qui déterminent la construction et la clôture des constituants.

L'école de Genève, à l'initiative d'Eddy Roulet, a ainsi proposé un **modèle hiérarchique du discours conversationnel** constitué de représentations arborescentes intégrant des unités de rangs différents qui s'emboîtent les unes dans les autres. Une conversation simple est décrite comme un échange formé de deux ou trois interventions, qui sont elles-mêmes formées d'un acte principal (l'acte directeur), précédé et suivi d'actes subordonnés facultatifs. Ces actes sont liés par des fonctions interactives. Les conversations plus complexes sont traitées au moyen de cette grammaire et d'un principe de récursivité.

Le discours conversationnel a été aussi traité au moyen de règles d'enchaînement d'actes de langage. Un tel modèle de la conversation, proposé en particulier par William Labov et David Fanshel, privilégie l'étude des contraintes qu'un acte donné exerce sur l'acte qui le suit et cherche à découvrir les actes « profonds » qui rendent compte du déroulement de la conversation.

■ W. Labov et D. Fanshel, *Therapeutic Discourse*, New York, 1977 ; E. Roulet *et al.*, *L'Articulation du discours en français contemporain*, Berne, 1985 ; C. Kerbrat-Orecchioni, *Les Interactions verbales*, t. 1, 2 et 3, Paris, 1990 ; J. Moeschler, *Argumentation et conversation. Éléments pour une analyse pragmatique du discours*, Paris, 1985 ; J. Moeschler, *Modélisation du dialogue*, Paris, 1989 ; P. Bange (ed.), *L'Analyse des interactions verbales. La dame de Caluire : une consultation*, Berne, 1987 ; J. Cosnier et C. Kerbrat-Orecchioni (eds.), *Décrire la conversation*, Lyon, 1987 ; J. Cosnier, C. Kerbrat-Orecchioni et N. Gelas (eds.), *Échanges sur la conversation*, Paris, 1988.

RHÉTORIQUE

La rhétorique a traditionnellement uni un art de la construction des discours et une théorie de ces mêmes discours. Si elle a cessé d'être enseignée comme un corps de préceptes (en France, à la fin du XIXe siècle), elle reste en partie disponible, par l'ampleur du système qu'elle a constitué ou par nombre de ses propositions, comme le montre l'intérêt que lui portent aujourd'hui les théories de l'argumentation [562 s.], les linguistiques énonciatives et pragmatiques, la théorie littéraire ou, de manière plus diffuse, les sciences sociales et historiques.

L'évidence des textes indique très tôt sa présence en Grèce – l'*Iliade* contient nombre de discours structurés prononcés lors d'assemblées de guerriers ou de débats entre les hommes et les dieux –, mais la conscience rhétorique ne fait l'objet d'une première codification qu'au début de l'âge classique, avec la vague de procès en revendication de biens consécutive à la chute des tyrans régnant dans les cités grecques de Sicile, Agrigente (471) et Syracuse (463). Corax de Syracuse et Tisias, puis les sophistes Gorgias et Isocrate sont les premiers à rédiger des instructions pour la composition des plaidoiries qui servent de guide à l'usage des parties en litige. Retenons de la tradition :

1. La mise au point d'un plan type du discours (préambule, exposition, témoignages, indications, probabilités, preuves, réfutation… récapitulation ; cf. Platon, *Phèdre*, 267 a) que les traités ultérieurs ne feront que raffiner.

2. L'origine *juridico-politique* de l'art (dimension présente dans le regain d'intérêt dont la rhétorique bénéficie depuis une quarantaine d'années), qui comporte une dimension agonale et sert à régler les conflits et les disputes. La rhétorique s'impose dans les disciplines pratiques de l'éthique et de la

politique (avec l'action, la parole est une activité politique) : les choix et les controverses y sont inévitables, nécessitant de recourir à l'argumentation (C. Perelman 1977). Ses débuts et sa stabilisation en Grèce sont inséparables de l'apparition du régime démocratique (il s'agit, dira Nietzsche, d'un art républicain qui habitue à entendre les opinions et les points de vue les plus étrangers) : elle traite des discours qui ont pour cadre les instances de la démocratie athénienne (l'Assemblée, le Tribunal ou les grandes manifestations panhelléniques) ; elle conquiert une place de choix dans le curriculum et l'éducation du citoyen et de l'homme d'État.

3. Son orientation *générique* et *pragmatique*. La parole est considérée dans les limites de la finalité et des constructions persuasives auxquelles elle se prête. Les situations institutionnelles de parole déterminent des genres de discours ; le discours ne se règle pas sur la loi, le droit, etc., abstraitement, mais s'accorde au *temps*, au *lieu* et aux *circonstances* (avec la seconde sophistique, la technique fait notamment référence au *kairos* – les mots justes trouvés au moment opportun, voir A. Tordesillas 1986).

Analysant les moyens par lesquels les hommes communiquent publiquement, la rhétorique constitue ainsi le premier témoignage occidental d'une réflexion sur le discours. Sur les terrains de la connaissance, de l'éthique et du langage, elle entre en conflit avec la réponse qu'elle suscite, la philosophie, qui la met en cause aux motifs suivants :

1. Elle se prononce sur l'opinion, non sur l'être ; elle a sa source dans une théorie de la connaissance qui se fonde sur le vraisemblable *(eikos)*, le plausible et le probable, non sur le vrai *(alethes)* et la certitude logique. Elle est illusion : l'argument le plus faible peut être le plus fort, le discours fait paraître grand ce qui est petit, etc.

2. Elle est l'art de faire triompher la cause que l'on défend ; le rhéteur plaide indifféremment le pour et le contre ; cette neutralité axiologique n'est pas admissible (B. Cassin 1990).

3. Ce n'est pas une *technê* mais une démagogie : par l'émotion, elle cherche à produire l'adhésion à certaines opinions. Elle engendre la conviction qui tient à la croyance, non la conviction propre à la connaissance. L'orateur n'apprend pas réellement ce qu'est le juste, mais ce qui paraît tel au grand

nombre, qui doit juger (*Phèdre*, 260 a) ; il peut *relever* par l'éloge ou *rabaisser* par la critique, etc.

Tel est, dès *Gorgias* et *Phèdre*, le cadre du procès que le platonisme et la philosophie intenteront régulièrement à la rhétorique : « La rhétorique constitue la technique littéraire de la persuasion, pour le meilleur et pour le pire » (W.V. Quine, *Quiddités*).

Après Platon, la distinction entre opinion *(doxa)* et savoir permet cependant la systématisation artistotélicienne :

1. La rhétorique est l'équivalent dans le champ du persuasif de ce qu'est la dialectique dans le champ du démonstratif (cf. P. Ricœur 1975). Tandis que la démonstration a pour point de départ des connaissances vraies, l'argumentation a pour prémisses des opinions non prouvées mais admises par tous. L'objet de la délibération (ou de l'action) n'est pas un objet de science et ne peut donner lieu qu'à des opinions. La rhétorique est une force et une technique, distincte de la philosophie, de l'éthique comme de la sophistique (B. Cassin 1995). Comme l'éthique et la politique, elle ressortit aux disciplines pratiques. Elle s'intéresse aux éléments matériels de la pratique argumentative (contenus argumentatifs, phénomènes liés au contexte d'énonciation et à la nature du public). Elle étend la domination du logos à la sphère des valeurs, des croyances, des apparences, du vraisemblable.

2. L'argument platonicien de l'indifférence de la rhétorique à la vérité des arguments est réfuté : apprendre à plaider le contraire de sa thèse sert à qui veut savoir ce que sont les faits et comment les questions se posent (*Rhétorique*, 1355 a). Aristote peut alors définir la rhétorique comme un art formel (consistant à « extraire de tout sujet le degré de persuasion qu'il comporte »), ouvrant ainsi la voie à un projet taxinomique.

Le système rhétorique

Sa *Rhétorique* propose une théorie de l'argumentation (son axe principal), une théorie de l'élocution et une théorie de la composition du discours (cf. P. Ricœur 1975).

Elle distingue trois **genres de discours**, chacun thématisant un sujet, une finalité, un critère, un temps et une argumentation propres. Le **genre délibératif** porte sur les affaires de gouvernement, sa fin est de conseiller les membres d'une assemblée politique, son critère l'utile à la cité, son temps le futur, son argumentation dominante, l'exemple. La fin du **genre judiciaire** est d'accuser ou de défendre devant un tribunal, son critère est le juste, son temps le passé, son argumentation dominante l'enthymème. La finalité du **genre épidictique** est l'éloge ou le blâme, son critère le beau, son temps le présent et l'argumentation dominante l'amplification. Ce dernier genre oscille entre le fonctionnel et l'ornemental. Platon et Aristote le relient à l'éthique (la louange est réponse à la vertu ; le blâme réponse au vice). Forme civique en même temps qu'institution de parole, l'oraison funèbre dresse l'éloge de la cité autant que celui du disparu (N. Loraux 1981). Plus généralement, l'épidictique remplit une fonction sociale et civique : il renforce les normes de la moralité publique. À l'époque hellénistique puis à Rome, il s'épanouira avec l'éloquence d'apparat.

Cette typologie survivra à la singularité des situations de communication de la Grèce du ve siècle. Elle résulte de la combinatoire des divers éléments de la situation discursive : situations d'énonciation, statuts du locuteur, types d'auditeurs – ceux qui se rassemblent pour le plaisir, pour recevoir des avis, pour juger des causes –, croyances de l'auditoire…

Genre du discours	**Type d'auditeur**	**Temps**	**Moyens**	**Fins**
judiciaire	juge	passé	accusation/ défense	juste/ injuste
délibératif	assemblée	futur	persuasion/ dissuasion	utile/ nuisible
épidictique	spectateur	présent	éloge/ blâme	beau/ laid

Parmi les moyens dont dispose l'orateur pour persuader, Aristote sépare le témoignage de l'argument, distingue entre preuves *extra-techniques* (témoignages, aveux, textes de lois, serments…) et *techniques*, administrées par le moyen du discours : les arguments choisis et présentés de manière convaincante, le caractère de l'orateur **(ethos)**, les dispositions (passions, émotions) où le discours met l'auditeur **(pathos)**. L'*ethos* est en soi une espèce de preuve ; le bon orateur construit sa crédibilité en argumentant de certaine manière. Ce sont là les trois éléments que l'on retrouvera ultérieurement dans toutes les définitions : instruire *(docere)*, émouvoir *(movere)* et plaire *(flectere)* ; l'orateur convainc par les arguments, plaît par les mœurs, touche par les passions.

Les cinq parties de la rhétorique

Aristote divise la rhétorique en invention, disposition, élocution et action. La tradition romaine (*Rhétorique à Herennius*, traités de Cicéron et *Institution oratoire* de Quintilien, tous rédigés entre 100 avant J.-C. et 95 après J.-C.) adjoint la mémoire à ces quatre parties.

1. **L'invention** doit permettre de répondre à la question : *quoi dire ?* Il faut trouver des idées, des choses (vraies ou vraisemblables), pour rendre une cause plausible et la faire admettre. Cette partie contient la doctrine des **états de cause**, pièce maîtresse de l'invention rhétorique.

La position qu'adopte l'orateur dans le discours dépend de l'identification préalable de l'état de la cause *(status causae)* et de la question *(quaestio)* qui se pose : le fait à juger existe-t-il *(conjecture)* ? Quel est-il *(définition)* ? De quelle nature est-il *(qualification)* ?

L'orateur, au moment d'inventer, dispose de la topique, fondamentale pour découvrir l'argument dans une matière donnée et un ensemble de *lieux*. Ceux-ci sont des prémisses d'ordre très général qui fonctionnent comme autant de magasins d'arguments. On distingue entre **lieux communs** *(topoi konoi, loci communi)*, utiles à tous les sujets et lieux spécifiques *(idioi topoi)*, propres à certains. Reposant sur un fonds commun de rationalité, les lieux représentent des types d'accords tacites entre émetteur et récepteur. En principe utilisables en toutes circonstances, les *topoi* vont peu à peu constituer un catalogue de thèmes consacrés (cf. E. Curtius 1956, C. Plantin 1994).

Les **preuves** sont extra-techniques et techniques. Les secondes regroupent les preuves subjectives ou morales (*ethos* et *pathos*) et les preuves objectives qui tiennent à l'argumentation. La forme la plus commune de l'argument rhétorique est de type déductif : c'est l'enthymème, un syllogisme dont les prémisses sont fondées sur des vraisemblables. L'exemple, historique ou inventé (fable, parabole), le plus employé des arguments de l'induction sera aussi, par la suite, considéré comme moyen stylistique et pour sa valeur de modèle (voir *Rhétorique et histoire*, 1980).

2. **La disposition** est un art de la composition, qui vise la structure syntagmatique du discours et en distribue les grandes parties, selon un schéma quasi invariable :

a) **L'exorde** a pour but la conciliation de l'auditoire *(captatio benevolentiae)* que l'orateur s'efforce de rendre attentif, disposé à se renseigner et bienveillant.

b) Vient ensuite **la narration** *(diégèsis)*, l'exposition des faits, réels ou donnés pour tels. Ses qualités sont la brièveté, la clarté et la vraisemblance ; elle doit permettre de *gagner la croyance* et d'incriminer l'adversaire ; elle est plausible si l'histoire racontée possède les caractéristiques de la vie réelle (action appropriée au caractère, motifs cohérents...). La narration des actions peut prendre la forme du récit légendaire *(fabula)*, de l'histoire *(historia)* ou de la fiction *(res ficta)*.

c) **La confirmation** est le moment de la preuve et de la réfutation : les arguments sont présentés, on réfute ceux de l'adversaire.

d) Le discours se clôt avec **la péroraison** qui comprend une *recapitulatio* et une *indignatio*, un appel final à la pitié et à la sympathie.

3. **L'élocution** est un chapitre amplement développé ; sa terminologie sera empruntée par la poétique et la grammaire aussi bien que par la musique et l'architecture. Est ici en jeu la dimension esthétique du discours. L'*elocutio* est un art du style : correction grammaticale, choix des mots, effets de rythme et d'homophonie, figures et tropes. Le style doit être clair, observer la correction *(hellenismos, latinitas)* et convenir (au sujet, à l'*ethos*, au genre du discours). Il doit être brillant ; c'est le domaine de l'ornementation : à la suite de la *Rhétorique à Herennius* et de Quintilien, les traités distingueront entre

tropes, figures de mots et figures de pensée [578]. Enfin, on compte trois genres de style (*genera dicendi*) hiérarchiquement distribués, selon la noblesse de la matière ou de la cause : humble, moyen et sublime.

4. Le discours, élaboré, doit être retenu. C'est l'objet de l'art de **la mémoire** (le premier développement se trouve dans *Rhétorique à Herennius*). Les principes de la technique consistent à imprimer dans la mémoire une série de *lieux* (maison, pièce, voûte…) et d'images (formes, signes distinctifs ou symboles). Le système revient à créer des lieux mentaux : l'orateur doit y placer des symboles de ce dont il veut se souvenir. L'ordre des lieux suit l'ordre du discours ; les images rappellent les choses. Au moment de délivrer son discours, l'orateur tire des lieux de mémoire les images qu'il y a placées (F. Yates 1975).

5. Enfin, celui-ci doit être dit. **L'action** *(hupocrisis)* consiste à régler la voix et les gestes sur la valeur des choses et des mots : c'est l'éloquence du corps. Point de départ des traités de l'art de l'acteur et de la déclamation, cette dernière partie de l'art réunit des conseils portant sur l'usage de la voix (à moduler selon chaque passion), la mimique, le débit verbal (volume, intonation, rythme) et contient quantité d'observations rigoureusement codifiées sur l'art du mouvement et des gestes (Quintilien, *I.O.* XI, 3).

■ Traités : Aristote, *Rhétorique*, 3 vol., Paris ; B. Cassin, *L'Effet sophistique* (textes de Gorgias, Antiphon, Aelius, Aristide, etc.), Paris, 1995 ; Cicéron, *De l'orateur*, 3 vol., Paris ; Crevier, *Rhétorique française*, éd. 1757 ; C.C. Dumarsais, *Des tropes*, Paris, éd. F. Douay, 1988 ; P. Fontanier, *Les Figures du discours*, Paris, éd. G. Genette, 1968 ; B. Lamy, *La Rhétorique ou l'art de parler*, Sussex Reprints, Brighton, 1969 ; Pseudo-Longin, *Du sublime*, 1 vol., Paris ; Quintilien, *Institution oratoire*, 7 vol., Paris ; *Les Sophistes*, in *Les Écoles présocratiques*, Paris, éd. J.-P. Dumont, 1991 ; Tacite, *Dialogue des orateurs*, Paris.

Le destin de la rhétorique s'est en grande partie confondu, après l'âge antique et classique, avec celui d'une discipline de formation et d'enseignement, tandis que le vocabulaire et le corps de préceptes issus de la réflexion descriptive et normative que l'on vient de rappeler, demeuraient étonnamment stables pendant une période exceptionnellement longue. Le système rhétorique, lui, a connu plusieurs infléchissements majeurs, dont la responsabilité incombe essentiellement : 1° aux modifications socio-historiques de l'exercice des divers genres de discours ; 2° à la récurrence des anti-rhétoriques (chrétienne, philosophique...) ; 3° à la périodique réorganisation du champ, interne (rapports avec les autres arts du trivium – dialectique, grammaire –, avec la poétique à la Renaissance) ou externe (avec la réduction de la rhétorique à la seule *elocutio* après la réforme de Ramus et le conflit entre argumentation et expression).

Dès le Ier siècle après J.-C., les orateurs ne disposent plus de la totalité des situations institutionnelles de discours préalablement codifiées. Imputé à la chute de la République romaine et à la perte de la liberté politique (Tacite, *Dialogue des orateurs*), le déclin de l'art oratoire entraîne une rupture d'équilibre : l'éloquence politique et judiciaire périclite au profit de l'éloquence d'apparat. À la Renaissance, lorsque les humanistes redécouvrent la dignité du forum et des affaires de l'État, au XVIIIe siècle en France (J. Starobinski 1986, F. Furet et R. Halévi 1989), en Angleterre et en Amérique du Nord, toutes les fois qu'elle étendra à nouveau son domaine à la vie civile, renaîtra le débat sur les relations entre rhétorique, parole publique et liberté politique.

À partir de Quintilien, la rhétorique accède au rang de discipline maîtresse de l'éducation romaine et incarnera dorénavant la norme de la pédagogie de la culture supérieure classique occidentale. Bannie de l'arène politique et des tribunaux, elle s'identifie durablement avec les activités pédagogique (H.-I. Marrou 1948) et sophistique, où la technique et le talent oratoire s'exercent dans une relative gratuité à des fins de perfection et de virtuosité. L'éloquence d'école conduit à mettre l'accent sur les exercices préparatoires *(progymnasmata)* et les déclamations (controverses et suasoires).

L'Antiquité tardive (Tertullien, saint Augustin, *De doctrina christiana*, Isidore de Séville), puis le Moyen Âge, durant lequel l'anti-rhétorique chrétienne (et son choix du *sermo humilis* évangélique) domine, l'accueillent dans le cadre des arts libéraux, comme le deuxième d'entre eux, aux côtés de la grammaire et de la dialectique. Mais l'art se fragmente en genres spécialisés : *ars poetriae, ars dictaminis, ars praedicandi*. À partir du XIe siècle, les traités du style épistolaire mettent l'accent sur la codification des parties de la lettre, l'ouverture, les différences sociales des destinataires. L'*ars praedicandi* émerge à partir du XIIIe siècle : l'homilétique donne naissance au sermon ; le *thème* est pris à la source de l'Écriture, qui fournit les domaines de l'invention (preuves, citations et *exempla*) (J.J. Murphy 1974 ; M. Zink 1982). À partir de Donat (*Barbarismus*, IVe siècle), le grammairien étend son domaine à l'étude des figures et des tropes.

Inversement, la rhétorique joue un rôle éminent dans l'humanisme renaissant. Les textes sont redécouverts (1416 pour l'*Institution oratoire* ; 1421 pour l'intégralité du *De oratore* ; 1508 pour l'édition princeps de la *Rhétorique*). Une rhétorique dont les parties sont à nouveau réunies détrône la dialectique et la grammaire au sein du trivium, s'impose dans la pédagogie et l'éducation et pénètre tous les domaines de la vie publique et civile. Elle est alors comme une synthèse supérieure des arts et des sciences. Le développement de la notion de *composition* picturale (Alberti, *De pictura*, 1435) a pu, par exemple, être relié à la période oratoire de la rhétorique humaniste (la hiérarchie entre le tableau, le corps, le membre et le plan est équivalente à la hiérarchie rhétorique entre la période, la proposition, la phrase et le mot) (M. Baxandall 1971).

La Renaissance se met à l'école de la rhétorique de type cicéronien, réhabilite les catégories de la clarté, du naturel et de l'urbanité et fait sienne une conception du langage axée sur la puissance expressive et esthétique. En France, au XVIe et XVIIe siècle, la rhétorique contribue à la fixation des normes de civilité de la langue et au développement des genres sacrés (après une controverse sur la rhétorique chrétienne) et profanes de l'éloquence professionnelle (judiciaire, parlementaire, officiel, académique) et littéraire (M. Fumaroli 1980 et 1990). Base de tout discours, elle est *a fortiori* celle de toute littérature : procédés rhétoriques et structure discursive des œuvres (ainsi de la structure rhétorico-judiciaire de la tragédie), esthétique (Boileau, *Art poétique*) (A. Kibedi Varga 1970). La Contre-Réforme la consacre comme une des premières matières d'enseignement, tout en haut du curriculum, dans les collèges jésuites. En France, elle couronnera l'éducation littéraire (grammaire, classe d'humanités, rhétorique) jusqu'à la fin du

XIXe siècle, lorsqu'elle cède le terrain à des enseignements plus techniques (phonétique, métrique, philologie, ancien français...) (F. de Dainville 1978, F. Douay 1992).

L'histoire de la rhétorique a pu être décrite comme celle d'une **littératurisation** de l'art (V. Florescu) c'est-à-dire d'une marginalisation de sa composante philosophique et argumentative au profit de ses éléments littéraires et stylistiques, et d'une progressive restriction de sa portée (G. Genette, « Rhétorique restreinte », 1972). Aristote met l'accent sur l'invention et la disposition, mais dès l'époque post-cicéronienne, les théoriciens opèrent un déplacement vers la problématique littéraire ; la rhétorique devient « l'art de l'invention du choix et de l'expression ornementée convenablement, qui peut servir à convaincre » (*I.O.* II, XIV, 21). Au titre de la mnémotechnique médiévale, la grammaire enseigne à parler correctement, la rhétorique élégamment, la logique véridiquement. La réforme de Ramus (*Dialectique*, 1555) enlève à la rhétorique la théorie de l'argumentation (l'invention et la disposition sont rattachées à la logique) et ne lui concède que l'élocution et l'action (W. Ong 1958). À l'aube de l'époque moderne, la rupture est consommée entre expression et argumentation, entre la philosophie, gagnée par l'empirisme (Locke, *Essai philosophique concernant l'entendement humain*, livre III) et le rationalisme, lequel écarte le probable et le vraisemblable (Descartes, *Discours de la méthode*) et la rhétorique devenue étrangère à la preuve (P. France 1972, A.E. Benjamin *et al.* 1987), dont le ramisme, l'esprit de géométrie naissant puis, sur le terrain littéraire, la conception baroque de l'*ingenium* et du *furor poeticus* limitent le champ (R. Barilli 1983).

Ainsi amputée de sa composante philosophique et privilégiant l'élocution, la rhétorique n'est plus art du discours mais art du style et se cantonne essentiellement à l'étude des formes du langage orné, aux figures et à l'action oratoire. Avec la fin des belles-lettres et le passage de la littérature classique à la littérature romantique, elle, qui procède des règles et des normes de discours, est assimilée à un artificialisme et à une décadence et elle est exclue des beaux-arts : l'éloquence devient l'antithèse de la poésie, au sein des arts du langage (Kant, *Critique de la faculté de juger*, I, II, § 53). La littérature moderne est anti-rhétorique, indifférente à la persuasion et hostile aux *lieux communs* (M. Beaujour 1986). En matière d'analyse littéraire, stylistique, poétique, histoire littéraire et esthétique se partagent l'étude de son objet.

■ Histoires de la rhétorique, enseignement et rhétorique : R. Barilli, *La retorica*, Milan, 1983 ; F.P. Bowman, *Le Discours sur l'éloquence sacrée à l'époque romantique. Rhétorique, apologétique, herméneutique (1777-1851)*, Genève, 1980 ; E.R. Curtius, *La Littérature européenne et le Moyen Âge latin*, Paris, 1956 ; F. de Dainville, *L'Éducation des jésuites, XVIe-XVIIIe siècles*, Paris, 1978 ; F. Douay-Soublin, « La rhétorique en Europe à travers son enseignement », *Histoire des idées linguistiques*, sous la dir. de S. Auroux, t. 2, Bruxelles, 1992, p. 467-507 ; J. Fontaine, *Isidore de Séville*, Paris, 1959 ; V. Florescu, *La Rhétorique et la néo-rhétorique*, Paris, 1982 ; P. France, *Rhetoric and Truth in France, Descartes to Diderot*, Oxford, 1972 ; M. Fumaroli, *L'Âge de l'éloquence*, Genève, 1980 ; Id., *Héros et orateurs*, 1990 ; G. Kennedy, *The Art of Persuasion in Greece*, Princeton, 1963 ; Id., *The Art of Rhetoric in the Roman World*, Princeton, 1972 ; H. Lausberg, *Handbuch der literarischen Rhetorik*, Munich, 1960 ; L. Marin, *La Critique du discours*, Paris, 1975 ; H.I. Marrou, *Histoire de l'éducation dans l'Antiquité*, Paris, 1948 ; J.J. Murphy, *Rhetoric in Middle Ages*, Berkeley, 1974 ; W. Ong, *Ramus, Method and the Decay of Dialogue*, Cambridge, 1958 ; M. Patillon, *Éléments de rhétorique classique*, Paris, 1990 ; *Rhétorique et histoire, l'exemplum* (coll.), Rome, 1980 ; M. Zink, *La Prédication en langue romane avant 1300*, Paris, 1982.

Rhétorique et arts : M. Baxandall, *Les Humanistes à la découverte de la composition en peinture, 1350-1450* (1971), Paris, 1989 ; J. Lichtenstein, *La Couleur éloquente*, Paris, 1989 ; B. Vickers, « Figures of rhetoric/Figures of music ? », *Rhetorica*, 2, 1984, p. 1-44 ; F. Yates, *L'Art de la mémoire*, Paris, 1975.

Rhétorique et discours politique : M. Angenot, *La Parole pamphlétaire. Typologie des discours modernes*, Paris, 1982 ; F. Furet et R. Halévi, *Orateurs de la révolution française*, I : *Les Constituants*, Paris, 1989 ; R. Laufer et C. Paradeise, *Le Prince bureaucrate : Machiavel au pays du marketing*, Paris, 1982 ; N. Loraux, *L'Invention d'Athènes. Histoire de l'oraison funèbre dans la cité classique*, Paris, 1981 ; D. Maingueneau, *Sémantique de la polémique*, Lausanne, 1983 ; J. Starobinski, « La chaire, la tribune, le barreau », *Lieux de mémoire*, sous la dir. de P. Nora, t. II, *La Nation*,

Paris, 1986, p. 425-485 ; *Idéologie et propagande en France*, M. Yardéni (dir.), Paris, 1987.

La disparition de la discipline enseignée précède de peu la restauration de l'objet rhétorique dans toute sa portée (voir le travail pionnier d'I.A. Richards, 1936) ainsi que la redéfinition des rapports entre argumentation et expression dans la philosophie, les études littéraires, plus récemment les linguistiques en particulier dans leurs versions pragmatiques et énonciatives (chez J.L. Austin, J.R. Searle, P. Grice, O. Ducrot).

Par un retour à Aristote et à une tradition oubliée depuis le cartésianisme, la *nouvelle rhétorique* de Chaim Perelman vise à réintroduire la juridiction de la raison dans le domaine de l'appréciable, des opinions et des croyances (C. Perelman 1958). Elle se définit comme une théorie générale de l'argumentation sous toutes ses formes (légale, politique, éthique, esthétique, philosophique) ; soit une rhétorique applicable à tous types d'audiences, qui introduit, à côté de l'efficacité du discours, la qualité de l'auditoire comme un élément déterminant la valeur de l'argumentation. Dans la mesure où elle touche aux problèmes de la raison pratique et de la théorie de l'action et s'attache aux questions de la négociation de la distance entre les sujets, de la persuasion et de l'adhésion, elle rencontre des thèmes familiers aux chercheurs des sciences sociales. Le travail de S. Toulmin sur la dimension argumentative de la démonstration soulève d'autres questions d'ordre épistémologique (S. Toulmin 1958).

Le débat sur les relations entre langue et pensée et l'intérêt pour le discours (intention, performance, conventions génériques, réception...) sont à l'origine de l'attention dont la rhétorique est l'objet de la part de la philosophie comme de la linguistique. Le tournant linguistique et la considération du langage ordinaire dans la philosophie anglo-saxonne, la critique du vrai et l'archéologie figurée du concept dans la philosophie post-heideggerienne ont été les signes de cette évolution, dont témoignent l'abondante littérature tropologique et le changement de statut qu'a connu, à cette occasion, une figure comme la métaphore (promue au rang d'instrument de langage à valeur cognitive après n'avoir longtemps été considérée que comme un ornement ajouté, sans valeur d'information) (M. Black 1954). Dans le champ de la linguistique, les théories pragmatiques (P. Grice 1989), la linguistique énonciative (O. Ducrot) se préoccupent également de la dimension argumentative de la parole ordinaire et de la valeur argumentative des énoncés [562 s.]. Certaines des propositions de la rhétorique (sur les genres de discours) peuvent être requalifiées dans le cadre de la théorie des actes de langage.

■ A.E. Benjamin, G.N. Cantor et J.R.R. Christie (eds.), *The Figural and the Literal, Problems in the History of Science and Philosophy*, Manchester University Press, 1987 ; M. Black, « Metaphor », *Models and Metaphors*, Ithaca, 1962 ; B. Cassin (ed.), *Le Plaisir de parler*, Paris, 1986 ; P. Grice, *Studies in the Way of Words*, Harvard University Press, 1989 ; F. Nietzsche, textes sur la rhétorique et le langage, *Poétique*, 5, Paris, 1971 ; M. Meyer (ed.), *De la métaphysique à la rhétorique*, Bruxelles, 1986 ; M. Meyer et A. Lempereur (ed.), *Figures et conflits rhétoriques*, Bruxelles, 1990 ; M. Meyer, *Questions de rhétorique*, Paris, 1993 ; M. Pera and W.R. Shea, *Persuading Science*, Canton, 1991 ; C. Perelman, *L'Empire rhétorique*, Paris, 1977 ; C. Perelman, *Rhétoriques*, Bruxelles, 1989 ; C. Perelman et L. Olbrechts-Tyteca, *Traité de l'argumentation. La nouvelle rhétorique*, Bruxelles, 1958 ; C. Plantin, *Essais sur l'argumentation*, Paris, 1990 ; C. Plantin (ed.), *Lieux communs : topoï, stéréotypes, clichés*, Paris, 1994 ; P. Ricœur, *La Métaphore vive*, Paris, 1975 ; S. Sacks (ed.), *On Metaphor*, Chicago, 1979 ; S. Toulmin, *Les Usages de l'argumentation* (1958), Paris, 1993.

En France, après J. Paulhan et P. Valéry, le structuralisme littéraire a d'abord vu dans la rhétorique l'antithèse de la littérature, puis ce qui la rendait possible, en tant que science de la parole et des discours (T. Todorov) ou « plan général du langage commun à tous les discours » (R. Barthes 1966). Face aux catégories de l'histoire littéraire (l'œuvre, l'auteur, les sources, l'influence...), elle présentait l'intérêt de rappeler que la littérature est d'abord du langage et le figural le propre du discours littéraire (G. Genette, *Figures I*, 1966 ; voir aussi Groupe μ, *Rhétorique générale*, 1970). Par ailleurs, la taxinomie de l'ancienne rhétorique était traduite dans les termes d'une théorie des opérations et le texte littéraire conçu à partir du croisement métaphorique et du système métonymique (R. Jakobson 1963). Ces analyses sont à rapprocher des travaux anglo-saxons qui ont considéré les *master tropes* (métaphore, métonymie, synecdoque, ironie) comme les principes de la construction des discours et des récits et de la description du monde (K. Burke 1945). Récemment, la narratologie [228 s.], les approches discursives, les tentatives pour rendre compte de la littérature dans les termes des linguistiques pragmatiques, le renouveau de la théorie des genres, remettent au jour la dimension rhétorique des récits et des textes littéraires (rappelée par W. Booth dès 1961). Surtout d'autres descriptions que celles qui découlaient mécaniquement des partages rigides entre poétique et rhétorique, entre parole littéraire et persuasion deviennent possibles. Les textes sont des réalités ouvertes et problématiques (M. Meyer 1993) répondant à une *quaestio*, s'inscrivent dans des continuités et des situations de communication, d'où la dimension argumentative n'est pas absente, même s'ils demeurent profondément atypiques au regard des éléments constitutifs de la situation rhétorique et de tout discours (cf. la notion de rhétoricité chez P. de Man 1979, trad. fr. 1989 ; A.W. Halsall 1988). La rhétorique devient définition du littéraire en termes de texte moins autonome ou fermé que contexte en lui-même (aucun discours n'est autosuffisant) (J. Bessière 1988).

■ R. Barthes, « Rhétorique de l'image », *L'Obvie et l'obtus*, Paris, 1984 ; « L'ancienne rhétorique, aide-mémoire », *L'Aventure sémiologique*, 1985 ; « L'analyse rhétorique », *Le Bruissement de la langue*, Paris, 1984 ; M. Beaujour, « Rhétorique et littérature », *De la métaphysique à la rhétorique*, M. Meyer (ed.), Bruxelles, 1986 ; J. Bessière, « Rhétoricité et littérature », *Langue française*, 79, Paris, 1988 ; W. Booth, *The Rhetoric of Fiction*, 1961, Chicago ; Id., *A Rhetoric of Irony*, 1974, Chicago ; K. Burke, *A Grammar of Motives*, 1945, Berkeley ; Id., *A Rhetoric of Motives*, 1950, Berkeley ; P. de Man, *Allégories de la lecture* (1979), Paris, 1989 ; S. Fish, « Rhetoric », *Doing what Comes Naturally*, 1989, Oxford ; G. Genette, *Figures I, II, III*, Paris, 1966, 1969, 1971 ; A.W. Halsall, *L'Art de convaincre, le récit pragmatique*, Toronto, 1988 ; A. Kibedi Varga, *Rhétorique et littérature*, Paris, 1970 ; J. Paulhan, *Les Fleurs de Tarbes*, 1941, Paris ; *Rhétorique et discours critiques* (coll.), PENS, Paris, 1989 ; I.A. Richards, *The Philosophy of Rhetoric*, Oxford, 1936 ; T. Todorov, *Théories du symbole*, Paris, 1977 ;

Groupe µ, *Rhétorique générale*, Paris (1970), *Rhétorique de la poésie* (1977). – Revues : *RHLF*, 2, 1980 ; *Langue française*, 79, 1988.

Bibliographie : « Pour une bibliographie de la rhétorique : 1971-1989 », M. White et A.W. Halsall, *Texte*, 1989, n° 8/9, Toronto.

STYLISTIQUE

La stylistique est l'héritière la plus directe de la rhétorique : une des premières occurrences du terme, chez Novalis, l'identifie d'ailleurs à celle-ci. Au cours du XIXe siècle, le terme est passé de l'allemand dans les autres langues européennes, notamment l'anglais et le français : la naissance de la discipline à la fin du XIXe siècle signe l'abandon de la rhétorique, même si la stylistique en reprend certains aspects, notamment l'analyse des figures et des tropes [577 s.]. Il ne faudrait pas pourtant en conclure que la notion de style était absente dans l'analyse rhétorique : ainsi la distinction entre le style simple, le style mesuré (ou médiocre) et le style grand (ou sublime) fait partie des catégorisations traditionnelles de la rhétorique (pour une discussion des rapports entre la rhétorique classique et la problématique du style, voir Le Guern, « La question des styles dans les traités de rhétorique », in Molinié et Cahné, eds., 1994, p. 175-185).

■ Vues d'ensemble : A. Juilland, « Compte rendu de C. Bruneau, *Histoire de la langue française* », *Language*, 30, 1954 ; G. Antoine, « La stylistique française, sa définition, ses buts, ses méthodes », *Revue de l'enseignement supérieur*, janvier 1959 ; H. Mitterand, « La stylistique ». *Le français dans le monde*, juillet-août 1966 ; S. Chatman et S. Levin (eds.), *Essays in the Language of Literature*, Boston, 1967 ; P. Guiraud, *La Stylistique*, Paris, 1970 ; D.C. Freeman, *Linguistics and Literary Style*, New York et Londres, 1970 ; G.W. Turner, *Stylistics*, Harmondsworth, 1973 ; R. Fowler, *Style and Structure in Literature : Essays in the New Stylistics*, Oxford, 1975 ; J. Mazaleyrat et G. Molinié, *Vocabulaire de la stylistique*, Paris, 1989 ; C. Fromilhage et A. Sancier, *Introduction à l'analyse stylistique*, Paris, 1991 ; J. Gardes-Tamine, *La Stylistique*, Paris, 1992 ; Le Guern, « La question des styles dans les traités de rhétorique », in G. Molinié et P. Cahné (eds.), *Qu'est-ce que le style ?*, Paris, 1994.

Stylistique de la langue et stylistique littéraire

Depuis sa naissance, la stylistique s'est développée selon deux directions, souvent considérées comme antagoniques :

a) **La stylistique de la langue,** c'est-à-dire l'analyse et l'inventaire de l'ensemble des marques variables (s'opposant aux marques obligatoires du code) propres à une langue donnée : on parle ainsi d'une stylistique du français, de l'allemand, de l'anglais, etc. Dès 1873, Wilhelm Wackernagel, partant d'une distinction entre aspect subjectif (individuel) et aspect objectif (collectif) du style, proposa de réserver le terme de « stylistique » à l'étude des phénomènes du deuxième type, susceptibles d'obéir, pensait-il, à des lois générales (Wackernagel 1873, p. 314, 317). Le *Traité de stylistique française* de Charles Bally (1909) s'inscrit dans cette filiation : Bally veut faire la stylistique de la *parole* en général, non celle des œuvres littéraires. Partant de l'idée que le langage exprime la pensée et les sentiments, il considère que l'expression des *sentiments* constitue l'objet propre de la stylistique. Bally distingue deux types de rapports qu'il appelle les *effets naturels* et les *effets par évocation* : par les premiers, on est informé sur les sentiments éprouvés par le locuteur ; par les seconds, sur son *milieu* linguistique. Ces effets sont obtenus par un choix judicieux parmi les marques variables de la langue, essentiellement dans le lexique et, à un degré moindre, dans la syntaxe : l'un et l'autre possèdent un certain nombre de formes identiques quant à l'expression de la pensée, mais d'une charge affective différente. Dans le même esprit, un peu plus tard, d'autres stylisticiens (Marouzeau, Cressot) décriront systématiquement tous les sons, les parties du discours, les constructions syntaxiques, le lexique, en s'attachant chaque fois à ce qui est extérieur au contenu notionnel (Todorov 1972).

b) La stylistique littéraire, c'est-à-dire l'analyse des ressources stylistiques supposées propres aux pratiques littéraires. Contrairement à la stylistique des arts, qui s'intéresse aux styles collectifs tout autant qu'individuels, la stylistique littéraire a de tout temps privilégié les œuvres – ou du moins les auteurs – dans leur singularité. En vertu de ce parti pris, et alors que la stylistique de la langue privilégie la notion de *choix stylistique*, la stylistique littéraire a été et continue souvent à être une stylistique de l'**écart**, le style littéraire étant conçu comme singularité s'opposant aux normes collectives. Dans ses premières formulations, la stylistique littéraire était aussi une stylistique *psychologique* puisque la valeur expressive du style était rapportée en général à la psyché de l'auteur. Ainsi pour Karl Vossler « le style est l'usage linguistique individuel en opposition à l'usage collectif », et la stylistique doit mettre au jour « la physionomie spirituelle de l'individu » (Vossler 1904, p. 16, 40). En France, ce versant psychologique a été représenté par Maurice Grammont, et surtout Henri Morier, qui dans *La Psychologie des styles* (1959) soutient qu'« on doit retrouver le symbole du moi dans chacune de ses manifestations » et qu'il existe une « loi de concordance entre l'âme de l'auteur et son style ». Leo Spitzer, disciple de Karl Vossler, est en général considéré comme le représentant le plus éminent de cette stylistique littéraire expressive et psychologique. Cette interprétation vaut effectivement pour ses premiers travaux, où il cherche à mettre au jour les corrélations entre les propriétés stylistiques des œuvres et la *psyché* de leur auteur. Dans ses publications ultérieures, Spitzer a infléchi l'orientation de ses travaux : concédant que le postulat de l'expressivité subjective n'avait de valeur qu'à l'intérieur d'un cadre historique bien délimité (en gros la littérature occidentale de l'époque « individualiste » moderne) et ne pouvait donc servir comme définition du style comme tel, il a abandonné la recherche causale et mis davantage l'accent sur l'analyse du *système de procédés* stylistiques immanents aux textes, développant une « méthode structurale qui cherche à définir l'unité des œuvres sans faire appel à la personnalité de l'auteur » (Spitzer 1958). En revanche, il n'a jamais abandonné la conception du style comme écart, ainsi qu'il ressort de sa méthode d'investigation, qui est restée la même du début à la fin de sa carrière : il s'agit toujours de rechercher des faits linguistiques qui font saillance, soit du fait de leur trop grande fréquence, soit au contraire du fait de leur rareté, ou encore de leur accentuation, etc. Il est vrai que, contrairement à beaucoup d'autres stylisticiens, Spitzer ne considère pas tant l'écart par rapport au langage non littéraire que par rapport au contexte immanent de l'œuvre : en cela sa conception annonce notamment la stylistique structurale pratiquée par Riffaterre.

■ W. Wackernagel, *Poetik, Rhetorik und Stilistik*, Halle, 1873 ; C. Bally, *Traité de stylistique française* (1909), Paris-Genève, 1952 ; K. Vossler, *Gesammelte Aufsätze zur Sprachphilosophie*, Munich, 1923 ; J. Marouzeau, *Précis de stylistique française*, Paris, 1946 ; M. Cressot, *Le Style et ses techniques*, Paris, 1947 ; H. Morier, *La Psychologie des styles*, Genève, 1959 ; L. Spitzer, *Études de style*, Paris, 1970.

Telle qu'elle a été transmise par les deux traditions ci-dessus évoquées, l'opposition entre stylistique de la langue et stylistique littéraire ne saurait être considérée comme définitive. Elle recouvre et brouille en fait plusieurs distinctions qui renvoient à des problèmes différents :

a) **Stylistique collective** et **stylistique individuelle.** Pour autant que la stylistique littéraire prétend se borner à l'analyse des œuvres dans leur singularité individuelle, elle relève en fait de la stylistique individuelle : l'intérêt exclusif porté à l'œuvre singulière n'est donc pas dû à quelque spécificité irréductible de l'objet de la stylistique littéraire ; il résulte d'un choix méthodologique, parfaitement légitime sans doute, mais qui ne saurait prétendre délimiter le champ de la stylistique littéraire comme telle. Lorsqu'on soutient que la spécificité du style littéraire réside dans l'écart individuel, cela signifie tout simplement qu'on privilégie dans l'analyse stylistique l'œuvre individuelle et à l'intérieur de cette œuvre les faits verbaux différentiels du point de vue individuel, plutôt que les groupes d'œuvres ou, à l'intérieur de l'œuvre individuelle, les traits ayant une valeur de différenciation collective, par exemple générique, relative à une période historique, etc. Bien entendu, en stylistique non littéraire on pourrait tout aussi bien se concentrer sur les écarts individuels – les idiotismes – dans les énoncés d'un individu. L'idée que l'écart singulier *définit* le style littéraire n'a guère de sens, puisque *toute* activité discursive est indissociablement répétition et écart (Rastier 1994) : cette dualité définit la nature même du message linguistique et ne saurait servir de trait distinctif du style littéraire, même s'il serait absurde de nier que certains auteurs cultivent sciemment un art de l'écart stylistique par rapport au langage vernaculaire ou par rapport à l'idiome littéraire dominant au moment où ils écrivent.

b) **Stylistique théorique** et **critique stylistique.** La stylistique de la langue s'inscrit dans le cadre plus vaste de l'établissement d'une stylistique théorique conçue comme partie intégrante de la linguistique (Bally). À l'inverse, pour autant que la stylistique littéraire prétend se borner à mettre au jour la spécificité irréductible d'un style littéraire singulier, son horizon n'est pas théorique mais critique : elle s'attache à la réalisation du message individuel plutôt qu'aux potentialités stylistiques inscrites dans le code. Cela dit, les deux démarches ne sont pas sans liens. Ainsi, lorsqu'on étudie les propriétés stylistiques d'une langue, ou d'un sous-système de cette langue, on ne doit pas moins s'appuyer sur des textes ou des discours concrets, qui les *illustrent* : on passe donc par l'analyse de messages individuels, par la critique stylistique (Todorov 1972). Lorsque Bally étudie la stylistique du français, il prend appui sur des textes et des énoncés oraux qui pourraient tout aussi bien être abordés dans la perspective d'une analyse des traits spécifiques à tel texte ou discours oral dans sa singularité. À l'inverse, lorsqu'on démontre l'interaction de certaines catégories pour créer la singularité stylistique d'un texte – donc lorsqu'on fait de la critique stylistique – on emprunte ces catégories à la linguistique, la rhétorique, la sémiotique, etc., c'est-à-dire qu'on présuppose implicitement un *modèle théorique* plus général qui renvoie au système de la langue, au code. Ainsi Molinié (1986), dans sa présentation des outils et niveaux d'analyse de la stylistique littéraire, a-t-il recours à des catégories linguistiques (notamment lexicologiques et syntaxiques), sémiotiques (par exemple l'analyse actantielle), rhétoriques (figures et tropes) et poétiques (notamment la théorie des genres et les catégories narratologiques). On voit bien que ces outils d'investigation conviennent non seulement à la critique des œuvres dans leur individualité mais tout autant à l'analyse générale des inventaires stylistiques – littéraires ou non – de la langue. Même lorsqu'on prétend *réduire* la stylistique à l'étude de la singularité de l'œuvre individuelle (ainsi Jenny 1992), on se trouve obligé de concéder que « lorsqu'on croit nommer les formes de sa singularité, par cette nomination même on dégage au contraire ce que cette parole a de typique » (p. 117), c'est-à-dire qu'on présuppose toujours implicitement un modèle théorique des faits de structure linguistique pertinents au niveau de l'analyse stylistique.

c) **Stylistique générale** et **stylistique littéraire.** La troisième distinction que l'opposition entre stylistique de la langue et stylistique littéraire tend à brouiller est celle entre stylistique générale et stylistiques particulières à certains registres ou types discursifs fonctionnels. Si l'on admet que dans tout énoncé linguistique s'observent un certain nombre de faits qu'on ne peut pas expliquer par le mécanisme de la langue mais uniquement par celui du discours dans sa spécificité fonctionnelle, on pose du même coup l'importance d'une analyse générale des discours (qui relève de la pragmatique linguistique). Cette discipline a des *subdivisions « verticales »*, comme la poétique, qui s'occupe d'un seul type de discours, le littéraire ; elle a aussi des *subdivisions « horizontales »*, comme la stylistique, dont l'objet n'est pas constitué par tous les problèmes relatifs à un type de discours, mais par un type de problèmes concernant tous les discours (Todorov 1972) ; enfin, elle a des *subdivisions « croisées »* qui naissent de la rencontre d'une subdivision verticale et d'une subdivision horizontale : la stylistique littéraire naît ainsi du croisement de la poétique et de la stylistique générale, si l'on veut bien accepter que l'objet spécifique de la stylistique *littéraire* réside dans l'étude des propriétés discursives pertinentes du point de vue de la *fonction esthétique*, ou de la fonction poétique au sens jakobsonien. La stylistique générale recouvre ainsi à peu près le domaine de l'ancienne *elocutio* à l'exclusion des problèmes posés par l'aspect thématique des discours ou de leur organisation supraphrastique (Todorov 1972). Quant à la stylistique littéraire, sa spécificité réside dans le fait qu'elle analyse la pertinence esthétique des faits stylistiques plutôt que leur fonction affective, persuasive ou autre.

■ T. Todorov, « Les études du style », *Poétique*, 1, 1970, p. 224-232 ; T. Todorov, « The place of style in the structure of the text », in S. Chatman (ed.), *Literary Style*, Oxford, 1971, p. 29-39 ; T. Todorov, « Stylistique et rhétorique », in O. Ducrot et T. Todorov, *Dictionnaire encyclopédique des sciences du langage*, Paris, 1972 ; G. Molinié, *Éléments de stylistique française*, Paris, 1986 ; L. Jenny, « L'objet singulier de la stylistique », *Littérature*, n° 89, février 1993, p. 113-124 ; F. Rastier, « Le problème du style pour la sémantique du texte », in G. Molinié et P. Cahné (eds.), *Qu'est-ce que le style ?*, Paris, 1994.

Stylistique de l'écart, stylistique de la variation

La plupart des stylistiques littéraires ne reconnaissent comme faits stylistiques pertinents que les traits linguistiques marqués, c'est-à-dire s'écartant d'une norme ou d'un état neutre présupposé. Cette définition du style littéraire est censée expliquer sa **perceptibilité**, condition préalable de son fonctionnement esthétique. Cependant, analysée de près, la notion d'*écart* s'avère problématique. Il y a d'abord la difficulté, voire l'impossibilité de déterminer une base neutre, non marquée. Cette impossibilité est due à plusieurs raisons. En premier lieu, pour déterminer une telle base neutre, il faudrait disposer d'une description exhaustive de la langue au niveau lexical, syntaxique, sémantique, etc. Or, à ce jour aucune description complète d'une langue n'a été réalisée, et l'idée même d'une description exhaustive est peut-être une chimère, vu le caractère toujours ouvert des structures langagières (Leech et Short 1981, p. 44). Un des problèmes les plus aigus que rencontre la stylistique statistique (voir Dolezel et Bailey 1969) tient d'ailleurs à cette difficulté pratique d'élaborer une description complète de la langue sur la base de laquelle on pourrait constituer un modèle probabiliste fiable : ceci n'implique certes pas la non-pertinence de la quantification statistique en stylistique, mais signifie que ses résultats doivent être maniés avec une grande précaution (Leech et Short, p. 66-68). Ensuite, comment déterminer une base neutre ? Le langage vernaculaire (si tant est qu'on puisse délimiter *un* registre spécifique qui serait celui du langage vernaculaire) ne saurait remplir cette fonction : outre que ce faisant on comparerait (si on met entre parenthèses le domaine de la littérature orale) l'incomparable, c'est-à-dire l'oral avec l'écrit, les énoncés de la conversation quotidienne, loin d'être neutres, sont toujours fortement marqués (intonations, constructions, registres lexicaux, etc.) à la fois quant à leur contexte situationnel, et eu égard à leurs fonctions (assertives, persuasives, expressives, etc.) (voir à ce propos W.D. Stempel, « Stylistique et interaction verbale », in Moliné et Cahné, eds., 1994, p. 313-330). Choisir l'énoncé écrit purement informatif comme degré neutre n'est pas plus évident, car même en langue écrite, la rareté des énoncés purement informationnels est telle qu'ils constituent en réalité des faits marqués par excellence : le soin apporté à la construction d'un discours « libéré » de toute connotation (par exemple affective) produit une connotation au second degré, induite par des « stylèmes » (Molinié 1986) spécifiques. En fait, on ne saurait construire une stylistique littéraire en se fondant sur la notion d'écart entre norme externe et fait discursif marqué, puisque n'importe quel fait discursif peut être marqué, donc fonctionner comme vecteur stylistique : si la rupture introduit un marquage, la systématicité, au-delà d'une certaine limite, fait de même (Molinié 1986, p. 62).

D'où la tentative de définir le marquage non plus par rapport à une *norme extratextuelle* postulée, mais par rapport au *contexte immanent* à l'œuvre : cette conception, qui reste liée au nom de Riffaterre (1969), avait été formulée dès les années trente par Mukarovsky à l'aide de la notion de *foregrounding* (Mukarovsky 1964), de « mise en évidence », et c'est elle aussi qui guidait les études tardives de Spitzer. Elle échappe à la difficulté de devoir définir une norme extérieure censée fonctionner comme base neutre, mais elle rencontre d'autres problèmes. Elle est en effet obligée de distinguer, à l'intérieur même du texte, entre les éléments marqués et une sorte de soubassement non marqué : or, il est douteux qu'un tel soubassement neutre existe. Par ailleurs, elle n'échappe pas à deux autres limites inhérentes à toute stylistique de l'écart. D'une part, du fait même de la définition du fait stylistique qu'elle propose, elle est inséparable d'une *esthétique maniériste* (Meschonnic 1970, p. 21). Du même coup, elle est mal armée pour analyser des styles moins ostentatoires. Wellek (in Sebeok 1960, p. 417-418) avait déjà noté qu'une stylistique de l'écart ne pouvait aboutir qu'à des sortes d'anti-grammaires, alors que « souvent les éléments linguistiques les plus communs et les plus normaux sont les constituants de la structure littéraire ». D'autre part, la théorie de l'écart – et celle de l'écart interne encore davantage que celle de l'écart externe – présuppose toujours une *conception discontinuiste*, « atomiste » (Wellek) du style, selon laquelle un texte serait une unité composite d'unités linguistiques « neutres » et d'unités ayant du « style ».

Or, cette conception atomiste du style est des plus problématiques.

Les notions de **choix** et de **variation** stylistiques, qui jouent un rôle important dans la stylistique générale, où elles sont utilisées notamment pour étudier les divers niveaux et registres discursifs présents dans une langue donnée, semblent plus prometteuses que la notion d'écart, ne serait-ce que parce qu'elles traitent les différenciations stylistiques comme des dimensions inhérentes à l'activité discursive plutôt que comme des éléments surajoutés à une base neutre. Souvent les théories du choix stylistique essaient d'expliquer la variation en la rapportant au concept de *synonymie* (ainsi Ullmann 1957, p. 6, E.D. Hirsch 1975, p. 559-579) [477] : selon cette théorie, deux expressions données sont des variantes stylistiques dans la mesure où elles sont référables à une même signification. L'existence de la synonymie a souvent été contestée (Hough 1969), et il n'existe sans doute pas de synonymes stricts. On peut cependant défendre une notion plus faible de synonymie : ainsi Leech (1974) considère que la synonymie n'implique pas une équivalence globale de la signification, mais se réduit à une équivalence de la signification conceptuelle ; les variations stylistiques quant à elles seraient un des éléments de la signification associative, indissociable de la signification complète des énoncés. En tout cas la notion de choix stylistique, et donc l'idée de variation stylistique, intervient de manière cruciale dans notre appréciation des traits stylistiques d'une œuvre et plus largement d'un énoncé. Le choix en question n'est pas nécessairement conscient et il ne consiste pas à choisir entre un énoncé neutre et un énoncé marqué, mais plutôt entre plusieurs énoncés *toujours* différentiellement marqués : la variation linguistique existe au cœur même du système linguistique (Molino 1994).

■ S. Ullmann, *Style in the French Novel*, Oxford, 1957 ; R. Wellek, « Closing statement », in T.A. Sebeok (ed.), *Style in Language*, Cambridge (Mass.), 1960 ; J. Mukarovsky, « Standard language and poetic language », in P.L. Garvin (ed.), *A Prague School Reader on Aesthetics, Literary Structure and Style*, Washington, 1964, p. 17-30 ; L. Dolezel, « A framework for the statistical analysis of style », in L. Dolezel et R.W. Bailey (eds.), *Statistics and Style*, New York, 1969, 10-25 ; G. Hough, *Style and Stylistics*, Londres, 1969 ;

M. Riffaterre, *Essais de stylistique structurale*, Paris, 1971 ; H. Meschonnic, *Pour la poétique*, Paris, 1970 ; G.N. Leech, *Semantics*, Harmondsworth, 1974 ; E.D. Hirsch Jr., « Stylistics and synonymity », *Critical Inquiry*, vol. 1, mars 1975, p. 559-579 ; G.N. Leech et M.H. Short, *Style in Fiction*, Londres, 1981 ; G. Molinié, *Éléments de stylistique française*, Paris, 1986 ; J. Molino, « Pour une théorie sémiologique du style », in G. Molinié et P. Cahné (eds.), *Qu'est-ce que le style ?*, Paris, 1994, p. 213-261 ; W.D. Stempel, « Stylistique et interaction verbale », *ibid.*, p. 313-330.

La stylistique comme analyse des faits d'exemplification verbale

Contrairement à la stylistique de l'écart, qui réduit les faits de style d'un texte à une collection de traits discontinus extractibles d'un continuum verbal non marqué, la conception du choix stylistique voit dans le fait stylistique une *caractéristique continue* des actes verbaux : tout choix linguistique est signifiant et par conséquent, au moins potentiellement, stylistiquement pertinent (Halliday 1970). Il en découle que, contrairement à un préjugé répandu, il ne saurait exister des textes avec style et des textes sans style : *tout* texte possède une dimension stylistique (Leech et Short 1981, p. 18 ; Genette 1991, p. 135). La question pertinente que doit affronter la stylistique n'est pas celle de distinguer entre style et non-style, mais celle de discriminer entre différents styles et entre différentes fonctions stylistiques.

La distinction entre signification conceptuelle et signification associative gagnerait cependant à être amendée. La sémiotique des arts proposée par Goodman (1968) semble indiquer une voie prometteuse. Goodman distingue deux axes principaux dans le fonctionnement référentiel des signes linguistiques, l'axe de la **dénotation**, c'est-à-dire la relation entre le signe et ce à quoi il réfère, et l'axe de l'**exemplification**, c'est-à-dire la charge sémiotique des propriétés possédées par le signe. Ces deux relations sont indépendantes l'une de l'autre : si l'adjectif « bref » dénote la brièveté en même temps qu'il l'exemplifie, l'adjectif « long » en revanche dénote la longueur, mais exemplifie la brièveté. L'exemplification peut être littérale (« bref » exemplifie littéralement la brièveté) ou métaphorique, et plus largement figurée (« nuit » exemplifie métaphoriquement la clarté) : dans ce dernier cas on parle d'**expression**. Or, les phénomènes stylistiques paraissent relever de ce fonctionnement exemplificatoire du discours, c'est-à-dire qu'ils deviennent sémiotiquement pertinents en tant qu'éléments exemplifiés, soit littéralement, soit métaphoriquement (Goodman 1978, p. 23-40) : tel texte exemplifie littéralement une structure phrastique parataxique, mais cette structure peut en même temps exemplifier métaphoriquement, donc exprimer, la dissociation mentale. Les deux niveaux sont pertinents du point de vue de l'analyse stylistique, étant entendu que l'exemplification littérale sert souvent de support à des exemplifications expressives.

Les propositions de Goodman ont été développées par Genette (1991) qui propose une reformulation de la notion de style, fondée notamment sur une distinction plus précise des différents niveaux du signe linguistique où l'exemplification stylistique peut intervenir. Par ailleurs il aborde la question du statut communicationnel de la relation d'exemplification, et donc des faits stylistiques. Tout en admettant l'existence de traits stylistiques *intentionnels*, Genette considère que pour l'essentiel le fait de style littéraire relève de l'*attention du récepteur*, autrement dit que la stylistique littéraire relève d'une *esthétique attentionnelle* plutôt qu'*intentionnelle*. Cela ne signifie pas que les faits stylistiques n'existent que dans la conscience de celui qui lit le texte : il s'agit bien de propriétés discursives exemplifiées par le texte et tout texte n'*exemplifie* pas les mêmes propriétés, puisque tout texte ne *possède* pas les mêmes propriétés. Le plus simple serait sans doute de distinguer entre deux aspects du style : l'*aspect intentionnel*, référable à l'exemplification stylistique native faisant partie de la structuration intentionnelle (ce qui ne veut pas dire : consciemment programmée) du texte, et l'*aspect attentionnel*, référable à l'exemplification stylistique que le texte acquiert au fil de ses réactualisations historiques. En effet, l'exemplification et l'expressivité stylistiques sont soumises à des dérives du fait de la non-coïncidence entre l'univers linguistique de l'auteur et ceux des générations successives de ses lecteurs. L'illusion « atomiste » est sans doute liée à cette variabilité de l'expression stylistique *attentionnelle*, en vertu de laquelle la *critique* stylistique implique toujours une sélection de certains traits exemplifiants – ceux qui sont *signifiants* (Hirsch) aux yeux de la conscience linguistique du critique – parmi l'ensemble des propriétés possédées par un texte donné et qui définissent sa « manière de faire » (Guiraud). La question de savoir quelle démarche il convient d'adopter, celle d'une stylistique intentionnelle ou celle d'une stylistique attentionnelle, n'admet pas de réponse univoque. Elle dépend du projet cognitif dans lequel l'analyse stylistique trouve sa place : si l'on veut comprendre le fonctionnement stylistique actuel d'une pièce de Racine, c'est-à-dire sa perceptibilité stylistique pour un locuteur actuel, il ne sert à rien d'essayer de reconstruire l'horizon stylistique qui pouvait être celui du public de l'âge classique. À l'inverse, si on veut comprendre quelle a pu être la pertinence stylistique de la langue de Racine, donc quel est le style natif de ses textes, il serait absurde de partir de son style tel qu'il peut fonctionner dans le contexte littéraire et linguistique de nos jours.

■ M.A.K. Halliday, « Linguistic function and literary style : an inquiry into William Golding's *The Inheritors* », in S. Chatman (ed.), *Literay Style : A Symposium*, Oxford, 1971, p. 330-365 ; N. Goodman, *Langages de l'art* (1968), Paris, 1991 ; N. Goodman, « The status of style », in *Ways of Worldmaking*, Indianapolis, 1978, p. 23-40 ; G. Genette, « Style et signification », in *Fiction et diction*, Paris, 1991, p. 95-151 ; G. Molinié et P. Cahné (eds.), *Qu'est-ce que le style ?*, Paris, 1994.

POÉTIQUE

Par **poétique** on entendra ici, conformément à l'emploi du terme chez Aristote, l'étude de l'*art* littéraire en tant que création verbale. Périodiquement le projet même d'une telle étude se trouve remis en cause, soit au nom de l'ineffable individualité de l'œuvre littéraire, soit au nom de la complexité historique et sociale des faits littéraires. La première objection confond l'individualité et la non-reproductibilité de la relation esthétique aux œuvres avec leur statut opéral : en tant que discours intelligible, toute œuvre s'inscrit dans un champ de pratiques verbales instituées, sur le fond duquel seulement sa différence individuelle peut exister ; par ailleurs, tout procédé créateur, une fois inventé, est potentiellement **transtextuel** (Genette), c'est-à-dire susceptible d'être repris, fût-ce sous une forme transformée, dans d'autres œuvres. La deuxième objection n'est guère plus sérieuse : dans la mesure où, quelle que soit sa signification comme document (historique, social, psychologique ou autre), un texte littéraire est *aussi* un discours ouvragé, il va de soi qu'il peut être étudié en tant que tel, c'est-à-dire en tant qu'instanciation de l'*art* littéraire.

On soutient parfois que, contrairement à ce qui vaut pour d'autres domaines de savoirs, une étude portant sur la littérature ne saurait être purement descriptive : le domaine de la littérature se définissant comme champ de valeurs, son étude serait toujours indissociablement descriptive et évaluatrice. L'argument n'est pas pertinent : si la poétique étudie l'art littéraire, ce n'est pas comme fait de valeur, mais comme fait technique, comme ensemble de **procédés** (Jakobson). De même qu'on distingue entre description linguistique et grammaire prescriptive, il faut distinguer entre étude descriptive (et éventuellement explicative) des faits littéraires et critique évaluative (fondée ultimement sur l'*appréciation esthétique*) des œuvres.

Contrairement à ce qui a parfois été soutenu à l'époque du « structuralisme », la poétique ne saurait prétendre être *la* théorie de la littérature : il y a autant de théories du littéraire qu'il y a de voies d'accès cognitives à la littérature, c'est-à-dire un nombre indéfini. Chacune de ces approches (historique, sociologique, philosophique, psychologique ou autre) découpe dans le champ littéraire un objet d'étude spécifique, en sorte que ses relations avec les autres approches sont (ou devraient être) non pas concurrentielles et exclusives mais interactives et complémentaires – pluralisme méthodologique qu'ont déjà défendu les néo-aristotéliciens de l'école de Chicago. C'est là une raison pour préférer le terme de « poétique » à celui de « théorie littéraire » : la poétique n'est ni plus ni moins théorique que les autres approches cognitives de la littérature. La spécificité de la poétique ne réside donc pas dans son statut « théorique », ni dans son domaine de référence (la littérature) qu'elle partage avec beaucoup d'autres approches, mais dans l'aspect de ce domaine qu'elle isole pour en faire son objet : l'art littéraire, et peut-être plus largement, la création verbale. En ce sens, la poétique relève bien des sciences du langage au sens large de ce terme : bien que les procédés de la création littéraire ne soient pas tous réductibles à des faits linguistiques au sens grammatical du terme – ainsi la « mise en intrigue » (Ricœur) est un procédé transsémiotique, qu'on trouve aussi par exemple dans le cinéma – leur *incarnation* dans une œuvre littéraire est, elle, toujours ultimement d'ordre verbal.

I. Historique

En Occident, la poétique comme discipline autonome naît avec la *Poétique* d'Aristote, qui se propose de « traiter de l'art poétique en lui-même, de ses espèces, considérées chacune dans sa finalité propre, de la façon dont il faut composer les histoires si on veut que la poésie soit réussie, en outre du nombre et de la nature des parties qui la constituent, et également de toutes les autres questions qui relèvent de la même recherche » (47 a 8-12). Aristote envisage donc explicitement la constitution d'une théorie générale de l'« art poétique », même si le texte tel qu'il nous est parvenu (on admet en général qu'une partie supplémentaire, aujourd'hui perdue, était consacrée à la comédie) la développe à propos de deux genres seulement, la tragédie et l'épopée. Mais on constate aussi qu'il s'attelle à une double tâche, descriptive et évaluative (en ce qu'il tente de déterminer les ingrédients d'une tragédie *réussie*).

Ce n'est pas le lieu ici de faire l'histoire de la réflexion poétique depuis Aristote jusqu'au XXe siècle. On notera simplement deux faits. D'une part, la réflexion poétologique n'a jamais été totalement absente du discours critique sur la littérature, ce qui n'est pas pour étonner : on voit mal comment on pourrait discourir de manière sensée sur les œuvres littéraires en faisant l'impasse sur le fait qu'il s'agit de créations verbales mettant en œuvre des techniques linguistiques spécifiques. Il n'en reste pas moins que jusqu'au début du XXe siècle la poétique retrouvera rarement la vigueur qui fut la sienne dans le texte inaugural d'Aristote. D'autre part, dès l'Antiquité latine elle perd l'autonomie qu'elle avait eue dans l'encyclopédisme aristotélicien et se trouve absorbée par la *rhétorique* [166 s.] qui se soucie moins de l'éventuelle spécificité *esthétique* du discours littéraire que de la catégorie plus générale de la production de l'*effet* verbal comme tel. Cette interaction entre poétique et rhétorique, qui durera pratiquement jusqu'au XIXe siècle, n'est d'ailleurs pas fortuite : il paraît difficile de tracer une ligne de frontière stricte entre les deux disciplines, non seulement parce que la rhétorique aborde des faits, telles les figures [577 s.], qui jouent un rôle important dans l'art littéraire, mais encore parce que la créativité linguistique (ce que les formalistes appelaient la « fonction poétique ») opère aussi à des degrés divers hors de la littérature, dans le domaine des pratiques discursives dites « sérieuses ».

La poétique actuelle, qui remonte ultimement au renouvellement du paradigme critique réalisé par le romantisme [89 s.], peut faire fond sur un siècle de travaux féconds, s'inscrivant certes dans des perspectives diverses, mais qui ont tous contribué à leur façon à l'intelligence du fait littéraire comme fait de création verbale. À défaut d'exhaustivité, on doit au moins énumérer quelques étapes essentielles :

1. *Le formalisme russe*, bien connu en France grâce à

l'importance qu'il a eue pour le développement du structuralisme pendant les années soixante, a sans doute été l'élément séminal des développements de la poétique au XXe siècle. Il lui revient notamment d'avoir insisté sur la possibilité et l'opportunité d'étudier les faits littéraires comme « série » propre, irréductible aux diverses forces causales extralittéraires s'exerçant sur elle : la « théorie littéraire » doit essayer de dégager la **littérarité** des œuvres, c'est-à-dire les procédés par lesquels elles relèvent de l'art et d'un fonctionnement esthétique du langage. Du même coup, l'étude des faits généraux ne se borne plus à être un simple outil heuristique pour circonscrire la spécificité de l'œuvre individuelle, mais est reconnue comme but cognitif autonome : l'objet de la poétique n'est pas l'œuvre individuelle, mais l'ensemble des procédés qui définissent la littérarité : constructions narratives (étudiées notamment par Eikhenbaum, Chklovski et Propp) ; faits de style (Vinogradov) ; structures rythmiques et métriques (travaux de Brik et Jakobson) ; dialectique des genres (Tynianov) ; structures thématiques (Tomachevski), etc.

2. *Le Cercle bakhtinien* – dont ont fait partie notamment V.N. Volochinov et P.N. Medvedev –, bien qu'actif au même moment, n'a été connu que beaucoup plus tardivement en Occident. Critique à l'égard du formalisme, de la psychanalyse et de la linguistique structurale (voir Todorov 1981, p. 20-23), la poétique développée par Bakhtine met l'accent sur l'aspect discursif et sur l'**intertextualité** (Julia Kristeva) des œuvres, plutôt que sur la dimension systématique et autotélique des faits littéraires. Privilégiant la prose contre la poésie (ce qui revient à inverser la hiérarchie implicite des formalistes), il développe une importante théorie des genres et surtout une théorie du Roman qui par certains aspects rejoint les conceptions du romantisme de Iéna. À cette poétique correspond une théorie du langage, la « translinguistique », qui est en fait une théorie des discours. Sur bien des points, la conception bakhtinienne du langage annonce la pragmatique actuelle (notamment par l'importance accordée au dialogisme et à l'hétérologie des types discursifs).

3. Le formalisme russe a connu des développements et des inflexions remarquables dans le cadre du *Cercle linguistique de Prague* fondé en 1926, et dont feront partie d'anciens formalistes russes, tels Jakobson ou Bogatyrev. Son représentant

le plus important, J. Mukarovsky, propose une poétique (et plus largement une esthétique) à la fois structurale et *fonctionaliste* : la littérature se voit définie comme une forme de communication verbale spécifique, dominée par la fonction esthétique. Par ailleurs, influencé par la phénoménologie husserlienne, il introduit la problématique de l'intentionalité dans l'analyse structurale. Selon lui, l'étude de la littérature doit distinguer entre trois pôles : la genèse de l'œuvre – référée à l'intentionalité auctoriale, à son « geste sémantique » –, sa structure effective (l'œuvre définie par son identité syntaxique), et sa réception à travers des concrétisations toujours changeantes, mais néanmoins guidées par la structure concrétisée. En introduisant la dimension des concrétisations réceptives, Mukarovsky annonce l'*esthétique de la réception* de H.R. Jauss et de W. Iser. D'autres travaux importants du Cercle de Prague sont ceux d'Otakar Zich et de Jiri Veltrusky consacrés à la littérature dramatique et au théâtre [740 s.], ainsi que ceux de Felix Vodicka, précurseur de l'esthétique de la réception.

4. *L'école morphologique*, qui s'est développée en Allemagne entre 1925 et 1955, naît de l'influence croisée de la théorie morphologique de Goethe (transposée du domaine botanique dans le domaine littéraire) et d'un rejet – inspiré par Croce et Vossler – de l'historicisme qui avait caractérisé une grande partie des études littéraires au XIXe siècle. Cette école s'est attachée surtout à décrire les genres et les « formes » du discours littéraire, comme en témoignent les travaux d'André Jolles sur les **formes simples** *(Légende, Geste, Mythe, Devinette, Locution, Cas, Mémorables, Conte, Trait d'esprit)* [635], les travaux proto-narratologiques de O. Walzel consacrés aux *registres de la parole* (narration objective, style indirect libre) [229], ceux de G. Müller sur la temporalité, ou encore ceux de E. Lämmert sur la composition du récit [711 s.].

5. *L'école phénoménologique*. Les théoriciens du Cercle de Prague avaient été influencés par la philosophie husserlienne, sans pour autant situer leurs travaux dans le cadre global de la phénoménologie. Les travaux du philosophe polonais Roman Ingarden en revanche s'inscrivent directement dans le cadre et le vocabulaire de la phénoménologie husserlienne. Il s'est intéressé surtout à la question du statut de l'œuvre littéraire [206] qui d'après lui comporte trois fondements onti-

ques : une manifestation matérielle (l'exemplaire individuel de l'œuvre), des actes conscients (ceux de l'écrivain, créant l'œuvre, et ceux du récepteur) et des entités idéales de nature intentionnelle (les significations actualisées dans les actes de conscience de l'écrivain et réactualisées dans la lecture) (Ingarden 1931). Un autre aspect important de sa conception, et par laquelle il rejoint le Cercle de Prague, consiste dans la distinction qu'il introduit entre l'œuvre comme structure linguistique comportant toujours des lieux d'indétermination sémantique, et la concrétisation de cette structure dans les actes de lecture. Parmi les autres travaux plus ou moins inspirés par la démarche phénoménologique, il faut rappeler surtout le travail fondamental de Käte Hamburger sur la fiction [714 s.]. L'*esthétique de la réception* développée plus tard par H.R. Jauss, de même que la *théorie de la lecture* de W. Iser, bien que s'inscrivant aussi en partie dans la filiation phénoménologique, relèvent de l'herméneutique plutôt que de la poétique au sens propre du terme [98].

6. *Le New Criticism.* Comme le montre l'accent mis sur la lecture critique détaillée *(close reading)*, voire sur l'évaluation (par exemple chez F.P. Leavis), le *New Criticism* s'inscrit dans une dimension herméneutique et critique plutôt que poétologique. Malgré cela, dans sa variante anglaise aussi bien qu'américaine, il n'en a pas moins avancé un certain nombre d'hypothèses proprement poétiques, telle la thèse de I.A. Richards opposant l'usage référentiel du langage à la configuration poétique des affects, les études de W. Empson consacrées au rôle de l'ambiguïté et de l'ironie en poésie, l'analyse du narrateur en fiction due à P. Lubbock [716] et les travaux de Brooks ou Ransom sur la tension sémantique comme principe de structuration poétique. Le manuel classique de Wellek et Warren, *La Théorie littéraire*, peut être considéré comme une tentative de synthèse entre la démarche analytique du structuralisme (Wellek avait fait partie du Cercle de Prague) et le souci de l'interprétation critique, caractéristique du *New Criticism.*

7. *Les néo-aristotéliciens* de Chicago (notamment R.S. Crane, N. Maclean, E. Olson, B. Weinberg et R. McKeon) s'opposent au *New Criticism*, qu'ils accusent d'accorder trop d'importance à la cause matérielle de l'œuvre d'art, c'est-à-dire le langage, aux dépens de la cause formelle, c'est-à-dire

le contenu mimétique. Il n'est donc pas étonnant qu'à la critique centrée sur la poésie, typique du *New Criticism*, ils opposent une analyse privilégiant la fiction. Se réclamant d'Aristote, ils considèrent que l'objet primordial de la poétique réside dans l'étude de ce qui fait la spécificité de l'activité littéraire : la *poïesis* mimétique. Parmi les poéticiens influencés par les néo-aristotéliciens, le plus important est Wayne Booth : dans *The Rhetoric of Fiction* (1961) on peut trouver les formulations classiques de beaucoup de catégories de l'analyse narratologique, telles la théorie du point de vue narratif ou encore la distinction entre narrateur, auteur réel et « **auteur impliqué** » (c'est-à-dire l'image de l'auteur telle qu'elle se dégage de la narration).

8. En France, le projet d'une poétique descriptive est indissociable du nom de Valéry et de la chaire de poétique qu'il a inaugurée au Collège de France. Bien que l'entreprise de Valéry en soit restée à un stade programmatique, elle a sans conteste donné une impulsion non négligeable au *structuralisme littéraire* qui s'est développé à partir des années soixante. Cependant, la spécificité la plus marquante de l'analyse structurale française réside sans doute dans l'influence de la linguistique et de l'anthropologie structurales (Jakobson, Hjelmslev, Benveniste et Lévi-Strauss). En gros, on peut distinguer deux orientations divergentes dans le structuralisme littéraire :

a) Une orientation sémiotique, représentée surtout par la *sémiotique greimasienne*, mais dont l'impulsion se retrouve aussi dans certains travaux sémiologiques de Barthes (par exemple *Système de la mode* 1967) ou de Kristeva (*Sèméiotikè. Recherches pour une sémanalyse*, Paris, 1969). La spécificité du courant greimasien réside dans le fait qu'il traite l'analyse des faits littéraires comme domaine régional d'une sémiotique générative fondée sur une sémantique universelle. La notion centrale est celle d'**univers sémantique**, défini comme la totalité des significations pouvant être produites par les systèmes de valeurs coextensifs à une culture donnée (délimitée de manière ethnolinguistique) (A.-J. Greimas, *Sémantique structurale*, Paris, 1966). Cet univers sémantique ne peut jamais être saisi *in toto* : l'analyse sémiotique effective est donc toujours celle de micro-univers : ces micro-univers sont définis comme des couples oppositionnels (par exemple vie/mort, gain/perte, masculin/féminin, etc.) censés *générer* des univers de discours qui en sont la manifestation de surface. Le discours littéraire est un de ces univers de discours, et l'objet essentiel de l'analyse de ce discours consiste dans l'établissement des étapes (et des niveaux structurels correspondants) qui mènent des structures sémiotiques profondes aux manifestations discursives de surface que sont les œuvres. C'est surtout dans le domaine de l'analyse du récit que l'école greimasienne a tenté de mettre en œuvre ce programme [645 s.]. Produisant des travaux d'un haut degré de formalisation et d'abstraction, elle a voulu donner un fondement scientifique à l'étude des faits littéraires (et plus largement des faits sémiotiques). Le caractère imposant de son appareil formel ne saurait cependant faire oublier les aspects problématiques de certains de ses présupposés concernant par exemple le statut des contraintes censées guider la création des textes narratifs, présupposés liés entre autres à la transposition des notions de la grammaire générative et transformationnelle au niveau de l'engendrement textuel [647].

b) L'orientation proprement littéraire, représentée notamment par les travaux de Bremond, Genette, Todorov, la plupart de ceux de Barthes, etc. Ces auteurs, tenants d'un « structuralisme modéré » (Pavel 1988), s'ils s'inspirent de certains postulats méthodologiques de la linguistique et de l'anthropologie structurales (par exemple concernant la nécessité d'étudier les corrélations entre forme et sens au niveau de leurs systèmes respectifs et non pas à celui des équivalences singulières) n'ont guère recours à la formalisation (si on excepte l'usage de graphiques et de tableaux à fonction taxinomique). Sauf dans quelques écrits programmatiques (tels le volume collectif, *Qu'est-ce que le structuralisme ?*, 1968, ou certains travaux de Barthes), ce « structuralisme modéré » ne s'est que peu engagé du côté du projet d'une science générale des signes. En fait, comme le montre l'énumération des domaines d'investigation privilégiés – narratologie formelle [228 s.] et thématique [638 s.], recherches rhétoriques [166 s.], étude des genres littéraires [626 s.], analyse des relations entre récit et description [714], travaux de métrique [667 s.], plus récemment les études génétiques, etc. –, ses objets d'études rejoignent les problèmes classiques des études littéraires. Quoi qu'on pense du recours à la linguistique comme *modèle épistémologique*, les travaux du structuralisme ont montré que son utilisation comme *outil analytique* s'impose, étant donné le support verbal de l'œuvre littéraire.

L'influence du structuralisme s'est étendue au-delà de la France, et il s'est implanté de manière plus ou moins forte dans d'innombrables pays. Ainsi aux États-Unis il a largement influencé les études dans le domaine de la narration (Scholes et Kellog, Cohn, etc.), ainsi que la stylistique (Riffaterre). Mais l'analyse historique du structuralisme international reste à faire.

9. Parmi les travaux sémiotiques (autres que greimasiens) qui ont apporté des contributions à l'étude des faits littéraires, il faut rappeler les analyses de U. Eco [222 s.], de C. Segre et d'autres sémioticiens italiens, les travaux de l'école de Tartu [220], ceux de la sociocritique (Claude Duchet *et al.*), et plus récemment la théorie des polysystèmes de l'école de Tel-Aviv (Itamar Even-Zohar *et al.*), ainsi que la « science empirique de la littérature » qui s'est développée en Allemagne autour de S.J. Schmidt. Les liens de ces travaux avec les préoccupations de la poétique sont très divers : ainsi l'intérêt de Eco a été dès l'origine centré plutôt sur l'analyse de l'œuvre comme acte communicationnel, intérêt confirmé par ses travaux récents consacrés à la théorie de l'interprétation ; la **sociocritique** se rapproche de la poétique en ce qu'elle analyse la production textuelle, mais elle s'en distingue en ce que son intérêt concerne la production du *sociotexte*, conçu comme indexation (conflictuelle ou non) du social par et dans le texte, plutôt que l'œuvre comme opérateur esthétique ; quant à la **théorie des polysystèmes**, elle définit la littérature essentiellement sous un angle institutionnel et fonctionnel, tentant d'étudier à la fois la dynamique interne du système littéraire et ses interrelations avec les autres systèmes sémiotiques ; cette orientation est encore plus prononcée dans la « science empirique de la littérature », qui relève pour l'essentiel d'une sémio-sociologie de la littérature. Ce sont sans doute les travaux de l'école de Tartu, malgré leur cadre théorique emprunté à la théorie de l'information, qui restent les plus proches du projet d'une poétique au sens restreint du terme : ainsi I. Lotman (s'inspirant à la fois du formalisme et des travaux de Bakhtine) propose-t-il une théorie générale de la structure du texte littéraire conçu comme entité « translinguistique » (Bakhtine).

Cependant, même si en théorie il est possible de distinguer

la poétique – l'étude de la création littéraire – de la sémiotique littéraire – l'étude du système littéraire (conçu comme fait communicationnel) –, en pratique la frontière est très poreuse, puisque la création littéraire se situe toujours dans un cadre institutionnel et n'existe que sur le fond du système littéraire. En ce sens, les deux approches ne sauraient être séparées.

La présentation de l'évolution de la poétique en termes de mouvements ou d'écoles, utile pour fournir quelques repères, n'en fausse pas moins la réalité historique : les travaux les plus exemplaires – qu'il s'agisse des analyses poétiques de Jakobson, des travaux de Bakhtine, de Mukarovsky et de Hamburger, ou plus récemment de l'œuvre multiforme de Barthes et des travaux de Genette, Todorov ou Bremond, pour ne citer que quelques exemples – ne sauraient être réduits à quelque « école » ou « mouvement » que ce soit ; par ailleurs, beaucoup d'autres contributions majeures à l'étude de l'art littéraire – par exemple les travaux de E. Auerbach, de N. Frye, de I. Watt, etc., mais aussi, d'une manière plus générale, ceux des folkloristes, des spécialistes de littérature orale, des littératures antiques ou extraeuropéennes – ne s'inscrivent dans aucun courant précis, ni ne revendiquent d'appellation spécifique.

■ Le formalisme russe : *Théorie de la littérature*, Paris, 1965 ; L. Lemon et M. Reis, *Russian Formalist Criticism*, Lincoln, 1965 ; *Texte der russischen Formalisten*, t. I, Munich, 1969 ; t. II, 1972 (édition bilingue) ; V. Propp, *Morphologie du conte*, Paris, 1970 ; J. Tynianov, *Il problema del linguaggio poetico*, Milan, 1968 ; V. Chklovski, *Sur la théorie de la prose*, Lausanne, 1973 ; R. Jakobson, *Questions de poétique*, Paris, 1973.

Le cercle de Bakhtine : M. Bakhtine, *La Poétique de Dostoïevski*, Paris, 1970 ; Id., *L'Œuvre de François Rabelais et la culture populaire au Moyen Âge et sous la Renaissance*, Paris, 1970 ; Id., *Esthétique et théorie du roman*, Paris, 1978 ; T. Todorov, *Mikhaïl Bakhtine : le principe dialogique*, suivi de : *Écrits du Cercle de Bakhtine*, Paris, 1981.

Le Cercle de Prague : J. Mukarovsky, « L'art comme fait sémiologique » (1936) et « La dénomination poétique et la fonction esthétique de la langue » (1936), *Poétique*, 3, 1970 ; J. Mukarovsky, *Studien zur strukturalistischen Ästhetik und Poetik*, Munich, 1974 ; *The Word and Verbal Art : Selected Essays*, New Haven, 1978 ;

L. Matejka et I.R. Titunic (eds.), *Semiotics of Art : Prague School Contributions*, Cambridge (Mass.), 1976 ; J. Mukarovsky, *Structure, Sign and Function : Selected Essays*, New Haven, 1978 ; O. Zich, *Estetika dramatického umeni* (1931), Wurzbourg, 1977 ; J. Veltrulsky, *Drama as Literature* (1942), Lisse, 1977 ; P. Steiner (ed.), *The Prague School : Selected Writings, 1929-1946*, Austin, 1982.

L'école morphologique : O. Walzel, *Das Wortkunstwerk. Mittel seiner Erforschung*, Leipzig, 1926 ; A. Jolles, *Formes simples* (1930), Paris, 1972 ; G. Müller, *Morphologische Poetik*, Darmstadt, 1965 ; H. Oppel, *Morphologische Literaturwissenschaft*, Mayence, 1947 ; E. Lämmert, *Bauformen des Erzählens*, Stuttgart, 1955 ; W. Kayser, *Das sprachliche Kunstwerk*, Berne, 1948.

L'école phénoménologique et herméneutique : R. Ingarden, *Das literarische Kunstwerk : eine Untersuchung aus dem Grenzgebiet der Ontologie, Logik und Literaturwissenschaft* (1931), Tübingen, 1972 ; K. Hamburger, *Logique des genres littéraires* (1957), Paris, 1986 ; W. Iser, *Der implizite Leser*, Munich, 1972 ; *L'Acte de lecture : théorie de l'effet esthétique* (1976), Bruxelles, 1985 ; H.R. Jauss, *Pour une esthétique de la réception*, Paris, 1978.

New Criticism : P. Lubbock, *The Craft of Fiction*, Londres, 1921 ; I.A. Richards, *Philosophy of Rhetoric*, New York, 1936 ; W. Empson, *Seven Types of Ambiguity*, Londres, 1930 ; W. Empson, *Some Versions of Pastoral*, Londres, 1935 ; J.C. Ransom, *The New Criticism*, Norfolk, 1941 ; C. Brooks, *The Well Wrought Urn*, New York, 1947 ; F.P. Leavis, *The Great Tradition*, Londres, 1948 ; W. Empson, *The Structure of Complex Words*, Londres, 1951 ; R.B. West (ed.), *Essays in Modern Literary Criticism*, New York, 1952 ; W.K. Wimsatt, *The Verbal Icon*, Lexington, 1954 ; R. Wellek et A. Warren, *La Théorie littéraire*, Paris, 1971. – Bibliographie et vue d'ensemble : K. Cohen, « Le New Criticism aux États-Unis », *Poétique*, 10, 1972, p. 217-243.

Néo-aristotéliciens de Chicago : S. Crane (ed.), *Critics and Criticism : Ancient and Modern*, Chicago, 1952 ; E. Olson, *The Theory of Comedy*, Bloomington, 1968 ; W. Booth, *The Rhetoric of Fiction* (1961), 2e éd., Chicago, 1983 ; W. Booth, *Critical Understanding : The Powers and Limits of Pluralism*, Chicago, 1979.

Divers : I. Watt, *The Rise of the Novel*, Londres, 1957 ; E. Auerbach, *Mimésis. La représentation de la réalité dans la littérature occidentale*, Paris, 1968 ; N. Frye, *Anatomie de la critique*, Paris, 1969 ; N. Frye, *Le Grand Code. La Bible et la littérature*, Paris, 1984.

Il est impossible de donner une bibliographie sélective des recherches menées en poétique et sémiotique littéraire depuis les années soixante : les analyses développées depuis cette date faisant encore partie intégrante des débats actuels, le lecteur est prié de se reporter aux autres entrées concernant le domaine littéraire. Pour des travaux orientés vers la sémiotique, voir aussi l'entrée correspondante.

UNE ÉTUDE HISTORIQUE DU STRUCTURALISME : F. Dosse, *Histoire du structuralisme*, 1 : *Le Champ du signe, 1945-1966*, 2 : *Le Chant du cygne, 1967 à nos jours*, Paris, 1991, 1992. Deux discussions critiques : T. Pavel, *Le Mirage linguistique. Essai sur la modernisation intellectuelle*, Paris, 1988 ; J. Bessière, *Dire le littéraire. Points de vue théoriques*, Bruxelles, 1990.

II. Questions actuelles

Le reflux du « structuralisme » vers la fin des années soixante-dix s'est traduit en un premier temps par une moindre « visibilité » des travaux en poétique – l'attention se focalisant davantage sur les diverses herméneutiques post-structuralistes [101 s.] et sur l'histoire sociale de la littérature [96]. Ce déplacement d'accent était peut-être inévitable, et quelle que soit l'appréciation qu'on porte sur les divers mouvements post-structuralistes, la venue au premier plan des questions herméneutiques et sociales aura permis à la poétique de se resituer de manière moins équivoque dans le concert des diverses disciplines littéraires, et par là même de mieux affirmer sa spécificité.

La poétique actuelle continue à être le vaste chantier qu'elle n'a cessé d'être depuis le début du XXe siècle (voir par exemple Angenot, Bessière *et al.* 1989). Aussi, plutôt que de donner un aperçu forcément partiel des travaux en cours, se bornera-t-on ici à mettre en perspective trois problèmes qui n'ont cessé de prendre de l'importance et qui témoignent d'une inflexion notable de la manière d'aborder les problèmes de l'art littéraire. Parlant de la spécificité de la tendance « structurale », Todorov (1968) avait noté : « On pourrait presque caractériser les différentes périodes de l'histoire de la poétique, selon que l'attention des spécialistes s'est portée de préférence sur tel ou tel aspect de l'œuvre (verbal, syntaxique, sémantique).

L'aspect syntaxique [...] a été le plus négligé, jusqu'à l'examen attentif auquel l'ont soumis les formalistes russes dans les années vingt de ce siècle ; depuis il a été au centre de l'attention des chercheurs, en particulier de ceux qu'on a inscrits dans la tendance *structurale.* » Or, les développements récents de la poétique témoignent d'une prise en compte de plus en plus large d'un quatrième aspect : la dimension *pragmatique*, terme sous lequel on peut regrouper l'ensemble des questions qui surgissent dès lors qu'on s'est rendu à l'évidence que les œuvres littéraires sont des *actes* discursifs et que donc leur dimension verbale doit être replacée dans le cadre plus global de leur situation communicationnelle (= $pragmatique_{1}$, telle que définie ici même p. 131).

1. *Le fait littéraire*

En tant qu'activité artistique verbale, la littérature se situe au croisement de deux séries de faits : les faits discursifs et les faits artistiques. La poétique a donc, au niveau le plus général, une double tâche : elle doit essayer de dégager la spécificité du fait littéraire à l'intérieur des pratiques discursives, et secondairement la spécificité de l'art verbal par rapport aux autres activités artistiques. Ainsi semblerait-elle être appelée à se développer au moins selon deux directions : l'étude de la spécificité (éventuelle) de la littérature dans le champ des pratiques verbales et, secondairement, celle de la spécificité sémiotique de l'art verbal comparé aux autres arts. Une multiplicité de questions se posent dans le cadre de cette perspective très générale, dont on ne peut pour le moment qu'esquisser le cadre.

a) Pendant longtemps la poétique a cherché à dégager la spécificité de la littérature à partir d'une combinaison de traits syntaxico-sémantiques : il suffit de rappeler ici les tentatives récurrentes visant à établir l'existence d'un langage spécifique, le *langage poétique*. Les romantiques avaient déjà formé une thèse de cet ordre, et ils étaient même allés jusqu'à soutenir que le langage poétique se servait d'un type de signes spécifique – le **symbole** qui en tant que signe motivé s'opposerait aux signes arbitraires du langage véhiculaire. Projet voué à l'échec, puisque toute analyse non prévenue montre facilement que l'écrivain, comme tout un chacun, use du langage commun. Plus prometteuse est l'idée, défendue notamment par

Jakobson, selon laquelle la littérature doterait le langage d'une *fonction* spécifique, la fonction poétique. Cette thèse a surtout eu le mérite de ramener l'analyse des textes littéraires au niveau qui est le leur, c'est-à-dire le niveau des actes discursifs plutôt que celui d'un système langagier autonome. Il n'empêche que la fonction poétique telle que la définit Jakobson (insistance du message sur sa propre forme) caractérise surtout la poésie au sens restreint du terme et ne peut notamment pas prétendre rendre compte de la fonction de la *fiction* littéraire. En fait, il semblerait qu'on doive distinguer au moins deux types de littérarité (Genette 1991) : le domaine de la **littérarité constitutive**, réunissant la *fiction* (définie par des spécificités logiques ou pragmatiques) [373 s.] et la *diction* (la poésie, définie formellement), deux champs d'activités verbales à visée esthétique institutionalisée ; celui de la **littérarité conditionnelle**, comprenant les œuvres appartenant à des genres *sans* visée esthétique institutionalisée (par exemple l'autobiographie, le journal intime, le discours historique, etc.), mais qui, dès lors qu'ils font l'objet d'une *attention esthétique*, entrent dans le champ littéraire. Aussi bien du côté de la fiction que du côté de la littérarité conditionnelle, il apparaît que la « littérature » ne saurait être définie syntaxiquement, mais uniquement en prenant en compte une pragmatique des textes. En deuxième lieu, la définition reçue de la poétique, qui limite son objet aux textes ayant une *visée* esthétique, doit être nuancée : en effet, l'attention esthétique dépendant en dernière instance du récepteur, elle ne saurait servir à délimiter une classe stable de textes du côté du producteur. Lorsqu'on y ajoute le fait que bon nombre de procédés créateurs sont utilisés pareillement dans des textes « littéraires » et dans des textes réputés « non littéraires » – par exemple beaucoup de procédés narratifs se retrouvent à la fois dans les textes de fiction *et* les récits factuels [380 s.] – il apparaît que la pertinence des catégories analytiques de la poétique ne saurait se limiter au domaine des littératures instituées. Mais par contrecoup, la question de l'institutionalisation de la littérature et des inflexions spécifiques qu'elle imprime à la créativité verbale devient elle-même pertinente du point de vue poétique (comme l'avaient d'ailleurs déjà vu les formalistes russes).

b) La spécificité de l'art verbal par rapport aux autres arts pose la question du statut ontologique de l'œuvre littéraire en tant qu'œuvre verbale. La distinction de N. Goodman (1968) entre *arts autographiques*, c'est-à-dire des arts sans schéma notationnel (par exemple la peinture) et *arts allographiques*, c'est-à-dire les arts à notation syntaxique (la littérature, mais aussi la musique), reprise et développée par Genette (1994), a beaucoup éclairé cette question [225]. Mais le domaine même de l'art verbal n'est pas unifié du point de vue du statut ontologique des œuvres : un art allographique étant défini par l'identité syntaxique de l'œuvre à travers ses diverses instanciations (c'est-à-dire les exemplaires de l'œuvre), la « littérature » orale, caractérisée précisément par l'absence d'identité syntaxique stricte d'une performance à l'autre, échappe à cette définition syntaxique de l'identité de l'œuvre littéraire et nécessite le recours à des critères d'identité sémantique [622]. Cette différenciation ontologique des deux versants de l'art verbal est en fait l'indice d'une différence de statut sémiotique (reproduction textuelle *vs* réactivation mnémonique) et pragmatique (importance différente accordée à l'identité syntaxique dans la délimitation de l'œuvre individuelle). Une analyse apparentée peut être menée concernant le texte théâtral [745].

Du côté de son statut sémiotique, tout autant que de celui de sa spécificité par rapport aux autres pratiques verbales, le champ littéraire s'avère donc plus complexe et multiple que ne le laisse supposer l'usage apparemment non problématique du terme « littérature ». Une des tâches actuelles de la poétique réside dans la clarification des relations entre création verbale et fonction esthétique, étant entendu que cette dernière, tantôt guide intentionnellement l'usage des procédés créateurs, tantôt résulte d'une activation esthétique attentionnelle de faits textuels auxquels ne correspond pas de fonction esthétique intentionnelle.

2. *Création et Intentionalité*

Les théories d'interprétation textuelle les plus influentes actuellement sont anti-intentionalistes [101 s.]. Quelle que soit l'attitude qu'on adopte face à ces disciplines, il faut évidemment maintenir une distinction entre *interprétation* et *compréhension* [105] : la poétique n'est pas une discipline interprétative, mais elle présuppose néanmoins une *compréhension* des textes. Donc, la question de savoir si on peut accéder à la *compréhension* du texte comme acte discursif en faisant abstraction de son statut intentionnel – de la signification visée par l'auteur – l'intéresse directement : il suffit de rappeler ici la polémique déclenchée autour de l'analyse structurale du poème baudelairien « Les chats » proposée par R. Jakobson et C. Lévi-Strauss. Deux problèmes sont apparus. Le premier, abordé par M. Riffaterre, est celui de la perceptibilité (par un lecteur non linguiste) des éléments mis en évidence par les deux auteurs. Le deuxième, souvent occulté, concerne la question de savoir si la détermination des éléments poétiquement pertinents de l'œuvre peut se faire sans s'interroger sur le fait de savoir dans quelle mesure ces éléments peuvent correspondre à une structure intentionnelle. Or, étant entendu que l'Intentionalité des actes de langage – au sens où tout acte de langage est la mise en œuvre d'un « vouloir dire » du locuteur qui, pour être compris, exige d'être reconnu comme tel par le récepteur – constitue leur présupposé pragmatique fondamental en l'absence duquel ils s'abolissent comme tels, la thèse selon laquelle la compréhension du texte littéraire pourrait faire l'impasse sur son Intentionalité interdit en fait toute identification intersubjectivement contrôlable de l'objet même de l'analyse poétique. Autrement dit, la lecture des textes qui servent de matériau analytique au poéticien ne saurait être que la compréhension de leur Intentionalité native, puisque les procédés créateurs sont des faits auctoriaux – étant entendu qu'il ne faut pas confondre l'*intention en activité* incarnée dans le texte avec l'*intention préalable* de l'auteur [105]. Seule la première intéresse directement la compréhension textuelle : elle est d'ailleurs souvent la seule qui soit accessible.

Certains développements récents de la poétique permettent d'aborder la question de l'Intentionalité sur un plan concret. Le premier est un renouvellement de l'intérêt porté aux œuvres de performance orale : l'analyse de la *composition en performance* est particulièrement importante de ce point de vue [617 s.]. Le deuxième consiste dans l'étude des **avant-textes** (Bellemin-Noël) des œuvres – documentation, plans, scénarios, ébauches, dossier de brouillons, mises au net avec corrections, manuscrit définitif... (voir Hay 1979). Certes, ce corpus est assez restreint, à la fois quant au domaine générique (les textes littéraires ne constituent qu'une petite partie du champ textuel) et quant à la répartition historique et culturelle (pour l'essentiel les textes littéraires occidentaux depuis le

XIXe siècle). Mais rien n'impose qu'on se limite aux avant-textes proprement dits : l'analyse des transformations apportées par l'auteur entre les différentes éditions d'une œuvre – transformations souvent massives, surtout aux premiers siècles de l'imprimerie – relève pleinement de la même problématique (voir Jeanneret 1994). Tous ces phénomènes constituent le terrain d'étude privilégié des processus de création textuelle conçus comme processus intentionnels, puisque les relations d'*autotextualité* (voir Debray-Genette 1994), c'est-à-dire les transformations d'un état textuel à l'autre – et notamment les corrections, qu'il s'agisse des *corrections d'écriture* ou des *corrections de lecture*, plus tardives (voir Grésillon et Lebrave 1982) –, sont des indices concrets de l'intention en action de l'écrivain.

L'étude des *avant-textes* relève de la **génétique textuelle** (ou critique génétique). Devenue une des branches les plus actives des études littéraires actuelles, elle travaille dans deux directions : d'une part, elle intervient comme auxiliaire dans le travail philologique d'établissement des textes (éditions critiques des œuvres) ; d'autre part, elle se propose d'étudier la dynamique de la genèse textuelle prise en elle-même, c'est-à-dire non seulement eu égard à ce qu'elle peut nous apprendre concernant le processus créateur de tel ou tel écrivain spécifique, mais aussi dans la perspective plus générale d'une découverte éventuelle de régularités transindividuelles pouvant nous éclairer sur les constantes anthropologiques des procédures de création textuelle. Par ce biais, elle est susceptible de rejoindre, en partant de prémisses certes fort différentes, certaines préoccupations actuelles de la linguistique textuelle (J.L. Lebrave 1992, A. Grésillon 1994) [606].

3. *Poétique et histoire*

Le structuralisme a été accusé de ne pas avoir pris en compte la dimension historique des phénomènes littéraires. Aussi l'intérêt renouvelé qu'on porte actuellement à l'histoire littéraire [94 s.] est-il souvent interprété comme un dépassement du « formalisme » de la poétique. S'il est vrai que certains structuralistes ont sous-estimé l'importance de la dimension historique dans la description des faits littéraires, il ne s'agit certainement pas d'une tare inhérente à la poétique : R. Barthes a appelé à plusieurs reprises à un renouvellement de l'histoire littéraire, et G. Genette a noté dès 1969 qu'« à un certain point de l'analyse formelle le passage à la diachronie s'impose, et que le refus de cette diachronie, ou son interprétation en termes non historiques, porte préjudice à la théorie elle-même » (Genette 1972). D'ailleurs, les études qu'il a consacrées à l'**hypertextualité**, c'est-à-dire à cette forme spécifique d'intertextualité dans laquelle un texte est le transformé d'un autre (pastiches, parodies, traductions et autres transpositions, etc.) (Genette 1982), ainsi qu'au **paratexte**, c'est-à-dire à l'ensemble des marques (titre, sous-titre, intertitres, dédicaces, préfaces, notes, etc.) à fonction pragmatique qui accompagnent le texte proprement dit (Genette 1987) sont indissociablement structurales et historiques. On peut rappeler aussi que le formalisme russe, mouvement qui est à l'origine de la poétique moderne, avait déjà porté un grand intérêt à la périodisation littéraire, et plus généralement à l'évolution littéraire : ainsi Propp n'est-il pas seulement l'auteur de *La Morphologie du conte*, mais a aussi écrit *Les Racines historiques du conte merveilleux*.

Sur le fond de la question, la nécessité d'une prise en compte de la dimension historique découle directement du fait que l'œuvre littéraire est un fait intentionnel : la simple mise en lumière des traits formels pertinents dans une perspective poétique implique déjà une connaissance de la situation historique de l'œuvre, qu'il s'agisse de l'état de la langue, du contexte littéraire ou plus généralement de l'état du monde. Par exemple, pour savoir si tel ou tel élément linguistique d'un poème est marqué esthétiquement, il faut connaître – entre autres – l'état historique de la langue au moment de la création du poème : des éléments qui, du fait de l'évolution de la langue, sont marqués pour le lecteur d'aujourd'hui, ne l'étaient peut-être pas pour l'auteur et sa communauté linguistique (et inversement bien entendu).

La problématique des genres littéraires manifeste elle aussi le caractère indissociable des interrelations synchroniques et de la variabilité diachronique : ni essences suprahistoriques, ni simples définitions nominales, il s'agit d'un ensemble complexe de relations généalogiques entre textes, de règles explicites et de normes implicites, combinées en des proportions diverses et variables [631 s.]. Leur *transhistoricité* (Genette 1972) se manifeste en ce qu'ils se cristallisent en des **schémas**

génériques relativement stables dont la durée opérationnelle peut certes être des plus diverses, mais auxquelles la projectibilité historique, et par là même une tendance à la réactivation sont inhérentes. Autrement dit, un schéma générique une fois établi est indéfiniment réactualisable – comme l'est tout schéma mental : il fait désormais partie des possibles littéraires dont pourront se servir les écrivains futurs, y compris dans des contextes historiques fort différents et en le combinant avec d'autres schémas. Un schéma donné n'aura certes pas la même signification dans ces différents contextes, mais c'est justement en cela qu'il est transhistorique et non pas suprahistorique : il n'existe que dans des actualisations historiques changeantes, tout en étant irréductible à elles, du fait même de son statut de schéma formel dont la réalité ultime est mentale. Un aspect important de cette variabilité générique est lié à la redistribution entre forme et fonction déjà étudiée par Tynianov, c'est-à-dire au fait qu'au fil de l'histoire une forme donnée change de fonction (exemple : la fictionalisation du récit mythique) et, inversement, qu'une fonction donnée change de forme (exemple : la poésie élégiaque abandonnant le distique « élégiaque » pour d'autres types de versification).

Même au niveau des termes les plus généraux, on ne saurait échapper à la dialectique entre structure et histoire. C. Stevenson a ainsi montré que la définition de la **poésie** ne saurait être fondée sur une énumération finie de traits stables distinctifs et conjoints, mais uniquement sur une moyenne pondérée de traits définis quantitativement et s'assemblant selon des ressemblances de famille (Stevenson 1957) – caractéristique résultant du fait que la notion de *poésie* s'est constituée à travers un processus de sédimentation historique complexe dont notre notion actuelle est la résultante. Les plus importants de ces traits de ressemblance familiale délimitant la nébuleuse générique appelée *poésie* sont, d'après Stevenson, la régularité rythmique, la mesure métrique (qu'il ne faut pas confondre avec la structure rythmique [671 s.]), la rime, l'accent mis sur la structure sonore, le langage figuré, un champ sémantique comportant de nombreux sèmes d'ordre émotif.

De même, pour que la notion de fiction puisse déterminer extensionnellement un domaine de créations verbales spécifiques (comme c'est le cas, en Occident, depuis l'Antiquité grecque), il faut d'abord que la catégorie de la fiction en tant qu'opposée au discours factuel existe, ce qui n'est pas le cas dans toutes les cultures, ni à toutes les époques historiques.

Donc, les distinctions analytiques fondamentales de la poétique, loin de s'opposer à la prise en compte de la variabilité historique de la littérature, nous permettent précisément d'en mesurer toute l'ampleur et de la penser avec un minimum de rigueur.

■ E.D. Hirsch Jr., *Validity in Interpretation*, New Haven, 1967 ; N. Goodman, *Langages de l'art* (1968), Paris, 1990 ; J.R. Searle, *L'Intentionalité*, Paris, 1985 ; M. Angenot, J. Bessière, D. Fokkema et E. Kushner (eds.), *Théorie littéraire*, Paris, 1989 ; G. Genette, *Fiction et diction*, Paris, 1991 ; G. Genette, *L'Œuvre de l'art : immanence et transcendance*, Paris, 1994.

Génétique textuelle : J. Bellemin-Noël, *Le Texte et l'avant-texte*, Paris, 1972 ; L. Hay (ed.), *Essais de critique génétique* ; Paris, 1979 ; A. Grésillon et J.-L. Lebrave, « Les manuscrits comme lieux de conflits discursifs », in *La Genèse du texte*, Paris, 1982 ; A. Grésillon et M. Werner (eds.), *Leçons d'écriture : ce que disent les manuscrits*, Paris, 1985 ; R. Debray-Genette, *Métamorphoses du récit*, Paris, 1988 ; P.-M. de Biasi, *Carnets de travail de Gustave Flaubert*, Paris, 1988 ; J.-L. Lebrave, « La critique génétique », *Genesis*, 1, 1992, p. 33-72 ; A. Grésillon, *Éléments de critique génétique*, 1994 ; M. Jeanneret, « Chantiers de la Renaissance. Les variations de l'imprimé au XVIe siècle », *Genesis*, 6, 1994, 25-44 ; R. Debray-Genette, « Hapax et paradigmes. Aux frontières de la critique génétique », *Genesis*, 6, 1994, p. 79-92.

Poétique et histoire : J. Tynianov, « De l'évolution littéraire » (1929), in T. Todorov (ed.), *Théorie de la littérature*, Paris, 1965 ; C. Stevenson, « Qu'est-ce qu'un poème ? »(1957), in G. Genette (ed.), *Esthétique et poétique*, Paris, 1992 ; R. Barthes, « Histoire ou littérature ? » (1960), in *Sur Racine*, Paris, 1979 ; G. Genette, « Poétique et histoire » (1969), in *Figures III*, Paris, 1972 ; G. Genette, *Palimpsestes*, Paris, 1982 ; C. Moisan, *Qu'est-ce que l'histoire littéraire ?*, Paris, 1987 ; G. Genette, *Seuils*, Paris, 1987.

SÉMIOTIQUE

Historique

La sémiotique (ou sémiologie) est l'étude des signes et des processus interprétatifs. Il existe donc, comme l'a rappelé U. Eco (1988), des liens profonds entre sémiotique et herméneutique, étant donné qu'« une chose n'est un signe que parce qu'elle est interprétée comme le signe de quelque chose par un interprète » (Morris 1938). Pourtant, dans les faits, la sémiotique contemporaine s'est en général développée indépendamment de l'herméneutique : elle s'est voulue pour l'essentiel une théorie et taxonomie des *signes* [253 s.], une analyse des *codes*, *grammaires*, *systèmes*, *conventions*, etc., plutôt qu'une théorie de l'interprétation. Ce n'est que tout récemment que l'accent s'est déplacé vers les problèmes de l'interprétation, et plus largement vers une pragmatique des signes (ainsi Eco 1985). Cependant, dans la mesure où ce déplacement d'accent est commun à la plupart des disciplines post-structuralistes et où la sémiotique contemporaine a de tout temps été très œcuménique et sensible à des influences théoriques extérieures, il est difficile pour le moment d'en apprécier les conséquences à long terme. La sémiotique dont il sera question ici est donc essentiellement théorie des signes.

La réflexion sur les signes n'est pas de naissance récente, même si du fait de l'importance des signes verbaux dans la communication humaine, elle s'est confondue pendant longtemps avec la réflexion sur le langage. Il y a ainsi une théorie sémiotique implicite dans les spéculations linguistiques traditionnelles, en Chine aussi bien qu'aux Indes, en Grèce ou à Rome. Il serait donc vain de vouloir rechercher l'origine historique de la sémiotique chez un auteur précis, même si traditionnellement on accorde cet honneur à saint Augustin, notamment pour sa distinction entre signes naturels et signes conventionnels, ainsi que celle entre la fonction des signes chez les animaux et chez les hommes *(De doctrina christiana).* Mais les stoïciens déjà accordaient une grande importance à ces problèmes, et en fait il faudrait remonter au moins jusqu'à Platon et Aristote. La réflexion antique irrigue ensuite le Moyen Âge, où les modistes notamment formulent des idées sur le langage qui ont une portée sémiotique. En 1632, le philosophe espagnol J. Poinsot (Ionnais a Sancto Toma) publie un *Tractatus de signis* (inclus dans la IIe partie de son *Ars logicae*) dans lequel il propose ce qui est sans doute la première théorie *générale* des signes : il y établit notamment une distinction entre représentation et signification, la spécificité de la relation de signification résidant dans le fait qu'un signe ne saurait jamais être signe de lui-même alors qu'un objet peut se représenter lui-même. Du même coup le signe n'a plus besoin, comme chez saint Augustin, d'être quelque chose de perçu : il est défini uniquement par la relation de tenant-lieu, définition qui ouvre la possibilité d'une sémiotique générale incluant aussi les idées mentales (Deely 1982). Mais il faudra attendre Locke pour voir surgir le nom même de « sémiotique », définie comme « connaissance des signes » et comprenant à la fois les « Idées » de l'esprit et les signes de communication interhumaine *(Essai philosophique concernant l'entendement humain)* – élargissement qui n'est cependant pas sans poser des problèmes, puisqu'il ne nous dispense pas de distinguer entre les états intentionnels (les Idées) et les manifestations sensibles de ces états (les signes au sens augustinien du terme) [254].

C'est avec l'œuvre du philosophe américain Charles Sanders Peirce (1839-1914) que la sémiotique devient une discipline véritablement indépendante. Elle est pour lui un cadre de référence qui englobe toute autre étude : « Il n'a jamais été en mon pouvoir d'étudier quoi que ce fût – mathématiques, morale, métaphysique, gravitation, thermodynamique, optique, chimie, anatomie comparée, astronomie, psychologie, phonétique, économie, histoire des sciences, whist, hommes et femmes, vin, métrologie – autrement que comme étude de sémiotique. » De là que les écrits sémiotiques de Peirce sont aussi variés que les objets énumérés ; il n'a pas laissé *une* œuvre cohérente qui résumerait les grandes lignes de sa doctrine. Cela a provoqué, pendant longtemps, une certaine ignorance de ses doctrines, suivie plus récemment par d'innombrables exégèses tentant de retrouver l'unité d'*une* théorie à travers ses reformulations permanentes (voir Greenlee 1973, Deledalle 1979).

La contribution de Peirce est capitale sur au moins deux points :

a) Il insiste sur le fait que la relation signifiante est toujours une relation à trois termes : « Un *Signe*, ou *Representamen*, est un Premier, qui entretient avec un Second, appelé son *Objet*, une telle véritable relation triadique qu'il est capable de déterminer un Troisième, appelé son *Interprétant*, pour que celui-ci assume la même relation triadique à l'égard du dit Objet que celle entre le Signe et l'Objet. » En une acception large, l'**interprétant** est le *sens* du signe ; en une acception plus étroite, le rapport *paradigmatique* entre un signe et un autre : l'interprétant est donc toujours aussi signe, qui aura son interprétant, etc. On pourrait illustrer ce processus de conversion entre le signe et l'interprétant par les rapports qu'entretient un mot avec les termes qui, dans le dictionnaire, le définissent : synonymes ou paraphrase, tous termes dont on peut à nouveau chercher la définition, qui ne sera jamais composée que de mots (Todorov 1972). « Le signe n'est pas un signe à moins qu'il ne puisse se traduire en un autre signe dans lequel il est plus pleinement développé. » On interprète souvent cette conception peircienne comme un argument en faveur d'une « sémiose infinie » : c'est oublier le second terme, l'*objet*, qui dès lors que la visée pragmatique de l'acte sémiotique est atteinte, interrompt le processus interprétatif (fût-il en droit infini).

b) Il reconnaît la diversité des signes et leur irréductibilité au mode de fonctionnement du signe linguistique. En croisant différents critères, Peirce en arrive à distinguer 66 variétés de signes. Même si l'architecture globale extrêmement complexe, et sans cesse changeante, de cette taxonomie n'a pas réussi à s'imposer au-delà du cercle restreint des exégètes de Peirce, certaines de ses distinctions sont devenues tout à fait courantes, ainsi celle entre signe-type et signe-occurrence (*type* et *token*, ou *legisign* et *sinsign*) [260], ou encore celle entre icône, indice et symbole [261].

À peu près simultanément le linguiste Ferdinand de Saussure annonce la *sémiologie* : « La langue est un système de signes exprimant des idées et par là, comparable à l'écriture, à l'alphabet des sourds-muets, aux rites symboliques, aux formes de politesse, aux signaux militaires, etc. Elle est seulement le plus important de ces systèmes. On peut donc concevoir *une science qui étudie la vie des signes au sein de la vie sociale* ; elle formerait une partie de la psychologie sociale et, par conséquent, de la psychologie générale ; nous la nommerons *sémiologie* (du grcc *sèmeîon*, signe). Elle nous apprendrait en quoi consistent les signes, quelles lois les régissent. Puisqu'elle n'existe pas encore, on ne peut dire ce qu'elle sera ; mais elle a droit à l'existence, sa place est déterminée d'avance. » L'apport direct de Saussure à la sémiologie non linguistique s'est limité à peu près à ces phrases, mais elles ont joué un grand rôle, surtout en France, où elles ont eu pour résultat (paradoxal) le développement d'une sémiologie se modelant étroitement sur le patron de la linguistique (voir *infra*).

Une troisième source de la sémiotique moderne se trouve dans la phénoménologie husserlienne et chez Ernst Cassirer. Dans les *Recherches logiques*, Husserl développe une théorie générale de l'Intentionalité conçue comme relation de renvoi, dans le cadre de laquelle il élabore aussi une théorie des signes et de la signification *(Bedeutung)*. Quant à Cassirer, dans *La Philosophie des formes symboliques*, il pose plusieurs principes : 1° Le rôle plus qu'instrumental du langage : celui-ci ne sert pas à dénommer une réalité préexistante mais à l'*articuler*, à la *conceptualiser*. Ce rôle du symbolique – entendu ici au sens large de : tout ce qui fait sens – distinguerait l'homme des animaux – qui, d'après Cassirer, ne posséderaient que des systèmes de réception et d'action – et lui vaut le nom d'*animal symbolicum*. 2° Le langage verbal n'est pas le seul à jouir de ce privilège ; il le partage avec une série d'autres systèmes – le mythe, la religion, l'art, la science, l'histoire – qui constituent ensemble la sphère de l'« humain ». Chacune de ces « formes symboliques » informe le « monde » plutôt qu'elle ne l'imite (Todorov 1972).

La *logique* est une quatrième source de la sémiotique moderne. On a pu soutenir que les racines de la sémiotique se trouvaient dans la logique antique et médiévale, ceci dans la mesure où, contrairement au calcul logique moderne, elle ne se proposait pas d'établir un langage artificiel mais d'analyser le fonctionnement logique des langues naturelles (Deely 1982).

Peirce lui-même avait été logicien, et il inclut explicitement les processus d'inférence logique dans sa taxonomie des signes [255], conception reprise par Morris et par beaucoup de sémioticiens actuels. Une autre filiation part de Frege (dont la distinction entre *Sinn* et *Bedeutung* [257] est capitale pour la sémiotique), Russell et surtout Carnap (1928) : ce dernier construit un langage idéal, qui fera bientôt fonction de modèle pour la sémiotique. C'est le logicien et philosophe américain Charles Morris (1938) qui l'y introduit. Il développe (Morris 1946) une théorie générale des signes dans une perspective behavioriste, définissant le signe comme stimulus préparatoire relativement à un autre objet qui n'est pas un stimulus au moment où ce comportement est déclenché. La taxonomie générale proposée par Morris ne s'est guère imposée, mais certaines de ses distinctions sont devenues l'héritage commun de la sémiotique contemporaine, telle celle entre *designatum* et *denotatum*, et surtout celle entre les dimensions *sémantique, syntaxique* et *pragmatique* des signes [257 s.].

Eric Buyssens, dans *Les Langages et le discours* (1943), a proposé un modèle sémiotique qui s'inspire des catégories saussuriennes. S'appuyant d'une part sur le langage verbal, d'autre part sur divers autres systèmes sémiologiques (signaux routiers, etc.), l'auteur établit un certain nombre de notions et de distinctions (*sème* et *acte sémique, sémies intrinsèques* et *extrinsèques*, *sémies directes* et *substitutives*) dont certaines seront reprises plus tard par Prieto (1966). À la même époque, les écrits de tous les représentants principaux de ce qu'on appelle la « linguistique structurale » (Sapir, Troubetzkoy, Jakobson, Hjelmslev, Benveniste) tiennent compte de la perspective sémiologique et essaient de préciser la place du langage au sein des autres systèmes de signes.

Les arts et la littérature attirent eux aussi l'attention des premiers sémioticiens. Dans un essai intitulé « L'art comme fait sémiologique », Jan Mukarovsky, l'un des membres du Cercle linguistique de Prague [196 s.], pose que l'étude des arts doit devenir l'une des parties de la sémiotique et essaie de définir la spécificité du signe esthétique : c'est un signe *autonome*, qui acquiert une importance en lui-même, et pas seulement comme médiateur de signification. Mais à côté de cette *fonction esthétique*, commune à tous les arts, il en existe une autre, que possèdent les arts « à sujet » (littérature, peinture, sculpture) et qui est celle du langage verbal : c'est la *fonction communicative*. « Toute œuvre d'art est un signe autonome. Les œuvres d'art "à sujet" (littérature, peinture, sculpture) ont encore une seconde fonction sémiologique, qui est communicative. » Il faut rappeler aussi les travaux du phénoménologue Roman Ingarden dans le domaine de la littérature et de la musique, travaux consacrés au statut ontologique des œuvres et qui à bien des égards annoncent la distinction goodmanienne entre arts autographiques et arts allographiques (voir *infra*). On peut y ajouter la philosophe Suzanne Langer qui, s'inspirant de Cassirer, propose une sémiotique expressive de la musique : « La musique est une forme de signifiance… qui, grâce à sa structure dramatique, peut exprimer des formes de l'expérience vitale pour lesquelles la langue est particulièrement inappropriée. Sa teneur *(import)* est constituée par les sentiments, la vie, le mouvement et l'émotion… » Le problème abordé par Langer, celui de la dimension sémantique de la musique, est encore aujourd'hui au cœur de la sémiotique musicale (Todorov 1972).

■ Sources de la sémiotique moderne : C.S. Peirce, *Collected Papers*, Cambridge, 1932 s. ; C.S. Peirce, *Écrits sur le signe*, Paris, 1978 ; P. Weiss et A.W. Burks, « Peirce's sixty-six signs », *The Journal of Philosophy*, 1945, p. 383-388 ; A.W. Burks, « Icon, index, symbol », *Philosophy and Phenomenological Research*, 1949, p. 673-689 ; J. Dewey, « Peirce's theory of linguistic signs, thought and meaning », *The Journal of Philosophy*, 1946, 4, p. 85-95 ; D. Greenlee, *Peirce's Concept of Sign*, La Haye, 1973 ; G. Deledalle, *Théorie et pratique du signe. Introduction à la sémiotique de Charles S. Peirce*, Paris, 1979 ; F. de Saussure, *Cours de linguistique générale*, Paris, 1916 ; R. Godel, *Les Sources manuscrites du « Cours de linguistique générale »*, Genève, 1957 ; E. Cassirer, *Philosophie der symbolischen Formen*, 3 vol., Berlin, 1923 s. ; R. Ingarden, *Das literarische Kunstwerk : eine Untersuchung aus dem Grenzgebiet der Ontologie, Logik und Literaturwisenschaft* (1931), Tübingen, 1972 ; E. Cassirer, *An Essay on Man*, New Haven, 1944 ; E. Cassirer, « Le langage et la construction du monde des objets », in *Essais sur le langage*, Paris, 1969 ; C. Ogden et I.A. Richards, *The Meaning of Meaning*, Londres, 1923 ; R. Carnap, *Der logische Aufbau der Welt* (1928), Francfort, Berlin, Vienne, 1979 ; R. Carnap, *The Logical Syntax of Language*, Londres-New York, 1937 ;

C.W. Morris, *Foundations of the Theory of Signs*, Chicago, 1939 ; C.W. Morris, *Signs, Language, and Behavior*, New York, 1946 ; E. Buyssens, *Les Langages et le discours* (1943), Bruxelles, 1973 ; J. Mukarovsky, « Sémiologie et littérature », *Poétique*, 1970, 3 ; S. Langer, *Feeling and Form*, Londres, 1953 ; R. Ingarden, *Qu'est-ce qu'une œuvre musicale ?* (1933, 1962), Paris, 1989.

Présentations générales : M. Bense, *Semiotik : Allgemeine Theorie des Zeichens*, Aix-la-Chapelle, 1967 ; G. Mounin, *Introduction à la sémiologie*, Paris, 1970 ; P. Guiraud, *La Sémiologie*, Paris, 1971 ; T. Todorov, « Sémiotique », in O. Ducrot et T. Todorov, *Dictionnaire encyclopédique des sciences du langage*, Paris, 1972 ; U. Eco, *Trattato di semiotica generale*, Milan, 1975 ; R. Jakobson, *Coup d'œil sur le développement de la sémiotique*, Studies in Semiotics 3, Bloomington, 1975 ; T.A. Sebeok (ed.), *The Tell-Tale Sign : A Survey of Semiotics*, Bloomington, 1975 ; J. Deely, *Introducing Semiotic. Its History and Doctrine*, Bloomington, 1982 ; D.S. Clark Jr., *Sources of Semiotic. Readings with a Commentary from Antiquity to the Present*, Carbondale et Edwardsville, 1990.

Après la Deuxième Guerre mondiale, les études sémiologiques ont connu un grand développement, ceci dans les domaines les plus différents, avec les méthodologies les plus diverses et dans des cadres théoriques pas toujours compatibles les uns avec les autres. Par ailleurs, dans la mesure où elle se définit comme « science générale des signes », la nébuleuse sémiologique a eu tendance à annexer tous les travaux en sciences humaines traitant de près ou de loin de phénomènes mettant en œuvre une relation de signification. Aussi est-il impossible de donner un aperçu de la multitude de recherches qui se réclament du label sémiologique ou qui sont considérées par les sémioticiens comme relevant *de jure* de leur entreprise (pour une énumération des recherches selon les pays, voir par exemple Helbo, ed., 1979). La contrepartie de cet œcuménisme de la sémiotique a été une extension incontrôlée du terme, aboutissant à une quasi-impossibilité de circonscrire l'objet et les méthodes de la discipline.

En gros on peut ramener les travaux sémiotiques à trois orientations principales :

1. La filiation Locke-Peirce-Morris qui part d'une théorie générale des signes, naturels ou conventionnels, humains ou non humains et dont l'idéal ultime est l'établissement d'une

théorie générale des faits de communication. Dans cette perspective, le langage humain apparaît comme un des multiples systèmes biologiques de signification et de communication : il garde certes une place spécifique en ce que c'est toujours dans son cadre que sont formulées les analyses portant sur les autres systèmes sémiotiques, mais la discipline qui l'étudie (la linguistique) n'a pas de valeur modélisante pour l'analyse de ces autres systèmes, qu'ils soient humains ou non. Cette conception de la sémiotique s'est surtout développée aux États-Unis, notamment autour de T. Sebeok, et elle fait preuve d'un dynamisme remarquable, dû à son esprit résolument interdisciplinaire. Parmi ses champs d'études on citera celui de la communication humaine non verbale, c'est-à-dire la gestualité et les mimiques **(kinésique)**, ainsi que les modes d'interaction spatiale **(proxémique)**, domaine où les sémioticiens retrouvent les préoccupations des éthologues du comportement humain (Birdwhistell 1952, Hall 1968). Ces travaux, ainsi que les recherches sur les comportements symboliques chez les animaux – la **zoo-sémiotique** (voir par exemple T.A. Sebeok 1965, T.A. Sebeok et J. Umiker-Sebeok 1980) – ont amené beaucoup de chercheurs à nuancer l'affirmation des linguistes et de certains philosophes (par exemple Cassirer) concernant l'hiatus absolu entre parole humaine et communication animale. Se fondant sur l'étude des comportements symboliques que les humains ont en commun avec les animaux (mimiques, gestes, fonctionnement symbolique des interactions spatiales), W.J. Smith a ainsi essayé de montrer qu'il existe un lien génétique entre la communication animale et le développement humain et que les systèmes zoo-sémiotiques de l'homme continuent à avoir une influence sur l'évolution du langage (Smith 1974).

2. La filiation fondée sur la cybernétique et la théorie de l'information : en France cette direction est représentée par les travaux de A. Moles (1956), mais elle s'est développée surtout pendant les années soixante et soixante-dix en Union soviétique (notamment dans le « Cercle de Tartu »). Si les recherches américaines sont les plus originales dans le domaine de l'étude des signes infra-linguistiques, l'apport le plus important de la sémiotique soviétique se situe sans conteste dans le domaine de l'étude des signes supra-linguistiques et le développement d'une « sémiotique de la culture ». Parmi les recherches sur

les « **systèmes secondaires** », c'est-à-dire sur les systèmes sémiotiques connotatifs (au sens de Hjelmslev) fondés sur le langage mais non identiques à lui, on peut retenir les travaux de Lotman sur la littérature (la structure littéraire de l'œuvre littéraire, bien qu'incarnée verbalement, est elle-même supralinguistique) et le cinéma (Lotman 1970, 1977), ou ceux d'Uspenski sur les arts (Uspenski 1976). Il faut cependant noter que la notion de « système secondaire » est problématique lorsqu'elle est appliquée, par exemple, aux arts visuels (voir *infra*). La **sémiotique de la culture**, définie comme l'« étude de la corrélation fonctionnelle de différents systèmes de signes » (V.V. Ivanov *et al.* 1973), a donné lieu à des études comparatistes intéressantes. Lotman propose ainsi une typologie qui oppose cultures orientées vers les origines *vs* cultures orientées vers le futur, cultures orientées vers le signe *vs* cultures dirigées contre le signe, cultures orientées vers le texte *vs* cultures orientées vers le code et cultures orientées vers le mythe *vs* cultures orientées vers la science (voir Shukman 1977).

3. La filiation linguistique, dominante surtout en France, et qui en fait s'identifie plus ou moins au *mouvement structuraliste*. Certains, pour marquer sa spécificité, préfèrent parler de *sémiologie* (terme proposé par Saussure), plutôt que de *sémiotique*, mais la distinction n'a pas vraiment réussi à s'imposer. Inspirée notamment par les travaux de C. Lévi-Strauss sur les systèmes de parenté, la recherche sémiologique française s'est tournée surtout vers l'étude de la littérature et, dans une moindre mesure, des formes sociales supposées fonctionner « à la manière d'un langage » (mythes, mode, etc.). Ce qui caractérise avant tout la sémiologie française, c'est qu'elle s'est inspirée très étroitement du modèle de la linguistique structurale (essentiellement des théories de Jakobson et Hjelmslev). R. Barthes (1964) est même allé jusqu'à renverser la relation entre sémiologie et linguistique proposée par Saussure : la sémiologie n'est plus qu'un aspect de la linguistique, étant donné que (selon Barthes) tous les signes non linguistiques sont en fait prédéterminés par le langage, qu'il identifie à la pensée comme telle (on peut y voir peut-être une influence de la conception langagière de l'inconscient freudien proposée par Lacan). Même si tous les représentants du structuralisme n'acceptent pas ce renversement, la plupart traitent le langage,

explicitement ou implicitement, comme paradigme de la structuration sémiotique comme telle : l'analyse des systèmes de parenté par Lévi-Strauss se modèle ainsi sur l'analyse phonologique du langage proposée par Troubetzkoy ; Barthes de son côté a appliqué la distinction saussurienne entre langue et parole à l'analyse de la mode conçue comme système symbolique (Barthes 1967) ; quant à la sémantique générale de Greimas, si le carré sémiotique qui lui fournit son modèle constitutionnel se veut d'ordre métalinguistique, on notera qu'il rejoint la structure achronique postulée par Lévi-Strauss – elle-même grandement redevable au modèle linguistique – et le carré logique de Blanché [280 s.], mettant en relation des pôles *propositionnels*. Aussi n'est-ce sans doute pas un hasard si, à l'exception notable des recherches de C. Metz consacrées au cinéma, la plupart des travaux français qu'on considère comme relevant de la sémiologie sont en fait des travaux d'analyse formelle de la littérature. Ceci illustre le caractère peu opératoire de la dénomination de *sémiotique* (ou de *sémiologie*), puisque – à l'exception des travaux de J. Kristeva et de ceux s'inspirant de la théorie greimasienne (par exemple Greimas *et al.* 1972, Chabrol 1973, Coquet 1973, Rastier 1973) – ces travaux, par exemple ceux de Bremond, Genette, Todorov, etc., n'ont pas été menés dans le cadre d'une théorie sémiotique générale.

Les travaux de U. Eco ne s'inscrivent dans aucune des trois filiations distinguées ci-dessus. Son approche est essentiellement syncrétique : tout en accordant au fil des ans une importance de plus en plus grande à la théorie peircienne, il intègre les travaux structuralistes (notamment ceux des formalistes russes, de Barthes et de Greimas) et reste attentif à la réflexion philosophique consacrée à la problématique des signes. Aussi est-il un des rares sémioticiens européens à avoir développé une sémiotique générale cherchant le dialogue permanent avec les propositions avancées par d'autres chercheurs. Centrée en un premier moment sur l'étude des codes, sa conception, telle qu'on peut en suivre l'évolution à travers ses écrits récents, accorde une place de plus en plus grande aux processus interprétatifs. Cette orientation pragmatique ressort notamment de l'importance qu'il accorde à l'idée d'un arrière-fond cognitif en transformation permanente : d'où son refus de considérer les processus sémantiques sur le modèle statique et purement linguistique du « dictionnaire » ; l'interprétation des signes fait fond sur une « encyclopédie » multidimensionnelle et dynamique, qui s'enrichit lors de chaque nouvel acte interprétatif (Eco 1979, 1988). Dans le domaine de ce qu'il appelle les *sémiotiques spécifiques*, Eco a consacré des travaux importants à la littérature : ainsi dans *Lector in fabula*, il propose de déplacer l'accent de l'analyse des conventions sémiotiques régissant les récits vers l'étude de la pragmatique narrative, c'est-à-dire de la « narrativité verbale en tant qu'elle est interprétée par un lecteur coopérant ». Il s'est intéressé aussi aux moyens de communication de masse (Eco 1972) ainsi qu'à la philosophie du langage (Eco 1988).

Sémiotique et étude des arts non verbaux

On a pu voir que la sémiotique s'est intéressée très tôt à la littérature et aux arts. Ceci n'est pas étonnant, étant donné l'importance des systèmes symboliques artistiques dans la vie des hommes. Comme par ailleurs les différents arts ont des statuts sémiotiques irréductibles les uns des autres, la sémiotique des arts s'avère un terrain excellent pour tester la force et les faiblesses de l'analyse sémiotique. On n'abordera ici que le domaine des arts non verbaux, les études sémiotiques touchant à la littérature étant présentées, lorsqu'il y a lieu, dans les diverses entrées consacrées à la littérature. Il faut ajouter que dans le domaine de la littérature, l'analyse sémiotique, vocabulaire mis à part, ne se différencie pas fondamentalement des autres approches d'analyse formelle, sauf dans le domaine de l'analyse théâtrale [740 s.] : pour cette forme d'art où l'élément verbal interagit toujours avec des codes non verbaux (gestes, mimiques, etc.) la sémiotique constitue le modèle d'analyse le plus prometteur (voir par exemple Serpieri *et al.* 1981).

C'est sans doute dans le domaine des arts visuels que les résultats de l'analyse sémiotique ont été les plus décevants à ce jour. Ceci, semble-t-il, est dû essentiellement au fait que la plupart de ceux qui s'y sont essayés n'ont pas réussi à se libérer des catégories de l'analyse linguistique (par exemple Lindekens 1971), malgré l'impossibilité évidente de découvrir des unités différentielles ultimes dans le domaine des signes visuels (soulignée par H. Damisch 1977) : cette transposition souvent mécanique des catégories de la linguistique est d'autant plus incompréhensible qu'un des fondateurs de la sémiotique des arts visuels, Meyer Schapiro, avait donné l'exemple d'une approche beaucoup plus respectueuse de la spécificité sémiotique de la peinture (Schapiro 1969). Parmi les rares travaux qui échappent à ce reproche, il faut citer les travaux de Barthes consacrés à l'image photographique (Barthes 1982) : bien qu'utilisant un vocabulaire saussurien et hjelmslevien risquant d'induire en erreur, Barthes a reconnu dès le début que la dénotation photographique n'était pas codée au sens où pouvait l'être un message verbal ; il est vrai que cette clairvoyance ne le guide plus lorsqu'il s'agit de l'image graphique, pour laquelle il admet l'existence de « signes discontinus » constituant un code. L'analyse du récit cinématographique due à C. Metz est une autre exception notable : alors que le cinéma partage avec la littérature au moins une catégorie centrale, à savoir celle du récit, Metz a toujours insisté sur l'irréductibilité des codes cinématographiques à une structuration conçue en analogie avec la structuration linguistique (voir Metz 1971, 1977).

La théorie des « systèmes modélisants secondaires » proposée par l'école de Tartu pour rendre compte du statut symbolique des arts non verbaux rencontre les mêmes problèmes : la thèse selon laquelle les langues naturelles seraient le modèle originaire de toutes les autres activités culturelles n'est guère plausible, et en tout cas elle est incapable de prendre en compte la spécificité sémiotique des arts non verbaux.

Dans le domaine musical, l'approche sémiotique s'est révélée plus positive, comme en témoigne notamment le travail de J.-J. Nattiez (1975) qui montre par l'exemple que les catégories analytiques empruntées à la linguistique, correctement transposées, peuvent y être opératoires, du moins au niveau de l'analyse syntaxique. Cette pertinence n'est pas due au hasard : elle tient au fait que la musique (du moins la musique écrite), comme les langues, dispose d'un *schéma* syntaxique (voir *infra*). Cependant, cette parenté entre les deux types de systèmes de signes ne s'étend pas jusqu'au domaine sémantique. Sauf à identifier la relation référentielle à la relation entre partition et interprétation [263], on ne saurait dire que les signifiants musicaux ont une fonction dénotative à la manière des signes verbaux (voir Karbusicky 1990) : en général on admet, soit que le système musical est un système purement syntaxique (mais dans ce cas, peut-on encore parler de *signes* musicaux ?), soit que les signes musicaux ont une fonction expressive. Dans la deuxième hypothèse, leur fonction référentielle pourrait être décrite dans le cadre de la théorie goodmanienne de l'exemplification métaphorique [190 s.]. Nattiez reprend par ailleurs la tripartition de Molino (1975) – qui rejoint une distinction déjà opératoire dans les travaux du Cercle de Prague [196 s.] – selon laquelle l'analyse sémiotique doit se déployer sur trois niveaux : le niveau poïetique (qui est celui de l'intentionalité créatrice, des stratégies productives), le niveau neutre de l'objet créé et le niveau « esthésique » (qui est celui des stratégies réceptives).

Si on met à part la théorie des systèmes modélisants secondaires de l'école de Tartu, la plupart des recherches sémiotiques dans le domaine des arts se cantonnent à des arts spécifiques. L'exception la plus marquante est *Langages de l'art* de N. Goodman. Bien que Goodman n'utilise pas le terme de *sémiotique*, ni le vocabulaire des sémioticiens, il propose bien une sémiotique générale des arts. Outre sa théorie de la référence [375] et ses développements sur les « symptômes de l'esthétique », on retiendra notamment sa distinction entre **arts autographiques** (par exemple la peinture) et **arts allographiques** (par exemple la littérature ou la musique) : les deuxièmes, contrairement aux premiers, disposent d'une *notation syntaxique* (reposant sur un schème formé de caractères disjoints et différenciés de manière finie – tels le système phonologique, l'alphabet, ou encore les éléments de l'écriture musicale) [263]. Ceci explique pourquoi une œuvre allographique (par exemple un texte littéraire) peut être reproduite sans perdre son identité (qui repose sur la simple identité syntaxique), alors qu'une œuvre autographique, réalisée dans un schéma syntaxiquement continu et dense, ne saurait jamais être reproduite à l'identique : la reproduction d'un tableau n'est donc pas, contrairement à la reproduction d'un texte, un nouvel exemplaire de l'œuvre, mais une copie ou un faux. L'analyse goodmanienne montre ainsi entre autres pourquoi le statut sémiotique des arts visuels ne saurait être compris adéquatement dans le cadre du paradigme linguistique, ce dernier supposant l'existence d'un schéma syntaxique qui fait défaut aux premiers.

■ La sémiotique à travers le monde : A. Helbo (ed.), *Le Champ sémiologique*, Bruxelles, 1979.

La sémiotique en URSS : *Simpozium po strukturnomu izucheniju znakovykh sistem*, Moscou, 1962 ; *Trudy po znakovym sistemam (Semeiotike)*, Tartu : 2 (1965), 3 (1967), 4 (1969) ; I. Lotman, *La Structure du texte artistique*, Paris, 1973 ; V.V. Ivanov, V.N. Toporov, A.M. Pjatigorskij et J.M. Lotman, « Theses on the semiotic study of culture », in J. Van der Eng et M. Grygar (eds.), *Structure of Texts and Semiotics of Culture*, Paris/La Haye, 1973 ; B. Uspenskij, *The Semiotics of the Russian Icon*, Lisse, 1976 ; I. Lotman, *Esthétique et sémiotique du cinéma*, Paris, 1977 ; A. Shukman, *Literature and Semiotics : A Study of the Writings of Yuri A. Lotman*, Amsterdam, 1977.

La sémiotique aux États-Unis : R.L. Birdwhistell, *Introduction to Kinesics*, Washington, 1952 ; T.A. Sebeok *et al.* (ed.), *Approaches to Semiotics*, La Haye, 1964 ; T.A. Sebeok, « Animal communication », *Science*, 147, 1965, p. 1006-1014 ; E.T. Hall, « Proxemics », *Current Anthropology*, 9, 1968, p. 83-108 ; W.J. Smith, « Zoosemiotics : ethology and the theory of signs », in T.A. Sebeok (ed.), *Current Trends in Linguistics*, vol. XII, Paris et La Haye, 1974 ; J. Umiker-Sebeok et T.A. Sebeok (eds.), *Speaking of Apes*, New York, 1980.

La sémiotique en France : R. Barthes, *Mythologies*, Paris, 1957 ; R. Barthes, *Le Degré zéro de l'écriture*, Paris, 1965, « Éléments de sémiologie » ; R. Barthes, *Système de la mode*, Paris, 1967 ; T. Todorov, « De la sémiologie à la rhétorique », *Annales*, 1967, 6, p. 1322-1327 ; A.-J. Greimas (ed.), *Pratiques et langages gestuels* (= *Langages*, 10), Paris, 1968 ; A.-J. Greimas, *Du sens*, Paris, 1970 ; L. Prieto, *Messages et signaux*, Paris, 1966 ; J. Kristeva, *Sèméiotikè*, Paris, 1969 ; A.-J. Greimas *et al.*, *Sémiotique poétique*, Paris, 1972 ; J.-C. Coquet, *Sémiotique littéraire. Contribution à l'analyse sémantique du discours*, Paris, 1973 ; C. Chabrol, *Sémiotique narrative et textuelle*, Paris, 1973 ; F. Rastier, *Essais de sémiotique discursive*, Paris, 1973. – Pour une critique philosophique, cf. F. Wahl, « La philosophie entre l'avant et l'après du structuralisme », in O. Ducrot *et al.*, *Qu'est-ce que le structuralisme ?*, Paris, 1968.

La sémiotique en Italie : C. Segre, *Le strutture e il tempo*, Turin,

1974 ; A. Serpieri *et al.*, « Toward a segmentation of the dramatic text », *Poetics Today*, 2 (3), 1981, p. 163-200 ; U. Eco, *L'Œuvre ouverte*, (1962), Paris, 1965 ; U. Eco, *La Structure absente* (1968), Paris, 1972 ; U. Eco, *Traité de sémiotique générale* (1975), Bruxelles, 1979 ; U. Eco, *Lector in fabula*, Paris, 1985 ; U. Eco, *Sémiotique et philosophie du langage*, Paris, 1988 ; U. Eco, *Le Signe*, Bruxelles, 1989.

La sémiotique des arts : N. Goodman, *Langages de l'art* (1968), Paris, 1990 ; M. Schapiro, « Sur quelques problèmes de sémiotique de l'art visuel : champ et véhicule dans les signes iconiques » (1969), in *Style, artiste et société*, Paris, 1982 ; C. Metz, *Langage et cinéma*, Paris, 1971 ; R. Lindekens, *Éléments pour une sémiotique de la photographie*, Paris et Bruxelles, 1971 ; J. Molino, « Fait musical et sémiologie », *Musique en jeu*, 17, 1975, p. 37-63 ; J.-J. Nattiez, *Fondements d'une sémiologie de la musique*, Paris, 1975 ; H. Damisch, « Huit thèses pour (ou contre ?) une sémiologie de la peinture », *Macula*, 2, 1977, p. 17-23 ; C. Metz, *Essais sémiotiques*, Paris, 1977 ; R. Barthes, *L'Obvie et l'obtus*, Paris, 1982 ; J.-M. Schaeffer, *L'Image précaire. Du dispositif photographique*, Paris, 1987 ; V. Karbusicky (ed.), *Sinn und Bedeutung in der Musik*, Darmstadt, 1990.

NARRATOLOGIE

Narratologie : le terme est proposé en 1969 par T. Todorov pour désigner « une science qui n'existe pas encore », « la science du récit ».

La narratologie n'est pourtant pas née *ex nihilo*, mais les travaux dont elle s'inspire ou dans lesquels elle se reconnaît sont très inégalement répartis dans le temps et les études narratives, s'inscrivant dans des traditions culturelles très diverses, sont restées étanches les unes aux autres, au moins jusqu'à une époque récente.

Les premières définitions du **mode narratif** (« diégésis »), par opposition au **mode dramatique** (« mimésis »), nous les trouvons chez Platon et Aristote : mais Platon distingue trois modes (mimésis, diégésis pure, et mode mixte), Aristote deux seulement puisque, ignorant la forme narrative « pure », il ne connaît de la diégésis que la forme mixte, représentée, comme chez Platon, par l'épopée. La véritable opposition entre eux se situe dans la valorisation d'un mode aux dépens de l'autre : tandis que Platon n'admet que la diégésis pure (représentée par le dithyrambe, qu'il mentionne sans autre commentaire), Aristote privilégie la tragédie et, quoique plus disert que Platon sur les deux sujets, réduit l'épopée à la portion congrue (trois chapitres sur vingt-six). C'est pourtant à peu près tout ce dont nous disposons comme théorie du récit jusqu'à la fin du XIXe siècle : on trouve bien chez certains romanciers des manifestations, implicites ou explicites (des procédés ludiques aux « intrusions d'auteur »), d'une véritable conscience des problèmes narratifs, qui permet de parler de « roman sur le roman » (Cervantès, bien sûr, mais aussi, avant lui, Achille Tatius et Lucien, et ensuite Sterne et Diderot, entre autres) : mais, peut-être parce qu'il ne s'agit jamais de romans tout à fait « sérieux », cette réflexion sur le récit ne sera que tardivement prise en compte par les théoriciens, et ne fonde pas vraiment une tradition. À partir du milieu du XIXe siècle, la situation va changer : l'attention nouvelle dont témoigne la *Correspondance* de Flaubert à l'égard de la technique romanesque a des émules, chez les romanciers d'abord. Parmi eux, James : la série de *Préfaces* qu'il joint en 1884 à une réédition de ses romans sera le point de départ des travaux de P. Lubbock (1921). Ce dernier, selon une démarche inductive, identifie dans un certain nombre de romans divers modes de présentation des événements ou « points de vue » (« scénique », voire « dramatique » : l'auteur est absent, les événements placés directement sous les yeux du lecteur ; « panoramique » : l'auteur omniscient résume pour son lecteur des événements qu'il survole) ; l'analyse repose sur une distinction entre « montrer » et « raconter » (on dira plus tard *showing* et *telling*), interne au mode narratif mais héritière de la distinction *mimésis/diégésis*, et qui s'accompagne d'une forte valorisation de l'une des techniques *(showing)*, valorisation à laquelle répondra plus tard la valorisation inverse de Forster et de W. Booth (contre la mort de l'« auteur »). J. Warren Beach (1932), puis N. Friedman (1955) reprendront et poursuivront ces travaux sur le « point de vue » de façon plus systématique et moins normative, mais sans toujours distinguer encore narrateur et auteur, et sans dissocier ce que la narratologie rangera ensuite sous les deux catégories du mode (ou « point de vue » au sens restreint, ou focalisation) et de la voix [719 s.].

C'est à partir de la seconde moitié du XIXe siècle également que les études narratives se développent en Allemagne : elles auront elles aussi longtemps un caractère normatif, prônant d'abord l'effacement de l'« auteur » (Spielhagen 1883), avant que par réaction on ne réhabilite le rôle du narrateur (K. Friedemann et O. Walzel dès 1910-1915 ; puis W. Kayser 1955), et s'attacheront aux mêmes questions que le courant anglo-saxon (différences entre les modes de présentation des événements, rôle des visions à l'intérieur du récit). Mais elles sont le fait non d'artistes ou de critiques cherchant à systématiser les instruments d'analyse et d'évaluation des œuvres individuelles, mais de poéticiens qui, dans une perspective philosophique (variable au cours des années, et d'un théoricien à l'autre), cherchent à définir l'essence de l'art narratif, en dégageant ses principes indépendamment de l'observation empirique des faits : ainsi pour Stanzel encore (1964, p. 8) « Les types de romans sont des *constructions de l'esprit* qui, bien que jamais réalisées dans les romans particuliers, permettent de comprendre le roman comme discours littéraire ».

En France, en dehors de quelques travaux isolés et relativement tardifs (J. Pouillon 1946, G. Blin 1954), il faut attendre la fin des années soixante pour que se développent les études théoriques sur le récit. Le n° 8 de *Communications* paru en 1966, intitulé « L'analyse structurale du récit », a valeur de manifeste et de programme, particulièrement dans l'article liminaire de R. Barthes et dans l'article de T. Todorov. Tous deux se réclament des formalistes russes (il s'agit de chercher, au-delà des œuvres particulières, leurs lois générales : ici, la structure commune à tous les récits) et affirment le caractère scientifique de leur démarche : la méthode inductive des sciences expérimentales étant inapplicable à l'infinité hétéroclite des récits, c'est la linguistique, avec sa méthode déductive, qui servira de modèle fondateur à l'analyse structurale des récits (Barthes). Les trois volets du programme esquissé par Barthes (les fonctions, les actions, la narration) sont ramenés à deux chez Todorov, selon la bipartition qui devait s'imposer par la suite (le récit comme histoire, le récit comme discours). C'est à propos de l'objet de l'étude qu'apparaît une divergence importante : Todorov substitue le seul récit verbal, ou plus précisément littéraire, à la multiplicité des « formes du récit » énumérées par Barthes (« du mythe au tableau peint, de la tragédie à la conversation »).

■ Platon, *République*, III, § 392-394 ; Aristote, *Poétique*, chap. 5, 24 et 26.

G. Flaubert, *Correspondance*, Paris, 1973 ; H. James, *The Art of the Novel. Critical Prefaces of Henry James*, New York, 1934 ; *The Art of Fiction and other Essays*, New York, 1948 (trad. fr. *La Création littéraire*, Paris, 1980) ; P. Lubbock, *The Craft of Fiction*, Londres, 1921 ; E.M. Forster, *Aspects of the Novel*, Londres, 1927 (trad. fr. *Aspects du roman*, Paris, 1993) ; W.C. Booth, *The Rhetoric of Fiction*, Chicago, 1961 ; W.C. Booth, *Essays in Criticism*, Chicago, 1961, « Distance and point of view » (trad. fr. in R. Barthes, W. Kayser, W.C. Booth et P. Hamon, *Poétique du récit*, Paris, 1977, p. 85-113) ; J.W. Beach, *The Twentieth Century Novel : Studies in Technique*, New York, 1932 ; N. Friedman, « Point of view in fiction : the development of a critical concept », *PMLA*, LXX, 1965.

F. Spielhagen, *Beiträge zur Theorie und Technik des Romans*, Leipzig, 1883 ; K. Friedemann, *Die Rolle des Erzählers in der Epik*, Leipzig, 1910 ; O. Walzel, *Das Wortkunstwerk : Mittel seiner Erforschung*, Leipzig, 1926 ; W. Kayser, « Wer erzählt den Roman ? », in *Die Vortragsreise. Studien zur Literatur*, Berne, 1958 (trad. fr. « Qui raconte le roman ? », in R. Barthes, W. Kayser, W.C. Booth et P. Hamon, *Poétique du récit*, Paris, 1977) ; F.K. Stanzel, *Die typischen Erzählsituationen im Roman*, Vienne-Stuttgart, 1955 ; *Typische Formen des Romans*, Göttingen, 1964.

J. Pouillon, *Temps et roman*, Paris, 1946 ; G. Blin, *Stendhal et les problèmes du roman*, Paris, 1954 ; R. Barthes, « Introduction à l'analyse structurale des récits », *Communications* 8, 1966, p. 1-27 ; T. Todorov, « Les catégories du récit littéraire », *ibid.*, p. 125-151 ; T. Todorov, « L'analyse du texte littéraire », in *Qu'est-ce que le structuralisme ?*, 2 : *Poétique*, Paris, 1968.

Exposés historiques et bibliographies : F. Van Rossum-Guyon, « Point de vue ou perspective narrative », *Poétique*, 4, 1970, p. 476-497 ; J. Lintvelt, *Essai de typologie narrative*, Paris, 1981, p. 111-176 ; P. Pugliatti, *Lo sguardo nel racconto, Teorie e prassi del punto di vista*, Bologne, 1985, p. 33-101.

Qu'est-ce donc qu'un récit ? Si la présence d'une *histoire* est unanimement reconnue nécessaire, si on s'accorde assez aisément sur la définition de cette histoire (« events arranged in time sequence », Forster ; « acte ou événement, passage d'un état antérieur à un certain état ultérieur et résultant », G. Genette 1983), pour certains, on l'a vu, cette *histoire* suffit à définir le récit, ou narration, présent dès lors dans les pièces de théâtre comme dans le roman (T. Pavel : *Syntaxe narrative des tragédies de Corneille*, Paris, 1976), dans les films ou les bandes dessinées comme dans les textes (Todorov 1969) ; pour d'autres, le récit *stricto sensu* ne saurait être que la transmission verbale de cette histoire, le *discours narratif* (Genette 1972, p. 71-72). Dans un cas la narratologie, même lorsqu'elle se limite de fait à l'étude de textes littéraires, se propose d'y étudier « non le discours pris dans sa littérarité », mais « l'univers évoqué par le discours » (Todorov 1969, p. 10) ; sa relation avec les études littéraires, et la poétique, est de proximité, ou d'intersection, plutôt que d'appartenance. Dans l'autre, la narratologie est une branche de la poétique et étudie des *textes*. Y aura-t-il alors rivalité entre deux disciplines irréconciliables, ou complémentarité entre deux branches d'une même discipline, étudiant deux aspects différents (contenu et forme) d'un même récit verbal ? Rivalité, ou plutôt ignorance mutuelle, quand, d'un côté comme de l'autre, on revendique sans partage le terme de « narratologie » (par voie de titre : Mieke Bal, *Narratologie, les instances du récit*, Paris, 1977, et Anne Hénault, *Narratologie, sémiotique générale*, Paris, 1983). Complémentarité, en revanche, dans les articles programmatiques déjà mentionnés de R. Barthes et T. Todorov, et dans les ouvrages de synthèse de S. Chatman, G. Prince, S. Rimmon-Kennan : mais les synthèses elles-mêmes portent la trace de cette ignorance mutuelle et, dans leurs exposés sinon dans leurs déclarations d'intention, elles tendent à juxtaposer les travaux de l'analyse thématique ou de la sémiotique et de la *narratologie* (formelle, ou modale), au sens restreint qui reste le seul rigoureux.

■ Premières définitions de la « narratologie » : *a)* Récit = histoire : T. Todorov, *Grammaire du « Décaméron »*, Paris, 1969. *b)* Récit = discours narratif : G. Genette, *Figures III*, Paris, 1972, p. 65-282, « Discours du récit », repris et précisé dans *Nouveau discours du récit*, Paris, 1983.

Ouvrages proposant une synthèse : S. Chatman, *Story and Discourse*, Ithaca, 1978 ; G. Prince, *Narratology*, Paris-La Haye, 1982 ; « Narrative analysis and narratology », *NLH*, 13 (2), 1982 ; S. Rimmon-Kennan, *Narrative Fiction : Contemporary Poetics*, Londres-New York, 1983. Présentation du débat : M. Mathieu-Colas, « Frontières de la narratologie », *Poétique*, 65, 1986, p. 91-110.

Bien que son objet soit verbal, cette narratologie se donne pour objet non les textes en eux-mêmes, mais un certain type de relations qui s'y manifestent, et qui définissent le mode narratif : pour l'isoler, elle neutralise les autres caractéristiques du texte. Elle devrait donc être indifférente à la distinction entre texte littéraire et non littéraire : il paraît un peu contradictoire avec les buts fort précis qu'elle s'assigne elle-même de la voir définie d'emblée (Genette 1972, p. 68) comme une branche de la poétique, avec un déplacement (observable déjà chez Todorov 1966) du *verbal* au *littéraire*. Faut-il envisager

(Bal 1977, p. 13) une distinction entre « narratologie générale » et « narratologie littéraire » ? En fait, l'étude des récits verbaux non littéraires, quand elle existe (G. Prince), se nourrit très largement de celle des récits littéraires, précisément parce que le niveau où elle situe ses analyses permet d'ignorer une hypothétique définition de la littérarité.

Le littéraire tend à son tour à se réduire au fictionnel : ce qui peut être un choix légitime explicite et assumé (S. Rimmon-Kennan), est le plus souvent une limitation de fait, liée à la domination du roman sur la littérature moderne. Certes, l'observation du seul mode narratif implique peut-être une mise entre parenthèses du caractère fictionnel ou non du récit (voir *infra*), mais lorsque la restriction du corpus s'accompagne d'un élargissement des tâches à toutes celles de la poétique du roman, la narratologie, définie alors par la classe de textes qu'elle examine et non par le type de questions qu'elle leur pose, perd toute spécificité (B. Hrushovski).

La possibilité d'une « analyse du récit comme mode de "représentation" des histoires » (G. Genette 1983, p. 12) suppose admise la distinction, qu'on retrouve à peu près identique sous des formulations un peu disparates, entre les événements racontés et le discours qui les raconte (*fable/sujet* chez les formalistes russes, *story/discourse* chez Chatman, *events/text* chez Rimmon-Kennan, *fabula/discorso* chez Segre, *histoire/récit/narration* chez Genette, où la *narration* est l'acte réel ou fictif qui produit ce discours) [710] : il ne s'agit pas de prétendre que les événements objets du récit, et en particulier du récit de fiction, existent préalablement à leur relation, mais d'affirmer la possibilité de les dégager par l'analyse du texte narratif, qui nous renseigne par exemple sur l'ordre, différent de leur ordre de présentation, dans lequel ces événements sont censés s'être produits. Refuser cette distinction, voir dans les « événements » de purs produits du discours, c'est donc remettre en cause la spécificité du discours *narratif*, et détruire (« déconstruire ») le fondement même de la *narratologie*, aussi bien thématique que formelle d'ailleurs (Culler, Godzich).

On peut également refuser cette distinction, particulièrement sous sa forme tripartite *histoire/récit/narration*, en déniant au récit (à certains récits du moins) tout caractère discursif : depuis P. Lubbock une tradition, surtout anglo-saxonne (mais on en trouve un écho en Allemagne chez K. Hamburger), soutient l'existence d'un récit sans narration, autrement dit d'un texte sans locuteur (A. Banfield : « unspeakable sentences »), et pense le trouver dans certains récits de fiction [380 s.], caractérisés effectivement par une grande discrétion des marques de la narration : le récit ainsi entendu ne relève plus exactement du même type d'analyse que les divers discours narratifs. Comment d'ailleurs étudier le « mode de représentation » d'événements censés se raconter d'eux-mêmes ?

■ G. Genette, T. Todorov, M. Bal, G. Prince, S. Chatman et P. Lubbock, *op. cit.* ; B. Hruchovski, « Theory of narrative and poetics of fiction », *Poetics Today*, 1 (3), Spring 1980 (éditorial, assez embarrassé, d'un numéro intitulé : *Narratology* I : *Poetics of Fiction*) ; J. Culler, « Story and discourse in the analysis of narrative », in *The Pursuit of Signs ? Semiotics, Literature, Deconstruction*, Ithaca, 1981, p. 169-187 ; W. Godzich, préface à R. Chambers, *Story and Situation*, Minneapolis, 1984.

K. Hamburger, *Die Logik der Dichtung*, Stuttgart, 1957 (trad. fr. *Logique des genres littéraires*, Paris, 1986) ; A. Banfield, *Unspeakable Sentences : Narration and Representation in the Language of Fiction*, Boston-Londres, 1982 (trad. fr. *Discours sans paroles*, Paris, 1995) ; S.-Y. Kuroda, « Réflexions sur les fondements de la théorie de la narration », in J. Kristeva, J.-C. Milner et N. Ruwert (eds.), *Langue, discours, société*, Paris, 1975. Discussion de Banfield dans Genette, 1983, p. 64-73.

Les deux systèmes narratologiques de G. Genette et de F. Stanzel, qui ont l'un et l'autre exercé une large influence dans des zones géographiques assez distinctes, se sont élaborés dans une égale ignorance, ou méconnaissance, l'un de l'autre : ils présentent pourtant, avec de très manifestes différences de méthode et de terminologie (ainsi, Stanzel ne parle jamais de *narratologie*), plus de points de convergence que d'oppositions irréductibles. Leur objet est identique, le mode narratif, opposé au mode dramatique en ce qu'il est discours d'un narrateur, c'est-à-dire présentation médiate des événements : mais là où Stanzel regroupe d'entrée de jeu les diverses manifestations de cette intervention du narrateur sous le terme unique de « médiation » *(Mittelbarkeit)*, Genette distingue trois catégories de problèmes narratifs relevant, pour les deux premières, le temps et le mode, des relations histoire/récit, pour la troisième, la voix, à la fois des rapports narration/récit et narration/histoire. À l'intérieur de chacune des trois catégories qui déterminent l'organisation d'ensemble, il opère de nouvelles subdivisions (pour le temps : ordre, durée ou vitesse, fréquence), définit des types de fonctionnement (les trois régimes modaux, ou *focalisations* – zéro, interne et externe), avec leurs règles et les infractions possibles à ces règles, distingue les niveaux de la narration [724 s.]. L'analyse s'accompagne constamment d'un travail de classification et de systématisation, qui aboutit à l'établissement d'une terminologie rigoureuse (et riche en néologismes), sans que se laisse jamais oublier l'insurmontable hiatus entre la théorie et la réalité : on peut concevoir des situations narratives qui n'existent pas (encore), et les phénomènes décrits ne se rencontrent pas toujours à l'état pur, ni sous une forme stable. Après avoir individualisé un grand nombre de paramètres, Genette se montre peu pressé d'en étudier les combinaisons en « situations narratives » : les prendre tous en compte aboutirait à une prolifération absurde et ingérable, sans qu'on soit assuré d'avoir fait le tour des récits. Les tableaux à double puis triple entrée envisagés dans *Nouveau Discours du récit* manifestent avant tout « le principe combinatoire lui-même, dont le mérite essentiel est de poser les diverses catégories dans une relation libre et sans contrainte *a priori* » (p. 89).

La notion de *situation narrative* est au contraire au centre même du travail de Stanzel : ce n'est qu'après avoir identifié, par une sorte d'intuition initiale, trois situations « typiques » qu'il les analyse comme combinaisons des trois composantes de la médiation narrative (la personne, la perspective, le mode) – chacune étant caractérisée par la dominance d'une de ces composantes et le passage au second plan des deux autres. L'analyse de ces composantes, chacune définie par une opposition binaire (identité/non-identité ; perspective interne/externe ; narrateur/réflecteur), est constamment orientée vers l'établissement d'une typologie, figurée par un cercle, divisé par trois axes correspondant aux trois composantes. Sur chacun des axes sont placées les six situations narratives typiques (les trois initiales, et celles qui leur correspondent au pôle opposé du même axe), et entre chacune d'elles, toutes les situations intermédiaires, en fonction de l'affaiblissement progressif d'une composante dominante au profit d'une autre. Toute situation narrative doit pouvoir trouver sa place dans le cercle, et aucun des pôles ne doit rester inoccupé. La continuité de la typologie contraint à ne connaître de récit que linéaire : les récits enchâssés sont étudiés parmi les récits à la première personne, sans attention particulière pour le changement de niveau narratif. D'autre part, les altérations de la temporalité de l'histoire par la (pseudo) temporalité du récit, une des marques pourtant les plus perceptibles de l'intervention du narrateur, ne font pas l'objet d'un examen systématique. Cette réduction des caractéristiques du récit à celles dont le cercle peut rendre compte, qui ne sont peut-être finalement que deux, la distinction perspective/mode ne paraissant pas toujours s'imposer à Stanzel lui-même, contredit un peu l'ambition totalisatrice de l'entreprise (à moins qu'elle n'en soit la condition). Les outils fournis par Genette sont à la fois plus divers et d'utilisation plus souple, puisque leur présentation ne présume pas de leurs associations possibles, mais Stanzel, sans méconnaître le moins du monde la distinction mode/voix, fait pleinement percevoir la richesse de leurs combinaisons, que Genette n'envisage que très tard et très rapidement. Et, dans les domaines qu'il considère, l'examen mené par Stanzel est plus détaillé : ses analyses, fondées sur une grande diversité d'exemples, corrigent l'impression de schématisme que pourrait donner son système et il est, lui aussi, très conscient de la difficulté de faire coïncider les œuvres individuelles (toujours « récalcitrantes ») avec la théorie.

Les acquis de la narratologie modale, et particulièrement les travaux de Genette, ont fait l'objet de discussions, propositions de révisions (sur la focalisation, en particulier), développements et compléments sur des points particuliers (la présentation des pensées des personnages, le narrataire, la description [714 s.], etc.), qui n'entraînent pas de remise en cause fondamentale – du moins de la part de ceux qui acceptent les présupposés de la narratologie, et sa définition du récit. Les études critiques d'œuvres individuelles, ou de corpus constitués selon des critères thématiques ou historiques, ont fréquemment fait appel aux outils de description forgés par la narratologie, incontestablement plus rigoureux que ceux dont on disposait auparavant, mais les ont souvent utilisés d'une façon trop mécanique et sommaire pour pouvoir à leur tour les affiner et les enrichir : la meilleure utilisation critique de la narratologie est souvent le fait des narratologues eux-mêmes.

■ F.K. Stanzel, *Die typischen Erzählsituationen im Roman*, Vienne, 1955 (trad. angl. *Narrative Situations in the Novel*, Indiana University Press, 1971) ; *Typische Formen des Romans*, Göttingen, 1964 ; G. Genette, *Figures III*, Paris, 1972, « Discours du récit » ; G. Prince, « Introduction à l'étude du narrataire », *Poétique*, 14, 1973 ; D. Cohn, *Transparent Minds : Narrative Modes for Presenting Consciousness in Fiction*, Princeton, 1978 (trad. fr. *La Transparence intérieure*, Paris) ; F.K. Stanzel, *Theorie des Erzählens*, Göttingen, 1979 (trad. angl. *A Theory of Narrative*, Cambridge, 1984) ; D. Cohn, « The encirclement of narrative », *Poetics Today*, 2 (2), 1981 (présentation de *Theorie des Erzählens* de Stanzel, et comparaison avec Genette) ; G. Genette, *Nouveau Discours du récit*, Paris, 1983 (bilan des commentaires suscités par *Discours du récit*, et bibliographie) ; D. Cohn, G. Genette, « Nouveaux Nouveaux Discours du récit », *Poétique*, 61, 1985, p. 101-109 ; R. Debray-Genette, « Narration et description », 3e partie de *Métamorphoses du récit*, Paris, 1988.

Sur la focalisation : M. Bal, *Narratologie*, Paris, 1977 ; P. Vitoux, « Le jeu de la focalisation », *Poétique*, 51, 1982 ; G. Cordesse, « Narration et focalisation », *Poétique*, 76, 1988, p. 487-498.

Sur les niveaux narratifs et les situations narratives : J. Lintvelt, *Essai de typologie narrative*, Paris, 1981.

Sur les problèmes de voix dans l'autobiographie : P. Lejeune, *Le Pacte autobiographique*, Paris, 1975, et surtout « L'autobiographie à la troisième personne », in *Je est un autre*, Paris, 1980 et « Le pacte autobiographique (bis) », in *Moi aussi*, Paris, 1986.

Les études critiques faisant (peu ou prou) appel à la narratologie sont beaucoup trop nombreuses pour pouvoir être ici mentionnées. La thèse de H. Godard, *Poétique de Céline*, Paris, 1985, ouvre des perspectives intéressantes (relation entre phénomènes de voix et questions stylistiques).

Le récit est un *acte* (de langage, bien sûr), un *discours* et pas seulement un texte : ceci est posé fort nettement par G. Genette (1972) quand il distingue non pas deux niveaux *(histoire/récit)* mais trois *(histoire/récit/narration)*, pourtant – sauf en ce qui concerne les récits métadiégétiques, et l'exception n'est pas fortuite – l'étude de la narration reste rapide. La décision de ne considérer que les seuls niveaux proprement narratifs (en excluant donc pour le récit de fiction l'auteur et le lecteur réels, mais aussi pour les récits non fictionnels tout ce que nous pourrions savoir de l'auteur et du lecteur par d'autres sources que le texte) limite la possibilité de prendre en compte les circonstances de production et de réception du récit, restreint l'analyse de l'acte narratif à celle des traces inscrites dans le texte narratif. Cette restriction paraît aller de soi pour le **récit de fiction**, qui pose entre sa production réelle (par l'auteur) et son énonciation supposée (par le narrateur) une rupture, une solution de continuité (« gap »), plus ou moins sensible selon que le narrateur est plus ou moins doté des fonctions et privilèges de l'auteur, mais infranchissable (T. Yacobi).

Il n'en va évidemment pas de même pour les **récits non fictionnels**, oraux et écrits, qui permettent ou accomplissent une véritable transaction entre leur émetteur et leur récepteur : on voit bien l'intérêt, pour leur étude pragmatique, de les resituer dans ce contexte dont on les avait délibérément isolés ; on voit aussi le risque de dissoudre l'étude du récit dans celle de son contexte, et l'étude du discours narratif dans celle des discours en général (si du moins on veut préserver la spécificité du récit, ce qui n'est pas forcément le cas de ceux, comme B. Herrnstein Smith, qui réclament cette « recontextualisation »). On comprend donc que la tentation ait été forte, pour une narratologie qui s'était vouée par sa définition même à développer son versant syntaxique plus que son versant pragmatique, de privilégier l'étude des récits de fiction, ou de neutraliser la distinction fiction/non-fiction.

Cette distinction même, est-elle du ressort direct de la narratologie ? Le récit de fiction se donne-t-il à lire pour tel par ses caractéristiques internes, ou sa réception dépend-elle d'indices extérieurs, contextuels ou paratextuels ? Les réponses proposées sont multiples, et pas nécessairement exclusives les unes des autres [380 s.]. Mais alors que les indications paratextuelles sont en principe contraignantes et suffisantes, les autres critères ne sont ni nécessaires ni suffisants. En particulier, si certaines techniques narratives peuvent passer pour des indices de fictionalité, rien n'interdit aux récits de non-fiction de les imiter – comme rien n'interdit aux récits de fiction d'adopter des techniques empruntées aux récits

« sérieux » : la « mimésis formelle » (Glowinski) fonctionne dans les deux sens, sinon dans les mêmes proportions. Cette question, indiscutablement primordiale pour la narratologie, surtout si elle se veut pragmatique, excède donc les limites qu'elle s'est pendant longtemps assignées.

Bien que les études narratives aient fini par prendre en compte le caractère fictionnel de l'immense majorité de leurs exemples, elles souffrent toujours de cette spécialisation excessive : faute d'établir des comparaisons assez nombreuses et précises avec d'autres types de textes, elles attribuent parfois au *récit de fiction* ce qui appartient peut-être à toute fiction, dramatique aussi bien, ou ce qu'on pourrait également observer hors fiction (le problème de la crédibilité est-il propre à la fiction ? Les analyses de M. Mathieu-Colas permettent d'en douter). Enfin les analyses consacrées à la fiction paraissent souvent reposer sur une image sommaire et convenue des récits non fictionnels, qui recevraient leur histoire toute constituée de la réalité (au lieu de devoir l'inventer en la disant), et la livreraient à des lecteurs ou auditeurs pleins de curiosité, avides de s'informer et peu enclins à mettre en cause leur véracité (au lieu de devoir créer l'intérêt chez des lecteurs résignés à ne rien apprendre, mais peu disposés à « suspendre leur incrédulité »). Cette vision, généralement implicite, n'est heureusement pas universelle (B. Herrnstein-Smith, par exemple, est parfaitement consciente de la diversité et de la complexité des récits non fictionnels, mais elle s'intéresse plus directement aux situations discursives qu'au contenu et à la forme des récits), et elle ne résiste pas, bien sûr, à l'examen.

Les remarques encore rapides mais déjà précises formulées par D. Cohn à propos du récit historique (qui ne saurait, certes, valoir pour tous les récits non fictionnels) font déjà apparaître tout le bénéfice que pourrait trouver la narratologie à examiner de nouveaux corpus, et à combiner plusieurs niveaux d'analyse (sémantique, syntaxique, pragmatique). Ainsi elle propose de remplacer pour l'Histoire le schéma à deux niveaux *(histoire/discours)* par un schéma à trois niveaux *(référence/histoire/discours)*, qui prendrait en compte la double nécessité pour l'historien de s'appuyer sur une documentation vérifiable (ce dont le texte peut porter des traces), et de donner la forme d'une *histoire* à ces données (H. White : « emplotment » ; P. Ricœur : « mise en intrigue ») ; elle note une fois de plus l'impossibilité (théorique) pour le récit non fictionnel de recourir à certaines techniques narratives, et enfin souligne l'unicité de la source énonciative, par opposition au dédoublement (ou enchâssement) narrateur-auteur en fiction. En posant la nécessaire interaction de ces diverses caractéristiques du récit historique, elle fait sentir la nécessité pour l'étude des structures de s'accompagner d'une attention à la question du contenu et aux problèmes de pragmatique.

Enfin, la narratologie devra bien un jour examiner la question jusqu'à présent injustement négligée (quand elle n'est pas purement et simplement évacuée : Chatman 1978, p. 28) de la différence entre récit écrit et récit oral, qui ne se confond évidemment ni avec la distinction littéraire/non littéraire, ni avec la distinction fictionnel/non fictionnel.

■ B. Herrnstein Smith, *On the Margins of Discourse*, Chicago, 1978 ; « Narrative versions, narrative theories », *Critical Inquiry*, 7 (1), p. 213-216 (repris dans *On Narrative*, W.J.T. Mitchell, ed., Chicago-Londres, 1981, p. 209-232) ; T. Yacobi, « Narrative structure and fictional mediation », *Poetics Today*, 8 (2), 1987, p. 355-372 ; L. Dolezel, « Truth and authenticity in narrative », *Poetics Today*, 1 (3), 1982, p. 7-25 ; M.L. Ryan, « The pragmatics of personal and impersonal fiction », *Poetics*, 10 (6), 1981, p. 517-539 ; « Fiction as a logical, ontological and illocutionary issue », *Style*, 18 (2), 1984, p. 121-139 ; J. Searle, « The logical status of fictional discourse », *New Literary History*, 6 (2), 1974-1975, p. 319-332 (trad. fr. « Le statut logique du discours de la fiction », in *Sens et expression*, Paris, 1982) ; G. Genette, *Fiction et diction*, Paris, 1991 ; T. Pavel, *Fictional Worlds*, 1986 (trad. fr. *Univers de la fiction*, Paris, 1986) ; M. Glowinski, « On the first-person novel », *NLH*, 9 (1), 1977 (trad. fr. « Sur le roman à la première personne », *Poétique*, 72, 1987, p. 498-507) ; D. Cohn, « Fictional versus historical lives : borderlines and borderline cases », *The Journal of Narrative Techniques*, 19 (1), 1989, p. 3-24 ; D. Cohn, « Signposts of fictionality : a narratological perspective », *Poetics Today*, 11 (4), 1990, p. 775-803 ; D. Cohn, « Freud case histories and the question of fictionality », in J. Smith (ed.), *Telling Facts, History and Narration in Psychoanalysis*, Baltimore-Londres, 1991 ; H. White, « The value of narrativity in the representation of reality », *Critical Inquiry*, 7 (1) (repris dans W.J.T. Mitchell, ed., *On Narrative*, Chicago-Londres, 1981, p. 1-24) ; P. Ricœur, *Temps et récit*, Paris, 1984.

PHILOSOPHIE DU LANGAGE

Deux sens au moins sont possibles pour l'expression **philosophie du langage**. Il peut s'agir d'abord d'une philosophie à propos du langage, c'est-à-dire d'une étude qui considère le langage de l'extérieur, comme un objet déjà connu, et cherche ses rapports avec d'autres objets supposés, au moins au début de l'enquête, distincts de lui. On s'interrogera par exemple sur les rapports entre la pensée et la langue (l'une a-t-elle priorité sur l'autre ? Quelles sont leurs interactions ?). Tout un courant idéaliste, dans la philosophie française du début du XXe siècle, essaie ainsi de montrer que la cristallisation du sens en mots figés est une des causes de l'illusion substantialiste, de la croyance à des choses données et à des états stables.

■ La libération, pour cette pensée figée par les mots, vient, selon L. Brunschwicg (*Les Âges de l'intelligence*, Paris, 1947), de la science mathématique, et, selon H. Bergson, de l'intuition psychologique ou biologique (*Les Données immédiates de la conscience*, Paris, 1889 ; *L'Évolution créatrice*, Paris, 1907).

On peut encore considérer comme « externes » les considérations, très présentes dans la philosophie allemande du XIXe siècle, sur le rôle de la langue dans l'histoire de l'humanité : les linguistes comparatistes [29 s.] ayant cru constater une dégradation de la langue tout au long de l'histoire, des philosophes comme Hegel, ou des linguistes hégélianisants comme A. Schleicher, tentent d'expliquer ce prétendu fait en posant que l'homme historique tend à adopter vis-à-vis du langage une attitude d'utilisateur : le langage lui permet d'agir sur autrui de façon durable et de perpétuer le souvenir de cette action, possibilité qui fonde l'histoire. C'est seulement dans la préhistoire de l'humanité que l'homme a pu s'intéresser au language pour lui-même, et l'amener ainsi à sa perfection intrinsèque.

■ Schleicher présente sa philosophie du langage, et la relie à la pensée de Hegel dans *Zur vergleichenden Sprachgeschichte*, Bonn, 1848.

Se laissent classer dans la même catégorie les allusions que la « philosophie structuraliste » (développée, principalement en France, à partir de 1960) fait souvent à l'activité langagière. Selon Michel Foucault, par exemple, le savoir d'une époque doit être caractérisé, non par l'ensemble d'informations qu'il donne sur le monde, mais par l'organisation interne de la connaissance, par la forme commune qu'elle reçoit quel que soit le domaine auquel elle s'applique. Cette forme, appelée **épistémè**, change, d'une époque à l'autre, par transformations discontinues – alors que l'idéologie du progrès voudrait que le savoir s'accroisse de façon continue. Mais comment appréhender cette organisation de la connaissance, distincte de sa matière ? C'est la réponse de Foucault à cette question qui permet d'étiqueter sa philosophie comme « philosophie du langage ». L'**archéologie du savoir** consiste en effet à prendre pour objet le discours scientifique de chaque époque, en le caractérisant en tant que tel, indépendamment des contenus qu'il véhicule. On ne cherchera donc pas à déterminer le sens de ses énoncés (ce qui reviendrait à les paraphraser), mais on étudiera les rapports qu'ils entretiennent entre eux, notamment les règles en vertu desquelles chacun prétend exclure ou appeler d'autres énoncés. Ce faisant, on transpose au discours cette autonomie que Saussure attribuait à la langue lorsqu'il la qualifiait de « système » [36], et on définit de la sorte un « ordre du discours » indépendant de son objet matériel. Foucault utilise ainsi, sans la discuter de l'intérieur, une certaine conception du langage, qui lui permet de traiter le problème philosophique qui le concerne, celui de la connaissance.

■ *Les Mots et les choses* (Paris, 1966) présente la notion d'archéologie à propos de l'histoire des sciences humaines, et la notion est développée de façon plus générale dans *L'Archéologie du savoir* (Paris, 1969). Son rapport avec l'étude du discours fait particulièrement l'objet des pages 53-72 de *L'Ordre du discours* (Paris, 1971).

Une autre attitude est cependant possible pour le philosophe qui s'intéresse au langage, c'est de soumettre ce dernier à une étude « interne », de le prendre lui-même comme objet d'investigation. Dès ses origines la philosophie a été conduite à ce type de recherches, dans la mesure où elle se présentait comme une réflexion. Si en effet l'approche philosophique d'un problème consiste à élucider les notions qu'on a utilisées pour formuler le problème, notions qui sont généralement représentées par des mots du langage quotidien, le philosophe est conduit à une analyse, qu'on peut appeler linguistique, du sens des mots. Le « Connais-toi toi-même » socratique implique ainsi, en premier lieu, d'expliciter ce qu'on a dans l'esprit quand on emploie tel ou tel mot. Le début du dialogue *Lachès* de Platon illustre ce mouvement. Deux interlocuteurs se disputent pour savoir si l'escrime rend courageux ; l'intervention de Socrate, en même temps qu'elle donne au problème sa dimension philosophique, le transforme en problème de langue : « Quel est le sens du mot *courage* ? », demande Socrate. Et de chercher une signification générale d'où l'on pourrait déduire tous les emplois particuliers du mot. Seulement, dans les dialogues de Platon, l'enquête linguistique aboutit toujours à un échec, à une aporie, et ne sert qu'à préparer le terrain pour une saisie directe, intuitive, de la notion (saisie qui ne se produit d'ailleurs que dans certains dialogues, les dialogues « achevés »).

■ Sur le rôle de l'enquête linguistique dans Platon : V. Goldschmidt, *Les Dialogues de Platon*, Paris, 1947.

Présente à un certain degré dans toute philosophie qui se veut réflexive, l'analyse linguistique a été pratiquée de façon systématique – et considérée souvent comme la seule recherche philosophique légitime – par la plupart des philosophes anglais de la première moitié du XXe siècle, qui s'intitulent eux-mêmes « philosophes du langage », et appellent leur recherche **philosophie analytique**. Développant certaines idées de logiciens néo-positivistes comme R. Carnap, et s'inspirant surtout de G.E. Moore, B. Russell et L. Wittgenstein, ils soutiennent que la plus grande partie de ce qui a été écrit en philosophie tire son apparente profondeur d'une utilisation non réfléchie du langage ordinaire. Les prétendus « problèmes philosophiques » perdront donc leur gravité dès qu'on aura soumis à l'analyse les termes dans lesquels ils sont posés.

À partir de cette attitude commune, des divergences apparaissent, à l'intérieur de l'école, quant à la valeur du langage. Pour certains, l'erreur des philosophes est due à une inconsistance propre au langage, et qui a été transférée sans critique dans la recherche philosophique. Elle tient à ce que le langage ordinaire est mal fait, et que les philosophes ne s'en sont pas aperçus. Comme le roi de Lewis Caroll pense que *nobody* (« personne », « aucun ») fait allusion à un être particulier pour cette simple raison que le mot *nobody*, dans la grammaire anglaise, a même nature et même fonction que *somebody* (« quelqu'un »), les philosophes auraient constamment conclu de la ressemblance grammaticale de deux expressions à leur ressemblance sémantique. Ils ont cru ainsi que la bonté est une qualité des objets ou des actions sous prétexte que l'on dit « Ce livre est bon » comme on dit « Ce livre est rouge ». Ou encore, pour prendre un exemple de Russell, ils n'ont pas vu que l'énoncé « Le roi de France est chauve » exprime un jugement existentiel (« il y a quelqu'un qui est roi de France et qui est chauve »), trompés qu'ils étaient par la forme grammaticale de cet énoncé, qui l'apparente à des propositions sujet-prédicat comme « Ceci est bleu ». (Dans le même esprit, le stoïcien Chrysippe, dans son traité *Sur l'anomalie*, reprochait par exemple à la langue de désigner par des expressions grammaticalement négatives – « immortalité » – des qualités fondamentalement positives, l'inverse étant aussi fréquent – « pauvreté ».) Accusant la langue d'avoir corrompu la philosophie, ces auteurs conçoivent donc l'analyse du langage comme en étant d'abord une critique, et concluent parfois à la nécessité de sa reconstruction logique. Dans celle-ci, les noms du langage auraient tous un contenu empirique, en ce sens qu'ils désigneraient ou des éléments de l'expérience, ou des combinaisons de tels éléments (par exemple des objets individuels conçus comme des combinaisons de sensations, si l'on pense que l'expérience nous est donnée comme une pluralité de sensations), ou encore des classes de tels éléments ou combinaisons (par exemple des classes d'objets). Quant aux énoncés, ils établiraient entre ces noms des relations de type logique, de sorte qu'ils pourraient toujours être confrontés, directement ou indirectement, avec l'expérience, seul juge de leur validité. Par contraste, ceux des énoncés du langage ordinaire qui ne sont pas susceptibles – si ce n'est pratiquement, du moins théoriquement – d'être soumis à l'épreuve de l'expérience, sont tenus pour dépourvus de sens (telle serait la triste condition de la plupart des énoncés philosophiques).

■ Ces tendances se font jour dans le premier grand ouvrage de L. Wittgenstein, le *Tractatus logico-philosophicus*, traduit en français par P. Klossowski, Paris, 1961. Elles sont partagées par les philosophes qui se réclament directement du néo-positivisme, dit encore « empirisme logique », de R. Carnap : cf. Y. Bar Hillel, « Analysis of "correct" language », *Mind*, 1946, p. 328-340. Les diverses formes qu'a prises la doctrine, beaucoup plus nuancées que le schéma donné ici, sont présentées et discutées dans P. Jacob, *L'Empirisme logique*, Paris, 1980.

La tendance dominante, dans l'école analytique, est cependant inverse. Elle est préfigurée, au XVIIIe siècle, dans certains textes du philosophe irlandais George Berkeley, selon qui une des erreurs les plus graves de la philosophie a son origine non pas dans le langage lui-même, mais dans une représentation inexacte, bien qu'habituelle, du langage. Cette erreur est de croire que nous sommes capables de concevoir des idées abstraites, et elle est favorisée par l'idée banale selon laquelle chaque mot aurait une signification précise et définie, présente derrière tous ses emplois, et qui renverrait donc à une idée générale indépendante de nos expériences particulières. Une meilleure compréhension du langage ferait abandonner cette représentation du mot, et contribuerait par là à guérir la philosophie.

Mais ce sont les dernières œuvres de Wittgenstein qui sont la référence la plus fréquente des philosophes anglais et américains contemporains qui s'intitulent **philosophes du langage ordinaire**. Comme Berkeley, ils ne mettent pas en cause le langage lui-même : ils critiquent la façon dont les philosophes l'utilisent habituellement, et qui n'est pas conforme à sa nature bien comprise (pour Berkeley, c'est la représentation commune du langage qui est en cause). Les problèmes philosophiques naîtraient de ce que les mots ordinaires sont mal employés. À la fonction « chirurgicale » que l'empirisme logique donnait à l'analyse du langage, est donc substituée une conception plus « médicale ».

À l'intérieur de cette perspective on peut encore distinguer deux points de vue. Selon le premier, directement wittgensteinien, les problèmes philosophiques surgissent lorsque « le langage part en vacances » : quittant son « home » naturel qu'est la conversation quotidienne, il est employé hors de propos (d'où une sorte de kantisme linguistique : pour Kant, les antinomies philosophiques viennent de ce que les catégories de la pensée sont appliquées hors des conditions qui, seules, leur donnent un sens objectif). Dans la parole quotidienne le sens d'un mot est *constitué* par des règles indiquant dans quelles situations on peut l'employer, et le type d'action que l'on fait lorsqu'on l'emploie (d'où le slogan « Meaning is use », « Le sens, c'est l'usage », auquel, malheureusement, on fait quelquefois dire tout autre chose, à savoir que les mots n'ont pas de sens en eux-mêmes, mais seulement en contexte). C'est la même idée qui est exprimée en disant que le sens d'un mot consiste uniquement dans les **jeux de langage** qu'il autorise. Si l'on veut par exemple définir le verbe *comprendre*, on n'a pas à se demander quelle sorte de chose est la compréhension, mais dans quelles conditions le verbe est correctement employé pour qualifier le comportement de quelqu'un, ainsi que le type d'arguments, de conclusions ou d'objections attaché à cet emploi. D'où il ressort que les philosophes, lorsqu'ils utilisent le langage à des fins ontologiques, pour caractériser l'essence de la pensée ou de la réalité, le tirent hors du champ d'application qui est le sien : une bonne connaissance du langage fait « évaporer » les problèmes dits « philosophiques ».

■ Le texte de Berkeley commenté ici se trouve dans le § 18 de l'« Introduction » des *Principles of Human Knowledge*, ouvrage de 1710, réédité par exemple en 1970 à Indianapolis. La « deuxième philosophie » de L. Wittgenstein est présentée dans les *Investigations philosophiques*, dont la traduction est annexée à celle du *Tractatus logico-philosophicus* par P. Klossowsi, Paris, 1961. Dans *Wittgenstein, la rime et la raison* (Paris, 1972), J. Bouveresse en donne une présentation à la fois complète et accessible. Sur les implications linguistiques de ces idées : H. Ray, *Language, Saussure and Wittgenstein : How to Play Games with Words*, Londres, New York, 1988. Le livre de D. Nicolet, *Lire Wittgenstein. Études pour une reconstruction fictive* (Paris, 1989), constitue une réflexion volontairement dépourvue de prétention systématique, accompagnée d'une bibliographie très étendue.

Émigré d'Autriche en 1929, Wittgenstein a enseigné à Cambridge jusqu'à sa mort en 1951. Mais ce sont les philosophes de l'**école d'Oxford** qui ont développé le plus systématiquement ses idées. Ce faisant, ils en sont venus à un point de vue assez différent du sien en ce qui concerne l'impact philosophique de l'analyse du langage. La plupart d'entre eux pensent que celle-ci peut véritablement *résoudre* les problèmes philosophiques traditionnels – Wittgenstein ne pensait que les faire disparaître, et, s'il était philosophe, c'était au sens de Pascal, selon qui (fragment 467 des *Pensées*) « se moquer de la philosophie, c'est vraiment philosopher ». (Dans cette mesure, leur rapport à Wittgenstein fait penser à celui existant entre l'idéalisme allemand et la critique kantienne.) Par exemple l'idée que le sens d'une entité linguistique consiste dans les « jeux » qu'elle permet a été systématisée par Austin, puis par l'Américain Searle, en une théorie des « actes de langage » [782 s.] inhérents à l'emploi d'un énoncé, actes qui seraient susceptibles de définitions et de classifications rigoureuses. Or l'étude de ceux-ci permettrait, selon Searle, de résoudre certaines questions philosophiques : ainsi la définition même de l'acte de promettre prouverait la possibilité, souvent débattue par les philosophes, de conclure d'une constatation de fait (X a promis de faire Y) à une proposition de droit (X doit faire Y). De même Ryle pense apporter une solution au problème des rapports entre le corps et l'âme en étudiant les mots « mentalistiques », souvent interprétés comme des descriptions de l'esprit (*intelligent*, *généreux*, etc.). Les règles gouvernant l'emploi de ces mots, et qui constituent leur sens, montrent qu'ils s'utilisent seulement dans le jeu de langage consistant à prévoir le comportement. Il n'y a donc rien, dans le langage ordinaire, qui permette de formuler de façon consistante la thèse dualiste. Ou encore, le problème de la réalité du monde extérieur peut, selon Putnam, se résoudre à partir d'une analyse de l'acte de référence [360 s.], acte accompli dans l'énoncé le plus simple : nous ne parlerions pas comme nous faisons si le monde n'existait pas en dehors de notre cerveau. L'idée commune à toutes ces recherches est ainsi que le langage ordinaire contient en lui-même un savoir (pratique) dont l'explicitation permet de montrer le caractère contradictoire de certaines thèses philosophiques (leur formulation dans le langage ordinaire contredit ce langage lui-même), et, par suite, le caractère nécessaire de certaines autres.

■ Le représentant le plus célèbre de l'école d'Oxford, et en même temps le plus nuancé, est J.L. Austin (sa conception des actes de langage est présentée dans *How to Do Things with Words*, Oxford, 1962, trad. fr. *Quand dire, c'est faire*, Paris, 1970) ; sur ses options plus strictement philosophiques, voir *Philosophical Papers* (Oxford, 1961). L'école domine dans la revue *Analysis*, publiée à Oxford à partir de 1933. Trois recueils importants : A. Flew (ed.), *Essays on Logic and Language*, Oxford (deux séries : 1951 et 1953), *La Philosophie analytique*, Paris, 1962, C.E. Caton (ed.), *Philosophy and Ordinary Language*, Urbana, 1963. – Les exemples donnés ci-dessus se trouvent dans G. Ryle (*The Concept of Mind*, Londres, 1949), J.R. Searle (*Speech Acts*, Cambridge, 1969, trad. fr. *Les Actes de langage*, Paris 1972, chap. 8), H. Putnam (*Reason, Truth and History*, trad. fr. *Raison, vérité et histoire*, Paris, 1984, chap. 1). – Sur les rapports entre la philosophie du langage ordinaire et d'autres formes de philosophie : J.J. Katz, *Philosophy of Language*, New York, Londres, 1966, trad. fr. *La Philosophie du langage*, Paris 1971 (premiers chapitres) ; J. Bouveresse, *La Parole malheureuse*, Paris, 1971 ; F. Récanati, *La Transparence et l'énonciation*, Paris, 1979.

La plupart des philosophes de l'école analytique tiennent à distinguer leur approche d'une étude proprement linguistique. Inversement, la plupart des linguistes, jusqu'à 1960, ne se sont pas sentis concernés par des recherches qui avaient le vice irrémédiable de se déclarer philosophiques. Cette séparation est due essentiellement à deux raisons – qui tendent à perdre de leur importance, vu l'évolution actuelle de la linguistique.

a) Ceux des philosophes analytiques qui se rattachent le plus directement au néo-positivisme ont le sentiment que leur recherche aboutit à une critique du langage, critique à coup sûr incompatible avec l'attitude descriptive des linguistes. Mais ce sentiment tient à ce qu'ils assimilent la réalité grammaticale d'une phrase à l'agencement apparent des mots, et qu'ils voient un illogisme dès que le même agencement recouvre des organisations sémantiques différentes (ainsi *somebody* et *nobody* auraient même nature grammaticale parce qu'ils peuvent être, l'un comme l'autre, sujet ou complément d'objet : la grammaire inciterait donc au sophisme qui consiste à voir dans l'un et l'autre une allusion à des choses existantes). Or la plupart des linguistes modernes ont une conception bien plus abstraite de la réalité grammaticale. Cela est vrai par exemple du guillaumisme [68 s.], mais aussi de la grammaire générative, pour qui les structures « profondes » [485 s.] des phrases contenant *nobody* et *somebody* sont bien différentes, malgré la ressemblance de leurs « structures superficielles ». La langue, par conséquent, vue en profondeur, est peut-être moins illogique qu'il ne semble. Bien plus, la recherche des illogismes apparents peut, dans cette perspective, être intégrée à l'investigation linguistique : elle fournirait des indices, ou au moins des hypothèses, concernant les structures profondes.

b) Ceux des philosophes analytiques qui se consacrent à l'étude des actes de langage considèrent souvent cette recherche comme étrangère à la linguistique, sous prétexte que cette dernière étudie la langue (= le code) et non pas son emploi dans la parole. Or la même entité de langue sert à accomplir, dans la parole, des actes différents (en disant *Je viendrai*, on peut annoncer, promettre, menacer, etc.). Mais s'il est vrai que l'acte de langage n'est pas totalement déterminé par le matériel linguistique, il est néanmoins contraint par lui : les divers types de phrases (assertive, impérative, interrogative) semblent bien en rapport avec des types d'actes, et impossibles à décrire sans faire allusion à ces derniers. D'une façon plus générale, de nombreux chercheurs, s'appuyant sur les travaux de É. Benveniste, découvrent dans la langue divers aspects des relations intersubjectives manifestées à l'occasion de la parole : pour certains, la structure même de l'énonciation [728 s.] serait inscrite dans les mots. Dans cette perspective, la réflexion philosophique sur l'activité langagière peut mettre au jour des mécanismes et construire des concepts qui ont leur place dans la description linguistique.

■ É. Benveniste a été un des premiers linguistes à s'intéresser aux recherches de la philosophie analytique (cf. *Problèmes de linguistique générale*, Paris, t. 1, 1966, chap. 22). Il pose les fondements d'une linguistique énonciative dans la 5e partie de ce tome, ainsi que dans les 2e et 5e parties du tome 2, Paris, 1974. – Sur les rapports entre la parole au sens de Saussure et l'emploi au sens de la philosophie analytique : O. Ducrot, « Les actes de langage », *Sciences*, mai-juin 1969. – Sur la linguistique des actes de langage, *Communications*, n° 32, 1981. – Deux conceptions, très différentes, d'une « linguistique énonciative », dont la première est inspirée au départ par la philosophie analytique, la seconde se rattachant directement à Benveniste : O. Ducrot, *Le Dire et le dit*, Paris, 1985 ; A. Culioli, *Pour une linguistique de l'énonciation*, Paris, 1990.

LES CONCEPTS TRANSVERSAUX

SIGNE

Le signe est en général considéré comme étant la notion de base de la sémiotique. Selon Saussure, il est aussi au fondement de la linguistique, puisque « si pour la première fois nous avons pu assigner à la linguistique une place parmi les sciences, c'est parce que nous l'avons rattachée à la sémiologie » et que cette dernière est la « science qui étudie les signes au sein de la vie sociale ». En fait, depuis le développement de la grammaire générative, la problématique du signe ne joue plus qu'un rôle marginal dans les théories linguistiques *stricto sensu*. La situation actuelle des théories sémiotiques inspirées de la linguistique (ce qui a été le cas notamment en France) est donc paradoxale, puisqu'elles se fondent sur une conception du signe qui, à l'intérieur même de la discipline pour laquelle elle avait été élaborée, ne joue plus guère de rôle. On traitera donc ici le *signe* comme une *catégorie sémiotique*, c'est-à-dire comme une notion relevant de l'étude générale des systèmes symboliques. Dans cette perspective, le signe linguistique – quelle que soit sa place centrale dans les activités sémiotiques humaines – n'est pas un objet privilégié. Non seulement l'homme se sert d'innombrables systèmes sémiotiques non verbaux (voir par exemple Ekman et Friesen 1969), mais encore, s'il semble être le seul animal à avoir développé le langage, la capacité sémiotique n'est pas un privilège humain : des abeilles aux grands singes, la communication interindividuelle par signes est largement répandue à travers le règne animal.

Délimitation notionnelle

Il n'existe actuellement pas de consensus quant aux classes de faits qu'il convient de regrouper sous la notion de signe, ce qui est révélateur des difficultés que rencontre la sémiotique lorsqu'elle veut délimiter son champ d'analyse [219 s.]. Quatre points de désaccord paraissent particulièrement lourds de conséquences :

a) Signe et manifestation perceptible : on peut définir le signe comme **relation de renvoi** (tel Locke), ou de manière plus spécifique comme relation de renvoi réalisée par un événement *perçu* (tel saint Augustin selon qui, « un signe est une chose qui, outre l'espèce ingérée par les sens, fait venir d'elle-même à la pensée quelque autre chose »). Dans le second cas, les **états Intentionnels** (par exemple les perceptions, les croyances, les désirs, etc.), qui, bien que caractérisés par une relation de renvoi, ne sont *pas* des événements perceptibles (par des tiers), ne feront pas partie du domaine des signes. Si on choisit la définition la plus large – qui admet comme signe n'importe quel événement *x* qui tient lieu d'un événement *y* –, il n'en sera pas moins nécessaire de distinguer dans une deuxième étape entre les signes-états Intentionnels et ceux qui constituent la *manifestation perceptible* de ces états Intentionnels : les deux ne sauraient être confondus, ne serait-ce que parce que les états Intentionnels ne sont accessibles à des tiers qu'à travers des signes perçus et que ceux-ci doivent être interprétés, alors que nous n'avons pas besoin d'interpréter nos propres états Intentionnels. La plupart des conceptions « pan-sémiotiques » du signe ne tiennent pas compte de cette asymétrie cruciale.

b) Signe et intention : faut-il admettre comme signes uniquement les manifestations perceptibles émises intentionnellement comme relations de renvoi, et donc résultant d'une intention de communication, ou aussi celles qui n'existent comme signes qu'au niveau de l'**attention sémiotique**, c'est-à-dire en tant que phénomènes d'interprétation ? Ce qu'on appelle traditionnellement les « signes naturels » (symptômes, etc.) relèvent de la seconde catégorie. Il n'existe pas de consensus concernant cette question : ainsi Buyssens (1973) ou encore Segre (1970), considérant que l'existence d'une intention de signification est définitoire du signe, refusent de prendre en compte les indices naturels. D'autres, par exemple Greimas (1970), qui postule une *sémiotique du monde naturel*, ou encore Eco (1988), qui reprend la définition purement attentionnelle du signe proposée par Morris (« Une chose n'est un signe que parce qu'elle est interprétée comme le signe de quelque chose par un interprète », Morris 1938), considèrent que les relations de renvoi instaurées au niveau attentionnel relèvent légitimement du domaine des signes. Les phénomènes instaurés en signes par une attention d'ordre sémiotique ne sont pas nécessairement des événements naturels, du moins si l'on accepte la thèse de Barthes (1964) selon laquelle « dès qu'il y a société, tout usage est converti en signe de cet usage » (ce qui pose le problème de savoir où tracer la frontière, à l'intérieur des artefacts, entre signes émis intentionnellement et signes n'existant qu'au niveau de l'interprétation). Il paraît en tout cas indispensable de distinguer clairement entre **signes intentionnels** et **signes attentionnels**, puisqu'ils renvoient à des relations sémiotiques irréductibles l'une à l'autre. En effet, bien que l'attentionalité soit une forme d'Intentionalité (puisqu'elle instaure une relation de renvoi), le *signe* attentionnel n'est pas émis comme signe. Ainsi le **symptôme** médical, par exemple le rhume, n'est pas, en lui-même, un signe, mais une partie ou un effet de la maladie : le rhume n'est signe que pour le médecin, ceci dans la mesure où celui-ci n'y voit plus un simple événement biologique, mais un indice qui indique des faits biologiques non perçus (une allergie ou une infection bactérienne par exemple). Dans le cas d'un signe intentionnel en revanche, la production du phénomène physique est déjà un acte sémiotique, c'est-à-dire qu'elle s'inscrit dans une perspective communicationnelle.

c) Signe et inférences logiques. On a parfois soutenu qu'une des sources de la sémiotique se trouve dans la logique antique et médiévale (ainsi Deely 1982). En tout cas, l'interprétation des processus d'inférence logique en termes de signes remonte à fort loin, puisque les stoïciens déjà définissaient le signe comme « proposition constituée d'une connexion valide et révélatrice du conséquent » (Sextus Empiricus, *Adversus Mathematicos*, VIII, 245). Plus tard Hobbes interprétera les relations logiques entre antécédent et conséquent en termes de signes : « Un signe est l'antécédent évident du conséquent, ou, au contraire, le conséquent de l'antécédent lorsque les conséquences semblables ont d'abord été observées, et plus fréquemment ces conséquences ont été observées, moins incertain est le signe » (*Leviathan*, 1). Dans la foulée de Peirce, certains sémioticiens contemporains (ainsi Eco 1988) proposent eux aussi de retraduire les processus d'inférence logique en termes sémiotiques : ainsi dans le cas de la déduction, la prémisse constituerait le signe certain (l'« antécédent évident » chez Hobbes) de la conclusion, puisqu'elle la contient analytiquement ; l'induction quant à elle pourrait se ramener à l'interprétation d'un symptôme (le cas individuel est traité comme symptôme de la classe projetée par extrapolation), dont la sériation (c'est-à-dire l'ensemble des confirmations ultérieures) aboutirait à la constitution d'un code susceptible de valider rétrospectivement l'inférence symptomatique de départ (Hobbes décrit la même relation en disant que le conséquent est ici le signe de l'antécédent).

d) Signes et processus perceptifs. L'intégration de la perception dans le champ de la problématique des signes peut faire fond sur le caractère indéniablement Intentionnel des processus perceptifs (Husserl 1922, Searle 1985) : l'expérience perceptive est au sujet de (renvoie à) l'objet qui la cause. Les tentatives de traduction des processus perceptifs en termes de relation sémiotique se servent en général de la notion peircienne d'**abduction** (définie comme inférence hypothétique construite sur la base de prémisses incertaines, en l'occurrence une expérience perceptuelle) : les stimuli perceptifs indifférenciés deviennent des signes (et donc dénotent ce qui les a causés) dans la mesure ou ils sont structurés en vertu de schémas de catégorisation faisant fonction de code sémiotique. Certains auteurs (notamment Eco 1988) identifient plus ou moins ces schémas perceptifs au découpage linguistique du monde : cette réduction des identifications perceptives aux catégorisations linguistiques apparaît cependant incompatible non seulement avec ce qu'on sait des processus perceptifs chez l'homme, mais aussi avec le fait que les animaux, bien que ne disposant pas de langage, ont des capacités d'identification et de reconnaissance perceptives parfois supérieures aux hommes (c'est le cas notamment de la perception visuelle du pigeon).

Quelques caractéristiques fondamentales des signes

Du fait de la grande diversité (pouvant aller jusqu'à l'incompatibilité) des conceptions du signe défendues par les sémioticiens, il est difficile de dégager un noyau central. On peut néanmoins dégager plusieurs points dont l'importance pour une détermination générale des processus sémiotiques semble acquise :

a) La plupart des auteurs distinguent trois pôles dans le signe : le signe comme support matériel, l'objet auquel il renvoie (qui peut être une classe vide) et l'aspect sous lequel il renvoie à cet objet. Frege distingue ainsi entre *Zeichen*, *Sinn* et *Bedeutung*, Peirce entre *representamen*, *interpretant* et *object*, Morris entre *sign vehicle*, *designatum* et *denotatum*, Ogden et Richards entre *symbol*, *thought* et *referent*. On dit souvent que la conception du signe de Saussure ne distingue que deux pôles, le **signifiant**, c'est-à-dire le phénomène matériel, et le **signifié**, c'est-à-dire le concept, mais ceci est simplement dû au fait que Saussure adopte une perspective purement interne concernant le signe ; cela ne l'empêche pas de reconnaître la fonction référentielle, comme le montre son insistance sur la nécessité de distinguer signifié et référent [361]. Bien que ces différentes catégorisations ne coïncident pas totalement elles ont en commun d'insister sur la distinction entre **sens** et **référent** : un signe ne renvoie jamais directement à un objet mais uniquement à travers un signifié qui en sélectionne certains traits supposés pertinents pour la relation de renvoi visée. Quant à la mise entre parenthèses méthodologique de la fonction référentielle par Saussure, justifiée au niveau de l'analyse formelle immanente du langage, elle ne saurait être maintenue au niveau d'une analyse globale de la notion de signe où on ne peut faire abstraction de la *fonction* des pratiques sémiotiques qui est de permettre à l'homme d'interagir avec ce qui ne relève *pas* de l'univers des signes.

b) À la suite de Morris (1938), on distingue en général entre les dimensions *sémantique*, *syntaxique* et *pragmatique* des signes : est **sémantique** la relation entre les signes et ce qu'ils signifient ; **syntaxique**, la relation des signes entre eux ; **pragmatique**, la relation entre les signes et leurs utilisateurs (Todorov 1972). La notion de dimension sémantique est en fait le lieu d'une ambiguïté, puisqu'elle peut concerner les relations entre signifiant et signifié *(designatum)* ou alors celles entre le signe global et le référent *(denotatum)*. Dans la perspective positiviste de Morris, ceci ne porte guère à conséquences, puisqu'il traite les *designata* comme des classes (d'objets) et les *denotata* comme les éléments de ces classes, étant entendu qu'une classe peut n'avoir aucun élément. Cependant beaucoup d'auteurs, combinant la catégorisation *logique* de Morris avec la distinction *linguistique* proposée par Saussure, traitent le signe plutôt comme l'unité d'un signifiant et d'un signifié, censé s'opposer globalement au référent comme objet de renvoi extérieur : si on adopte cette conception, on est évidemment obligé de distinguer entre relation sémantique (interne au signe) et relation référentielle. Cette ambiguïté rejaillit sur la délimitation de la dimension syntaxique : on peut en effet entendre par ce terme l'étude de la combinatoire des *signes* en opposition à l'étude sémantique qui porterait sur la relation entre signes et *denotata* ; dans le cadre de la distinction saussurienne en revanche, le domaine de l'analyse syntaxique concerne les combinaisons entre *signifiants.*

L'étude de la dimension pragmatique s'est développée surtout dans le domaine des signes linguistiques, où la pragmatique s'est cristallisée en une discipline propre.

c) En extrapolant à partir du langage, on soutient souvent qu'il n'y a de signe que différentiel, et que donc un signe ne peut exister qu'en tant qu'élément d'un système. Ce faisant on confond cependant souvent deux problèmes. Il est vrai qu'un signe, dans la mesure où il indique une classe x (l'ensemble des possibilités qui le réalisent), indique du même coup la non-réalisation du complément de cette classe (complément constitué par l'ensemble des possibilités que le signe exclut) : ainsi la canne de l'aveugle indique l'état de non-voyance et de ce fait même elle indique aussi la non-réalisation du complément de cet état ; de même l'affirmation de la proposition *a* implique aussi l'affirmation de la non-réalisation de la proposition non-*a*. En ce sens tout signe est différentiel. Mais le complément n'est pas nécessairement *lui-même* un signe. Ainsi, si le complément de la proposition *a* est lui-même un signe, à savoir la proposition non- (non-*a*), il n'en va pas de même dans le cas de la canne d'aveugle : « Une personne portant un bâton blanc et une autre n'en portant pas n'émettent pas deux signaux différents, mais la dernière, simplement, n'émet pas de signal » (Prieto 1966). Même si le signe comme tel est une entité différentielle, il n'y a donc pas d'impossibilité logique à ce qu'un signe fonctionne en dehors d'un système, puisque sa classe complémentaire n'est pas nécessairement à son tour un signe.

En revanche, il suffit que la classe complémentaire constitue elle aussi un signe pour qu'on se trouve dans un **système**, fût-il minimal. Il faut donc distinguer les **codes à sème unique** (tel celui formé par la canne d'aveugle) de ceux dans lesquels l'absence de production du signal constitue à son tour un message. Un exemple d'un tel système minimal (appelé **code à signifiant zéro** par Prieto) est le code constitué par le pavillon d'un vaisseau amiral : si la présence du pavillon indique la présence du commandant, son absence signifie que le commandant n'est pas à bord. Dans la mesure où dans un système à signifiant zéro l'émetteur émet toujours un signal, de tels systèmes ne peuvent fonctionner convenablement que dans des contextes strictement délimités. Ceci explique sans doute leur relative rareté parmi les systèmes symboliques développés par l'homme : dans la plupart des systèmes, seule la production d'un signe constitue un message, ce qui implique qu'un signe donné n'est délimité comme élément différentiel qu'en tant qu'il s'oppose aux autres signes du système (mais non pas à sa propre absence).

d) Dès lors que les signes sont organisés en système, on peut parler d'ordre *paradigmatique* [267 s.], c'est-à-dire d'un ordonnancement différentiel du répertoire des symboles utilisables, répertoire constituant l'axe de la sélection : l'ordre paradigmatique nous permet de constater que deux signes sont identiques ou différents, que l'un inclut ou exclut l'autre, que l'un implique ou présuppose l'autre, etc. Peirce se réfère à cette propriété des signes sous le terme d'*interprétant*, ou de « connaissance collatérale » ; dans le cas du langage elles font partie de ce que Saussure appelle la *valeur*, Hjelmslev, la *forme du contenu* et Benveniste, l'*interprétance* (Todorov 1972).

L'existence d'un ordre paradigmatique n'implique pas nécessairement celle d'un ordre *syntagmatique* [267 s.], c'est-à-dire la possibilité d'organiser les signes en séquences à l'aide de règles de combinaison : le code à signifiant zéro constitué par le pavillon d'un vaisseau amiral possède une organisation paradigmatique (on a le choix entre deux signifiants, correspondant à deux signifiés différents), mais pas de dimension syntagmatique (les signes qui constituent le code ne peuvent pas être combinés). Cependant, dès que l'information à transmettre atteint une certaine complexité, le principe d'économie impose le recours à une combinatoire syntagmatique, impliquant une décomposition des messages en unités plus petites. Comme le montre le système binaire utilisé pour le codage informatique, une substance d'expression à deux éléments (0 et 1) suffit pour encoder un nombre indéfini de signes. Les langues naturelles quant à elles réussissent à encoder tous les messages à l'aide d'une vingtaine de phonèmes seulement.

Classifications des systèmes de signes

Il existe de nombreuses tentatives de classification des signes, qui divergent à la fois quant à l'étendue du domaine qu'elles prennent en considération et quant au critère de classification. Eco (1988), dans sa présentation des diverses conceptions du signe, ne découvre pas moins de neuf principes de classification : selon la source du signe, selon son statut naturel ou artificiel, selon le degré de spécificité sémiotique (distinction entre signes purs et signes-fonctions, par exemple les objets d'usage), selon son statut intentionnel ou non, selon le canal de transmission et l'appareil récepteur, selon le rapport liant le signifiant au signifié, selon le caractère reproductible ou non du signe, selon le type de lien entre signe et référent, et, enfin, selon le comportement induit chez le destinataire. Tous ces critères n'ont pas la même importance : ainsi les classifications selon la source ou selon le canal de transmission ne concernent que la manifestation matérielle du signe (le signifiant, en termes saussuriens) ; celle selon le statut artificiel ou naturel et celle selon le statut intentionnel ou non intentionnel se rejoignent et gagneraient à être remplacées par la distinction entre signes émis intentionnellement et signes attentionnels. De manière plus générale, on peut se demander si la disparité même des critères ne reflète pas le caractère syncrétique de la notion de *signe*. Quoi qu'il en soit, on retiendra ici quatre critères qui paraissent particulièrement significatifs :

a) Selon leur reproductibilité, les signes peuvent se classer en signes (ou mieux en systèmes de signes) pour lesquels la distinction entre **type** et **occurrence** *(token)* est pertinente, et ceux pour lesquels elle ne l'est pas. Le type, que Peirce appelait encore *legi-sign*, peut être défini soit comme un universel, soit comme une classe dont les occurrences, les *sign-signs*, sont les membres : ainsi, dans le domaine des signes linguistiques, on distinguera entre le lexème-type *cheval* et les occurrences multiples et diverses du mot *cheval* dans les énoncés. On peut noter que dans un énoncé donné, le nombre total des mots nous livre le nombre des signes-occurrences et celui des mots différents le nombre des signes-types. L'analyse la plus rigoureuse de cette distinction se trouve dans la théorie de la notation proposée par N. Goodman (1968), bien que reformulée dans un cadre nominaliste qui amène Goodman à rejeter les notions de *type* et *occurrence* : il distingue entre *caractères* et *marques*, un caractère étant défini comme une classe de marques (émissions et inscriptions) ; les différentes marques sont des *répliques* l'une de l'autre (plutôt que des *manifestations* d'un universel concret). D'après Goodman, tout système symbolique implique l'existence d'un ensemble de marques mis en corrélation avec un domaine de référence. Pour que la distinction entre *type* et *token* soit pertinente, il faut que le système symbolique possède un **schéma syntaxique** : ses caractères doivent être *disjoints* (étant donné deux marques qui sont des inscriptions d'un caractère, aucune des deux ne doit pouvoir appartenir à un caractère auquel l'autre n'appartient pas) et *articulés* (étant donné un couple de caractères, il doit être possible de déterminer dans le cas d'une marque qui n'appartient pas effectivement aux deux, soit qu'elle n'appartient pas à l'un, soit qu'elle n'appartient pas à l'autre). Ces deux réquisits sont remplis notamment par le langage verbal et par la notation musicale ; en revanche, ils ne sont pas remplis par les marques picturales pour lesquelles il n'existe pas de procédure de différenciation finie : il n'existe pas de syntaxe picturale. Lorsque les réquisits ne sont pas remplis, il est impossible de décider si deux marques sont ou ne sont pas des répliques l'une de l'autre, donc appartiennent ou n'appartiennent pas au même caractère : on a affaire alors à un fonctionnement symbolique *autographique*, c'est-à-dire à un système dans lequel chaque occurrence est en quelque sorte son propre type. Dans le cas contraire, le système est *allographique*, c'est-à-dire qu'il admet des répliques, ou encore que la distinction entre *type* et *token* y est pertinente [225].

b) Selon le lien des signes avec leur référent, on distingue, à la suite de Peirce, entre **icône**, **indice** et **symbole**. Le *symbole* renvoie à l'objet qu'il dénote par la force d'une loi qui détermine l'interprétation du symbole par référence à l'objet en question ; c'est le cas, par exemple, des mots de la langue. L'*indice* est un signe qui renvoie à l'objet dénoté, parce qu'il est réellement affecté par cet objet, tels le symptôme d'une maladie, la baisse du baromètre, la girouette qui montre la direction du vent, le geste de pointer, etc. Dans la langue, les éléments déictiques [369 s.], c'est-à-dire des mots comme *je*, *tu*, *ici*, *maintenant*, etc., relèvent de l'indice, tout en restant des symboles : ce sont donc des « symboles indiciels ». Enfin, une *icône* est un signe qui renvoie à l'objet qu'il dénote simplement en vertu des caractères qu'il possède : « N'importe quoi, qualité, individu existant ou loi, est l'icône de quelque chose, pourvu qu'il ressemble à cette chose et soit utilisé comme signe de cette chose. » C'est le cas par exemple des échantillons, des onomatopées, des images, etc. (Todorov 1972). La relation iconique rejoint partiellement le type de référence que Goodman appelle *exemplification* [190 s.], avec cette différence que la distinction entre dénotation et exemplification n'oppose pas des types de signes, mais distingue des types de référence pouvant se présenter dans n'importe quel type de signes.

c) Selon leur type d'articulation, on distingue entre codes **sans articulation**, codes à **première articulation**, codes à **seconde articulation** et codes à **double articulation**. Les codes à sème unique (par exemple la canne d'aveugle) sont des codes *sans articulation*. Dans un code à *première articulation*, il y a correspondance biunivoque entre décomposition du signifiant et décomposition du signifié : tel est le cas par exemple du système décimal. Mais beaucoup de systèmes ne maintiennent pas la correspondance biunivoque entre découpage des signifiants et découpage des signifiés. On parle alors de *seconde articulation* : l'axe paradigmatique des unités minimales de la forme d'expression ne se superposera plus à celui des signifiés minimaux : c'est le cas des signaux marins « à bras » où les différentes positions des deux bras constituent des « figures » (Prieto) auxquelles ne correspond pas de signification (les unités de signification minimales naissent de la combinaison de ces figures). Il faut noter que dans de tels systèmes, le signe cesse d'être l'unité sémiotique minimale. Les codes à *double articulation* (Martinet) possèdent une double segmentation, dont l'une maintient le parallélisme entre *forme de l'expression* et *forme du contenu*, alors que l'autre le rompt : c'est le cas des langues naturelles où existe à la fois une première articulation qui maintient le parallélisme des deux faces du signe (c'est le cas par exemple de la segmentation des mots en monèmes) [122] et une seconde articulation qui le rompt (c'est le cas de la segmentation des monèmes en phonèmes).

d) La détermination réciproque entre signifiant et signifié peut être plus ou moins forte. Ainsi dans le cas des langues naturelles on distingue traditionnellement entre signes univoques, signes équivoques (par exemple les homonymes) et signes plurivoques (par exemple les tropes). Plus intéressante, parce que plus générale, est la distinction proposée par Nelson Goodman entre systèmes symboliques à système notationnel et systèmes dépourvus d'un tel système. Un **système notationnel** exige non seulement l'existence d'un *schéma syntaxique*, mais encore de relations sémantiques non ambiguës (rapport de concordance invariant entre équivalence syntaxique et équivalence sémantique) et donnant lieu à des classes de concordance (sémantique) à la fois disjointes et différenciées de manière finie. Les langues naturelles, bien que possédant des schémas syntaxiques, ne sont pas des systèmes notationnels : au niveau de leur interprétation sémantique, les signes verbaux sont ambigus et ne sont pas disjoints (le sens de beaucoup de termes se recoupe en partie). En cela le langage s'oppose par exemple au code de la notation musicale qui remplit les conditions d'un véritable *système* notationnel, à condition qu'on accepte avec Goodman que la relation sémantique pertinente est celle qui lie la partition à son interprétation, et non pas celle qui lie l'œuvre (lue en partition ou interprétée) à son éventuelle signification (au sens banal du terme, comme lorsqu'on parle de ce à quoi réfère une musique à programme).

Todorov (1978) a rappelé que la relation de signification n'était pas constante à l'intérieur d'un système symbolique donné : outre la signification directe, tout système symbolique *en usage* est susceptible de donner naissance à des sens seconds ou indirects évoqués par association. Ces faits – dont font partie notamment le « sens allégorique » et le « sens tropologique » étudiés par l'herméneutique traditionnelle – pour lesquels Todorov propose le terme de **symbolisme**, ne relèveraient pas de la compréhension sémantique de la langue, mais de l'interprétation sémiotique du discours, interprétation conçue comme une forme d'inférence : « Un texte ou un discours devient symbolique à partir du moment où, par un travail d'interprétation, nous lui découvrons un sens indirect. » Le renversement terminologique proposé par Todorov – qui reviendrait à couper la sémiotique de l'étude des signes et à l'identifier au contraire à l'interprétation symbolique – n'a pas réussi à s'imposer, mais son analyse met le doigt sur la nécessité de distinguer entre différentes modalités de relation signifiante, que la dénomination commune *signe* risque de traiter comme équivalentes.

Les distinctions et classifications qu'on vient de passer en revue sont loin de donner naissance à une théorie unifiée du signe. C'est qu'à ce jour – et malgré les tentatives de Peirce, de Morris, d'Eco et d'autres – la notion même de signe n'est pas opératoire au-delà d'un niveau d'analyse assez élémentaire : soit on la définit de telle sorte qu'elle ait une fonction discriminatoire cognitivement opératoire, mais dans ce cas on peut tout aussi bien la remplacer par des notions plus spécifiques (c'est peut-être ce qui explique qu'elle ne soit plus très présente en linguistique) ; soit on lui donne une extension très large, prenant en compte tous les faits interprétables en termes de relation de renvoi, mais dans ce cas elle devient tellement indifférenciée que son utilité analytique n'est plus que très limitée. Ce dernier problème est celui qu'on rencontre par exemple lorsqu'on élargit la notion de signe aux relations logiques et aux processus perceptifs. En effet, même si on voulait traiter les processus d'inférence logique et les perceptions comme des processus de manipulation de signes, on n'en devrait pas moins distinguer trois traitements de l'information – l'inférence (cognitive), la compréhension (du sens) et l'identification (perceptive) – dont tout indique qu'ils obéissent à des modalités de fonctionnement différentes. La distinction de Todorov entre *compréhension sémantique* et *interprétation* met l'accent sur le même problème, puisque l'interprétation symbolique est de nature inférentielle et fonctionne donc autrement que la compréhension sémantique. De même, l'intégration des langues naturelles dans une théorie unifiée du signe a toujours posé des problèmes : soit on a voulu voir dans les traits spécifiques du langage des lois universelles de la relation sémiotique, aboutissant ainsi en général à une méconnaissance des fonctionnements spécifiques des autres systèmes sémiotiques ; soit au contraire on a noyé l'analyse des langues naturelles dans une théorie générale des signes, qui du même coup est incapable de rendre compte de certains des traits les plus remarquables des premières, par exemple leur réflexivité et leur fonction d'interprétant ultime pour les autres systèmes symboliques, c'est-à-dire le fait qu'on peut utiliser le langage pour parler des mots mêmes qui le constituent et, à plus forte raison, d'autres systèmes de signes. Il ne faudrait pas en conclure que la notion de signe est superflue, puisqu'elle permet de délimiter, sinon un champ objectal unifié, du moins une nébuleuse de pratiques humaines qui effectivement ont trait à une « manipulation de signes », même si la possibilité de les réduire à une notion fondamentale commune reste encore largement hypothétique.

■ F. de Saussure, *Cours de linguistique générale* (1916), Paris, 1973 ; E. Husserl, *Recherches logiques*, II (1922), Paris, 1969 ; C.S. Peirce, *Collected Papers*, vol. II, Cambridge, 1932 ; C.S. Peirce, *Écrits sur le signe*, Paris, 1978 ; C. Morris, *Foundations of the Theory of Signs* (1938), repris dans *Writings on the General Theory of Signs*, La Haye, 1971 ; L. Hjelmslev, *Prolégomènes à une théorie du langage* (1943), Paris, 1968 ; R. Engler, *Théorie et critique d'un principe saussurien, l'arbitraire du signe*, Genève, 1962 ; K. Burke, « What are the signs of what ? », *Anthropological Linguistics*, 1962, 6, p. 1-23 ; R. Barthes, « Éléments de sémiologie », *Communications*, 4, 1964 ; L.-J. Prieto, *Messages et signaux*, Paris, 1966 ; É. Benveniste, *Problèmes de linguistique générale*, Paris, 1966 ; U. Weinreich, « Semantics and semiotics », in *International Encyclopaedia of Social Sciences*, New York, 1967 ; P. Ekman et W. Friesen, « The repertoire of non-verbal behavior categories, origins, usage and coding », *Semiotica*, I, 1, 1969 ; A.-J. Greimas, *Du sens*, Paris, 1970 ; E.F.K. Koerner, *Contribution au débat post-saussurien sur le signe* (bibliographie commentée 1916-1971), La Haye-Paris, 1972 ; N. Goodman, *Langages de l'art* (1968), Paris, 1990 ; C. Segre, *I segni e la critica*, Turin, 1970 ; T.A. Sebeok, *Perspectives in Zoosemiotics*, La Haye, 1972 ; T. Todorov, « Sémiotique » et « Signe », in O. Ducrot et T. Todorov, *Dictionnaire encyclopédique des sciences du langage*, Paris, 1972 ; E. Buyssens, *Les Langages et le discours*, Bruxelles, 1973 ;

L.-J. Prieto, *Pertinence et pratique. Essai de sémiologie*, Paris, 1975 ; T.A. Sebeok, *Contributions to the Theory of Signs*, Bloomington, 1976 ; T. Todorov, *Symbolisme et interprétation*, Paris, 1978 ; J. Deely, *Introducing Semiotic. Its History and Doctrine*, Bloomington, 1982 ; J.-R. Searle, *L'Intentionalité*, Paris, 1985 ; U. Eco, *Le Signe*, Bruxelles, 1988.

SYNTAGME ET PARADIGME

Syntagme. Il n'y a guère d'énoncé, dans une langue, qui ne se présente comme l'association de deux ou plusieurs unités (successives ou simultanées), unités qui sont susceptibles d'apparaître aussi dans d'autres énoncés. Au sens large du mot *syntagme*, l'énoncé E contient le syntagme (u_1, u_2, u_3...) si, et seulement si, u_1, u_2, u_3... sont des unités, pas forcément minimales, qui apparaissent dans E. On dira de plus qu'il y a une **relation syntagmatique** entre les classes d'unités X_1, X_2, X_3... si l'on peut formuler une règle générale déterminant les conditions d'apparition, dans les énoncés de la langue, de syntagmes constitués par un élément de X_1, un élément de X_2, un élément de X_3,... D'où un deuxième sens, plus étroit, pour le mot *syntagme* (c'est le sens habituel, et celui qui sera maintenant utilisé ici) : on admet l'existence d'un syntagme (u_1, u_2, u_3...) dans E si non seulement ces unités sont co-présentes dans E, mais que, de plus, on connaisse, ou que l'on croie pouvoir découvrir, une relation syntagmatique conditionnant cette co-présence. Saussure notamment a insisté sur la dépendance du syntagme par rapport à la relation syntagmatique. Pour lui, on ne peut décrire le verbe « défaire » comme un syntagme comprenant les deux éléments « dé » et « faire » que parce qu'il existe en français un « type syntagmatique » latent manifesté aussi par les verbes « dé-coller », « dé-voiler », « dé-baptiser ». Sinon, on n'aurait aucune raison d'analyser « défaire » en deux unités (*Cours*, 2e partie, chap. 6, § 2). (Pour voir que le « type syntagmatique » illustré par cet exemple correspond à la définition donnée plus haut pour la « relation syntagmatique », il suffit de prendre pour X_1 la classe contenant le seul élément « dé- », la classe X_2 contenant les verbes dits perfectifs, c'est-à-dire ceux qui expriment une action vue comme aboutissant à un résultat : « faire », « coller », etc.) Cette première restriction en entraîne une autre. Étant donné que les relations syntagmatiques concernent d'habitude des unités homogènes entre elles, des unités ne formeront un syntagme que si elles sont de même nature. Ainsi, dans l'énoncé « Le vase est fêlé », l'article « le » et le nom « vase » sont souvent considérés comme formant un syntagme, et également les sons *v* et *a* de « vase », ou encore les traits sémantiques « récipient » et « objet mobilier » inhérents au mot « vase », mais, faute de règle syntagmatique connue, on hésitera à dire la même chose pour l'article « le » et le son *v*, ni non plus pour l'article « le » et le trait sémantique « récipient ».

NB : La définition proposée ci-dessus pour la notion de syntagme n'exige pas que les éléments d'un syntagme se suivent immédiatement. Elle peut donc s'appliquer lorsqu'ils sont séparés : c'est par exemple souvent le cas en latin où l'adjectif épithète et le substantif qu'il modifie peuvent être très distants (*Justos Deus amat homines :* Dieu aime les hommes justes).

Syntagme et relation syntagmatique. Il résulte des définitions précédentes que des théories linguistiques différentes peuvent amener à reconnaître ou à nier à une même combinaison d'unités le caractère de syntagme, selon le type de relations syntagmatiques sur lequel ces théories mettent l'accent. Ainsi Saussure ne voit dans plusieurs séquences distinctes la réalisation d'un même « type syntagmatique » que si, pour chacune d'elles, il y a le même rapport entre le sens de la séquence totale et celui de ses composants (« dé-faire » est à « faire », pour le sens, ce que « dé-coller » est à « coller », « dé-voiler » à « voiler », etc.). Il n'aurait donc pas reconnu le type syntagmatique précédent dans « déterminer » ni dans « dévider » et, faute de pouvoir en définir un autre, il n'aurait pas tenu « déterminer » pour un syntagme réunissant le préfixe *dé-* et un verbe simple – ce qui serait possible cependant avec une conception moins sémantique de la relation syntagmatique. À plus forte raison, un saussurien strict ne peut pas parler de syntagme lorsque les éléments reliés ne sont pas des signes, unités douées à la fois d'un signifiant et d'un signifié, mais simplement des sons (Saussure fait cependant exception à cette règle dans un texte, d'ailleurs controversé, cf. 2e partie, chap. 6, fin du § 2). Au contraire, les phonologues [49 s.] n'hésitent pas à présenter un groupe de phonèmes comme un syntagme, car il est important, pour eux, de découvrir des régularités dans la façon dont se combinent les phonèmes d'une langue [392].

C'est encore une divergence sur la nature des relations syntagmatiques qui explique la polémique sur le caractère binaire ou non du syntagme. Pour Bally, par exemple, le modèle de la relation syntagmatique est l'application d'un propos à un thème [560 s.], application qui reproduit, à tous les niveaux de la langue, l'acte fondamental de la communication, consistant à dire quelque chose (propos, symbolisé par la lettre *Z*) de quelque chose (thème, symbolisé par un *A*). Tout syntagme devra donc être binaire, et de la forme (*A*, *Z*). Ainsi, dans *Notre bon roi boit*, il y a un syntagme formé du prédicat *boit (Z)*, appliqué au sujet *notre bon roi (A)*. Mais cette dernière expression constitue également un syntagme, où la notion exprimée par *bon roi (A)* est actualisée par le possessif *notre (Z)*, qui la situe dans l'expérience des sujets parlants. Et de même, dans *bon roi*, on admettra un syntagme unissant le substantif *roi (A)*, dont le sens est qualifié, ou spécifié, par l'adjectif *bon (Z)*. Il est bien clair qu'un tel découpage ne constitue pas un « donné », mais tire sa force (et sa faiblesse) de la notion particulière de relation syntagmatique, et, au-delà, de la conception de la langue sur laquelle il repose.

■ La syntagmatique de Charles Bally est exposée dans *Linguistique générale et linguistique française*, Berne, 1932 (2e édition, très remaniée, en 1944), chap. 2, 3 et 4.

On arrive encore à la même conclusion si l'on considère le problème de la **linéarité**. La parole se déroule dans le temps. Or le temps peut se représenter comme un espace à une dimension, comme une ligne : à chaque instant on fait correspondre un point, et à l'ordre d'apparition des instants, l'ordre de juxtaposition des points. D'où l'idée que l'ordre d'apparition des éléments du discours (qui est l'objet de l'étude syntagmatique) peut, lui aussi, se représenter par une ligne (ou, vu le caractère discontinu du discours, par une ligne pointillée). Saussure pose comme un principe (1re partie, chap. 1, § 3) que cette représentation, non seulement est possible (au moins en ce qui concerne les signifiants), mais qu'elle doit être à la base de la description linguistique. Deux conséquences en résultent :

a) Le linguiste ne reconnaît d'autre ordre que l'ordre de

succession ; les éléments qui seraient simultanés (les divers constituants phonétiques d'un même phonème, ou les traits sémantiques d'un mot) sont écrasés en un seul point de la représentation linéaire. On ne s'intéressera donc pas à chercher des régularités dans leur apparition (à savoir dans quelles conditions tel trait se combine avec tel autre), et, par suite, on ne considérera pas la coexistence de deux traits simultanés comme constituant un syntagme. (Ainsi Martinet refuse une étude syntagmatique des traits distinctifs [394] des phonèmes, étude qui est préconisée au contraire par Jakobson.) De même, si l'on introduit l'idée d'ordre linéaire dans la notion de relation syntagmatique, on ne parlera pas de syntagme lorsqu'un même segment, phoniquement inanalysable, véhicule deux signifiés distincts, et **amalgame** pour ainsi dire leurs signifiants. Le son représenté par la lettre *y* de *J'y suis allé* ne constituera donc pas un syntagme, bien qu'il soit équivalent à une préposition comme *à* suivie d'une indication de lieu. En revanche on admettrait un syntagme dans l'expression synonyme *à cet endroit.* Pour éviter cette conséquence, et maintenir néanmoins la linéarité dans la définition de la relation syntagmatique, il faudrait concevoir la linéarité d'une façon plus abstraite, en la situant à l'intérieur d'une succession mentale – difficile à définir précisément.

b) Décrire la façon dont différents éléments se combinent, c'est dire seulement quelles places respectives ils peuvent prendre dans l'enchaînement linéaire du discours. Ainsi, pour un distributionaliste [59 s.], l'étude syntagmatique d'un élément, c'est l'indication des différents environnements dont il est susceptible, c'est-à-dire des éléments qui peuvent le suivre et le précéder. Par suite, décrire un syntagme, c'est dire non seulement quelles unités le constituent, mais dans quel ordre de succession, et, si elles ne sont pas contiguës, à quelle distance elles se trouvent les unes des autres. Pour la glossématique de Hjelmslev [42 s.] en revanche, qui ne voit dans l'ordre linéaire qu'une manifestation substantielle et contingente, indépendante de la forme linguistique elle-même [44], la syntagmatique sera plus abstraite : elle ne s'intéressera qu'aux conditions de co-occurrence des unités – indépendamment de leur arrangement linéaire. Ce qui impose une nouvelle formulation de la relation syntagmatique. À peu près toute unité pouvant coexister avec toute unité à l'intérieur d'un énoncé, il faudra spécifier de façon plus précise le cadre de la coexistence et énoncer des règles comme « *u* peut (ou ne peut pas) coexister avec *v* dans une unité plus vaste de type *Y* ». Ainsi, pour décrire un syntagme particulier, on devra dire non seulement quelles unités le constituent, mais à l'intérieur de quelle unité il se trouve.

■ Sur les origines de la syntagmatique structuraliste, cf. les études de F. Mikuš : *A propos de la syntagmatique du professeur A. Belič*, Ljubljana, 1952 ; « Jan V. Rozwadowski et le structuralisme syntagmatique », *Lingua*, 1952.

Paradigme. Au sens large, on appelle paradigme toute classe d'éléments linguistiques, quel que soit le principe qui amène à réunir ces unités. En ce sens on considérera comme paradigmes les **groupes associatifs** dont parle Saussure (2ᵉ partie, chap. 5, § 3), et dont les éléments ne sont guère reliés que par des associations d'idées. De même Jakobson semble parfois fonder la relation paradigmatique sur la simple similarité (*Essais*, p. 49-56), sur cette « association par ressemblance » dont parlait la psychologie associationniste (qui, comme Jakobson, y incluait l'association par contraste). Devant la multitude de critères divergents sur lesquels on pourrait fonder de tels paradigmes, beaucoup de linguistes modernes ont cherché à définir un principe de classement qui soit lié au seul rôle des unités à l'intérieur de la langue. Étant donné que les rapports syntagmatiques semblent, dans une large mesure, spécifiques à chaque langue particulière, on en est venu à fonder sur eux les paradigmes linguistiques : en ce sens, étroit, deux unités *u* et *u'* appartiennent à un même paradigme si, et seulement si, elles sont susceptibles de se remplacer l'une l'autre dans un même syntagme, autrement dit s'il existe deux syntagmes *vuw* et *vu'w*. D'où l'image devenue classique de deux bandes sécantes, l'horizontale représentant l'ordre syntagmatique des unités, la verticale, le paradigme de *u*, c'est-à-dire l'ensemble des unités qui auraient pu apparaître à sa place.

■ Voir les chapitres 5 et 6 du *Cours de linguistique générale* de F. de Saussure, Paris, 1916. – NB : Saussure n'emploie pas le terme « paradigme » ; il parle de relations et de groupes « associatifs ».

Relations syntagmatiques et relations paradigmatiques. S'il y a un large consensus pour subordonner, dans la pratique, l'étude paradigmatique à l'étude syntagmatique, des divergences apparaissent sur le sens à donner à cette subordination. Selon les distributionalistes [59 s.] la découverte des relations syntagmatiques constitue l'objet fondamental de l'investigation linguistique : c'est que la langue est avant tout une combinatoire. L'établissement de paradigmes ne doit donc être compris que comme une commodité pour la formulation « compacte » des relations syntagmatiques. Plutôt que d'énoncer, pour chaque unité, ses possibilités de combinaison avec toutes les autres, il est plus économique de constituer des classes d'unités ayant, avec une certaine approximation, les mêmes possibilités combinatoires, quitte ensuite à y établir des sous-classes dont les unités auraient entre elles des analogies combinatoires plus fortes, et ainsi de suite, chaque subdivision nouvelle correspondant à un affinement de l'approximation.

La plupart des linguistes européens, au contraire, se sont efforcés de donner à l'organisation paradigmatique de la langue une raison d'être intrinsèque. Il est remarquable (et paradoxal) que cette tendance apparaisse même dans l'école glossématique pour qui, cependant, comme pour les distributionalistes, la réalité fondamentale de la langue, sa forme, est d'ordre purement combinatoire [42 s.]. Hjelmslev par exemple construit deux combinatoires distinctes, l'une syntagmatique, l'autre paradigmatique. Les trois relations primitives qui sont à la base de la syntagmatique unissent avant tout des classes. La classe *A* **présuppose** (ou **sélectionne**) la classe *B* par rapport à la classe *C* si, dans tout élément de *C*, on ne peut trouver un élément de *A* sans un élément de *B*, l'inverse n'étant pas vrai (l'adjectif présuppose le nom dans le groupe-sujet en français). *A* et *B* sont **solidaires** par rapport à *C*, si l'on ne peut pas trouver, dans un élément de *C*, un élément de *A* sans un élément de *B*, et vice versa. Il s'agit donc d'une sorte de présupposition réciproque (il y a solidarité, par rapport à la classe des verbes, de la classe des temps et de celle des modes en français : on ne peut rencontrer, dans un verbe, un temps sans un mode, et inversement). Enfin *A* et *B* sont en **combinaison** par rapport à *C*, si l'on trouve, dans les éléments de *C*, tantôt un élément de *A* accompagné d'un élément de *B*, tantôt un élément de *A* sans représentant de *B*, tantôt enfin l'inverse (il y a combinaison entre le nom et l'adjectif dans le groupe-attribut en français). À ces relations syntagmatiques, fondées sur la coexistence, *dans le texte*, et qui permettent de caractériser les classes par leurs rapports réciproques, Hjelmslev ajoute des relations paradigmatiques, qu'il appelle **corrélations**, et qui semblent destinées à caractériser les éléments individuels. Leur fondement est la coexistence des termes *à l'intérieur des classes précédemment définies*. Il y en a trois principales, parallèles aux relations syntagmatiques : *a* **spécifie** *b* si toute classe contenant *a* contient aussi *b*, l'inverse n'étant pas vrai ; *a* et *b* sont **complémentaires** si toute classe contenant l'un contient l'autre (il s'agit donc d'une sorte de spécification réciproque) ; *a* et *b* sont **autonomes** si chacun d'eux appartient à certaines classes dont l'autre est absent et s'il leur arrive aussi d'appartenir à la même classe. Ainsi, bien que la découverte des relations syntagmatiques précède nécessairement celle des relations paradigmatiques, la paradigmatique ne se contente pas de réécrire la syntagmatique, mais lui ajoute des informations nouvelles. Il s'agit de deux combinatoires différentes.

■ Sur la combinatoire glossématique : L. Hjelmslev, *Prolégomènes à une théorie du langage*, trad. fr., Paris, 1968, chap. 9 et 11. Pour une tentative de formalisation, L. Hjelmslev et H.J. Uldall, *Outline of Glossematics*, Copenhague, 1957.

L'importance propre des relations paradigmatiques sera à plus forte raison mise en évidence dans une linguistique fonctionnelle [49 s.] privilégiant ce qui, dans le discours, sert à la communication de la pensée. Ainsi, selon Martinet, la seule réalité linguistique, ce sont les choix que la langue rend possibles au sujet parlant, car eux seuls sont informatifs pour le destinataire. Qu'il décrive une unité distinctive (phonème [388]) ou une unité significative (monème [434 s.]), le linguiste ne doit en retenir que ce qui, en elle, peut faire l'objet d'un choix. Or, pour savoir ce qui est choisi lorsqu'une unité *A* est employée à un moment donné du discours, il est indispensable de savoir quelles autres unités auraient été possibles à sa place. Ce qui est choisi, dans *A*, c'est seulement ce par quoi *A* se distingue de ces unités. Ainsi, pour comprendre la valeur de l'adjectif « bonne », utilisé, dans le langage diplomatique, pour qualifier l'« atmosphère » d'une négociation, il faut : 1° que la syntagmatique ait établi la liste des autres adjectifs possibles à cette place ; 2° que la paradigmatique montre que « bonne » est, dans cette catégorie, l'adjectif le moins euphorique. L'étude syntagmatique n'a donc d'autre intérêt, pour Martinet, que de déterminer, à chaque moment du discours, quel est l'inventaire des possibles. Puis la paradigmatique, comparant les possibles entre eux, découvre ce qui est choisi lorsque l'un quelconque d'entre eux est choisi. Cette conception a trouvé une confirmation spectaculaire dans l'étude de l'évolution phonétique des langues : souvent un changement ne concerne ni un phonème pris isolément, ni même l'organisation générale des phonèmes, mais un paradigme de phonèmes (Martinet parle alors de **système**), c'est-à-dire l'ensemble des phonèmes apparaissant dans un contexte syntagmatique particulier, le changement n'ayant lieu que dans ce contexte [340]. Des faits de ce genre prouvent que les paradigmes possèdent une sorte d'autonomie.

■ A. Martinet fonde la paradigmatique sur la notion de choix dans « Les choix du locuteur », *Revue philosophique*, 1966, n° 3. Sur l'application de cette notion à la phonologie historique : *Économie des changements phonétiques*, Berne, 1955, 1re partie, chap. 3.

Alors que le fonctionalisme de Martinet fait de la syntagmatique un moyen, un simple préalable à la paradigmatique, le fonctionalisme de Jakobson donne à ces deux types de relations une valeur indépendante (de même, mais en sens inverse, la combinatoire glossématique rétablit entre elles un équilibre nié par la combinatoire distributionaliste). Pour R. Jakobson, l'interprétation de toute unité linguistique met en œuvre à chaque instant deux mécanismes intellectuels indépendants : comparaison avec les unités semblables (= qui pourraient donc lui être substituées, qui appartiennent au même paradigme), mise en rapport avec les unités coexistantes (= qui appartiennent au même syntagme). Ainsi le sens d'un mot est déterminé à la fois par l'influence de ceux qui l'entourent dans le discours, et par la confrontation avec ceux qui auraient pu prendre sa place. Que les deux mécanismes soient indépendants, Jakobson en voit la preuve dans les troubles du langage, qui pourraient se répartir en deux catégories : impossibilité de lier les éléments les uns aux autres, de constituer des syntagmes (l'énoncé est une suite incohérente), impossibilité de lier les éléments utilisés aux autres éléments de leur paradigme (les énoncés ne se réfèrent plus à un code) [528]. Cette dualité a, pour Jakobson, une grande généralité. Elle serait à la base des figures de rhétorique les plus employées par « le langage littéraire » ; la métaphore (un objet est désigné par le nom d'un objet semblable) et la métonymie (un objet est désigné par le nom d'un objet qui lui est associé dans l'expérience) relèveraient respectivement de l'interprétation paradigmatique et syntagmatique, si bien que Jakobson prend parfois pour synonymes *syntagmatique* et **métonymique**, *paradigmatique* et **métaphorique**.

■ Voir surtout *Essais de linguistique générale*, Paris, 1963, chap. 2. La difficulté de ce texte tient à ce que la relation constitutive du paradigme y apparaît tantôt comme la relation de sélection (et on a bien alors le « paradigme » au sens étroit des linguistes), tantôt comme la relation de similarité (et « paradigme » peut signifier alors « catégorie », en un sens extrêmement large).

CATÉGORIES LINGUISTIQUES

Une **catégorie linguistique** (= un paradigme [271]) est généralement beaucoup plus qu'une collection d'éléments. Elle comporte d'habitude une organisation interne, et institue entre ses éléments des relations particulières. En comparant ces diverses organisations, on a cru découvrir que certaines propriétés leur sont communes, ou, au moins, se retrouvent fréquemment.

Neutralisation. Les phonologues ont souvent noté que beaucoup d'oppositions de phonèmes [388 s.], possibles dans certains contextes, ne le sont plus dans d'autres. On dit alors que l'opposition est neutralisée. Que l'on compare la voyelle de *fée* (notée phonétiquement *e*), et celle de *fait* (notée ɛ). Elles s'opposent en fin de mot puisqu'en substituant l'une à l'autre on passe de la prononciation *fe* (avec le sens « fée »), à la prononciation *fɛ* (avec le sens « fait »). Mais il y a des contextes où l'opposition est neutralisée. Parfois, parce que la substitution n'introduit pas de différence de sens. C'est le cas lorsque *e* et ɛ se trouvent dans des syllabes ouvertes (= non terminées par une consonne) à l'intérieur d'un mot : on obtient la même signification « pays », que l'on prononce *pɛ-i* ou *pe-i*. Les deux sons sont alors en variation libre [51]. Parfois la neutralisation est due à l'impossibilité de trouver l'un quelconque des deux sons dans un certain contexte (ainsi on ne trouve dans aucun mot français, sauf dans les noms propres, ni *e* ni ɛ après le son *a*). Enfin la neutralisation peut tenir à ce que l'un seulement des deux éléments est possible : dans une syllabe terminée par le son *r*, on peut trouver ɛ mais pas *e* (on a *fɛr*, « fer », mais pas *fer*).

Marque. C'est ce dernier type de neutralisation qui a donné naissance à la notion de marque. Comme c'est toujours le même élément qui apparaît dans les positions où un seul des deux peut apparaître, on l'appelle **non marqué**, ou encore **extensif** (l'autre, d'usage plus limité, étant dit **intensif**, ou **marqué**). Dans les contextes où seul l'élément non marqué est possible, on dit qu'il représente l'opposition tout entière, ou encore qu'il représente l'**archiphonème**, c'est-à-dire ce qui est commun aux deux phonèmes de l'opposition. On peut aller plus loin, et postuler que le non-marqué représente *toujours* l'archiphonème – même dans les contextes où il s'oppose au marqué. Leur opposition peut alors, selon le terme de Troubetzkoy, être appelée **privative**, en ce sens que l'un des deux termes, le marqué, possède des traits distinctifs [394] dont l'autre est privé.

Découverte en phonologie, la notion de marque a été appliquée aux unités significatives [430 s.]. Dans ce domaine, pourtant, le critère de la neutralisation est moins utilisable. Rares en effet sont les contextes où, de deux morphèmes opposés, l'un seul est possible. On citera des tournures comme l'allemand *Wie alt ist er ?* (« Quel âge a-t-il ? », littéralement « Combien vieux est-il ? ») où l'emploi de *jung* (« jeune ») à la place de *alt* est difficile ; le parallèle avec la phonologie se laisse poursuivre assez loin ici, car on peut dire que *alt*, dans cet emploi, a la même valeur que l'opposition *alt-jung* prise dans sa totalité, et qu'il est un **archimorphème** représentant la catégorie de l'âge. Il y a cependant peu de cas aussi clairs. On pourrait songer à des contextes français comme « Ce livre est peu… » où l'on trouve par exemple « intéressant », mais pas « ennuyeux ». Le phénomène est cependant plus compliqué, car la situation s'inverse avec « un peu » (on trouve « Ce livre est un peu ennuyeux », mais guère « Ce livre est un peu intéressant »). K. Togeby a proposé (p. 102-103) d'utiliser, pour distinguer morphèmes extensifs et intensifs, le phénomène de la défectivité. Supposons qu'aucun élément d'une classe *A* ne puisse apparaître sans être combiné avec un élément d'une classe *B* (dans la présentation habituelle de la conjugaison française, décrite comme un entrecroisement de modes et de temps, un verbe ne peut avoir un mode sans qu'il soit accompagné d'un temps). Il y a **défectivité** si certains éléments de *A* ne peuvent pas être combinés avec certains éléments de *B* : le subjonctif ne peut pas se combiner, en français, avec le futur. Comme, en outre, l'indicatif se combine avec les temps refusant le subjonctif, Togeby y voit le terme extensif de l'opposition indicatif-subjonctif. On remarquera que le parallèle avec la phonologie obligerait à dire que, dans la forme « je viendrai », le mode indicatif représente l'archimorphème commun à l'indicatif et au subjonctif : on doit donc poser, ou bien que l'indicatif a une valeur différente selon qu'il est combiné avec le futur ou avec le présent, ou bien qu'il représente *toujours* l'archimorphème, c'est-à-dire la notion générale de mode, le mode à l'état pur, sans spécification.

Si, au lieu de considérer les unités significatives, on s'intéresse aux unités sémantiques elles-mêmes (c'est-à-dire aux éléments constitutifs de la signification), la notion de marque trouve un champ d'application incontestable, car elle permet de décrire une asymétrie très fréquente dans les catégories sémantiques. Soit les deux unités sémantiques : « homme » (en entendant par là « homme mâle », cf. le latin *vir*) et « femme », constituant la catégorie sémantique « humain ». L'élément « homme » sera dit non marqué en français, parce qu'il existe un signifiant, le mot *homme*, qui désigne tantôt la notion « homme », tantôt la catégorie « humain ». Ou encore, dans la catégorie sémantique « intéressant »-« ennuyeux », le pôle « intéressant » sera dit non marqué, puisque le même adjectif *intéressant*, qui est susceptible de le représenter (« ce livre est intéressant »), peut aussi représenter la catégorie entière. C'est ce qui se passe par exemple dans la comparaison : en disant « *A* est plus intéressant que *B* », on ne sous-entend pas que *A* et *B* méritent d'être dits intéressants, au sens fort de ce terme (en revanche l'expression « *A* est plus ennuyeux que *B* » donne à penser que *A* et *B* sont l'un et l'autre ennuyeux). La distinction des éléments sémantiques marqués et non marqués est aussi utile pour comprendre le mécanisme de la négation. Certaines expressions (comme le français *ne... pas*) ont un effet particulier lorsqu'elles sont appliquées au mot représentant le terme non marqué d'une catégorie : l'expression obtenue a tendance alors à représenter le pôle opposé (marqué). En revanche la même négation, appliquée au mot désignant le pôle marqué, ne reconduit pas jusqu'au pôle non marqué, mais dans une région intermédiaire de la catégorie. Exemple (les flèches représentent l'effet de la négation) :

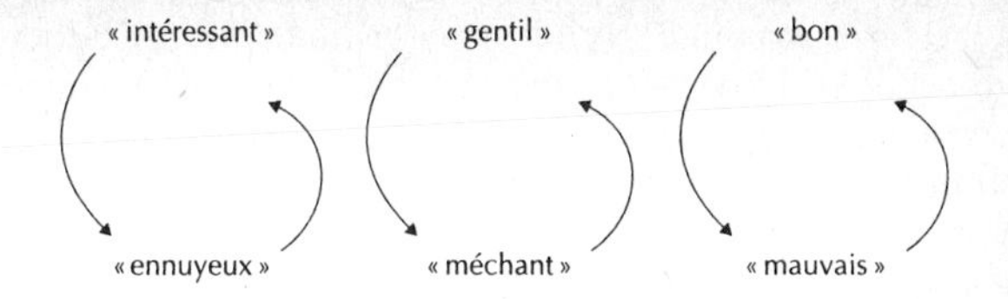

■ Sur les notions de neutralisation et de marque : N. Troubetzkoy, *Principes de phonologie*, trad. fr., Paris, 1949, chap. « Diacritique », § 3 et 5 ; R. Jakobson, « Zur Struktur des russischen Verbums », in *Charisteria Mathesio*, Prague, 1932, p. 74-84 ; C.E. Bazell, « On the neutralisation of syntactic oppositions », *Travaux du Cercle linguistique de Copenhague*, 1949 ; K. Togeby, *Structure immanente de la langue française*, Copenhague, 1951, cité ici d'après la 2e édition, Paris, 1965. L.R. Horn (*A Natural History of Negation*, Chicago, Londres, 1989, chap. 3) étudie la notion de marque dans ses rapports avec la négation.

Participation. Hjelmslev et Brøndal interprètent l'asymétrie des catégories linguistiques révélée par le phénomène de la marque comme un cas particulier du « principe de participation » qui, selon L. Lévy-Bruhl, caractériserait la mentalité primitive. Il permettrait de distinguer la logique du langage (que Hjelmslev appelle **sublogique**) de la logique des logiciens. Si, en effet, au lieu de dire que le mot *homme* est ambigu, désignant tantôt l'une, tantôt l'autre, des deux unités sémantiques « homme mâle » et « humain », on admet une seule unité sémantique correspondant à l'ensemble des significations d'*homme*, on devra dire qu'elle inclut et exclut à la fois l'unité sémantique « femme ». Ce recouvrement partiel (participation) de deux unités qui en même temps s'excluent mutuellement fait sortir de la logique, au sens traditionnel du terme, qui a construit les notions de « contraire » et de « contradictoire » pour exprimer les deux formes principales de l'exclusion mutuelle. Or, par définition, deux termes contraires ou contradictoires ne sauraient convenir au même objet : on ne peut pas être à la fois blanc et noir, ni blanc et non blanc.

Hjelmslev et Brøndal croient même possible de définir, par un calcul *a priori*, les différents types possibles de catégories linguistiques, selon le mode de participation de leurs unités. Brøndal, par exemple, commence par déterminer ce que serait la catégorie maximale. Elle comprendrait : *a)* deux termes B_1 (positif) et B_2 (négatif), qui sont disjoints, et présentent donc deux qualités comme incompatibles : cf. « impératif » (idée d'ordre) et « subjonctif » (idée de désir) ; *b)* un terme **neutre**, *A*, qui indique l'absence de l'une et l'autre de ces qualités, la non-application de la catégorie : cf. « indicatif » ; *c)* un terme **complexe**, *C*, qui recouvre à la fois B_1 et B_2, et qui indique seulement l'application de la catégorie : cf. ce mixte d'ordre et de désir que serait dans certaines langues, l'« optatif » ; *d)* deux termes à la fois complexes et polaires D_1 et D_2 qui sont équivalents à *C*, mais avec insistance soit sur la partie B_1, soit sur la partie B_2, de *C*. Ils sont appelés **complexe-positif**, et **complexe-négatif**. Il est difficile de trouver, en français, des unités sémantiques illustrant D_1 et D_2, qui soient exprimées par des morphèmes simples. On pourrait cependant penser aux significations des expressions composées « à moitié plein » et « à moitié vide ». En retirant tel ou tel terme à cette catégorie maximale, on peut, selon Brøndal, envisager la possibilité de quatorze autres catégories, un grand nombre de combinaisons, mathématiquement possibles, des six éléments de base étant linguistiquement inadmissibles (car il serait inacceptable qu'il y ait un positif sans un négatif, ou un complexe positif sans un complexe négatif, et inversement).

■ L. Hjelmslev, « La catégorie des cas », *Acta Jutlandica*, 1935 et 1937 ; V. Brøndal, *Essais de linguistique générale*, Copenhague, 1943, chap. 3. Le n° 86 de *Langages* (juin 1987) est consacré à « l'actualité de Brøndal ». Documentation sur d'autres systèmes analogues dans K. Togeby (cf. bibliographie précédente), p. 104-105.

Hexagone logique. La notion de participation est conçue par Hjelmslev et Brøndal comme sublogique. Il est d'autant plus remarquable que le philosophe et logicien R. Blanché soit arrivé à définir, pour les catégories de la pensée « naturelle », un type d'organisation assez semblable, mais en se fondant sur les relations logiques les plus traditionnelles (le rapprochement entre Blanché et Brøndal est dû à A.-J. Greimas, qui explique cette convergence par l'existence de « structures élémentaires de la signification »). Blanché prend pour point de départ ce que les logiciens appellent traditionnellement le **« carré**

d'Aristote ». Il s'agit des quatre types de propositions reconnues par Aristote : *A* (« tous les hommes sont mortels »), *E* (« aucun homme n'est mortel »), *I* (« quelques hommes sont mortels ») et *O* (« quelques hommes ne sont pas mortels »). Entre ces quatre types de propositions existent des relations logiques spécifiques (voir schéma ci-dessous) : *A* et *O* sont **contradictoires**, c'est-à-dire ne peuvent être ni toutes les deux vraies, ni toutes les deux fausses à la fois, et de même pour *E* et *I* ; *A* implique *I* et *E* implique *O* ; *A* et *E* sont **contraires,** c'est-à-dire ne peuvent être vraies à la fois, mais peuvent être fausses à la fois ; *I* et *O* sont **subcontraires**, c'est-à-dire ne peuvent être fausses à la fois, mais peuvent être vraies à la fois. Blanché donne à ce carré deux extensions :

a) Il note que les relations logiques constitutives du carré ne valent pas seulement pour les quatre types traditionnels de propositions, c'est-à-dire qu'elles ne se fondent pas seulement sur la quantité et sur le caractère positif ou négatif du jugement. Il est possible de les retrouver dans des quaternes de propositions du type *P(a)*, *Q(a)*, *R(a)*, *S(a)*, où *a* est le nom d'un objet, et où *P*, *Q*, *R* et *S* sont des prédicats appartenant à la même catégorie de pensée. Soit par exemple pour *P*, *Q*, *R* et *S*, les prédicats « avare », « prodigue », « économe » et « libéral » ; on a le carré :

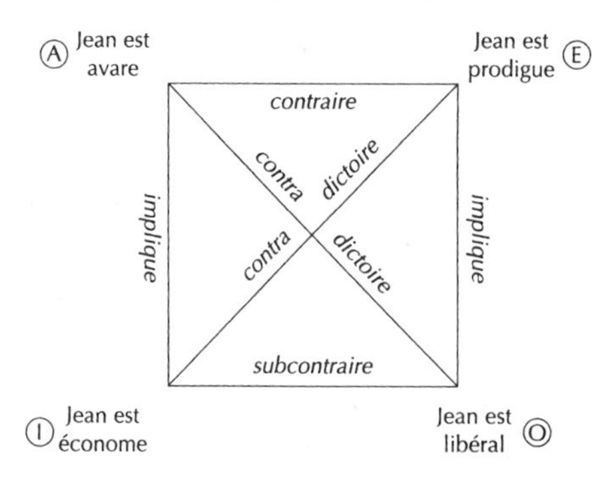

De même, dans la catégorie de la chaleur, on pourrait placer en *A* « chaud », en *E* « froid », en *I* « tiède », et en *O* « frais ». Ou encore, parmi les adjectifs indiquant les attitudes possibles face au danger, on aurait : *A* « téméraire », *E* « poltron », *I* « courageux », *O* « prudent ».

b) Blanché propose une deuxième extension, en transformant le carré en hexagone, par adjonction de deux postes supplémentaires, *Y* (défini comme « ou *A* ou *E* »), et *U* (défini comme « à la fois *I* et *O* »). D'où le schéma (pour simplifier nous n'indiquons, pour chaque poste, que le prédicat) :

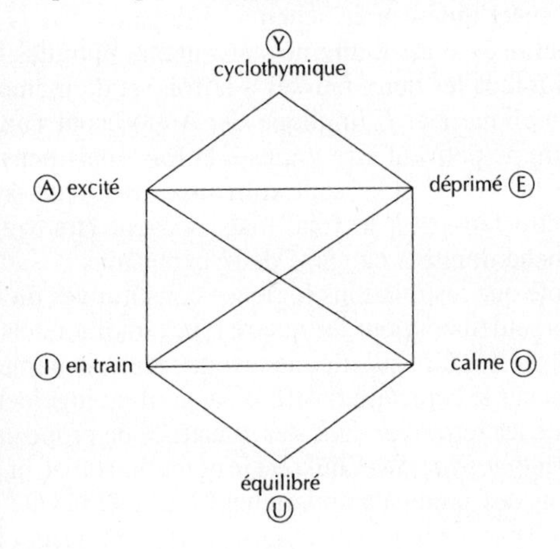

On notera la parenté entre le terme neutre de Brøndal et le *U* de Blanché, et aussi entre le terme complexe et le *Y*. Reste cependant cette différence, essentielle, que *Y* ne comporte, contrairement au complexe, aucune contradiction, ni même aucune participation : il signifie que l'un des deux termes contraires doit s'appliquer, sans préciser lequel, alors que le complexe unit en lui les deux contraires.

L'application de tels schémas logiques aux catégories lexicales de la langue est rendue difficile par le fait qu'on ne trouve guère de termes *I* et *O* ayant la propriété d'être impliqués, respectivement, par *A* et *E*. Peut-on soutenir par exemple que *tous* implique *quelques*, *avare* implique *économe*, *déprimé* implique *calme*, *poltron* implique *prudent* ? Aux linguistes qui le soutiennent on oppose certaines observations relatives à l'usage ordinaire de ces mots. Ainsi il est possible de dire « Ce ne sont pas quelques amis qui sont venus, c'est tous », ou « Il n'est pas économe, il est avare ». Bien plus, celui qui dit *quelques* laisse entendre généralement qu'il aurait été inexact de dire *tous* ; de même, parlant du rapport d'une personne à l'argent, si on la déclare économe, terme qui relève d'un discours élogieux, il est bizarre de la disqualifier ensuite, dans le même discours, en la présentant comme avare (ou alors il s'agit d'une rectification : « Il est économe, je dirais même plutôt avare »). Pour répondre à ces objections, il faut situer les relations logiques d'implication dans la structure de la *langue*, et en distinguer les contraintes de la conversation : ce sont ces dernières qui empêcheraient parfois, dans le *discours*, de mettre en œuvre les implications que la langue autorise [564 s.]. Ce qui est donc finalement en jeu dans ces discussions, ce sont les rapports entre la langue et le discours. Considère-t-on le discours comme un lieu où la langue est mise en échec (et on peut alors maintenir, en langue, l'implication de *tous* à *quelques* ou d'*avare* à *économe*), ou bien pense-t-on que le discours exploite les possibilités inscrites dans la langue (et ces implications n'ont alors plus guère de justification) ?

■ R. Blanché, *Les Structures intellectuelles*, Paris, 1966. – Sur l'interprétation linguistique du carré d'Aristote : L.R. Horn, *A Natural History of Negation*, Chicago, Londres, 1989, chap. 4. – Sur la réinterprétation de ce carré dans la sémiotique d'A.-J. Greimas (les relations entre les quatre termes n'ayant plus, dans ce cadre, leur signification logique traditionnelle), voir A.-J. Greimas et J. Courtès, *Sémiotique : dictionnaire raisonné de la théorie du langage*, t. 1, Paris, 1979, article « Carré sémiotique », ainsi que les compléments donnés dans le tome 2, Paris, 1986.

Gradation. La description du fonctionnement linguistique est souvent facilitée si l'on considère certaines catégories comme graduées, c'est-à-dire si l'on établit entre leurs éléments un ordre linéaire, structure plus simple que les relations logiques utilisées par Blanché. Ainsi, on peut avoir avantage à classer les mots d'une catégorie lexicale sur une échelle orientée dans une direction donnée. On posera alors, par définition, qu'un mot *Y* est plus fort qu'un mot *X* si, en parcourant l'échelle selon cette direction, on rencontre *X* avant de rencontrer *Y*. Par exemple, il peut y avoir intérêt, pour décrire le français, à constituer deux catégories comportant, respectivement, les adjectifs *frais*, *froid*, *glacial*, et *tiède*, *chaud*, *brûlant*, ordonnés de la façon suivante :

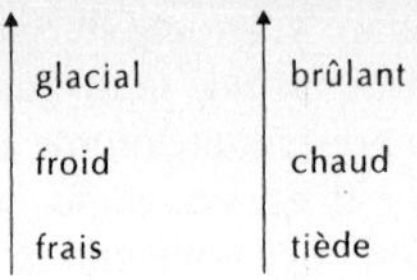

↑	↑
glacial	brûlant
froid	chaud
frais	tiède

Pour justifier cette présentation, on peut montrer qu'elle facilite la description de certains adverbes, comme *même*, *seulement*, *presque* (du simple point de vue du « bon sens », il aurait été tout aussi justifié de constituer une seule catégorie avec les six adjectifs, en les plaçant sur une même échelle, orientée par exemple selon les températures croissantes). Le choix qui vient d'être proposé permet en effet de donner au mot *même*, lorsqu'il joint deux termes d'une catégorie, une description générale, stipulant que, dans une suite *X et même Y*, *Y* doit être plus fort que *X* (« il fait frais et même froid », « il fait tiède et même chaud »). De même, si on admet les deux échelles proposées, on peut décrire *seulement* en posant que l'appréciation *seulement X* est destinée à interdire toute appréciation *Y*, où *Y* serait plus fort que *X* (on dit « Il fait seulement frais » pour exclure la possibilité de dire « Il fait froid », on dit « le café est seulement chaud » pour exclure qu'il soit brûlant). Ou encore, on peut poser que l'expression *presque Y* s'explicite souvent par un terme *X* moins fort que *Y* et jamais par un terme plus fort (*presque froid* et *presque chaud* peuvent être explicités, respectivement, par *frais* et *tiède*, jamais par *glacial* ou *brûlant*). Sans la notion de gradation (et, dans le cas particulier des adjectifs exprimant la température, sans la constitution de deux échelles), la description de *presque*, *seulement* et *même* serait bien plus difficile : ce sont donc des considérations structurales, indépendantes de notre « savoir » sur la réalité désignée par les adjectifs, qui justifient leur introduction dans deux catégories graduées.

Une autre justification, qui converge avec les précédentes, apparaît lorsqu'une figure rhétorique comme la litote est appliquée aux termes d'une catégorie lexicale. Selon la définition habituelle, un mot, employé par litote, a un sens plus fort que son sens normal. Mais cette idée de sens plus ou moins forts implique l'existence d'une gradation des sens, que la rhétorique ne définit guère. Pour le faire, on peut recourir à la gradation linguistique des mots d'une catégorie, telle qu'elle vient d'être présentée : on définira alors la formule des rhétoriciens « un mot est employé dans un sens plus fort que son sens normal » comme « il peut être paraphrasé par un mot plus fort de la même catégorie ». Sachant, par observation, que l'expression *il fait frais*, lorsqu'elle est employée par litote, peut se paraphraser en *il fait froid*, et *il fait tiède*, en *il fait chaud*, on a alors une raison de plus pour poser *froid* comme « plus fort » que *frais*, et *chaud* comme « plus fort » que *tiède*. (NB : Une étude plus détaillée montrerait que *tiède* est ambigu, et doit être situé en fait dans les deux catégories du schéma ci-dessus – ce qui n'est d'ailleurs pas le cas de *frais*.)

Si la gradation d'une catégorie peut être établie au moyen de critères structuraux, relevant du fonctionnement de la langue, il reste à savoir sur quoi se fondent les gradations linguistiques, problème devenu central pour la sémantique contemporaine. Trois positions, au moins, peuvent être défendues. L'une, qu'on pourrait appeler « cognitive », consiste à dire que les catégories lexicales représentent des propriétés soit de la réalité, soit de la représentation humaine de la réalité, et que ces propriétés se trouvent être graduelles : un objet peut les posséder plus ou moins. Ainsi l'existence d'une échelle orientée où se situent les mots *frais*, *froid*, *glacial* tiendrait à ce que ces mots désignent des degrés différents selon lesquels la propriété de « froideur » peut être réalisée dans les choses, telles au moins que nous nous les représentons. Reste à montrer maintenant qu'il y a des degrés dans la froideur. Une solution simple serait d'alléguer l'existence d'une mesure physique, mais le thermomètre ne connaît qu'une échelle, et ne saurait distinguer la gradation du froid et celle du chaud. L'appel au « bon sens », à « l'expérience commune », semble plus satisfaisant, mais si on peut l'envisager dans le cas de la température, il ne dit pas grand-chose pour des catégories plus « abstraites », comme celle de la gentillesse, de l'amour, du dévouement, de l'intelligence, etc. Est-ce vraiment un fait d'expérience que ces propriétés se possèdent selon le plus et le moins ? D'où un troisième type d'argument, souvent employé, le fait que l'on puisse dire « La mer du Nord est *plus* froide que la Manche », « Pierre est *plus* intelligent que Paul », « Jean est *plus* aimé de Marie que de Lucie ». Mais pour que ce dernier argument, fondé sur l'existence d'une structure linguistique, le comparatif, prouve le caractère graduel des propriétés, il faut avoir déjà admis que le comparatif signifie le degré selon lequel une propriété est possédée : on présuppose donc que les phrases précédentes impliquent l'existence de certains objets, la froideur, l'intelligence, l'amour pour Jean, qui seraient plus présents, respectivement, dans la mer du Nord que dans la Manche, dans Pierre que dans Paul, dans Marie que dans Lucie. É. Benveniste a critiqué cette conception du comparatif, qui identifie les degrés de comparaison avec les degrés de possession d'une propriété. Selon lui, dire « *A* est plus *X* que *B* », c'est simplement, *dans le discours que l'on est en train de tenir*, affirmer *X* de *A*, et le nier de *B* – ce qui revient, dans la perspective argumentative développée par J.-C. Anscombre et O. Ducrot, à tirer, à propos de *A*, les conclusions liées à sa qualification comme *X*, et, à propos de *B*, celles liées à sa qualification comme *non-X*. Une théorie particulière de la comparaison est donc présupposée lorsque l'on prend cette dernière pour preuve du caractère graduel des propriétés auxquelles renverraient les catégories linguistiques.

Une deuxième solution est de type logique, et recourt à la notion d'implication. On pose, par définition, que *Y* est plus fort que *X* si *Y* implique *X*, l'inverse n'étant pas vrai. Ainsi, ce qui justifie de tenir *glacial* pour plus fort que *froid*, c'est que *glacial* implique *froid*, alors que *froid* n'implique pas *glacial*. Un problème théorique fondamental soulevé par cette solution tient à la difficulté de définir la notion d'implication utilisée ici comme instrument de l'analyse linguistique. Dire qu'un terme en implique un autre, est-ce soutenir que les personnes qui appliquent le premier à une situation donnée sont prêtes à admettre que le second s'applique aussi à cette situation ? Cette définition convient peut-être pour l'exemple qui vient d'être donné, où les termes comparés sont peu distants l'un de l'autre, mais il en va autrement si les termes sont très distants : qualifier une température de glaciale, cela ne semble pas obliger, au moins dans l'usage habituel de la langue, à admettre qu'elle est fraîche. On est donc amené, pour définir la notion d'implication dont on se sert, à faire abstraction de l'usage des mots, et à considérer les choses mêmes dont parle le discours. On alléguerait que la quantité objective de froideur possédée par l'objet dit « glacial » englobe celle de l'objet dit simplement « frais », l'inverse n'étant pas vrai ; de même, la quantité de chaleur de l'objet « brûlant » contient celle de l'objet « tiède », et non l'inverse. Mais ce recours aux quantités objectives peut apparaître illusoire. Car ce n'est pas la réalité qui amène à distinguer les *quantités de froid* des *quantités de chaud*. Cette distinction est liée en fait à la langue, qui fait voir la température soit du point de vue du froid, soit du point de vue du chaud. De plus, comment parler d'implications objectives lorsqu'il s'agit de notions abstraites : quelle est la chose qui se trouverait en quantité plus grande dans ce qui est « adorable » que dans ce qui est simplement « gentil » ? Une conception implicative de la gradualité risque d'obliger à considérer comme métaphoriques toutes les gradations repérables dans les catégories de termes abstraits.

C'est pour échapper à des conséquences de ce type qu'a été construite une théorie dite « argumentative » de la gradualité. L'idée de base est que la signification d'un terme est constituée par les possibilités d'argumentation qu'il donne : décrire le mot « gentil », c'est dire quels types de conclusions on peut justifier par l'application de cet adjectif à une personne. Or la notion de justification est fondamentalement graduelle : il y a, pour une même conclusion, des arguments plus forts que d'autres. Dire qu'un terme *Y* est supérieur à un terme *X* de la même catégorie, c'est dire que les conclusions justifiables en qualifiant un objet de *X* seraient encore mieux justifiées en le qualifiant de *Y*. Si, pour refuser une promenade, on argue du fait que le temps est frais, on justifierait encore mieux ce refus en qualifiant le temps de froid, et, à plus forte raison, de glacial. C'est d'ailleurs la raison pour laquelle le mot *même* est un des principaux critères pour repérer la gradualité : d'une façon générale ce qui suit *même* est présenté comme argumentativement plus fort que ce qui le précède. Il n'est donc pas étonnant que, si le terme *Y* est supérieur au terme *X* de la même catégorie, on puisse dire *X et même Y*, et non l'inverse. Une telle conception amène à définir la gradualité de la langue à partir d'un fait de discours, l'argumentation. En ce sens elle est plus « structurale » que les conceptions précédentes, puisqu'elle tente de se maintenir à l'intérieur de l'ordre langagier. Malgré cela (ou à cause de cela) elle soulève de nombreux problèmes, qui amènent à des remaniements constants. Du point de vue empirique, ses partisans doivent expliquer par exemple pourquoi certaines conclusions, justifiables par un terme faible d'une catégorie, ne le sont pas, si l'on s'en tient aux usages observables, par un terme fort : on peut justifier un projet de promenade en disant qu'il fait frais, mais il y aurait quelque masochisme à la justifier par le fait que la température est glaciale. Du point de vue théorique, d'autre part, il n'est pas facile de définir précisément le sens donné, dans cette conception, au mot « argumentation ». Il faut distinguer une telle notion à la fois de la démonstration logique et de l'effort rhétorique de persuasion. Mais cela peut-il se faire sans recourir à une psychologie de la parole, qui ferait sortir du cadre théorique choisi ?

■ Le problème de la gradualité dans les langues a été peu étudié jusqu'aux années 1970 : voir surtout un article de Sapir de 1944, « Grading, a study in semantics », dont la traduction forme la 3e section de E. Sapir, *Linguistique*, Paris, 1968. – Sur les rapports entre litote et orientation, O. Ducrot, « Présupposés et sous-entendus », *Langue française*, déc. 1969, p. 41-42. – La conception de la gradualité ici qualifiée de « cognitive » est développée dans R. Rivara, *Le Système de la comparaison*, Paris, 1990. Voir aussi, du même auteur, « Adjectifs et structures sémantiques scalaires », *L'Information grammaticale*, juin 1993. – Le texte de É. Benveniste auquel il a été fait allusion se trouve dans *Noms d'agent et noms d'action en indo-européen*, Paris, 1944, p. 126 s. – L'utilisation de certaines formes d'implication pour traiter les phénomènes scalaires est proposée par L.R. Horn dans sa thèse, *On the Semantic Properties of Logical Operators in English*, Berkeley, 1972, et dans son livre de 1989 sur la négation, chap. 4 (cf. bibliographie précédente), ainsi que par G. Fauconnier, « Pragmatic scales and logical structures », *Linguistic Inquiry*, 1975, n° 6, p. 353-375. – Une théorie argumentative de la gradualité est proposée par O. Ducrot dans le dernier chapitre de *La Preuve et le dire*, Paris, 1973 (repris et remanié dans *Les Échelles argumentatives*, Paris, 1980). Elle est développée dans J.-C. Anscombre et O. Ducrot, *L'Argumentation dans la langue*, Bruxelles, 1983, et critiquée, notamment, par G. Fauconnier, « Remarques sur la théorie des phénomènes scalaires », *Semantikos*, 1976, n° 1, p. 13-36.

Prototypes. Parallèlement à la notion de gradation, on utilise de plus en plus fréquemment, depuis 1970, pour opposer les catégories linguistiques aux catégories scientifiques (telles au moins que ces dernières sont imaginées dans une représentation banale et idéalisée de la science), la notion de prototype. Au départ est la remarque qu'il est impossible, pour la plupart au moins des catégories mentionnées dans le discours ordinaire, de définir des conditions nécessaires et suffisantes d'appartenance à ces catégories, c'est-à-dire un ensemble de propriétés que posséderaient tous les membres de la catégorie et eux seuls, par exemple que posséderaient, et que posséderaient seulement, tous les animaux appelés, dans l'usage habituel de la langue, « oiseaux ». Les psychologues ont ainsi montré, expérimentalement, que les sujets sont incapables de donner de telles définitions pour les notions qu'ils utilisent. En revanche ils sont capables d'indiquer des sous-catégories de la catégorie, et surtout, ils donnent à ces sous-catégories des degrés de représentativité différents par rapport à la catégorie générale : en Europe et en Amérique du Nord, la sous-classe des moineaux apparaît représentative par excellence de la classe des oiseaux, alors que les poules ou les autruches sont vues comme étant « moins » des oiseaux. C'est ce que l'on exprime en disant que le moineau est, pour les sujets observés, le « prototype » de l'oiseau. Quant aux autres sous-classes, on peut les ordonner selon la plus ou moins grande représentativité que les sujets leur attribuent. Ce degré de représentativité est souvent appelé « degré de prototypicalité », car il correspondrait à une plus ou moins grande ressemblance avec le prototype, ressemblance qui serait elle-même mesurable par le nombre de traits partagés avec lui.

Ces recherches psychologiques ont été largement utilisées et étendues par les linguistes, qui ont construit à partir d'elles une « sémantique des prototypes ». Nous signalerons trois aspects de cette exploitation. D'abord elle permet d'introduire une sorte de gradualité dans des catégories concernant, non pas des propriétés (comme celle de la température, discutée dans la section précédente), mais des objets, catégories où les critères linguistiques habituels de la gradualité (*même*, *presque*, *seulement*, le comparatif) sont difficiles à utiliser : on pourrait établir entre les termes *moineau*, *poule*, *autruche* de la catégorie « oiseau » une échelle analogue à celle construite pour *glacial*, *froid*, *frais* de la catégorie « froideur ».

D'autre part, la notion de prototype sert à traiter le phénomène de **polysémie**. (NB : Un mot est polysémique s'il possède des sens différents entre lesquels on sent néanmoins une parenté. Ce phénomène est à distinguer de l'**homonymie** ou **ambiguïté**, consistant en ce qu'un même son peut supporter des valeurs sémantiques sans rapport les unes avec les autres. Ainsi le son écrit en français *cousin* est ambigu, en tant qu'il désigne ou un parent, ou un insecte. Le mot *pièce* est en revanche polysémique, selon qu'il s'agit d'une pièce de monnaie, de tissu, de théâtre, d'appartement, etc.). Si l'on considère comme une catégorie l'ensemble des différents sens d'un mot polysémique, on peut songer à ordonner cette catégorie en y distinguant un sens prototypique, et en classant les autres selon leur plus ou moins grande proximité avec lui. Et on peut même espérer tirer des conséquences, en ce qui concerne la nature de l'esprit, du fait que tel sens prototypique ait attiré à lui tels sens marginaux plutôt que tels autres.

Signalons enfin que l'on peut utiliser la notion de prototype pour caractériser les concepts mêmes que les linguistes construisent pour parler de la langue. Ainsi il est très difficile de formuler une condition nécessaire et suffisante définissant le concept d'adjectif, et donc remplie par tous les mots de cette catégorie et eux seuls. Mais on peut penser que certains adjectifs le sont à titre prototypique (cf. *sain*) et que d'autres *(mal, psychologue)* le sont de façon plus marginale : ils ont des emplois *(j'ai mal, ça fait mal, les psychologues pensent que...)* qui s'éloignent de la syntaxe propre à l'adjectif).

Si la distinction entre éléments prototypiques et éléments marginaux semble bien caractériser de nombreuses catégories linguistiques, le problème crucial est de définir la relation qui existe entre les éléments et permet de les ranger dans la même catégorie. La solution habituelle, souvent utilisée, notamment, en linguistique cognitive [328 s.], consiste à recourir à une métaphore introduite par L. Wittgenstein, celle de **ressemblance de famille** (la bienséance actuelle commande de se pâmer devant la profondeur de cette notion, et de l'utiliser de façon dogmatique, alors qu'elle a, dans le texte original, une fonction purement critique). Mais il est bien difficile de dire en quoi consiste cet « air de famille » qui rapprocherait les éléments d'une même catégorie. On peut supposer qu'il s'agit d'un trait commun à tous (ainsi, dans le cas de la polysémie, il y aurait un sens fondamental abstrait qui serait plus ou moins spécifié dans chacun des sens effectivement observés dans l'usage). Mais cette conception de l'air de famille réintroduit l'idée d'une condition nécessaire et suffisante, contre laquelle s'est justement construite la théorie des prototypes. La solution la plus conforme à l'esprit de la théorie consiste à stipuler simplement que tout couple d'éléments de la catégorie doit avoir un trait en commun, ce qui laisse possible qu'aucun trait ne soit commun à tous (dans le cas de la polysémie, on serait conduit à dire que chaque sens marginal partage quelque trait soit avec le sens prototypique, soit avec un autre sens marginal). Si on choisit une telle solution, la connaissance du prototype devient insuffisante pour identifier un autre objet comme élément marginal de la catégorie : cet objet peut n'avoir rien en commun avec le prototype, mais être relié à lui par une chaîne d'autres éléments marginaux, dont la connaissance est alors nécessaire à son identification, c'est-à-dire à la perception de sa « ressemblance familiale » avec le prototype. Peut-être faut-il distinguer deux types de catégories, selon que la ressemblance qui les constitue répond à l'une ou à l'autre de ces définitions.

■ Pour une critique de la notion de condition nécessaire et suffisante : H. Putnam, *Philosophical Papers*, t. 2 : *Mind, Language and Reality*, Cambridge, Londres, New York, 1975. – La théorie psychologique des prototypes a été introduite par E. Rosh : « Natural Categories », *Cognitive Psychology*, 4, 1973, p. 328-350. Elle a été appliquée au français par D. Dubois : « Analyse de 22 catégories sémantiques du français », *L'Année psychologique*, 1983, p. 465-489. – Sur l'exploitation linguistique de la théorie, voir par exemple C.J. Fillmore : « Towards a descriptive framework for spatial deixis », dans *Speech, Place and Action*, R.J. Jarvella et W. Klein (eds.), Londres, 1982, et G. Lakoff, *Women, Fire and Dangerous Things : What Categories Reveal about the Mind*, Chicago, Londres, 1987. – C'est dans les § 66 et 67 des *Investigations philosophiques* (cf. l'édition bilingue allemand/anglais *Philosophische Untersuchungen/Philosophical Investigations*, New York, 1953) que L. Wittgenstein lance, de façon incidente, l'idée de ressemblance de famille. – On trouvera un exposé général de la théorie des prototypes, un historique, une bibliographie étendue et une discussion dans G. Kleiber, *La Sémantique du prototype*, Paris, 1990.

LANGUE ET PAROLE

Une recherche empirique ne devient science que lorsqu'elle se décide à « construire » son objet ; au lieu d'accueillir pêle-mêle tous les phénomènes observables dans un certain champ d'investigation, elle élabore elle-même les concepts à l'aide desquels elle interroge l'expérience. Saussure est sans doute un des premiers à avoir, dans le *Cours de linguistique générale* (chap. 3 et 4 de l'« Introduction ») explicité, pour la linguistique, la nécessité d'accomplir ce que Kant appelle une « révolution copernicienne ». Il distingue en effet la **matière** de la linguistique, autrement dit le champ d'investigation du linguiste, qui comprend l'ensemble des phénomènes liés, de près ou de loin, à l'utilisation du langage, et son **objet**, c'est-à-dire le secteur, ou l'aspect, de ces phénomènes sur lequel le linguiste doit centrer son étude. Pourquoi opérer une telle séparation ? Saussure lui assigne une double fonction. D'abord, l'objet doit constituer « un tout en soi », c'est-à-dire qu'il doit constituer un système fermé comportant une intelligibilité intrinsèque. Et, d'autre part, l'objet doit être un « principe de classification » : il doit servir de base à une meilleure compréhension de la matière (car Saussure voit la compréhension comme classification), il doit rendre intelligible le donné empirique. C'est le rôle de la linguistique générale, propédeutique aux études linguistiques particulières, de définir certains concepts qui permettent, lors de l'investigation empirique d'un langage donné, quel qu'il soit, de discerner l'objet dans la matière. L'objet, Saussure l'appelle la **langue** ; la matière, ce sont les phénomènes de **parole**. Si la plupart des linguistes modernes sont d'accord sur la nécessité méthodologique d'une telle distinction, ils divergent quant aux critères permettant de reconnaître langue et parole.

Saussure indique d'ailleurs lui-même une série de critères assez différents :

1. La langue se définit comme un code, en entendant par là la mise en correspondance d'« images auditives » et de « concepts ». La parole, c'est l'utilisation, la mise en œuvre de ce code par les sujets parlants.

2. La langue est une pure passivité. Sa possession met en jeu les seules facultés « réceptives » de l'esprit, avant tout la mémoire. Corrélativement, toute activité liée au langage appartient à la parole. Ajoutée à la précédente, cette caractérisation a deux conséquences :

a) Le code linguistique consiste seulement en une multitude de signes isolés (mots, morphèmes), dont chacun associe un son particulier à un sens particulier : Saussure parle ainsi de la langue comme d'un « trésor » où seraient emmagasinés les signes (il reconnaît, au plus, qu'une faculté de « coordination » est nécessaire pour classer ces signes). Quant à l'organisation des signes en phrases, et à la combinaison de leurs sens pour constituer le sens global de la phrase, il faudrait, dans la mesure où elles impliquent une activité intellectuelle, les attribuer à la parole, à l'emploi de la langue. Ainsi Saussure laisse entendre que la phrase relève de la parole (2e partie, chap. 5, § 2).

b) Signifiants et signifiés, dans le code linguistique, sont purement statiques. L'acte même d'énonciation [728], le fait d'utiliser telle expression dans telle ou telle circonstance, ne sera donc pas considéré comme un signifiant de la langue, et, d'autre part, l'effet pratique produit par l'emploi de ces expressions, la façon dont elles transforment la situation respective des interlocuteurs, ne pourront jamais être introduits dans le code au titre de signifiés. – NB : La conséquence *a)* est incompatible avec la grammaire générative [77 s.], la conséquence *b)*, avec la philosophie analytique [243].

3. La langue est un phénomène social alors que la parole est individuelle. Pour que ce critère soit compatible avec le premier, il faut admettre que la société détermine totalement le code linguistique des individus. Ce qui implique que l'interprétation d'une phrase, ou bien est identique pour tous les membres d'une collectivité linguistique, ou bien ne relève pas de la langue. Étant donné que l'on observe en fait une très grande variabilité dans l'interprétation que des individus différents donnent d'une phrase (surtout si celle-ci est tant soit

peu complexe), le critère 3 donne donc une raison supplémentaire d'exclure de la linguistique l'étude de la phrase – considérée cette fois dans son aspect sémantique. Si d'autre part on rapproche la caractérisation de la parole comme individuelle et sa définition comme activité (critère 2), on est amené à nier que l'activité linguistique ait des normes sociales, que les conditions d'emploi du langage et son effet sur la situation des interlocuteurs puissent être régis non seulement par des habitudes, mais par des conventions. Il y a là une thèse empiriquement contestable, et qui est contestée notamment par la socio- et l'ethno-linguistique [143 s.]. (NB : On notera d'ailleurs que dans les premiers manuscrits du *Cours*, c'est la langue qui est déclarée « individuelle » et la parole, « sociale ».)

Si les grandes doctrines linguistiques comportent presque toutes des critères pour séparer la matière et l'objet de la recherche, la plupart d'entre eux sont incompatibles avec ceux de Saussure, même lorsqu'ils sont formulés comme des explicitations de l'opposition langue-parole. Troubetzkoy, par exemple, oppose la **phonétique** et la **phonologie** comme étudiant, la première, « les sons de la parole », la seconde, « les sons de la langue ». Le phonéticien décrit *tous* les phénomènes acoustiques liés à l'utilisation d'une langue, sans se permettre de privilégier certains par rapport aux autres : il étudie donc les sons de la parole. Le phonologue, au contraire, extrait de ce donné les seuls éléments qui jouent une fonction dans la communication, qui servent, d'une façon ou d'une autre, à la transmission de l'information : ceux-là seuls relèvent de la langue, ou, selon la terminologie habituelle, sont « linguistiquement pertinents » [390]. Soit à décrire la façon dont tel locuteur français a prononcé un *l*. Le phonologue n'en retiendra que les traits distinguant ce *l* d'un autre phonème français, et permettant par là de distinguer un mot d'un autre. Il fera ainsi abstraction du fait que le *l* est ou n'est pas « sonore » (= accompagné de vibrations des cordes vocales), car ce trait est, en ce qui concerne le *l* français, automatiquement déterminé par le contexte (le *l* est sourd lorsqu'il est entouré de consonnes sourdes, sinon il est sonore). – NB : Cette conception de l'opposition langue-parole, si elle s'accorde avec le critère 1 de Saussure, est peu compatible avec le critère 3 : l'influence du contexte sur la prononciation du *l* est un phénomène éminemment social, propre à certaines collectivités linguistiques, de sorte que le critère 3 amènerait à le réintroduire dans la langue. C'est cette difficulté qui amène Coseriu à situer les variantes contextuelles [51] dans un lieu intermédiaire entre ce qu'il appelle « schéma » et « parole », à savoir la « norme » [313 s.].

■ La relation entre la phonologie et la notion de langue est présentée par N. Troubetzkoy dans ses *Principes de phonologie*, trad. fr., Paris, 1949, « Introduction ».

Aussi bien Chomsky que ses exégètes ont parfois assimilé à la distinction de la langue et de la parole, leur opposition de la **compétence** et de la **performance** linguistiques. La compétence d'un sujet parlant français – compétence qui doit être représentée dans la grammaire générative [79] du français – c'est l'ensemble des possibilités qui lui sont données par le fait, et par le fait seulement, qu'il maîtrise le français : possibilité de construire et de reconnaître l'infinité des phrases grammaticalement correctes, d'interpréter celles d'entre elles (en nombre infini aussi) qui sont douées de sens, de déceler les phrases ambiguës, de sentir que certaines phrases, éventuellement très différentes par le son, ont cependant une forte similitude grammaticale, et que d'autres, proches phonétiquement, sont grammaticalement très dissemblables, etc. Ces possibilités – qui constituent, selon Chomsky, *la* compétence commune à tous les sujets parlant français et qui représentent à ce titre la « langue française » – se distinguent *a)* par excès et *b)* par défaut des performances dont sont susceptibles en fait les sujets parlants :

a) Les phrases françaises grammaticales sont en nombre infini, puisque l'on ne peut pas fixer de limite supérieure à leur longueur (si une phrase *X* est correcte, il suffit de lui ajouter une proposition relative pour obtenir une phrase *Y* plus longue que *X*, et aussi correcte). Or la finitude de la mémoire rend impossible de construire ou d'interpréter une phrase dépassant une certaine longueur (de sorte que le nombre de phrases effectivement réalisables est fini). Mais cette finitude des performances pratiques n'interdit pas de parler d'une compétence théoriquement infinie (au sens où les mathématiciens disent qu'une fonction est théoriquement calculable, même si la machine permettant de la calculer doit avoir plus d'électrons que n'en contient le système solaire, et est donc pratiquement impossible).

b) Bien des performances des sujets parlants (prévoir l'effet d'une phrase dans un contexte donné, l'abréger en se fiant à la situation de discours pour rendre le résultat intelligible, etc.) ne relèvent pas de la compétence linguistique, car elles mettent en jeu une connaissance du monde et d'autrui, ainsi qu'une pratique des relations humaines, qui peuvent sembler indépendantes de l'activité linguistique.

On notera que l'opposition chomskiste a le même rôle que celle de Saussure : comme la langue doit pouvoir être étudiée indépendamment de la parole, mais non l'inverse, la compétence est censée à la fois pouvoir être étudiée avant la performance, et être le fondement nécessaire à l'étude de celle-ci (ce qu'on exprime en disant que la constitution d'une grammaire générative est préalable à toute psychologie du langage). D'autre part l'opposition de Chomsky s'accorde à peu près avec le premier critère de Saussure, puisque la « compétence », comme le « code » saussurien, fournit finalement aux sujets parlants la possibilité de donner une interprétation sémantique à des suites phoniques. En revanche, elle est incompatible avec le second – puisqu'une phrase n'est pas concevable sans une activité combinatoire –, et avec le troisième – puisque, selon Chomsky, la compétence linguistique comporte, outre des connaissances particulières à chaque langue, une faculté universelle du langage (cf. « Linguistique générative » [81 s.]), qui ne peut pas être considérée comme sociale.

Il existe enfin, chez certains linguistes, des oppositions qui, tout en ayant, dans la recherche, la même fonction que celle de Saussure, et tout en lui étant explicitement assimilées, ne satisfont nettement aucun des trois critères précédents. Ainsi la glossématique [42 s.] distingue, dans tout langage, le schéma et l'usage. Le schéma a une nature purement formelle, « algébrique », c'est l'ensemble des relations (paradigmatiques et syntagmatiques [272 s.]) existant entre les éléments de la langue indépendamment de la façon dont ces éléments sont manifestés, c'est-à-dire indépendamment de leur sens et de leur réalisation phonique. Le fonctionnement du langage comme code, qui suppose que les unités linguistiques ont été sémantiquement et phoniquement définies, n'est donc pas inscrit dans le schéma linguistique, mais seulement dans ce que Hjelmslev appelle l'usage. C'est l'usage, en effet, qui fixe le mode de manifestation des unités. Dans sa description on indiquera donc à la fois les traits de manifestation qui sont, au sens phonologique, pertinents [390] (ils constituent ce que Hjelmslev appelle norme [313]), et ceux qui ne le sont pas, et aussi bien les traits imposés par des conventions sociales que ceux qui sont improvisés par l'individu. On voit que l'opposition saussurienne langue-parole, si l'on s'en tient aux critères explicites de Saussure, passe à l'intérieur de ce que Hjemslev appelle « usage ». Ce qui la rapproche de la distinction glossématique du schéma et de l'usage, c'est leur fonction méthodologique commune.

■ Hjelmslev présente son opposition schéma-usage, en la déclarant analogue, pour l'essentiel, à la distinction langue-parole, dans « Langue et parole », article de 1942 repris dans *Essais linguistiques*, Copenhague, 1959.

On en dira autant de l'opposition établie par G. Guillaume entre les notions de langue et de **discours** (ce dernier terme jouant un rôle analogue à celui de *parole* chez Saussure). Elles lui servent essentiellement à distinguer ce qu'il appelle **sens** et **effet de sens**. À chaque mot, plus précisément à chaque unité significative minimale, correspond, dans la langue, un et un seul sens, et cela, malgré l'infinité de valeurs (ou effets de sens) qu'il peut avoir en fait dans le discours, et dont chacune représente un point de vue partiel, une visée particulière sur le sens. Le sens d'un mot, en effet, ne peut pas se loger directement dans le discours, car il doit se décrire comme un mouvement de pensée, comme le développement progressif d'une notion, mouvement dans lequel le discours opère des coupes instantanées. On trouvera des exemples de ce mécanisme dans « Psychomécanique » [68 s.].

Une fois de plus, ce qui rapproche Guillaume et Saussure, ce n'est pas le contenu de l'opposition utilisée, mais seulement son existence, conçue comme fondement de toute recherche linguistique (la connaissance préalable du sens permet seule de comprendre les effets de sens). De plus, Guillaume choisit de façon tranchée dans une alternative que le texte de Saussure laisse ouverte. Certes ce dernier insiste sur le caractère « construit » du fait de langue, et semble l'opposer en cela à la parole, qui relèverait plutôt du donné, mais pour lui, cependant, « la langue n'est pas moins que la parole un objet de nature concrète » (chap. 3, § 2, de l'« Introduction », où il affirme aussi que « les signes linguistiques… ne sont pas des abstractions »). Pour Guillaume, au contraire, langue et discours ont clairement un statut épistémologique différent : les effets de sens sont des observables, alors que le sens, au moyen duquel on en rend compte, est une construction du linguiste, et ne peut être objet d'une observation directe (ce qui ne l'empêche pas d'avoir une réalité, en tant que mouvement naturel de la « pensée »). Cette divergence renvoie à un problème central de la philosophie des sciences, le statut de ce qui explique (ici la langue) par rapport à ce qui est expliqué (ici la parole ou le discours). On souhaite à la fois marquer leur hétérogénéité, et attribuer néanmoins au principe explicatif une certaine forme de réalité.

■ Voir G. Guillaume, *Langage et science du langage*, Paris, Québec, 1964, notamment le chapitre « Observation et explication ».

L'opposition de la langue et de la parole a également une contrepartie dans les recherches linguistiques contemporaines concernant le sens des énoncés produits dans des situations de discours effectives. On appelle souvent **phrase** une suite de mots organisés conformément à la syntaxe, et **énoncé**, la réalisation d'une phrase dans une situation déterminée. On remarque alors [764 s.] que différents énoncés d'une même phrase ont généralement des sens tout à fait différents. En tant que linguiste, on aimerait pourtant attribuer à la phrase elle-même une valeur constante, et qui permette cependant de prévoir partiellement le sens de ses énoncés. Dans le cadre de ce qui a été appelé ici pragmatique$_1$ [131], on convient fréquemment d'appeler **pragmatiques** les éléments du sens dont on juge la situation responsable, et **sémantiques** ceux que l'on attribue à la phrase (parmi les éléments pragmatiques, seront dits **conversationnels** ceux qui sont produits par l'application d'une loi de discours, ou maxime conversationnelle [132]). En opposant ainsi ce qu'on appelle sémantique et pragmatique, on reproduit, en ce qui concerne l'interprétation du discours, la dichotomie de la langue et de la parole. Et on reproduit également l'alternative qui lui est liée. Est-ce que les éléments sémantiques et pragmatiques ont le même statut, et se retrouvent côte à côte dans le sens des énoncés – ce qui reviendrait à considérer la valeur sémantique d'une phrase comme une partie, centrale, de l'observable, comme ce qui s'observe de façon constante dans le sens de tous ses énoncés, combinée à des éléments marginaux ? Ou bien cette valeur est-elle un objet construit par le linguiste ? Dans ce cas, bien qu'elle contribue à expliquer le sens de chaque énoncé de la phrase, elle n'est cependant présente dans aucun, et le problème se pose de savoir en quoi consiste sa réalité.

■ On trouvera dans O. Ducrot, *Dire et ne pas dire* (Paris 1972, chap. 4), une exploitation linguistique de la distinction entre la valeur de la phrase et celle de l'énoncé ; les étiquettes utilisées dans ce livre ne sont pas « sémantique » et « pragmatique », mais « sémantique linguistique » et « sémantique rhétorique ». La même distinction commande l'ouvrage de B. de Cornulier, *Effets de sens* (Paris, 1985), qui reprend, dès son titre, une expression guillaumienne pour désigner les éléments de sens déterminés par la situation. – La plupart des recherches américaines dans ce domaine se réclament de l'article de H.P. Grice, « Logic and conversation », où la valeur sémantique attachée à la phrase est considérée comme une proposition de la logique classique, le pragmatique étant vu comme responsable des éléments de sens étrangers à ce qui est formalisable dans ce type de logique (sur Grice, bibliographie et commentaires p. 571 s.). L'idée que la sémantique de la phrase ne fait pas partie du sens de l'énoncé mais constitue seulement une instruction pour le construire, est soutenue par exemple par O. Ducrot, notamment dans O. Ducrot *et al.*, *Les Mots du discours* (Paris, 1980, p. 11-18) et dans le chap. 11 de la 3e édition de *Dire et ne pas dire*, Paris, 1991. – Pour un examen général de la distinction *langue-parole* dans ses rapports avec le problème du sens en linguistique : K. Heger, « La sémantique et la dichotomie de langue et parole », *Travaux de linguistique et de littérature*, 1969, I, p. 47-111, surtout § 1.

Ce qui est commun à toutes les formes de l'opposition langue-parole, ce n'est, on l'a vu, ni son contenu, qui varie de théorie à théorie, ni son statut épistémologique, qui diffère selon le type de réalité attribué aux principes explicatifs. Ce qui est constant, c'est sa fonction méthodologique. Pour justifier telle ou telle forme de cette opposition, il faut donc se demander si elle remplit en fait cette fonction. La délimitation d'un objet linguistique considéré comme central se légitime seulement au terme de la recherche, par l'intelligibilité propre qu'il possède, et par celle qu'il confère au domaine global sur lequel on travaille. Justifiable par ses seuls résultats, une présentation particulière de l'opposition ne possède par suite aucune évidence intrinsèque, et ne peut servir de fondement pour la polémique : un linguiste qui reprocherait à un autre de prendre pour *langue* ce qui, « en réalité », est *parole*, présupposerait la linguistique achevée.

ÉCRITURE

Dans la grande famille des systèmes sémiotiques, l'**écriture** appartient à la classe des **notations graphiques**, classe qui réunit les systèmes de signes à caractère duratif ayant un support visuel et spatial. La marque distinctive de l'écriture par rapport aux autres notations graphiques réside dans le fait qu'elle *dénote des unités linguistiques*. Il faut en distinguer la **mythographie**, qui est un système dans lequel la notation graphique ne se réfère pas au langage mais dénote des représentations mentales complexes (ou des objets et événements réels). La distinction entre mythographie et écriture ne dépend pas du mode de dénotation (analogique ou arbitraire) mais de l'objet visé par l'acte de dénoter : il s'agit d'une question d'Intentionalité sémiotique.

La mythographie

La mythographie existe sous plusieurs formes. Les deux plus importantes sont la notation symbolique et la pictographie.

1. La notation symbolique peut être figurative ou abstraite. La **notation symbolique figurative** se distingue de la pictographie en ce qu'elle ne dénote pas les objets qu'elle présente réellement (ou représente analogiquement), mais se sert de ces objets (ou de leur représentation analogique) comme tropes [579] de ce qu'ils signifient. Ce type de communication semble universellement répandu : à Sumatra, les Loutsou déclarent la guerre en envoyant un morceau de bois marqué d'encoches, accompagné d'une plume, d'un bout de tison, et d'un poisson ; ce qui signifie qu'ils attaqueront avec autant de centaines (ou de milliers) d'hommes qu'il y a d'encoches, seront aussi rapides que l'oiseau (la plume), dévasteront tout (le tison), noieront

leurs ennemis (le poisson). Dans la région du Haut-Nil, les Niam-Niam mettent sur la route, lorsqu'un ennemi entre sur leur territoire, un épi de maïs et une plume de poule, et, sur le mât d'une maison, une flèche ; ce qui signifie : si vous touchez à notre maïs et à nos volailles, vous serez tués (Todorov 1972). Dans les narrations picturales aztèques, la notion de « voyage » est exprimée par une série de traces de pas, l'orientation des pas indiquant le sens du déplacement. La notation symbolique figurative continue à être utilisée dans la société moderne pour le stockage et la transmission d'informations de toute sorte : les sigles – telle l'image d'un bâton autour duquel s'enroule un serpent, qui sert à identifier la localisation des cabinets médicaux – en relèvent souvent.

Contrairement à la notation symbolique figurative où il subsiste un lien de motivation (associative) entre le dénotant et le dénoté, la **notation symbolique abstraite** est purement conventionnelle, en sorte que son déchiffrage nécessite l'apprentissage de son code. Dans ses usages les plus élémentaires elle fonctionne comme marque d'appartenance (les marques sur le bétail), ou encore comme signature d'origine (des marques d'identification des potiers du néolithique aux sigles de marques actuels). Elle a joué un rôle central dans la fixation des chiffres et le développement du calcul : c'est le cas de la notation par nœuds sur une ficelle ou un ruban, utilisée surtout dans les comptes, par exemple chez les Incas (Métraux 1976), ou encore des entailles et coches dont la fonction est le comptage (par exemple les jours d'une année). Notre système numérique actuel relève du même principe, du moins pour autant que les chiffres sont utilisés pour dénoter des objets mathématiques plutôt que leur représentation linguistique. En fait, la notation symbolique abstraite joue un rôle de premier plan dans tous les formalismes logiques et mathématiques, et de manière plus générale dans la communication scientifique et technique (par exemple la représentation de schémas électroniques).

2. **La pictographie** consiste dans l'utilisation de dessins figuratifs utilisés comme unités communicationnelles au niveau de leur dénotation analogique. On trouve des systèmes pictographiques dans la plupart des civilisations : ainsi les narrations picturales des Aztèques relèvent majoritairement du principe pictographique (bien qu'on y trouve aussi des élé-

ments de notation symbolique figurative, comme l'utilisation des traces de pas pour indiquer le voyage), de même que celles des Indiens Cuna (Panama), encore en usage au XXe siècle. Dans les sociétés industrielles, la pictographie (de concert avec les notations symboliques figurative ou abstraite) est largement utilisée dans le domaine des enseignes et des panneaux d'information.

La distinction entre représentation figurative et pictographie n'est pas évidente, puisque la représentation figurative a elle-même une dimension dénotative (réelle ou fictionnelle). Le passage au régime pictographique se réalise sans doute dès lors que le dessin tend à fonctionner comme occurrence *(token)* d'un type plutôt que comme dépiction singulière, c'est-à-dire dès lors que son statut cesse d'être *autographique* [225]. De ce fait, la pictographie constitue un premier pas important vers l'écriture, plus précisément vers les écritures morphémographiques. Mais cette parenté n'annule pas la différence d'ordre dénotationnel entre pictographie et écriture : les symboles pictographiques ne dénotent pas des unités linguistiques (Christin 1989).

Morphémographie et phonographie

On admet généralement qu'il existe actuellement plus de cinq mille langues vivantes : seulement environ 13 % de celles-ci sont dotées d'une écriture, mais leurs locuteurs représentent plus de 60 % de la population mondiale. Le nombre total d'écritures utilisées par l'humanité dans le passé et actuellement s'établit autour de 660 (Haarmann 1990) : beaucoup de ces écritures sont passées d'usage depuis longtemps et certaines n'ont toujours pas été déchiffrées (telle l'écriture de la culture de l'Indus) ou ne le sont que partiellement (par exemple l'écriture maya).

Malgré leur grand nombre et leur diversité apparente, toutes les écritures connues se ramènent à deux principes : le principe logographique, ou mieux **morphémographique**, dans lequel les signes graphiques dénotent des *unités linguistiques signifiantes* et le principe **phonographique**, dans lequel ils dénotent des *unités phonétiques*.

I. La morphémographie peut avoir recours à au moins quatre supports de dénotation différents pour relier le signe graphique à l'unité linguistique signifiante dénotée :

1. **Les pictogrammes.** Historiquement ils sont issus de la pictographie mythographique : dès lors qu'ils fonctionnent dans le cadre d'une écriture, ils ne servent plus de moyen mnémotechnique pour des représentations mentales mais dénotent des morphèmes de la langue (souvent des mots) à travers une représentation analogique des objets que ces morphèmes à leur tour dénotent : ainsi en chinois le mot pour *portail* est écrit par un pictogramme représentant deux battants de porte, c'est-à-dire que le pictogramme dénote le mot *men* à travers une représentation analogique de l'objet dénoté par ce mot.

2. **Les idéogrammes.** Le mot est dénoté par une représentation qui est liée par association (généralement métonymique ou synecdochique) avec ce qui est dénoté par le mot : l'idéogramme chinois pour *centre* est ainsi composé d'un disque traversé par une flèche, c'est-à-dire qu'il dénote le mot *zhong* à travers la représentation d'un objet (ou plutôt, dans notre exemple, d'un état de choses) qui est lié synecdochiquement à l'objet dénoté par ce mot. Le principe des idéogrammes lui aussi préexiste à l'écriture, ceci sous la forme des notations symboliques figuratives. Là encore le passage à l'écriture a lieu dès lors que le signe cesse d'être un outil mnémotechnique pour une représentation mentale et est utilisé pour dénoter un morphème linguistique.

3. **Les agrégats logiques.** Il s'agit de signes complexes formés de la conjonction de deux pictogrammes ou idéogrammes : ainsi dans l'écriture sumérienne, le mot pour *boire* est représenté par la conjonction du pictogramme pour *bouche* et de celui pour *eau*. Le recours aux agrégats logiques joue un grand rôle dans la simplification des écritures morphémographiques, puisqu'en introduisant un principe combinatoire il permet de diminuer le nombre des signes primitifs.

4. **Les logogrammes abstraits.** Le morphème est dans ce cas dénoté par des signes arbitraires. Les logogrammes ont souvent des formes translinguistiques. C'est le cas par exemple des signes mathématiques pour autant qu'on s'en sert pour dénoter des unités linguistiques plutôt que directement des relations mathématiques : le même support graphique sert dans ce cas à dénoter des morphèmes différents dans des langues

différentes mais équivalents du point de vue d'une synonymie translinguistique. Il en va de même de nombreux logogrammes abréviatifs utilisés dans l'écriture alphabétique (par exemple & pour *et*, % pour *pourcentage*, § pour *paragraphe*).

Il n'a sans doute jamais existé d'écriture morphémographique pure. D'une part, dans ses formes originaires où prédominent les pictogrammes, la frontière entre mythographie et écriture pictographique est parfois difficile à fixer : ainsi il est possible de déchiffrer l'état le plus ancien de l'« écriture » pictographique sumérienne sans aucune connaissance de la grammaire ou du lexique de la langue (Haarmann 1990), ce qui suppose la pertinence du principe mythographique ; on ne notait d'ailleurs pas toute la chaîne des mots d'une phrase, mais seulement les mots les plus importants du point de vue du contexte sémantique, selon le principe du *mot-vedette (catchword principle)* (Diakonoff 1976). D'un autre côté, l'écriture sumérienne comporte déjà très tôt des éléments d'ordre phonographique, comme en témoigne notamment l'utilisation d'un même pictogramme pour dénoter des notions homophones : par exemple, les mots pour *jonc* et pour *revenir* étant homophones, le pictogramme pour *jonc* est utilisé en même temps pour dénoter le verbe *revenir* (Thomsen 1984). Le principe phonographique est présent aussi dans les hiéroglyphes égyptiens et dans l'écriture chinoise.

L'introduction du phonographisme dans les écritures logographiques a pris plusieurs voies :

1. Par **rébus**, procédé dans lequel on note un mot en se servant du signe d'un autre, homophone (comme dans l'exemple sumérien ci-dessus). Le principe du rébus n'implique pas l'identité parfaite ; par exemple en égyptien « maître » se dit *nb* et on le note à l'aide du même signe que celui de « corbeille » qui se dit *nb.t*, le *t* étant le signe du féminin. Une fois le rapport homographique établi, le locuteur ressent aussi (probablement) une ressemblance dans le sens : si en chinois on désigne par *won* le sorcier et le menteur, on oublie que c'est là un rébus, pour y voir une parenté, selon le principe bien connu de l'étymologie populaire [338]. Dans les noms propres on combine, pour leur valeur phonétique, plusieurs hiéroglyphes, toujours selon le principe du rébus : par exemple chez les Aztèques, le nom propre *Quauhnawac*, signifiant « près de la forêt » (*quauh*, « forêt » ; *nawac*, « près »), se note par les

signes de « forêt » et de « parole », parce que ce dernier mot se dit *naua-tl* (l'à-peu-près joue encore ici). Il est curieux de noter que ce procédé a influencé même les systèmes mythographiques : si dans une langue on désigne par le même mot « anneau » et « retour », un anneau est envoyé à un exilé pour le rappeler chez lui (Todorov 1972).

2. Par la création de signes combinés de deux idéogrammes ou pictogrammes dont l'un fonctionne comme déterminant sémantique et l'autre comme indicateur phonographique (perdant du même coup la signification qui est la sienne lorsqu'il est employé comme pictogramme ou idéogramme isolé). Ce principe, présent par exemple dans les hiéroglyphes égyptiens, a été développé de manière systématique dans l'écriture chinoise qui possède 214 déterminatifs de base (les « clefs ») qui ne se prononcent pas et répartissent les mots en classes, à la manière des catégories sémantiques. En général le signe fonctionnant comme indication phonétique est écrit soit au-dessus du déterminant sémantique, soit à sa droite. Un signe combiné peut parfois comporter plusieurs déterminants sémantiques, c'est-à-dire être composé d'un agrégat logique et d'un signe phonétique.

3. Par emprunt à des langues étrangères. Sachant que tel pictogramme ou idéogramme se prononce de telle manière dans une langue voisine, on peut l'utiliser dans sa propre langue pour noter les mêmes sons, tout en lui donnant un sens différent. C'est ainsi que des Akkadiens ont emprunté des signes sumériens (Todorov 1972). Le cas des *kanji* (idéogrammes) japonais, empruntés à l'écriture chinoise, montre que l'emprunt n'obéit pas nécessairement au principe d'homophonie : certains *kanji* gardent la valeur sémantique du signe chinois emprunté qui se voit alors associer le lexème japonais correspondant, d'autres gardent sa valeur sémantique *et* phonétique. Dans le dernier cas, l'emprunt du signe écrit aboutit en fait à l'introduction d'un nouveau lexème (d'origine chinoise) dans la langue japonaise.

II. Dans la *phonographie* le signe graphique dénote non plus une unité linguistique signifiante, mais une *unité phonétique*. Le principe phonologique a donné lieu à trois grands types d'écriture :

1. **Les écritures segmentales,** qui ne tiennent compte que

de certains segments de la structure phonique. Ainsi la composante phonographique de l'écriture hiéroglyphique égyptienne ne tient compte que de la structure consonantique des mots. Les **alphabets consonantiques**, telles les écritures araméenne ou phénicienne – cette dernière étant à l'origine de l'alphabet grec – obéissent au même principe. Souvent cependant les valeurs vocaliques se trouvent indiquées par des signes diacritiques. C'est le cas dans les écritures hébraïque et arabe, bien que dans le cas de l'arabe l'usage des signes diacritiques ne soit pas systématique (sauf dans les manuscrits du Coran).

2. **Les syllabaires.** Le témoignage le plus ancien du principe syllabique se trouve dans la composante phonographique de l'écriture sumérienne. L'écriture cunéiforme akkadienne qui s'inspire du système sumérien (alors que les deux langues ne sont pas apparentées) systématise le principe syllabique : ainsi toutes les expressions représentées par des idéogrammes peuvent aussi être écrites selon le principe syllabique, ce qui n'était pas le cas dans l'écriture sumérienne. D'autres exemples d'écritures syllabiques sont l'écriture héthite, le linéaire B en usage à Crète et en Grèce entre 1450 et 1250 avant J.-C. environ, ou encore les *kana* japonais (qui, sauf dans les livres pour enfants, ne sont cependant utilisés qu'en conjonction avec les morphémogrammes empruntés au chinois).

3. **Les alphabets.** Les premiers témoignages d'une écriture pleinement alphabétique se trouvent à Crète : les signes sont empruntés à l'alphabet consonantique phénicien, les Grecs se servant de certains des signes phéniciens à valeur de consonne dont ils n'avaient pas besoin pour transcrire les voyelles. Malgré les contacts étroits entre Grecs et Romains, on admet actuellement que l'alphabet latin ne s'inspire pas directement du prototype grec, mais de l'alphabet étrusque, lui-même adapté de l'alphabet grec, comme le sera plus tard l'alphabet cyrillique. L'alphabet coréen (le *hangul*), développé au XVe siècle, occupe une place à part : c'est un système développé en indépendance complète par rapport aux autres écritures phonographiques, et surtout il s'agit d'une écriture combinant en fait le principe alphabétique avec le principe syllabique (contrairement aux *kana* japonais, les syllabes sont décomposées en une composante consonantique et une composante vocalique, mais d'un autre côté chaque signe de base se compose d'un élément consonantique et d'un élément vocalique,

donc représente une voyelle). Techniquement, le *hangul* pourrait remplacer tous les idéogrammes chinois par une transcription phonétique, mais en fait l'écriture coréenne reste, comme la japonaise, une écriture composite.

De même qu'il n'existe pas d'écriture purement logographique, aucune écriture n'est de part en part phonographique. Les alphabets occidentaux par exemple ne sont pas, comme on le croit facilement, entièrement phonétiques : une même lettre désigne plusieurs sons, et un même son est désigné par plusieurs lettres ; certains éléments phoniques (par exemple l'intonation) n'ont pas d'équivalent graphique, certains éléments graphiques (par exemple la virgule) n'ont pas d'équivalent phonique ; certains signes graphiques (comme les chiffres) fonctionnent à la manière de logogrammes abstraits, etc. (Todorov 1972).

Le système d'écriture le plus composite actuellement encore en usage est sans doute l'écriture japonaise : elle conjoint deux syllabaires, les *hiragana* et les *katakana* (ces derniers étant utilisés surtout dans les transcriptions de termes provenant des langues occidentales), ainsi qu'un système morphémographique emprunté au chinois, les *kanji*. Les trois systèmes sont utilisés conjointement : les *kanji* pour noter les racines sémantiques des mots, les *hiragana* pour les suffixes à fonction grammaticale et les *katakana* pour transcrire les innombrables termes empruntés aux langues étrangères (autres que le chinois).

■ Ouvrages généraux : I.-J. Gelb, *Pour une théorie de l'écriture* (1952), Paris, 1973 ; J. Février, *Histoire de l'écriture*, 2e éd., Paris, 1959 ; *L'Écriture et la psychologie des peuples* (actes d'un colloque), Paris, 1963 ; H. Jensen, *Die Schrift in Vergangenheit und Gegenwart*, 3e éd., Berlin, 1969 ; A. Leroi-Gourhan, *Le Geste et la parole*, Paris, 1964-1965 ; H. Haarmann, *Universalgeschichte der Schrift*, Francfort-sur-le-Main, 1990 ; L. Bonfante, J. Chadwick *et al.*, *La Naissance des écritures*, Paris, 1994. – BIBLIOGRAPHIE : M. Cohen, *La Grande Invention de l'écriture*, 2e vol. : *Documentation et Index*, Paris, 1958. – Études sur l'écriture dans le cadre de la linguistique structurale : J. Vachek, « Zum Problem der geschriebenen Sprache », *Travaux du Cercle linguistique de Prague*, 8, 1939 ; H.J. Uldall, « Speech and writing », *Acta linguistica*, 1944 ; D. Bollinger, « Visual morphemes », *Language*, 1946. – Études diverses : T. Todorov, « Écriture », in O. Ducrot et T. Todorov, *Dictionnaire encyclopédique des sciences du langage*, Paris, 1972 ; A. Métraux, *Les Incas*, Paris, 1976 ; I.M. Diakonoff, « Ancient writing and ancient written language : pitfalls and pecularities in the study of Sumerian », in S.J. Liebermann, *Sumerological Studies in Honor of Thorkild Jacobsen on his Seventieth Birthday June 7, 1974*, Chicago, 1976, p. 99-121 ; B. André-Leiknam et C. Ziegler (eds.) : *Naissance de l'écriture : cunéiformes et hiéroglyphes*, Paris, 1982 ; L. Vandermeersch, « Écriture et langue écrite en Chine », in *Écritures, systèmes idéographiques et pratiques expressives* (ouvrage collectif), Paris, 1982, p. 255-270 ; M.L. Thomsen, *The Sumerian Language. An Introduction to its History and Grammatical Structure*, Copenhague, 1984 ; P. Vernus, « Des relations entre textes et représentations dans l'Égypte pharaonique », in *Écritures II* (ouvrage collectif), Paris, 1985, p. 45-70 ; A.-M. Christin, « L'espace de la page », in *De la lettre au livre* (ouvrage collectif), Paris, 1989, p. 141-168.

Champs d'études

Les dernières décennies ont donné lieu à des progrès considérables, à la fois dans le domaine de l'histoire des écritures et dans celui du déchiffrement de certaines écritures anciennes. Ainsi les travaux des archéologues ont permis de mettre en évidence l'existence dans les Balkans d'une civilisation pré-indo-européenne à écriture, la culture Vinca : d'après les dernières datations contrôlées à l'aide de la dendrochronologie, les plus anciens des documents découverts remonteraient au VIIe millénaire avant J.-C., alors que jusqu'à récemment on pensait que l'invention de l'écriture ne datait que du IVe millénaire, époque des premiers témoignages de l'écriture sumérienne (Haarmann 1990). Des progrès substantiels ont aussi été accomplis dans le domaine du déchiffrement : ainsi l'écriture maya et celle de l'île de Pâques commencent à être partiellement déchiffrées. Si l'écriture de la civilisation de l'Indus n'a toujours pas été déchiffrée, l'analyse comparée par ordinateur a pourtant permis de dégager les signes de base et les variantes, condition essentielle de toute tentative de déchiffrage (Parpola 1975, Koskenniemi 1982).

L'étude de l'écriture est par ailleurs envisagée de plus en plus dans une *perspective anthropologique*. Dans un premier temps, on a surtout insisté sur les liens de l'écriture avec la magie et la religion (Dornseiff 1925, Bertholet 1949). Mais depuis quelque temps, l'intérêt des anthropologues s'est déplacé vers le problème des relations de l'écriture avec la culture matérielle et les structures sociales. On a découvert ainsi que le passage d'une société orale à une société scribale implique des bouleversements sociaux profonds. En étudiant les parentés entre les structures sociales des premières grandes civilisations de l'écrit, telles la Mésopotamie, l'Égypte et la Chine, ou encore les effets de l'introduction de l'écriture dans des sociétés orales (à la suite par exemple de la colonisation), J. Goody (1986) a mis en évidence la révolution profonde que l'usage de l'écriture – la « raison graphique » (Goody 1979) – entraîne dans l'organisation sociale, qu'il s'agisse de la religion (seule l'écriture permet la naissance de religions à dogmes), de l'économie (importance des livres de compte) ou du système politique (possibilité d'une bureaucratie étatique et fixation du droit). Les effets ne sont d'ailleurs pas moindres à d'autres niveaux, tel celui du fonctionnement social de la mémoire (Yates 1975, Clanchy 1979), ou encore celui de la création littéraire [620 s.].

■ F. Dornseiff, *Das Alphabet in Mystik und Magie*, 2e éd., Berlin, 1925 ; A. Bertholet, *Die Macht der Schrift in Glauben und Aberglauben*, Berlin, 1949 ; J. Goody, *La Raison graphique, la domestication de la pensée sauvage*, Paris, 1979 ; B.-A. Leikman et C. Ziegler (eds.), *Naissance de l'écriture : cunéiformes et hiéroglyphes*, Paris 1982 ; F. Yates, *L'Art de la mémoire*, Paris, 1975 ; A. Parpola, « Tasks, methods and results in the study of the Indus script », *Journal of the Royal Asiatic Society*, 1975, p. 178-209 ; M.T. Clanchy, *From Memory to Written Record : England 1066-1307*, Londres, 1979 ; K. Koskenniemi, *A Concordance to the Texts in the Indus Script*, Department of Asian and African Studies, University of Helsinki, *Research Reports*, n° 3, Helsinki, 1982 ; J. Goody, *La Logique de l'écriture*, Paris, 1986 ; H. Haarmann, *Universalgeschichte der Schrift*, Francfort-sur-le-Main, 1990.

NORME

Parmi les motivations qui ont pu conduire à décrire les langues, on relève fréquemment le souci de fixer avec précision un bon usage, en définissant une **norme** qui retiendrait seulement certaines des façons de parler effectivement utilisées, et qui rejetterait les autres comme relâchées, incorrectes, impures ou vulgaires (cette norme peut concerner la prononciation – on l'appelle alors **orthoépie** –, le choix du vocabulaire, la morphologie ou la syntaxe). Il est significatif à cet égard que la première description linguistique connue, celle du sanscrit classique par le grammairien hindou Pāṇini (IVe siècle avant notre ère), soit apparue au moment où la langue sanscrite cultivée **(bhasha)**, menacée par l'invasion des parlers populaires **(prakrit)**, avait besoin d'être stabilisée – ne serait-ce que pour assurer la conservation littérale des textes sacrés et la prononciation exacte des formules de prière. Dans les sociétés occidentales, la distinction du bon et du mauvais langage n'est pas moins importante – puisque la possession du bon langage est une des marques des classes sociales dominantes (dans ses *Remarques sur la langue française*, publiées en 1647, Vaugelas définit le bon usage comme « composé de l'élite des voix. C'est la façon de parler de la plus saine partie de la cour »). Il n'est donc pas étonnant que la tradition linguistique occidentale ait donné un double rôle au grammairien : d'un côté, il prétend dire ce qu'est la langue, mais en même temps il privilégie certains usages, et dit ce que la langue doit être. Cette tradition survit dans la pratique pédagogique française, qui lie l'étude de la grammaire à l'apprentissage de la correction grammaticale (alors que la pédagogie anglo-saxonne actuelle croit pouvoir faire l'économie de l'enseignement de la grammaire). On justifie la conjonction du descriptif et du normatif par divers arguments. De différentes tournures possibles, la tournure correcte serait celle qui : *a)* a les racines les plus profondes dans l'histoire de la langue décrite (« savoir le latin permet de bien parler le français »), *b)* s'accorde le mieux avec les habitudes de cette langue (elle est commandée par l'analogie, voir plus bas) ou avec les lois générales du langage, *c)* est susceptible d'une justification « logique ». Ces trois raisons concourent en effet à la conclusion que le bon usage est celui dont la description est la plus intéressante car c'est lui qui manifeste le plus d'ordre ou de rationalité.

■ On trouvera les trois sortes de considérations dans la *Grammaire des grammaires* de Girault-Duvivier (Paris, 1812), ouvrage de base de l'enseignement du français au XIXe siècle ; cf. un commentaire détaillé de cet ouvrage par J. Levitt, *The « Grammaire des grammaires » of Girault-Duvivier*, La Haye, 1968 (cf. surtout chap. 7). – A. Berrendonner (*L'Éternel grammairien. Étude du discours normatif*, Berne, Francfort-sur-le-Main, 1982) montre la permanence du souci normatif à travers l'histoire de la linguistique. Voir aussi le n° 16 de *Langue française*, déc. 1972, « La norme ».

Le développement de la recherche linguistique au XIXe siècle a en revanche amené à séparer de plus en plus la connaissance scientifique de la langue et la détermination de sa norme. D'une part, la linguistique historique, lorsqu'elle a commencé à étudier dans le détail les transformations du langage, a montré que l'évolution de la langue a fréquemment son origine dans des façons de parler populaires, argotiques ou patoisantes : de sorte que la correction d'une époque ne fait souvent que consacrer les incorrections de l'époque précédente.

■ Nombreux exemples et références bibliographiques dans W.-V. Warburg, *Problèmes et méthodes de la linguistique*, chap. 2, Paris, 1946.

D'autre part il est apparu que les processus linguistiques fondamentaux sont à l'œuvre autant, et souvent même plus, dans les parlers dits « incorrects » (enfantins ou populaires) que dans les parlers conformes à la norme officielle. L'enfant qui conjugue « prendre – que je prende » sur le modèle de « rendre – que je rende » est guidé par cette tendance à l'**analogie**, par cette recherche des proportions (au sens mathématique) où H. Paul et F. de Saussure ont vu un des ressorts linguistiques les plus fondamentaux. Ainsi Saussure critique les linguistes du début du siècle, qui voyaient dans l'analogie une « irrégularité, une infraction à une norme idéale », alors qu'elle constitue le procédé par lequel les langues « passent d'un état d'organisation à un autre ». D'une façon encore plus systématique, H. Frei a essayé de montrer que les prétendues « fautes » de langage sont produites par ces mêmes mécanismes psychologiques qui permettent au langage dit « correct » de remplir ses fonctions [56 s.].

■ Sur l'analogie : H. Paul, *Principien der Sprachgeschichte*, 2e éd., Halle, 1886, chap. 5, et F. de Saussure, *Cours de linguistique générale*, 2e partie, chap. 4, § 2. – Pour une analyse « fonctionnelle » des fautes, H. Frei, *La Grammaire des fautes*, Bellegarde, 1929.

Le rejet du point de vue normatif en linguistique a pu sembler, dans la première partie du XXe siècle, à ce point définitif que certains linguistes ont cru possible de récupérer le mot « norme », et de l'utiliser dans un sens nouveau, où il ne sert plus à distinguer un usage particulier de la langue. Pour Hjelmslev, le **système** d'une langue (ou son **schéma**) est une réalité purement formelle ; c'est l'ensemble de relations abstraites existant entre ses éléments, indépendamment de toute caractérisation phonétique ou sémantique de ceux-ci (le *r* français se définit, dans le système, par la façon dont il se combine, dans la syllabe, avec les autres phonèmes). La **norme**, d'autre part, c'est l'ensemble de traits distinctifs [394] qui, dans la manifestation concrète de ce système, permettent de reconnaître les éléments les uns des autres. (Du point de vue de la norme, le *r* se définit comme une consonne vibrante, car cela suffit à le distinguer de tout autre phonème français.) L'**usage**, maintenant, ce sont les phénomènes sémantico-phonétiques par lesquels le système se manifeste en fait (*r* se caractérise alors par la totalité des traits, même non distinctifs, qui constituent sa prononciation : c'est tantôt une vibrante sonore roulée alvéolaire, tantôt une constructive sonore uvulaire). La norme représente donc une sorte d'abstraction opérée par rapport à l'usage. E. Coseriu présente la même hiérarchie notionnelle, mais décalée d'un cran, dans la mesure où le système, selon Coseriu, n'a pas le caractère formel qu'il a pour Hjelmslev. Le **système** de Coseriu est proche de la norme de Hjelmslev : c'est la part fonctionnelle du langage. Ainsi la définition systématique d'un phonème indiquera essentiellement ses traits distinctifs. La **norme**, pour Coseriu, correspond à une partie de ce que Hjelmslev englobe dans la rubrique « usage ». Il s'agit de tout ce qui est socialement obligatoire dans l'utilisation du code linguistique. L'aspect **normatif** du phonème, c'est alors l'ensemble de contraintes imposées, dans une société donnée, pour sa réalisation effective (en y incluant des traits non distinctifs, et, par exemple, les variantes contextuelles [50]). C'est à un troisième niveau, celui de la **parole**, qu'il faut placer toutes les variations (variantes libres [51]) que le sujet parlant peut broder sur le canevas social. La notion de norme, pour Hjelmslev et Coseriu, définit donc un certain niveau d'abstraction dans l'analyse du donné, dans l'étude des emplois effectifs, et non pas, comme c'était le cas auparavant, un certain type d'emploi, c'est-à-dire une certaine région du donné. Le schéma de la page suivante résume les différences terminologiques entre Hjelmslev et Coseriu.

■ L. Hjelmslev présente son idée de norme dans « Langue et parole », article de 1942 repris dans *Essais linguistiques*, Copenhague, 1959. E. Coseriu utilise cette notion surtout dans *Systema, norma y habla*, Montevideo, 1952 ; N.C.W. Spence résume les principales thèses de Coseriu dans « Towards a new synthesis in linguistics », *Archivum linguisticum*, 1960, p. 1-34.

<table>
<tr><th></th><th>Hjelmslev</th><th>Coseriu</th></tr>
<tr><td>Relations formelles abstraites</td><td>système schéma</td><td></td></tr>
<tr><td>Traits concrets distinctifs</td><td>norme</td><td>système</td></tr>
<tr><td>Traits concrets non distinctifs mais obligatoires</td><td rowspan="2">usage</td><td>norme</td></tr>
<tr><td>Traits concrets ni distinctifs ni obligatoires</td><td>usage</td></tr>
</table>

L'évolution récente de la linguistique, exploitant l'opposition saussurienne entre langue et parole [292 s.], a conduit cependant à insister sur l'idée que tout n'est pas à prendre, pour le linguiste, dans le donné empirique, et qu'il ne saurait mettre sur le même plan tous les usages qu'il observe dans une collectivité donnée. La linguistique générative [77 s.] admet par exemple que, parmi les énoncés effectivement utilisés par les sujets parlants, certains seulement réalisent une combinaison de morphèmes dite **grammaticale**, en ce sens qu'elle est autorisée par les règles de la langue ; beaucoup correspondent à une combinaison interdite par ces mêmes règles et dite **agrammaticale** (on note l'agrammaticalité d'une combinaison en plaçant devant elle un **astérisque**, qui signifie tout autre chose que celui de la grammaire comparée [69] : ce dernier marque les formes d'une « langue-mère » reconstituée, formes qui, par définition, ne sont pas attestées dans l'histoire, alors que la suite de morphèmes agrammaticale peut être attestée dans l'usage). La distinction entre combinaisons grammaticales et agrammaticales est si importante qu'une condition nécessaire d'adéquation pour une grammaire générative est d'engendrer les premières et non pas les secondes. Étant donné que les grammaires traditionnelles se proposent aussi de rendre leurs usagers capables de construire les phrases correctes et d'éviter les phrases incorrectes, on a souvent reproché à Chomsky d'avoir ressuscité purement et simplement la vieille notion de normativité. Certaines précisions sont nécessaires pour faire apparaître les limites de ce reproche.

1. *Grammaticalité et agrammaticalité sont des catégories relatives au jugement et non à l'emploi.*

Pour établir le caractère grammatical ou non d'une combinaison de morphèmes, le linguiste construit un énoncé concret qui, selon lui, réalise, manifeste, cette combinaison, et demande ensuite à des sujets parlant, en tant que langue maternelle, la langue étudiée, s'ils « acceptent » ou non cet énoncé (par abus de langage, on appelle quelquefois, non pas la combinaison abstraite, mais l'*énoncé* lui-même, dans le premier cas, grammatical, et agrammatical dans l'autre). Un postulat chomskiste est que tous les membres d'une même communauté linguistique porteront le même jugement – éventuellement après réflexion, voire après une réflexion guidée par le linguiste (tout Français acceptera « je n'ai pas vu », et refusera

« j'ai pas vu », même si la seconde façon de parler est la plus habituelle). La faculté de porter ce jugement, dit « intuitif », ferait partie de la compétence linguistique [295 s.] des sujets parlants. On voit que la grammaticalité n'est pas liée au fait qu'un énoncé est ou n'est pas employé, ni, à plus forte raison, à la catégorie sociale des personnes qui ont tendance à l'employer, ou aux circonstances de son emploi.

2. *Par suite, en parlant de grammaticalité, le linguiste n'entend pas formuler une appréciation, mais une observation.*

D'après ce qui précède, en effet, le grammairien ne se fonde pas sur l'usage d'une classe sociale particulière (les gens « cultivés »), mais sur un sentiment commun à toute une collectivité. Si, dans certains cas, il y a désaccord entre les sujets parlants, si, par exemple, certains Français trouvent grammatical « Qui c'est qui viendra ? », tournure rejetée par d'autres, il n'y a pas à considérer l'un des deux jugements comme le bon, mais à admettre que l'on est en présence de deux variétés différentes du français, dont chacune doit être décrite par une grammaire générative particulière, ou par une variante particulière de la grammaire décrivant le français en général.

3. *Des énoncés impossibles peuvent réaliser des combinaisons grammaticales.*

Dans la mesure où la grammaticalité n'a pas pour critère un emploi mais un jugement, il est possible de s'interroger sur des combinaisons de morphèmes qui ne sont jamais utilisées effectivement. Ainsi personne n'hésitera à accepter « Cette locomotive pèse un gramme », même si des raisons de vraisemblance rendent son emploi peu probable. Ou encore, imaginons une phrase qui comporte plusieurs propositions relatives imbriquées, par exemple : « La souris que le chat que le voisin qui est venu a acheté a mangée était empoisonnée ». Personne ne l'utilise. Sans doute est-elle même impossible à comprendre. Cependant, si une personne admet « Le chat que mon voisin a acheté a mangé une souris », il est possible de lui faire comprendre que les mêmes constructions sont en jeu dans les deux cas, et que la grammaticalité de la seconde entraîne celle de la première (Descartes usait d'un argument semblable pour prouver que tout homme porte en lui toutes les mathématiques : qui sait reconnaître que 2 + 2 = 4 peut être amené à comprendre les théorèmes les plus compliqués, car ceux-ci ne font pas intervenir de rapports mathématiques qui soient d'un ordre différent). Cette possibilité de tenir pour grammaticaux des énoncés impossibles à utiliser en fait, interdit donc de voir dans la complexité d'un énoncé une cause d'agrammaticalité : elle est indispensable pour comprendre l'affirmation chomskiste que l'ensemble des combinaisons grammaticales est infini.

4. *Le jugement de grammaticalité est fondé sur des règles.* Puisque le sujet parlant peut juger acceptables (ou être amené à ce jugement) une infinité de phrases qu'il n'a peut-être jamais entendues auparavant, c'est que cette appréciation est fondée, non pas sur l'expérience et la mémoire, mais sur un système de règles générales qui ont été intériorisées au cours de l'apprentissage de la langue. Donc, en construisant une grammaire générative qui engendre les combinaisons grammaticales et elles seules, le linguiste formule une hypothèse en rapport avec les mécanismes utilisés inconsciemment par le sujet parlant. À chaque type d'agrammaticalité va alors correspondre un composant de la grammaire [123 s.]. Ce sont les règles du composant phonologique qui élimineront les anomalies dues à des prononciations impossibles dans la langue décrite (comme la présence, dans une même syllabe, de la suite de consonnes *pfl*, impossible en français), celles de la morphologie, qui excluront les mauvaises réalisations des morphèmes (cf. « il fait pas beau », réalisation agrammaticale de la négation), celles du composant syntaxique qui interdiront les combinaisons de morphèmes non conformes aux règles de construction de la phrase (« il temps beau »). Le composant sémantique, enfin, aura à interdire les **anomalies sémantiques** tenant au type de signification des mots (dans la mesure où le substantif *acier*, mot « massif » [693], ne désigne pas des objets, mais une matière, il ne peut être le sujet du verbe *peser* comme il serait dans « L'acier pèse trois kilos »).

■ Sur ce dernier thème, voir Katz et Fodor, « The structure of a semantic theory », *Language*, 1963, p. 170-210, trad. fr. dans les *Cahiers de lexicologie*, 8, 1966.

5. *La recherche et l'explication des anomalies devient une méthode linguistique essentielle.*

Si tout jugement d'agrammaticalité se fonde sur une règle de grammaire, la plupart du temps inconsciente, le linguiste devra chercher à faire un inventaire systématique des agrammaticalités. Ainsi de nombreuses recherches génératives auront pour point de départ des questions comme « Pourquoi est-on gêné par tel énoncé ? »

Une étude des anomalies sémantiques relevées dans un corpus de poètes surréalistes, anomalies qui avaient été voulues telles par leurs auteurs, permet ainsi à T. Todorov d'établir *a contrario* certaines lois de la combinatoire sémantique du français (« Les anomalies sémantiques », *Langages*, mars 1966).

La conception générativiste de l'agrammaticalité a cependant donné lieu à un certain nombre de critiques :

a) N'implique-t-elle pas un retour, honteux et caché, à la conception normative de la grammaire ? Car peut-être les jugements d'agrammaticalité portés par les sujets parlants ne sont-ils que l'effet, direct ou indirect, des règles apprises en classe, et qui se fondent, elles, sur une grammaire clairement normative.

b) Les explications à donner aux informateurs pour les amener à accepter même ce qui leur semble bizarre ne reviennent-elles pas à leur imposer de force la conception de la grammaire dans laquelle on travaille ? D'où la plaisanterie selon laquelle les seuls informateurs valables, pour un générativiste, sont des générativistes.

c) Est-ce que les sujets parlants distinguent d'eux-mêmes les différents types d'agrammaticalités, ou bien cette distinction ne reflète-t-elle pas simplement la décision de diviser la grammaire en composants ?

d) N'y a-t-il pas, entre le grammatical et l'agrammatical, un vaste no man's land, à propos duquel personne ne peut se prononcer avec assurance (ce que les chomskistes reconnaissent en décernant à certaines combinaisons, non des astérisques, mais des points d'interrogation, simples ou doubles, selon la gravité supposée du cas) ? Comment rendre compte de ces degrés d'agrammaticalité dans le cadre d'une grammaire générative qui n'envisage en principe que deux possibilités (être ou n'être pas engendré par la grammaire) ? Les grammairiens chomskistes pensent y arriver en faisant en sorte que les combinaisons les moins agrammaticales soient interdites par les règles les plus marginales de la grammaire, alors que les plus agrammaticales violent des règles plus centrales.

Mais on manque de critères empiriques pour se justifier d'accorder à une combinaison tel ou tel degré d'agrammaticalité, et la marginalité des règles est difficile à définir.

e) Le caractère plus ou moins inacceptable d'un énoncé tient-il toujours à ce que cet énoncé outrepasse des règles ? L'explication ne peut-elle pas être au contraire que l'énoncé pousse systématiquement l'utilisation des règles au-delà des limites habituelles ? Dans ce cas, ce que les chomskistes appellent « agrammaticalité » ne témoignerait pas plus d'un écart par rapport aux règles que les « fautes » où H. Frei voit la manifestation la plus évidente de la vraie grammaire. L'anomalie sémantique « Et la hache maudit les hommes » (V. Hugo, *Les Contemplations*, « Ce que dit la bouche d'ombre », 642) peut en effet être décrite de deux façons. Ou bien il y a manquement à la règle selon laquelle *maudire* veut un sujet « humain », ou bien cette règle est exploitée de façon à humaniser le sujet *hache* (ce qui est certainement l'intention de Hugo).

■ Cette deuxième possibilité est développée par U. Weinreich (« Explorations in semantic theory », dans le recueil *Current Trends in Linguistics*, 3, T.A. Sebeok (ed.), La Haye, 1966, p. 429-432). Critiquant Katz et Fodor, Weinreich parle de **transfer features** : dans notre exemple, le trait « humain » aurait été transféré de *maudire* à *hache*. – Sur les astérisques génératifs, lire les remarques, un peu désabusées, de N. Ruwet dans « *En* et *y* : deux clitiques pronominaux antilogophoriques », *Langages*, 1990, n° 97, p. 51-81 (surtout à la fin). – Sur le statut de la norme en grammaire générative : Y.-C. Morin et M.-C. Paret, « Norme et grammaire générative », *Recherches linguistiques de Vincennes*, 1990, n° 19.

Indépendamment de la théorie générative, il n'est pas certain qu'une recherche linguistique, quelle qu'elle soit, puisse se passer de la notion de norme – même si son objet n'est pas de décrire une norme sociale particulière. Dès que l'on veut expliquer une observation quelconque, le fait par exemple qu'une certaine personne ait énoncé telle phrase dans telle situation et avec telle intention, on est amené à imaginer un mécanisme abstrait responsable de ce fait. Mais on peut en imaginer de multiples. Si l'on désire se justifier de façon empirique d'avoir choisi le mécanisme *A* plutôt que *B*, la seule solution semble de montrer que *B* amènerait à prévoir des faits qui ne se produisent pas, à prévoir par exemple que quelqu'un énonce la même phrase dans telle autre situation ou avec telle autre intention – ce que l'on déclare impossible.

Le malheur est qu'en matière de langage, à peu près tout peut s'observer. On n'a plus alors que deux solutions. Ou bien raffiner la description du fait déclaré impossible, par exemple en spécifiant « tous » les détails de la situation ou de l'intention qui empêcheraient de produire la phrase que l'on étudie – mais la tâche risque d'être infinie. Ou sinon, on décide que l'emploi prévu par le mécanisme *B* est, s'il s'observe, « anormal », qu'il provient d'une inattention, ou d'une méconnaissance des règles de la langue, ou encore de leur violation volontaire – en vérifiant, si l'on peut, que des sujets « naïfs », à qui on décrit le fait, étiqueté « anormal », prédictible à partir du mécanisme *B*, le trouvent effectivement plus bizarre que les faits « normaux » prédictibles à partir de *A*. Que le linguiste puisse parfois obtenir ce résultat, cela n'empêche pas qu'il a dû, pour mener à bien son travail, se servir de la notion de norme, quitte à faire avaliser sa norme par ses informateurs. Une interprétation possible de la distinction langue-parole [296] fait de la langue l'ensemble d'entités et de mécanismes abstraits construits pour expliquer l'observable concret que serait la parole. Si l'on choisit cette interprétation, la norme devient une projection, une ombre portée (difficile à éviter) de la langue à l'intérieur de la parole.

■ Une réflexion générale sur la norme : S. Auroux, « Lois, normes et règles », *Histoire, épistémologie, langage*, 1991, p. 77-107.

ARBITRAIRE

Dès ses débuts, la réflexion sur le langage a cherché à savoir si une langue est une réalité originale, imprévisible, irréductible à toute réalité extralinguistique, ou si au contraire elle peut, totalement ou en partie, être expliquée, voire justifiée, par l'ordre naturel des choses ou de la pensée. La première thèse est celle de l'**arbitraire linguistique**, la seconde, celle de la **motivation**. L'alternative se présente au moins à quatre niveaux, et rien n'interdit de soutenir une des thèses à un niveau, et de la refuser à un autre.

Rapport noms-choses

C'est à propos de l'attribution des noms aux choses que, dans l'Antiquité grecque, les sophistes posaient le problème. D'après le *Cratyle* de Platon, deux écoles étaient aux prises parmi eux, qui concluaient cependant, l'une et l'autre, à l'impossibilité, inadmissible pour Platon, de distinguer des discours vrais et des discours faux – ce qui laissait la voie libre à une rhétorique fondée sur la seule efficacité. Selon certains, représentés dans le dialogue par un disciple de Socrate, Hermogène, mal avisé sur ce point, l'attribution des noms relève de l'arbitraire : c'est une affaire de loi *(nomos)*, d'institution *(thèsis)*, de convention *(synthèkè)*. Ce qui explique que Grecs et Barbares puissent employer des noms différents pour la même chose. L'autre thèse est représentée par Cratyle, sophiste célèbre de l'époque. Il soutient qu'il doit y avoir un rapport naturel *(physei)* entre les noms et les choses qu'ils désignent : sans ce rapport, il n'est pas de nom authentique. Le nom authentique, imitation de la chose, a ainsi pour vertu propre d'instruire. « Qui connaît les noms connaît aussi les choses »

(435 d). Pour montrer le caractère motivé du vocabulaire, on recourt d'abord à des **étymologies** : en ajoutant, supprimant ou modifiant certaines lettres d'un nom apparemment arbitraire, on fait apparaître à sa place un autre nom, ou une suite de noms, qui, eux, décrivent correctement la chose désignée par le nom initial (il ne s'agit donc pas d'une recherche historique, mais d'un effort pour découvrir la vérité *(etymon)* des mots. En ce qui concerne ensuite les **noms primitifs**, c'est-à-dire ceux sur lesquels l'étymologie n'a plus prise, on cherche un rapport direct entre leur sens et leur sonorité, en supposant aux sons élémentaires de la langue une valeur représentative naturelle (*i* exprime la légèreté, *d* et *t* l'arrêt, etc.). Si elle est combinée avec l'étymologie, la croyance à la valeur représentative des sons laisse possible que le nom grec et le nom barbare d'une même chose puissent être également instructifs par rapport à elle.

Platon ne semblant pas intéressé à choisir entre les deux positions, il faut chercher pourquoi il croit néanmoins important de les exposer. La réponse est sans doute qu'elles pourraient toutes les deux justifier la sophistique – et, selon Platon, ne la justifient ni l'une ni l'autre. Elles ne la justifieraient qu'en admettant une troisième thèse, présentée, d'une façon sans doute humoristique, au début du dialogue (§ 385) : la vérité d'un discours est liée à celle de ses parties, même les plus infimes, à savoir les mots. Dans ce cas, l'arbitraire des dénominations, selon lequel chaque mot est vrai dès qu'il est employé, entraînerait que le discours également est vrai dès lors qu'il est énoncé. D'où l'on passe facilement à la position des sophistes selon qui chaque discours produit sa propre vérité. Plus généralement, on se rapproche du relativisme de Protagoras niant toute vérité absolue et universelle : l'homme (en entendant par là l'individu ou le groupe) « est la mesure de toutes choses, de celles qui sont, qu'elles sont, de celles qui ne sont pas, qu'elles ne sont pas ». Mais le cratylisme aussi peut conduire à une attitude relativiste. Pour lui, un mot qui ne dit pas la vérité sur son objet n'est pas à proprement parler un mot. Si l'on transporte au discours cette thèse concernant ses éléments, un discours qui ne dit pas le vrai n'est pas véritablement un discours. D'où la conclusion qu'il ne peut pas y avoir de discours faux (§ 429 d) – ce qui contredit la morale que Platon voudrait instaurer dans la parole. La conclusion de Socrate est alors que le philosophe n'est pas concerné par le débat sur l'arbitraire ou la motivation des noms. La vérité est à chercher hors des mots, dans l'intuition des essences [243]. Seule leur saisie permettrait de créer ensuite un « langage idéal ». Dans ce langage, d'ailleurs, les noms ne seraient pas images, mais seulement « signes diacritiques », des essences – en tout cas si Platon applique aussi au langage idéal la comparaison qu'il propose au début du dialogue (§ 388 b) : un nom est, « à l'égard de la réalité, un instrument de démêlage, comme l'est, à l'égard d'un tissu, une navette ».

■ Cf. l'*Essai sur le « Cratyle »* de V. Goldschmidt, Paris, 1940.

De nos jours, la thèse de l'arbitraire des dénominations linguistiques a été affirmée par Saussure en tête du *Cours de linguistique générale* (1re partie, chap. 1). Elle est d'ailleurs implicite dans tous les travaux qui font apparaître pour l'aspect phonique de la langue des régularités indépendantes de celles qui régissent son aspect sémantique : cf. les lois phonétiques de la linguistique diachronique [25], l'opposition, chez Martinet, des deux « articulations » du langage [122 s.], et, plus généralement la distribution de l'étude lexicale entre deux composants distincts de la description linguistique, l'un phonologique, l'autre sémantique.

Cette thèse est d'autre part liée, dans l'histoire de la linguistique, à l'idée que la langue forme un système, qu'elle possède une organisation interne. Si chaque signe, en effet, était une imitation de son objet, il serait explicable par lui-même, indépendamment des autres, et n'aurait pas de relation nécessaire avec le reste de la langue. C'est pourquoi, dès l'Antiquité, les grammairiens qui cherchaient une régularité – dite **analogie** – à l'intérieur du langage, prenaient parti pour l'arbitraire ; pour la plupart des étymologistes, en revanche, la langue est pur désordre, ou, selon le terme consacré, **anomalie** (mot qui ne signifie pas, étymologiquement, exception à une règle supposée existante, mais inégalité, dissemblance) – ce qui enlevait toute entrave à la spéculation étymologique. On trouve dans Saussure une démarche assez proche (2e partie, chap. 6, § 3). C'est parce que chaque signe, pris à part, est **absolument arbitraire**, que le besoin humain de motivation amène à créer des classes de signes où règne seulement un

arbitraire relatif (pris isolément, le mot *poirier* n'a pas plus vocation que le mot *chêne* à désigner un arbre particulier. Si on arrive à le justifier, c'est qu'on le décompose en *poire* et *-ier*. Mais cette décomposition elle-même ne tient pas à ce que ces deux éléments ont vocation à nommer, respectivement, tel fruit particulier et l'idée générale d'arbre. Pour Saussure, la décomposition d'une unité en éléments doit être fondée sur une relation générale, créatrice d'un « type » syntagmatique [267] (dans cet exemple, sur la relation sous-jacente à la classe *ceris-ier*, *mûr-ier*, *banan-ier*..., où la même forme de combinaison s'accompagne d'un contenu sémantique analogue). Ainsi c'est l'organisation de la langue en catégories de signes qui limite l'arbitraire, mais elle est liée à l'arbitraire du signe isolé.

La recherche étymologique, et l'idée d'une sorte de vérité naturelle du son, restent cependant présentes à toutes les époques de la réflexion philosophique et linguistique. Les stoïciens furent de grands chercheurs d'étymologies (et des anomalistes militants). Leibniz lui-même croit l'étymologie capable de nous rapprocher de la langue primitive, langue qui aurait exploité mieux que les nôtres la valeur expressive des sons. De nos jours encore, certains linguistes cherchent à trouver des motivations à la forme phonique des mots, tout en donnant à cette recherche les garanties scientifiques actuellement exigibles : pour cela ils tentent de fonder l'étymologie sur des dérivations historiquement vérifiables, et en même temps ils appuient sur des observations psychologiques et acoustiques minutieuses leur étude de la valeur expressive des sons.

■ L'opposition, dans l'Antiquité, des partisans de l'analogie et de l'anomalie est présentée dans F. Douay et J.-J. Pinto, « Analogie/anomalie », *Communications*, n° 53, 1991, p. 7-16. – Sur la recherche étymologique dans l'Antiquité : Varron, *De lingua latina* (livres 5, 6 et 7) et J. Collart, *Varron, grammairien latin*, Paris, 1954. – Sur les stoïciens plus particulièrement : K. Barwick, *Probleme der stoïschen Sprachlehre und Rhetorik*, Berlin, 1957. – Sur Leibniz : M. Dascal, *Leibniz : Language, Signs and Thought*, Amsterdam, Philadelphie, 1987. – Une étude générale de la postérité de Cratyle : G. Genette, *Mimologiques : voyage en Cratylie*, Paris, 1976. – Comme exemple de recherche étymologique moderne : P. Guiraud, *Structures étymologiques du lexique français*, Paris, 1967. – Sur la valeur expressive des sons dans la langue et le discours : R. Jakobson, « À la recherche de l'essence du langage », dans un volume de la collection *Diogène*, *Problèmes du langage*, Paris, 1966.

Rapport signifiant-signifié

Saussure ayant enseigné à distinguer rigoureusement entre le référent du signe (l'ensemble d'objets du monde auquel le signe renvoie) et son signifié (l'entité linguistique attachée à son signifiant), la linguistique post-saussurienne s'est trouvée devant la question des rapports entre le signifiant et le signifié, problème très différent du premier, puisqu'il s'agit maintenant d'une relation intérieure au signe [257]. Sur ce point, nombre de linguistes soutiennent qu'on ne doit pas, dans la perspective même de Saussure, parler d'arbitraire, et que le signifié d'un signe, dans une langue donnée, ne peut pas être pensé indépendamment de son signifiant. Leur principal argument est que les signifiés de la langue n'ont aucun fondement logique ni psychologique : ils ne correspondent ni à des essences objectives ni à des intentions subjectives saisissables en dehors de la langue. Constitués en même temps que la langue, contemporains de l'attribution qui leur est faite d'un signifiant phonique, ils doivent à ce signifiant leur cohésion interne, et se dissolvent dès qu'on veut les en séparer (il n'y a pas d'idée générale qui serait ensuite étiquetée par le mot français « courage » : seul l'emploi de ce mot peut rassembler une multitude d'attitudes morales différentes qui n'ont aucune vocation à être subsumées sous le même vocable ; c'est donc un artefact de la réflexion linguistique qui fait imaginer une unité intellectuelle correspondant au mot « courage »). L'arbitraire est ainsi rejeté au nom du nominalisme. On notera qu'un argument de ce genre, s'il prouve bien la *nécessité* du lien signifiant-signifié une fois qu'une langue a été constituée, n'attribue cependant à cette constitution aucune motivation naturelle. D'autre part, il présuppose un arbitraire linguistique fondamental, une originalité irréductible de l'ordre créé par le langage par rapport à celui du monde ou de la pensée.

■ C. Bally, élève direct de Saussure, défend l'arbitraire du rapport signifiant-signifié (*Le français moderne*, 1940, p. 193-206). – Le point de vue opposé est présenté par P. Naert (*Studia linguistica*, 1947, p. 5-10) et par É. Benveniste (« Nature du signe linguistique », *Acta linguistica*, 1939, p. 23-29). – Pour une étude d'ensemble : R. Engler, *Théorie et critique d'un principe saussurien, l'arbitraire du signe*, Genève, 1962. – Une bibliographie générale sur ce problème : E.F.K. Koerner, *Contribution au débat post-saussurien sur le signe linguistique*, La Haye, Paris, 1972.

L'organisation syntaxique

L'alternative de l'arbitraire et de la motivation déborde l'étude du signe isolé et s'étend à la syntaxe. Dans le cadre de la linguistique historique du XIXe siècle [23 s.], on s'est quelquefois demandé si les procédés *matériels* utilisés pour souder entre eux différents signes à l'intérieur d'un mot ou d'une phrase ne visent pas à imiter l'union, dans la pensée, des notions représentées par ces marques, et ne constituent donc pas une sorte d'image perceptible de l'unité de la pensée. W. de Humboldt pousse cette idée jusqu'à laisser entendre que, pour une relation grammaticale authentique, l'expression et le contenu intellectuel de cette relation ne font qu'un (en parlant en termes saussuriens, il faudrait dire que, dans ce cas, l'opposition du signifiant et du signifié disparaît, ce qui est bien la forme la plus extrême du refus de l'arbitraire).

■ Le texte le plus représentatif de la pensée de W. de Humboldt, sur ce point, a été traduit en français en 1859 sous le titre *L'Origine des formes grammaticales et leur influence sur le développement des idées*, et réédité en 1969 à Bordeaux. Il est commenté dans le chap. 3 de O. Ducrot, *Logique, structure, énonciation*, Paris, 1989.

Mais ce n'est généralement pas en ces termes que le problème est posé. Il ne s'agit pas des procédés matériels servant à relier les signes. Il s'agit de savoir si les catégories et les règles syntaxiques mises en œuvre par une langue reproduisent la structure de la pensée, ou si elles constituent une création originale. La plupart des « Grammaires générales » du XVIIe et du XVIIIe siècle [17 s.] soutiennent qu'il y a deux parties dans la grammaire d'une langue. D'abord un ensemble de catégories et de règles qui sont communes à toutes les langues, car elles sont imposées soit par la nature de la pensée logique, soit par les exigences de son expression. Ainsi la distinction des principales parties du discours (adjectif, substantif, verbe), ou encore la règle prescrivant la présence d'un verbe dans toute proposition, reflètent des structures logiques universelles ; et c'est la clarté de l'expression qui demande que le mot déterminé précède dans la phrase celui qui le détermine, etc. Mais, d'autre part chaque langue a des aspects spécifiques, dus à une série d'habitudes qui lui sont propres, soit qu'elles viennent compléter les règles universelles (en fixant la forme lexicale des mots, les détails de la déclinaison, certains mécanismes d'accord), soit qu'elles s'opposent après coup à ces règles (ainsi, lorsqu'elles autorisent ou prescrivent des « inversions » dans l'ordre naturel des mots, lorsqu'elles permettent de « sous-entendre » le verbe, lorsqu'elles donnent lieu à des idiotismes qui sont autant d'illogismes). Dans la mesure où la partie logique de la grammaire constitue son niveau le plus profond (les conditions universelles de l'expression et les spécificités idiomatiques venant seulement s'y greffer), la langue, dans l'optique des « Grammaires générales », peut être considérée comme essentiellement motivée, et arbitraire par accident. Une formule de la *Grammaire de Port-Royal* tire la leçon de cette thèse : « La connaissance de ce qui se passe dans notre esprit est nécessaire pour comprendre les fondements de la grammaire » (2e partie, chap. 1).

■ Une critique méthodique du logicisme de Port-Royal a été présentée par C. Serrus, *Le Parallélisme logico-grammatical*, Paris, 1933.

Le problème de la motivation de la syntaxe réapparaît de nos jours dans l'opposition entre la linguistique générative [77 s.] et la linguistique dite « cognitive ». C'est du côté de l'arbitraire qu'il faudrait placer Chomsky et les linguistes de son école. Ce qui peut paraître étonnant car ils se sont souvent réclamés de la *Grammaire* de Port-Royal, et ont insisté, comme elle, sur les aspects universels de la grammaire, clairement distingués des éléments propres à chaque langue. En effet, à travers les remaniements de la grammaire générative, il a toujours été maintenu que la forme générale de la grammaire, objet de la *théorie* grammaticale, est identique pour toutes les langues, et la tendance actuelle est même de spécifier cette théorie d'une façon de plus en plus minutieuse, en y incluant des contraintes universellement vérifiées, qui constituent un ensemble d'**universaux formels**. Mais l'universalité de la grammaire n'a pas, chez les générativistes, le même statut qu'à Port-Royal, où elle dérivait du postulat préalable selon lequel la langue est un tableau, une imitation de la pensée. Pour Chomsky, il s'agit d'expliquer le fait empirique que tout enfant peut construire l'ensemble de règles, extraordinairement compliqué, permettant de parler et de comprendre une langue. Ceci impliquerait une aptitude, identique chez tous les hommes, et qui, par ailleurs, ne peut s'identifier, vu le type de travail qu'elle accomplit, à aucune des facultés habituellement reconnues, notamment à la faculté logique. D'où il résulte que l'élément universel du langage reflète une faculté spécifique. La syntaxe peut donc être considérée comme arbitraire par rapport à la pensée ou à la réalité dont elle permet de parler, même s'il s'agit d'un arbitraire universel ancré dans la nature humaine.

C'est la **linguistique cognitive** qui est le représentant actuel des théories de la motivation. D'une façon générale, elle nie l'existence d'une faculté spécifique du langage, qui serait à l'origine d'un mode de représentation autonome, et veut au contraire relier le langage à la pensée humaine prise dans sa totalité. Notamment, les catégories et les règles de la syntaxe exprimeraient des modes de perception naturels de la réalité, que la psychologie peut, ou pourrait en théorie, reconnaître indépendamment d'une étude de la langue, comme une catégorisation ou un mécanisme inhérents à la pensée. La difficulté fondamentale de ces recherches leur est commune avec celle rencontrée, au début du siècle, par certains grammairiens comme F. Brunot, qui proposaient d'aller de la pensée à la langue. Comment s'assurer que les contenus, dits autrefois « notionnels » et maintenant « cognitifs », qui doivent rendre compte de l'organisation grammaticale, ne sont pas en fait déjà informés par la langue, puisque c'est généralement à travers elle qu'on les décrit. D'où l'obligation, sous peine de circularité, d'arriver à définir une saisie non linguistique de ce que la langue est censée refléter.

■ Le rapprochement entre les grammaires générales et la grammaire générative a été présenté par N. Chomsky dans *Cartesian*

Linguistics, New York, 1966, trad. fr., Paris, 1969. – R. Langacker est un des principaux grammairiens cognitivistes. Cf. *Foundations of Cognitive Grammar*, Stanford, 1987, t. 1, ainsi qu'un article de 1987 traduit en français dans le n° 53 de *Communications*, 1991, « Noms et verbes », où il établit les fondements cognitifs de ces deux catégories et de leurs sous-catégories. – L'ouvrage de F. Brunot auquel il a été fait allusion est *La Pensée et la langue*, Paris, 1922.

Les unités linguistiques minimales

La façon la plus radicale d'affirmer l'arbitraire linguistique consiste à soutenir que les unités minimales mises en œuvre par une langue particulière ne sont fondées sur rien d'autre que sur leur emploi linguistique, et n'ont donc pas d'existence en dehors de cette langue, ou, en tout cas, du langage en général. Cette thèse peut prendre au moins deux formes.

a) L'une concerne l'aspect acoustique ou sémantique de ces unités (phonèmes, traits distinctifs, sèmes, entités grammaticales). Chacune en effet peut apparaître sous un certain nombre de variantes : beaucoup de sons différents peuvent réaliser le phonème français *r*, beaucoup d'idées différentes peuvent être exprimées par le mode subjonctif du français, beaucoup de nuances de couleur, être désignées par le mot *vert*. Chaque unité institue donc des regroupements dans la réalité acoustique ou mentale, et une langue, prise dans sa totalité, produit un **découpage** de cette réalité. Or on a observé que ce découpage varie de langue à langue : des prononciations qui, en français, sont des variantes du *r*, appartiennent, en arabe, à des phonèmes distincts, des nuances de couleur que le français répartit entre le vert et le bleu sont signifiées, dans d'autres langues, par le même mot. De cette observation on a tendance à conclure que le découpage lié à une langue dépend seulement de cette langue et n'a aucun fondement hors d'elle, dans la réalité acoustique ou psychologique (cf. aussi ce qui a été dit plus haut du mot *courage*). Il ne serait pas dessiné en filigrane dans les choses, mais manifesterait une sorte de libre-arbitre de la langue. Ce qu'exprime une expression du *Cours* de Saussure (2e partie, chap. 4) : les langues construisent leurs unités dans une matière « amorphe » (il suffirait de dire, plus prudemment, que la structure propre de cette matière, si elle existe, ne détermine pas la structure que chaque langue lui impose).

■ L'originalité du **découpage linguistique** est affirmée dans le *Cours de linguistique générale* de Saussure (chap. 4, 2e partie), et a été reprise par toute l'école structuraliste : voir par exemple L. Hjelmslev, *Prolégomènes à une théorie du langage*, trad. fr. revue par A.-M. Léonard, Paris, 1968, p. 73-82. – Sur l'argument tiré des différences entre les langues, cf., en ce qui concerne l'aspect phonétique : A. Martinet, *Éléments de linguistique générale*, Paris, 1961, p. 53-54. – En ce qui concerne le côté sémantique, l'analyse des **champs sémantiques**, élaborée par l'Allemand J. Trier, permet de montrer que l'articulation d'une même région notionnelle peut varier selon les langues ou les états successifs d'une même langue (cf. *Der deutsche Wortschatz im Sinnbezirk des Verstandes*, Heidelberg, 1931). – À la même époque, les Américains B.L. Whorf et E. Sapir soutiennent l'hypothèse plus générale (dite de Sapir-Whorf) que chaque langue (ou groupe de langues) est liée à une certaine représentation du monde. Ainsi, selon Whorf, le concept du temps et du changement incorporé aux parlers amérindiens serait très différent de la conception indo-européenne. Un recueil d'articles de Whorf : *Language, Thought and Reality*, Cambridge (Mass.), 1956. Un recueil de traductions françaises d'articles de Sapir sur ce thème : *Anthropologie*, Paris, 1967.

On peut contester l'argument de la diversité en disant que les variations alléguées tiennent à une analyse linguistique superficielle : une analyse approfondie ferait apparaître des universaux, et toutes les langues choisiraient les éléments de base de leur combinatoire dans le même répertoire d'éléments sémantiques ou phonétiques. Ainsi, pour la plupart des générativistes, les composants phonologique et sémantique [123 s.], qui opèrent au terme de la description linguistique, doivent représenter les énoncés dans un métalangage universel dont les symboles désigneraient donc des **universaux substantiels** susceptibles de se retrouver dans les langues les plus différentes.

■ Dans le domaine phonétique, les générativistes ont repris les idées de R. Jakobson : s'il est vrai que les phonèmes diffèrent de langue à langue, chaque phonème est lui-même un groupement de traits distinctifs. Or ces traits, dont le nombre est fort limité, sont les mêmes pour toutes les langues (le texte de base est R. Jakobson, C. Fant et M. Halle, *Preliminaries to Speech Analysis*, MIT Press, Technical Report 13, 1952. Renseignements sur les développements ultérieurs de la phonologie générative dans le recueil de F. Dell, D. Hirst et J.-R. Vergnaud, *Forme sonore du langage*, Paris, 1984). – Dans le domaine sémantique, moins étudié jusqu'ici, les transformationalistes pensent aussi que, si les significations des mots ne sont pas identiques dans des langues différentes, elles sont cependant construites à partir d'éléments sémantiques minimaux qui, eux, sont universels. Cf. J.H. Greenberg (ed.), *Universals of Language*, Cambridge (Mass.), 1966, et Bach et Harms (eds.), *Universals in Linguistic Theory*, New York, 1968.

Cette critique, qui touche l'argument structuraliste habituel en faveur de l'arbitraire du découpage linguistique, n'atteint pas cependant la thèse elle-même, car les universaux allégués peuvent, et, dans le cadre de la théorie générative, *doivent* être attribués à une faculté du langage, distincte des autres facultés humaines. Rien n'empêche donc d'admettre un arbitraire, qui ne serait plus celui de telle ou telle langue particulière, mais du langage en général. C'est la linguistique cognitive [328 s.], ici encore, qui contredit fondamentalement le structuralisme. Pour elle, non seulement il y a des universaux linguistiques, mais ceux-ci sont déterminés par des caractères généraux de la pensée, repérables en dehors même de l'expression et de la communication linguistiques. C'est dans le domaine sémantique que les recherches ont été le plus poussées. Au départ se trouve une recherche de B. Berlin et P. Kay sur les noms de couleur. Certes, comme l'avaient noté les structuralistes, il arrive que le spectre des couleurs soit analysé différemment dans des langues différentes, mais cette diversité est limitée par des contraintes (ainsi aucune langue ne regroupe deux nuances qu'un Français appellerait, respectivement, verte et rouge). Le point important, en ce qui concerne le problème de l'arbitraire, est que toutes ces contraintes, souvent bien plus cachées que celle prise ici en exemple, peuvent être mises en rapport avec les conditions psycho-physiologiques de la perception. La sémantique cognitive espère étendre ce type de résultats à des termes plus abstraits que les noms de couleur.

Même si un mot d'une langue peut regrouper des nuances de sens qu'une autre répartirait entre des mots différents, les nuances regroupées ont toujours entre elles certaines relations qui sont attestées par ailleurs, en dehors de la langue, dans l'expérience humaine.

■ Deux textes de base sur le refus de l'arbitraire dans la sémantique cognitive : B. Berlin et P. Kay, *Basic Color Terms. Their Universality and Evolution*, Los Angeles, 1969 ; A. Wierzbicka, « Wheat and oats : the fallacy of arbitrariness », in J. Haiman (ed.), *Iconicity in Syntax*, Amsterdam, 1985, p. 311-342.

b) Dans sa forme la plus aiguë, la croyance à l'arbitraire linguistique ne se fonde pas sur le découpage de la réalité phonique ou sémantique par les différentes langues, mais sur l'idée que la nature profonde des éléments linguistiques est purement formelle. Telle qu'elle a été élaborée par Hjelmslev – à partir de certaines indications de Saussure [43 s.] –, cette thèse consiste à affirmer que l'unité linguistique est constituée avant tout par les relations (syntagmatiques et paradigmatiques) qu'elle entretient avec les autres unités de la même langue. Dans cette perspective, une unité ne peut se définir que par le système dont elle fait partie. Il devient alors contradictoire de retrouver dans des parlers différents des unités identiques, et de se représenter les diverses langues comme étant simplement des combinatoires différentes, constituées à partir d'un ensemble universel d'éléments. Tout élément comportant, en son centre même, une référence au système linguistique dont il fait partie, l'arbitraire de chaque langue n'est plus un phénomène contingent, mais nécessaire, qui tient à la définition même de la réalité linguistique.

■ A. Martinet (« Substance phonique et traits distinctifs », *Bulletin de la Société de linguistique de Paris*, 1957, p. 72-85) discute l'idée jakobsonienne de traits distinctifs phonologiques universels, en utilisant des arguments assez proches de la perspective glossématique. Pour lui les traits distinctifs utilisés par une langue ne sauraient être décrits par une simple caractérisation phonétique, car ils ne se définissent que par leur rapport avec les autres traits distinctifs de la même langue. Par suite, la question de leur universalité ne se pose même pas. Ils ne peuvent pas plus se retrouver dans une autre langue qu'une monade leibnizienne, définie comme une représentation du monde dont elle fait partie, ne peut se retrouver dans un autre monde. – Sur l'application possible de la conception hjelmslevienne aux problèmes sémantiques, voir O. Ducrot, « La commutation en glossématique et en phonologie », texte de 1967 repris comme chap. 5 de *Logique, structure, énonciation*, Paris, 1989. – Dans une perspective moins strictement linguistique : J. Kristeva, « Pour une sémiologie des paragrammes », *Tel Quel*, 29, 1967, p. 53-75.

SYNCHRONIE ET DIACHRONIE

Les termes « synchronie » et « diachronie » sont entrés dans la terminologie linguistique usuelle depuis F. de Saussure. Une description (ou une explication) linguistique est dite **synchronique**, si elle présente les différents faits auxquels elle réfère comme appartenant à un même moment d'une même langue (= à un seul **état**). Elle est **diachronique** lorsqu'elle les attribue à des états de développement différents d'une même langue. Cette définition implique que l'on ait donné un sens à l'expression « un même moment d'une même langue ». Ce qui ne va pas de soi. Est-ce la même langue qui est parlée à Paris, à Marseille et au Québec ? Et d'autre part le français parlé en 1970 et celui qui était parlé en 1960 appartiennent-ils au même moment de développement du français ? Et celui de 1850 ? De proche en proche, pourquoi ne pas dire que le français et le latin appartiennent au même état de développement de la langue mère indo-européenne ? On notera enfin que, dans la définition précédente, les adjectifs « synchronique » et « diachronique » ne sont pas appliqués aux phénomènes eux-mêmes, mais à leur description ou explication, et, plus généralement, au point de vue choisi par le linguiste. C'est que tout phénomène de langue porte en lui la trace de son passé. Il n'y a donc pas, en toute rigueur, de *fait* synchronique, mais on peut décider de faire abstraction, lorsqu'on décrit ou explique un fait, de tout ce qui n'appartient pas à ce que l'on a défini comme un état de langue particulier. – NB : Bien que la terminologie américaine appelle **descriptive linguistics**, ce qui est appelé ici « linguistique synchronique », il n'est pas évident que le point de vue synchronique ne puisse pas être explicatif (voir « fonctionalisme » [49]). Inversement, certaines recherches diachroniques (comme celles des comparatistes [26]) sont avant tout descriptives, car elles se contentent de constater

– et de formuler aussi simplement que possible, en recourant à des « lois phonétiques » – les ressemblances et les différences des états de langue comparés.

La réflexion linguistique n'a pas toujours séparé les points de vue synchronique et diachronique. Ainsi la recherche étymologique hésite constamment entre deux objectifs : *a)* mettre un mot en rapport avec d'autres, cachés en lui, qui en donnent la signification profonde (cf. l'étymologie dans le *Cratyle* [321 s.]), *b)* mettre un mot en rapport avec un mot antérieur dont il « provient » (c'est l'étymologie historique [24]). On ne voit pas toujours clairement si les deux recherches sont considérées comme indépendantes, ou si on tient leur convergence pour leur commune justification. De même, si on a, depuis l'Antiquité, remarqué le rapport particulier existant entre certains sons (le *b* et le *p*, le *g* et le *k*, etc.), on donne souvent pêle-mêle, pour preuve de ce rapport, des arguments synchroniques et diachroniques. Ainsi Quintilien (cité par l'*Encyclopédie*, article « C ») illustre le rapport *g-k* (écrit *c*), simultanément par un fait synchronique (le verbe latin *agere* a pour participe *actum*), et par un fait diachronique (le grec *cubernètès* a donné en latin *gubernator*).

Quant à la linguistique historique du XIXe siècle, qui a donné statut de science au point de vue diachronique, elle a dû progressivement résorber la synchronie dans la diachronie. C'est le cas des comparatistes, qui concluent du déclin des langues au droit, voire à l'obligation, de retrouver dans l'état postérieur l'organisation de l'état antérieur [28]. C'est le cas aussi des néo-grammairiens [30], selon qui un concept de linguistique synchronique possède un sens dans la mesure seulement où il peut être interprété en termes diachroniques. Ainsi, pour H. Paul, dire qu'un mot est dérivé d'un autre (par exemple « travailleur » de « travailler »), ou cela n'a pas de sens précis (= ce n'est qu'une façon de signaler la ressemblance entre ces mots, et la complexité plus grande du second), ou cela signifie qu'à une certaine époque, la langue connaissait seulement le mot « source », et que le mot « dérivé » a été construit plus tard.

Le refus comparatiste d'admettre un point de vue synchronique autonome, apparaît encore dans la classification des langues. Celle-ci peut être soit historique, génétique (= regroupant les langues de même origine), soit **typologique** (= regroupant les langues ayant des caractéristiques semblables du point de vue phonique, grammatical ou sémantique). Or les comparatistes admettent implicitement qu'une classification génétique, comportant par exemple une catégorie « langues indo-européennes », serait en même temps une typologie : ainsi les langues indo-européennes seraient toutes fondamentalement de type flexionnel (cf. la typologie établie par Schleicher, et admise, avec des variantes, par la plupart des linguistes du XIXe siècle [29]). Glissement difficile d'ailleurs à éviter, car la typologie considérée était fondée avant tout sur l'organisation interne du mot, et la méthode comparatiste suppose que les langues entre lesquelles on établit des relations génétiques construisent les mots de la même façon [28].

Depuis le début du XXe siècle, certains linguistes ont essayé en revanche de rendre la typologie indépendante de l'histoire : elle consisterait à comparer les descriptions synchroniques d'états appartenant à des langues différentes, et ne relèverait donc ni du synchronique ni du diachronique tels qu'ils ont été définis plus haut. Cette tentative va de pair avec un élargissement des critères typologiques. Ainsi Sapir ne reconnaît au critère de la construction du mot qu'un rôle secondaire. Son critère essentiel est fondé sur la nature des concepts exprimés dans la langue. Si toutes les langues expriment les « concepts concrets », désignant des objets, des qualités ou des actions (ils sont exprimés par les radicaux [27] des noms et des verbes dans les langues indo-européennes), ainsi que les « concepts relationnels abstraits », établissant les principales relations syntaxiques, certaines n'ont pas de « concepts dérivationnels », modifiant le sens des concepts concrets (exprimés par exemple en français par des diminutifs, cf. *ette*, des préfixes comme *dé-*, *re-*, des suffixes comme *eur* ou *ier* dans « menteur » ou « poirier »), ni de « concepts relationnels concrets » (cf. nombre, genre). Selon qu'elles n'expriment aucune, l'une ou l'autre, ou encore l'une et l'autre de ces catégories notionnelles, on pourra grouper les langues en classes qui, vu la nature des critères utilisés, n'auront plus nécessairement de caractère génétique. Une tentative plus récente est celle de Greenberg, fondée sur l'ordre des mots dans la proposition. On distinguera ainsi des langues comme le français moderne, où domine l'ordre S(ujet)-V(erbe)-O(bjet), celles, cf. le latin, où le verbe occupe généralement la position finale (S-O-V), celles où il tend à être placé au début (d'où l'ordre V-S-O qui s'observe de plus en plus dans l'espagnol et le portugais d'Amérique), celles où l'ordre dépend du type de proposition (en allemand on a S-V-O et O-V-S dans les propositions principales non interrogatives, S-O-V dans les subordonnées), etc.

■ E. Sapir, *Language*, Londres, 1921, trad. fr., Paris, 1953, chap. 6 ; J.H. Greenberg, « Some universals of language with particular reference to order of meaningful elements », dans son recueil *Universals of Language*, Cambridge (Mass.), 1966. – Une réflexion d'ensemble sur le problème de la typologie : É. Benveniste, *Problèmes de linguistique générale*, Paris, 1966, chap. 9.

Saussure est sans doute le premier à avoir explicitement soutenu qu'une recherche purement synchronique peut introduire de l'intelligibilité dans les phénomènes dont elle traite – sinon, d'ailleurs, le point de vue synchronique ne mériterait pas un statut scientifique. Cette thèse prend différentes formes :

1. Contrairement à ce que dit H. Paul, il est possible de définir les rapports synchroniques, d'une façon précise et exigeante, *sans aucun recours à l'histoire*. Un saussurien, par exemple, admet un rapport de **dérivation** entre deux termes si le passage de l'un à l'autre se fait selon un procédé général dans la langue considérée, procédé qui, à l'aide de la même différence phonique, produit la même différence sémantique. S'il y a une dérivation *travailler-travailleur*, c'est qu'elle s'insère dans la série *manger-mangeur*, *lutter-lutteur*, etc., série où le verbe, dans chaque couple, est un verbe d'action. Plus généralement, ce qui fonde une dérivation synchronique particulière, c'est son intégration dans l'organisation d'ensemble, dans le système, de la langue. Or la langue, pour un saussurien, doit *nécessairement* se présenter, *à chaque moment de son existence*, comme un système [36 s.].

2. Non seulement les considérations diachroniques sont inutiles pour l'établissement des rapports synchroniques, mais elles risquent d'être trompeuses. D'abord certains rapports synchroniques apparaissent, du point de vue diachronique, injustifiés. En synchronie, on a le rapport « léguer-legs » (dont le *g* est, pour cette raison, souvent prononcé), rapport analogue à « donner-don », « jeter-jet », etc. Or il n'y a aucun rapport historique entre « léguer » et « legs » (qui est à relier à *lais-*

ser) : leur rapprochement est une **étymologie populaire**, qui a été inventée par les sujets parlants parce qu'elle s'intégrait bien dans le système du français. Réciproquement, bien des rapports historiquement fondés n'ont aucune réalité synchronique – et cela, parce qu'ils ne peuvent plus être intégrés dans le système de la langue actuelle (conséquence : les sujets parlants les ont oubliés). Ainsi il n'y a pas de rapport, aujourd'hui, entre « bureau » et « bure » (bien que « bureau » ait été construit à partir de « bure » : c'était une table recouverte de bure).

3. Inutile, et même trompeuse, s'il s'agit d'établir l'organisation interne d'une langue à un moment donné, une étude diachronique ne permet pas davantage de l'expliquer. Certes un changement phonétique peut influer sur les sons servant à exprimer un rapport grammatical, mais il ne les détermine pas *en tant qu'*ils expriment ce rapport, et, à plus forte raison, il ne concerne pas le rapport lui-même. Ainsi, dans un état ancien du latin, « honneur » se disait *honos*, et faisait son génitif, comme il est régulier pour cette classe de mots latins, par l'addition de *is* : *honosis*. Puis une loi phonétique a transformé en *r*, dans *tous* les mots latins, le *s* pris entre deux voyelles, ce qui a produit *honoris*. Si l'expression du rapport nominatif-génitif a été ainsi atteinte, c'est sans avoir été visée, car la loi concernait tout *s* placé dans la position en question. De sorte que le rapport lui-même a subsisté, et la régularité de son expression a pu être ensuite rétablie : pour reconstituer l'analogie [31] avec les génitifs réguliers *labor-laboris*, *timor-timoris*, les Latins ont créé un nouveau nominatif *honor*, qui a supplanté l'ancien, donnant une déclinaison conforme à la règle : *honor-honoris*. L'innovation analogique, qui vise à régulariser l'expression des rapports grammaticaux, a réparé les dégâts produits, accidentellement et superficiellement, par les lois phonétiques.

L'étude de l'évolution historique confirme donc ce qu'on pouvait conclure d'une réflexion sur les rapports synchroniques. L'état d'une langue à un moment donné, *dans la mesure où on considère son organisation systématique*, n'est jamais rendu plus intelligible – qu'on veuille le décrire ou l'expliquer – par une référence à son passé. La recherche synchronique doit être menée hors de toute considération diachronique.

Cette idée d'une investigation synchronique indépendante de la diachronie n'est pas toujours clairement distinguée, chez Saussure, de sa réciproque, selon laquelle la diachronie se laisserait étudier, dans bon nombre de cas au moins, hors de toute considération synchronique. Ainsi l'argument des lois phonétiques, utilisé pour montrer l'autonomie de la synchronie (cf. plus haut), suggère aussi une certaine autonomie de la diachronie : ces lois – considérées, dans la tradition du XIXe siècle, comme « aveugles » – sont censées ignorer, au moment où elles s'appliquent, l'organisation synchronique de la langue, son « système ». Cette réciproque a été explicitement contestée dans la deuxième moitié du XXe siècle (en fait le recours saussurien à l'analogie pour expliquer certaines innovations, comme la formation de *honor*, en constitue déjà une atténuation implicite, puisqu'il attribue au système le pouvoir de transformer la langue afin de renforcer sa régularité – mais il s'agit d'une transformation conservatrice, qui, du point de vue du système, ne change rien). Il est usuel aujourd'hui d'admettre que l'évolution linguistique peut avoir, pour point de départ et pour point d'arrivée, des systèmes, et qu'elle doit alors se décrire comme la transformation d'une structure synchronique en une autre. L'étude diachronique devrait donc s'appuyer sur une connaissance préalable des organisations synchroniques.

Cette tendance est particulièrement nette dans la **phonologie diachronique**, développée, notamment, par A. Martinet, qui croit nécessaire, pour comprendre l'évolution phonique d'une langue, de distinguer deux types de changements. Les changements phonétiques n'atteignent pas le système phonologique de la langue – car ils modifient seulement les variantes par lesquelles les phonèmes sont manifestés [50 s.] (exemple : transformation de la prononciation du *r* français depuis le XVIIe siècle). Les changements phonologiques, au contraire, modifient le système phonologique :

Exemple 1 : Suppression d'une opposition de phonèmes. En français contemporain, on tend à prononcer et à entendre de la même façon les sons correspondants aux orthographes *ain* et *un*, sons qui étaient autrefois non seulement distincts, mais distinctifs : ils permettaient de distinguer, à l'oreille, des mots comme *brin* et *brun*. Or il n'y a pas intérêt à présenter cette modification du système phonologique comme un changement phonétique qui aurait transformé le son écrit *un* dans le son écrit *ain*. Car on ne saurait pas expliquer pourquoi cette transformation a eu lieu plutôt qu'une autre. En revanche, on gagne en intelligibilité si l'on décrit le changement comme phonologique, c'est-à-dire comme la disparition d'une opposition. Car on peut trouver une raison particulière à cette disparition, en insistant par exemple, comme Martinet, sur le fait qu'elle avait très peu de rendement, servant à distinguer un trop petit nombre de couples de mots. Dans ce cas, le changement irait d'un système moins économique, à un autre, plus économique.

Exemple 2 : Phonologisation d'une distinction qui était auparavant une variante contextuelle imposée par l'environnement des phonèmes [50]. Vers la fin du XVIe siècle, en France, la différence entre les sons [ã] (= la prononciation actuelle du mot « an » dans la moitié nord de la France) et [a] correspondait à un effet contextuel, le *a* étant obligatoirement prononcé [ã] devant [*m*] ou [*n*] (« an » et « Anne » étaient alors prononcés [ãn] et [ãne], leur distinction étant assurée par le *e*, dit aujourd'hui « muet », prononcé à la fin de « Anne » ; à l'époque où ce *e* a cessé d'être prononcé en fin de mot, « Anne » s'est prononcé [an], comme aujourd'hui (avec désanalisation du [ã] et chute du *e* final), alors que « an » prenait sa prononciation actuelle [ã] (avec chute du [n]), de sorte que [ã] est devenu un phonème, doué de pouvoir distinctif (la différence entre les prononciations [a] et [ã] permettant de distinguer par exemple les mots « à » et « an »).

Exemple 3 : Déplacement de toute une série de phonèmes : lorsque le [kw] latin (cf. le relatif *qui*) a donné le son italien [k] (cf. le relatif italien *chi*), le [k] latin (cf. l'initiale de *civitas*, « ville »), a donné le son, analogue au français *tch*, que l'on trouve à l'initiale du mot italien correspondant, *città*), ce qui a permis de préserver toutes les distinctions de mots.

Dans les cas de changement phonologique, ce n'est pas seulement la réalité matérielle des phonèmes qui est en jeu, mais leurs rapports mutuels, c'est-à-dire, en termes saussuriens, leur valeur, leur caractère systématique [36]. Or on ne saurait comprendre l'évolution linguistique sans distinguer changement phonétique et changement phonologique. Les premiers ont des causes extralinguistiques, soit physiologiques (minimalisation de l'effort), soit sociales (imitation d'un groupe par un autre). Le changement phonologique, au contraire, obéit à une causalité intralinguistique. Ce qui le produit, c'est ou bien une sorte de déséquilibre dans le système antérieur, dont certains éléments (phonèmes ou traits distinctifs [394]), devenus marginaux, cessent d'être étayés par la pression des autres, ou bien, comme dit Martinet (à qui sont empruntés les exemples précédents), un phénomène global d'**économie** (il se trouve qu'une certaine opposition de phonèmes cesse d'être rentable *dans un état de langue donné* : la proportion entre son coût, en énergie articulatoire, et son rendement, en pouvoir distinctif, devient trop supérieure à celle que présentent les autres oppositions du même système, ou, simplement, à celle d'une autre opposition, jusque-là seulement possible, et qui va la remplacer). De toute façon, c'est l'organisation d'ensemble de l'état linguistique qui est en jeu dans la transformation. Ainsi les changements phoniques, qui, pour Saussure, ne concernent que les sons élémentaires, et ne peuvent pas, par suite, intéresser le système synchronique de la langue, se révèlent en fait fournir eux-mêmes des exemples de changement structural.

■ Sur la phonologie diachronique : R. Jakobson, « Principes de phonologie historique », appendice 1 des *Principes de phonologie* de N.S. Troubetzkoy, trad. fr., Paris, 1949 ; A. Martinet, *Économie des changements phonétiques*, Berne, 1955 ; C. Hagège et A. Haudricourt, *La Phonologie panchronique : comment les sons changent dans les langues*, Paris, 1978 (la **panchronie** étant entendue ici comme la détermination des types de changement diachronique possibles et des différentes causalités qui peuvent y intervenir). – Pour une application au français : G. Gougenheim, « Réflexions sur la phonologie historique du français », *Travaux du Cercle linguistique de Prague*, 1939, p. 262-269 ; A.-G. Haudricourt et A.-G. Guilland, *Essai pour une histoire structurale du phonétisme français*, Paris, 1949.

Les partisans de la grammaire générative tentent également, mais d'un point de vue fort différent, de réintroduire la considération des systèmes synchroniques dans l'étude du changement linguistique. Leurs recherches, encore peu développées, et qui concernent surtout l'aspect phonique du langage, font apparaître les thèmes suivants :

1. Les changements phonétiques, loin d'être « aveugles », prennent souvent en considération la structure grammaticale

des mots auxquels ils s'appliquent : un phonème peut être modifié de façon différente lorsqu'il est utilisé dans des fonctions grammaticales différentes. Cette thèse, déjà soutenue aussi bien par les adversaires des néo-grammairiens que par ceux de Saussure, prend une importance particulière dans la théorie générative. En effet le « composant phonologique » [123] de la grammaire, composant à valeur purement synchronique, est amené, pour traduire la structure syntaxique superficielle des phrases en une représentation phonétique, à prendre en considération la fonction grammaticale des phonèmes : les lois qui le constituent ont souvent leur application conditionnée par le rôle syntaxique des unités qui leur sont soumises. D'où un rapprochement entre les lois déterminant l'évolution du phonétisme et celles qui le constituent en synchronie.

2. Les lois constituant le composant phonétique sont ordonnées. Soit *A* une structure syntaxique. Sa conversion en une représentation phonétique *B* n'est pas obtenue par la modification successive des différents éléments terminaux a_1, a_2, a_3, etc. de *A*, mais le balayage de *A* par une première loi (appliquée à tous ses éléments) donne une représentation *A'*, puis une seconde, appliquée à *A'* donne une représentation *A"*... jusqu'à l'obtention finale de *B*. Le composant donne ainsi, de la phrase, une série de représentations différentes, de plus en plus éloignées de la structure abstraite *A*, et de plus en plus proches de la forme concrète *B*. Or, selon les transformationalistes, lorsqu'un changement phonétique survient dans un état donné, il arrive qu'il modifie, non pas les éléments concrets, mais les lois par lesquelles ceux-ci sont introduits dans la représentation finale. Ce sur quoi porte alors le changement, c'est donc le système même de la langue, c'est-à-dire l'ensemble de règles constituant la grammaire synchronique de l'état antérieur.

3. Certains transformationalistes ont fait l'hypothèse que : *a)* le changement phonétique se fait *surtout* par introduction de lois nouvelles dans le composant phonologique, et que *b)*, lorsqu'une loi est introduite, elle prend place, dans l'ordre d'application des lois, *à la suite* des lois préexistantes (grâce à quoi il n'y a pas, dans la prononciation, un changement qui rendrait impossible la compréhension). Il résulte de *(a)* et de *(b)* que l'ordre synchronique des lois dans le composant reproduit, partiellement au moins, l'histoire diachronique du

phonétisme. (NB : Cette convergence n'est pas présentée comme un *principe théorique*, mais comme une *hypothèse*, à vérifier empiriquement (la vérification exige qu'il y ait des critères purement synchroniques pour choisir et pour ordonner les lois dans le composant phonologique, afin que la convergence soit significative.)

■ Sur l'application de la phonologie générative à l'histoire des langues, voir *Langages*, déc. 1967, notamment les articles de M. Halle (« Place de la phonologie dans la grammaire générative »), et de P. Kiparsky (« À propos de l'histoire de l'accentuation grecque »), ainsi que leur bibliographie. Voir aussi S. Saporta, « Ordered rules, dialect differences and historical processes », *Language*, 1965, et le recueil d'articles de P. Kiparsky, *Explanation in Phonology*, Dordrecht, 1982 (notamment chap. 1 et 10).

Dans les domaines linguistiques autres que la phonologie, il y a assez peu de tentatives explicites pour constituer une « histoire des systèmes ». On notera cependant que l'analyse des champs sémantiques mise au point par J. Trier [330] a constitué dès l'origine une tentative d'histoire structurale, puisqu'elle montre comment, à une époque donnée, une réorganisation sémantique d'ensemble s'est opérée dans tout un secteur du lexique allemand. Il faut signaler aussi, dans le domaine de la syntaxe, l'utilisation diachronique des recherches typologiques de Greenberg [336]. Celui-ci avait en effet pu établir des **universaux implicationnels**. Une fois les langues classées selon l'ordre dans lequel prennent place, à l'intérieur d'une proposition, le V(erbe), le S(ujet) et l'O(bjet), il avait remarqué que la présence d'un ordre déterminé dans une langue est généralement lié à certains autres caractères. Ainsi, lorsqu'une langue observe l'ordre S-O-V (cf. le latin), elle a tendance par ailleurs à placer l'auxiliaire d'un verbe après le verbe lui-même *(amatus est)*, alors que l'ordre S-V-O (cf. le français) s'accompagne généralement d'une ntéposition de l'auxiliaire *(il a été aimé, il a chanté)*. De cette règle, concernant la structure synchronique des langues, on peut tirer des conséquences diachroniques : si un changement se produit concernant la place du verbe, il a des chances d'être accompagné d'un changement dans la place de l'auxiliaire. S. Fleischman utilise cette idée pour expliquer l'évolution du futur dans les langues romanes. Lorsque le latin tardif, langue encore S-O-V, a constitué un futur avec l'auxiliaire *avoir* joint à l'infinitif, cela s'est fait selon l'ordre verbe-auxiliaire (*amare habeo*, littéralement « à aimer j'ai »). L'auxiliaire a pu alors, dans les langues romanes, être agglutiné au verbe comme un suffixe portant les marques de personne *(aimerai)*. Mais lorsque, bien plus tard, les langues romanes, devenues de type S-V-O, ont constitué un nouveau futur avec l'auxiliaire *aller*, celui-ci a dû être placé avant le verbe *(vais aimer)*, ce qui interdit l'agglutination, puisque celle-ci devrait placer les marques de personne, portées par l'auxiliaire, avant le radical verbal – ce que les langues de ce type refusent par ailleurs, et qui ne deviendrait possible qu'avec un nouveau changement de type. On voit comment, dans ce genre de recherches, les changements survenus à un état de langue sont expliqués à partir de son organisation synchronique, ce qui s'oppose à ce que nous avons appelé la « réciproque » de la thèse saussurienne.

■ On trouvera des indications théoriques dans E. Coseriu, « Pour une sémantique structurale », *Travaux de linguistique et de littérature*, 1964, p. 139-186, et des exemples d'analyse tout au long de É. Benveniste, *Vocabulaire des institutions indo-européennes*, Paris, 1969. Voir aussi P. Guiraud, *Structures étymologiques du lexique français*, Paris, 1967. – Sur l'histoire du futur des langues romanes : S. Fleischman, *The Future in Thought and Language*, Cambridge University Press, 1982.

Les recherches qui viennent d'être mentionnées, en même temps qu'elles s'opposent à « la réciproque » de la thèse saussurienne, affaiblissent aussi la thèse de l'autonomie de la synchronie, au moins sous sa troisième forme [338], qui concerne l'explication. Radicalisée, cette critique amène en effet à penser que la morphologie d'une langue à une époque, phénomène éminemment systématique, s'explique par la syntaxe des époques précédentes, « cristallisée » au long d'un processus de **grammaticalisation**. Celui-ci passerait par trois phases. Au départ on a une combinaison de mots indépendants (cf. *cantare habeo* du latin post-classique, signifiant « j'ai à chanter », construction qui marque une idée d'obligation, et où le verbe *habeo* conserve encore son sens propre « posséder » : « je suis détenteur de l'obligation de chanter »). Ensuite, les mots sont reliés tout en restant indépendants. Ainsi, en bas latin, lorsque disparaît la forme ancienne du futur (la forme simple *cantabo*), la suite *cantare habeo* la remplace, ne signifiant plus autre chose que le futur du verbe *cantare* : le verbe *habeo* devient alors un **auxiliaire**, en entendant par là qu'il perd totalement son sens de possession, et de plus qu'il peut de moins en moins être séparé de l'infinitif par insertion d'autres mots. La dernière étape est la fusion à l'intérieur d'un mot unique : dans les langues romanes, l'infinitif et l'auxiliaire fusionnent en un seul mot (cf. *chanterai*, où le *ai* est la transformation du *habeo* latin). Les exemples de grammaticalisation sont innombrables : beaucoup de conjonctions françaises sont produites par agglutination de mots qui d'abord étaient indépendants et combinés selon la syntaxe de l'époque (*ce pendant*, *pour tant* donnent *cependant*, *pourtant*). Si l'on suppose en outre (ce qu'un saussurien refuserait) que cette origine explique la valeur des mots produits, et, par là, les rapports internes au nouveau système grammatical, on doit admettre qu'il y a une explication diachronique des systèmes synchroniques (on notera que le mot *système* est pris ici, comme à plusieurs endroits de ce chapitre, dans le sens ordinaire « ensemble d'objets reliés les uns aux autres » et non dans le sens saussurien strict « ensemble d'objets qui n'existent que par leurs relations mutuelles »).

Cette même idée est développée, dans le domaine de la sémantique lexicale, par la linguistique cognitive, qui, d'une façon générale, entend réhabiliter de nombreuses recherches pré-saussuriennes. Essayant d'expliquer l'état actuel d'une langue par des lois psychologiques (par exemple la polysémie d'un mot par une proximité psychologique entre ses différents sens), elle utilise synchroniquement le même type de causalité que l'on utilisait souvent, avant Saussure, pour expliquer le changement (pour expliquer, par exemple, l'évolution du sens d'un mot). Bien plus, pour prouver ses explications synchroniques (pour montrer que le sens *B* est, en synchronie, psychologiquement dérivable du sens *A*), elle utilise constamment des arguments de type diachronique (le sens *A* a préexisté au sens *B*, et l'a produit dans un processus psychologique attesté dans l'histoire). L'organisation des sens d'un mot à un moment donné serait ainsi fondée sur l'histoire de ce mot (pour un saussurien, fonder une description *psychologique* du lien entre les différents sens d'un mot sur une description *psychologique* de leur succession, c'est fonder de l'imaginaire sur de l'imaginaire, et cela ne prouve rien d'autre que l'opiniâtreté des linguistes à voir la langue d'une façon non linguistique).

■ Sur la grammaticalisation, voir le recueil de B. Heine et E.C. Traugott, *Approaches to Grammaticalization*, Amsterdam, Philadelphie, 1991. Les tenants de cette conception se réclament quelquefois de A. Meillet, notamment de son article de 1912 : « L'évolution des formes grammaticales », repris dans *Linguistique historique et linguistique générale*, recueil réimprimé à Genève, 1982. – Sur la linguistique cognitive voir, ici même, les chapitres « Linguistique historique » [32 s.], « Catégories linguistiques » [290 s.], « Arbitraire » [331]. – Sur ses rapports avec la recherche diachronique : D. Geeraerts, « La grammaire cognitive et l'histoire de la sémantique lexicale », dans le nº 53, 1991, de *Communications*, « Sémantique cognitive ».

MODULARITÉ

L'idée d'un fonctionnement modulaire de l'esprit, et du langage plus particulièrement, est sans doute l'une des hypothèses les plus représentatives – tout à la fois attrayante et discutée – des controverses actuelles animant le champ des sciences cognitives, puisqu'elle s'alimente aussi bien dans les recherches de psychologie, de neuropsychologie, de psycholinguistique, ou de psychologie du développement.

Modèles modularistes et modèles interactifs

Bien que la notion de modularité ait été déjà assez largement répandue parmi les psycholinguistes, c'est l'ouvrage de Fodor *Modularity of Mind*, paru en 1983, qui lui a donné sa forme moderne la plus explicite et sa terminologie. La thèse développée par Fodor trouve cependant ses racines dans au moins deux traditions théoriques qui en constituent les précurseurs plus ou moins lointains : l'ancienne « psychologie des facultés », d'une part, illustrée au début du XIXe siècle par les travaux de Gall, qui soutenait que l'esprit n'est pas une entité homogène mais un ensemble de facultés séparées et indépendantes ; et, d'autre part, la théorie linguistique de l'autonomie de la syntaxe avancée par Chomsky à la fin des années 1950 [128 s.].

S'interrogeant sur l'architecture de l'esprit et l'organisation de la vie mentale, Fodor distingue deux catégories de systèmes cognitifs : les **systèmes centraux**, qui correspondent à la pensée conceptuelle et inférentielle, et les **systèmes périphériques**, ou systèmes de traitement destinés à fournir des informations appropriées aux systèmes centraux. Ces systèmes périphériques, qui constituent les interfaces entre les stimuli sensoriels et la pensée, sont dits être des modules – propriété que ne possèdent pas les systèmes centraux, condamnés de ce fait à échapper à la connaissance scientifique.

La **modularité** est définie comme la conjonction d'un ensemble de caractéristiques : un module est fondamentalement une unité de traitement spécialisée, encapsulée, c'est-à-dire cloisonnée, fonctionnant de manière obligatoire, automatique et extrêmement rapide, et associée à une architecture neuronale fixe et localisée. Les deux caractéristiques principales du module sont sa **spécialisation** (« domain specificity ») et son **cloisonnement** (« informational encapsulation »). Seule une classe assez restreinte de stimuli peut déclencher l'opération du système modulaire, et celle-ci est insensible aux informations provenant d'un niveau supérieur de traitement, en particulier des systèmes centraux. Ces propriétés déterminent une impénétrabilité du module aux informations extérieures à son propre domaine d'application, puisqu'il a accès uniquement à sa propre base de données et aux informations extraites du stimulus proximal. Pour illustrer cette impénétrabilité, Fodor prend l'exemple des phénomènes psychologiques d'illusion perceptive : ainsi, même si nous savons, pour les avoir mesurés, que les deux segments ci-dessous sont égaux, une illusion visuelle irrépressible liée à l'orientation du fléchage nous les fait percevoir inégaux.

>--------<

<-------->

L'une des thèses centrales de Fodor est que le langage constitue un module cognitif, à côté et au même titre que les systèmes perceptifs, ou, en d'autres termes, que le système d'analyse des signaux linguistiques est spécialisé, automatique et impénétrable. Le traitement du langage est déclenché de façon irrépressible par un type d'input perceptif spécifique (les signaux linguistiques), se déroule avec une extrême rapidité, sans influence d'informations venues d'autres sources et sans intervention d'un contrôle supérieur conscient ou intelligent. Le produit de ce traitement modulaire est « la forme linguistique et peut-être la forme logique des énoncés » (trad. fr. p. 118) ; c'est ce produit que le module du langage livre au système central, dont relèveraient uniquement les processus d'ajustements contextuels.

La thèse fodorienne de la modularité est poussée à l'extrême par les modularistes dans deux principales directions. La première de ces directions consiste à multiplier le nombre de modules au sein des systèmes périphériques : on va distinguer des sous-modules indépendants, spécialisés dans le traitement d'un type d'input particulier très limité, et fonctionnant de manière autonome. Ainsi, les mécanismes responsables de la perception des couleurs, ou ceux responsables de la perception des mouvements pourraient constituer des modules indépendants dans le domaine de la perception visuelle. De même, certains psycholinguistes avancent une version plus forte de la modularité du langage que celle de Fodor. Tandis que celui-ci voit dans le langage un module global complexe, Forster et Garrett par exemple proposent de distinguer plusieurs sous-modules, chacun défini par référence à un niveau particulier de représentation linguistique. On parlera d'un module phonologique, ou module de perception des sons de parole, d'un module lexical, d'un module syntaxique, voire d'un module sémantique. Le module du langage se trouve alors décomposé en une séquence de modules eux-mêmes spécialisés, cloisonnés et automatiques. Ainsi est postulée l'existence d'une série de processeurs linguistiques fonctionnant uniquement selon un **flux ascendant de l'information** (« bottom-up »), c'est-à-dire ne recevant comme input que le produit du processeur précédent et transmettant leur output au processeur suivant. Dans cette perspective, les procédures d'accès au lexique par exemple doivent être déterminées exclusivement par les informations provenant du signal et par l'organisation interne du lexique mental, sans intervention des informations dérivées des niveaux syntaxique ou sémantique.

L'autre direction, plus récente, d'extension de la modularité consiste à postuler celle-ci non plus seulement dans les systèmes périphériques, mais également au sein de la pensée conceptuelle, que Fodor quant à lui estimait « non cloisonnée » et dont certaines recherches actuelles mettent en question le caractère holistique. Cette tendance se manifeste notamment dans les travaux sur la « *théorie de l'esprit* », initiés par Premack. La capacité à attribuer à autrui des états mentaux et des attitudes propositionnelles distincts des siens propres – ce qu'on appelle une « théorie de l'esprit » – est tenue par certains pour un système computationnel spécialisé. Dans cette perspective, la modularité ne serait pas seulement une propriété de la périphérie de l'esprit, mais pourrait toucher aussi son noyau conceptuel.

Cependant, la conception modulaire de l'esprit est radicalement mise en cause par des approches théoriques alternatives. Certains psycholinguistes, comme Marslen-Wilson et Tyler dans un texte de 1987 intitulé *Against Modularity*, rejettent la notion de traitement linguistique modulaire pour soutenir l'idée d'un traitement fondamentalement *interactif*. Ils conçoivent le traitement du langage, non comme une série de processus opérant séquentiellement, mais sous la forme d'un fonctionnement en parallèle des divers niveaux d'analyse du signal acoustique, chaque niveau pouvant intervenir dans le fonctionnement des niveaux inférieurs (**traitement descendant**, ou « top-down »). Contrairement aux conceptions modularistes qui n'admettent que la possibilité d'un flux ascendant d'information, les conceptions interactives admettent que le flux de l'information puisse être bidirectionnel. Elles sont compatibles avec les modèles de simulation de type **connexionniste**, qui représentent le traitement comme un système de processeurs élémentaires organisés en réseaux interconnectés et fonctionnant en parallèle par activations et inhibitions. Le traitement du langage tendrait alors plutôt à être conçu comme un unique processus central recueillant toutes les informations disponibles pour construire la signification des phrases, l'idée d'une unité de fonctionnement du sujet psychologique étant ainsi respectée.

Ces représentations théoriques du fonctionnement langagier, qu'elles soient modulaires ou interactives, ne prennent de sens que si elles permettent de formuler des hypothèses opérationnelles et sont mises à l'épreuve des faits empiriques. Trois domaines sont particulièrement sollicités : celui de la pathologie du langage, celui de l'étude expérimentale du traitement en temps réel, et celui de l'acquisition.

La modularité à l'épreuve de la neuropsychologie

L'exploration des *pathologies du langage* [520 s.] mises en évidence chez des sujets présentant des désordres cognitifs acquis fournit des données très fréquemment évoquées à l'appui des thèses modularistes. Dès le XIXe siècle, des neurologues comme Wernicke et Lichtheim tiraient de leur étude de patients aphasiques et de la localisation anatomique de lésions cérébrales des modèles de fonctionnement du langage de type modulaire. Bien souvent aussi la neuropsychologie cognitive contemporaine, qui s'attache plutôt à localiser des lésions fonctionnelles, tire parti de l'examen des pathologies pour faire valoir une conception modulaire des systèmes cognitifs.

Les conceptions modularistes en neuropsychologie s'appuient principalement sur l'observation des **dissociations** comportementales. En effet, les sujets dont les capacités cognitives sont altérées à la suite d'une lésion cérébrale présentent généralement des troubles dissociés : certaines de leurs capacités seulement se trouvent affectées, tandis que d'autres sont préservées. Des dissociations spectaculaires entre le langage et d'autres domaines cognitifs ont ainsi été mises en évidence depuis longtemps. Certains traumatismes cérébraux peuvent provoquer une perte du langage sans toucher d'autres facultés : on trouve par exemple des patients dont le langage est détérioré mais dont la capacité à reconnaître visuellement les objets est intacte, et inversement des patients ayant conservé un langage normal tandis que leur reconnaissance des objets est altérée. De même, les capacités de calcul et de raisonnement, ou même les capacités musicales peuvent être largement préservées chez des patients devenus aphasiques ; et inversement, certains déments peuvent manifester de sévères déficits cognitifs alors que leurs capacités langagières sont relativement épargnées. L'observation de ces doubles dissociations invite à considérer le langage comme un système de traitement relativement autonome et neurologiquement distinct d'autres fonctions cognitives de haut niveau.

Plus récemment, on a pu aussi mettre en évidence des dissociations beaucoup plus fines, surgissant au sein même de la capacité langagière. Les représentations sémantiques, en particulier, font l'objet de pertes sélectives. On a décrit, par exemple, un patient incapable de donner le sens des mots concrets (comme « foin », « aiguille », « affiche ») alors qu'il réussissait à définir les mots abstraits qui lui étaient proposés (« supplication », « arbitre », « pacte »), d'autres patients présentant au contraire l'effet inverse. On rapporte aussi le cas d'aphasiques ayant des difficultés sélectives avec des catégories sémantiques très particulières, comme les fruits et légumes, ou les objets domestiques, ou les parties du corps. Des études sur la syntaxe indiquent que des aspects spécifiques du traitement syntaxique peuvent être perturbés, par exemple la capacité à produire des mots grammaticaux. Il semble aussi que des dissociations entre troubles de la morphologie inflexionnelle et troubles de la morphologie dérivationnelle aient pu être observées chez des patients italiens, dont la langue est d'une particulière richesse morphologique.

De l'observation de ces dissociations, il est courant de tirer la conclusion qu'il existe des systèmes de traitement distincts et indépendants sous-jacents aux capacités dissociées. Selon Coltheart et Davis, l'argumentation modulariste type de la neuropsychologie cognitive consiste à soutenir « qu'un système *X* est un module parce qu'on a observé qu'une lésion cérébrale pouvait altérer son fonctionnement sans modifier le comportement normal de tous les autres systèmes, ces autres systèmes pouvant en revanche être altérés chez des patients pour lesquels *X* fonctionne normalement » (p. 119). On voit alors dans les doubles dissociations observées chez des patients aphasiques les indices d'une architecture du langage en sous-modules distincts, de plus en plus petits et spécialisés : modules de production et de compréhension, modules sémantique, syntaxique, morphologique, phonologique, orthographique, chacun ayant à son tour sa propre organisation modulaire. La question de savoir si des régions anatomiques distinctes du cerveau correspondent aux systèmes ou sous-systèmes de traitement identifiés reste toutefois ouverte.

On peut cependant s'interroger sur la légitimité des postulats de l'approche modulariste de la neuropsychologie cognitive. En premier lieu, son argumentation repose sur la considération exclusive des seules dissociations : bien que les inférences qui en sont tirées puissent avoir une certaine validité, des inférences complémentaires pourraient aussi être tirées des absences de dissociation, ou en d'autres termes des coexistences observées entre différents types de troubles, coexistences que l'approche modulariste semble négliger. D'autres analyses soulignent que, si des lésions cérébrales focales produisent des patterns spécifiques de troubles langagiers, il ne semble pas, en revanche, qu'elles aient jamais provoqué de déficit sélectif relevant d'une seule des composantes du langage – lexique, syntaxe, sémantique – à l'exclusion des autres. Cela peut conduire à rejeter l'idée que l'observation des troubles aphasiques accrédite la version forte de l'hypothèse modulariste, et en tout cas que ces différentes composantes aient une instanciation directe et distincte dans une aire localisée du cerveau. Mais, plus fondamentalement, l'approche modulariste admet implicitement un principe de transparence, selon lequel la pathologie renseignerait directement sur le fonctionnement normal. Or, qu'un processus de traitement puisse éventuellement opérer indépendamment d'un autre dans un comportement pathologique (si cet autre est précisément perturbé à la suite d'une lésion cérébrale) n'implique pas nécessairement que ces deux processus opèrent indépendamment et sans interactions dans des conditions normales de fonctionnement. On touche ici aux limites du recours aux données de la pathologie pour construire des modèles de fonctionnement du langage.

Modularité et traitement du langage

Dans l'étude psycholinguistique du *traitement du langage* [495 s.], la notion de modularité est fortement liée à celle d'**autonomie**, testée au moyen d'expérimentations en temps réel. La version forte de la modularité postule l'existence d'une série de modules langagiers autonomes correspondant aux différents niveaux de la représentation linguistique – phonologique, lexical, syntaxique, sémantique –, chaque module opérant sur sa propre base de données sans intervention des informations de niveaux supérieurs. Les théories interactives postulent au contraire que les informations dérivées des niveaux supérieurs peuvent affecter les décisions prises aux niveaux inférieurs. Mais, comme on va le voir, il s'avère en réalité extrêmement difficile d'évaluer de manière empirique la pertinence respective des hypothèses autonomistes et interactives du traitement du langage, en raison même de la multiplicité des facteurs qui interviennent, quelle que soit la tâche utilisée, dans les réponses comportementales des sujets.

Un premier exemple de ces difficultés nous sera fourni par les controverses relatives au traitement phonologique. La rapidité, l'automaticité, et la précocité génétique de l'identification perceptive des phonèmes [388 s.] ont conduit à penser que le traitement phonologique relevait d'un système de détection spécialisé et précâblé, et qu'il s'effectuait de manière autonome sans être affecté par les informations des niveaux supérieurs (lexicales, syntaxiques, sémantiques). Pourtant, divers ensembles de données expérimentales suggèrent que l'identification des phonèmes n'est pas indifférente à des effets de contexte. La perception peut par exemple être affectée par des informations venues d'un autre canal sensoriel, du canal visuel notamment. Elle peut aussi être affectée par des informations linguistiques qui ne relèvent pas strictement du niveau phonologique. Ainsi, les expériences de détection de phonèmes montrent que certains paramètres lexicaux ont une influence sur la perception phonémique. Par exemple, le temps de détection d'un phonème varie en fonction de la position de celui-ci dans le mot : un phonème est identifié d'autant plus rapidement qu'il est situé plus tardivement dans le mot, c'est-à-dire que les effets de contexte lexical sont maximisés. Le temps de détection varie aussi selon que le phonème est présenté dans un mot ou dans un pseudo-mot (une séquence de phonèmes ne constituant pas un mot de la langue). Pour rendre compte de ces effets de lexicalité, les théories de l'autonomie ont été conduites à admettre que deux types de procédures peuvent être utilisées dans l'identification du phonème, le sujet adoptant celle qui lui est le plus rapidement accessible : l'une serait fondée sur un code acoustico-phonétique, et l'autre sur un code lexical correspondant à la représentation phonologique du mot dans le lexique interne (Segui 1992).

L'étude du traitement syntaxique constitue aussi un champ fécond de controverses concernant la modularité. Nombre de recherches psycholinguistiques s'attachent à démontrer l'autonomie du traitement syntaxique : le traitement du langage comporterait un analyseur qui, à partir d'une séquence de mots fournie par les traitements phonologique et lexical, produirait une description syntaxique de la phrase avant et sans intervention d'aucune interprétation sémantique ou pragmatique. Des travaux comme ceux de Forster, qui font apparaître que le temps nécessaire au traitement des phrases dépend de leur complexité syntaxique mais semble indépendant de leurs propriétés sémantiques, ont apporté des arguments en faveur de l'autonomie du traitement syntaxique. En revanche, les recherches de Marslen-Wilson et de Tyler, notamment, ont mis en évidence que le traitement syntaxique effectué par l'auditeur n'était pas indépendant de ses attentes sémantiques. Ces auteurs ont fait entendre à des sujets des phrases comportant une ambiguïté syntaxique que le contexte antérieur permettait de résoudre, comme « If you walk too near the runway, *landing planes*... (Si vous passez trop près de la piste, les avions qui atterrissent...) » versus « Even if you've been trained as a pilot, *landing planes*... (Même si vous avez été entraîné au pilotage, faire atterrir les avions...) ». Ils ont ainsi pu montrer que la structure du syntagme ambigu était déterminée grâce aux indices contextuels et aux connaissances générales évoquées par ceux-ci. Aussi Marslen-Wilson et Tyler proposent-ils de renoncer à l'idée d'un traitement syntaxique autonome : le traitement d'une phrase serait la construction d'une interprétation qui s'appuie simultanément et de manière interactive sur tous les types d'informations disponibles, y compris contextuels et inférentiels.

Ces controverses suggèrent que la question n'est pas tant de démontrer que le traitement du langage est modulaire ou bien interactif, mais plutôt de déterminer dans quelle mesure et quelles conditions il est modulaire et de définir les lieux et contraintes des interactions. Il est vraisemblable qu'interviennent dans le processus de compréhension du langage certains composants spécialisés dans le traitement rapide et automatique d'un type d'information spécifique, tels que détecteurs phonétiques, mécanismes d'activation lexicale, analyseurs syntaxiques. Mais il est vraisemblable aussi qu'un travail strictement indépendant et sériel de ces composants ne rend pas compte de l'ensemble du fonctionnement langagier. On a vu par exemple que, dans certaines conditions, le traitement syntaxique peut être court-circuité, ou du moins son produit ne pas donner lieu à une utilisation consciente. Comme le remarque Segui, il faut admettre que les processus de traitement du langage sont « plus ou moins modulaires », et que la pertinence de l'hypothèse de modularité dépend notamment « de la nature du processus psycholinguistique considéré, et en particulier de sa précocité dans le système de traitement » (p. 133) : un processus a d'autant plus de chances d'être modulaire qu'il est précoce (c'est-à-dire de bas niveau), tandis que les processus plus tardifs impliqués dans l'interprétation des messages seront plus ouverts et perméables à des informations de nature diverse.

Modularité et développement du langage

Dans le domaine de l'*acquisition du langage* [507 s.], la notion de modularité est associée de manière privilégiée à celles d'*innéisme* [155] et de spécialisation, vue comme la marque de la **spécificité des contraintes linguistiques**. La conception modulariste classique défend l'idée que l'acquisition du langage par l'enfant est déterminée exclusivement par l'existence d'un équipement inné spécialisé dans le traitement du langage, et que cette acquisition s'effectue indépendamment du développement d'autres aspects de la cognition. Cette conception modulariste s'est principalement affirmée en réaction contre le constructivisme piagétien, qui voyait dans le développement langagier un cas particulier du développement cognitif général, et en faisait un produit de l'interaction entre l'évolution de l'intelligence sensori-motrice et l'environnement.

C'est dans la caractérisation de « l'état initial », telle qu'elle se dégage de l'examen des capacités du nourrisson, que les modularistes recherchent les preuves d'existence des prédispositions innées au traitement du langage. Les travaux sur les capacités perceptives précoces des nouveau-nés [510 s.] ont été initialement menés pour montrer que l'être humain était équipé dès la naissance d'un système spécialisé de traitement des sons de parole. C'est ainsi qu'on a pu montrer que les bébés étaient très précocement sensibles aux différences entre input linguistique et input non linguistique, et même qu'ils étaient sensibles dès l'âge de quatre jours à certaines caractéristiques de leur langue maternelle. De ces étonnantes capacités de discrimination perceptive dont font preuve les nourrissons, on a conclu à l'existence de prédispositions innées au traitement des signaux linguistiques. Des recherches récentes, utilisant des paradigmes de préférence visuelle, suggèrent aussi que les jeunes enfants ont une sensibilité précoce à certaines contraintes sémantiques et syntaxiques de la langue. Ils seraient par exemple sensibles à des variations de l'ordre des mots dans l'input dès dix-sept mois, et ils seraient même sensibles à des différences syntaxiques plus subtiles (par exemple aux contrastes entre structures verbales transitives et intransitives) avant deux ans, c'est-à-dire avant que les distinctions correspondantes ne figurent dans leur production. Il est clair que la perception de telles distinctions linguistiques peut difficilement être imputée à une capacité sensori-motrice générale.

Faut-il pour autant évoquer des modules innés et spécialisés opérant dès « l'état initial » ? Et suffit-il de postuler de tels modules pour rendre compte de l'acquisition du langage ? Les conceptions modularistes strictes, en même temps qu'elles insistent sur l'importance des capacités de « l'état initial », enlèvent généralement toute réalité à la dynamique développementale. Pourtant, le développement du langage existe, et sa complexité implique vraisemblablement d'autres processus que la simple actualisation de dispositions discriminatives.

Dans *Beyond Modularity* (1992), Karmiloff-Smith avance une conception originale et fortement amendée de la modularité, conception qu'elle présente comme une réconciliation entre le nativisme modulariste et le constructivisme piagétien. Rendre compte des aptitudes au traitement du langage dont font preuve les très jeunes enfants, et en même temps prendre au sérieux la réalité du développement, avec tout ce que celui-ci implique de flexibilité et de créativité de la part de l'esprit humain, tel est l'enjeu engagé dans cette réconciliation. Une telle synthèse implique d'abord que l'on admette l'existence de certaines prédispositions innées pour le traitement du langage. Ce sont ces prédispositions qui, dans le flot des informations assaillant l'enfant, orientent et canalisent l'attention de celui-ci sur les classes de signaux pertinents à la langue, et constituent ainsi l'équipement de base nécessaire à la construction des représentations langagières. L'acquisition de la langue n'est possible que grâce à l'existence de telles contraintes spécifiques au domaine du langage et à ses différents sous-domaines. Mais, aux yeux de Karmiloff-Smith, ces dispositions innées pour le traitement du langage ne sont pas strictement modulaires, c'est-à-dire ne sont pas nécessairement cloisonnées et associées à une architecture neuronale fixe. Certaines observations de la neuropsychologie développementale l'attestent, qui mettent en évidence la plasticité du cerveau aux premières étapes du développement. L'idée d'une modularité initiale de l'esprit est ainsi rejetée. À l'hypothèse des modules initiaux pré-spécifiés est substituée celle d'un processus progressif de **modularisation** au terme duquel les structures spécialisées mais relativement malléables de l'équipement initial pourraient devenir les modules perceptifs décrits par Fodor. La modularité serait ainsi un produit, et non une condition, du développement du langage. Elle ne serait pas une donnée initiale de l'esprit humain – qui n'est doté au départ que de prédispositions spécifiques au traitement du langage et non de modules rigides –, mais s'installerait progressivement au cours du développement. À l'hypothèse de la modularisation progressive s'ajoute l'idée que, si l'acquisition du langage est déterminée par des contraintes spécifiques, cela n'exclut pas qu'elle soit aussi guidée par certains mécanismes généraux du développement tels que ceux décrits par Piaget.

Ces importants amendements que les données développementales conduisent à apporter à la théorie de la modularité rapprochent considérablement celle-ci, en fin de compte, des théories interactives qui voient l'acquisition du langage comme le fruit des interactions entre contraintes cognitives générales, contraintes linguistiques spécifiques, et contraintes environnementales.

■ Texte de base : J.A. Fodor, *Modularity of Mind*, Cambridge (Mass.), 1983 (trad. fr. *La Modularité de l'esprit*, Paris, 1986).

Modularité et neuropsychologie : M. Coltheart, G. Sartori et R. Job, *The Cognitive Neuropsychology of Language*, Londres, 1987 ; T. Shallice, *From Neuropsychology to Mental Structure*, Cambridge, 1988 ; M.C. Linebarger, « Neuropsychological evidence for linguistic modularity », in G.N. Carlson et M.K. Tanenhaus (eds.), *Linguistic Structure in Language Processing*, Dordrecht, 1989 ; M. Coltheart et M. Davies, « Le concept de modularité à l'épreuve de la neuropsychologie », in D. Andler (ed.), *Introduction aux sciences cognitives*, Paris, 1992.

Modularité et psycholinguistique : K.I. Forster, « Levels of processing and the structure of the language processor », in W.E. Cooper et E.C.T. Walker (eds.), *Sentence Processing : Psycholinguistic Studies Presented to Merrill Garrett*, Hillsdale, 1979 ; M.F. Garrett, « Word and sentence perception », in R. Held, H.W. Leibowicz et H.L. Teuber (eds.), *Handbook of Sensory Physiology*, vol. VIII, New York, 1979 ; W. Marslen-Wilson et L. Tyler, « Against modularity », in J.L. Garfield (ed.), *Modularity in Knowledge Representation and Natural Language Understanding*, Cambridge (Mass.), 1987 ; J. Segui et C. Beauvillain, « Modularité et automaticité dans le traitement du langage : l'exemple du lexique », in P. Perruchet (ed.), *Les Automatismes cognitifs*, Bruxelles, 1988 ; J. Caron, « Le traitement du langage est-il modulaire ? », in *L'Enseignement philosophique*, Paris, 1989 ; J. Segui, « Perception du langage et modularité », in D. Andler (ed.), *Introduction aux sciences cognitives*, Paris, 1992 ; M.R. Gunnar et M. Maratsos (eds.), *Modularity and Constraints in Language and Cognition*, Hillsdale, 1992.

Modularité et acquisition du langage : E. Bates, I. Bretherton et L. Snyder, *From First Words to Grammar*, chap. 2, « Modules and mechanisms », Cambridge, 1988 ; S. Forster, *The Communicative Competence of Young Children : A Modular Approach*, New York, 1990 ; J.E. Yamada, *Laura : A Case for the Modularity of Language*, Cambridge (Mass.), 1991 ; A. Karmiloff-Smith, *Beyond Modularity : A Developmental Perspective on Cognitive Science*, Cambridge (Mass.), 1992.

Modélisations connexionnistes : J.L. McClelland, D.E. Rumelhart et le PDP Research Group, *Parallel Distributed Processing : Explorations in the Microstructure of Cognition*, Cambridge (Mass.), 1986 ; V Bechtel et A. Abrahamsen, *Connectionism and the Mind : An Introduction to Parallel Processing in Networks*, Londres, 1991.

RÉFÉRENCE

La communication langagière ayant souvent pour objet une réalité extralinguistique, les locuteurs doivent pouvoir désigner et décrire les objets qui la constituent. Cette réalité n'est cependant pas nécessairement *la* réalité, *le* monde. Les langues naturelles ont en effet ce pouvoir de construire l'univers auquel elles se réfèrent ; elles peuvent donc se donner un **univers de discours** imaginaire. L'île au trésor est un objet de référence possible, autant que la gare de Lyon.

Deux questions devraient être distinguées lorsqu'on étudie l'aspect référentiel du langage. 1° De quels moyens disposons-nous pour faire comprendre que nos énoncés concernent la (ou une) réalité, et, plus précisément tel ou tel secteur de cette réalité ? C'est le problème de l'**ancrage**. Comment peut-on faire savoir, en parlant, que l'on parle *de* quelque chose, qui existe en dehors de la parole, et qui en est le **référent** ? 2° Est-ce que les signes dont nous nous servons pour parler de la réalité (un nom comme *cheval*, un adjectif comme *blanc*, représentent eux-mêmes des aspects de cette réalité ? C'est le problème de la **valeur référentielle** des signes.

Signifié et valeur référentielle

Philosophes, linguistes et logiciens ont souvent insisté sur la nécessité de distinguer la valeur référentielle d'un signe et son **signifié** (ou sens). Mais la coupure peut être plus ou moins radicale. Elle prend une forme extrême dans le *Cours de linguistique générale* de F. de Saussure (1re partie, chap. 1, § 1). Pour Saussure, le signe unit « non une chose et un nom, mais un concept et une image acoustique ». Le signifié de *cheval* n'est donc pas l'ensemble des chevaux, c'est le concept

« cheval ». Mais cette première formulation est donnée comme provisoire. Car le concept en question n'a rien de commun avec ceux des sciences naturelles, qui consistent en un choix de propriétés de l'objet. Saussure précise que les signifiés sont « purement différentiels, définis non pas positivement par leur contenu, mais négativement par leurs rapports avec les autres termes du système. Leur plus exacte caractéristique est d'être ce que les autres ne sont pas » (chap. 4, § 2) : ce sont de pures « valeurs » [37]. Dans le signifié d'un signe on trouve seulement les traits distinctifs qui le caractérisent par rapport aux autres signes de la langue, et non pas une description, ni complète ni partielle, des objets qu'il désigne. Un saussurien inclurait ainsi dans le signifié de *cabot* un trait qu'on peut appeler « péjoratif » (grâce auquel *cabot* s'oppose à *chien*), bien que ce trait n'ait pas d'existence dans le référent lui-même. Inversement, bien des propriétés des objets n'auraient pas place dans le signifié, car ils n'interviennent pas dans les classifications inhérentes à la langue : pour reprendre l'exemple aristotélicien, le signifié de *homme* ne comporte sans doute pas le trait « sans plumes », car il se trouve que la classification naturelle incorporée au français n'oppose pas *homme* et *oiseau* à l'intérieur d'une catégorie *bipède*, mais *homme* et *animal* à l'intérieur d'une catégorie *être animé*. On notera que l'attitude saussurienne à l'égard de la valeur référentielle est purement négative. Elle consiste à en faire abstraction, et à décrire les signifiés, qui constituent l'objet du linguiste, sans se préoccuper de ce qui peut éventuellement leur correspondre dans le monde, en s'en tenant uniquement aux rapports que les signes ont les uns avec les autres à l'intérieur de la langue. Tel n'est pas, on va le voir, le point de vue de la plupart des philosophes et logiciens : tout en attribuant au signe une valeur sémantique spécifique, qui ne se confond pas avec l'ensemble d'objets auxquels on l'applique, ils cherchent à donner au signe un contenu expliquant qu'il puisse être appliqué à ces objets – préoccupation étrangère à Saussure.

L'opposition saussurienne du signifié et du référent ressemble, en apparence, à diverses distinctions établies par les logiciens. Ainsi, pour certains logiciens du Moyen Âge occidental, dits « terministes » (Pierre d'Espagne, Albert de Saxe, entre autres), la réalité matérielle du mot *(vox)* peut entrer dans deux rapports absolument différents :

a) Il y a un rapport de *signification* **(significatio)** entre une *vox* et la représentation intellectuelle (latin : *res*) qui lui est associée conventionnellement : ainsi « blanc » ou « homme » signifient l'idée de blancheur ou d'humanité.

b) La *supposition* **(suppositio)** est une relation d'une tout autre nature : elle unit la *vox* aux objets extérieurs (latin *aliquid*).

Cette différence fondamentale a plusieurs conséquences. Alors que la signification d'une *vox* reste la même dans tous les contextes, sa supposition peut varier : « homme » ne suppose pas pour les mêmes individus dans « les hommes étaient heureux », où il s'agit d'êtres passés, et dans « les hommes seront heureux », où il s'agit d'êtres futurs. D'autre part, il n'est pas contradictoire de réserver à certains mots seulement la capacité de « supposer » : selon beaucoup de terministes, seuls supposent les substantifs (« Socrate », « homme »), à l'exclusion des adjectifs et des verbes – et cela, bien que les uns et les autres possèdent une signification. Enfin, pour la plupart des auteurs (cf. Pierre d'Espagne, *Traité des suppositions*, lignes 30-35), la signification est antérieure à la supposition, et en constitue une condition nécessaire. La *vox* ne renvoie à des individus que lorsqu'elle est associée à une signification à l'intérieur d'un *terme*, et c'est, à proprement parler, le terme qui suppose. Il y a une indiscutable analogie entre le *terme* et le *signe* de Saussure : dans les deux cas, il s'agit d'un objet double, mi-sonore, mi-intellectuel, et qui se définit indépendamment des choses qui lui correspondent dans le monde.

Environ 600 ans plus tard, le logicien allemand G. Frege établira une distinction analogue entre l'ensemble des référents d'un signe (**Bedeutung**, souvent traduit par *signification* ou **dénotation**) et son signifié (**Sinn**, souvent traduit par *sens*). Une des motivations de Frege est la suivante. Supposons qu'une phrase P dise quelque chose de vrai à propos de certains objets, auxquels renvoie une expression E_1 de P. Si, à l'intérieur de P, on remplace E_1 par E_2, qui renvoie aux mêmes objets, on s'attend à ce que la nouvelle phrase soit également vraie. C'est bien ce qui se passe si P = « Molière est l'auteur des *Fourberies de Scapin* », et si on y remplace E_1 (« l'auteur des *Fourberies de Scapin*) par une autre expression E_2 désignant la même personne, par exemple « l'auteur du *Misanthrope* ». La phrase obtenue, « Molière est l'auteur du *Misanthrope* », est tout aussi vraie que la phrase initiale. Ou encore, s'il est vrai que « l'étoile du matin est moins grosse que la terre », il doit être vrai aussi que « l'étoile du soir est moins grosse que la terre », puisque l'étoile du matin et celle du soir ne constituent qu'un objet, la planète Vénus. Mais il existe certains contextes (dits **obliques** et que le logicien Quine appellera plus tard **opaques**) où la subsitution de E_2 à E_1 risque de modifier la valeur de vérité de la proposition. Ainsi « Pierre sait que Vénus est l'étoile du matin » peut être vrai alors que « Pierre sait que Vénus est l'étoile du soir » peut être faux. De même, « Boileau regrette que Molière soit l'auteur des *Fourberies de Scapin* » est vrai, mais non pas « Boileau regrette que Molière soit l'auteur du *Misanthrope* ». Pour éviter cette irrégularité, Frege distingue le référent d'une expression, à savoir les objets qu'elle désigne, et son sens, à savoir la façon dont elle les désigne, les informations qu'elle donne pour permettre de les repérer. « Étoile du matin », « étoile du soir » et « Vénus » ont donc même référent, mais sens différent : on peut alors définir les contextes obliques (ou opaques) : ce sont ceux où la substitution de deux termes de référent identique et de sens différent peut entraîner un changement dans la valeur de vérité, et cela parce que, dans ces contextes, il est question du sens des expressions et non de leur référent. La parenté de l'opposition *sens-référent* et de l'opposition saussurienne *signifié-référent* semble frappante lorsqu'on sait que, pour Frege, la connaissance du sens d'une expression fait partie de la connaissance de la langue – ce qui n'est pas le cas pour la connaissance du référent.

(NB : Frege distingue du sens, qui permet de repérer le référent, la **couleur** – **Farbe** –, qui marque une attitude du locuteur vis-à-vis de l'objet, mais n'intervient pas pour l'identifier. Ainsi une simple différence de couleur oppose *chien* et *cabot*. Le critère logique pour cette distinction serait que la substitution de mots ayant même sens mais couleur différente ne peut pas modifier la vérité d'une phrase, même dans les contextes obliques – sauf, bien sûr, quand la phrase prétend rapporter mot à mot, en style direct, les paroles de quelqu'un.)

C'est à une position semblable que sont arrivés, mais pour des raisons différentes, des « philosophes du langage » comme P.F. Strawson. Ils notent par exemple que sens et référence ne peuvent même pas, en toute rigueur, être attribués à la même réalité linguistique. Quand on parle d'un signe, il faut toujours préciser en effet si on parle d'une occurrence particulière de ce signe, c'est-à-dire de l'événement unique que fut son emploi par telle personne, à tel point de l'espace et du temps (en anglais *sign-token*), ou bien du signe considéré en lui-même, indépendamment du fait qu'il est ou n'est pas utilisé *(sign-type)*. Or le signe, pris en lui-même, n'a généralement pas de référent assignable. (À quoi réfèrent « je » « tu », « ce garçon », « Jean », « la voiture qui remonte la rue » ?) C'est seulement, sauf exceptions, l'occurrence d'un signe, qui a valeur référentielle, son emploi par un locuteur déterminé dans des circonstances déterminées. Quant au signe lui-même, on ne peut lui reconnaître qu'un « sens ». Qu'est-ce, maintenant, que comprendre le sens d'un signe ? C'est posséder une méthode pour déterminer, à chaque occurrence de ce signe, à quoi réfère cette occurrence (connaître le sens de *Je*, c'est être capable de savoir, lorsqu'une personne dit *Je*, à qui elle réfère).

Ce qui rapproche le *signifié* saussurien d'une part, la *significatio* des terministes, le *sens* de Frege et celui de Strawson d'autre part, c'est la découverte d'un niveau intermédiaire entre la réalité matérielle du signe et les objets qui lui correspondent dans le monde. La différence est que, pour les derniers, ce niveau a un rapport essentiel avec les choses. Pour Pierre d'Espagne, il permet, dans le cas du substantif, de les reconnaître, dans le cas de l'adjectif et du verbe, de les qualifier. Pour Frege et Strawson, de même, le sens contient les indications nécessaires pour exercer la fonction référentielle du signe : c'est un mode de détermination du référent. Saussure, en revanche, n'a pas pour problème d'articuler le signe et le monde : la sémantique de la langue est autonome. Certes il présente le signifié comme un ensemble de traits « distinctifs », mais il s'agit, pour lui, de ce qui oppose les signes les uns aux autres, et non pas de critères retenus par la langue pour reconnaître un certain type d'objets parmi les autres objets de la réalité.

■ Sur l'opposition du sens et du référent : P.F. Strawson, « On referring », *Mind*, 1950, p. 320-344, et G. Frege, « Sinn und Bedeutung », *Zeitschrift für Philosophie und philosophische Kritik*, 1892, p. 25-50. – Sur la distinction du sens et de la couleur : N. Tsohatzidis, « Pronouns of adress and truth conditions », *Linguistics*, n° 30,

1992. – La théorie médiévale de la supposition est présentée par exemple par P. Böhner, *Medieval Logic*, Manchester, Chicago, Toronto, 1952 (2e partie, chap. 2), et par O. Ducrot, *Logique, structure, énonciation*, Paris, 1989, chap. 1.

Les moyens linguistiques de la référence

Appelons « expressions référentielles » les expressions permettant de désigner l'objet (ou le groupe déterminé d'objets) dont on désire affirmer ou nier telle ou telle propriété. Différents types d'entités linguistiques sont des *candidats possibles* à cette fonction. Notamment :

Les descriptions définies. On entend par là, depuis B. Russell, les expressions comportant un nominal (nom, nom + adjectif, nom + relative, nom + complément, etc.) accompagné d'un article défini (« le livre, le livre que j'ai acheté… »). On étend généralement cette définition en exigeant seulement qu'il y ait une paraphrase au moyen d'une expression d'une telle structure. On peut alors faire entrer dans la catégorie les nominaux introduits par un possessif, en interprétant « mon livre » comme « le livre qui est à moi ». En ce qui concerne les langues sans article, on doit, implicitement, prendre en considération leurs traductions dans les langues qui en ont un. Souvent ces expressions sont utilisées pour désigner des objets : leur sens peut être compris alors comme une description de leur référent, qui permet de l'identifier. Si telle est l'intention du locuteur, l'emploi d'une description définie apparaît anormal, voire absurde, lorsqu'il n'existe pas d'objet satisfaisant à la description (« l'actuel roi de France »). Ou lorsqu'il en existe plus d'un : on ne peut pas désigner un train particulier en disant « le train » – sauf si certaines spécifications supplémentaires sont implicites étant donné le thème de la conversation (la description « le train » doit alors se comprendre comme « le train dont tu parles », ou « que nous devons prendre »). Un problème logico-linguistique complexe posé par l'emploi référentiel des descriptions est celui de préciser quel savoir doit être pris en compte pour déterminer l'adéquation d'une description à un objet, et donc pour repérer l'objet auquel on réfère. Si, dans une réunion, quelqu'un fait allusion à « L'homme qui boit du champagne au fond de la salle », et si en réalité les seules personnes, au fond de la salle, dont le verre soit rempli d'un liquide pétillant, boivent de la limonade, à qui l'énoncé réfère-t-il ? Faut-il considérer, pour trouver le référent, « la situation réelle », ou ce que croit le locuteur, ou l'auditeur, ou à ce que l'un pense que l'autre croit... ?

NB_1 : Certains logiciens comme Russell refusent aux descriptions définies le statut d'expressions référentielles. Selon eux, elles ne servent pas à désigner les objets dont on affirmera ensuite quelque chose, mais posent déjà des affirmations. Ainsi Russell analyse l'énoncé « L'actuel roi de France est chauve », non pas comme attribuant la calvitie à un objet désigné par l'expression *l'actuel roi de France*, mais comme une double affirmation : d'une part il existe un et un seul objet ayant la propriété d'être actuellement roi de France, et d'autre part cet individu est chauve. Frege, suivi par Strawson, avait au contraire soutenu que l'existence et l'unicité du roi ne sont pas l'objet d'une affirmation, mais constituent un présupposé [543 s.] pour l'emploi raisonnable de l'expression. Lorsque cette condition est satisfaite, l'expression a bien fonction de désignation, et constitue une expression référentielle.

NB_2 : Si l'on admet que les descriptions définies peuvent être employées de façon référentielle, et que, dans ce cas, l'existence de l'objet est présupposée, on comprend que de telles descriptions servent fréquemment à présenter des univers de discours imaginaires (cf. au début d'un roman de science-fiction, « Les habitants de Mars fêtaient le départ de leur troisième fusée terrienne »).

NB_3 : Même en admettant que les descriptions définies ont des usages **référentiels**, il reste qu'elles ont aussi des emplois non référentiels, ainsi celui, appelé **attributif**, qui permet par exemple de dire d'un employé dont on juge le mariage intéressé : « Il n'a pas épousé sa femme, mais la fille du patron. » Si l'employé en question a effectivement épousé la fille de son employeur, la phrase devrait être contradictoire au cas où l'on comprendrait de façon référentielle les deux descriptions qu'il contient. En fait les descriptions définies servent ici à *qualifier* le rôle d'une personne (la mariée) dans un événement (le mariage). L'énoncé signifie alors que c'est seulement la qualification « fille du patron » qui doit lui être attribuée. La même analyse vaut pour l'exemple célèbre « L'assassin de Smith mérite la mort ». Elle peut avoir un usage non référentiel : elle ne sert pas alors à dire qu'un certain X, auquel on pourrait se référer tout aussi bien en l'appelant « le cousin de Y », mérite la mort, elle sert à dire que n'importe qui, s'il a assassiné Smith, doit, *en tant que tel*, être condamné à mort (ce qui n'exclut d'ailleurs pas que Smith se soit peut-être suicidé).

■ Le problème des descriptions définies est discuté notamment par B. Russell, « On denoting », *Mind*, 1905, p. 478-493, et par P.F. Strawson dans l'article cité p. 306 et dans « Identifying reference and truth values », *Theoria*, 1965, p. 96-118. – La distinction de l'usage attributif et de l'usage référentiel des descriptions est généralement attribuée à K. Donnellan (« Reference and definite descriptions », texte de 1966 reproduit dans D.D. Steinberg et L.A. Jakobovits, eds., *Semantics*, Cambridge, GB, 1971). – J.-C. Pariente montre qu'elle n'est pas étrangère aux logiciens de Port-Royal ; il montre aussi, sur un exemple historique, l'importance pratique que peuvent avoir les discussions sur les conditions d'application de l'usage référentiel (*L'Analyse du langage à Port-Royal*, Paris, 1985, chap. 7, § 3).

Le noms propres grammaticaux. Les grammairiens entendent par là les noms qui ne conviennent qu'à un seul être (« Dieu », « Rabelais », « Paris »...). A quoi l'on objecte que de tels noms sont bien rares : il y a de nombreux Rabelais et de nombreux Paris. La *Grammaire de Port-Royal* répond (2e partie, chap. III) que cette pluralité de référents, dans le cas des noms propres, est accidentelle, alors qu'elle est essentielle pour les noms communs. On dirait de nos jours que, s'il y a plusieurs Paris, c'est par ambiguïté (ils sont homonymes), alors que l'existence d'hommes différents ne prouve aucune ambiguïté du nom commun « homme ». Du fait que le référent d'un nom propre est, normalement, unique, on conclut parfois que le nom propre est une simple étiquette collée sur une chose, qu'il a un référent, mais pas de sens, ou, comme dit J. St. Mill, une dénotation, mais pas de connotation (il correspondrait ainsi à la définition de ce que Russell appellera un **nom propre logique**). Frege soutient au contraire qu'aucune référence n'est possible sans un sens. Pour cette raison il ne reconnaît aucune différence logique entre les noms propres grammaticaux et les descriptions définies. Quel sens l'observation linquistique peut-elle reconnaître à un nom propre grammatical ? On notera d'abord qu'il est anormal d'employer un nom propre si l'on ne pense pas que ce nom « dit quelque chose » à l'interlocuteur, si donc l'interlocuteur n'est pas censé avoir quelques connaissances sur le porteur de ce nom. On peut alors considérer comme le sens d'un nom propre pour une collectivité, un ensemble de connaissances relatives à son porteur, connaissances dont tout membre de la collectivité est censé posséder au moins quelques-unes. On remarquera encore la tendance à spécialiser certains noms propres pour certaines espèces : « Médor » est un nom de chien, « Cadichon », d'âne. Cf. aussi la distinction entre les noms plébéiens et aristocratiques. Dans tous ces cas, le nom propre s'incorpore une ébauche de description.

■ Nombreux renseignements sur le problème des noms propres grammaticaux dans A.H. Gardiner, *The Theory of Proper Names*, Londres, 1954. – Sur leur syntaxe et leur sémantique, voir le n° 66 de *Langages* (juin 1982), le n° 92 de *Langue française* (décembre 1991), et M.-N. Gary-Prieur, *Grammaire du nom propre*, Paris, 1994. – Les points de vue de Frege et de Mill sont discutés par J.R. Searle, *Speech Acts*, Cambridge (GB), 1969, chap. 7, § 2 (trad. fr. *Les Actes de langage*, Paris, 1972). – Le point de vue de Mill a été repris par divers logiciens, depuis Russell. Ils nient la thèse de Frege selon laquelle toute référence se fait par l'intermédiaire d'une expression dotée de sens, et admettent au contraire la possibilité d'une **référence directe**. Cf. S. Kripke, *Naming and Necessity*, Oxford, 1980 (trad. *La logique des noms propres*, Paris, 1982) ; F. Recanati, *Direct Reference*, Oxford (GB) et Cambridge (Mass.), 1993.

Les démonstratifs. Lorsque la condition d'unicité requise pour l'emploi des descriptions définies n'est pas remplie, on recourt à des démonstratifs. Nous entendons par là les éléments linguistiques qui accompagnent un geste de désignation (il s'agit souvent de démonstratifs au sens grammatical, « ceci », « ce », « cet »...) ou d'articles définis (cf. « Le chien ! », dit pour attirer l'attention de l'auditeur sur un chien qu'on lui montre). Un démonstratif qui ne serait pas accompagné, outre le geste de désignation, d'une description, explicite ou non, suffirait-il à accomplir l'acte de référence ? C'est l'opinion de Russell, pour qui « ceci » et « cela » sont même les prototypes des noms propres logiques. Il peut soutenir cette thèse parce que, pour lui, la référence n'implique aucune représentation de l'objet auquel on réfère : si l'on reprend les termes utilisés par Mill à propos des noms propres grammaticaux, le fait qu'un démonstratif ne connote pas ne l'empêche en rien de dénoter. Une telle position est bien sûr inadmissible dans la perspective de Frege. De fait, on remarquera que « ceci » ou « cela », même en tenant compte du geste de désignation, ne peuvent suffire à délimiter un *objet*. Comment savoir si cela, qu'on me montre sur la table, c'est le livre dans sa totalité, ou sa couverture, ou sa couleur, ou le contraste entre sa couleur et celle de la table, ou l'impression particulière qu'il me fait. Un substantif, éventuellement implicite, est nécessaire pour accomplir l'acte de référence, car ce sont les substantifs qui découpent le continuum sensible en un monde d'objets (ce mot ne devant pas être pris au sens de substance ; l'objet auquel je réfère peut être cette blancheur, cette impression). Ni le démonstratif, ni le geste de désignation ne sont donc en eux-mêmes des référentiels, et « ceci » ou « cela » doivent s'interpréter comme « le livre que je te montre », « la couleur de ce livre », etc.

NB : Ce qui précède amène à justifier l'opposition entre **adjectifs** et **substantifs**. L'adjectif n'a pas le pouvoir propre au substantif de constituer des objets. Supposons que la syntaxe française permette de dire *ce grand*, sans sous-entendre un substantif, l'expression ne suffirait pas à faire savoir, même si l'on montre simultanément un endroit de l'espace où se trouve seulement un livre, s'il s'agit du livre même, qualifié de grand, ou d'une grande portion du livre, ou de son grand intérêt, etc. Aussi le substantif, par opposition à l'adjectif, a-t-il été longtemps nommé « nom appellatif ». Certes l'adjectif peut participer à la description d'un objet, mais cette description elle-même ne peut servir à la référence que si elle comporte un substantif.

■ Sur le rôle du substantif dans la référence : P.T. Geach, *Reference and Generality*, Ithaca, 1963, chap. 2 et 3. Sur la valeur référentielle de l'adjectif, M. Riegel, *L'Adjectif attribut*, Paris, 1985 (chap. 3).

Les déictiques. Dans un contexte donné, une expression est dite « déictique » si son référent ne peut être déterminé que par rapport à l'identité ou à la situation des interlocuteurs au moment où ils parlent. Certaines expressions sont déictiques dans tous les contextes où elles apparaissent. Ainsi les pronoms de la première et de la deuxième personne, qui désignent la personne qui parle et celle à qui on parle. De même pour certains temps verbaux. S'ils servent à désigner une période, passée ou future, c'est par rapport au moment de l'énonciation : « Pierre est venu » situe la venue de Pierre avant le moment de la parole. Il existe dans beaucoup de langues des couples d'expressions apparemment synonymes, mais dont l'une est toujours déictique (la première de chaque couple dans la liste qui suit), et la seconde ne l'est jamais :

ici (= là où se passe le dialogue) vs *à cet endroit*

hier (= la veille du jour où nous parlons) vs *la veille*

en ce moment (= au moment où nous parlons) vs *à ce moment*

dans peu de temps (= peu après le moment où je parle) vs *peu de temps après*.

(NB : *Tout de suite* peut être déictique, *aussitôt* ne l'est jamais ; si *ici* est, à l'oral, toujours déictique, *là* peut soit l'être soit ne pas l'être.)

L'existence de déictiques a des conséquences théoriques importantes. Selon É. Benveniste, ils constituent une irruption du discours à l'intérieur de la langue, puisque leur sens même (la méthode à employer pour trouver leur référent), bien qu'il relève de la langue, fait allusion à leur emploi. D'autre part, ils amènent, d'une façon générale (et pas seulement locale), à appliquer au monde « réel » ce qui est dit dans la parole (aussi R. Jakobson les appelle-t-il **shifters**, **embrayeurs**). Puisque l'adverbe *ici* désigne, par son sens même, le lieu de la parole, la phrase « Pierre est ici » situe Pierre dans le monde où la parole est tenue, donc dans ce que l'on appelle « réalité ». On comprend que la présence de déictiques dans le discours de fiction pose de redoutables problèmes pour la théorie littéraire. Comment un énoncé peut-il être rapporté à un monde imaginaire, s'il contient des mots qui l'ancrent dans le monde de l'énonciation [380 s.] ?

On peut enfin se demander si un acte de référence est possible sans l'emploi, explicite ou non, de déictiques. Les démonstratifs, tels que nous les avons définis, comportent un aspect déictique. C'est le cas aussi des noms propres

(« Dupont » = « le Dupont que tu connais »). Enfin les descriptions définies ne peuvent généralement pas satisfaire à la condition d'unicité si elles ne font pas allusion, directement ou non, aux circonstances de la parole (« l'homme à côté de Pierre » = « l'homme qui, à l'endroit et au moment où je parle, se trouve à côté du seul Pierre dont il peut être question dans notre présente conversation »).

■ Sur les déictiques : R. Jakobson, *Essais de linguistique générale*, Paris, 1963, chap. 9, et É. Benveniste, *Problèmes de linguistique générale*, Paris, 1966, chap. 5. – Sur l'aspect logique du problème : Y. Bar-Hillel, « Indexical expressions », *Mind*, 1954, p. 359-379, et A.N. Prior, « On spurious egocentricity » (1967), *Philosophy* 42, p. 326-335. – Les rapports entre pronoms personnels et démonstratifs sont décrits de façon systématique, dès 1904, par K. Brugmann, qui donne une théorie générale de la deixis (*Die Demonstrativpronomina der indo-germanischen Sprachen*, Leipzig, 1904), développée, dans une perspective psycho-linguistique, par K. Bühler (*Sprachtheorie*, Iéna, 1934, trad. *Theory of Language*, Amsterdam, 1990, 2e partie). – Les différents modes de référence aux individus font l'objet des chap. 3 et 4 de J.-C. Pariente, *Le Langage et l'individuel*, Paris, 1973.

Les déterminants. La *Grammaire de Port-Royal* (2e partie, chap. 10), notant qu'un nom commun, par lui-même, ne désigne rien, et renvoie seulement à un concept (nous dirions qu'il a un sens et pas de référent), appelle « déterminants » les éléments qui doivent lui être ajoutés pour que l'on puisse lui fixer une « étendue », c'est-à-dire lui faire correspondre un certain secteur de la réalité (ils font donc passer du sens au référent). Ce rôle peut être joué par l'article défini, les possessifs, les démonstratifs, mais aussi par les noms de nombre ou par l'article et les adjectifs dits « indéfinis » (quelques, certains, tous). Ainsi on référerait, non seulement en disant « l'ami » ou « cet ami », mais aussi en disant « un ami », « quelques amis », ce qui soulève certains problèmes, car on voit mal ce qui est désigné par ces dernières expressions.

■ Une théorie très proche de celle de Port-Royal se trouve dans C. Bally, *Linguistique générale et linguistique française*, Berne, 1944, chap. 3, et, d'une façon plus développée et nuancée, par

J.-C. Milner : grâce au concept de « référence virtuelle », il traite toute détermination comme un type de référence [464 s.]. – Pour une critique logique de cette théorie : Geach, *Reference and Generality*, Ithaca, 1968 (2e éd.), chap. 1 (Geach l'appelle « doctrine de la distribution »). – Pour une critique linguistique : O. Ducrot, « Les indéfinis et l'énonciation », *Langages*, 17 mars 1970.

FICTION

Les énoncés linguistiques remplissent des fonctions diverses. Une de leurs fonctions est de référer au monde. Cet acte de référence est réalisé à travers des phrases descriptives. Si du point de vue strictement linguistique le discours fictionnel est lui aussi un discours descriptif, il s'écarte cependant du discours référentiel en ce que ses phrases ne renvoient pas à des référents « réels ». Mais il s'agit là d'une détermination purement négative de la fiction qui ne saurait satisfaire : le problème essentiel que doit affronter toute théorie de la **fiction** n'est pas seulement de nous dire ce que le discours de fiction ne fait pas, mais de proposer une explication de son fonctionnement positif (qui remplace l'acte de référence à des objets « réels »).

Fiction et référence

Du point de vue *logique*, et plus précisément vérifonctionnel, on définit le discours fictionnel par la dénotation nulle : les constituants linguistiques qui dans le discours factuel ont une fonction dénotative (descriptions définies, noms propres, démonstratifs, déictiques, etc.) sont (du moins majoritairement) dénotativement vides. Selon Frege, les énoncés fictionnels ont un sens *(Sinn)* mais pas de référent *(Bedeutung)* : « Lorsque nous écoutons par exemple un poème épique, ce qui nous fascine, en dehors de l'euphonie verbale, est uniquement le sens des phrases, ainsi que les images et les sentiments qui sont évoqués par elles. Si on posait la question de la vérité, on laisserait de côté le plaisir esthétique et on se tournerait vers l'observation scientifique » [362]. Cette définition de la fiction comme discours à **dénotation nulle** a été acceptée pratiquement par tous les logiciens, mais N. Goodman (1968) a insisté sur le fait qu'il s'agit d'un réquisit nécessaire et non pas suffisant de la fiction, puisque sinon tous les énoncés faux (ou encore mensongers) seraient des énoncés fictionnels. On ne peut même pas dire que tous les énoncés faux qu'on trouve dans des textes littéraires (au sens esthétique ou institutionnel du terme) soient des énoncés fictionnels : dans une œuvre littéraire factuelle, par exemple une autobiographie, une dénotation nulle vaudra comme fausseté ou comme mensonge et non pas comme énoncé fictionnel. Par ailleurs, rares sont les récits de fiction dans lesquels tous les énoncés sont des énoncés à dénotation nulle : le roman historique tire une grande partie de son attrait de la manière dont il enchâsse des énoncés à force dénotationnelle dans les énoncés à dénotation nulle qui constituent le cadre global du récit. On peut en conclure que la spécificité de la fiction réside avant tout dans le fait que sa vacance dénotationnelle est liée à une « stipulation explicite » (Goodman) ou à un présupposé implicite en vertu duquel « il nous est égal que, par exemple, le nom "Ulysse" ait un référent ou non » (Frege). D'où la nécessité de la prise en compte d'une composante pragmatique dans sa définition (voir *infra*).

La définition de la fiction par la dénotation nulle se borne à la déterminer négativement : elle nous dit ce qu'elle n'est pas, plutôt que ce qu'elle est. À l'intérieur même de l'approche logique on a proposé diverses hypothèses quant à la fonction positive des énoncés fictionnels. Pendant longtemps, notamment dans le sillage de Russell et du positivisme logique, on a refusé toute valeur cognitive aux œuvres de fiction : Ogden et Richards (1923) ont ainsi soutenu que les énoncés littéraires sont des pseudo-propositions ayant une fonction *émotive*. Cette explication « ségrégationniste » (Pavel 1988) qui n'accorde de dimension cognitive aux énoncés qu'en tant qu'ils réfèrent à des entités de l'univers physique, revient en fait en deçà de la distinction frégéenne entre sens et référence, qui avait eu au moins le mérite de ne pas couper entièrement les œuvres de fiction du fonctionnement cognitif de la langue. Vu le caractère manifestement contre-intuitif de l'explication émotiviste, elle n'est plus guère défendue de nos jours. Pour l'essentiel on semble pouvoir envisager deux types d'explication susceptibles de rendre justice à la richesse cognitive de la fiction, sans pour autant remettre en cause la thèse, difficilement contestable, de son absence de dénotation dans le monde « réel ».

La première explication, défendue surtout par N. Goodman (1968, 1989), maintient l'idée que le discours fictionnel est un discours à **dénotation littérale** nulle, mais elle élargit la notion de référence en y incluant d'une part la **dénotation métaphorique**, d'autre part des modes de **référence non dénotationnelle**. Ainsi une assertion dont la dénotation est nulle lorsqu'elle est lue littéralement peut devenir vraie (c'est-à-dire peut dénoter) lorsqu'elle est lue métaphoriquement : Don Quichotte n'existant pas, toute assertion à son sujet est littéralement fausse, mais pris métaphoriquement le nom propre s'applique avec justesse à un grand nombre d'hommes ; la même chose peut être dite des actions quichottesques. Par ailleurs, dans les textes fictionnels l'absence de dénotation littérale incite en fait le lecteur à activer d'autres types de relation référentielle, notamment l'*exemplification* et l'*expression* [190 s.] : *A la recherche du temps perdu* exemplifie une structure narrative en boucle (la fin du récit embraye sur le début de la narration du récit, puisque le livre se clôt sur la décision du héros Marcel d'écrire le livre que le lecteur vient de lire) ; en même temps cette structure exprime (c'est-à-dire exemplifie métaphoriquement) un certain type de relation entre l'art et le temps (le fait que la fin du livre rejoigne son début est une métaphore de la croyance proustienne selon laquelle l'œuvre d'art abolit le temps). Autrement dit, selon Goodman les caractéristiques littéraires intrinsèques ainsi que les valeurs expressives font partie de la structure référentielle des systèmes symboliques au même titre que la dénotation : qu'une œuvre n'ait pas de dénotation, donc qu'elle soit fictionnelle, ne l'empêche pas d'avoir une dimension référentielle.

La seconde approche, s'inspirant de la logique modale et de la théorie des mondes possibles, élargit le domaine des entités pouvant être dénotées. La logique modale admet, par exemple, qu'une proposition contrefactuelle (« si *x* avait été le cas, alors *y* »), au lieu d'être dénotativement vide, réfère en fait à un monde possible, c'est-à-dire à une alternative du monde réel dans une structure d'interprétation plus générale dont celui-ci n'est qu'un des membres (bien qu'un membre privilégié, du moins dans la théorie de Kripke). Cette idée, qui remonte à Leibniz, avait déjà amené certains critiques du

XVIIIe siècle (Breitinger et Bodmer) à concevoir la sémantique fictionnelle en termes de mondes possibles. Réactualisée par les développements de la logique modale, cette solution a été reprise par un certain nombre de critiques et de philosophes (par exemple Van Dijk, Lewis, Winner, Martinez-Bonati, Parsons, Wolterstorff, Pavel, Dolezel) qui considèrent que la fonction dénotationnelle des énoncés fictifs réfère à des **mondes fictionnels** créés par l'auteur et (re)construits par les lecteurs. Howell, Lewis et d'autres ont cependant aussi montré que la théorie des mondes fictionnels ne saurait obéir aux contraintes très strictes qui régissent la logique des mondes possibles : d'une part ces derniers sont identifiés dans le cadre d'une structure d'interprétation contraignante et non pas créés librement comme c'est le cas des fictions, d'autre part, et là encore contrairement aux fictions, ils excluent les entités contradictoires (par exemple un cercle carré). Par ailleurs les mondes fictionnels sont incomplets (d'où l'indécidabilité par exemple de la question de savoir combien Lady Macbeth a d'enfants) et certains, par exemple les mondes fictionnels à focalisation interne multiple (tel *Le Bruit et la fureur* de Faulkner), sont sémantiquement non homogènes (Dolezel 1988). Pavel (1988), tenant compte de ces objections, présente une conception très nuancée des mondes fictionnels : partant de l'idée que dans la vie de tous les jours déjà nous habitons dans une pluralité de mondes et que nous passons sans cesse de l'un à l'autre, il montre que la fiction, en se déplaçant librement entre divers mondes fictionnels et en construisant des liens plus ou moins étroits entre ces mondes fictionnels et les différents mondes que l'homme habite historiquement et socialement (y compris ce monde très particulier qu'est l'univers purement physique), ne saurait être définie en opposition polaire à « la » réalité : elle doit plutôt être située sur une échelle continue de mondes plus ou moins « vrais » ou plus ou moins « fictifs » dont les interactions définissent la réalité humaine.

■ Sur littérature et vérité logique : G. Frege, *Écrits logiques et philosophiques*, Paris, 1971 ; C.K. Odgen et I.A. Richards, *The Meaning of Meaning*, New York, 1923 ; R. Ingarden, « Les différentes conceptions de la vérité dans l'œuvre d'art », *Revue d'esthétique*, 2, 1949, p. 162-180 ; M.C. Beardsley, *Aesthetics : Problems in the Philosophy of Criticism*, New York, 1958 ; T. Todorov, « Note sur le langage poétique », *Semiotica*, 1, 1969, 3, p. 322-328 ; C. Kerbrat-Orecchioni, « Le texte littéraire : non-référence, auto-référence ou référence fictionnelle ? », *Texte*, 1, 1982, p. 27-49.

Sur les modes de référence non dénotationnelle : N. Goodman, *Langages de l'art* (1968), Paris, 1990 ; N. Goodman, « Fiction for five fingers », in *Of Mind and other Matters*, Cambridge, 1989 ; J.-M. Schaeffer, « Nelson Goodman en poéticien : trois esquisses », *Les Cahiers du Musée national d'art moderne*, n° 41, 1992, p. 85-97.

Sur les mondes fictionnels : T.-A. Van Dijk, « Action, action description and narrative », *New Literary History*, 6, 1974-1975, p. 273-294 ; T. Pavel, « Possible worlds in literary semantics », *The Journal of Aesthetics and Art Criticism*, 34, 1975-1976, p. 165-176 ; D. Lewis, « Truth in fiction », *American Philosophical Quarterly*, 15, 1978, p. 37-46 ; R. Howell, « Fictional objects : how they are and how they are not », *Poetics*, VIII, 1979, p. 129-177 ; N. Wolterstorff, *Works and Worlds of Art*, Oxford, 1980 ; T. Parsons, *Nonexistent Objects*, New Haven, Londres, 1980 ; E. Winter, *Invented Worlds : The Psychology of the Arts*, Cambridge (Mass.), 1982 ; F. Martinez-Bonati, « Towards a formal ontology of fictional worlds », *Philosophy and Literature*, VII, 1983, p. 182-195 ; T. Pavel, *Univers de la fiction*, Paris 1988 ; L. Dolezel, « Mimesis and possible worlds », *Poetics Today*, 9, 3, 1988, p. 475-496.

Fiction et feintise

Que, contrairement au discours factuel, la vacance dénotationnelle du discours fictionnel repose sur une stipulation, montre déjà que la définition de la fiction littéraire doit comporter une dimension *pragmatique*, susceptible de rendre compte du statut spécifique de l'énonciation fictionnelle. C'est essentiellement la théorie des actes de langage [782 s.] qui a mis l'accent sur cet aspect (Austin, Ohmann, Searle, Ryan, Pratt). Ainsi Searle (1975), partant du fait que les énoncés narratifs d'une fiction se présentent comme des assertions sans répondre aux conditions de sincérité, d'engagement et de capacité à prouver ses dires qui sont celles d'une assertion sérieuse, les définit comme des **assertions feintes** : « L'auteur feint d'accomplir des actes illocutoires en énonçant (écrivant) réellement des phrases [...] L'*acte illocutoire* est feint, mais l'*acte* *d'énonciation* est réel. » D'après Searle, l'existence d'un ensemble de conventions extralinguistiques d'ordre pragmatique rompant la connexion entre les mots et le monde suffirait à définir le statut des énoncés fictionnels. Il rejette notamment l'idée que raconter une fiction constitue un acte de langage *sui generis* comme le soutient par exemple Wolterstorff (1980), qui place l'acte illocutoire « fictionnant » sur le même niveau que les actes d'asserter, de promettre, etc. Selon Searle, « si les phrases d'une œuvre de fiction servaient à accomplir des actes de langage complètement différents de ceux qui sont déterminés par leur sens littéral, il faudrait qu'elles aient un autre sens ». Autrement dit, le jeu de langage fictionnel n'est pas sur le même pied que les jeux de langage illocutoires, il les « parasite » (Austin).

La définition de la narration fictive comme assertion feinte rend sans conteste compte d'une dimension essentielle de la fiction littéraire. On a objecté à cette définition Intentionaliste de la fictionalité qu'il nous arrive souvent de lire comme textes fictifs des textes dont l'intention n'était pas telle. Mais ceci, loin de démontrer que la fiction n'est pas un fait Intentionnel, conforte la conception de Searle : lorsque nous faisons fi de l'intention de l'auteur nous la remplaçons par la nôtre, car l'attention (Genette) est elle-même une forme d'Intentionalité.

La définition searlienne reste pour l'essentiel une définition négative. Genette (1991), tout en accordant que raconter une fiction n'était pas un acte de langage littéral *sui generis*, a proposé d'amender la conception du philosophe : l'énonciation fictive impliquerait des actes de langage sérieux *indirects* adressés au lecteur, soit des demandes lui enjoignant d'imaginer telle ou telle situation, soit, de manière plus générale, des déclarations par lesquelles l'artiste instaurerait (dans l'esprit du destinataire) la considération des événements qui font l'objet des assertions feintes. Les énoncés fictionnels seraient donc des assertions feintes « recouvrant sur le mode de l'acte de langage indirect (ou de la figure), des déclarations (ou demandes) fictionnelles explicites » (Genette 1991). Antérieurement déjà, Dolezel (1980) avait soutenu que les propositions instaurant le monde fictionnel sont des *performatifs* au sens d'Austin ; mais en même temps il avait rejeté la définition illocutoire proposée par Searle, arguant du fait que dans le texte narratif aucune proposition n'était référable à l'auteur, dans la mesure où l'auteur et le narrateur étaient par principe différents. À cette objection on peut cependant répondre que la distinction fonctionnelle entre auteur et narrateur est justement une conséquence de la feintise illocutoire : c'est parce que l'auteur feint seulement de faire ses assertions que l'instance du narrateur se détache de l'énonciateur effectif du texte, donc de l'auteur.

Le souci d'aller au-delà d'une définition négative se retrouve dans la théorie générale de la fiction élaborée par K. Walton (1990) : il conçoit l'activité fictionnante comme une activité de *make-believe*, fondée sur des règles de jeu conditionnellement acceptées en vertu desquelles nous sommes appelés à imaginer un monde fictionnel correspondant aux propositions fictionnelles. Walton critique la définition de Searle notamment parce qu'elle ne convient pas aux fictions non verbales. Mais inversement sa théorie risque d'être trop générale : la définition searlienne et la version remaniée proposée par Genette ont l'avantage de rendre compte de la relation mimétique universellement vécue liant la narration fictionnante et le discours factuel, relation qui est une spécificité de la fiction littéraire, et que ni la conception de Walton ni celle de Dolezel n'arrivent à expliquer.

Cependant, malgré ses mérites, la définition pragmatique proposée par Searle ne saurait définir la fiction littéraire comme telle : elle concerne uniquement les propositions narratives en tant qu'elles se donnent comme assumées par l'auteur. Searle lui-même distingue d'ailleurs clairement entre le récit à la troisième personne où l'auteur feint de faire des assertions, le récit à la première personne où il feint d'être quelqu'un d'autre faisant des assertions et la représentation théâtrale où l'*acteur* feint d'être un personnage et d'accomplir ses actes de langage. Quant à l'auteur dramatique, Searle pense que ce qu'il accomplit « ressemble davantage à l'écriture d'une recette pour feindre qu'à la participation directe à la forme de la feinte elle-même ». Il n'empêche que lorsque nous lisons un texte dramatique nous ne le lisons pas (du moins normalement) comme recette pour une représentation théâtrale mais comme représentation fictionnelle : l'instauration de la fiction ne passe donc pas nécessairement par une feintise auctoriale, à moins qu'on ne suppose que l'auteur feint de rapporter des échanges dialogués réels, ce qui ne concorde guère avec les intuitions des lecteurs. Genette insiste lui aussi sur la restriction de portée de la définition en termes d'actes de langage feints. Il fait ainsi remarquer que les assertions du narrateur d'un récit à la première personne ne sont évidemment pas feintes : elles font partie de l'univers fictif et en tant que tel il s'agit d'actes de langages tout à fait sérieux (dans le monde fictionnel). Et il ajoute que la même chose vaut pour les dialogues entre personnages dans un roman raconté à la troisième personne. Autrement dit, à l'intérieur même du récit hétérodiégétique, il faut distinguer entre actes de langage feints et actes de langage représentés, distinction déjà pressentie par Platon dans son opposition entre *diégésis* et *mimésis*. Il apparaît ainsi clairement que le statut pragmatique de la fiction littéraire ne saurait être ramené tout uniment à l'hypothèse d'actes de langage feints, même si la notion plus générale de feintise demeure sans doute centrale pour le statut pragmatique de la fiction comme telle.

■ J.-L. Austin, *Quand dire c est faire* (1960), Paris, 1970 ; R. Ohmann, « Speech acts and the definition of literature », *Philosophy and Rhetoric*, IV, 1971, p. 4-19 ; J.-R. Searle, « Le statut logique du discours de fiction » (1975), in *Sens et expression*, Paris, 1982, p. 101-119 ; M.-L. Pratt, *Towards a Speech Act Theory of Literary Discourse*, Bloomington, 1977 ; L. Dolezel, « Truth and authenticity in narrative », *Poetics Today*, 1, 1980, p. 7-25 ; N. Wolterstorff, *Works and Worlds of Art*, Londres, 1980 ; M.L. Ryan, « Fiction as logical, ontological and illocutionary issue », *Style*, 18, 1984, p. 121-139 ; K. Walton, *Mimesis as Make-believe*, Cambridge (Mass.), 1990 ; G. Genette, « Les actes de fiction », in *Fiction et diction*, Paris, 1991.

Spécificités linguistiques du discours fictionnel

Pour que l'idée de feintise puisse être plausible, il semblerait que le récit fictif doive rester assez proche du récit factuel, afin que le lecteur puisse entretenir l'idée qu'il pourrait s'agir d'un récit factuel. Il est vrai que la narratologie s'est jusqu'ici surtout occupée du récit de fiction, de sorte qu'on ne dispose pas encore de beaucoup d'études comparées [721]. Cependant, on a souvent noté que les récits fictifs à la première personne (par exemple l'autobiographie fictive) ont tendance à « mimer » au plus près de leurs équivalents « sérieux » (Glowinski 1987), encore que Lejeune (1986) ait montré que la fiction autobiographique préfère souvent focaliser sur l'expérience du personnage, alors que l'autobiographie factuelle privilégie généralement la voix du narrateur (fonctionnellement différent du personnage, même si ontiquement les deux coïncident). Dans le domaine du récit hétérodiégétique, les différences sont encore plus marquées, notamment au niveau de la relation entre auteur et narrateur, le narrateur d'un récit fictif étant fonctionnellement différent de l'auteur, contrairement à ce qui se passe dans le récit factuel (Genette 1991) ; par ailleurs, depuis le XIXe siècle au moins, les formes les plus complexes du récit à la troisième personne s'éloignent encore plus fortement des structures des récits factuels, ceci du fait de l'usage massif de la focalisation interne [719]. Partant de cette dernière constatation, Käte Hamburger a proposé une distinction radicale entre fiction et feintise, considérant que la première – limitée au récit hétérodiégétique – n'imite aucun acte de langage sérieux mais constitue une structure présentatrice autonome sans narrateur et se construisant entièrement à travers les « Je-origine » fictifs que sont les personnages. D'où la thèse controversée de la **détemporalisation du prétérit** : d'après Hamburger, dans un récit fictif (hétérodiégétique), le « prétérit » n'a plus comme fonction grammaticale de désigner le passé, puisque le personnage fictif se constitue en Je-origine fictif *hic et nunc* qui « réduit à néant la signification imperfective des verbes qui servent à le décrire ». Le récit fictif hétérodiégétique est atemporel : du fait de sa détemporalisation, qui se remarque surtout dans l'emploi déviant des déictiques temporels (voir *infra*), le « prétérit épique » se transforme en signe de la fictionalité.

Les arguments de Hamburger sont bien étayés, mais sa thèse se heurte à l'intervention, dans les récits hétérodiégétiques, d'une instance de médiation de l'information narrative qui est manifestement irréductible à l'univers des personnages. Ses analyses, ainsi que celles des auteurs s'inspirant de ses travaux (par exemple Banfield 1982), ont cependant attiré l'attention sur l'émancipation de la fiction hétérodiégétique moderne par rapport au récit factuel, ce qui implique sans conteste un affaiblissement de l'importance esthétique de la relation de feintise.

Surtout, l'attention accordée à ces phénomènes a permis de mettre en lumière un certain nombre de traits linguistiques qui, s'ils ne sont pas définitoires de la fiction hétérodiégétique, n'en sont pas moins des traits saillants. Ceci amène au moins à nuancer l'affirmation de Searle selon laquelle « il n'y a pas de propriété textuelle, syntaxique ou sémantique qui permette d'identifier un texte comme œuvre de fiction ».

Les caractéristiques linguistiques les plus révélatrices de la fiction à la troisième personne sont :

1. L'emploi de verbes décrivant des processus intérieurs (penser, réfléchir, croire, sentir, espérer, etc.) appliqués à des personnes autres que l'énonciateur du récit. En dehors de la fiction, ces verbes s'appliquent surtout à la première personne, puisque nous n'avons accès qu'à notre propre intériorité. Dans la fiction hétérodiégétique au contraire, la subjectivité d'un tiers est souvent représentée de l'intérieur.

2. L'emploi du discours indirect libre et du monologue intérieur. Par des techniques différentes on aboutit au même résultat que dans le premier cas : les personnages sont vus de l'intérieur.

3. L'utilisation d'anaphoriques sans antécédents (Hemingway, par exemple, introduit souvent ses personnages directement par un pronom personnel).

4. L'utilisation de verbes de situation (par exemple : se lever, aller, être assis, avoir une nuit agitée, etc.) dans des énoncés portant sur des événements éloignés dans le temps ou dont la date est indéterminée. Pour illustrer ce trait, Hamburger cite un passage de l'écrivain suisse Gottfried Keller : « Vers la fin des années 1820, alors que la ville de Zurich était couverte d'ouvrages fortifiés sur tout son périmètre, un jeune homme, au centre de la ville, sortait de son lit par une claire matinée d'été. » Dans un récit factuel un tel énoncé paraîtrait non naturel, l'utilisation d'un verbe de situation s'accommodant mal avec le caractère très vague de la détermination de la situation.

5. L'emploi massif de dialogues, surtout lorsqu'ils sont censés avoir eu lieu à un moment éloigné dans le temps du moment d'énonciation du récit. (On remarquera cependant que l'usage des dialogues n'est pas rare dans les textes des historiens antiques, par exemple chez Hérodote.)

6. L'emploi de déictiques spatiaux rapportés à des tiers et, surtout, la combinaison de déictiques temporels avec le prétérit

et le plus-que-parfait. Dans le discours factuel, les déictiques spatiaux (ici, là, etc.) ne peuvent être utilisés qu'en étant rapportés à l'énonciateur (« je »), alors que dans le récit fictionnel ils sont souvent rapportés à la troisième personne (« Il s'avança sous les arbres : ici il faisait plus frais ») ; de même ce n'est que dans le discours de fiction qu'un déictique temporel tel « aujourd'hui » peut être combiné avec le prétérit (« Aujourd'hui il faisait plus froid »), ou « hier » avec le plus-que-parfait (« Hier il avait fait froid »).

À des titres divers, la plupart de ces traits sont liés à ce qu'on appelle la focalisation interne [719] : en ce sens ils ne sont pas définitoires du récit fictionnel comme tel, mais pris ensemble ils constituent sans conteste des « indices » (Hamburger) qui permettent de différencier la fiction hétérodiégétique moderne du discours factuel. Cela dit, ces traits ne sont pas toujours inexistants dans le récit factuel. La contamination entre fiction et récit factuel va en effet dans les deux sens : D. Sperber (1981) a ainsi attiré l'attention sur l'usage extensif du discours indirect dans la littérature ethnologique, alors que la règle de la reproduction fidèle de la parole indigène exigerait l'usage exclusif de citations directes (d'où il découle d'ailleurs aussi que l'utilisation de dialogues n'est pas toujours, comme le soutient Hamburger, un indice de fictionalité). Dans tous les cas, un indice n'est pas un trait définitoire. En fait, les indications les plus autorisées, même lorsqu'elles vont à l'encontre des indices linguistiques, sont les indications paratextuelles, qui nous renseignent sur l'Intentionalité du récit, ce qui tendrait à montrer une nouvelle fois que la question du statut de la fiction relève d'abord d'une pragmatique des discours et uniquement en second lieu d'une syntaxe et d'une sémantique.

■ K. Hamburger, *Logique des genres littéraires* (1957), Paris, 1986 ; J.M. Backus, « "He came into her line of vision walking backward" : non sequential sequence-signals in short story openings », *Language Learning : A Journal of Applied Linguistics*, 15, 1965 ; R. Harweg, *Pronomina und Textkonstitution*, Munich, 1968 ; M. Glowinski, « Sur le roman à la première personne » (1977), *Poétique*, n° 72, 1987, p. 497-506 ; P. Lejeune, « Le pacte autobiographique (bis) » (1981), in *Moi aussi*, Paris, 1986 ; D. Sperber, « L'interprétation en anthropologie », *L'Homme*, 21, 1, 1981, p. 69-

92 ; A. Banfield, *Unspeakable Sentences : Narration and Representation in the Language of Fiction*, Boston, Londres, 1982 ; J.-M. Schaeffer, « Fiction, feinte et narration », *Critique*, 481-482, 1987, p. 555-576 ; G. Genette, « Récit fictionnel, récit factuel », in *Fiction et diction*, Paris, 1991.

LES CONCEPTS PARTICULIERS

UNITÉS NON SIGNIFICATIVES

Toute langue est d'abord parlée, orale. Chaque énoncé produit par l'appareil phonatoire est constitué d'une substance sonore, acoustique, captée et perçue par le système auditif, à laquelle est associée une valeur sémantique, un sens. F. de Saussure appelle *signe* la forme linguistique qui associe une face signifiée à une face signifiante. L'unité significative la plus petite, le signe linguistique minimum, est le morphème (lexical ou grammatical, libre ou lié) qui, dans une langue comme le français, correspond souvent au mot [430 s.]. L'ensemble non fini des morphèmes constitue le lexique d'une langue. Il peut dépasser les 100 000 unités dans les langues qui ont une longue histoire, et un adulte parlant en utilise sans difficulté plusieurs milliers ; être « savant », c'est, en partie, en accroître le nombre et en maîtriser l'usage. Ces unités ne sont pas des formes sonores (pourvues de sens) globales, indécomposables, produites chacune par autant de gestes vocaux différents, et perçues et apprises comme des blocs indécomposables ; elles sont elles-mêmes composées d'un petit nombre d'unités **non significatives**, correspondant à des gestes vocaux simples produisant des événements sonores stables dépourvus de sens en eux-mêmes, qui se combinent entre elles et sont constamment réutilisées pour former les dizaines de milliers de morphèmes d'une langue donnée.

Cette propriété fondamentale du langage a permis l'invention de l'**écriture alphabétique**. Selon l'état de nos connaissances actuelles, cela s'est produit une seule fois, il y a quelques millénaires, en un seul endroit, entre le Tigre et l'Euphrate. L'homme a appris à représenter graphiquement les unités significatives de la parole non plus sous forme d'images globales, mais sous forme d'une suite ordonnée d'unités discrètes, disjointes et réutilisables, les « lettres » ; on peut considérer cela comme la première tentative réussie, non scientifique, de représentation phonologique d'une langue : chaque « lettre » (ou combinaison de lettres) représente le modèle (phonème) d'une infinité de réalisations sonores (phones), différent des autres modèles. On peut faire remonter la première conceptualisation linguistique connue de cette distinction au grammairien indien Patañjali (150 avant J.-C) [110]. Mais dès le ve siècle avant J.-C., Pāṇini avait consacré une partie de sa grammaire à une analyse des sons de la parole fondée sur le lieu et le mode d'articulation. La théorie phonétique des philosophes-grammairiens grecs Platon puis Aristote, reposait sur une conception acoustique-auditive des sons de la parole ; on trouve déjà dans la *Poétique* d'Aristote (IVe siècle avant J.-C.) le concept de *double articulation* [122 s.], l'une concernant les unités significatives, l'autre les unités non significatives.

Le terme de **phonème** a été proposé pour la première fois, dans son sens actuel, par un linguiste français peu connu, Dufriche-Desgenettes, dans une communication à la Société de linguistique de Paris en 1873. On le retrouve dès 1880 dans le compte rendu du texte fameux de F. de Saussure *Mémoire sur le système primitif des voyelles dans les langues indo-européennes* établi par Kruszewski, élève de l'un des précurseurs des conceptions actuelles du phonème et de la phonologie, Baudouin de Courtenay. On fait généralement remonter la naissance de la phonologie moderne à la publication en 1916 du *Cours de linguistique générale* de F. de Saussure ; la théorie s'est consolidée grâce aux travaux du Cercle linguistique de Prague et a été présentée par l'un des fondateurs du Cercle, N. Troubetzkoy, en 1939, dans ses *Grundzüge der Phonologie*.

Dans le *Cours*, on trouve donc les idées fondatrices de la phonologie structurale, que l'on peut résumer par quelques citations :

> « On a émis la théorie que dans tout phonème simple considéré dans la chaîne, par exemple *p* dans *pa* ou *apa*, il y a successivement une implosion et une explosion (àp̂a) [...] »
> « Dans l'acte phonatoire [...], nous ne tenons compte que des éléments différentiels, saillants pour l'oreille et capables de servir à une délimitation des unités acoustiques dans la chaîne parlée » (*Appendice*, chap. 2, § 2).

> « Ce qui importe dans le mot, ce n'est pas le son lui-même, mais les différences phoniques qui permettent de distinguer ce mot de tous les autres, car ce sont elles qui portent la signification. »
> « Cela est plus vrai encore du signifiant linguistique ; dans son essence, il n'est aucunement phonique, il est incorporel, constitué, non par sa substance matérielle, mais uniquement par les différences qui séparent son image acoustique de toutes les autres.
> Ce principe est si essentiel qu'il s'applique à tous les éléments matériels de la langue, y compris les phonèmes. *Chaque idiome compose ses mots sur la base d'un système d'éléments sonores dont chacun forme une unité nettement délimitée et dont le nombre est parfaitement déterminé. Or ce qui les caractérise, ce n'est pas, comme on pourrait le croire, leur qualité propre et positive, mais simplement le fait qu'ils ne se confondent pas entre eux. Les phonèmes sont avant tout des entités oppositives, relatives et négatives* » (1re partie, chap. 4, § 3).

> « Ainsi dans le groupe imaginaire *anma*, le son *m* est en opposition syntagmatique avec ceux qui l'entourent et en opposition associative avec tous ceux que l'esprit peut suggérer, soit : *a n m a*, *anva*, *anda* » (1re partie, chap. 6, § 2).

Comme l'ont fait remarquer de nombreux linguistes, Saussure ne fait référence explicitement qu'à l'axe syntagmatique, et les principes proposés n'ont pris toute leur importance qu'à partir des années trente avec l'école de Prague.

La « Proposition 22 » soumise par R. Jakobson, S. Karczewski et N. Troubetzkoy au 1er Congrès international des linguistes tenu en avril 1928 à La Haye, aboutit en 1931 au projet de terminologie standardisé de l'école de Prague : le phonème est défini comme *« l'unité phonologique non susceptible d'être dissociée en unités plus petites et plus simples, cette unité étant le terme d'une opposition et l'opposition reposant sur la différence phonique susceptible de servir dans une langue donnée à la différenciation des significations intellectuelles »*. Dans les *Grundzüge*, Troubetzkoy précise : *« Si deux sons apparaissent exactement dans la même position phonique et ne peuvent être substitués l'un à l'autre sans modifier la signification des mots, ou sans que le mot devienne méconnaissable, alors les deux sons sont des réalisations de deux phonèmes différents.* » Cette opération de substitution sur l'axe paradigmatique avait été appelée **commutation** par les linguistes danois Hjelmslev et Uldall en 1936. Les procédures de Troubetzkoy constituent les fondements de la phonologie structurale contemporaine, quelles que soient les divergences manifestées par ses principaux théoriciens européens, R. Jakobson et A. Martinet.

André Martinet, lui-même devenu membre du Cercle de Prague, représente l'un des aboutissements de la théorie de la phonologie structurale. Avec lui, on considère que l'unité significative élémentaire, le monème, est manifestée par une succession d'unités non significatives, les phonèmes, qui sont distinctives comme le montre l'opération de commutation qui s'effectue sur l'axe paradigmatique (en français [t] et [m] sont les réalisations respectives de deux phonèmes différents, comme le moɲtre le rapprochement de la paire minimale de mots /fone**t**ik/ et /fone**m**ik/ ; les unités qui commutent dans un contexte donné permettent de distinguer les unités significatives, de niveau supérieur, entre elles. On dit que ces unités, en nombre limité dans chaque langue, sont en **opposition** les unes par rapport aux autres, et les traits qui permettent de les différencier sont appelés **traits pertinents**. On les note entre barres obliques / /. Par exemple, en français il y a 17 phonèmes consonantiques /p, t, k, b, d, g, f, s, ʃ, v, z, ž, l, R, m, n, ɲ, /, qui commutent tous dans le contexte /# — *ã* #/, et les réalisations phonétiques, variées à l'infini, sont ramenées obligatoirement à l'un de ces 17 phonèmes qui sont donc des unités discrètes. Quant aux phonèmes vocaliques, on en met en évidence 16, qui commutent par exemple dans le contexte /#l — #/, /i, e, ɛ, a, y, ø, œ, u, o, ɔ, ɑ, ɛ̃, œ̃, ɑ̃, ɔ̃, ə/, tout en sachant que /ɑ/ et /œ̃/ ont disparu dans de nombreuses variétés de français, qu'il peut y avoir des « neutralisations » au niveau des voyelles moyennes, et que /ə/ a un comportement particulier. Comme il n'est pas évident de trouver différents contextes identiques dans lesquels apparaissent tous les phonèmes, on procède de proche en proche par la méthode dite des **paires minimales** (de morphèmes) : /p/ et /b/ servent à distinguer /**p**ato/ de /**b**ato/, mais si on veut les faire commuter avec /s/, il faudra trouver une autre série de morphèmes, par exemple /**s**eri/, /**p**eri/.

Ces phonèmes sont décrits par des traits articulatoires ou

acoustiques que l'on appelle **pertinents** car ils permettent d'opposer les phonèmes entre eux. De la multitude de traits phonétiques, tels que ceux qui sont utilisés par l'alphabet phonétique international (API), quelques-uns suffisent à construire le **système phonémique** (ou **phonologique**) d'une langue.

Ainsi, en français, le système vocalique utilise les 4 traits fondamentaux de la description phonétique des voyelles : antérieur (palatal)/postérieur (vélaire) ; degré d'ouverture (aperture des maxillaires) ou de « hauteur » de la langue divisé en 4 niveaux, fermé (haut), mi-fermé (mi-haut), mi-ouvert (mi-bas) et ouvert (bas) ; arrondissement des lèvres (pertinent seulement pour les voyelles antérieures) ; nasalité (pertinent seulement dans le cas des 3 voyelles mi-ouvertes et de la voyelle ouverte : [ɛ̃, œ̃ , ɔ̃, ɑ̃]. Le système consonantique a besoin de 4 traits : 3 traits binaires de **mode** d'articulation, qui définissent des séries, occlusif/fricatif, voisé/non voisé, nasal/non nasal, 3 traits (ou alors 1 trait ternaire) de **lieux d'articulation** qui définissent des ordres labial, dental, dorsal, auxquels on ajoute /l/ latéral et /R/ qui sont hors système. (Martinet a proposé de ramener le système à un autre ensemble de traits qui ne comporte pas l'opposition occlusif/fricatif. Il fait remarquer qu'en français les occlusives et les fricatives n'appartiennent pas aux mêmes ordres, c'est-à-dire qu'elles n'ont pas le même lieu d'articulation ; il suffirait donc d'avoir le trait de voisement (qui va servir à définir une corrélation) et 6 traits (ou alors un trait à 6 valeurs) de lieu d'articulation (plus /l/, /R/ et nasalité). On peut remarquer qu'une telle représentation est moins économique et moins concrète que la représentation habituelle décrite auparavant.)

Reprenant Troubetzkoy, on qualifie une opposition de *proportionnelle* si le rapport existant entre ses deux termes se retrouve dans au moins une autre opposition. Ainsi en français, l'opposition /p-b/ est proportionnelle puisqu'il existe également les oppositions /t-d/, /f-v/, etc. Plus importante est la notion de **corrélation** : il y a une série de 6 consonnes sourdes, /ptkfsʃ/, qui s'opposent à une série de 6 consonnes voisées, /bdgvzž/ ayant respectivement le même lieu d'articulation. L'existence de l'une ne va pas sans l'autre ; les deux séries s'opposent et s'impliquent réciproquement : elles forment la corrélation de sonorité. /t/ est sourd (non voisé) car il s'oppose à /d/ qui est sonore (voisé). Par contre les consonnes nasales ainsi que /l/

et /R/, qui n'entrent pas dans cette corrélation, ne sont phonologiquement ni « sourdes », ni « sonores » ; leur caractéristique phonétique de **voisement** sera déterminée par le contexte.

L'idée de corrélation permet de simplifier la description de règles de réalisations contextuelles, souvent dues à des phénomènes d'assimilation. Ainsi en français lorsque deux consonnes appartenant à la corrélation de sonorité se suivent, la deuxième impose son trait de voisement à celle qui la précède (phonétiquement on dit que la première anticipe le trait de voisement de la suivante). Cette assimilation joue par-delà les limites de mot, voire de syntagme ; ainsi on a [avgã, akfa, ɔpseʀv, bɛgdəgaz, gʀãtfij, …]. Mais les consonnes qui n'entrent pas dans la corrélation de sonorité ne suivent pas cette règle : elles prennent le trait de voisement de l'autre consonne, qu'elle soit avant ou après ; ainsi, on a [bʀi] mais [pχi], [kaʀd] mais [kaχt] ou [pœpḷ] mais [tabl], ou encore, selon le style, [fonetizm] ou [fonetisṃ] ([Ç̣] = consonne phonétiquement non voisée).

La recherche de paires minimales de morphèmes mettant en évidence toutes les combinaisons possibles, démarche décisive pour segmenter les phonèmes, établir leur liste ainsi que celle des traits pertinents, pour arriver à la description du système phonémique d'une langue, peut être préparée et complétée par une **analyse distributionnelle des phones**. Faire une étude distributionnelle, c'est montrer dans quels contextes apparaît une unité, et quelles unités apparaissent dans un même contexte donné ; en général on considère les **contextes de position** dans un morphème (ou mot) : début, fin, type de syllabe, rapport à l'accentuation et les contextes phoniques proprement dits, définis par le type de phones ou de traits.

Lorsque des unités apparaissent dans le même contexte linguistique, on dit qu'elles ont la même distribution [60]. Même en l'absence de paires minimales on peut considérer que des unités phoniques qui ont la même distribution sont des réalisations de phonèmes différents. En effet si deux unités phoniques ont exactement la même distribution, il y a de fortes chances que l'on trouve (ou que la langue « invente ») un paire minimale se différenciant par ces seuls phones. Certains linguistes ont d'ailleurs proposé de se cantonner strictement à une analyse distributionnelle sans faire appel aux paires minimales d'unités significatives. En revanche, si deux unités (phonétiquement différentes et assez facilement reconnues comme telles) n'apparaissent jamais dans le même contexte, mais toujours dans des contextes différents, on dit qu'elles sont en **distribution complémentaire** et qu'il s'agit, s'il y a une certaine parenté phonétique, de deux *réalisations d'un seul phonème*, déterminées par le contexte : il s'agit de variantes (ou réalisations) combinatoires ou contextuelles, ou encore d'**allophones** d'un phonème. Ce phénomène peut être dû, ou non, à un processus d'**assimilation** phonétique.

Ainsi, en français, une occlusive « dorsale » est réalisée palatale [c] au contact d'une voyelle palatale telle que [i] ou [e], et vélaire [k] au contact d'une voyelle vélaire telle que [u] ou [o] : [ci] et [ku] sont possibles, [cu] et [ki] sont impossibles ; la tradition est de représenter ce phonème dorsal par /k/ et donc les morphèmes par /ki/ et /ku/. La représentation graphique de phones en distribution complémentaire n'est pas toujours évidente ; on se base le plus souvent sur le nombre de réalisations dans la langue, ou sur l'élément qui de toute évidence sert de base à une modification phonétique. En espagnol, les occlusives voisées [b, d, g] et les fricatives voisées [β, δ, γ] sont respectivement en distribution complémentaire : les fricatives apparaissent à l'intervocalique et les occlusives ailleurs ; on dit qu'il s'agit de réalisations d'un même phonème « obstruant voisé » dont le trait de mode est conditionné par le contexte. Ils seront représentés respectivement par les symboles des occlusives qui dans ce cas correspondent à la graphie de l'espagnol, soit /b, d, g/.

Les structuralistes du Cercle de Prague avaient observé que certaines oppositions se manifestent dans certaines positions mais pas dans d'autres. L'exemple le plus connu est celui de l'opposition de voisement qui ne se manifeste pas dans tous les contextes aussi bien en allemand qu'en russe (cf. *all.* [bunt] qui renvoie à la fois aux mots *Bund* et *bunt* ; mais, lorsque la désinence *es* est ajoutée à ces mots, ils prennent des prononciations différentes : [bundes] et [buntes]. On dit alors que l'opposition de voisement, qui se manifeste dans les contextes initial et intervocalique, est *neutralisée* en position finale de mot, au profit, dans ce cas, de la réalisation non voisée). Troubetzkoy a proposé de représenter l'unité résultant d'une **neutralisation** par une lettre majuscule correspondant au signe minuscule correspondant de l'API, dont le trait phonétique apparaît, soit dans ce cas /T/, et il l'a appelé **archiphonème** ; ainsi les mots cités plus haut doivent être représentés phonologiquement par /bunT/ et /bunt/ respectivement. Il faut remarquer que le phénomène d'assimilation du trait de voisement des consonnes appartenant à la corrélation de voisement en français peut être interprété en termes de neutralisation et que donc la première consonne de la séquence peut être représentée par un archiphonème. Il en est de même pour les phénomènes d'**harmonie**, vocaliques ou consonantiques.

Ainsi, grâce à la méthode des paires minimales et à l'analyse distributionnelle, on établit le système phonologique, dit encore *phonémique*, ou *phonématique* (consonantique et vocalique) d'une langue, accompagné de ses règles de réalisation. Une unité n'existe en tant que phonème que parce qu'elle s'oppose à chacune des autres. Comme sans doute aucune langue n'a exactement le même système phonologique qu'une autre, on ne peut jamais dire qu'un phonème, par exemple /t/ ou /a/ est le même dans deux langues différentes. Pour cette théorie, la phonologie est propre à une langue, elle n'est ni générale, ni universelle. Cette position est l'un des fondements de la controverse entre A. Martinet et R. Jakobson. Pour ce dernier, les **traits distinctifs** qui doivent être décrits également en termes acoustiques, doivent être conçus en termes de **traits binaires** exclusivement ; ainsi les lieux d'articulation des consonnes, ou les degrés d'ouverture des voyelles qui peuvent être au nombre de 3, 4 ou plus selon les langues doivent être ramenés à une combinaison de traits binaires (2 traits binaires donnent effectivement 4 combinaisons possibles « ++, ––, +–, –+ ») ; on peut remarquer que si, en français, le traitement des consonnes à l'aide des traits « compact/diffus » et « grave/aigu » peut être satisfaisant, celui des voyelles ne l'est pas, puisque le trait tendu/relâché qu'il propose est inadéquat pour rendre compte de la différence entre /e/ et /ɛ/ ou /o/ et /ɔ/. La controverse se trouve aggravée par le fait que R. Jakobson déclare que ces traits distinctifs (**distinctive features**) binaires sont en nombre limité ; ils constituent un *inventaire universel* à partir duquel chaque langue choisit les constituants de son système phonologique propre. Ce sont eux les véritables éléments minimaux de la représentation phonémique, et non les phonèmes, conçus comme des matrices de traits. Cette conception des traits a été adoptée par le créateur de la grammaire générative transformationnelle, N. Chomsky, et développée par M. Halle (et K. Stevens) qui avait contribué avec G. Fant à l'entreprise de R. Jakobson. Elle reste présente dans les courants phonologiques contemporains.

Quelles que soient les critiques justifiées faites à la **phonologie générative**, il faut reconnaître qu'elle a permis un approfondissement de l'analyse phonologique, c'est-à-dire de l'étude des unités non significatives en relation avec tous les niveaux de l'analyse linguistique. Elle est exposée dans l'ouvrage de base de Chomsky et Halle *The Sound Pattern of English*. Pour la première fois, *la phonologie est conçue comme intégrée à une théorie globale de la grammaire*. C'est l'une des composantes de la grammaire, celle qui donne la prononciation standard réelle d'un énoncé : elle **interprète** la composante centrale syntaxique qui par ailleurs prend un sens par l'interprétation donnée par la composante sémantique [124 s.]. Cette théorie pose deux niveaux de représentation : l'un, superficiel, correspond à la transcription phonétique et l'autre, profond, à la sortie de la composante syntaxique, sortie constituée par une suite parenthésée (c'est-à-dire pourvue de son analyse syntaxique) de morphèmes abstraits [467]. Cette suite est constituée de segments (les phonèmes *profonds* ou *systématiques*) et de non-segments (les **bornes** de morphèmes et de mots). Le niveau phonémique structural n'est pas nécessaire parce que l'on passe directement des **traits** aux **phonèmes systématiques** ou **morphophonèmes**. Les unités segmentales ne sont pas définies par la commutation des éléments en surface, mais par ce que l'on observe dans les phénomènes d'*alternance morphologique* [38]. Ces segments sont des **matrices de traits binaires universels** (héritées de R. Jakobson mais définies autrement et en plus grand nombre) ; la représentation abstraite des morphèmes doit rendre compte des phénomènes de **liaison** et d'**élision**, et des alternances observées en surface, grâce aux choix de *bons* traits et de *bonnes* règles suivant un *bon* ordre dans l'interprétation donnée par la composante.

Par exemple, en français, on peut dire que le trait de nasalité des voyelles nasales est produit automatiquement par la composante. À partir de l'alternance entre [bɔ̃] ou [bɔ̃te] et les formes dérivées telles que [bon] ou [bonœʀ], on propose de représenter le morphème lexical comme |#bon#| ; une règle dit que si la séquence |-on-| est suivie d'une voyelle, par exemple [œ], aucune règle ne s'applique et la forme [bonœʀ] est obtenue. Si la voyelle est un schwa, noté [ə], et réalisation du morphème de genre féminin |ə|, la prononciation possible est [bonə] et une règle facultative propre au français « standard » non méridional supprime le schwa final. D'autre part une règle complexe, qui peut être écrite comme une succession de deux règles à appliquer obligatoirement, dit que |n| en fin de mot, comme toutes les consonnes, ou suivi d'une consonne, tombe après avoir nasalisé la voyelle précédente (le timbre exact de la voyelle nasale est donné par une règle tardive qui dit qu'en français les voyelles fermées s'ouvrent lorsqu'elles sont nasalisées) ; cette règle doit s'appliquer avant l'application de la règle de chute du schwa final, sinon la prononciation du féminin [bɔn] ne pourrait pas exister.

Ces règles se retrouvent dans d'autres cas, ne doivent pas se contredire, et un ordre établi ne peut pas être changé de façon *ad hoc*. (Pour pouvoir revenir en arrière, c'est-à-dire appliquer deux ou plusieurs fois une même règle, on a introduit la notion de **cycle** : une règle ne s'applique bien qu'une fois, mais à l'intérieur d'un domaine syntagmatique donné par l'analyse syntaxique ; on peut l'appliquer une nouvelle fois à un autre niveau syntaxique. Kiparsky a proposé un *niveau lexical*, indépendant de la composante phonologique, dans lequel les unités lexicales sont *spécifiées* par rapport à l'applicabilité d'une règle.) Ainsi la représentation du mot <gros> n'est pas /gʀo/ comme en phonologie structurale mais bien |gʀos| ; la même règle que précédemment fait tomber la consonne finale pour assurer la prononciation [gʀo] et ne s'applique pas lorsque la consonne est suivie d'une voyelle, par formation du féminin, par dérivation ou par la voyelle du mot suivant expliquant ainsi la liaison : |gʀos + ə|, |gʀos + ɛs| ou |gʀos + animal| (une autre règle explique le voisement en [z] qui ne s'applique pas lorsque |s| est au contact de la voyelle après chute du |ə| venant du féminin comme dans |gʀos + (ə) + afɛʀ|). Ces cas favorables montrent en quoi l'approche de la phonologie générative est en fait « morphophonologique ». On ne considère pas qu'il y a des allomorphes, par exemple les allomorphes court |gro| et long |gros| sur lequel se font toutes les dérivations, mais que l'application de règles phonologiques sur des unités lexicales abstraites rend compte des alternances de surface de cette forme.

La notion de position de pertinence est toujours utilisée, mais les phénomènes de distribution complémentaire et de neutralisation sont décrits de manière plus simple ; dans le premier cas on dit qu'un trait n'est pas **spécifié** et qu'il prend sa valeur dans tel ou tel contexte (par exemple en français, une occlusive « dorsale » (–antérieur, –coronal, +haut) n'a pas besoin d'être spécifiée du point de vue du trait *arrière* puisqu'elle est |+arrière| avec une voyelle |+arrière|, et |–arrière| avec une voyelle |–arrière| ; dans le deuxième cas on dit qu'un trait spécifié ailleurs, dans les positions de pertinence, prend automatiquement une valeur dans certains contextes et la notion d'archiphonème n'est plus nécessaire.

Le formalisme proposé par la phonologie générative est trop lourd, trop contraignant, et aboutit souvent à des solutions inexactes, ou d'une complexité peu satisfaisante ; elle souffre également du défaut que l'on reproche généralement à la grammaire générative, celui de ne pas s'appuyer sur des corpus représentatifs et de fabriquer des règles à partir de quelques exemples choisis.

C'est essentiellement à partir de discussions sur la représentation de l'**accentuation**, aussi bien en anglais que dans d'autres langues, qu'ont été mises en évidence les insuffisances de la phonologie générative et proposées des solutions de remplacement (*phonologie naturelle*, *upside-down phonology*, etc.). En fait ces discussions n'ont pas abouti tant qu'on est resté dans le cadre initial où l'on considère que la parole se représente par une *suite linéaire de segments concaténés* porteurs de différents degrés d'accent se déduisant de la structure syntaxique donnée à l'entrée de la composante phonologique selon des règles cycliques d'affaiblissement de l'accent orientées « à gauche » ou « à droite ». Il s'agissait de toute façon d'une analyse « bilinéaire » du même type que celle à laquelle conduisaient les termes « suprasegmental » et « segmental » [410] employés par les linguistes structuralistes américains classiques. Une rupture s'est produite à partir du moment où l'on a été capable de résoudre l'inadéquation fondamentale de *Sound Pattern of English* qui réside dans son incapacité à reconnaître le rôle des structures non segmentales, notamment syllabiques (cf. Encrevé).

Des solutions plus satisfaisantes ont été proposées avec le développement de la *théorie métrique* (M. Liberman 1975, M. Liberman et A. Prince 1977) et de la *théorie autosegmentale* (W. Leben 1976, J. Goldsmith 1976). Ces théories, parallèles au début, et qui semblaient pouvoir mieux correspondre à tel ou tel type de langues, se sont rejointes dans ce que J.-R. Vergnaud et M. Halle (1979 et 1980) ont appelé *phonologie à trois dimensions*, ce qui est devenu **phonologie non linéaire**, dite encore **multi-** ou **plurilinéaire**.

La **théorie métrique** de Liberman et Prince repose sur une alternance d'unités « fortes » et « faibles » : le schéma accentuel d'un mot ou d'une unité plus grande est représenté selon une structure à branchement binaire dans laquelle les « nœuds frères » sont étiquetés F ou f, le nœud F dominant le nœud frère f de même niveau. Le branchement se fait « à gauche » (Ff) ou « à droite » (fF) d'après des propriétés définies par ailleurs et dépendant de la langue ; on peut changer de sens d'un niveau à un autre, mais pas à un même niveau. Entre la suite segmentale et l'arbre syntaxique, il y a trois niveaux définis : syllabe (qui regroupe les segments), **pied** (qui regroupe les syllabes), mot (qui regroupe les syllabes et sur lequel se branche l'arbre syntaxique). Ainsi, dans une langue donnée, l'accentuation est soit donnée par une règle cyclique générale qui peut venir de la composante *linéaire*, soit déduite de la structuration en pieds et syllabes, ce qui peut revenir au même si ces deux opérations dépendent des mêmes propriétés segmentales ou si l'on définit le « pied » comme une catégorie phonologique au même titre que *segment* ou *syllabe*. L'introduction de la catégorie *pied* permet un niveau supplémentaire d'inversion du branchement F/f ou f/F ; il rend le trait *accent* inutile dans une langue comme l'anglais, mais il n'est pas nécessaire en français. L'accent principal 1 tombe sur la syllabe dominée par les nœuds F ; les autres sont des accents secondaires 2, 3, 4, dont la force relative est définie par le degré d'enchâssement dans la structure, c'est-à-dire le nombre de nœuds F dominant le nœud f le plus bas. Par ailleurs les mots s'organisent hiérarchiquement selon un arbre syntaxique en principe binaire. Correspond donc à l'arbre syntaxique, un arbre métrique isomorphe dont les branches sont alternativement F et f aboutissant à des nœuds frères F et f qui branchent à leur tour.

Cette théorie a été utilisée par F. Dell pour expliquer les régularités d'accentuation en français qui sont conditionnées par la structure syntaxique. Ce qui se passe au niveau de l'accentuation de la phrase, qui est toujours caractérisée par un branchement f/F, est illustré par ces exemples de F. Dell :

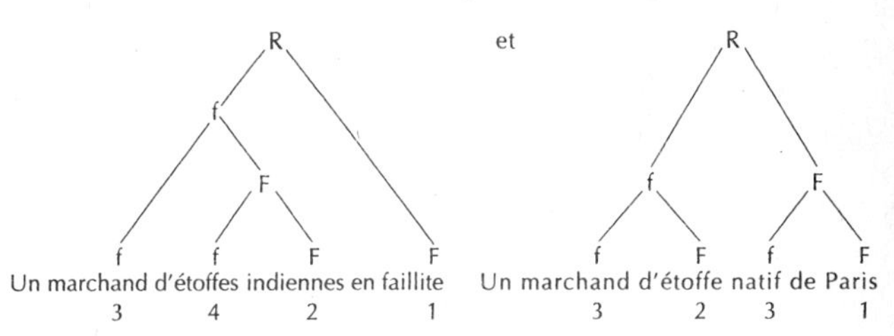

À partir de là on construit une *grille métrique* qui indique le poids relatif des syllabes d'après le chemin parcouru pour aller de la voyelle à la racine de l'arbre, c'est-à-dire le nombre de nœuds F rencontrés et leur niveau. Cette grille métrique représente le schème accentuel observé ; il doit être *conforme* à l'*arbre métrique* dérivé de l'arbre *syntaxique*. Elle est soumise par ailleurs à une contrainte d'**eurythmie** et de *non-contiguïté*, pour empêcher que deux syllabes *fortes* soient côte à côte ; on explique ainsi le déplacement de l'accent lorsque, dans la juxtaposition de morphèmes ou de mots, deux syllabes normalement accentuées lorsque l'unité est isolée, sont contiguës : par exemple en anglais on a *thirteen* mais *thirteen boys*, ou, en français, on a plutôt *dix-sept* et *dix-sept filles*.

Les schémas accentuels possibles d'une suite morphosyntaxique sont déterminés par la structure des constituants superficiels. Pour qu'une configuration soit bien formée, il faut que l'arbre métrique soit appliqué de façon « conforme » dans le schéma accentuel qui lui est associé. Autrement dit, on considère que la grammaire engendre séparément des arbres métriques et des grilles métriques, puis elle les apparie au hasard ; seules sont retenues comme grammaticales les paires qui remplissent certaines conditions de bonne formation.

Puisque dans de nombreuses langues, dont le français, le paramètre physique le plus important de l'accent est la *fréquence fondamentale*, on peut considérer avec F. Dell que la courbe mélodique observée dépend de deux facteurs : le schéma accentuel et le *motif tonal* qui est constitué d'une suite de tons *Bas*, *Moyen*, *Haut*. Les motifs tonaux, en nombre limité comme dans toute langue, sont assignés selon des règles d'attribution de type *autosegmental*. Une telle conception de la phonologie est bien évidemment globale et intégrée dans une grammaire.

Avec la **phonologie autosegmentale**, proposée par J. Goldsmith (1976), les représentations phonologiques ne sont pas constituées d'une concaténation, selon un axe unidimensionnel, de segments correspondants aux phones ou aux phonèmes, comme dans la phonologie structurale classique ou comme dans la phonologie générative, mais de toutes les unités utilisées dans l'analyse phonologique, c'est-à-dire dans l'étude des unités non significatives, qui s'alignent sur des *tiers (tires, gradins, paliers, lignes)* autonomes s'articulant sur l'axe temporel (de la parole) composé d'une succession d'unités temporelles, les *points squelettiques*, grâce auxquelles la dimension *durée* est représentée. Sur une ligne autonome, les syllabes se suivent regroupant les points squelettiques selon leur structure propre constituée fondamentalement d'une **Attaque** et d'une **Rime** (qui peut être divisée en **Noyau** et

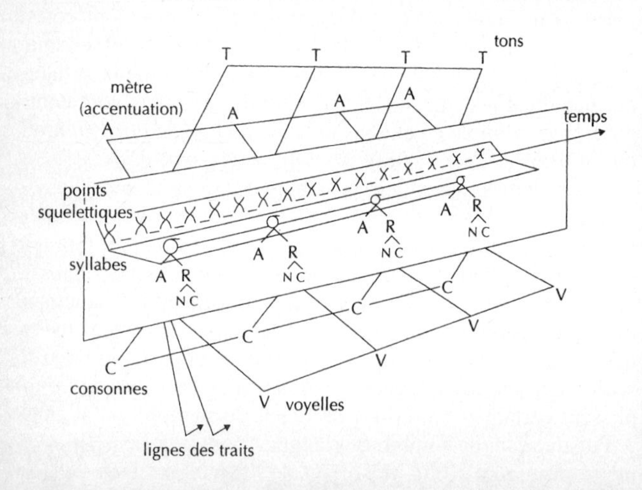

Coda) ; les segments, Voyelles et Consonnes, se répartissent sur d'autres lignes autonomes, les voyelles ne pouvant correspondre qu'au Noyau, les Consonnes pouvant constituer une Attaque ou une Coda. Une autre ligne correspond au domaine **Tonal** et une autre au domaine Métrique et Accentuel ; d'autres lignes, enfin, sont consacrées à tel ou tel trait phonétique.

L'association entre les lignes se fait selon des principes généraux universels qui doivent obéir à des conditions de bonne formation. D'une façon générale *la notion de règle n'existe plus.*

Par exemple dans le domaine tonal, on part du principe fondamental suivant : 1° toutes les voyelles sont associées chacune à au moins un ton, et tous les tons sont associés chacun à au moins une voyelle ; 2° les lignes d'association ne se croisent pas. Ainsi exprimé, cela n'explique pas précisément la manière dont les tons et les voyelles se lient ; si la taille d'un domaine dépasse celle de l'autre, l'association peut produire des formes non convenables et par exemple rien ne dit si on peut avoir :

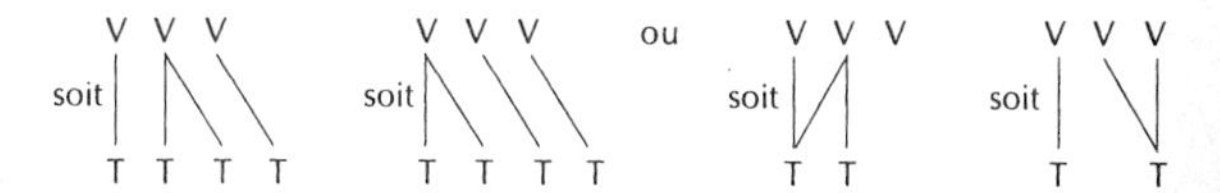

Il faut donc préciser ce principe comme l'ont fait F. Dell et J.-R. Vergnaud (1984), dans le cas d'une **propagation vers la droite** : (i) En partant du début, associer le premier ton à la première voyelle, le deuxième ton à la deuxième voyelle, et ainsi de suite jusqu'à ce que tous les tons et toutes les voyelles aient été associés. (ii) Si à l'issue de (i) il reste encore des tons non associés, les associer à la dernière voyelle. (iii) Si à l'issue de (ii) il reste encore des voyelles non associées, les associer au dernier ton. D'après ces contraintes, seules les représentations suivantes sont possibles :

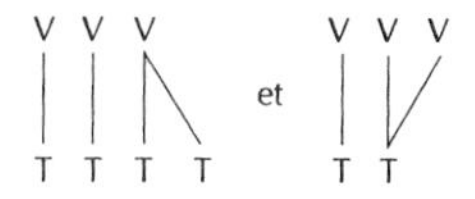

Cette représentation autosegmentale ne s'applique pas qu'aux phénomènes tonaux ; elle s'applique également aux phénomènes segmentaux, par exemple à la **propagation des traits** sur les segments et ses limites sur les lignes consonantique ou vocalique, rendant compte ainsi de phénomènes d'harmonie consonantique ou vocalique. Ainsi le trait *arrondi* ou *nasal* d'un segment déclenchant peut se propager avant (anticipation) et après (persistance) sur les segments successifs, consonantique et/ou vocalique, jusqu'à ce qu'il y ait un blocage provoqué par une limite de niveau quelconque (syllabe, morphème, mot, syntagme, etc.).

C'est dans ce cadre syllabique et non linéaire que P. Encrevé a proposé une explication convaincante du mécanisme de la liaison en français : une syllabe est une suite temporelle de type « CVC », avec un nombre de consonnes allant de zéro à trois en français ; on sait qu'une consonne finale non prononcée le devient lorsqu'elle est suivie d'une voyelle ; il y a resyllabation de CV(C)-V(...) en CV-CV(...) ; on peut dire que la consonne « flottante » va occuper la place vide suivante pour assurer l'« enchaînement » lorsqu'il s'agit d'une liaison obligatoire (par exemple dans <ils sont arrivés>). P. Encrevé insiste sur le fait que « l'interprétation segmentale et l'interprétation syllabique du squelette sont deux opérations séparées ». Il propose donc une convention universelle qui dit que « les "autosegments", constituants syllabiques flottants, ne peuvent s'ancrer que dans des positions du squelette qui sont interprétées segmentalement », et une condition propre au français qui dit qu'une consonne finale flottante ne peut s'ancrer dans le squelette que si le mot suivant dans la chaîne parlée commence par une *attaque nulle* ».

La réflexion a également porté sur la nature et la représentation des traits et des segments. Ces nouvelles idées tiennent compte des progrès des connaissances dans le domaine de la phonétique moderne, par exemple de la *co-articulation* et de la dynamique des gestes articulatoires.

Pour N. Clements (1985) ils ne doivent plus être considérés comme de simples matrices de traits non ordonnés. Ils ont une hiérarchie interne qui peut être représentée par une **géométrie des traits** : un segment comporte un Nœud de base (Consonne ou Voyelle) auquel sont associés hiérarchiquement des nœuds *nasal*, *laryngal* et *supraglottique*. À ces nœuds sont associés des nœuds de *manière* et de *place* (les chercheurs discutent sur le rattachement exact de certains nœuds, ou sur la nécessité d'un nœud *pharyngal*). Cette hiérarchie doit permettre d'expliquer les mécanismes et les limites des processus phonologiques.

D'autres auteurs proposent une interprétation plus radicale de la structure interne des segments : les propriétés phonétiques ne sont plus conçues en termes de traits binaires, car des valeurs « – » ne devraient pas être imaginables.

La **théorie du charme et du gouvernement**, de J. Kaye, J. Lowenstamm et J.-R. Vergnaud (1985) (KLV), est l'une des théories phonologiques plurilinéaires qui prend en considération la syllabe comme unité de base pour l'analyse des processus phonologiques, et qui propose une *structure interne des segments* hiérarchisée dont certains des éléments vont être « déclencheurs » des *gouvernements* de différents phénomènes phonologiques.

Selon les auteurs, il y a six éléments de base vocalique et cinq autres éléments pour engendrer les segments consonantiques, qui sont marqués par un *trait* **chaud** sauf la *voyelle* **froide**. Chacun de ces éléments est « prononçable ». Les processus phonologiques n'ont pas d'accès direct aux traits qui ne peuvent être manipulés qu'indirectement, par combinaison des éléments pour former des segments, ou par décomposition des segments en leurs parties constituantes. *Les processus phonologiques se déroulent par association et dissociation des éléments.*

Les éléments sont les suivants :

1. I° : [–Arrière]
2. U° : [+Arrondi]
3. v° : « voyelle froide qui n'est pas marquée par un trait chaud »
4. A^{+} : [–Haut]
5. I^{+} : [+ATR]
6. N^{+} : [+Nasal]
7. R° : [+coronal]
8. $?^{\circ}$: [+constricted]
9. F° : [+continu]
10. L^{-} : [+cordes vocales souples]
11. H^{-} : [+cordes vocales rigides]

Ces éléments portent un **charme** soit *positif*, soit *négatif*, soit *neutre*.

Les **éléments charmés positifs** (signe +) représentent la

maximalisation des trois cavités supra-glottales, à savoir, A^+ cavité buccale, I^+ cavité pharyngale et N^+ cavité nasale.

Les **éléments porteurs du charme négatif** « – » vont caractériser d'une part les lenis (L^-) et les fortis (H^-) lorsqu'une langue utilise cette distinction, et d'autre part, le ton bas et le ton haut pour les langues à tons.

Les autres éléments sont sans charme ou **charmés neutres** : « ^{o} ».

Dans une syllabe, l'attaque porte un charme soit négatif soit neutre mais le noyau porte toujours un charme positif (sauf dans le cas où le segment est représenté par l'élément de la voyelle froide seule : il sera alors « charmé neutre »).

La réalisation de chaque segment est considérée comme l'expression d'une « opération de fusion », c'est-à-dire d'une combinaison de ces différents éléments dont certains servent de **tête** (par convention de la théorie, la tête sera soulignée) et les autres d'**opérateur(s)**.

Les voyelles d'une langue à 7 voyelles plus une voyelle neutre, comme le français, sont ainsi représentées :

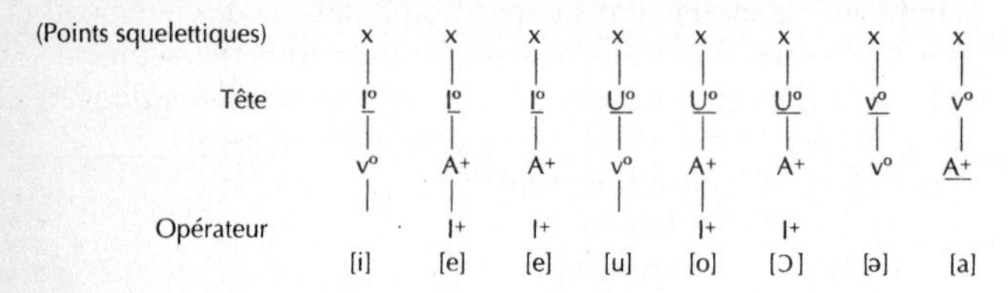

Et les consonnes ont une représentation de ce type :

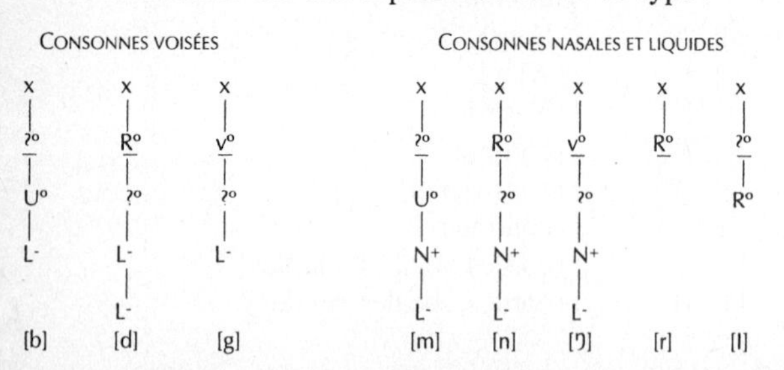

La tête de chaque expression de fusion est soulignée ; les autres éléments sont des opérateurs : on peut remarquer que les segments vocaliques ont un charme positif sauf [ə] qui est la réalisation phonétique de la voyelle froide. Par exemple, [i] est l'expression de la fusion des éléments dont les traits chauds sont [–Arrière] (I^o) et [+ATR] (I^+).

On peut ainsi calculer le **charme** d'une expression : (i) Deux éléments (ou expressions) ayant le même charme ne peuvent se combiner s'il ne s'agit pas du charme neutre. (ii) *a)* Le charme d'une expression est le charme de sa tête (si la tête est l'élément A^+, l'expression a un charme positif). *b)* Le charme d'une expression est le charme de son opérateur (I^+, N^+, H^-, L^-), si le charme de sa tête est neutre.

Les principes de « gouvernement » sont définis par les critères de la binarité d'association et de la relation asymétrique entre deux positions « squelettiques ». Parmi les segments, certains sont **gouverneurs** et les autres **gouvernés**, et ils apparaissent dans les positions A et N, selon ce pouvoir, car il existe des domaines de gouvernement dans la phonologie. Il faut considérer qu'un mot est non pas une séquence de syllabes mais plutôt une « organisation hiérarchique de syllabes ».

NB : Le gouvernement s'observe non seulement au niveau de la structure syllabique, mais aussi dans les contextes trans-syllabiques. C'est ce niveau du gouvernement qui permet de distinguer les formes « nitrate » et « night rate » en anglais ou « patrie » et « Pat rit » en français. Le *gouvernement* cherche à résoudre le mystère fondamental de la structure syllabique. Si « sac » est une syllabe bien formée en français ainsi que « ré », pourquoi « sac-ré » n'est-il pas un mot possible en français ? On remarque que ce serait possible si les mots étaient de simples suites de syllabes, alors que la théorie montre que « sa-cré » est la seule syllabation interne de mot de la suite « s + a + k + r + é ». Un mot comme « par-ti » est possible, car c'est le /t/ qui gouverne le /r/, mais « pat-rie » ne l'est pas, car le /r/, qui n'a pas de charme, ne peut pas gouverner le /t/. Par contre, « pa-trie », comme « sa-cré », est une syllabation possible.

Si les traits continuent de faire l'objet de nouvelles hypothèses, c'est essentiellement dans la mesure où une meilleure représentation serait utile pour mieux comprendre ce qui est au cœur de la recherche phonologique actuelle, à savoir le concept de syllabe et son rôle, et les processus dynamiques qui se déroulent au niveau des unités non significatives du langage.

■ S.R. Anderson, *Phonology in the Twentieth Century*, Chicago, 1985 ; N. Chomsky et M. Halle, *The Sound Pattern of English*, New York, 1968 (trad. fr. *Principes de phonologie générative*, Paris, 1973) ; G.N. Clements, « The geometry of phonological features », *Phonological Yearbook*, 2, 225-252, 1985 ; F. Dell, *Les Règles et les sons*, Paris, 1973 ; F. Dell, D. Hirst et J.-R. Vergnaud (eds.), *Forme sonore du langage, structure des représentations en phonologie*, Paris, 1984 ; P. Encrevé, *La Liaison avec et sans enchaînement : phonologie tridimensionnelle et usages du français*, Paris, 1988 ; E. Fischer-Jørgensen, *Trends in Phonological Theory*, Copenhague, 1975 ; J. Goldsmith, *Autosegmental Phonology*, thèse Ph.D., MIT, 1976 ; J. Goldsmith, *Autosegmental & Metrical Phonology*, Oxford, 1990 ; M. Halle et J.-R. Vergnaud, « Three dimensional phonology », *Journal of Linguistic Research*, 1, 83-105 ; H.G. Van der Hulst et N. Smith (eds.), *Advances in Non Linear Phonology*, Dordrecht, 1985 ; H.G. Van der Hulst et N. Smith (eds.), *The Structure of Phonological Representations*, Dordrecht, vol. 1 : 1982, vol. 2 : 1983 ; R. Jakobson, G. Fant et M. Halle, *Preliminaries to Speech Analysis*, MIT, Cambridge (Mass.), 1952 ; R. Jakobson et M. Halle, *Fundamentals of Language*, La Haye, 1956 ; D. Jones, « On phonemes », *TCLP*, IV, 74-79, 1931 ; J. Kaye, J. Lowenstamm et J.-R. Vergnaud, « The internal structure of phonological elements : a theory of charm and government », *Phonology Yearbook*, 2, 305-328, 1985 ; M. Kenstowicz, *Phonology in Generative Grammar*, Oxford, 1994 ; P. Kiparsky, *Explanation in Phonology*, Dordrecht, 1982 ; B. Laks et A. Rialland (eds.), *Architecture des représentations phonologiques*, Paris, 1993 ; B. Laks et M. Plénat (eds.), *De natura sonorum. Essais de phonologie*, Vincennes, 1993 ; W. Leben, *Suprasegmental Phonology*, thèse Ph.D., MIT, 1973 ; P. Léon, H. Schogt et E. Burstynsky, *La Phonologie*, vol. 1 : *Les Écoles et les théories*, Paris, 1977 ; M. Liberman et A. Prince, « On stress and linguistic rhythm », *Linguistic Inquiry*, 8, 249-336, 1977 ; W. Makkai (ed.), *Phonological Theory. Evolution and Current Practice*, New York, 1972 ; A. Martinet, *Économie des changements phonétiques*, Berne, 1955 ; A. Martinet, *Éléments de linguistique générale*, Paris, 1960 ; K. Pike, *Phonemics : A Technique for Reducing Language to Writing*, A. Arbor, 1947 ; F. de Saussure, *Cours de linguistique générale*, Paris, 1916 ; M. Swadesh, « The phonemic principle », *Language,* 10, 117-129, 1934 ; N.S. Troubetzkoy, *Grundzüge der Phonologie*, Prague, 1939 (trad. fr. *Principes de phonologie*, Paris, 1949) ; W.F. Twaddell, *On Defining the Phoneme*, Baltimore, 1935.

PROSODIE LINGUISTIQUE

La prosodie (ou étude de l'**intonation** au sens large) concerne ce qui est à un niveau « supérieur » à celui de la plus petite unité isolable sur le plan phonétique ou phonologique, que l'on appelle « phone », « segment » ou « phonème » selon le niveau d'analyse auquel on se place.

Comme tout signal acoustique, le **signal de parole** varie conjointement selon deux dimensions :

Des impulsions acoustiques caractérisées par une certaine énergie globale se succèdent plus ou moins régulièrement sur l'*axe temporel*, avec des moments de silence (si ces impulsions sont régulières, il s'agit d'un son périodique, complexe dans le cas de la parole, c'est-à-dire ayant une **fréquence fondamentale** de vibration sur le plan de la production physique et donnant une impression de **hauteur** (musicale) sur le plan de la perception ; si elles sont irrégulières, sans « périodicité », il s'agit de « bruit ») ; ces événements acoustiques sont caractérisés par la façon dont l'énergie globale se répartit sur l'ensemble des fréquences qui constituent chaque impulsion, définissant ainsi un *axe spectral*.

Ainsi chaque son se caractérise par son **spectre** défini selon la répartition des zones de concentration d'énergie (donnant, sur le plan perceptif et auditif, un **timbre** caractéristique) et par la **durée** pendant laquelle varient l'intensité globale et la fréquence fondamentale s'il s'agit d'un son complexe périodique.

Chacun des paramètres physiques dégagés, spectre, durée, intensité et fréquence fondamentale peut être utilisé dans une langue donnée au niveau de la caractérisation des unités minimales de type « phone », phonème », « segment ». Il est intéressant de noter que dans une langue telle que le français, il y a une adéquation pratiquement totale entre « analyse spectrale » et « segments phoniques », que ce soit au niveau phonétique ou au niveau phonologique.

(Du point de vue « articulatoire », les paramètres spectraux correspondent, d'une façon générale, à la forme du chenal buccal, c'est-à-dire au lieu d'articulation ; les paramètres prosodiques correspondent à la phonation elle-même : dynamique du flot d'air expiratoire et activité des cordes vocales en position de phonation dans le larynx.)

Mais ces paramètres acoustiques servent également à caractériser les phénomènes « prosodiques » ou « intonatifs » (au sens large du terme) : « jointures » et « pauses », « accentuation », « intonation » (au sens étroit du terme, équivalent à « mélodie » sur le plan perceptif). La régularité plus ou moins grande de leur variation sur l'axe temporel permet de définir au niveau perceptif la notion de rythme. Le nombre d'unités minimales par seconde (phones ou syllabes) permet de parler de **débit** et de **tempo**, général ou local.

Quelques notions de base

Jointure : En français, la suite phonématique /lə papadi/ correspond aux énoncés « le pape a dit » et « le papa dit ». La différence possible de prononciation, qui est en rapport avec la coupe syllabique, est due à la différence des liens entre le deuxième /p/ et les deux /a/ qui l'entourent : la « jointure » est différente selon que /p/ appartient à la syllabe précédente ou à la suivante. Les phonologues structuralistes américains la considéraient comme un véritable « phonème » noté /+/ ; cela permet d'avoir deux représentations phonologiques, respectivement /lə pap + adi/ et /lə pa + padi/. Il faut insister sur le fait que la « jointure » est une unité phonologique abstraite dont la réalisation physique est très variable ; elle se manifeste rarement par une véritable **pause**, mais plutôt par une variation de tous les paramètres. G. Faure avait cité l'exemple de la suite /žaklavalevu/ qui correspond aux énoncés écrits « Jacques, Laval et vous », « Jacques Laval et vous », « Jacques, Lavalé, vous », « Jacques Lavalé, vous ? », « Jacques, l'avalez-vous ? » ; chacun de ces énoncés peut se prononcer de manière différente, et donc être compris, en donnant les valeurs voulues aux paramètres prosodiques, c'est-à-dire en réalisant des contours prosodiques différents.

La variation des paramètres temporels physiques va prendre une valeur à différents niveaux de l'analyse linguistique sans qu'il y ait correspondance terme à terme entre les deux dimensions ; en fait, chaque paramètre joue un rôle à chaque niveau linguistique, et chaque niveau linguistique se caractérise par la co-variation avec relations d'échange, de tous ces paramètres.

Accent et **rythme :** Du point de vue phonétique, « accent » se comprend au niveau perceptif comme élément (syllabe) « proéminent » ; au niveau de la production il met en jeu une variation des paramètres prosodiques **f_0**, intensité et durée. En français, l'accentuation « normale », non emphatique, se marque essentiellement par une montée de « f_0 » sur une syllabe allongée.

La succession des syllabes proéminentes et non proéminentes crée un « rythme » défini par la distance temporelle entre deux syllabes accentuées. Le rythme peut être perçu de manière autonome, « musicale », mais en français conversationnel, il est fortement corrélé à la structure syntaxique et discursive de l'énoncé, sans correspondre systématiquement à un rythme métrique bien défini.

(NB : La réalisation des « e muets » de la graphie du français est liée, en production et en perception, à la rythmicité du discours.)

Niveaux segmental et suprasegmental

On peut considérer que les unités minimales sont « concaténées », c'est-à-dire s'enchaînent, se suivent et s'ordonnent sur un axe temporel, constituant une dimension caractéristique et fondamentale du langage humain, le niveau « phonémique » strict ou **segmental**, et que ces unités s'organisent entre elles pour former des morphèmes et s'intègrent dans un niveau supérieur dit « prosodique » ou **suprasegmental**.

Par rapport à la simple concaténation d'unités morphologiques (de mots) selon un certain ordre et selon certaines règles syntaxiques, qui donne un sens, ou une possibilité de sens, simplement dénotatif, l'intonation se combine à la syntaxe pour assurer la « cohésion » de la parole, c'est-à-dire donner une indication de mise en relation des unités sur l'axe temporel syntagmatique [267 s.] ; c'est un rôle linguistique capital qui permet de définir la **phonosyntaxe**, étude des relations entre structures sémantico-syntaxiques et prosodiques. Mais l'intonation, dans la parole « spontanée », « naturelle », est également, et peut-être essentiellement, pertinente au niveau des autres fonctions du langage, surtout au niveau de la manifestation des attitudes et des émotions.

On sait que des énoncés bien « articulés » (« phonémisés »), mais non intonés, ou mal intonés, c'est-à-dire sans variation prosodique ou avec des variations mal réalisées, peuvent être mal compris ou pas compris du tout. C'est ce que l'on peut constater chaque fois que l'on entend de la parole perturbée soit parce qu'il y a des raisons pathologiques physiques ou psychologiques qui bloquent le contrôle de la prosodie, soit parce que cette parole a été prononcée par un locuteur non natif maîtrisant mal cet aspect de la langue seconde qu'il apprend.

Cela est dû au fait que la prosodie a un double rôle : d'une part elle contribue à l'organisation syntaxique et discursive du discours, et d'autre part, en tant que gestuelle vocale, elle permet l'expression des attitudes et des émotions dans une langue donnée.

Le peu d'intérêt souvent rencontré pour l'étude des phénomènes prosodiques vient en grande partie du fait que, pour des raisons certes compréhensibles, la linguistique est réduite à l'étude de la grammaire normée de textes écrits (ou transcrits) à l'aide d'alphabets divers, c'est-à-dire utilisant des codages de représentation graphique différents, mais pouvant tous être ramenés à un ensemble limité d'unités de la taille d'un « phone », ou parfois d'une syllabe, qui se combinent linéairement.

L'utilisation des moyens technologiques modernes a provoqué une véritable transformation de l'étude scientifique de la parole sous tous ses aspects, tout en la rendant plus facile d'accès, aussi bien en ce qui concerne sa production que sa perception ou encore son acquisition, son développement et sa perte.

La **syllabe** semble être l'unité fondamentale qui permet de décrire les schémas prosodiques fondamentaux d'une langue donnée. Certes la notion de syllabe n'est pas utilisée en linguistique structurale classique, car les différents niveaux d'analyse s'enchaînent sans qu'il y ait besoin de ce niveau essentiellement perceptif : on va du plus petit, celui du « phonème », au plus grand, celui de la « phrase », en passant par ceux du « morphème », du « mot », du « syntagme », etc. Mais les études récentes sur l'acquisition du langage ont établi le rôle central de cette unité.

D'un côté, les psycholinguistes ont montré que les syllabes doivent être considérées comme étant les unités minimales de perception, à partir desquelles se mettent en place les unités phonémiques ; d'un autre côté, elles s'organisent entre elles pour former des unités significatives tout en étant porteuses des variations prosodiques.

Du point de vue ontogénétique, on peut admettre que dès la naissance se met en place progressivement un système qui permet au petit d'homme d'entrer en interaction avec le monde extérieur et de communiquer.

Au niveau de la perception, on a montré qu'il y a des contours prosodiques et des rythmes privilégiés, préférés, donc reconnus par le nourrisson ; l'adulte s'ajuste à sa demande et grâce à cela la communication significative est maintenue. On a mis en évidence, dans les années soixante-dix, la *synchronie interactionnelle* qui existe entre adulte et bébé : le nouveau-né rythme avec les doigts la parole humaine, et pas les autres phénomènes sonores, dès le premier jour.

Au niveau de la production, il est bien prouvé que le bébé utilise des variations prosodiques et rythmiques avec syllabation minimale provoquée par des arrêts de la phonation ou par une succession d'ouvertures et de fermetures du chenal buccal. Ces variations sont porteuses de sens au niveau de l'expression des émotions primaires.

À partir du 5e-6e mois se met en place progressivement un regroupement syllabique signifiant et une phonémisation selon les caractéristiques linguistiques de la parole ambiante, en même temps que les valeurs discursives modales et attitudinales s'associent aux variations prosodiques.

Le « paradoxe » de l'intonation

« *L'intégration de tous les paramètres phonétiques en un signal complexe est sans aucun doute un moyen général pour exprimer une information prosodique multiple ; associée à des schémas attitudinaux et modaux, elle peut aboutir à une évolution de l'encodage mélodique au niveau linguistique et contribuer à la dynamique diachronique des langues* » (I. Fónagy).

C'est bien ce que l'on retrouve dans la parole adulte constituée mais perturbée : si l'organisation rythmique et intonative n'existe pas ou est fausse, elle n'est pas reconnue et il ne peut pas y avoir compréhension par regroupement en morphèmes et mots, même si chaque phone pris isolément est réalisé correctement. Inversement, une bonne organisation rythmique et intonative conduit à une bonne compréhension même si la réalisation des segments n'est pas partout satisfaisante. Cela est bien connu de ceux qui s'intéressent à la production et à la reconnaissance d'une langue étrangère tant qu'elle n'est pas bien maîtrisée, et de ceux qui s'intéressent à la production et à la perception de la parole des sourds ou des personnes ayant un mauvais contrôle de la phonation.

S'il en est ainsi, on voit comment se définit une « phonosyntaxe » de la phrase simple, c'est-à-dire une grammaire incluant les relations entre structures morpho-syntaxiques et structures prosodiques.

Quelle que soit la théorie grammaticale que l'on adopte, et si on laisse de côté le cas de « l'ordre » (jussif, impératif), on peut considérer qu'en français, ou toute autre langue, un énoncé renvoie tout d'abord à poser la relation prédicative établie comme une assertion positive ou négative, ou à une non-assertion.

Dans ce dernier cas, on interprète l'énoncé comme étant une question **totale**, qui demande une réponse par « oui » ou par « non », sur le caractère globalement positif ou négatif de la relation. On parle souvent de « modalité interrogative » ou de « modalité déclarative » d'un énoncé [697 s.]. Ces modalités se marquent par une utilisation combinée ou exclusive de marques morphologiques, de l'ordre des mots et de l'intonation.

En français et dans bien d'autres langues, la modalité interrogative peut n'être marquée que par l'intonation, plus précisément par une montée mélodique en fin d'énoncé comme dans la prononciation attendue de « Il pleut ? ». « Est-ce qu'il pleut ? », « Pleut-il ? » peuvent avoir le même schéma intonatif montant ; mais ils peuvent être réalisés avec un contour descendant puisque l'interrogation est déjà indiquée par d'autres moyens.

NB : Il faut préciser ici que l'on parle d'interrogation **partielle** lorsque la question porte sur un élément quelconque de la relation prédicative : ayant posé un « thème » c'est-à-dire quelque chose de connu, on attend un « rhème » c'est-à-dire une information nouvelle [54]. En français, on emploie des morphèmes tels que « quand », « que/quoi », « comment », « qui », etc. Les constructions morpho-syntaxiques sont variées et on peut avoir « Il part quand ? », « Quand il part ? », « Quand part-il ? », « Quand est-ce qu'il part ? », « Il fait quoi ? », etc., mais *« Part-il quand » ou *« Est-ce qu'il part quand ? » sont impossibles. Toutes ces suites ont le même schéma mélodique descendant que celui de la phrase assertive correspondante « il part demain » ; un schéma montant impliquerait une autre dimension.

C'est dire qu'un **contour mélodique** montant, ou se terminant par une remontée, est caractéristique de l'interrogation « totale » non marquée par d'autres moyens, alors qu'un patron descendant, ou se terminant par une descente, peut s'associer à tous les autres énoncés. Le phénomène est de même ordre en anglais : D. Jones avait appelé le contour montant-descendant *« Tune 1 »*, et *« Tune 2 »* le contour montant-descendant-remontant.

Les variations possibles sur ces contours de base vont accompagner ou caractériser les regroupements à l'intérieur de l'énoncé ainsi que les autres modalités qui peuvent se greffer sur la relation prédicative de base ; ou alors elles correspondront à des organisations discursives, pragmatiques tout à fait différentes.

Avec A. Culioli, on peut considérer que sur la modalité d'assertion vont se combiner d'autres modalités regroupées en trois niveaux dont le premier et le dernier peuvent avoir des marques intonatives :

– « modalités » indiquant comment le sujet-énonciateur

envisage l'énoncé dans sa globalité ou la relation entre les termes de la prédication par rapport à « certain », « possible », « visée-volonté », « hypothèse », « probabilité », « devoir », « désir-ordre-souhait » ;

– « modalités » du domaine du « causatif » ;

– « modalités » de type « appréciatif ».

Par cette démarche, on s'aperçoit que l'on peut passer graduellement des aspects proprement syntaxiques aux aspects sémantico-pragmatiques. En français, ou dans toute langue, on peut exprimer une attitude par des moyens lexicaux comme dans l'énoncé « pour vous impressionner et pour avoir satisfaction, je vais vous dire que j'ai faim et que j'aimerais bien avoir quelque chose à manger grâce à vous tout de suite ». Mais dans la parole, il suffit peut-être d'énoncer « J'ai faim » avec un certain contour intonatif. L'action sur l'autre, la manifestation d'une émotion, peuvent être indiquées par l'emploi d'éléments lexico-syntaxiques accompagnés ou non d'une variation prosodique induite par le « poids sémantique » des mots utilisés, mais les seuls indices prosodiques peuvent suffire à remplir ces fonctions. Il s'agit bien de la « signification sur le plan des attitudes » transmise par l'intonation (« Attitudinal meaning conveyed by intonation »).

Pierre Léon a proposé une systématisation, dite **phonostylistique**, qui, en ce qui concerne le français, peut être ainsi résumée :

Les indices significatifs sont les suivants : niveau mélodique moyen **(registre)**, écart mélodique, forme du contour mélodique (qui peut inclure la mélodicité, l'aspect temporel des variations mélodiques), intensité globale moyenne, écarts d'intensité, pauses, durée de l'énoncé. La variation systématique de ces indices à partir d'une valeur de référence relevée sur la production jugée « neutre » d'un énoncé banal provoquera un changement dans l'interprétation de la conduite émotive. Un énoncé tel que « Les étudiants ont acheté l'encyclopédie du langage » peut renvoyer à différentes attitudes du locuteur selon « l'intonation » employée.

Ainsi « joie » et « ironie » seront caractérisées par une variation positive de tous les indices (d'autres indices plus fins permettront de les distinguer). L'« admiration » est caractérisée par une variation positive de tous les indices sauf l'écart mélodique qui devient moins important. La « colère » se caractérise par une diminution de la durée de l'énoncé, sans variation de l'écart mélodique mais avec augmentation des quatre autres indices ; la « tristesse » se caractérise par une variation négative des indices à l'exception de la durée qui augmente et l'intensité globale qui ne change pas. La « peur » se caractérise par la variation positive des indices contour, écart d'intensité et durée, alors que l'écart mélodique est réduit. La « surprise » se manifeste par la variation positive des indices écart mélodique, contour mélodique et durée, négative des indices d'intensité.

I. Fónagy insiste sur le fait qu'il est possible de distinguer l'expression des « émotions » et celle des « attitudes » par la différence d'utilisation des paramètres phonétiques. Les émotions primaires telles que joie, colère, tristesse, utilisent d'autres critères que ceux strictement prosodiques, par exemple un dévoisement, une constriction pharyngée ou une nasalisation ; on peut dire que dans ce cas le locuteur exprime une émotion pour s'en défaire sans attendre forcément une réponse de l'interlocuteur. Au contraire, dans l'expression d'une attitude, telle que l'ironie ou l'incrédulité, le locuteur utilise, de façon « conventionnelle » dans une langue donnée, des paramètres essentiellement prosodiques ; il attend une réaction de son interlocuteur qui doit être concerné par le message : il s'agit bien de la manifestation de la « fonction d'appel » [780].

■ Voir notamment I. Fónagy : *La Vive voix,* Paris, 1981, qui propose le terme de **cliché mélodique** pour décrire des configurations prosodiques autonomes caractéristiques de la parole, à différents niveaux discursifs, pragmatiques ou situationnels ; P. Léon, « De l'analyse psychologique à la catégorie auditive des émotions dans la parole », article de 1976 repris dans le *Précis de phonostylistique, parole et expressivité*, Paris, 1993 ; K.R. Scherer, « Vocal affect expression : a review and a model for future research », *Psychological Bulletin,* 99, 141-165, 1986, qui discute le rôle des paramètres prosodiques et propose un cadre méthodologique de travail.

Phonosyntaxe

Quel que soit le niveau linguistique de pertinence, il est bien évident que les valeurs caractéristiques ne sont pas les mêmes d'une langue à une autre, une même variation pouvant avoir une valeur différente. Si l'on s'en tient à la phonosyntaxe simple, il faut rappeler que Pierre Delattre (*Comparing the Phonetic Features of English, French, German and Spanish*, Heidelberg, New York, Philadelphie, 1965), pionnier des études intonatives instrumentales modernes, a bien montré la différence entre les « patrons intonatifs » typiques du français, de l'anglais, de l'allemand et de l'espagnol. Même si les valeurs tonales moyennes, maximales et minimales sont identiques, la « configuration mélodique » générale, le « contour prosodique », est différent. Cela est dû en grande partie à la différence de variation mélodique entre les syllabes selon qu'elles sont accentuées ou pas et selon le rythme établi. Il est très facile de reconnaître un rythme et une mélodie étrangère car le patron intonatif de la langue première, native, est utilisé dans la production de la langue seconde : le résultat est aussi étrange que l'expression « Un bleu manteau » ou la réponse « Je ! et tu ? » à la question « Qui en veut ? ».

Alors que dans les manuels de grammaire il est rarement question d'intonation ou d'accentuation, on constate que depuis le début du siècle, c'est dans les manuels de français parlé, c'est-à-dire des ouvrages destinés à l'enseignement du français à des étrangers, que l'on trouve des schémas prosodiques et des exercices portant sur l'intonation. On constate également que dans tous les exemples et les exercices, les patrons intonatifs correspondent au découpage syntaxique d'énoncés et de phrases relativement simples, à la syntaxe normée (la pente des barres obliques / et \, ou celle des accents ´ et `, donne une indication graphique grossière du mouvement mélodique) :

« C'est pour ça / qu'il est parti / d'ici \ » (Passy 1888).

« Au bout \ d'une heure / tout était / décidé \ » (Grammont 1914).

« Il faut ´| que l'oreille s'accoutume ´| aux sons étrangers `| » (H. Klinghardt et M. de Fourmestraux, *French Intonation Exercises*, Cambridge, 1923).

« C'est à Moscou / que ce livre ´ va voir ´ le jour \ » (*Manuel de français parlé*, Moscou).

Etc.

Ce n'est pas par hasard, il s'agit bien de « phonosyntaxe » : on considère qu'il y a des phrases neutres, syntaxiquement correctes, qui ont, implicitement quand on les lit, une intonation déterminée par leur structure syntaxique. Cette correspondance a été étudiée avec les moyens modernes de la phonétique instrumentale, analyse de la production et de la perception, et synthèse de la parole, par les spécialistes contemporains de la phonétique du français parlé : P. Léon ; I. Fónagy ; P. Martin ; F. Carton ; J. Vaissière ; G. Caelen ; M. Rossi, A. Di Cristo, D. Hirst et l'école d'Aix-en-Provence fondée par G. Faure ; V. Lucci, M. Contini, L.-J. Boë et l'école de Grenoble. Cf. aussi E. Gårding et l'école de Lund, en Suède ; P. Mertens en Belgique.

Dès 1973 ont été proposés des modèles de l'intonation du français, en particulier ceux de A. Di Cristo, de J. Vaissière et de P. Martin, auxquels est venu s'ajouter un peu plus tard celui de E. Gårding construit à partir d'une approche variationniste du Suédois puis d'une étude contrastive entre différentes langues.

Ces modèles sont essentiellement construits à partir de phrases écrites, syntaxiquement bien construites, lues selon un style dit « neutre » sans manifestation spéciale d'expressivité. Considérés comme « phonétiques », ils sont en fait syntaxiques et phonologiques : ils dépendent de l'accentuation qui elle-même dépend de l'organisation syntaxique.

Un phonologue tel que F. Dell (« L'accentuation dans les phrases en français », *Forme sonore du langage. Structures des représentations en phonologie*, Dell, Hirst et Vergnaud, eds., Paris, 1984, 65-122) a proposé un modèle phonologique du français dans lequel l'accent est toujours situé en fin de syntagme : la place et le poids relatif des accents d'une phrase (eux-mêmes définis par la structure syntaxique) définissent une hiérarchie accentuelle qui correspond à un découpage et à une hiérarchie accentuelle.

Les modèles « phonétiques » reposent en fait sur la même conception, mais décrivent ce qui se passe du point de vue phonétique sur des groupes prosodiques qui, par définition, ne contiennent qu'une seule syllabe accentuée située toujours en position finale, et sont donc de ce fait bien délimités ! Ces groupes correspondent aux syntagmes et à leur hiérarchie grâce à la relation systématique entre valeur des paramètres prosodiques et hiérarchie syntaxique.

A. Di Cristo avait proposé d'inclure des indications prosodiques dans les règles de réécriture de la composante syntaxique d'une grammaire générative transformationnelle.

Les phrases sont segmentées en groupes prosodiques « GP », unités suprasegmentales délimitées par une variation perceptuelle significative d'un ou de plusieurs paramètres prosodiques. Il y a deux grands types de GP : GP de continuité, qui se termine par une montée mélodique, et GP de finalité qui se termine par une descente mélodique. La configuration des GP est décrite en termes de valeurs des paramètres prosodiques et de leurs relations à différents endroits du GP. L'allure du GP final indique si la phrase est affirmative, interrogative ou impérative et définit une « frontière terminale » /./. L'allure des GP non terminaux permet de définir des « frontières non terminales », soit « majeure » /ıı/, soit « mineure » /ı/.

Ces GP correspondent aux constituants syntaxiques de la phrase simple : une phrase assertive se termine par un GP de finalité limité par /./, tandis que les constituants seront délimités par une frontière non terminale qui sera majeure entre SN et SV ou avant un syntagme prépositionnel dans SV, et mineure entre V et SN de SV. Une phrase pourra donc être ainsi représentée :

« Sylvie /ıı/ a rencontré /ı/ Anne /ıı/ au labo /./ »

On voit bien comment ces bornes peuvent être introduites dans les règles de la composante phonologique qui « interprète » l'analyse donnée par la composante syntaxique pour indiquer la prononciation de la phrase considérée.

J. Vaissière décrit les mouvements mélodiques en termes de Montée (et Pic), Descente (et Abaissement), Plateau. L'unité de description de base est le « mot » et les différents mouvements permettent de définir quatre patrons de base :

P_1 = M + D + M ;
P_2 = M + P + Pic & D ;
P_3 = M + P + A ;
P_4 = M + D.

Un énoncé est constitué par une suite de **patrons** : P_1 est perçu comme un mot à mélodie montante (question ou première partie d'une phrase attendant une suite), P_4 comme un mot à mélodie descendante (réponse ou fin de phrase assertive). P_2 et P_3 ne peuvent se rencontrer qu'à l'intérieur d'une phrase et ne peuvent être prononcés de façon consciente aussi aisément que P_1 et P_4.

Ces patrons s'emboîtent :

– un syntagme majeur non final se termine par une montée donc un P_1 ou alors un P_2 (Pic + A) ;

– une phrase interrogative est caractérisée par un schéma général de type P_1, une phrase assertive par P_4.

La succession des patrons est en relation avec la structure syntaxique des énoncés, et l'exemple précédent pourrait être représenté ainsi :

« Sylvie (P_2) a rencontré (P_3) Anne (P_2) au labo (P_4). »

E. Gårding a utilisé pour le français le modèle utilisé pour décrire les variétés, différentes par la réalisation de l'accent tonal, du suédois. Tout énoncé s'inscrit dans une « grille » qui représente la « déclinaison naturelle » de la fréquence fondamentale. Cette déclinaison se représente par un couloir dont la ligne supérieure est définie par les valeurs atteintes sur les syllabes accentuées et la ligne inférieure par les valeurs atteintes sur les syllabes inaccentuées. Sont ainsi définies les limites supérieures et inférieures du registre normal d'un locuteur. Ce couloir est lui-même inclus dans un couloir plus large qui laisse la place aux variations pragmatiques et attitudinales (focus, emphase [542], etc.). Sur ces lignes sont indiquées les valeurs cibles atteintes, les valeurs plus élevées se trouvant sur les syllabes accentuées situées évidemment en fin de syntagme. Dans une phrase déclarative simple, le point le plus haut, le « pivot », se trouve à la fin du syntagme nominal sujet.

P. Martin (notamment dans « Pour une théorie de l'intonation : l'intonation est-elle une structure congruente à la syntaxe ? », *L'Intonation. De l'acoustique à la sémantique*, M. Rossi, ed., 234-271, ch. III-2, Paris, 1981 ; et dans « Phonetic realisations of prosodic contours in French », *Speech Communication,* 1, 1982, 283-294) a proposé la théorie phonosyntaxique à la fois la plus élaborée et la plus simple. Partant de l'article de S. Karcevski (« Sur la phonologie de la phrase », in *Travaux du Cercle linguistique de Prague*, 4, 1931, 188-227), il considère qu'un énoncé est composé de deux éléments de nature différente, la *proposition* et la *phrase*. La fonction de la phrase est d'indiquer le classement hiérarchique des unités minimales de signification qui composent l'énoncé ; son Signifiant est le contour intonatif, son Signifié est le classement hiérarchique des unités minimales. La proposition est une séquence d'unités ordonnées, non classées ; on peut donc la considérer comme la transcription phonétique de l'énoncé. Son Signifiant est celui d'un énoncé sans facteur prosodique, son Signifié une suite d'unités de sens.

« Dans cette perspective, l'analyse phonologique consiste à établir les corrélations existant, par hypothèse, entre l'intonation (Signifiant) et le classement hiérarchique des unités de signification (Signifié). »

Grâce au contour prosodique de la syllabe finale, par définition « accentuée », l'énoncé se caractérise comme « déclaratif », « interrogatif », « impératif », ou « neutre ». Si on utilise une représentation phonologique en « traits distinctifs », le mouvement mélodique de ces contours terminaux « C_0 » peut être représenté par deux traits binaires « + ou – montant » et « + ou – ample » qui indiquent le degré de la pente ; ils sont tous « + extrêmes », c'est-à-dire très éloignés de la fréquence fondamentale moyenne de l'énoncé. Les contours sont donc décrits respectivement comme /– montant, – ample/, /+ montant, + ample/, /– montant, + ample/, /+ montant, – ample/.

Une telle unité accentuelle, caractérisée par des traits mélodiques, constitue un **mot prosodique**. Il peut correspondre aussi bien à un seul mot lexical qu'à un énoncé très complexe. S'il n'y a qu'un seul mot prosodique dans un énoncé, son rôle ne concernera que la modalité de base de cet énoncé. La structuration effective syntaxique ou thématique sera marquée par la réalisation d'un deuxième mot prosodique constituant le premier terme de la relation sujet/prédicat, ou de la relation thème/rhème. La direction du mouvement mélodique sera l'inverse de celui porté par le mot prosodique final. Ce *contraste de pente* indique que les deux éléments concernés sont en relation de dépendance, c'est-à-dire qu'ils sont au même niveau de l'analyse syntaxique.

Lorsque par exemple un énoncé est constitué de quatre mots

prosodiques successifs, correspondant à quatre unités morphématiques porteuses de sens, « ABCD », si tous les mots prosodiques ont le même mouvement mélodique, c'est qu'il n'y a pas de relation entre eux ; ce serait le cas d'une énumération « A(\) B(\) C(\) D(\), ou A(/) B(/) C(/) D(\), le mouvement du dernier mot indiquant la fin de l'énoncé et sa modalité.

Une relation prédicative déclarative est marquée par un schéma montant-descendant (/ \) dont le sommet, donc le point de changement de direction, est situé à la fin de l'élément de départ de la relation ; selon les longueurs respectives du syntagme sujet et du syntagme prédicatif, nous aurons évidemment les schémas possibles suivants : « A(/)BCD(\), ou AB(/)CD(\), ou ABC(/)D(\) ».

Par opposition au mot prosodique final, les mots prosodiques internes sont tous « – extrêmes ». On en distingue quatre d'après la combinaison des traits prosodiques. Deux contours sont montants : C_1 = « + montant, + ample » ; C_3 = « + montant, – ample ». Deux contours sont descendants : C_2 = « – montant, + ample » ; C_4 = « – montant, – ample ». Les contours « + amples » correspondent aux frontières syntagmatiques majeures, les contours « – amples » aux frontières syntagmatiques d'un niveau inférieur de l'analyse. (Pour des raisons de perception, les contours caractérisés par une **pente** encore plus faible sont amenés à C_3 et C_4.) La direction « + ou – montant » est imposée par la direction du contour suivant situé au même niveau de la structure syntaxique.

Les exemples suivants illustrent la correspondance entre structure syntaxique et structure prosodique dans des énoncés déclaratifs à quatre syntagmes :

> « La thèse (\$C_4$) de Brigitte (/$C_1$) est soutenue (/$C_3$) en Suisse (\$C_{0d}$). »

> « Grégoire (/C_1) a publié (/C_3) un recueil (/C_3) de poèmes (\C_{0d}). »

> « Les œuvres (/C_3) complètes (\$C_2$) de Grégoire (/$C_1$) sont parues (\$C_{0d}$). »

> « Anne (/C_1), Brigitte (/C_1), Sylvie (/C_1), sont parties (\C_{0d}). »

Dans le cas des énoncés se terminant par un contour montant, par exemple s'il s'agit d'un énoncé interrogatif, il y aura *inversion de pente* (et donc changement de contour) pour maintenir le contraste ; c'est ainsi que le premier exemple pourra être ainsi représenté et donc analysé :

> « La thèse (/C_3) de Brigitte (\$C_2$) est soutenue (\$C_4$) en Suisse (/$C_{0i}$) ? »

Il faut insister sur le fait que le *contraste de pente* est au cœur de toute description phonosyntaxique puisqu'il indique les relations de dépendance entre les syntagmes successifs et cela par-delà la syntaxe normée stricte : la séquence morphologique « la prosodie passionnant(e) » n'est un énoncé prédiqué, correct, complet, ou encore un « dirème » que s'il est muni d'un patron prosodique « montant-descendant », autrement dit s'il est constitué de deux mots prosodiques en contraste de pente.

À quelques différences près, ces modèles de production sont équivalents, comme le montre l'exemple suivant :

	« Isabelle	voyagera	vendredi »
F. Dell (accent)	2	3	1
A. Di Cristo	/ıı/	/ı/	/./
J. Vaissière	P_2	P_3	P_4
P. Martin	/(C_1)	\(C_3)	\(C_{0d})

Intonation et ambiguïté

On a utilisé ce genre d'analyse pour **désambiguïser** des énoncés comportant une même suite de phonèmes, voire de morphèmes, ou encore pour « lever l'ambiguïté syntaxique » [290].

En général, on s'appuie sur des suites de trois groupes morphémiques « I + II + III », dans lesquelles la hiérarchie accentuelle ou le type de « mot prosodique » est un indice de la hiérarchie syntaxique et indique donc le type de relation entre l'élément « III » et les éléments précédents. Par exemple la suite « marchand (I) de tapis (II) chinois (III) » aura un schéma accentuel « 2-3-1 » si ce sont les tapis qui sont chinois, ou un schéma « 3-2-1 » si c'est le marchand de tapis qui est chinois ; ou encore dans l'exemple bien connu « La belle (I) ferme (II) le voile (III) », un schéma « 2-3-1 » indique que (I) est le sujet de la phrase, (II) le verbe et « le » est l'article du groupe nominal (III), alors qu'un schéma « 3-2-1 » indique que (I) est le déterminant de (II) pour former le syntagme sujet de la phrase, et que « le » est le pronom clitique [431] objet du verbe (III).

Si l'on dit que la hiérarchie accentuelle ou prosodique correspond à la hiérarchie syntaxique, il vaudrait mieux parler de « neutralisation » [276] de l'opposition de patrons prosodiques lorsque le patron n'est pas produit, et non pas d'ambiguïté. En effet, si l'analyse phonosyntaxique donne deux schémas différents pour les deux énoncés comparés, on ne peut pas parler d'ambiguïté syntaxique. Dans la parole réelle, le locuteur différencie ou non les deux patrons prosodiques selon le sens de la phrase. On a montré que l'un des patrons ne renvoie qu'à une structure syntaxique et donc à un seul sens, alors que l'autre peut renvoyer aux deux structures syntaxiques donc à deux significations. On retrouve bien ici un cas de « neutralisation » avec une réalisation « marquée » et une réalisation « non marquée » [277].

Dans ces cas de « portée » d'un élément par rapport à son incidence [74] dans la suite linéaire que constitue la parole, une **rupture** après l'élément (II), c'est-à-dire un schéma « 3-2-1 », indiquera que (III) porte sur l'élément éloigné (I) et non sur (II) et constituera la caractéristique du schéma « marqué ». La rupture réalisée après (I), c'est-à-dire un schéma « 2-3-1 », pourra soit indiquer que « (II) + (III) » est en relation avec (I), c'est-à-dire que (III) dépend de l'élément le plus proche (II), soit ne pas indiquer de relation phonosyntaxique précise car ce schéma correspond à la ligne prosodique descendante « naturelle », ce qui justifie bien l'emploi du terme « non marqué ». Le schéma « 3-2-1 » est marqué et ne peut renvoyer qu'à la signification donnée par le lien entre (I) et (III) ; le schéma « 2-3-1 » n'est pas marqué et renvoie effectivement aux deux structures syntaxiques, donc aux deux significations, possibles.

Ni le locuteur, ni l'auditeur ne sont forcément conscients des « règles de grammaire », même phonosyntaxiques, qu'ils emploient. Il est rare qu'un énoncé « actualisé », prononcé dans une situation donnée, provoque une ambiguïté et renvoie à deux interprétations possibles ; l'auditeur ne pourra interpré-

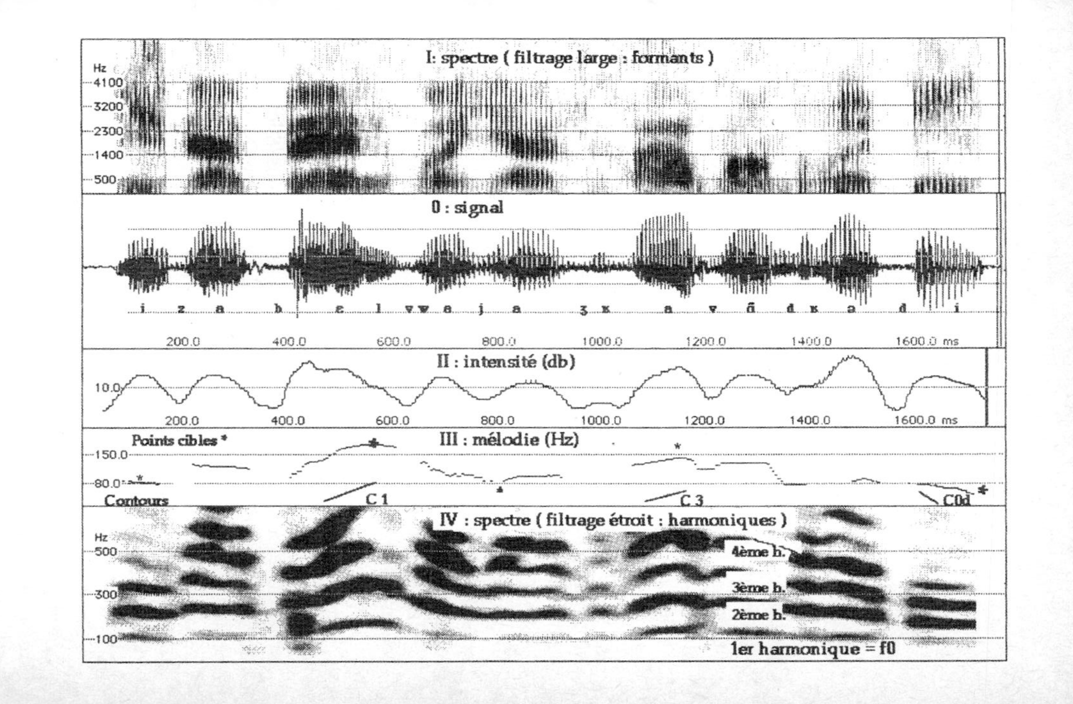
I: spectre (filtrage large : formants)
Hz
4100
3200
2300
1400
500
0 : signal
i z a b ɛ l v e j a ʒ ʁ a v ɑ̃ d ʁ ə d i
200.0
400.0
600.0
800.0
1000.0
1200.0
1400.0
1600.0 ms
II : intensité (db)
10.0
III : mélodie (Hz)
Points cibles *
150.0
80.0
Contours
C 1
C 3
C0d
IV : spectre (filtrage étroit : harmoniques)
500
300
100
4ème h.
3ème h.
2ème h.
1er harmonique = f0

ter que d'une seule façon même si le patron prosodique est « incorrect » du point de vue de la règle phonosyntaxique. D'autres éléments, peut-être pragmatiques ou extra-linguistiques, vont permettre la bonne interprétation lorsqu'il y a neutralisation de la réalisation prosodique.

Ces modèles peuvent donc être utilisés en synthèse pour produire une imitation de la parole humaine en particulier dans ce que l'on appelle « synthèse à partir du texte ». Il s'agit d'une imitation qui, si elle est acceptable pour une phrase très courte, devient très vite monotone et ennuyeuse par son caractère mécanique, donc insupportable et incompréhensible avec des énoncés normalement longs. Au mieux elle fera penser à la diction inexpressive d'acteurs lorsqu'ils jouent certains personnages.

De tels modèles peuvent difficilement être utilisés en reconnaissance automatique de la parole naturelle spontanée, puisqu'ils ne peuvent pas prendre en compte la réalité discursive pragmatique de la production orale, qui n'est pas faite de la simple concaténation de phrases normées lues, et qui contient toujours une part d'expressivité non prévisible. Mais ils peuvent être relativement satisfaisants pour des énoncés très brefs tels que des ordres.

Représenter et prévoir les variations prosodiques pertinentes à tous les niveaux de l'activité langagière, semblerait possible si la parole n'était constituée que d'énoncés prononcés selon un mode considéré comme « neutre », c'est-à-dire si elle n'était contrôlée que par des contraintes d'ordre lexical ou syntaxique, à partir duquel des écarts seraient possibles selon quelques situations pragmatiques globalement définies. Mais on sait bien que toute énonciation est produite dans une infinité de conditions plus ou moins bien définissables : à quelle fonction, simplement dénotative, ou phatique, conative, poétique, fait appel le locuteur ? Quelle attitude exprime-t-il, consciemment ou inconsciemment, et à quel moment ?

On peut associer des caractéristiques prosodiques aux différentes fonctions du langage et à l'expression des attitudes et des émotions, mais on ne peut pas les prédire car on ne peut pas prévoir ni savoir quand un locuteur veut manifester un changement de fonction ou d'attitude, ni quelle solution concrète il va adopter. Pour paraphraser D. Bolinger, disons que l'on ne pourrait vraiment « prévoir l'intonation » que si l'on pouvait lire dans la tête des gens.

Analyse pratique de la prosodie

Les paramètres acoustiques de la parole peuvent être visualisés, parfois « en temps réel », puis mesurés de façon précise grâce à des logiciels qui émulent sur micro-ordinateurs les appareils de mesure classiques, analogiques tels que *oscilloscope* et *oscillographe*, *spectrographe*, *intensimètre*, *analyseur de mélodie*. L'illustration présentée ici a été obtenue à partir du logiciel « Signalyze » développé par Eric Keller, professeur à l'université de Lausanne.

Sur la piste « 0 » est visualisé le **signal de parole**, tel qu'on pourrait le fixer sur un écran d'oscilloscope, et sur la piste « 1 » on a son analyse spectrographique en « filtrage large » qui permet d'évaluer les caractéristiques spectrales des « phones ». La « segmentation » se fait sur le signal de parole en s'aidant du spectre. On peut ainsi mesurer la durée des segments envisagés, soit du point de vue physique lorsqu'on s'intéresse à la variation des événements acoustiques (silences, segments stables, segments non stables), soit du point de vue linguistique lorsqu'on repère les phones, les syllabes, les groupes de syllabes, les mots, les syntagmes, etc. On peut ainsi effectuer un « découpage » et un « étiquetage » à différents niveaux.

Sur la piste « 2 », on a la variation d'intensité mesurée en « décibels » relatifs.

La piste « 3 » visualise la variation de la « fréquence fondamentale » (« f_0 ») du signal de parole qui peut être interprétée en succession de « contours prosodiques ». « L'extraction » de « f_0 » est donnée par un procédé de calcul utilisant la « fonction peigne » proposé par P. Martin, permettant une mesure fiable et précise de la fréquence fondamentale.

La piste « 4 » est consacrée ici à un spectre en « filtrage étroit » qui permet de visualiser les « harmoniques » et ainsi confirmer l'allure générale de la variation prosodique.

Les analyses sont synchrones, et en agrandissant les tracés, on peut bien évaluer la co-variation des différents paramètres. Une analyse statistique permet de quantifier les valeurs mesurées tranche par tranche de numérisation du signal, et de calculer des valeurs moyennes, maximales, minimales, des écarts, des pentes, des rapports, etc.

À partir de là, on peut proposer une « représentation » en succession de contours prosodiques, par exemple ceux proposés par P. Martin, ou bien repérer sur une grille des successions de « points de changement de direction », « haut » et « bas ».

■ Outre les textes cités dans l'article, on consultera :

Sur le français : M. Callamand, *L'Intonation expressive*, Paris, 1973 ; F. Carton, M. Rossi, D. Autesserre et P. Léon, *Les Accents des Français*, Paris, 1983 ; P. Delattre, *Comparing the Phonetic Features of English, French, German and Spanish*, Heidelberg, New York, Philadelphie, 1965 ; P. Delattre, « Les dix intonations de base du français », *French Review*, 40, 1-14, 1966 ; P. Delattre, « La nuance de sens par l'intonation », *French Review,* 41, 326-339, 1967 ; P. Delattre, « L'intonation par les oppositions », *Le français dans le monde,* 64, 1-13, 1969 ; I. Fónagy et P. Léon, *L'Accent en français contemporain*, Studia phonetica, 15, Montréal-Paris, 1980 ; G. Konopczynski, *Le Langage émergent : caractéristiques*, Hambourg, 1991 ; V. Lucci, *Étude phonétique du français contemporain à travers la variation situationnelle*, Grenoble, 1983 ; M. Martins-Baltar, *De l'énoncé à l'énonciation, une approche des fonctions énonciatives*, Paris, 1977 ; P. Mertens, « L'intonation », in C. Blanche-Benveniste, M. Bilger, C. Rouget et K. Van den Eynde (eds.), *Le français parlé. Études grammaticales*, chap. 4, 159-176, Paris, 1990 ; M. Rossi, « L'intonation et l'organisation de l'énoncé », *Phonetica*, 42, 135-156, 1985 ; M. Rossi, « Peut-on prédire l'organisation prosodique du langage spontané ? », *Études de linguistique appliquée*, 66, 20-48, 1987 ; P. Touati, *Structures prosodiques du suédois et du français*, Lund, 1987 ; J. Vaissière, « La structuration acoustique de la phrase française », *Annale della Scuola Normale Superiore di Pisa*, série 3, X-2, 529-560, 1982 ; P. Wunderli, K. Benthin et A. Karash, *Französiche Intonationforschung*, Tübingen, 1978.

Références générales : D. Bolinger, *Intonation*, Harmondsworth, 1972 ; D. Bolinger, *Intonation and its Parts. Melody in Spoken English*, Londres, 1986 ; D. Bolinger, *Intonation and its Uses. Melody in Grammar and Discourse*, Stanford, 1989.

D. Brazil, M. Coulthard et C. Johns, *Discourse Intonation and Language Teaching*, Londres, 1980 ; D. Crystal, *Prosodic Systems and Intonation in English*, Cambridge, 1969 ; A. Cruttenden, *Intonation,* Cambridge, 1986 ; E. Gårding, *The Scandinavian Word Accents*, Lund, 1977 ; E. Gårding, « Contrastive prosody : a model and its application », *Studia Linguistica,* 35, 146-166 ; D. Hirst et A. Di Cristo, *Intonation Systems : A Survey of Twenty Languages*, Cambridge (sous presse) ; D.R. Ladd, *The Structure of Intonational Meaning,* Bloomington, 1978 ; I. Lehiste, *Suprasegmentals*, Cambridge, MIT Press, 1970 ; P. Léon, G. Faure et A. Rigault, *Prosodic Feature Analysis/Analyse des faits prosodiques*, Studia phonetica 3, Montréal, Paris, 1970 ; P. Léon et P. Martin, *Prolégomènes à l'étude des structures intonatives*, Studia phonetica 2, Montréal, Paris, 1969 ; P. Léon et M. Rossi, *Problèmes de prosodie*, vol. 1 et 2, Studia phonetica 17 et 18, Montréal, Paris, 1979 ; L.R. Waugh et C.H. Van Schooneveld (eds.), *The Melody of Language*, Baltimore, 1980.

UNITÉS SIGNIFICATIVES

On entendra par là des entités répondant aux deux conditions suivantes. L'une, négative, est de ne pas être construites par le sujet parlant au moment où il parle, mais d'appartenir à un stock qui lui est fourni par la langue et dans lequel il choisit. Ainsi le locuteur français *trouve* dans la langue les mots *cheval* et *blanc*, mais *construit* avec eux le groupe *cheval blanc* – et toutes les phrases où ce groupe apparaît. Positivement, les unités significatives, à la fois se manifestent à travers des segments perceptibles de la chaîne parlée, et ont d'autre part la propriété de posséder une signification. – NB : Déterminer si tel segment d'énoncé satisfait ou non à la première condition mentionnée ici (être « fourni par », ou « trouvé dans », la langue), cela implique une représentation préalable de ce qu'est la langue. On peut dire qu'un locuteur français *trouve*, dans sa connaissance de la langue, le mot *mangeront*, mais on peut dire aussi qu'il le construit lui-même – en suivant un schéma de construction que la langue lui impose, comme elle lui en impose pour construire les phrases. D'où les incertitudes, que l'on va voir, sur ce qu'il faut considérer comme unités significatives.

Jusqu'à la fin du XVIIIe siècle, la plupart des linguistes occidentaux s'accordent tacitement à penser que la seule unité significative est le **mot** : on construit des phrases avec des mots. Si le mot est décomposable, c'est en unités non significatives (syllabes, lettres). La définition du mot reste d'ailleurs généralement implicite. C'est que le découpage de l'énoncé en mots semble jouir d'une sorte d'évidence, qui dispense de toute définition, ou même caractérisation, explicite. Ce découpage s'appuie en effet non seulement sur une tradition graphique solidement établie depuis la Renaissance, mais sur des phénomènes de prononciation incontestables : le mot est l'unité d'accentuation [410] (les langues à accent n'attribuent en général qu'un accent, ou au moins qu'un accent fort à chaque mot) ; de plus certaines modifications ne se produisent qu'aux frontières du mot (par exemple, en allemand, la distinction des sons *d* et *t* est annulée seulement en fin de mot). – NB : La définition du mot comme unité accentuelle amènerait, en toute rigueur, à ne pas considérer comme mots les **clitiques**, c'est-à-dire les unités significatives non accentuées qui forment groupe, pour la prononciation, avec un mot précédent (ce sont les **enclitiques**, comme le *je* de *dis-je*, et le *not* de l'anglais *cannot*) ou suivant (ce sont les **proclitiques**, comme les pronoms français *me*, *te*, *se*, etc.) ; les pronoms accentués *moi*, *toi*, *lui*... sont dits, par opposition, non clitiques.

C'est l'avènement de la linguistique comparative qui a imposé une dissociation du mot en unités significatives plus élémentaires. En effet la comparaison de deux langues différentes en vue d'établir leur parenté ne peut pas se faire de mot à mot, mais de partie de mot à partie de mot.

NB : Turgot signale déjà (article « Étymologie » de l'*Encyclopédie*, p. 99, col. 1) que l'étymologiste doit, si le mot est un dérivé, « le rappeler à sa racine en le dépouillant de cet appareil de terminaisons et d'inflexions grammaticales qui le déguisent ; si c'est un composé, il faut en séparer les différentes parties ». Dans le même esprit, Adelung (*Mithridates*, note p. XII, Berlin, 1806) se moque des personnes qui rapprochent l'allemand *packen* (« prendre ») du grec *apago* (« enlever »), et ne s'aperçoivent pas qu'une fois le deuxième mot analysé *(ap-ago)*, ni l'un ni l'autre de ses éléments n'a plus rien de semblable avec le verbe allemand.

A été déterminante aussi la découverte de la parenté entre la plupart des langues indo-européennes actuelles et le sanscrit : en sanscrit, en effet, la pluralité interne du mot est particulièrement frappante, ses différents éléments significatifs étant souvent juxtaposés les uns aux autres de façon évidente, ce qui a pu donner à penser que leur moindre distinction dans les langues actuelles est un accident dû aux hasards de l'évolution phonétique. La plupart des comparatistes distinguent à l'intérieur du mot deux types de composants : les éléments désignant des notions ou catégories relatives à la réalité (« mange » dans « mangeront »), et les marques grammaticales désignant les catégories de pensée, les points de vue intellectuels imposés par l'esprit à la réalité. Les premiers sont appelés en allemand **Bedeutungslaute** (littéralement « sons exprimant le sens ») et, dans la tradition française, **radicaux** ou **sémantèmes** (terme qui renvoie, par son étymologie grecque, à l'idée de sens) ; les seconds, **Beziehungslaute** (« sons exprimant le rapport ») et **morphèmes** (qui renvoie, à travers le grec, à l'idée de forme). Pour certains grammairiens philosophes, l'union de ces deux éléments dans le mot refléterait cette association d'un contenu empirique et d'une *forme a priori*, qui, selon la tradition kantienne, caractérise tout acte de l'entendement. En ce qui concerne les morphèmes, il est devenu habituel de distinguer, parmi eux, les **flexions** – qui font partie de systèmes de conjugaison ou de déclinaison – et les **affixes** – qui n'entrent pas dans des systèmes : dans « insonoriseront », où *sonor* est le sémantème, *r* et *ont* sont des flexions, alors que *in* et *is* sont des affixes. De plus, selon que l'affixe apparaît avant ou après le sémantème, on le considère soit comme **préfixe** *(in-)*, soit comme **suffixe** *(-is)*. L'adjonction d'affixes à un sémantème est généralement appelée **dérivation** (*insonoriser* est donc un dérivé, de même que *sonor-ité* ou *in-utile*), et l'on parle de **composition** lorsque deux sémantèmes sont accolés, directement ou indirectement, l'un à l'autre *(porte-drapeau, pomme de terre)*.

Tout en retenant l'idée d'une nécessaire décomposition du mot, beaucoup de linguistes modernes refusent la classification précédente, en alléguant qu'elle est valable au mieux pour les langues de l'Antiquité classique, qu'elle est introduite dans les langues indo-européennes modernes par la projection du passé dans le présent (ce qui est contraire au principe d'une description purement synchronique [337 s.]), et enfin qu'elle n'a guère de sens dans beaucoup de langues non indo-européennes. Aussi appelle-t-on souvent maintenant du même nom toutes les unités significatives entrant dans le mot : en anglais, on parle de **morpheme** ou encore **formative**, en français, de **morphème** ou **formant**.

En ce qui concerne la nature des unités significatives minimales, on se trouve devant une alternative théorique – qui n'est pas sans conséquences pratiques pour leur identification. S'agit-il d'entités physiques, perceptibles (donc de *signifiants* au sens de Saussure), auxquelles se trouve associée une signification ? Ou bien s'agit-il de *signes* (au sens de Saussure), c'est-à-dire d'entités ni sémantiques ni physiques, mais qui ont des manifestations dans ces deux domaines ? La linguistique américaine distributionaliste choisit la première voie, et conçoit l'unité significative comme un segment de la chaîne parlée, véhicule d'une signification qui lui est extérieure. Ce qui pose problème si l'on veut représenter le fait que des segments matériellement distincts peuvent véhiculer la même signification (ainsi le *i* de « ira » et le *all* de *allons* désignent tous deux le concept « aller », et le choix entre eux est déterminé par la personne et le temps du verbe). Comment, aussi, représenter le fait qu'un élément phonique inanalysable peut être chargé à la fois de plusieurs significations clairement distinctes (ainsi le *a* du latin *bona*, « bonne », indique en même temps que l'adjectif est au genre « féminin », au cas « nominatif », et au nombre « singulier ») ? Cette divergence entre l'aspect phonique et le rôle sémantique du morphème a conduit certains Américains à compliquer leur terminologie. Ils appellent **morphe** toute unité phonique significative qui ne saurait être analysée en éléments phoniques significatifs plus petits (ainsi *i, all* et *a*, dans les exemples précédents, sont des morphes). On redéfinira alors les morphèmes comme des classes ou ensembles de morphes. Deux morphes appartiennent au même morphème (et sont dits dans ce cas **allomorphes**) s'ils apportent la même information sémantique, et si leur substitution, ou bien n'est jamais possible dans un même contexte, ou bien est possible dans tout contexte sans changement de sens. C'est le cas pour *i* et *all* qui ne sont jamais substituables, puisqu'ils sont imposés par la personne et le temps du verbe, et c'est le cas aussi pour les deux formes de la négation française *ne... pas* et *ne... point*, toujours substituables). Quant au morphe qui est chargé d'informations diverses, tout en étant inanalysable en éléments significatifs plus petits, on le considère comme membre de plusieurs morphèmes différents (il est devenu traditionnel de l'appeler **morphe-portemanteau**). – NB : Des suffixes comme *aison* et *ation* posent problème de ce point de vue, car leur choix, généralement imposé par le radical (on doit dire *terminaison* et *continuation*), est parfois libre et clairement significatif (cf. *inclinaison* et *inclination*). Pour y voir des morphèmes distincts, il faudrait montrer, par une analyse sémantique très fine, que leur sens n'est pas exactement identique là même où leur choix est imposé. Mais une telle analyse ne risque-t-elle pas de trouver partout des différences sémantiques, et de ruiner alors la notion d'allomorphe ?

■ Sur la notion de morphème dans le distributionalisme américain : C.F. Hockett, *A Course in Modern Linguistics*, New York, 1958, chap. 32, et E.P. Hamp, *A Glossary of American Technical Linguistic Usage, 1925-1950*, Utrecht, 1966. Des méthodes de détermination des morphèmes sont données par Z.S. Harris, *Methods in Structural Linguistics*, Chicago, 1951 (réédité sous le titre *Structural Linguistics*), chap. 12 à 19. On notera que Harris appelle **morphemic segment** ce qui a été ici désigné comme *morphe*, et **morpheme alternant**, ce qui est appelé ici *allomorphe*. Il faut distinguer soigneusement de tous les usages du mot *morphème* qui viennent d'être présentés, celui qu'en fait L. Hjelmslev (*Essais linguistiques*, Copenhague, 1959, p. 152-164, « Essai d'une théorie des morphèmes »). Les **morphèmes** de Hjelmslev sont des éléments de la signification, des unités de contenu (le terme **formant** est réservé pour désigner leur expression matérielle). De plus, comme les morphèmes de la tradition française, ce sont des unités à valeur essentiellement grammaticale, et qui s'opposent aux unités à valeur lexicale (ces dernières étant des **plérèmes**). Enfin, morphèmes et plérèmes appartiennent, pour Hjelmslev, à la forme de la langue [46] : ils ne sont donc définis que par les relations les unissant aux autres. Le trait caractéristique des morphèmes, par opposition aux plérèmes, est ainsi que leur présence peut déterminer (ou être déterminée par) la présence d'autres morphèmes en dehors du syntagme dont ils font directement partie (en latin, un temps verbal peut déterminer la présence d'un autre dans une proposition ultérieure).

Certains linguistes européens ont trouvé quelque gratuité – et quelque artifice – dans l'effort de la linguistique américaine pour donner à l'unité significative une nature strictement physique, tout en lui imposant des contraintes d'ordre sémantique. C'est la raison pour laquelle A. Martinet a élaboré la notion de **monème**. Comme le signe saussurien, le monème n'est ni d'ordre phonique, ni d'ordre sémantique ; comme lui également, il doit être défini par rapport au paradigme auquel il appartient. Dans l'interprétation fonctionaliste de Saussure, cela signifie qu'il constitue un choix opéré par le sujet parlant, à un moment de son énonciation, parmi l'ensemble de possibilités que la langue lui offre à ce moment. Plus spécifiquement, le monème constitue, *parmi les choix qu'implique directement le contenu* du message à communiquer, un choix *élémentaire* (inanalysable en choix plus simples). Ainsi le *a* de *la* dans « La soupe est bonne » ne correspond pas à un monème puisqu'il n'est pas *choisi*, mais imposé par le genre du mot « soupe ». Il en est de même du *s* de « soupe », puisqu'il n'est pas *directement* impliqué par le contenu : s'il a été choisi, c'est pour produire le mot « soupe » plutôt que « loupe » ou « coupe », et c'est seulement par l'intermédiaire de ce mot qu'il participe à l'intention de communication. Le choix de « la soupe », enfin, n'est pas un monème, puisqu'il est analysable en deux choix, ceux de l'article défini « la » et de « soupe ». D'une façon positive maintenant, il y aurait dans notre exemple six monèmes, correspondant aux choix 1° de l'article défini, 2° du nom « soupe », 3° du verbe « être », 4° du temps « présent de l'indicatif », 5° de l'adjectif « bon », 6° du nombre « singulier », choix unique manifesté dans les quatre mots de la phrase.

La définition du monème comme unité de choix permet de décrire sans difficulté les phénomènes pour lesquels les Américains ont créé les concepts d'allomorphe et de morphe-portemanteau. Car rien n'empêche d'admettre que le même choix puisse être représenté par des segments différents de la chaîne parlée, selon les contextes dans lesquels il apparaît : ainsi le même monème « article défini » sera manifesté soit par *le*, soit par *la*, selon le genre du nom qui suit, ou encore le choix correspondant à la signification « aller » se réalisera phoniquement tantôt comme *i*, tantôt comme *all*. Rien n'empêche non plus que deux choix distincts aient pour résultat un segment inanalysable de la chaîne parlée : on dit alors que les deux monèmes sont **amalgamés** (cf. les monèmes « verbe être » et « présent de l'indicatif » amalgamés dans le segment *est*). Martinet arrive d'autre part à récupérer, à partir de la notion de choix, la différence entre les morphèmes et les sémantèmes de la tradition grammaticale – en se fondant sur le type de choix qu'ils supposent. Il distingue ainsi deux groupes de monèmes :

a) **Les monèmes grammaticaux** (comme « présent de l'indicatif » ou « article défini ») sont choisis dans des « inventaires clos », en ce sens que l'apparition d'un nouvel article ou d'un nouveau temps *amènerait nécessairement* à modifier la valeur des articles ou des temps existants.

b) **Les monèmes lexicaux** sont choisis dans des « inventaires ouverts » (l'apparition d'un nouveau nom d'aliment *n'amènerait pas nécessairement* une modification de la valeur de « soupe »).

La notion de choix permet enfin à Martinet d'éviter le casse-tête posé par des expressions comme *pomme de terre*, appelées souvent *mots composés* [432], et quelquefois **unités phraséologiques** (C. Bally), ou **lexies complexes** (B. Pottier). Si on travaille avec la notion de mot, on doit les décrire comme des groupes de mots, et la notion américaine de morphème oblige à y voir des syntagmes produits par l'association de deux morphèmes ; dans aucun des deux cas, leur unité ne ressort directement des notions utilisées, et on doit ajouter des critères supplémentaires, ou en appeler au bon sens. Cette unité devient au contraire définissable dès qu'on recourt à la notion de choix. Il est clair que *pomme de terre* fait l'objet d'un choix unique à l'intérieur d'un inventaire où se trouvent aussi *poireau*, *chou*, etc., et qu'on ne choisit pas successivement *pomme*, par opposition à *poire*, et *terre* par opposition à *eau*. On posera donc un monème unique, que Martinet appelle **syntème** pour marquer sa spécificité : l'expression complexe choisie est composée d'expressions dont chacune pourrait, dans d'autres contextes, être l'objet d'un choix particulier, et donc manifester un monème.

Même sous la forme très abstraite donnée par Martinet à la notion d'unité significative minimale, l'utilité de cette notion est actuellement mise en question par certains linguistes.

Pour les générativistes, les monèmes, malgré leur abstraction, sont encore beaucoup trop proches de la forme phonétique des énoncés. Les véritables choix sémantiques des sujets parlants se situent, selon la version standard de la théorie, au niveau de la « structure profonde » – ou, dans les versions récentes, au niveau de ce qu'on appelle maintenant « S-Structure » [485]. Dans les deux cas, leur rapport avec leur réalisation concrète est plus indirect et complexe que cette relation de manifestation qui, selon Martinet, rattache les monèmes à la chaîne parlée.

D'autre part, une fois admise la possibilité d'amalgames (plusieurs unités significatives sont manifestées par un seul segment phonique), comment distinguer nettement l'unité significative minimale des éléments sémantiques minimaux (sèmes) dont parlent des sémanticiens comme B. Pottier ou A.-J. Greimas [534] ? Pourquoi ne pas dire que le segment phonique « soupe » manifeste, en les amalgamant, les choix sémantiques « aliment », « liquide », « salé », etc. ? Bref la grande difficulté qu'on rencontre en opérant une analyse en unités significatives minimales, est d'expliquer pourquoi, à un moment donné, on arrête l'analyse.

■ Sur l'analyse en monèmes, cf., par exemple, le chap. 4 des *Éléments de linguistique générale* de A. Martinet, Paris, 1960. L'idée que cette analyse est fondée sur la notion de « choix » est présentée de façon explicite dans « Les choix du locuteur », *Revue philosophique*, 1966, p. 271-282. La notion de synthème, construite aux environs de 1970, est développée notamment dans *Syntaxe générale*, Paris, 1985, p. 34-42. Pour une critique de la notion de monème du point de vue générativiste, voir le compte rendu des *Éléments de linguistique générale* par P.M. Postal (*Foundations of Language*, 1966, p. 151-186).

La linguistique historique, qui a mis en évidence les unités significatives plus petites que le mot, maintenait cependant son importance, puisqu'elle caractérisait souvent les langues par l'organisation interne donnée au mot. Par la suite, structuralistes et transformationalistes lui ont enlevé tout statut spécifique, quelquefois explicitement, quelquefois implicitement, par leur silence. Ils ont tendance à le traiter comme un syntagme parmi les autres, sans poser une différence fondamentale entre la combinaison des unités minimales en mots et en phrases. À partir de 1980, réhabilitation : le mot redevient digne de l'intérêt des linguistes. On insiste de nouveau sur les particularités de son organisation. Sur le fait par exemple que les morphèmes y sont organisés selon un ordre beaucoup plus rigide que celui des mots dans la phrase (on ne peut pas, en français, intervertir les flexions et les affixes). Sur le fait aussi qu'on peut rarement insérer un nouveau morphème entre deux morphèmes d'un mot, alors que l'insertion d'un mot supplémentaire dans une phrase est possible à de nombreux endroits (si certaines particules allemandes sont « séparables », leur séparation obéit à des règles strictes). Si ces faits, bien sûr connus auparavant, ont, depuis peu, retenu l'attention, c'est qu'on a réussi à établir, pour chaque langue, des régularités commandant la structure interne de ses mots, régularités qui mettent en jeu la fonction des morphèmes (affixes ou flexions), et leur sémantisme (dans une langue donnée, il y a un rapport entre le sens d'un affixe [432] et sa manifestation comme préfixe ou comme suffixe). On cherche aussi des régularités derrière le fait que tel radical exige tel affixe plutôt que tel autre apparemment équivalent (pourquoi dit-on *petit-esse*, mais *grand-eur*, *pâtiss-ier*, mais *confis-eur* ?). Ou encore, comme Anscombre, on cherche à définir, du point de vue sémantique, les différents types de composition possibles (*moulin à prière* et *moulin à huile* semblent du même type, qui n'est pas celui de *moulin à vent* et de *réchaud à gaz*). Toutes ces recherches amènent à définir une nouvelle morphologie, qui serait l'étude du mot, distincte de la morphologie de Martinet (étude de la manifestation des monèmes) et de celle de la grammaire générative « standard » (étude de l'expression phonique des structures de surface).

■ Dans la perspective générativiste, D. Corbin propose un ensemble de règles pour la construction des mots dans une langue donnée. Ces règles constitueraient un composant autonome de la grammaire, alors que les règles effectuant ce travail sont habituellement dispersées à l'intérieur du composant dit « phonologique » [123 s.]. Son livre, *Morphologie dérivationnelle et structuration du lexique* (Tübingen, 1987), concerne avant tout le français, et ne traite que des affixes (à l'exclusion des phénomènes de flexion et de composition). – Utilisant des méthodes d'analyse apparentées au fonctionalisme de Martinet, M. Pergnier propose également une réhabilitation du mot, accompagné d'un élargissement de la notion : *tu as mangé* constituerait un seul mot, de même que *le livre*. Cf. *Le Mot*, Paris, 1986 (le cadre épistémologique de ce livre est celui de J. Gagnepain : *Le Vouloir-dire, traité d'épistémologie des sciences humaines*, Paris, 1982). – Pour un éventail théorique plus vaste : « Word formation and meaning », *Quaderni di Semantica*, vol. 5, n° 1 et n° 2, Bologne, 1984, recueil d'exposés faits lors d'une table ronde sur ce thème. – Sur la sémantique interne du mot, voir certains travaux de J.-C. Anscombre, par exemple « Pourquoi un moulin à vent n'est pas un ventilateur », *Langue française*, 1990, n° 86, p. 103-125.

PARTIES DU DISCOURS

La recherche d'un ordre régulier à l'intérieur d'une langue semble très souvent impliquer, entre autres tâches, la classification des éléments de cette langue. Si l'on tient le mot pour un élément linguistique fondamental (cf. « Unités significatives »), on doit alors établir une classification des mots. Les grammairiens grecs et latins appelaient les principales classes de mots qu'ils distinguaient **parties du discours** (*merè tou logou*, *partes orationis*, expressions qui, à l'origine, désignaient les mots eux-mêmes, vus comme « les parties les plus petites du discours construit »).

■ À cette élaboration ont participé notamment Platon (qui distingue nom et verbe dans le *Cratyle*, 431 b), Aristote (*Poétique*, 1457 a), le philosophe stoïcien Chrysippe, le grammairien alexandrin Aristarque (cf., pour ces deux derniers, Quintilien, I, 4, 18 s.), Apollonios Dyscolos (dont on trouve des fragments traduits en latin tout au long des *Institutiones grammaticae* de Priscien), Denys de Thrace (dont la *Technè grammatikè* est traduite et commentée par J. Lallot, dans les *Archives et documents de la Société d'histoire et d'épistémologie des sciences du langage*, n° 6, 1985, p. 1-104), Varron (*De lingua latina*, VI, 36, VIII, 44-55), etc. Les grammairiens arabes (cf. « Appendice » de la section « Les écoles ») fondent eux aussi leur description de l'arabe sur une classification des mots en parties du discours (généralement trois : noms, verbes, particules). On consultera, sur l'histoire de la théorie des parties du discours, V. Brøndal, *Les Parties du discours*, Copenhague, 1948 (introduction), le résumé de cette histoire avant Varron, donné, sous forme de tableau, par J. Collart dans *Varron, grammairien latin*, p. 158 *bis*, et le n° 92 (déc. 1988) de *Langages*.

Finalement, le grammairien latin Aelius Donatus (IVe siècle de notre ère) a établi, dans son traité *De octo orationis partibus*, une liste qui, jusqu'au XXe siècle, n'a plus subi, en Occident, que des retouches, même si les définitions des classes n'ont cessé d'être discutées : elle est, à peu de chose près, utilisée par la *Grammaire de Port-Royal* et servait de base, il y a peu de temps encore, à beaucoup de grammaires françaises scolaires. Elle contient huit classes : nom, pronom, verbe, participe, conjonction, adverbe, préposition, interjection. Plutôt que de discuter dans le détail cette classification, il peut être utile de faire apparaître, à son propos, une question générale soulevée par toute théorie des parties du discours. À quelles conditions doit-elle satisfaire pour être reconnue valide ?

La validité des classifications de mots

a) Une première réponse serait qu'une telle théorie, pour être valide, doit être universelle : ses catégories doivent être attestées dans toutes les langues. Il est significatif que les grammairiens anciens n'aient pas explicitement posé cette question de l'universalité. Il allait de soi, pour eux, que leur classification avait valeur universelle : ils se la représentaient comme le cadre nécessaire de toute description linguistique possible (dans la terminologie d'aujourd'hui, on dirait que leur classification leur apparaissait comme un principe de *linguistique générale*, comme un élément de la *théorie linguistique*). Or une certaine dose d'artifice était nécessaire pour défendre cette thèse, même en s'en tenant à la comparaison du grec et du latin, langues relativement proches. Ainsi, le latin ne possédant pas d'articles, les grammairiens latins, quand ils traitent du grec, font entrer de force dans leur catégorie du pronom les deux classes de l'article *(arthron)* et du pronom *(antonymia)* que les Grecs comme Aristarque distinguaient soigneusement. À plus forte raison, la considération de langues « barbares » aurait rendu très problématique l'universalité de la classification. On voit mal d'ailleurs comment il pourrait en être autrement : si une classification a été établie à partir de certaines langues, il faudrait beaucoup de chance pour qu'elle s'adapte immédiatement à toutes les autres.

Pour éviter cette difficulté, le linguiste danois V. Brøndal (cf. bibliographie précédente) renonce, dans sa recherche d'une théorie universelle des parties du discours, à procéder par induction à partir de langues particulières. Il propose une méthode inverse. Il construit une classification intrinsèquement justifiable, et dont l'applicabilité aux langues réelles serait ainsi nécessaire *a priori*. Brøndal part de l'idée que les langues ont un fondement logique, fondement qui, vu l'universalité de la logique, doit être identique pour toutes. Mais, pour être compatible avec l'expérience, cette thèse demande certaines restrictions. Elle n'implique, selon Brøndal, ni que toutes les parties du discours, ni même que certaines d'entre elles, se retrouvent effectivement dans chaque langue. Il s'agit plutôt de définir par raisonnement un inventaire des parties du discours possibles, et de montrer ensuite que les langues réelles ne font que choisir à l'intérieur de cet inventaire : une analyse des opérations intellectuelles faisant apparaître quatre catégories fondamentales (la relation, l'objet, la quantité et la qualité), chacune de ces catégories prise isolément, et d'autre part toutes les combinaisons logiquement cohérentes de plusieurs d'entre elles, permettent de définir les catégories du discours possibles (elles sont 15 selon Brøndal) ; et les catégories réellement représentées dans les langues ne seront jamais que des manifestations de ces possibles : ainsi la classe des prépositions du français manifeste la catégorie de la relation, celle des pronoms, la combinaison de la catégorie de l'objet et de la catégorie de la quantité (puisque le pronom représente un objet indéterminé, caractérisé seulement comme quantifiable). On notera que la difficulté soulevée par la classification de Brøndal est inverse de celle que suscite la classification traditionnelle ; l'applicabilité aux langues particulières risque d'être non pas trop difficile, mais trop facile, étant donné le niveau de généralité où se situent les définitions des catégories.

b) Supposons qu'une classification des parties du discours abandonne la prétention à l'universalité, et se limite à la description d'une langue donnée. Comment s'assurer de sa validité ? Il faudrait, au moins, que les éléments de chaque catégorie aient en commun d'autres propriétés que celle qui les a fait placer dans cette catégorie (ce ne serait sans doute pas le cas, par exemple, si la classification des mots était fondée sur leur nombre de lettres). On souhaiterait donc que la répartition obtenue se laisse justifier de plusieurs points de vue différents, et, notamment, que des considérations sémantiques, morphologiques, syntaxiques, convergent pour imposer les mêmes regroupements. Pour que ce test, cependant, ait une valeur indiscutable, il faudrait que la répartition puisse être effectuée selon chacun de ces points de vue indépendamment des autres : en ce cas leur accord, impossible à prévoir *a priori*, prouverait que cette répartition correspond à une sorte d'articulation naturelle de la langue. Malheureusement, la classification traditionnelle des parties du discours a recours *simultanément* à des points de vue différents ; faisant intervenir de façon *complémentaire* des critères hétérogènes, elle n'est plus susceptible de recevoir cette espèce de confirmation que donnerait l'accord de critères utilisés séparément l'un de l'autre.

Il arrive ainsi que les critères utilisés soient de type morphologique [119] : Varron distingue le nom du verbe par le fait que l'un se décline (est susceptible de recevoir des cas) alors que l'autre se conjugue (reçoit des temps). C'est sans doute la raison qui amène à considérer le participe comme une partie du discours autonome et non comme une des formes du verbe : le participe, en latin et en grec, est susceptible de recevoir à la fois des cas et des temps. Mais des critères combinatoires sont en même temps utilisés : on prend en considération la façon dont les mots se disposent les uns par rapport aux autres à l'intérieur de la phrase. Ainsi la préposition est définie par le fait qu'elle précède le nom. Intervient à d'autres moments la fonction syntaxique. C'est le cas pour les conjonctions, dont le propre est de servir de lien entre deux phrases, deux propositions ou deux mots, sans que ce rôle, qui leur est commun, implique une position commune dans l'agencement du discours : le latin *et* (= « et ») se place généralement entre les deux expressions qu'il relie, mais *que*, qui peut jouer le même rôle, se suffixe au second mot (*senatus populusque)*, et une conjonction de subordination telle que *cum* (= « comme ») peut se mettre en tête de la première proposition. Des critères proprement sémantiques sont aussi utilisés. Si le Moyen Âge a élaboré la notion d'adjectif, inconnue de l'Antiquité classique, c'est essentiellement pour mettre en valeur le fait que la plupart des adjectifs désignent des qualités, et la plupart des substantifs, des objets. Mais les critères syntaxiques permettant mal de les distinguer (en latin, l'adjectif peut être sujet d'un verbe), on a cherché un compromis en faisant d'eux des sous-classes de la catégorie du nom. Il est significatif de cette constante hésitation sur les critères, que l'une des premières distinctions établies, celle du nom *(onoma)* et du verbe *(rhèma)* semble avoir été fondée à l'origine sur le rôle différent joué par ces deux classes dans l'activité d'énonciation (l'une sert à désigner des objets, l'autre à affirmer quelque chose de ces objets). C'est à peu près la distinction arguments-prédicat [541 s.] de la logique moderne, mais, si l'on est cohérent, on ne peut plus alors tenir les deux classes pour des classes de mots, donc pour des parties du discours, car la fonction du *rhèma* peut être accomplie de bien d'autres façons que par l'utilisation d'un verbe au sens grammatical. Ce qui conduit Platon (*Cratyle*, 399 b) à présenter l'expression *Dii philos* (« ami de Dieu ») comme un *rhèma* bien qu'elle ne comporte pas de verbe, et qu'elle constitue par ailleurs, quand elle est contractée, un nom propre d'homme.

Reste à savoir si ce recours *simultané* à des critères différents est une maladresse de la classification traditionnelle, ou si elle est liée au projet même d'établir des parties du discours, c'est-à-dire une classification de *mots*. La plupart des linguistes actuels adoptent la deuxième position. On ne peut classer un ensemble d'objets selon un même principe que si cet ensemble est assez homogène pour que le principe s'applique à tous (si on classe des livres d'après leur thème, c'est qu'on suppose que tous ont un thème). Or les mots d'une langue semblent constituer un ensemble trop hétérogène pour qu'un même critère leur soit appliqué. Cette hétérogénéité frappe particulièrement si l'on accepte d'en analyser certains en unités plus petites, les morphèmes – comme c'est devenu habituel depuis la fin du XVIIIe siècle [432]. Dans ce cas, c'est peut-être seulement parmi les morphèmes que l'on peut établir une classification fondée sur un principe unique. Ainsi certains comparatistes comme F. Bopp (*Grammaire comparée des langues indo-européennes*, trad. fr., Paris, 1885, t. 1, p. 221-222) croient avoir établi que les **racines** indo-européennes (c'est-à-dire les morphèmes de la langue-mère indo-européenne) se répartissent en deux classes opposées, les racines **nominales** (qui ont constitué dans les langues postérieures les radicaux des noms, verbes et adjectifs) et les racines **pronominales**, qui ont constitué dans ces langues, d'une part, les marques grammaticales des verbes, noms et adjectifs, et, d'autre part, les mots grammaticaux indépendants (pronoms, conjonctions, prépositions...). Dans cette perspective, une classification des mots concernerait à la fois des unités grammaticalement simples comme une préposition (qui représente une racine pronominale à l'état pur), et des unités composites comme un verbe (mixte de nominal et de pronominal). Indépendamment des théories de Bopp, dès qu'on admet qu'un même morphème apparaît tantôt comme mot, tantôt comme partie de mot, une classification des mots est vouée à l'incohérence – comme la classification d'un ensemble d'objets où l'on trouverait à la fois des statues et des morceaux de statues.

Une telle difficulté peut sans doute être partiellement surmontée, si l'on considère seulement ce qu'on appelle les catégories de mots « majeures » (substantif, adjectif, verbe), dont les éléments consistent tous en combinaisons de morphèmes. Mais on se trouve devant une autre difficulté, déjà signalée par Saussure (*Cours*, 2e partie, chap. 2, § 3), tenant à l'indétermination du concept de mot. On peut entendre par « mot » soit la forme apparaissant dans le discours (*cheval* et *chevaux* sont alors deux mots différents), soit un ensemble de formes apparentées (*cheval* et *chevaux* seraient deux formes d'un même mot). La décision prise sur ce point va déterminer le type de critères utilisés pour établir les classes de mots. Ainsi, avec la première définition, on se prive du critère de la variabilité : on ne peut pas poser que le substantif varie en nombre, car chaque mot substantif est soit singulier, soit pluriel. Il arrive même qu'on utilise simultanément les deux définitions. Souvent, par exemple, on distingue l'adjectif du substantif, en français, en disant que le premier seul connaît une variation en genre. Cela implique de tenir les substantifs *maître* et *maîtresse* pour deux mots différents, dont le genre est fixé une fois pour toutes, et de considérer au contraire *bon* et *bonne* pour deux formes, variables, d'un même mot. On a bien l'impression alors que les critères de classification sont choisis après coup, pour justifier une répartition que l'on a jugée d'emblée adéquate.

Parties du discours et sémantique

En fait les classifications de mots reposent avant tout sur des considérations sémantiques, et c'est peut-être d'ailleurs cela leur principal intérêt, même si leur justification ne peut plus prétendre à cette « scientificité » que donnerait la convergence de critères indépendants. Le fait central est que le même radical ou sémantème [432] peut se retrouver dans des mots appartenant à des parties du discours différentes (ainsi pour *blanc*, *blancheur*, *blanchir* ou pour *partir* et *départ*). Supposons que l'on veuille donner une description sémantique aux mots (ce qui n'est nullement nécessaire) : on devra attribuer alors des valeurs sémantiques différentes aux mots qui introduisent le même radical dans des parties du discours différentes. Si l'on admet en outre que le radical représente un objet, une propriété ou un événement de la réalité, on doit donc aussi admettre que la langue, en tant qu'elle possède des parties du discours, constitue une pluralité de valeurs à partir de la même réalité. La définition des parties du discours a ainsi amené les grammairiens « modistes » [115], au Moyen Âge, à construire la notion de « mode de signifier », essentielle pour établir l'originalité de la langue par rapport au monde. Leur point de départ est de constater que des mots de catégories différentes peuvent se référer, dans la réalité, au même phénomène : le nom latin *dolor* (« douleur »), et le verbe *doleo* (« souffrir ») renvoient à la même « chose ». Les modistes attribuent à de tels mots une « signification » identique. Mais ils ajoutent que ces mots ne présentent pas la « chose » de la même façon, elle est signifiée sous des « modes » différents. Le nom la présente « sous l'aspect » de la permanence, de la subsistance, alors que le verbe la fait voir sous l'aspect de l'écoulement, du devenir. Chaque partie du discours correspond donc à une façon différente de représenter le monde.

Quatre siècles plus tard, la grammaire de Port-Royal recourt encore à la notion de « manière de signifier », qui lui permet de décrire la différence sémantique entre l'adjectif et le substantif, les deux sous-catégories du nom. Port-Royal distingue deux étapes dans la construction de la langue. À la « première origine », adjectifs et substantifs se distinguent par leur signification : les substantifs signifient des substances, c'est-à-dire des objets individuels subsistant par eux-mêmes (cf. *homme*), et les adjectifs signifient des accidents ou propriétés (cf. *blanc*) qui n'existent pas en dehors des substances individuelles où ils se réalisent. Mais comment admettre alors que *blancheur* est substantif et *humain*, adjectif ? La réponse est que le langage « n'en est pas demeuré » à sa « première origine », et a pris en considération les modes de signifier : le mot *blancheur* présente comme jouissant d'une existence autonome ce qui est ontologiquement une propriété, et l'inverse pour *humain.* Outre cette présentation historique de la construction des parties du discours, Port-Royal se distingue des modistes par le fait qu'il relie explicitement le mode de signifier et le comportement syntaxique des mots dans le discours. Si l'élément de signification « substance », commun à l'origine à tous les noms substantifs, a pu donner naissance à un mode de signifier substantif, permettant d'attribuer une existence séparée (fictive) à cela même qui ne peut pas exister de façon séparée (la blancheur), c'est que le substantif tient de son origine première la capacité d'apparaître dans le discours de façon autonome, sans avoir besoin d'un adjectif ou d'un verbe pour posséder un sens complet. Aussi suffit-il d'attribuer ce comportement discursif à un mot désignant fondamentalement une propriété pour que celle-ci soit vue sous l'aspect de la substance. C'est ce que fait le suffixe transformant *blanc* en *blancheur*. Mais Port-Royal va plus loin, et décrit en détail le processus sémantique qui accompagne le changement de comportement syntaxique. Signifiant, « à l'origine », une propriété incapable d'existence séparée, l'adjectif tient de cette origine l'incapacité de faire sens s'il apparaît dans le discours de façon isolée, sans être rapporté, comme épithète ou attribut, à un substantif. Car cette incapacité syntaxique traduit le fait que l'adjectif **connote** de façon confuse l'existence d'individus indéterminés auxquels la propriété pourrait convenir : il n'est donc à sa place dans le discours que si la présence d'un substantif vient déterminer ces individus. Lorsqu'un suffixe comme *-eur* transforme un adjectif en lui donnant le mode de signifier substantif, il modifie simultanément son comportement syntaxique et sa valeur sémantique, en lui enlevant sa connotation ; à la différence de *blanc*, *blancheur* ne renvoie plus, de façon confuse, à des objets individuels auxquels le mot devrait être appliqué, et cela lui permet de faire sens par lui-même. Pour expliquer le mouvement inverse, qui, de *homme,* fait *humain*, on dira que le suffixe ajoute au substantif la connotation confuse d'objets auxquels convient la qualité d'homme ; d'où la constitution d'un adjectif qui n'a sa place dans le discours que par l'intermédiaire d'un substantif désignant de façon distincte des individus auxquels cette qualité sera attribuée.

Le mode de signifier, dans la grammaire de Port-Royal, est

donc indissolublement syntaxique et sémantique. Ce n'est pas l'expression linguistique d'un fait de pensée, mais un fait de pensée lié à la mise en discours de nos idées. Le passage qui vient d'être commenté amène ainsi à nuancer l'affirmation, caractéristique des *Grammaires générales* [18 s.], selon laquelle la langue est reflet, imitation, de la pensée, et suggère au contraire une certaine autonomie de l'ordre linguistique. En ce sens, elle est assez éloignée des tentatives faites actuellement par la « linguistique cognitive » pour relier les parties du discours à la psychologie humaine. D'une façon générale, la linguistique cognitive, tout en affirmant l'autonomie de la langue par rapport à la logique et par rapport à la « réalité », cherche à retrouver dans la langue certains caractères généraux de notre perception du monde, et de notre action sur le monde. En ce qui concerne les parties du discours, dont les principales, comme le nom et le verbe, sont censées universelles, elles refléteraient l'activité de catégorisation, telle qu'elle s'exerce lorsque, dès la perception, nous construisons une représentation du monde. On voit l'enjeu qu'il y a à admettre une classification des mots en parties du discours. C'est faire apparaître une image de la réalité qui n'est pas fondée sur la réalité elle-même ; reste à savoir si elle se fonde sur une représentation psychologique de la réalité, supposée préalable à la parole, ou si elle constitue une vision du monde propre au fait de discourir sur le monde.

■ Le texte de la *Grammaire de Port-Royal* commenté ci-dessus se trouve dans la 2e partie, chap. 2. – Sur l'ensemble des problèmes posés par l'adjectif : M. Riegel, *L'Adjectif attribut*, Paris, 1985. – Sur l'interprétation cognitiviste des parties du discours, voir par exemple R. Langacker, « Noms et verbes », *Communications*, n° 53, 1991 (article paru en anglais dans le n° 63.1 de *Language*, 1987).

NB : La grammaire générative, à son origine, excluait l'idée d'une sémantique des mots, donc des parties du discours. De nombreux mots étaient considérés en effet comme le résidu en structure superficielle de configurations profondes très différentes, qui seules intervenaient dans l'interprétation sémantique. Ainsi le groupe nominal *la construction de la maison* était obtenu, par une transformation de **nominalisation**, à partir d'une structure profonde correspondant à une phrase comme *on construit la maison*, phrase qui portait toute la signification de l'expression dérivée. Il ne pouvait donc rien y avoir de commun entre les significations de mots dérivés *(construction)* et de mots « primitifs » *(maison)*. Une sémantique des parties du discours redevient possible, en grammaire générative, depuis la mise en question de la transformation de nominalisation. Et plus encore depuis qu'a été définie une S-Structure [127] (différente de l'ancienne « structure de surface » [125 s.]), où, d'une part, se dessine l'organisation en mots, et qui, d'autre part, est le point de départ de l'interprétation sémantique.

■ La transformation de nominalisation est discutée dans N. Chomsky, *Remarques sur la nominalisation,* texte de 1967 (traduit dans *Questions de sémantique*, Paris, 1975). – Une réhabilitation sémantique du mot est amorcée dans D. Corbin, *Morphologie dérivationnelle et structuration du lexique*, Tübingen, 1987.

FONCTIONS SYNTAXIQUES

Dans la terminologie actuellement utilisée par les grammaires scolaires françaises, faire l'analyse d'une proposition (analyse qualifiée de *grammaticale*), c'est indiquer les fonctions jouées par les mots ou groupes de mots dans cette proposition (déterminer ce qui est sujet, complément d'objet, etc.). De même, faire l'analyse d'une phrase (analyse dite *logique* ; on notera que Port-Royal en parle dans la *Logique*, 2e partie, et non dans la *Grammaire*), c'est indiquer les fonctions jouées par les propositions de la phrase. Les deux exercices présupposent l'un et l'autre que les constituants d'un énoncé possèdent des **fonctions syntaxiques** différentes, idée qui comporte elle-même plusieurs thèses sous-jacentes :

1. Du point de vue syntaxique, la totalité que constitue la phrase n'est ni une pure juxtaposition d'éléments, ni même un ensemble (au sens mathématique). Si l'on n'ajoute à un ensemble aucune structure particulière, le rapport de l'élément à l'ensemble est identique pour tous les éléments. Au contraire la syntaxe définit certaines relations entre une phrase et ses éléments, et deux éléments distincts ont généralement une relation différente à la phrase totale (c'est le cas, par exemple, si l'un est sujet, et l'autre, complément).

2. Cette relation particulière qui unit un constituant à la phrase totale peut être décrite comme un rôle, ou une fonction. Ce qui signifie deux choses. D'abord que la phrase, prise globalement, a une finalité, et que chaque constituant prend une part spécifique à l'accomplissement de cette finalité. Ensuite, qu'il y a un nombre limité de modalités (rôles ou fonctions) selon lesquelles un constituant peut accomplir sa tâche, de sorte que les mêmes rôles apparaissent dans une infinité d'énoncés d'une même langue, ou, éventuellement, de langues différentes.

3. La fonction d'un élément n'est pas directement détermi-

née par sa nature : deux éléments de nature différente peuvent avoir même fonction (par exemple deux mots appartenant à des parties du discours différentes peuvent jouer le même rôle : un substantif et un adjectif peuvent être attributs). Inversement des constituants de même nature peuvent avoir des fonctions différentes (un substantif peut être soit sujet, soit complément). Ces deux types de phénomènes semblent attester la réalité et l'autonomie de la fonction syntaxique, comme la réalité de la fonction est attestée, en biologie, par la polyvalence des organes et par la possibilité que l'un supplée l'autre dans une même fonction. L'étude des fonctions syntaxiques serait alors à l'étude des parties du discours ce que la physiologie est à l'anatomie.

■ Sur la distinction entre l'étude des parties du discours et celle des fonctions : L. Tesnière, *Éléments de syntaxe structurale*, Paris, 1965, chap. 49, ou encore O. Jespersen, *Philosophy of Grammar*, Londres, New York, 1924, p. 96 s., et *Analytic Syntax*, Copenhague, 1937, chap. 31.

Dès l'Antiquité, deux fonctions ont été dégagées, celle du **sujet** (indiquant l'objet dont on parle) et celle du **prédicat** (indiquant ce qu'on dit de cet objet). Port-Royal reprend cette distinction (*Grammaire*, 2e partie, chap. 1), en ajoutant que l'application du prédicat (dit « attribut ») au sujet se fait, explicitement ou non, par l'intermédiaire du verbe *être*, qui exprime l'acte d'affirmation. Mais dans la mesure où l'analyse d'une phrase en sujet et prédicat ne laisse pas de résidu (une partie de l'énoncé fait fonction de sujet, et tout le reste, mis à part, pour Port-Royal, le verbe *être*, de prédicat), cette distinction a longtemps fait obstacle à la découverte d'autres fonctions.

Ce sont les articles « Régime » et « Construction » de l'*Encyclopédie* qui semblent avoir inauguré une analyse fonctionnelle allant au-delà de la distinction du sujet et du prédicat – et cela, en introduisant la notion de **complément**. Jusque-là, les problèmes de l'organisation interne de la phrase semblent se réduire surtout aux problèmes de **construction** (en entendant par là la disposition linéaire des mots), assimilés par Port-Royal à la syntaxe sous prétexte que « syntaxe » signifie, étymologiquement, « mise ensemble », et aux problèmes de **rection**. (Un mot « régit » un autre lorsqu'il lui impose une certaine forme : ainsi beaucoup de verbes latins ou allemands imposent le cas accusatif à leur complément d'objet. L'**accord** est un type particulier de rection, où le trait imposé se trouve déjà dans le mot régissant : le substantif français impose son nombre et son genre à l'adjectif épithète.) La notion de fonction syntaxique a donc dû, pour être utilisée systématiquement, être distinguée : *a)* de la notion de rection (la fonction « complément d'objet » reste identique, que ce complément prenne un cas particulier, comme en latin, ou n'en prenne pas, comme en français) ; *b)* de la notion de construction (cette distinction est bien marquée dans l'article « Construction » de l'*Encyclopédie* : Dumarsais y défend l'idée que les énoncés latins *Accepi litteras tuas* et *Tuas accepi litteras* (= « J'ai reçu ta lettre »), bien qu'ayant des constructions différentes, puisque l'ordre des mots est différent, ont même syntaxe, puisque les rapports des mots entre eux sont les mêmes). D'une façon positive maintenant, quelles fonctions les éléments d'une proposition peuvent-ils jouer, mises à part celles de prédicat et de sujet ? Beauzée répond, dans l'article « Régime » de l'*Encyclopédie*, en utilisant la notion de complément, notion due à Dumarsais. Les mots sont reliés les uns aux autres dans la mesure où certains sont là pour « compléter » le sens, en lui-même lacunaire, de certains autres. D'où la distinction de deux sortes de compléments : **compléments de relation**, lorsque le mot complété enferme en lui l'idée d'une relation, et que le mot complément désigne l'objet de cette relation (« l'auteur du *Misanthrope* », « la mère de Coriolan », « nécessaire à la vie »), **compléments de détermination**, lorsque le complément ajoute au complété des précisions auxquelles celui-ci ne fait pas allusion (ayant dit que quelqu'un mange, on peut décider de préciser ce qu'il mange, où, quand.... – chaque type de détermination correspondant à un type particulier de complément : d'objet, de lieu, de temps...).

■ Sur l'élaboration de la notion de fonction syntaxique au XVIIe et au XVIIIe siècle, voir J.-C. Chevalier, *Histoire de la syntaxe*, Genève, 1968, qui montre dans le développement de la grammaire française à cette époque une lente maturation du concept de complément.

Cet élargissement de la notion de fonction, dû à Dumarsais et Beauzée, ne sera plus guère remis en question par la linguistique ultérieure : les discussions porteront sur la nature, l'inventaire et la classification des fonctions. La notion apparaît d'ailleurs indispensable pour la description de nombreuses langues, car elle fonde le concept de **coordination syntaxique** : deux segments d'un énoncé sont coordonnés lorsqu'ils ont même fonction (c'est le cas pour « le soir » et « avant déjeuner » dans « Téléphonez-moi le soir ou avant déjeuner »). Or on ne peut se passer de la coordination si l'on veut décrire certaines conjonctions comme le *et* et le *ou* du français, qui ne peuvent relier que des segments coordonnés : on ne peut pas dire, sans effet de style particulier, « Il travaille le soir et son examen », ni « Il travaille le soir et à Paris ».

Ce qui, en revanche, va faire difficulté, dans la théorie de Beauzée, c'est la juxtaposition de deux types différents de fonctions : d'une part les fonctions « sujet » et « prédicat » – qui semblent liées à la nature même de l'acte de jugement (on juge toujours quelque chose de quelque chose) –, et d'autre part les fonctions de complémentation, qui ont un fondement d'un autre ordre, à savoir l'impossibilité pour un mot d'exprimer la totalité d'une idée. Tesnière par exemple tentera de supprimer cette hétérogénéité : pour lui l'opposition du sujet et du prédicat ne se justifie que du point de vue « logique », point de vue qui n'est pas recevable en linguistique. Dans toute fonction il verra donc une complémentation, ou encore, si l'on convient de dire que le complément « dépend » du complété, une relation de **dépendance**. Décrire les fonctions syntaxiques réalisées dans un énoncé, c'est donc indiquer le réseau de dépendances existant entre les éléments de cet énoncé. Tesnière le représente par une espèce d'arbre, qu'il appelle **stemma**, où le complément est toujours placé au-dessous du terme complété, et relié à lui par un trait. Voici par exemple ce que serait le stemma de « Aujourd'hui Pierre achète à son fils un train électrique ».

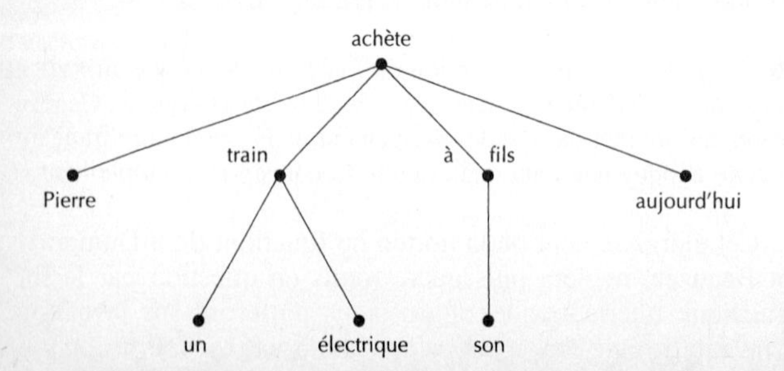

L'unité de la phrase est représentée par le fait qu'elle comporte un et un seul terme qui n'est complément de rien, et dont tous les autres dépendent, directement ou non. Ce terme supérieur, clef de voûte de la phrase, est le **prédicat** (souvent un verbe dans les langues qui possèdent cette partie du discours). On notera à ce propos qu'ayant défini la fonction par la dépendance, on ne peut plus, en toute rigueur, parler de fonction « prédicat », puisque le prédicat ne dépend d'aucun autre terme. D'autre part le prédicat, pour Tesnière, est un mot particulier, alors que pour Port-Royal ce peut être un segment plus long.

Une fois constitué le stemma, il faut indiquer la nature des relations de dépendance réalisées dans l'énoncé. Tesnière distingue d'abord les relations de premier niveau (entre le prédicat et ses dépendants directs) et les relations des niveaux suivants. Dans le deuxième groupe, il ne fait pas de classification explicite, mais, dans le premier, il établit des subdivisions. C'est que la phrase représente le déroulement d'un « procès », une sorte de « petit drame ». Le prédicat représente le procès lui-même (dans la métaphore théâtrale : l'action). Les dépendants du prédicat correspondent aux personnages intervenant dans cette action. Ils sont de deux sortes : les **actants**, désignant les êtres participant directement au procès (dans la métaphore : les personnages principaux), et les **circonstants**, désignant la situation où le procès a lieu (= les personnages secondaires de l'action). Alors que les circonstants peuvent être en nombre quelconque (dans notre exemple il y en a un seul, « aujourd'hui », mais on pourrait en ajouter autant qu'on veut pour donner sur le procès des indications de lieu, de but, de cause, etc.), il ne peut, pour Tesnière, y avoir que trois actants : l'actant 1 est le sujet (ici « Pierre »), l'actant 2 est l'objet des verbes actifs (« train ») ou l'agent du passif, et l'actant 3 est le bénéficiaire (« fils »). En même temps donc que Tesnière réduit le prédicat à n'être qu'un mot de la phrase (et non plus la totalité de ce qui est dit du sujet), il enlève au sujet l'espèce de privilège dont il jouissait jusqu'ici : ce n'est plus qu'un des actants. Ainsi l'utilisation systématique de la notion de complément a fait éclater l'analyse traditionnelle fondée sur l'opposition du sujet et du prédicat.

■ L'ouvrage principal de L. Tesnière, *Éléments de syntaxe structurale,* a été publié en 1959 à Paris, cinq ans après sa mort. La

2e édition (Paris, 1965) comporte d'importantes corrections. Sur l'idée de dépendance syntaxique, voir surtout la 1re partie. Un commentaire essentiel : R. Baum, « *Dependenzgrammatik* », *Tesnière Modell der Sprachbeschreibung in wissenschaftsgeschichtlicher und kritischer Sicht*, Tübingen, 1976.

Les nombreuses discussions auxquelles donne lieu la notion de fonction peuvent être présentées à partir d'une réflexion sur la théorie de Tesnière (même si cette présentation ne correspond pas toujours à l'enchaînement historique des idées).

Un premier thème est la notion d'actant, dont on souhaiterait définir l'opposition au circonstant autrement que par la métaphore théâtrale. C'est à une autre métaphore, due d'ailleurs à Tesnière lui-même, qu'on a le plus souvent recours actuellement, celle de la **valence**. La valence d'un atome est le nombre d'atomes d'hydrogène auxquels il doit être uni pour constituer avec eux un composé stable. Par analogie, la valence d'un verbe est le nombre de compléments à lui donner pour construire un énoncé simple et complet. Ces compléments sont les actants du verbe, dits quelquefois **compléments verbaux**. Quant aux circonstants, dits aussi **compléments de phrase**, ce sont les compléments ajoutés au verbe pour obtenir un énoncé complexe : leur nombre semble aussi difficile à déterminer que celui des corps associables à un « corps pur » pour constituer un « mélange ». Ainsi *rire* a valence 1, à cause de l'énoncé simple « Jean rit » (dans la grammaire scolaire, il s'agit d'un verbe « intransitif ») ; *rencontrer* a valence 2, puisqu'on ne peut rien retrancher à « Jean rencontre Paul », et de même pour *habiter* (« Jean habite Lyon ») ; on admet d'habitude que *donner* a valence 3, en supposant impossible d'enlever aucun complément dans la phrase « Jean a donné un livre à Luc » (sauf ellipse). On pourrait ainsi classer les verbes d'une langue d'après leur valence, et raffiner la classification en précisant la nature syntaxique et sémantique des compléments occupant les trois positions. Ayant défini la valence à partir de l'idée d'énoncé simple, on est amené à admettre, contrairement à Tesnière, que les actants peuvent être des adverbes ou des groupes prépositionnels (cf. *ici* et *à Lyon*, lorsqu'ils complètent « Jean habite… »). Il est clair cependant que cette idée d'énoncé simple pose des problèmes, dans la mesure où, pour servir à repérer les actants, elle force à recourir à la notion d'**ellipse**, comprise comme effacement d'un constituant normalement attendu. On oppose le caractère *essentiellement* facultatif des circonstants, dont l'omission n'est pas un effacement, et la possibilité *occasionnelle* d'effacer certains actants (comme dans « Jean a donné », « Jean a donné à Luc », « Jean a donné un livre »). On retrouve, à un autre niveau, la même difficulté qu'il y a à distinguer, avec Beauzée, la relation et la détermination. Dans les deux cas il semble que la distinction de l'essentiel et de l'ajout implique une analyse sémantique des notions complémentées (ce n'est pas dans les conditions de bonne formation des phrases, mais dans l'idée de donner, qu'il y a indication d'un donateur, d'un bénéficiaire et d'un objet – et non pas celle d'un lieu ou d'un temps particuliers).

■ La théorie de la valence a été particulièrement développée en Allemagne, notamment par G. Helbig. Voir son recueil *Beiträge zur Valenztheorie*, Halle, La Haye, 1971, et le manuel qu'il a rédigé avec J. Buscha pour l'enseignement de l'allemand aux étrangers (*Deutsche Grammatik*, Leipzig, 1972 ; plusieurs rééditions remaniées). – H. Happ a précisé le modèle et l'a appliqué au latin : *Grundfragen einer Dependenzgrammatik des Lateinischen*, Göttingen, 1976, et « La grammaire de dépendance dans l'enseignement : résultats et perspectives », *Études de linguistique appliquée*, n° 31, 1978. – La distinction entre compléments de verbe et de phrase est discutée par exemple dans *Langue française*, n° 86 (juin 1990), « Les compléments circonstanciels ».

Un second thème se laisse rattacher à la théorie de Tesnière, celui des rapports entre les fonctions syntaxiques et la sémantique. On a vu que Tesnière lui-même évite de faire intervenir toute considération de sens (pour lui, les notions de structural et de sémantique s'opposent). Une position inverse est développée dans la « grammaire des cas » de l'Américain Fillmore. Les types de compléments du verbe y sont définis, au niveau de la « syntaxe profonde », comme des rôles sémantiques, appelés **cas** (en un sens très différent de celui qu'a ce terme dans la grammaire classique, où il désigne les diverses formes que prend un mot selon sa fonction dans la phrase). La théorie de la valence ne concernerait, au mieux, que la syntaxe superficielle. En effet le même type d'actant (au sens de Tesnière) peut réaliser des cas différents : *la table* a le cas « patient » dans « Jean casse la table » (il désigne l'objet qui subit), et le cas « résultat » dans « Jean construit la table ». Et réciproquement, on doit parfois attribuer le même cas à des mots qui, pour Tesnière, sont des actants de catégorie différente. Si le complément d'objet de *casser* est patient, le sujet du verbe *subir* est également patient. Fillmore insiste cependant sur l'idée que ces rôles sémantiques, même s'ils ne sont pas repérables immédiatement par la position ou la forme du mot dans l'énoncé, relèvent néanmoins de la syntaxe. Car on doit les prendre en considération pour expliquer des phénomènes généralement tenus pour syntaxiques, pour expliquer par exemple que la phrase avec *casser*, et non celle avec *construire*, est une réponse envisageable pour la question « Qu'est-ce que Jean fait à la table ? ». De même on ne peut énoncer les règles de la coordination sans poser que les mots coordonnés doivent avoir même cas. Ainsi la phrase « La couverture et le mur sont chauds » impose que les deux sujets reçoivent le même cas, généralement « patient » (« la couverture est chaude » signifie alors qu'elle a, comme le mur, une température élevée, et non pas qu'elle tient chaud, interprétation qui attribuerait à *couverture* le cas « instrument »).

Trois types de problèmes, au moins, sont soulevés par la « grammaire des cas ». Les uns, internes, concernent la possibilité de limiter le nombre des cas. Fillmore n'a cessé de modifier sa liste, tout en maintenant qu'un inventaire restreint (moins de dix cas) suffirait à expliquer un grand nombre de phénomènes. Ce qui suppose que l'on ait un critère pour attribuer le même cas à des mots différents et employés dans des positions syntaxiques différentes, malgré la diversité des nuances de sens qu'ils y reçoivent. Or ces critères sont difficiles à définir. Un autre problème est celui des rapports entre les cas sémantiques de Fillmore, et les cas de la grammaire traditionnelle, c'est-à-dire les fonctions marquées morphologiquement. Même lorsque les premiers ont des marques morphologiques dans une langue, la correspondance entre cas et marque est souvent très complexe. C'est ce qui se passe notamment pour les langues, comme le basque, qui possèdent une marque spéciale, dite **ergative**, pour le cas agent. Toute la difficulté tient à ce que la marque est généralement impossible si le verbe est intransitif (« l'enfant court »), mais seulement lorsqu'il y a une construction transitive (« l'enfant a mangé le gâteau »). De nombreuses discussions ont été consacrées à cette interaction entre le cas sémantique et l'organisation d'ensemble de la phrase. Un type de problème plus général tient à l'affirmation que les cas relèvent de la syntaxe (« profonde »). L'argument donné est qu'ils servent à expliquer des faits syntaxiques, par exemple la bizarrerie de tel ou tel énoncé. Mais ce n'est que reporter la difficulté : pourquoi décider qu'une bizarrerie est de type syntaxique ? On retrouve là les problèmes que soulève la « sémantique générative » [129], dont la grammaire des cas est un prolongement.

■ Un texte fondamental de C.J. Fillmore : « The case for case », in E. Bach et R.T. Harms (eds.), *Universals in Linguistic Theory*, Londres, New York, 1968. Cf. aussi le n° 38 de *Langages* (juin 1975), et D. Dowty, « Thematic proto-roles and argument selection », *Language*, 1991, vol. 67, n° 3, qui fait le point sur diverses notions apparentées à celle de cas. – Sur les rapports entre cas et valence : W. Abraham (ed.), *Valence, Semantic Case, and Grammatical Relations*, Amsterdam, 1978. – Sur l'ergatif : C. Tchekhoff, *Aux fondements de la syntaxe : l'ergatif*, Paris, 1978 (s'appuie sur la conception martinetienne du sujet [ci-après] : l'ergatif serait incompatible avec la fonction sujet ; or l'agent du verbe intransitif est sujet, alors que le vrai sujet du transitif, dans les langues ergatives, est en fait le patient : ce serait le cas de *gâteau* dans l'exemple ci-dessus) ; R.M.W. Dixon (ed.), *Studies in Ergativity*, Amsterdam, 1987.

La théorie de Tesnière soulève enfin la question des rapports entre l'analyse traditionnelle de l'énoncé en sujet et prédicat, et son analyse selon les fonctions de dépendance. Pour Tesnière, la première relève de la « logique » et n'est donc pas pertinente en linguistique. Certains linguistes cherchent au contraire à articuler les deux analyses. C'est le cas pour A. Martinet.

a) **Le prédicat**, pour lui comme pour Tesnière, est un élément particulier de l'énoncé, celui vers lequel convergent toutes les relations de dépendance ; dans cette mesure, il n'a pas de fonction à proprement parler, car la fonction d'un élément se définit toujours par le type de rapport qui le relie au prédicat, directement – si c'est un constituant primaire (actant ou circonstant selon Tesnière) – ou indirectement – s'il dépend d'abord d'un autre constituant.

b) Mais, en même temps, Martinet essaie de rendre justice à cette espèce de prééminence depuis longtemps reconnue au sujet – et cela sans recourir à une analyse du jugement, qui ferait sortir du domaine linguistique. La solution est donnée par la théorie de l'**expansion**. Est expansion dans un énoncé tout terme ou groupe de termes que l'on peut extraire sans que l'énoncé cesse d'être un énoncé, et sans que soient modifiés les rapports mutuels des termes restants. Après l'ablation de toutes les expansions, l'énoncé résiduel est appelé « énoncé minimum », ou **noyau** (dans l'exemple de la p. 452, le noyau est « Pierre achète »). Or il se trouve que dans certaines langues (le français, mais pas le basque) le noyau a toujours au moins deux termes. L'un est le prédicat, centre de toutes les relations de la phrase ; quant à l'autre, Martinet l'appelle **sujet**. Dire qu'une langue comporte la fonction sujet, c'est donc dire qu'il y a dans cette langue un complément « obligatoire ». Ce caractère d'obligation permet ainsi à Martinet d'isoler le sujet, en l'opposant aux autres compléments, et cela, sans recourir aux critères « logiques » de la tradition grammaticale.

■ Voir A. Martinet, *Éléments de linguistique générale*, Paris, 1960, chap. 4, et *La Linguistique synchronique*, Paris, 1965, p. 206-229.

Un mouvement inverse s'observe dans la linguistique américaine (distributionaliste et générativiste). Partie d'une analyse en sujet-prédicat, elle retrouve des notions très proches de celle de fonction ou de dépendance. L'espèce de finalité impliquée par l'idée de fonction semble tout à fait incompatible avec l'attitude « antimentaliste » des distributionalistes (bien que Bloomfield se serve parfois du mot, cf. *Language*, New York, 1933, p. 169). Ils lui substituent une notion, au départ très différente, que Hockett nomme **construction**. Supposons que l'on ait réussi à segmenter en constituants immédiats [61] tous les énoncés d'une langue, et que, de plus, on ait regroupé en classes tous les constituants immédiats ayant (à peu près) même distribution. On parlera d'une construction [*A, B ; C*] si l'on a établi qu'en joignant d'une certaine façon un élément de la classe *A* à un élément de la classe *B*, on obtient un élément de la classe *C*. L'énoncé, pris dans sa totalité, constitue ainsi la construction [groupe nominal, prédicat ; proposition], chacun des deux constituants de cette construction étant lui-même une construction, et ainsi de suite jusqu'à ce qu'on arrive aux morphèmes, constituants ultimes.

Peu de place semble laissée aux relations de dépendance dans cet emboîtement de subdivisions à l'intérieur d'une division première qui reproduit l'opposition traditionnelle du groupe-sujet et du groupe prédicatif. Mais ces relations réapparaissent dans l'analyse que les distributionalistes proposent pour certaines constructions. Ils distinguent en effet deux types de constructions. Sont dites **exocentriques** celles où *A* et *B* sont l'un et l'autre différents de *C* (c'est le cas pour la construction qui assemble sujet et prédicat), et **endocentriques**, celles où l'une des deux classes constituantes est identique à la résultante. Ainsi la construction [adjectif, nominal ; nominal] est endocentrique : *beau livre* est un nominal au même titre que *livre*. On appellera **tête (head)** de la construction endocentrique le terme qui, tout en étant constituant, est de la même catégorie que le résultat : dans l'exemple précédent, *livre* est tête. Une telle construction correspond assez bien à la notion intuitive de dépendance (*beau* dépend de *livre*) : il s'agit d'une relation dissymétrique, ou, selon une métaphore habituelle, hiérarchique, entre les constituants d'une même construction – alors qu'au départ la théorie des constituants immédiats ne posait de hiérarchie qu'entre un constituant plus petit et le constituant plus grand dont il fait partie.

■ Sur la notion de « construction » telle que l'emploient les disciples de Bloomfield, voir C.F. Hockett, *A Course in Modern Linguistics*, New York, 1958, § 21 et 22, et R.S. Wells, « Immediate constituents », *Language*, 1947, p. 93-98. – La « tagmémique » [67], théorie mise au point par l'Américain K.L. Pike, réalise une sorte de conciliation entre le distributionalisme et une théorie traditionnelle des fonctions. Comme introduction à la tagmémique on peut consulter R.E. Longacre, *Some Fundamental Insights of Tagmemics*, La Haye, 1965.

Si l'introduction d'une notion de dépendance reste marginale dans le distributionalisme, elle devient centrale dans le générativisme, qui cherche consciemment à donner une représentation formelle des concepts traditionnels. Aussi Chomsky s'est-il préoccupé, dès ses premiers travaux, d'exprimer en termes de grammaire générative *les principales fonctions reconnues par les grammaires classiques*. Bien que l'arbre décrivant une phrase représente avant tout son découpage en constituants immédiats, il essaie d'y rendre visibles les fonctions reliant les mots entre eux. Soit la phrase (1) « Pierre achète un livre », et son arbre (simplifié) :

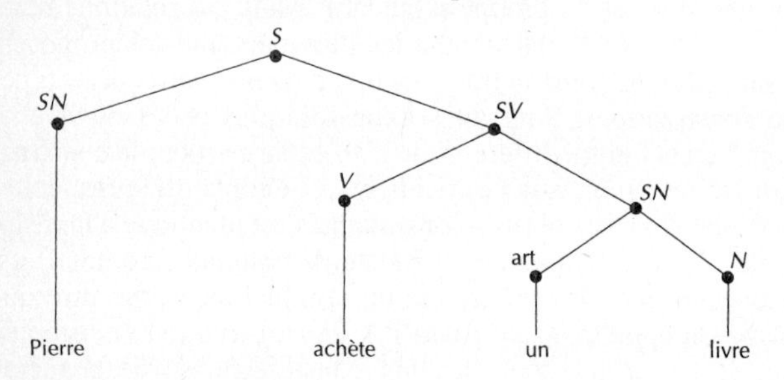

Comment lire dans cet arbre que « Pierre » est sujet, et « livre », complément d'objet, de « achète », sans addition d'informations étrangères à celles contenues dans les règles qui ont engendré la phrase ? Il suffit de poser en définition qu'un segment X est sujet d'une phrase s'il est dominé par un nœud *SN* immédiatement dominé par le nœud *S* qui domine la phrase. « Pierre » est donc sujet de (1). On définira de façon analogue la relation « être verbe principal d'une phrase », et la simple considération de l'arbre montrera que « achète » est verbe principal de (1). Il suffit de poser maintenant que si X est sujet d'une phrase, et que Y est le verbe principal de cette phrase, alors X est sujet de Y, pour obtenir le résultat cherché : « Pierre » est sujet de « achète ».

Les développements ultérieurs de la théorie chomskiste sont allés beaucoup plus loin encore dans ce sens, *en formalisant la notion même de dépendance*, appelée **gouvernement**. Le point de départ est une généralisation de l'idée de construction endocentrique, opérée dans la théorie dite **X-barre**. On se fonde sur une similitude entre les principales catégories de mots, par exemple A (adjectif) et N (nom). Chacune peut être tête d'une construction endocentrique qui est à son tour tête d'une autre construction endocentrique. Ainsi on peut dire que *poli* est tête de *trop poli*, qui est tête de *Trop poli pour être honnête*. De même *livre* est tête de *beau livre*, qui est tête de *Le beau livre que lit la petite fille.* Chomsky propose de formuler cette observation en affectant aux catégories d'expressions complexes le même symbole affecté aux termes simples qui sont la tête de ces expressions ; on surmonte ce symbole d'une ou de deux barres selon le degré de complexité des expressions de la catégorie (on a pris ensuite l'habitude de remplacer ces barres par des apostrophes). Puisque *poli* et *livre* sont étiquetés, respectivement, A et N, *trop poli* et *beau livre* relèveront de A' et N', alors que *Trop poli pour être honnête* et *Le beau livre que lit la petite fille* appartiendront à A" et à N". (NB : Les règles génératives engendrant ces groupes de mots seront toutes alors soit du type X" → ...X'..., soit du type X' → ...X..., où X désigne une catégorie lexicale quelconque ; le groupe étiqueté X" est dit **projection maximale** de la catégorie lexicale X.) Les travaux récents étendent une telle représentation à la phrase entière, qui constituerait le X" d'une construction endocentrique. Diverses possibilités ont été envisagées. Par exemple le X' de ce X" pourrait être ce que l'« analyse logique » des grammaires scolaires appelle « proposition principale », tête d'une construction où elle serait accompagnée des « propositions subordonnées » de cette analyse. Quant à la principale, elle aurait pour X une catégorie, très abstraite, INFL, porteuse des propriétés, notamment modales et temporelles, qui caractérisent cette proposition prise globalement. INFL serait ainsi la tête d'une construction où elle serait accompagnée du groupe nominal sujet et du groupe verbal prédicatif – groupes qui sont eux-mêmes des X" dont le X est, pour le premier, la catégorie Nom, pour le second, la catégorie Verbe.

NB : L'idée que des catégories de mots différentes peuvent être le centre de combinaisons de même type se trouve déjà – mais appliquée de façon différente – dans la théorie des trois « rangs » de Jespersen [483]. Celle-ci amène à mettre en parallèle un groupe nominal comme *temps trop chaud* et un groupe adjectival comme *si peu gentil* : *trop* (rang 3) modifie *chaud* (2) qui modifie *temps* (1), et *si* (3) modifie *peu* (2) qui modifie *gentil* (1).

Cette généralisation de l'endocentrisme permet de définir, à tous les niveaux de l'arbre génératif, des relations de gouvernement, proches de la dépendance de Tesnière. La définition formelle du gouvernement est techniquement complexe. En simplifiant, on dira que la tête d'une construction endocentrique gouverne les constituants qui l'accompagnent dans cette construction, mais non pas, si ces constituants sont eux-mêmes des projections, leurs constituants internes. Ainsi, dans *Le beau livre que lit la petite fille*, *livre* gouverne *beau* mais ni *petite* ni *fille*, puisque ces mots appartiennent à la proposition *que lit la petite fille*, c'est-à-dire à un X" enchâssé dans le N". Cette relation de gouvernement permet de rendre compte de ce qu'on pourrait appeler, de façon non formelle, l'influence qu'un mot exerce sur les autres. Par exemple, de la rection qui, en français, impose à l'adjectif *beau* le genre et le nombre du nom *livre*. Ou encore, sur le plan sémantique, du fait que le type de beauté dont il est question dans la phrase est celle dont est susceptible un livre, et non celle, par exemple, qu'on pourrait attribuer à une personne. De même en ce qui concerne les **rôles thématiques**, ou **thêta-rôles** (assez proches des *cas* de Fillmore), joués par certains compléments du verbe, par exemple ses compléments d'objet (directs ou indirects). Ainsi les verbes *donner* et *recevoir*, qui gouvernent *Jean* dans *Pierre donne un livre à Jean* et dans *Pierre reçoit un livre de Jean*, assignent chacun à Jean un rôle déterminé, celui de destinataire dans le cas de *donner*, celui de source dans le cas de *recevoir*. Mais si l'on remplace, dans ces deux énoncés, *Jean* par *le fils de Jean*, le mot *Jean* devient constituant d'une autre construction endocentrique et n'est plus gouverné par le verbe : il n'est alors plus nécessaire que ce dernier lui impose un rôle. La grammaire générative arrive ainsi à formaliser non seulement la notion traditionnelle de fonction, mais celle de dépendance. (NB : Cette formalisation s'accompagne de remaniements. Ainsi le sujet, qui, pour Tesnière, dépend du verbe, n'est pas, pour les chomskistes, *gouverné* par lui – le verbe n'est pas la tête de la construction endocentrique dont le sujet est constituant. Ce qui n'empêche pas que le verbe lui assigne un rôle : source dans le cas de *donner*, destinataire avec *recevoir*. Le gouvernement, condition suffisante à l'assignation des rôles, n'en est donc pas une condition nécessaire.)

D'une façon générale, il y a deux façons de faire apparaître la cohésion de l'énoncé, censée représenter l'unité de la pensée ou de l'acte communicatif. L'une consiste à décrire la phrase comme un emboîtement de constituants (en termes génératifs, on engendre la phrase à partir d'un symbole unique, au moyen de règles indépendantes des mots ou morphèmes dont la phrase est faite). C'est ainsi que procédait exclusivement la grammaire générative à ses débuts. L'autre consiste à montrer une sorte d'attraction que les éléments lexicaux exercent les uns sur les autres. Telle est l'idée sous-jacente au stemma de Tesnière. L'effort actuel des chomskistes vise à intégrer cette deuxième conception à la première.

NB : Une différence essentielle subsiste entre la dépendance des structuralistes et le gouvernement de Chomsky. Celui-ci n'est pas défini au niveau de la phrase telle qu'elle est matériellement réalisée, mais à des niveaux plus « profonds », considérés comme sous-jacents. Ainsi, dans *Pierre semble chanter*, l'infinitif *chanter* n'est pas gouverné par *semble*, car, en structure profonde, on a quelque chose comme « (Pierre chante) semble », où *Pierre* est sujet de *chante*, et où la proposition *Pierre chante* est sujet de *semble*. Il en irait sans doute autrement pour *Pierre aime chanter*.

■ Sur l'intégration de la notion de fonction dans la théorie générative « classique » : N. Chomsky, *Aspects of the Theory of Syntax*, Cambridge (Mass.), 1965, chap. 2, § 2. – La théorie X-barre est présentée dans « Remarks on nominalization », texte de 1970, traduit dans *Questions de sémantique*, Paris, 1975, p. 121 s. La similitude entre les principales catégories syntaxiques est signalée par O. Jespersen dans *Philosophy of Grammar*, Londres, 1924, chap. 7, trad. fr. *La Philosophie de la grammaire*, Paris, 1971. – Sur la théorie chomskiste de la dépendance : *Some Concepts and Consequences of the Theory of Government and Binding*, Cambridge (Mass.), 1982, trad. in N. Chomsky, *La Nouvelle Syntaxe*, Paris, 1986. Voir aussi *Barriers*, Cambridge (Mass.), 1986.

RÈGLES ET PRINCIPES GÉNÉRATIFS

Dans la perspective de l'école chomskiste, la description totale d'une langue (= sa grammaire) comporte un composant génératif, chargé d'engendrer, par un mécanisme purement formel, les combinaisons de morphèmes (au sens « moderne » du terme [432]) jugées acceptables dans cette langue. Chomsky appelle « syntaxe » ce composant génératif. Quant à la phonologie et à la sémantique, elles sont « interprétatives » : elles convertissent les suites de morphèmes engendrées par la syntaxe en une représentation, phonétique dans un cas, sémantique dans l'autre. Le présent chapitre vise à donner quelques renseignements sur les mécanismes utilisés dans la syntaxe générative, même sur ceux utilisés seulement dans les premières versions de la théorie, et dont la connaissance reste nécessaire pour lire les textes de cette période.

Règles génératives

Pour engendrer l'ensemble des suites constituant une langue, on se donne : *a)* un ensemble fini de symboles, l'alphabet, comprenant, outre les morphèmes de la langue, des symboles correspondant à des catégories grammaticales, comme V (= verbe), N (= nom), etc. ; *b)* à l'intérieur de cet ensemble, un symbole de départ, l'**axiome**, qui est généralement en anglais la lettre *S* et en français la lettre *P*, rappelant les mots « sentence » et « phrase ») ; *c)* un ensemble de **règles**, dont chacune décrit une manipulation qu'on se donne le droit d'effectuer sur certaines suites de symboles. La première partie de la règle indique sur quelles suites la manipulation peut être effectuée, la seconde, quel est le résultat obtenu.

On dit qu'une suite *E* de symboles a été **engendrée** si :

1. Aucune règle ne permet plus d'agir sur *E* (*E* est dit alors **suite terminale**).

2. On peut construire une série $<x_0, x_1, \ldots, x_n>$ telle que : *a)* chaque x_i est une suite de symboles de l'alphabet ; *b)* $x_0 = P$, *c)* $x_n = E$; *d)* pour tout couple (x_i, x_{i+1}) il existe une règle permettant d'aller de x_i à x_{i+1}.

On peut distinguer, parmi la multitude des règles possibles, deux types particulièrement importants :

1. **Les règles syntagmatiques** (ou **PS**, par abréviation de l'anglais **Phrase structure** ; dites aussi **règles de réécriture**). Elles sont du type *AXB-AYB* où *X* est un symbole élémentaire de l'alphabet, et où *A*, *Y*, et *B* peuvent être des suites de plusieurs symboles (*A* et *B* pouvant éventuellement être nulles). La manipulation permise par une règle de ce type consiste, étant donné une suite contenant le symbole *X*, entouré de *A* et de *B*, à remplacer *X* par *Y*. Soit par exemple une règle *efag-efbcg* (où *ef* correspond au *A* de la formule générale, *g* à *B*, *a* à *X*, *bc* à *Y*) : elle permettrait notamment de constituer, à partir de la suite *mnefago*, la suite *mnefbcgo*.

Les règles *PS* se classent en deux sous-catégories. D'une part les règles **context sensitive** (« sensibles au contexte », ou encore « dépendantes du contexte »), définies par cette condition que *A* et *B* ne sont pas toutes les deux nulles : elles posent donc que la substitution de *Y* à *X* ne peut se faire que dans un certain contexte. D'autre part les règles **context free** (par abréviation *CF*), « règles indépendantes du contexte », dans lesquelles *A* et *B* sont nulles. Ces règles donnent donc le droit de remplacer *X* par *Y* dans n'importe quelle suite où l'on rencontre *X*. Chomsky a montré que la description distributionnelle d'une langue, si elle était rigoureuse, pourrait être traduite par une grammaire générative *CF*, qui engendrerait toutes les phrases de la langue et elles seules.

Si une grammaire ne contient que des règles *PS* (*CF* ou non), la **dérivation** d'une suite (c'est-à-dire la chaîne $<x_1, x_2, \ldots, x_n>$ qui la relie à *S*) peut être représentée par un type particulier de graphe mathématique, nommé **arbre**. Soit par exemple l'ensemble de règles suivant (où chaque expression, *SN*, *SV*, *mange*, *le*, *foin*, *cheval* doit être considérée comme un symbole unique) :

P → *SN SV*
SN → *A N*
SV → *V SN*
V → *mange*
A → *le*
N → *cheval*
N → *foin*

Ces règles, qui, dans les premières versions de la théorie, étaient considérées comme une fraction de grammaire générative du français, permettent d'engendrer la suite terminale « Le cheval mange le foin », en construisant la dérivation :

< *P, SN SV, A N SV, A N V SN, A N V A N,*

« le » *N V A N*, « le » « cheval » *V A N*,…, « Le cheval mange le foin » >. On peut représenter cette dérivation par la figure suivante – qui constitue un arbre –, si l'on inscrit sous chaque symbole ceux qui lui sont substitués par application d'une règle, en les reliant à lui par un trait :

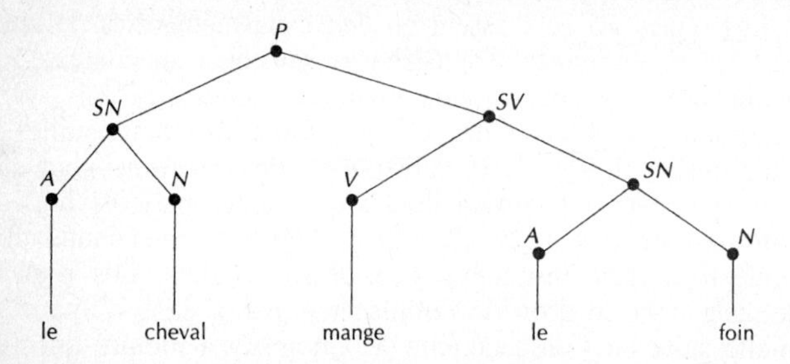

[Cette représentation arborescente permet de voir l'interprétation linguistique à donner aux symboles utilisés dans les règles et dans les dérivations. Ainsi *P*, l'axiome, se trouvant à la première étape de toute dérivation, et, donc, au sommet de tout arbre, domine nécessairement l'ensemble de la suite engendrée : c'est pourquoi on l'interprète comme « phrase ». Pour le symbole *SN*, les deux lettres choisies rappellent qu'il se trouve toujours dominer, dans l'arbre, ce que les linguistes appellent un « syntagme nominal » (= nom + satellites du nom). Et, pour *SV*, qui domine le prédicat de la phrase, au sens traditionnel du terme [450], l'interprétation est « syntagme verbal ». On aura reconnu de même *A* = « article », *N* = « nom », *V* = « verbe ». Il est essentiel de voir, cependant, que ces interprétations, qui ne sont pas des définitions, n'interviennent en rien dans le mécanisme, purement formel, de l'engendrement des phrases. À coup sûr, le mécanisme a été choisi en vue de l'interprétation linguistique, mais, une fois qu'il a été choisi, son application est indépendante de cette interprétation.]

On peut aussi représenter une dérivation par une série de **parenthèses emboîtées**, en écrivant à l'intérieur de chaque couple de parenthèses un segment de la suite terminale dont tous les éléments sont rattachés, directement ou indirectement, à un même symbole de l'arbre (on dit qu'ils sont dominés par un même nœud). On obtiendrait, pour l'arbre précédent :

$$([(\text{le})\,(\text{cheval})]\qquad[(\text{mange})\qquad((\text{le})\,(\text{foin}))])$$

Si, de plus, on porte en indice, pour chaque paire de parenthèses, le symbole qui, dans l'arbre, domine son contenu, on obtient un **parenthétisage étiqueté** :

$$(_P[_{SN}(_A\text{le})\,(_N\text{cheval})]\qquad[_{SV}(_V\text{mange})\qquad(_{SN}(_A\text{le})\,(_N\text{foin}))])$$

Cette écriture contient, sous forme linéaire, toute l'information que l'arbre présente dans un espace à deux dimensions. On se sert surtout de cette transcription lorsque l'on n'a besoin de représenter qu'un seul niveau de l'arbre. On peut ainsi opérer dans la dérivation une sorte de section transversale, par exemple :

$$([_{SN}\text{le cheval}]\qquad[_{SV}\text{mange le foin}])$$

La simple considération des arbres permet de définir, à partir d'eux, la notion de **domination**. Dans un arbre donné, le symbole *X* domine le symbole *Y*, s'il existe, dans cet arbre, un parcours descendant conduisant de *X* à *Y*. Ainsi, dans l'arbre pris plus haut en exemple, *SV* domine le *N* de droite, mais non pas le *N* de gauche, ce qui correspond à l'idée que le nom *foin* est un constituant du syntagme verbal, mais non pas le nom *cheval*.

Pour qu'une grammaire *PS* puisse engendrer, au moyen d'un nombre fini de règles, une infinité de phrases, il est mathématiquement nécessaire que, dans les arbres correspondant aux dérivations, certains symboles se dominent eux-mêmes, que l'on puisse avoir par exemple des branches du type ci-contre.

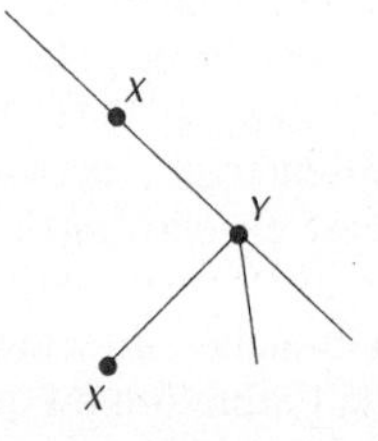

On appelle ces symboles – ici *X* – **récursifs**. Dans la version « standard » [126] de la théorie générative, le symbole *P* (« phrase ») était vu comme le symbole récursif par excellence. Notamment, si un autre symbole se dominait lui-même, il y avait généralement un *P* intercalé entre eux. La complexité syntaxique avait donc pour cause essentielle l'enchâssement, dans une phrase, de phrases subordonnées, ce qui correspond à l'idée que la plupart des constructions grammaticales expriment, explicitement ou non, un jugement. Ainsi on admettait souvent que l'adjonction d'un adjectif à un nom se fait à travers une proposition relative sous-jacente, effacée ensuite dans la forme apparente du discours : Chomsky pouvait donc reprendre à son compte l'analyse de la grammaire de Port-Royal, qui, derrière la phrase *Dieu invisible a créé le monde visible*, découvrait l'organisation profonde « Dieu, qui est invisible, a créé le monde, qui est visible », intégrant deux jugements élémentaires à un jugement principal.

2. **Les règles transformationnelles** (par abréviation *RT*, ou *T*). Une règle est dite « transformationnelle » si son applicabilité à une suite dépend, non seulement de la constitution de cette suite, mais de la façon dont cette suite a été dérivée (de son « histoire dérivationnelle »), ce qui n'était le cas pour aucune des règles qui viennent d'être décrites. Les *RT* sont donc des règles qui n'opèrent pas sur des suites, mais sur des arbres. À cette définition générale quelques spécifications doivent être ajoutées, qui, sans être impliquées par la notion même

de *RT*, apparaissent dans la pratique effective de la linguistique générative.

a) Non seulement les *RT* partent d'arbres, mais elles arrivent à des arbres (ceci tient à ce qu'elles sont utilisées pour convertir une *structure* profonde en une *structure* superficielle [485]).

b) Le plus souvent, l'applicabilité d'une *RT* à une suite dépend non pas de la totalité de la dérivation de la suite, mais d'une seule étape. L'énoncé de la *RT* n'a donc pas toujours à spécifier l'arbre total des suites de départ, mais seulement un niveau particulier d'un arbre. Il est alors commode, pour formuler une *RT*, de recourir à la notion d'**analysabilité**. Une suite X est dite analysable en $(a_1, a_2, ..., a_n)$, où $a_1, a_2, ..., a_n$ sont des symboles non terminaux, si on peut décomposer X en une série de n segments successifs $x_1, x_2, ..., x_n$, tels qu'à un certain niveau, dans l'arbre représentant la dérivation de X, x_1 est dominé par a_1, x_2 par a_2, ..., x_n par a_n. Ainsi la suite terminale « Le cheval mange le foin » [465 s.] est analysable en (*SN, SV*) ou en (*A, N, V, SN*). On voit que, si X est analysable en $(a_1, a_2, ..., a_n)$, il doit y avoir un parenthétisage étiqueté de X où des paires de parenthèses non emboîtées sont étiquetées $a_1, a_2, ..., a_n$.

La plupart des *RT* peuvent alors être formulées de la façon suivante : convertir chaque suite $x_1, ..., x_n$, analysable en $(a, ..., a_n)$, en une suite $y_1, ..., y_m$, analysable en $(b_1, ..., b_m)$. – NB : Il est possible que $n = m$.

c) On utilise souvent, pour noter l'analyse des suites auxquelles la *RT* s'applique, l'écriture :

$$\begin{array}{l} a_1, a_2, \ldots, a_n \\ 1\ \ 2 \qquad\quad n \end{array}$$

$a_1, a_2, ..., a_n$ représentent les symboles non terminaux qui doivent dominer les 1er, 2e, ..., *énième* segments de la suite.

d) Si certains segments peuvent être dominés indifféremment par n'importe quel nœud, et, éventuellement même, être nuls, on écrit, au-dessus du nombre qui les représente, des variables *X, Y*, etc. Ainsi la formule (1) :

$$\begin{array}{ccccc} X & SN & V & SN & Y \\ 1 & 2 & 3 & 4 & 5 \end{array}$$

indique que la *RT* s'applique à toute suite dont l'analyse comporte un syntagme nominal suivi d'un verbe, suivi lui-même d'un syntagme nominal, indépendamment de ce qui précède le premier syntagme nominal et de ce qui suit le second.

e) On omet souvent d'indiquer l'analyse de la suite d'arrivée, soit qu'elle apparaisse évidente, soit qu'elle puisse être déduite de lois générales indiquées ailleurs dans la grammaire, et on indique seulement de quels segments elle doit être formée. Ceux de ces segments qui appartenaient déjà à la suite de départ sont représentés par les numéros qu'ils y portaient ; pour les autres, on indique de quels morphèmes ils sont constitués. Supposons que le point de départ d'une *RT* soit donné par la formule (1), son point d'arrivée pourrait être par exemple (2) :

1 2 *se* 3 5

Cela signifie que les deux premiers segments de la suite de départ sont à reproduire tels quels, que l'on doit ensuite insérer le morphème *se*, reproduire le 3e, détruire le 4e, et reproduire le 5e. Les formules (1) et (2) constituent ainsi (de façon très approximative) une description de la *RT* de **réflexivisation**. Elles permettent en effet de passer de :

Quelquefois Voltaire contredit Voltaire à deux lignes d'intervalle
1 2 3 4 5

à :

Quelquefois Voltaire se contredit à deux lignes d'intervalle
1 2 3 5

f) Comme le montre l'exemple précédent, il est parfois nécessaire d'ajouter à l'analyse des suites de départ une condition, concernant notamment la forme lexicale des morphèmes. Pour la *RT* de réflexivisation, il faut que les deux groupes nominaux soient lexicalement identiques. On peut écrire cette condition : 2 = 4. (En fait, pour éviter d'obtenir la structure sous-jacente à « certains auteurs se contredisent » à partir de celle sous-jacente à « certains auteurs contredisent certains auteurs », alors que la première phrase peut parler de l'incohérence interne de certains auteurs, idée tout à fait étrangère à la seconde, on exige souvent que 2 et 4 se réfèrent aux mêmes objets, ce qui soulève des difficultés : en quel sens du mot *référer* peut-on dire que l'expression « certains auteurs » se réfère à quoi que ce soit ? [371])

Les universaux transformationnels. La définition de la *RT* étant très peu restrictive, il est évident d'emblée que toute langue se laissera décrire à l'aide de *RT* : tant qu'on en reste là, le modèle transformationnel ne risque pas d'être falsifié par l'examen empirique d'une langue quelconque. On ne peut donc pas le présenter comme une hypothèse, soumise à la juridiction des faits, sur la faculté du langage grâce à laquelle tout enfant arrive à construire la grammaire de sa langue maternelle. Pour pallier cet inconvénient, les générativistes ont cherché à renforcer le modèle, en formulant des hypothèses plus précises sur la façon dont opèrent les *RT* (en quelque langue que ce soit). Par exemple, il est admis que l'application d'une *RT* ne peut jamais précéder celle d'une règle de réécriture. Les deux ensembles de règles opèrent donc strictement à la suite l'un de l'autre, sans qu'aucun entrecroisement soit toléré. Ce qui revient à dire que chacun attribue à la phrase engendrée une structure propre, la phrase étant de ce fait munie de deux structures [485], et à présenter cette hypothèse comme un universel linguistique. On a aussi été amené à distinguer deux types de *RT*. Les unes, dites **radicales**, modifient l'organisation syntaxique définie par les règles *PS*. Par exemple, si, en vertu des règles de réécriture, le *P* supérieur en domine un autre, dont est ensuite dérivée une phrase subordonnée, une transformation radicale pourra « faire sortir » certains éléments de la phrase enchâssée hors de celle-ci. Ce qui est le cas si on admet que *Pierre semble content* est dérivé, par une *RT*, d'une structure primitive correspondant à « Il semble que Pierre est content » : le sujet *Pierre* d'une phrase enchâssée est « monté » dans celle qui l'enchâsse (c'est la *RT* dite **montée du sujet**). D'autres *RT*, en revanche, sont dites **conservatrices de structure (Structure-preserving)** : l'organisation produite par les règles *PS* reste alors apparente après l'action des *RT*. On voit le problème posé par l'introduction de *RT* radicales : comment, mis en présence de la phrase finale, un auditeur pourra-t-il en reconnaître la structure *PS* fondamentale (ce qui est nécessaire si l'on admet que cette dernière commande l'interprétation sémantique) [486] ? Pour traiter le problème, un certain nombre de contraintes ont été définies en ce qui concerne les *RT* radicales, contraintes présentées comme universelles, et appartenant à la faculté du langage. Ces contraintes constituent autant d'hypothèses, que l'on estime empiriquement contrôlables, sur l'universelle faculté du langage.

■ Sur l'appareil technique de la grammaire générative : N. Chomsky, « Three models for the description of language », texte de 1956, repris et remanié in R.D. Luce, R.R. Busch et E. Galanter (eds.), *Readings in Mathematical Psychology*, vol. II, New York, 1965 ; M. Gross et A. Lentin, *Notions sur les grammaires formelles*, Paris, 1967. – Sur la classification des *RT* : J.E. Emonds, *A Transformational Approach to Syntax*, New York, Londres, San Francisco, 1976 (trad. fr. *Transformations radicales, conservatrices et locales*, Paris, 1981).

Règles et principes

La quatrième version de la grammaire générative, dont l'élément de base est la **théorie du gouvernement et du liage**, a amené un remaniement considérable du formalisme. Est maintenue la distinction des deux types de règles, aboutissant, respectivement, à une D-Structure et à une S-Structure, qui rappellent, sans leur être identiques, les deux structures, profonde et superficielle, des versions antérieures. Mais la forme même des règles a été très largement modifiée. Modification qui apparaît comme une simplification, rendue possible parce que des principes généraux, donnés comme universels, font maintenant une partie du travail autrefois demandé aux règles.

Ainsi, en ce qui concerne la base de la grammaire, ses règles sont reformulées en tenant compte de la théorie « X-barre » [460]. Selon celle-ci, un mot appartenant à une catégorie lexicale majeure, *X*, fonctionne toujours, dans les énoncés, comme la « tête » d'une construction « endocentrique » relevant d'une catégorie supérieure *X'*, et *X'*, à son tour, est la tête d'une construction « endocentrique » de niveau encore supérieur *X"*. On aura donc des règles *PS* du type :

$$X'' \rightarrow \ldots X' \ldots \quad \text{et} \quad X' \rightarrow \ldots X \ldots$$

où les points de suspension doivent être remplis par les noms des catégories qui accompagnent, respectivement, *X'* dans *X"*, et *X* dans *X'*. Certains grammairiens pensent même qu'il y a quelque chose de commun aux catégories accompagnant *X'* dans *X"*, quelle que soit la catégorie lexicale *X*, et le désignent par le terme générique *Spéc(ificateur de) X'* ; de même pour ce qui accompagne *X* dans *X'*, et qui est vu comme *Compl(ément de) X*, ou encore *Satellite de X*. Un exemple simple, celui où *X* = *N* (Nom), et où *N"* correspond à peu près à l'ancien *SN*. Posons les trois règles *PS* :

1° *N"* → *SpécN' N'*, 2° *N'* → *N ComplN*, 3° *ComplN* → ...*N"*...

Si l'on admet qu'en français l'article est un spécificateur du nom, et que le *N"* qui, dans la troisième règle, complète le *N* peut être introduit par une préposition comme *de*, on dérivera par exemple du *N"* de la première règle un syntagme nominal comme *La femme du boulanger*.

Le même système endocentrique X-barre s'applique au symbole *V* (correspondant au radical du verbe). On pose un *V'*, qui représente le radical du verbe accompagné de ses compléments, et un *V"*, où l'on retrouve, outre *V'*, les indications temporelles liées au verbe : *V"* correspond à l'ancien *SV*. D'où les règles :

1° *V"* → *SpécV' V'*, 2° *V'* → *V ComplV*, 3° *ComplV* → ...*N"*...

Complétées par des règles propres au français, ces règles peuvent engendrer un syntagme verbal comme *aime son mari*. De la même façon, mais la question reste controversée, la phrase entrerait dans le système X-barre. Certains admettent par exemple que l'ancien symbole *P* doit être compris comme le *X"* d'un *X* élémentaire, qui désignerait les indications de mode et de voix concernant la phrase dans sa totalité – ce *X* est quelquefois appelé *INFL* (inflexion). Dans une telle perspective, le noyau des règles *PS* pourrait être réduit à une simple explicitation de la théorie X-barre, considérée comme un principe universel. Seules seraient spécifiques aux diverses langues les règles résultant de leurs particularités lexicales (le fait que tel verbe exige, et tel autre refuse, un complément d'objet, le fait que le verbe possède ou non des marques de personne, etc.). La base de la grammaire d'une langue serait alors dérivable d'un principe universel comme la théorie X-barre, et des spécificités du lexique de cette langue.

C'est encore la formulation de principes qui permet de simplifier le composant transformationnel faisant passer de la D-Structure à la S-Structure. Autrefois, pour empêcher les transformations de produire des combinaisons de morphèmes correspondant à des phrases inacceptables, on compliquait leur formulation jusqu'à ce qu'elles produisent les seuls résultats désirés. Et on espérait que le plus grand nombre possible de ces complications pourraient apparaître comme des contraintes universelles respectées dans toutes les langues [471]. Les règles sont maintenant plus simples. On les laisse en effet engendrer des combinaisons impossibles dans la langue décrite, et on remédie à ce fait en introduisant un certain nombre de « principes ». Ces principes sont des conditions générales auxquelles doivent obéir les structures produites et les dérivations effectuées au moyen des règles. Ils agissent donc comme un filtre qui élimine après coup certaines structures et dérivations. Ce sont ces principes qui visent à être universels, comme les contraintes qui, autrefois, concernaient la forme des *RT*.

L'introduction de principes a permis de simplifier à l'extrême le composant transformationnel. D'une part il est réduit à une seule règle, dite **déplacer** α, dont l'application consiste à déplacer un symbole à l'intérieur de la structure engendrée par les règles *PS* (il n'est donc plus question des divers effacements et substitutions qu'opéraient les anciennes *RT*, par exemple la *RT* de réflexivation présentée p. 470). D'autre part la règle ne formule aucune condition restrictive sur les mouvements autorisés : n'importe quel symbole peut être déplacé n'importe où. Il est bien clair qu'une règle aussi libérale risque d'engendrer des S-Structures tout à fait indésirables, impossibles aussi bien à interpréter sémantiquement qu'à revêtir d'une forme sonore acceptable dans la langue décrite. Mais il n'y a pas de libéralisme sans gendarmes : les principes ont justement pour rôle de faire la police, et d'interdire l'inacceptable. La différence avec les anciennes conditions d'applicabilité des *RT* est que les principes énoncés sont absolument généraux, et valent pour n'importe quelle application de « déplacer α ». Et cela, non pas seulement dans une langue donnée, mais dans n'importe quelle langue. Étant donné le caractère très technique de ces principes, nous en indiquerons un seul, à titre d'exemple, et encore de façon tout à fait informelle.

Il s'agit du **principe de projection**. Son exigence essentielle est la suivante. Soit, à l'intérieur d'une D-Structure, un symbole *X* de catégorie lexicale (c'est-à-dire qu'il s'agit d'un symbole du rang le plus bas défini par la théorie X-barre). Si *X* est la tête d'une construction *X'*, et, à l'intérieur de cette construction, régit un symbole quelconque *s*, dont il détermine la fonction syntaxique, *X* doit encore déterminer la fonction syntaxique de *s* dans toutes les structures dérivées (notamment dans la S-Structure produite par le déplacement de *X* ou de *s*). Si ce principe est observé, les relations syntaxiques existant en D-Structure pourront être reconnues, « récupérées », dans les niveaux suivants (ce qui était le but des contraintes posées, dans les versions antérieures du chomskisme, sur la forme des *RT* « radicales »). Une conséquence importante du principe de projection est l'existence de **catégories vides** (c'est-à-dire de symboles qui ont, dans l'énoncé effectivement produit, une réalisation phonétique nulle). Plus précisément, il implique que les symboles déplacés laissent, à l'endroit où ils se trouvaient, une **trace** (d'habitude représentée par le symbole *e*). Occupant la même position que le symbole déplacé, cette trace a donc la même fonction syntaxique qu'il avait.

Reprenons l'exemple de la réflexivation produisant l'énoncé *Voltaire se contredit*. En simplifiant à l'extrême, sa D-Structure est du type :

$$\text{Voltaire}_i\ (_{v'}\ \text{contredit se}_i)$$

(NB : L'indice *v'* de cette représentation parenthétique indique que la parenthèse, prise dans sa totalité, est directement dominée, dans l'arbre qui représente sa dérivation, par un symbole *V'* : elle est donc de la catégorie *V'*. Quant à l'indice *i* dont sont affectés les mots *Voltaire* et *se*, ils établissent, entre ces mots, une relation de co-référence, elle même imposée par un autre type de principe, dont il est question p. 553.) Dans cette structure, le *V* (Verbe) *contredit*, tête d'un *V'*, attribue au constituant se_i la fonction de complément d'objet. Le déplacement du réfléchi à gauche du *V* laissera une trace e_i qui sera encore en position de complément d'objet, et communiquera cette fonction, quand interviendra l'interprétation sémantique, au réfléchi *se* dont elle occupe l'ancienne place. En schématisant, la S-Structure sera du type :

$$\text{Voltaire}_i \; (_{V'} \; \text{se}_i \; \text{contredit} \; e_i)$$

On voit, sur cet exemple simplifié, la fonction du « principe de projection ». Les seules S-Structures qu'il admet, après l'application de la règle « déplacer α », sont celles où une trace occupe la place du symbole déplacé. Par là, il assure la possibilité de retrouver les fonctions syntaxiques primitives à l'intérieur des structures dérivées. En même temps, n'étant pas lié à telle transformation particulière (qui pourrait être spécifique à une langue), il peut être présenté comme universel, et constituer une hypothèse sur la théorie du langage sous-jacente à toute langue.

■ Sur l'appareil formel de la théorie du gouvernement et du liage, voir la bibliographie de la p. 463.

STRUCTURES SUPERFICIELLES ET STRUCTURES PROFONDES

C'est la linguistique générative qui, la première, a donné aux expressions *structure superficielle* et *structure profonde* le statut de termes techniques. Cependant les notions recouvertes par ces expressions peuvent être considérées comme coextensives à la réflexion linguistique. Elles sont liées en effet au sentiment – on pourrait dire à l'étonnement – où cette réflexion prend sa source, sentiment qu'il n'y a pas correspondance entre la forme perceptible des énoncés et leur fonction réelle : des énoncés apparemment fort analogues peuvent être en réalité très différents, et inversement. D'où l'idée que la fonction profonde des énoncés ne peut pas se lire dans leur constitution apparente, mais seulement dans une organisation sous-jacente : l'apparent n'est que superficiel.

Synonymie et homonymie

Les phénomènes d'homonymie et de synonymie constituent les formes les plus spectaculaires de cette divergence. Deux expressions (mots, groupes de mots, énoncés) sont dites **synonymes** si elles ont même sens, tout en étant matériellement différentes. À coup sûr, l'imprécision de la notion de sens empêche actuellement (et risque d'empêcher toujours) la synonymie d'être rigoureusement définie. Y a-t-il synonymie entre « pédiatre » et « médecin d'enfants », entre « Je viendrai après ton départ » et « Tu partiras avant ma venue », entre « Va-t'en ! » et « Débarrasse ! », la question n'est pas près d'être tranchée [573 s.]. Cependant ces incertitudes laissent intact le fait que l'on sent entre certaines phrases une proximité sémantique qui n'existe pas entre d'autres, et que cette proximité est rarement marquée dans la constitution matérielle de ces phrases. Pour qu'ils la sentent, il faut donc que les sujets parlants possèdent une représentation des phrases différente de celle qui constitue leur apparence perceptible. Que les expressions « pédiatre » et « médecin d'enfants » soient synonymes ou non, ce qui est sûr, c'est qu'à un certain moment de leur interprétation interviennent des éléments identiques – qui n'ont pas de contrepartie dans la matérialité même des mots.

Un paradoxe analogue apparaît avec les phénomènes d'**ambiguïté** ou d'**homonymie** : à une même réalité phonique peuvent correspondre des significations radicalement différentes (« cousin » peut désigner un parent ou un insecte, « J'ai fait lire Pierre » peut signifier qu'on a incité Pierre à lire, ou qu'on a incité quelqu'un à le lire, etc.). Pour dégager ce qui peut faire problème dans l'homonymie, il faut la distinguer de phénomènes semblables, mais d'une autre nature. Par exemple, de la **détermination contextuelle**, qui tient à ce que les situations où une expression est employée peuvent infléchir sa signification dans des directions différentes : « Ce magasin ouvre le lundi » sera interprété comme « ouvre même le lundi », si le lundi est jour habituel de fermeture (dans d'autres situations on comprendra plutôt « ouvre seulement le lundi »). On ne parlera pas ici d'homonymie, au moins si l'on postule un noyau commun aux deux significations (= « le lundi, le magasin est ouvert »), noyau auquel la situation ajouterait une surdétermination. On parlera d'autre part de **polysémie** et non d'ambiguïté lorsque des lois relativement générales font passer d'une signification à l'autre, et permettent donc de prévoir la variation. Ainsi une figure de rhétorique, la métonymie [581], fait comprendre que le mot « violon » désigne tantôt l'instrument de musique, tantôt le musicien. (NB : Il y a, dans la pratique, des cas-limites : la figure qui relie les significations peut n'être pas, ou n'être plus, sentie comme telle. Est-ce homonymie ou polysémie si « bureau » désigne à la fois un meuble et une administration ?) L'ambiguïté – comme d'ailleurs la polysémie – doit être encore distinguée de l'**extension** sémantique : la plupart des expressions ont une signification très générale, qui permet de les appliquer à des objets par ailleurs très différents. Mais on ne déclare pas le mot « véhicule » ambigu sous prétexte qu'il peut se dire d'une bicyclette comme d'un camion, ni non plus « aimer », sous prétexte que l'on peut aimer son père et aimer la confiture. Dans ces cas une signification semble commune à tous les emplois de la même expression : seulement c'est une signification générale, susceptible de diverses spécifications. Autre encore est le cas de l'**indétermination** (les philosophes anglais parlent de **vagueness**). Beaucoup d'expressions, non seulement décrivent des situations très différentes, mais laissent indéterminé, dans certaines situations, s'il faut les affirmer ou les nier. Dans bien des cas, on peut dire aussi bien de quelqu'un qu'il est riche et qu'il ne l'est pas – et cela, même si l'on considère uniquement un aspect bien précis de la situation, par exemple la fortune exprimée en quantité d'argent. Mais cette indécidabilité dans les cas-limites n'empêche pas l'existence de cas clairs qui permettent de donner à l'expression – à l'intérieur d'un certain domaine – une caractérisation univoque. Pour clore cette liste de pseudo-ambiguïtés, signalons ce qu'on pourrait appeler **signification oppositionnelle**. Étant donné qu'il y a de petits éléphants comme de petits microbes, on pourrait déclarer « petit » ambigu. Mais on ne le fera pas si l'on admet, avec Saussure, que la réalité linguistique n'est pas le terme mais l'opposition de termes [40], et si l'on remarque que l'opposition « petit éléphant »-« grand éléphant » est analogue à l'opposition « petit microbe »-« grand microbe ». Ce qui intéresse le linguiste, c'est l'opposition *petit-grand*, et elle n'est pas ambiguë.

À l'inverse des situations qui viennent d'être signalées, l'homonymie, ou ambiguïté, suppose qu'il n'y a, entre les différentes significations de la même expression, ni noyau commun, ni même continuité, ce qui rend impossible à la fois de les expliquer les unes par les autres, et de les dériver toutes d'une signification fondamentale. Par suite, si une expression ambiguë a les deux sens *a* et *b*, son emploi dans le sens *a* et son emploi dans le sens *b* répondent à deux choix distincts, aussi distincts que s'il s'agissait de deux expressions différentes. Ce qui rend d'autant plus flagrante la divergence entre l'apparence et la réalité de la langue. Des choix qui, en réalité, n'ont rien de commun, amènent, en surface, à choisir la même expression.

■ Sur l'idée de *vagueness* : M. Black, *Language and Philosophy*, Cornell University Press, 1949, « Vagueness : an exercise in logical analysis ». – Pour décrire la zone d'application des notions vagues,

Y. Gentilhomme utilise le concept mathématique d'**ensemble flou** (on entend par là une série d'ensembles inclus les uns dans les autres ; le plus restreint, et donc central, contient les objets auxquels la notion s'applique le mieux, les plus larges contiennent les objets auxquels la notion s'applique moins nettement) : « Les ensembles flous en linguistique », *Cahiers de linguistique théorique et appliquée*, Bucarest, 1968, p. 47-65. – Le même concept sert à J. Coates pour décrire la polysémie des verbes modaux : *The Semantics of the Modal Auxiliaries*, Londres, Sydney, 1983 (chap. 2). – Un problème analogue à celui de la signification oppositionnelle est traité par P.T. Geach, « Good and Evil », *Analysis*, janvier 1967.

Niveau descriptif

Le sentiment de cette divergence est sans doute à l'origine de la croyance, aussi ancienne que la linguistique, qu'il faut se placer successivement, pour décrire un énoncé, à différents niveaux (anglais, **level** ; allemand, **Ebene**). Autrement dit, on pense que le linguiste doit donner, pour chaque énoncé, plusieurs représentations distinctes, et que ces représentations doivent être hiérarchisées selon leur plus ou moins grande profondeur. Cette idée reçoit une sorte d'institutionalisation dans le fait qu'on distingue divers composants [119 s.] à l'intérieur de la description linguistique, chacun étant chargé de fournir les représentations des énoncés à un niveau déterminé.

Il est possible en effet de justifier l'existence et l'indépendance des différents niveaux à partir du phénomène de l'ambiguïté. Supposons qu'à un niveau *N1* on ait une seule représentation pour un énoncé *E1* senti comme ambigu ; on a là un argument pour construire un autre niveau *N2*, donnant à cet énoncé autant de représentations qu'il a de sens. Et s'il se trouve que ni les règles de *N1*, ni celles de *N2* n'attribuent à un autre énoncé *E2* autant de représentations qu'il a de sens, on construira *N3*, etc.

Prenons pour *N1* une représentation phonétique, c'est-à-dire une représentation qui fait correspondre à chaque énoncé une suite de symboles phonétiques : *N1* risque de donner (voir pourtant [424]) une seule représentation pour *E1*, « La belle porte le voile ». D'où la nécessité de construire *N2*, qui représente l'énoncé comme une suite de mots (ou morphèmes), en indiquant la partie du discours à laquelle appartiennent les mots (ou la nature des morphèmes). À ce niveau, *E1* aura donc deux représentations distinctes. Soit maintenant *E2* : « Je fais lire Pierre ». Son ambiguïté n'est pas représentable dans *N2*, puisque, quel que soit son sens, *E2* est toujours composé des mêmes mots (ou morphèmes). Il faut donc imaginer *N3*, qui prend en considération les fonctions syntaxiques [449 s.], et donne deux représentations pour *E2*, l'une où « Pierre » est sujet de « lire », l'autre où il est complément. Pour justifier maintenant l'existence d'un niveau supplémentaire *N4*, il suffit de penser à une conversation où l'énoncé « Jacques aime sa femme » est suivi de la réplique, fort ambiguë, « Moi aussi ». Chacun des deux sens de la réplique implique une interprétation différente de *E3*. Mais celle-ci ne peut guère être attribuée à une différence dans les fonctions syntaxiques des mots. Elle a plutôt sa source dans l'organisation logico-sémantique de *E3* : s'agit-il d'attribuer à Jacques la propriété « aimer la femme de Jacques », ou la propriété « aimer sa propre femme » ? Dans chaque cas, le locuteur de la réplique dit sur lui-même, lorsqu'il se compare à Jacques, des choses bien différentes. Non seulement donc, le phénomène de l'homonymie impose de distinguer la valeur apparente et la valeur réelle des énoncés, mais elle impose d'instituer entre ces deux extrêmes une série de paliers intermédiaires (les quatre précédents ne sont que des exemples).

L'idée de transformation syntaxique

Est-il nécessaire de distinguer, à l'intérieur même de ce type de description que l'on considère généralement comme syntaxique, des niveaux différents ? Autrement dit, un énoncé doit-il recevoir plusieurs représentations *syntaxiques* superposées ? À cette question beaucoup de linguistes donnent une réponse affirmative, en partant souvent de préoccupations très dissemblables. On trouvera par exemple cette réponse chez certains grammairiens préoccupés de définir les fonctions syntaxiques possibles à l'intérieur de l'énoncé. Que l'on compare « la maison paternelle », « la maison du père », « la maison qui appartient au père ». Malgré leurs différences patentes, les expressions « paternelle », « du père », « qui appartient au père » semblent bien jouer dans la phrase le même rôle – qui est de déterminer le substantif « maison ». C'est pour représenter l'analogie fonctionnelle possible d'expressions très différentes par ailleurs, que Bally a défini la notion d'**échange fonctionnel** ou de **transposition**, et Tesnière, celle, très proche, de **translation** : il s'agit de procédés qui « changent la nature syntaxique » de mots ou de groupes de mots. Ainsi, pour Tesnière, une translation, dont la trace est le pronom relatif *qui*, peut donner fonction adjectivale à la proposition « elle appartient au père ». L'analogie profonde entre « paternelle » et « qui appartient au père », et en même temps leur différence superficielle, seraient ainsi à représenter par des schémas (stemmes [452 s.]) comme :

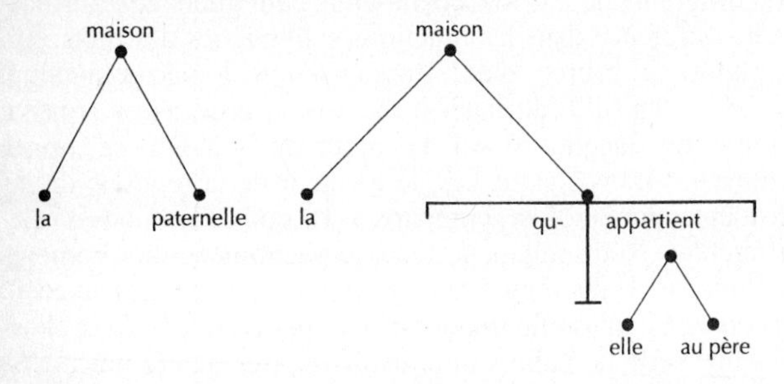

Le **T** du schéma de droite indique qu'il y a eu une translation, et que, dans celle-ci, on doit distinguer *elle appartient au père*, qui est le **transférende**, et *qu-*, qui est le **translatif**. Bien que Tesnière représente sur le même schéma les dépendances syntaxiques fondamentales et les translations, les deux concepts ont pour lui un statut différent, et correspondent à deux niveaux descriptifs. Cette dualité apparaît dans l'organisation même du livre de Tesnière, qui traite d'abord des fonctions syntaxiques élémentaires [452], définies indépendamment du fait qu'elles sont remplies par des mots simples ou par des expressions complexes transférées, et, ensuite, des divers types possibles de translation.

■ L. Tesnière, *Éléments de syntaxe structurale*, Paris, 1965, livre 3. – Sur la conception, voisine, de Bally, *Linguistique générale et linguistique française*, Berne, 1932, rééd. 1965, § 179-196.

On trouve chez O. Jespersen (*Analytic Syntax*, Copenhague, 1935, chap. 35) une conception analogue – mais plus prudente. Comparant le groupe de mots, qu'il appelle **junction** (par exemple : *the furiously barking dog*), et l'énoncé, qu'il appelle **nexus** (par exemple : *the dog barked furiously*), il note que l'un et l'autre peuvent présenter les mêmes relations hiérarchiques : dans les deux exemples précédents, *dog* est toujours le terme principal, dont dépend *barking* (ou *barked*), dont dépend à son tour *furiously*, ce que Jespersen exprime en donnant, dans les deux cas, le **rang** 1 à *dog*, le rang 2 à *barking* (ou *barked*), le rang 3, à *furiously*. Mais Jespersen ne va pas jusqu'à conclure de cette invariance possible des rangs dans les *nexus* et les *junctions* à l'idée que les uns seraient dérivés des autres.

Il est remarquable que certains linguistes distributionalistes [63] soient arrivés à des résultats de même nature. Leur point de départ est en effet tout différent, puisqu'ils refusent, comme intuitive et finaliste, la notion de fonction, et s'intéressent avant tout aux possibilités combinatoires des éléments à l'intérieur des énoncés. Mais l'étude combinatoire peut conduire à regrouper en classes non seulement les éléments qui ont des propriétés combinatoires identiques, mais des types de construction, des schémas de phrase, qui sont susceptibles d'être remplis par les mêmes éléments. C'est pourquoi Z.S. Harris, dont les premiers travaux relèvent d'un distributionalisme qu'on pourrait appeler atomiste (car il a pour objet les éléments de la langue), est arrivé à un distributionalisme des constructions, qui l'a amené à la notion de **transformation**. Soit par exemple les deux schémas de phrase : *(a)* Nom_1 *Verbe* Nom_2 et *(b)* Nom_2 *est Verbe par* Nom_1. On peut construire une phrase tout à fait acceptable (« Le loup mange l'agneau ») à partir de *(a)*, en remplaçant Nom_1 par *le loup*, *Verbe* par *mange*, et Nom_2 par *l'agneau*. Or, si on fait les mêmes substitutions dans *(b)*, on obtient encore une phrase acceptable (moyennant quelques ajustements de détail) : « L'agneau est mangé par le loup. » Faisons maintenant, dans *(a)*, des substitutions telles que la phrase obtenue soit beaucoup moins acceptable (par exemple « La table respecte Pierre »). Le résultat de ces mêmes substitutions dans *(b)* sera également peu acceptable (« Pierre est respecté par la table »). Plus généralement, si un ensemble de substitutions S_1, opérées dans *(a)*, donne un résultat plus acceptable qu'un autre ensemble S_2, le résultat de S_1 dans *(b)* sera également plus acceptable que celui de S_2.

C'est cette équivalence de deux constructions en ce qui concerne le degré d'acceptabilité des substitutions, qui définit, pour Harris, la transformation entre *constructions*. On dira maintenant que deux *phrases* sont transformées l'une de l'autre, si 1° leurs constructions sous-jacentes sont transformées l'une de l'autre, et si 2° elles sont obtenues par la même substitution. Ainsi il y a transformation entre un énoncé à l'actif et l'énoncé passif correspondant, entre une phrase et ses nominalisations [447], etc. (NB : La translation qui a servi d'exemple dans la présentation de Tesnière serait décrite par Harris comme une transformation, ou plutôt comme un amalgame de plusieurs transformations.) On voit quelle fonction remplit la notion de transformation. Elle permet de représenter, à partir de considérations strictement distributionnelles, l'idée que des constructions syntaxiques au premier abord différentes peuvent avoir une parenté profonde. De ce fait la linguistique devient utilisable pour l'**analyse du discours**. Celle-ci vise en effet à définir des procédés mécaniques, ou mécanisables, permettant de découvrir l'organisation sémantique de textes relativement larges, ce qui exige que l'on sache reconnaître les diverses occurrences d'une même idée sous des formes différentes. En permettant au linguiste de dépasser l'apparence littérale du texte, la notion de transformation le rend moins démuni devant cette tâche.

■ Harris définit la transformation dans « Co-occurrence and transformation in linguistic structure », *Language*, 1957, p. 283-340. – Pour une formalisation de cette notion, voir H. Hiz, « Congrammaticality, batteries of transformations, and grammatical categories », in *Structure of Language and its Mathematical Aspects*, R. Jakobson (ed.), Providence, 1961. – M. Gross utilise la *transformation*, au sens de Harris, dans *Grammaire transformationnelle du français*, Paris 1968. – Dans *String Analysis*, La Haye, 1962, Harris présente explicitement l'analyse transformationnelle comme la découverte d'un *niveau* syntaxique, qui se superpose notamment au niveau distributionnel (§ 1.3). – Pour une présentation générale des « grammaires de Harris », voir le n° 99 de *Langages*, septembre 1990. – Sur les problèmes que pose, pour l'analyse du discours, la nécessité d'identifier des énoncés différents : M. Pêcheux, *Vers l'analyse automatique du discours*, Paris, 1969. – S. Bonnafous a tenté d'appliquer la méthode de Pêcheux aux motions présentées au Congrès socialiste de Metz (*Langages*, n° 71, septembre 1983). – Une réflexion critique : E. Eggs, « *Analyse de discours* in der Sprachwissenschaft », *Lendemains*, n° 59, 1990.

Structure superficielle et structure profonde en grammaire générative

(NB : Dans ce qui suit, on entendra par *phrase*, non pas une suite de sons, de phonèmes ou de lettres, mais une suite d'unités significatives analogues aux « morphèmes » de la linguistique moderne [432], abstraction faite de la manifestation perceptible de ces unités. On considérera donc comme phrase, la suite <*article défini – maison – être – présent – beau*>, qui correspond à *la maison est belle*.)

Chomsky a souvent insisté sur l'idée, somme toute banale, que la description d'une langue a pour objectif d'expliquer, ou au moins d'expliciter, la façon dont celle-ci relie la forme matérielle des énoncés et le sens qu'ils véhiculent. Mais son originalité consiste à ne pas chercher la clef de cette correspondance dans une quelconque analogie de structure entre ces deux objets. Il s'agit au contraire de définir un troisième objet, l'organisation syntaxique de l'énoncé, qui, en lui-même, ne relève ni du son ni du sens, et qui, traité de deux façons différentes, est la source commune de l'un et de l'autre. C'est à l'intérieur de cet objet médiateur que différents niveaux vont être distingués. À chaque niveau l'énoncé possède une structure syntaxique déterminée. Celle du niveau le plus apparenté au sens sera dite **structure profonde** – ou, à partir des années 1980, **D-Structure**, le *D* rappelant l'anglais *deep* (= « profond »). Celle du niveau le plus apparenté à la forme matérielle sera dite **structure de surface** – ou, à partir de ces mêmes années, **S-Structure**, le *S* rappelant le mot *surface*, bien que l'expression « structure de surface » soit désormais réservée à l'organisation, non proprement syntaxique, de la forme sonore.

Pour comprendre le rôle de ces notions, il faut les replacer dans l'évolution de la théorie générativiste. Le premier ouvrage de Chomsky *(Syntactic Structures)* ne parle pas encore de structure profonde. Il distingue deux moments dans la génération syntaxique d'une phrase :

Dans le premier interviennent des « règles syntagmatiques », ou règles *PS* [465], qui, par dérivations successives, engendrent à partir du symbole initial **S**, une suite de morphèmes dite **suite de base** (au sens moderne du mot *morphème* [432]). À cette suite est associé l'arbre [465 s.] représentant le processus selon lequel elle a été engendrée, ce qui permet de la décomposer en sous-suites emboîtées les unes dans les autres, ce qui correspond à une structure en « constituants immédiats » [61]. Cependant les suites ainsi engendrées ne sont pas celles effectivement réalisées dans les phrases de la langue décrite. Chomsky a cru pouvoir montrer, en effet, qu'il y aurait de graves inconvénients à engendrer directement ces dernières par des règles PS :

1. La grammaire générative obtenue n'arriverait pas à représenter la parenté profonde entre des suites de morphèmes organisées apparemment de façon très dissemblable (par exemple entre *<Pierre – aimer – présent – Paul>* et *<Paul – être – présent – aimer – participe passé – par – Pierre>*). En effet, si l'on avait seulement des règles *PS*, les processus génératifs aboutissant à ces phrases seraient nettement différents : ils n'auraient guère en commun que leur première étape, et divergeraient dès la seconde. (NB : Conclure de ce fait qu'une grammaire *PS* ne pourrait pas représenter la proximité existant entre ces phrases, c'est supposer que la proximité de deux phrases a pour *seule* représentation possible, dans une grammaire générative, le fait que leurs dérivations soient, au départ et pendant un certain nombre d'étapes, identiques, autrement dit, qu'il y ait recouvrement partiel de leurs arbres ; hypothèse forte, car on peut, à première vue, imaginer bien d'autres modes de représentation.) Inversement beaucoup d'expressions ambiguës, telles que *la peur du gendarme*, ne pourraient, selon Chomsky, être engendrées que d'une seule façon dans une grammaire entièrement *PS*.

2. Corollaire de cette première insuffisance, une grammaire *PS* serait inutilement redondante. Si, par exemple, la phrase active et la phrase passive correspondante sont engendrées de façon indépendante, on doit énoncer deux règles distinctes pour dire *a)* qu'un nom d'être inanimé ne peut pas être sujet du verbe actif *voir*, et *b)* qu'il ne peut pas être complé-

ment d'agent du verbe passif *être vu*. Or on sent qu'il s'agit là d'un phénomène unique. (NB : Cet argument suppose que l'on ait décidé de préparer, *dès la syntaxe*, la description des restrictions distributionnelles en question, bien que celles-ci mettent clairement en jeu des facteurs sémantiques.)

Pour pallier ces inconvénients d'une grammaire qui serait seulement *PS*, Chomsky distingue un deuxième moment dans la génération des phrases, c'est-à-dire un deuxième niveau *syntaxique* dans la grammaire générative. Après les règles *PS* (qui engendrent les « suites de base »), interviennent des règles d'un tout autre type, dites transformationnelles [468 s.], qui opèrent sur ces suites et les modifient. On peut concevoir alors que la même suite de base, soumise à deux **transformations** différentes, donne soit la phrase active, soit la passive. On peut ainsi, d'une part représenter leur proximité, d'autre part formuler d'un seul coup (en se référant à leur base commune) les restrictions distributionnelles concernant ensemble l'actif et le passif. On est alors amené à considérer deux types de transformations : 1° Les **transformations obligatoires**, auxquelles toute suite de base doit être soumise pour donner lieu à une phrase grammaticalement acceptable (ainsi une transformation de réflexivation fabrique, à partir de la suite de base *<Pierre – détester – présent – Pierre>*, la suite *<Pierre – se détester – présent>*. 2° Les **transformations facultatives**, qui ne sont pas nécessaires pour obtenir une phrase acceptable, et qui correspondent donc à un choix du locuteur : la plupart d'entre elles ajoutent des indications sémantiques non contenues dans la suite de base. Elles se répartissent elles-mêmes en deux classes, les **transformations singulières** qui ont toujours pour point de départ une suite unique (cf. la passivation, les transformations qui introduisent l'interrogation ou la négation, etc.), et les **transformations généralisées**, amalgamant en une seule plusieurs suites de base (cf. la nominalisation [447], qui, partant de deux suites, transforme l'une en un nom, introduit ensuite, à titre de sujet ou de complément, dans la seconde). – NB : Les phrases qui n'ont pas subi de transformations facultatives sont dites **phrases-noyaux**.

Vers 1965, Chomsky a apporté une modification considérable dans l'économie de sa doctrine, et introduit l'idée de structure profonde. À la suite, notamment, des travaux de E.S. Klima sur la négation, il est apparu utile d'abandonner nombre de transformations facultatives. Ainsi on donne désormais deux suites de base différentes pour une phrase active et sa correspondante passive – en s'arrangeant pour que la différence soit beaucoup moins marquée que dans l'organisation apparente de ces phrases, et se réduise à la présence d'un symbole particulier à l'intérieur de la suite correspondant au passif. Puis, opérant sur ces deux suites, à la fois différentes et analogues, des transformations obligatoires produiraient deux structures nettement distinctes. De même des symboles d'interrogation et de négation seraient introduits dès la base. On fait aussi l'économie des transformations facultatives généralisées. Ainsi la phrase « La venue de Pierre me satisfait »), dont le sujet provient d'une nominalisation, aura une seule suite de base (approximativement : <*cela – Pierre – venir – passé composé – satisfaire – présent – moi*>). Sa génération selon les règles *PS* sera donc un processus unique, représentable par un seul arbre – qui comprend, comme sous-arbre, l'arbre correspondant à <*Pierre – venir – passé composé*>. Les transformations n'interviendront que pour modifier la première partie de la suite de base (<*cela – Pierre – venir – passé composé*>), qui deviendra <*article défini – venue – de – Pierre*>.

Cette réduction des transformations facultatives, qui étaient les seules pouvant avoir un impact sémantique, va entraîner un remaniement d'ensemble de la théorie, et donner naissance à sa deuxième version, dite « théorie standard ». Les transformations étant désormais sémantiquement neutres, tout ce qui a valeur sémantique sera introduit par les règles *PS*. Si deux phrases sont engendrées de la même façon en ce qui concerne ces règles, elles devront être synonymes, et si une phrase est ambiguë, c'est aussi au niveau de ces règles qu'elle aura deux dérivations différentes. On dira alors que la suite de base, et l'arbre représentant sa dérivation, relèvent, pour chaque phrase, de sa **structure profonde**, alors que les transformations, réduites à une simple « machinerie », produisent, à partir de la première, une **structure superficielle** (ou **de surface**). Les deux structures engendrées par la syntaxe ont en effet, dans l'économie de la théorie, des rôles différents. La structure profonde, produite par les règles *PS*, est destinée à être traitée par le « composant sémantique » [124], qui en tire une description sémantique de la phrase ; quant à la structure superficielle, issue des transformations, elle sera traitée par le « composant phonologique » [123] (on explique ainsi que des phrases incorrectes soient interprétables : il suffit qu'elles soient bien formées au niveau profond). D'où le schéma :

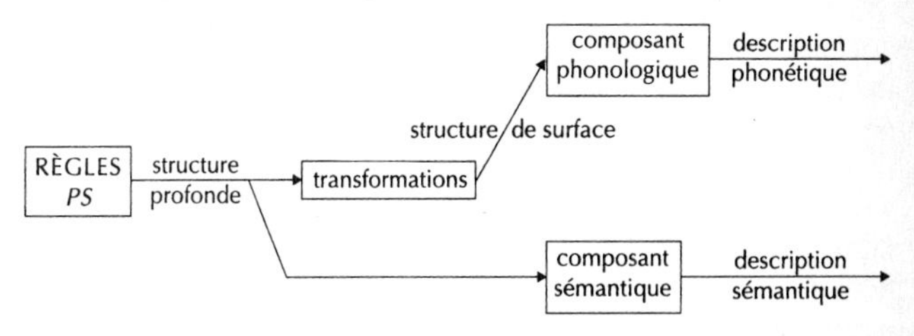

Ce schéma est à comparer à celui qui représente la première version du chomskisme, et qui doit être double – selon que la génération de la phrase passe ou non par les transformations facultatives. Ce qui donnerait :

1. Pour les phrases-noyaux :

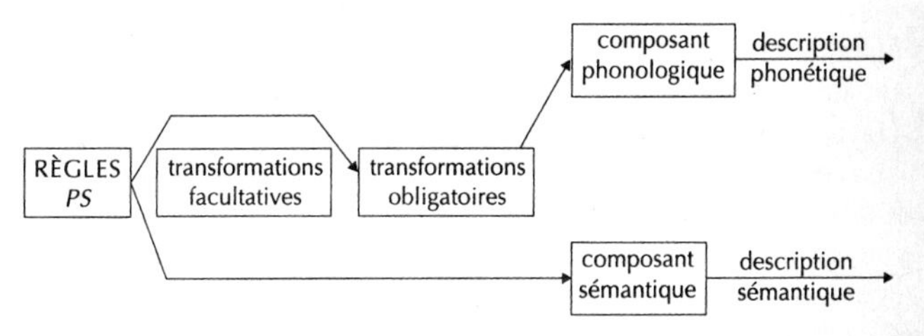

2. Pour les phrases complexes :

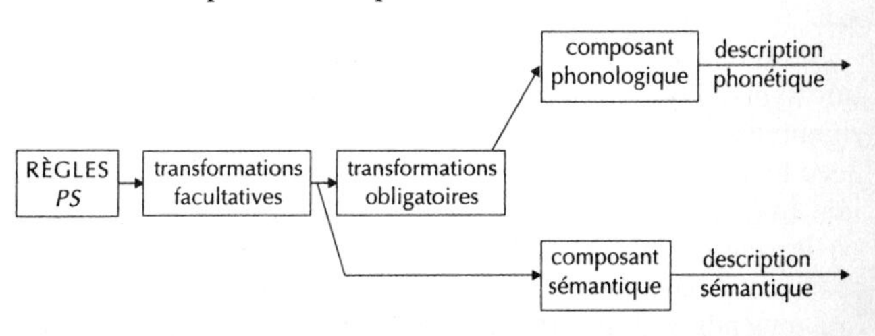

■ Sur la deuxième théorie chomskiste : E.S. Klima, « Negation in English », in J.A. Fodor et J.J. Katz (eds.), *The Structure of Language*, Prentice Hall, 1964 ; N. Chomsky, *Aspects of the Theory of*

Syntax, Cambridge (Mass.), 1965 (trad. fr., Paris, 1971) ; J.J. Katz et P.M. Postal, *An Integrated Theory of Linguistic Description*, Cambridge (Mass.), 1964 ; N. Ruwet, *Introduction à la grammaire générative*, Paris, 1967, chap. 6.

Cette construction harmonieuse est cependant vite apparue incompatible avec pas mal de faits (signalés, et quelquefois découverts, par les chomskistes eux-mêmes). Il s'est notamment avéré que certains modes d'expression, tout en ayant une valeur sémantique incontestable, semblaient devoir être introduits par des transformations (c'est le cas de l'intonation, qui peut donner à la phrase « Je ne serai pas le premier président à perdre une guerre » deux significations bien différentes, et qui, cependant, paraissait un phénomène transformationnel typique. Il en est de même pour l'ordre des mots : même lorsqu'il ne modifie pas les fonctions syntaxiques de base, il a souvent une importance décisive pour la détermination des présupposés [543] d'un énoncé (cf. la différence entre « J'ai rencontré Pierre » et « C'est Pierre que j'ai rencontré »), et peut même changer les conditions de vérité (comparer « La seule vue d'un rat lui fait peur » et « Seule la vue d'un rat lui fait peur »). Devant des faits de ce genre, deux solutions sont possibles :

a) Décider d'introduire dans le constituant de base (c'est-à-dire loger dans le lexique ou engendrer par des règles *PS*) tout ce qui a une implication sémantique, même si on n'a pour cela aucune justification d'ordre syntaxique (c'est ce que font les tenants de la sémantique générative [129]).

b) Admettre que les transformations peuvent modifier le sens (c'est la solution devenue orthodoxe).

Si on choisit *(a)*, on ne voit plus pourquoi distinguer structure syntaxique profonde et valeur sémantique, qui deviennent rigoureusement isomorphes : la base de la syntaxe se confond avec le composant sémantique. La syntaxe n'est plus alors un lieu intermédiaire entre le son et le sens, mais le lieu même où le sens se construit, la distinction des deux structures se réduisant finalement à celle du signifiant et du signifié – ce qui reviendrait à abandonner une partie essentielle du projet chomskiste initial. On comprend la violence avec laquelle Chomsky a combattu la sémantique générative, à la fois aux niveaux scientifique et institutionnel.

■ Sur la sémantique générative en général, voir la bibliographie p. 130. Plus particulièrement, sur les rapports entre syntaxe profonde et interprétation sémantique : I. Bellert, « A semantic approach to grammar construction », in *To Honor Roman Jakobson*, La Haye, 1967.

Le maintien de la distinction entre les deux structures syntaxiques (profonde et superficielle) implique ainsi la solution *(b)* : on reconnaît à certaines transformations un impact sémantique. Tel est le choix fait dans la troisième version du chomskisme, la « théorie standard étendue » [127], et maintenu dans la quatrième, dite « théorie du gouvernement et du liage » [472 s.]. Dans cette dernière, la structure issue des transformations, elles-mêmes réduites au déplacement de divers constituants de la structure de base, est dite S-Structure, le terme « structure de surface » étant réservé à la représentation issue du composant morpho-phonologique, beaucoup plus proche de la réalisation matérielle de la langue. C'est sur la S-Structure que vont opérer non seulement ce composant mais aussi le composant sémantique (schéma p. 126). En effet ce dernier trouvera en elle tous les indices nécessaires pour la convertir en une représentation du sens des énoncés. Du point de vue de l'histoire des concepts, il est intéressant de se demander ce qui justifie alors une dénomination où le *S* évoque la notion de « surface ». La réponse est sans doute la suivante. Si la S-Structure contient certaines informations sémantiquement utiles qui ne se trouvent pas dans la structure de base, c'est cependant dans cette dernière que sont définies les fonctions syntaxiques principales sur lesquelles se fonde l'interprétation. Supposons par exemple que le composant sémantique ait, parmi ses instructions, d'attribuer le rôle d'agent au sujet du verbe *juger*, et le rôle de patient à son complément d'objet. Il doit néanmoins étiqueter « patient » le mot *Jean* qui a la position de sujet dans la S-Structure de la phrase passive *Jean a été jugé*. S'il le fait, c'est que *Jean* est objet dans la structure profonde de cette phrase (qui est, en simplifiant beaucoup : *juger – passif – passé composé – Jean*) : il se fonde sur cette structure, qui aura disparu après la transformation plaçant, en S-Structure, *Jean* à gauche de *juger*. Cependant, ayant expliqué ainsi ce qui peut être dit « superficiel » dans la S-Structure, on se trouve devant le problème inverse : comment peut-elle encore servir d'entrée au composant sémantique ? La réponse est donnée par la **théorie des traces**, qui postule que les déplacements opérés à partir de la structure profonde laissent un symbole, dit « trace », à la place de l'élément déplacé, de sorte que la S-Structure, dans notre exemple, sera, très approximativement, <Jean – juger – passif – passé composé – trace>. Pour attribuer à Jean le rôle de patient, le composant sémantique considérera, dans la S-Structure, non pas le mot *Jean*, mais sa trace, qui se trouve effectivement en position d'objet. Le composant phonologique, quant à lui, réalisera *Jean* à la place qui est la sienne en S-Structure, et effacera sa trace. Si une même structure peut alimenter à la fois les deux composants, phonologique et sémantique, c'est que chacun la « regarde » selon une perspective différente : la sémantique, par exemple, est spécialement « attentive » à ce qui reste, dans la S-Structure, de la structure profonde (d'où la métaphore de la « trace »).

NB$_1$: Vu l'objectif de cette section, qui concerne le *concept* de structure syntaxique double, on a pu donner l'impression que les remaniements de la grammaire générative étaient des « astuces » techniques pour sauver un *a priori* théorique. En fait, pour un chomskiste, ces innovations sont commandées par des soucis empiriques : d'une part faire en sorte que, dans la description d'une langue donnée, des phénomènes apparemment étrangers les uns aux autres puissent apparaître corrélés, d'autre part établir un schéma général de description qui convienne à toutes les langues, et soit donc une hypothèse plausible sur cette faculté du langage universelle, à l'aide de laquelle n'importe quel enfant construit une grammaire de sa propre langue.

NB$_2$: Selon S.Y. Kuroda, A. Marty, philosophe germano-suisse du début du siècle, présente déjà, de façon informelle, l'idée de deux structures *syntaxiques*, l'une plus proche, l'autre plus éloignée, du sens, mais qui l'influencent *toutes les deux*. Beaucoup d'énoncés, pour Marty, sont organisés simultanément à deux niveaux (cf. les deux « structures syntaxiques » de Chomsky). Une première organisation, souvent cachée dans la réalisation matérielle (cf. la « structure profonde ») correspond à la réalité logique de la phrase, l'autre est dite **innere Sprachform**, **forme linguistique interne** (elle joue le même rôle, selon Kuroda, que la « structure de surface » de la théorie standard étendue, et pourrait aussi être rapprochée de la S-Structure introduite ultérieurement) : les relations logiques fondamentales n'y sont pas immédiatement visibles, mais elle les rappelle indirectement, tout en ayant d'autre part une influence spécifique sur le sens de l'énoncé. Un exemple. Pour Marty, il y a, au niveau du sens, deux types de jugement, les jugements simples, dits **thétiques**, qui posent, ou nient, l'existence d'un objet ou d'un fait : cf. les énoncés *Dieu existe*, *Il pleut*, *Il y a des hommes méchants*, et leurs négations. Tout autres sont les jugements **catégoriques** qui attribuent un prédicat à un objet *(Jean est méchant, Les arbres de mon jardin sont en fleurs)*. Ces derniers sont dits « doubles », car ils font deux choses : d'une part ils posent l'existence de leur objet (généralement représenté par le sujet grammatical), et contiennent de ce fait un jugement thétique, d'autre part, dans un second mouvement, ils informent sur cet objet ; leur forme syntaxique, où transparaît clairement leur valeur sémantique, est toujours du type sujet-prédicat. Le point important, du point de vue de l'analyse syntaxique, est que les jugements thétiques revêtent souvent eux aussi la forme sujet-prédicat, qui ne manifeste pas directement leur sémantisme, mais constitue une sorte de déguisement. Ainsi une proposition universelle comme *Les méchants seront punis*, bien qu'elle ait la forme sujet-prédicat, est en fait un jugement thétique, niant l'existence de méchants impunis (elle ne contient pas, comme ce serait le cas pour un jugement catégorique, un jugement thétique posant l'existence de méchants). Marty exprime cette idée en disant qu'une telle proposition, si elle possède, fondamentalement, la construction propre aux thétiques, a par ailleurs une seconde organisation, la « forme interne », qu'elle partage avec les catégoriques. Et Marty montre que cette forme (comme la S-Structure) a des répercussions sémantiques. L'apparence pseudo-catégorique produit un effet de sens spécifique, donnant le sentiment qu'il y a un objet (la classe des méchants) dont quelque chose est affirmé. Plus généralement, dès que l'apparence d'une proposition est vue comme à la fois trompeuse et révélatrice (cf. la notion austinienne de *masquerader* [781], ou l'idée de *délocutivité* [735]), on est amené à distinguer de la structure profonde une structure superficielle, qui n'est cependant pas sans quelque profondeur. Tout le problème, étant donné que la profondeur est vue comme une proximité particulière avec le sens, est de savoir ce que l'on entend par sens.

■ Sur les formes récentes de la grammaire générative, cf. bibliographie p. 463. – Une présentation rapide des idées linguistiques de Marty : O. Ducrot, *Logique, structure, énonciation*, Paris, 1989, chap. 4 (qui reprend un compte rendu publié en 1972 dans *La Linguistique*, n° 2). – Le texte de S.Y. Kuroda utilisé ici est le chap. 4 de *Aux quatre coins de la linguistique*, Paris, 1979 (reprise d'un article paru en 1972 dans *Foundations of Language*, vol. 9, n° 1). – Principal ouvrage de A. Marty : *Untersuchungen zur Grundlegung der allgemeinen Grammatik und Sprachwissenschaft*, Halle, 1908.

Depuis 1980 il est apparu aux États-Unis, en marge de la grammaire générative, un grand nombre de théories grammaticales qui, tout en maintenant les objectifs fondamentaux de cette dernière, refusent de stratifier la description linguistique. Appelées **grammaires d'unification**, elles visent à engendrer directement la forme finale des phrases, sans distinguer structure superficielle et structure profonde. D'autre part, elles font en sorte que les informations syntaxiques et sémantiques sur les phrases engendrées soient apportées dans le même mouvement. La très grande complexité technique de ces grammaires, destinées, pour la plupart, à permettre un traitement informatique, rend impossible de les présenter en détail ici.

■ Sur les grammaires d'unification, consulter le recueil de P. Miller et T. Torris, *Formalismes syntaxiques pour le traitement automatique du langage naturel*, Paris, 1990, où l'on trouve notamment la traduction française d'un texte fondamental de l'Américain Stuart Shieber. Voir aussi A. Abeillé, *Les Nouvelles Syntaxes*, Paris, 1993, qui applique certaines de ces grammaires à la description du français.

TRAITEMENT DU LANGAGE : PERCEPTION, COMPRÉHENSION, PRODUCTION

Les processus psychologiques engagés dans le traitement du langage sont constitués par des ensembles complexes d'opérations, pour une large part inaccessibles à l'observation directe. Entre l'onde sonore qui atteint notre oreille et la représentation mentale que nous construisons du message entendu s'effectue tout un travail dont nous n'avons pas conscience, et dont l'étude est l'objet de la *psycholinguistique* [149 s.].

Perception de la parole et identification des mots

La parole se présente comme un flux sonore continu et rapide. Comment l'auditeur parvient-il à segmenter ce flux en unités linguistiques discrètes et à en identifier les éléments ? On considère généralement que la perception de la parole met elle-même en jeu plusieurs niveaux de traitement, qui vont de l'analyse des indices acoustiques à l'élaboration de représentations phonologiques et lexicales.

Une première analyse du signal sonore est effectuée au niveau auditif. La question initiale qui se pose au psycholinguiste est de déterminer comment l'auditeur identifie les différents phonèmes de sa langue dans le signal de parole [408] – qu'on peut représenter par un spectrogramme – arrivant à son système perceptif. Le problème n'est pas simple dans la mesure où le signal de parole est constitué d'un ensemble complexe d'indices acoustiques d'une grande variabilité et de distribution non linéaire, et qu'il n'y a pas de correspondance terme à terme entre les phonèmes, décrits par les linguistes comme les unités phonétiques du message, et les segments de la chaîne sonore. Les recherches expérimentales sur la perception de la parole, initiées par Liberman, ont mis en évidence plusieurs phénomènes. Elles montrent d'abord que la perception des phonèmes est **catégorielle** : lorsqu'on présente au sujet différents sons (du moins consonantiques) ne variant que sur un continuum acoustique, il les groupe en classes correspondant à des sons de la langue et ne discrimine pas des sons affectés à une même classe. Par exemple, si on présente des stimuli synthétiques allant par écarts égaux de /do/ à /to/, chaque item est toujours identifié sans ambiguïté soit comme /do/ soit comme /to/ : à la variation continue de la dimension physique répond le brusque passage d'une catégorie à l'autre. Divers travaux ont fait en outre apparaître l'existence d'une **adaptation sélective**, initialement observée par Eimas et Corbit, qui ont été les premiers à montrer que la présentation répétée d'un même stimulus atténue la capacité du sujet à discriminer d'autres stimuli n'en différant que par un paramètre. Enfin, l'emploi de la technique d'écoute dichotique (présentation simultanée de stimuli acoustiques différents dans l'une et l'autre oreille) suggère une supériorité de l'oreille droite, en accord avec la dominance hémisphérique gauche, pour le traitement des sons du langage. De tels phénomènes ont conduit à l'hypothèse – formulée d'abord par Liberman en 1967 et largement reprise sous des formes diverses – qu'il existait des mécanismes propres à la perception des sons du langage, et que l'identification des phonèmes était ainsi le fait d'un ensemble de détecteurs spécialisés faisant partie de l'équipement humain. Cependant, il n'est pas sûr que les phénomènes de perception catégorielle et d'adaptation sélective soient spécifiques, comme on l'a cru d'abord, à la perception des sons du langage ni au sujet humain (on les a observés chez le chinchilla), et il se pourrait qu'ils relèvent de propriétés ou limitations du système auditif général. L'hypothèse que le cerveau humain comporterait un dispositif spécialisé d'analyse du signal acoustique propre à la perception de la parole et faisant partie de l'équipement de l'espèce reste donc actuellement problématique.

Les informations apportées par l'analyse du signal sonore sont interprétées sous la forme d'une représentation phonologique prélexicale. Divers travaux, tels que ceux mettant en évidence l'existence de phénomènes de **restauration phonémique** (un mot dans lequel un phonème a été remplacé par un son non linguistique est généralement perçu comme intact), indiquent que le contexte joue un rôle important dans la perception et que l'auditeur utilise par exemple la structure syntaxique ou la cohérence sémantique pour reconstituer des informations phonétiques manquantes ou masquées par du bruit. De telles observations, qui soulignent l'importance des traitement « top-down » [350], ont conduit à s'interroger sur la réalité psychologique du phonème, et à se demander dans quelle mesure l'identification des phonèmes est véritablement le processus élémentaire sur lequel se fondent les opérations de niveaux supérieurs. Il se pourrait qu'elle ne soit que le résultat d'un apprentissage et que la segmentation du signal sonore se fasse plutôt sur la base de la syllabe, qui serait ainsi, comme l'ont suggéré les travaux de Melher et Segui, l'unité naturelle de perception de la parole. Cette hypothèse d'une **représentation syllabique** s'appuie sur les résultats obtenus dans des tâches de détection de phonèmes : ainsi la même combinaison de phonèmes est détectée plus ou moins rapidement – du moins pour le français – selon qu'elle constitue ou non une syllabe, /ba/ étant repéré plus vite dans « balance » que dans « balcon », et inversement /bal/ plus vite dans « balcon » que dans « balance ». D'autres éléments interviennent probablement dans la segmentation de la parole, en particulier des données intonatives et rythmiques : il se pourrait ainsi que l'analyse perceptive s'effectue sur la base d'unités prosodiques organisées autour d'une syllabe accentuée.

Au niveau supérieur du traitement de la parole s'effectue l'identification des mots. Tout locuteur d'une langue possède en mémoire un **lexique interne**, c'est-à-dire un ensemble de représentations correspondant aux unités signifiantes de sa langue. De très nombreuses recherches ont dans les quinze dernières années porté sur l'**accès lexical**, en d'autres termes sur les procédures par lesquelles les mots sont retrouvés en mémoire pour être reconnus ou produits. Des techniques d'analyse en temps réel, fondées sur la mesure des temps de réaction dans des tâches de décision lexicale, ont été développées pour étudier ce processus éminemment rapide et inconscient qu'est l'accès au lexique. Deux phénomènes de base ont pu être mis en évidence : plus un mot est fréquent plus son accès est rapide – c'est l'**effet de fréquence** –, et il est plus rapide si le mot a été précédé par un autre mot qui lui est sémantiquement associé – c'est l'**effet d'amorçage**. Les procédures d'accès au lexique peuvent être conçues de deux principales façons. Le modèle proposé par Forster, conforme à une conception modulaire où le traitement lexical s'effectue indépendamment des niveaux syntaxique et sémantique, invite à considérer le lexique comme un dictionnaire que l'on consulterait selon une recherche séquentielle et active. L'hypothèse alternative avancée par Morton suggère qu'il n'y a pas recherche mais activation automatique des mots par les informations recueillies par le système ; ce processus d'activation passive, qui permet de rendre compte par exemple de l'effet d'amorçage, suppose une interaction permanente entre tous les niveaux du traitement. Des conceptions analogues – fortement interactives – se retrouvent dans le « modèle de la cohorte » proposé par Marslen-Wilson, ou dans le modèle connexionniste de Ellman et McClelland. On ne peut guère à l'heure actuelle trancher entre ces divers modèles, et il est d'ailleurs vraisemblable que plusieurs types de traitement, modulaires et interactifs, interviennent à différents moments du traitement lexical.

L'accès à un mot implique aussi l'accès à son sens. Ce sont les travaux de **sémantique psychologique**, menés indépendamment des recherches sur l'accès lexical, qui ont posé le problème de la représentation mentale des significations. Ces travaux se sont d'abord largement développés sous l'influence de la théorie componentielle [534] : on s'est ainsi interrogé sur la complexité sémantique des mots, en recherchant dans quelle mesure le temps de compréhension des phrases reflétait la complexité des mots qui les constituent. Cependant, une approche procédurale – tentant de définir le sens d'un mot par son usage, c'est-à-dire par les procédures qu'il met en jeu – commence maintenant à se faire jour, illustrée surtout par les travaux de Johnson-Laird. Poser le problème de la nature des significations conduit aussi le psychologue à s'interroger sur la manière dont ces significations sont organisées et stockées en mémoire, et sur les processus qui permettent de les évoquer. Il s'agit là du fonctionnement de ce qu'on appelle la **mémoire sémantique**, notion introduite par Quillian en 1966 et sujette à certaines ambiguïtés. Faut-il en effet limiter le problème au fonctionnement des informations sémantiques concernant la signification des mots et permettant leur utilisation – ce qui définit plus spécifiquement une « mémoire lexicale », dont l'exploration mériterait la mise en œuvre de paradigmes expérimentaux plus appropriés que celui de la vérification de phrase essentiellement employé jusqu'ici ? Ou bien faut-il considérer l'ensemble des connaissances « encyclopédiques » dont dispose un sujet sur le monde ? Mais on doit reconnaître alors que le problème beaucoup plus général de la représentation des connaissances, abordé notamment dans les modèles de réseaux sémantiques proposés par l'intelligence artificielle, se situe à la limite extrême des préoccupations de la psycholinguistique.

■ Présentation et bibliographie des travaux sur la perception de la parole et l'accès au lexique : J. Segui, « La perception du langage parlé », chap. 4, in J.-F. Richard, C. Bonnet et R. Ghiglione (eds.), *Traité de psychologie cognitive*, 1, Paris, 1989. – Textes représentatifs : A.M. Liberman *et al.*, « Perception of the speech code », *Psych. Rev.*, 74, 1967 ; P.D. Eimas et J. Corbit, « Selective adaptation of linguistic features detectors », *Cogn. Psych.*, 4, 1973 ; K.I. Forster « Accessing the mental lexicon », in R.J. Wales et E. Walker (eds.), *New Approaches to Language Mechanisms*, Amsterdam, 1976 ; J. Morton « Desintegrating the lexicon : an information processing approach », in J. Mehler, E.C. Walker et M.F. Garrett (eds.), *Perspectives on Mental Representation,* Hillsdale, 1982 ; L.K. Tyler et U.H. Frauenfelder (eds.), « Spoken word recognition », numéro spécial de *Cognition*, 1987 ; W. Marslen-Wilson (ed.), *Lexical Representation and Process*, Cambridge (Mass.), MIT Press, 1989 ; R. Kolinsky, J. Morais et J. Segui (eds.), *La Reconnaissance des mots dans les différentes modalités sensorielles : études de psycholinguistique cognitive*, Paris, 1993. – Présentation des travaux sur la sémantique psychologique et la mémoire sémantique dans : G.A. Miller et P.N. Johnson-Laird, *Language and Perception*, Cambridge, 1976 ; S. Ehrlich et E. Tulving (eds.), « La mémoire sémantique », numéro spécial du *Bulletin de psychologie*, 1976 ; J.-F. Le Ny, *La Sémantique psychologique*, Paris, 1979 ; P.N. Johnson-Laird, *Mental Models*, Cambridge, 1983 ; D. Dubois (ed.), *Sémantique et cognition : catégories, prototypes et typicalité*, Paris, 1992. – Pour une analyse de la notion de représentation, F. Bresson, « Les fonctions de représentation et de communication », in J. Piaget, P. Mounoud et J.-P. Bronckart (eds.), *Psychologie*, « Encyclopédie de la Pléiade », Paris, 1987.

De la perception à la compréhension : traitement des phrases et des discours

La compréhension d'un message verbal ne se réduit pas à l'identification des mots. L'auditeur doit traiter une combinaison de mots, organisés pour constituer une phrase – unité soumise à des règles syntaxiques, porteuse d'une signification et réalisant un acte de communication –, et les phrases sont elles-mêmes organisées en ensembles de taille supérieure, les discours tels que conversations, récits, argumentations, etc.

La phrase, unité élémentaire de communication, a toujours constitué un niveau d'analyse privilégié pour les recherches psycholinguistiques visant à caractériser les processus de compréhension. Cependant, l'examen des aspects syntaxiques a, pendant longtemps, été le pôle d'intérêt exclusif de l'étude de la compréhension des phrases. La psycholinguistique des années soixante avait en effet pour objectif de valider le modèle chomskiste en montrant que le traitement d'un énoncé reflétait sa **complexité syntaxique** : la difficulté du traitement (mesurée par le temps nécessaire à la vérification des phrases) devait être d'autant plus grande que la dérivation de l'énoncé comportait plus de transformations [487]. Mais les résultats n'ont confirmé la théorie que dans certains cas simples, et, si la grammaire générative a continué d'inspirer des courants actifs dans le domaine de l'acquisition du langage, elle ne suscite plus guère actuellement de recherches expérimentales sur l'adulte.

L'étude de la compréhension de phrases a retrouvé un essor à la fois grâce à l'apport de méthodes nouvelles – en particulier les techniques d'analyse en temps réel – et grâce à l'émergence de problématiques nouvelles, rendue possible par la mise à distance du modèle chomskiste : au lieu de chercher à établir comment les sujets construisent la structure syntaxique d'une phrase, on va pouvoir se demander ce qu'implique véritablement la compréhension et quels types de traitement y sont mis en œuvre. Un premier aspect de ce changement de perspective théorique est le déplacement d'intérêt vers la recherche des **contraintes cognitives du traitement**. Le tournant est amorcé en 1970 dans un important article de Bever qui propose d'étudier les « stratégies perceptives », par lesquelles l'auditeur recueille et utilise les indices grâce auxquels il peut déterminer les relations existant entre les éléments de la phrase. La source des structures linguistiques serait ainsi à chercher dans les contraintes liées aux procédures cognitives.

Dans le cadre ainsi fixé, une deuxième caractéristique des recherches actuelles sur la compréhension de phrases est l'évolution des perspectives concernant la question de **l'autonomie du traitement syntaxique**, question qui a donné lieu à d'importantes controverses et n'est pas encore tranchée. Les travaux de Forster par exemple, ou ceux de Frazier sur les principes du « parsing », plaident en faveur d'une conception de l'analyse syntaxique comme une étape indépendante et préalable au traitement sémantique qui n'interviendrait, quant à lui, que dans une seconde étape, après la construction de la structure syntaxique. Mais cette conception a été progressivement mise en question, et on s'est demandé s'il était vraiment possible d'envisager une étape du traitement de la phrase où le sujet construirait la structure de celle-ci en s'appuyant uniquement sur des indices syntaxiques. Les études sur la compréhension des phrases passives par exemple ont suggéré l'existence de « **stratégies pragmatiques** », les sujets faisant l'économie d'une analyse syntaxique lorsqu'ils peuvent utiliser leurs connaissances extra-linguistiques et se fier aux relations probables entre les éléments de la phrase pour leur attribuer une fonction. L'effet des attentes liées au contexte a été clairement mis en évidence par Marslen-Wilson et Tyler, qui proposent de renoncer non seulement à l'idée d'un composant syntaxique autonome, mais plus généralement à celle de niveaux de traitement distincts. L'activité du sujet consisterait alors à construire une interprétation de la phrase dès le début de celle-ci, en s'appuyant simultanément sur tous les types d'informations disponibles : éléments lexicaux, indices syntaxiques, ou données contextuelles.

Allant de pair avec cette évolution, le développement de l'intérêt pour les **aspects pragmatiques** [131] constitue un troisième aspect des recherches actuelles sur la compréhension de phrases. Bon nombre de travaux ont examiné par exemple les différences de traitement entre informations posées et présupposées [543 s.] (ces dernières semblent moins bien mémorisées), ou entre informations anciennes et nouvelles, thématisées ou non [542]. Beaucoup se sont intéressés à la compréhension des actes de langage indirects, ou à l'identification du référent de l'énoncé, rendue possible, selon Clark, par l'existence d'un « terrain commun » (common-ground), constitué de l'ensemble des connaissances, croyances et suppositions mutuelles des interlocuteurs au moment de l'énonciation. Le rôle du « terrain commun » dans la compréhension a été par exemple mis en évidence dans une expérience où on présentait à des étudiants américains une photographie du président Reagan en compagnie de son conseiller au budget, David Stockman : la question « Vous savez qui est cet homme, n'est-ce pas ? » est interprétée comme portant sur Reagan, tandis que la question « Avez-vous une idée de qui est cet homme ? » est interprétée par la majorité des sujets comme portant sur Stockman. La psycholinguistique de la phrase s'ouvre ainsi à l'étude des procédures par lesquelles s'effectue la compréhension de l'intention du locuteur et de la fonction de communication de l'énoncé.

Enfin, l'étude de la compréhension de phrases est désormais marquée par le développement récent des **approches interlangues**, qui prennent en compte la diversité des langues naturelles pour élaborer des modèles de traitement et d'acquisition du langage. Parmi les modèles qui reposent sur l'exploitation des comparaisons interlangues, le plus connu est sans doute le « modèle de compétition » élaboré par Bates et MacWhinney dans le cadre d'une approche fonctionaliste du traitement du langage. La compréhension d'une phrase est conçue comme la mise en relation des formes linguistiques avec l'ensemble des fonctions (sémantiques, pragmatiques) exprimées, l'auditeur s'appuyant pour élaborer son interprétation sur l'interaction des différents types d'indices à sa disposition : ordre des mots, marques morphologiques, contrastes sémantiques, contours intonatifs. Une pondération se trouve associée, dans une langue donnée, à tout lien entre une forme et une fonction. Les travaux expérimentaux réalisés par diverses équipes internationales sur une quarantaine de langues ont permis d'établir une hiérarchie des indices fondée sur leur validité, et ont révélé une étroite corrélation entre la validité globale de ces indices et leur poids dans le traitement. Ainsi, pour la compréhension d'une phrase simple de type agent-action-patient, l'ordre des mots est fondamental en anglais, alors qu'il joue un rôle moindre en italien et s'avère très secondaire pour des sujets de langues à morphologie riche comme le grec, l'hébreu ou le hongrois. Les comparaisons interlangues permettent ainsi de révéler l'existence de processus de traitement universels tout en montrant dans quelle mesure les propriétés particulières des langues influent sur le traitement.

Bien que l'examen du traitement des phrases appelle assez naturellement celui du traitement des unités discursives, la connaissance des processus de compréhension des discours en est encore à ses débuts. Dans le prolongement des réflexions menées il y a un demi-siècle par Bartlett sur la représentation en mémoire des textes, tout un ensemble de travaux récents se sont intéressés aux aspects conceptuels de la représentation du discours, c'est-à-dire à la manière dont l'auditeur – ou plus souvent, le lecteur – parvient à en construire une organisation cohérente. Ainsi, les **grammaires de récits** [645] postulent l'existence d'une « compétence narrative » qu'elles tentent de formaliser sous forme de règles analogues à celles de la grammaire générative. Le modèle de Kintsch et Van Dijk, quant à lui, vise à rendre compte de la compréhension et de la mémorisation de textes quelconques : le lecteur construirait, par cycles successifs, une représentation du contenu sémantique du texte sous forme d'une séquence de propositions et de « macro-propositions », le but de ce traitement étant d'établir la **cohérence** du texte. Cependant, la distinction entre cette notion de cohérence, qui renvoie à l'organisation conceptuelle du contenu, et celle de **cohésion** semble ouvrir des perspectives nouvelles à l'étude de la compréhension du discours. La cohésion d'un texte est assurée par l'emploi de procédés linguistiques appropriés qui réalisent la mise en relation des éléments successifs du discours et sa structuration (choix de l'article défini/indéfini, pronominalisation, emploi d'expressions anaphoriques, de connecteurs et autres opérateurs argumentatifs, etc.). Ces marques linguistiques fonctionnent comme des indices ou des instructions pour l'auditeur et jouent un rôle essentiel dans la compréhension et la mémorisation des textes : leur importance a été mise en évidence dans diverses expériences qui montrent que la suppression de certaines catégories de marques, telles que les connecteurs par exemple, affecte la représentation en mémoire du texte. La compréhension d'un discours apparaîtrait ainsi comme la construction d'une représentation intégrée, progressivement remaniée et enrichie, et où le traitement des marques linguistiques jouerait un rôle de premier plan.

■ Parmi les textes représentatifs sur les problèmes de traitement de phrases : T.G. Bever « The cognitive basis for linguistic structures », in J.R. Hayes (ed.), *Cognition and the Development of Language*, New York, 1970 ; J.A. Fodor, T.G. Bever et M.F. Garrett, *The Psychology of Language*, New York, 1974 ; G.B. Flores d'Arcais et R.J. Jarvella (eds.), *The Process of Language Understanding*, New York, 1983 ; B. MacWhinney et E. Bates (eds.), *The Crosslinguistic Study of Sentence Processing*, Cambridge, 1989 ; voir aussi G. Noizet, *De la perception à la compréhension du langage*, Paris, 1980. Un article de H.-H. Clark et G.-L. Murphy, « La visée vers l'auditoire dans la signification et la référence », est traduit en français dans J.-F. Le Ny et W. Kintsch (eds.), *Bulletin de psychologie*, 35, 1982. – Sur le discours : F.C. Bartlett, *Remembering*, Cambridge, 1932 ; J. Caron, *Les Régulations du discours : psycholinguistique et pragmatique du langage*, Paris, 1983 ; T.A. Van Dijk et W. Kintsch, *Strategies of Discourse Comprehension*, New York, 1983 ; G. Denhière, *Il était une fois... Compréhension et souvenir de récits*, Lille, 1984, qui comporte la traduction de plusieurs articles de référence ; M. Fayol, *Le Récit et sa construction*, Neuchâtel, 1985 ; M.-F. Erlich, H. Tardieu et M. Cavazza (eds.), *Les Modèles mentaux : approche cognitive des représentations*, Paris, 1993. – Sur la lecture, M. Fayol, J.-E. Gombert, P. Lecocq, L. Sprenger-Charolles et D. Zagar, *Psychologie cognitive de la lecture*, Paris, 1992.

Spécificités des processus de production

L'étude des processus de production verbale est beaucoup moins avancée que celle des processus de compréhension. Différentes raisons peuvent expliquer ce retard : raisons méthodologiques d'abord, puisque l'expérimentation sur la production du langage est difficile et qu'on dispose surtout de données d'observation ; raisons théoriques ensuite, dans la mesure où production et compréhension – portant sur les mêmes objets – sont étroitement solidaires et où les résultats obtenus sur le processus de compréhension, plus accessible, peuvent éclairer en partie l'étude de la production. Cependant, la production d'un message verbal, qui implique le passage d'un certain « contenu mental » à un énoncé articulé, met aussi en jeu des opérations spécifiques. Le processus de production possède en effet l'importante caractéristique de reposer sur une **activité de planification** : en fonction du but visé, le locuteur doit déterminer le contenu global de ce qu'il va dire et l'ordre dans lequel il va présenter les éléments de son message ; il doit aussi en programmer la formulation, en prévoyant le cadre syntaxique et les unités lexicales qui vont le constituer. Cela suppose différents types de sélections, telles que le choix de la modalité de l'énoncé (assertion, interrogation, injonction, exclamation) ou le choix des mots.

Cette caractéristique qu'a la production d'être planifiée conduit à s'interroger sur les étapes, ou niveaux, de la planification. On dispose actuellement sur cette question de deux principales sources d'informations. L'une est l'**étude des lapsus**, qui témoignent de la présence simultanée, dans la représentation mentale, de deux unités entre lesquelles s'effectue un échange ou une substitution. Les travaux de Garrett indiquent que les échanges de mots concernent généralement des mots « pleins » de même catégorie grammaticale et pouvant être assez distants, alors que les échanges de sons restent intérieurs au syntagme et ignorent les catégories grammaticales, et que les déplacements ne portent généralement que sur des mots fonctionnels. L'autre source d'information est l'étude de la **répartition des pauses**, qui constituent d'intéressants indices de difficulté cognitive. Butterworth par exemple a pu montrer que les monologues spontanés s'organisaient en cycles de 20 à 30 secondes, comportant une première période marquée par une forte proportion de pauses et une seconde beaucoup plus fluide. La première période correspondrait à une planification sémantique, qui mobilise l'essentiel du travail cognitif. Il semble d'ailleurs que les pauses soient d'autant plus fréquentes que la planification du contenu sémantique du discours est plus difficile ; en revanche, la complexité syntaxique n'affecte pas leur durée, ce qui suggère que la programmation syntaxique serait essentiellement automatique. Des données de ce type peuvent conduire à distinguer, ainsi que le fait Garrett, deux niveaux au moins de la planification : un niveau « fonctionnel », celui de la planification sémantique, où s'effectuerait la représentation conceptuelle et une première sélection des mots pleins, et un niveau « positionnel », qui comporterait à la fois la réalisation phonologique des mots, l'adjonction des morphèmes grammaticaux et l'ordonnancement de l'énoncé sous forme linéaire.

■ Sur la production : B. Butterworth (ed.), *Language Production*, New York, vol. 1, 1980, et vol. 2, 1983 ; M.F. Garrett « A perspective on research in language production », in J. Melher, E.C. Walker et M.F. Garrett (eds.), *Perspectives on Mental Representation*, Hillsdale, 1982 ; W.J.M. Levelt, *Speaking : From Intention to Articulation*, Cambridge (Mass.), 1989.

ACQUISITION DU LANGAGE

L'intérêt pour le problème de l'acquisition du langage est ancien, pendant longtemps lié aux débats sur l'origine de l'homme et des langues. Hérodote, dans le livre II des *Histoires*, rapporte comment le roi Psammetichus avait entrepris d'élever deux nouveau-nés hors de tout environnement linguistique, avec l'espoir que leurs premiers mots feraient la preuve de la nature originelle du peuple égyptien. Dès le XIXe siècle, des observations précises du langage enfantin prennent le relais des mythes et des spéculations sur l'origine du langage. Darwin tenait déjà un journal méticuleux du développement langagier de l'un de ses enfants. Les Stern sur l'allemand, Grégoire sur le français, Léopold sur l'anglais publient des études qui s'appuient sur les productions linguistiques de leurs propres enfants. Mais c'est la fin des années 1950 qui marque un tournant dans l'étude de l'acquisition du langage, révolutionnée par l'apparition de nouveaux instruments théoriques et méthodologiques. L'acquisition du langage devient l'objet direct et central d'une branche de la psychologie cognitive, la **psycholinguistique développementale**, qui, s'appuyant à la fois sur les analyses de la linguistique, les résultats de la neurobiologie et les modélisations de l'intelligence artificielle, apporte quant à elle des données comportementales de plus en plus riches et variées sur le développement langagier de l'enfant.

Ces données montrent une remarquable homogénéité dans les moments et l'ordre d'apparition des principales étapes de l'acquisition du langage. Tous les enfants du monde, dans des conditions normales, acquièrent l'essentiel du système linguistique de leur langue maternelle en un temps relativement court : la constitution du système linguistique commence vers la fin de la première année, avec la production des premiers mots identifiables, et peut être estimée opérationnelle vers 4-5 ans. À cet âge en effet, l'enfant maîtrise l'essentiel du système phonologique, connaît à peu près le sens et les conditions d'emploi de plusieurs milliers de mots, et utilise correctement la plupart des formes morphologiques et syntaxiques de sa langue. Cela ne signifie cependant pas que le processus d'acquisition du langage n'ait pas commencé bien avant la production des premiers mots, ni qu'il soit terminé une fois effectuée l'installation des contraintes fondamentales de la langue. Prenant appui sur un équipement neurobiologique approprié, le développement prélinguistique de la première année de la vie crée les conditions d'apparition du système linguistique proprement dit. D'autre part, bien que ce système linguistique soit pour l'essentiel constitué vers 4-5 ans, il continue à se réorganiser et s'affiner sous l'effet d'acquisitions tardives qui se poursuivent jusqu'à la pré-adolescence au moins.

Les bases biologiques de l'acquisition du langage

La capacité à acquérir le langage est une caractéristique **spécifique à l'espèce humaine**. On a souvent essayé, aux États-Unis surtout, d'apprendre le langage aux chimpanzés. Les tentatives systématiques ont commencé en 1933 avec un couple de psychologues, les Kellog, qui ont élevé avec leur propre fils un chimpanzé femelle prénommée Vicki. Plus tard les Gardner, pensant que l'échec linguistique de Vicki était dû à l'incapacité des chimpanzés à contrôler leurs productions vocales, ont tenté d'apprendre à Washoe le langage des sourds, sans succès décisifs non plus malgré l'enthousiasme suscité par le projet. Les recherches menées plus récemment par Premack sur Sarah montrent clairement que celle-ci, si elle faisait preuve d'une étonnante disposition à apprendre et à généraliser certaines connaissances, n'est jamais parvenue à maîtriser un langage : elle n'utilisait pas de manière spontanée le système de figures dont elle apprenait la signification avec les expérimentateurs et ne créait aucune combinaison nouvelle. Le langage semble bien rester une propriété spécifique de l'être humain.

L'acquisition du langage suppose un **équipement anatomique et neurophysiologique** adapté, en particulier des organes périphériques et un système nerveux central appropriés et en état de fonctionnement [523 s.]. Chez l'adulte, l'hémisphère cérébral gauche assure de façon dominante la fonction linguistique, pour la quasi-totalité des droitiers et pour la majorité des gauchers – de sorte qu'il n'y a pas un lien évident entre latéralisation manuelle et latéralisation de la capacité linguistique.

Le substrat organique du langage n'est pas fonctionnel dès la naissance, et le développement langagier dépend très vraisemblablement de facteurs **maturationnels**. L'universalité des grandes étapes du développement en est une preuve : le langage apparaît chez tous les enfants normaux dans des marges chronologiques très semblables, les moments clefs présentent une grande régularité, et les différences entre enfants dans le rythme de l'acquisition précoce ne sont pas liées à des propriétés de l'input. Nos connaissances concernant le développement du cerveau durant les années centrales de l'acquisition sont encore très limitées, bien que les techniques nouvelles de l'imagerie cérébrale soient en train de transformer le champ de la recherche neurobiologique. Les différences d'échelle temporelle rendent difficile la mise en correspondance des transformations neuronales, assez lentes, avec les transformations observées dans la capacité langagière, beaucoup plus finement datables. Quoi qu'il en soit, on sait que la formation des neurones et leur migration vers les régions appropriées du cerveau sont presque entièrement effectuées durant la période du développement pré-natal, mais que les bases neurales du langage ne sont pas irrévocablement localisées à la naissance. Le cortex cérébral semble doté d'une assez grande plasticité fonctionnelle durant les premières années de la vie, et la spécialisation de l'hémisphère gauche pour le langage, même si elle dépend d'une disposition préformée, ne s'opère que progressivement [525]. Dans une étude sur les bases neurales du développement langagier précoce, Bates et ses collaborateurs soulignent la correspondance temporelle entre le début de la compréhension de mots vers 8-10 mois et l'établissement des connexions axonales, et entre les premières étapes du développement et l'explosion des connexions synaptiques qui se produit entre 9 et 24 mois.

C'est une question controversée que de savoir si le développement du langage ne peut s'effectuer que dans une période limitée privilégiée, dite « **période critique** », au-delà de laquelle l'acquisition d'une langue deviendrait difficile ou impossible. Les arguments développés par Lenneberg plaident en faveur de l'existence d'une telle période critique, s'étendant du milieu de la première année à la fin de la première décennie environ. On a observé en effet que la récupération du langage chez des enfants atteints de lésions traumatiques unilatérales, facilitée par la plasticité fonctionnelle du cortex durant les premières années, devenait en revanche difficile après 10 ans. On sait aussi que les éducateurs des « enfants sauvages » – dont les plus célèbres sont le jeune Victor de l'Aveyron, et plus récemment Genie recueillie aux États-Unis à 14 ans – ont rencontré des difficultés considérables pour faire accéder ces enfants au maniement d'une langue naturelle, ce qui confirme l'idée que la période critique était définitivement dépassée.

Le développement prélinguistique et l'acquisition de la phonologie

Durant la première année de vie, différentes capacités communicatives et cognitives se développent de manière convergente pour former vers 8-10 mois un ensemble de conditions préalables et nécessaires à l'émergence de la compétence linguistique proprement dite. Le développement du langage s'appuie en effet sur une forte motivation à communiquer verbalement avec autrui, motivation partiellement innée mais s'enrichissant au cours de la première année. Est nécessaire aussi le développement de la capacité à catégoriser les objets, base de la dénomination et de la référence. Conjointement des progrès sont effectués dans la capacité d'imitation, nécessaire à la reproduction des nouveaux patterns vocaux et gestuels, ainsi que dans la capacité de mémoire à court terme. Mais c'est surtout le développement dans la capacité à percevoir et à produire les sons de parole – en d'autres termes le développement phonologique – qui est le précurseur le plus direct du langage, puisque le son est le véhicule privilégié du langage articulé.

Des progrès considérables ont été faits durant les trente dernières années dans l'étude de **la perception et de la production de la parole** chez les très jeunes enfants. Au début des années soixante-dix, Eimas a été l'un des premiers à étudier la perception du langage chez le nourrisson en utilisant la technique de la succion non nutritive (le bébé a tendance à téter plus vigoureusement lorsqu'il entend un stimulus nouveau ou intéressant), et à montrer ainsi que les bébés de quelques mois discriminaient des contrastes phonétiques subtils et avaient, à l'instar des adultes, une perception catégorielle des sons de parole. Les recherches menées par la suite, par Melher et ses collaborateurs notamment, suggèrent que les bébés sont capables de faire des distinctions fines entre les stimuli langagiers : ils réagissent différemment à deux langues comme le français et le russe, et manifestent une préférence pour les sons de leur langue maternelle. Ils sont particulièrement sensibles aux indices globaux, en particulier aux indices prosodiques comme l'intonation, mais semblent aussi capables de discriminer entre des syllabes différentes. Ces étonnantes capacités acoustiques des nouveau-nés ont conduit à l'hypothèse – controversée – que les humains posséderaient un équipement inné hautement spécialisé pour la détection des sons de parole (cf. « Modularité » [356 s.]).

Les courants actuels de recherche sur la perception se tournent vers l'exploration de ce qu'on a parfois appelé « **l'apprentissage par oubli** ». En effet, les bébés sont potentiellement capables, à la naissance ou dans les premières semaines de la vie, de percevoir tous les contrastes phonétiques utilisés dans les langues naturelles, y compris ceux qui sont inutiles dans leur langue maternelle. Le bébé japonais par exemple perçoit le contraste entre /ra/ et /la/ que les adultes ont beaucoup de difficultés à entendre parce qu'il ne fait pas partie des oppositions pertinentes du japonais. On peut donc se demander quand et comment les enfants perdent cette capacité initiale pour s'orienter vers la sélection des contrastes pertinents dans leur langue, passant ainsi de la flexibilité de départ à des structures plus rigides mais plus efficaces. Il semble que vers 8-12 mois cette perte sélective, ou inhibition de la perception des sons non pertinents, soit effectuée.

L'étude de la production de la parole est plus ancienne, mais a bénéficié des progrès récents de l'analyse acoustique. On sait depuis assez longtemps que les enfants commencent entre 2 et 6 mois à produire des sons vocaliques, le /a/ étant généralement la première voyelle. Le **babillage** canonique, avec intercalage de consonnes et souvent redoublement syllabique (/dadada/) apparaît généralement vers 6-8 mois. Le système phonologique se stabilisera vers 3 ans et la différenciation des phonèmes sera achevée aux environs de 5 ans, encore que certaines constrictives sourdes et sonores (f, s, ch, j) puissent n'être pas correctement co-articulées avant 7 ou 8 ans. Conformément à certaines des hypothèses de Jakobson, l'évolution dans la production des phonèmes semble suivre la logique de la complexité acoustique et articulatoire, allant des phonèmes les plus contrastés aux moins contrastés. Cependant, le développement phonologique est aussi fortement influencé par l'environnement – fréquence de certains mots dans la langue parlée dans l'entourage de l'enfant – et par la structure phonologique de la langue en cours d'acquisition. C'est entre 6 et 10 mois que, d'après les travaux de Boysson-Bardies par exemple, les patterns sonores du babillage prennent la forme de ceux de la langue apprise. Dès lors, le développement phonologique est en interaction étroite avec le développement lexical et grammatical de l'enfant.

La constitution du système linguistique

L'élaboration du système linguistique consiste pour l'enfant en l'installation et l'intégration des contraintes fondamentales de sa langue. Cette élaboration résulte de l'interaction entre l'affinement des compétences communicatives, l'ajustement du contrôle phonologique, le développement du lexique, et la mise en place des principales contraintes grammaticales. On considère souvent qu'elle est marquée par quatre étapes clefs : le début de la compréhension, la production des premiers mots, l'émergence de la combinatoire, et la grammaticalisation.

On admet généralement que les premières preuves systématiques de la **compréhension de mots** sont données vers 8-10 mois, lorsque les enfants répondent de manière appropriée à certaines demandes ou interdictions. Le début de la **production de mots** est un peu plus tardif, puisque les premiers mots conventionnels apparaissent généralement vers 11-13 mois. L'augmentation du vocabulaire productif et réceptif est relativement lente jusqu'à la fin de la seconde année, pour être marquée vers 18-20 mois par une rapide accélération désignée par le nom d'« explosion du vocabulaire ». L'explosion du vocabulaire s'accompagne d'un changement dans sa composition : aux noms servant des fonctions d'étiquetage et de demande s'ajoute une proportion croissante d'éléments prédicatifs tels que verbes et adjectifs, qui permettent l'attribution de propriétés aux référents. Deux phénomènes ont été souvent remarqués dans l'acquisition de ce premier lexique, la sous-généralisation et surtout la sur-généralisation. La **sur-généralisation lexicale** consiste à appliquer une étiquette verbale à un ensemble de référents plus large qu'il n'est d'usage dans la langue adulte : l'enfant par exemple appelle « papa » tous les adultes de sexe masculin, ou « chien » tous les animaux à quatre pattes. Processus inverse, la sous-généralisation consistera par exemple à associer le terme « chaussure » aux seules chaussures de la mère.

Les premières combinaisons de mots sont généralement observées vers 18-20 mois, coïncidant souvent avec l'explosion du vocabulaire. Elles marquent une étape capitale dans la constitution du système langagier de l'enfant, puisque l'aspect combinatoire est précisément une caractéristique essentielle du langage. On a beaucoup étudié, chez des enfants acquérant des langues diverses, tant la forme que le contenu de ces premières combinaisons de deux mots. Du point de vue formel ces énoncés se caractérisent par l'absence de marquage morphologique grammatical (pas d'inflexion verbale ni de marques de genre ou de nombre), et par la rareté, sinon l'absence, de mots fonctionnels (articles, prépositions, auxiliaires, conjonctions, pronoms), ce qui a valu au langage du jeune enfant, essentiellement chargé sémantiquement, l'appellation de « langage télégraphique ». Dans l'engouement des années soixante pour les modèles linguistiques, des descriptions formelles plus ambitieuses ont été tentées : Braine a utilisé le terme de « grammaire à pivots » pour caractériser la structure de ces énoncés, proposant un type d'analyse qui fait abstraction des caractéristiques sémantiques et fonctionnelles de ce langage. Les relations sémantiques exprimées par les énoncés de deux mots ont un caractère quasi universel : les enfants de 20 mois expriment des désirs ou des refus (« encore gâteau », « pas bain »), mentionnent l'existence d'un référent, son apparition ou sa disparition (« parti papa »), indiquent une relation de possession (« maman chaussures ») ou de localisation (« papa bureau »), spécifient l'attribut d'un référent (« chaud café »), expriment la relation entre une action et un agent ou un patient (« cassé vase »).

Le début de la **grammaticalisation** traduit l'émergence de moyens spécifiquement linguistiques, et variables selon les langues, d'encoder les significations. L'ordre des mots, la morphologie et un certain nombre de structures syntaxiques sont les principaux indices formels qui servent à marquer les relations grammaticales. On peut être surpris de la rapidité avec laquelle le jeune enfant maîtrise les règles séquentielles fondamentales de sa langue : dès 30 mois, la plupart des énoncés sont correctement ordonnés. La mise en place des différents sous-systèmes morphologiques et des structures syntaxiques s'effectue progressivement à partir de 2 ans et se trouve pour l'essentiel réalisée vers 4-5 ans.

Bien qu'il existe, selon la langue acquise et selon les enfants, de grandes variations dans la nature des formes que l'enfant apprend à utiliser pour encoder les relations grammaticales et dans la plus ou moins grande précocité de leur apparition, bon nombre de traits de la grammaticalisation manifestent cependant une surprenante généralité. Il est déjà remarquable que l'**ordre d'apparition** des principaux éléments grammaticaux soit à peu près identique pour les enfants qui apprennent une même langue. Ainsi Brown, dans l'étude menée sur les trois enfants surnommés Adam, Ève et Sarah, a examiné l'apparition des 14 principales classes de morphèmes grammaticaux de l'anglais et a trouvé des invariances d'ordre largement confirmées par la suite : le premier morphème acquis est celui de la forme progressive en -ing, puis apparaissent certaines prépositions, la marque -s du pluriel des noms, etc.

D'autre part, certains phénomènes observés au cours du développement grammatical semblent très généraux, se retrouvant de manière analogue chez des enfants qui acquièrent des langues différentes. Tel est le cas du phénomène de **sur-généralisation syntaxique**, pendant de la sur-généralisation lexicale déjà mentionnée. Il existe par exemple une étape de l'acquisition où l'on observe dans les productions spontanées de jeunes anglophones l'emploi de formes verbales irrégulières incorrectes comme « goed » alors que les mêmes enfants avaient précédemment produit la forme correcte « went » ; formes correctes et incorrectes coexistent ensuite pendant un certain temps avant que les formes correctes ne soient définitivement adoptées. Les erreurs en partie analogues des jeunes enfants français sont bien connues, et tout le monde s'est réjoui d'entendre des « ils sontaient » et autres « j'ai prendu ». Ces erreurs sont particulièrement intéressantes parce qu'elles suggèrent une suite d'étapes acquisitionnelles : on considère communément que, dans une première étape, l'enfant reproduit la forme correcte qu'il a globalement extraite de l'input et mémorisée telle quelle, tandis que, parvenu à une étape ultérieure, il ne se contente plus d'imiter ce qu'il entend, mais se donne une règle – en l'occurrence une règle de formation du passé – et généralise cette règle au-delà de son champ d'application, produisant alors des formes irrégulières erronées construites sur le mode des formes régulières.

On peut se demander s'il existe des stratégies universellement mises en œuvre par l'enfant pour construire la grammaire de sa langue. Examinant l'acquisition de langues contrastées quant aux moyens formels qu'elles utilisent, Slobin a été l'un des premiers à se fonder sur des comparaisons inter-langues pour dégager des régularités proposées comme étant des **principes universels de traitement**. L'un des premiers principes de traitement est ainsi que les enfants prêtent une attention particulière à la fin des mots. Ce principe est inféré d'un certain nombre d'observations comparatives convergentes – par exemple que les expressions spatiales apparaissent plus tôt en hongrois où elles sont encodées par une postposition qu'en serbo-croate où elles sont exprimées au moyen d'une préposition. Un autre principe est qu'une attention prépondérante est accordée dans le traitement à l'ordre des mots. La liste des universaux de Slobin est longue et extensible à souhait. Mais l'intérêt de l'entreprise réside notamment dans la promotion de la démarche comparative, qui montre que la mise en relation du signifié et du signifiant ne s'effectue pas avec une égale facilité dans tous les types de codages et qu'il peut exister des décalages dans l'apprentissage des moyens linguistiques véhiculant une même notion dans des langues différentes. L'approche interlangues qui s'est depuis lors beaucoup développée souligne le rôle des différences entre langues dans le processus d'acquisition. Les recherches menées dans le cadre du modèle de compétition élaboré par Bates et MacWhinney suggèrent que l'ordre d'acquisition des indices grammaticaux dans une langue donnée est fonction de la validité relative de ces indices – leur poids, leur disponibilité, leur fiabilité – dans cette langue. Ainsi, dans la compréhension des phrases, l'enfant anglophone se fondera très tôt sur l'ordre des mots, indice dominant en anglais, tandis qu'un enfant apprenant une langue à flexions comme le hongrois ou le turc y sera beaucoup moins sensible.

Les recherches actuelles s'interrogent de plus en plus, non seulement sur les variations interlangues, mais aussi sur la **variabilité inter-individuelle** dans le développement du langage. On a ainsi souligné que des variations pouvaient affecter les rythmes de l'acquisition lexicale et grammaticale, ainsi que les « styles » de l'apprentissage, certains enfants ayant un mode d'accès au langage plus « analytique » et d'autres plus « holistique ».

Les acquisitions tardives

Si les contraintes fondamentales du système linguistique sont installées vers 4-5 ans, les importantes transformations qui se produisent ensuite dans l'utilisation de la langue montrent que la compétence langagière continue à se développer bien au-delà de l'âge de 5 ans. Outre l'apprentissage d'un code écrit, cette dernière étape est marquée par des transformations qualitatives souvent subtiles parmi lesquelles on peut retenir quatre types de progrès : l'accessibilité croissante de certaines structures syntaxiques, la réorganisation des réseaux notionnels et sémantiques, le développement de la cohésion discursive et celui de la compétence métalinguistique.

La maîtrise de certaines structures syntaxiques complexes, telles que les formes du conditionnel, certains types de relatives ou la passivation, n'est effectuée qu'assez tardivement. On sait ainsi que l'enfant ne formule guère de phrases passives avant 7 ou 8 ans, et que, s'il comprend dès 4-5 ans les passives « non renversables (sans équivoque sur l'agent, comme « Ce médicament est prescrit par le médecin »), il peut jusque vers 8-9 ans se laisser prendre au piège des passives renversables (du type « Le garçon est poussé par la fille »). On peut considérer que les progrès dans la maîtrise syntaxique traduisent des progrès dans l'accessibilité des formes. Les enfants de 3 ans sont capables de produire accessoirement une passive lorsque la situation expérimentale les y incite, mais ils préfèrent les éviter, alors que dans la même situation la majorité des productions de l'adulte sont des passives. L'amélioration de la performance grammaticale avec l'âge résiderait ainsi dans le fait que certaines structures complexes deviennent plus mobilisables et plus facilement accessibles.

La réorganisation sémantique progressive des sous-systèmes linguistiques est un autre aspect important du développement langagier après 5 ans. De nombreux travaux ont montré que l'apparition d'une forme dans le langage de l'enfant n'impliquait pas que cette forme ait pour lui les mêmes fonctions ni toutes les fonctions qu'elle assure dans la langue adulte. Que l'enfant emploie un terme ne signifie pas qu'il en ait une compréhension identique à celle de l'adulte, et des expérimentations souvent très fines sont nécessaires pour déterminer quels composants de la signification sont primitifs et lesquels sont progressivement et ultérieurement élaborés. Les exemples de réorganisations sémantiques s'effectuant progressivement entre 4 et 11 ans sont nombreux. Pour n'en citer qu'un, l'étude fameuse de Karmiloff-Smith sur l'acquisition des déterminants du nom en français montre que la plurifonctionalité de l'article ne s'installe que peu à peu : les fonctions de marquage du genre et du nombre sont acquises d'abord, tandis que la fonction de marquage du caractère défini/indéfini du substantif n'est pas vraiment maîtrisée avant 7 ans.

Les progrès dans la cohésion discursive sont caractéristiques des transformations du langage après que le système linguistique de base est constitué. Karmiloff-Smith a suggéré qu'il se produisait entre 4 et 6 ans une complète réorganisation du langage, avec passage d'une « grammaire intra-phrastique », où les éléments grammaticaux sont utilisés pour exprimer des significations à l'intérieur d'une même phrase, à une « grammaire inter-phrastique », où ces mêmes éléments – par exemple les pronoms – sont utilisés pour indiquer les relations entre phrases. Entre 4 et 11 ans, d'importants progrès sont repérables dans la construction des récits, en particulier dans la manière dont les enfants apprennent à employer les marques d'introduction et de maintien de la référence (articles, pronoms, présentatifs, etc.), ou apprennent à gérer l'organisation temporelle. **Le développement de la capacité métalinguistique**, accompagne ces progrès. Il s'agit de l'ensemble des activités impliquant, de manière implicite ou explicite, une réflexion de l'enfant sur le langage. La capacité métalinguistique se manifeste sous des formes très diversifiées, dont certaines se développent progressivement après 4 ans : c'est le cas par exemple de l'ajustement du discours à l'âge de l'interlocuteur, des jugements sur la correction lexicale ou syntaxique des discours, ou sur leur pertinence pragmatique, ainsi que de l'humour linguistique, qui joue sur la violation des règles syntaxiques ou conversationnelles habituelles.

■ Sur les différents aspects du développement langagier, on trouvera analyses et références dans les ouvrages généraux mentionnés dans « Psycholinguistique », section « Approche développementale ». Il existe d'autre part divers ouvrages collectifs fournissant des « états de l'art », notamment : P. Fletcher et M. Garman, *Language Acquisition : Studies in First Language Development*, Cambridge, 1979 et 2e éd. 1986 ; E. Wanner et L. Gleitman (eds.), *Language Acquisition : The State of the Art*, Cambridge, 1982 ; B. MacWhinney (ed.), *Mechanisms of Language Acquisition*, Hillsdale, 1987 ; P. Fletcher et B. MacWhinney (eds.), *Handbook of Child Language*, Oxford, 1995. – Sur les recherches francophones : J.-P. Bronckart, M. Kail et G. Noizet (eds.), *Psycholinguistique de l'enfant : recherches sur l'acquisition du langage*, Neuchâtel, 1983 ; M. Moscato et G. Pieraut-Le Bonniec (eds.), *Le Langage : construction et actualisation*, Rouen, 1984 ; G. Pieraut-Le Bonniec (ed.), *Connaître et le dire*, Bruxelles, 1987 ; M. Kail, « Le développement du langage et les sciences cognitives », *Psychologie française*, numéro spécial, 1994.

Sur les bases biologiques du langage et l'acquisition de la parole : E.H. Lenneberg, *Biological Foundations of Language*, New York, 1967 ; D. Premack et A.J. Premack, *The Mind of an Ape*, New York, 1983 ; J. Mehler et E. Dupoux, *Naître humain*, Paris, 1990, chap. 5 ; E. Bates, D. Thal et J.S. Janowsky, « Early language development and its neural correlates », in I. Rapin et S. Segalowitz (eds.), *Handbook of Neuropsychology*, vol. 6, Amsterdam, 1992 ; R. Jakobson, *Fundamentals of Language*, La Haye, 1956 ; P.D. Eimas, E.R. Siqueland, P. Jusczyk et J. Vigorito, « Speech perception in infants », *Science*, n° 171, 1971 ; B. de Boysson-Bardies (ed.), *Developmental Neurocognition : Speech and Face Processing in the First Year of life*, Dordrecht, 1993 ; B. de Boysson-Bardies, « La perception du langage : une activité préformée », in

V. Pouthas et F. Jouen (eds.), *Les Comportements du bébé : expression de son savoir*, Liège, 1993.

Sur le début du lexique et de la grammaire : R.W. Brown, *A First Language*, Harvard, 1973 ; M. Bowerman, *Early Syntactic Development : A Crosslinguistic Study with Special Reference to Finish*, Cambridge, 1973 ; F. François, D. François, E. Sabeau-Jouannet et M. Sourdot, *La Syntaxe de l'enfant avant 5 ans*, Paris, 1977 ; M. Maratsos, « Some current issues in the study of the acquisition of grammar », in P. Mussen (ed.), *Charmichael's Manual for Child Psychology*, New York, 1983 ; E. Bates, I. Bretherton et L. Snyder, *From First Words to Grammar*, Cambridge, 1988 ; E. Clark, *The Lexicon in Acquisition*, Cambridge, 1993.

Sur les approches interlangues et différentielle : D.I. Slobin (ed.), *The Crosslinguistic Study of Language Acquisition,* vol. 1 et 2, Hillsdale, 1985 ; M. Kail, « L'acquisition du langage repensée : les recherches interlangues (1) et (2) », *L'Année psychologique 83*, 1983 ; E. Espéret, « L'acquisition différentielle du langage », in M. Reuchlin, J. Lautrey, C. Marendaz et T. Ohlman (eds.), *Cognition : l'individuel et l'universel*, Paris, 1990.

Sur l'évolution des organisations sémantiques, et des capacités discursives et métalinguistiques : M. Fayol, *Le Récit et sa construction*, Neuchâtel, 1985 ; D. Bassano et C. Champaud, « La fonction argumentative des marques de la langue », in C. Champaud et D. Bassano (eds.), *Argumentation and Psycholinguistics : Developmental Studies, Argumentation,* 1 :2, 1987 ; D. Bassano, « De la logique au langage : vers une psycholinguistique de l'énonciation », *Archives de psychologie,* 58, 1990 ; J.-E. Gombert, *Le Développement métalinguistique*, Paris, 1990 ; M. Hickmann, « Discourse organization and the development of reference to person, space, and time », in P. Fletcher et B. MacWhinney (eds.), *Handbook of Child Language*, Oxford, 1995.

PATHOLOGIE DU LANGAGE

L'activité langagière suppose une organisation et un fonctionnement adapté, non seulement des appareils récepteurs et effecteurs tels que systèmes auditif et phonatoire, mais également du système nerveux, central et périphérique. Les dysfonctionnements de cet équipement neurophysiologique sont à l'origine de différents troubles de la communication verbale. Les **troubles du langage** proprement dits, ou aphasies, résultent d'une atteinte limitée du système nerveux central. Ils doivent être distingués des troubles plus élémentaires de nature motrice ou sensorielle correspondant à un dysfonctionnement des organes périphériques d'émission ou de réception, tel que le bégaiement par exemple, qui est un **trouble de la parole**. Ils sont aussi à distinguer des troubles touchant plus généralement la communication et traduisant une modification du comportement du sujet vis-à-vis du monde, qu'on observe par exemple chez des sujets psychotiques ou névrotiques.

L'étude des aphasies constitue depuis le XIXe siècle l'objet privilégié de la pathologie langagière. Elle a été menée d'abord essentiellement dans une perspective anatomo-clinique, à laquelle est venue s'ajouter plus récemment une approche neurolinguistique intégrant les apports des réflexions linguistiques et psycholinguistiques. L'aphasiologie définit ainsi un domaine intéressant à la fois la neurobiologie, la linguistique et la psychologie. Elle constitue l'une des principales sources d'information sur l'organisation neuronale du langage, dans la mesure où elle permet de mettre en relation un trouble du langage avec une lésion du cerveau et d'associer à celle-ci une localisation intracérébrale précise. Elle est aussi, pour le linguiste et le psycholinguiste, une source importante d'information sur le fonctionnement du langage, dans la mesure où les sujets aphasiques présentent des perturbations sélectives et différenciées de certains aspects de la capacité langagière. De telles désorganisations partielles sont une voie d'accès à l'analyse des opérations de traitement constitutives de l'activité langagière, qui forme habituellement un tout indissociable chez le sujet normal en situation naturelle.

Sémiologie des troubles aphasiques

L'aphasie est un trouble du langage qui apparaît à la suite d'une lésion du système nerveux central et lorsque le langage existait déjà chez l'individu ayant subi l'atteinte cérébrale. On réserve généralement le terme d'aphasie à une atteinte limitée (focale) du tissu nerveux, localisée le plus souvent dans la partie centrale de l'hémisphère gauche. Certains auteurs parlent cependant de « l'aphasie des déments » dans le cas de lésions diffuses du système nerveux central, touchant ainsi de ce fait les aires du langage. La pathologie aphasique présente une grande variété de troubles, disloquant à des niveaux différents les processus qui concourent à la production et à la compréhension des messages linguistiques. Pour donner un aperçu de la nature et de la variété des troubles aphasiques, nous en donnerons d'abord une sémiologie simple fondée sur l'observation clinique et le type d'activité langagière affectée. On peut ainsi globalement opposer les troubles de l'expression, orale ou écrite, aux troubles de la compréhension.

Les troubles de l'expression orale peuvent aller jusqu'au **mutisme** ou absence totale d'émissions verbales, état qui apparaît souvent en début de maladie et précède une réduction quantitative. La production de la parole peut être affectée par des **anomalies du débit** : la fluence, ou fluidité verbale, se trouve modifiée, réduite (débit lent, pauses fréquentes) ou au contraire accélérée (logorrhée). Elle peut être aussi affectée par une atténuation de la mélodie du discours, ou **dysprosodie** (tendance à la syllabation). Les perturbations lexicales et sémantiques les plus caractéristiques sont l'anomie et les paraphasies. L'**anomie**, ou manque de mot, est la difficulté ou l'impossibilité à produire un mot, trouble qui se marque dans le langage spontané par des hésitations, l'utilisation de mots généraux de remplacement (« truc ») ou de périphrases. Les **paraphasies** sont des transformations de mots qui peuvent toucher la réalisation phonétique (par exemple, le malade répète « cotlico » au lieu de « coquelicot »), ou bien correspondre à des transformations morphologiques (remplacement d'un mot par un autre lui ressemblant par la forme) ou sémantiques (remplacement d'un mot par un autre ayant un rapport conceptuel avec lui : par exemple le malade produit « main » quand on lui désigne un pied). On peut observer aussi des **stéréotypies**, qui consistent en l'émission répétée et quasi automatique d'un même segment linguistique : par exemple, le « crénom » qui servait de communication à Baudelaire, atteint d'aphasie à la fin de sa vie. On a par ailleurs souvent observé que certains éléments verbaux bien automatisés, comme les interjections ou les formules de politesse, caractérisés par leur valeur émotionnelle et/ou leur haute fréquence d'emploi dans la langue, résistent mieux à la maladie que les composants à valeur propositionnelle. Ce phénomène, connu sous le nom de principe de Baillarger-Jackson, suggère une dissociation entre le pôle de la production automatique et celui de la production volontaire. L'**agrammatisme** et la **dysyntaxie**, qui traduisent une transgression des règles grammaticales, se caractérisent par une réduction et une simplification des marques morphologiques et des structures syntaxiques. On donne le nom de **jargonaphasie** à la production verbale présentant une fréquence telle de paraphasies, néologismes et dysyntaxies qu'elle en est incompréhensible pour l'auditeur. **Les troubles de l'expression écrite** peuvent être décrits de façon analogue : suppression, réduction quantitative, **agraphie** (déformations et substitutions de mots), agrammatisme et dyssyntaxie. En règle générale, la langue écrite est plus touchée que la langue parlée, mais on observe des exceptions non négligeables à ce principe. Il arrive en particulier que la langue écrite ne soit perturbée que secondairement à la langue parlée. Par ailleurs, il existe des troubles de l'écriture non strictement linguistiques, relevant d'une atteinte du système de contrôle visuo-moteur du geste.

Les troubles de la compréhension sont plus difficiles à caractériser que ceux de l'expression. La **surdité verbale** pure, si tant est qu'elle existe, serait caractérisée par une perte de l'identification et de la discrimination des sons du langage survenant alors que la reconnaissance des bruits et des airs musicaux est le plus souvent conservée. Parmi les troubles sélectifs de la compréhension, on peut distinguer ceux qui relèvent d'un mauvais traitement phonémique du message et ceux qui relèvent d'un mauvais traitement sémantique de l'information. Les troubles de la lecture, communément appelés **alexies**, recouvrent les alexies agnosiques, relevant d'un trouble perceptif visuel, et les alexies aphasiques, qui portent sur le traitement linguistique des messages écrits. Lorsque les troubles sont perceptifs, la lecture des mots (alexie verbale) est plus perturbée que la lecture des lettres (alexie littérale), tandis que ce rapport semble inversé dans les alexies aphasiques. Les travaux récents ont modifié l'analyse sémiologique des troubles de la lecture, en proposant de distinguer entre une dyslexie visuelle (les mots émis sont graphiquement proches des mots cibles), une dyslexie de surface, où les erreurs résultent d'une mauvaise application des règles de correspondance graphèmes/phonèmes, et une dyslexie profonde, où les paraphasies résultent de confusions sémantiques.

Un sujet aphasique présente généralement une combinaison non quelconque de certains de ces troubles. Par ailleurs, le niveau d'intégrité des facultés cognitives des aphasiques est variable. Même dans certains cas graves d'aphasie, on peut constater une bonne conservation des capacités logiques du patient. On connaît aussi le cas de ce musicien devenu aphasique à 77 ans à la suite d'un infarctus, qui n'arrivait plus à répéter des mots ou à former des phrases mais avait gardé totalement intactes ses compétences musicales.

Les aphasies et la localisation cérébrale du langage

Le propos central de l'étude neurologique des aphasies est de rapporter les différentes formes de troubles à des lésions cérébrales déterminées et d'identifier ainsi l'endroit où le système nerveux est atteint d'un dysfonctionnement. Mais à travers la localisation des lésions, c'est la **localisation des fonctions langagières** qui est l'enjeu de la recherche : il s'agit de déterminer le substrat neuro-anatomique des activités langagières et d'établir une carte des aires cérébrales responsables du langage.

C'est au début du XIXe siècle que l'anatomiste Gall avance

l'idée qu'il existe des relations entre le cerveau et les facultés intellectuelles. En 1861 Broca, s'appuyant sur des observations cliniques, annonce à la communauté scientifique que la perte du langage articulé est liée à une lésion du pied de la troisième circonvolution frontale, et précise quelques années plus tard que cette lésion doit affecter spécifiquement l'hémisphère cérébral gauche. En 1874 Wernicke définit l'aphasie sensorielle, qu'il met en rapport avec une zone postérieure de l'hémisphère gauche (première et deuxième circonvolutions temporales). Le mouvement localisateur ainsi amorcé au milieu du XIXe siècle s'est poursuivi jusqu'à l'époque moderne, avec une description de plus en plus détaillée des fonctions et des régions du cerveau qui leur sont associées. Malgré diverses tentatives de révision critique – dont la réaction globaliste de Marie au début du siècle est l'un des exemples les plus systématiques –, le modèle dominant de l'organisation cérébrale du langage est celui des courants « associationniste » et « néo-associationniste », illustrés par des descriptions comme celles de Lichtheim (1885), Dejerine (1914), et plus récemment Geschwind (1965). Ces modèles postulent l'existence dans le système nerveux central de centres cérébraux distincts, où s'effectuent des opérations de traitement spécifiques, et de voies d'association permettant le passage de l'influx nerveux d'un centre à l'autre. Cette description est à l'heure actuelle globalement admise. L'accord est unanime sur l'existence d'une « zone du langage » responsable de la plupart des fonctions langagières, située dans l'hémisphère gauche et localisée autour de la scissure de Sylvius. On admet généralement l'existence de deux principaux centres corticaux du langage : un centre à composante réceptive principale dans le lobe temporal gauche (aire de Wernicke) et un centre à composante expressive localisé plus avant dans le lobe frontal (aire de Broca), ces deux centres étant reliés entre eux par le faisceau arqué qui permettrait l'imitation des sons et favoriserait l'apprentissage de la parole. Aux deux centres principaux s'ajoute le pli courbe, ou gyrus angulaire, qui serait surtout impliqué dans le langage écrit.

La rupture des différents centres ou voies d'association entraîne en principe différentes formes d'aphasies. Une lésion de l'aire de Broca provoque une **aphasie de Broca**, dite aussi **aphasie motrice**, essentiellement caractérisée par un trouble sévère de l'articulation et de l'expression (perturbation du débit et de la mélodie, agrammatisme accompagné souvent d'agraphie), tandis que la compréhension est relativement épargnée. Une lésion de l'aire de Wernicke entraîne une **aphasie de Wernicke** ou **aphasie sensorielle**, caractérisée surtout par une atteinte sévère de la compréhension du langage parlé, mais aussi par certaines perturbations de l'expression. L'articulation et la fluence sont préservées ainsi que, dans une certaine mesure, la grammaticalité, mais le contenu du message est très perturbé (paraphasies, jargonaphasie). Une lésion de la zone de transmission sera responsable d'une **aphasie de conduction**, caractérisée surtout par des troubles de la répétition des messages linguistiques et une altération de la lecture à haute voix. Les tentatives visant à localiser et recenser beaucoup plus précisément les aphasies ne manquent pas, mais les controverses restent souvent ouvertes, même parfois à un niveau relativement grossier de localisation. Il reste aussi que la connaissance, même exacte, de la localisation d'une lésion cérébrale ne peut suffire à caractériser la nature, la signification et l'évolution d'un symptôme.

Le problème de la localisation cérébrale des fonctions langagières conduit à envisager diverses questions centrales, en particulier celle de la **latéralisation hémisphérique**. Il ne fait plus de doute que l'essentiel des fonctions langagières est assuré par une zone limitée de l'hémisphère cérébral gauche chez la quasi-totalité des sujets droitiers et la majorité des gauchers, la zone du langage faisant ainsi l'objet d'une latéralisation dans l'hémisphère gauche. Cependant, diverses données cliniques suggèrent, comme l'a mentionné notamment Hécaen, une participation limitée de l'hémisphère droit aux fonctions du langage. L'hémisphère droit, qu'on estime quant à lui spécialisé dans le traitement du matériel visuo-spatial, semble en effet jouer un rôle dans le traitement de certains paramètres du langage oral tels que la prosodie ou l'accent, dans le traitement du matériel émotionnel, et sans doute dans la capacité à gérer l'organisation discursive et textuelle. On tend maintenant à penser que la spécialisation hémisphérique traduit des différences non seulement dans la nature du matériel traité (linguistique *vs* visuo-spatial), mais aussi dans le mode de traitement effectué par chacun des hémisphères. L'hémisphère gauche serait plutôt spécialisé dans un traitement de type séquentiel et analytique, tandis que l'hémisphère droit serait requis pour un traitement plus globaliste.

Des observations diverses conduisent d'autre part à s'interroger sur **l'ontogenèse des structures du langage**. Dans quelle mesure la spécialisation de l'hémisphère gauche pour le langage est-elle innée, ou bien est-elle tributaire de stimulations extérieures ? Lenneberg (1967) a émis l'hypothèse que les deux hémisphères seraient équipotentiels à la naissance, et que la spécialisation hémisphérique, relativement tardive, serait un effet de l'interaction entre des dispositifs innés et des stimulations spécifiques survenant au cours d'une période particulière de la maturation cérébrale. Les données existant sur l'aphasie de l'enfant vont à l'appui de ce type de conception. L'aphasie de l'enfant après lésion hémisphérique gauche présente des caractères cliniques différents de celle de l'adulte et est habituellement régressive. Cette bonne récupération suggère la possibilité chez les jeunes enfants d'une prise en charge du langage par l'hémisphère droit en cas d'atteinte gauche. À l'hypothèse de la spécialisation tardive s'oppose celle d'une spécialisation hémisphérique beaucoup plus précoce, voire présente dès la naissance, et qui dépendrait de dispositions structurales innées se développant sans qu'intervienne la stimulation extérieure. Certaines données physiologiques plaident en faveur de cette thèse, en particulier la découverte par Geschwind et Levitsky en 1968 de différences anatomiques entre les deux hémisphères, la surface du *plenum* temporal se révélant beaucoup plus large à gauche qu'à droite. Une asymétrie anatomique de ce type suggère qu'il existe une base innée à l'asymétrie fonctionnelle établie de longue date. Mais les deux conceptions ne sont pas en fin de compte irréconciliables, et on peut admettre, avec Hécaen, que la spécialisation hémisphérique dépend d'une disposition préformée n'aboutissant à sa capacité fonctionnelle que sous l'effet de stimulations adéquates au cours de la maturation.

■ Ouvrages généraux sur l'aphasie : H. Hécaen et R. Angelergues, *Pathologie du langage*, Paris, 1965 ; H. Hécaen, *Introduction à la neuropsychologie*, Paris, 1972 ; X. Seron, *Aphasie et neuropsychologie*, Bruxelles, 1979 ; A.-R. Lecours et F. Lhermitte, *L'Aphasie*, Paris, 1980 ; H. Hécaen et G. Lanteri-Laura, *Les Fonctions du cerveau*, Paris, 1983 ; dans J. Delacour (ed.), *Neurobiologie des com-*

portements, le chapitre de M.-C. Goldblum et A. Tzavaras, « La communication et ses troubles après lésion du système nerveux central », Paris, 1984 ; F. Plum (ed.), *Language, Communication, and the Brain*, New York, 1988 ; J.-L. Lespoulous et Leclercq (eds.), *Linguistique et neuro-psycholinguistique : tendances actuelles*, Paris, 1990 ; F. Eustache et B. Lechevalier (eds.), *Langage et aphasie. Séminaire J.-L. Signoret*, Bruxelles, 1993.

Textes de référence sur les localisations cérébrales : P. Broca, « Remarques sur le siège de la faculté du langage articulé », *Bulletin de la Société de l'anthropologie,* 6, 1861 ; C. Wernicke, *Der aphasiche Symptomen Komplex*, Breslau, 1874 ; L. Lichtheim, « On aphasia », *Brain,* 7, 1885 ; J. Dejerine, *Sémiologie des affections du système nerveux*, Paris, 1914 ; N. Geschwind, « Dysconnection syndromes in animals and man », *Brain,* 88, 1965. – Sur la question de la latéralisation hémisphérique du langage : E.H. Lenneberg, *Biological Foundations of Language*, New York, 1967 ; N. Geschwind et W. Levitsky, « Human brain : left-right asymmetries in temporal speech regions », *Science,* 161, 1968 ; H. Hécaen, « La contribution de l'hémisphère droit aux fonctions du langage », *Lyon Médical*, 236, 1976 ; N. Geschwind et A.M. Galaburda, *Cerebral Lateralization*, Cambridge, MIT, 1985 ; P. Satz, E. Strauss et H. Whitaker, « The ontogeny of hemispheric specialization », *Brain and Language,* 38:4, 1990 ; D. Thal, V. Marchman, J. Stiles, D. Aram, D. Trauner, R. Nass et E. Bates, « Early language in children with focal brain injury », *Brain and Language,* 40, 1991.

Les aphasies et le fonctionnement langagier

L'approche « neuropsycholinguistique » de l'aphasie cherche à comprendre, à travers l'analyse des pathologies comportementales et grâce à l'apport notamment des méthodes expérimentales de la *psycholinguistique* [149 s.], comment s'organisent les opérations mentales qui sous-tendent les conduites langagières. Son propos se situe donc en amont de la recherche des événements neurophysiologiques. Elle vise plutôt à articuler l'observation des phénomènes pathologiques et l'identification des processus constitutifs du fonctionnement langagier, et ce faisant met partiellement en question la représentation des aphasies en termes de « syndrome dominant ».

Cette approche trouve son origine dans l'idée que l'aphasiologie doit intégrer la dimension et les concepts linguistiques. Bien qu'un tel souci ait été présent dans des travaux plus anciens comme ceux de Jackson ou de Alajouanine, c'est Jakobson qui a le premier exprimé clairement la nécessité d'une approche linguistique des troubles aphasiques et d'une intégration de la pathologie dans un modèle général du langage. Jakobson a proposé une caractérisation linguistique des aphasies en accord avec la classification neuro-anatomique élaborée par Luria, et reposant sur une dichotomie fondamentale qui oppose les troubles de la sélection à ceux de la combinaison. C'est la capacité de sélection qui serait principalement atteinte dans les troubles du décodage, en d'autres termes la capacité à identifier les constituants de l'énoncé. En revanche, les troubles de l'encodage manifesteraient une perturbation de la capacité de combinaison des unités en un tout. Ces deux types fondamentaux de troubles correspondent, l'un aux aphasies sensorielles où la compréhension surtout est perturbée (Wernicke), et l'autre aux aphasies motrices caractérisées par une perturbation de l'expression (Broca). La formulation donnée en 1964 ajoute à cette opposition de base entre décodage et encodage deux autres distinctions : les troubles par « désintégration » sont opposés aux troubles par « limitation », et les troubles « de la séquence » où les difficultés portent sur des éléments successifs sont différenciés des troubles « de la concurrence » portant sur des éléments simultanés. Malgré l'intérêt de l'entreprise de Jakobson, ces distinctions sont cependant restées trop générales pour rendre compte de la variété des opérations perturbées dans les différents types d'aphasies.

Les recherches psycholinguistiques récentes en aphasiologie ont été largement guidées par l'analyse du fonctionnement langagier en termes de **niveaux de traitement** : phonologique, lexical, syntaxique, sémantique. On a ainsi cherché à déterminer dans quelle mesure un déficit langagier pouvait renvoyer exemplairement à des perturbations affectant un niveau spécifique de la représentation. Par exemple, on s'est demandé si les troubles de la compréhension présentés par les aphasiques de Wernicke ne reflétaient pas typiquement une déficience du traitement phonologique, en l'occurrence une incapacité à percevoir correctement les propriétés phonologiques des mots. Mais en réalité, si le traitement phonologique semble effectivement atteint chez les aphasiques de Wernicke, ceux-ci manifestent aussi souvent des déficits lexicaux et syntaxiques concernant non seulement la compréhension, mais aussi la production. Même si un déficit peut affecter de manière prédominante un composant du langage, il ne semble donc pas possible qu'un seul composant soit sélectivement atteint tandis que les autres seraient conservés intacts. Un autre exemple des relations entre composants du traitement est fourni par l'étude de l'agrammatisme, trouble caractéristique de l'expression chez les aphasiques de Broca. L'agrammatisme de production se traduit par une perturbation sélective de l'emploi des morphèmes grammaticaux et par une restriction de l'usage des structures syntaxiques telles que complémentation, relatives, etc. Bien que les agrammatiques de Broca soient fondamentalement atteints d'un trouble de l'expression, on a pu montrer qu'ils souffrent aussi de troubles de la compréhension, concernant apparemment le traitement syntaxique. Il n'est cependant pas évident que ces difficultés de production et de compréhension renvoient exclusivement à une déficience du niveau syntaxique. On a émis l'hypothèse que les agrammatiques avaient un déficit de nature phonologique affectant les mots non accentués, ou qu'ils avaient un déficit lexical affectant les mots fonctionnels. Bien que l'hypothèse d'un déficit fondamentalement syntaxique reste la plus couramment admise, il n'en est pas moins vrai que les aphasiques de Broca présentent également des déficits phonétiques et phonologiques aussi bien que des perturbations du traitement lexical, et que d'autres aspects que le traitement strictement syntaxique se trouvent manifestement impliqués dans l'agrammatisme.

Les recherches en aphasiologie se sont dernièrement orientées vers l'idée que les troubles du langage pouvaient refléter des perturbations dans les **procédures d'accès** aux différents composants de la langue, plutôt que des perturbations affectant ces composants eux-mêmes. Cette question rappelle le problème plus anciennement suscité par les travaux de Chomsky, consistant à se demander si l'aphasie était un **trouble de la performance** ou **de la compétence** linguistique [295 s.]. La distinction aujourd'hui repensée s'appuie sur les résultats de nombreuses expériences – incluant notamment les études en temps réel – qui montrent que des performances différentes sont obtenues à différents types de tâches qui font pourtant appel à la même compétence linguistique. Ainsi, des agrammatiques de Broca conservent très largement la capacité à émettre des jugements de grammaticalité tout en échouant dans des tâches de compréhension des structures syntaxiques, l'une et l'autre de ces épreuves faisant pourtant appel à la même connaissance syntaxique. Cela suggère que la représentation syntaxique des agrammatiques pourrait être intacte, mais qu'ils souffriraient de perturbations dans l'accès à cette représentation et dans la mise en correspondance des structures syntaxiques avec leurs interprétations sémantiques.

Récemment aussi, les recherches psycholinguistiques en aphasiologie, longtemps très anglocentrées, se sont ouvertes aux **approches interlangues**. En témoignent les trois volumes publiés en 1990 par Menn et Obler sur l'agrammatisme envisagé dans une perspective interlangues, et en 1991 le numéro spécial de *Brain and Language* consacré aux recherches fonctionnelles interlangues sur l'aphasie, notamment celles qui se réfèrent au modèle de compétition de Bates et MacWhinney [502]. À l'examen de patients de langue italienne, allemande, turque, hongroise ou chinoise, il apparaît que les détériorations des fonctions langagières dépendent non seulement du syndrome dominant, mais aussi de l'organisation des contraintes de la langue prémorbide, le même syndrome aphasique pouvant produire des effets divers d'une langue à l'autre. Le degré d'atteinte d'un indice linguistique chez un aphasique est partiellement fonction de l'importance ou la validité de cet indice dans la langue prémorbide. Ainsi, la morphologie grammaticale semble mieux préservée chez les agrammatiques turcs ou hongrois (langues à flexions) que chez les anglophones. Elle reste toutefois l'objet d'une particulière vulnérabilité, puisqu'elle est systématiquement touchée, bien qu'à des degrés divers, chez des patients de langue différente. Le développement de telles recherches devrait conduire à une meilleure compréhension des relations complexes existant entre la structure des langues et la symptomatologie aphasique.

■ Approches linguistique et psycholinguistique de l'aphasie : R. Jakobson, « Towards a linguistic typology of aphasia impairments », in A.V.S. de Reuck et M. O'Connor (eds.), *Disorders of Language*, Londres, 1964 ; O. Sabouraud, J. Gagnepain et A. Sabouraud, « Aphasie et linguistique », *La Revue du praticien*, 15, 1965 ;

R. Lesser, *Linguistic Investigation of Aphasia*, New York, 1978 ; E.B. Zurif et A. Caramazza, « Psycholinguistic structures in aphasia : studies in syntax and semantics », in H. Whitaker et H. Whitaker (eds.), *Studies in Neurolinguistics*, New York, 1976 ; M.-C. Goldblum et H. Kremin, « À propos de la compréhension de sujets atteints d'aphasie », *Langage*, 47, 1977 ; S.E. Blumstein, « Phonological aspects of aphasia », et R.S. Berndt et A. Caramazza, « Syntactic aspects of aphasia », in M.T. Sarno (ed.), *Acquired Aphasia*, New York, 1981 ; M.L. Kean (ed.), *Agrammatism*, New York, 1985 ; A. Friederici, « Autonomy and automaticity : accessing function words during sentence comprehension », in G. Denes, C. Semenza et P. Bisacchi (eds.), *Perspectives in Cognitive Neuropsychology*, Hillsdale, 1988 ; M. Lenormand et C. Chevrie-Muller, « Exploration du lexique chez les enfants dysphasiques », *Reed. Orthoph.*, 27, 1989 ; H. Kremin, « Perturbations lexicales : les troubles de la dénomination », in M. Jeannerod et X. Seron (eds.), *Traité de neuropsychologie*, Bruxelles, sous presse ; L. Menn et L.K. Obler (eds.), *Agrammatic Aphasia : Cross-Language Narrative Source Book*, Amsterdam, 1990 ; H. Goodglass et J.B. Gleason (eds.), « Cross-linguistic studies of aphasia », *Brain and Language*, 41, 1991, avec en particulier l'article de E. Bates, B. Wulfeck et B. Mac-Whinney, « Cross-linguistic research in aphasia : an overview ».

COMBINATOIRE SÉMANTIQUE

Croire possible la description sémantique linguistique d'une langue, c'est croire raisonnable d'attribuer à chaque énoncé un sens, ou plusieurs s'il est ambigu (sans nier, bien sûr, que ce sens puisse être ensuite infléchi ou précisé par la situation d'emploi). C'est croire possible, de plus, de calculer le sens total d'un énoncé, connaissant le sens des unités significatives (mots ou morphèmes) qui y apparaissent, et les relations syntaxiques qui les unissent. Mais si cette **combinatoire sémantique** prend nécessairement pour point de départ l'organisation syntaxique, beaucoup de linguistes pensent que l'organisation syntaxique est seulement un point de départ, qu'elle fournit uniquement des indices. Cela implique non seulement que les relations sémantiques se définissent autrement que les relations syntaxiques, qu'elles aient un contenu propre, mais surtout qu'elles ne puissent pas être mises en correspondance une à une avec les relations syntaxiques, que les deux réseaux ne se recouvrent pas, qu'il puisse y avoir une relation d'un type sans une relation parallèle de l'autre type. Autrement dit, la combinatoire sémantique, tout en prenant appui sur la combinatoire syntaxique, n'en serait pas une simple réinterprétation.

■ Deux tentatives classiques pour constituer une combinatoire sémantique, entendue comme un calcul du sens des énoncés à partir de leur syntaxe : *a)* J.J. Katz et J.A. Fodor, « The structure of a semantic theory », *Language*, 39, 1963, p. 170-210, trad. fr. dans *Cahiers de lexicologie*, 1966, n° 2, et 1967, n° 1, recherche faite dans la perspective chomskiste, et qui tend à considérer le composant sémantique comme interprétant seulement la syntaxe ou, plus exactement, la structure syntaxique « profonde » (cf. la 2e théorie de Chomsky [487]) ; *b)* U. Weinreich, « Explorations in semantic theory » (in T.A. Sebeok, ed., *Current Trends in Linguistics*, 3,

La Haye, 1966), qui annonce la sémantique générative [129], et vise à décrire le sens sans partir d'une syntaxe préalablement donnée. L'opposition de ces deux conceptions de la combinatoire sémantique est discutée dans F. Rastier, *Sémantique interprétative*, Paris, 1987.

Les unités sémantiques

Un indice possible (non une preuve) de l'originalité de la combinatoire sémantique par rapport à la syntaxe, tient à l'absence de correspondance entre les unités considérées comme minimales dans ces deux domaines. Hjelmslev est un des premiers linguistes à avoir insisté sur ce point : non seulement les unités significatives minimales (mots ou morphèmes) – qui sont les éléments de base de la syntaxe – ont le plus souvent un contenu sémantique complexe, mais leur analyse en unités sémantiques plus simples peut être fondée sur des considérations strictement linguistiques. Il suffit d'appliquer au domaine du sens la méthode de commutation [390] que les phonologues appliquent au domaine du son. Si la phonologie voit deux unités /s/ et /u/ dans le morphème français *su*, c'est que chacune peut être remplacée par une autre unité, ces deux remplacements produisant une différence de sens (on a par exemple *bu* et *sa*). La même commutation peut être appliquée au contenu des morphèmes. On dira ainsi que le verbe *souhaiter* contient, entre autres, les unités sémantiques « absence » et « bon » : si en effet on remplace « bon » par « mauvais », la signification obtenue devrait être exprimée par un autre verbe, quelquefois par exemple par *redouter*, et si on remplace « absence » par « présence », la signification résultante ressemble à celle de *apprécier*. Les unités ainsi dégagées, bien qu'elles soient des éléments du signifié de *souhaiter*, ne peuvent pas être considérées comme étant elles-mêmes des signifiés, puisqu'il n'y a pas de signifiant qui leur corresponde (on peut certes trouver, pour les décrire approximativement, des mots de la langue, ceux par exemple que nous avons utilisés entre guillemets, mais le mode de présence de ces unités dans le verbe *souhaiter* est indépendant de ces mots). Hjelmslev, qui appelle **figure** tout élément linguistique qui n'est ni un signifiant ni un signifié, appelle les unités sémantiques minimales des figures du contenu. Les linguistes français parlent souvent, avec Pottier et Greimas, de **sèmes**. Le terme anglais le plus fréquent est **semantic feature** (**trait sémantique**).

La recherche de ces unités est appelée analyse sémique ou encore **analyse componentielle**. Sa méthode est avant tout la comparaison de mots (nous avons comparé *souhaiter* avec *redouter* et *apprécier*), et ne fait finalement que perfectionner la méthode plus ancienne des champs sémantiques [330]. Mais au lieu de relever seulement, pour chaque mot, à quels autres mots de la même région lexicale il s'oppose, on cherche d'abord des couples de mots dont la différence semble minimale – et on décide que chacune de ces différences tient à l'opposition de deux atomes sémantiques appelés sèmes. Ensuite on décrit les différences plus complexes comme des combinaisons d'oppositions minimales (en posant que les mots comparés diffèrent par plusieurs sèmes).

Dans la mesure où l'analyse sémique porte seulement sur des éléments du lexique (morphèmes ou mots, Pottier dit **lexèmes**), qu'elle représente comme des « paquets de sèmes » (ce sont les **sémèmes** de Pottier), elle ne suffit pas à assurer l'originalité de la combinatoire sémantique. Car il reste possible que les relations sémantiques traitent globalement chacun de ces paquets, auquel cas elles pourraient avoir les mêmes points de départ et d'arrivée que les relations syntaxiques – qui s'appliquent directement aux lexèmes. Pour que l'analyse sémique implique le caractère irréductible de la combinatoire sémantique, il faut qu'elle porte non seulement sur le contenu d'unités lexicales, mais, comme celle de Greimas, sur le contenu de segments d'énoncé plus larges, voire sur des effets de sens, c'est-à-dire sur des significations liées à un certain contexte ou à une certaine situation de discours (le **sémème de Greimas** est l'ensemble de sèmes évoqués par un signe *lors d'une occurrence particulière de ce signe :* il comprend donc d'autres sèmes que ceux qui sont lui attachés en propre et qui constituent seulement sa **figure sémique**). Les sèmes n'étant plus alors confinés dans les mots ou les morphèmes, les relations qui les unissent ne peuvent plus être parallèles aux relations syntaxiques. Mais, dans ce cas, la frontière s'estompe entre la sémantique d'une langue et l'analyse des discours faits dans cette langue.

■ Sur l'analyse sémique : L. Hjelmslev, *Prolégomènes à une théorie du langage*, trad. fr., Paris, 1968, chap. 14 (et la critique de A. Martinet, « Au sujet des fondements de la théorie linguistique de L. Hjelmslev », *Bulletin de la Société de linguistique*, 42, 1946, p. 19-42) ; A.-J. Greimas et J. Courtès, *Sémiotique. Dictionnaire raisonné de la théorie du langage*, Paris, 1979, articles *sème* et *sémème* ; B. Pottier, *Linguistique générale. Théorie et description*, Paris, 1974, § 17-21 ; T. Todorov, « Recherches sémantiques », *Langages*, 1, mars 1966, § 2 et 3. Dans ce même numéro, on trouvera des textes importants et une bibliographie.

Certains partisans de la grammaire générative croient pouvoir justifier par des arguments « purement syntaxiques » l'attribution de traits sémantiques aux morphèmes de la langue. Supposons en effet que l'on impose à la syntaxe de rendre compte des **restrictions sélectives**, c'est-à-dire du fait que tous les éléments d'une catégorie grammaticale *A* ne se combinent pas avec tous les éléments d'une autre catégorie *B*, alors même que ces deux catégories entrent normalement en combinaison (en reprenant un exemple de Chomsky, on ne dit pas « La sincérité admire Jean », bien que normalement on puisse faire une phrase en combinant un article, un nom, un verbe transitif et un nom propre). Pour décrire ce fait on attribuera à certains morphèmes des **traits sémantiques inhérents** (ainsi *sincérité* a le trait « non animé », représenté [-animé]) et à d'autres, des **traits sémantiques contextuels**, c'est-à-dire l'indication des traits inhérents que doivent posséder les morphèmes auxquels ils se combinent (ainsi *admirer* a le trait « exige un sujet animé », représenté symboliquement comme [+ animé __]). Et une règle générale de la grammaire interdira de combiner des morphèmes dont les traits inhérents et contextuels sont incompatibles.

■ C'est seulement dans *Aspects of the Theory of Syntax* (Cambridge, Mass., 1965) que Chomsky introduit l'idée de traits sémantiques. Elle a donné lieu à de nombreuses controverses : cf. S.-Y. Kuroda, « Remarques sur les présuppositions et sur les contraintes de sélection », *Langages*, juin 1969, p. 52-80.

Les relations sémantiques

Pour certains linguistes, les différents sèmes composant le contenu sémantique d'une unité constituent une simple collection, une pluralité sans organisation interne, sans relations spécifiées entre ses éléments. Il en résulte que, si deux unités ont les mêmes sèmes, elles sont synonymes. Cela devient un problème alors de distinguer « garage » et « coffre » (de voiture), les deux mots possédant à la fois les sèmes « ranger » et « automobile ». On sera obligé, pour se tirer d'affaire, d'utiliser des sèmes comme « pour les automobiles » et « dans les automobiles ».

■ Une telle conception de la description linguistique se trouve, implicitement, dans Katz et Fodor (référence p. 532). On la rencontre aussi – mais corrigée par la notion de « traits contrastifs » [56] – dans L. Prieto, *Principes de noologie*, La Haye, 1964. Elle est d'autre part à la base des langages documentaires dits « a-syntaxiques », qui ne représentent un objet que par une collection de marques indépendantes (cf. le système des mots clefs utilisé parfois pour résumer, sur fiche, le contenu d'un livre ou d'un article, le mot clef étant à l'ouvrage résumé ce que le sème est au mot).

Une critique systématique de cette thèse a été présentée par Weinreich. Selon lui, dans le contenu d'une unité significative, les sèmes peuvent être associés de deux façons différentes. Il y a association additive (**cluster**, *agglomérat*), si les sèmes n'ont entre eux aucune relation particulière. Ainsi *garçon* est un cluster composé des traits « enfant » et « mâle », et sera représenté comme (« enfant », « mâle ») : le critère est que le garçon est à la fois un enfant et un mâle. Il faut en distinguer la **configuration**, qui institue une relation particulière entre les sèmes. *Nain* est une configuration reliant « homme » et « petit ». On la représentera comme (« homme » → « petit »). Le critère est que le nain n'est pas à la fois homme et petit, mais petit pour un homme. À partir de ces définitions élémentaires, Weinreich tente de caractériser les principales relations sémantiques entre unités significatives (mots ou morphèmes) selon le type d'assemblage qu'elles instituent entre les unités constituantes :

a) Il y a **linking (enchaînement)** lorsque l'association des unités constitue un nouveau cluster. C'est le cas généralement pour l'association adjectif + substantif : *garçon gentil* = (« enfant », « mâle », « gentil »), *nain gentil* = ((« homme » → « petit »), « gentil »). C'est le cas aussi pour certains mots composés comme *chien-loup*. – NB : Il faut des manœuvres complexes pour présenter comme un linking une expression telle que *conducteur rapide*. Car, au premier abord, il n'y a pas création d'un nouveau cluster : le conducteur rapide n'est pas quelqu'un qui 1° est conducteur, 2° est rapide, mais qui est rapide en tant que conducteur.

b) Une relation est no-linking si elle ne crée pas de nouveau cluster. C'est le cas pour les relations **transitives**, par exemple pour celles qui associent un verbe et ses compléments. Si *acheter* est représenté par un assemblage (*a*, *b*), et *voiture* par (*c*, *d*), *acheter (une) voiture* devra être représenté par ((*a*, *b*) (*c*, *d*)). Certains mots composés sont construits, sémantiquement, sur ce modèle (cf. *garde-chasse*, *protège-cahier*).

■ U. Weinreich, « Explorations in semantic theory », in T.A. Sebeok (ed.), *Current Trends in Linguistics*, 3, La Haye, 1966. La distinction linking/no-linking rappelle celle établie par les grammaires du XVIIIe siècle entre les deux types d'accord grammatical (l'accord de concordance, par exemple entre adjectif et substantif en français, tiendrait à ce que les deux mots servent à qualifier le même objet, le syntagme se contentant de cumuler ces qualifications ; l'accord de rection, par exemple entre le verbe et ses compléments en latin ou en allemand, à ce qu'il y a mise en rapport d'objets différents).

L'école dite de la sémantique générative [129], continuant et dépassant Weinreich, tend à abandonner l'idée même de cluster, et à représenter le contenu de toute unité significative comme une configuration. Ainsi la plupart des mots ou morphèmes de la langue seront considérés comme la simple abréviation, en structure de surface [485], d'une structure réelle beaucoup plus complexe, et analogue à la structure syntaxique de phrases complètes. Ainsi le verbe « casser » serait la trace superficielle d'une organisation profonde analogue à celle d'une expression comme « être cause, par un choc, qu'un objet devienne en morceaux ». Pour justifier cette paraphrase, qu'on peut trouver aussi arbitraire que maladroite, on allègue qu'elle seule peut faire comprendre l'ambiguïté de « Il a presque cassé le vase » (= « il a failli le casser », ou « il l'a a peu près cassé »). L'ambiguïté tiendrait à ce que le modificateur « presque », appliqué en surface à l'unique mot « casser », peut être, en profondeur, appliqué à des endroits différents de l'organisation sémantique complexe représentée par ce mot (exemple dû à McCawley). On notera de même que les sèmes « humain » et « jeune » présents dans le mot *enfant*, semblent dans une relation sémantique analogue à celle du substantif et de l'adjectif dans une phrase. Si on applique en effet l'expression restrictive *ne... que* à un groupe *substantif* + *adjectif*, la restriction ne concerne que l'adjectif (« Il n'a que des cigarettes blondes » = « Il n'a, en tant que cigarettes, que des blondes »). Or, de la même façon, « Il n'y a que des enfants ici » = « Il n'y a ici, en tant qu'humains, que des jeunes » (et non l'inverse, qui serait « Il n'y a ici, de jeunes, que les humains »). Des faits de ce genre pourraient servir à distinguer, parmi les sèmes d'un mot, ceux qui concernent la catégorie générale à laquelle renvoie ce mot, souvent nommés **classèmes**, et ceux qui en spécifient une sous-catégorie (respectivement « humain » et « jeune » dans le cas de *enfant*) : la restriction opérée par *ne... que* ne concerne pas le classème, mais se situe à l'intérieur du cadre que celui-ci définit.

■ J.D. McCawley, « Semantic representation », *Symposium on Cognitive Studies and Artificial Intelligence Research*, Chicago, 1969. F. Rastier pose le problème de la combinatoire dans le cadre des recherches cognitives et de la simulation de la signification en « intelligence artificielle » : *Sémantique et recherches cognitives*, Paris, 1991. Il le relie à la notion d'**isotopie** développée par A.-J. Greimas depuis sa *Sémantique structurale* (Paris, 1966) : l'isotopie d'un énoncé ou d'un texte est une certaine répartition des sèmes associés aux différents mots, répartition qui assure, notamment par son caractère répétitif, la cohésion, voire la cohérence de l'énoncé ou du texte.

Le problème de la combinatoire se pose indépendamment même de l'analyse sémique. Ainsi elle est cruciale pour la **sémantique argumentative** développée par Anscombre et Ducrot depuis 1973. Celle-ci propose de décrire une phrase par les enchaînements argumentatifs qui sont possibles, dans le discours, à partir d'elle, par exemple par le type de conclusions qu'on peut lui enchaîner au moyen d'un *donc*. D'une part, ces conclusions sont déterminées par les mots lexicaux (ceux qu'on qualifiait autrefois de « pleins ») : ainsi décrire l'adjectif *embarrassant*, c'est, dans cette perspective, dire, non pas ce qu'il signifie en lui-même, mais comment on peut enchaîner sur une phrase comme « la situation est embarrassante », et notamment à quel genre de conclusions cette phrase peut servir dans un discours. D'autre part, certains mots, dits « opérateurs », sont décrits par la façon dont ils modifient les conclusions attachées aux précédents. Ainsi la différence entre *un peu* et *peu* tient à ce que le premier, dit **atténuateur**, conserve, en les affaiblissant, ces conclusions, alors que le second, dit **inverseur**, les retourne (de sorte que *peu embarrassant* et *un peu embarrassant* conduisent à des conclusions contraires). La combinatoire argumentative étudie aussi la façon dont les opérateurs agissent les uns sur les autres (pourquoi les opérateurs complexes *ne... que peu* et *ne... qu'un peu*, obtenus en faisant agir *ne... que* sur *peu* et sur *un peu*, ont-ils même fonction inversante ? Autrement dit, pourquoi *ne... que* inverse-t-il *un peu*, mais renforce-t-il *peu* ?).

■ La notion de combinatoire argumentative a été introduite par O. Ducrot dans *Les Échelles argumentatives*, Paris, 1980 (qui reprend un texte de 1973), p. 56 s. On en trouve de nombreux exemples dans J.-C. Anscombre et O. Ducrot, *L'Argumentation dans la langue*, Bruxelles, 1983. Voir aussi O. Ducrot, « Les modificateurs déréalisants », *Journal of Pragmatics*, 1995, vol. 1, n° 24.

L'organisation sémantique de l'énoncé

Y a-t-il une structure sémantique de l'énoncé ? Autrement dit, les formules décrivant le sens des énoncés doivent-elles être toutes construites sur un même modèle, ou au moins sur un petit nombre de modèles bien définis ? Tout ce qu'on peut faire actuellement, c'est signaler certains principes d'organisation souvent utilisés pour la description sémantique, mais dont on voit mal comment ils s'articulent entre eux.

1. Beaucoup d'énoncés assertifs (affirmatifs ou négatifs)

paraissent avoir pour fonction de déclarer vraie, ou fausse, l'attribution d'une certaine propriété à un certain objet. D'où la tendance à distinguer deux parties dans leur description sémantique : un **sujet**, dit quelquefois **logique**, désignant l'objet auquel une propriété est attribuée, et un **prédicat** indiquant cette propriété. Bien plus, dans beaucoup de langues, cette distinction semble reflétée dans la structure syntaxique des énoncés : lorsqu'il existe, le groupe sujet (au sens grammatical de l'expression [450]) peut souvent être décrit comme désignant l'objet de l'attribution (et identique par conséquent au sujet logique). Un argument pour ce rapprochement est que l'objet d'un énoncé affirmatif est aussi l'objet dont on nie une propriété lorsqu'on déclare faux cet énoncé (que l'on affirme ou nie que Jean soit venu, c'est toujours à Jean que l'on attribue, ou refuse d'attribuer, la propriété d'être venu). Or la négation, dans la plupart des langues qui possèdent la fonction syntaxique « sujet », peut être effectuée par une opération laissant inchangé ce sujet syntaxique, et portant sur un autre segment (sur le verbe par exemple) : pour nier que Jean soit venu, on peut ainsi dire « Jean n'est pas venu ». Le rapprochement entre le sujet grammatical et le sujet logique fait d'autre part comprendre que la transformation passive d'un énoncé puisse modifier radicalement son sens : « Seul Pierre n'aime que Marie » n'a pas le même sens (ni les mêmes conditions de vérité) que « Seule Marie n'est aimée que de Pierre ». Or cette divergence s'explique si le sujet grammatical désigne ce à quoi une propriété est attribuée. Car il est différent d'affirmer : *(a)* Pierre est seul à avoir la propriété « n'aimer que Marie », et *(b)* Marie est seule à avoir la propriété « n'être aimée que de Pierre ».

NB : Si nous avons dit que ce type d'analyse logique paraît convenir à « beaucoup » d'énoncés assertifs, c'est pour exclure les assertions dont le sujet grammatical est quantifié, par exemple « certains hommes sont menteurs ». Il est difficile de soutenir que *Certains hommes* désigne un objet ou un groupe d'objets. Il faudrait dire que le sujet logique de cet énoncé est l'ensemble des hommes et qu'on lui attribue la propriété de contenir certains individus menteurs.

■ Dans les *Grammaires générales* [17 s.], sujet logique et sujet grammatical sont souvent assimilés. Chomsky les distingue, mais insiste sur les propriétés logiques du sujet grammatical dès *Structures syntaxiques*, trad. fr., Paris, 1969, § 9.2.7 (par la suite, c'est au sujet grammatical de la seule structure profonde qu'il attribue ces propriétés). – Selon S.Y. Kuroda, une particule japonaise, *wa*, sert à marquer qu'un énoncé a la structure sujet-prédicat, et qu'il exprime de ce fait un « jugement catégorique » [493] : « The categorical and the thetic judgments », trad. fr. dans le n° 30 de *Langages*, juin 1973 ; cf. aussi le chap. 1 de *Japanese Syntax and Semantics*, Dordrecht, Boston, Londres, 1993.

2. On peut trouver arbitraire de donner un seul objet à chaque affirmation, et, par exemple, de décider que (1) « Pierre aime Marie » a pour objet Pierre plutôt que Marie. On préfère alors une analyse logique de l'énoncé en **relation** et **arguments** (parallèle à l'analyse grammaticale en verbe et compléments [450 s.]). On dira que (1) affirme la relation « aimer » du couple d'arguments (Pierre, Marie). (Rien n'empêche d'ailleurs d'avoir des relations à plus de deux arguments.) Malgré les apparences, cette analyse représente plus un élargissement de la précédente que son abandon. Il a été signalé plus haut, par exemple, que l'objet d'un énoncé affirmatif est aussi celui de l'énoncé négatif correspondant. Or, de la même façon, les arguments d'une affirmation sont aussi ceux de sa négation (« Pierre n'aime pas Marie » a les mêmes arguments, Pierre et Marie, que (1)). S'il est vrai, d'autre part, que cette nouvelle analyse amène à reconnaître plusieurs arguments là même où il n'y a qu'un seul sujet grammatical, elle n'empêche pas de représenter, d'une certaine façon, les propriétés logiques du sujet grammatical. Seulement on devra procéder de façon indirecte, en établissant une dissymétrie entre les différentes places de la relation, et en attribuant des propriétés particulières à l'une d'elles, celle justement qui est remplie par l'argument correspondant au sujet grammatical.

3. Alors que la distinction de l'objet et de la propriété se fonde sur le fonctionnement logique du langage, la distinction du **thème** et du **propos** est d'ordre psychologique. Le thème (anglais : **topic**) d'un énoncé, c'est ce dont parle le locuteur, ou, comme disaient les linguistes du début du siècle, le **sujet psychologique** ; le propos, ou encore **rhème** (anglais : **comment**), c'est l'information qu'il entend apporter relativement à ce thème – ce qu'on appelait autrefois le **prédicat psycho-**

logique. Or, en disant « Jean est venu », on peut avoir l'intention de donner des informations, non pas sur Jean, mais sur les personnes qui sont venues, ou, plus généralement, sur ce qui s'est passé. Tout en étant sujet, à la fois logique et grammatical, le mot « Jean » peut donc ne pas désigner le thème de la parole. Ce qui permet de déterminer le thème, c'est la question à laquelle l'énoncé répond, ou est censé répondre (« Qu'a fait Jean ? », « Qui est venu ? », ou « Que s'est-il passé ? »). D'après la définition donnée plus haut, le thème, à la différence du sujet, n'est pas un segment d'énoncé, mais un objet extérieur auquel l'énoncé fait allusion. Cela n'empêche pas que le thème puisse être explicité dans l'énoncé, ni que des marques linguistiques permettent de déterminer le thème, et de le distinguer du propos. C'est le cas pour certaines intonations, et aussi pour certaines structures comme, en français, la **dislocation**, consistant à détacher un mot, et à le reprendre par un pronom non accentué : un énoncé comme « Jean, il est venu » ne peut guère avoir pour thème que la personne désignée par le mot *Jean*.

NB : La mise en valeur d'une expression, appelée aussi **emphase**, **insistance** (on parle encore d'expressions mises en **focus**, ou focalisées), n'implique pas nécessairement que cette expression représente le propos. Certes l'emphase mise sur « Jean » dans « C'est Jean qui est venu » s'accompagne souvent d'une tendance à prendre Jean pour propos : on parle de la personne qui est venue, et on annonce que c'est Jean. Mais une telle interprétation est déjà difficile dans certains contextes, par exemple si la phrase en question s'intègre à tout un discours sur les activités de Jean : « C'est Jean qui a parlé, c'est Jean qui est venu, c'est encore lui qui... » D'autre part il y a des formes d'emphase où le terme mis en valeur n'a aucune vocation particulière à représenter le propos : cf. « Jean, lui, il est venu », énoncé où il est bien difficile de savoir ce qui est thème et propos (le thème serait peut-être la personne dont on pense qu'elle n'est pas venue, et le propos, sa différence avec Jean).

NB : Il est souvent difficile de mettre en rapport le thème d'un énoncé et celui du discours ou de la conversation où cet énoncé prend place. Dans un discours général concernant Paul, il peut y avoir des énoncés qui, eux, concernent Jean.

■ La distinction du thème et du rhème est préfigurée dans l'opposition du « sujet psychologique » et du « prédicat psychologique » (cf. H. Paul, *Prinzipien der Sprachgeschichte*, 2e éd., Halle, 1886, p. 99). Elle est retravaillée par les linguistes du Cercle de Prague, notamment, dès 1929, dans un article en tchèque de V. Mathesius (repris dans un recueil de ses articles publié à Prague, en 1947, p. 234-242), puis dans « Verstärkung und Emphase », *Mélanges Bally*, Genève, 1939. Les thèses de Mathesius sont présentées par J. Firbas, « On defining the theme in functional sentence analysis », *Travaux linguistiques de Prague*, 1, Prague, 1964, p. 267-280). Elles sont discutées dans B. de Cornulier, « Remarques sur la perspective sémantique (thème, propos, etc.) », *Langue française*, n° 42, juin 1979. Cf. aussi la bibliographie de la p. 54. Sur la nécessité de ne pas confondre cette distinction avec celle du sujet et du prédicat logiques : J.L. Austin, « Comment parler ? », trad. fr. dans *Langages*, 2, juin 1966. Sur ses rapports avec la notion de sujet grammatical : C. Hagège, « Du thème au thème en passant par le sujet », *La Linguistique*, 1978, n° 14, 2, p. 3-38. La grammaire générative identifie souvent rhème et focus, l'essentiel étant de distinguer ces notions, dites « pragmatiques », de celle de prédicat, qui serait syntactico-sémantique, cf. N. Ruwet, *Introduction à la grammaire générative*, Paris, 1966, p. 326-331 ; la place du thème entre sémantique et pragmatique est discutée par T. Reinhart, *Pragmatics and Linguistics. An Analysis of Sentence Topics*, Bloomington, 1982. J.M. Zemb utilise l'opposition *thème-rhème* pour étudier la négation : *Les Structures logiques de la proposition allemande*, Paris, 1968. La notion de thème est l'objet du n° 78 de *Langue française*, juin 1988, et du recueil de J.-C. Anscombre et G. Zaccaria, *Fonctionalisme et pragmatique*, Milan, 1990.

4. Des trois oppositions précédentes, il faut encore distinguer celle du **posé** et du **présupposé**. L'énoncé « Jean continue à faire des bêtises » indique à la fois *(a)* que Jean a fait des bêtises dans le passé, et *(b)* qu'il en fait dans le présent. Or les informations *(a)* et *(b)* semblent devoir être séparées à l'intérieur de la description globale de l'énoncé, car elles ont des propriétés différentes. Ainsi *(a)* est maintenu lorsque l'énoncé est nié (« Il est faux que Jean continue à faire des bêtises ») ou qu'il est l'objet d'une interrogation (« Est-ce que Jean continue à faire des bêtises ? »). Il n'en est pas de même pour *(b)*. D'autre part, si, dans le discours, on enchaîne sur

l'énoncé, on prend avant tout *(b)* en considération (les conclusions que l'on tire de l'énoncé peuvent être fondées sur les seules bêtises présentes de Jean, mais non sur ses seules bêtises passées). Enfin *(a)* n'est pas présenté de la même façon que *(b)* : *(a)* est donné comme allant de soi ou déjà connu, donc impossible à mettre en doute ; *(b)* est donné comme nouveau et éventuellement discutable. Aussi dit-on que *(a)* est présupposé et *(b)*, posé (ou asserté). Si on s'accorde généralement sur les propriétés du posé et du présupposé, la définition même du phénomène reste objet de discussion. Celle-ci peut-être tentée dans trois directions :

– Du point de vue logique : on postule que, si le présupposé est faux, l'énoncé ne peut être dit ni vrai ni faux (la fausseté des présupposés ou bien détermine un « trou » dans sa table de vérité, comme propose Strawson, ou bien impose de considérer une troisième valeur logique, ce que font Keenan, Zuber et Cosgrove).

– Du point de vue des conditions d'emploi : les présupposés doivent être vrais (ou crus vrais par le destinataire) pour que l'emploi de l'énoncé soit « normal ». Sinon il paraît « hors de propos ». Mais il reste à préciser la « déontologie du discours » à laquelle on se réfère. D'autre part certains exemples obligent, pour le moins, à reformuler cette condition d'emploi (mis en présence de quelqu'un qu'on n'a jamais rencontré auparavant, et dont on cherche à expliquer la surprenante nervosité, on peut dire « Sans doute il a récemment cessé de fumer », sans prendre pour déjà connu le fait que la personne fumait autrefois).

– Du point de vue des relations intersubjectives dans le discours (pragmatique$_2$ [133 s.]). Le choix d'un énoncé comportant tel ou tel présupposé modifie les rapports entre les interlocuteurs en ce qui concerne la suite de la conversation. C'est pourquoi Ducrot a décrit la présupposition comme un acte illocutoire [782], au même titre que la promesse ou l'ordre.

■ La notion de présupposition, implicite dans la « Logique de Port-Royal » (A. Arnauld et P. Nicole, *La Logique ou l'Art de penser*, 1760, 2e partie, chap. 10), est développée par :

– des logiciens : dans « Sinn und Bedeutung », *Zeitschrift für Philosophie und philosophische Kritik*, 1892, Frege l'utilise pour établir sa théorie de la référence [366] ; R.J.J. Cosgrove (« A three valued logic for presuppositional languages », *Notre Dame Journal of Formal Logic,* 21, 3, 1980) et E.L. Keenan (« Presupposition in natural logic », *The Monist*, n° 53, 1973) construisent, pour représenter la présupposition, des logiques à trois valeurs ;

– des philosophes : R.G. Collingwood, *An Essay on Metaphysics*, Oxford, 1940 ; P.F. Strawson, « Identifying reference and truth-values », *Theoria*, 1964, 2 ; voir aussi son recueil d'articles traduit sous le titre *Études de logique et de philosophie*, Paris, 1977 ;

– des linguistes : E.H. Bendix, *Componential Analysis of General Vocabulary*, La Haye, 1968 ; O. Ducrot, « La description sémantique des énoncés français », *L'Homme*, 1968, 1 ; C.J. Fillmore, « Entailment rules in a semantic theory », *Ohio State University Research Foundation Project on Linguistic Analysis*, 10, 1965. R.M. Kempson soutient que la notion est inutile en linguistique : les phénomènes qui l'ont suscitée seraient mieux traités avec celle d'implicature conventionnelle de Grice [571 s.] (*Presupposition and the Delimitation of Semantics*, Cambridge, GB, 1975).

Pour des études d'ensemble : O. Ducrot, *Dire et ne pas dire*, Paris, 1972 ; R. Zuber, *Structure présuppositionnelle du langage*, Paris, 1972, et *Non-declarative Sentences,* Amsterdam, 1983, qui applique la notion à l'étude de phrases non assertives.

5. **L'éclatement du sens**. Alors qu'il est traditionnel de concevoir l'énoncé comme exprimant *une* pensée ou accomplissant *un* acte, beaucoup de linguistes insistent actuellement sur la multiplicité des points de vue qu'il peut simultanément représenter. Premier pas vers cette conception éclatée du sens, on note que le locuteur peut dégager sa responsabilité personnelle même dans le cas des énoncés prétendant à la vérité. Ainsi Berrendonner distingue la présentation d'une « je-vérité » (*je trouve que...*), d'une « on-vérité » (celle qu'on attribue aux présupposés ou à ce qui suit *il paraît que...*), voire d'une « Ø-vérité » (lorsque le contenu de l'assertion est donné comme s'imposant de lui-même, indépendamment de toute subjectivité, cf. « La terre est ronde »).

Une fois admis que le locuteur ne se présente pas nécessairement comme source de ce qu'il dit, il devient possible d'admettre que le même énoncé peut faire apparaître différents points de vue, attribués à des sources différentes. Tel est le cas, de façon presque évidente, lorsque le locuteur emploie, pour désigner un objet, des expressions qualifiant cet objet d'une façon que lui-même déclare inadmissible (« les *terroristes* sont en fait les défenseurs de la liberté ») : il introduit ainsi dans sa parole des « îlots » représentant une parole ou une pensée étrangère (phénomène à distinguer du **discours rapporté**, au sens traditionnel, où l'on donne explicitement pour but à l'énoncé de faire savoir ce que croit ou dit quelqu'un d'autre). Une radicalisation de cette idée consiste à trouver dans la plupart des énoncés une stratification de points de vue différents, souvent contradictoires, dont chacun est une représentation complète de la situation dont on parle, et qui ne sauraient être articulés en une pensée unique. On dit souvent, par exemple, que les énoncés négatifs cristallisent une sorte de polémique où s'opposent le point de vue qui est nié (mais qui n'en reste pas moins présenté) et celui qui le nie : en répondant « Je ne peux pas tout faire » à quelqu'un qui me demande de faire quelque chose, je fais comme si cette personne fondait sa demande sur l'absurde prétention que je peux tout faire. C'est à une telle conclusion qu'arrivent, sous des formes différentes, plus ou moins radicales, et en recourant à des métaphores diverses, Anscombre, parlant d'**espaces discursifs**, Ducrot, introduisant à l'intérieur de l'énoncé la **polyphonie** qui, selon Bakhtine [196], gouverne le texte, Fauconnier, qui étudie les relations entre les divers *espaces mentaux* ouverts dans une même phrase, Martin, pour qui une pluralité d'**univers de croyances** peut être représentée dans un énoncé apparemment simple. Toutes ces théories amènent à s'interroger sur le rapport entre linguistique, d'une part, psychologie et sociologie, de l'autre. Les divers points de vue qui s'entrechoquent dans la signification même de l'énoncé peuvent-ils être reliés avec les diverses instances psychologiques (au sens de Freud), ou avec les diverses appartenances sociales dont le conflit est à l'origine de l'activité langagière ? Certes ce que le linguiste découvre dans le sens relève, par définition, de qui est avoué et reconnu par le locuteur, alors que les influences gouvernant la parole sont généralement tenues pour inconscientes, mais n'y a-t-il pas un glissement perpétuel de l'inconscient au conscient ?

■ Sur les différentes sources de vérité : J. Berrendonner, *Éléments de pragmatique linguistique*, Paris, 1981, chap. 2 ; l'idée de Ø-vérité correspond à ce que G. Aston appelle *statement*, par opposition à *assertion* (*Comprehending Value : Aspects of the Structure of Argumentative Discourse*, Université de Bologne, 1977).

Sur les formes subreptices du discours rapporté : J. Authier, « Hétérogénéités et ruptures », in H. Parret (ed.), *Le Sens et ses hétérogénéités*, CNRS, Paris, 1981 ; J. Rey-Debove, *Le Métalangage*, Paris, 1978, chap. 6.

Sur l'éclatement sémantique de l'énoncé : J.-C. Anscombre, « Thèmes, espaces discursifs et représentation événementielle », in J.-C. Anscombre et G. Zaccaria (eds.), *Fonctionalisme et pragmatique*, Milan, 1990 ; O. Ducrot, *Le Dire et le dit*, Paris, 1984, chap. 8 ; G. Fauconnier, *Espaces mentaux*, Paris, 1984 ; R. Martin, *Pour une logique du sens*, Paris, 1983, chap. 3.

On trouvera une discussion et une réinterprétation d'ensemble des phénomènes polyphoniques dans H. Nølke, *Le Regard du locuteur. Pour une linguistique des traces énonciatives*, Paris, 1993.

ANAPHORE

Un segment de discours est dit **anaphorique** lorsqu'il fait allusion à un autre segment, bien déterminé, du même discours, sans lequel on ne saurait lui donner une interprétation (même simplement littérale). En reprenant un terme de Tesnière, nous appellerons **source sémantique** le segment auquel renvoie l'anaphorique (on parle aussi d'*interprétant*, ou souvent d'**antécédent**, car il précède *généralement* l'anaphorique ; étymologiquement d'ailleurs, l'anaphore, c'est ce qui reporte en arrière, mais le mot *anaphore* est pris dans cet article avec un sens plus général, qui comprend, comme cas particulier, la **cataphore**, c'est-à-dire l'allusion à un segment textuel ultérieur, comme dans l'exemple (1) ci-dessous). L'anaphorique et sa source peuvent appartenir soit au même énoncé, soit à deux énoncés successifs. Ainsi l'anaphore joue un double rôle : elle intervient dans la combinatoire sémantique interne à la phrase, mais elle engage aussi la phrase dans les relations transphrastiques constituant le texte. Dans les exemples qui suivent l'anaphorique est en italiques, et sa source en majuscules :

(1) S'*il* vient, PIERRE sera content.

(2) J'AI RENCONTRÉ DES AMIS, *ces* amis *(ils, qui)* m'ont parlé de toi.

(3) Jean M'A DIT QU'IL FERAIT BEAU. Jacques *aussi.*

(4) Jean connaît ma MAISON, mais pas la *tienne.*

(5) JEAN DÉTESTE PAUL, et *inversement* (l'*inverse*).

(6) JEAN, PAUL ET JACQUES sont venus. *Tous* étaient contents (*Aucun* n'était content).

(7) J'AI APPELÉ UN TAXI, mais *ce* taxi était occupé.

(8) TA VOITURE est belle, mais *les* sièges sont durs.

NB : En toute rigueur, il faudrait introduire dans la catégorie la plupart des connecteurs, mots qui relient des propositions ou des phrases. Le *pourtant* de « IL FAIT BEAU. Et *pourtant* je suis triste » fait allusion à la première phrase, dont il marque l'opposition à la seconde : d'où son équivalence avec malgré *cela*.

On voit d'après ces exemples que la source est de dimensions variées, et, d'autre part, que l'on peut trouver des anaphoriques dans les parties du discours [439 s.] les plus différentes. (Particulièrement dans la catégorie des pronoms. C'est pourquoi le grammairien grec Apollonios, un des premiers à parler d'anaphore, le fait dans son étude des pronoms, pour distinguer ceux qui désignent directement les objets, les déictiques, et ceux qui ne les désignent qu'à travers d'autres segments de discours, les anaphoriques ; distinction semblable chez F. Brunot, qui appelle les premiers des **nominaux**, pour marquer qu'ils fonctionnent, de ce point de vue, comme des noms, et les seconds, des **représentants**.)

Anaphore et deixis

La distinction de ces deux notions, longtemps tenue pour claire, est souvent mise en doute de nos jours. Pour qu'elle soit claire, il faut tenir aussi pour claire l'opposition entre *contexte* (environnement linguistique d'une expression, en entendant par là l'énoncé où elle se trouve, les énoncés antérieurs du même locuteur, ceux de l'interlocuteur auquel il répond), et situation de discours (ensemble de circonstances non linguistiques, comprenant la localisation spatio-temporelle de la parole, l'identité des interlocuteurs, le stock de connaissances qu'ils partagent) [738]. Il semble alors facile de distinguer l'anaphorique, qui fait allusion au contexte, et le déictique, qui montre directement tel ou tel élément de la situation.

En fait, la distinction, même si elle est nécessaire, pose de nombreux problèmes. D'abord parce que la situation elle-même est généralement saisie à travers sa représentation linguistique. Supposons qu'un locuteur, désignant une voiture dans la rue, dise « Ce qu'elle est belle ! ». Le pronom *elle* a ici un emploi déictique, mais son genre grammatical « féminin » montre que l'objet désigné l'a été, non en lui-même, mais par allusion à un mot de la langue, *voiture*, dont le pronom a pris le genre. D'autre part il n'est pas rare, dans les cas généralement traités comme anaphores, que l'anaphorique ne reprenne pas un segment délimitable du contexte, mais une idée plus ou moins directement évoquée par les mots utilisés. Cf. un exemple souvent discuté : « IL A NEIGÉ et *elle* tient » ; Hagège imagine dans la même veine : « C'est une BLONDE, et son fétichiste d'amant *les* caresserait pendant des heures », et cite Proust : « Mme Verdurin était assise sur un siège SUÉDOIS qu'un violoniste de *ce* pays lui avait offert. » Selon la métaphore de Hagège, l'anaphorique, extrayant un élément sémantique habituellement intégré à l'antécédent, transforme en péninsule ce qui était île inaccessible. Plus grave encore, il y a des exemples comme (8), où la source, pour intervenir dans la signification de l'anaphorique, exige une inférence faite en vertu d'une connaissance partagée : les voitures ont (en principe) des sièges. On objecte enfin à l'opposition de la deixis et de l'anaphore, que la plupart des expressions linguistiques qui peuvent avoir l'un de ces emplois peuvent aussi avoir l'autre. Le pronom de troisième personne qui est anaphorique dans (1) a aussi un rôle déictique et sert à montrer un objet extérieur (cf., plus haut, « Ce qu'elle est belle ! »). Le démonstratif et l'article, anaphoriques, respectivement, dans (7) et (8), sont déictiques dans « Regarde cette (la) voiture ! ». Même les pronoms de première et deuxième personne, prototypes habituels des déictiques, sont, au moins en apparence, des anaphoriques dans « JEAN a dit à PAUL : *je t'*ai vu ». Seuls les pronoms réfléchis *(se)* sont susceptibles d'une seule des deux fonctions, celle d'anaphoriques. On est donc tenté de conclure que la distinction n'est pas linguistiquement justifiée, et relève d'une décision *a priori*.

C'est justement cette décision que mettent souvent en cause actuellement les recherches « cognitives » [328 s.]. L'essentiel, pour elles, est un point commun aux deux types d'emploi, et qui concerne le processus d'interprétation. Dans les deux cas, on attire l'attention du destinataire sur un élément de connaissance partagé par les interlocuteurs. Tantôt – dans le cas des « anaphoriques » traditionnels – cet élément a été introduit ou évoqué dans la mémoire du destinataire à l'occasion d'un segment de discours, tantôt – c'est le cas des déictiques – une sorte de geste du locuteur amène à le chercher dans la perception de la situation, mais on ne demande jamais au destinataire de se livrer à une enquête à l'intérieur du texte : ce à quoi on fait allusion est toujours situé dans la pensée. La différence la plus importante, pour les cognitivistes, concerne la « saillance » de cet élément du savoir partagé. Est-il déjà focalisé dans l'esprit du destinataire au moment où le locuteur y fait allusion, ou est-ce l'allusion qui lui donne un relief particulier ? Or les deux cas, et toutes leurs nuances possibles, apparaissent aussi bien lorsque le savoir pris en compte a son origine dans ce qui a été dit que lorsqu'il s'est introduit dans l'esprit par une autre voie. Pour un linguiste, le problème important est de savoir si ces différences de saillance peuvent être mises en rapport avec les structures linguistiques qui déclenchent l'allusion à un savoir préexistant. Les recherches effectuées ne permettent pas de se prononcer. En revanche, bien qu'il y ait, nous l'avons dit, peu de mots spécialisés soit dans l'anaphore soit dans la deixis, une étude plus minutieuse montre, on va le voir, que cette distinction n'est pas sans rapport avec la structure linguistique : le linguiste peut alors avoir intérêt à utiliser la notion d'anaphore, même si, du point de vue théorique, sa définition rigoureuse reste à trouver.

■ F. Brunot, *La Pensée et la langue*, Paris, 1926, 1re partie, livre 6 ; L. Tesnière, *Éléments de syntaxe structurale*, Paris, 1965, chap. 42 et 43 ; C. Hagège, « Les péninsules syntaxiques, la liberté de l'énonceur et la nostalgie des îles », *Bulletin de la Société de linguistique de Paris*, 1988, p. 1-20. – Approches cognitivistes : M.-J. Reichler Beguelin, « Anaphore, cataphore et mémoire discursive », *Pratiques*, n° 57, 1988 ; A. Reboul, « La résolution de l'anaphore pronominale », *Cahiers de linguistique française*, n° 10, Genève, 1989. – Deux tentatives pour prendre en compte à la fois le cognitivisme et la distinction traditionnelle : L. Tasmowski de Ryck et S.P. Verluyten, « Control mechanisms of anaphora », *Journal of Semantics*, 1985, n° 4, et G. Kleiber, « Anaphore-deixis », *L'Information grammaticale*, n° 51, 1991.

Conditionnement linguistique de l'anaphore

Beaucoup de linguistes tendent à exclure l'anaphore des phénomènes strictement linguistiques. Cela tient à ce que la fonction syntaxique de l'expression anaphorique est parfaitement indépendante de son interprétant, et peut être déterminée sans aucune référence à celui-ci (dans (1) par exemple, *il* ne peut être que sujet, quelle que soit sa source). C'est pourquoi Tesnière dit que l'anaphore est une « connexion sémantique supplémentaire à laquelle ne correspond aucune connexion structurale ». Martinet, de même, range les pronoms, au même titre que les articles, dans la catégorie des **modalités** (= monèmes qui, tout en étant grammaticaux [435], ne peuvent pas servir à marquer des fonctions). C'est que, pour lui, les seules fonctions syntaxiques sont celles qui lient, directement ou non, les constituants au prédicat [457].

On pourrait objecter à cette exclusion :

a) Que l'anaphore joue un rôle essentiel dans les phénomènes d'accord, et qu'on est donc obligé de la prendre en considération pour expliquer l'impossibilité de certains énoncés, comme « Marie ne sait pas se moquer de lui-même ». À quoi Martinet répondrait que l'accord est un phénomène superficiel (morphologique et non syntaxique [123]).

b) Que le **pronom relatif**, qui est typiquement anaphorique, a un rôle essentiel dans l'organisation des relations de dépendance à l'intérieur de la phrase, puisqu'il permet d'accrocher une proposition à une autre. À quoi on peut répondre en séparant les deux fonctions du relatif, qui serait, à la fois, mais de façon indépendante, une conjonction et un anaphorique (ainsi, pour la *Grammaire de Port-Royal*, « les soldats qui avaient peur s'enfuyaient » = « les soldats s'enfuyaient *s'ils* avaient peur »). De même Tesnière décrit le relatif comme l'amalgame de deux unités distinctes : une proposition relative (il l'appelle **adjective**) serait le produit d'une translation [482] qui amène une proposition à jouer le rôle d'adjectif (la proposition relative est l'épithète de son antécédent). Il faudrait donc distinguer dans le pronom relatif : 1° un translatif (à valeur syntaxique), qui marque l'existence de la translation ; 2° un pronom anaphorique, qui a pour source le nom dont la relative est épithète. Cette séparation peut sembler artificielle. Est-ce en effet un hasard si c'est justement un anaphorique qui transforme une proposition en adjectif ? Car on ne peut guère définir la fonction de l'adjectif sans reconnaître qu'une anaphore lui est sous-jacente : dire qu'on a acheté un livre rouge, c'est dire qu'on a acheté un livre, et dire en même temps, d'une certaine façon, que *ce* livre est rouge.

■ En ce qui concerne Tesnière, voir la bibliographie précédente, et, sur le relatif, les chap. 241 et 242. La *Grammaire de Port-Royal* traite du relatif dans la 2e partie, chap. 9.

La grammaire générative n'a longtemps donné, en ce qui concerne la syntaxe, qu'une importance marginale au phénomène de l'anaphore. Mais il n'en est plus de même depuis 1980 : la théorie du gouvernement et du liage [472 s.] met au premier plan les rapports entre l'anaphore et la structure syntaxique. D'abord, un point de terminologie : les chomskistes n'appellent **anaphore** qu'une sous-classe de ce que l'on entend d'habitude par ce terme : il s'agit des réfléchis et de locutions comme *les uns... les autres* (« MES AMIS *se* connaissent et vont *les uns* chez *les autres* »), c'est-à-dire d'expressions qui n'ont *jamais* fonction déictique, le terme **pronom** étant réservé pour des mots qui peuvent avoir les deux fonctions. Nous suivrons l'usage chomskiste dans le présent paragraphe. La thèse chomskiste fondamentale, présentée comme valable pour toutes les langues, est que les relations syntaxiques pouvant exister entre une anaphore et sa source sont radicalement différentes de celles qui peuvent exister entre un pronom et sa source. Pour simplifier, nous dirons qu'il doit y avoir proximité syntaxique dans le premier cas, et distance dans le second (les chomskistes donnent de la distance syntaxique une définition précise, mais trop technique pour être présentée ici). Ainsi l'anaphorique peut avoir pour source le sujet du verbe dont il est complément (« SOCRATE *se* connaît »), mais non pas, s'il se trouve dans une subordonnée, un mot de la proposition principale (le *se* de « Platon croit que Socrate se connaît » ne peut pas renvoyer à *Platon*). Ces faits relèvent de ce que les chomskistes nomment **principe A**. Le **principe B** pose que l'inverse vaut pour les pronoms : dans « Socrate le connaît », *le* ne peut pas avoir *Socrate* pour source, mais peut avoir *Platon* pour source dans « PLATON croit que Socrate *le* connaît ».

Dans le même esprit, les chomskistes insistent sur les structures syntaxiques exigeant que la source soit située après le pronom (cataphore). Un fait crucial, de ce point de vue, est l'impossibilité d'avoir « Devant PAUL, *il* vit un lion », et la nécessité, dans ce cas, d'une cataphore (« Devant *lui*, PAUL vit un lion »). En revanche, lorsqu'il y a une proposition subordonnée située avant la principale, on trouve aussi bien « Quand

PAUL avança, *il* vit un lion » et « Quand *il* avança, PAUL vit un lion ».

NB : Le latin oblige à utiliser, dans les complétives d'un verbe de dire ou de pensée, un réfléchi pour renvoyer au sujet de la principale (« DEUS credit *se* beatum esse » = « DIEU croit qu'*il* est heureux »). Les latinistes chomskistes se sont employés à montrer que ce contre-exemple au principe A est seulement apparent. Serait seulement apparent, aussi, le contre-exemple constitué par « PLATON a promis à Socrate de mieux *se* connaître dorénavant » : la subordonnée infinitive (« de mieux se connaître dorénavant ») comporterait en fait un sujet, désignant Platon, qui a été effacé, et qui est la source du réfléchi. C'est en revanche à une vraie révision de la théorie qu'amènent les énoncés anglais où le réfléchi « himself » est à *longue distance* de sa source. Ainsi cet exemple, construit par Zribi Herz : « JOHN had another nightmare : the big black bug was crawling over *himself* » (« JEAN a eu un autre cauchemar : le gros insecte noir se promenait sur *himself* ») : dans ces cas, surtout littéraires, on doit admettre que la source peut être à longue distance si elle représente le *sujet de conscience* percevant le fait décrit à l'aide du réfléchi. On fait ainsi intervenir dans la syntaxe une notion généralement reléguée dans la sémantique.

■ Sur le problème des pronoms dans l'ancienne grammaire générative : J.R.C. Daugherty, « A theory of pronominal reference », *Foundations of Language*, 1969, p. 488-519. – Sur la nouvelle théorie, voir, dans l'ouvrage de N. Chomsky, traduit sous le titre *La Nouvelle Syntaxe* (Paris, 1987), ainsi que dans sa « Présentation » et son « Postscript », dus à A. Rouveret, les sections consacrées au « liage ». – S. Kuno (*Functional Syntax : Anaphora, Discourse and Empathy*, Chicago, Londres, 1987) tente de rendre compte des mêmes phénomènes d'une façon, non plus syntaxique, mais sémantique, en faisant intervenir la notion de « point de vue ». – Sur l'introduction en grammaire générative du sujet de conscience, fort proche du point de vue : A. Zribi Herz, « *Lui-même* argument et le concept de pronom-A », dans le n° 97 de *Langages*, mars 1990, consacré à l'anaphore. – Pour une étude générale de la cataphore (qui va au-delà du cadre chomskiste) : M. Kesic, *La Cataphore*, Paris, 1989, qui refuse de faire de ce phénomène un simple cas particulier de ce qu'on appelle habituellement « anaphore ».

Indépendamment même des recherches chomskistes reliant l'anaphore à l'organisation syntaxique de la phrase, on a signalé divers faits amenant à la traiter dans le cadre d'une étude de la langue. (NB : Nous redonnons maintenant au terme *anaphore* le sens général défini au début de ce chapitre.)

Certains sont relativement ponctuels. Ainsi Kleiber note que si l'article défini et le démonstratif peuvent l'un et l'autre être anaphoriques, et sont souvent substituables, il y a des types d'anaphore dont l'article seul est susceptible. Dans « Jean est content de SA VOITURE. *Les* sièges sont confortables », on ne peut pas remplacer *les* par *ces*. Étudiant ce même type d'anaphore, Fradin montre qu'il exige une relation particulière entre le sémantisme interne du mot-source et celui du mot qui accompagne l'anaphorique. Ainsi la deuxième phrase de l'exemple précédent ne pourrait pas être « *Le* prix est peu élevé ». Selon Fradin, les anaphores de ce genre exigent que le second mot apparaisse dans un « stéréotype » lié au sens du premier : il appartient au sens même du mot *voiture* qu'une voiture ait des sièges, un moteur, etc., mais non pas qu'elle ait un prix (même si une douloureuse expérience apprend qu'elle en a toujours un). D'une façon plus détaillée, Fradin met en relation la structure des stéréotypes inhérents, selon lui, au sens des mots, avec la façon dont on peut reprendre ces mots par anaphore.

Des études sur l'anaphore dans le discours rapporté montrent aussi qu'elle est liée à des faits linguistiques. Il existe ainsi dans certaines langues des pronoms anaphoriques, dits **logophoriques**, dont le seul emploi est de désigner, à l'intérieur de la proposition décrivant la parole (ou la pensée) de quelqu'un d'autre que le locuteur, l'auteur ou le destinataire de cette parole. C'est le cas, selon Hagège, pour diverses langues africaines. Si l'on veut y traduire « PAUL m'a dit qu'*il* était content » ou « PAUL m'a dit : *je* suis content », le *il* et le *je* sont rendus par le même pronom, qui ne peut pas avoir d'autre usage que celui-là. De tels anaphoriques semblent absents des langues indo-européennes, mais Ruwet a signalé que le pronom français *en,* dans le discours rapporté, a un emploi « anti-logophorique ». Il ne peut jamais renvoyer au locuteur ou au destinataire de la parole rapportée. On ne peut pas avoir « MARIE dit que Jean *en* est amoureux » (avec le sens « est amoureux d'elle »). Mais on a, en revanche, « Le père de MARIE dit que Jean *en* est amoureux ». De tels faits montrent qu'un linguiste a besoin du concept d'anaphore. On ne peut en effet décrire certains mots sans préciser qu'ils peuvent servir d'anaphoriques et que, dans ce cas, leur usage exige une source textuelle ayant ou n'ayant pas telle ou telle propriété linguistique.

■ Cette section se réfère à différents textes du recueil de G. Kleiber, *L'Anaphore et ses domaines*, Paris, 1990, ainsi qu'à B. Fradin, « Anaphorisation et stéréotypes nominaux », *Lingua*, 1984, n° 64 ; C. Hagège, « Les pronoms logophoriques », *Bulletin de la Société de linguistique de Paris*, 1974, n° 1 ; N. Ruwet, « *En* et *y* : deux clitiques pronominaux anti-logophoriques », *Langages*, mars 1990, n° 97. Abondante bibliographie dans le recueil de Kleiber.

Anaphore et référence

La fonction de l'anaphore est loin d'avoir été élucidée. Une conception répandue en fait une substitution : l'expression anaphorique est « mise pour » sa source, dont elle évite la répétition (cas particulier de cette conception, la définition traditionnelle du pronom comme remplaçant d'un nom, définition issue d'une citation tronquée d'Apollonios, où il était dit que le pronom remplace le *nom propre*). Ainsi Port-Royal (*Grammaire*, 3e partie, chap. 8) attribue l'emploi de pronoms au souci de ne pas être « importun » ; d'autres s'estiment plus scientifiques en parlant d'une fonction d'économie. Cette conception substitutive soulève de sérieuses difficultés. La moindre est que souvent on obtiendrait une phrase non grammaticale si on remplaçait purement et simplement l'anaphorique par sa source (cf. énoncés (4) et (5)). La critique fondamentale, c'est que, là même où la substitution est possible sans retouches grammaticales, il arrive qu'elle transforme le sens. C'est le cas lorsque la source est une expression indéfinie : « J'ai rencontré DES AMIS ; *ils* m'ont parlé de toi » n'équivaut pas à « J'ai rencontré des amis ; des amis m'ont parlé de toi » (on ne gagne rien à dire que la source de « ils » doit être retouchée en « ces amis » pour être substituée à « ils », car « ces » est lui-même un anaphorique).

On a donc été amené à voir dans l'anaphore autre chose

qu'un procédé de style, et à la relier à des phénomènes sémantiques, notamment à la référence [365 s.]. Il est clair en effet que lorsque l'anaphorique a fonction référentielle, son référent a un rapport étroit avec sa source. Mais quel rapport ? Parfois on parle de coréférence, en entendant par là que l'anaphorique et sa source désignent le même objet (certains philosophes anglais parlent de « pick up the reference of the antecedent »). Cette conception ressemble à celle de certains grammairiens du Moyen Âge, pour qui le pronom désigne la substance de la chose, séparée des accidents (« substantiam solam ») : alors que la source désigne un objet en le décrivant, le pronom ne fait que désigner l'objet qui a été décrit). Dans le même esprit Milner dit que les expressions nominales servant de source sont **référentiellement autonomes** (elles suffisent à donner accès à leur référent), alors que les anaphoriques sont « référentiellement non autonomes » : ils reprennent le référent d'une autre expression.

Cette thèse soulève certaines difficultés. D'abord il semble impossible de l'étendre à tous les pronoms, car il est quelquefois assez artificiel de leur attribuer un référent. Ainsi on voit mal quels objets particuliers sont désignés par « il » dans « Et NUL ne se connaît tant qu'*il* n'a pas souffert », dans « UN LION n'attaque que s'*il a* peur », ou dans « Seul JEAN a dit qu'*il* viendrait » (nous pensons à une des interprétations possibles de cette phrase, où elle signifie que personne, sauf Jean, ne s'est déclaré décidé à venir). Dans ces exemples, le pronom anaphorique n'a pas pour rôle de désigner : il ressemble plutôt aux variables du langage logico-mathématique usuel, qui marquent les places des arguments dans un prédicat. Si, d'autre part, on veut étendre la conception référentielle aux cas où la source est un groupe nominal indéfini (le DES AMIS de « J'ai rencontré DES AMIS ; *ils* m'ont parlé de toi »), il faut admettre que ce groupe possède une référence (reprise ensuite par *ils*) – bien qu'il ne permette pas d'identifier un ensemble particulier d'individus. Autrement dit, il faut rapprocher la référence de la détermination [371]. Même en admettant cela, on a du mal à traiter en termes de référence les cas où la source n'est pas un groupe nominal (défini ou indéfini), mais un simple nom (cf. « J'aime ma VOITURE, mais pas la *tienne* »). Peut-on dire que le nom *voiture* a un référent ? Pour le faire, Milner introduit la notion de **référence virtuelle**. Un nom a référence virtuelle dans la mesure, non pas où il désigne, mais où il spécifie les conditions auxquelles doivent satisfaire les objets désignés par le groupe nominal dont il fait partie (la « référence virtuelle » se rapproche ainsi de ce que Frege appelle « sens » et qu'il oppose justement à « référence » [362]). Moyennant cette décision, on peut dire que l'anaphorique *tienne*, dans l'exemple précédent, reçoit de sa source VOITURE une référence virtuelle, et que l'article défini « la », combiné avec le déictique « tu » inclus dans le possessif « tienne », actualise cette référence virtuelle.

À ces problèmes s'ajoute la difficulté théorique qu'il y a à distinguer l'objet « lui-même » (la *substantia sola* des médiévaux) dont parle le discours, et les propriétés dont le discours le revêt au cours de son déroulement. Célèbre, à ce propos, est la recette de cuisine « Prenez UN POULET bien vif ; tuez-*le*, videz-*le*, découpez-*le*, mettez-*le* au four et servez-*le* avec des oignons » : au fur et à mesure que se déroule la recette, le poulet, référent commun des différents *le*, ne cesse de se transformer. Pour dire que l'on se réfère toujours à la même chose, il faudrait une théorie de l'identité individuelle, qui fait largement sortir des recherches linguistiques habituelles. Des difficultés analogues ont été signalées lorsque l'anaphorique se trouve dans une subordonnée qui, d'après la principale, décrit un univers imaginaire (« PAUL a rêvé qu'*il* était Marie, et que Jean *le* détestait »). Qui désigne *le* ? Autrement dit, qui, dans le rêve, est détesté par Jean ? Est-ce le Paul de la réalité, ou le personnage qu'il joue dans le rêve (c'est-à-dire Marie) ? Un problème analogue se pose d'ailleurs pour le nom *Jean.* Qui désigne-t-il, dans la description que l'énoncé donne du rêve ? Un personnage du rêve, ou le Jean de la réalité ? C'est, notamment, pour traiter ce type de problèmes que G. Fauconnier a introduit la notion d'**espaces mentaux** [546]. Une expression comme « Paul a rêvé » ouvre, à partir du monde réel qu'elle concerne, un autre monde, celui du rêve. Et le référent des noms, comme celui des anaphoriques, dépend des relations établies entre ces mondes.

Les problèmes qui viennent d'être énumérés ne signifient certes pas que la relation entre l'anaphorique et sa source est sans rapport avec la référence. Mais ils font voir qu'il n'est pas facile de décrire *ce* rapport comme une brutale coréférence.

■ Sur l'histoire de la conception substitutive de l'anaphore jusqu'au XVIIIe siècle : G. Sahlin, *César Chesneau du Marsais*, Paris, 1928, chap. 8. – Une forme moderne : J. Dubois, *Grammaire structurale du français. Nom et pronom*, Paris, 1965, 3e partie. – Sur le rapport du pronom et de la variable : W.V. Quine, « Logic as a source of syntactical insights », trad. fr. dans *Langages*, 2, 1966. – Sur les rapports entre anaphore et référence : H. Hiz, « Referentials », *Semiotica*, 2, 1969 ; J.-C. Milner, *Ordres et raisons de langue*, Paris, 1982, 1re section ; G. Fauconnier, *La Coréférence, syntaxe ou sémantique ?*, Paris, 1974 ; G. Fauconnier, *Les Espaces mentaux*, Paris, 1984, chap. 2.

RELATIONS SÉMANTIQUES ENTRE PHRASES

Coordination sémantique. À côté de la coordination syntaxique [452], qui unit les segments ayant même fonction syntaxique à l'intérieur d'une phrase, C. Bally a introduit une notion de coordination sémantique, qui se fonde avant tout sur les actes d'énonciation accomplis dans le discours. *A* et *Z* sont sémantiquement coordonnés si :

a) *A* est indépendant de *Z*, en ce sens qu'il fait l'objet d'un acte d'énonciation complet (il comporte donc un thème et un propos [541]).

b) *Z* est présenté comme un propos dont *A* établirait le thème, comme une remarque à l'occasion de *A*.

On a ainsi coordination dans l'énonciation successive de *A* « Il gèle » et de *Z* « Nous ne sortirons pas », où *Z* se présente comme tirant la conséquence de *A*. Mais il n'y a pas coordination dans une énumération de constatations indépendantes (même si elles sont de même nature) : « Hier je suis allé au cinéma. Avant-hier je suis resté à la maison. » Ici la condition *(b)* n'est pas satisfaite. C'est en revanche la condition *(a)* qui empêche qu'il y ait coordination sémantique lorsque *A* et *Z* sont soudés. La soudure peut être si totale que la séparation du thème et du propos n'est plus perceptible. C'est la **phrase liée** : « Pierre *(A)* est venu *(Z)*. » Un cas intermédiaire est celui où la soudure est opérée d'une façon « imparfaite », conservant la trace de deux actes distincts : Bally parle alors de **phrase segmentée** (dite de nos jours « disloquée ») : « Pierre *(A)*, il est venu *(Z)*. » La distinction entre coordination et phrase liée peut s'étendre au cas où *A* et *Z* sont des propositions grammaticales. On a coordination dans « Je suis allé le voir ; je voulais avoir des nouvelles » : comme dans l'exemple du début de ce paragraphe, il y a deux actes d'énonciation, le second donnant, après coup, l'explication du fait présenté par le premier. Mais on considérera comme phrase liée : « Je ne suis allé le voir que pour qu'il me donne des nouvelles » (on pourrait parler dans ce cas de **subordination sémantique**). Car on a alors un seul acte d'énonciation, correspondant à une seule intention (avouée) : donner le but de la visite. – NB : L'existence d'une conjonction de subordination (au sens grammatical) ne suffit pas pour produire une subordination sémantique. On doit en effet considérer parfois comme coordination (ou comme phrase segmentée) : « Je suis allé le voir, pour qu'il me donne des nouvelles », surtout si une pause bien marquée sépare les deux propositions. On pourrait ainsi rendre compte de l'opposition, en français, de deux types de « conjonctions de subordination ». Certaines *(pour que, parce que)* peuvent produire une subordination sémantique (mais ne le font pas toujours). D'autres *(de sorte que, puisque)* maintiennent toujours, à un certain degré, la dualité des actes. C'est pourquoi une séquence construite avec *puisque* ne saurait faire l'objet d'un acte de négation unique : on ne comprend pas « Jean n'est pas heureux puisqu'il est riche » comme « Il est faux que (Jean soit heureux puisqu'il est riche) », c'est-à-dire comme « ce n'est pas sa richesse qui le rend heureux ». Cette interprétation est en revanche possible pour « Jean n'est pas heureux parce qu'il est riche ».

Il y a un rapport étroit entre l'étude de l'anaphore [548 s.] et celle des différents types de relations qui viennent d'être signalés. Bally le signale en imaginant un langage enfantin qui comprendrait deux « mots » : *Coucou* (= « Je vois un oiseau ») et *Frrt* (= « J'entends un bruit d'ailes »). Si la suite *Coucou Frrt* est comprise comme phrase liée, elle signifie « l'oiseau que je vois fait un bruit d'ailes », et ne comporte pas d'anaphore (ou plutôt cette dernière est invisible, car elle est constitutive du rapport entre le sujet et le prédicat). L'anaphore apparaît en revanche quand la suite est interprétée comme phrase segmentée : « L'oiseau que je vois, il fait un bruit d'ailes. » Et l'anaphore est évidente si l'on pense à une coordination « Je vois un oiseau. *Il* fait un bruit d'ailes », où le second segment est un propos sur le premier, énoncé préalablement. Une coordination peut donc être aussi à la source de l'anaphore « J'ai rencontré des amis. Ils ont parlé de toi ». Le « ils » désigne les personnes dont l'existence a été posée par la première phrase, et qui seront le thème de la seconde. Il n'est pas indifférent, non plus, que celles des anaphores qui imposent la représentation du pronom comme « variable » [557] n'apparaissent que dans la phrase liée : il serait possible alors de distinguer deux types principaux d'anaphores. Certaines ne sont possibles que dans les phrases liées, d'autres se trouvent aussi dans la coordination et la segmentation. On notera par exemple le rôle différent de *ils* dans la coordination (1) « Certains philosophes réussissent, puisqu'ils sont riches » et dans la phrase liée (2) « Certains philosophes réussissent parce qu'ils sont riches ». (1) constitue une sorte de raisonnement où, après avoir affirmé la réussite de certains philosophes, on justifie cette assertion en signalant leur richesse, ce qui suppose que, d'une façon générale, la richesse est signe de réussite. (2) ne se fonde pas en revanche sur cette supposition, car il contient une unique affirmation, relative à certains philosophes : on signale que, dans leur cas, leur réussite tient à leur richesse.

■ Sur la coordination, C. Bally, *Linguistique générale et linguistique française*, Berne, 1944, 1re partie, chap. 2 (à comparer avec la description, plus sommaire, donnée par A. Sechehaye, *Essai sur la structure logique de la phrase*, Paris, 1926, chap. 2, § 1). Cette théorie est présentée (et appliquée au problème de l'anaphore) dans O. Ducrot, *Dire et ne pas dire*, Paris, 1972, p. 117-121, présentation discutée et rectifiée par P. Larcher, « De Bally à Ducrot : note sur les concepts de coordination et de subordination sémantiques », dans le nº 5, consacré à la subordination, des *Travaux linguistiques du CERLICO*, Rennes, 1991. – Une théorie syntaxique, mais sémantiquement fondée, de la coordination : S.C. Dik, *Coordination*, Amsterdam, 1968. – Voir aussi le recueil de J. Haiman, *Clause Combining in Grammar and Discourse*, Amsterdam, Philadelphie, 1988.

La relation argumentative. Parmi les coordinations assurant la cohésion du discours, Anscombre et Ducrot ont donné une importance particulière aux relations qui s'expriment en termes d'argument et de conclusion. Elles ne régiraient pas seulement les suites dont le second segment est donné comme justification ou comme conséquence du premier (ce que marquent, en français, des conjonctions analogues à *car* ou *donc*). Elles interviendraient aussi dans la sémantique de *mais* ou de *pourtant*, qui imposent une anti-orientation argumentative. Dans « Il fait beau, mais je suis fatigué », *mais* indique que le premier segment suggère une conclusion (par exemple « Allons nous promener ! »), que le second combat. Dans « Pierre est riche, pourtant il est malheureux », *pourtant* signale que la situation dont on parle oblige à faire exception à un principe conclusif évoqué par l'idée de richesse. À l'inverse, *même* marque une coorientation : dans « Jean est venu et même il m'a souri », la venue et le sourire de Jean sont signes de la même chose, peut-être de sa sympathie retrouvée (ou de son hypocrisie). Des analyses semblables ont été données pour d'autres connecteurs, *de plus*, *d'ailleurs*, *décidément*, etc.

Le point important, pour Anscombre et Ducrot, est que, si deux segments peuvent être liés, dans un discours, par l'une de ces relations, ce n'est pas seulement parce qu'ils expriment des faits qui, selon le locuteur, sont liés dans la réalité. Car la structure linguistique de ces segments impose des contraintes sur leur orientation argumentative, indépendamment des faits auxquels ils font allusion. Les mêmes indications factuelles peuvent être, selon leur habillage linguistique, orientées vers des conclusions opposées. Caractéristiques, de ce point de vue, sont les oppositions entre « J'ai un peu mangé » et « J'ai peu mangé », entre « Il est 8 heures » et « Il n'est que 8 heures », entre « Il y a une lente amélioration » et « L'amélioration est lente », etc. D'où l'idée que les possibilités de coordination argumentative à partir d'une phrase se fondent, *directement*, sur la signification de cette phrase, sans passer par les faits auxquels la phrase peut référer. Ce que résume le slogan « L'argumentation est *dans* la langue ».

Une interprétation plus radicale de ce slogan consiste à décrire le sens même des phrases sans tenir compte des réalités qui leur sont associées dans l'usage habituel de la langue, c'est-à-dire sans s'occuper de leur valeur référentielle [360 s.], mais en les considérant seulement comme des instruments pour la construction du discours (d'où une sorte de structuralisme discursif). Même les mots du lexique pourraient, de ce point de vue, être caractérisés, non par le type d'objets qu'ils désignent, mais par les modes de continuation discursive qu'ils rendent possibles. Décrire le mot *travail*, par exemple, ce serait indiquer certains principes argumentatifs, nommés **topoï**, qui lui sont liés, et qui commandent la façon dont on peut enchaîner à partir d'un énoncé contenant ce mot. Il s'agit de principes tels que « Le travail fatigue », « Le travail produit des résultats », etc., principes qui obligent à employer une conjonction comme *pourtant* si, après avoir dit qu'on a travaillé, on veut signaler qu'on n'est pas fatigué, ou que le travail n'a servi à rien. Une partie essentielle de la description de la langue serait alors une « combinatoire argumentative » qui précise comment les topoï lexicaux sont modifiés par les opérateurs (tels *peu* ou *ne... que*) que l'on fait agir sur eux, ainsi que par les diverses structures syntaxiques où on les introduit (selon qu'un adjectif est épithète ou attribut, il a un effet différent sur les topoï du nom qu'il qualifie (cf., plus haut, l'exemple de *lent*, qualifiant *amélioration*). Le sens d'une phrase contiendrait alors, et peut-être même contiendrait seulement, l'indication de ses potentialités argumentatives.

■ J.-C. Anscombre et O. Ducrot développent leur théorie depuis 1973. Leurs premiers résultats sont réunis dans *L'Argumentation dans la langue*, Bruxelles, 1983, et les premières étapes de leur recherche théorique sont présentées dans « Informativité et argumentativité », in M. Meyer (ed.), *De la métaphysique à la rhétorique*, Bruxelles, 1986. – Pour un état plus récent, voir les articles qu'ils ont publiés dans le recueil de C. Plantin, *Lieux communs, topoï, stéréotypes*, Paris, 1994. – Les mêmes idées de base sont élaborées dans un cadre différent par P.Y. Raccah, « Modelling argumentation and modelling with argumentation », *Argumentation*, 1990, vol. 4, n° 2. – Un ensemble de recherches empiriques et théoriques nouvelles est rassemblé dans le n° 24 du *Journal of Pragmatics*, juillet 1995 (cf., notamment, l'article de M. Carel sur *pourtant* et l'exception), et dans *Théorie des topoï* (J.-C. Anscombre ed.), Paris, 1995.

Inférence. (NB : Jusqu'à la fin du présent chapitre, nous utiliserons la convention terminologique suivante [298]. On appellera **énoncé** un segment de discours, apparu dans une situation déterminée, à un moment et dans un lieu déterminés. Quant au terme **phrase**, il désignera l'entité linguistique abstraite réalisée par un énoncé. Ainsi, si le segment « il pleut » se trouve dans deux textes différents, ou à deux endroits différents d'un même texte, on dira qu'il s'agit de deux énoncés de la même phrase.)

Alors que l'anaphore, la coordination et l'argumentativité sont des relations intérieures à un discours donné, l'inférence et la paraphrase mettent en rapport un énoncé avec un autre qui n'appartient pas nécessairement au même discours. On dit que l'énoncé *C* s'infère de l'énoncé *A* si le fait de tenir *A* pour vrai amène, *indépendamment de toute connaissance sur le monde*, à admettre également *C* (il peut se faire que le point de départ de l'inférence soit constitué par une pluralité d'énoncés, mais, pour simplifier, nous laisserons de côté ce cas, qui ne pose pas, en ce qui concerne les questions abordées ici, de problèmes particuliers).

NB : On ramène quelquefois les mouvements déductifs faisant intervenir des connaissances particulières sur le monde (dits souvent **inférences contextuelles**) à des inférences au sens défini plus haut. Certes, pour passer de « Jean a de la fièvre » à « Jean est malade », il faut s'appuyer sur une connaissance empirique reliant fièvre et maladie, mais, si l'on intègre cette connaissance dans le raisonnement, comme prémisse supplémentaire, celui-ci devient une authentique inférence, indépendante de tout savoir sur la réalité. Comme, d'autre part, le lien en question n'est pas absolu mais seulement fréquent, on dit qu'il s'agit d'un type particulier d'inférence, l'**inférence probable**.

Étant admis que la description d'une langue est la description des phrases que l'on peut construire dans cette langue, le problème se pose de savoir si, dans sa description, on doit indiquer les inférences dont sont susceptibles les énoncés des phrases. Deux réponses sont possibles.

a) Pour le **logicisme**, l'indication des inférences fait partie intégrante de la description sémantique des phrases (le logicisme est radical si l'on pense que cette indication constitue la totalité de la description, il est modéré si l'on admet que la sémantique des phrases comprend aussi d'autres propriétés). La justification principale de cette attitude tient à la définition même de l'inférence. Celle-ci étant censée indépendante de toute connaissance empirique sur le monde, on ne lui voit guère d'autre fondement possible que le sens de l'énoncé, sens qui doit lui-même être déterminé par la sémantique propre de la phrase. Ainsi tout énoncé de la phrase « Certains vivipares sont des serpents » oblige à inférer « Certains serpents sont vivipares », qu'il existe ou non des serpents dans le monde, et quoi qu'il en soit de leur mode de reproduction. À quoi attribuer cette nécessité, sinon à la structure linguistique des phrases en question, c'est-à-dire à la signification du mot *certains* quand il est inséré dans le sujet d'une phrase « sujet + verbe *être* + attribut » ? Ne pas admettre cette inférence, c'est ne pas comprendre le sens des mots qui y interviennent. Ou encore : on peut inférer, en français, de « J'aurai fini mon travail samedi » à « J'aurai fini (à plus forte raison) mon travail dimanche », alors qu'on ne peut pas inférer de « Je finirai mon travail dimanche » à « Je finirai mon travail samedi ». Peut-on expliquer ce contraste inférentiel autrement que par la signification différente des temps verbaux français *futur antérieur* et *futur simple* ? À partir de là, on passe facilement à l'idée que la structure sémantique des langues est, partiellement au moins, d'ordre logique : elle constituerait, comme disent les chomskistes, une « forme logique ». En effet les logiciens construisent des langages répondant seulement, mais répondant totalement, à l'exigence suivante : étant donné une formule de ce langage, on peut calculer, au moyen de règles explicites, toutes les inférences possibles à partir d'elle. La tentation est grande de dire qu'un langage de cette nature (même s'il doit être beaucoup plus compliqué que ceux actuellement construits par les logiciens) constitue la structure sémantique des langues naturelles, ou, au moins, un niveau de cette structure : décrire le sens d'une phrase impliquerait alors de lui faire correspondre une formule d'un tel langage.

La plupart des phrases d'une langue contiennent des déictiques [369 s.] comme *je*, *tu*, *ici*, dont le référent dépend de la situation et n'est donc pas identique pour tous les énoncés de la même phrase. Ceci pose un problème difficile pour les logicistes. En toute rigueur, en effet, on ne peut pas admettre une inférence entre tout énoncé « Paul et Jean sont ici » et tout énoncé « Paul est ici » : encore faut-il que ces énoncés apparaissent dans une situation donnant même référent à *ici* (et aussi à *Paul*) – ce qui n'est pas le cas si l'un est dit par un locuteur parisien, et l'autre par son correspondant téléphonique à Marseille. Pour surmonter cette difficulté, il faut, dans la description même des phrases, censée rendre compte des inférences entre énoncés, introduire diverses stipulations sur le type de situation où les phrases sont énoncées. Dans cet exemple elles sont relativement simples à formuler, mais elles peuvent être plus compliquées (cf., plus haut, le cas où interviennent des jours de la semaine : il faut alors stipuler que les énoncés des phrases doivent être situés dans la même semaine).

b) On peut soutenir (comme la plupart des linguistes se réclamant de Saussure, et pas mal de philosophes de l'école d'Oxford [243 s.]) que les facteurs déterminant les propriétés inférentielles d'un énoncé ont un rapport très lâche avec son organisation linguistique. Un premier argument serait que l'on n'a pas encore pu faire correspondre, terme à terme, aux mots de la langue déclenchant ces inférences, des symboles logiques ayant les mêmes propriétés. Ainsi aucun système logique actuellement construit ne possède un symbole unique ayant les propriétés inférentielles que possède le morphème français *si* dans ses divers usages, qui n'ont souvent aucun rapport avec l'expression de la condition. Au même morphème français *si* on devra donc associer différentes notions logiques. La transcription, dans un langage logique, d'une phrase française contenant *si* n'en constitue donc, au mieux, qu'une paraphrase. Elle ne saurait représenter la structure de la phrase transcrite, car cette structure a justement pour caractéristique de comporter le même morphème *si* que d'autres phrases où il serait traduit par un autre symbole logique.

L'argument précédent est relatif aux seuls systèmes logiques *actuellement construits*. Les logicistes peuvent donc lui objecter qu'on en construit sans cesse de nouveaux. Un argument plus fondamental est que les inférences effectivement faites à partir des énoncés sont telles qu'*aucun* système cohérent ne peut en rendre compte. Ainsi (1) « Tous les amis de Jean sont venus » oblige à conclure, à plus forte raison, à (2) « Quelques amis de Jean sont venus ». Or il est habituel d'inférer de (2) à (3) « Quelques amis de Jean ne sont pas venus ». Un système voulant réunir ces deux inférences obligerait donc à admettre une inférence de (1) à (3), ce qui est incohérent. Bien sûr les logicistes ont une réponse : pour eux, le passage de (2) à (3) n'est pas une authentique inférence. Il n'est pas fondé sur le *fait* exprimé par (2), sur ce que *dit* (2), mais sur les *conditions amenant à choisir d'énoncer* (2). Si je dis que *quelques* amis sont venus, c'est que je sais que d'autres ne sont pas venus, sans quoi je dirais, non pas (2), mais « Tous les amis de Jean sont venus ». En d'autres termes, (3) n'est pas inféré de (2), mais de l'énonciation de (2) : ce n'est pas une *conclusion*, mais un *sous-entendu* de (2) [570 s.]. On ne peut ni prouver ni réfuter cette distinction du sous-entendu et de la conclusion ; ce qu'il faut noter, c'est qu'elle est le prix à payer pour construire un système logique, quel qu'il soit, cherchant à systématiser les inférences faites à partir des énoncés de la langue. D'où l'on doit conclure que cette construction n'est pas la représentation d'un donné directement observable : elle implique, dès le départ, une vision particulière des faits de langage, et ne saurait donc interdire une autre vision, plus unitaire, qui se refuserait à introduire en eux la dichotomie indispensable à toute théorie de l'inférence langagière.

On peut être plus radical encore dans la critique du logicisme, et douter que le phénomène de l'inférence soit linguistiquement pertinent. C'est que la notion d'inférence est fondée sur celle de vérité : dire que *C* s'infère de *A*, c'est dire que *C* doit être vrai si *A* est vrai. Parler d'inférence, c'est donc supposer que les énoncés ont des conditions de vérité. Par suite, pour rendre compte de l'inférence au niveau des phrases, il faut les décrire aussi par des conditions de vérité, en spécifiant ce que le monde doit être pour que leurs énoncés puissent être considérés comme vrais. Or cela semble bien artificiel pour la plupart des phrases. D'abord à cause de l'indétermination [479] attachée généralement au sens des mots : y a-t-il une limite à partir de laquelle un objet doit être considéré comme *cher* et en dessous de laquelle il ne l'est pas ? Plus fondamentalement, il semble que de nombreux mots, sinon tous, servent moins à dire ce que sont les choses, qu'à permettre d'instituer à propos d'elles un certain discours. Cela semble le cas, d'une façon presque évidente, pour les adjectifs évaluatifs (cf. *bon*), qui ne décrivent pas les objets, mais justifient plutôt les attitudes, positive ou négative, que l'on peut adopter à leur égard. Même un mot apparemment plus objectif, comme le verbe *travailler*, semble difficile à décrire par ses conditions de vérité. Qu'est-ce que Jean doit avoir fait pour que l'on puisse dire, ou nier, qu'il a travaillé ? En revanche il est clair que ce verbe déclenche certaines possibilités d'enchaînement argumentatif [562 s.]. La croyance aux inférences ne serait alors qu'un travestissement, et une justification après coup, de l'argumentation. Comment en faire la base d'une description sémantique de la langue ?

NB : 1. Adopter la seconde position, c'est refuser de représenter le sens d'une phrase par une formule d'un système logique, quelle que soit la sophistication de ce système (en entendant par là une formule dont la seule fonction est de servir à calculer des possibilités inférentielles). Mais ceci laisse ouverte la possibilité de *formaliser* les relations sémantiques, c'est-à-dire de construire, pour les représenter, cet objet mathématique particulier qu'est un système formel. Car s'il est vrai que ces relations ne se réduisent pas à l'inférence, il est certain aussi qu'un système formel peut représenter bien autre chose que l'inférence.

2. D'autre part on peut exiger du linguiste que sa description des phrases ne rende pas incompréhensible leur apparente utilisation dans des raisonnements. En d'autres termes, tout en admettant que les règles constituant la sémantique d'une langue ne sont pas des règles d'inférence, il faut comprendre pourquoi les sujets parlants ont souvent le sentiment, dans l'usage habituel de la langue, de procéder à des inférences.

3. Enfin il est souvent éclairant de comparer les morphèmes d'une langue et les notions apparentées construites par les logiciens, par exemple le *si* du français et les différentes implications définies dans les calculs logiques. Cette confrontation peut servir à dégager, par contraste, les spécificités des concepts linguistiques (comme la comparaison de deux langues naturelles permet de mieux les percevoir l'une et l'autre). De même il peut être utile, pour étudier un texte à prétention démonstrative, de construire un raisonnement logique partant de prémisses et arrivant à une conclusion analogues. Là aussi le contraste peut être révélateur.

■ Sur les rapports entre logique et langage, voir les n° 2 (juin 1966) et 29 (mars 73) de *Langages*. – Le programme logiciste est présenté sans concessions dans un article de Y. Bar-Hillel, « Syntaxe logique et sémantique », traduit dans le n° 2, où il est accompagné d'une réponse de Chomsky. R. Montague a tenté de réaliser systématiquement ce programme, en adaptant des systèmes logiques complexes, notamment la logique intentionnelle. Ses principaux articles sont rassemblés dans *Formal Philosophy*, New Haven, Londres, 1976. Deux présentations de ses idées en français : M. Chambreuil et J.-C. Pariente, *Langue naturelle et logique*, Berne, 1990 ; M. Galmiche, *Sémantique linguistique et logique,* Paris, 1991. – Parmi de nombreuses tentatives de même orientation : E.L. Keenan et L.M. Faltz, *Boolean Semantics for Natural Languages*, Dordrecht, 1985 ; R. Zuber, *Implications sémantiques dans les langues naturelles*, Paris, 1989 ; LTF Gamut [nom d'un collectif de chercheurs], *Logic, Language and Meaning*, Chicago, 1991. – Beaucoup moins techniques du point de vue logique sont les recherches de R. Martin qui veut intégrer dans une sémantique fondée sur la notion de vérité des analyses linguistiques menées dans l'esprit de G. Guillaume : *Inférence, antonymie et paraphrase,* Paris, 1976, et *Pour une logique du sens*, Paris, 1983. – Sur la notion d'inférence contextuelle, et son emploi dans la description linguistique : J. Jayez, *L'Inférence en langue naturelle*, Paris, Londres, Lausanne, 1988. D. Sperber et D. Wilson fondent sur cette notion toute leur théorie de l'interprétation, dite théorie de la *pertinence* [773 s.].

Sous-entendus et implicatures. Ces notions désignent l'une et l'autre des conséquences que l'on peut tirer du *fait* qu'un locuteur a énoncé une phrase, mais qui ne se laissent pas déduire de la phrase elle-même. Si vous m'avez prêté votre voiture et que je vous annonce « J'ai cabossé le pare-chocs », vous aurez tendance à conclure que je n'ai pas, en plus, cassé le moteur, bien que rien, dans la *phrase* employée, ne justifie cet optimisme.

Ducrot, qui utilise le terme **sous-entendu**, explique ce type de relation par un raisonnement que le destinataire fait, et que le locuteur prévoit, à partir de cet événement particulier que constitue l'énonciation [728] d'une phrase. Celle-ci serait régie par une sorte de déontologie langagière, ensemble de **lois de discours** que les locuteurs sont censés respecter (dans l'exemple précédent, il s'agit d'une **loi d'exhaustivité** prescrivant de donner, sur le sujet dont on parle, les informations les plus fortes dont on dispose, celles qui sont censées intéresser le plus le destinataire : si on lui parle des malheurs de sa voiture, on doit mentionner tous les dégâts survenus, en tout cas ceux qui risquent de lui importer le plus). Pour interpréter l'énoncé, le destinataire a tendance à supposer que le locuteur a respecté ces lois, et il conclut donc de l'énonciation dont il a été l'objet toutes les informations impliquées par ce respect (ici, qu'il n'y a pas eu de dommage majeur). Ces informations, nommées sous-entendus, peuvent d'ailleurs, dans certaines formes indirectes de discours, être celles-là même que le locuteur avait l'intention de donner : on signale alors les bosses du pare-chocs *pour* faire savoir que rien de plus grave ne s'est passé.

Grice fonde, quant à lui, ce type d'effet discursif, non pas sur une déontologie particulière, mais sur les nécessités mêmes de l'échange informatif. Il part de l'idée que le langage, réduit à son contenu explicite, est incapable d'informer. Il ne prend cette capacité que si les interlocuteurs se supposent l'un l'autre désireux, à travers la conversation, d'informer ou d'être informé (principe de **coopération**). Cette supposition générale amène à supposer que la parole respecte un certain nombre de **maximes conversationnelles**. Grice en distingue douze, qui rappellent, par leur nombre et leur classification, les douze catégories de Kant. Cette plaisanterie de philosophe est destinée en fait à marquer qu'elles jouent un rôle analogue aux catégories kantiennes : comme celles-ci sont les conditions rendant possible la constitution d'une expérience à partir du simple donné sensible, les maximes sont les conditions permettant qu'une communication informative puisse s'instaurer à partir du langage. Un exemple clair en est la maxime de **sincérité**. Si, pour obtenir une information, il est raisonnable de poser une question (« Quelle heure est-il ? »), et si l'on peut tirer une information de la réponse (« Il est 8 heures »), c'est que les locuteurs se supposent sincères ; sinon l'activité d'information est inconcevable. L'exigence d'exhaustivité, qui constitue une des **maximes de quantité** de Grice, répond à la même fonction. Il est impossible, vu le caractère fini du discours, de dire tout ce que l'on pourrait dire sur le sujet dont on parle. Il faut donc, pour qu'une assertion satisfasse les besoins informatifs du destinataire, qu'elle soit supposée indiquer, parmi tout ce que l'on aurait pu dire, ce qui était le plus important à dire. Sinon elle ne sert à rien, car on pourrait toujours se demander si elle ne cache pas une information plus importante, qui en annulerait les effets. Grice nomme **implicatures conversationnelles** les propositions qui doivent être vraies pour que les maximes soient respectées (dans nos deux derniers exemples, les implicatures sont [le locuteur croit effectivement qu'il est 8 heures], et [la voiture a eu *seulement* son pare-chocs détérioré]). Comme pour les sous-entendus, les implicatures peuvent constituer l'objet même de la communication : on peut dire « Il est 8 heures » à seule fin de faire savoir qu'on le sait.

Les notions de sous-entendu et d'implicature sont essentielles pour la constitution d'une sémantique linguistique tant soit peu systématique. Il est clair en effet qu'une même phrase peut, quand elle est énoncée, véhiculer à peu près n'importe quel contenu. Si donc on désire attribuer aux phrases d'une langue une valeur sémantique qui en serait le noyau, et qui se calculerait à partir de la structure syntaxique de cette phrase, il faut faire abstraction d'un grand nombre d'indications pourtant communiquées par ses énoncés. On est ainsi amené à séparer, dans la sémantique des énoncés, ce qu'ils **disent** en vertu de la phrase employée, et ce qu'ils **communiquent**, en vertu des lois ou maximes régissant la parole. Le calcul sémantique se bornerait alors à déterminer le dit, et laisserait la détermination de ce qui est occasionnellement communiqué à une recherche ultérieure, recherche où interviendraient des contraintes qui ne sont pas celles de telle ou telle langue particulière. Sans une ségrégation de ce type, aucune sémantique linguistique ne semble réalisable. Reste à savoir où placer la frontière. Quels sont les effets sémantiques que l'on exclura de la langue pour les imputer à la conversation ? Bien des choix sont possibles, et selon celui qu'on opère, on obtiendra une image de la langue tout à fait différente. Ainsi les logicistes [565] arriveront à définir une langue proche des calculs construits par les logiciens, en confiant aux études conversationnelles l'explication de tout ce qui échappe à leur modèle. Les argumentativistes [562] auront tendance au contraire à réduire la zone du conversationnel, en compliquant en revanche la description de la signification linguistique – sans pour autant échapper à la nécessité de rejeter hors de la langue certains effets dont les énoncés sont incontestablement susceptibles. Le type d'utilisation que l'on fait des principes conversationnels apparaît alors comme définissant, en creux, la conception que l'on a de la langue.

NB : À côté des implicatures conversationnelles, Grice parle d'**implicatures conventionnelles**, en entendant par là des nuances de sens impossibles à traduire en termes de vrai et de faux, donc étrangères à la logique classique, mais qui sont liées néanmoins aux mots eux-mêmes : par exemple le fait qu'une phrase *X et même Y* présente *Y* comme plus surprenant que *X*, ou que *X mais Y* introduit une sorte d'opposition entre *X* et *Y*. – Dans la mesure où aucune activité conclusive n'est responsable de ces effets, qui sont inscrits dans la langue, on comprend mal qu'elles soient appelées *implicatures*. La seule raison semble que les implicatures *conversationnelles* sont utilisées pour isoler un noyau *logique* de la signification, et que les *implicatures conventionnelles* sont nécessaires pour achever cette tâche. Ce qui reviendrait à définir les implicatures en général, non par le mécanisme qu'elles mettent en œuvre, mais par la fonction qu'on leur attribue dans la description linguistique.

■ O. Ducrot présente les sous-entendus dans des articles de 1969 et 1977, repris comme chap. 1 et 2 de *Le Dire et le dit*, Paris, 1984. – H.P. Grice a introduit la notion d'implicature dans des conférences de 1967, publiées en 1975 sous le titre « Logic and conversation », et traduites en français dans *Communications*, n° 30, 1979. – D. Wilson et D. Sperber mettent en rapport implicature et inférence dans le cadre de leur théorie de la pertinence : « Inference and implicature », dans C. Travis (ed.), *Meaning and Interpretation*, Oxford 1986.

Paraphrase. La compréhension d'un énoncé implique qu'on sache lui faire correspondre d'autres énoncés réalisant des phrases différentes, mais qui, dans la même situation, diraient « la même chose ». Ainsi, pour vérifier qu'il a été compris, le professeur demande à ses élèves de répéter « en d'autres termes » ce qu'il a dit. Cette relation de paraphrase entre énoncés intéresse le linguiste dans la mesure où on l'étend aux phrases. Une phrase est paraphrase d'une autre si tous les énoncés de la seconde (ou la plupart) se laissent paraphraser par un énoncé de la première.

Selon certains linguistes américains qui se rattachent à Z.S. Harris, la description d'une langue comporte comme partie essentielle la construction d'un algorithme de paraphrase, c'est-à-dire d'un procédé mécanique, d'un calcul, permettant de prévoir, pour toute phrase, l'ensemble de ses paraphrases possibles. Ils pensent même que cet algorithme de traduction pourrait avoir une structure mathématique plus simple que l'algorithme d'engendrement de phrases qui constitue les grammaires génératives.

■ Sur cette conception de la description linguistique : H. Hiz, « The role of paraphrase in grammar », *Monograph Series in Languages and Linguistics*, n° 17, 1964, p. 97-104 ; « Aletheic semantic theory », *The Philosophical Forum*, 1969, p. 438-451.

Une difficulté fondamentale de cette conception tient à la notion même de paraphrase, d'équivalence sémantique, qui est difficile à définir.

a) On peut s'appuyer sur le jugement des locuteurs. Malheureusement ceux-ci n'ont jamais affaire à des phrases, mais seulement à des énoncés. Pour poser que la phrase P_1 est paraphrase de P_2, il faudrait donc demander aux locuteurs si, pour eux, tout énoncé de P_2 a pour équivalent sémantique un énoncé de P_1. Mais, comme deux phrases différentes apportent toujours quelques nuances de sens différentes, on risque fort de ne pas trouver de paires de phrases qui satisfassent à un test aussi exigeant.

b) On peut aussi recourir à la notion de conditions de vérité. Étant admis que le sens d'une phrase détermine les conditions de vérité de ses énoncés (comme le sens d'un mot, selon Frege, détermine quels référents il peut désigner [362]), on dira que P_1 et P_2 sont paraphrases l'une de l'autre si et seulement si leurs énoncés ont exactement, dans une situation de discours donnée, les mêmes conditions de vérité, si aucun ne peut être vrai sans que l'autre le soit. Cette définition est peu intéressante pour la description linguistique. Elle obligerait en effet à tenir pour synonymes toutes les phrases logiquement nécessaires ($2 + 2 = 4$, le théorème de Gödel, une lapalissade quelconque), puisque tous leurs énoncés sont toujours vrais. De même pour les énoncés contradictoires (qui ne sont jamais vrais). Seraient synonymes aussi deux énoncés différant seulement par l'expression utilisée pour désigner un même être, par exemple « L'auteur de *Bérénice* ne méprisait pas la comédie », et « L'auteur des *Plaideurs* ne méprisait pas la comédie ». Or le premier se comprend d'habitude comme ... *ne méprisait pas pourtant*..., et le second comme ... *ne méprisait donc pas*... : l'argumentation interne à un énoncé ne peut donc pas être prise en compte dans une définition de la paraphrase fondée sur les conditions de vérité.

Pour renforcer les exigences de la définition précédente, on peut poser la condition supplémentaire suivante. Soient deux phrases particulières P_1 et P_2. Appelons P une phrase complexe contenant P_1 comme composant, et P', la phrase P où l'on a remplacé P_1 par P_2. Pour que P_1 et P_2 soient synonymes, il faut que les énoncés de P et ceux de P' aient les mêmes conditions de vérité, et cela quelle que soit la phrase P considérée. Autrement dit, P_1 et P_2 sont substituables, *salva veritate*. Cette définition permet d'éviter les difficultés de la précédente. Prenons par exemple pour P_1 « 2 + 2 = 4 », pour P_2 la formulation d'un théorème compliqué, pour P « Jean sait que 2 + 2 = 4 », et pour P' la phrase P où l'on a remplacé P_1 par P_2. Un énoncé de P peut fort bien être vrai alors qu'un énoncé de P' serait faux. Et de même pour l'exemple concernant Racine (dans ce cas toutefois, ce qui éliminerait la synonymie ne serait pas la différence argumentative que nous avons signalée, mais le fait que des locuteurs différents peuvent avoir des connaissances différentes sur Racine ; or ce n'est pas cela, pour un linguiste, qui est important).

c) On peut faire de la paraphrase un usage plus local, en précisant l'aspect de la signification dont on décide de faire abstraction pour établir la synonymie. Ainsi, en faisant abstraction de la focalisation et de l'opposition thème-propos [541], on peut tenir pour paraphrases « Jean est venu », « Jean, il est venu », « Jean, lui, il est venu », « C'est Jean qui est venu », « Qui est venu, c'est Jean ». Une telle façon de procéder peut être utile pour étudier l'aspect dont on fait abstraction, en montrant ses différentes réalisations possibles. De même, pour étudier les relations argumentatives [562 s.], on peut en un premier temps décider de les négliger, et déclarer synonymes « J'ai un peu mangé » et « J'ai peu mangé », « Il est 8 heures » et « Il n'est que 8 heures », « L'amélioration est lente » et « Il y a une lente amélioration ». C'est dans un second temps qu'on décidera de les prendre en considération : les deux dernières phrases, notamment, ne seront alors plus des paraphrases, alors que le resteront, phénomène intéressant, « L'amélioration est rapide » et « Il y a une rapide amélioration ». Le danger, pour qui pratique cette méthode, est qu'elle présuppose une indépendance entre les aspects sémantiques dont on fait abstraction (et que l'on fait donc varier) et ceux qui, dans la manipulation, constituent l'invariant. On risque alors de croire avoir démontré cette indépendance, alors qu'on l'a postulée pour les besoins d'une recherche particulière.

■ Sur les problèmes logico-philosophiques de la synonymie : W.V. Quine, *From a Logical Point of View*, Cambridge (Mass.), 1953. – Sur l'utilisation des relations paraphrastiques en linguistique : C. Fuchs, *La Paraphrase*, Paris, 1982, et C. Fuchs (ed.), *L'Ambiguïté et la paraphrase*, Caen, 1988. Sur les possibilités, conditions et limites de la *traduction*, paraphrase dans une autre langue, nombreux renseignements et bibliographie dans R. Larose, *Théories contemporaines de la traduction*, Québec, 1989.

FIGURE

Sous le terme de **figure**, la rhétorique a rangé jusqu'au siècle dernier un ensemble de phénomènes syntaxiques, pragmatiques, sémantiques et stylistiques variés pour lequel elle n'est jamais tout à fait parvenue à proposer un cadre cohérent, stable et suffisamment englobant. L'extrême diversité des travaux récents, très nombreux, en stylistique, poétique, théorie littéraire, linguistique et philosophie, qui conservent la notion au prix de son extension et de révisions critiques assez notables (mais elle avait précédemment survécu à ses emplois successifs dans la rhétorique antique, l'allégorisme chrétien ou la grammaire philosophique...) aura, de ce point de vue, confirmé les doutes sur la possibilité de réduire « toutes les figures… à un seul principe » (T. Todorov 1972).

La constance et le caractère fédérateur du terme semblent imputables à l'idée de forme qui lui est attachée. *Skhèma* est un des noms grecs de la forme qui peut s'appliquer aux gestes, à la posture, à l'allure, aux figures de danse, de la géométrie, de la syntaxe, de la rhétorique. Il en résulte que la figure « est la forme quelle qu'elle soit, donnée à l'expression d'une pensée, tout comme les corps ont une manière d'être » (Quintilien, *Institution oratoire*, IX, 1, 10). Une telle approche se perpétuera dans la grammaire philosophique du XVIIIe siècle et se retrouve encore dans les définitions contemporaines de la figure comme « *forme* linguistique isolable, ou du moins repérable, jouant un *rôle* déterminé au moment du discours où elle s'insère » (M.-A. Morel 1982). Cette spécificité formelle des figures permet d'opposer chacune d'entre elles à toutes les autres et a décidé de la perspective taxinomique adoptée par la tradition rhétorique.

La rhétorique a eu à choisir entre deux conceptions de la figure : ou bien la figure est « la forme, quelle qu'elle soit, donnée à l'expression d'une pensée » (alors, *tout* discours comporte une figure) ou bien c'est « un changement raisonné du sens ou du langage par rapport à la manière ordinaire et simple de s'exprimer » : alors, il faut entendre par schéma et figure, « le changement en un tour poétique ou oratoire d'une forme d'expression simple et obvie » (Quintilien, *I.O.*, IX, 1, 11-13). C'est cette seconde voie qui a été longtemps privilégiée. Même s'il est admis que la parole ordinaire n'ignore pas la figure *(il se fait plus de figures en un seul jour de marché à la halle...)*, l'orientation taxinomique de la rhétorique revient à construire la théorie des figures comme celle d'un ensemble d'opérations discursives de détail.

1. Taxinomies

La *Rhétorique à Herennius* introduit la distinction entre *figures de mots (verborum exornationes)* – interventions sur le syntagme, l'arrangement des mots dans la phrase ou des phrases dans la période (répétition, asyndète, gradation, etc.) – et *figures de pensée (sententiarum exornationes).* Par la suite, selon que la figure affecte un mot, une phrase, une période, un texte entier, on distinguera généralement :

– les **figures de mots** et figures phonologiques, touchant la matière sonore du discours et le signifiant, qui se fondent sur la répétition d'une qualité vocalique ou consonantique (comme dans l'allitération ou l'assonance ; exemple : « Aboli bibelot d'inanité sonore »), syllabique (comme dans la **paronomase**, répétition de mots dont le son est proche mais le sens diffère ; exemple : « Traduttore, traditore ») ou verbale (comme dans l'**antanaclase** ; exemple : « Les affaires sont les affaires ») ; il faut y rattacher les *inventions* (« Il le pratèle et le libucque et lui baruffle les ouillais », H. Michaux), et tous les procédés de déformation du signifiant : **aphérèse**, **apocope** (exemple : « vape », « bifur »), dérivations, javanais (exemple : « povoète »), **mots-valises** (exemple : « trouducteur ») (exemples empruntés à L.-F. Céline), etc. ;

– les **figures de construction** et figures syntaxiques touchant à la structure de la phrase, qui procèdent par permutation (comme dans l'**inversion** ; exemple : « Pleurante après son char vous voulez qu'on me voie ! »), fondée ou non sur la symétrie (comme dans le **chiasme** et l'**antimétabole** ; exemple : *Philosophie de la misère, misère de la philosophie*), par soustraction (**ellipse**, asyndète), par répétition (épanalepse, anaphore ; exemple : « Je pense, Seigneur, à mes heures malheureuses.../ Je pense, Seigneur, à mes heures en allées... », B. Cendrars) ;

– les **tropes** que Quintilien, le premier, isole en tant que tels (*I.O.*, VIII, 6) et qui se répartissent en tropes en un seul mot (métonymie, métaphore...) et tropes en plusieurs mots (personnification, allégorie, allusion, litote, réticence, ironie...). Aristote avait, auparavant, défini la métaphore (entendue comme terme générique) comme « le transport (epiphorà) à une chose d'un nom qui en désigne une autre » (*Poétique* 1457 b) ; jusqu'à Fontanier, la définition du trope comme figure avec changement de sens, transfert d'un mot hors de sa sphère conceptuelle, attribution d'une signification nouvelle à un mot isolé figurera dans tous les manuels (« on fait prendre à un mot une signification qui n'est pas précisément la signification propre de ce mot », Dumarsais) ;

– les **figures de pensée** qui mettent en jeu la relation de l'orateur au discours et portent non sur les mots ou la phrase mais sur tout le discours (apostrophe, prosopopée, portrait, tableau, délibération, commination, imprécation, parrhésie...).

Les classifications ne cesseront de bouger et le nombre des figures de varier (certains inventaires en comptent jusqu'à deux cent cinquante) : la dernière grande tentative pour unifier le champ dans le cadre rhétorique distingue sept classes (Fontanier, *Les Figures du discours*, 1968) ; les auteurs de *Rhétorique générale* n'en comptent que quatre : **métaplasmes** ou figures formelles, **métataxes** ou figures de syntaxe, **métasémèmes** ou figures comportant une manipulation sémantique, **métalogismes**, plus ou moins assimilables aux anciennes figures de pensée.

Outre cette division selon le niveau des unités, la rhétorique opère des classements de type :

– *fonctionnel :* le discours figuré, destiné à produire un effet sur l'auditoire et relevant dans la rhétorique de l'élocution et du style, les rhétoriciens mettent l'accent sur ses fonctions esthétiques (comme ornement visant à plaire) ou argumentatives (comme instrument efficace d'une intention persuasive). La théorie cicéronienne lie son emploi aux *trois genres de style* (simple, mesuré et grand) eux-mêmes rapportés aux *fonctions du discours* (instruire, plaire, émouvoir) : le style simple, par exemple, implique d'éviter les figures de mots et les répétitions. Quintilien distingue entre ceux des tropes qui contribuent à l'expression de l'idée (métaphore, synecdoque, métonymie…) et ceux qui embellissent le discours (allégorie, énigme, périphrase, hyperbole…). C. Perelman discute le rôle argumentatif de la métaphore proportionnelle (*T.A.*, p. 534 s.) ;

– *morphologique :* fondé sur un petit nombre d'opérations élémentaires, il permet, dès Quintilien, de distinguer les figures formées par addition (anaphore, parenthèse, etc.), par suppression (asyndète, zeugme) d'éléments ou par changement dans l'ordre des mots (antithèse, paronomase). Ces opérations logiques constituent la base du système de la Rhétorique générale (Groupe μ, *Rhétorique générale*, p. 49).

Il faut dire un mot du sort réservé aux tropes dans les classifications rhétoriques. Tantôt ils ne sont qu'une des sous-classes des figures de mots tantôt une espèce à part. Quintilien adopte la tripartition tropes, figures de mots, et figures de pensée.

Dans la *Poétique*, Aristote évoque quatre types de transport (du genre à l'espèce, de l'espèce au genre, de l'espèce à l'espèce ou d'après le rapport d'analogie) auxquels correspondent respectivement la **synecdoque** particularisante (transport du genre à l'espèce), la synecdoque généralisante (de l'espèce au genre) et la métaphore (de l'espèce à l'espèce) impliquant deux termes ayant une propriété en commun. C'est cependant une autre classification d'Aristote, qui a généralement été préférée ; elle permet à la rhétorique classique de dégager quelques types de tropes centraux (métonymie, métaphore, ironie, synecdoque) et de s'en tenir à quelques relations sémantiques aisément formalisables en distinguant les différents tropes par la nature du lien logique unissant le sens propre et le sens figuré : il s'agit de la ressemblance dans le cas de la métaphore, présentée comme une comparaison abrégée (il y a comparaison quand on dit cet homme a agi « comme un lion », métaphore quand on dit « c'est un lion ») de la correspondance (entre la cause et l'effet : *vivre de son travail* ; le contenant et le contenu : *il aime la bouteille* ; etc.) pour la métonymie ; de la connexion (entre le tout et la partie : *une flotte de cent voiles, une tête si chère* ; le genre et l'espèce : *refuser du pain à un* *malheureux* ; le concret et l'abstrait : *périr par le fer* ; etc.) pour la synecdoque ; de l'opposition ou du contraste dans le cas de l'**ironie** (*quel brave homme*, pour parler d'une fripouille).

Mais la classification des figures de sens repose encore sur d'autres critères : leur caractère ponctuel (tropes simples : métonymie, synecdoque, métaphore) ou diffus (tropes complexes : hyperbole, litote, allégorie, métalepse...) ou leur valeur du point de vue de la langue (on distinguera entre tropes d'invention, tropes lexicalisés et trope d'usage forcé et nécessaire comme la catachrèse).

2. Les conceptions de la figure

a) *La figure comme « écart »*

Les phénomènes ponctuels isolés par l'opération taxinomique sont définis comme « des manières de parler éloignées de celles qui sont naturelles et ordinaires » (B. Lamy, *La Rhétorique ou l'Art de parler*, 1699) et des écarts par rapport à une règle ou une norme de littéralité. Ici, la perspective est celle de la norme de la langue et de la syntaxe. L'étude des figures constitue très tôt un domaine frontière entre la grammaire (qui s'octroie une compétence sur les figures de mots et les tropes) et la rhétorique, dont les figures de pensée seraient le domaine privilégié. À côté de la tradition rhétorique, naît une tradition grammaticale identifiable séparée à partir de Donat (IVe siècle). La distance de la figure à l'expression naturelle et ordinaire est alors qualifiée par référence à la logique et à la grammaire. La figure tire son origine des mêmes sources que les vices de forme : ce serait un défaut si elle était accidentelle et non pas voulue. Grammairiens et rhétoriciens identifient ainsi techniquement les figures comme des vices, utiles dans l'écriture, ou comme des impropriétés, excusables au titre de la déviation ornementale. Faute dans le domaine de la prose, le barbarisme – devenu métaplasme en poésie – est un changement dans un mot pour les besoins de l'ornementation métrique. La construction figurée n'est pas correcte absolument mais relativement à une intention signifiante : elle n'apparaît pas dans le *sermo communis* mais dans le langage des sages et des auteurs (à ce titre, toute expression figurée appelle une interprétation : sur le domaine de l'interprétation figurative chrétienne, E. Auerbach, *Figura* [1938], trad. fr. 1993 ; T. Todorov, *Théories du symbole*, 1977).

Les figures de construction seront encore des écarts pour Dumarsais, mais dans son traité *Des tropes*, la préoccupation exprimée pour la signification des mots et leur sens dans le discours ouvre la grammaire à la sémantique, comme elle contient en germe l'extension pragmatique de la notion de figure.

b) *La conception substitutive*

Plus près de nous, cet éloignement de la figure par rapport aux manières de parler ordinaires est qualifié stylistiquement : « Les figures du discours sont les traits, les formes ou les tours plus ou moins remarquables et d'un effet plus ou moins heureux, par lesquels le discours, dans l'expression des idées, des pensées ou des sentiments, s'éloigne plus ou moins de ce qui en eût été l'expression simple et commune » (Fontanier, p. 64). La figure cesse d'être une faute par rapport au code ou aux ressources structurales de la langue pour devenir un écart aux usages dominants. Cet écart est l'effet d'un art (la figure relève d'un choix et d'une élaboration esthétique) qui se concrétise dans la substitution de la figure à une formulation neutre toujours virtuellement disponible. L'accent mis sur le critère du choix et sur la dimension ornementale et esthétique de la figure conduit Fontanier à faire de la substitution le principe d'ordre de sa théorie (M. Prandi 1992). La figure comme le trope ont une nature substitutive (ce qui exclut la catachrèse du domaine des figures, du fait de l'emploi contraint et nécessaire de ce trope : aucun terme propre ne pourrait remplacer l'*aile* d'un avion). Tandis que la stylistique qui succédera à l'élocution rhétorique verra généralement dans l'écart l'essence du style [187 s.], la limitation de la qualité figurale aux tropes substitutifs marque une étape décisive vers une définition structurale des figures et des tropes (G. Genette 1968).

3. Destin contemporain des figures

La fin de l'empire rhétorique [166 s.] libère la possibilité de lectures pragmatiques et sémantiques, poétiques et philosophiques des figures et du phénomène figural. Ces lectures à leur tour conduisent à une révision des notions de figure et de trope. Alors que la rhétorique et la philosophie structuraient la théorie des figures autour de l'idée de leur présence dans le discours littéraire et de leur absence ou de leur bannissement des autres genres (discours philosophique, discours scientifique), ce partage ne résiste ni aux conclusions de la poétique ni au revirement d'intérêt de la philosophie pour le langage figuré (la métaphore notamment, qui glisse d'une fonction ornementale à une fonction cognitive et d'une position marginale à une position centrale par rapport à la vérité et au concept). De nouvelles unités (le discours, l'énoncé) sont prises pour référence : ce changement d'échelle a pour conséquence, en particulier dans les pragmatiques, une autre extension de la notion de figure, qui ne désigne plus seulement des opérations limitées mais, potentiellement, toute manifestation linguistique (en tant qu'elle se différencie de la structure syntaxique et sémantique hors discours). Ces révisions rendent plus délicat l'emploi rigide des oppositions propre/figuré, dénotation/connotation, discours figuré/discours sans figure.

a) Dans la poétique structuraliste, influencée par la stylistique (C. Bally 1951, M. Riffaterre 1971), les figures sont considérées comme un des aspects de l'accentuation du message, caractéristique de la fonction poétique du langage : elles assurent la *visibilité* du discours (T. Todorov), sont la manière qu'a la littérature de se signaler elle-même (G. Genette, *Figures I*, 1966, 205-221). La figure est « écart entre le signe et le sens », « espace intérieur du langage » : dans ces définitions de Genette, la notion d'écart ne doit pas être entendue normativement ; la figure dessine l'espace dans lequel auraient lieu l'écriture et la littérature, espace sémantique entre le figuré et le propre, surplus de sens (par la valeur connotative attachée à la figure) qui abolit, verticalement, la linéarité du discours.

Il s'agit aussi de noter que, par la rhétorique, la littérature entre dans l'autonomie du figural et d'insister ainsi sur le caractère différentiel du fait littéraire. Que la figure relève de la connotation, suppose la référence à un état transparent du discours. La stylistique et la poétique structurale reformulent la conception de la figure comme distance à une formulation neutre à partir de la notion de **degré zéro** introduite par R. Barthes, ce qui permet de remédier à l'impossibilité où était la théorie classique de fournir une définition de la norme dont le langage poétique aurait été la déviation (J. Cohen 1966). Chez Barthes, cependant, la référence à un degré zéro et à un état transparent du discours est progressivement abandonnée au profit d'une entreprise visant à situer le figural dans le littéraire même (il est impossible de lire la littérature par renvoi à ce qui serait libre du figural) (J. Bessière 1988). Par ailleurs, il n'y a pas accord sur l'existence d'un contexte zéro ou nul permettant d'interpréter une phrase dans son sens littéral : la théorie des actes de langage montre que le sens littéral est sinon inexistant du moins toujours relatif à des assomptions contextuelles (J. Searle, « Le sens littéral », 1982).

Une autre orientation de la poétique structuraliste a consisté dans sa lecture du discours littéraire à partir du croisement de la **métaphore** et de la **métonymie** (que Jakobson rapporte respectivement aux processus linguistiques de la *sélection* et de la *combinaison*). Tout signe linguistique implique deux modes d'arrangement : la combinaison et la sélection ou substitution. Le discours se déroule le long des deux axes : celui de la similarité (c'est le processus métaphorique), celui de la contiguïté (c'est le processus métonymique). Les quatre tropes centraux sont ainsi ramenés au nombre de deux. Les *axes syntagmatique* et *paradigmatique* servent l'élaboration d'une rhétorique articulée autour du couple métaphore/métonymie. On peut trouver à ces associations des répondants dans tout processus symbolique, ainsi dans le rêve procédant par déplacement et contiguïté (S. Freud, *L'Interprétation des rêves*, 1967 ; T. Todorov, *op. cit.*, p. 285-320). R. Jakobson note la fréquence du processus métaphorique dans le romantisme et le symbolisme, de la métonymie dans le réalisme ou dans le cubisme. Outre les enseignements qu'on peut en retirer en vue d'une histoire des figures littéraires (les figures peuvent présenter des traits stylistiques particuliers selon la période : oxymore et paradoxe pour le baroque, apostrophe dans les odes néo-classiques du XVIIe et XVIIIe siècle, parataxe pour la poésie avant-gardiste du début du XXe siècle...), il indique que la liaison verticale caractérise la dimension poétique du discours, le parcours métonymique horizontal, sa dimension prosaïque. À la vue paradigmatique qui domine la rhétorique, la poétique structuraliste ajoute la considération du rapport syntagmatique : il devient possible de considérer tropes et figures comme des procédés qui concourent à la production de la prose et la métonymie comme le moyen du récit (G. Genette, « Métonymie chez Proust », 1972). L'extension nouvelle donnée à la notion permet d'englober jusqu'au « discours du récit » (G. Genette, *Figures III*, 1972).

b) À côté de la poétique, il faut noter les lectures de la littérature qui font appel aux notions de **rhétoricité** ou de **figuralité** et opposent à la créativité gouvernée par les règles de la rhétorique la créativité des figures et des tropes instituant les règles du texte littéraire. La rhétoricité remet en cause l'approche syntaxique du texte par la poétique structurale (P. de Man, *Allégories de la lecture* [1979], trad. fr. 1989) : que la narration ne puisse exister en l'absence d'opérations métonymiques ne signifie pas que les autres tropes n'y jouent pas un rôle ; dans la narration la métaphore aussi crée la continuité (outre de Man, cf. H. White 1973). Ces lectures du texte littéraire comme fait de parole auto-contextualisé et relevant d'une rhétorique ouverte (cf. également M. Deguy, L. Jenny 1990) portent, certes, la marque des thèses récurrentes sur l'origine métaphorique du concept et la primauté du langage figuré, mais elles tirent aussi les leçons des théories de l'interaction, qui décrivent la métaphore comme un fragment de texte et une construction textuelle de la signification.

c) Dominées par les approches sémantiques et philosophiques, d'inspiration analytique ou non, aussi bien que par des analyses pragmatiques et cognitivistes, les recherches contemporaines, hors le champ de la littérature, se concentrent sur l'étude du contenu (identifié avec le développement d'un conflit conceptuel) et les valeurs discursives (justifiées par leur position dans un champ d'interprétation) des tropes (cf. M. Prandi 1992). Les définitions sont fonction des cadres (contenus, structures linguistiques, conditions de leur emploi dans une approche pragmatico-énonciative) et niveaux d'analyse retenus (mot, phrase, énoncé…). Ces inflexions conduisent à privilégier quelques types de figures. Même s'il existe de bonnes raisons de croire que les figures du signifiant comportent des implications sémantiques (comme l'indique la théorie de la fusion du son et du sens), ce sont les tropes et les figures de pensée qui bénéficient, surtout, de ces éclairages. Le privilège accordé à la métaphore (souvent l'unique figure discutée ; elle est souvent, il est vrai, entendue génériquement) peut, cependant, s'expliquer par la latitude de la relation d'analogie qu'elle met en jeu (il existe des métaphores verbales, adjectives, adverbiales à coté du domaine des métaphores nominales travaillé par la théorie classique) et par sa capacité à établir des relations entre sphères conceptuelles distantes.

■ C. du Marsais, *Traité des tropes* (1730), éd. F. Douay-Soublin, Paris, 1988 ; P. Fontanier, *Les Figures du discours* (1821-1827), introduction par G. Genette, Paris, 1968 ; E. Auerbach, *Figura*, trad. fr. 1993, Paris ; J. Bessière, « Rhétoricité et littérature : figures de la discordance, figures du partage », *Langue française*, 79, 1988, p. 37-50 ; K. Burke, « The four master tropes », *A Grammar of Motives*, Berkeley, 1945, p. 503-517 ; J. Cohen, *Structure du langage poétique*, Paris, Flammarion, 1966 ; G. Genette, *Figures I, II, III*, Paris, 1966-1972 ; N. Goodman, *Of Mind and Other Objects*, Cambridge (Mass.), 1984 ; A.-J. Greimas, *Sémantique structurale* (1966), Paris, 1986 ; Groupe µ, *Rhétorique générale* (1970), Paris, 1982 ; R. Jakobson, *Éléments de linguistique générale*, Paris, 1963 ; L. Jenny, *La Parole singulière*, Paris, 1990 ; P. de Man, *Allégories de la lecture* (1979), trad. fr., Paris, 1989 ; M.-A. Morel, « Pour une typologie des figures de rhétorique », *DRLAV*, n° 26, 1982, p. 1-62 ; M. Prandi, *Grammaire philosophique des tropes*, Paris, 1992 ; M. Riffaterre, *Essais de stylistique structurale*, Paris, 1971 ; I. Tamba-Mecz, *Le Sens figuré*, Paris, 1981 ; T. Todorov, « Figure », in O. Ducrot et T. Todorov, *Dictionnaire encyclopédique des sciences du langage*, Paris, 1972 ; T. Todorov, *Théories du symbole*, Paris, 1977.

Revues : *Communications*, 16, 1970 ; *Poétique*, 5, 1971 ; *Poétique*, 36, 1978 ; *TLE*, 9, 1991.

4. Théories contemporaines de la métaphore

Les théories contemporaines critiquent la conception traditionnelle de la *métaphore* en tant que nom et remettent en cause la fonction ornementale jusque-là assignée au trope de même que les rapports entre métaphore et concept.

Depuis I.A. Richards (1936), la critique porte sur deux points.

a) Tandis que la théorie traditionnelle demeure enfermée dans la perspective lexicaliste (la métaphore comme figure de mot), la **conception interactive** d'I.A. Richards, développée par M. Black (1954), rétablit les droits du discours et restitue à la rhétorique son amplitude : la métaphore n'est pas un déplacement de mots mais « une transaction entre contextes ». Elle met en jeu une *interaction* (M. Black) ou une *opposition verbale* (M.C. Beardsley 1958) entre deux contenus sémantiques – celui de l'expression dans son emploi métaphorique et celui du contexte littéral environnant.

Toute phrase métaphorique contient une « teneur » (l'idée) – et un « véhicule » (l'expression) (I.A. Richards). La métaphore se produit quand la « teneur » est confiée à un « véhicule », qui désigne habituellement une autre idée ; elle naît de l'interaction entre les deux idées confiées à cette expression (le contenu ordinaire et le contenu attribué dans ce contexte). M. Black définit la métaphore comme le conflit entre un « cadre » (la composante littérale) et un « foyer » (la composante non littérale).

La métaphore n'est pas un transfert lexical mais plutôt « un événement de la signification qui concerne tout l'énoncé » (S. Borutti 1988), une *prédication impertinente* (violant le code qui régule les prédicats dans l'usage ordinaire) (J. Cohen, *op. cit.*), une dynamique de la signification à analyser dans l'énoncé tout entier (« un petit poème », selon M.C. Beardsley 1958).

b) La métaphore n'a pas une fonction ornementale mais signifiante et cognitive. Dans la conception classique, les énonciations métaphoriques mettent en jeu une comparaison abrégée ou une ressemblance entre deux objets ; la similarité ou la ressemblance est donnée pour la raison du transfert métaphorique, lequel reposerait sur une relation d'analogie entre le comparé et le comparant. Un mot est substitué à un autre sur la base de la ressemblance qui les relie ; le sens figuré est justifié par des traits sémantiques qu'il posséderait en commun avec le sens littéral. Le retour en arrière vers le mot propre est toujours possible, au prix du sacrifice des valeurs connotatives qui s'attachent à la figure.

Pour les théories de l'interaction sémantique, l'énoncé métaphorique n'est pas nécessairement l'affirmation d'une ressemblance (I.A. Richards, p. 127) : dire d'un tigre qu'il est un lion ne facilite guère la métaphore. Et une conception logique du sens n'a pas de difficultés à établir que, dans une phrase comme « Sophie est un dragon » et d'autres expressions métaphoriques qui ont une extension nulle, l'énoncé ne porte sur aucun objet de comparaison (en termes frégéens, il a un sens mais pas de référence) [257] et à conclure que les processus mentaux et sémantiques intervenant dans la production et la compréhension des énonciations métaphoriques n'exploitent ni les références elles-mêmes ni les ressemblances entre elles (cf. J.R. Searle, « La métaphore », 1982).

Il faut préciser. On considère habituellement les théories de la métaphore formulées dans le cadre de la théorie littéraire et de la philosophie du langage anglo-saxonne comme une alternative aux conceptions qui la présentent comme une comparaison elliptique ou une substitution. M. Prandi a cependant montré que les deux théories investissaient chacune des syntaxes différentes des tropes : la tropologie classique privilégie les relations *in absentia* (exemple : tu as épousé un rossignol) et les métaphores de désignation ; les approches interactives focalisent les tropes investissant l'axe syntagmatique et la relation *in praesentia* (exemple : l'homme est un loup). Ayant chacune leur terrain d'élection, elles ne sont pas coextensives : dans « Ce soir la lune rêve avec plus de paresse » (Baudelaire), la métaphore n'admet aucune paraphrase ou reformulation cohérente. Le trope créateur peut difficilement relever du schéma propre/figuré fonctionnant pour les figures identifiées en tant que surinvestissement non fonctionnel des moyens linguistiques (S. Borutti, *art. cit.*). Dans ce type d'exemples, le figuré ne remplace pas le littéral ; la métaphore ne formule pas une similarité déjà existante, elle la construit (M. Black) ; en revanche le critère de la substitution reste le plus plausible dans le domaine des substantifs, modèle de la rhétorique classique. Telle est la différence entre les conceptions substitutive et interactive. On passe d'une théorie de la dénotation à une théorie de la métaphore comme modalité expressive ayant une valeur cognitive (U. Eco [1984], trad. fr. 1988, p. 141).

Les analyses les plus développées du mécanisme métaphorique le décrivent en termes de composantes sémantiques, de conflit conceptuel et de transferts de signification :

a) Une façon de décrire la tension métaphorique est de faire appel à la notion de sème, comme dans la sémantique lexicale structurale française. On explique les développements textuels autorisés par les tropes à partir du lexique conçu comme un répertoire hiérarchique de sèmes (ou atomes de contenus) : les figures sont des « hiérarchies sémiques » en même temps que des relais (A.-J. Greimas 1966, p. 133-140). Soit l'exemple « l'homme est un roseau » : les deux sémèmes « homme » et « roseau » contiennent des traits inhérents incompatibles ; la métaphore reposerait sur l'interaction entre atomes de contenu et la mise entre parenthèses d'une partie des sèmes constitutifs du lexème utilisé, le mot employé métaphoriquement connotant une partie seulement des caractéristiques connotées dans ses usages littéraux (Groupe μ 1970, M. Le Guern 1973).

b) La métaphore retient, accentue, supprime et ajoute des traits du « sujet principal » (l'homme) en projetant sur lui des observations qui s'appliquent d'ordinaire au « sujet subsidiaire » (le roseau) ; en bref, elle organise notre vue de l'homme et la hiérarchise (M. Black, p. 39-41). Elle opère parce que, parmi les propriétés périphériques des deux unités, on a choisi un trait commun qui a été élevé au rang de genre, pour ce contexte particulier. Ce troisième terme remplit une fonction de trait d'union et donne naissance à une métaphore, quelle que soit la distance sémantique initiale du véhicule et de la teneur.

c) Dans la théorie de N. Goodman ([1968], trad. fr. 1990), la métaphore est moins une figure que le principe de transfert commun à toutes les figures ; c'est un *transfert de propriétés* : « La métaphore nécessite de façon caractéristique un changement qui n'est pas simplement de domaine mais aussi de règne. Une étiquette, qui est l'un des éléments constitutifs d'un schème, se trouve en effet détachée du règne d'origine de ce schème et appliquée à trier et organiser un règne étranger » (p. 104). Le transfert d'un schème peut s'effectuer : 1° entre règnes disjoints : dans la personnification, il y a transfert de propriétés d'une personne à une chose ; dans la synecdoque, entre un règne de totalités et un règne de parties ; dans l'antonomase, entre des choses et leurs propriétés ; 2° entre règnes en intersection : dans l'hyperbole, il y a déplacement du schème vers le bas, dans la litote vers le haut ; 3° à l'intérieur du même règne : dans l'ironie, le schème est appliqué sur son propre règne, par inversion (cf. trad. fr., figure p. 113).

La valeur cognitive de l'énoncé tropique nous autorise à voir le monde sous un nouvel *aspect* (cf. L. Wittgenstein, *Investigations philosophiques*, IIe partie, § 11) et, réinterprétant un domaine dans les termes d'un autre, nous fournit des mondes nouveaux. La *théorie aspectuelle* a, ainsi, insisté sur les rapports entre métaphore, re-description d'objets et changement des théories et des paradigmes dans les sciences. Contre l'épistémologie néo-positiviste, la théorie des modèles de M. Black signale que les métaphores travaillent à l'élaboration de concepts (métaphores de la cellule en biologie, du code informatif en génétique...).

■ M.C. Beardsley, « The metaphorical twist », *Philosophy and Phenomenological Research*, 22, 1962, p. 293-307 ; M. Black, « Metaphor » (1954), *Models and Metaphors*, Ithaca, 1962 ; S. Borutti, « La métaphore et les philosophes », *Recherches sur la philosophie et le langage*, 9, 1988, p. 173-187 ; M. Brooke-Rose, *A Grammar of Metaphors*, Londres, 1958 ; U. Eco, *Sémiotique et philosophie du langage* (1984), trad. fr., Paris, 1988 ; N. Goodman, *Langages de l'art* (1968), trad. fr., Nîmes, 1990 ; G. Lakoff et M. Johnson (1980), trad. fr., *Les Métaphores dans la vie quotidienne*, Paris, 1985 ; M. Le Guern, *Sémantique de la métaphore et de la métonymie*, Paris, 1971 ; I.A. Richards, *The Philosophy of Rhetoric*, Oxford, 1936 ; P. Ricœur, *La Métaphore vive*, Paris, 1975 ; S. Sacks (ed.), *On Metaphor*, Chicago, 1979 ; J.R. Searle, *Sens et expression* (1979), trad. fr., Paris, 1982.

5. Les approches pragmatiques

Elles visent moins le contenu conceptuel des tropes que les relations entre les figures et les messages portés par les énoncés où elles apparaissent. Il y a là l'horizon possible d'une disparition des notions classiques, par l'extension même de leur définition (la figure n'étant, à la limite, plus dissociée de la manifestation linguistique).

Les approches pragmatiques et discursives transposent au niveau de la proposition et de l'énoncé les relations sémantiques traitées au niveau du mot dans la rhétorique et dans la sémantique lexicale. Le niveau d'analyse est celui des relations (décalage, conflit...) entre le sens du mot (et de la phrase) d'un côté et le sens du locuteur (ou de l'énonciation) de l'autre. Comme il peut vouloir dire quelque chose de plus que ce que la phrase signifie (cas des actes de langage indirects et des implicatures conversationnelles), un locuteur peut vouloir dire autre chose que ce que la phrase signifie (c'est la métaphore), le contraire de ce que la phrase signifie (c'est la définition classique de l'ironie).

Pour interpréter la métaphore « l'homme est un loup », le lecteur a besoin du système de *lieux communs* et d'*implications associées* aux mots qui la composent (M. Black). En d'autres termes, la métaphore présente toujours des significations et des associations qui ont cours dans le cadre culturel de l'époque ; sa production et son interprétation renvoient à une codification des analogies sur la base préalable d'une *encyclopédie*, culturellement variable (U. Eco, *op. cit.*). Dire ceci, c'est dire que la production et l'interprétation des figures supposent un contexte présuppositionnel (celui des croyances communes aux interlocuteurs) ou un univers de discours. Le foyer de l'analyse est ainsi déplacé du contenu déterminé par le conflit conceptuel vers la valeur de message du trope dans un contexte donné. P. Grice envisage la métaphore et l'ironie comme autant de cas où la maxime observée par les participants de l'échange conversationnel au nom du principe de coopération (« ne pas dire ce qu'on croit être faux ») est violée au niveau de ce qui est dit – les indices du sens figuré repérables dans le contexte énonciatif (par exemple, pour l'ironie, le ton de la voix) permettant à l'auditeur de comprendre que cet écart ne concerne pas ce qui est impliqué (1989, p. 33 et 55). J. Searle les décrit en fonction des principes régissant les actes de langage indirects : ce qui est dit représente une partie seulement de ce qui est signifié (1982). Les linguistes dont les travaux portent sur les mécanismes de l'interaction verbale reconnaissent aux tropes des valeurs pragmatiques certaines : présupposition, illocutoire, implicite (C. Kerbrat-Orecchioni 1986). Les théories de la politesse linguistique conduisent à considérer la litote, l'euphémisme, l'ironie ou encore l'énallage de personne comme autant de procédés fonctionnels substitutifs visant, au moyen du remplacement de formules menaçantes par des formules polies, une diminution des risques de confrontation dans le discours (*id.* 1992).

D'autres analyses, issues notamment du courant cognitiviste, cherchent à rétablir la continuité du domaine figuré et du domaine littéral. Loin de postuler l'existence d'une convention ou d'un principe selon lequel le sens d'un énoncé devrait être l'expression littérale de la pensée du locuteur dont les énoncés figurés seraient des déviations, la pragmatique réglée par le **principe de pertinence** nie la présence d'une déviation à l'origine des figures de sens et de pensée. La description est la suivante : tout énoncé impliquant une relation entre la forme propositionnelle qui est la sienne et une pensée du locuteur, cet énoncé est une expression littérale de la pensée, lorsque les formes propositionnelles de l'énoncé et de la pensée coïncident ; c'est un énoncé non littéral, chaque fois que la proposition exprimée ne partage pas toutes les propriétés logiques de la pensée qu'elle sert à exprimer. Le premier cas (celui où ce que le locuteur veut dire et ce que la phrase signifient coïncident) est en fait un cas-limite : le langage est, par nature, producteur de sens second et indirect. Pour rendre compte des tropes et de la production de sens indirect, D. Sperber et D. Wilson font appel au principe de pertinence *(tout énoncé communique au destinataire la présomption de sa pertinence optimale)* qui les conduit à voir dans l'interprétation un processus inférentiel à charge de l'auditeur (et à relativiser ainsi d'autant le rôle du décodage dans le processus de signification). L'énoncé s'approche toujours, de manière variable mais déterminée par des considérations de pertinence, d'une pensée du locuteur ; la métaphore et l'ironie exploitent un aspect fondamental de la communication verbale, mais ne sont pas essentiellement différentes des énoncés « non figurés » : cela conduit à proposer l'abandon de la notion de trope (D. Sperber et D. Wilson 1986).

Une autre manière de réduire le phénomène figuré comme écart sémantique en le considérant dans la perspective de la continuité du domaine linguistique est constituée par la position qui consiste à affirmer que les métaphores veulent dire ce que les mots veulent dire dans leur sens littéral et rien d'autre (D. Davidson 1978) : c'est son emploi qui distinguerait la métaphore ; en cela elle ne se comporterait pas différemment de l'assertion, du mensonge, de la promesse, etc. L'analyse tend à déplacer le trope vers le territoire de la pragmatique et à l'intégrer à une théorie globale du langage où son fonctionnement n'est pas vraiment un cas à part.

La perspective contemporaine sur les figures et les tropes fait éclater l'homogénéité de principe de la rhétorique et elle varie considérablement selon le point de vue retenu, les disciplines, et les intérêts de recherche. La valeur et l'identité des figures sont fonction du niveau d'analyse thématisé (mot, phrase, séquence, discours, texte). À chacun de ces niveaux, correspond une pertinence particulière. S'agissant de la métaphore par exemple, les perspectives de ceux qui s'attachent au potentiel cognitif et aux mécanismes du sens et de ceux qui considèrent d'abord sa valeur de message semblent largement inconciliables. Pour considérer un autre exemple, il n'est pas sûr que l'analyse pragmatique du langage figuré de l'interaction orale puisse être automatiquement transposée au domaine des *textes* littéraires : la reconstruction des schémas d'inférence se heurte, alors, à un contexte peu accessible mais aussi intentionnellement problématique et ouvert ; cette considération a d'ailleurs conduit à reconnaître dans l'ironie – laquelle interdit de prendre le discours à la lettre et lie le retournement toujours possible du sens à l'indétermination de l'ancrage communicationnel de l'énoncé – l'une des figures de l'identification du discours littéraire (W. Booth 1974, *Poétique* n° 36, 1978).

■ W.C. Booth, *A Rhetoric of Irony*, Chicago, 1974 ; D. Davidson, « Ce que signifient les métaphores », *Enquêtes sur la vérité et l'interprétation* (1984), trad. fr. 1993, p. 349-376 ; P. Grice, *Studies in the Way of Words*, Cambridge (Mass.), 1989, p. 22-57 ; C. Kerbrat-Orecchioni, *L'Implicite*, Paris, 1986 ; C. Kerbrat-Orecchioni, *Les Interactions verbales,* II, Paris, 1992 ; J.R. Searle, *Sens et expression* (1979), trad. fr., Paris, 1982 ; D. Sperber et D. Wilson, *La Pertinence. communication et cognition* (1986), trad. fr., Paris, 1989 ;

Revues : *Verbum*, 1-3, 1993 ; *Langue française* n° 101, 1994.

TEXTE

La notion de **texte**, largement utilisée dans le cadre de la linguistique et des études littéraires, est rarement définie de manière claire : certains limitent son application au discours écrit, voire à l'œuvre littéraire ; d'autres y voient un synonyme de *discours* ; certains, enfin, lui donnent une extension trans-sémiotique, parlant de texte filmique, texte musical, etc. En accord avec l'usage répandu en pragmatique textuelle, on définira le texte ici comme une *chaîne linguistique parlée ou écrite formant une unité communicationnelle*, peu importe qu'il s'agisse d'une séquence de phrases, d'une phrase unique, ou d'un fragment de phrase. La notion de *texte* ne se situe donc pas sur le même plan que celle de *phrase* (ou de *proposition*, *syntagme*, etc.). Les structures textuelles, bien que réalisées par des *entités linguistiques*, constituent des *entités communicationnelles* : « Un texte n'est pas une structure systématique immanente, mais une unité fonctionnelle d'ordre communicationnel » (H.F. Plett 1975). Quant à la relation entre texte et **discours**, elle dépend évidemment de la définition qu'on donne à ce dernier terme. Si on le définit comme tout ensemble d'énoncés d'un énonciateur caractérisé par une unité globale de thème *(topic)*, on dira qu'il peut soit coïncider avec un texte (c'est le cas en communication écrite, où unité communicationnelle et unité thématique coïncident généralement), soit se composer de plusieurs textes (dans une conversation [159 s.] il y a interaction de deux ou plusieurs discours centrés sur leur thème global respectif et, en général, composés chacun de plusieurs textes, puisque chaque réplique de l'échange constitue une unité communicationnelle, et donc un texte, spécifique).

Texte et linguistique de la phrase

Pendant longtemps l'analyse linguistique s'est arrêtée à la phrase conçue comme cadre d'intégration global de toutes les unités linguistiquement pertinentes, sans se préoccuper des éventuels niveaux d'organisation supérieurs. Pour Saussure d'ailleurs, même la phrase – sauf dans le cas de phrases toutes faites – ne relève déjà plus de la linguistique de la langue, mais de celle de la parole : « La phrase est le type par excellence du syntagme. Mais elle appartient à la parole, non à la langue. » Bloomfield de son côté refuse de prendre en compte des unités discursives plus étendues que la phrase. La glossématique de Hjelmslev semble être une exception, puisqu'elle se donne explicitement le texte comme donnée de départ de l'analyse, mais malgré ce principe, les analyses effectives entreprises dans le cadre de la glossématique sont généralement restées cantonnées à une grammaire de la phrase.

La position de Saussure a eu le mérite d'interdire une identification pure et simple des principes opérant au niveau de la textualité avec ceux opérant au niveau des syntagmes de la phrase. Or, lorsque les linguistes ont commencé à s'intéresser à l'organisation textuelle proprement dite, ils ont au contraire, dans un premier moment du moins, essayé d'y transposer le modèle de la grammaire de la phrase. Ainsi l'**analyse du discours** (Z. Harris) découpe le texte en éléments syntagmatiques regroupés en *classes d'équivalence* : une telle classe est constituée par l'ensemble des éléments qui peuvent apparaître dans un contexte identique ou semblable. La détermination se veut purement syntaxique, c'est-à-dire qu'elle ne prend pas en compte la question de la relation sémantique entre les éléments syntaxiquement équivalents. À partir de là on décrit les relations entre phrases comme des relations de transformation de leurs prédicats (Todorov 1972). La limite de la méthode de Harris réside dans le fait que, tout en respectant ses critères d'équivalence, on peut construire des textes inintelligibles (Bierwisch 1965), ce qui suffirait déjà à indiquer que les contraintes régissant la construction des textes ne sauraient être réduites aux contraintes linguistiques opérant au niveau de la phrase.

Une deuxième tentative de réduction admet certes la spécificité des contraintes opérant au niveau de la structuration textuelle, mais soutient que ces contraintes sont homologues à celles qui régissent la grammaire de la phrase. Cette idée a guidé surtout les descriptions inspirées de la linguistique structurale : le texte est ici analysé selon les mêmes distinctions de niveau que celles opératoires au niveau de la structure de la phrase. Ainsi T. Todorov (1969, 1971) a proposé de distinguer entre l'*aspect verbal d'un texte*, constitué par *tous les éléments proprement linguistiques* (phonologiques, grammaticaux, etc.) des phrases qui le composent, l'*aspect syntaxique*, qui se réfère non à la syntaxe des phrases mais aux relations *entre unités textuelles* (phrases, groupes de phrases, etc.) et l'*aspect sémantique*, produit complexe du contenu sémantique des unités linguistiques. L'étude de l'aspect verbal comporte notamment celle des faits de style [654 s.], mais aussi de phénomènes plus élémentaires, telle la longueur du texte, etc. Pour l'étude de l'aspect syntaxique du texte, Todorov a proposé de partir d'une **analyse propositionnelle** susceptible de réduire le discours en des *propositions logiquement simples*, constituées d'un agent (sujet) et d'un prédicat, ou de plusieurs agents (par exemple sujet et objet) et d'un prédicat, propositions correspondant à la phrase minimale de J. Dubois. Il s'agit ensuite d'étudier les différents ordres (ordre logique, temporel ou spatial) régissant les rapports entre les phrases. Todorov a centré ses analyses syntaxiques autour de la question de la syntaxe narrative. S'inspirant de la notion des transformations discursives élaborée par Harris, il a proposé de rendre compte de la structure syntaxique des textes narratifs à l'aide de la notion de **transformation discursive** : deux phrases sont en relation de transformation lorsque le prédicat de l'une est un « transforme » de l'autre. Todorov distingue entre *transformations simples* qui consistent à modifier (ou à ajouter) un opérateur spécifiant le prédicat (c'est le cas de la transformation d'intention grâce à laquelle nous passons de la phrase « *x* fait *u* » à, par exemple, la phrase : « *x* projette de faire *u* ») et *transformations complexes* qui introduisent un second prédicat, dépendant du premier (telle est la relation entre « *x* fait *a* » et « *x* raconte que *x* a commis un crime »). L'analyse sémantique quant à elle doit étudier les macrostructures, notamment argumentatives ou narratives (par exemple thématiques [647 s.]). La description de Todorov met au jour des contraintes propres à l'engendrement textuel, par exemple les contraintes de liaison logique, les liens entre groupes de phrases, etc., et en cela elle dépasse la stricte linguistique de la phrase. Mais l'homologie qui traite le texte comme un système connotatif par rapport au système de la langue, le *réduit* malgré tout à un système de contraintes quasi linguistiques, ce qui brouillerait de nouveau la distinction entre faits de langue et faits textuels que Todorov soutient par ailleurs : ainsi la notion de transformation narrative ramène les relations syntagmatiques entre phrases à des relations paradigmatiques entre prédicats, ce qui revient à *expliquer* un fait transphrastique par une relation opératoire au niveau de l'analyse de la phrase (Todorov 1971, 1972).

Des études intéressantes ont été menées dans le cadre de la *tagmémique* [67] de Pike, qui est pour l'essentiel une théorie de l'engendrement discursif, plutôt qu'une grammaire abstraite de la langue. Dans la mesure où la tagmémique traite les faits linguistiques comme un système de *fonctions hiérarchisées*, la phrase n'y a jamais été considérée que comme un jalon intermédiaire de l'intégration discursive. Par ailleurs, comme les éléments hiérarchiquement supérieurs ne sont pas du même type que les éléments immédiatement inférieurs qui y remplissent des cases *(slots)* fonctionnelles, le risque de transposer au niveau supraphrastique les tagmèmes opérant au niveau de l'intégration phrastique (sujet, prédicat, objet, etc.) est écarté d'entrée de jeu. L'étude linguistique et discursive de la langue du *Central Bohol* des Philippines par L. Reid (1970) admet ainsi deux entités d'intégration supérieures à la phrase : le paragraphe et le discours ; l'auteur étudie notamment les dynamiques d'intégration supraphrastique dans plusieurs genres discursifs indigènes. A.L. Becker (1966) de son côté a analysé des discours du type « exposé » et a relevé deux schémas de base, *thème-restriction-illustration* et *problème-solution*, schémas que la rhétorique avait d'ailleurs déjà analysés.

L'influence de la tagmémique n'a guère dépassé le cercle restreint des disciples directs de Pike. Aussi la démarche structurale a-t-elle été critiquée pour l'essentiel à partir de positions inspirées par la grammaire générative. Or, ces conceptions, loin de remettre en question le cadre d'une grammaire de la phrase, ont été souvent plus réductionnistes que les descriptions structurales : alors que ces dernières se sont bornées à transposer les distinctions du niveau d'analyse phrastique au niveau textuel, les linguistiques textuelles s'inspirant de la grammaire générative ont parfois soutenu la thèse beaucoup plus forte d'une *identité d'engendrement* de la phrase et du texte. Katz et Fodor (1963) ont ainsi émis l'hypothèse qu'on pouvait considérer le texte comme une sorte de mégaphrase (les frontières entre les phrases correspondant fonctionnellement aux conjonctions reliant les clauses à l'intérieur des phrases), c'est-à-dire comme une chaîne linguistique composée de phrases grammaticalement correctes fonctionnant – grâce à la récursivité des opérations grammaticales – comme des phrases partielles s'intégrant dans la mégaphrase textuelle. Selon cette perspective, il ne saurait y avoir d'unités d'analyse proprement textuelles, le passage de la phrase au texte étant simplement un cas particulier du principe de récurrence des règles grammaticales. Cette récursivité est pourtant problématique : certaines opérations possibles à l'intérieur des phrases, par exemple la pronominalisation réflexive, ne sont pas possibles au niveau des relations entre phrases ; par ailleurs, alors qu'au niveau de la phrase certaines substitutions de co-référence intersyntagmatique (par exemple certaines pronominalisations) sont grammaticalement obligatoires, on a soutenu (Gülich et Raible 1974) qu'elles ne sont que facultatives au niveau de la *cohésion textuelle*. Ceci semblerait indiquer que la frontière entre phrases n'est *pas* superposable à celles délimitant les différents syntagmes à l'intérieur d'une phrase et que donc la textualisation n'opère pas selon la même logique que la grammaire (voir *infra*). Enfin, l'hypothèse de Fodor et Katz impliquerait que l'engendrement textuel devrait se faire selon les mêmes algorithmes que ceux développés par la grammaire chomskiste pour l'engendrement des phrases ; or, ces algorithmes sont fondés sur un modèle modulaire de l'activité cognitive (impliquant une indépendance réciproque des différents composants du modèle), et on a pu montrer dans des simulations par ordinateur que la quantité d'opérations nécessaires pour mettre en œuvre un modèle modulaire au niveau de l'engendrement textuel serait telle qu'aucun cerveau humain ne serait capable de les effectuer dans un délai raisonnable (Beaugrande et Dressler 1981). L'hypothèse générativiste semble donc difficilement conciliable avec les contraintes temporelles qui pèsent dans la plupart des cas sur les processus d'engendrement discursif.

Pendant les années soixante-dix, beaucoup de projets de **grammaires textuelles** ont vu le jour. Celle de Petöfi est sans doute la plus ambitieuse : combinant les thèses de la grammaire générative avec une théorie sémantique inspirée de la logique mathématique il aboutit à une construction très formalisée postulant une structure sémantique profonde (non linéaire), des règles de traduction permettant de passer à la structure de surface (linéaire) et une composante extensionnelle-sémantique susceptible de mettre le texte en relation avec des référents. Le travail collectif de Van Dijk, Ihwe, Petöfi, Rieser *et al.* (1972) s'inscrit plus ou moins dans le même cadre : il s'agit d'élaborer une grammaire de la narrativité sur la base d'une grammaire textuelle générale. L'entreprise n'a guère été concluante, puisqu'il a été impossible de découvrir un critère permettant de distinguer entre textes et non-textes (ce qui était pourtant exigé par le modèle théorique employé). Dans des travaux ultérieurs Van Dijk a présenté une théorie s'inspirant davantage de la psychologie cognitive et de la pragmatique : du même coup il s'est attaché au processus de réception plutôt que de production, ce qui est le cas de la plupart des travaux d'analyse textuelle menés dans le cadre de la psychologie cognitive (pour un survol, voir Fayol 1985, rééd. 1994). À partir d'une analyse de la manière dont les lecteurs résument des récits, Van Dijk et Kintsch (1975) ont ainsi essayé de réduire les textes à leurs « macrostructures » sous-jacentes, celles sauvegardées dans les résumés.

La plupart de ces travaux (à l'exception des recherches menées dans le cadre strictement psychologique) présupposent que l'idée même d'une *grammaire* textuelle constitue une hypothèse valable, autrement dit qu'on peut concevoir la production textuelle sur le modèle de la production de la phrase, c'est-à-dire en posant des algorithmes abstraits, une structure profonde avec des règles de traduction, etc. Même lorsqu'ils prennent en compte des facteurs cognitifs extra-textuels, ces facteurs sont interprétés dans le cadre d'une sémantique profonde conçue comme un des niveaux du modèle grammatical.

Le seul domaine où les « grammaires textuelles » sont allées au-delà des prolégomènes théoriques est celui de l'analyse du récit : encore se sont-elles en général bornées à reformuler dans leur vocabulaire les résultats obtenus par l'analyse thématique [638 s.]. Les travaux en psychologie cognitive ont certes abouti à des résultats remarquables qui incitent notamment à mettre en doute l'idée d'une « grammaire du récit » fondée sur des « macrostructures » (Van Dijk 1979) susceptibles de fonctionner comme modèle *réceptif* – ce qui remet du même coup en doute le statut supposément *génératif* de ces mêmes « grammaires » ou « macrostructures » (pour une critique des « grammaires du récit », voir par exemple Black et Wilensky 1979) ; cela dit, la mise en relation des résultats dans le domaine de la psychologie cognitive avec la problématique des linguistiques textuelles pose actuellement encore de multiples problèmes, non seulement parce que les analyses psychologiques portent sur la structuration réceptive des textes plutôt que sur leur production, mais encore parce qu'elles s'intéressent à la représentation mentale des récits plutôt qu'à leur statut verbal. Dans le domaine de l'analyse de la structuration verbale productive, le travail le plus intéressant reste à ce jour un travail de sociolinguistique : il s'agit de l'analyse des « récits d'expérience personnelle » *(narratives of personal experience)* de Labov et Waletzky (1967, 1972). L'étude combine une analyse macrostructurale avec une analyse linguistique essayant de dégager des unités narratives jusqu'au niveau phrastique *(clause)*. La macrostructure de la **narration naturelle** possède six composantes : un *résumé* à fonction proleptique, l'*orientation initiale* servant à camper la scène, l'*action*, l'*évaluation* servant à indiquer la raison d'être du récit, la *résolution du conflit* et enfin la *coda* qui réalise la clôture de la séquence narrative. En général les récits recueillis par Labov et Waletzky suivent la séquence indiquée ci-dessus, mais dans certains récits des éléments manquent (par exemple le résumé initial) ou changent de place dans la séquence narrative (c'est le cas de l'évaluation). Quant aux unités narratives élémentaires de niveau phrastique, elles sont déterminées uniquement par leur consécution temporelle et définies de manière purement formelle : une **clause narrative élémentaire** est une unité syntagmatique qui ne peut être déplacée par rapport aux unités qui l'entourent sans changement dans la consécution des événements rapportés. Ces éléments narratifs s'opposent aux **clauses libres** *(free clauses)* qui peuvent occuper n'importe quelle position dans la consécution narrative sans que cela ne change en rien la consécution des événements rapportés ; certaines clauses peuvent échanger leurs positions sans que cette inversion n'affecte le niveau de l'histoire, ce sont les **clauses coordonnées** *(coordinate clauses)*. Le travail de Labov et Waletzky combine ainsi l'analyse formelle avec une perspective fonctionnelle (les éléments sont définis par rapport à leur fonction dans le récit global qui constitue l'unité de départ de l'analyse) et une prise en compte du fait que les structurations textuelles relèvent de calculs ou de stratégies communicationnelles, donc ne sauraient être comprises en dehors de leur contexte situationnel (et notamment social).

■ Z. Harris, *Discourse Analysis Reprints*, La Haye, 1963 ; J. Katz et J. Fodor, « The structure of semantic theory », *Language*, 39, 1963, p. 170-210 ; M. Bierwisch, « Rezension zu Z.S. Harris, "Discourse analysis" », *Linguistics*, 13, 1965, p. 61-73 ; A.L. Becker, « A tagmemic approach to paragraph analysis », in *The Sentence and the Paragraph*, Champaign, 1966 ; E. Coseriu, *Theoria del Lenguaje y Lingüistica General*, Madrid, 1967 ; W.O. Hendricks, « On the notion "beyond the sentence" », *Linguistics*, 1967, 37, p. 12-51 ; W. Labov et J. Waletzky, « Narrative analysis : oral versions of personal experience », in J. Helm (ed.), *Essays on the Verbal and Visual Arts*, Seattle, 1967 ; J. Dubois et Sumpf (eds.), *L'Analyse du discours* (*Langages*, 13), Paris, 1969 ; J. Dubois, *Grammaire structurale du français : la phrase et les transformations*, Paris, 1969 ; E.U. Grosse (ed.), *Strukturelle Textsemantik*, Freiburg, 1969 ; T. Todorov, *Grammaire du « Décaméron »*, La Haye, 1969 ; (Coll.), *Probleme der semantischen Analyse literarischer Texte*, Karlsruhe, 1970 ; L.A. Reid, *Central Bohol Sentence, Paragraph, and Discourse*, Norman, 1970 ; T. Todorov, « Les transformations narratives », in *Poétique de la prose*, Paris, 1971, p. 225-240 ; T.A. Van Dijk, *Some Aspects of Text Grammars*, La Haye, 1972 ; T.A. Van Dijk, J. Ihwe, J. Petöfi et H. Rieser, *Zur Bestimmung narrativer Strukturen auf der Grundlage von Textgrammatiken*, Hambourg, 1972 ; T. Todorov, « Texte » et « Transformations discursives », in O. Ducrot et T. Todorov, *Dictionnaire encyclopédique des sciences du langage*, Paris, 1972 ; S. Schmidt, *Texttheorie*, Munich, 1973 ; R. Jakobson, *Questions de poétique*, Paris, 1973 ; T.A. Van Dijk et W. Kintsch, « Comment on se rappelle et résume des histoires », *Langages*, 40, 1975, p. 98-116 ; H.F. Plett, *Textwissenschaft und Textanalyse*, Munich, 1975 ; T.A. Van Dijk,

Macrostructures, Hillsdale, 1979 ; J.B. Black et R. Wilensky, « An evaluation of story grammars », *Cognitive Science*, 1979, p. 213-230 ; R. de Beaugrande et W.U. Dressler, *Introduction to Text Linguistics*, Londres, 1981 ; M. Fayol, *Le Récit et sa construction*, Lausanne, 1985, rééd. 1994.

Perspectives

Les travaux d'analyse textuelle entrepris sous l'emprise d'une grammaire de la phrase paraissent reposer sur deux postulats contestables. Le premier, admis à la fois par la plupart des études d'inspiration structurale et par celles qui s'inscrivent dans le cadre d'une grammaire générative, est celui d'une homologie entre organisation linguistique de la phrase et organisation du texte. Le second, spécifique aux « générativistes », est celui de l'existence d'une grammaire textuelle profonde ayant le même statut que la grammaire de la phrase et donc susceptible *a)* de générer une infinité de textes à partir d'un nombre fini de règles applicables de manière récursive ; *b)* de livrer un critère permettant de distinguer entre textes bien formés et textes mal formés, textes « grammaticaux » et textes « non grammaticaux ». À ce jour aucune grammaire textuelle n'a été capable de remplir une de ces deux exigences. Cela n'est guère étonnant : si le texte est une unité communicationnelle dont la chaîne linguistique (quelle que soit son étendue) n'est que la *réalisation*, on voit mal comment sa structuration serait réductible – qu'il s'agisse de sa production ou de sa réception – à la mise en œuvre de règles purement linguistiques. L'étude de la réalisation linguistique fait évidemment partie intégrante de l'étude de la textualité, mais il faut sans doute renverser l'ordre des priorités : il ne s'agit pas de réduire le texte à sa réalisation linguistique, mais d'interroger cette réalisation quant aux éléments qui témoignent de la « mise en texte ». Ceci nécessite l'abandon de la notion même de « grammaticalité textuelle » : s'il existe des critères de textualité, ce sont tout au plus des critères d'« acceptabilité », et ces critères d'acceptabilité sont largement déterminés par le contexte situationnel de l'émission et de la réception. La linguistique textuelle devrait ainsi céder le pas à une pragmatique textuelle (Breuer 1974).

Aussi beaucoup de travaux récents s'inscrivent-ils dans une perspective pragmatique : tout en accordant une place importante aux marqueurs linguistiques de la textualisation (généralement résumés sous la notion de *cohésion textuelle*), ils partent de l'idée que la textualisation ne résulte pas de la mise en œuvre d'un algorithme grammatical, mais est une *activité processuelle* obéissant à des contraintes qui sont essentiellement d'ordre cognitif et communicationnel. C'est le cas des travaux qui s'inscrivent dans ce qu'on appelle les « sciences cognitives » : ainsi de Beaugrande et Dressler (1981) définissent la textualisation comme une activité de résolution de problèmes *(problem-solving activity).* Il est encore trop tôt pour se prononcer sur la valeur de l'approche cognitiviste qui conçoit la textualisation en analogie aux processus étudiés en intelligence artificielle : ainsi l'existence des processus mentaux de textualisation, à travers lesquels les textes sont censés être produits, demeure largement hypothétique, et seuls les progrès de la psychologie cognitive permettront de tester la validité éventuelle du modèle. Par ailleurs les analyses menées dans ce cadre traitent l'engendrement textuel au niveau des processus cognitifs prélinguistiques plutôt que des traitements spécifiquement linguistiques : or on ne sait encore pratiquement rien sur la manière dont le traitement cognitif prélinguistique et le traitement linguistique sont agencés dans le cerveau. Autant dire que la plupart des concepts développés dans le cadre de l'approche cognitiviste sont pour le moment purement hypothétiques.

Cela dit, il est possible de circonscrire quelques points centraux que toute théorie du texte semble devoir traiter pour mériter son nom :

1. **La cohésion** (voir Halliday et Hasan 1976). Le terme désigne les moyens proprement verbaux qui régissent les relations mutuelles entre syntagmes intraphrastiques ou entre phrases, notamment les substitutions syntagmatiques qui maintiennent l'identité de référence, mais aussi les parallélismes, les récurrences ou les paraphrases. La cohésion transphrastique relève directement de l'analyse textuelle. Beaucoup d'études ont été consacrées aux anaphores [548 s.], cataphores et conjonctions (par exemple Harweg 1968). Le fonctionnement de ces catégories est d'ailleurs complexe : les pronominalisations réflexives (« Elle *s*'est plainte »), les cataphores (« Parce

qu'*il* ne s'était pas couvert, Paul s'est enrhumé ») et les conjonctions de subordination ne sont possibles qu'à l'intérieur des phrases (Gülich et Raible 1974), alors que les anaphores et la plupart des conjonctions (non subordinatives) fonctionnent aussi comme moyens de cohésion entre phrases. Par ailleurs, en tant que moyen de cohésion entre phrases, l'usage des substitutions semble facultatif alors qu'au niveau intraphrastique certaines substitutions sont obligatoires : au niveau interphrastique le locuteur peut ainsi choisir librement entre pronominalisation et renominalisation ; même si cette dernière implique souvent une certaine « lourdeur » (Lang 1973), et donc possède un faible degré d'acceptabilité, elle ne donne pas lieu à une agrammaticalité au sens strict du terme. Ceci semble indiquer que le même élément possède un statut différent selon qu'il fonctionne comme élément grammatical (au niveau de la phrase) ou comme élément de cohésion textuelle (entre phrases). On soutient parfois que les anaphores et cataphores livrent un critère négatif d'unité textuelle : une chaîne linguistique qui débute par des anaphores ou qui finit par des cataphores ne formerait pas une unité textuelle, à moins que ces éléments ne soient saturés par des éléments paratextuels (par exemple le contexte situationnel) (voir Plett 1975, p. 60). En fait, il ne saurait s'agir d'un critère absolu : dans le cas de textes littéraires nous acceptons fort bien des violations de cette règle.

2. **La cohérence**. Elle ne concerne pas le niveau de la réalisation linguistique mais plutôt la configuration des concepts qui organise l'univers textuel comme séquence progressant vers une fin (Adam 1989) : la cohérence garantit la continuité et l'intégration progressive des significations autour d'un *topic*, ce qui présuppose une accessibilité réciproque des concepts qui déterminent la configuration de l'univers textuel conçu comme construction mentale. Les liens entre les concepts peuvent être de différentes natures : de causalité, de finalité, d'analogie, etc. Il apparaît par ailleurs que les relations conceptuelles ne sont pas toujours activées par des expressions linguistiques de surface, mais impliquent souvent un recours à des *inférences* [564 s.] : c'est le cas des *implicites non présuppositionnels* qui – contrairement aux *présuppositions* qui font partie de la signification purement linguistique (Ducrot 1991) – relèvent du niveau textuel. Le type textuel dans lequel la cohérence a été

étudiée de la manière la plus poussée est le récit : la mise en séquence narrative est en effet un cas spécial de la cohérence textuelle [644 s.].

Le problème des limites entre cohésion textuelle (réalisée par des moyens purement linguistiques) et cohérence textuelle (mettant en œuvre des processus cognitifs non linguistiques) est complexe : ainsi si on suit la conception de l'argumentativité proposée par Anscombre et Ducrot [562 s.], et notamment l'hypothèse selon laquelle le sens des termes se définit pour l'essentiel par les modes de continuation discursive qu'ils rendent possible, il est probable qu'un certain de nombre de faits textuels qu'on considère généralement comme relevant de la cohérence pourraient être expliqués en termes de cohésion, c'est-à-dire en termes purement linguistiques.

3. *L'Intentionalité* et **l'acceptabilité**. Tout texte est une structure Intentionnelle qui en tant que telle est soumise à des standards d'acceptabilité. L'Intentionalité discursive a été étudiée notamment dans le cadre de la théorie des actes de langage (Austin, Searle) [781 s.] : les actes illocutoires, à la différence des énoncés qui servent à les réaliser, ne sont pas des faits linguistiques mais pragmatiques et en cela ils entrent dans le champ de l'analyse textuelle. Les analyses de Grice [571] concernant les maximes conversationnelles sont à ce jour la tentative la plus importante visant à dégager des standards d'acceptabilité discursive, puisque les maximes conversationnelles, si elles s'adressent au locuteur, n'en déterminent pas moins les conditions pragmatiques sous lesquelles un discours est susceptible d'être considéré comme acceptable par l'interlocuteur. Les standards d'acceptabilité sont évidemment relatifs aux situations de communication et diffèrent selon les genres discursifs.

4. *La différenciation générique.* L'analyse de la textualisation ne saurait faire l'épargne d'une diversification aussi large que possible des genres de textes étudiés. Comme l'avait déjà noté Bakhtine (1984) : « Nous apprenons à mouler notre parole dans les formes du genre et, en entendant la parole d'autrui, nous savons d'emblée, aux premiers mots, en pressentir le genre, en deviner le volume..., la structure compositionnelle donnée, en prévoir la fin... » L'absence de prise de conscience de la spécificité générique des textes est notamment responsable du fait que dans de nombreuses analyses textuelles cen-

sées avoir comme objet l'échange conversationnel, les échantillons d'étude sont des dialogues tirés de récits littéraires. Or ces dialogues, loin d'être des textualisations conversationnelles, sont des *représentations* de telles textualisations et leurs principes organisationnels ne sont certainement pas identifiables à ceux qui régissent une conversation effective, puisque pour partie au moins ils obéissent à des contraintes liées à l'activité de construction de cette représentation.

5. *La poétique du texte.* Il existe au moins deux domaines d'activités verbales que les linguistiques du texte ont généralement négligés alors même qu'on y rencontre des conditions d'observation particulièrement riches pour l'étude de la genèse textuelle : il s'agit de la *littérature orale*, plus précisément de cette partie de la littérature orale où la composition a lieu pendant la performance [617 s.] ainsi que des *avant-textes* littéraires (notes, manuscrits préparatoires, etc.) tels qu'ils sont analysés par les études de genèse [208 s.]. Certes, il s'agit de deux types de textualisation bien spécifiques, et on ne saurait extrapoler à partir d'eux : mais dans la mesure où dans les deux cas nous avons à notre disposition des états textuels multiples référables à un même projet textuel (les différentes performances d'un même aède, les différents états d'un même manuscrit), on y dispose de traces directes de la créativité textuelle, ce qui n'est pas le cas pour la plupart des autres activités de textualisation (où nous n'avons accès qu'à un seul état, l'état final). Par ailleurs, dans la mesure où *toute* activité de textualisation s'inscrit dans le cadre d'un genre discursif spécifique (déterminé pragmatiquement), multiplier les études détaillées de genres particuliers devrait justement permettre d'éviter les extrapolations abusives dont les théories du texte n'ont été que trop coutumières.

■ R. Harweg, *Pronomina und Textkonstitution*, Munich, 1968 ; E. Lang, « Über einige Schwierigkeiten beim Postulieren einer Textgrammatik », in F. Kiefer et N. Ruwet (eds.), *Generative Grammar in Europe*, Dordrecht, 1973, p. 284-314 ; D. Breuer, *Einführung in die pragmatische Texttheorie*, Munich, 1974 ; M. Halliday et R. Hasan, *Cohesion in English*, Londres, 1976 ; E. Gülich et W. Raible, *Linguistische Textmodelle*, Munich, 1977 ; R. de Beaugrande et W.U. Dressler, *Introduction to Text Linguistics*, Londres, 1981 ; J.-C. Anscombre et O. Ducrot, *L'Argumentation dans la langue*,

Bruxelles, 1983 ; M. Bakhtine, *Esthétique de la création verbale*, Paris, 1984 ; J.-C. Anscombre et O. Ducrot, « Informativité et argumentativité », in M. Meyer (ed.), *De la métaphysique à la rhétorique*, Bruxelles, 1986 ; J.-M. Adam, « Pour une pragmatique linguistique et textuelle », in C. Reichler (ed.), *L'Interprétation des textes,* Paris, 1989 ; O. Ducrot, *Dire et ne pas dire*, 3e éd., Paris, 1991.

LITTÉRATURE ORALE

Si on prend le terme de « littérature » en son sens étymologique, parler de **littérature orale** est un oxymoron flagrant (Ong 1967, p. 20-21). Mais les diverses expressions alternatives : « tradition orale », « folklore » ou « poésie orale », sont tout aussi embarrassantes, parce qu'elles se réfèrent à des phénomènes différents : la **tradition orale** se réfère à l'ensemble des faits de transmission orale d'une culture, qu'il s'agisse des savoirs, de la sapience, de la religion ou des mythes, et pas seulement des traditions littéraires au sens restreint du terme, c'est-à-dire en tant qu'elles impliquent une dimension esthétique (sans nécessairement devoir s'y réduire) ; quant au **folklore**, il est constitué de l'ensemble des usages, des croyances et des activités culturelles traditionnelles d'une société, indépendamment de leur mode de transmission : il existe des formes folkloriques qui passent par l'écrit (Assmann 1983). Parler de **poésie orale** ne convient guère mieux, parce que cette expression ne prend pas en compte les genres oraux en prose (anecdotes, mots d'esprit, contes, etc.). L'expression « littérature orale » semble donc la moins malheureuse : elle a au moins l'avantage de mettre l'accent sur une parenté fonctionnelle des deux champs – l'oral et l'écrit – qui se partagent le domaine des usages (potentiellement) esthétiques du langage humain.

En Occident, les premières traces d'un intérêt « théorique » de la part de la culture lettrée pour la littérature orale se trouvent déjà chez Montaigne, qui met en avant la valeur esthétique de la « poésie populaire » (*Essais*, I, 54). Il établit ainsi en fait un type d'interprétation qui avec Herder et les romantiques commandera pendant tout le XIXe siècle l'étude de la littérature orale, à savoir son identification à une activité « spontanée », « naturelle », « collective » et « populaire » opposée à la littérature écrite supposée être « réfléchie », « artificielle », « individuelle » et « savante ». Réputée liée à l'humanité primitive, la littérature orale était, selon les romantiques, menacée d'extinction : d'où l'activité de collecte et de fixation écrite, essentiellement dans le domaine des contes (héroïques et merveilleux) et des légendes ; bien qu'ayant déjà débuté au XVIIIe siècle, la collecte va connaître un développement sans précédent au XIXe. En réalité, ces collections de textes, par exemple celle des contes des frères Grimm, furent le fruit d'interventions éditoriales massives et elles témoignent tout autant des conceptions que le XIXe siècle se faisait de la littérature populaire que des traditions orales qui en furent le point de départ (Köhler-Zülch et Shojaei-Kawan 1990). C'est l'accumulation même des documents et une prise de conscience progressive de la complexité extrême de certaines formes orales qui ont amené les savants à se rendre à l'évidence que la littérature orale comprend en fait des activités littéraires multiples, savantes tout autant que populaires, présentes tout autant que passées, activités dans lesquelles la créativité individuelle joue un rôle indispensable, même si c'est selon d'autres modalités que dans la littérature écrite : autrement dit, un ensemble de formes qui par leur complexité et diversité générique et fonctionnelle ne sont pas moins éloignées d'une hypothétique *Urpoesie* que l'est la littérature écrite, même si elles s'organisent selon des contraintes qui sont partiellement différentes (Finnegan 1977, p. 1-3).

■ A. Assmann, « Schriftliche Folklore. Zur Entstehung und Funktion eines Überlieferungstyps », in *Schrift und Gedächtnis*, Munich, 1983, p. 175-193 ; I. Köhler-Zülch et C. Shojaei-Kawan, « Les Frères Grimm et leurs contemporains », in *D'un conte... à l'autre. La variabilité dans la littérature orale*, Paris, 1990, p. 249-260.

Ouvrages généraux : H.M. et N. Chadwick, *The Growth of Literature*, Cambridge, 3 vol., 1932, 1936, 1940 ; W. Ong, *The Presence of the Word*, New Haven, 1967 ; H. Bausinger, *Formen der Volkspoesie*, Berlin, 1968 ; L. Kesteloot, *La Poésie traditionnelle,* Paris, 1971 ; R. Finnegan, *Oral Poetry, Its Nature, Significance and Social Context*, Cambridge, 1977 ; J. et D. Segal (eds.), *Patterns in Oral Literature*, La Haye, 1977 ; J. Goody, *La Raison graphique*, Paris, 1979 (original anglais 1977) ; P. Zumthor, *Introduction à la poésie orale*, Paris, 1983 ; J.M. Foley (ed.), *Oral Tradition in Literature : Interpretation in Context*, New York, 1986.

La complexité de la notion de « littérature orale » ressort déjà d'un simple survol des trois disciplines principales qui ont le plus contribué à son étude, à savoir les études folkloriques, classiques et anthropologiques.

a) Les folkloristes se sont penchés surtout sur les contes, les légendes et les chansons populaires. Sous sa forme actuelle, l'étude folkloriste de la littérature orale est indissociable de l'école finnoise qui, dès le début du siècle, remplaça la théorie romantique selon laquelle les parentés entre les différentes traditions (contes, proverbes, etc.) étaient fondées sur un héritage linguistique commun, par la théorie de la migration (des thèmes et des formes), aboutissant à une étude géographico-historique des traditions folkloriques européennes (Antti Aarne). Le travail essentiel de l'école finnoise a consisté à rassembler autant de variantes que possible d'autant de contes que possible, dans l'espoir d'abstraire de chaque ensemble un conte type originaire dont on pensait que découlait la totalité des variantes caractérisées par une similarité de l'intrigue fondamentale. Ce projet réductionniste de l'école finnoise n'a pas manqué d'être critiqué pour son interprétation réificatrice du type originaire, mais on lui doit la mise au point de l'outil indispensable de toutes les recherches sur le conte : l'*Index des motifs* d'Antii Aarne et Stith Thompson auquel pratiquement tous les folkloristes de l'ère géographique eurasienne se réfèrent et qui fait figure de modèle pour la plupart des index récents ou en cours d'élaboration portant sur d'autres aires géographiques. Une autre date marquante est représentée par *La Morphologie du conte* (1928) de Propp, qui, prenant en quelque sorte le contre-pied de la démarche de l'école finnoise (qui partait du contenu), veut établir la théorie du conte à partir d'une analyse de la structure des fonctions (susceptible de se retrouver pareille dans les sujets les plus divers). Mais d'une certaine manière le réductionnisme proppien est encore plus absolu que celui d'Aarne et de ses disciples, puisque, s'inspirant de la théorie morphologique de Goethe, il espérait ramener tous les contes russes à un *seul* type originel (Propp 1928). Face à cette recherche de l'origine, qu'il s'agisse du type originaire ou de la structure fonctionnelle fondamentale, l'école de la *Märchenbiologie* (par exemple Lüthi 1960) a insisté avant tout sur la malléabilité évolutive des contes, et sur la nécessité de rechercher la nature du conte dans cette malléabilité même, plutôt que dans quelque type originaire sous-jacent. Les études d'inspiration structurale des années soixante et soixante-dix, quel qu'ait été leur modèle (proppien, lévi-straussien, greimasien, etc.) ont plutôt privilégié l'étude des types et des invariants, sans pour autant reprendre la thèse proppienne selon laquelle le type structural dégagé correspondrait à quelque conte originaire ; elles ont par ailleurs souvent tenté de dégager, au-delà de la spécificité de la forme conte, une matrice universelle de la thématique narrative comme telle (Bremond 1973). Dans les recherches récentes, on observe – et ceci dans des travaux appartenant aux obédiences les plus diverses – un déplacement assez net de l'intérêt théorique : de l'étude des types (dont le statut est considéré de plus en plus comme étant celui d'une entité qui fait partie du métalangage descriptif, plutôt que comme le reflet d'une structure mentale profonde susceptible de générer les contes effectivement racontés), on se reporte vers celle des *variantes* et des *versions*, c'est-à-dire en fait vers la réalité opérale proprement dite. D'où l'importance accordée à l'étude des modalités internes de la variabilité des œuvres orales (ainsi Jason 1990) ou encore l'intérêt renouvelé avec lequel on étudie, à la lumière des acquis de l'analyse structurale, les filiations historiques des motifs et thèmes, leurs croisements et amalgames et leurs pérégrinations génériques et fonctionnelles (ainsi Bremond 1990).

■ A. Aarne, *Leitfaden der vergleichenden Märchenforschung*, Helsinki, 1913 ; V. Propp, *Morphologie du conte* (1928), Paris, 1970 ; S. Thompson, *The Folktale,* New York, 1951 ; A. Aarne et S. Thompson, *The Types of Folktale* (éd. revue), Helsinki, 1961 ; M. Lüthi, *Das Märchen*, Berne, 1960 ; A. Dundes (ed.), *The Study of Folklore*, Englewood Cliffs, 1965 ; M. Lüthi, *Volksliteratur und Hochliteratur. Menschenbild, Thematik, Formstreben*, Bern 1970 ; C. Bremond, *La Logique du récit*, Paris 1973 ; D. Ben-Amos et K.S. Goldstein, *Folklore, Performance and Communication*, La Haye, Paris, 1975 ; H. Jason, « Fluctuation in folk literature. The how and the why », in *D'un conte... à l'autre*, *op. cit.*, p. 419-437 ; C. Bremond, « Les suites d'un chantage », in *ibid.*, p. 555-560.

b) L'intérêt des philologues de la littérature antique et surtout des spécialistes d'Homère pour la littérature orale a concerné presque exclusivement la poésie héroïque. À l'origine, cet intérêt est un des multiples aspects de la « question homérique », c'est-à-dire de la querelle séculaire entre philologues unitaristes et analytiques : les premiers ont soutenu l'intégrité des **épopées** homériques issues d'un esprit créateur individuel, alors que les seconds y ont vu des œuvres composites issues du collationnement de chants indépendants préexistants. En partant d'une analyse circonstanciée des épithètes, du mélange dialectal, des métaphores fixes et des structures thématiques récurrentes, Parry montra au début des années trente que beaucoup des traits linguistiques et stylistiques qui avaient nourri le débat entre unitaristes et analytiques pouvaient s'expliquer par le style oral des épopées homériques, **style formulaire** mis au point et transmis par plusieurs générations d'aèdes ayant à leur disposition un répertoire étendu de chants avec pour thème la matière de Troie. Il montra ainsi que la récurrence des épithètes fixes – qui avait tellement frappé les philologues – avait une fonction métrique tout autant que sémantique, donc « technique » tout autant que descriptive : si une épithète *x* était insérée à un endroit *y* ce n'était pas toujours en vertu de considérations sémantiques contextuelles contraignantes mais d'abord en vertu de son « rendement métrique ». (Parry pensait qu'à l'opposé de cet usage ornemental d'épithètes génériques, l'ensemble de la littérature écrite occidentale dotait les épithètes d'une fonction particularisante et descriptive.) La même raison lui semblait expliquer la présence d'éléments dialectaux non ioniens, par exemple éoliens : introduits pour leur convenance métrique, ils avaient survécu comme éléments de remplissage purement formels. Selon Parry, toutes ces particularités du style homérique étaient liées au fait que l'épopée était une œuvre créée en performance, ce qui présupposait que le poète disposât de tout un ensemble de syntagmes formulaires (épithètes, mais aussi métaphores fixes) et de schémas thématiques (récurrence des mêmes thèmes construits selon des séquences identiques) lui simplifiant la création *in vivo*, vers par vers, de son poème (non pas dans sa substance thématique, toujours donnée d'avance, mais dans sa forme poétique concrète). Dans l'espoir de confirmer et de généraliser ses hypothèses, Parry se mit à transcrire et à enregistrer les chants épiques des guslars yougoslaves – dernière tradition épique orale vivante en Europe : Albert Lord, continuant les travaux de son maître, mort prématurément, entreprit des analyses sur la variabilité des œuvres en performance, en comparant par exemple le même chant exécuté par des chanteurs différents ou exécuté par le même interprète mais en des occasions différentes, ce qui lui permit de montrer que les phénomènes postulés par Parry pour la poésie homérique se retrouvaient effectivement dans les chants des guslars. D'autres chercheurs confirmèrent ces résultats pour d'autres traditions épiques, les chansons de geste notamment *(La Chanson de Roland, Beowulf).*

Mais à vrai dire, les travaux de Parry et de Lord, s'ils ont montré la présence indéniable de traits de *style* oral dans les poèmes homériques, n'ont pas pour autant prouvé définitivement que les poèmes tels que nous les connaissons sont la transcription d'une performance : la construction narrative très complexe de l'*Iliade* et de l'*Odyssée* se distingue fortement des structures narratives simples de toutes les épopées orales qu'on a pu étudier en Yougoslavie ou ailleurs (Friedrich 1985) ; selon certains, il pourrait donc s'agir d'une œuvre écrite se servant de matériaux oraux, ou encore d'une œuvre écrite imitant le style oral, même si Lord a opposé fort pertinemment à ces hypothèses que l'*Iliade* et l'*Odyssée* sont certainement trop complexes pour pouvoir être les premiers exercices d'une tradition écrite, et qu'il est tout compte fait plus plausible d'y voir l'aboutissement d'une longue tradition orale particulièrement riche (Lord 1991). Un résultat important des études de l'école de Parry et de Lord a en tout cas été de séparer le problème de la littérature orale de celui de la littérature « populaire » : les aèdes, comme les guslars ou les griots, sont des spécialistes ayant subi une formation, et leur littérature est une littérature savante au même titre que les œuvres de la littérature écrite. Au passif de cette école (mais non pas de Parry) il faut mettre un certain dogmatisme qui préconise de limiter la notion de « littérature orale » à la littérature orale *composée* en performance.

■ M. Parry, *L'Épithète traditionnelle dans Homère. Essai sur un problème de style homérique*, Paris, 1928 ; Id., *The Making of Homeric Verse : Collected Papers*, Oxford, 1971, p. 266-364,

A.B. Lord, *The Singer of Tales*, Cambridge (Mass.), 1960 ; R. Friedrich, « The problem of an oral poetics », in *Oralité et littérature. Actes du XIe Congrès de l'Association internationale de littérature comparée*, New York, Berne, Francfort, Paris, 1985, p. 19-28 ; J.M. Foley, *The Theory of Oral Composition : History and Methodology*, Bloomington, 1988 ; A.B. Lord, *Epic Singers and Oral Tradition*, Ithaca, 1991.

c) Les études anthropologiques et sociologiques se sont surtout intéressées à la *tradition orale* comme telle dans les sociétés tribales ignorant l'écriture. Sans se préoccuper des liens éventuels de certaines de ces pratiques avec la littérature au sens courant du terme, elles se sont surtout tournées vers l'étude de la performance orale comme situation communicationnelle spécifique et lieu de transmission de la tradition collective des sociétés sans écriture, ou dans lesquelles l'écriture ne possède qu'une fonction marginale. Parry avait déjà mis en évidence que les techniques de la littérature orale épique n'étaient possibles que si on concevait celle-ci comme une **littérature traditionnelle** : par cette expression il entendait pour l'essentiel une littérature dont le squelette formulaire et thématique était le résultat d'une lente sédimentation historique liée à une transmission orale des techniques et des thèmes. L'étude anthropologique des formes littéraires orales extra-européennes, mais aussi plus récemment certains travaux sociologiques sur les traditions orales urbaines (qu'il s'agisse de celles des villes du monde industriel ou de celles des pays du tiers monde) ont permis de concrétiser la notion de tradition et celle de performance, deux traits centraux de toute activité littéraire orale.

La notion de « tradition » est ainsi devenue centrale dans l'étude anthropologique de la littérature orale. Elle recouvre au moins trois faits : 1° la créativité de l'artiste ne réside pas tant dans l'innovation ou la rupture, mais dans la virtuosité des variations qu'il opère sur des schémas thématiques et formels qui sont le bien commun de la communauté (Jakobson et Bogatyrev 1929) ; 2° l'absence de frontières nettes entre les diverses activités verbales, ou les divers genres, entre lesquels circule le même stock thématique, intimement lié à la représentation de soi de la société ; 3° l'importance cruciale de l'interaction directe entre interprète-auteur et public comme instance de contrôle et de sauvegarde des œuvres : une œuvre qui ne correspond pas aux exigences du public, soit (dans le cas d'interprètes professionnels) est censurée directement (en étant interrompue par le public), soit (dans le cas de genres qui, tel le conte, sont caractérisés par une réversibilité des rôles d'interprète et de récepteur) n'est pas reprise par la mémoire collective et par là même n'est pas sauvegardée. Dans les deux cas ne survit que ce qui rencontre l'approbation de la collectivité de réception (alors qu'une œuvre écrite peut survivre même si ses récepteurs contemporains la rejettent majoritairement). Il faut cependant préciser que ces trois règles ne valent que pour l'oralité primaire (voir *infra*), telle qu'elle existe dans une société sans écriture : or, la plupart des activités littéraires orales coexistent avec une culture partiellement « littéraire » (au sens étymologique du terme), dans laquelle la fixation par écrit contrecarre le fonctionnement « pur » de la tradition orale.

Avant d'être littéraire, l'analyse anthropologique est d'abord et avant tout une analyse de la parole sociale comme telle, de ses registres, styles et genres (Calame-Griaule 1965, Bauman et Sherzer 1974). Cette attention accordée à la parole a montré la dépendance foncière de l'identité de l'œuvre orale par rapport à la performance (Hymes 1975) : le statut générique d'une œuvre, autant que par son thème ou sa forme, est déterminé par les circonstances sociales propices (ou néfastes) à son actualisation performative. Poétique et pragmatique apparaissent ici plus indissociables que jamais : l'œuvre orale ne vit comme telle que dans son contexte situationnel d'actualisation (Bauman 1986).

La performance orale est aussi apparue comme foncièrement **multi-sémiotique** : une part importante de l'œuvre est transmise à travers les modulations de la voix, de la substance sonore comme telle (timbres, inflexions, introduction d'éléments sonores non verbaux, etc.) (Zumthor 1983, p. 159-176), mais aussi à travers des signes non verbaux (mimiques, gestes) qui, à certains endroits stratégiques de la performance peuvent aller jusqu'à supplanter le message verbal (Scheub 1977). Ceci n'est pas sans poser un problème méthodologique, dont les ethnologues ont pris conscience plus tôt que les folkloristes : les transcriptions des œuvres orales à partir desquelles les chercheurs ont pendant longtemps mené leurs analyses, outre qu'elles les figent en leur donnant une identité syntaxique qu'elles n'ont pas, n'en retiennent que ce qui en elles est réductible à une œuvre écrite (la sémiosis purement verbale).

■ R. Jakobson et P. Bogatyrev, « Le folklore, forme spécifique de création » (1929), in R. Jakobson, *Questions de poétique*, Paris, 1973 ; G. Calame-Griaule, *Ethnologie et langage. La parole chez les Dogon*, Paris, 1965 ; R. Bauman et J. Sherzer (eds.), *Explorations in the Ethnography of Speaking*, Cambridge, 1974 ; D. Hymes, « Breakthrough into performance », in D. Ben-Amos et K.S. Goldstein, *op. cit.*, p. 11-74 ; H. Scheub, « Body and image in oral narrative performance », in *New Literary History*, VIII, printemps 1977, p. 335-344 ; R. Bauman, *Story, Performance and Event : Contextual Studies in Oral Narrative*, Cambridge, 1986.

Le panorama de la littérature orale tel qu'il se dégage actuellement de ces trois champs d'étude est des plus complexes. Le nombre et la diversité même des genres est remarquable : poésie épique, conte, ballade, panégyrique, poésie lyrique, récits mythologiques, vers dialogués, théâtre improvisé, anecdotes, fabliaux, mots d'esprit, énigmes, proverbes, etc. La variété formelle n'est pas moindre : certains genres sont versifiés (selon des systèmes métriques très divers), d'autres sont en prose, d'autres encore sont mélangés, certains sont récités, d'autres déclamés, d'autre agis mimétiquement, d'autres enfin chantés (accompagnés ou non par des instruments). La diversité des contextes dans lesquels ils peuvent être actualisés n'est pas moindre : l'échelle des possibilités va ici de la relation intime entre la mère qui raconte un conte à son enfant, jusqu'aux rites officiels strictement réglés. Tout aussi diverses sont les sociétés dans lesquelles la littérature orale est pratiquée : une fois qu'on a abandonné le préjugé selon lequel la littérature orale ne peut exister que dans une société sans écriture, il apparaît qu'elle n'est pas « quelque chose d'éloigné dans le temps et dans l'espace », mais « un phénomène répandu dans toutes les sociétés humaines, qu'elles disposent ou non d'une écriture » (Finnegan 1977, p. 2, 3).

Malgré cette diversité, on semble pouvoir retenir quelques points généraux qui permettent de comprendre la spécificité de la littérature orale comparée à la littérature passant par l'écrit.

1. Oralité de composition, oralité de transmission et oralité de performance

Ruth Finnegan propose de distinguer trois composantes de l'oralité littéraire : la composition, la transmission et la performance – étant entendu que toute **transmission orale** présuppose une **performance orale** (alors que l'inverse n'est pas vrai). Le théâtre, sauf exception, relève uniquement d'une oralité de la performance ; les pratiques littéraires dans les sociétés sans écriture relèvent par définition d'une oralité de composition, de transmission et de performance (même si la composition n'a pas nécessairement lieu pendant la performance) ; le *Rigveda* nous livre l'exemple d'une œuvre écrite dont la transmission a été pendant des siècles essentiellement orale. Le cas des contes de Grimm est encore plus complexe : fixation écrite d'une tradition orale, leurs textes sont à leur tour redevenus le point d'origine d'une transmission au moins partiellement orale.

Les traits spécifiquement textuels et stylistiques de l'oralité sont sans doute les plus massifs dans les œuvres de **composition orale** en performance, surtout les œuvres narratives longues. Comme on a pu le montrer à la suite de Parry, ces œuvres possèdent des traits stylistiques particuliers, liés aux contraintes propres à toute composition *in vivo* d'une œuvre de longue haleine : spécificités particulièrement fortes en poésie versifiée mais qu'on trouve aussi par exemple dans la narration en prose – ainsi dans les sermons des pasteurs noirs américains (Rosenberg 1975) –, notamment la distinction entre éléments obligatoires (garantissant par exemple la charpente narrative d'un récit) et éléments facultatifs qui peuvent varier grandement d'une performance à l'autre (identité des héros, épisodes interchangeables, actualisation géographique ou historique, introduction de digressions, etc.). Les genres les plus complexes de ce type de littérature narrative, par exemple les épopées versifiées (de l'épopée grecque aux poèmes héroïques serbo-croates en passant par les chansons de geste, les *Heldenlieder* germaniques, l'épopée des Heike au Japon, les poèmes héroïques africains, etc.), nécessitent une compétence acquise au cours d'un long apprentissage : les œuvres sont en général le fait de professionnels, d'« auteurs » au sens que ce terme peut avoir dans le domaine oral. Il faut rappeler cependant que toutes les œuvres de composition orale ne sont pas nécessairement composées pendant la performance : les poèmes lyriques des Inuït par exemple sont composés (oralement, ou plutôt mentalement) par le poète *avant* d'être présentés au public (Finnegan 1977, p. 18). On peut noter que ce type de composition orale intervient sans doute aussi chez certains poètes destinant leurs œuvres à une fixation écrite : on a alors un cas de composition orale, sans transmission ni performance orale.

Lorsque l'oralité n'est que de performance – cas normal du théâtre, par exemple – elle présuppose évidemment un texte écrit. Il n'empêche que, dans beaucoup de cas, ce texte, du fait de sa finalité orale, comporte des traits formels, stylistiques et verbaux qui le distinguent d'un texte destiné à la lecture individuelle : ainsi tout doit pouvoir être saisi dans un acte de réception unique qui possède un mouvement irréversible (alors que la lecture est toujours réversible), et le poète tient en principe compte de cette contrainte. Ce cas se distingue donc de celui où des œuvres destinées à la lecture se voient réalisées oralement. Déclamer un poème destiné à la lecture, lire publiquement un récit relevant de la tradition écrite pose de tout autres problèmes, puisque dans ces cas l'œuvre a été encodée non pas pour une audition irréversible, mais pour une lecture réversible : de ce fait, dans le cas d'œuvres écrites à structure complexe (tels la plupart des poèmes lyriques du XIXe et XXe siècle), une réception purement orale ne peut réactiver qu'une partie de leurs potentialités formelles, sémantiques et esthétiques.

La distinction entre *composition orale en performance* et *exécution orale d'une œuvre composée à l'avance* (oralement ou par écrit) est cruciale : elle correspond à celle entre l'aède et le rhapsode (mais sans doute pas à celle entre le trobador et le joglar, puisque les trobadors semblent avoir composé leurs poèmes avant de les exécuter). Certains auteurs (par exemple Lord 1991, p. 3) voient dans le mode de composition en performance le trait définitoire de la littérature orale. D'autres (par exemple Zumthor 1983, p. 32-33) voient le noyau de l'oralité dans la performance orale, c'est-à-dire la « communication vocale » (p. 31, 32). Selon l'importance accordée à l'un ou à l'autre critère définitionnel, on place des phénomènes fort différents au centre de l'analyse : l'épopée orale pour Lord, la performance vocale (en tant que marque de l'oralité, quel que soit le statut de la composition) pour Zumthor. Lorsqu'on met l'accent sur la performance au point d'y voir le critère distinctif de la littérature (ou de la poésie) orale, on devrait, comme l'a montré Lord (1991, p. 3), accepter la conclusion (absurde) que dès lors qu'une œuvre de la tradition écrite – par exemple l'*Énéide* de Virgile ou les *Fables* de La Fontaine – est lue ou déclamée à haute voix, elle devient une œuvre orale. À l'inverse, si on limite la poésie orale à la composition en performance, on est aveugle au fait qu'un poème composé (fût-ce par écrit) *pour* être chanté obéit en général à des contraintes formelles différentes de celles d'un poème destiné à la lecture silencieuse : en vertu de la thèse de Lord par exemple, il faudrait exclure la plupart des chansons modernes du domaine de la poésie orale, puisqu'elles sont composées par écrit ; pourtant leur écriture même prend en compte leur finalité chantée et donc orale (simplicité syntaxique, transparence sémantique, redondances plus massives, par exemple par l'introduction d'un refrain, etc.). Lord (1991, p. 17-18) lui-même a d'ailleurs noté fort justement qu'une exigence centrale de tout poème authentiquement oral réside dans le fait qu'il doit pouvoir être savouré adéquatement dans une audition unique continue, alors que le poème écrit appelle une réception qui passe par des retours en arrière, des relectures partielles de tel vers (ou de tel syntagme) à la lumière d'un vers (d'un syntagme) postérieur, etc., autant de traits impossibles dans la performance orale. D'une manière générale on peut dire que la poésie destinée à la performance orale ne saurait mobiliser toutes les ressources de la projection de l'axe paradigmatique sur l'axe syntagmatique dans laquelle Jakobson voit un trait d'essence de la poésie, mais qui dès lors qu'elle dépasse une certaine complexité reste inaccessible à une réception du poème en performance orale. À l'inverse, on peut dire tout aussi bien que la richesse des renvois structurels du texte écrit a partiellement pour fonction de compenser l'absence des facteurs de la voix, des mimiques, etc., qui dans l'œuvre orale sont des vecteurs sémantiques centraux : dans l'œuvre orale la structuration signifiante est répartie entre plusieurs systèmes de signes qui collaborent dans la performance. La « pauvreté » éventuelle du *texte* oral *transcrit* n'est donc certainement pas un bon instrument de mesure pour la complexité éventuelle de l'*œuvre* orale. Sauf dans le domaine des textes dramatiques [746 s.], ces indices textuels de la finalité orale d'un texte écrit sont encore largement inexplorés. Bien entendu, toute œuvre *exécutée* oralement n'en devient pas pour autant une œuvre orale : il existe de nombreux poèmes destinés à la lecture silencieuse qui ont été mis en musique (Goethe par Schubert, Heine par Schumann, Mallarmé par Debussy et Ravel), alors même que leur structuration surdéterminée à tous les niveaux a été conçue pour une réception réversible, donc pour une lecture du texte écrit : ces poèmes restent des œuvres relevant du pôle de l'écrit, même lorsqu'elles sont exécutées oralement.

■ B.A. Rosenberg, « Oral sermons and oral narrative » (1975), in D. Ben-Amos et K.S. Goldstein, *op. cit*, p. 75-101 ; R. Finnegan, *Oral Poetry, Its Nature, Significance and Social Context*, Cambridge, 1977 ; P. Zumthor, *Introduction à la poésie orale*, Paris 1983 ; A.B. Lord, *Epic Singers and Oral Tradition*, Ithaca, 1991.

2. Oralité primaire et oralité seconde

Il faut par ailleurs distinguer entre l'oralité pure – ou **oralité primaire**, selon Zumthor –, c'est-à-dire telle qu'elle existe dans une société qui ignore totalement l'écriture et dans laquelle l'ensemble de la tradition culturelle ne peut être transmis que par la mémoire, et les traditions orales dans une société qui par ailleurs connaît l'écrit, ce que Ong appelle, d'un terme sans doute malheureux, le « résidu oral » (voir Ong 1982, p. 36-57) et Zumthor, l'**oralité seconde**. La grande majorité des littératures orales sont en fait du deuxième type, car les sociétés à tradition purement orale, déjà rares au début du siècle, ont pratiquement disparu de nos jours : en revanche, de tout temps il a existé des sociétés connaissant l'écriture mais qui, à certaines époques, ne se sont pas servis d'elle pour la transmission de la littérature au sens fonctionnel du terme. Marcel Detienne a ainsi montré que du VIIIe au IVe siècle, la Grèce a continué pour l'essentiel à cultiver une littérature orale, malgré l'existence de l'alphabet et la fixation notamment des textes homériques qui n'en continuaient pas moins à être véhiculés oralement, formant le noyau même de la *paidéa* hellène

(Detienne 1981). Zumthor a pu montrer des faits du même ordre pour la culture médiévale (Zumthor 1987). Les épopées des guslars serbo-croates sont un autre exemple de littérature orale qui, pendant des siècles, a été pratiquée dans le cadre d'une société lettrée. Il faut noter que ce qui a fini par faire tarir la plupart des pratiques orales traditionnelles n'a pas été l'écrit mais des bouleversements dans la vie sociale, par exemple l'industrialisation et l'urbanisation. Encore faut-il nuancer ce constat. D'une part, toutes les pratiques traditionnelles n'ont pas disparu : le folklore enfantin avec ses genres « brefs » (énigmes, charades, etc.) est toujours vivace, et la société adulte continue à pratiquer le mot d'esprit et l'anecdote ; d'autres formes se sont adaptées aux exigences modernes, tels les panégyriques africains qui dans certains pays se trouvent mis au service des hommes de pouvoir actuels. Par ailleurs, les sociétés industrielles ont produit leurs propres variantes de poésie orale, au moins une oralité de performance : chanson, poésie de jazz, folksong, protest-song, rock, pop, etc., relèvent pour l'essentiel de la poésie de performance orale, fût-elle véhiculée (en partie) par les médias (Zumthor 1981).

Deux domaines d'études paraissent ici particulièrement importants : d'une part le passage de la littérature orale à la littérature écrite, qui n'est qu'un aspect particulier du passage d'une civilisation orale à une civilisation de l'écriture [310] (voir Goody et Watt 1968). Il n'y a d'ailleurs pas de synchronisation dans le passage des différentes pratiques verbales de l'une à l'autre situation : rappelons qu'en Grèce le véritable passage à la littérature écrite (c'est-à-dire non seulement composée par écrit, mais encore destinée à la lecture comme mode de réception) ne s'est fait que vers 400, alors que l'écriture était connue dès le VIIIe siècle (Detienne 1981). Une deuxième question importante est celle des interactions entre littérature écrite et littérature orale dans une société d'oralité seconde établie, comme le fut celle du Moyen Âge (voir Zumthor 1987) : parmi les objets d'étude, on peut énumérer l'imitation de formes orales ou du style oral par la littérature écrite (particulièrement répandue dans la poésie), ou encore l'influence de la fixation par écrit des œuvres orales sur leur évolution (orale) future – influence particulièrement forte dans un genre comme la ballade anglo-américaine. Cette dernière étude permettrait peut-être de mettre en lumière certains aspects de la différence entre la *mémorisation* et la *composition en performance*, entre le rhapsode et l'aède (voir Lord 1966).

■ J. Goody et I. Watt, « The consequences of literacy », in J. Goody (ed.), *Literacy in Traditional Societies*, Cambridge, 1968 ; W.J. Ong, *Orality and Literacy : The Technologizing of the Word*, New York, 1982 ; A.B. Lord, « The influence of a fixed text », in *To Honor Roman Jakobson : Essays on the Occasion of His Seventieth Birthday*, Janua Linguarum, Series Maior, 32, vol. 2, La Haye, Paris, 1967, p. 1199-1206 ; M. Detienne, *L'Invention de la mythologie*, Paris, 1981, p. 50-76 ; B. Stock, *The Implications of Literacy : Written Languages and Models of Interpretation in the Eleventh and Twelfth Centuries*, Princeton, 1983 ; P. Zumthor, *La Lettre et la voix. De la littérature médiévale*, Paris, 1987.

3. La variabilité

Il est connu qu'au niveau de la transmission, l'oralité donne lieu à des phénomènes de dérive : en termes goodmaniens (voir Goodman 1968) on dira que les œuvres orales relèvent d'un art autographique (chaque performance de la matière thématique appelée *Chanson de Roland* est une œuvre orale nouvelle), contrairement à la littérature écrite qui est allographique (tous les exemplaires du manuscrit d'Oxford de la *Chanson de Roland* sont des exemplaires de la même œuvre) [225]. Comment expliquer cette **variabilité** inhérente à la plupart des œuvres orales ? Anderson (1923) a cru trouver la clef, à la fois de la stabilité relative de certains noyaux thématiques des narrations folkloriques orales, et de la grande variabilité des développements de ces thèmes par les différents conteurs, dans une « loi d'autocorrection ». Cette thèse fut critiquée dès 1931 par von Sydow qui mit en question l'existence d'un système de folklore autocorrecteur et autoreproducteur et insista au contraire sur la créativité individuelle et la variabilité. Plus récemment, Alan Dundes a montré que la thèse n'était plausible qu'à condition de présupposer une téléologie interne de la tradition folklorique autour d'un idéal implicite, présupposition qu'aucune observation sur le terrain ne corrobore (Dundes 1969). Goody (1977) a montré que dans le cadre d'une tradition orale, la notion même de modèle (censé assurer l'autocorrection du système) n'avait guère de sens, et que la remémoration pertinente n'était nullement la remémoration exacte (qui n'a de sens que dans une culture qui fixe les textes par écrit, et donc fixe des modèles), mais une « remémoration générative ». Le scepticisme face à l'idée d'un système autocorrecteur a amené les auteurs à reporter leur attention de l'analyse purement textuelle vers l'analyse de l'œuvre en situation de performance, c'est-à-dire vers les porteurs réels de la transmission orale (l'artiste individuel et son public), dont – mis à part certains faits relevant de phénomènes purement mnémotechniques – les *choix* semblent seuls capables d'expliquer à la fois la stabilité de certains éléments structurels et la variabilité foisonnante de la plupart des autres aspects des œuvres orales. Ainsi on admet que pour l'étude du conte, il faut prendre en compte trois facteurs : la tradition, c'est-à-dire la chaîne des conteurs du passé, le conteur individuel en tant que créateur de l'œuvre en performance et l'auditoire en tant que sanction de l'art du conteur. En généralisant ce type de recherche à d'autres genres folkloriques, on a pu montrer (Degh et Vazsonyi 1975) que les formes de transmission orale sont aussi diverses que le sont les hommes et leurs intérêts, et que, du moins dans le cadre d'une transmission qui ne passe pas à travers une caste de professionnels, il était rigoureusement impossible de dégager la moindre loi d'évolution générale.

■ W. Anderson, *Kaiser und Abt. Die Geschichte eines Schwankes*, Helsinki 1923 ; C.W. von Sydow, « On the spread of tradition » (1931), in *Selected Papers on Folklore*, Copenhague, 1948 ; N. Goodman, *Langages de l'art* (1968), Paris 1991 ; A. Dundes, « The devolutionary premise in folklore theory », *Journal of the Folklore Institute*, 6, 1969, p. 8 ; J. Goody, « Mémoire et apprentissage dans les sociétés avec et sans écriture : la transmission du Bagre », *L'Homme*, VII, 1, 1977 ; L. Degh et A. Vaszonyi, « The hypothesis of multi-conduit transmission in folklore », in Ben-Amos et Goldstein, *op. cit.*, p. 207-257.

4. Oralité et esthétique

Une difficulté qui attend toujours d'être résolue concerne la distinction entre la littérature orale en tant qu'ensemble des activités verbales à composante esthétique et l'ensemble des autres formes de la tradition orale. La masse des genres oraux étudiés par les folkloristes et les ethnologues est impressionnante, mais ces genres renvoient à des situations de communication sociale fort diverses qui sont loin de correspondre toutes à ce que nous entendons par « communication littéraire », si on veut bien accepter que cette expression implique l'existence d'une composante esthétique (même si celle-ci ne doit nullement être exclusive de toute fonction utilitaire). Dans certains cas, c'est la notion même d'« œuvre », celle d'une spécificité « littéraire », qui fait problème, dans la mesure où l'identification d'une pratique discursive indigène à un genre littéraire occidental comporte le risque d'une projection ethnocentrique. Aussi, certains ethnolinguistes ou ethnopoéticiens pensent-ils que la démarche doit être différente : l'analyse doit partir des « styles de discours » *(speech styles)* (Urban 1985), le découpage entre activités marquées (esthétiquement) et activités non marquées ne pouvant être entrepris, avec précaution, qu'*a posteriori* par une observation des caractéristiques contextuelles des performances. Certes, le discours marqué se détache toujours de la conversation courante, soit par l'usage d'un niveau de parole spécifique (dont la versification n'est qu'une forme particulièrement voyante), soit pour le moins par un cadrage *(framing)* spécifique, par exemple l'usage de certaines formules d'introduction et de clôture – technique nécessaire surtout lorsque verbalement et stylistiquement l'acte « littéraire » reste noyé dans le discours quotidien (par exemple lorsqu'une mère raconte un conte à son enfant). Autrement dit, dans tous les cas il doit y avoir un élément, soit verbal, soit contextuel, qui permette de transformer la relation entre celui qui parle et celui qui écoute en une relation entre un exécutant et son auditoire, transformation susceptible de réaliser le passage d'une simple conduite verbale à une *présentation* verbale assumée comme telle (Hymes 1975), fût-ce à l'intérieur d'une activité tout ce qu'il y a de plus quotidien. En deuxième lieu il faut montrer que la situation verbale ainsi marquée comporte une composante esthétique et quel est son caractère spécifique. Que pratiquement toutes les sociétés jusqu'ici étudiées connaissent des activités verbales *esthétiquement marquées* semble un fait établi, mais cela ne nous renseigne guère sur la manière dont cette dimension esthétique est perçue, catégorisée (ou non) et mise en relation avec les autres pratiques discursives : ce qui, actuellement encore, nous fait cruellement défaut, c'est une attention soutenue accordée aux éventuels arts poétiques indigènes, qui seuls pourraient nous renseigner valablement sur le fonctionnement et la signification différentiels des pratiques discursives dans une société donnée (Beaujour 1989).

■ D. Hymes, « Breakthrough into performance », in D. Ben-Amos et K.S. Goldstein, *op. cit.*, p. 11-74 ; G. Urban, « Speech styles in shokleng », in E. Mertz et R. Parmentier (eds.), *Semiotic Mediation : Sociocultural and Psychological Perspectives*, Orlando, 1985 ; M. Beaujour, « "Ils ne savent pas ce qu'ils font." L'ethnopoétique et la méconnaissance des "arts poétiques" des sociétés sans écriture », *L'Homme*, 111-112, 1989, XXIX (3-4), p. 208-221.

GENRES LITTÉRAIRES

La conscience de la sous-division du champ de la littérature en classes d'œuvres plus ou moins nettement délimitées est un phénomène universel, présent dans toutes les littératures, occidentales ou autres, écrites ou orales. La classification discursive n'est bien sûr pas spécifique à la littérature : le discours humain se différencie partout et toujours en une multitude de « genres discursifs » se cristallisant notamment à partir des actes de langage tels qu'ils sont étudiés par la pragmatique linguistique. L'énonciation tout autant que la réception (qu'elles soient orales ou écrites) d'un message verbal ne sauraient se concevoir en dehors de sa structuration selon certaines conventions ou normes, liées notamment aux fonctions qu'il est censé remplir. Bien entendu, les traits par lesquels sont identifiés les genres littéraires ne sauraient être ramenés tous à des contraintes pragmatiques, mais même les normes ou règles purement formelles ou thématiques ont un rôle apparenté : permettre au message, en l'occurrence à l'œuvre, de s'inscrire sur le fond d'un usage institué et partagé, d'un « horizon d'attente » (H.R. Jauss), fût-ce éventuellement pour signifier sa subversion. Comme l'avaient déjà noté les formalistes russes, l'identité d'un fait littéraire dépend de sa *qualité différentielle*, c'est-à-dire de sa corrélation avec les autres œuvres. Il n'est donc pas étonnant que la notion de **genre littéraire**, ou des notions remplissant la même fonction, aient joué de tout temps, et dans toutes les civilisations, un rôle important dans la vie littéraire, au niveau de la création des œuvres comme à celui de leur réception.

Depuis le romantisme, nous sommes habitués à la thèse selon laquelle la problématique des genres ne serait pertinente que pour certains domaines littéraires : pour le classicisme littéraire, parce qu'il se soumet à un système de règles explicites, pour la littérature orale à cause de son caractère souvent formulaire et de son traditionalisme supposé opposé à toute innovation, pour la littérature de masse enfin, parce qu'elle recherche la production de produits standardisés récurrents. En revanche les œuvres littéraires les plus avancées de la littérature contemporaine lui échapperaient radicalement : « Le fait que les formes, les genres, n'ont plus de signification véritable [...] indique ce travail profond de la littérature qui cherche à s'affirmer dans son essence, en ruinant les distinctions et les limites » (Blanchot 1955, p. 229). La distinction entre œuvres lisibles et œuvres scriptibles proposée par Roland Barthes (1970) va dans le même sens.

Qu'on accepte ou non l'idéal subversif (qui est *aussi* un idéal générique) au nom duquel la notion de genre a été remise en question, il demeure qu'au niveau descriptif, la thèse de l'agénéricité du texte littéraire moderne n'est guère plausible, s'il est vrai qu'un message verbal ne peut se constituer que dans le cadre de certaines conventions pragmatiques fondamentales qui régissent les échanges discursifs et qui s'imposent à lui tout autant que les conventions du code linguistique. Par ailleurs, même en deçà de ces contraintes discursives générales, tout texte, fût-il le plus idiosyncrasique, est classable : en tant qu'il transgresse « son » genre, il présuppose paradoxalement l'existence de celui-ci ; en tant qu'il innove, ses traits innovateurs deviennent à leur tour un modèle, ou une règle potentielle (Todorov 1978, p. 44-47). Enfin, si on voulait éviter toute considération générique dans le discours sur les œuvres littéraires, le silence serait la seule issue, puisque dès lors que nous identifions une œuvre par un terme général quel qu'il soit (fût-ce celui d'« œuvre absolument singulière ») nous nous servons d'une catégorie générique.

Le malaise ressenti par certains écrivains ou critiques du XIXe et du XXe siècle face à la problématique des genres littéraires correspond cependant à un problème réel : la nécessité de distinguer entre *description et prescription.* Or, cette distinction entre analyse descriptive et idéal prescriptif est d'autant plus importante à maintenir que les prescriptions génériques font partie intégrante de l'objet que la théorie des genres devrait analyser : la plupart des discours critiques consacrés aux genres littéraires ont été, de tout temps et partout, des traités prescriptifs, et en tant que tels ils n'ont pas manqué de déterminer partiellement la création littéraire. La finalité de la théorie des genres littéraires n'est pas de prendre parti pour ou contre telle ou telle de ces prescriptions, ou de batailler contre le prescriptivisme comme tel, mais d'intégrer cet aspect dans l'étude des phénomènes qu'elle étudie. Elle ne saurait donc se limiter à une analyse purement intratextuelle, mais doit faire la navette entre les textes et les normes plus ou moins explicites sur le fond desquelles ils se détachent.

■ M. Blanchot, *L'Espace littéraire*, Paris 1955 ; R. Barthes, *S/Z*, Paris, 1970 ; T. Todorov, « L'origine des genres », in *Les Genres du discours*, Paris, 1978, p. 44-60 ; H.-R. Jauss, *Pour une esthétique de la réception*, Paris, 1978.

Problèmes épistémologiques

On considère souvent que les genres forment entre eux un *système articulé* qui définirait le champ littéraire, en sorte que la théorie des genres serait coextensive à la théorie littéraire. C'était la conviction de Hegel, auteur du système générique le plus impressionnant proposé à ce jour : d'après lui les trois genres *(Gattungen)* fondamentaux, c'est-à-dire l'*épopée*, la *poésie lyrique* et la *poésie dramatique*, circonscrivent le développement de la littérature dans sa totalité. Cette idée d'une tripartition d'essence de la littérature, déjà défendue par Goethe, continue à être présente dans les études littéraires de langue allemande, souvent réinterprétée – en premier par Hölderlin – comme une triade de tonalités affectives de la combinaison desquelles résulteraient tous les genres littéraires dans leur empiricité historique (ainsi Staiger 1946). On a pu montrer (Genette 1979) que cette triade générique trouve son origine dans une réinterprétation thématique des distinctions des **modes d'énonciation** (narratif et dramatique) chez Platon et Aristote : elle tire une grande partie de ses prétentions à l'universalité de l'identification abusive de la tragédie (définie thématiquement) au mode dramatique comme tel, ainsi que de l'épopée au mode narratif (ou mixte, selon Aristote), auxquelles s'est jointe plus tard la poésie lyrique, classe catégoriellement hétérogène aux deux autres, puisqu'elle ne correspond pas à un mode d'énonciation spécifique.

La notion de système générique présuppose par ailleurs l'existence d'une frontière absolue et stable entre les activités littéraires et les activités verbales non littéraires. Or, cette frontière est au contraire partiellement instable. Si le domaine de la fiction et celui de la diction poétique relèvent de la *littérarité constitutive*, la littérarité d'autres pratiques discursives est *conditionnelle* (Genette 1991) : certains genres, tels l'épithalame, l'éloge funèbre, le sermon, la lettre ou le journal intime relèvent tout autant d'une théorie générale des discours que d'une théorie des genres littéraires au sens restreint du terme. Il s'agit là de textes qui, selon les époques, selon les pays, voire selon les auteurs, entrent et sortent du domaine de la littérature institutionalisée, sans pour autant changer fondamentalement de caractéristiques identificatoires.

Prise en un sens plus faible, comme l'ont fait les formalistes russes, la notion de système peut cependant être utile pour rendre compte des constellations historiques de relations entre genres, constellations qui font que la transformation de tel ou tel élément est susceptible d'affecter ses relations avec les autres éléments et par là même l'équilibre global du « système ». Distinguant entre **équilibre synchronique** et **transformations diachroniques**, les formalistes ont ainsi tenté d'analyser les genres dans une perspective dynamique. Tynianov distingue entre l'évolution de la fonction constructive des œuvres, l'évolution interne de la fonction littéraire et l'évolution de celle-ci par rapport aux autres séries culturelles et sociales. Il met l'accent sur le rythme temporel différent de ces évolutions : la fonction des éléments constructifs est soumise à des changements rapides (elle diffère en général d'un auteur à l'autre), les changements internes de la fonction littéraire correspondent *grosso modo* aux distinctions entre époques littéraires, alors que les transformations dans la relation entre la série littéraire et les autres séries culturelles ou sociales (la fonction de la littérature dans le système des arts ou dans la société globale) réclament des siècles.

■ W.F. Hegel, *Esthétique*, trad. fr. S. Jankélévitch, Paris, 1979 ; B. Tomachevski, « Thématique » (1925), in *Théorie de la littérature*, Paris, 1965, p. 120-137 ; Y. Tynianov, « L'évolution littéraire » (1927), in *ibid.*, p. 263-307 ; E. Staiger, *Grundbegriffe der Poetik*, Zurich, 1946 ; C. Guillen, *Literature as System*, Princeton, 1971 ;

G. Genette, *Introduction à l'architexte*, Paris, 1979, G. Genette, *Fiction et diction*, Paris, 1991.

Souvent aussi on traite la notion de genre comme une catégorie causale qui expliquerait l'existence des textes. C'est la métaphore biologiste et évolutionniste qui est en général responsable de cette conception. La tentation est déjà présente chez Aristote : dans certains passages de *La Poétique*, il définit la tragédie comme une substance dotée d'une nature interne capable de piloter les œuvres individuelles et l'évolution de la classe générique. Ce biologisme a été poussé à l'extrême dans les théories évolutionnistes du XIXe siècle, par exemple chez Brunetière : l'histoire littéraire devient chez lui la lutte vitale que se livrent les genres conçus comme autant d'espèces naturelles dotées d'une sorte de volonté de puissance, étant donné que « la différenciation des genres s'opère dans l'histoire comme celle des espèces dans la nature » (Brunetière 1890, p. 20). Même les formalistes russes, tout en reconnaissant que les genres sont essentiellement des « groupements constants de procédés », ne se sont pas entièrement émancipés du modèle biologiste, notamment en soutenant que « les genres vivent et se développent » et en postulant leur dégradation inéluctable au cours de leur évolution (Tomachevski 1925). Il est vrai que cette dégradation trouve selon Tomachevski un contrepoids dans le « processus de canonisation des genres vulgaires », c'est-à-dire l'introduction de traditions génériques marginales dans le corpus de la littérature savante qu'elles revivifient en même temps que celle-ci les transforme afin de les adapter à ses exigences propres.

Malgré l'attraction indéniable du modèle évolutionniste, et son utilité partielle comme modèle analogique (Fishelov 1993), l'idée que les genres puissent être la cause de l'existence des œuvres est fondée sur un paralogisme : si la possession de certains traits est une raison pour assigner une œuvre donnée à une catégorie spécifique, la catégorie en revanche ne saurait être la cause de l'existence de l'œuvre en question (Reichert 1978). Or, les genres sont des catégories, auxquelles correspond certes une réalité, mais cette réalité n'est pas celle d'une entité qui serait capable de générer les textes : seuls les hommes, ou d'autres êtres vivants, peuvent générer des textes, et ces textes ne sont certainement pas produits selon une procédure automatique qui serait génétiquement programmée.

■ Aristote, *La Poétique*, trad. fr. R. Dupont-Roc et J. Lallot, Paris, 1980 ; F. Brunetière, *L'Évolution des genres dans l'histoire de la littérature*, Paris, 1890 ; F. Brunetière, « La doctrine évolutive et l'histoire de la littérature », in *Études critiques sur l'histoire de la littérature française*, 6e série, Paris, 1899 ; J. Reichert, « More than kind and less than kind : the limits of genre criticism », in J.P. Strelka (ed.), *Theories of Literary Genre*, Philadelphie, 1978 ; G. Willems, *Das Konzept der literarischen Gattung*, Tübingen, 1981 ; D. Fishelov, *Metaphors of Genre. The Role of Analogies in Genre Theory*, University Park, 1993.

Enfin, on admet souvent implicitement que les catégories génériques se réfèrent toutes à des phénomènes textuels de même niveau. Or, lorsqu'on parcourt n'importe quelle liste de noms de genres usuels, on voit qu'ils se réfèrent, selon les cas, à des traits de statuts très divers, comme l'avait déjà noté Tomachevski : « Ces traits peuvent être très différents et peuvent se rapporter à n'importe quel aspect de l'œuvre littéraire » (Tomachevski 1925). Ainsi le sonnet est identifié par des prescriptions de versification, l'autobiographie se reconnaît à son statut énonciatif (récit à la première personne) et à sa thématique (récit de vie), le récit est identifié par sa modalité d'énonciation. Cette pluralité n'est que le reflet de la complexité inhérente à la littérature et, plus fondamentalement, à tout acte verbal. Autrement dit, une œuvre peut toujours être appréhendée sur divers niveaux, de sorte que son identité générique est toujours relative au(x) niveau(x) qu'on retient comme pertinent(s) : *Madame Bovary* peut être classée comme fiction, comme récit, comme roman, comme roman naturaliste, comme roman français du XIXe siècle, pour ne citer que quelques-unes des possibilités de catégorisation. Chacune de ces identifications génériques sollicitera certains traits de l'œuvre aux dépens d'autres et en dessinera donc une image différente.

Règles constituantes et normes régulatrices

La manière la plus prudente de circonscrire le statut propre des catégories génériques dans leur diversité est sans doute de les référer à des conventions, des normes et des règles qui, à des titres divers, interviennent dans la confection des œuvres littéraires. Adaptant et transformant une distinction utilisée par John Searle à propos des règles des actes de langage (Searle 1972), on peut distinguer au moins deux niveaux :

a) **Les règles génériques constituantes.** Une œuvre littéraire n'est jamais un simple texte (écrit ou oral), mais un *acte de communication* allant d'un auteur à un auditeur (individuel ou collectif) ou à un lecteur : l'auteur doit d'abord réussir à faire identifier son œuvre comme acte verbal spécifique (plutôt que comme simple accumulation de bruits ou de traces visuelles), fût-ce comme acte qui se borne à communiquer le refus de communiquer dans le cadre des types socialement reçus. Tout texte littéraire s'inscrit donc dans un *cadre pragmatique* dont les conventions constituent des données du langage compris comme outil de symbolisation. L'auteur doit ainsi faire d'entrée de jeu un certain nombre de choix concernant le *statut énonciatif* de son œuvre : va-t-il parler en son nom ou va-t-il déléguer la parole à un énonciateur fictif ? Est-ce que ses énoncés auront des prétentions référentielles et illocutoires ou vont-ils se situer dans un contrat de fiction ? Etc. Certains facteurs lui sont imposés par le contexte historique : rares sont les situations dans lesquelles un auteur peut choisir entre créer une œuvre littéraire écrite ou orale, alors même que, comme Dan Ben-Amos, Ruth Finnegan et Paul Zumthor notamment l'ont montré, au niveau des conventions pragmatiques fondamentales, l'œuvre orale obéit à une logique générique qui diffère sur bien des points de vue de celle de l'œuvre écrite (Ben-Amos 1974, Finnegan 1977, Zumthor 1983). Il doit aussi déterminer le *pôle du destinataire* : choisira-t-il un destinataire déterminé ou alors indéterminé (comme c'est le cas pour la fiction narrative), est-ce qu'il introduira un destinataire fictif à côté du destinataire réel de la communication littéraire (un roman par lettres positionne un ou des destinataires fictifs déterminés : les personnages fictifs auxquels sont adressées les lettres – et un destinataire réel indéterminé : le public qui va lire le roman, etc.). Autre choix, celui qui détermine la nature de l'acte de langage constituant la **dominante illocutoire** de l'œuvre (fût-ce sur le mode de la feintise) : s'agit-il d'une description (cas du récit), d'une demande, d'une menace, d'une exhortation (cas du sermon), etc. ? Toutes ces déterminations, qui permettent au récepteur d'identifier l'œuvre comme exemple d'un type de communication spécifique relèvent de règles constituantes. Elles sont constituantes parce qu'elles instaurent l'œuvre comme symbole verbal et sont l'objet d'un choix obligatoire en amont de la réalité textuelle proprement dite. Leur réalité générique propre relève de la détermination du cadre communicationnel, donc d'un fait pragmatique, et non pas de celle de l'œuvre comme message singulier, donc d'un fait textuel (thématique ou formel) au sens restreint du terme.

b) **Les normes régulatrices** formelles et thématiques. Il semblerait que, considérés du point de vue de leur organisation syntaxique et sémantique, et plus largement de leur structure formelle et thématique, les textes (littéraires ou autres) ne possèdent pas de règles *constituantes* d'ordre supra-phrastique [595 s.]. D'où une relation toute différente ici entre l'œuvre et les normes génériques correspondantes : alors qu'au niveau des déterminations d'ordre pragmatique l'œuvre se borne à exemplifier ses propriétés génériques (elle possède les propriétés pragmatiques qui la dénotent), au niveau textuel elle les module, c'est-à-dire qu'elle est capable de transformer, voire de subvertir son modèle : *Don Quichotte* possède une structure d'**exemplification générique** au niveau de son cadre communicationnel (il est, par exemple, une instanciation du mode d'énonciation narratif), alors qu'au niveau formel et sémantique il constitue une **modulation** des règles auxquelles il fait référence (par exemple, il transforme, ou plutôt subvertit, la thématique du roman de chevalerie, à travers la procédure d'inversion typique de la parodie).

Prescriptions explicites et conventions de tradition

Au niveau des traits formels et thématiques, la relation des textes à leurs référents génériques peut prendre au moins deux formes :

a) Beaucoup de noms de genre qui se réfèrent à des traits thématiques ou formels sont liés à des **prescriptions explicites**. C'est le cas pour les formes lyriques fixes, tel le sonnet (deux quatrains et deux tercets, ou encore trois quatrains et un distique), le haïku japonais (dix-sept syllabes réparties en trois groupes de cinq, sept et cinq syllabes) ou le lü-shih chinois (huitain à quatre distiques dont le deuxième et le troisième ont une construction syntaxique parallèle, alors que le premier et le quatrième ont une organisation inversée). C'est le cas aussi des prescriptions d'unité de lieu, de temps et d'action formulées pour la tragédie française classique. Les traditions génériques obéissant à des prescriptions textuelles explicites se réfèrent bien à des normes régulatrices : l'œuvre individuelle applique (ou viole) un certain nombre de règles normatives (formelles et/ou sémantiques) dont l'existence relève de l'institution littéraire. Contrairement à ce qui se passe pour les règles constituantes, le fait d'aller contre une norme régulatrice ne détruit pas l'intelligibilité de l'œuvre : lorsque je viole les règles du sonnet, le résultat reste un acte verbal parfaitement compréhensible.

b) Il existe d'autres genres dans lesquels les parentés entre les différentes œuvres ne sont pas fondées sur des prescriptions explicites mais sur des relations de modélisation directe entre œuvres individuelles, donc sur des *relations hypertextuelles* (Genette 1982) [210], c'est-à-dire des procédés d'imitation et de transformation individuelles. La plupart des genres narratifs relèvent pour l'essentiel de telles **conventions de tradition** (Mailloux 1982) : c'est le cas du roman picaresque dont l'allure générique résulte pour une grande part des procédés d'imitation et de transformation des modèles espagnols par les écrivains de toute l'Europe (Grimmelshausen, Lesage, Defoe, Fielding, Smollett, etc.). Il arrive que des prescriptions explicites naissent de la « cristallisation » de conventions de tradition préexistantes : les règles de la tragédie classique française résultent, via Aristote, d'une cristallisation des conventions de tradition observables dans le corpus (très mutilé) des tragédies antiques qui nous sont parvenues. À l'inverse, un genre lié originairement à des prescriptions explicites peut aussi, au fil du temps, se transformer en un genre hypertextuel, pour peu que les règles perdent leur pouvoir de contrainte institutionnel (c'est le cas de beaucoup de genres lyriques – par exemple l'ode ou l'élégie – qui sont passés d'un statut générique lié à des règles métriques explicites à une filiation générique hypertextuelle essentiellement thématique). Il ne faudrait pourtant pas croire que les prescriptions explicites seraient toujours des conventions formelles, alors que les généalogies génériques hypertextuelles reposeraient toujours sur des conventions de contenu : une des règles explicites du haïku est une prescription sémantique, à savoir l'allusion à une des quatre saisons.

Les universaux thématiques

Comme les parentés génériques qui reposent sur des règles constituantes, celles qui reposent sur des normes régulatrices (qu'il s'agisse de prescriptions explicites ou de traditions hypertextuelles) correspondent toujours à des choix auctoriaux, c'est-à-dire sont toujours causalement déterminées. Cependant parmi les noms de genres qui identifient des classes de textes reposant sur des parentés thématiques, un certain nombre se réfèrent à des *classes de textes causalement indéterminées*, c'est-à-dire dont le statut causal des liens de ressemblance n'est pas pris en compte. En ce sens elles s'opposent fortement aux classes formées à partir de conventions traditionnelles – qui sont des classes généalogiques – et aux classes formées à partir de prescriptions explicites. Ainsi le roman picaresque est une classe généalogique, déterminée par les relations hypertextuelles effectives existant entre les différentes œuvres qui forment son extension ; de même le sonnet est une classe fondée sur l'application de règles explicites utilisées par les différents auteurs. À l'inverse, des déterminations génériques comme les **modes thématiques** que distingue Northrop Frye (le mythe, la légende, la tragédie et l'épopée, la comédie, enfin la satire et l'ironie), les **tonalités affectives** de Staiger (le lyrique, l'épique et le dramatique) ou encore les *formes simples* [197] étudiées par André Jolles (légende, geste, mythe, devinette, locution, cas, conte, mémorable et trait d'esprit) ont un statut causalement indéterminé. Telles qu'elles sont définies, ces formes simples et ces modes se retrouvent dans les littératures les plus diverses et dans les traditions les plus hétérogènes : ainsi, selon Jolles, la forme simple de la légende possède des formes actualisées aussi diverses que l'ode triomphale de l'Antiquité, la Vie de saint médiévale et la chronique sportive moderne ; de même, les parentés entre le conte occidental et certaines traditions de contes extra-européens, parentés qui concernent essentiellement la structure de l'action, ne relèvent d'aucun lien historique. On voit que ces déterminations génériques posent l'épineux problème des **universaux**

thématiques dont l'explication satisfaisante dépendra sans doute autant des progrès de l'anthropologie et des sciences cognitives que des recherches proprement littéraires, de même que l'explication des universaux pragmatiques déborde largement le champ des études littéraires.

Généricité auctoriale et généricité lectoriale

Quelle que soit la réponse qu'on pourra apporter à la question des constantes anthropologiques de contenu ou de forme, il restera toujours une différence fondamentale entre les classes de ressemblance non motivées causalement et les règles constituantes, les normes régulatrices et les conventions de tradition. En remontant des noms de genres dans leur diversité aux différentes conventions et aux divers niveaux qui leur correspondent, on remonte à la **généricité auctoriale**, c'est-à-dire qu'on se propose de retrouver l'ensemble des normes et des règles que l'auteur a mises en œuvre, qu'il a respectées ou violées. À l'inverse les classifications qui se fondent sur des ressemblances causalement indéterminées sont toujours des classifications rétrospectives : elles relèvent dans tous les cas en premier lieu de la **généricité lectoriale**. Cette distinction nous rappelle la dualité de la problématique générique qui est toujours à la fois une problématique de la création littéraire et une problématique de la lecture. C'est-à-dire qu'elle se réfère à la fois au caractère réglé de la communication littéraire et à la différenciation de la littérature comme corpus historique d'œuvres qui sont lues. Distinguer entre les deux revient évidemment à admettre que les catégorisations respectives ne coïncident pas nécessairement. Autrement dit, les critères de classification générique des lecteurs ne correspondent pas nécessairement aux normes, règles et conventions génériques qui ont été pertinentes dans la genèse de l'œuvre. Homère, en créant ou en rassemblant l'*Iliade* et l'*Odyssée*, a mis en œuvre un certain nombre de règles, et pas d'autres. Retrouver ces règles relève du travail de l'historien de la littérature et du poéticien. Mais d'un autre côté, il est évident qu'en tant que nous lisons les œuvres homériques dans notre horizon d'attente générique actuel, nous situons les épopées homériques autrement sur l'échiquier générique que ne le faisaient les Grecs de l'époque archaïque, y compris

Homère. Ainsi à l'époque d'Homère, l'opposition entre récit historique et récit mythique ou légendaire n'avait sans doute pas encore cours : lorsque nous qualifions l'univers thématique de l'épopée d'univers fictif, nous utilisons donc une caractérisation générique qui n'avait guère de sens pour les premiers auditeurs de l'*Iliade* et de l'*Odyssée*. À la limite, comme l'a fait remarquer Tomachevski, « seul le contemporain peut apprécier la perceptibilité de tel ou tel procédé » (Tomachevski 1925) – la perceptibilité des traits génériques auctoriaux s'entend, puisque chaque nouveau contexte de lecture est susceptible de dégager d'autres traits perceptibles. Cette instabilité de l'identité générique est étroitement liée au fait que la littérature est une réalité historique et que les textes littéraires sont des messages *décontextualisables* et *recontextualisables* à volonté, ceci étant particulièrement net dans le cas des genres ludiques (c'est-à-dire de la littérature au sens restreint du terme). Conçues comme catégories de lecture, les distinctions génériques, loin d'être établies une fois pour toutes, sont en perpétuel mouvement : l'état présent de la littérature projette son ombre sur le passé, ici faisant ressortir des traits autrefois inertes, là repoussant dans l'ombre des traits autrefois marqués, et réorganisant du même coup le canon littéraire reçu.

■ A. Jolles, *Formes simples* (1930), Paris, 1972 ; N. Frye, *Anatomie de la critique*, Paris, 1969 ; J.S. Searle, *Les Actes de langage*, Paris, 1972 ; D. Ben-Amos, « Catégories analytiques et genres populaires », *Poétique*, 19, 1974, p. 265-293 ; R. Finnegan, *Oral Poetry, Its Nature, Significance and Social Context*, Cambridge, 1977 ; G. Genette, *Palimpsestes*, Paris, 1982 ; P. Zumthor, *Introduction à la poésie orale*, Paris, 1983 ; S. Mailloux, *Interpretive Conventions. The Reader in the Study of American Fiction*, Ithaca, 1982 ; A. Fowler, *Kinds of Literature. An Introduction to the Theory of Genres and Modes*, Oxford, 1982.

Quelques présentations et discussions générales : J.J. Donohue, *The Theory of Literary Kinds*, 2 tomes, Iowa, 1943-1949 ; P. Hernadi, *Beyond Genre. New Directions in Literary Classification*, Ithaca, 1972 ; K.W. Hempfer, *Gattungstheorie*, Munich, 1973 ; Coll., *Théorie des genres*, Paris, 1986 ; J.-M. Schaeffer, *Qu'est-ce qu'un genre littéraire ?*, Paris, 1989 ; D. Combe, *Les Genres littéraires*, Paris, 1992 ; J. Molino, « Les genres littéraires », *Poétique*, n° 93, février 1993, p. 3-28.

MOTIF, THÈME ET FONCTION

Les notions de *motif*, de *thème* et de *fonction* jouent un rôle central dans l'analyse thématique, qu'il s'agisse de l'étude des mythes, des études folkloriques ou de la thématique littéraire. Si la notion de *fonction*, proposée par Propp, est utilisée à peu près dans le même sens par la plupart des auteurs, il n'existe en revanche guère de consensus quant aux définitions du *motif* et du *thème*. Bien des auteurs utilisent les deux termes de manière interchangeable. D'autres les opposent selon l'étendue textuelle qu'ils subsument : un thème résulterait d'une combinaison de motifs, ces derniers étant des éléments de contenu plus élémentaires (Hadermann 1984). Sous-jacente à cette conception se trouve peut-être la vieille idée du thème comme facteur unifiant de l'œuvre. Parfois on les oppose selon une échelle d'abstraction : le thème serait ainsi une notion abstraite (par exemple : la rupture de contrat) se subdivisant éventuellement en plusieurs espèces (par exemple : l'adultère) dont chacune se subdiviserait en un nombre indéterminé de motifs (par exemple : l'initiation sexuelle d'un jeune garçon par une femme mariée) qui en seraient autant d'exemplifications ou de concrétisations (Ryan 1988). Certains auteurs, tout en appliquant la même échelle, renversent les deux termes : ainsi pour Trousson (1965) le motif est une toile de fond (attitude, situation de base impersonnelle), alors que le thème serait sa concrétisation.

Face à ce manque de cohérence il convient d'abord de fixer les termes. Il faut partir du fait que l'analyse thématique, si elle porte toujours sur des unités de contenu des textes, a donné lieu à trois disciplines fort différentes qu'on ne distingue pas toujours avec la netteté souhaitable : l'**interprétation thématique**, c'est-à-dire l'étude de l'interaction textuelle des unités sémantiques ; la **taxinomie des motifs**, c'est-à-dire la construction de classements paradigmatiques, tel l'index des motifs du conte folklorique de A. Aarne et S. Thompson ; l'**analyse fonctionnelle** enfin, qui propose une théorie générale de la structuration thématique, que ce soit au niveau paradigmatique (Lévi-Strauss) ou syntagmatique (Propp). Partant de là, et adaptant une distinction proposée par Todorov (1972), il peut être utile de proposer les distinctions terminologiques suivantes :

– lorsqu'on observe les relations de contiguïté et d'enchaînement qui s'établissent entre unités de sens, on se place dans une perspective *syntagmatique* et on cherche à dresser une liste de **fonctions** (ou de *prédicats*) ;

– lorsque, en revanche, on ne tient pas compte des relations de contiguïté et de causalité immédiate, mais qu'on s'attache à relever celles de ressemblance (et donc aussi d'opposition) entre des unités souvent très distantes, la perspective est *paradigmatique*, et on obtient, comme résultat de l'analyse, des **thèmes** ;

– quant aux **motifs**, il paraît judicieux d'y voir des *étiquettes* désignant des classes de *réalisations lexicales* d'une fonction ou d'un thème, chaque classe étant fondée, soit sur des exemplifications strictes, soit, ce qui est plus probable, sur des ressemblances de famille entre ses divers membres. Cela signifie que le même motif est fonctionalisé ou thématisé, selon qu'il intervient dans le cadre d'une intégration syntagmatique ou paradigmatique : le motif du « roi déposé » est ainsi exemplifié par une classe (sémantiquement identifiée) de réalisations lexicales dont chaque membre est susceptible d'entrer comme unité fonctionnelle dans une *séquence* narrative (ou toute autre organisation d'ordre syntagmatique), ou de jouer comme unité thématique dans un réseau paradigmatique (par exemple comme exemplification du thème générique de la « déchéance »). Par ailleurs les motifs sont en général thématiquement et fonctionnellement polyvalents.

■ Présentations générales : W. Kayser, *Das sprachliche Kunstwerk*, Berne, 1948 ; R. Trousson, *Un problème de littérature comparée : les études de thèmes. Essais de méthodologie*, Paris 1965 ; T. Todorov, « Motif », in O. Ducrot et T. Todorov, *Dictionnaire encyclopédique des sciences du langage*, Paris, 1972 ; P. Hadermann, « Thema, motief, matrijs. Een mogelijke terminologische parallellie tussen literatuur – en kunstwepenschap », in M. Vanhelleputte et L. Somville (eds.), *Prolegomena tot een motievenstudie*, Bruxelles, 1984 ; F. Jost, « Motifs, types, thèmes », in *Introduction to Comparative Literature*, Indianapolis et New York, 1974, p. 175-247 ; H.S. et I. Daemmrich, « Themes and motifs in literature : approaches, trends, definitions », *German Quarterly*, 58, 1985, p. 566-575 ; « Du thème en littérature », *Poétique*, 64, 1985 ; M.-L. Ryan, « À la recherche du thème narratif », in « Variations sur le thème », *Communications*, 47, 1988 ; W. Sollors (ed.), *The Return of Thematic Criticism*, Harvard, 1993 (avec une sélection bibliographique).

L'interprétation thématique

La thématique littéraire est traditionnellement une pratique interprétative : on analyse des thèmes spécifiques, souvent en essayant de dégager leur signification expressive, qu'elle soit individuelle ou collective. En France, ce type d'études est représenté essentiellement par la *critique thématique* d'origine bachelardienne, reprise et développée notamment dans les travaux de Jean Starobinski, Georges Poulet et, surtout, Jean-Pierre Richard. D'inspiration phénoménologique, elle se caractérise à la fois par sa démarche, qui relève de la critique des œuvres plutôt que de l'analyse théorique, et par sa définition du thème, dans lequel elle voit « un principe concret d'organisation, un schème [...] autour duquel aurait tendance à se constituer et à se déployer un monde » (Richard 1961), ou encore « un signifié individuel, implicite et concret », pris dans « une relation singulière, "existentielle", "vécue", affectivement valorisée, au monde et notamment au monde concret » (Collot 1988).

Le problème essentiel que doit affronter l'interprétation thématique est de réussir à parler des thèmes ou des idées en littérature sans réduire la spécificité de celle-ci, c'est-à-dire sans faire de la littérature un simple système de traduction. En effet, presque tous les systèmes thématiques s'inspirent de modèles herméneutiques applicables à n'importe quelle expression symbolique humaine : c'est le cas de la théorie des composantes matérielles de l'imagination (les quatre éléments) proposée par Bachelard, mais aussi de la théorie des archétypes de Jung, du modèle des cycles naturels (les quatre saisons ; les heures...) mis en avant par Frye, de la théorie des mythes occidentaux (Narcisse, Œdipe...) qui guide les travaux de Gilbert Durand, du modèle interprétatif du « bouc émissaire » qui guide les analyses de Girard, sans parler de la critique idéologique, qu'elle soit marxiste ou féministe. Ces constructions risquent sans cesse de faire disparaître la spécificité littéraire : voulant englober toute la littérature, elles englobent toujours plus que la littérature ; voulant l'expliquer elles la transforment en symptôme d'une structure herméneutique cachée.

Bien entendu, refuser de reconnaître l'existence d'éléments thématiques dans le texte littéraire, ou nier leur pertinence littéraire ne résout pas le problème non plus. Mais on peut se demander si l'interprétation thématique n'est pas distendue entre deux projets différents. Il y aurait d'un côté l'*interprétation symptomale* de la littérature qui relève d'une herméneutique générale des expressions symboliques : la littérature n'est qu'un des multiples matériaux d'une telle analyse causale réaliste. Ces types d'analyses ne sont pas concernés par l'« à-propos-de » direct de l'œuvre : si on met entre parenthèses leur prétention à l'explication causale, on pourrait dire qu'ils traitent les œuvres en tant que se rapportant à d'autres textes (psychanalytiques, philosophiques, sociologiques, etc.) posés comme référents indirects ; leur validité est donc toujours relative à l'acceptation de certaines croyances philosophiques, sociologiques ou autres (Brinker 1986). Il y aurait d'autre part l'*analyse sémantique* qui étudie les thèmes dans une perspective intratextuelle : les études de Richard sont parfois proches de ce type de démarche. Elle pourrait peut-être trouver son fondement méthodologique dans une *sémantique interprétative* (Rastier 1987, 1989), qui étudie les thèmes – définis comme sémèmes, c'est-à-dire comme contenus de lexèmes – dans le cadre d'une analyse microsémantique relevant de la linguistique textuelle et ne formulant pas d'hypothèses sur une éventuelle interprétation causale.

■ G. Bachelard, *La Poétique de l'espace*, Paris, 1957 ; N. Frye, *Anatomie de la critique*, Paris, 1969 ; G. Durand, *Le Décor mythique de la « Chartreuse de Parme ». Contribution à l'esthétique du romanesque*, Paris, 1961 ; R. Girard, *Mensonge romantique et vérité romanesque*, Paris, 1961 ; J.-P. Richard, *L'Univers imaginaire de*

Mallarmé, Paris 1961 ; J.-P. Richard, *Proust et le monde sensible*, Paris, 1964 ; T. Todorov, *Introduction à la littérature fantastique*, Paris, 1970 ; J.-P. Richard, *Microlectures*, Paris, 1979 ; M. Brinker, « Thème et interprétation », *Poétique*, 64, 1985, p. 435-443 ; P. Cryle, « Sur la critique thématique », *Poétique*, 64, 1985, p. 505-516 ; M. Collot, « Le thème selon la critique thématique », *Communications*, 47, 1988, p. 79-92 ; F. Rastier, *Sémantique interprétative*, Paris, 1987 ; Id., « Microsémantique et thématique », in *Strumenti Critici*, IV (2), 1989, p. 151-162 ; L. Somville, « The thematics of Jean-Pierre Richard », in W. Sollors (ed.), *The Return of Thematic Criticism*, Cambridge, 1993, p. 161-168.

La taxinomie des motifs

Alors que l'interprétation thématique est intratextuelle, la taxinomie est par définition transtextuelle. Cependant le champ d'analyse ainsi circonscrit est loin d'être unifié et on peut distinguer au moins quatre approches différentes :

– L'étude diachronique et comparative d'un « thème ». On étudie ainsi le « thème » de Faust, de Don Juan, etc. Manifestement le terme de « thème » est employé ici en un sens fort différent de celui qui est en usage dans la critique thématique, et on gagnerait sans doute à le remplacer par celui de « sujet » : en effet la série *hypertextuelle* (Genette) consacrée à Faust n'est pas tant reliée par un même thème que par un même sujet (une même « histoire »), qui est lui-même décomposable en un certain nombre de *motifs* (par exemple, le motif de la séduction, celui de la recherche de l'élixir de vie, etc.) dont les occurrences ne sont pas nécessairement limitées au sujet faustien ; à l'intérieur même de la série des œuvres consacrées au sujet faustien, ces motifs, interprétés dans une perspective paradigmatique, donnent lieu à des thématisations fort différentes (les thèmes de *Doctor Faustus* de Marlowe n'ont pas grand-chose à voir avec ceux du *Faust* de Goethe).

– La *Stoffgeschichte* et la *Motivforschung* qui, contrairement à l'orientation précédente, cherchent à établir une typologie comparée des sujets *(Stoff)* et des motifs. Pour Frenzel (1963) les motifs sont des unités de contenu structurées (par exemple le motif du vieillard amoureux, du double, etc.) qu'elle étudie dans une perspective encyclopédique (Frenzel 1976). D'autres auteurs tentent de regrouper les motifs en des classes formelles plus générales : ainsi Wolpers (1993) distingue entre motifs situationnels, motifs d'actions, motifs d'événements, motifs d'agents, motifs d'états de conscience, motifs spatiaux, motifs d'objets et motifs de temporalité. On a aussi tenté d'aller au-delà des motifs pour aboutir à une classification des **intrigues**. N. Friedmann (1955) a ainsi distingué entre intrigues de destinée (où l'accent est mis sur les actions), intrigues de personnage (où les actions sont finalisées par leur rôle dans l'évolution – maturation ou dégénérescence par exemple – du héros) et les intrigues de pensée (mettant l'accent sur la vie intérieure du héros).

– L'étude comparative et évolutive de motifs historiquement prégnants formant une configuration stable : c'est ce qu'on désigne comme **topos**. À la différence des typologies de la *Motivforschung*, l'étude des *topoï* s'intéresse surtout au rôle structurant des motifs dans le symbolisme culturel d'une civilisation donnée. Certains *topoï* caractérisent toute la littérature occidentale, comme l'a montré E.R. Curtius (le monde renversé, l'enfant vieillard, etc.), d'autres sont propres à un courant littéraire (ceux du Romantisme sont particulièrement connus). La présence d'un même topos dans deux œuvres ne signifie pas, bien entendu, qu'un même *thème* est également présent de part et d'autre, puisque les motifs sont thématiquement polyvalents (Todorov 1972).

– L'établissement d'index de motifs aussi exhaustifs que possibles pour des domaines spécifiques. Les réalisations les plus exemplaires dans ce champ de recherche sont à ce jour *The Types of Folktale : A Classification and Bibliography* de A. Aarne et S. Thompson et le *Motif-Index of Folkliterature* de S. Thompson. La démarche de ces index, purement inductive, part des textes pour essayer d'en abstraire des motifs-types avec l'ensemble de leurs variantes attestées. L'index des motifs des contes populaires de Aarne et Thompson établit ainsi une véritable géographie et géologie des motifs du conte folklorique, qui du fait de la prise en compte de toutes les variantes attestées s'avère un outil de travail indispensable pour l'étude comparée et génétique de la tradition narrative en question. Bien que la dialectique entre motifs-types et variantes ne soit sans doute pas transposable dans le domaine de la littérature savante, le travail classificatoire des folkloristes a le mérite d'établir une norme méthodologique à l'aune de laquelle on peut évaluer toute tentative de classification des motifs littéraires.

■ N. Friedmann, « Forms of plot », *Journal of General Education*, 8, 1955 ; S. Thompson, *Motif-Index of Folkliterature*, Bloomington, 1955-1958 ; E.-R. Curtius, *La Littérature européenne et le Moyen Âge latin*, Paris, 1956 ; A. Aarne et S. Thompson, *The Types of Folktale : A Classification and Bibliography*, Helsinki, 1961 ; E. Frenzel, *Stoff- Motiv- und Symbolforschung*, Stuttgart, 1963 ; T. Todorov, « Motif », in O. Ducrot et T. Todorov, *Dictionnaire encyclopédique des sciences du langage*, Paris, 1972 ; E. Frenzel, *Motive der Weltliteratur*, 3e éd., Stuttgart, 1988 ; E. Frenzel, *Stoffe der Weltliteratur*, 7e éd., Stuttgart, 1988 ; T. Wolpers, « Motif and theme as structural content units and "concrete universals" », in W. Sollors, *op. cit.*, p. 80-91.

L'analyse des fonctions

L'analyse fonctionnelle ne s'intéresse pas aux motifs en tant que tels, mais à leur investissement structurel dans la dynamique du texte, c'est-à-dire à leur transformation en fonctions. Il faut remarquer que *de facto* la thématique fonctionnelle a porté son attention sur un type de texte spécifique, le récit, ce privilège étant d'ailleurs déjà inscrit dans l'étude des motifs qui, contrairement aux thèmes, sont la plupart du temps des étiquettes pour des cellules narratives.

Proposée d'abord par les formalistes russes (notamment Tomachevski) et par Propp, l'analyse fonctionnelle s'est surtout développée pendant les années soixante et soixante-dix où elle a donné lieu à diverses théories visant à mettre au jour les *universaux du récit*. Ces théories partagent en général deux présupposés : d'une part, la distinction entre la manifestation sémiotique des récits et leur structure profonde réputée indifférente à leur substance de manifestation sémiotique (discours verbal, séquence cinématographique, mimique gestuelle) ; d'autre part, l'idée d'une distinction entre la structure (chronologique) de l'histoire narrée (la *fable*) et l'ordre, pas nécessairement chronologique, du discours narrant (ou du *sujet*), l'étude de ce dernier relevant plutôt de la narratologie [228].

Pour avoir accès à la structure profonde du récit il faut donc remonter du discours à l'histoire, de la narration du récit au récit narré. Du même coup le champ sur lequel porte l'analyse des universaux du récit est beaucoup plus vaste que le domaine spécifiquement littéraire : ainsi la théorie narrative de Greimas s'intègre dans une sémantique générale, alors que l'analyse proposée par Bremond s'inscrit dans le cadre d'une anthropologie des possibles narratifs.

On peut regrouper les **grammaires du récit** en trois classes selon l'importance relative qu'elles accordent à la dimension sémantique et à la dimension syntaxique :

1. Les analyses à dominante *sémantique*, telle la théorie lévi-straussienne des mythes qui se propose de ramener les fonctions syntagmatiquement distribuées le long du texte à des oppositions paradigmatiques censées correspondre à des systèmes d'oppositions sémantiques fondamentales de l'univers mythique. Lévi-Strauss remonte de l'analyse fonctionnelle vers l'analyse paradigmatique. D'où sa polémique contre Propp : l'ethnologue reproche en effet au folkloriste d'accorder trop d'importance aux relations syntagmatiques (la séquence des fonctions), aux dépens des relations paradigmatiques. À l'inverse, chez Lévi-Strauss, l'ordre de succession chronologique se résorbe toujours dans une structure matricielle atemporelle (Lévi-Strauss 1960) : cette préséance accordée aux relations paradigmatiques explique le peu d'attention accordée aux structures proprement narratives des textes. Il faut noter qu'elle présuppose la thèse d'une primauté logique de la signification conceptuelle sur la signification figurale ou narrative, thèse qui n'est pas unanimement acceptée. En tout cas l'analyse des mythes pratiquée par Lévi-Strauss relève plutôt de l'étude des thèmes (fût-elle structurale plutôt que substantialiste) que de l'analyse fonctionnelle. Par ailleurs, elle a été développée pour l'analyse d'un type de récit bien spécifique (le mythe) et n'a jamais prétendu fournir une théorie générale du récit.

2. Les analyses *sémantico-syntaxiques*, qui tentent de dériver le récit à partir d'une structure paradigmatique posée comme fondement logique ultime. C'est le cas de la théorie actantielle de A.-J. Greimas : si l'analyse de Lévi-Strauss

remonte des relations syntagmatiques aux relations paradigmatiques, la théorie greimasienne prétend dériver les premières des secondes. Partant d'une structure paradigmatique élémentaire de la signification – le carré sémiotique (qu'il rapproche du modèle achronique de Lévi-Strauss) – Greimas étudie le déploiement syntagmatique qu'elle commande, ceci dans le cadre d'une distinction entre grammaire profonde et grammaire de surface. Au niveau de la grammaire profonde, la taxinomie (le carré sémiotique) est logiquement prioritaire à sa narrativisation qui en constitue une projection syntaxique orientée : ainsi la *relation* (taxinomique) de contradiction, qui n'est pas orientée, se « narrativise » en se transformant en relation de négation d'un terme par l'autre, donc en une *opération* syntaxique orientée. Au niveau de la grammaire de surface, l'*opération* syntaxique se trouve représentée par un *faire* syntaxique : cette *conversion*, qui implique le passage d'une catégorisation logique (les relations logiques du carré sémiotique et leur projection syntaxique) à une catégorisation anthropomorphe (impliquant l'adjonction du classème « humain »), donne lieu à l'énoncé narratif simple : EN = F(A) « où le faire, en tant que procès d'actualisation, est dénommé *fonction* (F) et où le sujet du faire, en tant que potentialité du procès, est désigné comme **actant** (A) » (Greimas 1970, p. 168). Des spécifications plus restrictives sont ensuite énoncées afin de rapprocher ce modèle très abstrait des traits qui sont opératoires au niveau de la surface des récits, spécifications visant notamment à permettre le passage de l'énoncé narratif simple aux séquences ou aux *suites performancielles* comme les appelle Greimas : distinction entre énoncés modaux (Pierre veut partir), énoncés descriptifs (Pierre part) et énoncés attributifs (Pierre est bon) ; distinction entre prédicats statiques, fournissant des informations sur des états, et prédicats dynamiques, fournissant des informations sur les procès concernant les actants ; introduction de la notion d'objets-valeurs qui sont l'enjeu du récit ; etc.

La théorie greimasienne a connu un succès certain, dans l'analyse du récit proprement dit aussi bien que dans celle du théâtre (voir notamment Rastier 1974, Courtès 1976, Ubersfeld 1977). Pourtant elle est loin de faire l'unanimité. D'une part, elle trouve sa justification ultime dans un « fondamentalisme sémantique » (Pavel) postulant *une structure élémentaire de la signification* (le carré sémiotique). L'existence d'une telle structure fondamentale demeure largement contestée (voir Pavel 1988 b). Un autre aspect problématique réside dans les prétentions du modèle à fonctionner comme modèle *génératif* : la structure taxinomique fondamentale postulée diffère tellement des structures narratives dites de « surface » que l'analyste est obligé d'introduire d'innombrables spécifications et restrictions *ad hoc* dans le *parcours génératif* permettant de passer de l'une aux autres, ce qui ne peut que faire douter de la force générative de la grammaire fondamentale postulée (Bremond 1973). De manière générale, il paraît plus que douteux que la diversité des récits de l'humanité puisse être réduite à une structure sémantique binaire (fût-elle redoublée) de termes opposés fondamentaux.

3. Les analyses *syntaxico-sémantiques*, telle la *grammaire du récit* de T. Todorov, la *logique des possibles narratifs* de C. Bremond ou la *syntaxe narrative* de T. Pavel.

Todorov (1969) part du modèle propositionnel : « La grammaire de la narration possède trois catégories primaires qui sont : le nom propre, l'adjectif et le verbe » (p. 27). Ce modèle fut déjà celui de Tomachevski, qui identifiait étude des motifs et analyse de la structure propositionnelle : « chaque proposition possède son propre motif », c'est-à-dire ce qui est la « plus petite particule du matériau thématique », intégrée causalement au niveau de la fable. Le nom correspond à l'agent (qui peut être sujet ou objet de l'action) ; quant à l'adjectif (ainsi que le nom commun toujours transformable en une série d'adjectifs) et au verbe, ils correspondent au prédicat : le verbe prédique une *action*, l'adjectif un *attribut* (qualité, etc.), donc un élément statique. Les **prédicats narratifs** proprement dits que sont les verbes peuvent se présenter sous plusieurs modes : le mode indicatif, deux modes de la volonté (l'optatif et l'obligatif) et deux modes de l'hypothèse (le conditionnel et le prédictif). Chacun de ces modes correspond à des types de situations spécifiques : ainsi l'obligatif correspond à l'énonciation d'un impératif impersonnel, l'optatif aux actions désirées par le personnage. Le récit proprement dit naît de la mise en liaison d'au moins deux propositions de base, le lien étant soit logique, soit temporel, soit spatial. Essentiellement syntagmatique, l'analyse de Todorov ne méconnaît cependant pas la pertinence d'une analyse paradigmatique complémentaire : ainsi dans « Les transformations narratives » (1969), il propose de combiner l'analyse syntaxique et paradigmatique dans la description de cette catégorie fondamentale de la grammaire narrative qu'est la *transformation discursive* [596].

Si Greimas part d'une sémantique générale et Todorov de la structure linguistique, Bremond et Pavel en revanche situent leurs analyses dans le cadre d'une logique des actions narrées, retrouvant du même coup, du moins en partie, le fonctionalisme proppien. Bremond (1966, 1973), partant de l'idée qu'il existe des « contraintes logiques que toute série d'événements ordonnée en forme de récit doit respecter sous peine d'être inintelligible » (1966, p. 60), voit dans la fonction l'atome narratif appliqué aux actions et événements et dont la mise en séquences engendre le récit. La *séquence élémentaire* naît du groupement de trois fonctions qui correspondent aux phases obligées de tout *processus* : une fonction qui définit une conduite à tenir ou un événement à prévoir, une fonction qui réalise cette virtualité sous forme d'un acte ou d'un événement, enfin une fonction qui clôt le processus par un résultat. Bremond insiste cependant sur le fait qu'aucune de ces fonctions ne nécessite celle qui la suit. Ainsi la fonction initiale, qui pose un processus à accomplir, ouvre deux possibles logiques au niveau de la deuxième fonction : l'actualisation ou l'absence d'actualisation ; s'il y a actualisation, celle-ci à son tour ouvre deux possibilités : le but visé peut être atteint mais il peut aussi être manqué. Les séquences présupposent des **rôles** susceptibles de les doter d'un contenu : ces rôles sont purement fonctionnels et ne définissent pas des attributs constants (un même personnage endosse souvent des rôles narratifs différents selon les lieux de la **séquence** narrative qu'il investit). Les séquences élémentaires se combinent pour former des *séquences complexes*. Un exemple d'une telle séquence complexe est celle de l'*enclave* : elle naît lorsqu'un processus ne peut atteindre son but qu'en incluant un autre qui lui sert de moyen, celui-ci pouvant à son tour inclure un troisième, etc. Au niveau supérieur, celui du « cycle narratif », Bremond divise les événements du récit en deux types sémantiques fondamentaux : le type de l'*amélioration à obtenir* (conduite humaine agie) et celui de la *dégradation prévisible* (conduite humaine subie), ces contenus investissant les structures syntaxiques au niveau des séquences élémentaires et au niveau des séquences complexes. Dès lors que l'action met en conflit deux agents, amélioration et dégradation s'impliquent nécessairement : si la situation de l'un s'améliore, celle de son opposant se dégrade automatiquement. Cela signifie que le même récit peut être lu, soit comme processus d'amélioration, soit comme processus de dégradation, selon le point de vue qui est pris comme référence. Si le champ des possibles au niveau des processus et des concaténations de séquences délimite ainsi le champ de liberté du narrateur (si on ne tient pas compte des conventions locales – génériques et plus largement culturelles – qui en général restreignent sa liberté au-delà des contraintes purement logiques), la réversibilité des cycles narratifs selon le point de vue adopté témoigne aussi de la liberté du récepteur (qui n'est jamais forcé d'endosser le point de vue du narrateur).

Les travaux de Pavel (1976, 1985) étudient la structure narrative non dans le domaine discursif du récit (conçu comme modalité d'énonciation) mais dans celui du drame. Partant de la théorie proppienne, Pavel (1976) la reformule dans le cadre d'une théorie de la créativité narrative inspirée des concepts de la linguistique transformationnelle. Il établit des descriptions structurales en forme d'arbres représentant les constituants narratifs : les nœuds de ces arbres sont liés à des catégories de sémantique narrative très générales (Situation initiale, Transgression, Manque, Médiation, Dénouement). Un système d'enchâssements permet de générer des structures d'une grande diversité. Dans un livre postérieur (1985), il montre que les intrigues se composent toujours d'un certain nombre de mouvements (*moves*, correspondant aux *séquences* de la terminologie française) caractérisant chacun une action indépendante pertinente pour l'intrigue globale. Les personnages participant ensemble à l'exécution d'un même mouvement (ou d'une série de mouvements), ou étant pris ensemble dans ses (ou leurs) conséquences, forment des *domaines narratifs* ou *dramatiques* : dans le cours d'une intrigue les personnages peuvent évidemment changer de domaine, par exemple du fait d'un changement d'alliance. Ces analyses prennent en compte aussi des facteurs narratologiques ou dramatologiques, tels le *tempo*, déterminé par la proportion entre le nombre de mouvements et la longueur du texte, ou encore l'*orchestration*, définie par le rapport entre le nombre de domaines et celui des personnages qui leur correspondent.

Il faut distinguer l'analyse fonctionnelle du récit de l'analyse herméneutique, telle celle proposée par P. Ricœur dans *Temps et récit*. Les catégories centrales de l'étude de Ricœur sont les notions de *mimésis* et de *mise en intrigue*, catégories à travers lesquelles il analyse la *finalité narrative* guidant la construction du récit. Les critiques qu'il adresse à l'analyse fonctionnelle concernent justement l'absence de prise en compte de la finalité narrative. Il reproche ainsi à la théorie de Bremond d'aboutir à une déchronologisation et de se trouver du même coup dans l'impossibilité de rendre compte de la dynamique qui institue le récit comme structure globale faisant sens. En fait, le découpage du récit en processus et séquences implique déjà la présence d'une dynamique temporelle, en sorte que du point de vue de l'analyse fonctionnelle la notion d'intrigue, donc de finalité narrative, est superflue : « une succession de choix narratifs n'a pas besoin d'être orientée par une finalité pour produire un récit » (Bremond 1990, p. 64). De manière plus générale, l'intérêt de la théorie de Ricœur ne réside pas tant au niveau de l'analyse technique (elle n'apporte guère d'éléments nouveaux, puisque pour l'essentiel elle présente une synthèse des différentes méthodes d'analyse formelle présentées ci-dessus) que dans son cadre global : *Temps et récit* est à ce jour la tentative la plus aboutie d'une herméneutique de la fonction existentielle du récit.

■ B. Tomachevski, « Thématique » (1925), in *Théorie de la littérature*, Paris, 1966 ; V. Propp, *Morphologie du conte* (1928), Paris, 1970 ; C. Lévi-Strauss, « L'analyse morphologique des contes russes » (1960), in *Anthropologie structurale*, II, Paris, 1974 ; A.-J. Greimas, *Sémantique structurale*, Paris, 1966 ; R. Barthes, « Introduction à l'analyse structurale des récits », *Communications*, 8, 1966 ; C. Bremond, « La logique des possibles narratifs », *Communications*, 8, 1966 ; E. Falk, *Types of Thematic Structure*, Chicago, 1967 ; T. Todorov, *Grammaire du « Décaméron »*, La Haye, 1969 ; A.-J. Greimas, *Du sens*, Paris, 1970 ; T. Todorov, *Poétique de la prose*, Paris, 1973 ; C. Bremond, *Logique du récit*, Paris, 1973 ; F. Rastier, *Essais de sémiologie discursive*, Paris, 1974 ; J. Courtès, *Introduction à la sémiotique narrative et discursive*,

Paris, 1976 ; T. Pavel, *La Syntaxe narrative des tragédies de Corneille*, Paris, 1976 ; A. Ubersfeld, *Lire le théâtre*, Paris, 1977 ; T. Pavel, *The Poetics of Plot : The Case of English Renaissance Drama*, Minneapolis, 1985 ; P. Ricœur, *Temps et récit*, t. II : *La Configuration dans le récit de fiction*, Paris, 1984 ; T. Pavel, *Le Mirage linguistique*, Paris, 1988 a ; « Formalism in narrative semiotics », *Poetics Today*, 9, 3, 1988 b, p. 593-605 ; C. Bremond, « En lisant une fable », *Communications*, 47, 1988, p. 41-62.

Perspectives actuelles

Les analyses portant sur les grammaires du récit, la logique du récit, etc., ont eu, malgré leurs différences, un but commun : dégager les universaux du récit, ou son ossature. Cette démarche, comme toute entreprise cognitive, implique une réduction analytique spécifique. La question est alors de savoir jusqu'où pousser la réduction. Pendant longtemps les théoriciens de l'analyse fonctionnelle ont privilégié une interprétation réaliste de leurs résultats, c'est-à-dire ont eu tendance à considérer que les éléments éliminés dans le cadre de la réduction méthodologique étaient du même coup, dans l'absolu, des éléments secondaires et que les éléments retenus étaient, dans l'absolu, les éléments essentiels, voire les éléments générateurs. D'où la recherche d'une sorte de charpente minimale, de laquelle il devait être possible de dériver les récits dans leur « grammaire de surface », c'est-à-dire dans leur diversité. Or, l'idée de la possibilité d'une telle dérivation doit sans doute être remise en question, ceci pour la toute simple raison que les différents éléments du récit ne sont pas tous réductibles à la composante fonctionnelle : les récits, plutôt que d'être la simple mise en œuvre d'un algorithme sous-jacent sont, comme les résultats de bien d'autres activités humaines, des produits composites, des sortes de bricolages. Ainsi dans *S/Z*, R. Barthes, reformulant la distinction de Tomachevski entre motifs associés (motifs indispensables à la succession de la narration) et motifs libres (motifs pouvant être omis sans mettre en cause l'intégrité de la narration), a montré qu'il faut distinguer entre les *fonctions*, indispensables à l'intégrité du récit, et les *indices*. Ces derniers, qui ne font pas partie de l'enchaînement narratif ne sauraient être dérivés de la structure narrative séquentielle minimale :

ils sont dus à des choix indépendants des choix séquentiels et remplissent d'autres fonctions. On peut dire la même chose du passage des actants (niveau d'analyse fonctionnelle) aux personnages ou héros (niveau d'analyse proprement littéraire) : P. Hamon (1985) a montré que la fonctionalité des personnages, et notamment du héros, ne pouvait être réduite à leur rôle d'actants, et que donc ils ne pouvaient être dérivés sans autre forme de procès de la structure syntagmatique de base mais renvoyaient à des stratégies littéraires plus complexes. Il a montré aussi que la fonction textuelle de la description ne saurait être réduite à son rôle d'*ancilla narrationis*, mais qu'elle remplit aussi des fonctions de crédibilisation, d'effet de réel, d'indexation idéologique, etc. (Hamon 1981).

Bremond de son côté a complexifié ses analyses au fil des ans afin de les rendre plus aptes à rendre raison de la diversité des structurations narratives des contes. Prenant ses distances avec la démarche de Propp, tout en continuant à accorder une importance centrale aux notions de *fonction* et *séquence*, il insiste (en commun avec J. Verrier) sur la nécessité de faire sa place au *motif* (on sait que Propp avait voulu réduire les motifs aux fonctions) ou encore au *type* (de conte) : l'analyse narrative ne saurait être *purement* morphologique, la composante fonctionnelle n'étant qu'une des composantes du motif (Bremond et Verrier 1982). Il en résulte notamment une attention plus grande accordée aux relations paradigmatiques et plus spécifiquement sémantiques. Bremond remet aussi en cause l'interprétation réaliste du modèle thématique : « Nous constatons [...] que le lieu du thème, tel qu'il nous apparaît, n'est pas le texte, mais l'activité interprétative qui se développe sur le texte, à l'occasion du texte : dans notre perspective, ce n'est pas le texte qui est écrit à propos du thème, mais le thème qui est conçu à propos du texte » (Bremond 1988). On peut dire de manière plus générale qu'en tant que catégories métatextuelles, les notions de l'analyse thématique (motifs, fonctions, prédicats, processus, actants, etc.) n'ont de sens et de validité qu'à l'intérieur d'un projet cognitif spécifique, étant entendu que tout type d'analyse implique une activité de thématisation spécifique, donc aussi un ensemble de réductions spécifiques. En somme, le projet essentialiste d'une grammaire du récit a fait place à une conception plus pragmatique de l'analyse structurale, sa validité dépendant essentiellement du gain d'intelligibilité qu'elle est susceptible d'apporter dans le cadre d'un projet cognitif spécifique qui ne saurait jamais prétendre à l'exclusivité. Du même coup la démarche déductive se trouve supplantée par un usage inductif de l'analyse structurale, les modèles théoriques se développant à travers des allers et retours permanents entre le matériau textuel et les cadres analytiques provisoirement acceptés.

Notons pour clore que, sauf exceptions rarissimes (par exemple Adam 1981 ou Van Dijk et Kintsch 1983), les « grammaires du récit » proposées dans le cadre des études littéraires n'ont pas tenu compte des travaux parallèles menés en sociolinguistique, notamment par Labov [600], ou encore en psychologie cognitive et en psycholinguistique. Certes, les travaux de sociolinguistique portent surtout sur les récits oraux d'expériences vécues, et jusqu'à ce jour les analyses psychologiques traitent pour l'essentiel de la structuration réceptive des récits plutôt que de leur production ; cependant – à moins de postuler une insularité absolue des récits littéraires – on conçoit mal comment le projet d'une théorie narrative un tant soit peu générale pourrait avoir la moindre chance de succès en l'absence d'une confrontation des travaux menés dans le domaine littéraire avec les recherches en sociolinguistique et en psychologie (pour un excellent survol des recherches en psychologie cognitive, voir Fayol 1984, rééd. 1994).

■ R. Barthes, *S/Z*, Paris, 1970 ; C. Bremond et J. Verrier, « Afanasiev et Propp », *Littérature*, 45, 1982, p. 61-78 ; P. Hamon, *Texte et idéologie*, Paris, 1985 ; C. Bremond, « Le rôle, l'intrigue et le récit », *Procope. « Temps et récit » de Paul Ricœur en débat*, Paris, 1990, p. 57-71 ; P. Hamon, *Introduction à l'analyse du descriptif*, Paris, 1981 ; J.-M. Adam, « Les récits ordinaires », *Cahiers de linguistique sociale*, 1981, n° 3, p. 1-129 ; T.A. Van Dijk et W. Kintsch, *Strategies of Discourse Comprehension*, New York, 1983 ; et M. Fayol, *Le Récit et sa construction. Une approche de psychologie cognitive*, Lausanne, 1985, rééd. 1994.

STYLE

Définition

On peut définir le **style** comme résultant de la combinaison du choix que tout discours doit opérer parmi un certain nombre de disponibilités contenues dans la langue et des variations qu'il introduit par rapport à ces disponibilités. Les disponibilités se cristallisent souvent en de véritables *sous-codes* linguistiques : c'est le cas par exemple des **registres de la langue** – c'est-à-dire des niveaux stylistiques qui sont à la disposition des locuteurs afin de leur permettre de moduler leur message selon les circonstances – étudiés par Halliday ; les variations sont plus idiosyncrasiques : ce qu'on désigne couramment par *écart stylistique* ce sont en fait de telles combinaisons linguistiques spécifiques à un texte donné ou à l'ensemble des textes d'un auteur donné. Statutairement les deux pôles (registres collectifs d'un côté, idiosyncrasies de l'autre), qui ne font que décrire les deux extrêmes d'un continuum, relèvent de la même problématique : dans tous les cas, la description stylistique d'un énoncé réside dans la description des propriétés verbales qu'il exemplifie [190 s.] ; *mutatis mutandis*, la description stylistique d'un ensemble de textes se ramène à la description des propriétés d'exemplification verbale qu'ils ont en commun. Tous les textes d'un auteur n'exemplifient pas nécessairement le même style, de même que des textes d'auteurs différents n'exemplifient pas nécessairement des styles différents. Par ailleurs, contrairement à une idée reçue, il n'y a pas des œuvres avec style et des œuvres qui en seraient dépourvues : tout au plus peut-on distinguer entre textes stylistiquement unifiés et textes stylistiquement composites. Il faut rappeler enfin que le style n'est pas une propriété exclusive des textes littéraires : tout discours exemplifie un style ou des styles. La restriction de la stylistique au sens courant du terme à l'analyse des textes littéraires est une question de fait et non de droit : la conversation orale, manifeste – ainsi que l'a montré la sociolinguistique – des régularités stylistiques tout aussi prégnantes que le discours littéraire.

■ Vues d'ensemble : H. Hatzfeld, « Methods of stylistic investigation », in *Literature and Science* (6th Int. Congr. of the Intern. Fed. for Modern Languages and Literatures), Oxford, 1955 ; N.E. Enkvist, « On defining style », in J. Spencer et M. Gregory (eds.), *Linguistics and Style*, Londres, 1964 ; P. Guiraud, *La Stylistique*, Paris, 1970 ; G.W. Turner, *Stylistics*, Harmondsworth, 1973 ; S. Ullmann, *Meaning and Style*, Oxford, 1973 ; R. Fowler, *Style and Structure of Literature : Essays in the New Stylistics*, Oxford, 1975 ; E.L. Epstein, *Language and Style*, Londres, 1978 ; J. Mazaleyrat et G. Molinié, *Vocabulaire de la stylistique*, Paris 1989. – Recueils de textes : S. Chatman et S.R. Levin (eds.), *Essays in the Language of Literature*, Boston, 1967 ; P. Guiraud et P. Kuentz (eds.), *La Stylistique, lectures*, Paris, 1970 ; S. Chatman, *Literary Style. A Symposium.*, Oxford, 1971 ; H.U. Gumbrecht et K.L. Pfeiffer (eds.), *Stil. Geschichten und Funktionen eines kulturwissenschaftlichen Diskurselements*, Francfort, 1986. – Le style comme registre : M.A.K. Halliday, A. McIntosh et P. Strevens, *The Linguistic Sciences and Language Teaching*, Londres, 1965, p. 87-94 ; T. Todorov, *Poétique*, Paris, 1973, p. 39-48 ; R. Fasold, *Sociolinguistics of Language*, Cambridge, 1990.

Style et écart

Dans le prolongement de l'attention accordée aux faits stylistiques référables à une différenciation individuelle, on considère souvent le style comme *écart* par rapport à une norme. Comme définition du style, cette caractérisation paraît inacceptable [183 s.]. Il est vrai que certains styles, notamment poétiques, ont recours à des déviations stylistiques afin d'augmenter la perceptibilité de certains traits verbaux, perceptibilité qui facilite leur fonction sémiotique d'exemplification. Mais la perceptibilité est toujours une fonction différentielle, c'est-à-dire qu'elle dépend tout autant des éléments verbaux apparaissant comme non marqués que des éléments marqués : le style d'une œuvre, loin de résider simplement dans les éléments marqués, résulte plutôt de l'interaction entre éléments non marqués et éléments marqués, ce qui signifie que les *deux* éléments font partie des propriétés stylistiques. C'est ainsi que la **stylisation** – l'usage, dans une fonction *apparentée*, de mots marqués par leurs contextes d'usage antérieurs – et la **parodie** au sens de Bakhtine – l'usage, avec une fonction *inversée*, d'éléments verbaux marqués par leurs contextes d'usage antérieurs – ne sont possibles que comme interaction entre éléments marqués et non marqués. La parité entre les deux types de faits peut être des plus diverses : si les styles maniéristes se caractérisent par une accumulation de traits marqués, et donc par un profil stylistique fortement scandé par des discontinuités de perceptibilité, d'autres styles (par exemple le style classique) tendent à raréfier les éléments marqués afin d'éviter toute rupture de ton, ce qui aboutit à un profil stylistique continu à perceptibilité plus faible.

Lors de l'étude des facteurs stylistiques référables à des faits d'écart, il est primordial de distinguer entre les **écarts qualitatifs** (agrammaticalité), relativement rares sauf dans la poésie moderne, et les **écarts quantitatifs** (liés à la fréquence relative avec laquelle certains traits verbaux sont choisis ou évités), sans doute plus nombreux (Todorov 1972). Les écarts quantitatifs sont plus difficiles à appréhender que les écarts qualitatifs, dans la mesure où la définition de la fréquence « normale » de référence pose de nombreux problèmes [187]. Enfin, il convient de distinguer entre les écarts référables au contexte intratextuel (Riffaterre) et ceux qui n'accèdent à ce statut qu'en étant référés à un contexte linguistique transcendant. Les deux types d'écarts sont pertinents du point de vue stylistique, étant entendu qu'aucun ne saurait être une condition nécessaire, puisque la déviation stylistique comme telle ne circonscrit qu'un état stylistique localisé et discontinu, alors que l'exemplification stylistique est une propriété continue de la chaîne verbale, valant pour les éléments non marqués tout autant que pour les éléments marqués.

Domaines stylistiques

Dès lors qu'on définit le style comme fait d'exemplification *verbale*, il en découle que dans un discours ou texte les phénomènes stylistiquement pertinents sont ceux qui relèvent de la structure verbale phrastique et transphrastique. N'y appartiennent donc pas directement les faits qui relèvent de la structure supraphrastique, du moins dès lors que cette structure n'obéit plus à des contraintes proprement linguistiques, mais fait appel à des processus cognitifs moins spécialisés (cohérence logique, consécution événementielle, etc.). La frontière est sans doute difficile à tracer, ne serait-ce que parce que les relations entre propositions sont en partie proprement linguistiques (usage anaphorique des pronoms, conjonctions de coordination, etc.) [560 s.]. Cela dit, on peut admettre que les faits de construction discursive et textuelle au sens propre du terme – par exemple la structure narrative ou dramatique – ne relèvent pas de l'analyse stylistique. Ceci ne préjuge en rien de l'éventualité de chevauchements : ainsi la versification d'un poème relève sans doute à la fois de l'analyse stylistique et d'une analyse métrique proprement dite, puisque les faits de versification sont pertinents (et esthétiquement fonctionnels) à la fois au niveau phrastique et au niveau supraphrastique (notamment dans le cas des formes fixes). De même, les grandes unités discursives (par exemple le récit ou le drame) n'existent qu'incarnées dans une structure verbale, et donnent donc lieu à des régularités verbales différentielles qui, elles, relèvent directement de la stylistique. Ainsi, si l'analyse dramatologique [750] comme telle ne relève pas de la stylistique proprement dite, le *texte* théâtral (la réalisation verbale de la structure dramatique) n'en exemplifie pas moins des traits stylistiques spécifiques qui sont référables à sa modalité d'énonciation : emploi massif de la première et deuxième personne, importance des déictiques, prédominance des désinences du présent, du passé composé, de l'impératif, etc. (Larthomas 1980). Il en va de même des spécificités verbales liées à des genres particuliers (le genre oratoire, l'élégie, l'épopée, etc.) : la théorie cicéronienne des trois styles (simple, mesuré et grand), qui a joué un rôle de norme stylistique jusqu'au-delà du classicisme, distingue en fait des styles génériques. C'est que la définition du style délimite le champ des éléments exemplifiants (les faits de structuration verbale au sens strict du terme), mais non pas le domaine d'arrivée, celui auquel réfèrent les styles exemplifiés. Le fait que les stylisticiens littéraires privilégient, sauf exception, un domaine d'arrivée bien précis, à savoir l'auteur individuel, ne correspond à aucune nécessité intrinsèque de l'analyse stylistique.

À l'intérieur du cadre délimité par l'exemplification verbale, les stylisticiens mettent en œuvre de multiples découpages. Ainsi Turner (1973) distingue trois niveaux : phonologique (y compris prosodique et métrique), syntaxique et lexical, chacun de ces niveaux étant susceptible d'induire des variations stylistiquement pertinentes en relation au contexte, au registre ou à des fonctions discursives spécifiques. Molinié (1986) de son côté, partant des catégories de la grammaire française classique, distingue trois « champs », celui du mot, celui de l'actualisation et de la caractérisation (étude des moyens mis en œuvre pour fixer le statut de l'énoncé, et plus spécifiquement le rôle stylistique de l'usage différentiel des déterminants du nom, des morphèmes de détermination verbale ainsi que des caractérisants : adjectifs, adverbes, clauses relatives, etc.), enfin le niveau de l'organisation phrastique (analyse des groupes de mots et des relations entre groupes de mots) ; il y adjoint un quatrième « domaine à part », celui des figures, domaine qui provient bien entendu de la rhétorique. Les avantages et désavantages des différents découpages proposés sont en fait difficiles à évaluer. On suivra ici un découpage emprunté aux grandes catégories de l'analyse linguistique (Todorov 1972) : au plan de l'*énoncé*, on distinguera entre aspects *phonographologique*, *syntaxique* et *sémantique* ; au plan de l'*énonciation*, on étudiera la relation entre les protagonistes du discours (locuteur/récepteur/référent). De ce dernier plan relèvent aussi les facteurs pragmatiques du style.

■ M. Riffaterre, *Essais de stylistique structurale*, Paris, 1971 ; G.W. Turner, *Stylistics*, Harmondsworth, 1973 ; T. Todorov, « Style », in O. Ducrot et T. Todorov, *Dictionnaire encyclopédique des sciences du langage*, Paris, 1972 ; T. Todorov, *Poétique*, Paris, 1973 ; M. Riffaterre, *La Production du texte*, Paris, 1979 ; P. Larthomas, *Le Langage dramatique* (3e, 4e et 5e partie), Paris, 1980 ; G. Molinié, *Éléments de stylistique française*, Paris, 1986.

Plan de l'énoncé

1. L'aspect *phono-graphologique* des énoncés a surtout été étudié au niveau des unités minimales. Un texte peut en effet être caractérisé par le nombre et la distribution des phonèmes (ou graphèmes) qui le constituent (Todorov 1972). L'aspect *phonologique* joue un rôle d'exemplification stylistique importante dans la littérature orale (où la signification de l'œuvre est indissociable de sa réalisation vocale singulière), mais aussi dans la conversation de tous les jours : on connaît le rôle des variantes phonétiques dans la stratification géographique et sociale du langage ; parfois l'emploi d'une variante est une simple manifestation d'appartenance à un groupe, mais étant donné l'importance de la *diglossie*, beaucoup de locuteurs vont choisir, selon les circonstances, l'une ou l'autre variante (ainsi un provincial montant à Paris aura tendance à utiliser la prononciation réputée neutre plutôt que celle géographiquement indexée, sauf s'il tient à marquer son origine). Dans la littérature écrite la fonction de l'aspect phonologique, pour être indirecte, n'en est pas moins toujours présente, particulièrement en poésie : les variations du « style vocal » ont souvent une fonction expressive d'ordre affectif (Fónagy). La variation *graphologique* joue un rôle important dans les écritures idéographiques. Ainsi, dans la poésie chinoise ou japonaise, le fait que dans certains cas le poète ait le choix entre deux idéogrammes synonymes et homophones mais graphiquement distincts, ouvre la possibilité d'une variation stylistique purement graphologique : puisque les composants graphiques des idéogrammes ont toujours aussi une pertinence sémantique, deux idéogrammes synonymes mais graphiquement distincts auront des connotations différentes (Hiraga 1987). Dans l'écriture alphabétique, la variation stylistique graphologique concerne essentiellement l'usage de la ponctuation, de la typographie (capitales, italiques, parenthèses, etc.) et de la mise en page (paragraphes, chapitres, sections, etc.) : souvent sous-estimée, elle joue parfois un grand rôle (par exemple chez Sterne, Mallarmé, Apollinaire, Joyce ou Céline). La longueur des mots et des phrases est elle aussi un trait caractéristique du style, encore que dans le deuxième cas il s'agisse d'un fait qui relève du niveau syntaxique tout autant que du niveau purement

phono-graphologique. Relèvent aussi du niveau du signifiant phonique les propriétés rythmiques et mélodiques. En poésie, ce niveau est essentiellement celui de l'étude des interactions entre le rythme verbal et la structure métrique proprement dite.

■ B. Eikhenbaum, *Melodika stikha*, Petrograd, 1922 ; W. Winter, « Styles as dialects », in H.G. Lunt (ed.), *Proceedings of the 9th International Congress of Linguists*, La Haye, 1964, p. 324-330 ; N. Ruwet, « Sur un vers de Charles Baudelaire », *Linguistics*, 17, 1965, p. 65-77 ; J. Mourot, *Le Génie d'un style : rythmes et sonorités dans les « Mémoires d'outre-tombe » de Chateaubriand*, Paris, 1969 ; I. Fónagy, « The functions of vocal style », in S. Chatman (ed.), *op. cit.*, 1971, p. 159-174 ; T. Todorov, « Style », in O. Ducrot et T. Todorov, *Dictionnaire encyclopédique des sciences du langage*, Paris, 1972 ; M.K. Hiraga, « Eternal stillness. A linguistic journey to Bashô's haiku about the cicada », *Poetics Today,* 8 (1), 1987, p. 5-18.

2. L'aspect *syntaxique* peut être étudié par des techniques développées dans le cadre des diverses théories linguistiques et grammaticales. Ainsi, si on se place dans le cadre d'une grammaire générative, la structure syntaxique d'une phrase peut être présentée comme le résultat d'une série de transformations à partir d'une ou de plusieurs propositions nucléaires. La nature et le nombre de ces transformations déterminent le « style syntaxique », souvent lié à des registres stylistiques établis, étant entendu qu'« aucune transformation ne laisse le contenu absolument inaltéré » (Ohmann 1964). On a aussi essayé de se servir de la grammaire générative pour l'étude de la déviation qualitative, c'est-à-dire de l'agrammaticalité. Deux approches ont été proposées : la première tente de réduire l'agrammaticalité à la neutralisation de certaines règles *transformationnelles* de la grammaire « normale » ; la seconde propose des grammaires « poétiques » spécifiques, dans lesquelles les déviations font partie des règles *génératives*. La deuxième approche, si elle a l'avantage de considérer le style comme un fait structurel et de ne pas le réduire à un phénomène d'écart (puisqu'elle est purement intrinsèque), se heurte au fait que l'idée d'une grammaire individuelle (fût-elle « poétique ») paraît difficilement soutenable.

À l'intérieur de la phrase, mais aussi de textes entiers, la distribution des catégories grammaticales (de genre, nombre, personne, cas, etc.) ainsi que l'ordre intra- et suprasyntagmatique (coordinations, subordinations, etc.) peuvent également caractériser un style (Todorov 1972).

Au niveau de l'ordre *intrasyntagmatique*, on peut prendre comme exemple la position de l'adjectif épithète. On sait qu'en français moderne l'ordre normal des éléments du groupe *substantif-adjectif qualificatif épithète* est défini par la postposition de l'adjectif : cet ordre est notamment caractéristique du style de la prose descriptive ; de ce fait, l'antéposition de l'adjectif épithète constitue une marque « poétique ». En ancien français en revanche, où l'ordre des mots était plus libre, l'antéposition de l'adjectif épithète avait une force d'exemplification générique bien moindre, ce qui signifie qu'elle était disponible pour des investissements stylistiques plus idiosyncrasiques. L'usage des temps grammaticaux est lui aussi un marqueur stylistique important : alors que le passé simple est traditionnellement le temps du récit *écrit*, certains écrivains du XXe siècle l'ont remplacé par le passé composé, plutôt caractéristique du récit *oral*. On a là un changement stylistique qui témoigne d'une transformation dans le statut énonciatif même du récit de fiction.

Au niveau de l'*analyse suprasyntagmatique*, on peut retenir notamment la distinction entre phrase linéaire et phrase parallèle (impliquant un redoublement de certains postes fonctionnels), ou entre phrase liée et phrase segmentée (à incises) (Molinié 1986, p. 54-78). D'autres phénomènes, comme la longueur des phrases, leur complexité syntaxique, le type de propositions relatives privilégiées, le type de propositions utilisées (déclaratives, interrogatives, etc.), relèvent du même niveau (Leech et Short 1981).

En fait, on voit que l'ensemble des facteurs grammaticaux au sens courant du terme peuvent être scrutés dans une perspective stylistique, ce qui montre une fois de plus que les phénomènes stylistiques sont des faits d'exemplification.

■ S.R. Levin, « Poetry and grammaticalness », in H.C. Lunt (ed.), *Proceedings of the Ninth International Congress of Linguists*, La Haye, 1964, p. 308-315 ; R. Ohmann « Generative grammars and the concept of literary style », *Word*, 3, 1964, p. 423-439 ; J.P. Thorne, « Stylistics and generative grammars », *Journal of*

Linguistics, 1, 1965, p. 49-59 ; T. Todorov, « Style », in O. Ducrot et T. Todorov, *Dictionnaire encyclopédique des sciences du langage*, Paris, 1972 ; T. Todorov, *Poétique*, Paris, 1973, p. 67-77 ; R. Jakobson, *Questions de poétique*, Paris, 1973 ; G.N. Leech et M.H. Short, *Style in Fiction*, Londres, New York, 1981 ; G. Molinié, *Éléments de stylistique française*, Paris, 1986.

3. En ce qui concerne l'aspect *sémantique*, le domaine le mieux étudié est celui du *lexique*. On a recours ici essentiellement à deux types d'analyse quantitative : la numération différentielle des fréquences lexicales et l'étude de la distribution du lexique entre différents champs sémantiques (ou différentes isotopies). Les études de numération lexicologique peuvent être menées à la fois au niveau d'une étude quantitative exhaustive d'œuvres individuelles et au niveau d'une l'analyse d'échantillons statistiques : cette dernière approche est utilisée notamment pour l'analyse des registres de langue, et relève de la sociolinguistique [143 s.] tout autant que de la stylistique. Dans l'étude d'auteurs individuels, la quantification statistique est souvent utilisée pour mesurer l'« excentricité » stylistique de l'auteur par rapport à une norme (supposée) neutre et calculée auparavant. Pour distinguer entre fréquence absolue et fréquence comparative (mesure de l'écart), P. Guiraud (1954) a introduit le couple terminologique *mots-thèmes* et *mots-clés*. Bien entendu la numération et l'analyse statistique peuvent aussi être employées aux autres niveaux de l'analyse stylistique.

Les angles sous lesquels on peut mener l'étude lexicologique sont les plus divers. Ainsi en ce qui concerne les *noms*, on peut se demander ce qui prévaut des noms concrets ou abstraits, ou encore quel est l'usage des noms propres. Dans le cas des *adjectifs*, leur fréquence sera une bonne indication pour le degré de concrétisation de la relation dénotative ; le type de propriétés désignées (physiques, psychologiques, visuelles, auditives, évaluatives, émotives, etc.) donne des indications précieuses sur le type d'univers sémantique privilégié. La fréquence des *verbes*, leur caractère statique ou dynamique, nous renseignent sur le statut descriptif ou narratif du texte, etc. (Leech et Short 1981).

Un domaine stylistiquement encore peu sondé est celui des « variétés de la référence » (N. Goodman) : ainsi un texte où prévaut une visée dénotative possède des propriétés stylistiques qui permettent de le distinguer d'un texte à fonction expressive (c'est-à-dire à exemplification métaphorique [190]), ces spécificités stylistiques étant indépendantes de sa valeur de vérité effective. Un autre terrain intéressant et encore trop peu exploré concerne la comparaison stylistique des textes de fiction avec les genres factuels qu'ils imitent. On trouve une première tentative dans un article de Osgood (1960), comparant des notes laissées par des candidats au suicide avec des simulations de telles notes écrites par des individus sans intention suicidaire. Ces études devraient s'intégrer dans l'analyse générale des relations complexes existant entre textes fictionnels et textes factuels (pour autant que les premiers se donnent comme des imitations formelles de genres factuels) [380 s.]. Dans ce cas l'analyse comparative n'est pas problématique puisqu'elle compare des textes réels et n'a pas à postuler une norme neutre sous-jacente.

Le vaste domaine des *figures* et *tropes* [577 s.], étudié autrefois par la rhétorique [166 s.], constitue aujourd'hui un des sujets privilégiés de la stylistique. Les usages figurés du langage ne relèvent cependant pas tout uniment du niveau sémantique : les figures de diction (par exemple la rime) se placent plutôt au niveau grapho-phonologique et les figures de construction (telle l'inversion) au niveau syntaxique ; seuls les tropes (par exemple la métaphore) relèvent à proprement parler du niveau sémantique.

Parmi les multiples autres phénomènes stylistiquement pertinents, mais qu'il est difficile de lier à un niveau unique de l'énoncé, il faut ménager une place aux phénomènes de **plurivalence**, liés au fait qu'un discours n'évoque pas seulement sa référence immédiate, mais aussi d'autres discours (Todorov 1972). Ces phénomènes sont particulièrement importants dans la « littérature au second degré », c'est-à-dire dans les pratiques *hypertextuelles*, qu'elles soient de l'ordre de la transformation textuelle (parodie, travestissement et transposition) ou de l'imitation stylistique (pastiche, charge et forgerie) (Genette 1982). Si la pertinence stylistique des activités de transformation hypertextuelle concerne surtout le niveau sémantique, l'imitation stylistique proprement dite joue des trois niveaux.

■ P. Guiraud, *Les Caractères statistiques du vocabulaire*, Paris, 1954 ; C.E. Osgood, « Some effects of motivation on style of encoding », in T.A. Sebeok (ed.), *Style in Language*, Cambridge (Mass.), 1960 ; J. Cohen, *Structure du langage poétique*, Paris, 1966 ; T. Todorov, *Littérature et signification*, Paris, 1967 ; C.B. Williams, *Style and Vocabulary. Numerical Studies*, Londres, 1970 ; T. Todorov, « Style », in O. Ducrot et T. Todorov, *Dictionnaire encyclopédique des sciences du langage*, Paris, 1972 ; G.N. Leech et M.H. Short, *Style in Fiction*, Londres, New York, 1981 ; G. Genette, *Palimpsestes*, Paris, 1982 ; N. Goodman, « Les voies de la référence », in N. Goodman et C. Elgin, *Esthétique et connaissance*, Paris, 1990.

Plan de l'énonciation

Au niveau de l'énonciation, on peut distinguer plusieurs facteurs de variabilité stylistique :

1. Une des spécificités du langage, comparé aux autres systèmes sémiotiques, réside dans le fait qu'on peut se servir du discours pour reproduire d'autres discours. Mais le degré de reproduction n'est pas toujours le même. Suivant que certaines transformations grammaticales ont été effectuées ou non, on distingue en général trois procédés (Genette 1972, Cohn 1981) : *a)* le *discours rapporté* (*monologue rapporté* chez Cohn) ; *b)* le *discours transposé* (*monologue narrativisé* chez Cohn), c'est-à-dire le *style indirect*. Il connaît deux formes : le *discours indirect régi* et le *discours indirect libre* (McHale 1978). Le discours indirect libre a fait l'objet de multiples recherches du fait de son statut grammatical (et narratologique) composite ; *c)* le *discours narrativisé* (*psycho-récit* chez Cohn), c'est-à-dire la simple présentation d'un sommaire du contenu de l'acte de parole rapporté (McHale 1978) [717]. Un autre couple de termes lié au discours de paroles est celui du **monologue** et du **dialogue** (voir Mukarovsky 1967). Le monologue se caractérise par l'accent mis sur le locuteur, le peu de références à la situation allocutive, le cadre de référence unique, l'absence d'éléments métalinguistiques et la fréquence d'exclamations. Par opposition, le dialogue met l'accent sur l'allocutaire, se réfère abondamment à la situation allocutive, joue sur plusieurs cadres de référence simultanément et se

caractérise par la présence d'éléments métalinguistiques et la fréquence des formes interrogatives.

En fait l'analyse du « récit de paroles » dans ses diverses incarnations relève à la fois de la narratologie, de l'analyse linguistique et de l'étude stylistique : si la première se concentre sur la diversité des relations entre narrateur et narré qu'impliquent les différents degrés de mimésis verbale, ou encore sur le statut du monologue comme psycho-récit, etc., si l'analyse linguistique étudie surtout les transformations grammaticales qui marquent le passage d'un type à l'autre, la stylistique s'intéresse plutôt à l'individualisation des discours de personnages, au mélange entre style du narrateur et style de personnage dans le discours indirect libre, aux marques d'imitation de l'oralité, etc.

2. Parmi les marques de l'énonciation, les indications concernant la situation spatio-temporelle des protagonistes sont des marqueurs stylistiques importants : la distribution et la fréquence des pronoms personnels, démonstratifs et possessifs, des adverbes, des désinences du verbe et du nom donnent la mesure des différences stylistiques (Todorov 1972). Ces différences stylistiques sont souvent des indices génériques : ainsi, certaines « anomalies » apparentes dans l'usage des déictiques temporels (par exemple l'usage de « aujourd'hui » couplé à un temps du passé) sont des indicateurs du statut fictionnel du texte en question [382 s.].

3. L'attitude du locuteur à l'égard de son discours et/ou de sa référence est perceptible à travers des traits lexicaux, grammaticaux, intonationnels, etc. On peut distinguer plusieurs cas :

a) Le style **émotif** ou *expressif* met l'accent, dans la relation entre le locuteur et la référence du discours, sur le locuteur. L'exemple le plus net est donné par les interjections : « Ah ! » n'évoque pas l'objet qui provoque l'étonnement mais cet étonnement même chez le locuteur. Le style émotif donne aussi lieu à des spécificités syntaxiques, puisqu'il se caractérise en général par des constructions parataxiques.

b) Le style **évaluatif**. Dans ce cas, la même relation entre locuteur et référence est accentuée différemment : c'est la référence qui se trouve mise en lumière. Ainsi dans des expressions comme « une *bonne* table », « une *belle* femme ».

c) Le style **modalisant**. Le locuteur porte dans ce cas une appréciation sur la valeur de vérité du discours, autrement dit sur la relation entre le discours et sa référence (ou son contexte). Cette appréciation se manifeste surtout à travers des expressions comme « peut-être », « sans doute », « il me semble », etc. (Todorov 1972).

4. La **stratification stylistique** permet au locuteur de choisir entre différents registres stylistiques selon la situation d'énonciation. Labov (1966) a ainsi montré que des locuteurs d'une même communauté sociolinguistique recouraient à différents styles selon les contextes conversationnels, et plus précisément selon l'attention que le locuteur accorde au *comment ?* de son discours : ainsi une même personne use de styles différents selon qu'elle s'adresse à des pairs ou à quelqu'un qui est extérieur à sa communauté (par exemple le sociolinguiste qui mène l'entretien). Un résultat important de l'analyse de Labov réside dans la découverte que le style vernaculaire est tout aussi régulier et systématique que n'importe quel autre niveau stylistique. Autrement dit, la cohérence stylistique n'est pas une question de niveau de style (par exemple style soutenu *vs* parler « populaire »), mais dépend, du moins dans des situations extralittéraires, uniquement de la familiarité du locuteur avec le style adopté.

■ W. Labov, *The Social Stratification of English in New York City*, Washington (DC), 1966 ; T. Todorov, « Les registres de la parole », *Journal de psychologie*, 3, 1967, p. 265-278 ; « L'énonciation », *Langages*, 17, 1970 ; É. Benveniste, *Problèmes de linguistique générale*, Paris, 1966, p. 225-289 ; E. Stankiewicz, « Problems of emotive language », in T.A. Sebeok (ed.), *Approaches to Semiotics*, La Haye, 1964 ; J. Mukarovsky, *Kapitel aus der Poetik*, Francfort, 1967, p. 108-149 ; T. Todorov, « Style », in O. Ducrot et T. Todorov, *Dictionnaire encyclopédique des sciences du langage*, Paris, 1972 ; G. Genette, *Figures III*, Paris, 1972 ; B. McHale, « Free indirect discourse : a survey of recent accounts », *PT*, 3 (2), 1978 ; D. Cohn, *La Transparence intérieure*, Paris, 1981.

VERSIFICATION

Par **versification** on entend l'ensemble des phénomènes qui définissent la spécificité du vers. On peut diviser les faits de versification en trois grands groupes : *mètre*, *rime* et *strophe*. Tous relèvent d'un même principe, qui permet de distinguer les **vers** de la **prose** : il s'agit d'un principe de **parallélisme** qui exige qu'un rapport d'éléments de la chaîne parlée réapparaisse à un point ultérieur de celle-ci. Il faut en distinguer la **symétrie**, qui concerne la disposition spatiale et ne joue donc que dans la poésie écrite (Todorov 1972). Dans un poème écrit, les deux types de régularité peuvent intervenir de concert : ainsi dans le vers chinois, du fait du monosyllabisme du chinois classique, le parallélisme dans la chaîne parlée trouve son répondant dans la chaîne graphique, chaque syllabe-mot correspondant à un idéogramme ; en japonais en revanche, langue polysyllabique, deux vers équisyllabiques n'ont pas nécessairement le même nombre de graphies, dans la mesure où de nombreux idéogrammes correspondent à des mots plurisyllabiques (en revanche des vers uniquement écrits à l'aide du syllabaire hiragana, c'est-à-dire ne recourant à aucun idéogramme, retrouveraient le parallélisme son/graphie).

La distinction des trois groupes de faits relatifs à la versification ne signifie pas, bien entendu, l'indépendance du mètre, de la rime et de la strophe. Ils sont en fait étroitement liés les uns aux autres, de même qu'il existe aussi une interdépendance entre les faits de versification et les autres propriétés linguistiques d'un énoncé, notamment sa dimension sémantique. Le parallélisme métrique des vers (et, le cas échéant, l'équivalence phonique des rimes) peut entrer en relation de similitude ou de contraste avec la dimension sémantique du poème (Jakobson 1963, p. 66-67). Le phénomène de l'« étymologie poétique » (Jakobson), résultant du fait qu'une ressemblance entre deux signifiants est susceptible de suggérer une parenté entre deux mots, entre dans ce cadre. Il est vrai que cette possibilité n'est sans doute pas réalisée dans toutes les traditions poétiques, et en tout état de cause le poème ne livre jamais l'équivalence : c'est au lecteur qu'il incombe de chercher une motivation convaincante, plus ou moins riche pour la relation *suggérée* par le parallélisme (B. de Cornulier 1986, p. 195). Il est important de noter que ce jeu entre versification et valeur sémantique présuppose l'indépendance des équivalences métriques, leur caractère arbitraire par rapport au contenu syntaxique-sémantique : ce n'est qu'à ce prix que les structures métriques sont marquées et peuvent mettre en jeu la recherche d'une motivation (Ruwet 1981, p. 6). Reconnaître le rôle structural (et structurant) des sons n'est pas équivalent à soutenir l'existence d'un **symbolisme phonétique**, c'est-à-dire d'une correspondance directe entre le sens des mots et la nature des sons qui les composent. Si de telles correspondances locales peuvent exister chez certains poètes, elles correspondent toujours à des équivalences *ad hoc* postulées par le poète en question, et ne trouvent pas de fondement dans la langue elle-même.

■ R. Jakobson, « Deux aspects du langage et deux types d'aphasie », in *Essais de linguistique générale*, Paris, 1963 ; T. Todorov, « Versification », in O. Ducrot et T. Todorov, *Dictionnaire encyclopédique des sciences du langage*, Paris, 1972 ; N. Ruwet, « Linguistique et poétique : une brève introduction », *Le français moderne*, 49, 1981, p. 1-19 ; B. de Cornulier, « Versifier : le code et sa règle », *Poétique*, 66, 1986, p. 191-197.

Le vers

La plupart des **mètres** recensés reposent sur la répétition réglée d'un ou de plusieurs des quatre traits linguistiques suivants : la syllabe, l'accent, la quantité ou le ton. La *syllabe* est un groupe phonémique constitué d'un phonème appelé *syllabique* et, facultativement, d'autres phonèmes non syllabiques. Le premier constitue le sommet de la syllabe, alors que les autres en forment les marges. En français ce sont les voyelles qui jouent le rôle de phonèmes syllabiques. L'*accent* est une emphase touchant à la durée, la hauteur ou l'intensité d'un phonème syllabique et qui le différencie de ses voisins. La *quantité* correspond aux différences de durée phonémique, qui assument, dans certaines langues, une fonction distinctive. Le *ton*, enfin, dans les langues où il assume une fonction distinctive, correspond à l'accent de hauteur de la syllabe : ainsi le chinois connaît quatre tons (Todorov 1972).

On distingue donc couramment quatre types de mètre : **syllabique**, **accentuel**, **quantitatif** et **tonématique**. Les poésies française et japonaise par exemple reposent sur le syllabisme, c'est-à-dire sur une répétition réglée du nombre de syllabes. Le système accentuel, caractérisé par la répétition d'un nombre prescrit d'accents, domine en poésie anglaise et allemande. Le système quantitatif, fondé sur l'alternance réglée de longues et de brèves, régissait notamment la poésie sanscrite et grecque. La métrique tonématique ne semble jamais avoir fonctionné comme système métrique autonome : même dans le poème chinois canonique, le *lü-shih*, la contrainte tonématique (contraste tonal entre les deux vers du couplet) ne fait que se surajouter à la contrainte portant sur le nombre de syllabes (dans d'autres genres poétiques chinois la contrainte tonématique n'existe pas du tout).

Le vers illustre rarement un seul de ces quatre principes : la versification anglaise, plutôt que purement accentuelle, est en fait accentuelle-syllabique, du moins dans le pentamètre iambique de la poésie savante qui ne s'écarte jamais beaucoup du décasyllabe, alors que le tétramètre de la poésie populaire (et de ses imitations savantes) est plus proche d'une métrique purement accentuelle (le nombre de syllabes formant un vers est beaucoup plus libre que dans le pentamètre iambique). La situation est a peu près la même en allemand : dans certains types de vers, seul le nombre d'accents est prescrit, alors que le nombre de voyelles non accentuées entre deux accents est libre *(füllungsfreier Vers)* ; d'autres types de vers, par exemple le pentamètre iambique, et surtout l'hexamètre classiciste introduit par Klopstock et pratiqué avec virtuosité par Hölderlin, prescrivent non seulement les accents mais aussi leurs relations avec les syllabes non accentuées. De même, d'après les études de Gasparov (1987), les hendécasyllabes italien et espagnol seraient nettement syllabo-toniques. En revanche, l'octosyllabe espagnol (qui est le mètre de la poésie populaire) est essentiellement syllabique, comme l'est le vers français classique par excellence, l'alexandrin.

Enfin, et bien qu'il y ait des liens indéniables entre les propriétés linguistiques d'une langue et le type de versification privilégié dans cette langue, la plupart des traditions poétiques ont expérimenté plusieurs types de vers, souvent importés d'autres langues : ainsi la poésie russe était fondée sur le syllabisme jusqu'au XVIIIe siècle, adoptant ensuite une métrique accentuelle, peut-être parce que celle-ci s'accorde plus facilement avec les phénomènes phoniques de la langue russe.

■ Études générales : E. Sievers, *Rhythmischmelodische Studien*, Heidelberg, 1912 ; V. Jirmounski, *Introduction to Metrics, the Theory of Verse*, La Haye, 1966 (édition russe en 1925) ; S. Chatman, *A Theory of Meter*, La Haye, 1965 ; W.K. Wimsatt (ed.), *Versification. Major Language Types*, New York, 1972 ; T. Todorov, « Versification », in O. Ducrot et T. Todorov, *Dictionnaire encyclopédique des sciences du langage*, Paris, 1972 ; H. Meschonnic, *Critique du rythme. Anthropologie historique du langage*, Lagrasse, 1982 ; J. Molino et J. Gardes-Tamine, *Introduction à l'analyse linguistique de la poésie*, Paris, 2 vol., 1982-1988.

L'identité du **vers** repose sur la récurrence réglée des unités métriques élémentaires (syllabe, accent ou pied). Il est délimité par l'achèvement d'une figure métrique, qui se manifeste par une **pause métrique** et, dans certains types de versification, par la rime. Dans la poésie écrite, le vers peut être signalé graphiquement, sans qu'il s'agisse là d'une nécessité : les trois vers du haïku japonais furent pendant plusieurs siècles notés à l'affilée sans démarcation graphique. Un vers n'existe qu'en tant que membre d'une série (c'est-à-dire qu'il en faut au moins deux), car seule la récurrence d'une unité métrique est susceptible de la manifester comme telle et donc permet de la reconnaître et de l'identifier.

Dans le cas du mètre syllabique, le vers est identifiable par une opération de numération des syllabes. Dans le cas des vers accentuel et quantitatif, il est identifié par une numération des mesures, ce nombre étant égal au nombre des syllabes accentuées ou longues. La versification antique avait codé les mesures quantitatives les plus fréquentes par des noms qui ont eu une large extension, et qui plus tard ont aussi été appliqués aux mesures accentuelles (avec une assimilation de la longueur et de l'accent), voire au vers syllabique. Les principales mesures antiques sont : le **ïambe** *U–*, le **trochée** *–U*, l'**anapeste** *UU–*, l'**amphibraque** *U–U*, le **dactyle** *–UU*, le **spondée** – –, le **tribraque** *UUU*. Ces mesures à leur tour déterminent des types de vers : ainsi le tétramètre iambique est identifiable par la numération de quatre ïambes.

Malgré son importance historique, surtout dans le domaine des systèmes métriques syllabo-toniques (poésie anglaise, allemande et russe par exemple), l'analyse des vers accentuels et syllabiques à l'aide des mesures (« pieds ») mises au point pour le vers quantitatif rencontre de plus en plus d'objections de la part des métriciens actuels. La terminologie empruntée à la versification quantitative décrit mal (sauf pour les rares poètes qui ont effectivement consciemment tenté d'appliquer les systèmes antiques) la versification des langues européennes modernes qu'elle soit syllabo-tonique ou, *a fortiori*, purement syllabique. C'est ainsi que ce qu'on appelle traditionnellement le « tétramètre iambique » dans la poésie populaire anglaise ne peut être maintenu comme mètre de ce nom qu'en introduisant de multiples règles de substitution ; il est plus simplement décrit comme un vers à quatre coups *(beats)* c'est-à-dire quatre syllabes accentuées, séparées par un nombre variable de syllabes non marquées accentuellement *(off-beats)*, dont la variabilité est annulée par un principe d'isochronie en vertu duquel la durée entre deux attaques de coups est considérée comme métriquement équivalente (Attridge 1982).

En France, Kibedy-Varga notamment s'est fait le défenseur d'une analyse accentuelle du vers français, qualifiant le syllabisme de « curieux système » qui serait lié à une méconnaissance du « rôle essentiel de l'accent dans la composition des vers » (Kibedy-Varga 1977, p. 75). Mais de Cornulier, sans mettre en doute l'intérêt d'une analyse du **rythme** à l'aide de la notion de *pied*, ou d'*accentuation*, a montré que, dans le cas de la versification française, les structures rythmiques ainsi dégagées ne sauraient être confondues avec la structure *métrique* des vers qui, elle, est purement syllabique (à l'exception peut-être de la rime, puisque l'alternance rime masculine/rime féminine peut être décrite comme alternance entre une rime où l'accent tombe sur la dernière syllabe et une rime où il tombe sur l'avant-dernière). Cette hypothèse s'est trouvée confortée par l'analyse statistique de l'alexandrin due à Gasparov (1987) qui montre que la structure accentuelle des deux hémistiches est déterminée uniquement par le rythme linguistique du français, sans contraintes supplémentaires (spécifiquement métriques) concernant l'arrangement des accents à l'intérieur du vers. La distinction entre système métrique et rythme est aussi illustrée par la non-identité entre les notions de **césure** (coupe métrique à l'intérieur du vers) et de *fin de vers* d'un côté, celle de **pause verbale** (pause prescrite par la structure syntaxique de la phrase) de l'autre. Souvent les deux séries de faits se renforcent. Ainsi dans la poésie japonaise, la pause métrique de fin de vers est toujours aussi une pause verbale, chaque vers formant une unité syntaxique close (dans un tel système, la pause métrique n'a aucun besoin d'être indiquée graphiquement, puisqu'elle est reconnue syntaxiquement). De même dans le vers français classique, la césure (séparant deux hémistiches) est un fait métrique réalisé rythmiquement par une pause verbale. Mais il peut aussi y avoir non-coïncidence des deux structures : ainsi dans l'**enjambement**, la fin de vers, tout en étant métriquement pertinente n'est pas réalisée par une pause ; enfin une pause verbale, par exemple une pause de fin de phrase, ne correspond pas non plus nécessairement à une coupe métrique (césure ou fin de vers).

Il faut ménager une place à part au **vers libre**. Il s'agit d'une notion qui semble être contradictoire en elle-même. Soit il n'existe aucun mètre, et dans ce cas il n'y a pas de versification, soit une organisation métrique existe, et dans ce cas le mot *libre* indique simplement qu'elle ne se laisse pas décrire à l'aide des systèmes métriques établis. Dans le premier cas, la question de savoir s'il s'agit encore d'un poème ou s'il faut plutôt parler de prose lyrique, dépend des critères d'identification de la notion « poème » : si on voit dans la versification un trait nécessaire de la poésie, il faudra parler de prose ; mais on peut considérer tout aussi bien, comme le propose par exemple C. Stevenson (1957), que la notion de poème est une notion composite : ainsi un texte non métrique pourrait encore faire partie de la catégorie « poème », à condition de pouvoir être rattaché par d'autres traits (traitement thématique, usage d'images, importance des jeux phoniques, des parallélismes grammaticaux, etc.) au corpus historiquement constitué de la poésie [211].

■ A. Kibedi Varga, *Les Constantes du poème*, La Haye, 1963 ; C. Stevenson, « Qu'est-ce qu'un poème » (1957), *Poétique*, 83, 1990, p. 361-389 ; T. Todorov, « Versification », in O. Ducrot et T. Todorov, *Dictionnaire encyclopédique des sciences du langage*, Paris, 1972 ; B. de Cornulier, *Théorie du vers. Rimbaud, Verlaine, Mallarmé*, Paris, 1982 ; D. Attridge, *The Rhythms of English Poetry*, Londres, 1982 ; M.L. Gasparov, « A probability model of verse », *Style*, vol. 21, n° 3, 1987, p. 322-340.

La rime et la strophe

La métrique ne se limite en général pas à prescrire une forme de vers spécifique, mais établit encore des récurrences au niveau des relations entre vers. Les deux principaux systèmes de récurrence sont ceux de la rime et de la strophe.

La **rime** est une répétition sonore survenant à la fin du vers. Elle n'est donc qu'un cas particulier de répétition sonore, phénomène très répandu dans le vers (assonance, allitération, etc.) (Todorov 1972). Cependant les répétitions sonores ont une fonction métrique uniquement lorsqu'elles sont référables à un système de récurrences réglées. C'est ainsi que l'**allitération** (répétition consonantique) et l'**assonance** (répétition vocalique : âme/âge) n'ont pas de statut métrique dans les poésies européennes modernes, même si elles possèdent des fonctions rythmiques et sémantiques importantes ; en revanche dans l'ancienne poésie germanique et saxonne l'allitération constituait un principe métrique ; de même, dans la métrique des chansons de geste françaises, l'assonance remplaçait la rime au sens moderne du terme.

Il existe bien entendu des systèmes métriques sans rime, telle la poésie latine classique ou encore la poésie japonaise ; d'autres traditions poétiques connaissent des systèmes métriques à rime et des systèmes sans rime, ainsi la poésie anglaise – qui, à côté des vers rimés, connaît les **vers blancs** (surtout utilisés dans la poésie dramatique) – ou encore la poésie allemande.

On peut distinguer plusieurs variables dans la rime, chacune permettant d'établir une classification.

Ainsi, en prenant comme variable le degré de ressemblance entre les deux suites phoniques pertinentes, on peut différencier par exemple entre **rimes pauvres**, où seule la voyelle accentuée est identique mais n'est suivie d'aucune consonne *(moi/roi)*, **rimes suffisantes**, où la voyelle accentuée et les consonnes qui la suivent coïncident *(cheval/égal)*, **rimes riches** où, en plus de l'identité présente dans la rime suffisante, il y a identité de la (ou des) consonnes qui précèdent *(cheval/rival)*, et enfin **rimes léonines**, lorsque la voyelle précédente est également identique *(ressentir/repentir)* (Todorov 1972).

La variable de la place de l'accent nous donne, entre autres, la distinction entre **rimes masculines** (ou oxytoniques), où l'accent tombe sur la dernière voyelle et les **rimes féminines** (ou paroxytoniques), où il tombe sur l'avant-dernière.

Un autre facteur de classification, important au niveau de l'organisation strophique, est celui de la combinaison entre les rimes. En vertu du principe général de récurrence, l'identification d'une telle combinaison n'est possible qu'à partir du quatrain (unité minimale permettant la récurrence de deux rimes). On distingue ainsi entre les **rimes plates**, qui se suivent dans l'ordre *aabb* ; les **rimes embrassées**, *abba* ; et les **rimes croisées**, *abab*... (Todorov 1972).

Enfin, on classe parfois les rimes selon le rapport qu'elles entretiennent avec la structure syntaxique et sémantique de l'énoncé. On oppose ainsi les **rimes grammaticales**, c'est-à-dire celles où riment des formes grammaticales identiques, aux **rimes antigrammaticales** ; ou encore les **rimes sémantiques**, où le rapprochement sonore provoque l'impression d'une proximité sémantique, aux **rimes antisémantiques**, où le même rapprochement provoque la mise en évidence du contraste. La **rime équivoque**, fondée sur l'identité du mot phonique et la différence des sens, par exemple *le soir tombe/vers la tombe* est un cas extrême de rime antisémantique (Todorov 1972). Les expressions *rime antigrammaticale* et *rime antisémantique* ne sont cependant pas très heureuses : faire rimer un nom avec une forme verbale n'est pas un mouvement antigrammatical, puisqu'on se borne à tirer profit d'une opposition grammaticalement pertinente ; de même une rime fondée sur un contraste sémantique n'est pas antisémantique, puisque le contraste sémantique est tout autant un fait sémantiquement pertinent que l'identité. Il vaudrait donc mieux parler de rimes réalisant une identité grammaticale (ou sémantique) et de rimes réalisant une opposition grammaticale (ou sémantique).

La prescription de la récurrence d'un type de combinaison spécifique entre rimes donne automatiquement naissance à une unité pertinente supérieure, par exemple le quatrain. Il s'agit là d'un cas particulier de la **strophe**, fondée sur une succession réglée de plusieurs vers. L'identification des strophes d'un poème implique la reconnaissance d'une récurrence pertinente : il s'agit souvent d'une même figure de rimes ou de mètres, parfois seulement d'un nombre fixe de vers.

Si les vers qui la composent ont le même nombre de mesures, on parle de strophe **isométrique**, dans le cas inverse on l'appelle **hétérométrique**. On distingue aussi les strophes selon le nombre de vers qui les composent, d'où les expressions de distique, tercet, quatrain, etc. Quant au **refrain**, il n'est autre chose que la récurrence d'une strophe *syntaxiquement* identique (Todorov 1972).

Dans la poésie chantée la strophe obéit à la même loi de récurrence que le vers, c'est-à-dire qu'une strophe n'est identifiable qu'à partir de sa deuxième occurrence, et même en poésie écrite l'idée d'un poème à strophe unique n'a pas de sens. Cependant, dans la mesure où la poésie écrite a la possibilité de distinguer des sous-groupes par de purs moyens typographiques, les poètes ne sont plus obligés de se soumettre à la loi de la récurrence pour diviser leur poème en sous-unités. Cela dit, lorsque la sous-division n'est plus fondée sur la récurrence d'une structure strophique identique, on aboutit à des pseudostrophes qu'il vaudrait mieux appeler *sections*.

Lorsque la combinaison des vers et éventuellement des strophes (ou des sections) est codée, on aboutit à des **formes fixes** de la versification, par exemple le **rondeau** (construit sur deux rimes, le refrain étant repris au milieu et à la fin), la **ballade** française (à distinguer de la ballade allemande qui est un poème à strophes mais non pas une forme fixe, puisque le nombre de strophes n'est pas prescrit), composée de trois strophes homorimes et isométriques, et d'un *envoi*, ou encore le **sonnet** (suite de 14 vers organisée en 4-4-3-3 ou en 4-4-4-2). Une forme fixe n'est cependant pas basée nécessairement sur des schémas de rime ou sur des strophes : le **haïku** japonais est formé d'une simple suite de trois vers (5, 7 et 5 syllabes) sans rime ; il s'est formé au XVIIe siècle par détachement des trois premiers vers d'une autre forme fixe, plus longue, appelée **waka** (ou tanka), de structure 5, 7, 5-7, 7.

■ O. Brik, « Zvukovye povtory », *Michigan Slavic Materials*, 5 (= O.M. Brik, *Two Essays on Poetic Language*), Ann Arbor, 1964 ; W.K. Wimsatt, « On relation of rhyme to reason », *The Verbal Icon*, Lexington, 1954, p. 153-166 ; P. Delbouille, *Poésie et sonorités*, Bruxelles, 1961 ; T. Todorov, « Versification », in O. Ducrot et T. Todorov, *Dictionnaire encyclopédique des sciences du langage*, Paris, 1972.

Quelques traités et études consacrés à la versification française : M. Grammont, *Le Vers français*, Paris, 1913 ; G. Lote, *Histoire du vers français*, 3 tomes, Paris, 1949, 1951, 1955 ; M. Grammont, *Petit traité de versification française*, Paris, 1960 ; J. Suberville, *Histoire et théorie de versification française*, Paris, 1956 ; W.T. Elwert, *Traité de versification française, des origines à nos jours*, Paris, 1965 ; J. Mazaleyrat, *Éléments de métrique française*, Paris, 1965 ; F. Deloffre, *Le Vers français*, Paris, 1973 ; B. de Cornulier, *Théorie du vers. Rimbaud, Verlaine, Mallarmé*, Paris, 1982.

Approches théoriques

L'étude des mètres doit être distinguée de l'étude de la récitation des vers. Cette distinction montre les limites de toute analyse *acoustique* de la versification, qui utilise des spectrographes, permettant une représentation visuelle détaillée du flot de paroles *(visible speech)*, et d'autres instruments d'enregistrement : on retrouve ici à la fois la confusion entre vers et exécution du vers et celle entre mètre et rythme (Todorov 1972). Cela dit, il ne faut pas confondre les variantes individuelles dans la récitation des vers avec ce qu'on appelle *les éléments facultatifs de la versification* et qui ont été analysés notamment par les formalistes russes. R. Jakobson a ainsi montré le rôle que peut jouer la distribution de la chaîne verbale en mots, à l'intérieur du schème métrique : en russe, un ïambe de quatre mesures n'est pas perçu de la même manière suivant que l'accent tombe au début ou à la fin des mots. En fait, la notion même d'*éléments facultatifs* pose la question difficile des rapports entre la structure métrique des vers, leur structure rythmique (l'indépendance des deux est une des sources de complexification de la structure poétique) et leurs relations avec le rythme linguistique d'une langue donnée. Si dans un système syllabo-tonique la distinction entre mètre et rythme est parfois difficile à établir, elle ne pose en revanche pas de problème dans un système syllabique pur dans lequel le rythme linguistique ne joue pas de rôle métrique – alors même qu'il joue évidemment un rôle poétique.

Les formalistes russes (Jakobson, Tomachevski, Eikhenbaum, Jirmounski) ont introduit l'*analyse structurale* dans l'étude métrique. Parmi les approches proposées, le modèle d'**analyse probabiliste** dû à Tomachevski s'est avéré particulièrement fructueux, notamment dans le domaine de la métrique comparée, d'autant plus que le maniement de la méthode a été largement simplifié et raffiné grâce aux calculs d'ordinateur. Fondée sur le principe d'une comparaison de la fréquence d'occurrence d'un accent dans une position donnée d'un poème par rapport à la fréquence d'occurrence de ce même accent dans la même position en dehors de la poésie (c'est-à-dire en vertu des simples traits rythmiques de la langue), cette méthode a permis de différencier clairement entre systèmes métriques syllabiques et systèmes accentuels-toniques.

L'intérêt de l'analyse statistique est encore ailleurs. Une question importante est de savoir quel est le statut du mètre. L'approche traditionnelle y voyait un système de règles conventionnelles explicites, même si on acceptait que ce système de règles n'était pas indépendant de la langue, en ce que toutes les langues ne se prêtent pas pareillement au même type de règles : ainsi si la rime est inexistante dans la poésie japonaise, c'est peut-être parce qu'en japonais tous les mots se terminent, soit sur une des cinq voyelles *a*, *e*, *i*, *u*, *o*, soit sur la quasi-voyelle *n* ; de même on a souvent rapproché le mètre syllabique dans la poésie française de l'existence de l'accent final obligatoire en français, alors qu'en allemand par exemple, l'accent est plus mobile. Or, la méthode statistique est d'une grande aide pour faire la différence entre les phénomènes rythmiques dus à la structure linguistique et ceux qui reposent spécifiquement sur la métrique, autrement dit, pour distinguer entre le rythme linguistique – poétiquement inerte et sur lequel le poète n'a guère de prise –, le rythme déterminé par la convention métrique, et enfin le rythme individuel du poète dont les relations complexes avec le rythme linguistique et le système métrique sont le lieu de la créativité rythmique (et éventuellement métrique).

La méthode structurale est essentiellement analytique et descriptive. Dans la foulée de la grammaire générative, on a essayé de développer une **métrique générative**, c'est-à-dire synthétique et explicative. M. Halle et S. Keyser ont par exemple donné une nouvelle description du pentamètre iambique anglais ; en France, Lusson et Roubaud se sont engagés dans la même voie et ont tenté de développer un modèle génératif de l'alexandrin. La métrique générative transpose dans le domaine de la métrique les présupposés qui sont ceux de la grammaire générative pour la langue, et notamment l'idée de compétence et de performance : de même qu'un locuteur natif peut distinguer entre des phrases grammaticales et non grammaticales de sa langue sans être conscient des règles qui le lui permettent, un lecteur expérimenté de poésie française, anglaise, etc., est censé être capable de distinguer entre des exemples acceptables et des exemples inacceptables d'un mètre sans nécessairement avoir une connaissance consciente des règles correspondantes. Partant de ces prémisses, Halle et Keyser ont développé un modèle très élégant du pentamètre iambique anglais, reposant uniquement sur le postulat d'une structure métrique abstraite combinée à deux règles de correspondance (appelées encore règles de réalisation). La grande force des théories génératives réside dans leur économie de règles et surtout dans leur falsifiabilité. Il est ainsi apparu très vite que le système de Halle et Keyser (y compris dans les améliorations que lui ont apportées d'autres auteurs, notamment Paul Kiparsky qui, à ce jour, a sans doute proposé l'analyse générative la plus complexe et la plus fine) ne génère pas toutes les lignes jugées acceptables par un lecteur formé à la poésie anglaise et seulement celles-là : il engendre des vers que tout lecteur rejetterait et il traite comme inacceptables des vers que les lecteurs considèrent comme parfaitement corrects (Attridge 1982). Ce n'est évidemment pas là une objection de principe à la méthode générative, puisque la théorie peut être amendée afin de mieux rendre compte de l'intuition des poètes et des lecteurs. On peut cependant se demander si l'analogie de la compétence linguistique est transposable dans le domaine métrique qui après tout n'est pas celui de la prosodie linguistique : comme le montre déjà la coexistence de plusieurs systèmes métriques (obéissant à des principes différents) dans certaines langues, la métrique, même si elle tire profit des traits phoniques de la langue, est pour l'essentiel une convention littéraire, c'est-à-dire qu'elle met en œuvre des effets consciemment maîtrisés en vertu de la connaissance explicite du système métrique applicable. Et sans vouloir prendre parti dans la querelle autour de l'innéisme des structures linguistiques fondamentales, il paraît prudent, jusqu'à preuve du contraire, d'admettre que la « compétence métrique » est pour l'essentiel une « compétence » technique acquise, née de la fréquentation des textes poétiques, c'est-à-dire de l'intériorisation d'un ensemble d'attentes de récurrences, à la manière dont un musicien ou un amateur de musique formés dans le système tonal occidental acquièrent une « compétence » dans la production et la reconnaissance de pièces musicales mettant en œuvre les règles du système harmonique.

Plus récemment on a abordé l'étude de la métrique dans une *perspective cognitiviste*. Contrairement aux autres approches, la perspective cognitiviste met l'accent sur le caractère fonctionnel de la versification. Retrouvant la loi psychologique proposée par Miller (1956), selon laquelle la limite de saturation de notre mémoire de travail fluctue autour de sept éléments (quels qu'ils soient), B. de Cornulier (1982) a expliqué la nécessité de la césure dans le dizain et l'alexandrin par le fait qu'« en français, la reconnaissance instinctive et sûre du nombre syllabique exact est limitée, selon les gens, à 8 syllabes ou à moins ». Plus récemment Grimaud et Baldwin (1993) ont entrepris, dans la même perspective, l'analyse des strophes, et plus précisément des schémas de rimes. Ils expliquent ainsi l'utilisation massive des rimes plates et des diverses combinaisons de deux rimes dans la construction des strophes par un principe d'économie cognitive. Ces études, qui n'en sont qu'à leur début, extrapolent parfois de manière abusive en postulant des « lois » cognitives de la versification sur la base de données culturellement trop spécifiques pour justifier une confiance épistémologique aveugle. Mais l'approche cognitiviste constitue sans conteste le modèle d'explication le plus prometteur, parce qu'il est le seul à pouvoir offrir une explication du fait qu'au-delà de la diversité des systèmes métriques adoptés dans le monde, on constate que tous tiennent compte de certaines limites communes concernant le nombre d'éléments pertinents qu'il faut manipuler cognitivement pour identifier la structure métrique en question. Le modèle fondé sur la grammaire générative avait lui aussi des prétentions explicatives, mais alors qu'il était obligé de postuler l'existence de structures profondes dont le statut mental reste pour le moment largement hypothétique, l'explication proposée par l'approche cognitive se borne à faire appel à des contraintes psychologiques générales déjà largement documentées dans d'autres domaines, puisque liées pour l'essentiel au fonctionnement de la mémoire de travail.

■ Approche structurale et statistique : B. Tomachevski, *O stikhe*, Leningrad, 1929 (cf. les extraits traduits en français dans *Théorie de la littérature*, Paris, 1965) ; W.L. Schramm, *Approaches to a Science of English Verse*, Iowa City, 1935 (présente l'approche acoustique) ; W.K. Wimsatt et M.C. Beardsley, « The concept of meter : an exercise in abstraction », *PMLA*, 1959, p. 585-598 ; R. Jakobson, « Linguistique et poétique », in *Essais de linguistique générale*, Paris, 1963 ; T. Todorov, « Versification », in O. Ducrot et T. Todorov, *Dictionnaire encyclopédique des sciences du langage*, Paris, 1972 ; R. Jakobson, *Questions de poétique*, Paris, 1973 ; M. Tarlinskaja, *English Verse : Theory and History,* La Haye, 1976 ; « New Metrics », numéro spécial de la revue *Style*, vol. 21, n° 3, 1987.

Approche générative : M. Halle et S.J. Keyser, « Chaucer and the study of prosody », *College English*, déc. 1966, p. 187-219 ; M. Halle et S.J. Keyser, *English Stress : Its Form, Its Growth, and Its Role in Verse*, New York, Evanston, Londres, 1971 ; J. Roubaud, « Mètre et vers », *Poétique*, 7, 1971, p. 354-375 ; P. Lusson et J. Roubaud, « Mètre et rythme de l'alexandrin ordinaire », *Langue française*, 23, 1974, p. 41-53 ; P. Kiparsky, « The rhythmic structure of English verse », in *Linguistic Inquiry*, n° 8, 1977, p. 189-247 ; pour des critiques de l'approche générative, W.K. Wimsatt, « The rule and the norm : Halle and Keyser on Chaucers's meter », *College English*, 31, 1970, p. 774-88 ; M. Barnes et H. Esau, « Gilding the lapses in a theory of metrics », *Poetics*, 8, 1979, 481-487 ; D. Attridge, *The Rhythms of English Poetry*, Londres, 1982.

Approche cognitiviste : G. Miller, « The magical number seven, plus or minus two : some limits on our capacity for processing information », *Psychological Review*, 63, 1956, p. 81-96 ; B. de Cornulier, *Théorie du vers. Rimbaud, Verlaine, Mallarmé*, Paris, 1982 ; M. Grimaud et L. Baldwin, « Versification cognitive : la strophe », *Poétique*, 95, 1993, p. 259-276.

TEMPS DANS LA LANGUE

Les théories et les terminologies relatives à la temporalité linguistique sont si variées et contradictoires que nous avons préféré donner une présentation personnelle du problème – en signalant, chemin faisant, ses rapports avec d'autres points de vue et d'autres terminologies. Étant donné d'autre part la surabondance de littérature sur le sujet, nos bibliographies pousseront la sélectivité jusqu'à la partialité.

L'objet de ce chapitre n'est pas le concept grammatical, appelé « temps » en français (et désormais noté ici TG, **temps grammatical**), « tense » en anglais, « Tempus » en allemand, qui sert à regrouper les différentes formes d'un verbe qui ne se distinguent que par la personne : ainsi *fait* et *faisons* appartiennent au même TG, appelé « présent de l'indicatif » de même que *fasse* et *fassions* appartiennent au « présent du subjonctif ». Mais il ne s'agira pas davantage du temps, souvent nommé réel ou objectif, qui intervient dans les sciences de la nature, ni non plus du temps vécu, tenu pour subjectif, qui est l'objet de la psychologie. Ce qui nous intéressera, c'est la façon dont l'expérience humaine du temps est représentée à travers l'organisation linguistique des énoncés – et elle l'est par bien d'autres moyens que par les TG.

(NB : On notera l'ambiguïté qui fait appeler « temps » à la fois les TG, et des ensembles de TG : ainsi on parle du temps « présent » qui regrouperait le TG « présent de l'indicatif » et le TG « présent du subjonctif ». Ce regroupement des TG en temps croise leur regroupement en **modes** : on met dans le même mode « indicatif » les TG « présent de l'indicatif » et « imparfait de l'indicatif ». Dans cette perspective, chaque TG apparaît comme l'intersection d'un temps et d'un mode. Une telle classification, applicable aux langues indo-européennes, surtout anciennes, n'a pas de sens pour la plupart des autres langues.)

Prenons pour exemple la phrase suivante, notée *P*, qui pourrait commencer un récit du débarquement de juin 1944. « Le 6 juin à l'aube, les premiers transports de troupes avaient déjà quitté l'Angleterre depuis plusieurs heures, certains même depuis la veille. » Nous rangerons dans trois catégories les allusions au temps contenues dans *P*.

(A) D'une part *P* indique, au moyen d'une datation précise, « Le 6 juin à l'aube », et, plus vaguement, par le fait que le TG est au passé, la période dont il est question dans l'énoncé, et qui constitue son « thème temporel ». On notera que cette période n'est pas celle où se situent les événements présentés, c'est-à-dire le départ des premières troupes, événements chronologiquement antérieurs au thème, mais qui sont nécessaires pour caractériser le moment dont on parle, l'aube du 6 juin. Nous dirons que ces événements constituent, par opposition au thème, le « procès », mot très général destiné à couvrir aussi les cas où il s'agit d'un état, comme dans « Le 6 juin à l'aube, Rommel était absent de France depuis plusieurs jours ». Dans notre exemple, le procès est présenté dans le noyau syntaxique de *P* (c'est-à-dire dans le groupe sujet « les premiers transports… » et dans le groupe verbal « avaient quitté… »), et la présentation du thème est syntaxiquement marginale.

(B) D'autres indications temporelles concernent le procès ; dans *P*, elles sont exclusivement situées à l'intérieur du sujet et du prédicat. Ainsi l'adjectif « premiers » fait partie du groupe sujet, et sert à repérer un élément de la réalité en le situant dans une série chronologique ; quant aux expressions « depuis plusieurs heures », « depuis la veille », elles précisent temporellement le procès (quitter l'Angleterre) dont l'agent est désigné par le sujet. Dans la même catégorie on rangera encore la succession d'une présence et d'une absence impliquée par le verbe « quitter », succession qui constitue le centre même de l'événement décrit.

(C) La troisième catégorie concerne le rapport établi, dans *P*, entre les indications thématiques (A) et le procès (B). Ce rapport est marqué par le choix d'un TG composé (le plus-que-parfait) et par celui de l'adverbe *déjà*. Ces choix impliquent que le procès (B) est antérieur au moment dont parle *P*, c'est-à-dire à son thème temporel (A), mais que les conséquences du procès survivent à ce moment et le marquent : on décrit l'aube du 6 juin en disant qu'elle succède au départ de la flotte.

L'extension des indications temporelles thématiques (A)

Les indications de type (A), même quand elles sont syntaxiquement localisées (dans *P* elles sont, pour l'essentiel, en tête de phrase), sont sémantiquement coextensives à la totalité de l'énoncé, dans la mesure où elles établissent son thème. On en trouve confirmation dans divers phénomènes. Que l'on compare les énoncés « Le matin, je travaille » et « Je travaille le matin ». Dans le premier, l'indication « Le matin » est de type (A). La phrase est présentée comme une description de mes activités du matin, comme répondant à la question « Que fais-tu le matin ? ». De sorte qu'elle ne laisse entendre d'aucune façon que je ne travaille pas à d'autres moments (ce qu'elle peut faire entendre, c'est que, le matin, je ne fais rien d'autre que travailler). Il en va autrement pour le second énoncé. Ici « le matin » est un élément du prédicat, et participe à la description du procès. Le thème temporel, lui, est indiqué, de façon très vague, par le TG présent. Il peut s'agir, par exemple, de la place donnée au travail dans mon emploi du temps actuel (réponse à la question « Quand travailles-tu ? »). On comprend alors que la phrase, si elle n'est pas complétée, puisse laisser entendre que je travaille seulement le matin.

Autre illustration du même phénomène, l'ambiguïté d'un énoncé comme « L'année dernière, ma voiture était bleue ». Elle peut signifier, ou *(a)* que le locuteur a changé de voiture depuis un an, ou *(b)* que la voiture a changé de couleur. Cette incertitude tient à ce que l'indication chronologique « L'année dernière » vaut pour toute la phrase, dont elle exprime le thème temporel, et non pour le seul prédicat. On informe l'auditeur d'un certain état de choses de l'année précédente, et il est possible que l'expression « ma voiture » doive être comprise par rapport à cette période (= la voiture que j'avais l'année dernière), d'où le sens *(a)* (mais il reste possible que l'expression soit comprise par rapport au moment de la parole, et désigne donc la voiture du locuteur au moment où il parle, d'où le sens *(b)*).

Localisation temporelle du thème et du procès

Aussi bien les indications relatives au thème (A) que celles relatives au procès (B) peuvent contenir une localisation temporelle : on peut situer dans le temps à la fois la période dont on parle, et les événements servant à la caractériser (la phrase *P*, prise en exemple plus haut, montre que ces localisations peuvent être différentes). Pour effectuer ce repérage, il serait possible, en théorie, de se contenter d'indiquer des dates. En fait, dans toutes les langues, les énoncés, même s'ils comportent des datations, situent aussi les indications qu'ils véhiculent par rapport à la distinction du passé, du présent et du futur (c'est ce que fait *P* dans la mesure où son verbe est à un TG passé). Cela vaut bien sûr pour les langues, tel le français, qui comportent des TG correspondant à ces trois époques. Mais c'est aussi le cas pour celles, très nombreuses, dont les TG distinguent seulement le passé et le non-passé, et aussi pour celles, comme l'arabe classique, qui ne distinguent pas les époques au niveau du verbe, et où la même forme verbale peut signifier « J'écris », « J'écrivais » ou « J'écrirai ». Comprendre un énoncé implique toujours de situer ce qu'il dit dans l'une de ces époques, dont la distinction semble ainsi constituer un universel linguistique, quelles que soient ses réalisations grammaticales.

Dire que la langue impose de voir le déroulement temporel à travers l'opposition du présent, du passé et du futur, c'est dire en même temps qu'elle fait référence, d'une façon essentielle, à l'acte de parler, ou, en d'autres termes, qu'elle représente le monde par rapport à la parole. Le présent, en effet, qu'il soit désigné par un TG ou par des adverbes comme *aujourd'hui* ou *maintenant*, c'est toujours le moment où l'on parle (plus précisément, c'est une période, éventuellement très étendue, mais présentée comme englobant le moment où l'on parle). Symétriquement, le passé et le futur sont des périodes excluant ce moment, et situées soit avant soit après lui. C'est dire que les notions linguistiques de présent, de passé et de futur sont des notions déictiques [369 s.], qui ne prennent leur valeur que par rapport à la situation de discours. É. Benveniste a particulièrement développé l'idée que la langue projette sur le monde une grille temporelle fondée sur l'activité même de parole. Il limite cependant cette affirmation à un seul des deux usages dont, selon lui, la langue est susceptible, à savoir le **discours**, c'est-à-dire une « énonciation supposant un locuteur et un auditeur, et chez le premier l'intention d'influencer l'autre ». Il admet que dans un second usage, l'**histoire** – terme englobant à la fois le récit de fiction et celui des historiens –, le locuteur tente de s'effacer de sa propre parole. Ce type d'énonciation, qui élimine, ou tend à éliminer, les déictiques, ne peut plus comporter la distinction du passé, du présent et du futur. Les TG, notamment, ont alors pour seule fonction de marquer l'antériorité ou la postériorité des événements les uns par rapport aux autres. Ils constituent donc un système tout à fait différent de celui du discours, et qui ne s'organise pas par rapport au moment de la parole. En français, selon Benveniste, l'inventaire des TG est différent dans les deux systèmes. Le passé simple, par exemple, qui ne comporte aucune idée de passé, mais présente l'événement dans son simple surgissement, n'appartient qu'à l'histoire. Les TG futur, passé composé et présent n'appartiennent qu'au discours. Si on les rencontre dans un texte d'histoire, c'est avec une valeur différente : le présent ou bien est omnitemporel, ou alors, c'est le « présent historique », variante du passé simple : quant au futur, il marque la postériorité comme dans « En 1770, Marie-Antoinette épousa le futur Louis XVI, dont elle aura deux enfants ».

Le logicien Reichenbach a construit, pour représenter la localisation des événements au moyen des TG, un système qui marque bien leur relation avec l'énonciation, et cela, qu'il s'agisse de localiser ce que nous avons appelé thème (A) ou procès (B). Pour Reichenbach, la localisation d'un événement par la langue fait intervenir trois points (qui peuvent d'ailleurs aussi être étendus de façon à constituer des intervalles temporels). S (« point of speech ») est le moment de la parole, R (« point of reference ») est un moment, repéré par rapport à S, à qui il peut être simultané, antérieur ou postérieur. Enfin E (« point of event ») est le moment de l'événement, repéré à son tour par rapport à R. Chaque TG, pour quelque langue que ce soit, peut être caractérisé par l'ordre de succession qu'il institue entre ces trois points. Ainsi, pour le passé simple *il parla*, R est antérieur à S, et E est simultané à R. On a donc, en lisant de gauche à droite l'écoulement du temps, l'ordre

« ...RE...S... » (l'événement est simultané au moment auquel le locuteur se réfère, moment lui-même antérieur à celui de la parole). Dans le passé composé *il a mangé*, en revanche, le moment de référence est celui de la parole, et l'événement lui est antérieur : d'où le schéma « ...E...SR... ». Le futur simple *il mangera* sera, lui, représenté par « ...SR...E... » (le locuteur se réfère au moment où il parle, et situe l'événement comme postérieur). Quant au futur composé *il aura mangé*, son point de référence est postérieur à la parole, et l'événement, antérieur à ce point, se place entre S et R : « ...S...E...R... ». (Noter que la structure générale des schémas oblige, dans ce dernier cas, à situer E soit après S, comme le fait Reichenbach, soit avant : or la langue ne choisit pas entre ces deux possibilités, cf. « Je ne sais pas si Luc a déjà mangé, mais, dans une heure, il aura certainement mangé ».)

NB : Notre distinction du thème (A) et du procès (B) s'inspire de Reichenbach, mais dans une perspective différente. Notre problème n'est pas d'ordre logique : il ne s'agit pas d'expliquer comment la langue exprime l'ordre chronologique, mais de décrire l'insertion des indications temporelles dans la dynamique propre au discours. Ceci dit, notre (A), moment dont parle le locuteur, constitue une interprétation du R : nous comprenons R comme le moment « regardé » par le locuteur, comme celui auquel il prétend s'intéresser dans son discours. Quant à notre (B), on peut le rapprocher du E : il concerne les événements au moyen desquels le discours caractérise la période dont il parle. L'introduction du point S marque que toute localisation, qu'elle concerne le thème ou le procès, se fait à partir de l'énonciation. L'idée centrale de Reichenbach est que, dans le cas du procès, cette localisation est indirecte, et passe d'abord par la localisation du thème.

■ Nous nous sommes référés à É. Benveniste, *Problèmes de linguistique générale*, Paris, 1966, chap. 19, et à H. Reichenbach, *Elements of Symbolic Logic*, Londres, 1947, New York, 1966, section 7, § 51. On trouve dans l'article « Temps » de l'*Encyclopédie* (dû à N. Beauzée, et commenté par M. Le Guern, in M. Le Guern et S. Rémi-Giraud (eds.), *Sur le verbe*, Lyon, 1986) une opposition entre les **temps absolus**, liés au moment de la parole, et les **temps dérivés**, ou composés, qui marquent surtout des relations temporelles entre événements. L'originalité de Reichenbach, que nous avons suivi sur ce point, est de retrouver dans *tous* les TG le rapport à la deixis. Sur la logique appliquée à l'analyse linguistique des TG, A.N. Prior, *Papers on Time and Tense*, Oxford, 1968, et *Langages*, nº 64, déc. 1981. Notre tentative pour mettre en rapport l'ordre temporel et l'ordre du discours est, *dans son intention générale*, analogue à celle de Co Vet, *Temporal Structure in Sentence and Discourse*, Dordrecht, 1986, à celle de S. Fleischman, *Tense and Narrativity*, Londres, 1990, et à celle de R. Declerck, *Tense in English. Its Structure and its Use in Discourse*, Londres, 1991. Elle est intermédiaire entre celle de Reichenbach, concerné surtout par l'ordre chronologique, et celle de H. Weinrich qui, à l'inverse, décrit les TG sans faire intervenir le temps. Considérant seulement les attitudes discursives, Weinrich interprète l'opposition benvenistienne entre temps du discours et de l'histoire comme celle de deux attitudes qu'un locuteur peut prendre vis-à-vis du monde (le commenter, en se déclarant concerné par lui, ou le raconter, en se mettant à distance de lui), et les autres oppositions entre TG comme relatives à ce que le discours met au premier plan et à l'arrière-plan : *Tempus, besprochene und erzählte Welt*, Stuttgart, 1964, trad. fr. *Le Temps*, Paris, 1973. Sur l'étude des TG d'un point de vue pragmatique, voir le nº 67 de *Langue française*, sept. 1985, et le nº 112 de *Langages*, déc. 1993.

Rapports entre thème et procès : l'aspect

Les indications de type (C) concernent les rapports entre la période qui est thème de l'énoncé (A) et celle où se situe le procès (B). C'est le domaine propre de l'**aspect** (nous prenons ce terme au sens que l'on réserve parfois à l'expression **aspect subjectif**) Deux oppositions aspectuelles sont particulièrement nettes.

1. C'est l'opposition de l'**accompli** et de l'**inaccompli** qui distingue, en français, les TG simples et les composés correspondants (sur le passé composé, cf. NB_1), en latin et en grec ancien, les TG de l'*infectum* et ceux du *perfectum*, en arabe classique, les deux seuls TG existant dans cette langue. On a un aspect inaccompli lorsqu'il y a simultanéité, au moins partielle, entre le procès rapporté (B) et la période qui fait le thème de l'énoncé (A). C'est le cas pour « Demain, je travaillerai toute la soirée ». Le procès (= mon travail du soir) recou-

vre partiellement le thème (ma journée de demain). L'aspect est au contraire accompli si le procès est antérieur à la période dont on parle, mais si on veut signaler sa trace dans cette période, selon le schéma :

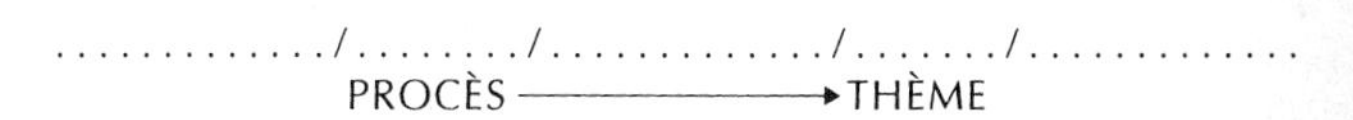

Un exemple de cette situation est fourni par la phrase *P* étudiée plus haut. Cf. aussi « À la fermeture du casino, il aura perdu toute sa fortune » : le thème est l'état du joueur à la fermeture du casino, et on le caractérise par ce qui se sera passé auparavant.

NB_1 : Le passé composé français est ambigu. Il peut avoir pour thème le passé vu sous l'aspect inaccompli, et correspondre alors au passé simple du français classique « Hier il a dîné (= dîna) à 8 heures, puis s'est couché (= se coucha) ». Mais il peut aussi avoir valeur d'accompli et caractériser un moment présent à partir d'un événement passé : ainsi une question portant sur le présent « As-tu faim ? » peut recevoir la réponse, portant également sur le présent, « Non, j'ai déjà dîné » (dans ce cas, le français classique n'aurait pas non plus employé le passé simple).

■ Sur le passé composé français et les temps composés en général : É. Benveniste, *Problèmes de linguistique générale*, vol. 2, Paris, 1974, chap. 13.

NB_2 : La terminologie usuelle est flottante. Ce que nous avons appelé *accompli* est quelquefois dit *perfectif*, les TG de l'accompli, en latin et en grec, étant traditionnellement appelés *parfaits*.

2. Nous réserverons les termes **perfectif** et **imperfectif** pour une autre opposition aspectuelle. Au perfectif, le procès (B) est intérieur à la période dont on parle (A) :

T H È M E

............./......../ PROCÈS /......./.............

L'imperfectif marque le rapport inverse : le procès englobe le thème (ou, au moins, lui est coextensif). Aussi le point de vue choisi par le locuteur (et qui détermine le thème) semble-t-il découper une tranche, ou éclairer une zone du déroulement factuel. S'il se trouve que cette zone est identique à la totalité du déroulement, la coïncidence est accidentelle ; elle n'est pas liée au mode de présentation choisi :

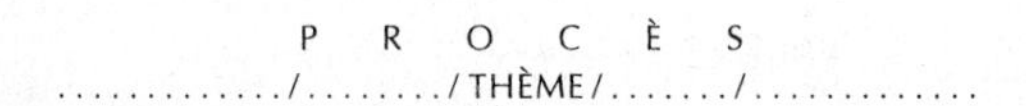

Cette opposition des deux visées peut produire des effets sémantiques divers. Nous prendrons pour exemple l'imparfait français opposé au passé simple (ou au passé composé lorsque celui-ci a valeur d'inaccompli, cf. NB_1 *supra*). La même description vaudrait pour l'imparfait des langues romanes et du grec par opposition à ce qu'on appelle « passé défini » ou « aoriste », et pour le « passé progressif » anglais opposé au passé non progressif. Comparons :

(1) À l'arrivée de Paul, Jean cria (perfectif inaccompli).

(2) À l'arrivée de Paul, Jean criait (imperfectif inaccompli).

Dans les deux énoncés, l'arrivée de Paul détermine le thème, le point de vue choisi par le locuteur, et les cris de Jean constituent le procès. Nos schémas expliquent alors que (1) situe les cris à l'intérieur de la période globale caractérisée par l'arrivée de Paul. Selon (2), au contraire, l'arrivée se produit pendant les cris : le thème sélectionne un moment de l'événement – sans exclure que ce moment puisse, dans la réalité, constituer la totalité de l'événement (Jean n'a peut-être crié que pendant l'arrivée de Paul : l'important est que Paul, en arrivant, l'a vu criant). On explique de même que l'on dise « Dans la seconde moitié du XVIIe siècle (thème), Louis XIV régnait en France (procès) », mais « Louis XIV régna de 1643 à 1715 » (la période du règne est alors le procès, logé à l'intérieur d'un thème implicite qui peut être par exemple l'histoire de France en général).

Quelquefois les effets de l'opposition sont surtout subjectifs. Que l'on compare (1) « L'année dernière, j'ai déménagé » (compris comme inaccompli perfectif) et (2) « L'année dernière, je déménageais ». Objectivement, il est probable que le déménagement (procès) n'a duré qu'une partie de l'année (thème). Mais, en (2), il est présenté comme au moins coextensif à cette année. D'où l'impression qu'il a été le problème de l'année, et l'a marquée d'un bout à l'autre.

Le déroulement interne du procès : le mode de procès

Tel que nous l'avons défini, l'aspect concerne le point de vue que le locuteur prend par rapport au procès. Aussi l'appelle-t-on quelquefois, nous l'avons dit, « aspect subjectif ». Il faut en distinguer ce que certains grammairiens nomment **aspect objectif**, **mode d'action** (en allemand **Aktionsart**), ou encore, c'est le terme que nous retiendrons, **mode de procès**. Il s'agit de la façon dont le procès se déroule, dont il occupe le temps. Un nombre considérable de modes différents ont été répertoriés. Ainsi on parle d'**itératif** lorsque le procès est vu comme une succession d'actions élémentaires identiques (*sautiller*, par opposition à *sauter*). Le mode est **inchoatif**, **ingressif**, ou **inceptif** si le procès est donné comme le début d'un procès plus large qui l'englobe *(s'endormir)*, et **terminatif**, si le procès constitue le dernier moment d'une action *(s'arrêter)*.

Particulièrement important pour ses conséquences syntaxiques est le mode **résultatif**, où le procès est décrit comme dirigé vers une fin, et y aboutissant. C'est le cas, en latin, pour *conficere (accomplir)* par opposition à *facere (faire)*. En allemand, le préfixe [432] *er* produit souvent cette nuance : *steigen = monter*, *ersteigen = escalader jusqu'au sommet* (une des dernières paroles de Goethe aurait été : « Je meurs, je meurs (= *ich sterbe*), mais je ne peux pas arriver à mourir (= *ersterben*)). En français, *aller à, boire un verre*, *traverser une rivière*, sont résultatifs, et non pas *aller vers*, *boire à un verre*, *nager en direction de la rive*. Selon que le verbe est résultatif ou non, le complément indiquant la durée de l'action est introduit par des prépositions différentes : « Il est allé à Paris *en* une heure », « Il est allé vers Paris *pendant* une heure ».

■ La différence entre aspect et mode d'action est due à S. Agrell, « Aspektänderung und Aktionsbildung beim polnischen Zeitsworte », *Lunds Universitets Årsskrift*, 1908, I, IV, 2. – Sur l'aspect et le mode de procès : J. Holt, « Études d'aspect », *Acta jutlandica*,

Copenhague, 1943 (avec de nombreux renseignements sur l'histoire du problème de l'aspect, et une riche bibliographie) ; H. Yvon, « Aspects du verbe français et présentation du "procès" », *Le français moderne*, 19, 1951 ; P. Naert, « Mode de présentation, aspect, mode d'action, détermination, et transitivité », *Studia linguistica*, 14, 1960 ; B. Comrie, *Aspect*, Cambridge (GB), 1976 ; D. Cohen, *L'Aspect verbal*, Paris, 1989 ; C.S. Smith, *The Parameter of Aspect*, Dordrecht, 1991. – L'analyse ici proposée pour l'imparfait résume O. Ducrot, « L'imparfait en français », *Linguistische Berichte*, 1979, p. 1-23 (repris dans F.J. Hausmann, ed., *Études de grammaire française descriptive*, Heidelberg, 1982). Elle est discutée par A.M. Berthonneau et G. Kleiber dans « Pour une nouvelle approche de l'imparfait », *Langages*, n° 112, déc. 1993. – Sur les rapports entre temps et aspect dans le verbe : A. Meillet, « Sur les caractères du verbe », texte de 1920, repris dans *Linguistique historique et linguistique générale*, Paris, 1958, p. 175-198 ; G. Guillaume, *Temps et verbe*, Paris, 1929 ; W.E. Bull, *Time, Tense and the Verb*, Berkeley, 1960 ; A. Klum, *Verbe et adverbe*, Uppsala, 1961.

Vendler a proposé une classification générale des verbes, devenue classique, dont chaque catégorie correspond à un mode de procès, et posséderait des propriétés syntaxiques et sémantiques particulières. *(a)* Les verbes d'**état** *(désirer, aimer)* n'admettent pas, en anglais, le progressif. *(b)* Les verbes d'**activité** *(courir, nager)* l'admettent, et peuvent de plus, comme ceux de *(a)*, être accompagnés d'une indication de durée du type *pendant trois heures* ou *de tel moment à tel moment* : ils ne sont donc pas résultatifs. *(c)* Les verbes d'**achèvement** *(partir, mourir, trouver)* désignent un procès instantané, et ne sauraient donc être complétés par une quelconque indication de durée. *(d)* Les verbes d'**accomplissement** (appelés plus haut *résultatifs*) indiquent, comme *(b)*, un procès ayant une durée, mais une durée qui, en français, serait introduite par *en* et non par *pendant*. Sémantiquement, *(d)* s'oppose à *(b)* par le fait que le procès n'est pas homogène, en ce sens que ses parties n'ont pas la propriété qui fait désigner le tout : si j'ai mis une heure pour *aller à Paris,* je ne suis pas, pendant le premier quart d'heure, *allé à Paris* (mais seulement *vers Paris*) ; en revanche, si j'ai *couru* pendant une heure, ce que j'ai fait pendant le premier quart d'heure, c'est également *courir*. Du fait de cette absence d'**homogénéité**, les verbes de *(d)* sont à ceux de *(b)* ce qu'un nom **massif** comme *beurre* est à un nom **comptable** comme *chien* : un morceau de beurre est du beurre, mais une patte de chien n'est pas un chien. (Une restriction à apporter à cette classification, est qu'elle concerne moins les mots eux-mêmes que leurs emplois : *trouver*, verbe d'achèvement dans *trouver un gant par terre*, marque l'accomplissement dans : *il a trouvé la solution EN une heure.*)

■ L'article de Z. Vendler (1957) a été repris comme chap. 4 de *Linguistics in Philolosophy*, Ithaca, 1967. Il est discuté et amendé par A.P.D. Mourelatos, « Events, processes and states », *Linguistics and Philosophy*, 1978, p. 415-434.

On rangera aussi dans la catégorie du mode de procès la différence établie par les langues ibériques entre deux formes d'attribution d'une propriété à un objet. Deux verbes, dans ces langues, correspondent au verbe *être* français. L'un (portugais *estar*) signifie que la propriété est introduite de l'extérieur (ce qui n'empêche pas qu'elle puisse être durable, voire permanente). C'est pourquoi la traduction portugaise de *Il est content* est *Esta contente*, celle de *Il est malade*, *Esta doente* (sans exclure que ces états soient fréquents : *Esta sempre doente*, *Il est toujours malade*). Le second *être* (portugais *ser*) implique que la propriété appartient à la nature de l'objet, au moment où on le considère, qu'elle ne lui est pas surajoutée. On traduira donc *Il est intelligent* et *Il est maladif* par *È intelligente*, *È doente*, ce qui n'empêche pas d'exprimer à l'aide de *ser* des états transitoires *(Era doente, Il était maladif ; È jovem, Il est jeune)*, à condition qu'ils ne soient pas vus, au moment où on en parle, comme produits par un agent externe. Les deux verbes représentent donc deux rapports entre un objet et le temps : on pourrait parler d'un temps extérieur, qui modifie l'être, et d'un temps intérieur, qui l'exprime.

Des oppositions semblables existent dans d'autres parties du discours. Ainsi, selon Benveniste, les noms d'agent, en grec ancien, sont formés au moyen de l'un des deux suffixes [432], *-ter* et *-tor*, que l'on ajoute à des racines désignant un type d'action. Or le second a un effet analogue, sur les actions, à celui de *estar* sur les qualités. Il leur donne un caractère accidentel, surajouté. Au contraire *-ter* (comparable, en cela, à *ser*) présente l'action comme liée à une fonction ou à une vocation, comme attachée à la personne même. Ainsi *dotor* (celui qui donne ou a donné) s'oppose à *doter* (celui qui est chargé de donner), et *botor* (celui qui se trouve garder un troupeau) s'oppose à *boter* (le bouvier). De même, en français, est *sauveur*, celui qui se trouve avoir sauvé quelqu'un, et *sauveteur*, celui qui a pour rôle de sauver, même s'il ne l'a jamais fait.

■ Sur l'aspect à l'intérieur des noms : É. Benveniste, *Noms d'agent et noms d'action en indo-européen*, Paris, 1948 ; H. Quellet, *Les Dérivés latins en -or*, Paris 1969 ; J.-C. Anscombre, « L'article zéro en français : un imparfait du substantif ? », *Langue française*, n° 72, 1986. B. Pottier, dans « Vers une sémantique moderne », *Travaux de linguistique et de littérature*, 1964, donne une classification des aspects applicable à toutes les parties du discours.

« Perfectif » et « imperfectif » en russe

C'est à propos des langues slaves, notamment du russe, que les expressions ***aspects perfectif*** et ***imperfectif*** ont été d'abord utilisées, au début du XIXe siècle (nous écrirons en italiques les termes traditionnellement utilisés dans les grammaires slaves). Ces mots désignent deux catégories dans lesquelles on peut classer les verbes russes, en se fondant sur des critères morphologiques et syntaxiques largement concordants. Ainsi un trait discriminant est l'expression du futur : le russe n'ayant que deux TG simples, le passé et le non-passé, le futur est exprimé, pour les verbes *perfectifs*, au moyen du TG non passé, et, pour les *imperfectifs*, au moyen de l'auxiliaire « être ». À cela s'ajoutent des critères morphologiques : les verbes dépourvus d'affixes [432] sont généralement *imperfectifs*, de même que ceux qui possèdent un suffixe ; en revanche les verbes ayant un préfixe, mais pas de suffixe sont pour la plupart *perfectifs*. D'autre part, il se trouve que chaque verbe d'une catégorie peut généralement être apparié à un verbe de l'autre, qui a une signification assez proche de la sienne, et souvent le même radical que lui. Devant cette situation, les grammairiens ont cherché à définir, pour chaque catégorie, un trait sémantique qui la caractériserait ; d'où les notions d'*aspect perfectif* et d'*aspect imperfectif*, que l'on a voulu ensuite retrouver dans les langues qui ne permettent pas cette classification des verbes. On a donc cherché dans les langues slaves, qui, de ce point de vue, sont exceptionnelles, le prototype de l'aspect.

En fait, on arrive mal à préciser ce trait sémantique commun à tous les verbes de la même catégorie. Tout ce qu'on peut dire, c'est que le procès est présenté par les *perfectifs* comme ayant des limites. Mais ce caractère limité, ou encore déterminé, peut prendre les formes les plus diverses. Aussi avons-nous choisi de ne pas le considérer comme un aspect ; en revanche les diverses formes qu'il peut prendre à l'occasion entrent dans les différents types d'aspects et de modes de procès que nous avons dégagés plus haut. Ainsi nous décrirons comme aspectuel le fait que les *imperfectifs*, au TG passé, ont la même valeur imperfective que nous avons attribuée à l'imparfait français, alors que les *perfectifs*, à ce même TG, ont généralement la valeur perfective du passé simple (on notera que l'aspect perfectif, tel que nous l'avons décrit, « limite », en un certain sens, le procès, puisqu'il le situe à l'intérieur du thème, ce qui n'est pas le cas à l'imparfait). Mais la plupart des autres formes de « limitation » associées au perfectif relèvent de ce que nous avons appelé « mode de procès ». Ainsi pour le caractère résultatif que prend très souvent le *perfectif* par opposition à l'*imperfectif* (« vypit' », *perfectif*, signifie « boire d'un trait », « vider son verre », par opposition à l'*imperfectif* « pit' », « boire »). De même pour le mode inchoatif que l'on trouve dans le *perfectif* « zapet' », « se mettre à chanter », opposé à l'*imperfectif* « pet' », « chanter ». Cette imbrication du mode de procès et de l'aspect apparaît bien dans le phénomène suivant. Souvent on forme, sur un *imperfectif* sans préfixe ni suffixe, un *perfectif* préfixé qui ajoute un mode de procès particulier (« igrat' », « jouer », donne par préfixation « vy-igrat' », « gagner »). Et ce *perfectif* à son tour donne naissance, par suffixation, à un *imperfectif* (vy-igr-yvat'), qui garde le mode de procès du *perfectif*, mais possède ce que nous avons appelé « aspect imperfectif », et, par exemple, sert à traduire l'imparfait français (« Il est parti alors qu'il gagnait »). Si l'on admet ces remarques, la découverte de l'aspect illustre un processus fréquent dans l'histoire des sciences : un concept est établi à l'occasion de situations où il apparaît de façon à la fois spectaculaire et confuse, et conserve ensuite le flou qu'il doit à son lieu épistémologique d'origine.

■ Dans cette discussion des faits russes, nous avons suivi D. Cohen, *L'Aspect verbal*, Paris, 1989, chap. 4, § E.

MODALITÉ DANS LA LANGUE

Comme le temps, dont traite le chapitre précédent, ne se confond pas avec le temps grammatical du verbe, la modalité dont il sera question ici n'est pas la catégorie que les grammairiens appellent *mode* [682], catégorie qui désigne un ensemble de temps grammaticaux, eux-mêmes définis comme un ensemble de formes verbales (ainsi les temps grammaticaux « présent du subjonctif » et « imparfait du subjonctif » appartiennent au même mode « subjonctif »). Comme le temps, également, la modalité concerne la totalité de ce qui est dit par l'énoncé : elle fait partie de son cadre général. Logiciens et linguistes ont en effet souvent estimé nécessaire de distinguer, dans un acte d'énonciation, un contenu représentatif, appelé parfois **dictum**, et une attitude prise par le locuteur à l'égard de ce contenu (c'est le **modus**, ou **modalité**). Ainsi les énoncés (1) « Pierre viendra », (2) « Que Pierre vienne ! », (3) « Il est possible que Pierre vienne », (4) « Pierre doit venir » semblent avoir le même *dictum*, et différer seulement par le *modus*. Ces exemples montrent que le *modus* a, en français, des moyens d'expression variés (le mode grammatical dans (1) et (2), une proposition dans (3), un verbe, souvent appelé « auxiliaire de mode », dans (4). Ils montrent aussi que l'expression de la modalité est souvent amalgamée au verbe (dans le cas du mode), ou syntaxiquement associée à lui (dans le cas de l'auxiliaire), et, de ce fait, intégrée à l'expression du *dictum*. Et cela, bien que, sémantiquement, elle dénote une attitude globale vis-à-vis du *dictum*. On manque donc de critères matériels, géographiques, pour repérer les phénomènes modaux. Ce qui n'empêche pas qu'il soit nécessaire de les isoler.

L'assertion

Conformément à la philosophie de Descartes, la *Grammaire de Port-Royal* distingue dans tout acte de jugement deux opérations de l'esprit, relevant de deux facultés différentes : *a)* la représentation du sujet et du prédicat (liée à la faculté de concevoir, que Descartes appelle « entendement »), *b)* l'attribution du second au premier, c'est-à-dire l'**assertion** (liée à la faculté de juger, que Descartes rapporte à la « volonté »). Dans « La terre est ronde », le verbe *être* exprimerait l'assertion, qui se trouverait exprimée aussi, mais sous une forme qui n'est pas matériellement isolable, dans tous les verbes utilisés pour une affirmation, par exemple dans « Pierre court », où l'activité de courir constitue le prédicat que l'assertion attribue au sujet Pierre [540]. Port-Royal, explicitement, met l'assertion dans la même catégorie que d'autres modalités, « les désirs, le commandement, l'interrogation », qui, elles aussi, indiqueraient la façon dont le prédicat est attribué au sujet.

Le logicien Frege sépare de même l'assertion et ce qui est asserté, mais pour des raisons différentes, et selon une ligne de partage différente. Car le rapprochement fait par Port-Royal entre le verbe et l'assertion obligerait à trouver une assertion dans la subordonnée conditionnelle de « Si la pendule est exacte, je suis en retard », ce qui pose problème dans la mesure où justement le locuteur semble hésiter à tenir la pendule pour exacte (il faudrait poser que la subordination efface la modalité assertive d'abord attachée à la subordonnée, mais comment comprendre alors que son sujet et son prédicat restent néanmoins liés et non simplement juxtaposés ?). Pour Frege, ce qui justifie de reconnaître une modalité d'assertion dans l'énoncé simple « La pendule est exacte », c'est justement la comparaison avec la subordonnée conditionnelle. L'assertion, c'est ce qui se trouve dans le premier et non dans la seconde. Plus généralement, Frege pense que, lorsque deux propositions sont mises en rapport (en rapport logique, en tout cas), la modalité d'assertion ne concerne ni l'une ni l'autre, mais la proposition complexe produite par leur articulation. Cette distinction de la proposition (qu'elle soit simple, ou composée d'autres propositions), et de son assertion, est utile au logicien. Celui-ci doit distinguer, si p et q désignent deux propositions, et « $\vdash$ » l'assertion, les deux énoncés :

(1) $\vdash (p \rightarrow q)$ (assertion que p implique q).

(2) Si $\vdash p$, alors $\vdash q$ (affirmation, située à un autre niveau, que l'assertion de p entraîne celle de q).

On voit la différence entre Port-Royal et Frege. Pour Port-Royal, l'assertion unit le prédicat et le sujet à l'intérieur d'une proposition, et, *du même coup*, affirme cette proposition. Pour Frege, au contraire, le prédicat a pour fonction propre, et cette fonction fait partie de son sens, de s'appliquer à un sujet pour construire une proposition. Ce qu'on exprime en disant qu'il n'est pas **saturé** : il contient en lui-même une place vide, qui doit être remplie par le sujet (en fait, d'ailleurs, le rapport prédicat-sujet est, pour Frege, un cas particulier du rapport plus général qui unit relation et arguments [541], car une relation peut avoir plus d'une place vide, et demander, pour être saturée, plus d'un argument : dans « Jean voit Luc », il n'y a pas un prédicat, « voir Luc », attribué au sujet *Jean*, mais la relation « voir » appliquée aux deux arguments *Jean* et *Luc*). Dans cette perspective, on ne saurait dire que la modalité assertive « applique » la relation (ou le prédicat) à ses arguments (ou au sujet), car cette application est déjà effectuée au niveau du *dictum*, et c'est sur elle, c'est-à-dire sur la proposition, que porte l'assertion.

NB : Difficile à isoler matériellement dans les langues indo-européennes, la modalité d'assertion est beaucoup plus évidente en coréen ou en japonais, où elle est exprimée par une particule spéciale, généralement introduite en fin de phrase.

■ Sur le rapport du verbe et de l'assertion selon Port-Royal : A. Arnauld et C. Lancelot, *Grammaire générale et raisonnée* (rééd. Paris, 1969), chap. 13. – G. Frege traite de l'assertion, notamment, dans un article de 1882, trad. fr. dans *Écrits logiques et philosophiques*, Paris, 1971, « Sur le but de l'idéographie ». – La position de Frege est discutée par le philosophe et logicien P.T. Geach, « Assertion », *Philosophical Review*, 1974, n° 4. – Sur les différentes formes que l'assertion peut revêtir dans la langue : F. Venier, *La modalizzazione assertiva*, Milan, 1991.

La négation

Toutes les langues actuellement décrites comportent un (ou plus d'un) morphème négatif, analogue au français « ne… pas ». Ce morphème exprime-t-il une modalité, ici une attitude de refus, appliquée à ce qui est dit dans le reste de l'énoncé ? Ou faut-il admettre que l'énoncé négatif est assertif, et que la négation fait partie de ce qui est asserté ?

Dans certains cas, le recours à la modalité négative semble s'imposer. Il en est ainsi lorsqu'on a une **négation métalinguistique**, et que l'énoncé négatif reprend, pour le réfuter, un énoncé positif présenté antérieurement dans le discours. Ainsi on peut répondre à « Luc est là » ou à « Luc est français », « Mais non, il n'est pas là », ou « Mais non, il n'est pas français mais belge ». Diverses particularités caractérisent le type de négation (réfutative) présent dans ces réponses. Par exemple, le morphème négatif est capable ici d'annuler les présupposés de la phrase positive à laquelle il s'applique, alors que d'habitude il les conserve [544]. À quelqu'un qui prétend que Jean a cessé de fumer, on peut répondre « Mais non, il n'a pas *cessé* de fumer, il n'a jamais fumé de sa vie ». Ou encore, la négation métalinguistique peut servir à surenchérir sur l'indication qu'elle nie, alors que la négation *normale* a au contraire un effet affaiblissant. Pour réfuter « Jean est intelligent », on peut répondre « Il n'est pas intelligent, mais génial » (d'habitude « Il n'est pas intelligent » signifie qu'il est moins qu'intelligent, voire bête). Pour traiter ces cas, où l'énoncé négatif sert à rejeter un énoncé positif (qui lui-même asserte une proposition *p*), il semble nécessaire d'introduire une modalité négative, NEG. L'énoncé négatif serait alors représenté par la formule :

$$\text{NEG } (\vdash \text{p}).$$

Dans la négation métalinguistique, la modalité NEG ne concerne pas directement un *dictum*, mais l'assertion d'un *dictum*. Peut-elle porter directement, comme l'assertion, sur un *dictum* ? Si l'on représente par *p* la proposition niée, le schéma de l'énoncé négatif, quand il n'est pas métalinguistique, serait dans ce cas :

(1) NEG (*p*).

Mais on peut aussi penser que l'aspect négatif, en dehors du cas métalinguistique, fait partie du *dictum*, de sorte que la modalité de l'énoncé reste assertive. C'est ce que représente la formule :

$$(2) \vdash (\text{neg } p).$$

La plupart des logiciens, dont Frege, choisissent (2), formule suffisante pour calculer, ce qui est leur objectif, les conditions de vérité des énoncés. Beaucoup de linguistes optent au contraire pour (1), en insistant sur la spécificité de l'énoncé négatif, qui interdirait d'en faire un type particulier d'assertion. Cette spécificité tiendrait à l'aspect polémique qu'il possède même lorsqu'il ne vient pas en réponse à une affirmation opposée. Ils montrent qu'en utilisant une négation, on présente, on imagine, on construit un point de vue contraire au sien, en se situant par rapport à lui. Une telle représentation de la négation commande ses diverses descriptions « polyphoniques » [546], qui y voient la mise en scène d'une confrontation. Ce qui constitue une sorte d'écho linguistique donné à la conception freudienne selon laquelle l'énoncé négatif permet de faire entendre, simultanément, la libido et le sur-moi qui la censure.

NB_1 : Même en admettant l'aspect fondamentalement polémique de la négation, on doit reconnaître que celui-ci peut s'atténuer, jusqu'à presque s'effacer, dans des négations, dites **descriptives**, qui fonctionnent comme des équivalents d'assertions (« Il ne fait pas beau », pour « Il fait mauvais », « Il ne fait pas mauvais » pour « Il fait assez beau »).

NB_2 : Il ne faut pas confondre le débat sur le caractère modal ou non de la négation avec l'opposition entre les deux portées qu'elle peut avoir, selon qu'elle concerne le seul prédicat (**négation de constituant**) ou l'ensemble formé par le sujet et le prédicat (**négation phrastique**).

Exemples de négation de constituant. Soit l'énoncé « Je n'ai pas lu certains ouvrages de X ». Ce serait un contresens de le décrire comme niant la proposition globale « J'ai lu certains ouvrages de X ». C'est le cas encore lorsque l'introduction de la négation « ne... pas » produit une signification contraire, et non pas simplement contradictoire, à celle de la phrase positive (l'énoncé « Il n'aime pas les flics » ne peut pas se comprendre comme une simple négation de la proposition « Il aime les flics »). Il semble bien qu'alors la négation s'accroche au prédicat – et le transforme en son extrême opposé.

Exemples de négations de phrase. Il est habituel de comprendre « Je n'ai pas lu tous les livres de X » comme signifiant qu'on en a lu certains, et certains seulement. Interprétation incompatible avec une description qui attacherait la négation au prédicat *avoir lu* ; on est donc amené à dire que la négation porte sur l'ensemble de la proposition « J'ai lu tous les livres de X ». Il en va de même pour « Il n'aime pas les femmes » : cet énoncé n'attribue pas forcément à l'individu en question une horreur particulière pour les femmes : on se contente de nier qu'il les aime, interprétation dont on peut rendre compte en disant que la négation porte ici sur une proposition complète. Un critère pour distinguer les deux négations est que la négation de phrase, et elle seule, peut se paraphraser en faisant précéder la proposition niée d'une expression comme *Il est faux que*. On le vérifiera sur les exemples précédents.

Bien qu'il faille distinguer les concepts de négation de phrase et de négation modale, ils ne sont pas sans rapport. Disons que la négation de phrase est *plus facile à représenter* comme modale, ou polémique, que la négation de constituant. On peut facilement l'interpréter comme une sorte de refus, l'objet de ce refus étant la proposition complète à laquelle s'applique la négation. Cette attitude de refus serait implicite lorsque la négation est exprimée par le morphème *ne... pas*, et explicite dans la paraphrase avec « Il est faux que » (les logiciens du Moyen Âge auraient dit que cette paraphrase *désigne* l'acte de négation, alors que le morphème négatif ne fait que l'*exercer*). On notera d'ailleurs qu'une description de type polyphonique est généralement facile à justifier dans le cas des négations de phrase, qui se présentent souvent comme rejetant une opinion préexistante, admise ou au moins vraisemblable. Ainsi pour « Il n'aime pas les femmes » (alors que l'énoncé « Il n'aime pas les flics » ne semble guère dénier à la personne dont on parle une disposition naturelle de l'esprit).

NB_3 : La solution modale, particulièrement dans ses versions polyphoniques, permet facilement de décrire, sinon d'expliquer, le phénomène, très intriguant, de la **polarité négative**. Il existe dans beaucoup de langues de nombreuses expressions qui ne s'utilisent que dans un contexte négatif (cf. *le moindre, grand-chose, lever le petit doigt pour aider quelqu'un*, etc.). Par contexte négatif, il faut d'ailleurs entendre, non seulement le morphème de négation, mais aussi l'interrogation, les propositions principales à valeur sémantique négative, des quantificateurs comme *peu*, etc. (« *Il n'a pas / A-t-il / Je doute qu'il ait / Peu de gens ont* / la moindre idée de… »). La langue semble ainsi posséder des expressions destinées à la fois à exprimer une idée, et à signifier que le locuteur la rejette : comme le vêtement autrefois réservé aux fous, elles introduisent dans ce qui est exclu la marque de son exclusion.

■ G. Frege, « Die Verneinung », article de 1918, trad. fr. dans *Écrits logiques et philosophiques*, Paris, 1971, p. 195-234 ; S. Freud, « Die Verneinung », article de 1925, repris dans *Gesammelte Werke*, t. 14, Londres, 1948, traduit et commenté par P. Thèves et B. This, *Die Verneinung = la dénégation*, Paris, 1982 ; O. Jespersen, *Negation in English and other Languages*, Copenhague, 1917 ; E.S. Klima, « Negation in English », in J.A. Fodor et J.J. Katz (eds.), *The Structure of Language*, Englewood Cliffs, 1964, oppose négations de phrase et de constituant dans le cadre de la théorie générative *standard* [126] ; L.R. Horn, *A Natural History of Negation*, Chicago, Londres, 1989, présente à la fois une somme de ce qui a été dit sur le sujet et une théorie personnelle de la négation et de ses rapports avec la quantification ; C. Muller, *La Négation en français*, Genève, 1991. Cf. aussi le n° 62 de *Langue française*, juin 1984. La notion de polarité négative se trouve déjà dans E. Buyssens : « Negative contexts », *English Studies*, 1959, n° 40 ; parmi les nombreuses études à ce sujet, G. Fauconnier, « Polarity and the scale principle », *Linguistic Inquiry*, vol. 6, 1975, p. 353-377.

Modalités logiques, épistémiques et déontiques

Nous avons vu que l'attribution d'un prédicat à un objet peut être assertée comme un fait (c'est le cas dans les jugements dits **catégoriques**). Mais elle peut aussi être présentée comme une possibilité ou encore comme une nécessité (le jugement est alors, respectivement, **hypothétique** ou **apodictique**). Ces trois formes de l'attribution sont souvent appelées **modalités logiques**. Elles peuvent être rapprochées de notions d'ordre différent, par exemple de notions **épistémiques**, relatives aux croyances du locuteur, et de notions **déontiques**, qui concernent l'appréciation morale ou sociale des actions. On établit ainsi un parallèle entre les trois couples suivants :

(1) *p* est possible, *p* est nécessaire.

(2) J'envisage que *p*, je suis sûr que *p*.

(3) X a le droit de faire P, X a le devoir de faire P.

(1) concerne les notions logiques de possibilité et de nécessité.

(2) concerne les attitudes épistémiques de la supposition et de la certitude.

(3) concerne les notions déontiques de droit et d'obligation.

Le parallèle se justifie par l'existence de relations analogues à l'intérieur de ces trois domaines. Ainsi, déclarer *p* possible, c'est nier que non-*p* soit nécessaire. De même, envisager *p*, c'est ne pas être sûr que non-*p*. De même encore, attribuer à X le droit à faire P, c'est nier qu'il soit obligé de ne pas faire P. Linguistiquement aussi il y a des raisons de rapprocher ces couples de notions. Ainsi le verbe français « pouvoir » exprime aussi bien la possibilité (ma voiture peut rouler à 160 km/h), l'éventualité envisagée (il se peut que Jean vienne), et le droit (un propriétaire peut expulser ses locataires). L'anglais et l'allemand, quant à eux, possèdent certes des verbes distincts pour la possibilité et le droit, mais ils les rapprochent pourtant, dans la mesure où ces verbes appartiennent à une catégorie morphologiquement et syntaxiquement particularisée, celle des « auxiliaires de mode ».

Comme pour la négation, on peut se demander si les notions qui viennent d'être énumérées sont de véritables modalités, portant sur un contenu de pensée complet (on les considère alors comme **de dicto** : elles concernent ce qui est dit), ou si elles sont intégrées au prédicat (on les traite alors comme des propriétés des choses, elles sont **de re**). La seconde hypothèse réduirait toute modalité à l'assertion. À première vue, rien ne semble interdire de représenter l'énoncé « Luc doit travailler » comme possédant la modalité assertive, et assertant que le prédicat complexe « avoir le devoir de travailler » s'applique à Luc. Cette analyse devient cependant difficile quand on examine des énoncés comme « Luc doit être puni », où il n'y a attribution d'aucun devoir à Luc, mais où l'on affecte la proposition entière « Luc sera puni » de la modalité de l'obligation. Dans ces cas où le verbe *devoir* est clairement *de dicto*, et semble bien marquer une authentique modalité, on peut le paraphraser par une proposition comme « il faut que », mais non pas par une expression verbale comme « avoir le devoir », ou « être dans la nécessité ». De même le verbe « pouvoir », interprété comme *de dicto*, se paraphrase par « Il est légitime que… ou « Il est possible que… », et non par « avoir le droit » ou « avoir la possibilité ».

Le recours à une authentique modalité *(de dicto)* semble encore plus s'imposer dans le cas des notions épistémiques. Notamment lorsque les phrases qui les expriment ne peuvent pas être l'objet d'une négation. Ainsi pour (1) « Peut-être Pierre viendra » : on n'a pas, en français, « Il est faux que peut-être Pierre vienne ». Cette particularité amène à rapprocher (1) de (2) « Hélas, Pierre viendra », qui n'est pas non plus objet possible de négation. L'énoncé (2) *n'affirme pas* le caractère indésirable de la venue de Pierre, il le *joue* : en disant *Hélas*, le locuteur se comporte en homme attristé. De la même façon on pourrait dire que (1) n'affirme pas la supposition, mais la joue : en disant *peut-être*, on ne *déclare* pas envisageable la venue de Pierre, on l'envisage. Ce type d'expression épistémique se rapproche ainsi des formules marquant les attitudes du locuteur. Il est tentant d'étendre ce rapprochement aux cas où une négation est syntaxiquement possible, par exemple à « Je suis sûr que… ». On postulera alors que la forme négative « Je ne suis pas sûr que… » ne constitue qu'en apparence la négation d'une proposition posant la certitude du locuteur. En fait elle marquerait, prise dans sa totalité, une attitude de doute, la même qu'on peut exprimer avec « Je me demande si… » ou avec une simple interrogation.

On peut étendre la notion de modalité épistémique aux cas où il s'agit de l'attitude du locuteur par rapport à ce dont il parle, non pas *au moment où il en parle*, mais *au moment où il en a pris connaissance*. Un exemple spectaculaire est fourni par les systèmes verbaux comme celui du bulgare, où des formes différentes marquent que le locuteur a ou n'a pas été lui-même témoin des faits qu'il présente. Dans le premier cas, les grammairiens parlent de mode **non médiatif**, dans le second, de mode **médiatif**, ou, en anglais, d'**evidentiality**. À l'intérieur de ce dernier, il peut y avoir encore des formes différentes selon que la connaissance a été obtenue par ouï-dire, ou par déduction à partir d'indices. (NB : on utilise souvent en français les termes **testimonial** et **non testimonial**, mais le mot *testimonial*, construit à l'origine pour traduire l'anglais *evidential*, désigne aussi quelquefois le mode non médiatif : l'ambiguïté tient à ce qu'on ne précise pas qui est le témoin : le locuteur lui-même, ou la source à laquelle il se réfère ?)

Ces distinctions ne sont pas aussi nettement marquées dans la morphologie du verbe français. Mais elles existent dans la langue. Ainsi une phrase comme « Il paraît que Jean est à Paris » indique que la présence de Jean a été signalée au locuteur par quelqu'un d'autre. L'intéressant, dans cette structure, est qu'elle ne relève pas du simple discours rapporté : « Il paraît que… » ne sert pas à rapporter l'existence d'une opinion que l'on pourrait ensuite, éventuellement, déclarer fausse. Au contraire le locuteur de « Il paraît que… » prend à son compte cette opinion qui ne vient pas de lui : il fait comme si elle était juste, et il en tire des conclusions (« Il paraît que Jean est à Paris, va le voir »). Autrement dit, cette expression sélectionne le second des deux emplois que la *Logique de Port-Royal* (2e partie, chap. 8) avait reconnus pour l'énoncé *Les philosophes assurent que les choses pesantes tombent d'elles-mêmes*, qui peut servir non seulement à *rapporter* une opinion des philosophes, mais aussi à *asserter* la spontanéité de la chute des corps, en s'appuyant sur une autorité. Le français offre également au locuteur le moyen d'indiquer que ce qu'il dit a pour origine une expérience personnelle (en disant « Je trouve ce film intéressant », on implique qu'on a vu le film, ce qui ne serait pas le cas pour « Je pense qu'il est intéressant »). Tous les faits de ce genre amènent à plonger l'étude des modalités dans l'étude générale des attitudes et de leur expression dans la langue.

■ Sur le problème philosophique de la modalité : L. Brunschvicg, *La Modalité du jugement*, Paris, 1897. – On trouvera une présentation des logiques modales dans *Logique et connaissance scientifique*, « Encyclopédie de la Pléiade », Paris, 1967, p. 251-265. Pour un exposé détaillé : A.N. Prior, *Time and Modality*, Oxford, 1957. – Sur l'expression linguistique de la modalité : F. Brunot, *La Pensée et la langue*, Paris, 1926, livre 12 ; J.-M. Zemb, « La structure de la modalité dans le système verbal allemand contemporain », *Études germaniques*, 1969, p. 497-518 ; G. Gougenheim, « Modalités et modes verbaux en français », *Journal de psychologie*, 1970, p. 5-18 ; V. Alleton, *Les Auxiliaires de mode en chinois contemporain*, Paris, 1984 ; F.R. Palmer, *Mood and Modality*, Cambridge (GB), 1986. Voir aussi J. David et G. Kleiber (eds.), *La Notion sémantico-logique de modalité*, Paris, 1983, et le n° 84 (déc. 1989) de *Langue française*. – Sur les modalités épistémiques relatives à la source de la connaissance, R.O. Freedle (ed.), *Evidentiality, the Linguistic Coding of Epistemology*, Norwood, 1986, et le n° 102 (mai 1994) de *Langages* ; sur « Je trouve que », O. Ducrot *et al.*, *Les Mots du discours*, Paris, 1980, chap. 2, et sur « Il paraît que… », O. Ducrot, *Le Dire et le dit*, Paris, 1984, chap. 7. – La théorie linguistique de A. Culioli définit un cadre général où une place précise est réservée à la description de la modalité (la « lexis » de Culioli est plus réduite que la « proposition » de Frege) : voir A. Culioli, C. Fuchs et M. Pêcheux, *Considérations théoriques à propos du traitement formel du langage*, Paris, 1970, ainsi que divers articles du recueil *Aspects, modalité : problèmes de catégorisation grammaticale*, Université de Paris VII, 1986. – Un traitement de la modalité dans le cadre de la sémiotique de A.-J. Greimas : C. Zilberberg, *Modalités et pensée modale*, Limoges, 1989. – Sur les modalités dans l'apprentissage des langues : N. Dittmar et A. Reich (eds.), *Modality in Language Acquisition*, Berlin, New York, 1993.

Charles Bally et la modalité généralisée

La notion de modalité, entendue comme attitude vis-à-vis d'un fait, a été généralisée par le linguiste suisse Bally, élève de Saussure, jusqu'à empiéter de façon spectaculaire sur ce qu'on appelle d'habitude *dictum*. Pour lui, toute phrase communique une pensée, et la pensée est une *réaction* subjective à une *représentation* objective. La phrase comporte donc, *dans sa structure sémantique* (qui peut être différente de sa structure syntaxique apparente), une partie *modale*, qui exprime la réaction, et une partie *dictale*, qui exprime la représentation. La partie modale elle-même contient l'indication du type de réaction dont il s'agit (c'est le *verbe modal*), et celle de la personne qui réagit (c'est le *sujet modal*). Ce qui amène à élargir la notion de modalité par rapport aux conceptions habituelles :

1. Le verbe modal peut marquer n'importe quelle attitude psychologique, le désir dans « Je souhaite qu'il vienne », ou l'ennui dans « Je m'ennuie en lisant ce livre ». Port-Royal, on l'a vu, avait prévu une extension de ce type, mais elle n'avait jamais été réalisée.

2. La structure sémantique où apparaissent sujets et verbes modaux peut n'avoir qu'une trace indirecte dans la syntaxe, et rester de ce fait « implicite » (dans les deux phrases qui viennent d'être mentionnées, elle était au contraire « explicitée » par une proposition modale complète). Ainsi « Puisse-t-il venir ! » et « Ce livre m'ennuie » recevront la même analyse que les exemples précédents. De même l'adjectif *délicieux* de « Ce bonbon est délicieux » cache une proposition modale implicite « J'aime ».

3. Plus novatrice encore est l'idée que le sujet modal peut être différent du locuteur. Cela apparaît déjà dans le dernier exemple, où la réaction exprimée n'est pas nécessairement celle du locuteur au moment où il parle, mais peut être celle qu'il a eue au moment où il a mangé le bonbon. On le voit particulièrement lorsque le sujet modal a une autre identité sociale que le locuteur. Dans « Mon mari a décidé que je le trompe », le sujet modal est le mari, et l'attitude exprimée est sa croyance à l'infidélité de sa femme. Et si une hôtesse rappelle à un fumeur, dans un avion, « Il est interdit de fumer ici », le sujet modal, qui s'oppose au tabagisme, n'est pas l'hôtesse, mais la compagnie aérienne.

4. Autre thèse paradoxale : la même phrase peut exprimer plusieurs propositions modales distinctes. En disant « Ce sermon est monotone », j'exprime à la fois une constatation (« le prédicateur parle de façon uniforme »), et une attitude d'ennui devant le sermon. Si l'on conjoint ce dernier point et le précédent, on voit apparaître chez Bally l'ébauche d'une théorie polyphonique [546], c'est-à-dire d'une conception éclatée du sens : plusieurs points de vue, attribués à des responsables différents, peuvent être juxtaposés dans la signification d'un énoncé unique.

Nous signalerons seulement deux problèmes posés par la théorie de Bally. En substituant à l'idée d'attitude du locuteur celle de réaction mentale, on risque de quitter l'analyse linguistique pour lui substituer des paraphrases de type psychologique. C'est ce que cherchent à éviter les théories polyphoniques. Certes elles sont amenées à voir dans le sens d'autres points de vue que celui du locuteur, mais elles tentent de les définir par rapport à l'acte d'énonciation accompli, en restant donc dans le domaine du dire. D'autre part on peut se demander ce qui reste du *dictum* après une telle extension du domaine de la modalité. N'est-on pas amené finalement à mettre en question la dualité même du *dictum* et du *modus* ?

■ La théorie de Bally est exposée dans la 1re partie, section 1, de *Linguistique générale et linguistique française*, publié à Berne en 1932, et dont l'édition définive est celle de 1944. Texte commenté par O. Ducrot dans *Logique, structure, énonciation*, Paris, 1989 (chap. 7).

TEMPS, MODE ET VOIX DANS LE RÉCIT

Dans l'étude des textes narratifs, on distingue entre l'analyse de l'*histoire* (les événements, réels ou fictifs, racontés) et celle du *récit* (le discours qui raconte) : la première est centrée autour de l'étude des motifs, thèmes et fonctions [638 s.] ; la seconde, relevant de la narratologie [228 s.], analyse les modalités de présentation de l'histoire.

La prise de conscience de la distinction entre les événements racontés et la manière dont ils sont racontés est déjà présente dans les débats séculaires consacrés à la technique *medias in res* et à ses avantages (ou désavantages) par rapport à un récit « respectant » l'ordre des événements. Elle a été explicitée au début de ce siècle par les formalistes russes sous la forme du couple **fable** (histoire)/**sujet** (récit). Mais ce couple a le désavantage de ne pas faire de différence entre récit de fiction et récit factuel – distinction qui a été pendant très longtemps le point aveugle de l'analyse du récit. Genette (1983) a proposé une tripartition susceptible de prendre en compte cette distinction : *narration*, *récit* et *histoire*. Dans le récit factuel l'ordre de dépendance logique est le suivant : **histoire** (les événements dénotés) ⇒ **narration** (l'énonciation du récit) ⇒ **récit** (le produit, syntaxique et sémantique, de l'acte narratif). Dans le récit de fiction, la narration est une assertion feinte [377] sans portée dénotationnelle : l'histoire n'existe que comme projection mentale induite par le récit. L'ordre de dépendance logique est donc le suivant : narration ⇒ récit ⇒ histoire. Le fait que dans le récit de fiction, contrairement à ce qui se passe dans le récit factuel, l'univers co-impliqué par l'*histoire* constitue un monde sémantiquement incomplet [376], indique clairement cette dépendance logique du niveau de l'histoire par rapport au niveau du récit.

Parmi les multiples modèles d'analyse proposés, les plus

influents sont ceux de Stanzel (1955, 1964 et 1979) et de Genette (1972, 1983). Ces deux modèles, bien que se rencontrant sur de nombreux points, ne sont pas superposables. Le modèle de Genette est à la fois plus maniable et plus complet que celui de Stanzel (qui, par exemple, n'étudie pas les questions de temps). Par ailleurs sa grille d'analyse est plus rigoureuse (Stanzel par exemple admet une équivalence entre différences de points de vue et différences d'énonciation narrative), et c'est donc elle qu'on suivra ici en distinguant entre trois types de problèmes : les questions de *temps*, qui concernent les relations temporelles entre l'histoire et le temps du récit ; les questions de *mode*, qui concernent les procédés de régulation de l'information narrative (focalisation, point de vue), donc là encore les relations entre histoire et récit ; les questions de *voix* enfin, qui jouent à la fois au niveau du rapport entre récit et histoire (c'est le cas des relations entre temps de la narration et temps de l'histoire) et à celui du rapport entre récit et narration (c'est le cas de l'étude du statut du narrateur).

■ Quelques études générales : E. Lämmert, *Bauformen des Erzählens*, Stuttgart, 1955 ; F.K. Stanzel, *Die typischen Erzählsituationen im Roman. Dargestellt an « Tom Jones », « Moby Dick », « The Ambassadors », « Ulysses », u.a.*, Vienne-Stuttgart, 1955 ; *Typische Formen des Romans* (1964), 10e éd., Göttingen, 1981 ; G. Genette, *Figures III*, Paris, 1972, « Le discours du récit » ; M. Bal, *Narratologie*, Paris, 1977 ; G. Genette, *Nouveau Discours du récit*, Paris, 1983 ; G. Prince, *Narratology : The Form and Function of Narrative*, La Haye, 1982 ; S. Rimmon-Kenan, *Narrative Fiction : Contemporary Poetics*, Londres, 1983 ; F.K. Stanzel, *Theorie des Erzählens* (1978), 3e éd., Göttingen, 1985.

I. Temps

Les questions de *temps*, c'est-à-dire des rapports entre le **temps de l'histoire** et le **temps du récit** (*erzählte Zeit* et *Erzählzeit*, Müller 1948), concernent trois types de faits : les relations entre l'ordre des faits racontés et l'ordre de leur présentation ; les relations entre la durée des événements racontés et la longueur du récit qui leur est consacré ; enfin les relations entre le nombre d'occurrences d'un événement et le nombre de fois qu'il est raconté.

1. *Ordre*

Contrairement à une évidence trompeuse, il n'existe pas beaucoup de textes narratifs où l'**ordre** des événements racontés et l'ordre de leur présentation narrative coïncident strictement (**synchronie**). Certes, lorsqu'on se borne au niveau des grandes articulations, les constructions synchrones sont largement représentées. En revanche, lorsqu'on descend jusqu'aux structures microscopiques (par exemple de l'ordre du paragraphe) on constate que les grandes articulations synchrones (lorsqu'elles existent) sont traversées de multiples **anachronies** : ainsi toute remontée narrative d'un événement à sa cause, procédé omniprésent non seulement dans la fiction mais aussi dans les récits factuels, implique une rétrospection, fût-elle réduite à la plus simple expression (« Il avait mal au ventre parce qu'il avait trop mangé »). Lämmert (1955) distingue ainsi entre rétrospections *(Rückwendungen)* et anticipations *(Vorausdeutungen)* et étudie leurs fonctions narratives : les rétrospections peuvent avoir une fonction d'exposition, de transcription de la simultanéité de deux actions, de digression ou de retardement ; les anticipations peuvent avoir une fonction de prescience ou d'annonce. Genette (1972) distingue entre l'**analepse**, qui correspond à la rétrospection, la **prolepse**, c'est-à-dire l'anticipation qui consiste à raconter ou à évoquer d'avance un événement ultérieur (« Plus tard il allait regretter ce geste inconsidéré ») et la **syllepse**, organisation anachronique où le regroupement des événements narrés n'est plus motivé temporellement, mais obéit par exemple à des connexions spatiales (les anecdotes racontées au fil d'un récit de voyage et induites par les lieux visités) ou thématiques (principe de regroupement qui commande les récits intercalés dans les romans à tiroir). Chacune de ces anachronies se subdivise en plusieurs sous-groupes : ainsi au niveau des analepses (mais la même chose vaut pour les prolepses) il faut distinguer entre analepse *interne* (rétrospection qui ne remonte pas au-delà du point de départ temporel de l'histoire) et analepse *externe* (dont toute l'amplitude précède le point de départ de l'histoire), analepse *partielle* (rétrospection qui se termine en ellipse sans rejoindre le récit premier) et analepse *complète* (qui se raccorde sans solution de continuité au récit premier), etc.

Il a été objecté (B. Herrnstein Smith 1980) à cette analyse qu'elle n'a de sens que dans le cas d'un récit factuel ou d'un récit fictionnel à versions multiples (par exemple les contes populaires, dont on peut comparer les versions) : dans l'immense majorité des récits de fiction on n'a pas la possibilité de comparer l'ordre du récit à la chronologie de l'histoire, puisque cette dernière n'existe qu'en tant qu'elle est projetée par le récit. C'est oublier que les analepses et les prolepses sont, soit explicites, c'est-à-dire signalées par le récit lui-même, soit implicites mais inférables à partir de notre connaissance du déroulement normal des processus causaux (Goodman 1981, Genette 1991). Bien sûr, lorsque le texte à la fois s'abstient de toute signalisation explicite et brouille nos attentes inférentielles (ce qui est le cas par exemple des romans de Robbe-Grillet) nous sommes incapables de reconstituer un quelconque ordre chronologique : nous nous trouvons alors devant un récit achronique (Genette 1972, p. 115).

2. *Vitesse*

La vitesse mesure la relation de proportionalité entre la durée (temporelle) de l'histoire et la longueur (spatiale) du texte (mesurée en lignes et pages). Cette procédure de comparaison, proposée par G. Müller (1948) et R. Barthes (1967), puis reprise par Genette (1972), n'aboutit jamais à des quantifications microstructurales exactes, ne serait-ce qu'à cause de la difficulté qu'il y a dans la plupart des cas à déterminer de manière précise le temps diégétique. Mais au niveau macrostructural, il s'agit d'un indicateur fiable du *rythme du récit.* Ce rythme n'est pour ainsi dire jamais constant : tous les récits – factuels et fictionnels – impliquent des **anisochronies** (arrêts, ellipses, accélérations et ralentissements) plus ou moins marquées. Limitant son analyse au domaine de la littérature romanesque, Genette distingue quatre « formes canoniques du tempo romanesque » : la **pause descriptive** où à une longueur textuelle quelconque correspond une durée diégétique nulle ; la **scène** (souvent dialoguée ou monologuée), se définissant comme une isochronie, donc une égalité de temps entre le récit et l'histoire ; le **sommaire**, dans lequel le temps de l'histoire se trouve contracté en une longueur textuelle inférieure (dans des proportions variables) à celle qui serait exigée par un rendu « scénique » de cette durée ; l'**ellipse**, dans laquelle un segment nul de texte correspond à une durée quelconque de l'histoire. L'isochronie est évidemment fixée conventionnellement : dans le cas de la scène, le lecteur traite comme une égalité de durée ce qui ne saurait jamais que s'en rapprocher plus ou moins, étant donné qu'il ne saurait y avoir d'équivalence stricte entre atomes événementiels et éléments scriptionnels (même lorsqu'il s'agit d'un dialogue).

Ces quatre formes se retrouvent aussi dans le récit factuel, mais Käte Hamburger (1957) a attiré l'attention sur le fait que la présence massive de scènes détaillées (surtout sous la forme de dialogues) est un indice de fictionalité. Il en irait de même selon elle pour les descriptions détaillées, soit qu'elles fonctionnent comme des pauses descriptives (assumées par un narrateur extradiégétique), soit qu'elles se trouvent rapportées à l'activité perceptive d'un sujet. C'est oublier qu'il existe des genres factuels, tel le récit de voyage, où la description détaillée (qu'elle soit ou non rapportée explicitement à l'activité perceptive du scripteur) occupe une place tout à fait centrale.

Hamon (1981) a montré que le domaine du descriptif ne pouvait être réduit à la fonction de pause descriptive. D'une part, lorsque la **description** est rapportée à l'activité perceptive d'un sujet, donc focalisée, elle est en fait narrativisée et donc ne fonctionne plus comme pause (elle raconte une expérience perceptive). Par ailleurs, même lorsque son statut par rapport à l'enchaînement du récit est celui d'une pause, sa fonction propre peut être des plus diverses. Dans le récit de fiction classique elle reste certes soumise à la diégèse : sa fonction est souvent décorative (la description du bouclier d'Achille) ou alors explicative et symbolique (les portraits chez Balzac) (Genette 1966) ; s'y ajoutent des fonctions de crédibilisation mimétique et d'indexation idéologique (Hamon 1981). Dans tous les cas elle aboutit à une transformation de l'horizon d'attente du lecteur et met en œuvre une compétence de lecture spécifique, qui n'est plus tant celle de la structuration logico-sémantique des actions mais celle de l'activation de champs sémantiques liés à des lexèmes fédérateurs (voir Hamon 1981). Enfin, il existe des genres dans lesquels la description s'émancipe en grande partie de la diégèse : ainsi les *topographies* (descriptions d'êtres inanimés) dans les récits d'exploration géographique, ou encore les *prosopographies* (descriptions d'êtres animés) dans les récits d'exploration zoologique ou ethnographique, constituent le thème central des genres en question qui sont ainsi le pendant non esthétique du « **genre descriptif** » tel qu'il était pratiqué au XVIIIe siècle, et dans lequel la description a accédé à l'autonomie esthétique (Adam et Petitjean 1989, Hamon 1991).

3. *Fréquence*

La fréquence mesure la relation entre le nombre d'occurrences d'un événement et le nombre de fois qu'il est raconté. En fait, comme le note Genette (1972, p. 145), aucun événement ne se répétant à l'identique, il s'agit de la récurrence d'événements semblables – par exemple le lever quotidien du soleil – dont on ne retient que leur ressemblance, les traitant ainsi comme autant d'occurrences équivalentes d'un même type. Ainsi on peut raconter *une* fois ce qui s'est passé *une* fois, raconter *n* fois ce qui s'est passé *n* fois, raconter *n* fois ce qui s'est passé *une* fois et raconter *une* fois ce qui s'est passé *n* fois. Les deux cas les plus intéressants sont le troisième et le quatrième, c'est-à-dire le **récit répétitif** (ainsi dans *Les Exercices de style* de Queneau, le même événement est raconté 99 fois, avec des transformations stylistiques) et le **récit itératif**, procédé d'économie narrative employé à la fois dans le récit fictionnel et dans le récit factuel (par exemple dans l'autobiographie, comme l'a montré Lejeune 1975). Du point de vue de l'économie narrative, récits itératifs et sommaire ont une fonction apparentée, celle de synthétiser une durée plus ou moins grande du temps de l'histoire. La frontière entre récit itératif et description est parfois difficile à tracer, puisque la description, dès lors qu'elle porte sur une pluralité d'*items* décrits en même temps, comporte une dimension itérative, du moins si on réfère la description à des actes perceptifs (voir Chatelain 1986) : pour autant cette complication ne semble pas remettre en cause la distinction de contenu entre la description (qui porte sur des états) et l'itération (qui porte sur des événements).

■ G. Müller, « Erzählzeit und erzählte Zeit » (1948), in *Morphologische Poetik*, Tübingen, 1968 ; E. Lämmert, *Bauformen des Erzählens*, Stuttgart, 1955 ; K. Hamburger, *Logique des genres littéraires*

(1957), Paris, 1986 ; G. Genette, « Le discours du récit », in *Figures III*, Paris, 1972 ; R. Barthes, « Le discours de l'histoire » (1967), in *Le Bruissement de la langue*, Paris, 1984 ; P. Lejeune, *Le Pacte autobiographique*, Paris, 1975 ; B. Herrnstein Smith, « Narrative versions, narrative theories », *Critical Inquiry*, automne 1980, p. 213-236 ; N. Goodmann, « The telling and the told » (1981), in *Of Mind and Other Matters,* Cambridge (Mass.), 1984 ; D. Chatelain, « Frontières de l'itératif », *Poétique*, 65, 1986, p. 111-124 ; G. Genette, *Nouveau Discours du récit*, Paris, 1983 ; G. Genette, *Fiction et diction*, Paris, 1991.

Sur la description : G. Genette, « Frontières du récit » (1966), in *Figures II*, Paris, 1979 ; P. Hamon, *Introduction à l'analyse du descriptif*, Paris, 1981 ; R. Debray-Genette, « La pierre descriptive » et « Traversées de l'espace descriptif : de Balzac à Proust », in *Métamorphoses du récit*, Paris, 1988 ; J.-M. Adam et A. Petitjean, *Le Texte descriptif*, Paris, 1989 ; P. Hamon, *La Description littéraire. De l'Antiquité à Roland Barthes : une anthologie*, Paris, 1991.

II. Mode

La notion de **mode** désigne la régulation de l'information narrative. Il s'agit pour l'essentiel de deux types de problèmes : le premier concerne la quantité d'information transmise et est lié à la distinction traditionnelle entre *diégésis* (récit pur) et *mimésis* (représentation scénique, et notamment représentation de paroles) ; le deuxième concerne ce qu'on appelle couramment *le point de vue*, c'est-à-dire la perspective à partir de laquelle les événements narrés sont perçus.

1. *Distance*

La notion de **distance** mesure la « modulation quantitative » (Genette) de l'information narrative. Une formulation historiquement influente de ce problème est l'opposition entre *showing* (montrer) et *telling* (raconter), ou entre *simple narration* (narration pure) et *scenic presentation* (présentation scénique) : elle a joué un grand rôle dans la théorie anglo-américaine du roman au XXᵉ siècle (voir Lubbock 1921, Friedman 1955), les critiques valorisant en général le premier terme. En termes descriptifs, l'opposition est problématique : un récit, quel qu'il soit, ne peut pas « montrer » mais uniquement

« raconter ». Aussi Stanzel (1979), qui la reprend en distinguant entre **narrateur** *(Erzählerfigur)* et **réflecteur** *(Reflektorfigur)*, préfère-t-il parler de l'« illusion d'immédiateté » induite par la domination de la présentation scénique et la minimalisation des marques narratoriales. En fait l'opposition pertinente est celle entre **récit d'événements** et **récit de paroles** : dans un récit, les seules parties véritablement mimétiques sont les dialogues, car « la mimésis verbale ne peut être que mimésis du verbe » (Genette 1972).

Les diverses modalités du récit de paroles (présentation du discours des personnages) ont donné lieu à d'innombrables études (et controverses). En général, on distingue trois procédés (Genette 1972, Cohn 1981) :

– **Le discours rapporté** (*monologue rapporté* chez Cohn) : on le trouve à la fois sous forme dialoguée et sous forme de monologue. D'après Hamburger (1957) l'usage extensif des dialogues dans un récit à la troisième personne est un indice de fictionalité [382] : il existe cependant des contre-exemples, telles les enquêtes journalistiques ou ethnographiques qui, grâce au recours à la sténographie et surtout au magnétophone, réalisent sans problème des transcriptions extensives de dialogues factuels. L'argument de Hamburger vaut davantage pour le monologue rapporté, puisque la plupart des monologues se présentent en fait comme reproduisant des discours intérieurs, silencieux, donc par définition inaccessibles à un témoin extérieur (le narrateur). Dans le récit hétérodiégétique l'émancipation la plus forte du discours de personnage par rapport à l'instance narrative se trouve dans le monologue intérieur, plus justement qualifié de *monologue autonome* (Cohn 1981). Il se distingue du discours rapporté en ce qu'il n'est pas introduit narrativement. Cela signifie qu'un récit consistant exclusivement en un monologue intérieur traverse la frontière entre récit hétérodiégétique et récit homodiégétique. Il faut noter que dans le récit homodiégétique le monologue n'est pas nécessairement un indice de fictionalité : il peut être la transcription factuelle des pensées du scripteur pendant qu'il écrit.

– **Le discours transposé** (*monologue narrativisé* chez Cohn), c'est-à-dire le *style indirect*. Il existe sous deux formes : le **discours indirect régi** et le **discours indirect libre** (McHale 1978). Le discours indirect libre a fait l'objet de multiples recherches du fait de son statut grammatical et narratif composite. Contrairement au discours indirect régi, il est caractérisé par l'absence de verbe déclaratif régissant grammaticalement les paroles mentionnées, mais contrairement au discours rapporté (discours direct), les paroles mentionnées sont soumises, du moins en général (pour des exceptions voir Jacquet 1980), à une transposition temporelle. De par le premier trait, le discours indirect libre adopte le point de vue du personnage, alors que par le second il se rapproche du point de vue du narrateur. C'est précisément cette double orientation qui en fait une technique privilégiée par le récit hétérodiégétique à focalisation interne. Reprenant les thèses de Hamburger concernant l'absence de narrateur dans les récits hétérodiégétiques, Banfield (1982) voit même dans l'usage de l'indirect libre l'indice d'une modalité non communicative du langage. Mais le fait qu'il soit aussi usité dans les récits homodiégétiques, c'est-à-dire dans un type de récit pour lequel Hamburger aussi bien que Banfield admettent la présence d'un narrateur, montre que cet argument n'est pas concluant. En revanche il semble bien que le discours indirect libre soit surtout utilisé dans le récit de fiction, contrairement au discours indirect régi, que le récit factuel privilégie souvent par rapport à tous les autres types de représentation du discours.

– **Le discours narrativisé** (*psycho-récit* chez Cohn), c'est-à-dire la simple présentation d'un sommaire du contenu de l'acte de parole rapporté (McHale 1978). Il se distingue du *discours indirect régi* par l'absence de subordonnée, remplacée (du moins en français) par l'usage de l'infinitif ou par une nominalisation du contenu du discours rapporté. Du point de vue de la fidélité mimétique, il n'y a pas de différence de principe entre les deux, même si le discours indirect régi peut plus facilement introduire des marques linguistiques référables au personnage dont on rapporte l'acte de parole.

Cohn (1981) a objecté à la classification de Genette (que nous avons suivie ici) qu'elle identifiait abusivement pensée et discours : se proposant d'analyser les « modes de représentation de la vie psychique dans le roman », elle a mis l'accent sur le fait que cette représentation ne passait pas nécessairement par la reproduction d'un discours intérieur. L'objection vaut sans conteste pour le *discours narrativisé*, expression qui effectivement ne fait pas la différence entre le fait de rapporter un discours et celui de rapporter des événements psychiques non verbaux. Pour les autres types cependant elle n'a pas de valeur, puisque par définition ils rapportent des paroles, soit en l'indiquant par le contexte (discours indirect libre), soit grâce à l'usage de verbes déclaratifs (discours indirect régi), soit en reproduisant les paroles prononcées.

2. *Perspective*

De toutes les questions touchant aux relations entre récit et histoire, la problématique de la **focalisation** – ou du *point de vue* – est celle qui s'est vue consacrer la littérature la plus abondante, sans doute parce qu'il s'agit d'un problème qui n'a cessé de préoccuper le récit de fiction moderne. Cependant beaucoup d'auteurs ont confondu la problématique de la perspective (Qui perçoit ?) avec celle, toute différente, de la narration (Qui parle ?), qui relève de la catégorie de la voix (Genette 1972).

À la suite de Genette (1972) on distinguera entre le **récit non focalisé** (le récit dit *à narrateur omniscient*), le **récit à focalisation interne**, dans lequel le narrateur adopte le point de vue d'un personnage (le narrateur en dit autant que le personnage en sait) et le **récit à focalisation externe**, dans lequel le personnage est vu uniquement de l'extérieur (le narrateur en dit moins que le personnage n'en sait). Beaucoup de récits non focalisés ne peuvent être qualifiés ainsi que si on les analyse au niveau de leur structure globale : lorsqu'on les analyse segment par segment on trouve souvent des éléments diversement focalisés, et dans ce cas on parlera plutôt de récits à **focalisation variable**. C'est que les focalisations zéro, interne et externe déterminent des techniques narratives avant de désigner des classes de récits, même s'il existe de nombreux récits dont les limites coïncident effectivement avec l'usage d'un même type de focalisation. Cela dit, même en focalisation variable, chaque type de focalisation maintenu au-delà d'un certain seuil de durée textuelle crée son propre contexte d'attente ; de ce fait, le passage momentané à un type de focalisation différent crée une *altération*, c'est-à-dire une rupture de perspective. Genette propose de distinguer entre la **paralipse**, où le narrateur donne moins d'information qu'il ne devrait en donner (eu égard à la focalisation dominante choisie), et la **paralepse**, où l'information donnée dépasse celle autorisée dans le type de focalisation global choisi (ainsi lorsque dans un récit homodiégétique le narrateur donne des informations sur la vie intérieure d'un autre personnage).

Pour Stanzel (1985), la focalisation zéro (récit non focalisé) et la focalisation extérieure ne sont que deux variantes d'une même perspective, en sorte qu'on n'aurait que deux pôles, la **perspective externe** *(Außenperspektive)* et la **perspective interne** *(Innenperspektive)*. Mais cette réduction interdit de rendre compte de la distinction de technique narrative pourtant très tranchée entre le narrateur omniscient de la tradition classique et la « technique objective » (Magny 1948) des romans américains de l'entre-deux-guerres (même si en tant que technique localisée, par exemple sous la forme d'*incipit* étique, elle existe déjà dans le roman réaliste et naturaliste du XIXe siècle). On a aussi reproché à la classification de Genette de ne pas accorder assez d'autonomie à la focalisation. M. Bal (1977 a) – peut-être guidée par la (fausse) symétrie entre la question « Qui parle ? » et la question « Qui perçoit ? » – propose de faire de la focalisation une instance distincte du narrateur proprement dit et de différencier entre personnage focalisateur et personnage (ou objet) focalisé : en focalisation interne le personnage serait à la fois focalisé et focalisateur, alors qu'en focalisation externe il serait uniquement focalisé, le focalisateur étant dans ce cas soit un autre personnage, soit un focalisateur anonyme. Mais l'instance du « focalisateur » a tout d'une entité fantôme : ou bien le prétendu personnage « focalisateur » coïncide en fait avec le narrateur, et donc il n'y a pas lieu de lui ménager une place spéciale : c'est le cas par exemple en fiction homodiégétique où le personnage à partir de qui les autres sont vus (en focalisation externe) *est* le narrateur ; ou bien, comme c'est le cas dans un récit hétérodiégétique à focalisation interne, le personnage dont le point de vue commande la transmission de l'information est distinct du narrateur, et dans ce cas ce n'est *pas* le personnage, mais bien le narrateur qui est le « focalisateur » (c'est le narrateur qui choisit de focaliser sur tel ou tel personnage et donc d'adopter son point de vue) ; quant à l'idée d'un focalisateur extradiégétique « anonyme, neutre » redoublant le narrateur extradiégétique du récit à focalisation variable et qui *verrait* à la place du lecteur, elle n'est guère plus convaincante : si, comme le soutient Bal, le narrateur est condamné à la parole, alors le focalisateur est condamné à la perception, et dans ce cas on ne voit pas comment il pourrait faire passer ses informations au lecteur, puisque celles-ci n'existent que verbalisées (Bronzwaer 1981).

L'usage des focalisations dans les divers genres de récits factuels reste encore largement à faire. Dans le cas de récits hétérodiégétiques (par exemple les biographies ou les études de cas psychanalytiques), plusieurs études de D. Cohn (1990, 1991, 1992) ont montré que l'usage de la focalisation interne, tout autant que la posture du narrateur omniscient semblent être exclus, mais Genette (1991) fait remarquer que l'usage systématique de la focalisation externe est tout aussi peu canonique. En ce qui concerne le récit homodiégétique, la situation semble être *grosso modo* la même dans le domaine factuel et dans le domaine de la fiction, c'est-à-dire qu'on a affaire à une focalisation interne sur le sujet narrateur ; quant au type de focalisation appliqué aux tierces personnes, on se retrouve dans la même situation que dans le récit hétérodiégétique. De manière générale on peut sans doute dire qu'un narrateur d'un récit factuel peut bien donner des informations sur les pensées ou perceptions d'une tierce personne, mais qu'il doit justifier la provenance de ses informations (qu'elles lui aient été transmises par la personne en question, comme c'est le cas dans les récits de cas de Freud, ou qu'il les reconstitue à travers des inférences causales partant de comportements visibles). Mais lorsque Käte Hamburger oppose le récit factuel et le récit de fiction en disant que contrairement à ce qui se passe dans le second, le premier ne saurait nous donner un accès direct à la vie intérieure d'une tierce personne, il faut ajouter (Genette 1991) que dans le récit de fiction l'accès à la vie intérieure d'un tiers n'est évidemment qu'un pseudo-accès, parce qu'il n'y a pas de tierce personne, mais uniquement des personnages imaginés (par l'auteur). Cette distinction de statut logique et pragmatique fondamentale entre le domaine du récit factuel et celui du récit de fiction fait peut-être que la question de la perspective narrative (de même que celle du narrateur) ne saurait tout simplement être posée dans les mêmes termes.

■ P. Lubbock, *The Craft of Fiction* (1921), New York, 1947 ; C.-E. Magny, *L'Âge du roman américain,* Paris, 1948 ; N. Friedman, « Point of view in fiction. The development of a critical concept », *PMLA*, 70, 1955, p. 1160-1184 ; W. Booth, « Distance et point de vue » (1961), in *Poétique du récit*, Paris, 1976 ; L. Dolezel, « The typology of the narrator : point of view in fiction », in *To Honor R. Jakobson*, La Haye, 1967 ; P. Hernadi, « Dual perspective : free indirect discourse and related techniques », *Comparative Literature*, 24, 1972 ; S.Y. Kuroda, « Réflexions sur les fondements de la théorie de la narration », *Langue, discours, société*, Paris, 1975 ; R. Pascal, *The Dual Voice : Free Indirect Speech and Its Functioning in the XIXth Century European Novel*, Manchester, 1977 ; M. Bal, « Narration et focalisation », *Poétique*, n° 29, 1977 a, p. 107-127 ; *Narratologie*, Paris, 1977 b ; M.-T. Jacquet, « La fausse libération du dialogue ou le "style direct intégré" dans *Bouvard et Pécuchet* », *Annali della Facolta di Lingue et Letterature stranieri dell'Universita di Bari*, 1, 1, 1980 ; D. Cohn, *La Transparence intérieure*, Paris, 1981 ; W. Bronzwaer, « Mieke Bal's concept of focalisation », *Poetics Today*, vol. 2, n° 2, 1981, p. 193-201 ; J. Lintvelt, *Essai de typologie narrative : le point de vue*, Paris, 1981 ; M. Sternberg, « Proteus in quotation-land, mimesis and the forms of reported discourse », *Poetics Today*, III, 2, 1982 ; A. Banfield, *Unspeakable Sentences : Narration and Representation in the Language of Fiction*, Boston, Londres, 1982 (trad. fr. *Discours sans paroles*, Paris, 1995) ; B. McHale, « Unspeakable sentences, unnatural acts », *Poetics Today*, I, 1983 ; F.K. Stanzel, *Theorie des Erzählens* (1978), 3e éd., Göttingen, 1985 ; D. Cohn, « Signposts of fictionality : a narratological perspective », *Poetics Today*, 11, 1990, p. 775-804 ; G. Genette, *Fiction et diction*, Paris, 1991 ; D. Cohn, « Feud's case histories and the question of fictionality », in J.H. Smith (ed.), *Telling Facts. History and Narration in Psychoanalysis*, Baltimore, Londres, 1991 ; Id., « Breaking the code of fictional biography : Wolfgang Hildesheimer's Marbot », in N. Kaiser et D.E. Wellbery (ed.), *Traditions of Experiment from the Enlightenment to the Present. Essays in Honor of Peter Demetz*, Ann Arbor, 1992.

III. Voix

Les questions de **voix** concernent les relations entre héros, narrateur et auteur. De manière plus précise il s'agit des questions touchant la relation temporelle entre l'acte narratif et l'histoire, les enchâssements narratifs, les relations entre le narrateur et le récit, ainsi que celles entre l'auteur et le narrateur (cette dernière relation jouant un grand rôle dans la distinction entre récit de fiction et récit factuel).

1. *Temps de la narration*

Alors que les questions d'ordre concernent les relations entre *récit* et histoire (donc entre une chaîne textuelle et une chaîne événementielle – réelle ou supposée), l'analyse du **temps de la narration** traite des rapports chronologiques entre l'*acte narratif* (l'énonciation de la chaîne textuelle) et l'histoire (la chaîne événementielle). Genette (1972) distingue entre la **narration ultérieure**, qui correspond à la situation narrative « normale », la **narration antérieure**, correspondant au récit « prédictif » (Todorov 1969), la **narration simultanée**, qu'on trouve par exemple dans le reportage sportif, et la **narration intercalée**, situation comportant une pluralité d'actes narratifs successifs intercalés entre des tranches événementielles et qu'on trouve notamment dans le roman épistolaire ou dans le journal intime. Le lien entre ces rapports de temporalité et les temps grammaticaux est complexe : ainsi la narration ultérieure ne doit pas nécessairement se cantonner au prétérit mais peut tout aussi bien adopter le présent historique ; et si la narration antérieure se sert du futur, elle peut aussi recourir au présent (le récit prédictif est souvent une « vision »). La notion de « narration antérieure » ne va pas de soi, puisque logiquement l'acte narratif semble toujours présupposer l'antériorité de ce qui est raconté. Aussi faut-il préciser ce qu'on entend par cette expression. Il faut exclure d'abord la situation narrative du récit de science-fiction, puisque dans ce type de récits le moment temporel fictif de la narration est pratiquement toujours postérieur à l'histoire racontée : simplement, tout l'axe temporel est fictivement déplacé vers le futur. Quant au récit prédictif (fictionnel ou factuel), exemple paradigmatique de la narration antérieure, son statut est plus complexe qu'il ne semble à première vue : il implique toujours une situation pragmatique spécifique, soit celle d'une extase temporelle de celui qui raconte (le narrateur est transporté dans le temps), soit celle d'une révélation faite à partir d'une source d'information divine qui, elle, est supposée être hors du temps, et pour laquelle donc la notion d'antériorité ne joue pas (l'événement étant toujours déjà arrivé). Dans le domaine du récit historique (récit à prétentions factuelles) K. Popper (1959) a ainsi proposé de distinguer entre *prédiction* et *prophétie*, la première étant toujours conditionnelle (si *A*, alors *B*), alors que la prophétie est inconditionnelle. Prenant appui sur cette distinction, Danto (1985) a montré que, du point de vue de la logique narrative, la prophétie traite tel ou tel événement de l'avenir comme l'historien traite le passé, c'est-à-dire en le racontant à la lumière de connaissances qui ne sauraient être accessibles qu'à un moment ultérieur à celui de l'événement raconté. L'antériorité du récit prédictif implique donc une sorte de paradoxe narratif, puisque le fait même de raconter l'avenir implique qu'il soit traité comme s'il était déjà advenu (c'est-à-dire qu'il ne peut être légitimé qu'en postulant des capacités cognitives échappant aux limites de la connaissance humaine).

Arguant des relations non univoques entre temps grammaticaux et temporalité de la narration, Käte Hamburger a tenté de montrer que dans le récit de fiction à la troisième personne le prétérit n'a pas pour fonction d'indiquer l'antériorité de l'histoire sur l'énonciation du récit : il est *détemporalisé* et fonctionne comme indice de fictionalité [381]. Ce fait expliquerait notamment l'usage irrégulier des déictiques temporels, usage qui dans les récits de fiction est souvent en contradiction avec leur usage normal [382 s.]. L'argument ne paraît pas concluant : l'usage déviant des déictiques temporels est un des aspects de la focalisation interne (l'histoire est vue à partir du point de vue du héros) et non pas un indice générique de fictionalité. C'est plutôt l'usage de la focalisation interne (dans un récit hétérodiégétique) qui est un indice de fictionalité : l'usage déviant des déictiques temporels n'en est qu'une conséquence, qui comme telle ne remet pas en cause l'antériorité (fût-elle uniquement de l'ordre d'une projection fictive) de l'histoire sur le récit.

2. *Niveaux narratifs*

Le champ d'étude des **niveaux narratifs** correspond à ce que traditionnellement on nomme *enchâssement*. Selon Genette (1972), la règle générale est que « tout événement raconté par un récit est à un niveau diégétique immédiatement supérieur à celui où se situe l'acte narratif producteur de ce récit ». À sa suite on distingue en général trois niveaux principaux : le niveau **extradiégétique**, qui est celui de l'acte narratif du récit primaire (niveau auquel se situe par exemple le narrateur hétérodiégétique anonyme d'Eugénie *Grandet*, ou encore Gil Blas, le narrateur homodiégétique de *L'Histoire de Gil Blas de Santillane*) ; le niveau **(intra)diégétique** (le niveau des événements racontés par le narrateur extradiégétique) et le niveau **métadiégétique** (niveau des événements racontés par un des personnages agissant au niveau diégétique). Le niveau métadiégétique peut à son tour comporter des récits enchâssés (qui seront qualifiés alors de méta-métadiégétiques), comme c'est le cas par exemple dans les *Mille et Une Nuits.* Un récit second peut remplir des fonctions diverses par rapport au récit premier, de même que les relations entre les deux diégèses peuvent être plus ou moins fortes (voir Barth 1981, Genette 1983). Les transgressions des niveaux narratifs, par exemple la contamination du niveau extradiégétique par le niveau diégétique, constituent des **métalepses narratives** : usitées notamment dans le roman comique sous la forme d'une contamination du niveau diégétique par le niveau extradiégétique (ainsi lorsque le narrateur de *Tristram Shandy* prie le lecteur d'aider Mr. Shandy à regagner son lit), elles fonctionnent en général comme mises en question ironiques du vraisemblable mimétique.

3. *Personne*

La distinction la plus reçue dans le domaine des questions de **personne** est celle entre récits à la première personne *(Ich-Erzählung)* et récits à la troisième personne *(Er-Erzählung).* Elle risque cependant d'induire en erreur, du moins si on l'identifie purement et simplement à une distinction grammaticale : *tout* **narrateur**, pour autant qu'il est présent dans son histoire, ne peut l'être qu'à la première personne (Genette 1972). Il en découle (Stanzel 1985) que la présence de phrases narratives à la première personne (au niveau extradiégétique) peut renvoyer selon les cas à deux types de narrateurs fort différents : *a)* un narrateur auctorial *(auktorialer Er-Erzähler)* hors fiction, qui constitue l'origine énonciative de la fiction comme telle et dont la motivation narrative ne saurait être que de nature littéraire-esthétique (par exemple le narrateur de *La Montagne magique*) ; *b)* un narrateur-personnage, qui fait partie intégrante du monde fictif qu'il décrit et dont la motivation narrative est existentielle (par exemple le narrateur d'*À la recherche du temps perdu*). Autrement dit, la véritable distinction pertinente est celle entre un narrateur absent de l'histoire qu'il raconte et le narrateur qui est présent comme personnage : l'opposition entre récit à la troisième personne et récit à la première personne gagne donc à être remplacée par la distinction entre **récit hétérodiégétique et récit homodiégétique** (Genette 1972), ce dernier existant sous deux formes (Friedman 1955), selon que le narrateur est un simple témoin ou qu'il est en même temps protagoniste de l'histoire qu'il raconte, auquel cas on parlera de **récit autodiégétique**. La frontière entre récit hétérodiégétique et récit homodiégétique n'est pas dans tous les cas absolue : ainsi les premières phrases de *Madame Bovary*, de même que ses phrases finales, instaurent un narrateur-témoin, donc une logique homodiégétique, alors que le corps de l'ouvrage se conforme en tout à un récit hétérodiégétique. Là encore, il convient de rappeler que les catégories narratologiques distinguent des techniques du récit plutôt que des classes de textes, ce qui garantit leur flexibilité.

Pour Käte Hamburger (1957), la distinction entre récit à la première personne et récit à la troisième personne n'est pas interne à la fiction, mais sépare le domaine de la **feintise** (un narrateur homodiégétique fictif feint de faire des « énoncés de réalité ») de celui de la **fiction** proprement dite (présentation quasi dramatique des « Je-origine fictifs » à travers une fonction narrative fluctuante qui n'est pas un narrateur au sens propre du terme). Cette distinction a le mérite de mettre en évidence le statut effectivement fort différent du narrateur homodiégétique et du narrateur hétérodiégétique : alors que le premier fait partie de l'univers de la fiction (même lorsqu'il est extradiégétique, comme c'est le cas du narrateur-témoin), le second se situe hors-fiction (d'où par exemple l'effet de transgression lorsqu'un personnage de niveau diégétique fait incursion dans l'univers, par définition extradiégétique, du narrateur hétérodiégétique). De là à affirmer que le récit hétérodiégétique n'a pas de narrateur il y a un pas qu'il ne paraît pas opportun de franchir : non seulement on ne saurait plus alors que faire des multiples récits hétérodiégétiques où le narrateur impose sa présence par des interventions massives en son propre nom, mais surtout on devrait se rabattre sur l'idée difficilement défendable d'un récit sans énonciation.

La question du statut du narrateur intéresse de près la distinction entre récit fictif et récit factuel. Lejeune (1975, 1980) a ainsi montré que dans l'autobiographie factuelle, il y a identité entre *auteur*, *narrateur* et *personnage* (si on excepte le cas marginal de l'autobiographie à la troisième personne). Se servant de la même triade, Genette (1991) a fait remarquer que l'identité entre auteur et narrateur vaut pour le récit factuel comme tel et que leur non-identité définit le récit de fiction. La question de l'identité ou non-identité entre le narrateur et le personnage se pose pareillement dans les deux domaines et renvoie en fait à la distinction entre récit hétérodiégétique et récit homodiégétique. Quant aux relations entre auteur et personnage, le récit fictif repose en général sur leur non-identité (à l'exception du genre de l'autofiction où il y a identité onomastique entre l'auteur, par exemple Dante, et le héros des aventures fictives, en l'occurrence les pérégrinations de « Dante » à travers les trois royaumes de la réalité religieuse), alors que dans le récit factuel il y a tantôt identité (ainsi dans l'autobiographie), tantôt non-identité (cas de la biographie).

■ N. Friedman, « Point of view in fiction. The development of a critical concept », *PMLA*, 70, 1955, p. 1160-1184 ; K. Hamburger, *Logique des genres littéraires* (1957), Paris, 1986 ; K. Popper, « Prediction and prophecy in the social sciences », in P. Gardiner (ed.), *Theories of History*, Glencoe, 1959 ; T. Todorov, *Grammaire du « Décaméron »*, La Haye, 1969 ; G. Genette, « Le discours du récit », in *Figures III*, Paris, 1972 ; P. Lejeune, *Le Pacte autobiographique*, Paris, 1975 ; P. Lejeune, *Je est un autre*, Paris, 1980 ; J. Barth, « Tales within tales within tales », *Antaeus*, 43, 1981 ; G. Genette, *Nouveau Discours du récit*, Paris, 1983 ; F.K. Stanzel, *Theorie des Erzählens* (1978), 3e éd., Göttingen, 1985 ; A. Danto, *Narration and Knowledge*, New York, 1985 ; G. Genette, « Récit fictionnel, récit factuel », in *Fiction et diction*, Paris, 1991.

ÉNONCIATION

Il est habituel de distinguer entre la *phrase*, entité linguistique abstraite, qui peut être employée dans une infinité de situations différentes, et l'*énoncé*, réalisation particulière d'une phrase par un sujet parlant déterminé, en tel endroit, à tel moment [298]. De ces deux notions il faut encore distinguer l'**énonciation** : c'est l'événement historique constitué par le fait qu'un énoncé a été produit, c'est-à-dire qu'une phrase a été réalisée. On peut l'étudier en cherchant les conditions sociales et psychologiques qui déterminent cette production. Ce que font la sociolinguistique [143 s.] et la psycholinguistique [149 s.]. Mais on peut aussi étudier – tel est l'objet de ce chapitre – les allusions qu'un énoncé fait à l'énonciation, allusions qui font partie du sens même de cet énoncé. Une telle étude se laisse mener d'un point de vue strictement linguistique, dans la mesure où toutes les langues comportent des mots et des structures dont l'interprétation fait nécessairement intervenir le fait même de l'énonciation. Même si l'on admet l'opposition méthodologique établie par Saussure entre la parole, conçue comme l'ensemble de faits observables que le linguiste prend pour données, et la langue, objet abstrait construit pour en rendre compte, il reste que l'on ne saurait attribuer aux mots et aux phrases, constituants de la langue, une signification qui ne fasse pas référence à l'événement énonciatif [766]. Quelques exemples (auxquels on doit ajouter les *actes de langage* traités dans *Langage et action*) :

1. Les déictiques, dont il a été question p. 369 s., ont la propriété générale de désigner un objet par le rôle qu'il joue dans l'énonciation (de ce fait – Jakobson a insisté sur ce point – ils situent l'objet, et ce qui est dit de lui, dans le monde où l'énonciation est censée avoir lieu, souvent considéré comme

le monde réel : ils sont donc des **shifters**, **embrayeurs**, qui mettent en relation le contenu de l'énoncé avec une « réalité »). Parmi eux nous parlerons surtout ici des *expressions personnelles*. Elles désignent certains êtres en leur attribuant le rôle d'**interlocuteur**, c'est-à-dire de *locuteur* ou d'*allocutaire*, dans l'événement énonciatif où l'énoncé apparaît. C'est le cas pour le *je* ou le *tu* du français, dont on a remarqué depuis longtemps qu'ils réfèrent, d'une façon générale, à celui qui est en train, ou à qui l'on est en train, de parler. On peut étendre la catégorie à des mots comme *mon* ou *le tien*, qui ne désignent pas les participants de l'énonciation, mais qui désignent des objets en les mettant en relation avec ces participants. Par **locuteur**, il ne faut pas entendre la personne qui, effectivement, a produit l'énoncé, mais celle qui est donnée, dans l'énoncé, comme la source de l'énonciation. Ce qui permet à une administration d'imprimer un formulaire comportant un *je* (« J'autorise la société X à prélever sur mon compte la somme de… ») : le *je* ne désigne pas le rédacteur du formulaire, mais les personnes qui le signent, et sont présentées par là comme responsables de l'autorisation. De même un écrivain peut « donner la parole » à des êtres incapables de parler (dans *Le Bateau ivre*, ce n'est pas Rimbaud, mais le bateau, qui raconte « Comme je descendais les fleuves impassibles… ». En ce qui concerne l'**allocutaire**, souvent appelé aussi **destinataire**, et désigné par le pronom dit « de deuxième personne », il faut le distinguer de l'**auditeur**, qui simplement entend ce qui est dit. Dans *Les Femmes savantes* (acte II, scène 7), Chrysale, pour faire des reproches à sa femme, dont il a peur, s'adresse devant elle, reléguée dans le rôle d'auditrice, à sa sœur, Bélise, en précisant bien « C'est à vous, ma sœur, que ce discours s'adresse » : c'est alors Bélise l'allocutaire, c'est à elle que l'énonciation, *selon l'énoncé*, est adressée, et c'est elle que désigne le *vous*. Aussi le discours peut-il se donner pour allocutaires des êtres incapables de l'entendre. (Cf. la prosopopée célèbre de J.-J. Rousseau dans le *Discours sur les sciences et les arts* : « O Fabricius, qu'eût pensé votre grande âme… ? ») On notera que le pronom dit de première personne du pluriel, *nous* en français, ne désigne pas à proprement parler le locuteur + quelqu'un d'autre, mais construit plutôt un groupe dont le locuteur est supposé faire partie. Le spectateur qui, après un match, s'écrie « Nous avons gagné ! », ne dit pas que lui et tels ou tels joueurs ont gagné : il constitue une collectivité, aux contours mal définis, dont il se déclare membre, et c'est à celle-ci qu'il attribue la victoire. On en dirait autant pour le *vous* de la deuxième personne du pluriel : il ne signifie pas « toi + d'autres », mais il crée un ensemble dont le locuteur s'exclut et à l'intérieur duquel il situe son allocutaire.

Ce qui vient d'être dit vaut pour tous les déictiques. *Ici* se réfère à un lieu comme étant celui de l'énonciation. *Maintenant* et le temps verbal *présent* se réfèrent à un moment comme étant celui où l'on parle. D'autre part, comme les expressions personnelles, ils construisent leur objet en même temps qu'ils le désignent. Ainsi, il ne suffit pas de savoir où, objectivement, se trouve le locuteur, pour déterminer ce qu'il entend par *ici*. Mon ici peut être le bureau où j'écris, Paris, la France, etc. C'est l'énoncé qui délimite une certaine zone de l'espace, et la présente comme l'endroit où se fait l'énonciation. De même le présent peut concerner des moments qui, dans une chronologie réaliste, devraient être dits postérieurs ou antérieurs à l'instant de la parole (« J'arrive dans une minute », « J'arrive seulement »). Il peut même concerner la totalité du temps physique (« La nature a horreur du vide »). Mais s'il peut se dilater jusqu'à englober n'importe quelle période, il la présente toujours comme étant celle de l'énonciation (nous avons vu de même que *nous* peut désigner n'importe quelle collectivité, à condition de la présenter comme incluant le locuteur). L'énonciation à laquelle les déictiques font allusion ne peut donc pas être caractérisée du dehors : elle a les seuls caractères que l'énoncé lui attribue (la notion jakobsonienne de shifter [729] est donc moins simple qu'il n'y paraît : certes la réalité dont parle l'énoncé se définit comme le lieu de l'énonciation, mais s'agit-il ici de l'énonciation telle que l'énoncé la construit, ou de ce que l'on sait par ailleurs de l'énonciation, indépendamment de l'énoncé ?).

■ Quelques textes de référence sur les rapports entre l'énonciation et les déictiques : C. Bally, « Les notions grammaticales d'absolu et de relatif », article de 1933 repris dans J.-C. Pariente (ed.), *Essais sur le langage*, Paris, 1969, p. 189-204 ; É. Benveniste, « La nature des pronoms », article de 1956, repris comme chap. 20 des *Problèmes de linguistique générale*, t. 1, Paris, 1966 ; C. Fillmore, « Deictic categories in the semantics of "come" », *Foundations of Lan-*

guage, 1966, p. 219-227 ; R. Jakobson, *Essais de linguistique générale*, Paris, 1963, chap. 9.

2. Les adverbes d'énonciation. Souvent la nuance apportée par une expression adverbiale (adverbe ou groupe de mots jouant le rôle d'adverbe) concerne une indication donnée par un autre élément de l'énoncé. On l'appelle alors **adverbe de constituant**. C'est le cas de *franchement* dans « Jean m'a parlé franchement » : il porte alors sur le verbe *parler*, et précise le type de parole attribué à Jean. Même analyse pour « Jean a parlé au hasard » : il s'agit d'attribuer à Jean une certaine façon de parler, irréfléchie ou immotivée. Parfois aussi l'adverbe, dit **adverbe de phrase**, porte sur l'ensemble de ce que dit le reste de l'énoncé. Ainsi dans « Par hasard (ou : heureusement) Jean a parlé », on donne comme aléatoire (ou satisfaisant) le fait que Jean ait parlé. De ces deux cas il faut distinguer ceux où l'expression adverbiale (dite alors **adverbe d'énonciation**) qualifie l'énonciation même dans laquelle l'énoncé est apparu. Ceci se produit par exemple si on fait précéder un énoncé par une expression comme *sincèrement*, *à tout hasard*, *en toute impartialité*, *entre nous*, etc. Ce qui est fait franchement, sans intention précise, sans parti pris, à titre confidentiel, etc., c'est l'acte de langage accompli par le locuteur. Si l'on considère que ces actes sont eux-mêmes des descriptions de l'énonciation [783], il faut admettre que les adverbes, ici, participent à une représentation de l'événement énonciatif, à qui ils attribuent tel ou tel caractère. On le voit encore mieux si l'on remarque que les adverbes d'énonciation se laissent paraphraser par des propositions comportant un verbe relatif à la parole : *je vais te parler franchement*, *soit dit entre nous*, etc. – alors que *heureusement*, adverbe d'énoncé, ne permet pas ce type de paraphrase (NB : Bien que ces paraphrases, prises globalement, qualifient l'énonciation, l'adverbe qui y apparaît n'y joue pas le rôle d'adverbe d'énonciation : il porte sur un constituant, le verbe *dire* ou *parler*.)

Cette possibilité de faire porter les adverbes sur l'énonciation est-elle un fait de langue, ou simplement une utilisation, parmi d'autres, des adverbes, ceux-ci étant, par eux-mêmes, indifférents à ce à quoi on les applique ? La deuxième thèse s'appuierait sur le fait qu'on ne connaît pas d'adverbe réservé à l'emploi énonciatif : en français, ceux que nous avons cités peuvent fonctionner, appliqués à un verbe de parole, comme adverbes de constituant. Mais ce fait n'empêche pas – et cela justifie la première thèse – que beaucoup d'adverbes ne sont pas susceptibles d'utilisation énonciative, même si leur signification est très proche de celle d'un adverbe d'énonciation. Ainsi, en français, *avec franchise* ou *de façon impartiale* ne sauraient remplacer, dans cette fonction, *franchement* ou *en toute impartialité.* (NB : S'ils sont utilisables dans le type de paraphrase signalé à l'alinéa précédent, c'est que justement, nous l'avons dit, l'adverbe y porte sur un verbe, donc sur un constituant, et non sur l'énonciation.) Dans d'autres langues, d'autres particularités distinguent l'adverbe d'énonciation. Ainsi, en allemand, la grammaire impose, s'il y a, en tête de phrase, un mot ou groupe de mots qui n'est pas le sujet, de placer le sujet après le verbe. Or cette règle connaît une exception dans le cas des adverbes d'énonciation : ils peuvent figurer en tête de phrase, sans que soit inversé ensuite l'ordre sujet-verbe. De tels phénomènes suggèrent bien que l'emploi énonciatif des adverbes n'est pas surajouté à l'organisation grammaticale, mais déjà prévu, avec des modalités particulières, à l'intérieur de celle-ci.

NB : La notion d'adverbe d'énonciation représente un cas particulier de ce qu'on pourrait appeler **enchaînement sur l'énonciation** : souvent, dans le monologue comme dans le dialogue, le rapport entre deux segments de discours reliés l'un à l'autre concerne, pour l'un d'eux au moins, non pas ce qu'il dit, mais l'énonciation dans laquelle il apparaît. En réponse à une question, « Pourquoi ? » peut signifier : « Pourquoi me poses-tu cette question ? » Même à l'intérieur d'une phrase, le rapport entre une subordonnée et la principale est quelquefois fondé sur l'énonciation de cette dernière. C'est le cas pour certaines conditionnelles, mises en évidence par J.L. Austin : « Si tu as soif, il y a de la bière dans le frigo » se comprend généralement comme « Pour le cas où tu aurais soif, *je te dis* qu'il y a... ». La conjonction française *puisque* a souvent aussi des emplois de ce genre : « Jean est venu, puisque tu veux tout savoir » (un argument pour soutenir que ce type d'emploi est régi linguistiquement, est que toutes les conjonctions n'en sont pas capables : cf. *parce que*, par opposition à *puisque*).

3. **L'exclamation.** Beaucoup de langues possèdent des dispositifs particuliers pour marquer l'exclamation. Par exemple

des constructions syntaxiques. Pour donner à l'idée qu'il fait très chaud une allure « subjective » ou « expressive », on dispose de tournures comme « Ce qu'il fait chaud ! », « Il fait une de ces chaleurs ! », « Il fait tellement chaud ! », etc. Comment décrire l'effet sémantique de ces tournures, plus précisément, comment le distinguer de la simple indication d'un degré élevé de chaleur (celui que marque *très* dans « D'après la météo, il fait très chaud à Lyon ») ? On peut soutenir qu'elles servent à construire une image de l'énonciation, qui apparaît alors « arrachée » au locuteur par les sentiments ou sensations qu'il éprouve : c'est son expérience actuelle de la chaleur qui semble le contraindre à parler de cette chaleur. Il peut d'ailleurs s'agir d'une expérience passée ressuscitée dans le souvenir, ou future (et vécue par avance dans l'imagination), ou encore, dans le discours rapporté, de celle d'un tiers, dont on relate le discours (« Luc m'a dit combien il fait chaud à Lyon »). Mais, dans tous les cas, la parole se donne comme involontaire, suscitée par un vécu qu'elle atteste plus qu'elle ne le déclare.

Prennent place aussi dans la catégorie exclamative certains mots spécifiques, les **interjections**. Les *Oh !*, *Ah !*, *Aïe !*, *Hélas !*... du français, et les mots de même fonction, mais souvent différents matériellement, que l'on trouve dans la plupart des langues, servent également à authentifier la parole : en les prononçant, on se donne l'air de ne pas pouvoir faire autrement que de les prononcer (d'où leur particulière utilité pour les menteurs). C'est encore la même fonction que remplissent certaines intonations [415] que C. Bally appelle « gestes de la parole ». Manifester du mépris au moyen d'une intonation, c'est faire comme si on ne choisissait pas de le manifester, comme s'il se manifestait tout seul, débordant du cœur sur les lèvres. Ainsi, aux trois principaux niveaux du signifiant, syntaxe, lexique et phonétique, des procédés permettent au locuteur de décrire l'énonciation comme nécessaire, comme non arbitraire – ce qui n'empêche pas que ces procédés soient eux-mêmes largement arbitraires, et notamment varient de langue à langue.

(NB : Ce que nous avons appelé « interjections » correspond à ce que C. Bally appelle **interjections modales**, marquant une attitude du locuteur, et qu'il distingue des **interjections dictales** ou **onomatopées** (cf. *boum*, *pan*, *toc*), qui se donnent pour une sorte de description imitative, codifiée et stylisée, de leur objet.)

Non seulement certains dispositifs sont destinés à *effectuer* l'exclamation, mais celle-ci laisse des traces dans une grande partie du lexique, là même où elle n'est pas à proprement parler effectuée. C'est ce que soutient J.-C. Milner, qui répartit les noms, adjectifs et adverbes de degré en deux grandes catégories, qu'il appelle mots **classifiants** et **non classifiants**. Les premiers expriment l'appartenance d'un objet à une classe, appartenance qui peut être le contenu d'une assertion susceptible d'être vraie ou fausse, ou encore d'un acte d'interrogation. Les derniers, en revanche, doivent être mis en rapport avec l'exclamation : ils représentent leur objet par référence à une sorte d'exclamation virtuelle dont ceux-ci pourraient être le thème. Parmi les noms, les **noms de qualité**, qui expriment une appréciation *(idiot, génie)*, sont non classifiants. Diverses propriétés les distinguent de classifiants comme *médecin.* Ainsi on peut dire *Cet idiot de Jean*, mais non *Ce médecin de Jean*. Seuls d'autre part les noms de qualité peuvent porter le poids d'une exclamation, qui explicite le potentiel exclamatif implicitement présent en eux (dans *Quel idiot !*, on s'exclame à propos de l'idiotie de quelqu'un, dans *Quel médecin !*, l'objet de l'exclamation n'est pas la profession d'une personne, mais le fait qu'il l'exerce bien ou mal). La même répartition se fait parmi les adjectifs. Dire qu'un roman est *inachevé*, c'est le situer dans une sous-classe particulière des romans, mais dire qu'il est *abominable*, c'est donner une appréciation personnelle sur lui. Ici encore, la possibilité ou l'impossibilité de l'exclamation peut servir de test. On dit « Quel roman abominable ! », mais non pas « Quel roman inachevé ! ». Les expressions marquant le degré d'attribution d'une propriété à un objet se prêtent, elles aussi, à la distinction. Certaines sont toujours classifiantes. C'est le cas lorsqu'il s'agit d'un degré faible ou moyen *(assez, un peu)*, et c'est le cas aussi pour les marqueurs de comparaison *(plus, moins, aussi)* : on attribue à l'objet dont il est question un degré particulier de la propriété, en le distinguant d'autres qui sont situés ailleurs sur l'échelle. Quant aux expressions qui signifient le degré élevé, ou **haut degré**, la plupart, comme *terriblement*, *excessivement*, ne sont jamais classifiantes : elles visent non pas un degré mesurable, que l'on pourrait opposer à d'autres, « mais précisément ce qui échappe à toute mesure » : elles situent l'objet au-delà de toute comparaison possible, *hors échelle*. Ne servant pas à mettre un objet en rapport avec d'autres, elles se rapprochent de l'exclamation, qui, elle aussi, peut marquer une sorte de haut degré absolu. Certaines en revanche, comme *très*, sont tantôt classifiantes, et placent alors un objet vers le haut d'une échelle, tantôt non classifiantes, et attribuent à l'objet la plénitude d'une propriété. On peut certes discuter la notion de classifiance de Milner, et douter que des mots soient capables de désigner des classes, ou des ensembles [562 s.]. Mais il est plus difficile de contester que les mots dits *non classifiants* ont, à travers l'exclamation, un rapport particulier à l'énonciation. Il reste à savoir si les *classifiants* n'ont pas eux aussi un rapport à l'énonciation, mais différent.

■ J.-C. Milner présente sa notion de classifiance dans *De la syntaxe à l'interprétation*, Paris, 1978, chap. 7, § 5. – Sur l'exclamation : A. Banfield, *Unspeakable Sentences*, Boston, Londres, 1982, chap. 1 ; A. Culioli, « A propos des énoncés exclamatifs », *Langue française*, juin 1974 ; D.E. Elliot, « Toward a grammar of exclamations », *Foundations of Language*, vol. 11, n° 2, 1974. – Sur l'interjection en général : J. Trabant, « Gehören die Interjektionen zur Sprache ? », dans H. Weydt (ed.), *Partikeln und Interaktion*, Tübingen, 1983 ; A. Wierbicka, *Cross-Cultural Pragmatics*, Berlin, New York, 1991, chap. 8. Exemples d'études d'interjections : L. Carlson, *« Well » in Dialogue Games*, Amsterdam, Philadelphie, 1984 ; I. Poggi, *Le interiezioni*, Turin, 1981 ; C. Sirdar-Iskandar, « Eh bien ! », dans O. Ducrot *et al.*, *Les Mots du discours*, Paris, 1980. – Sur les onomatopées : J.-C. Anscombre, « Onomatopées, délocutivité et autres blablas », *Revue romane*, 20, n° 2, 1985.

4. **La dérivation délocutive.** Pressentie par les grammairiens arabes du Moyen Âge, et explicitée par É. Benveniste, cette notion est assez largement utilisée actuellement, aussi bien pour traiter des problèmes diachroniques que synchroniques [334 s.]. Elle fait apparaître, à l'intérieur du sens (abrégé ici en S) de certaines expressions, une allusion à l'énonciation, effective ou virtuelle, de certaines autres (dans les paragraphes précédents, il s'agissait des allusions d'un mot à *sa propre* énonciation). D'une façon générale, dire qu'une expression E_2 est **dérivée** [337] d'une expression E_1 (ainsi

maisonnette de *maison*), c'est, d'une part, admettre une relation (pouvant aller jusqu'à l'identité) entre la forme matérielle F_1 de E_1 et celle, F_2, de E_2 ; c'est d'autre part décider que le sens S_2 de E_2 se comprend à partir de E_1, et non l'inverse. Ainsi il y a une relation évidente entre l'aspect matériel des mots *maison* et *maisonnette*, et, de plus, on comprend généralement *maisonnette* comme « petite maison », et non pas *maison* comme « grande maisonnette ». Dans le cas de *maisonnette*, où la dérivation n'est pas délocutive, c'est le sens S_1 de *maison* qui intervient dans le sens S_2 du mot dérivé. Dans la dérivation délocutive, en revanche, S_2 est construit, non à partir du sens, mais à partir de certaines *énonciations* de l'expression E_1.

Les deux types de dérivation conduisent, à partir du nom anglais *baby* (E_1), au verbe anglais *to baby* (E_2), mais lui donnent des valeurs différentes. Une dérivation non délocutive, fondée sur le sens du nom *baby*, produit un verbe signifiant « traiter comme un enfant ». Quant à la dérivation délocutive, fondée sur certaines *énonciations* de ce nom, elle donne au verbe produit la valeur « appeler quelqu'un *Baby* ». On notera que le verbe ne signifie pas à proprement parler « prononcer le mot *Baby* », mais le prononcer pour désigner la personne à qui on s'adresse. Il ne se réfère pas à la seule matérialité du mot, mais à une façon particulière de l'employer : c'est donc bien à une forme d'énonciation qu'il fait allusion. Il reste que, dans cet exemple de délocutivité (on pourrait l'appeler **citative**), le verbe dérivé E_2 ne se dit d'une action que si, dans cette action, le mot source E_1 apparaît. On n'a pas de restriction pareille dans la forme la plus générale de la délocutivité, qui est **non citative**. Ce qui est désigné par le mot dérivé (dans le cas d'un verbe, il s'agit d'une action) n'implique pas nécessairement l'émission du mot source, mais seulement un type d'énonciation dont ce mot *peut être un moyen parmi d'autres*. Prenons ainsi pour E_2 le verbe *remercier* dans son sens de « congédier », « licencier ». On peut, pour expliquer ce verbe, le dériver par délocutivité du verbe *remercier* signifiant « exprimer sa gratitude » (qui va jouer le rôle de E_1). Remercier (E_2), c'est faire le type d'acte qu'un employeur effectue par exemple lorsqu'il déclare à son employé, pour lui annoncer son licenciement, « Notre société vous remercie du travail que vous avez fourni pour elle ». Le *remercier* intervenant dans cette formule est le verbe E_1, dont il a le sens (« exprimer sa gratitude »), et la syntaxe. Mais son énonciation sert à accomplir l'acte de congédier, et c'est cet acte qui constitue le sens du dérivé délocutif E_2 – sans qu'il soit bien sûr nécessaire, pour remercier (E_2), d'employer toujours le verbe *remercier* (E_1). Le sens du mot nouveau E_2 est ainsi construit à partir d'énonciations où peut apparaître le mot source E_1.

La dérivation délocutive ne produit pas seulement des verbes. Certains adjectifs ont aussi une origine délocutive. On peut dire, dans le portugais du Brésil, « Estou puto da vida com ele » (littéralement : « je suis putain de la vie avec lui »), pour signaler qu'on est brouillé avec quelqu'un (noter que, dans l'exemple – où le locuteur est supposé du sexe masculin –, le mot *puto* est au masculin). Le *da vida* est un intensif, analogue au français *de la vie* dans *jamais de la vie*, qui renforce la signification adjectivale, « brouillé, fâché », que prend ici *puto*. Reste à expliquer cette signification. On peut supposer qu'elle vient de l'emploi interjectif, injurieux, de « Puta ! », qui jouerait donc le rôle de E_1. L'adjectif *puto* (E_2) de l'expression étudiée signifierait ainsi « qui est, avec quelqu'un, dans le type de relations amenant à de telles injures ». Un adjectif désignant un certain type de relations sociales serait ainsi dérivé de l'énonciation d'une interjection (dans l'exemple précédent un verbe tirait son sens de l'énonciation d'un autre). Certains adverbes semblent aussi s'expliquer par dérivation délocutive. Un exemple de B. de Cornulier. L'interjection « Diable ! », par laquelle le locuteur marque son embarras, au moment où il parle, devant un fait qui « le dépasse », semble bien le E_1 dont a été tiré l'adverbe de quantité *diablement* (E_2), qui exprime le haut degré [734], et équivaut à peu près à *extrêmement*. En disant d'un livre qu'il est diablement intéressant, on signifie en quelque sorte que l'intérêt du livre atteint un niveau susceptible d'« arracher » l'interjection « Diable ! ». L'énonciation virtuelle de cette interjection servirait ainsi à attester le degré extrême. Pour décrire le livre, on se réfère à un discours interjectif dont il pourrait être l'objet. La théorie de l'*Argumentation dans la langue* [538 s.] utilise elle aussi la notion de délocutivité. Pour elle, le sens premier d'un mot s'identifie avec l'ensemble de possibilités argumentatives liées à son emploi. Mais pourquoi, alors, avons-nous le sentiment, presque spontané, de *décrire* les objets, de dire ce qu'ils sont ?

Cette illusion descriptiviste, qui travestit nos discours argumentatifs en propriétés du monde, serait une forme de la tendance délocutive à fabriquer des choses avec des énonciations.

■ Sur la délocutivité dans la grammaire arabe : P. Larcher, « Vous avez dit *délocutif* ? », *Langages*, déc. 1985, n° 80. En linguistique moderne, le texte de base est un article de 1955 de É. Benveniste, repris dans *Problèmes de linguistique générale*, vol. 1, Paris, 1966, chap. 23. Voir aussi : J.-C. Anscombre, « De l'énonciation au lexique : mention, citativité et délocutivité », *Langages*, déc. 1985, n° 80 ; J.-C. Anscombre et O. Ducrot, *L'Argumentation dans la langue*, Bruxelles, 1983, chap. 7, p. 173 s. ; B. de Cornulier, « La dérivation délocutive », *Revue de linguistique romane*, janvier-juin 1976.

Le *Dictionnaire encyclopédique* déclarait, en 1972, que « l'énonciation n'a jamais été au centre de l'intérêt des linguistes ». La situation a bien changé. À cause, notamment, du retentissement qu'ont eu, d'une part, le n° 17, mars 1970, de *Langages* (dirigé par T. Todorov), et, d'autre part, les sections 5, « L'homme dans la langue », des deux volumes (1966 et 1974) des *Problèmes de linguistique générale* de É. Benveniste. Ouvrages introductifs : J. Cervoni, *L'Énonciation*, Paris, 1987 ; D. Maingueneau, *Approche de l'énonciation en linguistique française*, Paris, 1981. – Ouvrages systématiques : A. Culioli, *Pour une linguistique de l'énonciation*, Paris, 1990, et, dans le même esprit, L. Danon-Boileau (ed.), *Opérations énonciatives et interprétation de l'énoncé*, Gap, Paris, 1993 ; O. Ducrot, *Le Dire et le dit*, Paris, 1985 ; B.N. et R. Grunig, *La Fuite du sens : la construction du sens dans l'interlocution*, Paris, 1985 ; C. Kerbrat-Orecchioni, *L'Énonciation. De la subjectivité dans le langage*, Paris, 1980. H. Nølke, *Le Regard du locuteur. Pour une linguistique des traces énonciatives*, Paris, 1993. – Sur la notion d'énonciation en psychanalyse : T. Todorov, « Freud sur l'énonciation », *Langages*, 17, mars 1970, p. 34-41. – F. Récanati, *La Transparence et l'énonciation*, Paris, 1979, étudie les conséquences philosophiques qu'entraîne l'introduction de l'énonciation dans le sens.

Le mot *énonciation* n'ayant pas une traduction simple en anglais, les recherches américaines sur ce sujet sont dispersées dans des études portant sur tel ou tel aspect particulier du phénomène (modalités, déictiques, actes de langage, expressions évaluatives).

D'autre part, elles ne distinguent pas systématiquement entre les allusions à l'énonciation à l'intérieur de la signification, objet de ce chapitre, et les traces du processus d'énonciation dans la langue et le discours, voire l'expression de façons de penser subjectives (en supposant que certaines ne le sont pas).

ÉNONCIATION THÉÂTRALE

Lorsque nous parlons d'**œuvre dramatique**, nous désignons selon les contextes, soit une *réalité scénique*, soit un *objet littéraire*. Les deux types d'existence de l'œuvre semblent être irréductibles l'un à l'autre, bien qu'en général le support de l'œuvre littéraire, à savoir le **texte**, soit en même temps un des éléments de l'œuvre scénique. Cette dualité a rarement été acceptée : d'où une querelle entre **textocentrisme** et **scénocentrisme** qui n'a cessé de fausser l'analyse de l'œuvre dramatique.

La cassure s'observe déjà dans les travaux du Cercle de Prague, et notamment chez deux des pionniers des études théâtrales au XXe siècle, Otakar Zich et Jiri Veltrusky. Alors que Zich soutient que l'œuvre dramatique n'existe « réellement qu'à partir de sa réalisation scénique » et que le texte dramatique n'en est qu'un substitut « imparfait et incomplet » (voir Prochazka 1984), Veltrusky affirme que le texte « prédétermine » la réalisation théâtrale et constitue une œuvre littéraire autonome qui existe pleinement en l'absence de toute incarnation scénique : « [...] toutes les pièces, et pas seulement le théâtre dans un fauteuil, sont lues par le public de la même manière que les poèmes et les romans. Le lecteur n'a en face de lui ni les acteurs, ni la scène, mais uniquement le langage [...] » (Veltrusky 1977, p. 8-9). Le débat continue de nos jours, bien qu'aucune des deux parties en conflit n'ait vraiment ajouté d'arguments nouveaux à ceux avancés par Zich ou Veltrusky. On s'est simplement borné à changer de vocabulaire, au gré des discours théoriques tenant le haut du pavé : selon les textocentristes, le texte serait ainsi la langue, l'invariant, la forme de l'expression, ou encore la matrice des possibles scéniques, alors que la réalisation scénique serait la parole, la variable, la substance de l'expression ou encore les actualisations ; face à eux, les scénocentristes ne cessent de réaffirmer la primauté de la réalisation scénique : réduisant le texte dramatique soit à un canevas prescriptif ou script, soit à un élément de la réalisation scénique, ils vont jusqu'à soutenir que « le dialogue en tant que texte est parole morte, non signifiante » (Ubersfeld 1977).

Si on tente de faire le bilan de la querelle, on peut retenir plusieurs points. Les scénocentristes ont raison lorsqu'ils insistent sur la finalité théâtrale du texte dramatique, finalité qui régit le statut communicationnel du texte et qui s'inscrit dans sa structure même. Mais il n'en reste pas moins que le texte dramatique peut aussi se constituer en une œuvre littéraire de plein droit : les textes dramatiques publiés s'adressent à des lecteurs tout autant sinon davantage qu'aux acteurs ou aux metteurs en scène. Un lecteur qui lit une pièce de théâtre n'est pas forcé d'imaginer une réalité scénique correspondante : il peut tout aussi bien interpréter les indications des didascalies comme des indices indirects lui permettant d'imaginer l'univers diégétique de la pièce.

En réalité, ce que le débat entre textocentristes et scénocentristes pose comme une opposition quant au statut de l'œuvre dramatique gagnerait sans doute à être vu, soit comme une distinction entre deux états, scénique et littéraire, d'une même œuvre, soit comme une distinction entre deux œuvres – l'œuvre scénique et l'œuvre littéraire – partageant un élément commun, le texte dramatique.

Pour l'analyse de l'œuvre dramatique, ceci a plusieurs conséquences.

Il apparaît d'abord que, comme n'ont cessé de le souligner les scénocentristes, l'analyse de l'œuvre théâtrale (ou de l'état scénique de l'œuvre dramatique) est irréductible à l'analyse de l'œuvre littéraire, non seulement parce que la réalité verbale n'est qu'une des composantes de la réalité scénique, mais encore parce que la réalité verbale de l'œuvre littéraire n'est pas la même que celle de l'œuvre scénique, cette dernière étant incarnée phoniquement et portée par le corps d'un acteur (autrement dit, lorsqu'elle parvient au spectateur elle est déjà une interprétation – aux deux sens du terme – du texte, alors que le lecteur d'un texte dramatique interprète un texte non encore interprété).

Cependant, dans la mesure où l'œuvre dramatique peut

accéder au statut d'œuvre littéraire, elle peut aussi être scrutée comme telle. Elle est donc accessible à l'ensemble des types d'analyse dont est susceptible l'œuvre littéraire. De telles approches critiques, qu'elles soient stylistiques, thématiques ou autres, sont largement répandues. Elles neutralisent bien entendu les éléments du texte qui sont liés à sa finalité scénique, et en cela elles sont partielles et partiales. Comme le lecteur du texte dramatique procède de même, la démarche est justifiée. Il n'empêche qu'elle demeure partielle : elle doit donc être complétée par une étude des phénomènes textuels spécifiquement liés à la finalité de la réalité scénique, c'est-à-dire qui visent à provoquer un effet purement scénique.

Enfin, menée avec rigueur, l'analyse, qu'elle parte du texte ou de la représentation, ne peut pas ne pas reconnaître l'existence d'une structure d'ordre mimétique, qui est commune aux deux réalités de l'œuvre. Cette structure peut donc être analysée pour elle-même, que ce soit par la thématique (au sens proppien) ou par la dramatologie. C'est à ce niveau qu'il faut situer la confrontation aristotélicienne du drame et de l'épopée. Les deux ont en commun le fait de représenter « des personnages en action » (mimésis au sens large) et se distinguent par le mode de représentation : alors que le récit a un narrateur qui raconte ce que font les personnages en action, dans le drame les différents « je-personnages » agissent seuls. (On peut, dans la même perspective, comparer le drame avec le film.) Lorsque Aristote dit que la structure verbale est plus importante que l'ensemble des facteurs scéniques, parce que la première peut se passer des seconds, ce jugement n'est donc peut-être pas uniquement l'expression d'un textocentrisme : c'est qu'il a en vue la structure mimétique et que celle-ci est accessible pareillement à travers le texte et à travers la mise en scène.

■ O. Zich, *Estetika dramatického umeni* (1931), Wurzbourg, 1977 ; J. Veltrusky, *Drama as Literature* (1942), Lisse, 1977 ; A. Helbo, *Sémiologie de la représentation*, Bruxelles, Paris, 1975 ; T. Kowzan, *Littérature et spectacle*, Paris, La Haye, 1975 ; J. Veltrusky, « The Prague school theory of theater », *Poetics Today*, vol. 2 :3, 1981, p. 225-235 ; M. Prochazka, « On the nature of the dramatic text », in H. Schmid et A. Van Kesteren (eds.), *Semiotics of Drama and*

Theatre. New Perspectives in the Theory of Drama and Theatre, Amsterdam, Philadelphie, 1984, p. 102-126.

Du fait même de la nature complexe du théâtre comme forme d'art, son étude fait appel à de multiples disciplines. On peut en retenir trois : l'approche anthropologique, l'analyse sémiotique, et l'étude dans le cadre de l'analyse conversationnelle.

Pendant longtemps les *études anthropologiques* ont tenté d'aborder le théâtre par une approche génétique privilégiant la thèse de son *origine rituelle*, ceci sans doute sous l'influence de l'hypothèse aristotélicienne concernant l'origine rituelle de la tragédie et de la comédie grecques. L'école anthropologique de Cambridge du début du siècle a joué un rôle décisif à cet égard – notamment à travers *The Four Stages of Greek Religion* (1912) de Gilbert Murray et *The Origin of Attic Comedy* (1914) de Francis Cornfield : largement influencés par le modèle évolutionniste de Frazer, ces auteurs espéraient pouvoir mettre au jour le rite unitaire originaire, le *Sacer Ludus*, d'où les formes théâtrales seraient nées par différenciation progressive. Malgré son caractère séduisant, la thèse a été battue en brèche : du fait de l'absence de sources concluantes, elle n'a jamais pu être confirmée (ou infirmée) pour le théâtre grec, et si elle paraît apte à expliquer l'origine des mystères et miracles médiévaux, la genèse de beaucoup d'autres formes théâtrales ne semble guère pouvoir être ramenée à un rituel antérieur. De nos jours on aurait plutôt tendance à voir dans le rituel une des multiples formes de représentation organisée, un des membres de la grande famille des « genres performatifs » (les jeux, les compétitions sportives, la danse, la musique, etc.), dont le théâtre lui aussi fait partie. On tente ainsi de mettre au jour les traits que le théâtre partage avec les autres activités de « performance », par exemple l'existence d'un cadre pragmatique et spatial doté de règles spécifiques, grâce auquel se trouve établi un champ d'activité clos, clairement différencié des activités de tous les jours. Quant à la spécificité du théâtre, on peut la trouver dans le contrat de feintise tacitement établi entre acteurs et spectateurs, contrat qui non seulement coupe l'activité théâtrale des activités « sérieuses », mais institue une relation de représentation entre les deux.

■ J. Huizinga, *Homo ludens. Essai sur la fonction sociale du jeu* (1938), Paris, 1951 ; Erwing Goffman, *Frame Analysis*, Harmondsworth, 1975 ; Victor Turner, *From Ritual to Theater*, New York, 1982 ; Victor Turner, *The Anthropology of Performance*, New York 1986 ; R. Schechner, *Performance Theory*, New York, Londres, 1988.

La *sémiotique* étudie le théâtre comme *polysystème* [201 s.], ou comme système composite naissant de l'interaction de plusieurs systèmes de signes : verbal, sonore (bruitages) et visuel (mimiques, gestes, déplacements, objets, décor, lumière, etc.) (Bogatyrev 1938). La première question qui se pose est celle de l'organisation propre aux différents systèmes : on étudie ainsi les costumes, les décors, le bruitage et la lumière non pas comme phénomènes scéniques, mais comme codes spécifiques interagissant avec les signes linguistiques. Dès lors qu'on prend le terme de *code* au sens fort, on est amené à chercher une segmentation en unités minimales ainsi que les règles de leur combinaison. Cette tentative, manifestement guidée en sous-main par le modèle du langage verbal, rencontre des difficultés redoutables. Ainsi la recherche d'unités minimales du **code gestuel** n'a-t-elle jamais abouti : certes, il existe des formes théâtrales, par exemple le théâtre classique chinois (Brusak 1939) ou le nô japonais, où la gestualité répond à un code qui associe des mouvements isolables comme unités proxémiques à des significations conventionnelles, mais dans leur cas l'analyse sémiotique est redondante par rapport au savoir conscient des artistes et spectateurs. Dès lors qu'on quitte les formes à codes explicites, on ne réussit plus à dégager des unités minimales pertinentes à l'intérieur des conventions théâtrales.

De manière paradoxale, sauf exception (dont Zich 1931), la sémiotique et les études théâtrales en général ne se sont guère intéressées aux interactions entre parole et musique (alors que celle-ci est indissociable de la plupart des formes théâtrales – y compris, jusqu'au XVIIe siècle du moins, du théâtre occidental). Or, le domaine musical semble *a priori* plus propice à une segmentation de type sémiotique que les gestes ou les éléments du décor. Une telle analyse exigerait, il est vrai, que les études théâtrales prennent en compte l'*opéra* : elle impliquerait donc une collaboration étroite entre musicologues et théoriciens du théâtre (voir Zich 1931 et Jiranek 1984).

Les études sémiotiques se sont aussi attachées à montrer l'irréductibilité du texte théâtral au texte narratif. Plutôt que de raconter une « histoire », le texte théâtral se constituerait comme « progression dynamique d'actes de langage en interaction » : alors que l'axe temporel de la narration est celui du passé, celui du théâtre est le présent de l'interaction verbale et actantielle ; d'où la saturation du langage dramatique par des éléments déictiques qui sont autant d'indices de son caractère performatif. On en conclut à la non-pertinence de l'analyse narratologique, appelée à être remplacée par une segmentation autour d'unités déictiques référables à des actants (Serpieri *et al.* 1981, p. 167 et 188). Cependant, là encore il ne s'agit pas tant d'une spécificité du texte théâtral que du dialogue comme tel : on la retrouve aussi dans le genre du dialogue littéraire, et – bien qu'enchâssée dans une narration – dans les dialogues des récits hétéro- ou homodiégétiques [726]. Ce qui est en cause c'est la *modalité d'énonciation*, plutôt que la réalité scénique, même si la réalisation scénique d'un texte présuppose cette modalité d'énonciation (ou alors une transmodalisation).

Les travaux de Nelson Goodman permettent de mettre l'accent sur une différence constitutive entre l'œuvre littéraire (fût-elle dramatique) et l'œuvre scénique, que les analyses sémiotiques avaient souvent négligée jusque-là. Les deux œuvres n'ont pas le même statut ontologique. L'œuvre littéraire est *allographique* [225] : l'identité de l'œuvre, par exemple celle de *Bérénice*, réside dans l'identité syntaxique du texte qui la constitue et qui est pareillement instancié par tous les exemplaires. L'œuvre théâtrale en revanche est, en tant qu'œuvre scénique, une œuvre *autographique* [225] : l'identité du « polysystème » scénique qui porte le titre *Bérénice* n'est pas d'ordre syntaxique, puisqu'il ne saurait exister d'identité stricte entre les diverses représentations d'une même mise en scène de *Bérénice*. Le critère d'identité est ici simplement garanti par le fait que toutes les représentations sont historiquement retraçables à une origine commune qui peut être le metteur en scène ou la troupe. Il en découle non seulement que chaque nouvelle mise en scène est une nouvelle œuvre théâtrale en tant qu'œuvre scénique, mais aussi que toute recherche d'un système sémiotique au sens strict du terme, et qui correspondrait à telle ou telle œuvre scénique, est vouée à l'échec : les composantes gestuelles, vocales, etc., ne formant pas des *schémas symboliques discontinus* fondés sur des unités minimales énumérables, l'œuvre scénique plurielle (dont les diverses représentations sont les exemplaires, de la même façon que la série des gravures tirées d'une même planche sont les exemplaires de l'œuvre gravée) ne saurait être décomposée en un *système* sémiotique.

■ Petr Bogatyrev, « Les signes du théâtre » (1938), *Poétique*, 8, 1971, p. 517-530 ; K. Brusak, « Signs in the Chinese theater » (1939), in L. Matejka et I.R. Titunic (eds.), *Semiotics of Art : Prague School Contributions*, Cambridge (Mass.), 1976 ; N. Goodman, *Langages de l'art* (1968), Paris, 1991 ; A. Veinstein, *La Mise en scène théâtrale et sa condition esthétique*, Paris, 1955 ; T. Kowzan, « Le signe au théâtre. Introduction à la sémiologie de l'art du spectacle », *Diogène*, 61, p. 59-90 ; P. Pavis, *Problèmes de sémiologie théâtrale*, Montréal 1976 ; A. Ubersfeld, *Lire le théâtre*, Paris, 1977 ; R. Monod, *Les Textes de théâtre*, Paris, 1985 ; U. Eco, « Semiotics of theatrical performance », *The Drama Review*, 1977, p. 107-117 ; K. Elam, *The Semiotics of Theatre and Drama*, Londres, New York, 1980 ; A. Ubersfeld, *L'École du spectateur*, Paris, 1981 ; P. Pavis, *Voix et images de la Scène. Essais de sémiologie théâtrale*, Lille, 1982 ; A. Helbo, *Les Mots et les gestes. Essai sur le théâtre*, Lille, 1983 ; M. Corvin, « Théâtre/roman, les deux scènes de l'écriture », *Entretiens de Saint-Étienne*, Paris, 1984 ; C. Segre, *Teatro e romanzo. Due tipi di comunicazione letteraria*, Turin, 1984 ; J. Jiranek, « Zur Semiotik der Operndramaturgie » (1984), in V. Karbusicky (ed.), *Sinn und Bedeutung in der Musik*, Darmstadt, 1990, p. 207-214 ; A. Helbo, J.D. Johansen, P. Pavis et A. Ubersfeld, *Théâtre. Modes d'approche*, Paris, 1987.

Si les études sémiotiques ont eu raison d'insister sur l'irréductibilité du théâtre à la littérature, il n'en reste pas moins que le langage occupe une place prééminente dans le théâtre (Ingarden 1957). Si par ailleurs, comme on l'a rappelé, le langage théâtral est celui d'une « progression dynamique d'actes de langage en interaction », le dialogue théâtral semble appeler une description à l'aide des outils mis au point par la théorie des actes de langage et l'analyse conversationnelle.

Certes, les paroles des *acteurs* n'ont ni fonction illocutoire ni fonction perlocutoire dans le cadre de la relation qu'ils entretiennent avec les spectateurs, mais dès lors qu'on se situe à l'intérieur du cadre fictif il n'en est plus de même : les actes de langage représentés, donc ceux des *personnages*, sont des actes sérieux qui les engagent comme nos actes nous engagent dans la vie réelle. Si l'analyse théâtrale peut donc tirer profit des analyses de la pragmatique linguistique, il ne faudrait pas oublier (voir Larthomas 1972) que le texte théâtral n'est pas la reproduction d'un dialogue naturel : il est la représentation artistique d'un tel dialogue, c'est-à-dire que non seulement il est indissociable d'une stylisation (référable à des conventions littéraires, très diverses selon les types de théâtre), mais encore et surtout, il est guidé en sous-main par des considérations d'efficacité dramatique qui renvoient à des problèmes typiques de la communication théâtrale plutôt que de la communication de tous les jours. Ainsi les accidents de langage (interruptions, déformations, etc.), fortuits dans la conversation courante, sont généralement fonctionnels dans le dialogue dramatique et sont choisis et situés en vertu de leur efficace dramatique ou de leur connotation sémantique. Ce n'est là d'ailleurs qu'un aspect particulier de ce qu'on a nommé la **double énonciation** (Ubersfeld) théâtrale : en effet, le discours théâtral est toujours à la fois discours de personnage destiné à un autre personnage *et* discours d'auteur (œuvre) destiné au spectateur, les deux types de discours n'ayant pas le même statut logique. Cette double énonciation n'est cependant pas spécifique du théâtre : on la trouve aussi dans le récit homodiégétique à destinataire fictif, ce qui veut dire qu'elle est référable à un mode d'énonciation spécifique (le mode mimétique) plutôt qu'à un trait qui serait spécifique du théâtre comme incarnation scénique.

■ R. Ingarden, « Les fonctions du langage au théâtre » (1957), *Poétique*, 8, 1971, p. 531-538 ; J. Searle, *Les Actes de langage*, Paris, 1972 ; O. Ducrot, *Dire et ne pas dire*, Paris, 1972 ; P. Larthomas, *Le Langage dramatique*, Paris 1972 ; F. Récanati, *Les Énoncés performatifs*, Paris 1981.

L'étude du **texte dramatique** conçu comme texte dont la finalité réside dans la représentation relève des études de *dramaturgie* au sens large du terme : elles se proposent d'analyser comment le texte est orienté par cette finalité qui est d'agir sur un public à travers une incarnation scénique.

Le texte dramatique se compose de deux parties de statut fort différent, le *dialogue* [664] et les didascalies.

L'analyse dramaturgique du dialogue ne l'étudie ni dans une perspective de critique littéraire, ni du point de vue d'une analyse conversationnelle fondée sur la conversation « sérieuse », mais en tant que médium dramaturgique. C'est à ce niveau que se pose par exemple la question du statut de la versification théâtrale en opposition à la versification lyrique : dans une pièce en vers, le discours versifié ne fait pas partie du niveau mimétique (sauf lorsqu'ils déclament un poème ou chantent une chanson, les personnages de la fiction théâtrale sont supposés s'exprimer en prose), mais du niveau de la communication entre auteur et public : autre exemple de la double énonciation que le spectateur accepte sans rechigner, tirant même de l'interaction des deux plans un plaisir supplémentaire. Mais le cas de la versification n'est qu'une illustration parmi beaucoup d'autres de la fonction duelle du texte dramatique. Ainsi l'accumulation dans le texte d'informations d'ordre spatial est-elle typique des pièces datant d'époques ou d'ères culturelles où le décor de scène est soit inexistant, soit rudimentaire (théâtre élisabéthain, théâtre classique français, théâtre nô) : représentés de nos jours, c'est-à-dire (si on excepte le théâtre nô) dans des décors beaucoup plus explicites et concrétisés, ces textes acquièrent une redondance qui n'était pas la leur originairement.

Larthomas (1972) a montré que le dialogue théâtral est encore pris dans une autre tension : celle d'un texte destiné à être, non seulement *dit*, mais *agi* en situation : il constitue toujours un compromis entre ces deux situations de communication, l'échelle des possibilités allant de la tragédie classique à un pôle au dialogue beckettien à l'autre. Mais même le dialogue racinien garde des traits de sa fonction communicationnelle qui est celle du *discours* et non pas celle de l'*histoire* (Benveniste) : rareté du passé simple (sauf dans les narrations d'événements), interruptions, etc. Et à l'autre pôle, même le dialogue beckettien qui mime une conversation entropique, est stylistiquement très différent de la parole vive.

Contrairement au dialogue, les **didascalies** n'appartiennent qu'au texte *écrit* : directement assumées par l'auteur de la pièce, elles fonctionnent d'abord comme des prescriptions linguistiques appelées à être transposées scéniquement. Leurs fonctions sont multiples et vont de l'identification des personnages et des lieux aux descriptions des décors et des bruitages, en passant par les indications de gestualité ou de tonalité. Leur importance varie par ailleurs fortement selon les époques : presque inexistantes dans la tragédie classique (sans doute en vertu d'une règle émise par Vaugelas), assez peu développées dans le théâtre élisabéthain, elles sont parfois envahissantes dans le théâtre du XIXe et du XXe siècle. Il faut ajouter que toutes les didascalies ne sont pas **proscéniques**. Beaucoup sont indifférentes quant à leur référent, qui peut être aussi bien la réalité scénique que l'univers représenté : c'est le cas des identifications des personnages et de nombreuses indications de lieux et de bruits qui peuvent être lues comme se référant soit aux décors et aux bruitages, soit aux lieux et bruits dans l'univers représenté. Par ailleurs, beaucoup de pièces du XIXe et XXe siècle présentent des **didascalies autonomes** (Issacharoff) qui s'adressent explicitement au lecteur et ont la même fonction que les commentaires métanarratifs dans un récit.

■ J. Scherer, *La Dramaturgie classique en France*, Paris, 1950 ; P. Larthomas, *Le Langage dramatique*, Paris, 1972 ; R. Monod, *Les Textes de théâtre*, Paris, 1977 ; C. Kerbrat-Orecchioni, « Le dialogue théâtral », in *Mélanges offerts à P. Larthomas*, Paris, 1985 ; J.-C. Milner et F. Regnault, *Dire le vers*, Paris, 1987.

L'analyse de l'œuvre dramatique comme œuvre *mimétique* relève de la poétique. L'œuvre est ici essentiellement envisagée sous deux aspects.

Le premier est celui de l'*analyse actantielle* [644 s.], c'est-à-dire de l'étude du conflit dramatique. Souriau, dans un travail pionnier, *Les Deux Cent Mille Situations dramatiques* (1950), distinguait les personnages des fonctions dramatiques, à savoir : « la *Force thématique orientée*, le *Représentant du bien souhaité*, de la valeur orientante ; l'*Obtenteur virtuel* de ce bien (celui pour lequel travaille la Force thématique orientée) ; l'*Opposant* ; l'*Arbitre*, attributeur du bien ; la *Rescousse*, redoublement d'une des forces précédentes ». Anne Ubersfeld (1977) a tenté d'appliquer le modèle greimasien (qui lui-même est issu d'une synthèse de l'analyse proppienne et de l'analyse de Souriau), en distinguant entre *Sujet*, *Objet*, *Destinateur*, *Destinataire*, *Opposant* et *Adjuvant*. Thomas Pavel a proposé d'analyser l'intrigue théâtrale comme un ensemble de mouvements actantiels *(moves)* : chaque personnage a son domaine propre qui est constitué syntaxiquement par l'ensemble des mouvements qui lui appartiennent et sémantiquement par l'ensemble des maximes d'action qui sont pertinentes dans son domaine syntaxique.

Le modèle de description actantielle, quelle que soit sa forme, n'est pas pareillement adapté à l'analyse de toutes les structures dramatiques : beaucoup d'œuvres modernes, mais aussi certaines formes extra-européennes de théâtre, par exemple le nô, n'ont pratiquement pas de structure conflictuelle ; du même coup l'analyse des transformations actantielles n'apporte guère d'éclaircissements sur la construction esthétique de l'œuvre.

Le deuxième aspect est celui du discours dramatique, dont l'analyse, en analogie avec la narratologie [228 s.], est parfois appelée **dramatologie**. Il s'agit de l'étude du mode représentationnel de l'œuvre dramatique, et plus particulièrement des relations entre l'univers dénoté et l'univers dramatique (scéniquement réalisé ou textuellement présenté). L'adaptation de l'outil narratologique au discours dramatique ne va pas sans problème : le discours dramatique n'étant pas une narration, de nombreux concepts sont dénués de pertinence, telle la catégorie de la voix. Le cadre général doit donc être réaménagé : dans l'œuvre dramatique, les relations entre le niveau du discours et le niveau de l'univers dénoté ne sont pas réglées par une instance (narratoriale) autonome, mais directement par l'auteur lui-même, grâce au découpage des scènes, aux relations spatiales et temporelles qu'il construit, etc.

On suivra ici Garcia Barrientos (1991) qui, s'inspirant en grande partie de la narratologie de Genette [710 s.], propose ce qui est à ce jour l'analyse la plus poussée de la structure dramatique. Le *temps dramatique* est la relation du temps scénique et du temps dénoté (temps de la *fabula*). La catégorie narratologique qui s'adapte le plus facilement à l'étude du temps dramatique est celle de la *durée*. On peut ainsi étudier par exemple les *anisochronies* – c'est-à-dire l'écart entre le temps scénique et le temps diégétique – qui déterminent en grande partie le rythme d'une pièce. Dans le théâtre européen, il y a en général *isochronie* à l'intérieur d'une scène entre le temps représenté et le temps scénique : si dans *Hamlet* une nuit entière est représentée par une scène unique qui dure (à peu près) douze minutes, il s'agit là d'un cas exceptionnel. Il n'en est pas de même dans d'autres formes de théâtre : dans le théâtre nô par exemple, les anisochronies internes à une scène sont très répandues. Le passage d'une scène à l'autre à l'intérieur d'un acte peut maintenir l'isochronie : c'est le cas par exemple dans le théâtre classique français – on parle alors d'une *pause* ; il peut aussi la briser : c'est le cas dans le théâtre élisabéthain – on parle alors d'une *ellipse*. Quant aux interruptions entre les actes, elles correspondent presque toujours à des anisochronies qui peuvent aller de quelques minutes à plusieurs dizaines d'années.

Outre la *durée*, d'autres catégories de la temporalité importées de la narratologie s'avèrent pertinentes : c'est le cas par exemple des catégories de l'*ordre* (les *anachronies* existent aussi dans certaines œuvres dramatiques) et de la *fréquence* (*The Long Christmas Dinner* de Thornton Wilder est un exemple presque parfait de *drame itératif*).

Si la narratologie livre des outils pour l'étude du temps dramatique, elle est cependant muette quant au deuxième axe central de la relation discours/histoire dans l'œuvre dramatique, à savoir celui des relations entre espace mimétique et espace diégétique (Issacharoff 1981). Leurs relations peuvent être des plus variables. Dans le théâtre classique français l'espace diégétique est très important du point de vue de la structure actantielle (ainsi dans le Ve acte de *Phèdre*, la mort d'Hippolyte – événement central dans le déroulement de la tragédie – n'est pas représentée sur scène, mais racontée par Théramène). Dans le théâtre élisabéthain en revanche c'est l'espace mimétique qui est mis en valeur : la plupart des actions sont agies sur scène.

■ É. Souriau, *Les Deux Cent Mille Situations dramatiques*, Paris, 1950 ; T. Pavel, *La Syntaxe narrative des tragédies de Corneille*, Paris, Montréal, 1976 ; J. Veltrusky, *Drama as Literature* (1942), Lisse, 1976 ; R. Ingarden, « Les fonctions du langage au théâtre » (1958), *Poétique*, 8, 1971, p. 531-538 ; P. Guiraud, « Temps narratif et temps dramatique : le récit dramatique », in *Essais de stylistique*, Paris, 1969, p. 151-173 ; M. Issacharoff, « Space and reference in drama », *Poetics Today*, 1981, vol. 2:3, p. 211-224 ; D. Chatelain, « Itération interne et scène classique », *Poétique*, 51, 1982, p. 369-381 ; C. Kerbrat-Orecchioni, « Pour une approche pragmatique du dialogue théâtral », *Pratiques*, 41, 1984 ; T. Pavel, *The Poetics of Plot. The Case of The English Renaissance Drama*, Minneapolis, 1985 ; B. Richardson, « Narrative models and the temporality of the drama », *Poetics Today*, n° 8 (2), 1987, 299-309 ; J.L. Garcia Barrientos, *Drama y Tiempo*, Madrid, 1991.

PERSONNAGE

Problèmes notionnels

Pendant les années soixante et soixante-dix, le *personnage* était souvent considéré comme une notion « idéologique » qu'il fallait critiquer (par exemple Rastier 1972) : parfois liée au « nouveau roman », cette suspicion engageait toute une vision du monde, due à une transposition dans le domaine littéraire d'un certain nombre de doctrines philosophiques (Foucault, Lacan, Althusser et Derrida notamment) qui se voulaient « antihumanistes » et considéraient la notion même de « moi psychologique » comme une illusion. Aussi les tentatives des critiques de cette époque pour réduire le personnage à des catégories moins marquées psychologiquement, tels les actants, les rôles, etc., ou encore pour remplacer la notion par celle d'« effet-personnage » (Hamon 1977), n'avaient-elles pas toujours des fondements purement méthodologiques, mais participaient aussi de cette attitude anti-psychologique.

Pourtant, le **personnage** construit comme quasi-personne (ce qui ne signifie pas nécessairement comme moi psychologique au sens moderne du terme) a été de tout temps une des catégories les plus couramment manipulées par les lecteurs de récits tout aussi bien que par les spectateurs de théâtre. Ceci montre pour le moins qu'elle correspond à une thématisation « spontanée » de la matière narrative et dramatique. En fait, on voit mal comment une analyse des textes narratifs et dramatiques pourrait se passer de la prise en compte d'une catégorie qui, conjointe à celle de l'action, forme le centre d'intérêt esthétique principal de la littérature de fiction.

Pour légitimer la critique de la notion de *personnage*, on a mis parfois l'accent sur son « danger » supposé : le risque de confusion entre personnage et personne vivante. On notera d'abord que, prise en son sens le plus large, la notion trouve une application dans les récits factuels tout autant que fictionnels : or, au personnage que le lecteur construit lors de la lecture d'un récit factuel (par exemple au personnage « Louis XIV » tel qu'il se dégage de la lecture d'une biographie de Louis XIV), correspond par définition une personne réelle (en l'occurrence, Louis XIV), sans que cela remette en cause la distinction logique entre le personnage construit par le lecteur et la personne réelle dénotée (comme le montre notamment le fait qu'on peut critiquer l'auteur de la biographie en arguant du fait que le personnage qui se dégage de sa biographie n'est pas « fidèle » à la personne réelle). Limiter la pertinence de la notion de *personnage* au domaine de la fiction amène à méconnaître que – au-delà de leurs statuts dénotationnels et pragmatiques distincts [373 s.] – la construction de la réalité factuelle et celle des univers fictifs suivent pour une large part des voies parallèles, ceci au niveau de la création des textes tout autant que de leur compréhension. Par ailleurs, dans le domaine des textes fictionnels, le risque d'une confusion est minime, puisqu'elle impliquerait celle de la fiction et de la réalité : sauf cas extrêmes, même le lecteur (ou le spectateur) le plus « naïf » est conscient du fait que le personnage de fiction est une projection imaginaire (dans le cas du récit) ou une incarnation ludique (dans le cas de la représentation dramatique). L'univers fictif étant un *univers sémantiquement incomplet* [376], on dispose de ce fait d'un trait permettant de distinguer le statut sémantique du personnage de fiction de celui du personnage d'un récit réel : alors qu'une personne réelle est toujours ontologiquement irréductible aux récits (factuels) qu'on peut raconter à son sujet, un personnage fictif se réduit à ce que l'auteur en dit (ou à ce que l'acteur en présente) : « Hamlet est ce que Shakespeare nous dit qu'il est et ce que nous comprenons à partir de son texte, et rien de plus » (Macdonald 1954). Aussi, au lieu de soutenir que le lecteur (ou le spectateur) « croit » au personnage fictif, il conviendrait peut-être de dire qu'il entretient l'idée de son existence. Or, qu'il entretienne cette idée est un effet qui est *visé* par l'activité fictionnante : sauf réflexivité moderniste, le récit de fiction n'attend pas de son lecteur qu'il s'abstienne de l'activité projective qui consiste à entretenir l'idée qu'au nom du personnage et aux lexèmes qui le caractérisent correspond une quasi-personne. Et dans la plupart des cas, une partie non négligeable du plaisir esthétique du lecteur réside justement dans cette activité projective.

Autrement dit, il existe une relation non contingente entre personnage fictif et **personne** : le *personnage* représente fictivement une *personne*, en sorte que l'activité projective qui nous fait traiter le premier *comme* une personne est essentielle à la création et à la réception des récits. C'est que le texte de fiction mime le texte factuel : or, dans ce dernier, les noms de personne (et donc les personnages avec leurs attributs et actions) réfèrent à des personnes (avec leurs attributs et actions). Il est donc normal que jusqu'à un certain point le traitement cognitif d'un récit de fiction suive le même chemin que celui d'un récit factuel.

Quant à la critique du « psychologisme » supposé de la notion de *personnage*, elle ne relève pas de l'analyse littéraire au sens propre du terme. Certes, la construction du personnage fictionnel se fait toujours en accord avec la psychologie spontanée qui règne dans une culture à un moment historique donné, c'est-à-dire qu'elle se fait en accord avec les représentations culturellement et historiquement spécifiques de ce qu'est une personne. Mais cette psychologie est historiquement variable, en sorte que la notion de personnage n'a *pas* de lien privilégié avec l'idée d'un moi psychologique au sens moderne du terme. Par ailleurs, les représentations de la personne dominantes dans une culture donnée agissent non seulement sur la lecture mais aussi au niveau de la création des œuvres : de ce fait, il y a des affinités électives entre la psychologie spontanée des récits (ou des pièces de théâtre) d'une époque donnée et celle des lecteurs (ou spectateurs) de la même époque ; lorsque les représentations de la personne changent, ces affinités sont abolies : c'est ainsi que pour beaucoup de lecteurs occidentaux du XIXe et XXe siècle, les personnages des romans picaresques manquent d'« intériorité psychologique ». Il s'agit d'un reproche absurde, puisque la conception même de la personne qui dominait à l'époque où furent écrits les romans picaresques n'accordait guère d'importance à ce qui pour nous (lecteurs de James ou de Proust) constitue l'intériorité psychologique.

Fonctions du personnage

1. Dans l'immense majorité des récits (et pièces de théâtre), la fonction principale du personnage est d'ordre diégétique. Cet aspect a été particulièrement mis en lumière par l'analyse fonctionnelle du récit [644 s.] qui considère le personnage de manière purement syntaxique : il apparaît alors comme une forme vide définie par la fonction de synthèse des divers rôles d'agent ou de patient qu'il assume, et plus largement par l'ensemble des attributs qui vont lui être accolés au cours du récit (Lévi-Strauss 1960). L'ensemble d'attributs ou de qualités peut être organisé ou non ; dans le premier cas, plusieurs types d'organisation se laissent observer. Ainsi, les attributs se combinent de manière différente chez Boccace, Balzac, Dostoïevski ou Zola, en vertu de différences relevant de la technique littéraire tout autant que de la conception même de ce qu'est une personne. D'autre part, cette organisation peut faire l'objet soit d'indications explicites de l'auteur (le « portrait »), soit d'une série d'indications implicites adressées au lecteur qui devra accomplir le travail de reconstitution ; enfin, elle peut être imposée par le lecteur même, sans être présente dans le texte : ainsi se fait la réinterprétation de certaines œuvres en fonction des codes culturels dominants d'une époque ultérieure (Todorov 1972). La lecture psychanalytique du personnage d'Œdipe par exemple est une réinterprétation des actions (meurtre du père, inceste avec la mère) à la lumière d'attributs (les motivations inconscientes) non présents dans la caractérisation textuelle du personnage.

L'analyse de la **fonction narrative du personnage** doit en fait prendre en compte plusieurs aspects. À la suite de Hamon (1972), on distinguera au moins six paramètres de définition : *a)* par son mode de relation aux fonctions narratives qu'il prend en charge ; *b)* par son intégration spécifique à des classes de personnages-types, c'est-à-dire d'actants ; *c)* par son mode de relation avec d'autres actants à l'intérieur de séquences-types (telle la séquence *quête*) ; *d)* par sa relation à des modalités (vouloir, savoir, pouvoir) acquises ou innées ; *e)* par sa distribution au sein du récit ou de l'action dramatique ; *f)* par l'ensemble des qualifications et des rôles thématiques (professionnels, psychologiques, familiaux, etc.) dont il est le support.

Deux points de l'analyse fonctionnelle méritent particulièrement d'être retenus. D'une part, elle met l'accent sur le système de personnages plutôt que sur le personnage individuel. Et en effet, sauf dans le cas des robinsonnades et plus largement des récits fondés entièrement sur le thème de la solitude (Dolezel 1988), le personnage forme toujours un réseau avec d'autres personnages. Autrement dit, le récit, sous sa forme standard, ne se limite pas à l'interaction entre un personnage et l'univers non humain, mais avance surtout à travers la mise en œuvre de rôles ou d'actants qui s'engagent dans des relations d'opposition, d'aide, etc. En deuxième lieu, en décomposant les personnages en rôles ou actants, l'analyse fonctionnelle peut mettre au jour des jeux d'équivalences ou d'oppositions, etc., imperceptibles tant qu'on se cantonne au niveau du personnage comme unité minimale : on sait ainsi que les rôles (par exemple le rôle d'adjuvant) peuvent être répartis entre plusieurs personnages, ou alors passer d'un personnage à un autre au cours du récit, etc.

2. Cependant l'analyse en termes d'une logique du récit, même lorsqu'elle prend en compte le système des attributs, ignore les **fonctions métanarratives du personnage**. Ces fonctions, plus ou moins importantes selon les types de récit, font que le personnage est irréductible à la simple fonction de support pour des rôles (Bremond), des actants (Greimas) ou des agents (Todorov). Hamon a ainsi montré qu'il est le vecteur principal de l'orientation axiologique du récit, ceci dans la mesure où « il ne peut y avoir de norme que là où un "sujet" est mis en scène » (1984, p. 104). Les systèmes normatifs se manifestent à travers l'évaluation du personnage, qu'elle soit le fait du narrateur, des autres personnages ou du personnage évalué lui-même, ceci à travers un ensemble d'oppositions (bon-mauvais, méchant-gentil, etc.), mais aussi à travers des évaluations scalaires. Bien entendu, les systèmes normatifs ne sont pas nécessairement confirmés par le texte, celui-ci peut aussi les brouiller, par exemple en multipliant les instances évaluatrices divergentes ou incompatibles, sans en privilégier aucune : les changements de voix qu'on trouve dans de nombreux romans modernes sont un des moyens permettant d'instaurer un tel brouillage.

La fonction axiologique du personnage est réalisée à travers sa **caractérisation**. Celle-ci commence déjà par le choix du nom qui annonce souvent les propriétés qui lui seront attribuées (car le nom propre n'est qu'idéalement non descriptif). On doit distinguer ici les noms allégoriques des comédies, les évocations par le milieu, l'effet du symbolisme phonétique, etc. À l'inverse, au fil de la lecture, le nom, fût-il le plus neutre au départ, se charge aussi de multiples connotations induites par les comportements et attributs du personnage. D'autre part, les noms peuvent, soit entretenir avec le caractère du personnage des rapports purement paradigmatiques (le nom symbolise le caractère, tel « Noirceuil » dans Sade), soit se trouver impliqués dans la causalité syntagmatique du récit (l'action se détermine par la signification du nom, ainsi chez Raymond Roussel) (Todorov 1972).

La caractérisation axiologique du personnage suit, à partir de là, deux voies possibles : elle est directe ou indirecte. Elle est directe, lorsque le narrateur nous dit que X est courageux, généreux, etc. ; ou lorsque c'est un autre personnage qui le fait ; ou lorsque c'est le héros lui-même qui se décrit. Elle est indirecte lorsqu'il incombe au lecteur de tirer les conclusions, de nommer les qualités : soit à partir des actions dans lesquelles ce personnage est impliqué ; soit de la manière dont ce même personnage (qui peut être le narrateur) perçoit les autres ou dont les autres le perçoivent (voir *supra*). Un procédé particulier de caractérisation est l'usage de l'**emblème** : un objet appartenant au personnage, une façon de s'habiller ou de parler, le lieu où il vit, sont évoqués chaque fois qu'on mentionne le personnage, assumant ainsi le rôle de marque distinctive. C'est un exemple d'utilisation métaphorique des métonymies : chacun de ces détails acquiert une valeur symbolique (Todorov 1970).

■ M. Macdonald, « Le langage de la fiction » (1954), *Poétique*, 78, 1989, p. 219-235 ; C. Lévi-Strauss, *Anthropologie structurale*, II, « La structure et la forme » (1960), Paris, 1977 ; W.J. Harvey, *Character and the Novel*, Ithaca, Londres, 1965 ; T. Todorov, *Grammaire du « Décaméron »*, La Haye, 1969 ; T. Todorov, « Personnage », in O. Ducrot et T. Todorov, *Dictionnaire encyclopédique des sciences du langage*, Paris, 1972 ; F. Rastier, « Un concept dans le discours des études littéraires », *Littérature*, 7, 1972 ; P. Hamon, « Pour un statut sémiologique du personnage » (1972), in *Poétique du récit*, 1977 ; P. Hamon, *Texte et idéologie*, « Personnage et évaluation », Paris, 1984, p. 103-217 ; *Le Personnage en question* (ouvrage collectif), Toulouse, 1984 ; L. Dolezel, « Thématique de la solitude », *Communications*, 47, 1988, p. 187-197 ; Y. Reuter, « Personnage et sociologie de la littérature », in *Personnage et histoire littéraire*, Toulouse, 1991.

Sur la caractérisation : E.H. Gordon, « The naming of characters in the works of Dickens », *University of Nebraska Studies in Language*, 1917 ; E. Berend, « Die Namengebung bei Jean Paul », *PMLA*, 1942, p. 820-850 ; W.J. Harvey, *Character and the Novel*, Ithaca, Londres, 1965 ; C. Veschambre, « Sur les *Impressions d'Afrique* », *Poétique*, 1, 1970, p. 64-78 ; T. Todorov, « Personnage », in O. Ducrot et T. Todorov, *Dictionnaire encyclopédique des sciences du langage*, Paris, 1972 ; P. Hamon, « Personnage et évaluation », in *Texte et idéologie*, Paris, 1984, p. 103-217.

Typologies

Parmi les typologies de personnages, on distinguera, à la suite de Todorov (1972), celles qui s'appuient sur des relations purement formelles et celles, substantielles, qui postulent l'existence de personnages *exemplaires* se retrouvant tout au long de l'histoire littéraire.

1. *Typologies formelles*

a) On oppose les personnages qui restent inchangés tout au long d'un récit *(statiques)* à ceux qui changent *(dynamiques)*. Il ne faudrait pas croire que les premiers sont caractéristiques d'une forme de récit plus primitif que les seconds : on les rencontre souvent dans les mêmes œuvres. Lotman (1973) distingue deux groupes de personnages : celui des actants et celui de la condition, de la circonstance de l'action. Les premiers se distinguent des seconds du fait de leur mobilité par rapport à leur environnement : la typologie de Lotman combine donc en fait l'opposition entre personnage dynamique et personnage statique avec celle entre héros et personnage secondaire. Un cas particulier de personnage statique est ce qu'on appelle le **type** : non seulement ses attributs restent identiques mais ils sont extrêmement peu nombreux et représentent souvent le degré supérieur d'une qualité ou d'un défaut (par exemple l'avare qui n'est qu'avare, etc.) (Todorov 1972).

b) Suivant l'importance du rôle qu'ils assument dans le récit, les personnages peuvent être soit principaux (les héros, ou protagonistes) soit secondaires, se contentant d'une fonction épisodique. Bien entendu, cette distinction n'est pas toujours tranchée, et surtout, elle admet de nombreuses positions intermédiaires. La notion de **héros**, davantage encore que celle de personnage, a souvent été critiquée. Pourtant, elle peut rendre bien des services pour la description des **hiérarchies** de personnages, même si ces hiérarchies sont parfois difficiles à établir (on n'a pas toujours des critères textuels aussi nets que dans le cas du théâtre classique, où seuls les héros ont droit aux monologues, les personnages secondaires n'intervenant que dans les dialogues). Elle est importante aussi pour l'étude des relations entre les textes et les systèmes de valeurs, ces relations étant souvent médiatisées par l'intermédiaire d'un personnage-héros auquel l'auteur attribue les valeurs positives : « Le rapport émotionnel envers le héros (sympathie-antipathie) est développé à partir d'une base morale. Les types positifs et négatifs sont nécessaires à la fable [...] Le personnage qui reçoit la teinte émotionnelle la plus forte s'appelle le héros » (Tomachevski). Les hiérarchies morales et les hiérarchies fonctionnelles ne coïncident pas nécessairement : le personnage qui oriente l'axiologie d'un récit ou d'une pièce de théâtre n'est pas nécessairement l'actant-sujet, ou alors il est l'actant vaincu, etc. (Hamon 1984). Le héros ne saurait donc être défini toujours à un seul niveau (par exemple comme actant-sujet ou comme personnage apparaissant le plus fréquemment) : sa détermination relève dans bien des cas de la coordination conjointe de procédés structuraux (par exemple, personnage le plus important du point de vue fonctionnel) et d'un effet de référence axiologique à des systèmes de valeurs.

c) Suivant leur degré de complexité, on oppose les personnages *plats* aux personnages *épais*. E.M. Forster, qui a insisté sur cette opposition, les définit ainsi : « Le critère pour juger si un personnage est "épais" réside dans son aptitude à nous surprendre d'une manière convaincante. S'il ne nous surprend jamais, il est "plat". » Une telle définition se réfère, on le voit, aux opinions du lecteur touchant la psychologie humaine « normale ». On devrait plutôt définir les personnages « épais » par la coexistence d'attributs contradictoires ; en cela, ils ressemblent aux personnages « dynamiques » ; avec cette différence toutefois que chez ces derniers, de tels attributs s'inscrivent dans le temps (Todorov 1972). Il faut ajouter que, contrairement à ce que sous-entend Forster, le choix de personnages « plats » peut être intentionnel, ainsi dans le théâtre brechtien ou dans certains récits modernes.

d) Selon le rapport entretenu par les propositions avec l'intrigue, on peut distinguer entre les personnages soumis à l'intrigue et ceux qui, au contraire, sont servis par elle. H. James appelle *ficelle* ceux du premier type : ils n'apparaissent que pour assumer une fonction dans l'enchaînement causal des actions. Souvent ce sont de simples *emplois*, ainsi la plupart des personnages « secondaires » dans les romans naturalistes (par exemple chez Zola). Les personnages qui sont servis par l'intrigue sont surtout importants dans le « récit psychologique » et dans les formes théâtrales correspondantes : les épisodes ont pour but principal de préciser les propriétés d'un personnage (on en trouve des exemples assez purs chez Tchekhov) (Todorov 1972).

2. *Typologies substantielles*

a) La plus célèbre des typologies substantielles est celle de la *commedia dell'arte* : Les rôles et les caractères des personnages (c'est-à-dire les attributs) sont fixés une fois pour toutes (ainsi que leurs noms : Arlequin, Pantalone, Colombine), seules changent les actions selon l'occasion. La même constellation de rôles, qui vient de la comédie latine, se retrouve en France à l'époque du classicisme. Plus tard, dans le théâtre de boulevard se crée une nouvelle typologie : le jeune premier, l'ingénue, la soubrette, le père noble, le cocu ; ce sont des emplois dont on retrouve les traces encore de nos jours.

b) Ces typologies spontanées trouvent leur prolongement dans diverses typologies savantes développées dans le cadre de l'analyse fonctionnelle des récits [644 s.]. Ainsi Propp, partant de l'analyse du conte de fées russe, aboutit à la délimitation de sept « sphères d'actions » : l'agresseur, le donateur, l'auxiliaire, la princesse ou son père, le mandateur, le héros et le faux héros. Ces sphères d'action réunissent, chacune, un nombre précis de prédicats. Elles correspondent donc à des rôles, qui ne coïncident pas forcément avec un personnage : un rôle peut être rempli par plusieurs personnages ; un seul personnage peut remplir plusieurs rôles. Le travail d'É. Souriau, à partir du théâtre, s'inscrit dans la même problématique. Il distingue entre personnages et « fonctions dramatiques » qui sont : « la *Force thématique orientée*, le *Représentant du bien souhaité*, de la valeur orientante ; l'*Obteneur virtuel* de ce bien (celui pour lequel travaille la Force thématique orientée) ; l'*Opposant* ; l'*Arbitre*, attributeur du bien ; la *Rescousse*, redoublement d'une des forces précédentes ». A.-J. Greimas, s'inspirant à la fois de Propp et de Souriau, a réinterprété l'inventaire des rôles dans le cadre de sa sémiotique narrative [645 s.]. Postulant une homologie entre structure narrative et structure linguistique, Greimas établit un parallèle entre les fonctions narratives et les fonctions syntaxiques dans la langue : dans le cadre de sa théorie des *actants* (notion reprise de Tesnière), il distingue entre Sujet, Objet, Destinateur, Destinataire, Opposant, Adjuvant. Les relations que ces actants entretiennent forment un modèle actantiel, notion de base de la sémiotique narrative greimasienne. Comme l'a noté Todorov (1972), les actants de Greimas mettent en lumière une différence dans la conception des rôles chez Souriau et chez Propp. Ce dernier identifie chaque rôle à une série de prédicats ; Souriau et Greimas, en revanche, le conçoivent en dehors de toute relation avec un prédicat. De ce fait on se trouve amené, chez Greimas, à opposer les rôles (au sens de Propp) et les actants, qui sont de pures fonctions syntaxiques.

Toutes ces typologies substantielles d'inspiration sémiotique définissent le personnage au niveau de sa fonction narrative : justifiée dès lors que l'objet d'analyse est la diégèse, cette réduction fonctionnelle ne saurait cependant remplacer la notion plus complexe de *personnage*. Il faut ainsi noter, comme l'a rappelé Lotman (1973), que la mobilité de l'actant est en général le résultat d'une propriété essentielle (trait de caractère, etc.), c'est-à-dire d'un attribut qui fonctionne comme condition de possibilité de l'action et qui ne saurait donc être réduit à celle-ci. Par ailleurs les notions d'*actant*, d'*agent*, etc., ont une extension plus grande que la notion de personnage, puisqu'elles dénotent un simple rôle narratif qui n'est pas nécessairement rempli par un agent humain ou anthropomorphisé, ou qui peut être distribué entre plusieurs personnages. Enfin, la projection anthropomorphe qui commande la construction du personnage (par le lecteur ou le spectateur) est irréductible au simple décodage sémiologique d'un système différentiel de rôles actantiels et d'attributs. On a sans doute raison de dire que le personnage est construit au fil de la lecture, mais cette construction présuppose toujours déjà l'existence de la catégorie du *personnage* comme quasi-personne à laquelle renvoient les différentes manifestations textuelles liées à son nom propre.

■ E. Souriau, *Les Deux Cent Mille Situations dramatiques*, Paris, 1950 ; E.M. Forster, *Aspects of the Novel*, New York, 1927 ; B. Tomachevski, « Thématique », in *Théorie de la littérature*, Paris, 1965 ; W.J. Harvey, *Character and the Novel*, Ithaca, Londres, 1965 ; R. Scholes et R. Kellog, *The Nature of Narrative*, New York, 1966 ; A.-J. Greimas, *Sémantique structurale*, Paris, 1966 ; V. Propp, *Morphologie du conte*, Paris, 1970 ; T. Todorov, « Personnage », in O. Ducrot et T. Todorov, *Dictionnaire encyclopédique des sciences du langage*, Paris, 1972 ; Iouri Lotman, « Le concept de personnage », in *La Structure du texte artistique*, Paris, 1973 ; P. Hamon, « Héros, héraut, hiérarchies », in *Texte et idéologie*, Paris, 1984.

SITUATION DE DISCOURS

On appelle **situation de discours** l'ensemble des circonstances au milieu desquelles a lieu une énonciation (écrite ou orale). Il faut entendre par là à la fois l'entourage physique et social où elle prend place, l'image qu'en ont les interlocuteurs, l'identité de ceux-ci, l'idée que chacun se fait de l'autre (y compris la représentation que chacun possède de ce que l'autre pense de lui), les événements qui ont précédé l'énonciation (notamment les relations qu'ont eues auparavant les interlocuteurs, et les échanges de paroles où s'insère l'énonciation en question). On définit souvent la pragmatique comme étudiant l'influence de la situation sur le sens des énoncés (c'est la *pragmatique*$_1$ de la p. 131). Dans cette acception du mot, le présent chapitre peut être considéré comme une présentation de la pragmatique. (Il y a une autre acception, plus proche de l'étymologie, et pas toujours distinguée de la première, où la pragmatique est l'étude des possibilités d'action inscrites dans la langue – cf. la *pragmatique*$_2$ de la p. 133 : elle est l'objet du chapitre « Langage et action ».)

NB : Sauf indication contraire, nous appelons ici **contexte**, en suivant la terminologie traditionnelle, l'entourage *linguistique* d'un élément (d'une unité phonique dans un mot, d'un mot dans une phrase, d'une phrase dans un texte). Pris en ce sens, le contexte est l'objet des chapitres « Syntagme et paradigme », « Anaphore », « Relations sémantiques entre phrases ». Mais certains linguistes appellent *contexte* ce que nous nommons *situation* (c'est ce que nous avons dû faire dans le dernier paragraphe de ce chapitre) et fabriquent **cotexte** pour désigner le traditionnel contexte. On ne saurait donc comprendre le mot *contexte* sans savoir dans quel couple son utilisateur le situe – ce qui vérifie tristement, à l'intérieur même du langage des linguistes, l'idée structuraliste que le sens est oppositif.

Nous conviendrons dans ce chapitre (comme il a été fait dans plusieurs autres) d'appeler *énoncé* un segment de discours produit par un locuteur en un lieu et à un moment déterminés, et *phrase*, l'entité linguistique abstraite dont cet énoncé est une réalisation particulière. C'est une constatation banale que la plupart des énoncés (peut-être tous) sont impossibles à interpréter si l'on ne connaît que la phrase employée, et si l'on ignore la situation : non seulement on ne pourra pas connaître les motifs et les effets de la parole, mais surtout – c'est la seule chose qui sera considérée ici – on ne pourra pas décrire correctement la valeur intrinsèque de l'énoncé, même pas les informations qu'il communique. Il appartient à la pragmatique de décrire les différents aspects que peut prendre cette sous-détermination de l'énoncé par la phrase, et d'expliquer selon quels mécanismes la situation intervient dans le sens des énoncés.

La connaissance de la situation peut être nécessaire :

a) Pour déterminer le référent des expressions employées. C'est évident pour les déictiques [369 s.] *(je, tu, ceci, ici, maintenant...)* qui ne désignent des objets qu'en les situant par rapport aux interlocuteurs [728 s.]. C'est vrai aussi pour la plupart des noms propres (*Jean* = cette personne de notre entourage, ou dont nous avons parlé, qui s'appelle *Jean*), et même pour beaucoup d'expressions introduites pourtant par un article défini (*le concierge* = la personne qui est concierge dans l'immeuble dont nous parlons). C'est vrai enfin pour les mots qui servent à opérer une sélection à l'intérieur d'un ensemble. L'ensemble où ils agissent ne peut généralement être défini que par rapport à la situation. Pour comprendre « Je n'ai rencontré que Jean », il faut savoir quel est le groupe à l'intérieur duquel Jean a été sélectionné (est-il le seul ami, le seul créancier, le seul parent... que j'ai rencontré ?). Même un mot comme *tout*, qui sélectionne la totalité d'un ensemble, demande que l'on sache d'abord de quel ensemble il s'agit. Si quelqu'un prétend « J'ai tout rangé », s'agit-il du linge, de la vaisselle ?... Rarement, en tout cas, de la totalité des objets de l'univers.

b) Pour savoir quelles caractéristiques internes d'un mot doivent être prises en compte dans l'interprétation. B. Pottier introduit ainsi, parmi les sèmes [534] constitutifs du contenu sémantique d'un mot, certains traits, les **virtuèmes**, dont l'apparition est déclenchée par une situation particulière : ainsi *rouge* possède le virtuème « danger ».

c) Pour choisir entre diverses interprétations d'un énoncé syntaxiquement ou lexicalement ambigu. On comprend de façon différente « Jean a loué un appartement ce matin », si l'on sait que Jean tient une agence immobilière, ou qu'il cherche à se loger (plus précisément, ce qui importe, c'est la caractérisation de Jean à laquelle le locuteur est censé penser au moment de l'énoncé ; car un agent immobilier aussi peut vouloir se loger).

d) Pour préciser l'événement mentionné dans l'énoncé. Seule la situation de discours permet de savoir de quel endroit je parle quand je dis « Il fait beau ». Quelquefois même ce sont les participants directs de l'action qui sont à repérer par rapport à la situation. En coréen ou en japonais, on utilise rarement des pronoms personnels sujets ; comme, de plus, la personne n'est pas marquée dans la forme verbale, un énoncé dont la traduction littérale serait « avoir mangé » peut se comprendre comme « j'ai/tu as/il a/mangé ». Quelquefois l'incertitude est diminuée par le fait que le verbe est utilisé sous une forme spéciale, dite **honorifique**, que le locuteur applique difficilement à ses propres actions, mais il reste toujours une marge d'indétermination (s'agit-il de l'interlocuteur ou d'un tiers prestigieux ?). Ce qui ne signifie pas que la structure syntaxique elle-même soit ambiguë, comme c'était le cas en (*c*). Simplement, des précisions que la phrase indo-européenne exprime au moyen du sujet grammatical relèvent, dans d'autres langues, de la situation. On trouve d'ailleurs la même indétermination dans certaines structures françaises, un peu marginales il est vrai, comme « Il y a du départ dans l'air » (Qui part ?) ou « Bonjour les ennuis » (À qui arrivent ces ennuis dont la seule survenance est explicitement indiquée ?).

e) Pour déterminer l'acte de langage accompli (c'est-à-dire la valeur illocutoire [782 s.] de l'énoncé). Un énoncé « Tu iras à Paris demain » sera compris comme promesse, comme annonce, ou comme ordre, selon les rapports existant entre les interlocuteurs et la valeur qu'ils attachent au fait d'aller à Paris (le rôle de l'intonation [408 s.], tout en étant incontestable, est rarement suffisant, et ne dispense pas du recours à la situation).

Or on n'a pas à proprement parler compris l'énoncé tant qu'on n'a pas déterminé cet acte : on ne sait même pas s'il signifie que le destinataire, selon le locuteur, ira effectivement à Paris.

f) Pour déterminer le caractère normal ou non d'une énonciation : normal dans certaines situations, un énoncé peut être déplacé dans d'autres, où il prendra donc une valeur particulière (il devra être décrit, dans ces situations, comme précieux, emphatique, pédant, familier, grossier...).

g) Pour interpréter les expressions et structures, innombrables, qui renvoient à un cadre de connaissances hors duquel elles sont dépourvues de sens. Searle, par exemple, insiste sur l'arrière-fond intellectuel **(background)** nécessaire pour comprendre une phrase aussi simple que *Le chat est sur le tapis* : elle ne signifie pas simplement que le chat est au-dessus du tapis et en contact avec lui, mais qu'il pèse sur lui, idée qui renvoie à tout un savoir sur la pesanteur. Fillmore développe en détail cette idée dans sa sémantique des **frames** (cadres cognitifs). Distinguer *J'ai passé une heure dans le bus*, et *J'ai passé une heure en bus*, c'est comprendre que la deuxième phrase, et elle seule, implique qu'il s'agit d'un bus en service normal – idée qui fait elle-même allusion à tout un savoir sur les transports publics : un tel savoir est ainsi mobilisé, non seulement par le mot *bus* (ce qui est évident), mais par l'opposition des deux prépositions *en* et *dans.*

■ Sur le rôle en général de la situation : T. Slama-Cazacu, *Langage et contexte*, s'-Gravenhague, 1961 (surtout 2e partie, chap. 2 et 3) et F. François (ed.), *Linguistique*, Paris, 1980, p. 348-362. L'exemple du japonais est commenté dans ce même recueil, p. 383-390. – B. Pottier introduit les virtuèmes dans *Systématique des éléments de relation*, Paris, 1962. Voir aussi *Présentation de la linguistique*, Paris, 1967, p. 27. – La notion de *background* est présentée par J.R. Searle dans *Sens et expression* (trad. fr. de *Expression and Meaning*, Cambridge, GB, 1979), Paris, 1982, chap. 5. – Sur les *frames* : C.J. Fillmore, « Frames and the semantics of understanding », *Quaderni di Semantica*, vol. 6, n° 2, déc. 1985.

Une fois reconnue l'importance de la situation pour interpréter les *énoncés*, on peut se demander quelle place lui donner dans la description linguistique, conçue comme caractérisation des *phrases* d'une langue. Il semble naturel de penser, c'est l'opinion de la plupart des linguistes jusqu'aux années soixante, qu'il n'y a rien à dire, quand on parle des *phrases*, des situations où elles sont énoncées : le facteur situationnel s'ajouterait du dehors à la signification de la phrase pour produire, *ensuite*, le sens de l'énoncé. Ce qui revient à dire que la situation concerne la parole et non la langue [292 s.], ou, au moins, une région marginale de la langue, proche de sa transformation en parole. Divers arguments peuvent être donnés à l'appui :

a) Une utilité essentielle de la langue est qu'elle permet de parler des choses en leur absence (et, ainsi, d'agir « à distance »). Ce pouvoir d'abstraction symbolique est-il compréhensible si la description des phrases contient déjà une allusion à leurs conditions d'emploi ?

b) Supposons qu'une phrase *P* serve à exprimer les sens *s'* et *s"* selon la situation où elle est énoncée, et que *s'* et *s"* diffèrent seulement en ce que l'un contient une indication *i'* là où l'autre contient une indication *i"*. On peut toujours construire, en explicitant ces indications, deux phrases *P'* et *P"* qui, elles, reçoivent les interprétations *s'* et *s"* indépendamment de la situation. Ainsi les trois valeurs illocutoires dont est susceptible, selon la situation, un énoncé « Tu iras à Paris demain » peuvent être obtenues à l'aide de trois phrases qui n'exigent pas ce même recours à la situation (exemple « Je t'ordonne d'aller à Paris demain »). De même il est toujours possible à la rigueur de se désigner soi-même sans faire appel à la situation de discours et au fait qu'on est le locuteur, donc sans dire *je* : il suffit d'indiquer ses noms et qualités, comme fait, pour se mentionner lui-même, l'auteur d'une lettre anonyme. Searle généralise ces faits en disant que tout ce qui peut être *communiqué* au moyen d'une langue peut être explicitement dit en elle (principe d'**exprimabilité**). Hjelmslev était allé plus loin en attribuant aux langues naturelles la capacité, qui les distingue des langues artificielles, de pouvoir exprimer tout ce qui peut être *pensé*. Si donc l'interprétation d'un énoncé tient de la situation certains de ses éléments, il suffit de modifier la phrase initiale pour se libérer de la situation. Il semble alors raisonnable de présenter le recours à la situation comme une sorte d'artifice, qui permet d'abréger le discours, mais qui n'a rien d'essentiel à la langue, car la langue elle-même donne toujours moyen de l'éviter.

■ Pour une illustration de cette thèse, voir par exemple : L. Prieto, *Messages et signaux*, Paris, 1966, 2e partie, chap. 2. – J.R. Searle définit l'exprimabilité dans *Speech Acts*, trad. fr. *Les Actes de langage*, Paris, 1972, chap. 1, § 5. – Sur le pouvoir qu'a le langage humain d'exprimer n'importe quel contenu : L. Hjelmslev, *Prolegomena to a Theory of Language*, Madison, 1963, § 21.

c) Décrire une langue, c'est dire ce qui est codé dans ses mots ou ses phrases. Or ce qui est codé dans une entité doit apparaître dans *toutes* les occurrences de cette entité. Ce qui ne peut pas être le cas pour les effets situationnels, variables par définition. Ainsi le linguiste, par exemple l'auteur de dictionnaires, n'a pas à signaler, à propos d'un mot, les **associations culturelles** auxquelles il donne lieu dans une collectivité et à une époque données, qu'il s'agisse d'associations non réfléchies (*chien* est associé à *fidélité*, *porc* à *saleté*) ou d'un savoir (dit **encyclopédique**) relatif aux objets qu'il désigne, savoir lié à l'état de la science. Si le linguiste signalait ce type de faits, pourquoi ne parlerait-il pas aussi des associations **personnelles**, fondées sur des expériences individuelles (le chien évoque pour moi mon enfance, où j'en avais un) ?

d) Un argument pratique peut enfin être avancé : le nombre des situations possibles pour un énoncé est infini. Impossible donc de spécifier toutes les nuances de sens qu'une phrase peut prendre selon la diversité des situations. La simple prudence conseille de décrire d'abord la phrase indépendamment de ses emplois, et de considérer comme un raffinement ultérieur de cette description, l'introduction de certains effets situationnels.

■ On trouve des arguments de ce genre dans J.J. Katz et J.A. Fodor, « The structure of a semantic theory », *Language*, 1963, p. 176-180, et dans N. Ruwet, *Introduction à la grammaire générative*, Paris, 1967, chap. 1, § 2.1.

À ces différents arguments on peut répondre :

a') La possibilité d'action symbolique offerte par la langue implique certes qu'on puisse parler d'une situation en son absence, mais non pas qu'on puisse parler en l'absence de toute situation. Du fait que le langage apporte avec lui un pouvoir de distanciation, on ne saurait conclure qu'il puisse s'exercer dans un isolement absolu.

b') Admettons qu'il soit toujours possible, lorsqu'un *énoncé* doit à la situation certains éléments informatifs, de les incorporer à la *phrase*, en la compliquant. Mais, lors même que l'information globale serait conservée, le mode de présentation de cette information, et par suite la valeur de l'énonciation, risquent d'être tout à fait transformés.

On notera ainsi la différence qu'il y a entre présenter explicitement une indication et la faire reconstruire par l'interlocuteur à partir de la situation. D'abord l'allusion à la situation exige une certaine complicité entre les interlocuteurs, qui tous deux doivent connaître cette situation, et l'on souhaite parfois éviter cette complicité. D'autre part le locuteur peut souvent rejeter les interprétations que le destinataire a construites à partir de la situation, ou au moins lui en laisser la responsabilité : or il peut être utile de dire sans avoir l'air d'avoir dit. Plus généralement enfin, certains linguistes et philosophes croient important de distinguer ce qui est **dit** par un énoncé (c'est-à-dire ce qui est affirmé, et apparaît donc niable), et ce qui est **montré**, attesté par le simple fait de l'énonciation, et qui semble donc aussi indéniable que l'énonciation elle-même. Or les effets situationnels appartiennent à la deuxième catégorie. Pourquoi ne pas considérer comme proprement linguistiques ces possibilités que donne la langue de construire, en parlant, toute une stratégie intersubjective ? On l'admettra particulièrement peu en ce qui concerne les pronoms personnels. Le fait que le locuteur se désigne lui-même, non par son nom, mais en disant *je*, et désigne le destinataire comme *tu*, ce fait, selon Benveniste, a des implications quant à la nature des relations entre les interlocuteurs. Il en résulte en effet que locuteur et destinataire sont appréhendés directement en tant qu'interlocuteurs, leurs rapports étant par suite marqués de la réciprocité liée aux relations de discours (le *je* est un *tu* potentiel, et inversement). À titre d'application particulière de cette thèse, on notera que le remplacement de *je* et *tu* par les noms des interlocuteurs peut transformer l'acte accompli dans un énoncé. Dire à quelqu'un « Je t'ordonne de... », c'est non pas l'informer qu'il a reçu un ordre, mais lui donner effectivement un ordre. Supposons maintenant que l'on remplace *je* et *t'* par les noms *X* et *Y* des interlocuteurs ; l'énoncé résultant

(« *X* ordonne à *Y* de... ») n'a plus de raison particulière d'être interprété comme accomplissement de l'action d'ordonner. (L'acte d'ordonner exige que celui qui formule l'ordre se fasse reconnaître en même temps comme celui qui le donne – ou comme son « porte-parole ».) En d'autres termes, si l'on définit la signification d'un énoncé non seulement par son contenu informatif, mais aussi par le type de relations que son emploi instaure entre les interlocuteurs, on ne saurait considérer les allusions à la situation comme de simples techniques d'économie.

■ Pour une conception des pronoms qui aille au-delà de la notion d'économie : É. Benveniste, *Problèmes de linguistique générale*. Pour une comparaison entre Benveniste et Prieto : O. Ducrot, *Logique, structure, énonciation*, Paris, 1989, chap. 6.

c') Même si les effets situationnels d'une phrase varient, par définition, d'énoncé à énoncé, la phrase porte souvent en elle des indications – qui, elles, sont constantes – sur la façon d'exploiter la situation pour produire ces effets. En tant qu'entité linguistique, un déictique ne dit certes pas quel est son référent, mais il signale comment, dans la situation, trouver son référent (*ici* demande de délimiter un espace incluant le lieu de l'énonciation, *là-bas*, de construire un espace qui l'exclue). De même une conjonction comme *mais* (« Marie est venue, mais elle était avec Jean ») demande de chercher, étant donné ce que l'on sait de la situation, une conclusion favorisée par ce qui précède *mais* et contrariée par ce qui le suit : la conclusion varie selon les énoncés, mais la recherche même est une instruction permanente liée à la phrase. Ou encore, dans « Jean est arrivé presque à l'heure », le retard attribué à Jean peut être, selon la situation, d'une minute ou d'un jour, mais la phrase impose à l'interprétant, dans tous les cas, d'imaginer une durée qui doit être considérée comme insignifiante *vu l'objet du discours*. D'une façon générale le recours à la situation n'est pas un simple ajout : il comble un vide marqué dans les phrases elles-mêmes, et d'une façon qu'elles spécifient.

d') Il n'est pas absolument évident que le linguiste se fixe une tâche inaccessible s'il prétend indiquer l'effet de la situation sur le sens des énoncés. Trois précisions peuvent être utiles :

1. Il ne s'agit pas d'indiquer toutes les nuances que la situation est susceptible d'*ajouter* au sens. Il s'agit d'abord, cf. *(c')*, de ne pas renoncer à décrire les expressions ou structures dont le sens contient, comme partie intégrante, une allusion à leur emploi, et des indications sur la façon de comprendre leurs énoncés.

2. Des situations de discours différentes peuvent avoir un effet identique quant à l'interprétation d'une phrase. Chaque phrase induit donc une classification dans l'ensemble des situations de discours possibles, en amenant à regrouper dans une même classe celles qui l'infléchissent dans une même direction. Elle permet ainsi de définir, selon une démarche familière aux phonologues [390], des **traits pertinents de situation**, chaque trait étant ce qui est commun aux situations d'une même classe. Ce sont de tels traits qui devraient intervenir dans la description des situations.

3. On peut aller plus loin. Non seulement les phrases catégorisent des situations données indépendamment du discours, mais elles construisent souvent leur propre situation d'énonciation. En ordonnant à quelqu'un de faire quelque chose, on s'arroge par là même un droit à lui donner des ordres, c'est-à-dire qu'on se place, vis-à-vis de lui, dans la situation hiérarchique qui permet de le faire. Autre exemple. Selon les descriptions *polyphoniques* de la négation, l'énoncé d'une phrase négative « Pierre n'est pas venu » présente, en même temps qu'il le rejette, le point de vue positif selon lequel Pierre est venu [700]. Cela revient à dire que cet énoncé crée une situation nouvelle, où quelqu'un, souvent le destinataire, aurait affirmé ou admis cette venue. D'où des réponses possibles comme « Mais je n'ai jamais prétendu cela ! ». L'énoncé projette ainsi, en vertu de la phrase qu'il réalise, sa propre situation de discours, son propre avant. Un problème essentiel, pour la pragmatique, est de déterminer les rapports entre ces deux situations, interne et externe à l'énoncé, de voir comment la seconde intervient dans la construction de la première, et comment toutes deux interfèrent dans l'interprétation de l'énoncé.

■ Sur les rapports entre description linguistique et situationnelle de *mais* : O. Ducrot, « Analyses pragmatiques », *Communications*, n° 32, 1980.

Si la description linguistique, au sens le plus strict du terme, ne peut pas ignorer les situations, il reste à déterminer selon quels processus la situation agit sur la valeur propre des phrases. On s'est longtemps contenté de signaler, de façon isolée, tel ou tel de ces processus. La première tentative pour les rassembler dans une théorie unifiée est sans doute la **théorie de la pertinence** (en anglais **relevance**) de Sperber et Wilson. Un premier point est la définition donnée pour la situation (que les auteurs appellent **contexte**, terme que nous utiliserons dans ce paragraphe). 1° Il ne s'agit pas de ce qui *est* effectivement, mais de ce que les interlocuteurs *pensent* sur la réalité. 2° Pas simplement de ce qu'ils croient *vrai*, mais de ce à quoi ils accordent un degré quelconque de plausibilité, c'est-à-dire de leurs *hypothèses*. 3° Ces hypothèses ne sont pas seulement celles qu'ils ont consciemment dans l'esprit au moment de la parole, mais celles qu'ils peuvent mobiliser, notamment par inférence à partir d'autres hypothèses. 4° Enfin, ce qui importe pour la communication, ce sont, parmi ces hypothèses, celles qui sont **mutuellement manifestes** : chacun est capable de les faire, sait qu'elles sont attribuables aussi à l'autre, et que l'autre sait qu'il le sait. Le *contexte* de Sperber et Wilson est donc différent, à la fois par excès et par défaut, de ce que l'on appelle d'habitude **savoir partagé**, notion qui désigne les *connaissances communes aux interlocuteurs* : il ne s'agit pas seulement de connaissances, et on leur demande plus que d'être communes.

Un second moment, dans la théorie, est la définition de la pertinence. Elle est elle-même relative aux notions de **coût** et d'**effet** cognitifs. Le *coût* est l'effort nécessaire à l'interprétation, notion que les auteurs empruntent à une psychologie future, susceptible, selon eux, de la définir. L'*effet cognitif* d'une proposition dans un contexte donné est, lui, défini : c'est l'ensemble de propositions que l'on peut inférer d'elle quand elle est jointe à un contexte, et que l'on n'inférerait pas du seul contexte. Si un contexte contient à la fois l'idée que Marie viendra, et que Jean et Marie ne peuvent pas se voir sans se disputer, alors l'annonce que Jean viendra comporte, dans son effet cognitif, le pronostic d'une dispute. Les auteurs supposent que les conséquences d'une proposition dans un contexte peuvent être calculées au moyen d'une logique rudimentaire (qui leur semble constituer le cœur de l'activité cognitive humaine), et supposent en outre que l'effet cognitif est mesurable en termes de nombre de propositions inférables. Ceci admis, on caractérise la **pertinence** en disant qu'elle est d'autant plus grande, étant donné un certain effet cognitif, que le coût pour l'obtenir est plus faible, et d'autant plus grande, une fois fixé un coût, que l'effet obtenu est plus grand.

Troisième étape. Ainsi caractérisée, la pertinence permet de prévoir l'interprétation d'un énoncé dans un contexte donné. Celle-ci est définie comme l'ensemble des propositions inférables de l'énoncé et qui le rendent le plus pertinent possible. Ainsi, en réponse à « Marie aime-t-elle le vin ? », l'énoncé « Elle n'aime pas l'alcool » sera compris comme « Elle n'aime pas le vin » parce qu'en tirant cette conséquence dans ce contexte, on donne à l'énoncé, pour le moindre coût de traitement, les effets cognitifs les plus importants : on lui donne donc cette pertinence optimale dont l'interprétant suppose toujours qu'elle est visée par le locuteur. Enfin – c'est le quatrième point – la pertinence répond au problème crucial de déterminer, dans l'ensemble des hypothèses mutuellement manifestes, celles que les interlocuteurs choisiront pour constituer le contexte où l'énoncé doit être interprété. On choisit le sous-ensemble d'hypothèses qui attribuent à l'énoncé la plus grande pertinence en produisant, par les inférences les moins chères, le plus d'effets cognitifs. Les auteurs parviennent ainsi à rendre compte du fait fondamental signalé plus haut : l'énoncé sert à constituer la situation même dans laquelle il doit être interprété.

Les critiques dont la théorie a été l'objet visent 1° l'idée, utilitariste, selon laquelle la recherche du plus de résultat au moindre coût serait le moteur essentiel de la psychologie humaine (cette idée constitue le principe d'économie que A. Martinet plaçait à la base de l'évolution linguistique [339 s.]) ; 2° le caractère flou, malgré leur apparence quantifiable, des notions de coût et d'effet cognitifs ; 3° la supposition que les interlocuteurs recherchent une pertinence *optimale*, car cette recherche suppose un nombre immense de comparaisons, dont le coût pourrait être prohibitif ; 4° la représentation des hypothèses comme des *propositions*, au sens logique du terme, définies par la possibilité d'être vraies ou fausses, alors que beaucoup de linguistes tentent d'éliminer le vrai et le faux de la description sémantique [562 s.] ; 5° l'utilisation de la même idée de pertinence pour expliquer comment se détermine le contexte d'interprétation et comment l'interprétation se constitue dans ce contexte : il est alors, sinon impossible, du moins difficile, d'éviter que la démarche soit circulaire – mais on notera que cette difficulté est essentielle à la notion même de situation, puisque celle-ci à la fois agit sur le sens de l'énoncé, et est projetée par lui.

■ Le texte de référence est D. Sperber et D. Wilson, *Relevance*, Oxford, 1986 (trad. fr. *La Pertinence*, Paris, 1989). Parmi les commentaires et critiques : J. Jayez, « L'analyse de la notion de pertinence », *Sigma*, n° 10, 1986 ; D. Blakemore, *Semantic Constraints on Relevance*, Oxford (GB), 1987 ; S.C. Levinson, « A review of *Relevance* », *Journal of Linguistics*, n° 25, 1989 ; M. Charolles, « Coût, surcoût et pertinence », *Cahiers de linguistique française*, n° 11, 1990.

Sur le rôle de la situation en général : F. Flahault, *La Parole intermédiaire*, Paris, 1978 ; G. Gazdar, *Pragmatics : Implicature, Presupposition and Logical Form*, New York, 1979 ; H. Parret (ed.), *Le Langage en contexte*, Amsterdam, 1980 ; S.C. Levinson, *Pragmatics*, Cambridge (GB), 1983 (cf. chap. 1) ; J. Barwise et J. Perry, *Situations and Attitudes*, Cambridge (Mass.), 1983 ; J. Verschueren et M. Bertucelli-Papi (eds.), *The Pragmatic Perspective*, Amsterdam, 1987 ; Barwise (ed.), *Situation Theory and Applications*, Stanford, 1992 (concerne surtout le point de vue logique).

LANGAGE ET ACTION

Il n'y a guère d'activité humaine qui ne se serve du langage. On appelle quelquefois *pragmatique* l'étude de cette utilisation (une telle étude, notée *pragmatique*$_2$ p. 133, est à distinguer des recherches, souvent appelées aussi *pragmatiques*, et, p. 131, *pragmatiques*$_1$, dont traite le chapitre « Situation de discours »). Dans quelle mesure faut-il considérer, lorsqu'on a à décrire un langage donné, les diverses fins auxquelles les sujets parlants peuvent le faire servir ?

Une réponse négative est suggérée par Saussure. Opposant « langue » et « parole », il attribue à la parole tout ce qui est mise en œuvre, emploi [292 s.] (la parole « exécute » la langue au sens où le musicien « exécute » une partition). Comme la connaissance de la langue est censée indépendante de la connaissance de la parole, l'étude des utilisations du langage devrait être repoussée, dans la recherche linguistique, après une description purement statique du code lui-même : il faut savoir ce que signifient les mots avant de comprendre à quoi ils servent. C'est à une conclusion semblable qu'aboutissent les logiciens néo-positivistes lorsqu'ils distinguent trois points de vue possibles sur les langages (naturels ou artificiels). Le point de vue **syntaxique** consiste à déterminer les règles permettant, en combinant les symboles élémentaires, de construire les phrases, ou formules, correctes. La **sémantique** vise, elle, à donner le moyen d'interpréter ces formules, de les mettre en correspondance avec autre chose, cet « autre chose » pouvant être la réalité, ou bien d'autres formules (de ce même langage ou d'un autre). Enfin la **pragmatique** décrit l'usage des formules par des interlocuteurs visant à agir les uns sur les autres. Entre ces trois niveaux il y a un ordre strict : chacun sert à construire celui qui le suit, mais non l'inverse. Ainsi la sémantique et la syntaxe doivent être élaborées à l'abri de toute considération pragmatique ; or ce sont elles qui concernent le noyau même de la langue.

■ Sur cet aspect du néo-positivisme : C.W. Morris, *Foundations of the Theory of Signs*, Chicago, 1938, chap. 3, 4 et 5. Voir aussi R. Carnap, *Foundations of Logic and Mathematics*, Chicago, 1939 (réédité en 1969), 1re partie, § 2 et 3.

Un tel ascétisme dans l'étude du langage a pourtant quelque chose de paradoxal, et, tout au long de l'histoire de la linguistique, on trouve représentée la thèse inverse, qui subordonne la structure à la fonction et affirme qu'il faut savoir pourquoi le langage est, afin de savoir comment il est : les concepts susceptibles de convenir à sa description ne peuvent être tirés que d'une réflexion sur sa fonction. Arrivé là, cependant, on se voit obligé d'établir une hiérarchie parmi les fonctions du langage, sans quoi on n'évitera pas le finalisme dit « naïf », celui qui est attaché au nom de Bernardin de Saint-Pierre, et qui consiste à expliquer la contexture d'une chose par les multiples usages, souvent contradictoires, que l'on se trouve faire d'elle. Autrement dit, il faut essayer de distinguer ce pourquoi le langage est fait, et ce que l'on peut, en outre, faire avec lui. Cette nécessité de distinguer, dans l'activité linguistique, ce qui est inhérent et ce qui est extrinsèque au langage, a amené les comparatistes [26] à discuter de la fonction « fondamentale » du langage ; elle a d'autre part conduit K. Bühler à distinguer acte et action linguistiques, et c'est elle enfin qui est à l'origine de la notion d'acte illocutoire, telle que l'a élaborée J.L. Austin.

Quelle est la fonction « fondamentale » de la langue ? Selon Port-Royal, la langue a été inventée pour permettre aux hommes de se communiquer les uns aux autres leurs pensées. Mais aussitôt Arnauld et Lancelot ajoutent que la parole, pour permettre cette communication, doit constituer une image, un tableau de la pensée, ce qui exige que les structures grammaticales soient une sorte de copie des structures intellectuelles. Cette conciliation entre les fonctions de communication et de représentation, la deuxième étant un moyen de la première, a été mise en question par les comparatistes. L'étude de l'évolution des langues semble montrer en effet que le souci d'économie dans la communication amène une constante érosion phonétique, érosion qui, à son tour, défigure, jusqu'à les rendre méconnaissables, les structures grammaticales [28]. Il en résulte que les langues « évoluées », tout en satisfaisant toujours – et même de mieux en mieux – aux besoins de la communication, ne sauraient plus prétendre à aucune adéquation par rapport aux structures de la pensée : elles ont perdu leur fonction représentative.

Retenant du comparatisme la dissociation de la communication et de la représentation, W. von Humboldt soutient néanmoins que la seconde est toujours la fonction fondamentale de la langue dans l'histoire de l'humanité : « La langue n'est pas un simple moyen de communication (« Verständigungsmittel »), mais l'expression de l'esprit et de la conception du monde des sujets parlants : la vie en société est l'auxiliaire indispensable de son développement, mais nullement le but auquel elle tend » (*Uber den Dualis*, 1827, *Œuvres complètes*, Berlin, 1907, t. VI, p. 23). En construisant la langue, l'esprit humain tend d'abord à poser en face de lui sa propre image, et à prendre ainsi possession de lui-même dans une réflexion devenue non seulement possible mais nécessaire. Seules les langues « primitives » n'ont pas encore atteint ce stade de développement où la parole réfléchit la pensée. Les langues indo-européennes l'ont depuis longtemps atteint, et le délabrement phonétique auquel elles sont soumises au cours du temps ne peut plus rien changer à cet acquis. Pour le prouver, Humboldt essaie de montrer, dans des analyses de détail, la fonction représentative de phénomènes apparemment aberrants comme l'accord grammatical, les irrégularités des conjugaisons et des déclinaisons, ou encore la fusion du radical [27] et des flexions [432] dans les mots. Ils viseraient à manifester, au sens le plus fort, c'est à dire à rendre sensible, l'effort unificateur de l'esprit introduisant l'unité dans la multiplicité du donné empirique. L'essence même du langage est ainsi un **acte** (*energeia*) de représentation de la pensée.

■ Voir particulièrement un opuscule de W. de Humboldt, datant de 1822, dont la traduction française, sous le titre *De l'origine des formes grammaticales*, a été rééditée à Bordeaux en 1969.

Bühler reprend l'idée humboldtienne que le langage est, fondamentalement, un mode d'activité de l'esprit humain, et entend concilier cette idée avec les dogmes de la linguistique du début du XXᵉ siècle. Ce qui soulève au moins deux difficultés. D'une part il faut décrire cette activité fondamentale comme activité de communication (Bühler prend en effet pour acquise la description phonologique de la langue à partir de la communication [49]) – alors que, pour Humboldt, seul l'effort de l'esprit pour se représenter lui-même appartient à l'essence du langage, et la communication n'est qu'une utilisation secondaire. D'autre part il faut concilier le caractère fondamentalement actif du langage avec le dogme saussurien selon lequel une étude de la langue est préalable à celle de la parole. En ce qui concerne le second point, la solution de Bühler est de distinguer, dans l'activité à laquelle le langage donne lieu, l'**acte** et l'**action** (« Sprechakt » et « Sprechhandlung »). L'*action linguistique*, c'est celle qui utilise le langage, qui en fait un moyen : on parle à autrui *pour* l'aider, le tromper, le faire agir de telle ou telle façon. Cette insertion du langage dans la pratique humaine, Bühler l'assimile à la parole, au sens saussurien. Il n'en est pas de même pour l'*acte linguistique*, que Bühler rapproche de l'acte de signifier (« zeichensetzen ») dont les médiévaux étudiaient les différents modes, ou encore de l'acte donneur de sens (« sinnverleihend ») isolé par Husserl. C'est donc un acte inhérent au fait même de parler, et indépendant des projets dans lesquels la parole s'insère. L'étude de cet acte fait ainsi partie intégrante de l'étude de la langue, et en constitue même le noyau central.

En quoi consiste maintenant cette activité linguistique originelle, cette pure activité de signifier ? Bühler l'identifie à l'acte de communiquer (ce qui lui permet d'intégrer à sa philosophie le postulat de base de la phonologie, postulat opposé aux thèses de Humboldt). Pour opérer cette identification, il doit donner une analyse générale de la communication, qui en fasse un « acte » exprimant la condition essentielle de l'homme, et non pas une « action » particulière. Elle est décrite comme un drame à trois personnages (le « monde », c'est-à-dire le contenu objectif dont on parle, le locuteur et le destinataire) : quelqu'un parle à quelqu'un de quelque chose. De ce fait, tout énoncé linguistique est toujours, essentiellement, un signe triple, et l'acte de signifier est toujours orienté dans trois directions. Il renvoie : 1° au contenu communiqué, et, en ce sens il est « Darstellung », **représentation** du monde

(NB : Le mot « représentation » ne désigne donc pas ici, comme c'est le cas pour Humboldt ou Port-Royal, une sorte d'imitation matérielle de la *pensée*) ; 2° au destinataire, qu'il présente comme concerné par ce contenu ; c'est la fonction d'**appel** (« Appell ») ; 3° au locuteur, dont il manifeste l'attitude, psychologique ou morale ; c'est la fonction d'expression (« Ausdruck »). L'originalité de Bühler est de donner à ces trois fonctions un caractère indépendant et proprement linguistique. Prenons la fonction d'**expression**, qui peut se réaliser par des intonations (d'amusement, de colère, de surprise...) ou encore par certaines modalités (« *Espérons* qu'il fera beau », « *Hélas* il va venir »). Elle est linguistique, en ce sens que les modalités et intonations ne sont pas des conséquences mécaniques des états psychologiques, mais une certaine façon de les signifier. Et elle est indépendante, en ce sens qu'elle constitue un mode de signification très particulier : on ne signifie pas de la même façon un état psychologique en l'exprimant (« Hélas il va venir »), et en le représentant, c'est-à-dire en en faisant le contenu factuel asserté par l'énoncé (« Cela m'ennuie qu'il vienne »).

Le schéma de Bühler a été complété par R. Jakobson, mais sans que son esprit soit modifié : il s'agit toujours de déterminer ce qui est inhérent à l'acte de communiquer, indépendamment des intentions et des projets que peut avoir par ailleurs le locuteur. Outre le monde, le destinataire et le locuteur (= **destinateur**), Jakobson fait intervenir, pour décrire l'acte de communication, le code linguistique employé, le message composé, et enfin la connexion psychophysiologique, le contact établi entre les interlocuteurs. Aussi ajoute-t-il aux trois fonctions de Bühler (rebaptisées respectivement fonctions **référentielle**, **conative**, et **expressive**), trois autres fonctions : **métalinguistique** (la plupart des énoncés comportent, implicitement ou explicitement, une référence à leur propre code), **poétique** (l'énoncé, dans sa structure matérielle, est considéré comme ayant une valeur intrinsèque, comme étant une fin), et enfin **phatique** (il n'y a pas de communication sans un effort pour établir et maintenir le contact avec l'interlocuteur : d'où les « Eh bien », « Vous m'entendez », etc., d'où le fait aussi que la parole est vécue comme constituant, *par son existence même*, un lien social ou affectif).

■ K. Bühler, *Sprachtheorie*, Iéna, 1934 : sur les trois fonctions de la communication, § 2, sur l'acte et l'action, § 4. Sur Bühler en général : A. Eschbach (ed.), *Bühler-Studien*, Francfort-sur-le-Main, 1984. – Les fonctions de Jakobson sont présentées dans *Essais de linguistique générale*, Paris, 1963, chap. 11.

Indépendamment de cette réflexion des linguistes, les philosophes de l'école d'Oxford [247] ont abouti à des conclusions qui vont dans le même sens, et peut-être plus loin. Dans le même sens, car il s'agit pour eux aussi de déterminer ce que l'on fait dans l'acte même de parler (et non pas ce que l'on peut faire en se servant de la parole). Plus loin, car ils intègrent dans cette action inhérente à la parole, une part beaucoup plus étendue de l'activité humaine.

Le point de départ de leur recherche est l'opposition établie par le philosophe anglais J.L. Austin, au début de sa réflexion sur le langage, entre énoncés **performatifs** et **constatifs**. Un énoncé est appelé constatif s'il ne tend qu'à décrire un événement (« Jean est venu ») sans prétendre modifier les choses. Il est performatif s'il se présente comme destiné à transformer la réalité (c'est le cas par exemple pour un ordre ou une question, qui prétendent influer sur l'interlocuteur, en l'amenant à faire ou à dire quelque chose). Austin signale que cette distinction ne recouvre pas la distinction grammaticale usuelle entre les énoncés déclaratifs et non déclaratifs. Certains énoncés (**masqueraders**) de forme déclarative peuvent déguiser une valeur performative. C'est le cas notamment pour les **performatifs explicites**. Ceux-ci, interprétés selon leur syntaxe littérale, semblent *décrire* une certaine action de leur locuteur, mais leur énonciation revient à *accomplir* cette action. Ainsi une phrase commençant par « Je t'ordonne de » est un performatif explicite : en l'employant, à la fois on semble se décrire soi-même comme ordonnant, et d'autre part on donne effectivement un ordre (alors qu'en disant « Je me promène », on décrit seulement ce que l'on fait, sans le faire pour autant). Qu'un énoncé performatif soit explicite ou non, il ne peut pas être caractérisé comme pure représentation d'un événement : dans sa signification même est indiquée l'action spécifique qu'il permet d'accomplir. En reprenant les termes de Morris [777], on ne peut établir la sémantique de ces expressions sans y inclure une partie de leur pragmatique.

Dans une seconde étape de sa réflexion, Austin s'est aperçu que les énoncés « constatifs » possèdent eux aussi, d'une façon moins spectaculaire, mais tout aussi réelle, que les « performatifs », une valeur d'action. En disant « Jean est venu », le locuteur ne se contente pas de représenter un fait, il affirme la réalité de ce fait. Or l'affirmation aussi est une action, et cela d'une façon essentielle (non pas seulement parce qu'elle peut viser, accessoirement, à influencer l'interlocuteur – en lui suggérant par exemple d'aller voir Jean). Le simple fait d'affirmer modifie la situation du locuteur, en ce sens qu'il prend une responsabilité qu'il n'avait pas auparavant, celle de justifier ce qu'il a dit, et, au cas où son énoncé se révélerait faux, de reconnaître son erreur. Elle modifie aussi la situation de l'interlocuteur qui, désormais, ne peut nier le fait affirmé sans prendre vis-à-vis du locuteur une attitude d'opposition, de désobéissance intellectuelle. Ne pouvant plus opposer « performatif » et « constatif », Austin a construit une théorie générale des **actes de langage** (ou **actes de parole**) valable pour tous les énoncés. Selon lui, en énonçant une phrase quelconque, on accomplit trois actes simultanés :

1. Un acte **locutoire**, dans la mesure où on articule et combine des sons, dans la mesure aussi où on évoque et relie syntaxiquement les notions représentées par les mots.

2. Un acte **illocutoire**, dans la mesure où l'énonciation de la phrase constitue en elle-même un certain acte (une certaine transformation des rapports entre les interlocuteurs) : j'accomplis l'acte de promettre en disant « Je promets... », celui d'interroger, en disant « Est-ce que... ? ». Austin ne définit pas à proprement parler l'acte illocutoire, mais en signale plusieurs caractères. D'une part, c'est un acte accompli *dans* la parole même, et non pas une conséquence (voulue ou non) de la parole. D'autre part, il est toujours *ouvert*, *public*, en ce sens qu'on ne saurait l'accomplir sans faire savoir qu'on l'accomplit (on ne peut pas promettre ou ordonner sans en avertir en même temps le destinataire de l'ordre ou de la promesse). De ce fait, il peut généralement être paraphrasé par un performatif explicite (« Je t'ordonne de... », « Je te promets de... »). Enfin l'acte illocutoire est toujours conventionnel. On n'entendra pas seulement par là que le matériel phonique utilisé pour le réaliser est arbitraire (c'est le cas de toute expression linguistique). Austin veut dire surtout que l'acte illocutoire n'est pas

la conséquence, logique ou psychologique, du contenu intellectuel exprimé dans la phrase prononcée (ainsi le fait que « Je te promets de… » serve à promettre n'est pas une conséquence de l'apparent contenu descriptif de la phrase, qui semble – c'est un des traits définitoires du performatif explicite – signaler que le locuteur est en train de promettre). L'acte illocutoire ne se réalise que par l'existence d'une sorte de cérémonial social, qui attribue à telle formule, employée par telle personne dans telles circonstances, une valeur d'action déterminée.

3. Un acte **perlocutoire**, dans la mesure où l'énonciation sert des fins plus lointaines, et que l'interlocuteur peut très bien ne pas saisir tout en possédant parfaitement la langue. Ainsi, en interrogeant quelqu'un, on peut avoir pour but de lui rendre service, de l'embarrasser, de lui faire croire qu'on estime son opinion, etc. (on notera que l'acte perlocutoire, contrairement à l'illocutoire, peut rester caché : il n'est pas besoin, pour embarrasser quelqu'un, de lui faire savoir qu'on cherche à l'embarrasser).

Si les exemples de Austin ont été peu contestés, sa caractérisation de l'acte illocutoire a souvent semblé insuffisante, et il y a eu nombre de tentatives pour l'expliciter. Ainsi, pour mieux cerner la notion d'illocutoire, le philosophe américain Searle définit d'abord l'idée de règle **constitutive**. Une règle est constitutive par rapport à une certaine forme d'activité, lorsque son inobservance enlève à cette activité son caractère distinctif : les règles du bridge sont constitutives par rapport au bridge, car on cesse de jouer au bridge dès qu'on leur désobéit. En revanche les règles techniques auxquelles se conforment les bons joueurs ne sont pas constitutives, mais seulement **normatives** (car rien n'empêche de jouer au bridge, et d'y jouer mal), et de même pour les règles morales, qui interdisent par exemple de loucher sur les cartes des adversaires (un joueur malhonnête reste un joueur). Avec cette définition, les règles fixant la valeur illocutoire des énoncés sont constitutives par rapport à l'emploi de ces énoncés. Une énonciation ne peut pas compter comme promesse si, en la faisant, on ne prétend pas s'engager à la tenir. Elle ne constitue pas un ordre si on ne prétend pas que le destinataire devient obligé, du fait même de ce qui lui a été dit, de faire quelque chose à quoi il n'était pas tenu auparavant. Ce qui n'empêche pas, bien sûr, qu'une promesse reste promesse si on ne la tient pas, ni qu'un ordre reste un ordre si le destinataire n'obéit pas, ou même si on ne désire pas, en fait, qu'il obéisse (dans ces cas, seules des règles *normatives*, et non pas des règles *constitutives*, ont été violées).

En allant plus loin dans le sens de Searle, on pourrait dire qu'une parole est un acte illocutoire lorsqu'elle a pour fonction *première et immédiate* de prétendre modifier la situation des interlocuteurs. En promettant, je déclare m'ajouter à moi-même une obligation, et ceci n'est pas une conséquence seconde (perlocutoire) de ma parole, puisque l'on ne peut pas donner à la parole en question, dès qu'elle est interprétée comme promesse, un sens antérieur à cette création d'obligation. Ou encore, lorsque j'interroge mon interlocuteur, je prétends créer pour lui une situation nouvelle, à savoir l'alternative de répondre (et n'importe quoi ne peut pas passer pour réponse) ou d'être impoli. Pour l'ordre, l'alternative est celle de l'obéissance et de la désobéissance (à partir du moment où j'ai reçu un ordre, faire ce qui m'a été ordonné devient obéissance, ne pas le faire, désobéissance). Et, en ce qui concerne le conseil (acte dont l'existence n'a, si on y réfléchit, aucune nécessité, mais correspond à une convention de notre vie sociale), il consiste à retirer partiellement à autrui, et à prendre partiellement sur soi, la responsabilité de la chose conseillée (c'est pourquoi le refus de donner des conseils n'implique pas nécessairement un aveu d'incompétence).

On voit en quoi l'étude des actes illocutoires s'apparente aux recherches de Bühler et de Jakobson : la distinction de l'illocutoire et du perlocutoire correspond à celle de l'acte et de l'action, de ce qui est intrinsèque et de ce qui est surajouté à l'activité linguistique. Que l'on parle d'illocutoire ou de fonction fondamentale, on reconnaît à l'acte de parler quelque chose qui est essentiel au langage.

Une fois admis que la langue, *de par sa nature même*, sert à accomplir des actes illocutoires, il reste à préciser quelles sont les entités linguistiques intervenant dans ces actes. Deux positions au moins sont possibles, que l'on appelle souvent **ascriptiviste** et **descriptiviste**. La première, représentée notamment par Austin, Hare et Ryle, consiste à loger l'illocutoire, non seulement dans l'emploi de phrases, mais aussi dans le lexique à partir duquel les phrases sont faites. Particulièrement dans les innombrables mots **évaluatifs** comme *bon, juste, libre, courageux*, etc. Il serait intrinsèque au sens de ces mots de permettre l'accomplissement d'actes illocutoires. Ainsi on ne saurait décrire le sens de l'adjectif *bon* sans dire qu'il sert à accomplir, par rapport à l'objet auquel on l'applique, un acte de recommandation, ou au moins qu'il fait allusion à une recommandation passée, présente ou future, et, dans chacun de ces cas, possible ou réelle. Une telle décision oblige à admettre que les concepts mêmes qui sont agencés par le discours peuvent ne pas avoir de contenu objectif, mais représenter des attitudes subjectives – attitudes du locuteur au moment où il parle, ou attitudes de locuteurs virtuels auxquels il fait allusion. On est proche alors, à la fois de l'idée de polyphonie [546], et de la généralisation de la modalité proposée, au début du siècle, par C. Bally [707].

La position inverse, descriptiviste, est soutenue notamment par J.R. Searle. Les mots du lexique, selon lui, n'ont pas de valeur illocutoire : leur sens consiste toujours en une description d'objets. Il n'y a d'acte illocutoire que dans un énoncé complet. Il faut alors distinguer deux parties dans le sens d'un énoncé. 1° Un **contenu propositionnel** (CP) purement objectif, exprimé par l'assemblage syntaxique des mots lexicaux, et qui consiste en l'attribution d'un prédicat à un sujet. 2° Une **force illocutoire** (FI), indiquant à quel type d'acte l'énoncé est destiné (interrogation, assertion, ordre, demande...), type déterminé à la fois par la forme générale de la phrase, par l'intonation et par la situation. L'acte particulier accompli résulte de l'application de la FI au CP. Ainsi « Est-ce que Pierre viendra ? », « Pierre viendra » et « Que Pierre vienne ! » ont le même CP, attribuant à Pierre une future venue. Le premier a une FI d'interrogation, le second, une FI d'assertion, de promesse, d'avertissement, etc., selon à la fois la façon dont il est prononcé et les relations entre le locuteur, le destinataire et Pierre, facteurs qui pourront attribuer aussi au troisième différentes FI (ordre, demande, conseil...). Ce qui distingue essentiellement la position de Searle de celle des ascriptivistes, est la notion d'un CP objectif, constitué par une proposition susceptible d'être vraie ou fausse, toute la subjectivité étant cloisonnée dans la FI. Aussi Searle analyserait-il « Cet hôtel est bon » comme appliquant une FI assertive à un CP [bonté de l'hôtel], considéré comme une pure description, et d'où tout acte de recommandation serait exclu (ce qui n'empêche pas que l'énoncé puisse, *en plus*, *indirectement*, servir à recommander l'hôtel – mais, si on le recommande, c'est parce qu'on a d'abord asserté qu'il possédait le caractère objectif d'être bon).

Les arguments donnés pour choisir entre ascriptivisme et descriptivisme sont nombreux. Un exemple seulement. Searle déclare impossible de loger l'acte de recommandation dans l'adjectif *bon* parce que cet adjectif peut être employé dans des phrases où aucun acte de ce type n'est accompli (« Cet hôtel n'est pas bon », « Les bons hôtels sont chers »...). Hare avait répondu par avance à ce type d'objections en distinguant deux niveaux illocutoires dans l'énoncé : le **tropic** (ou mode) concerne les types d'actes auxquels il est *fait allusion* dans la phrase, même si le locuteur ne les accomplit pas en fait, et le **neustic** indique la prise en charge par le locuteur *(subscription)* de tel ou tel de ces actes. Si l'adjectif *bon* a rapport avec la recommandation, c'est au niveau tropique. Ainsi les deux derniers exemples qui viennent d'être cités ne comportent pas d'adhésion neustique à cet acte, alors qu'une telle adhésion apparaît dans la phrase simple « Cet hôtel est bon », qui ne mentionne pas seulement, mais *effectue*, la recommandation (signalons que même cette dernière phrase peut voir son neustique annulé si on lui enchaîne une suite comme « ... mais il est cher » : le locuteur, alors, envisage seulement une recommandation possible et justifiable, qu'il ne prend pas cependant à son compte). Les théories, comme celle de « L'argumentation dans la langue » [538 s.], qui cherchent à expulser du sens profond des phrases toute description de la réalité, toute information sur le monde, reprennent, sous une forme ou une autre, par exemple sous la forme polyphonique [546], les idées fondamentales de Hare.

■ Sur les performatifs et les actes illocutoires : J.L. Austin, *How to do Things with Words*, Oxford, 1962 (trad. fr., *Quand dire, c'est faire*, Paris, 1970). – Deux tentatives de redéfinition de l'illocutoire : P.F. Strawson, « Intention and convention in speech-acts », *The Philosophical Review*, 1964, et J.R. Searle, *Speech Acts*, Cambridge, 1969 (trad. fr., Paris, 1972). Searle développe sa conception dans *Expression and Meaning*, 1979 (trad. fr. *Sens et expression,* Paris, 1982), où il présente une classification des actes illocutoires (chap. 1) et une étude des formes **indirectes** de réalisation de l'illocutoire (chap. 2). Un énoncé réalise un acte illocutoire I_2 de façon *indirecte* lorsque la phrase utilisée est marquée pour un autre acte I_1. Ainsi l'acte I_2 de demander du sel peut être effectué au moyen de la phrase « Peux-tu me passer le sel ? » marquée pour l'interrogation (I_1). Selon Searle, l'acte I_1 est, dans ce cas, lui aussi réalisé (dans l'exemple, il y a un acte I_1 d'interrogation sur les possibilités du destinataire). Cela permet d'expliquer la présence de I_2 comme une *implicature* [571] : pour rendre pertinente l'interrogation I_1, à première vue sans objet, on suppose qu'elle était destinée à préparer la demande I_2. Une formalisation de ces notions est présentée dans J.R. Searle et D. Vanderveken, *Foundations of Illocutionary Logic*, Cambridge (GB), 1985. – Sur la distinction de l'illocutoire et du perlocutoire : T. Cohen, « Illocutions and Perlocutions », *Foundations of Language*, vol. 9, 1972-3, 492-503.

L'attitude ascriptiviste est représentée dans G. Ryle, *The Concept of Mind*, Londres, 1949 (voir aussi W. Lyons, *Gilbert Ryle, an Introduction to his Philosophy*, Brighton, 1980) ; développée par R.M. Hare (« Meaning and speech acts », *Philosophical Review*, 1970, n° 79, article repris dans *Practical Inferences*, Londres, 1971), elle est combattue par Searle dans le chap. 6 de *Speech Acts*. – Une étude générale : F. Récanati, *Les Énoncés performatifs*, Paris, 1981. – Le premier linguiste à avoir envisagé ces questions est É. Benveniste, qui accepte l'idée de performatif (il a, dès 1958, présenté, sans le mot, la notion de performatif explicite dans un article repris comme chap. 21 des *Problèmes de linguistique générale*, Paris, 1966, p. 263-266), mais refuse la notion d'illocutoire : *Problèmes*, chap. 22 et 23. – Parmi d'innombrables travaux linguistiques sur les actes de langage : K. Bach, R.M. Harnish, *Linguistic Communication and Speech Acts*, Cambridge (Mass.), 1979. – Certains sociologues, comme P. Bourdieu, contestent la théorie des actes de langage, en croyant y voir l'attribution aux mots d'un pouvoir intrinsèque, alors que leur efficacité tient à la seule position sociale des interlocuteurs : *Ce que parler veut dire*, Paris, 1982, 2e partie (en fait cette objection perd de son importance si l'on présente le pouvoir d'action des énoncés comme un pouvoir *prétendu* – ce qui a été fait ici – ou si l'on admet, avec Austin, que l'efficacité illocutoire dépend de conditions externes, dites *conditions de bonheur*, dont l'absence peut empêcher l'énoncé de produire ses effets illocutoires).

INDEX DES TERMES

A

abduction selon Peirce : 256
Ablaut : 38
accent (en prosodie) : 410 s
accentuation : 397
accentuel (mètre –) : 669
acceptabilité : 605
acceptabilité (=grammaticalité) : 315
accompli (aspect –) : 689
accomplissement (verbe d'–) : 692
accord : 451
achèvement (verbe d'–) : 692
acquisition du langage : 153 s
actant narratif : 646
actant selon Tesnière : 453
acte de langage (= acte de parole) : 782 s
acte et action linguistiques : 779
acte linguistique selon Humboldt : 778
action (en rhétorique) : 172
activité (verbe d'–) : 692
adaptation sélective : 496
adéquation d'une grammaire générative : 80
adéquation d'une théorie générative : 81
adjectif et substantif : 369
adjective (proposition – selon Tesnière) : 552
adverbe de constituant : 731
adverbe d'énonciation : 731 s
adverbe de phrase : 731
affinité entre langues : 141
affixe : 432
agglomérat sémantique [= cluster] : 536
agglutinante (langue –) : 29
agrammaticalité : 315 s
agrammatisme : 522
agraphie : 522
agrégat logique : 304
Aktionsart [= mode d'action, = aspect objectif] : 691
alexie : 523
allitération : 673
allocutaire : 729
allographique (art –) : 225
allomorphe : 433
allophone : 393
alphabet : 307
alphabet consonantique : 307
alternance : 38
amalgame de monèmes : 270
ambiguïté : 478
amorçage (effet d'–) : 497
amphibraque : 671
anachronie (dans le récit) : 712

analepse (dans le récit) : 712
analogie et anomalie dans la linguistique antique : 323
analogie et changement linguistique : 31
analysabilité en linguistique générative : 469
analyse du discours : 484
analyse fonctionnelle (du récit) : 639 s
analyse probabiliste de la versification : 677
analyse propositionnelle du texte selon Todorov : 596
anapeste : 671
anaphore : 548 s
anaphore en linguistique générative : 553
ancrage dans l'univers de discours : 360
anisochronie (dans le récit) : 713
anomalie et analogie dans la linguistique antique : 323
anomalie sémantique : 317
anomie : 521
antanaclase : 578
antécédent dans l'anaphore : 548
antimétabole : 579
aphasie : 521
aphasie de Broca : 524
aphasie de conduction : 525
aphasie de Wernicke : 525
aphasie motrice : 524
aphasie sensorielle : 525
aphérèse : 578
apocope : 578
apodictique (jugement –) : 703
apophonie : 38
appel (fonction d'–) de Bühler : 780
arbitraire absolu et relatif selon Saussure : 323
arbitraire linguistique : 321 s
arbre génératif : 465 s
archéologie du savoir : 242
archimorphème : 277
archiphonème : 277
argot : 139
argumentative (relation –) : 562
argumentative (sémantique –) : 539
arguments et relation : 541
articulation (double –) : 122
ascendant (traitement –) [= « bottom-up »] : 349
ascriptivisme : 784
aspect [= aspect subjectif] : 688
aspect objectif : 691
assertion : 698 s
assertion feinte : 377
assimilation : 393
associatif (groupe –) selon Saussure : 271
association de langues : 141
associations culturelles et personnelles : 769
assonance : 673
astérisque (en grammaire générative) : 315
astérisque (en linguistique historique) : 69
atlas linguistique : 138
attaque (d'une syllabe) : 401
attention sémiotique : 254
atténuateur argumentatif : 539

attributif (usage – *vs* référentiel) : 366
auditeur : 729
auteur impliqué : 199
autodiégétique : voir hétérodiégétique/homodiégétique/autodiégétique (récit)
autographique (art –) : 225
autonomie (corrélation d'–) : 273
autonomie des modules : 353
autonomie référentielle : 557
autosegmentale (phonologie) : 400 s
auxiliaire (verbe –) : 345
avant-texte : 208
axiome en grammaire générative : 464

B

babillage : 511
background selon Searle : 767
ballade : 675
base (suite de –) en grammaire : 486
Bedeutung [= dénotation] selon Frege : 362
Bedeutungslaut [= radical, = élément lexical] : 432
behaviorisme : 150
Beziehungslaut [= élément grammatical] : 432
bhasha : 311
bilinguisme : 141 s
binarité des traits distinctifs : 394
bruit dans la théorie de l'information : 51

C

caractérisation : 758
carré (d'Aristote) : 281
cas en grammaire traditionnelle et selon Fillmore : 455
cataphore : 548
catégorie linguistique : 276
catégorielle (perception –) : 496
catégorique (jugement –) : 703
catégorique (jugement –) selon Marty : 493
cénème : 46
centraux (systèmes –) : 347
cercle herméneutique : 105
césure : 672
champ sémantique : 330
charme (en phonologie) : 403 s
chiasme : 579
choix stylistique : 189
circonstant selon Tesnière : 453
citative (délocutivité –) : 736
classe distributionnelle : 62
classème : 538
classifiant (mot – selon Milner) : 734
clause coordonnée selon Labov et Waletzky : 601
clause libre selon Labov et Waletzky : 600
clause narrative élémentaire selon Labov et Waletzky : 600
clitiques : 430
cloisonnement information-

nel [= « informational encapsulation »] : 348
cluster [= agglomérat sémantique] : 536
coda en phonologie : 401
code à double articulation : 262
code à première articulation : 262-263
code à seconde articulation : 262-263
code à sème unique selon Prieto : 259
code à signifiant zéro selon Prieto : 259
code gestuel : 744
code sans articulation selon Prieto : 262
cognitive (linguistique –) : 328 s
cognitives (contraintes – dans le traitement des énoncés) : 500
cohésion et cohérence textuelle en psycholinguistique : 503
cohésion et cohérence selon Halliday : 603-605
combinaison (relation de –) selon Hjelmslev : 272
combinatoire sémantique : 532 s
comment *vs* topic : 541
communication et représentation : 29
communiquer *vs* dire : 572
commutation : 390
comparatisme : 26
compétence communicative : 146
compétence et performance : 295 s
complément : 450
complément de verbe *vs* complément de phrase : 454
complémentarité (corrélation de –) selon Hjelmslev : 273
complexe (terme –) : 280
complexe (terme –) positif et négatif : 280
componentielle (analyse –) : 534
composition et dérivation : 432
composition orale : 617
compréhension *vs* interprétation : 105
comptable (nom –) : 693
conative (fonction –) selon Jakobson : 780
conception interactive de la métaphore : 587
conception pragmatique de la figure : 590 s
conception substitutive de la figure : 582
configuration sémantique : 536
confirmation (en rhétorique) : 171
conforme (langue –) selon Hjelmslev : 47
conformité selon Hjelmslev : 45
connexionnisme : 350 s
connotation autonymique : 47
connotation selon Port-Royal : 446

connotative (langue –) : 47
conservatrice (règle – en grammaire générative) : 471
constatif *vs* performatif : 781
constituants immédiats [= CI] : 61
constitutive (règle –) : 783
construction dans la grammaire traditionnelle : 450
construction dans l'école distributionaliste : 459
contenu propositionnel : 785
context free (règle –) : 465
context sensitive (règle –) : 465
contexte : 764
contexte et situation : 764 s
contexte oblique ou opaque : 363
contextualisation (indices de –) : 147
contextuel (trait sémantique –) : 535
contextuelle (variante) : 50
contradictoires et contraires : 281
contrastif (trait sémantique –) selon Prieto : 56
conventions de tradition *vs* prescriptions génériques explicites : 633-634
conversation (modèle hiérarchique de la –) : 165
conversationnelle (analyse –) : 159 s
conversationnelle (maxime –) : 571
coopération (principe de –) : 571
coordination sémantique : 560 s
coordination syntaxique : 452
corpus : 60
corrélation (relation de –) selon Hjelmslev : 273
corrélation (phonologique) : 392
cotexte : 764
couleur d'un concept selon Frege : « Farbe » : 363
coût et effet cognitifs : 773
créativité (en grammaire générative) : 78
créole (langue –) : 140 s
critique (période – dans l'acquisition du langage) : 510
critique stylistique : 185
cycle (en phonologie) : 396

D

dactyle : 671
débit de la parole : 409
découpage linguistique : 329
découverte (procédure de –) : 63
défectivité : 277
degré (haut –) : 734
degré zéro selon Barthes : 583
déictique : 369 s
délibératif (genre –) : 169
délimitation des unités [= segmentation de la chaîne] : 38
délocutivité : 735 s
démonstratif logique et grammatical : 368
dénotation [= référence] : 362

dénotation *vs* exemplification : 190
dénotation littérale : 375
dénotation métaphorique : 375
dénotation nulle (et fiction) : 373
dénotative (langue –) selon Hjelmslev : 47
déontique (modalité –) : 704
dépendance syntaxique : 452 s
déplacer a (règle –) : 474
dérivation : 735
dérivation en diachronie : 31
dérivation en grammaire générative : 465
dérivation en synchronie : 337
désambiguïsation : 423
descendant (traitement –) [= « top down »] : 350
descriptif (genre –) : 715
description : 714
description définie : 365 s
descriptive (adéquation –) : 80
descriptive (linguistique –) : 334
descriptivisme (en linguistique) : 59
descriptivisme (en philosophie du langage) : 784
destinataire : 729
destinateur [= locuteur, = sujet de l'énonciation] : 780
détemporalisation du prétérit selon Hamburger : 381
déterminant : 371
détermination (complément de –) : 451
détermination contextuelle du sens : 478
développementale (psycholinguistique –) : 153
dhvani : 110
diachronie : 334 s
dialecte : 137 s
dialectologie : 138
dialogue : 664
dictionnaire : 119
dicto (de – *vs* de re) : 704
dictum et modus : 697
didascalies : 748
didascalies autonomes : 749
didascalies proscéniques : 749
discours *vs* texte : 594
discours selon Benveniste : 686
discours selon Guillaume : 297
discours (analyse du –) : 484
discours (loi de –) : 570
discours indirect libre : 717
discours indirect régi : 717
discours narrativisé : 718
discours rapporté : 546
discours transposé : 717
dislocation : 542
disposition (en rhétorique) : 171
dissociations comportementales : 351
distance (narrative) : 716
distinctifs (traits –) [= distinctive features, = traits pertinents] : 394
distribution : 61
distribution complémentaire : 393
distributionalisme : 59 s

dominante illocutoire : 632
domination (relation de – en grammaire générative) : 467
double énonciation selon Ubersfeld : 747
dramatique (genre –) : 740 s
dramatologie : 750
D-Structure : 128
durée (d'un son) : 408
dynamisme communicationnel : 54
dysprosodie : 521
dyssyntaxie : 522

E

écart (la figure comme –) : 581
écart grammatical selon Frei : 56
écart qualitatif (en stylistique – *vs* quantitatif) : 656
écart stylistique (théorie de l'–) : 183 s
échange fonctionnel [= transposition] selon Bally : 482
éclatement du sens : 545
économie selon Martinet : 341
écriture : 301 s
écriture alphabétique : 387
écriture segmentale : 306
effet de sens : 297
élision : 395
ellipse (en grammaire) : 455
ellipse (en rhétorique) : 579
ellipse (narrative) : 714
élocution (en rhétorique) : 171
emblème : 758
embrayeur [= « shifter »] selon Jakobson : 729
embrayeurs : 370 s
émique (point de vue –) : 67
émotif (style –) : 665
emphase sémantique : 542
emprunt de mot : 23
enchaînement (construction sémantique par –) [= linking] : 537
enclitiques : 431
encyclopédique (savoir –) : 769
endocentrique (construction –) : 459
engendrement d'une suite de symboles en grammaire générative : 464
enjambement : 672
énoncé (par opposition à phrase) : 298
énonciation : 728 s
énonciation (enchaînement sur l'–) : 732
ensemble flou : 480
environnement : 60
épidictique (genre –) : 169
épistémè selon Foucault : 242
épistémique (modalité –) : 704
épopée : 612
équilibre synchronique : 629
ergativité : 456
espace discursif selon Anscombre : 546
espace mental selon Fauconnier : 558
esthétique de la réception : 98
état (verbe d') : 692

état de cause (en rhétorique) : 170
état de langue : 334
état Intentionnel : 254
ethnographie de la communication : 146
ethnométhodologie : 159
ethos : 170
étique (point de vue –) : 67
étymologie (comme recherche de la vérité des mots) : 322
étymologie historique : 24
étymologie populaire : 338
eurythmie (contrainte d'– en phonologie) : 399
évaluatif (style –) : 665
évaluatif (terme –) : 785
evidentiality [= mode médiatif] : 705
exclamation : 732 s
exemplification *vs* dénotation : 190
exemplification générique *vs* modulation générique : 633
exhaustivité (loi d'– selon Ducrot) : 570
exocentrique (construction –) : 459
exorde : 171
expansion en linguistique distributionnelle : 60
expansion selon Martinet : 458
explicative (adéquation –) : 82
explicite (description linguistique –) : 77
expression selon Goodman : 191
expression et contenu selon Hjelmslev : 42
expressive (fonction –) selon Bühler : 780
expressive (fonction –) selon Jakobson : 780
exprimabilité (principe d'–) : 768
extensif (terme –) dans une opposition : 277
extension de la signification : 478
extradiégétique / intradiégétique / métadiégétique : 725

F

f_0 (paramètre) : 410
fable *vs* sujet : 710
famille de langues : 27
feintise *vs* fiction selon Hamburger : 726
fiction : 373 s
figuralité : 585
figure selon Hjelmslev : 533
figure de rhétorique : 577 s
figures de construction : 578
figures de mots : 578
figures de pensée : 579
flexion : 432
flexionnelles (langues –) : 29
focalisation (narrative) : 719 s
focus (focalisation) : 542
folklore : 608
fonction narrative : 639
fonction syntaxique : 449 s
fonctionalisme : 49 s
fonctions métanarratives du personnage : 757
fonctions narratives du personnage : 756

formant selon Hjelmslev : 434
formant [= formative] (en morphologie) : 432
forme interne selon Humboldt : 492
forme selon Hjelmslev : 44
forme selon Saussure : 42
formel (langage – logique) : 128
formes fixes (de la versification) : 675
formes simples : 197
frames selon Fillmore : 767
fréquence (effet de –) : 497
fréquence (narrative) : 715
fréquence sonore fondamentale : 408

G

générale (grammaire –) : 17 s
générative (grammaire –) : 79
générative (linguistique –) : 77 s
généricité auctoriale *vs* généricité lectoriale : 636
génétique textuelle : 209
genres : 626 s
genres de discours : 168
géolinguistique : 136 s
glossématique : 42 s
glossème : 46
gouvernement (théorie du – et du liage) : 472 s
gouvernement selon Chomsky : 460
gouvernement (en phonologie) : 402 s
gradation ou gradualité : 283 s
grammaire (composants de la – au sens de Chomsky) : 123
grammaire au sens traditionnel : 119
grammaire comparée : 26
grammaire générale : 17 s
grammaire générative : 79
grammaire textuelle : 599
grammatical (élément –) dans la linguistique historique : 27
grammatical (monème –) selon Martinet : 435
grammaticalisation (dans l'acquisition du langage) : 514
grammaticalisation (en morphologie) : 344
grammaticalité (en linguistique générative) : 315 s

H

haïku : 675
harmonie (en phonologie) : 394
hauteur d'un son : 408
head [« tête d'une construction »] : 459
héritage (transmission des mots par –) : 23
héros : 759
hétérodiégétique / homodiégétique / autodiégétique (récit) : 726
hétérométrique (strophe –) : 675
hexagone logique : 280
hiérarchie (de personnages) : 760
histoire *vs* récit : 710

histoire selon Benveniste : 686
histoire de la littérature : 94 s
historique (linguistique –) : 23 s
homodiégétique : voir hétérodiégétique / homodiégétique / autodiégétique (récit)
homogénéité d'un concept : 692
homonymie : 478
honorifiques (formes –) : 766
hypertextualité : 210
hypothétique (jugement –) : 703

I

iambe : 671
icône : 261
identification des unités : 39
idéogramme : 304
idéologie au sens de Prieto : 56
idiolecte : 139 s
illocutoire (acte –) : 782
illocutoire (force –) : 785
imperfectif (aspect –) : 689
imperfectif (aspect – en russe) : 694 s
implicativité séquentielle : 160
implicatures conventionnelles : 572
implicatures conversationnelles : 571
inaccompli (aspect –) : 688
inchoatif (aspect objectif –) : 691
incidence grammaticale : 74
indétermination sémantique [= vagueness] : 479
indice : 261
indirect (acte illocutoire –) : 786 s
indo-européen : 26
inférence contextuelle : 565
inférence logique : 564
inférence probable : 565
information (traitement psycholinguistique de l'–) : 151
ingressif (aspect objectif –) : 691
inhérent (trait sémantique –) : 535
inné et acquis dans le développement du langage : 154
innéisme : 156
innere Sprachform (selon Humboldt) : 492
insistance sémantique : 542
intensif (terme –) d'une opposition : 277
Intentionalité *vs* antiintentionalisme : 102 s
interactionnelle (sociolinguistique –) : 146
interactionnisme (en psycholinguistique) : 156
interactionnisme (en sociologie) : 143
interjection : 733
interjections modales et dictales selon Bally : 733
interlocuteur : 729 s
interprétant : 215
interprétation *vs* compréhension : 105
interprétation de surface *vs* interprétation profonde selon Danto : 105

interprétation thématique : 638
interrogation partielle et totale : 413-414
intertextualité : 196
intonation : 408 s
intradiégétique : voir extradiégétique / intradiégétique / métadiégétique
intrigue : 643
invention (en rhétorique) : 170
inverseur argumentatif : 539
inversion (en rhétorique) : 578
ironie : 581
isolante (langue –) : 29
isométrique (strophe –) : 675
isomorphisme selon Hjelmslev : 45
isotopie selon Greimas : 538
itératif (aspect objectif –) : 691

J - K

jargon : 138
jargonaphasie : 522
jeu de langage selon Wittgenstein : 246
jointure [= juncture] : 409
jonction et nexus : 483
judiciaire (genre) : 169
kinésique : 220

L

langage *vs* langue : 17
langage ordinaire (philosophie du –) : 245
langue et parole : 292 s
lapsus : 505
latéralisation hémisphérique : 525
level [= niveau de description] : 480
lexème : 534
lexical (accès –) : 497
lexical (élément –) en linguistique historique : 27
lexical (monème –) selon Martinet : 436
lexicologie et lexicographie : 121 s
lexie selon Pottier : 436
lexique interne : 497
liaison : 395
liée (phrase –) : 560
lieux communs : 170
lieux d'articulation : 391
linéaire (phonologie non-, multi-, pluri-) : 398
linéarité du discours : 269
linking [= construction sémantique par enchaînement] : 537
littérarité : 196
littérarité constitutive *vs* littérarité conditionnelle selon Genette : 206
littérature orale : 608 s
littérature traditionnelle : 614
littératurisation de la rhétorique : 175 s
localisation cérébrale du langage : 523
locuteur [= destinateur, = sujet de l'énonciation] : 729
locutoire (acte –) : 782
logicisme en linguistique : 565

logogrammes : 305
logophoriques (pronoms –) : 555
loi phonétique : 25

M

manifestation selon Hjelmslev : 44
manifestes (connaissances –) : 773
marqué (terme –) d'une opposition : 277
masquerader selon Austin : 781
massif (nom –) : 693
matière de la langue selon Hjelmslev : 44
matière de la linguistique selon Saussure : 292
maturation du langage : 509 s
mécanisme et mentalisme : 59
médiatif (mode – *vs* non médiatif) : 705
mélodique (contour –) : 414
mémoire (en rhétorique) : 172
message au sens de Prieto : 55
métadiégétique : voir extradiégétique / intradiégétique / métadiégétique
métalangue selon Hjelmslev : 47
métalepse (narrative) : 725
métalinguistique (développement de la capacité –) : 517 s
métalinguistique (fonction –) selon Jakobson : 780
métalinguistique (négation) : 700
métalogismes : 579
métaphore : 584 s
métaphore et métonymie d'après Jakobson : 275
métaplasmes : 579
métasémèmes : 579
métataxes : 579
métonymie : 584 s
mètre : 668 s
mètre *vs* rythme : 671-672
métrique (théorie phonologique –) : 398
métrique générative : 678
mixte (langue –) : 140
modalisant (style –) : 666
modalité de dicto *vs* de re : 705
modalité grammaticale selon Martinet : 552
modalité sémantique : 697 s
mode (dans le récit) : 716
mode d'action [= aspect objectif, = Aktionsart] : 691
mode d'articulation : 391
mode d'énonciation : 628
mode dramatique : 228
mode du signifier : 116
mode grammatical : 682
mode narratif : 228
modèle hiérarchique de la conversation : 164
modes thématiques selon Frye : 635
modiste (grammaire –) : 115
modularisation : 358
modularité : 347 s
modus et dictum : 697
monde fictionnel : 376

monème : 434
monème grammatical *vs* lexical : 436
monologue : 664
montrer et dire : 770
morphe : 433
morphe-portemanteau : 433
morphème alternant selon Harris : 434
morphème au sens de Hjelmslev : 46
morphème dans la linguistique moderne : 433
morphème dans la tradition grammaticale française : 432
morphemic segment : 434
morphémographie [= idéographie] : 303
morphophonème : 395
morpho-phonologie : 124
morphologie dans la tradition grammaticale : 119
morphologie selon Martinet : 123
morphonologie : 124
mot : 430 s
mot prosodique : 421
mot-valise : 578
motif : 639
motivation en linguistique : 321 s
multilinéaire (phonologie –) : 398 s
multilinguisme : 141 s
multisémiotique (œuvre –) : 615
mutisme : 521
mythographie : 301

N

narrateur : 725 s
narrateur *vs* réflecteur selon Stanzel : 717
narration (comme acte) : 723 s
narration (en rhétorique) : 171
narration antérieure / ultérieure / simultanée / intercalée : 723
narration naturelle selon Labov et Waletzky : 600
narration / récit / histoire : 710
narratologie : 228 s
nationale (langue –) : 136
négation : 700 s
néo-grammairiens : 30
neustic : 786
neutralisation : 276
neutralisation (en phonologie) : 393
neutre (terme –) : 280
nexus : 483
niveau de description [= level] : 480
niveau narratif : 724
nom propre logique et grammatical : 367
nomenclature : 42
nominal (pronom –) selon Brunot : 549
nominale (racine –) : 443 s
nominalisation (transformation de –) : 447
non marqué (terme –) : 277
normative (règle –) : 783
norme au sens de Coseriu : 314
norme au sens de Hjelmslev : 313

norme au sens traditionnel : 311 s
normes génériques régulatrices : 633
notation graphique : 301
notation symbolique abstraite : 302
notation symbolique figurative : 301
noyau (phrase –) : 487
noyau de la phrase selon Martinet : 458
noyau d'une syllabe : 401

O

objet de la linguistique selon Saussure : 292
oblique (contexte –) ou opaque : 363
observationnelle (adéquation –) : 80
occurrence *vs* type : 260
off-line *vs* on-line (analyse –) : 152 s
onomatopée : 733
opaque (contexte –) ou oblique : 363
opposition de sens : 52
opposition phonologique : 390
oppositionnelle (signification –) : 479
oppositivité (principe d'–) : 40
oralité primaire : 620
oralité seconde : 620
ordinaire (philosophie du langage –) : 245
ordre (narratif) : 712
organisation globale de la conversation : 163
organisation préférentielle de la conversation : 161
organisation séquentielle de la conversation : 159
orthoépie : 311
oubli (apprentissage par –) : 511
Oxford (école d'–) : 247

P

paires adjacentes : 160
paires minimales de morphèmes : 390
panchronie : 341
paradigme : 271 s
paralepse (narrative) : 719
paralipse (narrative) : 719
parallélisme : 667
paraphasie : 521
paraphrase : 573 s
paratexte : 210
parenté de langues : 26
parenthèse étiquetée : 467
parenthèses emboîtées : 467 s
parodie selon Bakhtine : 656
parole (langue et –) : 292 s
paronomase : 578
participation (principe de –) : 279
parties du discours : 439 s
pathologie du langage : 520 s
pathos : 170
patois : 136 s
patron prosodique : 420
pause descriptive : 713
pause métrique : 670
pause verbale : 672

pauses (répartition des –) : 505
perceptibilité stylistique : 187
perfectif (aspect –) : 689
perfectif (aspect – en russe) : 694 s
performance et compétence : 295 s
performance orale : 617
performatif *vs* constatif : 781
performatif explicite : 781
périphériques (systèmes –) : 347
perlocutoire : 783 s
péroraison : 171
personnage : 753 s
personne *vs* personnage : 753
personne (en tant que catégorie de la narratologie) : 725
perspective externe *vs* interne selon Stanzel : 720
perspective fonctionnelle de la phrase : 53
pertinence phonologique : 50
pertinence (théorie de la –) : 773 s
pertinent (trait –) de situation : 772
pertinent (trait –) [= trait distinctif] : 391
phatique (fonction –) selon Jakobson : 780
philologie : 90
philosophie analytique : 243
philosophie du langage : 241 s
philosophie du langage ordinaire : 245
phonème : 388 s
phonemics [= phonologie] : 294 s
phonémique (restauration –) : 496
phonétique *vs* phonologie : 294 s
phonographie : 303
phonologie : 294 s
phonologie diachronique : 339 s
phonologie générative : 395
phonologique (composant –) dans une grammaire générative : 123 s
phonostylistique : 415
phonosyntaxe : 416 s
phrase *vs* énoncé : 298
phrase structure [PS] : 465
phraséologique (unité – selon Bally) : 436
phrastique (négation) : 701
pictogramme (morphémographique) : 304
pictographie (mythographique) : 302
pidgin : 140
pied en phonologie plurilinéaire : 398
planification dans la production discursive : 505
plérème : 46
plurilinéaire (phonologie –) : 398 s
plurivalence selon Todorov : 663
poésie : 211
poésie orale : 608
poétique : 193 s
poétique (fonction –) selon Jakobson : 780

point de vue : voir focalisation
polarité négative : 702
polyphonie selon Ducrot : 546
polysémie : 478
polysystèmes (théorie des –) : 201
posé et présupposé : 543
pragmatique / sémantique / syntaxique selon Morris : 776
pragmatique : 131
pragmatiques (stratégies –) dans l'interprétation des énoncés : 501
prakrit : 311
prédicat *vs* sujet : 450
prédicat grammatical selon Martinet : 457
prédicat grammatical selon Tesnière : 453
prédicat logique : 540
prédicat narratif : 646
prédicat psychologique : 542
préfixe : 432
prescriptions génériques explicites *vs* conventions de tradition : 633 s
présupposition (relation de –) selon Hjelmslev : 272
présupposition sémantique : 543 s
preuve (en rhétorique) : 170
primitif (nom –) en étymologie : 322
principe en grammaire générative : 472 s
principes A et B en linguistique générative : 553
privative (opposition –) : 277
procédé (littéraire) : 193
procédure de découverte des grammaires : 63
procès (mode de –) : 691
proclitiques : 431
profonde (structure –) en grammaire générative : 485
projection (principe de –) : 475
projection maximale : 461
prolepse (narrative) : 712
pronom en linguistique générative : 553
pronominale (racine –) : 443
propagation (en phonologie) : 401
propos : 541
propositionnel (contenu –) : 785
prose *vs* vers : 667
prosodème au sens de Hjelmslev : 46
prosodie linguistique : 408 s
prototype : 289
proxémique : 220
PS (règle –) : 465
psycholinguistique : 149 s
psycholinguistique développementale : 507 s
psychomécanique ou psychosystématique : 68

Q

qualité (nom de – selon Milner) : 734
quantitatif (mètre –) : 669
quantité (maxime de – selon Grice) : 571

R

racine : 443
radical : 27
radicale (transformation – en grammaire générative) : 471
rang selon Jespersen : 483
re (de – *vs* de dicto) : 704
rébus : 305
récit : 230 s
récit *vs* histoire : 710
récit (grammaire de –) : 645 s
récit de fiction *vs* récit non fictionnel : 238
récit d'événements *vs* récit de paroles : 717
récit itératif : 715
récit non focalisé / à focalisation externe / interne / variable : 719
récit répétitif : 715
reconstruction indo-européenne : 26
rection : 450
récursif (symbole –) : 468
redondant (trait phonique –) : 50
réécriture (règle de –) : 465
référence directe : 368
référence non dénotationnelle selon Goodman : 375
référence virtuelle selon Milner : 558
référent : 360
référentiel (usage – *vs* attributif) : 366
référentielle (fonction –) selon Jakobson : 780
référentielle (valeur –) : 360 s
réflexivation (transformation de –) : 470
refrain : 675
registre : 415
registres de la langue : 654
règle générative : 586
règles génériques constituantes : 632
règles variables : 144
relatif (pronom –) : 552
relation (complément de –) : 451
relation de renvoi : 254
relation et arguments : 541
représentant (pronom –) : 549
représentation et communication : 18
représentative (fonction –) selon Bühler : 779
ressemblance de famille selon Wittgenstein : 290
restriction sélective : 535
résultatif (aspect objectif –) : 691
rhème : 541
rhétoricité : 585
rhétorique : 166 s
rime : 673
rime antigrammaticale : 674
rime antisémantique : 674
rime croisée : 674
rime d'une syllabe (en phonologie) : 401
rime embrassée : 674
rime équivoque : 674
rime féminine : 674
rime grammaticale : 674
rime léonine : 674
rime masculine : 674
rime pauvre : 674

rime plate : 674
rime riche : 674
rime sémantique : 674
rime suffisante : 674
rôle (narratif) : 648
rôle thématique en syntaxe générative : 462
rondeau : 675
rupture intonative : 424
rythme *vs* mètre : 671-672
rythme prosodique : 410 s

S

sabir : 140
sandhi : 109
saturation des prédicats selon Frege : 699 s
scène : 713
scénocentrisme *vs* textocentrisme : 740
schéma selon Hjelmslev : 313
schéma générique : 210
schéma syntaxique selon Goodman : 261
segmental (niveau –) : 410
segmentation de la chaîne parlée : 38
sélection (relation de –) selon Hjelmslev : 272
sélectives (restrictions –) : 535
sémantème : 432
sémantique (combinatoire –) : 534 s
sémantique (composant –) en grammaire générative : 124
sémantique (mémoire –) : 498
sémantique (trait –) : 534
sémantique (trait –) contextuel *vs* inhérent : 535
sémantique générative : 129
sémantique historique : 32
sémantique psychologique : 498
sémantique / syntaxique / pragmatique selon Morris : 776
sème : 534
sémème selon Greimas et selon Pottier : 534
sémiotique [= sémiologie] : 213 s
sémiotique de la culture : 221
sémique (figure –) : 534
sens et effet de sens : 297
sens et référent : 360 et s
séquence narrative selon Bremond : 648
séquentielle (organisation – de la conversation) : 161
servitude grammaticale : 52
shifter [= embrayeur] : 370 s
signal de parole : 408 s
signe : 253 s
signe attentionnel : 255
signe intentionnel : 254
signifiant : 257
signification *vs* signifiance selon E.D. Hirsch : 104
signification dans la logique du Moyen Âge : 362
signifié : 257
sincérité (maxime de –) selon Grice : 571
Sinn [= sens] selon Frege : 362
situation de discours : 765 s
sociocritique : 201
sociolinguistique : 143 s

solidarité (relation de –) selon Hjelmslev : 272
sommaire (narratif) : 713
sonnet : 675
source sémantique dans l'anaphore : 548
sous-entendu : 570 s
spécification (corrélation de –) selon Hjelmslev : 273
spécificité des contraintes linguistiques : 356
spectre d'un son : 408
spectrographique (analyse –) : 427
sphota : 110
spondée : 671
stemma : 453
stéréotype et variation : 145
stéréotypie (trouble de –) : 522
stratification stylistique : 666
strophe : 675
S-Structure : 127
structure : 36
structure distributionnelle : 63
structure profonde et superficielle : 477 s
style : 654 s
style formulaire : 612
style simple, mesuré et grand : 580
stylisation : 656
stylistique : 181
stylistique collective : 184
stylistique de la langue : 182
stylistique générale : 186
stylistique individuelle : 184
stylistique littéraire : 186
stylistique théorique : 185
subcontraires : 281
sublogique : 279
subordination sémantique : 561
substance et forme selon Hjelmslev : 44
substance et forme selon Saussure : 42
substantif et adjectif : 369
suffixe : 432
suite de base : 486
sujet *vs* fable : 710
sujet *vs* prédicat : 450
sujet (montée du –) : 471
sujet selon Martinet : 458
sujet grammatical : 450
sujet logique : 540
sujet psychologique : 541
superficielle (structure – en grammaire générative) : 485
supposition dans la logique du Moyen Âge : 362
suprasegmental (niveau –) : 410
surdité verbale : 522
surgénéralisation lexicale : 513
surgénéralisation syntaxique : 514
syllabaire : 307
syllabe : 412 s
syllabique (mètre –) : 669
syllabique (représentation –) : 497
syllepse (dans le récit) : 712
symbole (littéraire) : 205
symbole selon Peirce : 261
symbolisme phonétique : 668
symbolisme selon Todorov : 263
symétrie : 667

symptôme : 255
synchronie : 334 s
synchronie (dans le récit) : 712
synecdoque : 580-581
synonymie : 477
syntagmatique (règle – en grammaire générative) : 465
syntagmatique (relation –) : 267
syntagme : 267 s
syntaxe au sens traditionnel : 119
syntaxe selon Chomsky : 124 s
syntaxe selon Martinet : 123
syntaxique / sémantique / pragmatique selon Morris : 776
syntème selon Martinet : 436
système [= structure] : 36
système (de signes) : 258
système notationnel selon Goodman : 263
système secondaire : 221
système selon Coseriu et selon Hjelmslev : 313
système selon Martinet : 274

T

tagmémique : 67
taxème : 46
taxinomie des motifs : 638
taxinomique (linguistique –) : 78
tempo : 409
temps absolus et dérivés : 687
temps dans la langue : 682 s
temps de la narration : 723
temps de l'histoire : 711
temps du récit : 711
temps grammatical : 682
temps opératif selon Guillaume : 71
temps réel (analyse en –) [« on-line »] : 152 s
terminale (suite –) : 465
terminatif (aspect objectif –) : 691
testimoniale (modalité –) : 706
tête (en phonologie) : 404
tête d'une construction syntaxique [« head »] : 459
texte : 594 s
texte dramatique : 747 s
textocentrisme *vs* scénocentrisme : 740
thématique (analyse –) : 638 s
thème : 639
thème et propos : 541
théorie générative standard : 126
théorie générative standard étendue : 127
théorie linguistique selon Chomsky : 81
thêta-rôle : 462
thétique (jugement –) selon Marty : 493
timbre d'un son : 408
tonal : 401
tonalité affective selon Staiger : 635
tonématique (mètre –) : 669
topic *vs* comment : 541
topos : 643
topos argumentatif : 563
tours de parole : 159 s

traces (théorie des –) : 475
tradition orale : 608
trait pertinent ou distinctif : 390
trait pertinent de situation : 772
traitement du langage : 495 s
transférende : 482
transfert (trait de –) : 319
transformation au sens de Chomsky : 487
transformation au sens de Harris : 63
transformation conservatrice [« structure preserving »] : 471
transformation diachronique : 629
transformation discursive selon Todorov : 596
transformation facultative *vs* obligatoire : 487
transformation généralisée *vs* singulière : 487
transformation radicale : 471
transformation syntaxique : 481
transformationnelle (règle –) : 468
transitivité sémantique : 537
translatif et translation selon Tesnière : 482
transmission orale : 617
transposition syntaxique selon Bally : 482
transpositive (langue –) : 21
transtextuel (fait –) : 193
tribraque : 671
trochée : 671
trope : 579
tropic : 786
troubles de la parole *vs* troubles du langage : 520
troubles de la performance *vs* troubles de la compétence : 529 s
type *vs* occurrence : 260
type (personnage –) : 759
typologie des langues : 335

U

unification (grammaire d'–) : 494
univers de croyance selon Martin : 546
univers de discours : 360
univers sémantique selon Greimas : 199
universaux formels : 328
universaux implicationnels : 343
universaux substantiels : 330
universaux thématiques : 635
universaux transformationnels : 471
universels (principes – de traitement) : 515
usage selon Hjelmslev : 313

V

vagueness [= indétermination sémantique] : 479
valence d'un verbe : 454 s
valeur linguistique : 37
variabilité de l'œuvre orale : 622-623
variabilité individuelle dans l'acquisition du langage : 516

variable sociolinguistique : 144 s
variante contextuelle ou combinatoire : 50
variation inhérente *vs* sociale : 143
variation sociolinguistique (indicateurs et marqueurs de –) : 145
variation stylistique : 189
variation stylistique en grammaire : 52
variation stylistique en sociolinguistique : 143
variationniste (sociolinguistique –) : 143
vernaculaire : 145
vers : 670 s
vers *vs* prose : 667
vers blanc : 673
vers libre : 672
versification : 667 s
vide (catégorie –) : 475
virtuème : 766
vision : voir focalisation
vitesse (du récit) : 713
voisement : 392
voix (narrative) : 722 s

W - X - Z

waka : 676
X-barre (théorie –) : 460
zoo-sémiotique : 220

INDEX DES AUTEURS

A

Aarne (A.) (voir aussi S. Thompson) : 610-611, 643
Abrams (M.H.) : 88
Adelung (J.C.) : 431
Anscombre (J.-C.) : 286, 288, 438, 538, 546, 562 s
Apollonios : 549
Aristote : 87, 169, 194, 228, 281, 388, 579 s, 742
Arnauld (A.) : voir Port-Royal
Attridge (D.) : 671, 678
Auerbach (E.) : 582
Augustin (saint) : 213, 254
Austin (J.L.) : 102, 104, 378, 732, 781 s

B

Bachelard (G.) : 640
Bailey (R.W.) : 187
Bakhtine (M.) : 196, 605, 656
Bal (M.) : 720
Baldwin (L.) : 679
Bally (C.) : 182, 269 s, 560 s, 707 s, 733
Banfield (A.) : 234, 718
Barthes (R.) : 47, 178, 209, 221, 222, 224, 255, 583, 627, 651
Bates (E.) : 157, 502, 509, 515, 530
Baudouin de Courtenay (J.N.) : 51, 388
Beardsley (M.C.) (voir aussi W.K. Wimsatt) : 103, 587
Beaugrande (R. de) : 598, 603
Beaujour (M.) : 625
Beauzée (N.) : 17 s, 451
Becker (A.L.) : 597
Bellemin-Noèl (J.) : 208
Benveniste (É.) : 53, 249, 259, 286, 370, 685, 693 s, 770, 787
Berkeley (G.) : 245
Berlin (B.) : 331
Berrendonner (J.) : 545
Bessière (J.) : 179, 584
Bever (T.G.) : 500
Bhartrhari : 111, 123
Black (M.) : 177, 587, 589 s, 591
Blanché (R.) : 222, 280 s
Blanchot (M.) : 627
Bloomfield (L.) : 59 s, 595
Boeckh (A.) : 90, 106
Booth (W.) : 179, 199, 229, 593
Bopp (F.) : 26 s, 443 s
Bourdieu (P.) : 787

Boysson-Bardies (B. de) : 512
Bréal (M.) : 32
Bremond (C.) : 611, 647-648, 650-653
Broca (P.) : 524
Brøndal (V.) : 279 s, 440, 441
Brown (R. W.) : 514
Brunetière (F.) : 630
Brunot (F.) : 549
Bühler (K.) : 779 s
Burke (K.) : 179
Buyssens (E.) : 217, 703

C

Calame-Griaule (G.) : 615
Carnap (R.) : 217, 243
Cassin (B.) : 167
Cassirer (E.) : 216
Chomsky (N.) : 123 s, 143, 150, 156, 295 s, 315 s, 395 s, 460 s, 464 s, 485 s, 535
Chrysippe : 244
Cicéron : 170
Cohen (D.) : 696
Cohn (D.) : 239, 717-718, 721
Collot (M.) : 640
Cornulier (B. de) : 133, 299, 668, 671, 679, 737
Coseriu (E.) : 313
Culioli (A) : 46, 414, 707
Curtius (E.R.) : 170, 643

D

Danto (A.) : 105, 724
Davidson (D.) : 593
Debray-Genette (R.) : 209
Delattre (P.) : 417
Dell (F.) : 399 s, 401, 418
Denys de Thrace : 112
Derrida (J.) : 102-103
Descartes : 18, 698
Detienne (M.) : 620
Diakonoff (I.M.) : 305
Di Cristo (A.) : 419
Dijk (T. Van) : voir Van Dijk
Dilthey (W.) : 106
Dolezel (L.) : 187, 376, 378, 757
Donat : 112, 174, 439, 581
Donnellan (K.) : 367
Dressler (W.) : 598, 603
Duchet (C.) : 201
Ducrot (O.) : 177, 286, 288, 299, 538 s, 546, 562 s, 570 s, 604
Dumarsais (C.C.) : 451 s, 582
Dundes (A.) : 622
Durand (G.) : 641

E

Eco (U.) : 213, 222-223, 254, 260, 590
Empson (W.) : 198
Encrevé (P.) : 144, 398, 402 s

F

Fanshel (D.) : 165
Fauconnier (G.) : 546, 558
Fillmore (C.J.) : 455 s, 767
Finnegan (R.) : 609, 616, 618
Firbas (J.) : 54
Fishelov (D.) : 630
Fleischman (S.) : 343
Fodor (J.A.) : 347 s, 532, 598
Fónagy (I.) : 416, 659
Fontanier (P.) : 579

Forster (E.M.) : 229, 231, 760
Forster (K. I) : 349, 354, 498, 501
Foucault (M.) : 242
Fradin (B.) : 555
Frege (G.) : 217, 257, 362 s, 366, 373, 698-699
Frei (H.) : 56, 313
Frenzel (E.) : 642
Friedman (N.) : 643
Frye (N.) : 635, 641
Fumaroli (M.) : 174

G

Gall (F.J.) : 523
Garcia Barrientos (J.L.) : 750, 752
Gårding (E.) : 420
Garfinkel (H.) : 159
Garret (M.F.) : 349, 505
Gasparov (M.L.) : 669, 672
Genette (G.) : 178, 191, 193, 206-207, 210 s, 231 s, 378, 380, 582-583, 585, 628, 634, 663-664, 710-713, 716-721, 723, 725-727
Gilliéron (J.) : 138
Girard (R.) : 641
Glowinski (M.) : 239, 381
Goffman (E.) : 143
Goldsmith (J.) : 400 s
Goodman (N.) : 190-191, 207, 225, 261-263, 374-375, 589, 662, 745
Goody (J.) : 310, 621-622
Gougenheim (G.) : 52
Greenberg (J.H.) : 336, 343
Greimas (A.J.) : 199, 222, 254, 534, 589, 645-646, 762
Grésillon (A.) : 209
Grice (P.) : 177, 299, 571 s, 591, 605
Gross (M.) : 63-64, 130
Groupe m : 178, 580, 589
Guillaume (G.) : 68 s, 297
Guiraud (P.) : 192, 662
Gumbrecht (H.U.) : 97
Gumperz (J.) : 143, 146

H

Haarmann (H.) : 303 s
Hagège (C.) : 341, 550, 555
Halle (M.) : 395 s, 398, 678
Halliday (M.K.) : 603, 654
Hamburger (K.) : 381-383, 714, 718, 721, 724, 726
Hamon (P.) : 652, 714-715, 753, 757, 760
Hare (R.M.) : 786
Harris (Z.S.) : 63, 77 s, 434, 483, 573, 595
Hasan (R.) : 603
Hay (L.) : 208
Hécaen (H.) : 525-526
Hegel (G.F.W.) : 91, 628
Hiraga (M.K.) : 659
Hirsch (E.D.) : 104, 106, 192
Hjelmslev (L.) : 42 s, 66, 121, 259, 270, 272, 279 s, 313, 434, 533, 768
Hobbes (T.) : 255
Hockett (C.) : 458
Humboldt (G. de) : 121, 326, 778 s
Husserl (E.) : 106, 216, 256
Hymes (D.) : 143, 146, 615, 625

I - J

Ingarden (R.) : 197-198, 218
Issacharoff (M.) : 749
Jakobson (R.) : 49, 178, 193, 206, 208, 270-271, 274, 331, 370, 389, 394, 512, 528, 584, 619, 667, 676, 731, 780 s
Jauss (H.R.) : 98-99, 626
Jefferson (G.) : 159
Jenny (L.) : 185
Jespersen (O.) : 461, 483
Jolles (A.) : 197, 635

K

Kant (I.) : 175, 246
Karczewski (S.) : 389, 421
Karmiloff-Smith (A.) : 357, 517
Katz (J.J.) : 532, 598
Kay (P.) : 331
Keyser (S.) : 678
Kibedy-Varga (A.) : 671
Kintsch (W.) : 503, 599
Kiparsky (P.) : 678
Kleiber (G.) : 555, 556
Kristeva (J.) : 196, 222
Kuno (S.) : 54, 554
Kuroda (S.Y.) : 492, 541

L

Labov (W.) : 143-144, 165, 600
Lakoff (G.) : 129
Lämmert (E.) : 711
Lamy (B.) : 581
Lancelot (N.) : voir Port-Royal
Langer (S.) : 218
Lanson (G.) : 94
Larthomas (P.) : 747-749
Lebrave (J.L.) : 209
Leech (G.) : 187, 189, 661-662
Leibniz (G.W.) : 18, 324
Lejeune (P.) : 381, 715, 727
Lenneberg (E.H.) : 510, 526 s
Léon (P.) : 415
Lévi-Strauss (C.) : 208, 221-222, 645, 756
Liberman (A.M.) : 495
Liberman (M.) : 398 s
Locke (J.) : 214, 254
Loraux (N.) : 169
Lord (A.) : 613, 618-619, 622
Lotman (I.) : 201, 221, 759, 762
Lubbock (P.) : 229, 233
Lusson (P.) : 678
Lüthi (M.) : 611

M

Macdonald (M.) : 754
MacWhinney (B.) : 157, 502, 515, 530
Mailloux (S.) : 634
Man (P. de) : 103, 585
Martin (P.) : 420
Martin (R.) : 73, 546
Martinet (A.) : 53, 111, 122 s, 262, 273, 332, 339 s, 394, 434 s, 457, 552
Marty (A.) : 492
Mathesius (V.) : 53, 543
McCawley (J.-D.) : 538
McHale (B.) : 664, 718
Mehler (J.) : 497, 511
Meschonnic (H.) : 188
Metz (C.) : 222, 224
Mill (J.S.) : 367

Miller (G.) : 679
Milner (J.-C.) : 557, 734
Molinié (G.) : 185 s, 658, 661
Molino (J.) : 190, 225
Montague (R.) : 569
Morier (H.) : 183
Morris (C.) : 213, 217, 254, 257-258, 777
Mukarovsky (J.) : 188, 197, 217, 219, 664

N - O

Nattiez (J.-J.) : 224
Nicole (P.) : voir Port-Royal
Ogden (C.K.) : 257, 374
Ohmann (R.) : 104, 660
Ong (W.) : 620
Osgood (C.) : 149, 663

P

Pāṇini : 109, 311, 388
Parry (M.) : 612-613
Patañjali : 110, 388
Paul (H.) : 31
Pavel (T.) : 376-377, 646, 649, 750
Peirce (C.S.) : 214-215, 255, 257, 260, 261
Perelman (C.) : 177
Petöfi (S.) : 599
Piaget (J.) : 156, 356
Pierre d'Espagne : 361
Pike (K.L.) : 67, 597
Platon : 112, 166 s, 228, 243 s, 321 s, 443
Plett (H.F.) : 594
Poinsot (J.) : 214
Popper (K.) : 723
Port-Royal (*Grammaire* et *Logique* de) : 17 s, 19, 121, 327 s, 367, 371, 445 s, 450, 552, 556, 698 s, 706, 777
Pottier (B.) : 534, 765
Poulet (G.) : 640
Premack (D.) : 349
Prieto (L.) : 55, 217, 258-259, 262
Prince (A.) : 398 s
Propp (V.) : 210, 610, 645, 761
Putnam (H.) : 247

Q - R

Quine (W.V.) : 168
Quintilien : 170 s, 577-578
Ramus : 175
Rastier (F.) : 184, 641, 753
Reichenbach (H.) : 686 s
Reichert (J.) : 630
Reid (L.) : 596
Richard (J.-P.) : 640
Richards (I.A.) : 198, 257, 374, 586-587
Ricœur (P.) : 194, 650-651
Riffaterre (M.) : 103, 188, 208, 656
Ross (J.R.) : 129
Roubaud (J.) : 678
Roulet (E.) : 164
Russell (B.) : 243, 365 s, 368
Ruwet (N.) : 85, 555, 668
Ryle (G.) : 247

S

Sacks (H.) : 159 s
Sankoff (D.) : 144
Sapir (E.) : 330, 336
Saussure (F. de) : 34 s, 40 s,

215, 253, 257, 259, 267 s, 292 s, 313, 323 s, 337 s, 360, 388, 444, 595, 776
Schapiro (M.) : 224
Schegloff (E.) : 159
Schlegel (F.) : 91
Schleicher (A.) : 29, 241
Searle (J.R.) : 104, 107, 247, 256, 377 s, 584, 588, 591, 632, 767-768, 783-784 et n.
Sebeok (T.) : 149, 219-220
Segui (J.) : 354, 497
Short (M.H.) : 187, 661-662
Skinner (B.F.) : 150
Slobin (D.I.) : 515 s
Smith (B.H.) : 238, 713
Smith (M.J.) : 220
Souriau (E.) : 749
Sperber (D.) : 383, 592, 773 s
Spitzer (L.) : 183
Staiger (E.) : 628, 635
Stanzel (F.K.) : 230, 234 s, 711, 717, 720, 725
Starobinski (J.) : 640
Stempel (W.D.) : 187
Stevenson (C.L.) : 211, 672
Strawson (P.F.) : 363, 366, 544

T

Tesnière (L.) : 452, 482, 552
Thompson (S.) : 610, 643
Todorov (T.) : 178, 186, 204, 230-232, 263, 318, 376, 535, 577, 582-584, 586, 596-597, 627, 639, 647, 658 s, 665, 667 s, 723, 756, 758, 761
Togeby (K.) : 277
Tomachevski (B.) : 630-631, 637, 644, 647, 651, 677, 760
Toulmin (S.) : 177
Trier (J.) : 330
Troubetzkoy (N.S.) : 49, 277, 294 s, 389, 393
Turgot (A.R.J.) : 25, 431
Turner (G.W.) : 658
Tynianov (J.) : 629

U - V

Ubersfeld (A.) : 741, 747, 749
Urban (G.) : 625
Vaissière (J.) : 419
Valéry (P.) : 199
Valin (R.) : 68 s
Van Dijk (T.) : 503, 599
Varron : 112
Vaugelas (C.F. de) : 311
Veltrusky (J.) : 740
Vendler (Z.) : 692 s
Vergnaud (J.R.) : 401
Vossler (K.) : 183
Vygotsky (L.S.) : 157

W

Wackernagel (W.) : 182
Walctzky (J.) : 600
Walton (K.) : 379
Watson (B.) : 150
Watt (I.) : 621
Weinreich (U.) : 319, 536 s
Weinrich (H.) : 688
Wellek (R.) : 188
Wells (R.S.) : 61
Wernicke (C.) : 351, 524-525
Whorf (B.L.) : 330
Wilson (D.) : 592, 773 s

Wimsatt (W.K.) : 103
Wittgenstein (L.) : 243 s, 246, 290
Wolpers (T.) : 643
Woltersdorff (R.) : 378

Y - Z

Yates (F.) : 172, 310
Zich (O.) : 740
Zribi Herz (A.) : 554
Zumthor (P.) : 618-619, 621

TABLE

Introduction (O. D. et J.-M. S) 7

Les écoles 15
Grammaires générales (O. D.) 17
Linguistique historique au XIXe siècle (O. D.) . . . 23
Saussurianisme (O. D.) 34
Glossématique (O. D.) 42
Fonctionalisme (O. D.) 49
Distributionnalisme (O. D.) 59
Psychomécanique du langage (O. D.) 68
Linguistique générative (O. D.) 77
Études littéraires (Philippe Roussin et J.-M. S) . . 87
Appendice : Linguistique ancienne et médiévale (O. D. et Tzvetan Todorov) 108

Les domaines 117
Composants de la description linguistique (O. D.) 119
Géolinguistique (O. D.) 136
Sociolinguistique (Michel de Fornel) 143
Psycholinguistique (Dominique Bassano) 149
Analyse de conversation (Michel de Fornel) 159
Rhétorique (Philippe Roussin) 166
Stylistique (J.-M. S.) 181
Poétique (J.-M. S.) 193
Sémiotique (J.-M. S.) 213
Narratologie (Marielle Abrioux) 228
Philosophie du langage (O. D.) 241

Les concepts transversaux 251
Signe (J.-M. S.) 253
Syntagme et paradigme (O. D.) 267

Catégories linguistiques (O. D.) 276
Langue et parole (O. D.) 292
Écriture (J.-M. S.) 301
Norme (O. D.) 311
Arbitraire (O. D.) 321
Synchronie et diachonie (O. D.) 334
Modularité (Dominique Bassano) 347
Référence (O. D.) 360
Fiction (J.-M. S.) 373

Les concepts particuliers 385
Unités non significatives (Georges Boulakia) . . . 387
Prosodie linguistique (Georges Boulakia) 408
Unités significatives (O. D.) 430
Parties du discours (O. D.) 439
Fonctions syntaxiques (O. D.) 449
Règles et principes génératifs (O. D.) 464
Structures superficielles
et structures profondes (O. D.) 477
Traitement du langage : perception,
compréhension, production
(Dominique Bassano) 495
Acquisition du langage (Dominique Bassano) . . . 507
Pathologie du langage (Dominique Bassano) . . . 520
Combinatoire sémantique(O. D.) 532
Anaphore (O. D.) 548
Relations sémantiques entre phrases (O. D.) 560
Figure (Philippe Roussin) 577
Texte (J.-M. S.) 594
Littérature orale (J.-M. S.) 608
Genres littéraires (J.-M. S.) 626
Motif, thème et fonction (J.-M. S.) 638
Style (J.-M. S.) 654
Versification (J.-M. S.) 667
Temps dans la langue (O. D.) 682
Modalité dans la langue (O. D.) 697
Temps, mode et voix dans le récit (J.-M. S.) 710
Énonciation (O. D.) 728
Énonciation théâtrale (J.-M. S.) 740
Personnage (J.-M. S.) 753

Situation de discours (O. D.) 764
Langage et action (O. D.) 776

Index des termes 789

Index des auteurs 811

Ouvrages de Oswald Ducrot

AUX ÉDITIONS DU SEUIL

« Le Structuralisme en linguistique », *in*
Qu'est-ce que le structuralisme ?
« Points Essais », 1973

CHEZ D'AUTRES ÉDITEURS

Dire et ne pas dire
Hermann, 1972

La Preuve et le Dire
Mame, 1973

Les Échelles argumentatives
Minuit, 1980

Les Mots du discours
(en collaboration)
Minuit, 1981

L'Argumentation dans la langue
(en collab. avec J.-C. Anscombre)
Mardaga, 1983

Le Dire et le Dit
Minuit, 1985

Logique, Structure, Énonciation
Minuit, 1989

Slovenian Lectures/Conférences slovènes
ISH, Ljubljana, 1996

Ouvrages de Jean-Marie Schaeffer

AUX ÉDITIONS DU SEUIL

L'Image précaire
1987

Qu'est-ce qu'un genre littéraire ?
1989

Pourquoi la fiction ?
1999

CHEZ D'AUTRES ÉDITEURS

La Naissance de la littérature
PENS, 1983

L'Art de l'âge moderne
Gallimard, 1991

Les Célibataires de l'art
Gallimard, 1996

La Conduite et le jugement esthétique
Le Nouveau Musée, 1996

Adieu à l'esthétique
PUF, 2000

COMPOSITION : I.G.S. CHARENTE-PHOTOGRAVURE À L'ISLE-D'ESPAGNAC
IMPRESSION : MAURY-EUROLIVRES À MANCHECOURT (07-2002)
DÉPÔT LÉGAL : SEPTEMBRE 1999 – N° 38181-2 – 02/07/96398

Collection Points

SÉRIE ESSAIS

310. Les Démocraties, *par Olivier Duhamel*
311. Histoire constitutionnelle de la France, *par Olivier Duhamel*
312. Droit constitutionnel, *par Olivier Duhamel*
313. Que veut une femme ?, *par Serge André*
314. Histoire de la révolution russe
 1. Février, *par Léon Trotsky*
315. Histoire de la révolution russe
 2. Octobre, *par Léon Trotsky*
316. La Société bloquée, *par Michel Crozier*
317. Le Corps, *par Michel Bernard*
318. Introduction à l'étude de la parenté, *par Christian Ghasarian*
319. La Constitution, *introduction et commentaires*
 par Guy Carcassonne
320. Introduction à la politique
 par Dominique Chagnollaud
321. L'Invention de l'Europe, *par Emmanuel Todd*
322. La Naissance de l'histoire (tome 1), *par François Châtelet*
323. La Naissance de l'histoire (tome 2), *par François Châtelet*
324. L'Art de bâtir les villes, *par Camillo Sitte*
325. L'Invention de la réalité
 sous la direction de Paul Watzlawick
326. Le Pacte autobiographique, *par Philippe Lejeune*
327. L'Imprescriptible, *par Vladimir Jankélévitch*
328. Libertés et Droits fondamentaux
 sous la direction de Mireille Delmas-Marty
 et Claude Lucas de Leyssac
329. Penser au Moyen Age, *par Alain de Libera*
330. Soi-Même comme un autre, *par Paul Ricœur*
331. Raisons pratiques, *par Pierre Bourdieu*
332. L'Écriture poétique chinoise, *par François Cheng*
333. Machiavel et la Fragilité du politique
 par Paul Valadier
334. Code de déontologie médicale, *par Louis René*
335. Lumière, Commencement, Liberté
 par Robert Misrahi
336. Les Miettes philosophiques, *par Søren Kierkegaard*
337. Des yeux pour entendre, *par Oliver Sacks*
338. De la liberté du chrétien *et* Préfaces à la Bible
 par Martin Luther (bilingue)
339. L'Être et l'Essence
 par Thomas d'Aquin et Dietrich de Freiberg (bilingue)
340. Les Deux États, *par Bertrand Badie*
341. Le Pouvoir et la Règle, *par Erhard Friedberg*

342. Introduction élémentaire au droit, *par Jean-Pierre Hue*
343. Science politique
1. La Démocratie, *par Philippe Braud*
344. Science politique
2. L'État, *par Philippe Braud*
345. Le Destin des immigrés, *par Emmanuel Todd*
346. La Psychologie sociale, *par Gustave-Nicolas Fischer*
347. La Métaphore vive, *par Paul Ricœur*
348. Les Trois Monothéismes, *par Daniel Sibony*
349. Éloge du quotidien. Essai sur la peinture hollandaise du XVIIIe siècle, *par Tzvetan Todorov*
350. Le Temps du désir. Essai sur le corps et la parole *par Denis Vasse*
351. La Recherche de la langue parfaite dans la culture européenne *par Umberto Eco*
352. Esquisses pyrrhoniennes, *par Pierre Pellegrin*
353. De l'ontologie, *par Jeremy Bentham*
354. Théorie de la justice, *par John Rawls*
355. De la naissance des dieux à la naissance du Christ *par Eugen Drewermann*
356. L'Impérialisme, *par Hannah Arendt*
357. Entre-Deux, *par Daniel Sibony*
358. Paul Ricœur, *par Olivier Mongin*
359. La Nouvelle Question sociale, *par Pierre Rosanvallon*
360. Sur l'antisémitisme, *par Hannah Arendt*
361. La Crise de l'intelligence, *par Michel Crozier*
362. L'Urbanisme face aux villes anciennes *par Gustavo Giovannoni*
363. Le Pardon, *collectif dirigé par Olivier Abel*
364. La Tolérance, *collectif dirigé par Claude Sahel*
365. Introduction à la sociologie politique *par Jean Baudouin*
366. Séminaire, livre I : les écrits techniques de Freud *par Jacques Lacan*
367. Identité et Différence, *par John Locke*
368. Sur la nature ou sur l'étant, la langue de l'être ? *par Parménide*
369. Les Carrefours du labyrinthe, I, *par Cornelius Castoriadis*
370. Les Règles de l'art, *par Pierre Bourdieu*
371. La Pragmatique aujourd'hui, une nouvelle science de la communication *par Anne Reboul et Jacques Moeschler*
372. La Poétique de Dostoïevski, *par Mikhaïl Bakhtine*
373. L'Amérique latine, *par Alain Rouquié*
374. La Fidélité, *collectif dirigé par Cécile Wajsbrot*
375. Le Courage, *collectif dirigé par Pierre Michel Klein*
376. Le Nouvel Age des inégalités *par Jean-Paul Fitoussi et Pierre Rosanvallon*

377. Du texte à l'action, essais d'herméneutique II
par Paul Ricœur
378. Madame du Deffand et son monde
par Benedetta Craveri
379. Rompre les charmes, *par Serge Leclaire*
380. Éthique, *par Spinoza*
381. Introduction à une politique de l'homme,
par Edgar Morin
382. Lectures 1. Autour du politique
par Paul Ricœur
383. L'Institution imaginaire de la société
par Cornelius Castoriadis
384. Essai d'autocritique et autres préfaces, *par Nietzsche*
385. Le Capitalisme utopique, *par Pierre Rosanvallon*
386. Mimologiques, *par Gérard Genette*
387. La Jouissance de l'hystérique, *par Lucien Israël*
388. L'Histoire d'Homère à Augustin
préfaces et textes d'historiens antiques
réunis et commentés par François Hartog
389. Études sur le romantisme, *par Jean-Pierre Richard*
390. Le Respect, *collectif dirigé par Catherine Audard*
391. La Justice, *collectif dirigé par William Baranès*
et Marie-Anne Frison Roche
392. L'Ombilic et la Voix, *par Denis Vasse*
393. La Théorie comme fiction, *par Maud Mannoni*
394. Don Quichotte ou le roman d'un Juif masqué
par Ruth Reichelberg
395. Le Grain de la voix, *par Roland Barthes*
396. Critique et Vérité, *par Roland Barthes*
397. Nouveau Dictionnaire encyclopédique
des sciences du langage
par Oswald Ducrot et Jean-Marie Schaeffer
398. Encore, *par Jacques Lacan*
399. Domaines de l'homme, *par Cornelius Castoriadis*
400. La Force d'attraction, *par J.-B. Pontalis*
401. Lectures 2, *par Paul Ricœur*
402. Des différentes méthodes du traduire
par Friedrich D. E. Schleiermacher
403. Histoire de la philosophie au XXe siècle
par Christian Delacampagne
404. L'Harmonie des langues, *par Leibniz*
405. Esquisse d'une théorie de la pratique
par Pierre Bourdieu
406. Le XVIIe siècle des moralistes, *par Bérengère Parmentier*
407. Littérature et Engagement, de Pascal à Sartre
par Benoît Denis
408. Marx, une critique de la philosophie
par Isabelle Garo

409. Amour et Désespoir, *par Michel Terestchenko*
410. Les Pratiques de gestion des ressources humaines *par François Pichault et Jean Mizet*
411. Précis de sémiotique générale *par Jean-Marie Klinkenberg*
412. Écrits sur le personnalisme, *par Emmanuel Mounier*
413. Refaire la Renaissance, *par Emmanuel Mounier*
414. Droit constitutionnel, 2. Les démocraties *par Olivier Duhamel*
415. Droit humanitaire, *par Mario Bettati*
416. La Violence et la Paix, *par Pierre Hassner*
417. Descartes, *par John Cottingham*
418. Kant, *par Ralph Walker*
419. Marx, *par Terry Eagleton*
420. Socrate, *par Anthony Gottlieb*
421. Platon, *par Bernard Williams*
422. Nietzsche, *par Ronald Hayman*
423. Les Cheveux du baron de Münchhausen *par Paul Watzlawick*
424. Husserl et l'Énigme du monde *par Emmanuel Housset*
425. Sur le caractère national des langues *par Wilhelm von Humboldt*
426. La Cour pénale internationale, *par William Bourdon*
427. Justice et Démocratie, *par John Rawls*
428. Perversions, *par Daniel Sibony*
429. La Passion d'être un autre, *par Pierre Legendre*
430. Entre mythe et politique, *par Jean-Pierre Vernant*
431. Entre dire et faire, *par Daniel Sibony*
432. Heidegger. Introduction à une lecture *par Christian Dubois*
433. Essai de poétique médiévale, *par Paul Zumthor*
434. Les Romanciers du réel, *par Jacques Dubois*
435. Locke, *par Michael Ayers*
436. Voltaire, *par John Gray*
437. Wittgenstein, *par P.M.S. Hacker*
438. Hegel, *par Raymond Plant*
439. Hume, *par Anthony Quinton*
440. Spinoza, *par Roger Scruton*
441. Le Monde morcelé, *par Cornelius Castoriadis*
442. Le Totalitarisme, *par Enzo Traverso*
443. Le Séminaire Livre II, *par Jacques Lacan*
444. Le Racisme, une haine identitaire, *par Daniel Sibony*
445. Qu'est-ce que la politique ?, *par Hannah Arendt*
447. Foi et Savoir, *par Jacques Derrida*
448. Anthropologie de la communication, *par Yves Winkin*
449. Questions de littérature générale, *par Emmanuel Fraisse et Bernard Mouralis*

450. Les Théories du pacte social, *par Jean Terrel*
451. Machiavel, *par Quentin Skinner*
452. Si tu m'aimes, ne m'aime pas, *par Mony Elkaïm*
453. C'est pour cela qu'on aime les libellules
par Marc-Alain Ouaknin
454. Le Démon de la théorie, *par Antoine Compagnon*
455. L'Économie contre la société
par Bernard Perret, Guy Roustang
456. Entretiens Francis Ponge Philippe Sollers
par Philippe Sollers - Francis Ponge
457. Théorie de la littérature, *par Tzvetan Todorov*
458. Gens de la Tamise, *par Christine Jordis*
459. Essais sur le Politique, *par Claude Lefort*
460. Événements III, *par Daniel Sibony*
461. Langage et Pouvoir symbolique, *par Pierre Bourdieu*
462. Le Théâtre romantique, *par Florence Naugrette*
463. Introduction à l'anthropologie structurale
par Robert Deliège
464. L'Intermédiaire, *par Philippe Sollers*
465. L'Espace vide, *par Peter Brook*
466. Étude sur Descartes, *par Jean-Marie Beyssade*
467. Poétique de l'ironie, *par Pierre Schoentjes*
468. Histoire et Vérité, *par Paul Ricoeur*
469. Une charte pour l'Europe
Introduite et commentée par Guy Braibant
470. La Métaphore baroque, d'Aristote à Tesauro
par Yves Hersant
471. Kant, *par Ralph Walker*
472. Sade mon prochain, *par Pierre Klossowski*
473. Freud, *par Octave Mannoni*
474. Seuils, *par Gérard Genette*
475. Système sceptique et autres systèmes
par David Hume
476. L'Existence du mal, *par Alain Cugno*
477. Le Bal des célibataires, *par Pierre Bourdieu*
478. L'Héritage refusé, *par Patrick Champagne*
479. L'Enfant porté, *par Aldo Naouri*
480. L'Ange et le Cachalot, *par Simon Leys*
481. L'Aventure des manuscrits de la mer Morte
par Hershel Shanks (dir.)
482. Cultures et Mondialisation
par Philippe d'Iribarne (dir.)
483. La Domination masculine, *par Pierre Bourdieu*
484. Les Catégories, *par Aristote*
485. Pierre Bourdieu et la théorie du pacte social
par Louis Pinto
486. Poésie et Renaissance, *par François Rigolot*
487. L'Existence de Dieu, *par Emanuela Scribano*